西域文庫·典籍編

吳華峰　周燕玲　輯注

清代西域竹枝詞輯注

上海古籍出版社

圖書在版編目(CIP)數據

清代西域竹枝詞輯注 / 吳華峰,周燕玲輯注. —上
海：上海古籍出版社，2022.12
（西域文庫. 典籍編）
ISBN 978-7-5732-0424-0

Ⅰ. ①清… Ⅱ. ①吳… ②周… Ⅲ. ①竹枝詞—作品
集—中國—清代 Ⅳ. ①I222.749

中國版本圖書館 CIP 數據核字(2022)第 160072 號

ISBN 978-7-5732-0424-0

9 787573 204240 >

西域文庫·典籍編

清代西域竹枝詞輯注

吳華峰　周燕玲　輯注

上海古籍出版社出版發行

（上海市閔行區號景路 159 弄 1-5 號 A 座 5F　郵政編碼 201101）

（1）網址：www.guji.com.cn

（2）E-mail：guji1@guji.com.cn

（3）易文網網址：www.ewen.co

上海中華商務聯合印刷有限公司印刷

開本 787×1092　1/16　印張 41.5　插頁 10　字數 680,000

2022 年 12 月第 1 版　2022 年 12 月第 1 次印刷

ISBN 978-7-5732-0424-0

I·3650　定價：248.00 元

如有質量問題,請與承印公司聯繫

逸何其深愾焉思好風相與滌煩襟

沙飛鏡如……色花如桂……失柔桑木理堅……而少大貨不……

流水聲中玩物華綠柳村畔偏桑麻……怪來風過聞芳桂金

粟垂垂沙飛花

蒙泉學詩草卷八

西行雜詠

德州　宋弼

自入甘省耳目頓異比移蕭郡路當孔道星使
絡繹往來徵其緒言以餍見聞眼時頗綵其事
蛙搜及境厝以絕句紀之他日貽故鄉戚友可
以佐濟云爾

城頭雪影浮空直走天西萬里同長夏添衣綠底事薄
寒偏送自南風流嘶以西天山在南嶺雪羅之目肅嘲達
作嘲邊王……關外北……西分嶺不……惟嶺嵩遍……
燉煌西去古伊州北倚天山雪水流都護弓旗……萬里……

宋弼《西行雜詠》

勉就孤身作客勳深悲才高莫濟窮愁厄名薄誰
憐錦繡詞一卷遺詩千古重當年拾橡苦兌飢

奇才每恨不同時問相逢輒見知感遇有詩空
灑淚離騷作賦自成悲上書愛昌黎筆進調遷

讒淚離詞拕腕動深懷古歡眼前名士郗啼飢

丁酉元旦竹枝詞

舜歷新頌丁酉歲春光早慶玉門關伊吾麗日陽
和候瑞露晴開見雪山

蕭鼓聲漣遠近喧回民歌舞幾千村月明更喜燈

光盛邊塞人家慶上元

經別駕以詩贈別和韻答之

春光巳到杏梢頭坐歡依然故我羞閱歷遠看秦
塞月夢魂常繞越江流黃堂白髮君洵樂赤幟青
編我未休暫爾分襟莫悵望他時有約總相投

和前韻贈經別駕

六一高風誇白頭坡仙海外未為羞蓋論才奚止二
千石數品真居第一流別有襟期欽不露旦施經
濟莫教休酒杯詩卷供消遣今古才人俗罕投

屠紹理《丁酉元旦竹枝詞》

塞上竹枝詞叙

曹麟開

蓋閒山歌白紵澤唱青菱調非子夜芙蓉曲豈烏孫黃
鵠張博望遠遊西域語鑿空而半失不經王延德偏應
北庭記偶成而未題以句使于闐於匡郭惜晉以後之
無徵通赭支於杜環社經行記石園一覽漢以前之
或畧宋鷹之志異物得毋仍有缺文章郎之紀諸蕃未
免何多疑義何則文旣殊而敎弗頒夏驫不可以弟水
種各別而名復訛周鼠或譏於誤璞理者非宜橘逾化

三州輯畧 《卷之八》 墨

未脂者朴周人儾朴平過鄭曰欲買朴平聲音互異聲且
鄭人曰欲之出其朴爲鼠也因謝不取韋支而地土非宜橘
呼堯蔭堯無靑也陳楚之交謂之地土非宜橘逾化枳
雄長笆作帳而羼作衣習癲崔怳蓥爲藝而孔爲酪絮
服月籠名藩襟郭善而羼作帶莎車控賈支而抵烏乞頁蝴
夫豈閭閻所未周而謂心思可獨造耶薪疆者天方舊
摸乎頡利卦其篝食分醸五城幷以鯨吞宸成四部和
花門之兄弟右賢特角乎左賢通慈嶺之門庭突利聲
細君於昆莫元羽中祿江郡王迷女蓶績婦媧何伯雅
細君爲公主以妻焉

曹麟開《塞上竹枝詞》

伊犁紀事詩三十八首

松南唐　道秋浩

今皇威德右無儔我曾窮極天南路又到西方最盡頭
遠關龍沙版宇收

無雷無雨亘黃沙龍漠荒荒那有涯今日春鼉震原隰
陰磧蒼茫亦沛田家

狂飈獅獵昔曾聞捲起牛羊入亂雲今作催花春瑞智
時開北膈納南薰

十丈深雲不開羍無人跡徧瞪瞪祇今厥六肯仁愛

唐道《伊犁紀事詩三十八首》

伊江雜咏十首

松南居　道秋浩

旅邸光陰盡日閒門無剥啄任常關壯魂一枕
清風裏臥看城南雪滿山

空庭草滿碧無情鐵馬頻嘶入夢驚明月樓頭
吹玉笛隔墻幷作斷腸聲

欲把愁懷付酒卮哇蔬剪向白雲陂攜竿不羨

名欲喚畫中人繁華隊裏叅禪乘勘破元關認
化身

朱腹松《伊江雜咏十首》

為緒東陽未了稼

太湖道中悼華春浦明府

曉風殘月錦纜□顏古興高築□文章閒春浦已亡圍老

何人吟寫太湖山

葦縣過杜工部祠道傍賜曰詩里故里

少陵四方八遊宦泰與麂肇洛亦寄居未若閭齊彎人

傑則地靈彎為風雅祖荒洞俗堤落改老薦尊俎我窮

略如公作詩窺規撫長吟詞谷歌回首淚如□

輪臺竹枝詞

一水中分兩座坊粟油燈雍　殿苟兵滿城駐防兵營統轄將軍
宿直接徠宿路祗陽伊江十八程
捧唇仙人下玉京萬峯晴雪倚天明祁連秀峙三千里
哈宿遠達迴化城
馬牛量谷地分工沃壤清渠到處通校尉不須蒿戊己
金積歲歲兆午豐
斗印炭文照民光分明彝繆列三行

沈峻《輪臺竹枝詞》

志異新編卷之一

長白福　慶仲餘氏著

異域竹枝詞并序

部曹椿園所撰異域瑣談分新疆外藩及
絕域諸國列傳山川風物土俗民情歷歷
在目余讀而喜之作竹枝詞百首以志異

新疆

嘉峪關為出塞門雪山起伏翠雲根羣峰玉立
九千里山北山南界遠藩

福慶《異域竹枝詞》

成書《伊吾絕句》

麥鹿堂詩集　卷三　十

梅消當年落拓身野夫席帽奉清塵　野夫名國英
作御同寮於鄉官雲南如縣笑莢我自領前輩御
乾隆戊成謬荷君寵醉人往日風流成浪迹故
人書札示前因生天作佛尋常事滿眼部華又一
素有散云顧大將曾發
春俊升天亦後人之句故云

伊吾絕句

王闉遺址已模糊縣治井古玉門地
漢玉闉在敦煌境今誰識瓜沙有漢濼瓜沙
舊版圖唐伊州屬瓜
近伊吾城見關繇駱之考通鑑註襲瓢去長交萬
嘉見關外有蔬駱河相傳即疏勒故地西
欲傍天山尋地志不聞疏勒

漢有婁岑成絕域唐推陳圓紀疏勳巴里坤去沙
三千餘里定如井是
太守裴崇勒石峪密南山口有唐堂墾荀依本祀
功碑碑文首載史部尚書陳圓公侯君集殘碑
傳刻無真本棗木氂彫火藥裏可葬土人以木板
融卧其刀火燒其
色琅駁莫以亂真
滿眼風煙大漠沉戰場吾鬼哭天陰儔樓如斗沙
邊卧旁有兀平一趫金哈密馬場在北山下古戰
藏近牧馬牢揶地得儔儻八稀可
金作蔗鳳形儞之重六兩古色熟然數千年物也
早耕曉稷看農忙屯月於二月中收穫一穮須教兩

朱紫貴《天山牧唱》

且勿缸面傾酒卮
天山牧唱
讀西域瑣譚率成上下平韻絕句三十首名之日
天山牧唱
路出敦煌更幾千北辰北望轉西偏柳梢未是初三夜
月子彎彎已上弦　西域瞪北辰少北而西
何處靈泉說火敦金天作鎮是崑崙冰澌雪澳分流去
水氣蒸地入四川為江河自後蒸西南會各區尋
誰信江河本一源雪山水匯盛下流入
賀蘭一帶隰
芳訊春來驗好風蘋婆桃李一叢叢只銷幾點雲星雨
廊送花枝百日紅春夏花草年年驗向風則開開則花盛

朱紫貴《天山牧唱》

讜井籌善後事宜賦此恭送

飛詔駪蕃下九重疾馳冰嶺馬如龍原知犀渚難埋
照耀使狼煙永撤烽絕城山川壕數掌大需兵甲本
羅胸勛名紫關銜　恩重奧數還關上將庸
四城龍整舊山河回部瘡痍觥撫摩豈有檻車來月
瓮翻勞壯士春天戈鋋邊上螢無如靜濟世深衷只
在和軍吏權迎酋長拜老臣黃髮巳瞞瞞

伊江竹枝詞

廿七

瑤街永骨峰嵯峨燈夕聲鏗紅繡綷好趁一輪明月
色鼓樓西畔舥艎歌壺地兵民于元宵扮演當
天尤黯淡淨無塵燒燈荒邨草不春上巳清明都過
了雪花猶撲倚樓人
晴天四月氣融和果子溝中水不波開道行人歸笑
馬推山雪下奈愁何而山上橫雪成冰夏初始冲和
戎裝牛卸聚開庭快飲葡萄酒來停直把端陽作寒
盧

食門前都插柳條青
沙河永瀦雪消初枯木灣頭集曉湓不解風波江上
礧願郎綢得大頭魚　伊犁河魚巨首鰢皮呼大頭魚
三庚曉起總如秋亭午何魯薄汗流翻是交威斜日
裏涼風不到望河樓端伏日午後熱不減內
五六月中促織鳴凄切切和泉聲寒衣好製與郎
著要向天山頂上行　促織于初夏即已試聲
比闌門外駐香車舊曲伊涼譜琵琶不是窺從統扃

廿六

張廣埏《伊江竹枝詞》

參贊由天名守奉使西域或不四年而陶陶南疆輝心
力籌善大目在未沐兵招佃
此詩此畫始以暇而自願也

原作

昨夜西風太寂寥舊韓新圖燦瑤秋光爛漫
開收拾和露和霜一攕挑

壁參贊畫虎歌

鷟地狂飆起堂上班寅將軍吃相向指力千鈞墨
潘濃元氣淋漓巨幛虎心雖善虎氣鷟欲伏忽
起鷟有神間頭側目眈眈睨末遭忩縛笑忩嗔我

西域詠物詩二十首并引

百獸震悚潛荒遲草間何物猶騰挐
虎耶自寫真豹狼間外紛如麻山巔坐守磨爪牙
間畫馬骨毚虎肉肥肥中有勁方有威程拳透爪
自奇偉攤扼其頸履其尾先生威聲高崑崙入耶

庚寅秋回疆再擾余本檄從戎西懸萬里
偶有所見輒紀以短句聊志物產非敢言
詩也

土雨西域無大雨或竟終年不雨草木萌動
一雨奉驗之以風風有時挾土淨瀄如霧物

非霧非煙一望中欣欣草木蕩春風封姨善學娟

皇威撒手能回造化功

明霜氣凝如密霰田中閃爍有光過年乃止寒

青女晨歌向碧霄歊僻邊塞太蕭條欲將大地鴛

明鏡亂流霜華冷不消
樹高紅永河西路什見翁不見里有地皆楊
權材萬木影婆娑碧翳青天綠結窩遷莫豹狼作
幃幕誰言安樂此中多

鹽池連化州南迤長八十里風擁鹽出堆
呼如山商貫運載不絕無分官私

吹沙成雪任蒸波鹽井胸臆較若何失笑曼卿酸

子昧爭傳學士賞來多

紅柳溪書西域傳韻師古註曰檉柳河柳也
桃花同發不知春落斜陽古渡濱眼看明駝人
出塞征袍歸路染血痕白楊中幹看上竹芳枝無橫出者

大漠荒灘特立時更無曲幹與橫枝蕭蕭自有姿
雲志繞不庸心亦偉奇

許乃穀《西域詠物詩二十首》

小欽戲題
白笑飛鴻影偏從塞上來老懷詩一卷冷況酒二杯紐
著消閒譜禮居邊償臺偶然動幽興與春信問寒梅
癸卯正月降級回京
誰言宦海苦無津此日還鄉樂有真搞眷尚慈孤戍遠
失官翻見一家春過歸憶回頭慰問偏勞得意人
十六觀蕭娛老處天涯從此住蹄輪
歸途至阿克蘇得珍莊妹信並詩因步原嶺
這場文武戲都關耗得心頭血已乾詩境勝人留迹遠
室遊如我愧眉藥幕年失馬三生幸絕域歸家萬里安

寄諸防邊無善狀一城師旅尚桓桓
回部竹枝詞
瀟灘亂石雜荒沙空闊無邊路幾叉認定西南東北向
白楊高處是人家
雨少風多景物殊亦知耕鑿附
皇圖八城花木依然感惟看山山無不枯
紫甚甘瓜分外肥家家大嚼不知饑每逢慶貴惟抓飯
羊胛烹來窩窗圖餇馬以報
開渡河
水是峽中出大河流自長路利沙爾近皆環城資保障

瑞元《回部竹枝詞》

咽出王帝
前還聲雨
非後勤
雜候出塞書邊眼欲雪白笑風塵多落寞何時人
月共開圍徘徊淸夜歸空霞兩地相思各黯黯
輪臺雜咏
摹山迤邐障南甌萬螺源泉向北流郡邑星羅村
墅接輪臺形勝冠三州
歇地從來所未聞紙維地廣任耕耘戶給寬饒無不耕
昔渡歌更年年豐稔報道收城十二分
柳隱紅山水滿津往來多是踏青八衣香蕃影臨
流處不減秦淮兩岸春

六月涼生水磨河賽神爭唱太平歌寨邊閒報塞
皆唱太畫橋東去座羅絕漫試溫泉一掬多
平橡歌東去座羅絕漫試溫泉一掬多
來青傑閣鴛鴦烟勝日逕歸物候姹紅葉黃花功
秋興攜壺人醉久陽天
禱壽山前大嘉開寫貼風勁萬類催將軍示武乘
冬令不埜關情雜獵來
已亥
度鳴邏搭班　搭班譯言山也在為魯木齊
東南度搭班斑至平地為吐魯番界

成瑞《輪臺雜咏》

丙戌九月余在哈密始識子謙先後
西行至烏垣旅館大雪中暢談兩夕
呵首關河感不禁名場廿載闖升沈身輕槎散歸偏早
詩補蘭咳樂易尋此去難志知已淚何人能識歲寒心
瘵香靜裏常虔祝尤莖雲天普作霖

伊江雜詩十六首

浩浩伊江水春來浪拍天南山插雲裏北岸近城邊沃
土原宜穀疏流可溉田豈頻權于毋多費水衝錢（伊犂水土）

肥美雪山春融泉流甚旺若築壩分渠
開墾無數何必河工歲修款算生息也（開墾章程生息）

城外綠陰稠金隄百尺樓羣峰環雪嶺一水帶沙流不（南門）
有神明相雜令祀典修宗臣遺像在忠義稟千秋（外望）

河樓在花王廟前宏軒此麗乾隆年間保文端公師建
立陽傳俊王神像郎文端公之父札義烈公也札公前
羌海雜廟

義烈婕畦陽英風鎮畢方　三朝腐織夯兩代懿忠腸
碧血山河壯丹雪日月光輝煌　天語褒讀罷誤沽裳
札苑義烈公乾隆年間在葉爾羌殉雅裦封世襄闔替公
績子慶公師於道光丙戌慶於喀字雲喃兩世竟守伊犂有政
爾苑雞天語褒嘉郞典光喀師喀
巨寇纏離穴將軍竟捨生無綠窺地險只覺此身輕石
咽溪雜轉風悲鶴自鳴　帝京崇廟祀雙烈荷襄
旌殉安殉雞於南山圓場內京師軍第
雪海冰山路開疆雜伏波鴛聲善引見西域馬骨郎

憐多唯有天垂險能敦地不頗南方資保障改道究如
將政政去尤沐
何冰嶺神山也從不傷人但馬匹絕斃太甚耳近
阿到寺文成公以樓之每歲輸十萬石以供軍食服敎畏神至
師今頂興革陰丁玄公桑政綿邯無微不止參
承平五十載耕鑿六千家回紇常樓寺汾陽此建牙獨
聖恩加繩武推英嗣勳名範有詮
草澤浩無邊戀山環大海圖駐師李廣利雷碣漢張騫路
可移瓜田那休河草地有大河萬山瓉距雎伊犂
特奏改面由此路繞海浴行之至略城輕行至夷哈隆伴
克走千卡布戌戌川引馬泉巒防雨無礙畫仰前賢
地最善因軍

方士淦《伊江雜詩十六首》

案筆依八去就雜鵁鵝原上望生還廿年夢多鹿偹舊葉
五月披裘過雪山鐵硯漸應心鏡則金丹雞轉晨毛班
觀空悟得如如言縱簫綸臺亦等開

巴里坤雜詠

雪山起嘉峪蜒蜿到伊犁海氣通星宿崙芷接月氏只
疑雲蓁紅佳覺斗杓低中道苔痕靑蒼芷不可時
瀚海沿西北遙看霧幾重長風喧咏角巨浸隱蛟龍浹
湛承初旭迴環障遠峯茫茫三十皇誰與辨槓縱
西郊薵勝地北有岳公臺山頂泉疏未松陰雪化纏草
深巢雄冤石牆梅苔里斗宵塹摘何當臨晟求
沙地不生竹蕭蕭瓶白楊短雛園根賴斜日下牛羊長

蓬茅簷霍疃疎鐘梵宇荒田圍少雞大風俗近羲皇
賽神紛演劇扁宇傍山阿羌笛遠聲促奏箏逸響多魚
龍爭角觚彩袖任婆娑觀者如雲妾卿挑齲鬠
遠客忘愁寂拓亳紀土風身鬵蒲海角家住大江東舊
夢迷蕉鹿新舊付塞鴻開將明鏡照霜鬒鬒漸戒翁
仙佛修雜到長思秦位行離憂畤共蘇木石豈無情
卉舍春色時禽變夏聲壯懷翰已靈詩歃昔年淸

立秋二日微堂明府招同讌集西郊

出郊逢雨至節序屆新秋沙軟宜馳馬衣單徐襖花
堆黃雷綫雲浮遶微民風古辜將賽會謀
霧暗罩山容暗雲開日色明漭灑高樹響密雨小池平

金德榮《巴里坤雜詠》

前　言

一

　　關於竹枝詞的起源,學界一般認爲出自巴渝民間歌謠。而竹枝詞成爲一種流行後世的詩歌體裁,則要歸功於唐代詩人劉禹錫的自覺改造與推廣。劉禹錫在《竹枝詞序》中稱:"作《竹枝詞》九篇,俾善歌者颺之,附於末,後之聆巴歈,知變風之自焉。"①他不僅爲竹枝詞源出巴渝説推波助瀾,更重要的是通過創作實踐,完成竹枝詞由民歌向文人詩作的轉化。故後世論者謂:"《竹枝》先本巴渝俚音、夷歌番舞,絶少人注意及之。殆劉、白出,具正法眼,始見其含思宛轉,有《淇澳》之豔,乃從而傳寫之,擬製之,於是新詞幾曲,光芒大白,於文學史上另闢境界,其功績誠不可没焉。"②"唐五代歌辭之體内,齊言雜言並舉。歌齊言,即歌詩,五、六、七言並舉。七言之歌多發於民間風俗,竹枝最著,乃盛於蜀中。至中唐得劉禹錫之宣導,聲文並茂,媲美於屈原《九歌》,於民歌中,所處最高。"③自中唐以後,文人竹枝詞創作歷代盛行不衰,並在明清時期達到鼎盛,可謂"南迄僮佬,北屆蒙古,均有《竹枝詞》"。④

　　儘管竹枝詞源起甚早,清代竹枝詞創作也很普遍,可相對而言,清代"西域竹枝詞"的出現還是一個新鮮事物。何謂"西域竹枝詞"?其命名還要從地域概念説起。西域有狹義與廣義之分,狹義的西域,即班固在《漢書·西域傳上》

---

① 劉禹錫:《竹枝詞序》,瞿蜕園箋證:《劉禹錫集箋證》,上海古籍出版社,1989 年,第 852 頁。
② 馬穉青:《竹枝詞研究》,《津逮季刊》1 卷 2 期,1932 年,第 85 頁。
③ 任半塘:《成都竹枝詞序》,楊燮等編:《成都竹枝詞》,四川人民出版社,1982 年。
④ 任半塘:《唐聲詩》(上),上海古籍出版社,1982 年,第 5 頁。

中所説：“匈奴之西，烏孫之南。南北有大山，中央有河，東西六千餘里，南北千餘里。東則接漢，陀以玉門、陽關，西則限以葱嶺。”①其範圍大致相當於今天新疆的南疆地區。廣義的西域則指古代中原王朝西部邊界以西的廣大地域，甚至包括西亞、南亞、東歐的一部分。縱觀有清一代所統轄的西北疆域及其政治影響所及，西域的主體部分則相當於今天的新疆維吾爾自治區，介於前代狹義和廣義的西域概念之間。② 清代乾隆時期已經出現“新疆”之稱，道光朝之後“西域”與“新疆”往往並用，光緒十年（1884）新疆建省，“西域”之名始退出歷史舞臺。考慮到“西域”概念從産生到消亡的時間遞變，及其遠大於地域內涵的文化內涵，並且兼顧中國古代約定俗成的習慣用法，我們仍選擇使用“西域竹枝詞”而不名“新疆”。

乾隆二十四年（1759）清朝重新平定新疆，在此建立軍府制統治，西域地區進入了“國家一統，同文之盛”的新紀元。③ 形形色色的能文之士以各種原因西出陽關，來到這片邊塞之地，他們的身份有爲宦西陲的官員，有因事遣戍的“廢員”，有隨軍西進的幕僚等等。足之所經，目之所及，隨處吟詠，留下大量的西域詩作，將自唐代以來的西域漢語文學創作推向了又一個高峰。“西域竹枝詞”也應運而生，成爲中國詩歌史上的首創。而且受西域地理位置、地緣政治、自然人文環境等因素的薰陶，西域竹枝詞與生俱來就具有迴異於中原內地同類作品的獨特地域特徵。

從乾隆三十三年（1768）來到西域的紀昀、徐步雲開始，到宣統三年（1911）最後一任伊犁將軍志鋭，都創作過竹枝詞。它們堪稱是整個清代西域詩的縮影和精華之所在，點綴着長達一個半世紀的清代西域詩史。其中有不少作品在成篇伊始就廣爲傳誦，如紀昀《烏魯木齊雜詩》、洪亮吉《伊犁紀事詩四十二首》、林則徐《回疆竹枝詞二十四首》、蕭雄《聽園西疆雜述詩》等。這些詩人不僅是清代西域風情的記錄者，更是傳播者，他們打開了時人瞭解西域的窗口，也爲今人開啓了一條追溯和認知清代西域歷史文化與社會生活風貌的途徑。

---

① 《漢書》卷九六《西域傳上》，中華書局，1962 年，第 3871 頁。
② 乾隆時期《西域全書》、張海《西藏紀述》、陳克繩《西域遺聞》幾部西藏方志中，都曾以“西域”指稱西藏地區，但這只是私人纂述中並不嚴謹的表述方式，沒有得到廣泛的認可和接受。
③ 《清實録·高宗實録》卷一一八八，中華書局，1986 年，第 23 册第 893 頁。

二

　　從歷史與地域的角度審視“西域竹枝詞”之名有其合理性，但如何界定“西域竹枝詞”之實，卻並非易事。以下從内容和藝術兩方面略作説明。

　　首先是詩歌内容。竹枝詞本屬入樂聲詩，演進到清代時已經成爲徒詩。任半塘説：“若後世以七絶詠各地風土人情，名爲《竹枝詞》者，皆不過詩家襲用唐樂之曲名而已，完全主文，本不求有聲、容。”①又云：“按一般詩調在斷絶聲容以後，即退入徒詩，而生命遂止。……獨有《竹枝》，在詩調中，與他調不同，於失卻聲容後，其名稱仍續有一段‘主文’之生命，且綿亘千年之久。”②在竹枝詞不歌而誦的文人化流變過程中，它本身所具有的民歌因素在不斷弱化，其内容也擴展到地方風物、男女愛情、人情事態、詠史懷古、針砭時政等各個方面。其中，竹枝詞記録風土民俗的載體功能更是空前揄揚，甚至竹枝詞本身也逐漸成爲風土詩的代名詞。在這一創作趨勢之下，許多題目不言竹枝的“竹枝體”詩，也開始融入到竹枝詞的範疇，如“以其多言舟楫之事，題曰《鴛鴦湖棹歌》，聊比《竹枝》《浪淘沙》之調”的棹歌、漁歌、衢歌，③以及部分吟詠風土的七言絶句體雜詠、雜詩、紀事詩等也都被作爲廣義的竹枝詞看待。④

　　有關竹枝詞内容的理論探討也開始出現，清人王士禛《帶經堂詩話》中“竹枝詠風土，瑣細詼諧皆可入”之説，⑤出現較早也較有影響力。這一觀點既爲竹枝詞創作提供了理論與現實依據，從某種程度上也助長了後人竹枝詞創作專詠風土的習氣。當代一些有代表性的觀點都沿着這條思路追本溯源，如唐圭璋即認爲竹枝詞“内容則以詠風土爲主，無論通都大邑或窮鄉僻壤，舉凡山川勝跡、人物風流、百業民情、歲時風俗皆可抒寫。不僅詩境得以開拓，且保存

---

　　①　任半塘：《唐聲詩》（上），第 47 頁。

　　②　任半塘：《唐聲詩》（下），第 400 頁。

　　③　朱彝尊：《鴛鴦湖棹歌序》，《曝書亭集》，《清代詩文集彙編》第 116 册，上海古籍出版社，2010 年，第 107 頁。

　　④　學界尚無關於“竹枝詞”的明確定義。就狹義而言，組詩題目、小序或正文中出現“竹枝”字樣者即可視爲竹枝詞。廣義竹枝詞範圍較爲寬泛，包括“棹歌”“漁歌”“雜詠”“百詠”等描寫地方風俗的“竹枝體”組詩，學界目前的研究多針對廣義竹枝詞而言。

　　⑤　王士禛：《帶經堂詩話》卷二九，人民文學出版社，1963 年，第 849 頁。

豐富之社會史料”。①

　　也有學者敏鋭地發現,對風土記載的重視,導致了歷代竹枝詞的文體邊界越來越寬,數量越來越多。從古代文學和古代歷史社會兩大研究領域各自的不同立場出發,對於竹枝的概念界定與内涵理解也言人人殊。並且指出:

　　　　現今大多數地域竹枝詞集,它們的編選目的是出於地方文史研究的需要,出版物雖然以“竹枝詞”爲書名,從事的卻是地方風土地理的研究,不能算是文學本位的竹枝詞研究成果。換句話説,編選者重視的是這些風土詩歌的史料價值,而不是他們作爲文學作品的藝術審美價值。雖然名曰“竹枝詞集”,實際上是“風土詩彙編”。②

　　這個觀點具有合理性,並非所有的泛詠風土的組詩都是竹枝詞。不過從歷代竹枝詞的發展趨勢與創作實際來看,竹枝詞詳記風土的意圖的確愈演愈烈,常常凌駕於詩歌藝術審美之上。清代西域竹枝詞在這一點上的表現尤爲明顯,以詩補史,以詩入志,或者以地志入詩,既是作者本人的主觀追求,也是閱讀者的客觀感受。如紀昀《烏魯木齊雜詩自序》所説:“今親履邊塞,纂綴見聞,將欲俾寰海外内咸知聖天子威德郅隆,開闢絶徼。”③錢大昕跋語更贊其“它日采風謡、志輿地者,將於斯乎徵信”。④王曾翼《回疆雜詠序》中也明言其詩作乃“仿古竹枝之遺意,竊謂回疆風土十有七八矣”。⑤宋聯奎跋蕭雄《聽園西疆雜述詩》亦稱謂其“於新疆全省疆域山川、風俗民情、氣候物產、古跡名勝與夫道里廣袤、蒙回方言,無不備載,洵西北籌邊必需之書,非獨可備詩史也”。⑥周作人在《關於竹枝詞》中將某些竹枝詞視爲“韻文的風土志”,認爲“其以詩爲乘,以史地民俗的資料爲載,則固無不同”。⑦部分西域竹枝詞組詩也具有這種特點。不惟如此,詩人們還遵循着竹枝詞後世發展的慣例,往往刻意在詩中加上自注,以構成對詩歌内容的介紹和補充,無形當中擴大了詩歌的信息含量和記録風土的空間。

──────────

① 丘良任:《竹枝紀事詩序》,《歷代宮詞紀事·竹枝紀事詩》,鳳凰出版社,2012年,第529頁。
② 葉曄:《竹枝詞的名、實問題與中國風土詩歌演進》,《中國社會科學》2014年第11期,第146—147頁。
③ 紀昀:《紀文達公遺集》,《清代詩文集彙編》第354册,第592頁。
④ 錢大昕:《烏魯木齊雜詩跋》,《紀文達公遺集》,《清代詩文集彙編》第354册,第603頁。
⑤ 王曾翼:《居易堂詩集》,《續修四庫全書》第1453册,上海古籍出版社,2002年,第442頁。
⑥ 宋聯奎:《聽園西疆雜述詩跋》,《關中叢書》本《聽園西疆雜述詩》,1934年。
⑦ 周作人:《關於竹枝詞》,鍾叔河編:《周作人文類編·花煞》,湖南文藝出版社,1998年,第95、96頁。

　　其次是詩歌語言與藝術風格。竹枝詞最初是以民間歌謠的面貌出現，"其聲偪儜"，①其語俚俗。進入到文人化的創作體系中，依然難掩其淺易質樸與文辭直白的特點，正所謂"竹枝稍以文語緣諸俚俗，若太加文藻，則非本色矣"。② 所以，隨着詩歌史的發展及歷代作家們通過個人的理解與創造，於吟詠風土之外不斷開拓着竹枝詞內容外延的同時，如以竹枝詞形式詠史、寫時事等等，在語言與藝術風格方面，他們還是注意保持着竹枝詞的偪儜俚俗之風。這也讓竹枝詞與真正意義上的詠史詩、詠懷詩、政治諷喻詩劃清了界限。西域竹枝詞的語言與藝術風格也同樣如此，誠如祁韻士自陳《西陲竹枝詞》的寫作，乃係"志西陲風土之大略，詞之工拙有所不計，惟紀實云"。③ 志風土的目的，往往也影響甚至決定了西域竹枝詞的創作無需刻意進行語言與藝術的雕琢研煉，從而保持着詩作通俗淺近、活潑自然的本色。

　　基於以上特點，我們將題爲"竹枝詞"的詩作及以吟詠風土爲宗旨的雜詩、雜詠、紀事詩等"竹枝體"組詩都納入西域竹枝詞的範圍，輯入是編。而那些單純抒發個人情懷、主觀色彩濃厚的塞外雜詠，以及描寫一己生活經歷的聯章雜詩，則一律被排除在外。

　　西域竹枝詞之名的成立還存在體裁的限制。現存竹枝詞中除了曾出現過一些五言四句、雜言、六言四句式的個案現象，七言四句或七言絶句一直都是竹枝詞體裁的主流。可是伴隨着詩歌史的發展與演進，一個不可忽視的新現象也逐漸產生：許多作者往往會打破這種約定俗成的體裁格局，以五言八句、七言八句的組詩形式來吟詠風土，這一方面是秉承宋代以來出現的"百詠""紀事"類風土組詩的影響，另一方面也明顯受到竹枝詞傳統的啓發。

　　清代西域竹枝詞均屬七言四句的正格，但是在實際創作中，也有不少詩人使用五律、七律或五言六句的組詩來描寫西域風土。有時作者自己甚至也會有意爲之地將它們視作竹枝詞的變體，如汪廷楷《伊江雜詠》中就曾寫道："新詞自覺無倫次，好向伊江補竹枝。"（其八）這種現象，正如研究者所説："明清兩代，隨着創作數量的大幅度提升，竹枝詞的理論研究水準遠遠跟不上創作和傳播的速度，每個作家憑着自己對竹枝詞的個人理解和認知，進行寫作上的創新

---

① 《新唐書》卷一六八《劉禹錫傳》，中華書局，1975 年，第 5129 頁。
② 王士禛：《帶經堂詩話》卷二九引張篤慶語，第 829 頁。
③ 祁韻士：《西陲竹枝詞小引》，《清代詩文集彙編》第 429 册，第 712 頁。

和拓展,隨之産生了大量有實無名的竹枝作品,形成一股巨大的創作洪流。"①且不説汪廷楷的這組七律組詩,恐怕許多題爲竹枝詞的作品,作者在創作伊始也只是沿用了約定俗成的竹枝詞之名,而不會去考慮他的詩作是否有竹枝詞之實。

以汪廷楷《伊江雜詠》爲代表的風土組詩,自然也不會因爲作者本人的自我認定就能夠等同於竹枝詞,然而作爲一種普遍的創作現象,且從二者表現形式與内容的趨同性而言,卻不難發現這些組詩對於竹枝詞的借鑒。因此,我們也選擇了若干非竹枝詞的風土組詩作爲"外編",聊備參照。其中比較特殊的是黄濬、黄治兄弟的《庭州雜詩二十首次杜少陵秦州雜詩韻》《庭州雜詩追次杜少陵秦州雜詩二十首韻》,都是受杜甫《秦州雜詩》感發的次韻之作,但與杜詩"悲世""藏身"的主題大相徑庭,②黄氏兄弟雜詩的核心重在展示道光年間烏魯木齊的社會風貌,故也綴於外編編末。

此外,描寫新疆地方景物的"八景詩"如鐵保《輪臺八景》,黄濬描寫天山北路景點的《塞外二十詠》,因自成體系或專寫自然風光,均不予收録。還有一些七言四句或雜言的組詩,如晉昌《伊江衙齋雜詠上下平三十首》,陳寅和作《和紅梨將軍衙齋雜詠原韻》29 首,描寫伊犁將軍府中的景象。③ 舒采願的《西園雜詠》雜言 25 首,專門描寫自己在烏魯木齊居所中的花卉、植被,兼及物産等。④ 這些組詩因整體上與西域風物無涉,也被排除在輯録範圍之外。

三

由於作者在西域生活經歷、創作習慣、才性修養諸方面的差異,清代西域竹枝詞作品在個體上也呈現出多姿多彩之態。以區域論,福慶《異域竹枝詞》、

---

① 葉曄:《竹枝詞的名、實問題與中國風土詩歌演進》,第 146 頁。
② 浦起龍:《讀杜心解》,中華書局,1961 年,第 381 頁。
③ 晉昌(1759—1828),愛新覺羅氏,字戩齋,後改晉齋,號紅梨主人,滿洲正藍旗人。清世祖五子恭親王常寧六世孫,乾隆五十三年襲鎮國公。嘉慶十四年、二十二年兩任伊犁將軍。有《戎旃遣興草》行世。
④ 舒采願(1729—1779),字守中,號保齋,江西靖安人,舒夢蘭之父。乾隆三十五年前後任職烏魯木齊。宋昱《西園雜詠跋》:"舒保齋先生好古而厭俗,移官絶塞,仍於署西築小圃,雜蒔土花。"《西園雜詠》,舒亮衮、舒亮褒《聯璧詩鈔》附,乾隆四十四年刻本。

祁韻士《西陲竹枝詞》均爲着眼於全疆的宏觀組詩,紀昀《烏魯木齊雜詩》、成瑞《輪臺雜詠》等主要描寫清代烏魯木齊地區,王曾翼《回疆雜詠》、林則徐《回疆竹枝詞二十四首》等主要聚焦南疆風情。清代伊犁作爲全疆重鎮,更是吸引着詩人們的關注,朱腹松《伊江雜詠十首》、舒其紹《伊江雜詠》、唐道《伊犁紀事詩三十八首》、張廣埏《伊江竹枝詞》等作品,均專寫伊犁。以篇幅論,既有如蕭雄《聽園西疆雜述詩》這樣長達百餘首的鴻篇巨製,也有如屠紹理《丁酉元旦竹枝詞》、袁潔《竹枝詞》這般淺切易誦的短篇佳構。這些長篇短製組合在一起,構成了一幅廣闊的清代西域風土畫卷。茲從四方面對其進行簡要介紹:

第一,民俗風情的全景展示。西域自古以來就是多民族聚居之地,詩人們置身其中,自然會被這裏豐富的民俗所觸動。如祁韻士:“琴筎迭和鼓冬冬,索享迎神祭賽恭。更有韋囊長袖女,解將渾脱逞姿容。”(《西陲竹枝詞·回樂》)蕭雄:“一片氍毹選舞場,娉婷兒女上雙雙。銅琶獨怪關西漢,能和嬌娃白玉腔。”(《聽園西疆雜述詩·歌舞》)描寫西域的音樂和舞蹈。瑞元:“紫葚甘瓜分外肥,家家大嚼不知饞。每逢慶賀惟抓飯,羊胛烹來密密圍。”(《回部竹枝詞》其三)描寫新疆的美食抓飯。林則徐:“桑葚才肥杏又黃,甜瓜沙棗亦餱糧。村村絕少炊煙起,冷餅盈懷喚作饢。”(《回疆竹枝詞二十四首》其十六)則寫到當地居民對瓜果和饢的青睞。曹麟開:“百尺竿頭步可登,分棚雲際絚長繩。捷兒逞技凌空舞,不數尋橦度索能。”(《塞上竹枝詞》其二十五)寫維吾爾族傳統走鋼絲的雜技“達瓦孜”。汪廷楷:“一彎新月正初弦,紀歲從教屈指編。五十二回巴雜爾,家家入則過新年。”(《回城竹枝詞》其二)祁韻士:“天干不解地支傳,習俗何妨任自然。五十二回八雜爾,把齋入則過新年。”(《西陲竹枝詞·回節》)描寫新疆少數民族傳統曆法與年節。屠紹理則在詩中記錄了哈密地區漢族與其他少數民族共同歡度新年的熱鬧場景:“簫鼓聲連遠近喧,回民歌舞幾千村。月明更喜燈光盛,邊塞人家慶上元。”(《丁酉元旦竹枝詞》其二)也是對西域各民族之間融洽關係的詩性反映。

在成書與林則徐筆下,以定居農耕爲主的維吾爾族,其民居特點是:“細氈貼地列賓筵,密室無窗別有天。務恰克通風火出,不教粉壁掛柴煙。”(《伊吾絕句》其二十七)“廈屋雖成片瓦無,兩頭榞桷總平鋪。天窗開處名通溜,穴洞偏工作壁廚。”(《回疆竹枝詞二十四首》其十一)柯爾克孜族以遊牧爲生,他們多習慣於住氈房:“父老傳聞事事新,連城瓦屋似魚鱗。山居只覺穹廬大,半住牛羊半住人。”(施補華《馬上閑吟》其十五)這些詩作筆致細緻而傳神。值得一提的是，成書和林則徐都非常嫻熟地使用了維吾爾語音譯詞入詩，從某種意義上説，他們的詩作已經擺脱了作爲旁觀者常有的獵奇之心和傳統士人"中心—四裔"觀念影響的局限，而展現出對於異質文化接納與吸收的通達態度，尤爲可貴。

　　第二，人文景觀的詳實記録。清代西域竹枝詞中對西域城市的描寫比重很大，蕭雄《聽園西疆雜述詩》中的系列詩篇堪稱代表，以組詩中《烏魯木齊》《阿克蘇》《和闐》三首詩爲例："驀從山麓繞層巒，城郭參差勢踞盤。拜命疆臣新作省，安邊都護舊登壇。"（其一）"阿蘇城踞北崖連，四野蒼茫大地圓。穆素峰前憑檻望，萬家煙樹繞晴川。"（其一）"東走長途葱嶺邊，平開沃野是于闐。六城煙雨生金玉，雞犬桑麻別有天。"（其一）寫烏魯木齊，突出了其宏偉氣勢與政治地位。寫阿克蘇，着力刻畫其獨特的城市建置與人煙稠密。寫和闐，注重展示其安定富庶。爲了保證西域地區的穩定與發展，清朝經營西域伊始，就將屯田政策置於戰略高度。特別是在天山北路地區，乾嘉時期的屯田已經形成固定規模。這在竹枝詞中也有表現，如成書："早耕晚獲看農忙，一熟須教歇兩荒。蔡巴什湖四千畝，三秋麥豆始登場。""東屯風景亦全諳，怪石驚沙百不堪。楊柳數株泉一道，沁城已是小江南。"（《伊吾絶句》其四、其七）描寫哈密地區春耕秋收、富庶安寧的景象。沈峻："馬牛量谷地分工，沃壤清渠到處通。校尉不須誇戊己，金穰歲歲兆年豐。"（《輪臺竹枝詞》其三），描寫烏魯木齊地區阡陌縱横、溝渠交通的情形，凝固成一道獨特的西域人文圖景。

　　第三，奇麗壯偉的自然風光。迤邐西來，詩人們在飽覽西域雄奇自然景色的同時，也不忘將之攝入筆端，留下永久的憶念。如徐步雲："靈山面面繞雲屏，絶頂遥堆佛髻青。一上山腰四十里，龍湫無際小清泠。"（《新疆紀勝詩》其四）是清代西域詩中較早描寫博格達峰與天池的篇章。祁韻士對賽里木湖美景的刻繪同樣具有典型性："澄波不解産魚蝦，飲馬何曾問水涯。碧草青松看倒影，蔚藍天遠有人家。"（《西陲竹枝詞·賽里木海子》）在他的另一首詩中，又描寫了塔爾奇嶺（果子溝）峰巒疊嶂、古樹成蔭的塞外壯觀："陰濃萬樹欲參天，疊嶂層峰起馬前。買夏論園何足道，谷量百果露初鮮。"（《西陲竹枝詞·果子溝》）這些今人也都熟悉的自然盛景，在清人的筆下是如此的生動鮮活。

　　第四，豐饒的西域物産，也成爲竹枝詞的重要題材，幾乎充斥在每個詩人的作品中。紀昀《烏魯木齊雜詩》、舒其紹《伊江雜詠》、蕭雄《聽園西疆雜述詩》

中的描寫最爲集中。他如莊肇奎"伊犁江上泮冰初，雪圃才消未有蔬。齊向鼓樓南市裏，一時争買大頭魚"（《伊犁紀事二十首效竹枝體》其五），寫伊犁河盛産野生魚。福慶："羌肩跣腳列成行，踏水能知美玉藏。一棒鑼鳴朱一點，岸波分處獻公堂。"（《異域竹枝詞》其五十七）寫名聞天下的和田玉的開采過程。王曾翼："花罽裁成貼地氈，天吴紫鳳色争鮮。何當畫閣鋪深處，試踏生花步步蓮。"（《回城竹枝詞》其二十）寫做工精緻的手工地毯。朱腹松："晝長人静爐煙冷，自起敲煤作炭添。"（《伊江雜詠十首》其四）寫伊犁地區産煤。許乃穀之作更以《西域詠物詩二十首》爲題，集中吟詠西域風物。如寫白楊樹："大漠荒灘特立時，更無曲幹與横枝。蕭蕭自有凌雲志，縱不虚心亦偉奇。"（《白楊》）寫哈密瓜："伊吾瓜奪邵平瓜，碧玉爲瓢沁齒牙。鼻選舌交紛五色，八城風味更堪誇。"（《哈密瓜》）都頗能抓住西域物産的要領。

　　以上僅就清代西域竹枝詞最顯著的内容特點加以歸納，其他有關題材未遑盡數，如洪亮吉："牛羊十萬鞭驅至，三日城西路不開。"（《伊犁紀事詩四十二首》其六）寫清政府與外藩貿易。紀昀："芹香新染子衿青，處處多開問字亭。"（《烏魯木齊雜詩》其六十五）寫烏魯木齊地區的文教發展。曹麟開："一樣地形天氣異，庭州多雪火州炎。"（《塞上竹枝詞》其二十九）寫新疆不同地區的氣候差異。福慶："佛洞深鑱繪像多，高低處處盡袛陀。白衣毫相莊嚴好，漢楷輪回經不磨。"（《異域竹枝詞》其三十九）寫庫車庫木吐拉千佛洞。曹麟開："永和貞觀碣重重，博望殘碑碧蘚封。"（《塞上竹枝詞》其二）蕭雄："舊傳焕彩沙南碣，新讀龜兹石壁文。"（《聽園西疆雜述詩·沙南侯獲碑劉平國碑》）寫大名鼎鼎的《裴岑碑》《劉平國碑》，都各具特色。總之，從記述西域風土的全面性來考察，西域竹枝詞可謂無微不至、無所不包。這表明詩人們對西域的認識，已經遠遠超越了事物的表象，進入到更深的層次。詩中的某些内容，今天已經難以得見或非常少見，竹枝詞保存了歷史史料，是一筆寶貴的文化遺産。

　　如前所揭，與明清時期竹枝詞發展的總體趨勢相應，清代西域竹枝詞正文中通常都附有自注，對詩句加以闡釋。蕭雄《聽園西疆雜述詩》最爲典型，組詩共有詩作 150 首，加上自注後篇幅竟然達到了八萬字。西域竹枝詞中這些長達數十字乃至幾百字的注語或係個人聞見，或係摭拾相關文獻，它們與詩歌正文相輔相成，在擴大組詩内容含量的同時，也賦予了竹枝詞超越其文學與藝術特徵的認知意義和史料價值，這一點無疑與清代詩歌重學問、興考據的特性異曲同工，也從側面彰顯出國家一統對於西域邊塞的文化輻射。

四

　　毋庸置疑，清代西域竹枝詞也有其不足之處。首先，詩歌内容上多有雷同之處。清朝統一新疆之後，大量的文人們開始恭踐斯地，從嘉峪關至哈密後，主要有兩條西進路線：一走天山北路，經巴里坤、奇臺、烏魯木齊到達伊犁；一走天山南道，經鄯善、吐魯番、阿克蘇到南疆，後者又能夠在吐魯番轉道北上烏魯木齊，再至伊犁。他們中大多數人最終的目的地就是伊犁惠遠城和烏魯木齊，出關路線相同，沿途所經城市基本一致。在同一時代背景下，詩人們的生活環境、耳聞目睹的西域人文與自然景觀作爲客觀存在也不會發生太大改變，所以西域竹枝詞中的風土記載也常有重疊。更有甚者，有的人爲了留下西域經歷的人生印記，還堂而皇之地"借鑒"他人的作品，略改字句就將之據爲己有。如薛國琮《伊江雜詠》、唐道《伊犁紀事詩三十八首》，就是分別點化舒其紹《伊江雜詠》、莊肇奎《伊犁紀事二十首效竹枝體》而來。①

　　其次，過分地"資書以爲詩"（劉克莊《韓隱君詩》）。除了没有親身到過西域的王芑孫、朱紫貴等人，前者著名的《西陬牧唱詞六十首》主要是依據清代首部官修西域方志《西域圖志》敷衍而成，後者的《天山牧唱》也是在椿園七十一《西域瑣談》（《西域聞見録》别名）的基礎上完成，就連那些在西域生活過的詩人們，囿於條件的限制，也無法遍歷全疆。由此帶來的創作缺失，仍然也要通過參酌相關史地著作來彌補，如福慶《異域竹枝詞》坦言是讀《異域瑣談》有感而作。祁韻士從未去過南疆，《西陲竹枝詞》對南路風情的描寫雖未明説，但顯然也與椿園之著有緊密的關係。在這種情況下，補志乘之不足的竹枝詞，反倒借志書爲詩材。有時候，詩人們對於前人成説不假分辨地直接拿來，不僅會出現因轉寫、誤讀而造成的失誤，也不可避免地導致前人著述中一些錯誤的陳陳相因，如羅布淖爾（羅布泊）爲黄河河源説、烏魯木齊爲唐代北庭都護府等史地學誤解，都在西域竹枝詞中反復出現，對於這些問題，輯注時儘量給予甄辨和注解。

---

　　①　史國强：《〈永平詩存〉所輯伊江雜詠著者考辨》，《新疆大學學報》2014 年第 3 期；周燕玲、吴華峰：《唐道西域著述考辨》，《伊犁師範學院學報》2017 年第 2 期。

　　有關清代西域竹枝詞,《中華竹枝詞》《歷代竹枝詞》《中華竹枝詞全編》《清代西北竹枝詞輯存》都有收錄,①因對竹枝詞概念、内容、地域範圍界定不同,所輯作品數量不一。譬如《中華竹枝詞全編》"新疆卷"中節選有方觀承《從軍雜記詩》。雍正十一年(1733),方觀承曾作爲定邊大將軍福彭軍中幕僚隨征準噶爾部,這組詩即據此經歷而作,全名爲《從軍雜紀一百首》。作者自述作詩緣由稱:"余賦述征百韻,既殘佚不復記憶,耳目所經,荒漠鮮據,聊復綴以小詩。川嶺境俗、氣候物産、情志事實,各以類附,而其中時與地仍相次焉。裴矩西域之圖,居誨于闐之記,邈難覯矣。企其似之,亦欲使樹績西遐者徵諸異日耳。"②方觀承彼時既未曾至西域,組詩所寫也主要是自張家口至烏里雅蘇臺沿途景觀,且多記軍中見聞,只是在最後一首詩作中,點到了哈密與南疆情形。《中華竹枝詞全編》"新疆卷"中吳升的《西域雜詠》,實寫川藏風光。《清代西北竹枝詞輯存》所輯葉禮《甘肅竹枝詞》百首,也偶有"嘉峪雄關萬户稠,地通西極鎖咽喉""烏魯木齊葉爾羌,伊犁各路重隄防"的描寫,③但僅屬於詩人爲保持組詩意脈完整性而附帶敍及的内容,並非其寫作的重點。對於這類詩作,本書自然不再收錄。

　　除此之外,我們在前賢的基礎上,盡可能地對清代西域竹枝詞進行收集,以期將之完整地呈現給讀者,讓今人通過這些詩作走近和瞭解清代的西域社會的方方面面。但清代文獻浩如煙海,做到全備殊非易事。祁韻士《西陲竹枝詞·烏魯木齊》詩"記取輪臺風景略,曉嵐詩後有黃庭"句下注語稱:"紀曉嵐先生謫居於此,有絶句百首。後浙人黃庭亦有百絶句,惜未之見。"嘉慶初年謫戍伊犁的莊鉁也曾作《伊犁雜詠》。汪仲洋《題王東野前輩出塞集後》詩注語中謂此人"著有《烏魯木齊竹枝詞》,記注風土甚悉"。④ 這些詩作至今都未找到線索。可以肯定,因爲文獻在傳承過程中的佚失,以及資料蒐集的局限,清代西域竹枝詞的輯錄尚有未盡,以俟日後輯補。

　　本書是國家社科基金重大項目"全西域詩編纂整理與研究"(10&ZD106)

　　① 雷夢水、潘超等主編:《中華竹枝詞》,北京古籍出版社,1997年;王利器、王慎之、王子今主編:《歷代竹枝詞》,陝西人民出版社,2003年;丘良壬、潘超、孫忠銓主編:《中華竹枝詞全編》,北京出版社,2007年;趙宗福撰編:《清代西北竹枝詞輯存》,中國西北文獻叢書編輯委員會編:《中國西北文獻叢書》第六輯《西北文學文獻》第十九卷,蘭州古籍書店,1990年。

　　② 方觀承:《松漠草》,《清代詩文集彙編》第287册,第142頁。

　　③ 趙宗福撰編:《清代西北竹枝詞輯存》,中國西北文獻叢書編輯委員會編:《中國西北文獻叢書》第六輯《西北文學文獻》第十九卷,第190、191頁。

　　④ 汪仲洋:《心知堂詩稿》,《清代詩文集彙編》第523册,第691頁。

階段性成果之一。北京大學中國古代史研究中心朱玉麒老師對本書的體例安排、篇目選擇提出許多切實建議，並撥冗審閱書稿，使我們避免了很多錯誤。同時蒙朱玉麒師不棄，將本書納入"西域文庫·典籍編"系列。在整理與輯注過程中，新疆師範大學中國語言文學學院星漢老師始終關注進展，中國社科院近代史研究所馬忠文先生、中國科學院文獻情報中心莫曉霞女士、新疆師範大學歷史與社會學學院巴·巴圖巴雅爾教授、鋒暉博士，中國語言文學學院木克達斯老師、古麗巴哈爾博士都提供了許多幫助，在此表示由衷的感謝。

　　限於我們的水平，《輯注》中疏誤在所難免，祈請讀者諒解並不吝指正。

吳華峰　周燕玲

2019 年 7 月

2021 年 10 月修訂

凡 例

一、《輯注》共收録西域竹枝詞 32 組，是爲"正編"。另附有"外編"，擇録非竹枝體七律、五律、六言風土組詩 10 組，以備覽者參考利用。所使用到的詩集與相關材料版本如下：

"正編"：

1. 宋弼《蒙泉學詩草》，中國國家圖書館藏清乾隆刻本

2. 紀昀《紀文達公遺集》，嘉慶十七年紀樹馨刻本，見《清代詩文集彙編》第 354 册，上海古籍出版社，2010 年

3. 徐步雲《爨餘詩草》，嘉慶刻本，見《清代詩文集彙編》第 382 册

4. 屠紹理《有泉堂詩文一覽編》，中國科學院文獻情報中心藏嘉慶十二年修齡堂刻本

5. 曹麟開《塞上竹枝詞》，和寧撰《三州輯略》，中國國家圖書館藏清道光刻本

6. 莊肇奎《胥園詩鈔》，嘉慶十七年刻本，見《清代詩文集彙編》第 363 册

7. 王曾翼《居易堂詩集》，清乾隆王祖武刻本，見《續修四庫全書·集部》第 1453 册，上海古籍出版社，2002 年

8. 唐道《西陲紀遊》，中國科學院文獻情報中心藏嘉慶十八年刻本

9. 王芑孫《淵雅堂編年詩稿》，清嘉慶刻本，見《續修四庫全書·集部》第 1480 册

10. 朱腹松《塞上草》，南京圖書館藏嘉慶刻本

11. 薛傳源《芝塘詩文稿》，嘉慶江陰薛氏刻本，見《清代詩文集彙編》第 436 册

12. 沈峻《欣遇齋詩集》，道光十一年沈兆澐刻本，見《清代詩文集彙編》第 409 册

13. 福慶《志異新編》,中國科學院文獻情報中心藏嘉慶十二年刻本

14. 舒其紹《舒其紹著書三種》,清抄本,見《清代詩文集彙編》第 403 冊

15. 薛國琮《伊江雜詠》,史夢蘭輯《永平詩存》,國家圖書館藏同治四年刻本

16. 洪亮吉《更生齋集》,光緒三年洪氏授經堂刻增修本,見《續修四庫全書·集部》第 1468 冊

17. 汪廷楷《西行草》,安徽省圖書館藏道光刊本

18. 祁韻士《西陲竹枝詞》,嘉慶十六年刻本,見中國書店影印《西陲總統事略》附,2010 年

19. 成書《多歲堂詩集》,道光十一年刻本,見《清代詩文集彙編》第 463 冊

20. 袁潔《出戍詩話》,日本東京大學"東洋文化研究所"藏道光八年巾箱本

21. 朱紫貴《楓江草堂詩集》,光緒十年琴川書屋刻本,見《清代詩文集彙編》第 590 冊

22. 張廣埏《萬里遊草》,中國國家圖書館藏道光二十三年刻本

23. 許乃穀《瑞芍軒詩鈔》,同治七年仁和許氏刻本,見《清代詩文集彙編》第 548 冊

24. 成瑞《薜荔山莊詩稿》,上海圖書館藏道光二十四年刻本

25. 瑞元《少梅詩鈔》,咸豐四年刻本,見《清代詩文集彙編》第 585 冊

26. 林則徐《雲左山房詩鈔》,光緒十二年刻本,見《續修四庫全書·集部》第 1512 冊

27. 景廉《度嶺吟》,光緒六年刻本,見《清代詩文集彙編》第 692 冊

28. 張福田《巴里坤竹枝詞》,李伯元《南亭四話》,見上海書店影印 1925 年大東書局石印本,1985 年

29. 施補華《澤雅堂詩二集》,光緒十六年兩研齋刻本,見《清代詩文集彙編》第 731 冊

30. 蕭雄《聽園西疆雜述詩》,中國國家圖書館藏湖南使院光緒二十三年《靈鶼閣叢書》刻本

31. 志銳《伊犁雜詠》,王子鈍手抄本《天涯零韻》,見星漢編著《清代西域詩輯注》,新疆人民出版社,1996 年

"外編":

1. 蔣業晉《立厓詩鈔》,嘉慶四年金陵長洲蔣氏交翠堂刻本,見《清代詩文

集彙編》第 365 册

　　2. 陳中驥《伊江百詠》，北京大學圖書館藏嘉慶抄本

　　3. 陳寅《向日堂詩集》，道光二年海寧陳氏刻本，見《清代詩文集彙編》第 398 册

　　4. 鐵保《惟清齋全集》，道光二年長白鐵保石經堂刻本，見《清代詩文集彙編》第 432 册

　　5. 方士淦《啖蔗軒詩存》，中國科學院文獻情報中心藏同治十一年兩淮運署刊本

　　6. 金德榮《巴里坤雜詠》，阮文藻編《宛上同人集》，中國國家圖書館藏清道光十三年阮氏刻本

　　7. 黄濬《壺舟詩存》，上海圖書館藏咸豐八年刻本

　　8. 黄治《今樵詩存》，太平金韶刻本，見《清代詩文集彙編》第 606 册

　　二、“正編”所錄作品中，宋弼、王芑孫、薛傳源、朱紫貴四位詩人未親至西域，詩作乃根據他人傳聞、西域志書敷衍成編，因具有一定的參考價值，故予以收錄。

　　三、個別詩人詩作係從他著中輯錄，如邊士圻《紅山竹枝詞》輯自袁潔《出戍詩話》。另有志鋭《伊犁雜詠》選用星漢所輯王子鈍抄存本。傳世者均非完璧，也視爲一家單獨羅列注釋。

　　四、《輯注》收錄組詩按照時間順序編排。部分作品無法推知明確繫年，或組詩中的詩作並非作於一時，則按詩人在西域生活的大概時間排列。所錄組詩，除原作中有小標題者之外，其他均另標注序號“一”“二”“三”等，以區分詩作次序，方便閱讀引用。

　　五、部分作品存在不同版本，如紀昀《烏魯木齊雜詩》、舒其紹《伊江雜詠》、曹麟開《塞上竹枝詞》、蕭雄《聽園西疆雜述詩》等。《輯注》選擇質量較高或通行版本收錄，不作校勘。底本存在詩句缺漏、字跡漫漶不清處，參考別本補入，並在注釋中進行説明。若無可據補者，以□表示。

　　六、《輯注》爲保留作品原貌，所有詩歌的自注，均用小字附於原詩原句下，不再單獨析出。注中夾注，用（　　）表示。

　　七、所錄組詩全部以規範繁體字錄入。清代避諱字、對民族有侮辱性的生造字均作回改。抄本、刻本中影響文意，或因形近而混淆的明顯錯別字，據其文意逕改。底本中的異體字、通假字，及專用名詞，視具體情況予以保留。

八、相同語彙只在首次出現時加以注釋,再次出現一般不再加"見前某詩注某"。意思相同而表述不同的内容,在注釋之後加上"參(見)前某詩注某"。

九、大部分組詩自注詳贍,爲避免繁瑣,視具體情況對自注進行注釋。有的詩歌自注構成對其他組詩相關内容的解釋,則在注釋中標明"參某詩自注"。

十、組詩自注中引用他著時常做删改,《輯注》對注語中經作者删改但與原著内容區别不大的引文,亦視具體情況加引號,以示區别。對此類引文不再注釋。

目　　録

外編

正　　编

宋弼

宋弼（1703—1768），字仲良，號蒙泉。山東德州人。乾隆十年（1745）進士，選庶吉士，官翰林編修。後擢甘肅按察使，遷任提刑，乾隆三十三年入覲，道卒於洛陽。宋弼居官清廉，詩文以王士禎爲楷模，著有《蒙泉學詩草》《思永堂文稿》，編有《山左明詩鈔》，並輯補王士禎《五代詩話》。據詩集中《寄趙秋谷先生》《留別紀曉嵐同學》《贈馬秋玉並柬令弟佩兮二首》諸作，知其與趙執信、紀昀，以及揚州"小玲瓏山館"主人馬曰琯、馬曰璐均有交往。

西 行 雜 詠

解題：

組詩選自《蒙泉學詩草》卷八，作於甘肅按察使任上，共計 46 首。在清代詩歌史中，宋弼較早用組詩形式吟詠了甘肅、新疆兩地的自然景況與物産民俗。宋弼沒有親至西域，但爲官之地與新疆相鄰，中原人士凡往返西域均路經甘肅，如其詩歌序言所說，"比移肅郡，路當孔道，星使絡繹往來"，這都爲詩人帶來有關西域的大量信息。宋弼有心"徵其緒言，以廣見聞"，將所聞繫之於詩。内容包括西域的物産、自然、地理與人文概況，以及一些異聞傳說，這些内容雖大多非作者所親見，但對瞭解甘肅、新疆兩地風情不無裨益。

自入甘省，耳目頓異。比移肅郡①，路當孔道，星使②絡繹往來。徵其緒言③，以廣見聞。暇時頗録其事，並蒐及瑣屑，以絕句紀之。他日貽故鄉戚友，可以佐酒云爾。

① 肅郡：肅州。西漢置酒泉郡，隋代有肅州之名，明洪武二十七年（1394）設肅州衛，雍正七年（1729）改肅州直隸州。地當今酒泉市肅州區。

② 星使：帝王的使者。劉長卿《賈侍郎自會稽使回篇什盈卷兼蒙見寄一首與余有掛冠之期因書數事率成十韻》詩："江上逢星使，南來自會稽。"此處泛指過往官員、差使。

③ 緒言：餘論，遺言。《文選》卷四三劉孝標《重答劉秣陵沼書》："緒言餘論，蘊而莫傳。"張銑注："緒，遺也。"

一

城頭雪影鎮①浮空，直走天西萬里同。長夏添衣緣底事②，薄寒偏送自南風。涼州③以西，天山在南，積雪冪之。自肅州達嘉峪關外，北、西分歧，不知所極。衙齋遙望，峰巒如玉，每南風作則寒，思添衣矣。

① 鎮：時常。

② 底事：何事。趙翼《陔餘叢考》卷四三："江南俗語問何物曰底物，何事曰底事，唐以來已入詩詞中。"

③ 涼州：酈道元《水經注》卷四十引《地理風俗記》："漢武帝元朔三年，改雍州曰涼州，以其金行，土地寒涼故也。"先秦時爲西戎、月氏地，後爲匈奴占據，築姑臧城。西漢置武威、酒泉、張掖、敦煌河西四郡，姑臧爲武威郡治所。地當今甘肅武威市涼州區。

二

燉煌西去古伊州①，北倚天山雪水流。都護牙旗②今萬里，猶存部落奉春秋③。哈密，古伊吾廬地，唐之伊州，雪山至此在其北矣。雪融則資以灌溉，故地肥饒。前此大兵駐巴里坤，在其西北。新疆遠拓，斯爲腹地，王子恭順，不替④其封云。

① 伊州：漢代稱哈密爲伊吾廬或伊吾，東漢明帝永平十六年(73)置伊吾司馬。北魏置伊吾郡，唐貞觀年間置西伊州，轄伊吾、納職、柔遠三縣。明永樂四年(1406)設哈密衛。乾隆二十四年(1759)設哈密廳。

② 都護：漢宣帝神爵二年(前60)置西域都護，爲駐護西域的最高長官。此處泛指鎮邊官員。

牙旗：《文選》卷三張衡《東京賦》："戈矛若林，牙旗繽紛。"薛綜注："《兵書》曰，牙旗者，將軍之旌。謂古者天子出，建大牙旗，竿上以象牙飾之，故云牙旗。"

③ 奉春秋：奉正朔之謂。此句意爲萬里雖遠，而部落恭順，猶自擁戴統治，按照中原的曆法行事。《漢書·嚴助傳》："越，方外之地，劗髮文身之民也。不可以冠帶之國法度理也。自三代之盛，胡越不與受正朔，非強弗能服，威弗能制也。"

④ 不替：撤換。《左傳·僖公三十三年》："秦伯素服郊次，鄉師而哭，曰：'孤違蹇叔以辱二三子，孤之罪也。不替孟明，孤之過也。'"

三

大宛久已入提封①，回紇②今稱大小共。千里川原總遊牧，生來不解事春農③。哈薩克在伊犁西北，其人淳樸，遊牧爲業。廣數千里，無高山大川，土地衍沃而不知耕稼。近接邊裔，歲奉朝貢。能守，不爲鄰部所侵。東自布魯特④接伊犁，則古之大宛，産名馬者也。

① 大宛：西域古國名。一作破洛那、沛汗、拔汗那、渠蒐。《史記·大宛列傳》：“大宛在匈奴西南，在漢正西，去漢可萬里。”地當今烏兹別克斯坦費爾干納（Farghana）盆地。

提封：版圖、疆域。薛道衡《老氏碑》：“牂柯、夜郎之所，靡漢、桑乾之地，咸被聲教，并入提封。”

② 回紇：中國古代北方民族，形成於隋末唐初，原居蒙古高原色楞格河流域。唐天寶三載（744）首領骨力裴羅建立回紇汗國，貞元四年（788）改稱回鶻，爲維吾爾族先民之一。

據詩歌注語所述，全詩實際寫哈薩克部，故此句應指清代哈薩克大、小玉兹。哈薩克族族源可追溯到漢代烏孫、康居。15世紀中葉在楚河流域建立汗國。17世紀初以血緣與地域關係，分爲三玉兹（juz）：烏勒玉兹（Uly juz），即大玉兹；奧爾塔玉兹（Orta juz），即中玉兹；克什玉兹（Kishi juz），即小玉兹。清代稱大玉兹爲右部，稱中玉兹爲左部，稱小玉兹爲西部。另參後王芑孫《西陬牧唱詞六十首》“玉兹三部擾而馴”詩自注。

③ 春農：春日作農事。杜甫《諸將五首》其三：“稍喜臨邊王相國，肯銷金甲事春農。”

④ 布魯特：清代對柯爾克孜族的稱謂。係衛拉特蒙古語音譯，意爲高原人。

四

天西流水下昆侖，白玉河連緑玉源。春采秋撈共正賦①，何須羅綺答堅昆。②和田即古于闐，在葉爾羌③南。河中産玉，每春秋撈采充貢。河有界限，緑者爲多，至白玉河則美。前此回民④不甚珍重，或作砧材，今亦知寶貴矣。其玉只名曰玉子，未嘗有璞形。杜詩云云，注者紛如，今乃了然明白耳。

① 正賦：主要的賦税。《西域地理圖説》：“霍田河内産玉，趕春季山瀉桃花水到之前，及秋季水落河口未凍之際，下河淘覓，以爲貢賦。所得多寡原難預定，唯憑其所得者盡數交納。”

② 此句點化杜甫《喜聞盜賊總口號五首》其四：“勃律天西采玉河，堅昆碧碗最來多。舊隨漢使千堆寶，少答胡王萬匹羅。”

堅昆：中國古代北方遊牧民族，一作鬲昆，遊牧於葉尼塞河上遊。唐朝時稱黠戛斯，爲柯爾克孜族先民。

③ 葉爾羌：《西域同文志》：“葉爾羌，回語。葉爾，謂地；羌，寬廣之意。其地寬廣，故名。”兩漢爲莎車國，元代稱鴨兒看、也里虔。清代稱葉爾奇木、葉爾羌。光緒二十八年（1902）置莎車府，轄地包括今莎車、葉城等地。

④ 回民：元代稱伊斯蘭教爲回教，將信奉伊斯蘭教徒稱爲回回。清代因之，慣將信仰伊斯蘭教的維吾爾人稱爲回民、回人、回子。

五

疏勒城邊疏勒河①，千支萬派共揚波。魯魚亥豕②傳來久，況是遷流土語多。陶賴河③自關外東注，其流甚大。別有討來、卯來，未解其義，要皆土語耳。《安西志》云是疏勒河轉語，似爲得之。

① 疏勒城：此指肅州布隆吉爾城，地當今甘肅布隆吉鄉。徐松《西域水道記》：“（蘇勒河）又西，過布朗吉爾城北。……（雍正元年，1723）置安西同知、安西衛、安西鎮於布朗吉爾。六年，皆移治大灣，而建柳溝衛。九年，建衛城。”

疏勒河：一作蘇勒河、素爾河。古名籍端水、獨利河。《漢書·地理志下》：“南籍端水出南羌中，西北入其澤，漑民田。”發源於祁連山西段拖來南山與疏勒南山之間，河西走廊第二大内陸河。

② 魯魚亥豕：葛洪《抱朴子·内篇》卷一九《遐覽》：“諺云：‘書三寫，魚成魯，帝成虎。’”指書籍在撰寫或刻印過程中產生的文字訛誤。

③ 陶賴河：又作討賴、討來、洮賴等。古稱呼蠶水。徐松《西域水道記》：“洮賴河出嘉峪關南山中，西流折而北。又東北，徑舊夷目巴喇牧地之西。又東北，徑牌樓山。又東北，徑舊黑番與喇嘛納添巴牧地。又東北，徑卯來泉堡北。又東北，徑文殊山西，爲洮賴河。蒙古語謂兔曰洮賴，即《漢志》呼蠶水也。……蘇勒河徑昌馬山西，隔山即洮賴河源。”發源於祁連山中段，流經嘉峪關、酒泉、金塔後匯入黑河。注語將之與疏勒河混淆，誤。

六

瀚海①無波草不青，馬蹄得得數郵亭。定知造物爲搏弄②，誰向洪荒③問《水經》。關外路多戈壁④，廣輒數百里，即瀚海也。踐石子以行，少水草，人馬苦之。然自涼州以西多如是。意者⑤水土未分，山川相蕩，擊撞成形，積爲厚地耶。

① 瀚海：不同歷史時期有不同意指。兩漢至六朝指北方湖泊，唐代指蒙古高原及今準噶爾盆地沙磧，明代指今鄯善縣庫姆塔格沙漠。《大明一統志》卷八九：“瀚海，在柳陳東，地皆沙

磧，若大風，則行者人馬相失，夷人呼爲瀚海。”此處泛稱沙漠戈壁。

　　② 搏（tuán）弄：戲弄。《太平御覽》卷二六引《禰衡別傳》：“十月朝黄祖於艨衝舟上，會設黍臛。衡年少在坐，黍臛至，先自飽，食畢，搏弄戲擲，其輕慢如此。”

　　③ 洪荒：徐陵《在北齊與楊僕射書》：“凡自洪荒，終乎幽厲。”混沌蒙昧的狀態，代指遠古。

　　④ 戈壁：蒙古語 Gobi 音譯。沙漠，礫石荒漠，乾旱地。

　　⑤ 意者：大概，或許。《墨子·公孟》：“今吾事先生久矣，而福不至，意者先生之言有不善乎？”

七

　　杳杳仙官一水環，上清①淪謫住人間。嫖姚②戰跡千年遠，長對天山護玉關。仙姑廟在肅城③北。《志》云常見神異濟霍去病於厄。高臺④亦祀之。

　　① 上清：上天，天界。《雲笈七籤》卷三：“其三清境者，玉清、上清、太清是也。亦名三天，其三天者，清微天、禹餘天、大赤天是也。”

　　② 嫖姚：即霍去病（前140—前117），河東平陽（今山西臨汾西南）人，西漢名將，封冠軍侯，十九歲陞任驃騎將軍。《漢書·霍去病傳》：“霍去病，大將軍青姊少兒子也。……年十八爲侍中，善騎射，再從大將軍。大將軍受詔予壯士，爲票姚校尉。……元狩三年春爲票騎將軍，將萬騎出隴西，有功。”

　　③ 肅城：肅州城。參前組詩自序注①。

　　④ 高臺：雍正三年（1725）置高臺縣，隸屬甘州，雍正七年（1729）改隸肅州。今甘肅張掖高臺縣。

八

　　作鹹潤下①本天然，十里鹽池雪色鮮。多少村氓食舊德，翻教斥鹵②勝桑田。高臺縣西百餘里置鹽池馹③，其地東西數十里，鹵不可耕。水聚成池，產鹽如雪，以曬晾成之，給甘肅民食。堡民自明初成此，守爲世業。寧夏關外及番地皆有鹽池，而色不同，實天地自然之利。

　　① 作鹹潤下：《尚書·洪範》：“五行：一曰水，二曰火，三曰木，四曰金，五曰土。水曰潤下，火曰炎上。……潤下作鹹，炎上作苦。”王充《論衡·別通篇》：“水之滋味也。”

　　② 斥鹵：鹽鹼地。《呂氏春秋·先識覽·樂成》：“鄴有聖令，時爲史公，決漳水，灌鄴旁，終古斥鹵，生之稻粱。”吴曾《能改齋漫録》卷五：“鹹薄之地，名爲斥鹵。”

　　③ 馹（rì）：古代驛站所用之車，亦指驛站。

九

　　軍中最重石硫磺，飛火轟雷不可當。牛尾山^①邊礦苗旺，煎來卻教費商量。硫磺礦似黃土，入水煎之，點以清油或石油，即成軍營火藥，爲要需矣。嘉峪關內外所產極旺，前年采煎輒得六七十萬斤，至今猶貯玉門縣^②，方議分銷云。

　　① 牛尾山：嘉慶《玉門縣志》：“牛尾山在靖逆南三百五十里。”又李誠《萬山綱目》卷三：“牛尾山。在敦煌縣東南，布隆吉爾河北。”地產硫磺。

　　② 玉門縣：漢元狩二年(前121)置玉門縣，屬酒泉郡。唐開元十五年(727)改玉門縣爲玉門軍。天寶十四年(755)復置玉門縣，隸肅州。清乾隆二十四年(1759)將靖逆、赤金二衛合并爲玉門縣，隸安西直隸州，治所靖逆城，地當今甘肅省玉門市玉門鎮。

一〇

　　亂流激澗沖山骨^①，巧匠磨來比玉瑩。雕鏤千般渾不愛，文楸^②愛聽落棋聲。肅州產五色石，瑩潤如玉，每隨山水流出，匠人琢爲簪珥、鉤環、杯盤、箭珙之屬，雅可把玩。或爲棋子，堅致勝滇產，價亦再倍，未可以碔砆^③忽之。

　　① 山骨：山中的巖石。劉師服等《石鼎聯句》詩：“巧匠斲山骨，刳中事煎烹。”

　　② 文楸(qiū)：棋盤。趙光遠《詠手二首》其二：“象牀珍簟宮棋處，拈定文楸占角邊。”

　　③ 碔(wǔ)砆(fū)：似玉之石。《文選》卷七司馬相如《子虛賦》：“瑉石碔砆。”李善注引張揖曰：“瑉石、碔砆，皆石之次玉者。”

一一

　　疊嶺連岡隱澗阿^①，空山樵牧復如何。不須大冶誇陶鑄^②，自是金行^③寶氣多。雪山之下，岡嶺重復，內產黃金。山中人每盜采之，得塊如砂、如礫，其重至不可計數，天然成質，不脛而走。故黃金以西北爲多產，川、滇者質微勝耳。不履斯地，詎信之耶！

　　① 澗阿：山澗曲折之處。黃庭堅《笻竹頌》：“偉邛崍之美竹，初發跡於幷轲。……郭子遺我，扶余澗阿。”

　　② 陶鑄：製作陶範以鑄造金屬器物。《墨子·耕柱》：“昔者夏後開使蜚廉折金於山川，而陶鑄之於昆吾。”

③ 金行：西方於五行屬金。《周易鄭康成注》：“天一生水於北，地二生火於南，天三生木於東，地四生金於西，天五生土與中。”此處即指西北産金之地。

一二

西番林樹盡胡桐①，瀝入平沙結不融。嘗藥農岐②應未識，齒牙餘論③藉奇功。自哈密以西多胡桐樹，供土人炊爨用耳。流汁入地凝結者名胡桐淚。按方書：曰律，又曰瀝。音轉義一。主治牙痛最效，内間需此，必白金再倍乃得之，其曰鹹者，遜此矣。

① 胡桐：即胡楊。楊柳科楊屬植物，中型落葉喬木，耐旱。在我國主要分佈於新疆、甘肅、内蒙古西部地區。其樹脂俗稱胡桐淚。

② 農岐：神農與岐伯的合稱。皇甫謐《帝王世紀》卷一：“炎帝神農氏，長於江水，始教天下耕種五穀而食之。”“（黃帝）又使岐伯嘗味百草。典醫療疾，今經方、本草之書咸出焉。”

③ 齒牙餘論：隨口贊譽之辭。《南史·谢朓傳》：“士子聲名未立，應共獎成，無惜齒牙餘論。”

一三

細葉茸茸花蔚藍，新秋幪幪①子輕含。煮來合供仙家飯，晝寢輖饑②味許甘。土産多胡麻，或天台③澗中所流耶。

① 幪（méng）幪：《詩·大雅·生民》：“禾役穟穟，麻麥幪幪，瓜瓞唪唪。”毛傳：“幪幪然，茂盛也。”

② 輖（zhōu）饑：一作調饑。《詩·周南·汝墳》：“遵彼汝墳，伐其條枚。未見君子，惄如調饑。”毛傳：“惄，饑意也。調，朝也。”鄭玄箋：“惄，思也。未見君子之時，如朝饑之思。”

③ 天台：《太平御覽》卷四一引劉義慶《幽明錄》：漢明帝永平五年（62），剡縣劉晨、阮肇入天台山采藥迷路，糧食將盡。後遇二女，以胡麻飯、山羊脯款待，留住半年回家，親舊零落，邑屋全異，子孫已歷七世。

一四

洮河①春水下輕湍，尺半遊魚上釣竿。道是無鱗人不信，至今對酒憶廚盤。甘地少魚，惟寧夏、西寧黃河中有之耳。前駐岷州②，洮河繞城而東，春夏出無鱗魚，味亦殊佳，他邑或有,肅則鮮矣。

　　① 洮河:又作洮水,位於甘肅省西南,發源於青海省境內西傾山。爲黃河上遊支流,甘肅省第三大河。

　　② 岷州:甘肅岷縣舊稱。明朝設岷州衛,清雍正八年(1730)改岷州,1913 年改縣。

一五

　　娑木①根盤隱磧沙,含精感氣長靈芽②。怪他鱗甲能飛動,形似魚龍亦可誇。肉蓯蓉産沙磧中,《志》云:娑娑柴根所生,肥膩如肉,鱗甲翕張,鹽煮乃可行遠,産鎮番③者尤佳。予得數斤,乃蒸之作片,無鹽漬者。詢其形甚可駭,或傳馬跡所生,非也。

　　① 娑木:娑娑柴,一作梭梭柴、瑣瑣柴。藜科梭梭屬小喬木,西北沙漠地帶常見的耐旱植物。

　　② 靈芽:瑞草。許敬宗《賀杭州等龍見並慶雲朱草表》:“非煙五色,雜雲旗於翠華;朱草三英,代靈芽於芳籍。”此指肉蓯(cōng)蓉。肉蓯蓉又名寸芸、蓯蓉,草本植物,具有藥用價值。

　　③ 鎮番:明洪武三十年(1397)置鎮番衛,清雍正二年(1724)改鎮番縣,今甘肅省民勤縣。

一六

　　漠漠平沙抽紫莖,苗根相似是同生。尋常只佐盤飧①用,采藥何緣得異名。鎮陽②亦生沙地中,鎮番者佳,苗根皆可六七寸,狀正相等,土人和麪作餅餌食之。

　　① 盤飧(sūn):盤,盛飯之器。飧,晚飯、熟食。《左傳·僖公二十三年》:“乃饋盤飧,置璧焉。”

　　② 鎖陽:鎖陽科鎖陽屬多年生肉質寄生草本植物,性耐旱,在我國主要生長於内蒙古、甘肅、新疆等地。具有藥用價值。

一七

　　番部名瓜似蜜甜,較量盈尺兩頭尖。秋來日飫雕盤①美,呈素含紅②總不嫌。哈蜜瓜著名久矣,近地所産微遜,皆美品也。

　　① 飫(yù):吃飽。杜甫《麗人行》詩:“犀箸饜飫久未下,鸞刀縷切空紛綸。”
　　雕盤:精美的盤子。蕭統《七契》:“瑶俎既已麗奇,雕盤復爲美玩。”

② 呈素含紅：《藝文類聚》卷八七引《神仙傳》：“有青燈瓜，大如三斗魁。玄表丹裏，呈素含紅。攬之者壽，食之者仙。”指瓜青皮紅瓤。

一八

巷曲稱名亦大粗，邊城嘉種味全殊。金刀剖食甘如蜜，萍實浮江得似無。[①]金塔[②]産甜瓜，大可如升，形正圓，視哈蜜瓜幾勝之，居然珍果矣。土名回回帽，肖形云爾。

① “萍實”句：劉向《説苑》卷一八《辨物》：“楚昭王渡江，有物大如斗，直觸王舟，止於舟中。昭王大怪之，使聘問孔子。孔子曰：‘此名萍實，令剖而食之，惟霸者能獲之，此吉祥也。’……孔子歸，弟子請問。孔子曰：‘異哉！小兒謠曰：楚王渡江，得萍實。大如拳，赤如日。剖而食之，美如蜜。此楚之應也。’”

② 金塔：金塔寺堡。乾隆《甘肅通志》卷十一：“金塔寺堡，在州東北一百里。即明金塔寺城也，土城周一百九十丈。”

一九

山前齕飲見犛牛[①]，長毳如蓑雪色柔。染赤揚朱方物貴，重英豈但上旄頭[②]。犛牛産番中，近山人家亦畜之。長毛垂垂可愛，染作冠纓，上品者價不訾也。至於馬纓旗飾，皆用此矣。

① 齕(hé)飲：一作飲齕，食草飲水。鮑照《與伍侍郎別》詩：“民生如野鹿，知愛不知命。飲齕具攢聚，翹陸欻驚迸。”

犛(máo)牛：牦牛。主要分佈於青藏高原，及毗鄰的高山、亞高山地區。

② 重英：《詩·鄭風·清人》：“二矛重英，河上乎翱翔。”毛傳：“重英，矛有英飾也。”

旄頭：旄，用犛牛尾裝飾的旗，此指旗幟。

二〇

負山有力鋭味能，[①]數點櫻紅亦可憎。何事金方[②]肅殺地，雲屯霧聚[③]不分層。迤西有數處蚊蠓極夥，聚族薨薨[④]，如煙如霧，重幕避之，猶患嘬[⑤]膚。行路以巨拂揮擊，臂爲之痛。集，牛馬皆變色矣。日暮輒入草中，乃兔。

① “負山”句：《莊子·應帝王》：“其於治天下也，猶涉海鑿河，而使蚊負山也。”

② 金方：西方。岑參《武威送劉單判官赴安西行營便呈高開府》詩："熱海亙鐵門，火山赫金方。"參前"疊嶺連岡隱澗阿"詩注③。

③ 雲屯霧聚：形容蚊蠓聚集之狀。

④ 薨薨：象聲詞，衆蟲齊飛之聲。《詩·齊風·雞鳴》："蟲飛薨薨，甘與子同夢。"

⑤ 嘈（zǎn）：叮、咬。

二一

蜥蜴曾聞能致雨，①荒山那見更興雲。長餘五尺如人立，射虎將軍又策勳②。蜥蜴即石龍子，俗呼馬蛇，又名雲虎，處處有之，大二三寸耳。俞總戎言，嘗由庫車行亂山中，一物出草間，人立走逐，高可二三尺，尾如之。抽矢射之，再發乃斃。亦異聞也。③

① "蜥蜴"句：陳元靚《歲時廣記》卷二："張師正《倦遊録》云：'熙寧中，京師久旱。按古法令坊巷以甕貯水，插柳枝，泛蜥蜴。小兒呼曰：蜥蜴蜥蜴，興雲吐霧。降雨滂沱，放汝歸去。'《翰府名談》云：'宋內翰祁鎮鄭州，夏旱，公文祭蜥蜴於祈所，即時大雨告足，民乃有秋。'"

② 射虎將軍：《史記·李將軍列傳》："廣出獵，見草中石，以爲虎而射之，中石没鏃，視之石也。因復更射之，終不能復入石矣。廣所居郡聞有虎，嘗自射之。及居右北平射虎，虎騰傷廣，廣亦竟射殺之。"陸游《芳華樓夜宴》詩："射虎將軍老不侯，尚能豪縱醉江樓。"此處代指俞金鰲。俞金鰲（？—1793），字厚庵，直隸天津人。乾隆七年（1742）武進士，授藍翎侍衛。三十一年調甘肅肅州鎮總兵，三十八年擢烏魯木齊提督。

策勳：記録功勳。《左傳·桓公二年》："凡公行，告於宗廟。反行，飲至、舍爵、策勳焉，禮也。"杜預注："既飲置爵，則書勳勞於策，言速紀有功也。"

③ 紀昀《閱微草堂筆記·灤陽消夏録三》也記載此異聞，情節略有不同："俞提督金鰲言：嘗夜行闢展戈壁中，遥見一物，似人非人，其高幾一丈，追之甚急。彎弧中其胸，踣而復起。再射之始僕。就視，乃一大蠍虎。竟能人立而行，異哉。"

二二

席萁草①長馬牛肥，更向前山捆載歸。圓笪方筐②兼織席，賣來不用患朝饑。史言天山有席萁草，肥大可飼馬。或云息雞，今更訛爲芨芨矣。土人織之爲器、爲席、爲簾，以席覆屋，其用甚廣，亦貨殖之一。按，京北有得勒素草，織雨帽胎子極佳，即斯草也。

① 席萁草：一作芨芨草、息雞草，古稱白草。多年生密叢禾草，多生於西部荒漠。《漢書·西域傳上》："（鄯善國）出玉，多葭葦、檉柳、胡桐、白草。"顏師古注："白草似莠而細，無芒，

其幹熟時正白色。"蒙古語名"得勒素",一作德勒蘇。

　② 圓筥方筐：《詩·召南·采蘋》："于以盛之,維筐及筥。"毛傳："方曰筐,圓曰筥。"

二三

　地爐撥火夜通紅,不用頻添喚小童。煮酒烹茶真耐久,娑娑①作炭有微功。娑娑,木名,俗曰檟檟柴,堅逾他木,燒爲炭,冬夕圍爐,通宵不盡。

　① 娑娑：即梭梭柴。見前"娑木根盤隱磧沙"詩注①。

二四

　八尺爲輪三尺輿,黑河徑過眇愁予①。關西匠氏經營好,利涉②方知用不虛。陝甘車輪多徑七八尺,初甚訝之,既經涉巨流,始知其用爾。

　① 黑河：一作黑水、合黎水、張掖河。《史記·夏本紀》："弱水至於合黎。"張守節正義引《括地志》："合黎,一名羌谷水,一名鮮水,一名覆表水,今名副投河,亦名張掖河,南自吐谷渾界流入甘州張掖縣。"《嘉慶重修一統志》卷二六六："(弱水)自與張掖河合,其下通名爲張掖河,今俗謂之黑河。"

　愁予：《楚辭·九歌·湘夫人》："帝子降兮北渚,目眇眇兮愁予。"王逸注："予,屈原自謂也。"

　② 利涉：順利渡河。《周易·渙》："利涉大川,乘木有功也。"

二五

　星宿①河源九曲遥,東流人説接青霄。皋蘭山下聯舟過,海内應無第二橋。黃河至蘭州其勢已大,郡北浮橋絙舟爲之。土謠云"天下黃河只一橋",故不虛也。

　① 星宿：星宿海的省稱。星宿海位於青海噶達素齊老山之北,唐宋以來長期被視爲黃河源頭。清康熙年間遣侍衛拉錫探尋河源,逾星宿海。蒙古語稱"鄂敦塔拉"。徐松《西域水道記》卷二："鄂敦塔拉者,縱廣百里,南北長而東西狹,泉數百如星,故有星宿海之號。"

二六

　城頭列炮似臨戎,礮礌驚聞用火攻。父老能言當日事,異螟如斗落雲中。

岷州在萬山中，嵐氣殊異。每東北有怪雲必雹，居民輒請鳴炮以禦。故城樓置三炮，藥石實之。舊言雲至近處爲炮所中，田間斃一蟆，大逾斗許。[1]

[1] 紀昀《閱微草堂筆記·槐西雜志三》："史丈松濤言：山陝間每山中黃雲暴起，則有風雹害稼。以巨炮迎擊，有墮蝦蟆如車輪大者。"

二七

疊木縱橫字井幹[1]，銀牀[2]金索等閑看。西來喜見前民制，漢魏樓臺夕照寒。井口以木爲闌，四角八岐，見於往牒，入關始識之，真古制也。漢武作井幹，曹瞞[3]銅雀臺號井幹，覽其形狀，慨然千古。

[1] 井幹：井口的圍欄。《莊子·秋水》："出跳梁乎井幹之上，入休乎缺甃之崖。"成玄英疏："幹，井欄也。"亦代指樓臺。《文選》卷一班固《兩都賦》："攀井幹而未半，目眴轉而意迷。"李善注："《漢書》曰：'武帝作井幹樓，高五十丈，輦道相屬焉。'"

[2] 銀牀：杜甫《冬日洛城北謁玄元皇帝廟》詩："風箏吹玉柱，露井凍銀牀。"朱鶴齡注："樂府《淮南王篇》：'後園鑿井銀作牀，金瓶素綆汲寒漿。'庾肩吾詩：'銀牀落井桐。'舊注：'銀牀，井欄也。'"

[3] 曹瞞：曹操小字阿瞞。建安十五年（210）在鄴城鑄銅雀臺。酈道元《水經注》卷一〇："（鄴西三臺）中曰銅雀臺，高十丈，有屋百一間。"謝朓《同謝諮議詠銅雀臺》詩："繐帷飄井幹，樽酒若平生。"自注誤將井欄與井幹（樓臺）混淆。

二八

萬翅盤空風雨鳴，寒鴉應候集寒城[1]。無端驚起淮南夢，臥聽黃河滾浪聲。肅州月令，春，烏之野；冬，烏集於城。城中多古樹，每向夕將曉，萬鴉鼓翅，勢如風雨。憶壬午扈從駐淮上，去大河僅里許，中夜波聲如此，棖觸[2]心情，不覺及之。

[1] 寒城：《文選》卷三十謝朓《郡內登望》詩："寒城一以眺，平楚正蒼然。"呂延濟注："秋氣寒而登城上，故云寒城。"

[2] 棖（chéng）觸：感觸。李商隱《戲題樞言草閣三十二韻》詩："君時臥棖觸，勸客白玉杯。"

二九

天外園林果樹稠，厥苞[1]想像入深秋。尊前頓覺心情好，付與來禽安石榴②。新疆南路葉爾羌諸處，土田肥美，園果極佳，歲以充貢，或見遺。蘋果、石榴，大者如碗，實堅味甘。對客命酒，風味致佳。

① 厥苞：包裹。《詩·衛風·木瓜》：“投我以木李，報之以瓊玖。匪報也，永以爲好也。”鄭玄箋：“以果實相遺者，必苞苴之。《尚書》曰：‘厥苞橘柚。’”

② 來禽：沙果。《藝文類聚》卷八七引《廣志》：“‘林檎似赤柰子，亦名黑檎。’又曰：‘一名來禽，言味甘熟則來禽也。’”

安石榴：石榴。産自西域古安息國，故名。《太平御覽》卷九七〇引張華《博物志》卷六：“張騫使西域還，得安石榴。”

三〇

番錦裁成貝作裝，方圓雕鏤綴衣裳。陌頭十五盈盈①女，顧盼心知滿路光。②古人以貝爲飾，今番民乃如是。常見路上女子編綴衣裳，刻鏤工巧，古人用物，因見一斑。

① 盈盈：儀態美好貌。《文選》卷二九《古詩十九首·青青河畔草》：“盈盈樓上女，皎皎當窗牖。”李善注：“《廣雅》曰：嬴，容也。盈與嬴同。”

② “顧盼”句：錢起《送裴迪侍御使蜀》詩：“朝天繡服乘恩貴，出使星軺滿路光。”此指衣裳妝飾華麗。

三一

巨輪十丈水爭飛，架木通畦黍麥肥。直引黃流到天上，機心漫笑漢陰非。①蘭州北枕黃河，民間緣岸作大輪，藉水勢戽水②灌田，可上五六丈許。漢陰抱甕殆虛言，而實用微矣。

① “機心”句：典出《莊子·天地》：子貢過漢陰，見漢陰老人用甕從取水灌田，事半功倍。便詢問老人爲何不使用機械抽水澆灌。漢陰老人“忿然作色而笑曰：‘吾聞之吾師，有機械者必有機事，有機事者必有機心。機心存於胸中，則純白不備；純白不備，則神生不定；神生不定者，道之所不載也。吾非不知，羞而不爲也。’”此喻純樸無邪，毫無機心。

② 戽（hù）水：戽：戽斗，取水灌田的農具。戽水，汲水灌田。范成大《夏日田園雜興十二絕》其六：“下田戽水出江流，高壠翻江逆上溝。”

三二

綠蔓黃花冬自榮，長楸①走馬望來驚。秦中見慣還成笑，幾把鵲巢呼寄生。關西樹上多寄生,形如鵲巢,累累不絕,綠莖黃花,昔所未見。特少桑樹,不作藥味耳。

① 長楸:《文選》卷二七曹植《名都篇》:"鬥雞東郊道,走馬長楸間。"李周翰注:"古人種楸於道,故曰長楸。"

<h2 style="text-align:center">三三</h2>

大葉風裁鋪綠雲,長莖五尺虎斑文。奇形合得將軍號,破隘誰爭一戰勳。涼州西有大黃山,産大黃①。郵亭見之,狀甚怪,莖長可七八尺,苞可六七寸,含蕊正黃。李將軍以大黃②射虜,想其威棱如此。

① 大黃:蓼科大黃屬多年生草本植物的合稱,爲中藥材。涼州所産大黃又名涼黃。
② 大黃:指弓。《史記·李將軍列傳》:"廣身自以大黃射其裨將。"裴駰集解引韋昭曰:"角弩色黃而體大也。"注語誤將植物大黃與李廣之弓混爲一談。

<h2 style="text-align:center">三四</h2>

罌粟爲名仿佛同,團團五色百花叢。輕雲澹日憑欄看,魏紫姚黃①拜下風。蒽苣蓮亦罌粟之類而不同,甘肅以西甚盛,一本六七枝,高四五尺,花大三四寸,重臺②如牡丹,色殊麗。至大紅一種,自非姚魏所及;虞美人盛如豐臺,不復齒及③。

① 魏紫姚黃:歐陽修《洛陽牡丹記·花釋名第二》:"姚黃者,千葉黃花,出於民姚氏家。……魏家花者,千葉肉紅花,出於魏相仁溥家。始樵者於壽安山中見之……。錢思公嘗曰:'人謂牡丹花王,今姚黃真可爲王,而魏花乃後也。'"歐陽修《綠竹堂獨飲》詩:"姚黃魏紫開次第,不覺成恨俱零凋。"
② 重臺:復瓣花。韓偓《妒媒》詩:"好鳥豈勞兼比翼,異華何必更重臺。"
③ 齒及:提及。陳亮《與韓無咎尚書書》:"今者尚書見城中故舊,輒爲齒及姓名。"

<h2 style="text-align:center">三五</h2>

異種原隨博望侯①,香醪一斗換涼州。②酒泉不見龍珠帳③,佳實來從天盡頭。葡萄自西域來,見於前史,肅州絕無之。其乾者如豆許,皆自關外至。雅爾④回使所遺,多白色,味尤甘。

① 博望侯:張騫(?—前114),西漢漢中城固(今陝西城固)人,建元二年(前139)出使西

域，聯絡月氏擊匈奴。元朔三年(前 126)拜大中大夫，封博望侯。元狩四年(前 119)復拜中郎將，再使西域。見《漢書·張騫傳》。《漢書·鄭吉傳》："漢之號令班西域矣，始自張騫而成於鄭吉。"

② "香醪"句：用東漢孟佗典。孟佗字伯郎，東漢扶風郡(今陝西興平)人。《增修埤雅廣要》："葡萄本出大宛，張騫使西域所攜。……國人釀以爲酒，富室藏酒至千斛，十年不敗。扶風孟佗嘗以一斗遺張讓，得拜涼州刺史，時謂之一斗換涼州。"蘇軾《次韻秦觀秀才見贈秦與孫莘老李公擇甚熟將入京應舉》詩："將軍百戰竟不侯，伯郎一斗得涼州。"

③ 龍珠帳：指葡萄。段成式《酉陽雜俎》："貝丘之南有蒲萄谷。……天寶中，沙門曇霄因遊諸岳，至此谷，得蒲萄食之。又見枯蔓堪爲杖，大如指，五尺餘，持還本寺植之，遂活。長高數仞，陰地幅員十丈，仰觀若帷蓋焉。其房實磊落，紫瑩如墜，時人號爲草龍珠帳焉。"

④ 雅爾：原爲準噶爾部牧地，清朝在此地築肇豐城，俗稱雅爾城，駐塔爾巴哈臺參贊大臣。地當今哈薩克斯坦烏爾札爾。

三六

胡羊如馬傳前牒，[1]大尾今聞三十斤。若付行廚烹翠釜[2]，紫駝珍味許平分。大尾羊內地亦有，其種尾可五六斤爾。聞新疆極西羊尾大者二三十斤，必珍味矣。

① "胡羊如馬"句：胡羊，産於西北地區的羊。此處化用蘇軾《和蔣夔寄茶》詩："剪毛胡羊大如馬，誰記鹿角腥盤筵。"

前牒：前人的記載。此指蘇軾詩。

② 翠釜：製作精美的鍋。杜甫《麗人行》詩："紫駝之峰出翠釜，水精之盤行素鱗。"

三七

汙田[1]陳莽爛成棄，方尺掘來平復頗。非炭非柴留宿火，溫麌[2]暖氣一牀多。下田塗泥[3]，細草如髮，根結泥中，土人掘而乾之，名曰壄子[4]。至冬微燒置牀下，達旦溫然，與紅柳[5]柴皆無用之用。按，壄，耕田土塊也。

① 汙田：地勢低下的田。《詩·小雅·十月之交》："徹我牆屋，田卒汙萊。"毛傳："下則汙，高則萊。"又《史記·滑稽列傳》："甌窶滿篝，汙邪滿車。"裴駰集解引司馬彪曰："汙邪，下地田也。"

② 麌(nún)：香氣。皮日休《奉和魯望玩金鸂鶒戲贈》詩："鏤羽雕毛迥出群，溫麌飄出麝臍熏。"

③　塗泥：土濕如泥。《尚書・禹貢》：“厥土惟塗泥，厥田惟下下。”

④　垡（fá）子：指草垡子，一作草垡、草炭，泛指沼澤植物。

⑤　紅柳：檉柳科、檉柳屬植物，係灌木或小喬木，在中國多分佈於西北地區，適應乾旱和荒漠環境。

三八

　　臃腫曲拳枯木胎，剔根連載作薪材。地中生木成爻象，①真見荒原物利來。檉紅柳生沙磧中，柔條數尺，紅蕤嫣然。土人掘其根，拳曲作老樹形，巨者盈抱，獲多滿車，惟以供炊。《雅》詩云“啓辟攘剔”，②殆此類耶！

①　“地中”句：《周易・升》：“《象》曰，地中生木，升。君子以順德積小以高大。”孔穎達疏：“地中生木，升者。地中生木，始於細微，以至高大，故爲升象也。”《周易・繫辭下》：“爻象動乎內，吉凶見乎外。”孔穎達疏：“言爻者，效此物之變動也。象也者，像此者也，言象此者之形狀也。”此句僅用典面。

②　《詩・大雅・皇矣》：“啓之辟之，其檉其椐。攘之剔之，其檿其柘。”朱熹注：“啓辟，芟除也。……攘剔，謂穿剔去其繁冗，使成長也。”

三九

　　設險巖疆①壓峻岡，虎符龍節②達遐荒。重關一下葳蕤鎖③，回首何人不憶鄉。嘉峪關去肅七十里，踞岡爲城，左右皆邊牆，前明以界內外者。凡出關，守將啓門，行者出輒聞閉關聲。征夫回望，不覺淒其矣。

①　巖疆：邊遠險要之地。《明史・梁廷棟傳》：“廷棟疏辨，乞一巖疆自效，優詔慰留之。”

②　虎符龍節：《史記・孝文本紀》：“九月，初與郡國守相爲銅虎符、竹使符。”裴駰集解引應劭注曰：“銅虎符第一至第五，國家當發兵，遣使者至郡合符，符合乃聽受之。”《周禮・地官・掌節》：“凡邦國之使節，山國用虎節，土國用人節，澤國用龍節。”鄭玄注：“澤多龍，以金爲節，鑄象焉。”盧綸《送從叔牧永州》詩：“虎符龍節昭歧路，何苦愁爲江海人。”

③　葳（wēi）蕤（ruí）鎖：鎖子的美稱。《太平廣記》卷三一六引《錄異傳》：“劉照，建安中爲河間太守，婦亡，埋棺於府園中，遭黃巾賊，照委郡走。後太守至，夜夢見一婦人往就之，後又遺一雙鎖。太守不能名，婦曰：‘此葳蕤鎖也，以金縷相連，屈申在人，實珍物，吾方當去，故以相別，慎無告人。’後二十日，照遣兒迎喪，守乃悟云云，兒見鎖感慟，不能自勝。”韓翃《江南曲》：“春樓不閉葳蕤鎖，綠水回通宛轉橋。”

四〇

　　高低羅列似蜂巢，橫掛田塍細路交。陶穴①生民幾千載，邠風何用更于茅②。鑿穴而居，入豫已見之。至邠，行兩山間，凡緣山依澗，點點如蜂窠，皆聚落也。間睹屋宇，蓋有力者爲之。

　　① 陶穴：鑿地爲屋。《詩・大雅・緜》：“古公亶父，陶復陶穴，未有家室。”鄭玄箋：“復者，復於土上，鑿地曰穴，皆如陶然。”
　　② 邠風：即《豳風》，《詩》十五國風之一。邠：清設邠州，1913 年改邠縣，今陝西彬縣。
　　于茅：割茅草。《詩・豳風・七月》：“晝爾于茅，宵爾索綯。”此句意爲邠州百姓不再用茅草蓋屋。

四一

　　星羅棋佈各成村，高築垣墉①低鑿門。榆柳婆娑蔭場圃，不知守望是籬樊②。甘民鄉居各自爲堡，大小如城垣，蓋前代羌夷交侵，故爲守禦計。大者成市鎮，往往設官彈壓之。其小者皆孤立於守望，相助之義邈矣。

　　① 垣墉：圍牆。元稹《度門寺》詩：“諸巖分院宇，雙嶺抱垣墉。”
　　② 籬樊：籬笆。

四二

　　祁連積雪氣飛騰，流液應從太古凝。聞道鑿來銷酷暑，人間實有萬年冰。雪山直走西北，郡當其右，望之連峰若肋，峰間皓白，冰雪交積，蓋不可計年矣。前總制黃公①駐肅，夏苦於熱，日使兩馬取冰製署，往者皆披裘然後入，去郡猶百數十里云。

　　① 總制：總督別稱，一作制臺、制軍。明代始作爲正式官名，清沿明制。有從一品、正二品之分。
　　黃公：黃廷桂（1690—1753），字丹崖，號前黃，漢軍鑲紅旗人。乾隆十二年（1747）、十六年，兩任陝甘總督，後陞武英殿大學士兼吏部尚書。卒，謚文襄。見《清史列傳》卷一六本傳。

四三

　　漢家天馬①徠西極，此日蒲梢外廄同。歲歲龍駒送尚乘，雄姿崢嶸②一嘶風。漢武始號渥洼注③馬爲天馬，及得大宛馬，乃更以爲天馬。今都入提封矣，每歲選良驥恭進，幸皆見之。

① 天馬：駿馬。《史記·大宛列傳》：“（武帝）得烏孫馬好，名曰天馬。及得大宛汗血馬，益壯，更名烏孫馬曰西極，名大宛馬曰天馬云。”又《史記·樂書》：“（漢武帝）伐大宛，得千里馬，馬名蒲梢。次作以爲歌，歌詩曰：‘天馬徠兮從西極，經萬里兮歸有德。承靈威兮降外國，涉流沙兮四夷服。’”

② 崷（qiú）崪（zú）：《文選》卷一班固《兩都賦》：“巖峻崷崪，金石峥嶸。”吕延濟注：“崷崪、峥嶸，高峻貌。”

③ 渥洼：渥洼水，古時位於敦煌附近。《漢書·武帝紀》：元鼎四年（前113）“六月，得寶鼎後土祠旁。秋，馬生渥洼水中。作《寶鼎》《天馬之歌》”。

四四

杜甫曾誇黑白鷹，皂雕嘴爪見威棱。臂韝擎出森然立，羽獵行看製大鵬。①雕鷹之大者，産西北諸城，歲以進貢，比内地鷹大五六倍，金眸玉爪，森然可畏。惟回民能飼之，啖以肉二斤許，半飽而止。其力可以擊虎，鹿、狐、兔非所屑也。

① “臂韝”句：杜甫《見王監兵馬使説近山有白黑二鷹羅者久取竟未能得王以爲毛骨有異他鷹恐臘後春生騫飛避暖勁翮思秋之甚眇不可見請余賦詩二首》其一：“一生自獵知無敵，百中爭能恥下韝。鵬礙九天須卻避，兔藏三窟莫深憂。”仇兆鼇注：“韝，捍臂也，以皮爲之。”

四五

青燈緑酒①舊周旋，更遣移封到酒泉。②玉液休誇劉白墮③，燒春④一盞足延年。自蘭以西尚白酒，以青稞、大麥爲之，甘州最上，白如玉，濃如醍醐。都門⑤所稱南路酒佳者，不知相似否。

① 緑酒：新釀之酒上漂浮着緑色的酒渣，故名。一説指酒色碧緑。陶潛《諸人共遊周家墓柏下》詩：“清歌散新聲，緑酒開芳顔。”泛指美酒。

② “更遣”句：杜甫《飲中八仙歌》：“汝陽三斗始朝天，道逢麴車口流涎，恨不移封向酒泉。”

③ 劉白墮：楊衒之《洛陽伽藍記》卷四：“河東人劉白墮善能釀酒，季夏六月，時暑赫晞，以罌貯酒，暴於日中，經一旬，其酒不動，飲之香美而醉，經月不醒。京師朝貴，多出郡登藩，遠相餉饋，逾於千里。以其遠至，號曰‘鶴觴’，亦名‘騎驢酒’。”此處代指酒。

④ 燒春：酒名。李肇《唐國史補》卷下：“（酒則有）劍南之燒春。”

⑤ 都門：都，都城；門，門窗、城門。代指京城。

四六

翻翻白葉望如雲，簇簇黃花送午薰①。饁婦②插頭僧作供，數株可許動星文③。用香山柳詩④。沙棗⑤樹如棗，葉白色，花如桂而稍大，實不及芊矢。棗木理堅有文，可作器皿，去歲邊臣以十餘株進貢。

① 午薰：薰風。李廌《足亭張康節南亭也臺數尺亭在其上》詩：“曉暝竹煙暗，午薰花氣浮。”

② 饁（yè）婦：往田間送飯的婦女。陸游《出遊》詩：“饁婦微行望耕壟，漁歌相和起煙汀。”

③ 星文：指棗木上的紋理。

④ 香山柳詩：指白居易《詔取永豐柳植禁苑感賦》詩：“一樹衰殘委泥土，雙枝榮耀植天庭。定知玄象今春後，柳宿光中添兩星。”

⑤ 沙棗：又名銀柳、桂香柳，胡頹子科植物，落葉灌木或小喬木。耐旱，在新疆廣泛分佈，主要品種爲東方沙棗和尖果沙棗。果實具有藥用價值。

紀昀

　　紀昀(1724—1805),字曉嵐,一字春帆,晚號石雲、觀弈道人,直隸獻縣(今河北滄州)人,諡文達。清代政治家、文學家,乾隆時期的官方學術領袖。乾隆十九年(1754)進士,改庶吉士,授編修。歷官左都御史、禮部尚書、協辦大學士加太子太保、管國子監事。乾隆三十三年"兩淮鹽引案"發,紀昀給前任兩淮鹽運使盧見曾私通消息,以漏言奪職,於同年七月二十七日定罪遣戍烏魯木齊。乾隆三十五年年底離開烏魯木齊,乾隆三十六年初還京。據《烏魯木齊政略·廢員》記載,紀昀賜還乃是"捐贖回籍"。乾隆三十八年開四庫全書館,主持總纂《四庫全書》。著《閱微草堂筆記》,後人輯有《紀文達公遺集》。

烏魯木齊雜詩

解題:

　　《烏魯木齊雜詩》版本較多,付梓較早也較爲重要者,爲嘉慶十三年(1808)張海鵬《借月山房匯鈔》本、嘉慶十七年(1812)紀昀之孫紀樹馨《紀文達公遺集》本,後出諸本多源自這兩個系統。《借月山房匯鈔》本將詩作按題材分爲六大部分:"風土"23 首、"典制"10 首、"民俗"38 首、"物產"67 首、"遊覽"17 首、"神異"5 首。《紀文達公遺集》本組詩未作分類,但卷末多錢大昕跋語。此外,兩個版本在詩歌次序、注語內容上略有差異。本書以流傳更爲廣泛的《紀文達公遺集》本爲底本進行注釋。

　　《烏魯木齊雜詩》以紀實性的筆法,全面翔實地展現了清代中期新疆特別是烏魯木齊地區的風土、民俗與政治、經濟情況,成編伊始就成爲時人瞭解邊塞重鎮烏魯木齊的重要途徑之一,也是今人研究乾隆年間烏魯木齊社會生活史的重要文獻。例如詩所寫"割盡黃雲五月初,喧闐滿市擁柴車。誰知十斛新收麥,才換青蚨兩貫餘",反映了乾隆中期在北疆地區大興屯田後,烏魯木齊糧價遠低於內地的情況;"戍屯處處聚流人,百藝爭妍各自陳。攜得洋鐘才似栗,也能檢點九層輪"，記載大量流人及移民的到來，對各行各業發展的促進；"芹香新染子矜青，處處多開問字亭。玉帳人閑金柝靜，衙官部曲亦橫經"，描寫自實行科舉政策之後，烏魯木齊地區文教事業的發展。諸如此類的作品不勝枚舉，均具有"實錄"的價值，可與椿園七十一《西域聞見錄》中所稱烏魯木齊"字號店铺，鱗次櫛比，市衢寬敞，人民輻輳，茶寮酒肆，優伶歌童，工藝技巧之人，无一不備，繁華富庶，甲於关外"相印證。

　　詩人在《自序》中稱組詩作於乾隆三十六年(1771)由巴里坤至哈密的途中，共計 160 首："旅館孤居，晝長多暇，乃追述風土，兼敘舊遊。自巴里坤至哈密，得詩一百六十首。"《閱微草堂筆記》中也説："余從軍西域時，草奏草檄，日不暇給，遂不復吟詠。或得一聯一句，亦境過輒忘。《烏魯木齊雜詩》百六十首，皆歸途追憶而成，非當日作也。"實際組詩數量并不止此數，通過比較，兩大版本系統的《烏魯木齊雜詩》各有 3 首詩作互缺。此外，《閱微草堂筆記》中也明確提及有 3 首詩作屬於《雜詩》，其中有 1 首與《借月山房匯鈔》本重復，其餘 2 首卻未收入通行本中。《輯注》據《借月山房匯鈔》本補入詩歌 3 首，據《閱微草堂筆記》補入詩歌 2 首，共計雜詩 165 首。另附錄《閱微草堂筆記》中其他 3 首作於烏魯木齊的詩作。

　　余謫烏魯木齊凡二載，鞅掌簿書[①]，未遑吟詠。庚寅十二月，恩命賜環。辛卯二月，治裝東歸。時雪消泥濘，必夜深地凍而後行。旅館孤居，晝長多暇，乃追述風土，兼敘舊遊，自巴里坤至哈密，得詩一百六十首。意到輒書，無復詮次，因命曰《烏魯木齊雜詩》。夫烏魯木齊，初西蕃一小部耳。神武耆定[②]以來，休養生聚，僅十餘年，而民物之蕃衍豐臝，至於如此。此實一統之極盛。昔柳宗元有言："思報國恩，惟有文章。"余雖罪廢之餘，嘗叨預[③]承明之著作。歌詠休明[④]，乃其舊職。今親履邊塞，纂綴見聞，將欲俾寰海[⑤]外內咸知聖天子威德郅隆，開闢絕徼，龍沙蔥雪[⑥]，古來聲教不及者，今已爲耕鑿弦誦[⑦]之鄉、歌舞遊冶之地。用以昭示無極，實所至願，不但燈前酒下供友朋之談助已也。

　　　　　　　　　　　　乾隆辛卯三月朔日，河間舊史紀昀書。

　　① 鞅掌：《詩·小雅·北山》："或棲遲偃仰，或王事鞅掌。"孔穎達疏："《傳》以鞅掌爲煩勞之狀，故云失容。言事煩鞅掌然，不暇爲容儀也。今俗語以職煩爲鞅掌。"
　　簿書：《漢書·禮樂志》："而大臣特以簿書不報期會爲故。"顏師古注："簿，文簿也。故謂大事也。言公卿但以文案簿書報答爲事也。"紀昀謫戍烏魯木齊後，以廢員而任職文案，故有此説。《烏魯木齊政略》："烏魯木齊舊無額設章京,惟以内地聽差、知縣等官並效力廢員掌管清、漢事件。……(乾隆)三十四年,辦事大臣温(福)委章京觀成專辦清房,委效力學士紀昀分辦漢房。"

② 耆定:達成。《詩·周頌·武》:"嗣武受之,勝殷遏劉,耆定爾功。"毛傳:"耆,致也。"此指乾隆二十二年(1757)清朝平定準噶爾部,乾隆二十四年平定大小和卓之亂。

③ 叨預:參與。范仲淹《乞修京城劄子》:"臣叨預近列,而輒建言。"

④ 休明:君主賢明。《左傳·宣公三年》:"德之休明,雖小,重也。其奸回昏亂,雖大,輕也。"

⑤ 寰海:海内,全國。江淹《爲建平王慶明帝疾和禮上表》:"仁鑄蒼嶽,道括寰海。"

⑥ 龍沙葱雪:白龍堆沙漠與葱嶺雪山。《後漢書·班超傳》:"定遠慷慨,專功西遐。坦步葱雪,咫尺龍沙。"白龍堆:今羅布泊東北部的雅丹地貌。《漢書·西域傳上》:"樓蘭國最在東垂,近漢,當白龍堆,乏水草。常主發導,負水儋糧,送迎漢使。"葱嶺:中國古代對帕米爾高原及昆侖山脈西部群山的統稱。是東西交通要道,漢代屬西域都護府管轄,唐置葱嶺守捉。

⑦ 耕鑿弦誦:有田地可耕,有學堂可讀,指生活富足,文教振興。《禮記·文王世子》:"春誦夏弦。"鄭玄注:"誦謂歌樂也,弦謂以絲播《詩》。陽用事,則學之以聲。陰用事,則學之以事。因時順氣,於功易成也。"皇甫謐《帝王世紀》卷二:"日出而作,日入而息。鑿井而飲,耕田而食。"

一

　　山圍芳草翠煙平,迢遞新城接舊城。①行到叢祠②歌舞榭,緑氍毹③上看棋枰。城舊卜東山之麓,觀御史④議移今處,以就水泉,故地勢頗卑。登城北,關帝廟、劇樓、城市皆俯視歷歷。

① "迢遞"句:烏魯木齊城名迪化。《烏魯木齊政略》:"迪化城。乾隆三十年十二月建,三十二年九月工竣。周四里五分,高二丈一尺五寸,底寬一丈,頂寬八尺,城壕周四里八分,寬深各一丈。四門:東惠孚門、南肇阜門、西豐慶門、北憬惠門。……舊城在迪化城南約有一里,乾隆二十三年建,二十八年重修。周一里五分,高一丈二尺。查迪化城並四門名,本係欽賜舊城,乾隆三十二年辦事大臣温(福)等奏准移於新城。"

② 叢祠:林間的祠廟。《史記·陳涉世家》:"又間令吳廣之次所旁叢祠中。"司馬貞《索隱》引《戰國策》高誘注:"叢祠,神祠也。叢,樹也。"

③ 氍(qú)毹(shū):毛織的毯子。古時演戲地上鋪毯,故常代指舞臺。《玉臺新詠》卷一《古樂府詩六首·隴西行》:"請客北堂上,坐客氈氍毹。"

④ 觀御史:觀成(?),乾隆二十六年(1761)遣戍烏魯木齊。《烏魯木齊政略》:"原任御史,

奏賞主事職銜。"

《閲微草堂筆記・如是我聞二》載此詩本事："烏魯木齊築城時，鑒伊犁之無水，乃卜地通津以就流水。余作是地雜詩，有曰：'半城高阜半城低，城内清泉盡向西。金井銀牀無處用，隨心引取到花畦。'紀其實也。然或雪消水漲，則南門爲之不開。又北山支麓，逼近譙樓，登岡頂關帝祠戲樓，則城中纖微皆見。故余詩又曰：'山圍草木翠煙平，迢遞新城接舊城。行到叢祠歌舞處，緑氍毹上看棋枰。'"

二

廛肆[①]鱗鱗兩面分，門前官樹[②]緑如雲。夜深燈火人歸後，幾處琵琶月下聞。富商大賈聚居舊城，南北二關。夜市既罷，往往吹竹彈絲，云息勞苦，土俗然也。

① 廛肆：店鋪。《宋書・謝莊傳》："貴戚競利，興貨廛肆者，悉皆禁制。"

② 官樹：官道兩旁所種之樹。顧炎武《日知録》："古人於官道之旁必皆種樹以記里至，以蔭行旅。"

三

萬家煙火暖雲蒸，銷盡天山太古冰。臘雪清晨題牘背[①]，紅絲硯[②]水不曾凝。向來氣候極寒，數載以來，漸同内地，人氣盛也。

① 題牘背：《史記・絳侯周勃世家》："人有上書告勃欲反，下廷尉。廷尉下其事長安，逮捕勃治之。勃恐，不知置辭。吏稍侵辱之。勃以千金與獄吏，獄吏乃書牘背示之，曰：'以公主爲證。'"司馬貞《索引》："簿書即牘也。故《魏志》'秦宓以簿擊頰'則亦簡牘之類也。"代指書寫公文。

② 紅絲硯：以山東青州紅絲石製成的硯臺，爲唐宋時期名硯。此處泛指硯臺。

四

流雲潭沱雨廉纖[①]，長夏高齋坐卷簾。放眼青山三十里，已經雪壓萬峰尖。城中夏日頗炎燠，山中則氣候長寒，每城中雨過，則遥見層巒疊嶂，積雪皓然。

① 潭沱：《文選》卷一二郭璞《江賦》："隨風猗萎，與波潭沱。"李善注："潭沱，隨波之貌。"
廉纖：細微，多形容微雨。韓愈《晚雨》詩："廉纖晚雨不能晴，池岸草間蚯蚓鳴。"

五

　　雲滿西山雨便來，田家占候①不須猜。向來只怪東峰頂，曉日明霞一片開。雲滿西山即雨，城東博克達山②之頂，日出前必有彩霞一片護其上，別峰則否，其理未喻。

　　① 占候：指據天象預測災異和氣候。王充《論衡·譴告篇》：“夫變異自有占候，陰陽物氣自有始終。”

　　② 博克達山：在阜康市境内，屬於北天山山脈，主峰稱博格達峰。和寧《三州輯略》卷一：“烏魯木齊東二百餘里北天山之間，突起三峰，高插雲霄，削如太華，豐下而銳上，四時積水不消。……其山之嶺有大龍潭，周數十里，水清而冽，沛然莫禦。興雲致雨，引水溉田，數萬家惟博克達是仰。……博克達者，蒙古語神靈之稱，故俗又名曰靈山。”

六

　　雪地冰天水自流，溶溶直瀉葦湖頭。殘冬曾到唐時壘①，兩派清波綠似油。庚寅十二月，在吉木薩②相度安兵之地，至唐北庭都護府廢城，水皆不冰。聞瑪納斯河亦不全凍，皆以流急故也。

　　① 唐時壘：即自注中所説的唐北庭都護府故城。北庭都護府始置於長安二年（702），景龍三年（709）升爲北庭大都護府，與安西大都護府南北分治。城毀於元末明初，今存遺址在新疆吉木薩爾縣北十二公里處，遺址外城建於唐朝，内城建於西州回鶻時期。《閲微草堂筆記·槐西雜志三》：“吉木薩有唐北庭都護府故城，則李衛公所築也。周四十里，皆以土塹壘成。每塹厚一尺，闊一尺五六寸，長二尺七八寸。舊瓦亦廣尺餘，長一尺五六寸。城中一寺已圮盡，石佛自腰以下陷入土，猶高七八尺。鐵鐘一，高出人頭，四圍皆有銘，鏽澀模糊，一字不可辨識。惟刮視字棱，相其波磔，似是八分書耳。城中皆黑煤，掘一二尺乃見土。額魯特云：‘此城昔以火攻陷，四面炮臺，即攻城時所築。’其爲何代何人，則不能言之。蓋在準噶爾前矣。城東南山岡上一小城，與大城若相犄角，額魯特云：‘以此一城阻礙，攻之不克，乃以炮攻也。’庚寅冬，烏魯木齊提督標增設後營，余與永餘齋奉檄籌畫駐兵地，萬山叢雜，議數日未定。余謂餘齋曰：‘李衛公相度地形，定勝我輩。其所建城必要隘，盍因之乎？’餘齋以爲然，議乃定。即今古城營也。其城望之似懸孤，然山中千蹊萬徑，其出也必過此城，乃知古人真不可及矣。”紀昀曾親自踏查北庭故城，較早對此城情形進行了記載，這在清人中並不多見。但所説此城爲唐朝李靖所築，則有失準確。

　　② 吉木薩：一作濟木薩。乾隆二十四年（1759）設濟木薩巡檢，四十一年設縣丞，隸迪化

州阜康縣。光緒二十八年(1902)設孚遠縣,1954 年更名吉木薩爾。今新疆昌吉回族自治州吉木薩爾縣。

七

百道飛流似建瓴①,陂陀不礙浪花鳴。遊人未到蕭關②外,誰信山泉解倒行。水流迅急,能逆行越坂數重,宋進士昱③極以爲怪,不知水出懸崖,往往高至數十里,下墜之勢既猛,則反激之力亦大,故遇坎不能禦也。

① 建瓴:《史記·高祖本紀》:"譬猶居高屋之上建瓴水也。"裴駰集解引如淳曰:"瓴,盛水瓶也。居高屋之上而幡瓴水,言其向下之勢易也。"

② 蕭關:古代關中地區抵禦西北遊牧民族進犯的要塞,在今寧夏固原東南。此處蕭關外指西域。

③ 宋昱:《烏魯木齊政略》作宋鈺:"革退文進士。……於乾隆三十四年十一月内到烏魯木齊,三十八年七月具奏再留四五年。"紀昀所記爲是。

八

山田龍口引泉澆,泉水惟憑積雪消。頭白蕃王①年八十,不知春雨長禾苗。歲或不雨,雨亦僅一二次。惟資水灌田,故不患無田而患無水。水所不至,皆棄地也。其引水出山之處,俗謂之龍口。

① 蕃王:少數民族首領。岑參《與獨孤漸道別長句兼呈嚴八侍御》詩:"花門將軍善胡歌,葉河蕃王能漢語。"

九

半城高阜半城低,城内清泉盡向西。金井①銀牀無用處,隨心引取到花畦。城内水皆西流,引以澆灌,啓閉由人,不假桔槔②之力。

① 金井:石井。金,謂其堅固,或指井欄上有雕飾的井。李賀《河南府試十二月樂詞·九月》:"雞人罷唱曉瓏璁,鴉啼金井下疏桐。"

② 桔(jié)槔(gāo):汲水的吊杆。

一〇

　　界破①山光一片青，温曖②流水碧泠泠。遊人儻有風沂興③，只向將軍借幔亭。温泉在城北十餘里，硫黄泉也，上無屋覆，浴必支帳。

　　① 界破：劃破。徐凝《廬山瀑布》詩："今古長如白練飛，一條界破青山色。"

　　② 温曖：微暖，温和。白居易《開元寺東池早春》詩："池水暖温曖，水清波澹灔。"

　　③ 風沂興：暮春時節在沂水里洗澡，在舞雩臺上吹風。《論語·先進》："浴乎沂，風乎舞雩，詠而歸。"

一一

　　亂山倒影碧沉沉，十里龍湫①萬丈深。一自沈牛②答雲雨，飛流不斷到如今。博克達山有龍湫，周環十餘里，深不可測，萬峰拱抱如蓮瓣。初苦田水不足，遣使祀以太牢③，水即坌溢④。

　　① 龍湫：即天池，古稱瑤池，位於博格達山北坡。乾隆四十八年(1783)，烏魯木齊都統明亮曾作《靈山天池統鑿水渠碑記》，記引天池水灌田事。

　　② 沈牛：即沉牛。杜甫《奉同郭給事湯東靈湫作》詩："鮫人獻微綃，曾祝沉豪牛。"蔡夢弼注："沉牛以爲牲也。"又《灩澦堆》詩："沉牛答雲雨，如馬戒舟航。"

　　③ 太牢：古時祭祀社稷，牛、羊、豕三牲全備爲"太牢"。

　　④ 坌(bèn)溢：噴湧充溢。蘇洵《老翁井銘》："涓涓斯泉，坌溢以彌。"

一二

　　長波一瀉細涓涓，截斷春山百尺泉。二道河①旁親駐馬，方知世有漏沙田。二道河初設屯兵百名，後其田澆水輒涸，如漏卮然②，俗謂之漏沙，乃分移其兵於三臺③諸屯。黄河伏流再湧出地，初莫明其所以然，迨履視其地，始悟沙田不能貯水，故水至即下漏沙底，必有堅土乃能積。沙水至堅土仍循而橫流，蓄水既多，仍聚而上湧，乃地勢，非水性也，並識於此。

　　① 二道河：地當今阜康市滋泥泉子鎮二道河子村。

　　② 漏卮：底部有漏洞的酒器。《淮南子·泛論訓》："今夫霤水足以溢壺榼，而江河不能實漏卮，故人心猶是也。"

③ 三臺：清代驛站，今吉木薩爾縣三臺鎮。林則徐《荷戈紀程》："三臺有上臺、中臺、下臺。……鋪戶皆在下臺與中臺，相距約二里。"

一三

南北封疆①畫界匀，雲根②兩面翠嶙峋。中間巖壑無人跡，合付山靈作守臣。山北屬烏魯木齊，山南屬回部③，山中袤延深邃，舊無分界之處。

① 封疆：疆界。《史記·商君列傳》："爲田開阡陌封疆，而賦税平。"張守節正義："封，聚土也；疆，界也，謂界上封記也。"

② 雲根：深山雲起之處，亦指山石。張協《雜詩十首》其十："雲根臨八極，雨足灑四溟。"

③ 回部：指信仰伊斯蘭教的維吾爾人群體。回部聚居的天山南部地區爲回疆。

一四

雙城夾峙萬山圍，舊號雖存舊址非。孤木地①旁秋草没，降蕃指點尚依稀。烏魯木齊舊地在今城北四五十里，②約近孤木地屯，厄魯特人③能道之。今地俗稱紅廟④，廟址在舊城之東，不知何代之廟，因以名地，亦不知始於何人也。

① 孤木地：一作古牧地，在今米泉市之南，乾隆二十七年(1762)在此地修築輯懷城，後改名乾德城。

② 清代烏魯木齊建城之前，該地也有舊城。《新疆圖志》："烏魯木齊故城。在城西十里。《西域圖志》云：'乾隆二十年正月，大兵征討準噶爾，多爾濟降，地皆内屬。有舊城，周可三里。賜名迪化。'即明故城也。"

③ 厄魯特：一作額魯特，衛拉特蒙古部落，後與衛拉特通用。清代對漠西蒙古諸部的總稱。其先爲元代斡亦剌、明代瓦剌。

④ 紅廟：清人對烏魯木齊的俗稱。乾隆二十年(1755)征討準噶爾部，清軍在今烏魯木齊九家灣平頂山虎頭峰南坡修建關帝廟，名老紅廟子，嘉慶初期於紅山重建紅廟。和寧《三州輯略》卷一："紅山。鞏寧城東南三里，山高里許，周寬數里，峭壁懸崖形如蟾蜍昂首。南面陡坡直上，山巔建玉皇廟一座。……南北兩路均稱烏魯木齊紅廟子，本此。"祁韻士《萬里行程記》："烏魯木齊俗呼紅廟兒，以僧寺據紅山嘴之上，紅泥塗壁故也。"詩中紅廟當指老紅廟。

一五

峻坂連連疊七層，層層山骨翠崚嶒。行人只作鹽叢①看，卻是西蕃下馬陵②。根忒克西北凡峻坂七重③，最爲險阨。番人過之必肅然下馬，如見所尊，未喻其故，或曰畏博克達山之神也。

① 蠶叢：蜀王先祖爲蠶叢氏，後以蠶叢路指崎嶇艱險的蜀道。《文選》卷四左思《蜀都賦》：“夫蜀都者，蓋兆基於上世，開國於中古。”李善注引揚雄《蜀王本紀》：“蜀王之先，名蠶叢、拍濩、魚鳧、蒲澤、開明。”李白《送友人入蜀》詩：“見説蠶叢路，崎嶇不易行。”此句代指山路險峻。

② 下馬陵：俗稱蝦蟆陵。漢儒董仲舒死後，葬於長安城南曲江附近，門生弟子路過必下馬拜謁，故稱下馬陵。此句借用。

③ 根忒克：一作根特克，今作坑坑，清代軍臺。《烏魯木齊政略》：“東至吐魯番五十里，西至哈必爾漢布拉克臺一百里。”

峻坂七重：指齊克達巴，一作七個達坂。《烏魯木齊事宜》：“在城南二百三十里，喀喇巴爾噶遜營東十里。山嶺崎嶇，道途碨磛，七上七下四十里餘。”

一六

斷壁苔花十里長，至今形勢控西羌。北庭故堞人猶識，賴有殘碑記大唐。吉木薩東北二十里有故城，周三十餘里，街市譙樓①及城外敵樓十五處，制度皆如中國。城中一寺亦極雄闊，石佛半没土中，尚高數尺，瓦徑尺餘，尚有完者。相傳有行人於土中得一金管，中有圓珠數顆，攜赴奇臺，不知所往。細詰其狀，蓋浮圖所藏佛舍利耳。額魯特云是唐城，然無碑志可據，惟一銅鐘，字跡剥蝕不可辨。時有一兩字，略剩點畫，似是八分書②，其朝代亦不可考。後得唐金滿縣③碑，乃知爲唐北庭都護府城。

① 譙樓：古代建於城門上用以眺望的樓臺。《三國志‧吳書‧孫權傳》：“詔諸郡縣治城郭，起譙樓，穿塹發渠，以備盜賊。”

② 八分書：書體名，隸書的一種。張懷瓘《書斷》：“八分者，秦羽人上谷王次仲所作也。王愔云：次仲始以古書方廣，少波勢，建初中以隸草作楷法，字方八分，言有模楷。”

③ 金滿縣：唐貞觀十四年(640)置，爲庭州屬縣及州治所在。長安二年(702)後，爲北庭都護府及瀚海軍治所，寶應元年(762)改後庭縣，訛爲金蒲。《閱微草堂筆記‧槐西雜志三》：“特納格爾爲唐金滿縣地，尚有殘碑。”紀昀此詩所記北庭故城事，可參上“雪地冰天水自流”詩注①。

一七

古跡微茫半莫求，龍沙輿記①定誰收。如何千尺青厓上，殘字分明認火州②。哈拉火卓石壁上有古火州字，不知何時所勒。

①　輿記：輿地記。

②　火州：一作和卓，古突厥語 Qoju（高昌）音譯。《明史·西域傳》："火州，又名哈剌，在柳城西七十里，土魯番東三十里，即漢車師前王地。隋時爲高昌國。唐太宗滅高昌後，以其地爲西州。"《西域圖志》："哈喇和卓，在洋赫西北三十里，東北距闢展城二百六十里，地方三里許。舊城已廢，民別居小堡。"《西域同文志》稱："回語。哈喇和卓，人名。傳有哈喇和卓舊居其地，故名。"爲附會之説。地當今吐魯番市二堡鄉。

一八

南山口對紫泥泉①，即白楊河。回鶻②荒塍尚宛然。只恨秋風吹雪早，至今蔓草冪寒煙。白楊河山口內，有回部舊屯，基址尚存，約可百户。然六、七月往往降雪，僅可種青稞一季，故竟無墾種之者。

①　紫泥泉：一作滋泥泉子，今阜康市紫泥泉子鄉，清代在此設臺站。《西域圖志》："滋泥泉臺。自阜康縣底臺東至此九十里。"

②　回鶻：參前宋弼《西行雜詠》"大宛久已入提封"詩注②。

一九

城南風穴近山坳，一片濤聲萬木梢。相約春來牢蓋屋，夜深時卷數重茅①。相傳鄂倫拜星②有風穴，每聞城外林木聲如波濤，不半日風至矣，動輒發屋，春月尤甚。庚寅一歲較少減。

①　數重茅：借指屋頂。杜甫《茅屋爲秋風所破歌》："八月秋高風怒號，卷我屋上三重茅。"

②　鄂倫拜星：清代軍臺，乾隆二十二年（1757）設，位於今烏拉泊。《烏魯木齊政略》："鄂倫拜星臺，即烏魯木齊底塘，東至昂吉爾圖諾爾臺一百一十里，西至洛克倫臺七十五里。"

二〇

驚飆①相戒避三泉，人馬輕如一葉旋。記得移營千戍卒，阻風港汊似江船。三個泉②風力最猛，動輒飄失人馬。庚寅三月，西安兵移駐伊犁，阻風三日，不得行。

①　驚飆：狂風。曹植《吁嗟篇》："驚飆接我出，故歸彼中田。"

② 三個泉：林則徐《乙巳日記》："（道光二十五年正月十八日）四十里至哈必爾罕布拉克臺，俗呼爲三個泉，有居民十餘家，旅店一處。"地當今吐魯番至托克遜分路之處。

二一

良田易得水難求，水到秋深卻漫流。我欲開渠建官閘，人言沙堰①不能收。四、五月需水之時，水多不至。秋月山雪消盡，水乃大來。余欲建閘畜水，咸言沙堰淺隘，閘之水必橫溢。若深浚其渠，又田高於水，水不能上。余又欲浚渠建閘，而多造龍骨車②，引之入田，衆以爲庶幾。未及議，而余已東還矣。

① 沙堰：沙石築成的河壩。

② 龍骨車：又名翻車，古時灌溉農田用的木制水車。可通過人力或畜力驅動木樺連接的鏈輪裝置連續汲水。

二二

銀瓶①隨意汲寒漿，鑿井家家近戶旁。只恨青春②二三月，卻攜素綆上河梁③。土性壁立，鑿井不圮。每工價一金，即得一井，故家家有之。然至春月，雖至深之井亦涸，多取汲於城外河中。

① 銀瓶：汲水器。白居易《井底引銀瓶》詩："井底引銀瓶，銀瓶欲上絲繩絕。"

② 青春：春天。《楚辭·大招》："青春受謝，白日昭只。"王逸注："青，東方春位，其色青也。"杜甫《聞官軍收河南河北》詩："白日放歌須縱酒，青春作伴好還鄉。"

③ 素綆：汲水器上的繩索。《樂府詩集·雜舞二·淮南王篇》："後園鑿井銀作牀，金瓶素綆汲寒漿。"

河梁：《文選》卷二九李陵《與蘇武詩三首》其三："攜手上河梁，遊子暮何之？……行人難久留，各言長相思。"劉良注："河梁，橋也。"

二三

開畦不問種花辰，早晚參差各自新。還憶年前木司馬①，手栽小盎②四時春。諸花皆早種早開，晚種晚開，不分節候。木同知署，歲除尚有盆種江西蠟③。

① 木司馬：迪化同知木金泰（？），吉林長白人，曾任甘肅武山、成縣知縣。

② 盎：腹大口小的瓦盆。

③ 江西臘：翠菊。菊科草本植物，一年或二年生。

二四

秋禾春麥隴相連，綠到晶河^①路幾千。三十四屯如繡錯^②，何勞轉粟上青天。^③中營七屯，左營六屯，右營八屯，吉木薩五屯，瑪納斯^④四屯，庫爾喀拉烏素^⑤二屯，晶河二屯，共屯兵五千七百人。一兵所獲多者逾十八石，少者亦十三四石之上。

① 晶河：今作精河。乾隆二十四年(1759)築安阜城，光緒十四年(1888)設精河撫民直隸廳，1913 年改縣。

② 繡錯：錯雜如繡。柳宗元《邕州柳中丞作馬退山茅亭記》："蒼翠詭狀，綺綰繡錯。"此指田地交錯。

③ "何勞"句：司馬相如《喻巴蜀檄》："郡又擅爲轉粟運輸，皆非陛下之意也。"李白《蜀道難》詩："蜀道之難，難於上青天。"此句指在天山北路進行屯田之前，由內地往新疆運糧之難。

④ 瑪納斯：今新疆瑪納斯縣。乾隆二十八年(1763)築綏來堡，三十三年設縣丞，四十三年設綏來縣。1954 年改今名。

⑤ 庫爾喀拉烏素：今烏蘇，以庫爾喀喇烏蘇河得名。乾隆二十八年(1763)築城，四十八年重建新城，賜名慶綏。光緒十二年(1886)置直隸廳，1913 年改稱烏蘇縣。

二五

金碧觚棱^①映翠嵐，崔嵬紫殿望東南。時時一曲升平樂，膜拜聞呼萬歲三。萬壽宮在城東南隅，遇聖節朝賀，張樂坐班，一如內地。其軍民、商賈亦往往在宮前演劇謝恩，邊氓芹曝^②之忱，例所不禁。庫爾喀拉烏素亦同。

① 觚棱：《文選》卷一班固《兩都賦》："設璧門之鳳闕，上觚稜而棲金爵。"呂向注："觚稜，闕角也。"

② 芹曝之忱：即獻芹獻曝。《列子·楊朱篇》："(宋國有田夫)謂其妻曰：'負日之暄，人莫知者；以獻吾君，將有重賞。'里之富室告之曰：'昔人有美戎菽，甘枲莖芹萍子者，對鄉豪稱之。鄉豪取而嘗之，蜇於口，慘於腹，衆哂而怨之，其人大慚。子，此類也。'"此指進獻之物微不足道，但心意誠摯。

二六

煙嵐遥對翠芙蓉，鄂博①猶存舊日蹤。縹緲靈山②行不到，年年只拜虎頭峰③。博克達山列在祀典，歲頒香帛致祭。山距城二百餘里，每年於城西虎頭峰額魯特舊立鄂博處修望祀之禮。鄂博者，累碎石爲叢以祀神，番人見之多下馬。

① 鄂博：一作敖包、腦包，爲蒙古族民間祭祀山神、路神以祈福消災的場所。亦作爲道路、界圍的標志。《大清會典事例》："遊牧交界之處，无山河以为識別者，以石識，名曰鄂博。"博克達山於乾隆二十五年(1760)正式列入祀典，每歲春日在紅山望祭。《烏魯木齊政略》："博克達山，在迪化城東一百餘里。乾隆二十四年，辦事大臣努(三)奏請頒發祭文、香帛，每歲春月在城北虎頭峰望祭。"和寧《三州輯略》："每歲内頒香帛，都統等以太牢致祭於紅山之上，其祭文由禮部撰成頒發。"《西域圖志》："二十五年，西域平，軍旅凱旋，咸祭告。自是秩於祀典，每歲春日致祭。"

② 靈山：即博克達山，參前"雲滿西山雨便來"詩注②。

③ 虎頭峰：今烏魯木齊市紅山，一稱紅山嘴，又名北極山。今建有紅山公園。國梁《輪臺八景・虎峰水樹》詩自注："(烏魯木齊)城北三里許紅山嘴，蒙古名巴拉哈達。巴拉，虎也；哈達，山石也。以其石似虎踞狀，故名。"另參前"雙城夾峙萬山圍"詩注④。

二七

綠滕田鼠紫茸毛，蔏粟真堪賦老饕①。八蜡②祠成蹤跡絶，始知周禮重迎貓。有田鼠之患。自祠八蜡迄今，數歲不聞。

① 賦老饕(tāo)：蘇軾《老饕賦》："蓋聚物之夭美，以養吾之老饕。"《説文》："饕，貪也。"

② 八蜡：《禮記・郊特牲》："天子大蜡八。伊耆氏始爲蜡。蜡也者，索也。歲十二月，合聚萬物而索饗之也。……迎貓，爲其食田鼠也。迎虎，爲其食田豕也，迎而祭之也。……八蜡以記四方。四方年不順成，八蜡不通，以謹民財也。"鄭玄注："其方穀不熟，則不通於蜡焉，使民謹於用財。蜡有八者：先嗇一也，司嗇二也，農三也，郵表畷四也，貓虎五也，坊六也，水庸七也，昆蟲八也。"孔穎達疏："言蜡祭八神，因以明記四方之國，記其有豐稔有凶荒之異也。"

二八

痘神①名姓是誰傳，日日紅裙化紙錢。②那識烏孫③成郡縣，中原地氣到西天。自設郡縣以後，嬰兒出痘與内地同，蓋輿圖混一，中原之氣已至也。里俗不明此義，遂據《封神演義》建痘神祠。

① 痘神：古代民間俗傳主司天花之神。《封神演義》第八十一回《子牙潼關遇痘神》。袁枚《隨園詩話》卷二："痘神之説，不見經傳。"各地民間供奉痘神不一，有劉娘娘、柳夫人等。

② 此句指當地百姓焚燒剪紙以祭祀痘神。

③ 烏孫：中國古代西北民族。原遊牧於河西走廊，公元前177年爲月氏攻破，公元前140年左右在伊犁河流域建國，都赤谷城。漢朝置西域都護府後，屬西域都護府管轄。

二九

藁砧不擬賦刀環①，歲歲攜家出玉關。海燕雙棲春夢穩，②何人重唱望夫山③。安西提督④所屬四營之兵，皆攜家而來。其未及攜家者得請費於官，爲之津送⑤，歲歲有之。

① 藁砧：本意爲行刑時所用的墊板。古時罪人受刑伏藁砧上，以大斧斫之。斧與夫音同，故以"藁砧"借指丈夫。《玉臺新詠》卷九《古絶句四首》其一："藁砧今何在，山上復有山。何當大刀頭？破鏡飛上天。"

刀環：指還歸、賜還。《漢書·李廣傳》："昭帝立，大將軍霍光、左將軍上官桀輔政。素與陵善，遣陵故人隴西任立政等三人俱至匈奴招陵。立政等至，單于置酒賜漢使者，李陵、衛律皆侍坐。立政等見陵，未得私語，即目視陵，而數數自循其刀環，握其足，陰諭之，言可還歸漢也。"

② "海燕"句：本沈佺期《古意呈補闕喬知之》詩："盧家少婦鬱金堂，海燕雙棲玳瑁梁。"指夫婦團聚。

③ 望夫山：古代傳説中有婦人思夫，久佇化而爲石，名望夫石，因稱山爲望夫山。尤以安徽馬鞍山望夫山最爲出名，李白、劉禹錫均有詩作。劉禹錫《望夫山》詩："終日望夫夫不歸，化爲孤石苦相思。望來已是幾千載，只似當時初望時。"

④ 安西提督：《清文獻通考》卷一八八："（乾隆）十二年改安西鎮總兵官爲安西提督。……（二十四年）移安西提督及提標中左右三營官兵駐巴里坤，改爲巴里坤提督。"又："（二十九年）移原駐巴里坤之安西提督及提標中營參將，隨提督駐烏魯木齊。"

⑤ 津送：照料護送。蘇軾《論高麗進奉狀》："令搭附因便海舶歸國，更不差人船津送。"

三〇

烽燧全銷大漠清，弓刀閑掛只春耕。瓜期五載如彈指①，誰怯輪臺②萬里行。攜家之兵謂之眷兵。眷兵需糧較多，又三營耕而四營食，恐糧不足，更於内地調兵屯種以濟之，謂之差兵。每五年踐更③，鹽菜餱糧皆加給，而内地之糧，家屬支請如故，故多樂往。

　　① 瓜期：瓜代之期。《左傳·莊公八年》：“齊侯使連稱、管至父戍葵丘。瓜時而往，曰：‘及瓜而代。’”

　　彈指：佛教語，謂時間短暫。

　　② 輪臺：本爲漢代西域古國名，亦作侖頭。漢武帝太初四年（前101），遣貳師將軍李廣利伐大宛時攻滅，置使者校尉領護屯田。地當今新疆輪臺縣城之南。唐代沿用漢代輪臺之名，於貞觀十四年（640）置輪臺縣，爲庭州屬縣之一。唐輪臺地望無確考，學界一般認爲即今烏魯木齊南郊烏拉泊古城。雍乾時期清人經營新疆伊始，常將漢代輪臺與唐代輪臺混淆，且習慣在詩歌中以輪臺代指烏魯木齊。此詩中的輪臺泛指邊塞地區。

　　③ 踐更：交替任職。《舊唐書·楊於陵傳》：“居朝三十餘年，踐更中外，始終不失其正。”

<h2 style="text-align:center">三一</h2>

　　戍樓四面列高烽，半扼荒途半扼沖。惟有山南風雪後，許教移帳度殘冬。卡倫①四處，以詰逋逃。一曰紅山嘴，一曰吉木薩，皆據要衝。一曰他奔拖羅海②，一曰伊拉里克③，皆僻徑也。其伊拉里克卡倫，十月後即風狂雪阻，人不能行，戍卒亦難屯駐。許其移至紅山嘴，以度殘冬。

　　① 卡倫：滿語 karan 音譯，哨所、瞭望之地。多設於邊疆地區，由侍衛統領士兵駐守，稽查遊牧、往來貿易。

　　② 他奔拖羅海：一作他奔托羅海、塔木托羅，蒙古語音譯，意爲五個山頭，位於烏魯木齊南。清代卡倫，乾隆三十四年（1769）置。

　　③ 伊拉里克：今托克遜縣伊拉湖鄉。《西域同文志》：“伊拉里克，回語。伊拉，蛇也；里克，有也。地多蛇蟲，故名。”《西域圖志》：“伊拉里克，在托克三西四十里。”

<h2 style="text-align:center">三二</h2>

　　户籍題名五種分，雖然同住不同群。就中多賴鄉三老①，雀鼠②時時與解紛。烏魯木齊之民凡五種：由内地募往耕種及自往塞外認墾者，謂之民户；因行賈而認墾者，謂之商户；由軍士子弟認墾者，謂之兵户；原擬邊外爲民者，謂之安插户；發往種地爲奴，當差年滿爲民者，謂之遣户。各以户頭鄉約統之，官衙有事，亦多問之户頭鄉約③。故充是役者，事權頗重。又有所謂園户者，租官地以種瓜菜，每畝納銀一錢，時來時去，不在户籍之數也。

　　① 三老：《禮記·樂記》：“食三老五更於大學。”鄭玄注：“三老五更，互言之耳，皆老人更知三德五事者也。”戰國、魏有三老，秦置鄉三老，漢增置縣三老。

② 雀鼠：雀鼠之争，由强暴侵淩引起的争訟。《詩·召南·行露》：“誰謂雀無角，何以穿我屋？……誰謂鼠無牙，何以穿我墉？”孔穎達疏：“此强暴之男侵陵貞女，女不肯從，爲男所訟，故貞女與對。此陳其辭也。”此指民間糾紛。

③ 鄉約：中國古代奉官命在農村中管事之人，泛指鄉長、里長、保長等。晚清新疆地方基層曾實行鄉約制度。

三三

緑野青疇界限明，農夫有畔不須争。江都留得均田法[①]，只有如今塞外行。每户給官田三十畝，其四至則注籍於官，故從無越隴之争。[②]

① 均田法：隋朝始推行均田制。隋煬帝曾在江都築行宫，故稱“江都留得均田法”。

②《閱微草堂筆記·灤陽續録四》：“烏魯木齊農家多就水灌田，就田起屋，故不能比閭而居。往往有自築數椽，四無鄰舍，如杜工部詩所謂‘一家村’者。且人無徭役，地無丈量，納三十畝之税，即可坐耕數百畝之産。”

三四

一路青簾掛柳陰，西人總愛醉鄉深。誰知山郡[①]才如斗，酒債年年二萬金。西人嗜飲，每歲酒商束歸，率攜銀二三萬而去。

① 山郡：偏僻的郡縣，此指烏魯木齊。《三國志·蜀書·劉封傳》：“自關羽圍樊城、襄陽，連呼封、達，令發兵自助。封、達辭以山郡初附，未可動摇，不承羽命。”

三五

雕鏤窗櫺彩畫椽，覆檐卻道土泥堅。春冰片片陶家[①]瓦，不是劉青[②]碧玉磚。惟神祠以瓦爲之，餘皆作瓦屋形而覆以土，歲一杇之云。磚瓦皆雜沙礫，易於碎裂。

① 陶家：燒製陶器的人。劉恂《嶺表録異》卷上：“廣州陶家皆作土鍋鑊，燒熟，以土油之，其潔淨則愈於鐵器，尤宜煮藥。”

②劉青：指琉璃，遷就與陶家對舉而謂。《漢書·西域傳上》：“(罽賓國)出封牛、水牛、象、大狗、沐猴、孔爵、珠璣、珊瑚、虎魄、璧流離。”孟康注：“流離青色如玉。”

三六

　　戍屯處處聚流人[1]，百藝爭妍各自陳。攜得洋鐘才似栗，也能檢點九層輪[2]。流人既多，百工略備。修理鐘錶至爲巧技，有方正者[3]能爲之。

① 流人：流放遣戍之人，以及離鄉謀生者。
② 九層輪：指鐘錶中層疊的齒輪。
③ 方正者：有修表技術的工匠。

三七

　　涼州會罷又甘州，簫鼓[1]迎神日不休。只怪城東賽羅祖，累人五日不梳頭。諸州商賈各立一會，更番賽神[2]。剃工所奉曰"羅祖"，每賽會則剃工皆赴祠前，四五日不能執藝，雖呼之亦不敢來。

① 簫鼓：管樂與鼓，泛指音樂。江淹《別賦》："琴羽張兮簫鼓陳，燕趙歌兮傷美人。"
② 賽神：設祭酬神。張籍《江村行》詩："一年耕種長苦辛，田熟家家將賽神。"

三八

　　冉冉春雲出手邊，逢人開篋不論錢。火神一殿千金直，[1]檀越[2]誰知是水煙。西人嗜水煙，遊手者多挈煙箱，執火筒，逢人與吸，不取其直，朔望[3]乃登門斂貲。火神廟費計千餘金，乃鬻[4]水煙者所釀，則人衆可知矣。

① "火神"句：以供奉火神廟喻指吸水煙的花費。
② 檀越：梵語施主之意。《大般涅槃經》卷十一："寧以熱鐵周匝纏身，終不敢以破戒之身受於信心檀越衣服。"
③ 朔望：朔日和望日，農曆每月初一日和十五日。
④ 鬻(yù)：出售。

三九

　　客作登場打麥勞，左攜餅餌右松醪[1]。雇錢斗價煩籌計，一笑山丹蔡掾曹②。打麥必倩客作。需客作太多,則麥價至不能償工價。印房③蔡掾種麥,估值三十金,客作乃需三十五金,旁皇無策。余曰不如以五金遣之,省此一事,衆爲絶倒。

① 松醪(láo):用松脂或松花釀製的酒。戎昱《送張秀才之長沙》詩:"松醪能醉客,慎勿滯湘潭。"

② 掾(yuàn)曹:即掾史,古時掾、史分曹治事,故又稱掾曹。《後漢書·百官志》:"掾史屬二十四人。"杜甫《劉九法曹鄭瑕丘石門宴集》詩:"掾曹乘逸興,鞍馬到荒林。"蔡掾曹:山丹人,餘不詳。

③ 印房:《烏魯木齊政略》:乾隆三十七年(1772)"照伊犁之例分設印房、糧餉、駝馬處",專辦章奏文移事務。

四〇

嫋嫋哀歌徹四鄰,冬冬畫鼓碎聲勻。雷桐①那解西方病,只合椎羊②夜賽神。有疾必禱,禱必以夜,唱歌擊鼓,聲徹城中。

① 雷桐:古代傳説中製藥者雷公和桐君的並稱。謝靈運《山居賦》:"《本草》所載,山澤不一。雷桐是别,和緩是悉。"

② 椎(chuí)羊:殺羊。黄庭堅《丙申泊東流縣》詩:"東流會賓客,建德椎羊牛。"

四一

婚嫁無憑但論貲,雄蜂雌蝶①兩參差。春風多少盧郎怨②,阿母錢多總不知。娶婦論財。多以逾壯之男,而聘髫齔③之女。土俗類然,未喻其説。

① 雄蜂雌蝶:陳師道《酬智叔見戲二首》其二:"雄蜂雌蝶元非偶,野馬遊塵不佐鯤。"此處代指男女。

② 盧郎怨:錢易《南部新書》卷四:"盧家有子弟,年已暮,猶爲校書郎。晚娶崔氏女,崔有詞翰,結褵之後,微有慊色。盧因請詩以述爲戲。崔立成詩曰:'不怨盧郎年紀大,不怨盧郎官位卑。自恨妾身生較晚,不見盧郎少年時。'"此處喻指邊地男子婚娶較晚。

③ 髫(tiáo)齔(chèn):一作齠齔。幼年。髫,小孩下垂之髮。齔,小孩换牙。白居易《觀兒戲》詩:"髫齔七八歲,綺紈三四兒。"

四二

茜紅衫子鸊鵜刀①,駿馬朱纓氣便豪。不是當年温節使②,至今誰解重青袍③。土俗以卒伍爲正途,以千總、把總爲甲族。自立學校,始解讀書。

① 鵬(pì)鵜刀:古人以鵬鵜鳥脂肪塗刀劍,以防生鏽。此指鋒利的刀劍。趙翼《端溪》詩:"切以鵬鵜刀一片,磨以蚺蛇砂幾銖。"

② 温節使:温福(? —1773),字履綏,費莫氏,滿洲鑲紅旗人。乾隆初年歷任湖南、貴州布政使。乾隆三十一年(1766),任烏魯木齊辦事大臣。三十四年(1769)署理福州將軍,後往征大小金川時陣亡。見《清史列傳》卷二四本傳。《烏魯木齊政略》:"乾隆三十四年,辦事大臣温(福)等奏准設立學校,經軍機大臣會同禮部議定,迪化、寧邊二廳歲考取文童各四名、武童各四名,科考取文童各四名,交與該廳管束。"

③ 青袍:古時學子所穿之服,代指學子。許渾《酬殷堯藩》詩:"莫怪青袍選,長安隱舊春。"

四三

家家小史素參紅①,短笠輕衫似畫中。留得吟詩張翰②住,鱸魚忘卻憶江東。流人子弟多就食城中,故小奴至衆。

① 小史:先秦禮官,漢代以後成爲對一般小吏的通稱。此指侍童。

素參紅:穿着白色衣服,繫着紅色腰帶。

② 張翰:字季鷹,生卒年不詳,西晉吳郡吳縣(今蘇州)人,號江東步兵。《世説新語·識鑒》:"張季鷹辟齊王東曹掾,在洛,見秋風起,因思吳中菰菜羹、鱸魚膾,曰:'人生貴得適意爾,何能羈宦數千里以要名爵?'遂命駕便歸。俄而齊王敗,時人皆謂爲見機。"

四四

半居城市半村間,陌上牽車①日往還。贏得團圓對兒女,月明不唱《念家山》②。烏魯木齊之民,有司皆不令出境,與巴里坤異。

① 牽車:羊拉的車,泛指牲畜所拉之車。《南齊書·輿服志》:"漆畫牽車,御及皇太子所乘,即古之羊車也。……今不駕羊,猶呼牽此車者爲羊車云。"司馬光《和邵堯夫年老逢春》詩:"相逢談笑猶能在,坐待牽車陌上來。"

②《念家山》:馬令《南唐書》卷五《後主書》:"舊曲有《念家山》,王(李煜)親演爲《念家山破》,其聲焦殺,而其名不祥,乃敗徵也。"

四五

稬稏[1]翻翻數寸零，桔橰到手不曾停。論園[2]仿佛如朱荔，三月商家已買青。二、三月間，田苗已長。商家以錢給農戶，俟熟收糧，謂之買青。

[1] 稬(bà)稏(yà)：一作罷亞，稻子。杜牧《郡齋獨酌》詩："罷亞百頃稻，西風吹半黄。"

[2] 論園：尋找幽静的避暑園林。蘇軾《新年五首》其五："荔子幾時熟，花頭今已繁。探春先揀樹，買夏欲論園。居士常攜客，參軍許叩門。"此句指果園中的果實尚未到成熟的季節。

四六

到處歌樓到處花，塞垣此地擅繁華。軍郵歲歲飛官牒[1]，只爲遊人不憶家。商民流寓，往往不歸，詢之則曰"此地紅花"。紅花者，土語繁華也。其父母乏養者，或呈請内地移牒拘歸。乃官爲解送，歲恒不一其人。

[1] 軍郵：從軍臺傳送文書。

官牒：記載官吏姓名爵禄的簿籍。《後漢書·李固傳》："至於表舉薦達，例皆門徒；及所辟召，靡非先舊。或富室財賂，或子壻婚屬，其列在官牒者凡四十九人。"此指官府公文。

四七

藍帔青裙烏角簪[1]，半操北語半南音。秋來多少流人婦，僑住城南小巷深。遣户有妻者，秋成之後，多僑住舊城内外，開春耕作乃去。

[1] 帔(pèi)：古時披在肩背上的服飾，類似披肩。

烏角簪：角質的髮簪。

四八

鱗鱗小屋似蜂衙[1]，都是新屯遣户家。斜照衝山門半掩，晚風時嫋《一枝花》[2]。昌吉頭屯及蘆草溝[3]屯，皆爲民遣户所居。

[1] 蜂衙：蜂巢。元好問《雜著九首》其八："百年蟻穴蜂衙裏，笑煞昆侖頂上人。"

②《一枝花》：曲牌名，此泛指樂曲。

③蘆草溝：清代新疆蘆草溝不止一地，此指迪化州所屬屯所。《西域圖志》：“蘆草溝，在羅克倫西五十里，東距昌吉縣治七十里。東爲小蘆草溝，設有大小蘆草溝塘。”

四九

卷卷兵書有姓名，羽林①子弟到邊城。心情不逐秦風②變，弦索時時作北聲。蒙古鑲藍旗綽爾捫③等一百九十一人，謫入民籍，入綠營充伍。土人目之曰藍旗，雖隸西籍④，而飲食起居皆迥與西人不同。

① 羽林：禁衛軍。漢武帝時選拔隴西、天水、安定、北地、上郡、西河等六郡良家子弟守衛建章宮，初稱爲建章營騎，後改稱羽林騎，東漢稱爲羽林郎。喻爲國羽翼，如林之盛。

② 秦風：指烏魯木齊當地的風俗。清代烏魯木齊軍事上受伊犁將軍節制，行政上實行州縣制，屬陝甘總督管轄，故常以秦地或西秦代之。

③ 綽爾捫：不詳，當係人名。

④ 西籍：指在新疆生活。

五〇

雞柵牛欄映草廬，人家各逐水田居。豆棚閑話①如相過，曲港平橋半里餘。人居各逐所種之田，零星棋佈，雖近鄰亦相距半里許。

① 豆棚閑話：在田邊的棚架下閑聊。此二句意烏魯木齊地廣人稀，屯户居處距離遥遠。

五一

萬里攜家出塞行，男婚女嫁總邊城。多年無復還鄉夢，官府猶題舊里名。户民入籍已久，然自某州來者，官府仍謂之某州户，相稱亦然。

五二

界畫①棋枰綠幾層，一年一度換新塍。風流都似林和靖②，擔糞從來謝不能。塞外之田更番換種，以息地力，從無糞田之説。

① 界畫：即界劃。中國古代繪畫門類，在作畫時以界尺引線。此指農田層次、界限分明如畫。

② 林和靖：林逋（967—1028），字君復，錢塘人，謚和靖先生。隱居西湖孤山，人稱"梅妻鶴子"，見《宋史·隱逸上》。沈括《夢溪筆談》卷十："逋高逸倨傲，多所學，唯不能棋。常謂人曰：'逋世間事皆能之，唯不能擔糞與著棋。'"

五三

辛勤十指捋煙蕪①，帶月何曾解荷鋤。②怪底③將軍求手鑡，吏人只道舊時無。田惟拔草，不知鋤治。伊犁將軍④牒取手鑡，一時不知何物，轉於內地取之。

① 煙蕪：煙霧彌漫的草叢。權德輿《奉陪李大夫九日龍沙宴會》詩："煙蕪斂暝色，霜菊發寒姿。"

② "帶月"句：本陶潛《歸田園居》詩："晨興理荒穢，帶月荷鋤歸。"

③ 怪底：一作怪得。驚奇，驚疑。

④ 伊犁將軍：乾隆二十七年（1762）設，駐伊犁惠遠城。清代西域最高軍政長官，節制烏魯木齊都統、喀什噶爾參贊大臣、伊犁參贊大臣、塔爾巴哈臺參贊大臣。

五四

麗譙①未用夜誰何，寒犬霜牙利似磨。只怪深更齊吠影，不容好夢到南柯②。人喜畜犬，家家有之。至暮多升屋而蹲，一犬吠則衆犬和，滿城響答，狺狺③然徹夜不休，頗聒人睡。

① 麗譙：《莊子·徐無鬼》："君亦必無盛鶴列於麗譙之間。"郭象注："麗譙，高樓也。"成玄英疏："言其華麗嶕嶢也。"

② 南柯：夢境。語出李公佐《南柯太守傳》中淳于棼夢至南柯郡作太守之事。

③ 狺（yín）狺：《楚辭·九辯》："猛犬狺狺而迎吠兮，關梁閉而不通。"朱熹集注："狺，犬爭吠聲。"

五五

十里春疇雪作泥，不須分隴不須畦。珠璣①信手紛紛落，一樣新秧出水齊。布種時以手灑之,疏密了無定則,南插北耩②,皆所不知也。

① 珠璣:珠玉。《墨子·節葬下》:"諸侯死者,虛車府,然後金玉珠璣比乎身。"此指水稻種。

② 耩(jiǎng):農具,此指用耩來播種、耕地。

五六

酒果新年對客陳,鵝黃寒具①薦燒春。近來漸解中原味,浮盞牢丸②一色勻。新年客至,必陳饊餌四器,佐以燒酒,比户類然。近能以糯米作元夕粉團,但比内地稍堅實,其他糕餅,亦略同京師之制。

① 鵝黃:淺黃。李涉《黃葵花》詩:"此花莫遣俗人看,新染鵝黃色未乾。"

寒具:賈思勰《齊民要術》卷九:"環餅,一名寒具。……皆須以蜜調水溲麵。若無蜜,煮棗取汁。牛羊脂膏亦得。用牛羊乳亦好,令餅美脆。"此指自注中的饊餌。

② 牢丸:湯圓。即自注中的元夕粉團。段成式《酉陽雜俎》:"籠上牢丸。湯中牢丸。"

五七

閩海迢迢道路難,西人誰識小龍團①。向來只説官茶②暖,消得山泉沁骨寒。佳茗頗不易致,土人惟飲附茶③。云此地水寒傷胃,惟附茶性暖,能解之。附茶者,商為官製,易馬之茶,因而附運者也。初煎之色如琥珀,煎稍久則黑如瑿④。

① 小龍團:宋代貢茶,作餅狀,上印有龍紋。歐陽修《歸田録》卷二:"茶之品,莫貴於龍鳳,謂之團茶,凡八餅,重一斤。慶曆中,蔡君謨為福建路轉運使,始造小片龍茶以進。其品絶精,謂之小團,凡二十餅,重一斤。其價直金二兩。"

② 官茶:由官府許可,履行正常行銷手續的茶葉。宋、明時期,多用於西北地區茶馬貿易,清代始用於搭放新疆軍餉。《清史稿·食貨五》:"明時茶法有三:曰官茶,儲邊易馬;曰商茶,給引徵課;曰貢茶,則上用也。清因之。於陝、甘易番馬。"

③ 附茶:官商為公販運官茶,官方提供作為酬勞和補充損耗的茶葉,可任其自行附帶銷售,故稱。官茶與附茶含義原本有別,由紀昀此詩可見時人乃將二者等同。

④ 瑿(yī):黑玉。釋慧立《大慈恩寺三藏法師傳》卷五:"東行八百餘里,至瞿薩旦那國。……又土多白玉、瑿玉,氣序和調。"

五八

生愁蜂蝶鬧芳叢，但許桃花種水東。只有氈車經陌上，脂香粉氣偶春風。庫爾喀拉烏素三屯兵丁遣犯皆孤身，恐狂且、佚女①，或釀事端，自瑪納斯河以西，不許存一婦女。

① 狂且：輕狂之人。《詩·鄭風·山有扶蘇》："不見子都，乃見狂且。"毛傳："狂，狂人也。且，辭也。"鄭玄箋："人之好美色，不往睹子都，乃反往睹狂醜之人。"

佚女：《楚辭·離騷》："望瑤臺之偃蹇兮，見有娀之佚女。"王逸注："佚，美也。"

五九

森嚴刁斗①夜丁當，牆子深深小徑長。莫遣月明花影動，②金丸③時打野鴛鴦。城中小巷，謂之牆子。夜設邏卒以禁淫奔，謂之查牆子。諸屯則日暮以後，驅逐外來男子，謂之覓牆子。

① 刁斗：一名刀斗，即金柝。《史記·李將軍列傳》："及出擊胡，而廣行無部伍行陳，就善水草屯，舍止，人人自便，不擊刁斗以自衛。"裴駰集解引孟康曰："以銅作鐎器，受一斗。晝炊飯食，夜擊持行，名曰刁斗。"司馬貞《索引》："刀音貂。"

② "莫遣"句：化用元稹《鶯鶯傳》中之詩："待月西廂下，迎風戶半開。拂牆花影動，疑是玉人來。"

③ 金丸：金制的彈丸。葛洪《西京雜記》："韓嫣好彈，常以金爲丸，所失者日有十餘。長安爲之語曰：'苦饑寒，逐金丸。'京師兒童每聞嫣出彈，輒隨之，望丸之所落，輒拾焉。"

六〇

半帶深青半帶黃，園蔬已老始登牀。可憐除卻官廚宴，誰識春盤嫩甲①香。鬻菜者謂之菜牀，瓜菜必極老之後，乃采以鬻，否則人嫌其嫩而不食。惟官種之園，乃有嘗新之事，此亦土俗之不可解者。

① 春盤：古時立春日以生菜、果品等放在盤中嘗鮮或饋贈親友。杜甫《立春》詩："春日春盤細生菜，忽憶兩京全盛時。盤出高門行白玉，菜傳纖手送青絲。"

嫩甲：新鮮蔬菜。陸龜蒙《偶掇野蔬寄襲美有作》詩："野園煙裏自幽尋，嫩甲香葢引漸深。"

六一

赤繩①隨意往來牽，頃刻能開並蒂蓮。管領春風無限事，莫嫌多剩賣花錢。遣户男多而女少，爭委禽②者，多雀角鼠牙之訟③。國同知④立官媒二人司其事，非官媒所指配，不得私相嫁娶也。

① 赤繩：古代傳説中月下老人用以繫男女之足，使其結成夫婦用的繩子。李復言《續玄怪録》："杜陵韋固，少孤，思早娶婦。……元和二年，將遊清河，旅次宋城南店，客有以前清河司馬潘昉女見議者。來日先明，期於店西龍興寺門。固以求之意切，旦往焉。斜月尚明，有老人倚布囊坐於階上，向月檢書。……因問：'囊中何物？'曰'赤繩子耳，以繫夫妻之足。及其生則潛用相繫，雖仇敵之家，貴賤懸隔，天涯從宦，吴楚異鄉，此繩一繫，終不可逭。'"

② 委禽：納采，下聘禮。《左傳·昭公元年》："鄭徐吾犯之妹美，公孫楚聘之矣，公孫黑又使强委禽焉。"杜預注："禽，雁也。納采用雁。"

③ 雀角鼠牙：參前"户籍題名五種分"詩注②。此指獄訟。

④ 國同知：指國梁（1716—？），字隆吉，一字丹中，號笠民，哈達納喇氏，滿洲正黄旗人。乾隆二年（1737）進士，改庶吉士，散館改吏部主事。乾隆三十年（1765）任烏魯木齊同知，三十三年回京。《西域圖志》："乾隆二十五年，於烏魯木齊駐同知一員。三十八年置州，改設。"

六二

山城是處有弦歌，錦帙牙籤①市上多。爲報當年鄭漁仲②，儒書今過斡難河③。鄭樵《七音略》謂："孔氏之書，不能過斡難河一步。"初，塞外無鬻書之肆，間有傳奇小説，皆西商雜他貨偶販至。自建置學額④以後，遂有專鬻書籍者。

① 錦帙：錦製的書套。元稹《爲蕭相謝告身狀》："錦帙金箋，霞光日照。"

牙籤：繫在卷軸上的籤牌，標明卷數和部類，以便查找。《唐六典》："四庫之書，兩京各二本，共二萬五千九百六十卷，皆以益州麻紙寫。其經庫書鈿白牙軸、黄帶、紅牙籤，史庫書鈿青牙軸、縹帶、緑牙籤，子庫書雕紫檀軸、紫帶、碧牙籤，集庫書緑牙軸、朱帶、白牙籤，以爲分别。"此句中錦帙、牙籤均代指書籍。

② 鄭漁仲：鄭樵（1104—1162）字漁仲，福建莆田人，南宋史學家、目録學家，世稱夾漈先生，著《通志》等。

③ 斡難河：又稱阿難水、鄂倫河，今作鄂嫩河，爲黑龍江上遊之一。

④ 學額：科舉考試録取府縣學生的名額。乾隆三十四年（1769）七月，清朝在烏魯木齊等

地設立學額。《清會典事例》："烏魯木齊地方自設立義學以來,兵民子弟讀書習弓馬者,均有成效。嗣後迪化、寧邊二城,兵民子弟内歲科兩試,每廳各取進文童四名,交與兩廳管束。"

六三

割盡黄雲①五月初,喧闐滿市擁柴車。誰知十斛新收麥,才換青蚨②兩貫餘。天下糧價之賤,無逾烏魯木齊者。每車載市斛二石,每石抵京斛二石五斗。價止一金,而一金又止折制度錢七百文。故載麥盈車,不能得錢三貫。其昌吉、特訥格爾③等處,市斛一石,僅索銀七錢,尚往往不售。

① 黄雲:成熟的稻麥。王安石《壬戌五月與和叔同遊齊安》其一:"繰成白雪桑重緑,割盡黄雲稻正青。"

② 青蚨(fú):蟲名,此代指錢幣。干寶《搜神記》:"南方有蟲,名蟥蝸,一名蠯蠋,又名青蚨。形似蟬而稍大。味辛美,可食。生子必依草葉,大如蠶子。取其子,母即飛來,不以遠近。雖潛取其子,母必知處。以母血塗錢八十一文,以子血塗錢八十一文,每市物,或先用母錢,或先用子錢,皆復飛歸,輪轉無已。"

③ 特訥格爾:阜康縣舊稱。乾隆二十八年(1763)修築,設特納格爾州判。四十一年定名阜康縣。《西域同文志》:"特訥格爾,準語。謂平地也。地形平坦,故名。"

六四

花信闌珊欲禁煙①,晴雲駘宕②暮春天。兒童新解中州③戲,也趁東風放紙鳶。塞外舊無風鳶之戲,近有藍旗兵士能作之,遂習以成俗。

① 花信:程大昌《演繁露》:"三月花開時,風名花信風。初而泛觀,則似謂此風來報花之消息耳。"此指春天到來。

禁煙:寒食節,一作禁煙節,農曆清明節前一二天。禁煙火,吃冷食。

② 駘(dài)宕:一作駘蕩,舒緩起伏。《文選》卷十八馬融《長笛賦》:"安翔駘蕩,從容闡緩。"

③ 中州:河南古稱中州,此處泛指内地。

六五

芹香新染子衿青,①處處多開問字亭。玉帳人閑金柝靜,衙官部曲亦橫經。迪化、寧邊、景化、阜康四城②，舊置書院四處。自建設學額以來，各屯多開鄉塾，營伍亦建義學二處，教兵丁之子弟，弦誦相聞，儼然中土。

① "芹香"句：本《詩·魯頌·泮水》："思樂泮水，薄采其芹。"毛傳："泮水，泮宮之水也。天子辟雍，諸侯泮宮。言水則采取其芹，宮則采取其化。"鄭玄箋："芹，水菜也。"芹香喻受到學問的感染與教化。蘇洞《又口占和林奇卿府教春日即事》詩："東風吹水綠芹香，課試公勤榜新拆。"

子衿：《詩·鄭風·子衿》："青青子衿，悠悠我心。"毛傳："青衿，青領也。學子之所服。"

② 迪化：烏魯木齊舊稱。《西域圖志》："乾隆二十年正月，大兵進討準噶爾，噶勒丹多爾濟率其屬望風降，地皆內屬。有舊城，周可三里，賜名迪化。別於舊城北建迪化新城。……乾隆三十八年，改設直隸迪化州。"另參前"山圍芳草翠煙平"詩注①。

寧邊：今昌吉。乾隆二十七年(1762)修築，設寧邊州同知，三十八年改縣。

景化：今呼圖壁。乾隆二十九年(1764)建，駐呼圖壁巡檢，光緒二十九年(1903)升景化縣丞。

六六

氆氌新裁短後衣①，北人初見眼中稀。松花慘綠②玫瑰紫，錯認紅妝出繡幃。地本軍營，故以長掛爲褻衣③，以短掛爲公服。官民皆用常色，惟商賈多以紫綠氆氌爲之。

① 氆(pǔ)氌(lu)：手工製作的毛絨織品，係藏語音譯。《明經世文編·敬陳備禦海虜事宜以弭後患疏》："西藏之氆氌、寶刀。"

短後衣：後幅較短的上衣。《莊子·說劍》："吾王所見劍士，皆蓬頭、突鬢、垂冠，曼胡之纓，短後之衣，瞋目而語難。"郭象注："短後之衣，爲便於事也。"

② 松花：李時珍《本草綱目》："(松樹)二、三月抽蕤生花，長四五寸，采其花蕊爲松黃。"此喻淺黃色。

慘綠：淺綠色。《太平廣記》卷一五七引《河東記》："又過西廡下一橫門，門外多是著黃衫慘綠衫人。"

③ 褻(xiè)衣：貼身內衣。葛洪《抱朴子·外篇》卷二五《疾謬》："漢之末世則異於茲，蓬髮亂鬢，橫挾不帶，或褻衣以接人，或裸袒而箕踞。"此指便服。

六七

燒殘絳蠟鬭梟盧①，畫出龍眠②賢已圖。老去杜陵猶博塞③，陶公莫怪牧豬奴④。屯俗嗜博,比户皆然。

① 梟盧:古代博戲樗蒲的兩種勝彩名。幺爲梟,最勝;六爲盧,次之。

② 龍眠:李公麟(1049—1106),字伯時,舒州(今安徽桐城)人,北宋畫家。歸老於龍眠山,號稱龍眠居士。曾畫《博弈樗蒲圖》。

③ 杜陵:漢宣帝的陵墓,在西安東南。杜甫在此有祖田,因號杜陵布衣。

博塞:古代的一種棋類遊戲。杜甫《今夕行》詩:"咸陽客舍一事無,相與博塞爲歡娛。馮陵大叫呼五白,袒跣不肯成梟盧。"

④ 陶公:陶侃(259—334),字士行,盧江潯陽(今江西九江)人,東晉名將,陶淵明曾祖。

牧豬奴:賭徒。《晉書·陶侃傳》:"樗蒲者,牧豬奴戲耳。"

六八

羨岢高轂駕龍媒①,大賈多從北套來。省卻官程三十驛,錢神能作五丁②開。大賈皆自歸化城③來,土人謂之北套客。其路乃客賂蒙古人所開。自歸化至迪化僅兩月程,但須攜鍋帳耳。

① 龍媒:駿馬。《漢書·禮樂志》:"天馬徠,龍之媒。"應劭注:"言天馬者乃神龍之類。"

② 五丁:傳說中蜀地的五個力士。酈道元《水經注》卷二七:"秦惠王欲伐蜀而不知道,作五石牛,以金置尾下,言能屎金。蜀王負力,令五丁引之成道。"

③ 歸化城:内蒙古呼和浩特舊稱。

六九

吐蕃部落久相親,①賣果時時到市闤。恰似春深梁上燕,自來自去不關人。②吐魯蕃久已内屬,與土人無異,往來貿易,不復稽防。

① "吐蕃"句:此處吐蕃爲吐魯番的簡稱,與西藏無涉。但有關吐魯番名稱的來源,清代有源自吐蕃語之説。陶保廉《辛卯侍行記》:"蓋西州於晚唐爲土蕃人所據,疑其時呼爲土蕃城,音轉爲吐魯番耳。近人以蒙語、回語釋之,非探本之論。"吐魯番額敏和卓於康熙五十九年(1720)臣屬清朝。

② "恰似"句:化用杜甫《江村》詩:"自來自去堂上燕,相親相近水中鷗。"

七〇

敕勒陰山①雪乍開,韀汗②隊隊過龍堆。殷勤譯長③稽名字,不比尋常估客④來。蒙古商民,別立蒙古鄉約統之,稽防較密。

① 敕勒陰山:此指新疆。敕勒,中國古代北方少數民族。《新唐書・回鶻傳上》:"回紇,其先匈奴也,俗多乘高輪車,元魏時亦號高車部,或曰敕勒,訛爲铁勒。"陰山,今内蒙古陰山。《敕勒歌》:"敕勒川,陰山下。天似穹廬,籠蓋四野。"元人常將天山稱爲陰山,如耶律楚材《過陰山和人韻》詩。

② 騼(hàn)汗:駿馬。《説文》:"騼,馬毛長也。"汗,汗血馬省稱。

③ 譯長:古代主持傳譯的職官。《漢書・西域傳上》:"鄯善國,本名樓蘭,王治扜泥城。……輔國侯、卻胡侯、鄯善都尉、擊車師都尉、左右且渠、擊車師君各一人,譯長二人。"此代指蒙古鄉約。龍堆:即白龍堆,見前紀昀《自序》注⑥。

④ 估客:行商。《南史・海南諸國傳》:"國内不受估客,有往者亦殺而啖之,是以商旅不敢至。"

七一

蒲桃法酒①莫重陳,小勺鵝黄一色匀。攜得江南風味到,夏家新釀洞庭春②。貴州夏髯以紹興法造酒,名曰"仿南",風味不減。

① 蒲桃:即葡萄。李時珍《本草綱目》:"葡萄,《漢書》作蒲桃。"

法酒:按官府法定規格釀造的酒。賈思勰《齊民要術・法酒》:"法酒尤宜存意,淘米不得淨則酒黑。"

② 洞庭春:蘇軾《洞庭春色賦》:"安定郡王以黄柑釀酒,名之曰洞庭春色。"

七二

罌粟花團六寸圍,雪泥漬出勝澆肥。階除開遍無人惜,小吏時時插帽歸。罌粟花開徑二寸餘,五色爛然,其子冬入土中,臘雪壓之,較春蒔①者尤爲暢茂。

① 蒔(shì):栽種。

七三

荒屯那得汝南雞①,春夢迷離睡似泥。山鳥一聲天半落,卻來相唤把鋤犁。有鳥曰"鑽天嘯",每四更即決起長鳴,各屯以爲工作之候。

① 汝南雞:汝南所産之雞,善打鳴。徐陵《烏棲曲》:"唯憎無賴汝南雞,天河未落猶争啼。"

七四

前度劉郎^①手自栽，夭桃^②移得過山來。阜康城內園池好，尚有妖紅幾樹開。烏魯木齊舊少果樹，國同知自山南移種桃花，今特訥格爾縣丞署花圃之內尚有數株，其蒲桃則無人分植，舊種盡矣。

① 劉郎：劉禹錫《元和十年自郎州承召至京戲贈看花諸君子》詩：“玄都觀裏桃千樹，盡是劉郎去後栽。”此處借指國梁。國梁，見前“赤繩隨意往來牽”詩注④。

② 夭桃：豔麗的桃花。《詩·周南·桃夭》：“桃之夭夭，灼灼其華。”毛傳：“桃有華之盛者。夭夭，其少壯也。灼灼，華之盛也。”阮籍《詠懷》其十二：“夭夭桃李花，灼灼有輝光。”

七五

五月花蚊利似錐，村村擬築露筋祠^①。城中相去無三里，夜卷疏簾不下帷。田中蚊蟲至毒，城中則無之，或曰蚊蟲依草而居也。

① 露筋祠：一稱貞應祠、露筋娘娘廟。相關傳說首見段成式《酉陽雜俎》：“相傳江淮間有驛，俗呼露筋。嘗有人醉止其處，一夕，白鳥蚨嘬，血滴筋露而死。”至宋代傳說有所改變，祝穆《方輿勝覽·淮安軍》：“舊傳有女子夜過此，天陰蚊盛，有耕夫田舍在焉。其嫂止宿。女云：‘吾寧死不失節。’遂以蚊死，其筋見焉。”人們修建露筋祠以紀念貞女，後遂演變爲露筋娘娘，成爲運河漁民們的保護神。故址在今江蘇高郵。

七六

雲母窗櫺片片明，往來人在鏡中行。七盤峻坂頑如鐵，山骨何緣似水精^①。雲母石，産七打坂^②下，土人謂之寒水石。揭以糊窗，澄明如鏡。

① 水精：水晶，古時又稱水玉。《後漢書·西域傳》：“（大秦）宮室皆以水精爲柱，食器亦然。”

② 七打坂：參前“峻坂連連疊七層”詩注③。

七七

繡羽黃襟畫裏看，鴛鴦海上水雲寒。如何夜夜雙棲夢，多在人家鬥鴨欄①。昂吉爾圖諾爾②在城東南，昂吉爾圖譯言鴛鴦，諾爾譯言海也。與內地所產形小異，土人多雜家鵝畜之。

① 鬪鴨欄：鬪鴨，使鴨相鬪的博戲。《三國志·吳書·陸遜傳》：“時建昌侯慮於堂前作鬪鴨欄，頗施小巧。”此指關養家禽的圍欄。

② 昂吉爾圖諾爾：今烏魯木齊東柴窩堡鹽湖。《新疆圖志》：“柴鄂博海，在迪化城東南九十里，北距柴俄堡驛七里，《圖志》作鄂們淖爾，又名昂吉圖淖爾，亦產鹽。”清代在此設營塘。

七八

　　照眼猩猩①茜草紅，無人染色付良工。年年驛使馳飛騎，只療秋膡八蜡蟲②。茜草遠勝內地，而土人不解染色。惟伊犂、塔爾巴哈臺③取療八蜡蟲傷。八蜡毒蟲形在蜂蝶之間，螫人立斃，以茜根敷之，或得生。

① 猩猩：猩猩血，借指鮮紅色。皮日休《重題薔薇》詩：“濃似猩猩初染素，輕如燕燕欲淩空。”

② 八蜡蟲：又作八叉蟲，一種蜘蛛，清代西域文獻中常記載此物。以椿園七十一《西域聞見錄》所載爲代表：“八叉蟲，新疆在在有之。形類土蜘蛛，色褐而圓，八爪微短，紫口，口有四歧，齧鐵有聲。遍身黃綠爲章，皮裏通明，如繭蠶，生濕地溝渠及人家多年土壁中。大者如雞子，小者如胡桃。每大風則出穴，逐風而行，入人屋宇，行急如飛，怒則八足聳立逐人。尋常於人身上往來，切不可動，聽其自去，亦竟無恙。倘少動觸之，輒噬人，最爲毒惡，痛徹心髓，須臾不救，通身潰爛而死。如噬人輕，即取蟲碎之，尚無大害。若噬人時吐白絲於瘡口，或噬人後走向水中呼吸，則人必死矣。或曰茜草搗汁服之，並敷瘡口，可愈。究之中其毒者而能生者，百無一二。回子云唯求阿渾誦經可活。然吾嘗聞回子有被毒者，皆請阿渾誦經，乃經未終，而其人已終矣。”西域竹枝詞中對此物多有記載。

③ 塔爾巴哈臺：一作塔爾巴噶臺。《西域同文志》：“塔爾巴噶臺，準語。塔爾巴噶，獺也。其地多獺，故名。”乾隆二十七年(1762)設塔爾巴哈臺軍臺，同年設參贊大臣駐肇豐城，即雅爾城，參前宋弼《西行雜詠》“異種原隨博望侯”自注④。後移駐綏靖城，地當今新疆塔城市。

七九

　　夜深寶氣滿山頭，瑪納斯南半紫鏐①。兩載驚心馳羽檄②，春冰消後似防秋③。瑪納斯南山一帶皆產金，恐遊民私采，聚衆生釁，雪消以後，防禦甚至。近得策斷其糧道，乃少弭。

① 紫鏐(liú)：紫磨金。酈道元《水經注》卷三六："華俗謂上金爲紫磨金。"

② 羽檄：插着鳥羽的軍事文書。《史記·韓信盧綰列傳》："陳豨反，邯鄲以北皆豨有，吾以羽檄征天下兵，未有至者，今唯獨邯鄲中兵耳。"裴駰集解："魏武帝《奏事》曰：'今邊有小警，輒露檄插羽，飛羽檄之意也。'推其言，則以鳥羽插檄書，謂之羽檄，取其急速若飛鳥也。"

③ 防秋：古時西北遊牧民族常趁秋季南侵，中原王朝調兵防守邊地。《舊唐書·陸贄傳》："又以河隴陷蕃已來，西北邊常以重兵守備，謂之防秋。"張籍《送防秋將》詩："白首征西將，猶能射戟支。元戎選部曲，軍吏換旌旗。逐虜招降遠，開邊舊壘移。重收隴外地，應似漢家時。"

八〇

紅藥叢生滿釣磯[①]，無人珍重自芳菲。儻教全向雕欄種，肯減揚州金帶圍[②]。芍藥叢生林莽，花小瓣稀。遺户黃寶田移植數本，如法澆培，與園圃所開不異。

① 釣磯：垂釣時坐的岸邊岩石。陸游《晚春感事》詩："幽居自喜渾無事，又向湖陰坐釣磯。"

② 金帶圍：陳師道《後山談叢》："花之名天下者，洛陽牡丹、廣陵芍藥耳。紅葉而黃腰，號金帶圍，而無種，有時而出，則城中當有宰相。"

八一

息雞草[①]長綠離離，織薦裁簾事事宜。腰褭[②]經過渾不顧，可憐班固未全知。茇茇草生沙灘中，一叢數百莖，莖長數尺。即《漢書》"息雞草"，土音訛也。班固謂"馬食一本即飽"，然馬殊不食。

① 息雞草：即茇茇草，參前宋弼《西行雜詠》"席其草長馬牛肥"詩注①。紀昀自注中所記爲《新五代史·四夷附録》内容："又東行，至褢潭，始有柳，而水草豐美。有息雞草尤美，而本大，馬食不過十本而飽。"非班固語。

② 腰褭(niǎo)：駿馬名。應瑒《馳射賦》："群駿籠茸於衡首，咸皆腰褭與飛菟。"

八二

梭梭灘[①]上望亭亭，鐵幹銅柯一片青。至竟難將松柏友，無根多半似浮萍。梭梭柴至堅,作炭可經夜不熄。然其根入土最淺,故斧之難入,拽之則僕。

① 梭梭:參前宋弼《西行雜詠》"娑木根盤隱磧沙"詩注①。

八三

溫泉東畔火熒熒,撲面山風鐵氣腥①。只怪紅爐三度煉,十分才剩一分零。鐵廠在城北二十里,②役兵八十人采煉,然石性絶重,每生鐵一百斤,僅煉得熟鐵十三斤。

① 鐵氣腥:鐵氧化後的氣味。黄淯《初至寧海二首》其二:"煮海鹽煙黑,淘沙鐵氣腥。"

②《烏魯木齊政略》:"乾隆二十七年,辦事大臣旌(額理)等以迪化城北熱水泉地方産有鐵礦,奏請試采。二十八年,參贊大臣綽(克托)等奏明辦有成效。三十年,辦事大臣伍(彌泰)等具奏酌定章程。"

八四

漉白①荒城日不閑,采硝人在古陽關。頹垣敗堞渾堆遍,錯認深冬雪滿山。硝廠在陽巴拉喀遜②,古陽關也。役兵二十人采煉,近積至五六萬斤。伊犁、塔爾巴哈臺所需,皆取給於此。

① 漉白:地面浮起的硝鹼。《烏魯木齊政略》:"初設硝廠,原係標營在於昌吉破城子自熬硝斤、備辦火藥之用。……(乾隆)三十三年,辦事大臣温(福)等以破城子硝已薄,瑪納斯硝土正旺,奏准將破城子硝廠裁撤,於瑪納斯硝廠添兵熬煉。"

② 陽巴拉喀遜:一作陽巴勒噶遜。《西域同文志》:"陽巴勒噶遜。陽,漢人語;巴勒噶遜,準語,城也。地向陽,有城基,故名。"《西域圖志》:"陽巴勒噶遜在(瑪納斯)縣治東三十里。舊説以爲古陽關者,非是。"又《烏魯木齊事宜》:"查得瑪納斯西南地方有一舊倒城基,據額魯特等均名爲陽巴勒哈遜。……現今筑成關隘,賜名'靖遠關'。"紀昀自注誤。

八五

長鑱①木柄斸寒雲,阿魏②灘中藥氣熏。至竟無從知性味,山家何處問桐君③。阿魏生野田中,形似萊菔④,氣絶臭。行路過之,風至則聞。土人煎煉爲膏,以炒麪溲之爲鋌,每一斤得價二星,究不知是真否也。

① 長鑱(chán):一作長攙,帶長柄的犁。杜甫《乾元中寓居同谷縣作歌七首》其二:"長鑱

長鑱白木柄，我生托子以爲命。”

　　② 阿魏：中藥名，傘形科阿魏屬植物的樹脂，多產於新疆。

　　③ 桐君：參前“嫋嫋哀歌徹四鄰”詩注①。

　　④ 萊菔：蘿蔔。李時珍《本草綱目》：“萊菔乃根名，上古謂之蘆萉，中古轉爲萊菔，後世訛爲蘿蔔。”

八六

　　斑斕五色遍身花，深樹多藏斷尾蛇。最是山南烽戍地，率然①陣裏住人家。山樹多蛇，尾齊如截，伊拉里克卡倫尤多不可耐。

　　① 率然：《孫子·九地》：“故善用兵者，譬如率然。率然者，常山之蛇也。擊其首則尾至，擊其尾則首至，擊其中則首尾俱至。”

八七

　　白狼蒼豹絳毛熊，雪嶺時時射獵逢。五個山頭①新雨後，春泥才見虎蹄蹤②。境內無虎，惟他奔拖羅海卡倫寧協領③曾見虎蹤，擬射之，竟不再至。

　　① 五個山頭：即他奔拖羅海。參前“戍樓四面列高烽”詩注②。

　　② 虎蹄蹤：新疆歷史上產虎，《穆天子傳》中即有記載，出土文物中也常出現老虎的形象。清代天山南北都遍佈新疆虎蹤跡，《西域圖志》：“（天山北路）其獸則有虎名巴爾。……（南路）虎名約勒巴爾斯。”20世紀中期，新疆虎趨於絕跡。

　　③ 協領：八旗駐防屬官，從三品。分轄所屬官兵，協理防務。寧協領：人不詳。

八八

　　牧場芳草綠萋萋，養得驊騮①十萬蹄。只有明駝②千里足，冰消山徑臥長嘶。地不宜駝，強畜之，入夏損耗特甚。

　　① 驊（huá）騮（liú）：《穆天子傳》：“天子之駿：赤驥、盜驪、白義、逾輪、山子、渠黃、華騮、綠耳。”此處指駿馬。

　　② 明駝：駱駝。段成式《酉陽雜俎》：“駝，性羞。《木蘭篇》：明駝千里腳，多誤作鳴字。駝臥腹不貼地，屈足漏明，則行千里。”

八九

　　山禽滿樹不知名，五色毛衣①百種聲。前度西郊春宴罷，穿簾瞥見是鶯鶯。山禽可愛者多，率不知名，畜養者亦少。

　　① 五色毛衣：指鳥羽斑斕。僧可朋《桐花鳥》詩：“五色毛衣比鳳雛，深花叢裏只如無。”

九〇

　　茸茸紅柳欲飛花，歌舞深林看柳娃。雙角①吳童真可念，誰知至竟不辭家。紅柳娃産深山中，色澤膚理，無一非人。明秀端正，如三四歲小兒，每折紅柳爲圈，戴之而舞，其聲呦呦。或至行帳竊食，爲人掩得，輒泣涕拜跪求去。不放之，則不食死。放之，則且行且顧，俟稍遠乃疾馳。頗不易見，亦無能生畜之者。邱縣丞天寵②云：“頃蒐駝深山，曾得其一，細諦其狀，殆僬僥之民，非山獸也。”

　　① 雙角：小孩頭上的髮髻。白居易《東城晚歸》詩：“一條邛杖懸龜榼，雙角吳童控馬銜。”
　　② 邱天寵：生卒年不詳。和寧《三州輯略》：“原任高臺縣縣丞，陝西人。”乾隆三十一年（1766），因私伐巴彦濟魯薩林木，遣戍烏魯木齊。
　　《閱微草堂筆記·灤陽消夏録三》：“烏魯木齊深山中，牧馬者恒見小人高尺許，男女老幼，一一皆備。遇紅柳吐花時，輒折柳盤爲小圈，著頂上，作隊躍舞，音呦呦如度曲。或至行帳竊食，爲人所掩，則跪而泣。繫之，則不食而死；縱之，初不敢遽行，行數尺輒回顧。或追叱之，仍跪泣。去人稍遠，度不能追，始驀澗越山去。然其巢穴棲止處，終不可得。此物非木魅，亦非山獸，蓋僬僥之屬。不知其名，以形似小兒，而喜戴紅柳，呼曰紅柳娃。邱縣丞天錦（寵），因巡視牧廠，曾得其一，臘以歸。細視其鬚眉毛髮，與人無二。知《山海經》所謂靖人，鑿然有之。有極小必有極大，《列子》所謂龍伯之國，亦必鑿然有之。”

九一

　　姹紫嫣紅廿四畦，香魂仿佛認虞兮①。劉郎②儻是修花譜，芍藥叢中定誤題。虞美人花巨如芍藥，五色皆備，使院③所植尤爲一城之冠。

　　① 虞兮：即虞姬。項羽《垓下歌》：“力拔山兮氣蓋世，時不利兮騅不逝。騅不逝兮可奈何，虞兮虞兮奈若何。”此指虞美人花。

② 劉郎：劉攽(1023—1089)，字貢夫，北宋史學家。《宋史·藝文志》載其《芍藥譜》，已佚。姜夔《側犯·詠芍藥》詞：“後日西園，綠陰無數。寂寞劉郎，自修花譜。”

③ 使院：《資治通鑒·唐紀三十二》：“常清至使院。”胡三省注：“使院，留後治事之所；節度使便坐治事，亦或就使院。”此指官署。

九二

朱橘黃柑薦翠盤①，關山萬里到來難。官曹②春宴分珍果，誰怯輕冰③沁齒寒。柑橘皆有，但價昂爾。

① 翠盤：青玉盤。曹植《妾薄命行》：“覽持佳人玉顏，齊舉金爵翠盤。”

② 官曹：古代官吏的辦事處所。白居易《司馬廳獨宿》詩：“官曹冷似冰，誰肯來同宿？”

③ 輕冰：薄冰。杜甫《龍門鎮》詩：“細泉兼輕冰，泪洳棧道濕。”

九三

種出東陵①子母瓜，伊州佳種莫相誇。涼爭冰雪甜爭蜜，消得溫暾顧渚茶②。土產之瓜，不減哈密。食後飲茶一盞，則瓜性易消。

① 東陵：《史記·蕭相國世家》：“召平者，故秦東陵侯。秦破，爲布衣，貧。種瓜於長安城東，瓜美，故世俗謂之‘東陵瓜’，從召平以爲名也。”

② 顧渚茶：馬端臨《文獻通考》：“《顧渚山記》二卷。晁氏曰：陸羽撰。羽與皎然、朱放輩論茶，以顧渚爲第一。顧渚山在湖州，吳王夫差顧望欲以爲都，故以名山。”

九四

旋繞黃芽葉葉齊，登盤春菜脆玻璃。北人只自誇安肅①，不見三臺綠滿畦。三臺黃芽菜，不減安肅，萊菔亦甘脆如梨。

① 安肅：安肅縣，今河北省徐水縣安肅鎮，產黃芽菜。

九五

白草①初枯野雉肥，年年珍重進彤闈②。傳聲貢罷分攜去，五采斑斕滿路歸。野雞脂厚分餘，歲以充貢。

① 白草：芨芨草。參前"席其草長馬牛肥"詩注①。

② 彤闈：朱紅色宮門，借指宮廷或官府。謝朓《酬王晉安》詩："拂霧朝青閣，日旰坐彤闈。"

九六

甘瓜別種碧團圝①，錯作花門②小笠看。午夢初回微渴後，嚼來真似水晶寒③。瓜之別種曰"回回帽"，中斷之，其形酷肖，味特甘脆，但不耐久藏耳。

① 團圝（luán）：渾圓。牛希濟《生查子》詞："新月曲如眉，未有團圝意。"

② 花門：本爲唐朝和回鶻邊境的山名，唐朝依山修建"花門山堡"以防回鶻。李吉甫《元和郡縣圖志》："（甘州）東南至上都二千五百里，東南至東都三千三百六十里，東至涼州五百里，東北至花門山一千四百五十里。"《新唐書·地理志》："北渡張掖河，西北行出合黎山峽口，傍河東壖屈曲東北行千里，有寧寇軍，故同城守捉也，天寶二載爲軍。軍東北有居延海，又北三百里有花門山堡，又東北千里至回鶻衙帳。"岑參最早在詩歌中使用"花門"一語，代指花門山或花門山堡，杜甫繼之，在詩歌中以花門代指回鶻，遂爲後世廣泛注意與使用。清代文獻中的花門一詞，一般指維吾爾族，或泛指西域少數民族。花門小笠指維吾爾族的小帽。

③ 水晶寒：水晶，一作水精。杜甫《與鄠縣源大少府宴渼陂》詩："飯抄雲子白，瓜嚼水精寒。"指瓜清涼可口。

九七

昌吉新魚貫柳條，笭箵①入市亂相招。蘆芽細點銀絲膾，人到松陵十四橋②。秦地③少魚，昌吉河七道灣乃產之。羹以蘆芽或蒲筍，頗饒風味。

① 笭（líng）箵（xīng）：貯魚的竹籠。皮日休《奉和魯望漁具十五詠·笭箵》："朝空笭箵去，暮實笭箵歸。歸來倒卻魚，掛在幽窗扉。"

② 松陵十四橋：姜夔《過垂虹》詩："曲終過盡松陵路，回首煙波十四橋。"松陵在蘇州吳江，此句借用。

② 秦地：此指烏魯木齊。參前"卷卷兵書有姓名"詩注②。

九八

凱渡河①魚八尺長，分明風味似鱘鰉。西秦只解紅羊鮓②，特乞倉公③制膾方。凱渡河魚,冬月自山南運至。倉大使姚煥④烹治絶佳。

① 凱渡河:一作通天河、流沙河、開都河、海都河,古稱敦薧水。在今巴音郭楞蒙古自治州,流經和静、焉耆等縣,入博斯騰湖。

② 紅羊鮓(zhǎ):經過醃制加工的羊肉。

③ 倉公:倉官。清代官職,掌管倉儲。

④ 姚煥:《烏魯木齊政略》:"典史姚煥,浙江歸安人。"餘不詳。

九九

露葉翻翻翠色鋪,小園多種淡巴菰①。紅潮暈頰濃於酒,別調氤氳亦自殊。初尚川煙、漢中煙,後尚北套煙,近土人得種蒔之,處處暢衍,其蓋露數葉,味至濃厚,而別有清遠之意,頗勝他産。

① 淡巴菰:煙草。姚旅《露書》:"吕宋國出一草,曰淡巴菰,一名曰醺。以火燒一頭,以一頭向口,煙氣從管中入喉,能令人醉,且可辟瘴氣。"

一〇〇

新稻翻匙香雪流,①田家入市趁涼秋。北郊十里高臺户②,水滿陂塘歲歲收。高臺户所種稻米,頗類吴秔③。

① "新稻"句:語本杜甫《孟冬》詩:"破甘霜落爪,嘗稻雪翻匙。"以白雪喻香稻。

② 高臺户:從甘肅高臺縣遷至烏魯木齊屯田的民户。

③ 吴秔:秔同"粳",水稻。

一〇一

千瓣玲瓏緑葉疏,花頭無力倩人扶。因循錯喚江西蠟,持較東籬①恐未輸。江西蠟,花徑二寸,千瓣五色,望之如菊但葉瘦耳。

① 東籬:此處代指菊花。陶淵明《飲酒》詩:"采菊東籬下,悠然見南山。"

一〇二

山珍入饌只尋常,處處深林是獵場。若與分明評次第,野騾風味勝黄羊。

野驥動輒成群，肉頗腴嫩。

一〇三

誰能五月更披裘，尺布都從市上求。懊惱前官國司馬，木棉[①] 試種不曾收。戶民不艱食而艱衣，國同知試種木棉，未竟而去，其事遂寢。或曰土不宜，或曰無人經理其事，民無種也。

① 木棉：即棉花。西域竹枝詞中，棉花多寫作此。

一〇四

西到寧邊東皁康，狐蹤處處認微茫。謀衣卻比羊裘易，粲粲[①] 臨風一色黃。土産羊不可衣，狐乃易致。

① 粲粲：《詩·小雅·大東》：“西人之子，粲粲衣服。”朱熹注：“粲粲，鮮盛貌。”

一〇五

蘆荻颼颼綠渺茫，氤氳芳草隱陂塘。行營不解西番法，秋老誰尋瑪努香[①]。瑪努香，生三臺諸處葦塘中。形似蒼朮，氣極清鬱，西番焚以祀神，亦以療疾，但未詳主治何證耳。

① 瑪努香：菊科植物木香的一種。《閱微草堂筆記·槐西雜志一》：“又《杜陽雜編》載元載造芸暉堂於私第。芸香，草名也，出于闐國，其香潔白如玉，入土不朽爛；春之爲屑，以塗其壁，故號曰芸暉。于闐即今和闐地，亦未聞此物。惟西域有草名瑪努，根似蒼朮，番僧焚以供佛，頗爲珍貴；然色不白，亦不可泥壁。均小説附會之詞也。”

一〇六

春鴻秋燕候無差，寒暖分明紀歲華。何處飛來何處去，難將蹤跡問天涯。燕鴻來去之候，與中土相同，但沙漠萬里，不知何所往耳。

一〇七

　　綠到天邊不計程,葦塘從古斷人行。年來苦問驅蝗法,野老流傳竟未明。境內之水皆北流,匯於葦塘,如尾閭①然。東西亘數百里,北去則古無人蹤,不知所極。相傳蝗生其中,故歲燒之。或曰蝗子在泥而燒其上,是與蝗無害,且蝗食葦葉則不出,無食轉出矣,故或燒或不燒。自戊子至今無蝗事,無左驗,莫得而明。

　　① 尾閭:古代傳說中海水流瀉出的地方。《莊子・秋水》:“天下之水莫大於海,萬川歸之,不知何時止而不盈。尾閭泄之,不知何時已而不虛。春秋不變,水旱不知。”《文選》卷五三嵇康《養生論》:“泄之以尾閭。”李善注:“司馬彪曰,尾閭,水之從海水出者也。一名沃燋,在東大海之中。尾者,在百川之下,故稱尾。閭者聚也,水聚族之處,故稱閭也。在扶桑之東,有一石,方圓四萬里,厚四萬里,海水注者,無不燋盡,故名沃燋。”

一〇八

　　徹耳金鈴個個圓,檐牙屋角影翩翩。春雲澹宕①春風軟,正是城中放鴿天。土與鴿宜,最易蕃衍,風和日暖,空中千百爲群,鈴聲琅琅,頗消岑寂②。

　　① 澹宕:舒緩、蕩漾。參前“花信闌珊欲禁煙”詩注②。陳繼儒《雪中舞鶴十首》其五:“四望流光真澹宕,一回弄影亦高閑。”
　　② 岑寂:清冷寂靜。《文選》卷十四鮑照《舞鶴賦》:“去帝鄉之岑寂,歸人寰之喧卑。”李善注:“岑寂,猶高靜也。”

一〇九

　　不重山肴重海鮮,北商一到早相傳。蟹黃蝦汁銀魚鯗①,行篋新開不計錢。一切海鮮皆由京販至歸化城,北套客轉販而至。所謂銀魚,即衛河麨條魚②也。

　　① 鯗(xiǎng):剖開晾製的魚乾。
　　② 衛河:發源於太行山,流經河南新鄉、鶴壁、安陽等地。漢代稱白溝,隋稱永濟渠,宋代稱御河,明稱衛漕。爲河南省北部的灌溉水源。
　　麨條魚:學名銀魚,魚綱銀魚科,北方重要經濟魚類。

一一○

紅笠烏衫擔側挑，頻婆①杏子緑蒲桃。誰知只重中原味，榛栗楂梨價最高。吐魯番賣果者多，然土人惟重内地之果，榛栗楂梨，有力者始致之。

① 頻婆：一作蘋婆，即蘋果。

一一一

茹家法醋沁牙酸，滴滴清香瀉玉盤。琥珀濃光梅子味，論功真合祀玄壇①。茹把總大業②面黑，人目曰黑虎。好事者因目其婦曰玄壇神婦。善釀醋，味冠一城，饋而不鬻，人尤珍之，目曰玄壇醋。

① 玄壇：中國民間所祀財神趙公明，號護法玄壇真君，面黑，騎黑虎，故此處借用。

② 茹把總大業：《烏魯木齊政略》：“城守營駐迪化州城。……經制外委六員：茹大業、趙璧、馬洪繡、曹自得、冶進孝、白大功。”具體事跡不詳。

一一二

菽乳①芳腴細細研，截肪②切玉滿街前。只憐常逐春歸去，不到榴紅蓼紫③天。豆腐頗佳，冬春以爲常餐，夏秋則無鬻者。

① 菽（shū）乳：焦周《焦氏説楛》：“菽乳，豆腐也。”

② 截肪：切開的脂肪，喻顏色、質地白潤。曹丕《與鍾大理書》：“竊見玉書稱美玉，白如截肪，黑譬純漆，赤擬雞冠，黄侔蒸栗。”

③ 榴紅蓼紫：石榴花和蓼花競相開放，指夏天。

一一三

誰言天馬海西①頭，八駿②從來不易求。六印三花③都閲遍，何曾放眼看駃騠。自互市移於伊犂、塔爾巴哈臺，外番之馬遂不至，故佳馬至爲難得，索馬者每言烏魯木齊，不知皆已往之事也。

① 海西:《史記·大宛列傳》:"(安息)其西則條支,北有奄蔡、黎軒。"張守節正義引《括地志》:"《魏略》云大秦在安息、條支西大海之西,故俗謂之海西。"此處泛指西域。

② 八駿:參前"牧場芳草綠萋萋"詩注①。

③ 六印三花:杜甫《瘦馬行》詩:"細看六印帶官字,衆道三軍遺路旁。"胡震亨《唐音統簽》:"杜《瘦馬行》:'細看六印帶官字。'考《唐六典》:凡在牧馬,以小官字印印右髀,以年辰印印右髀,以監名印印尾側。二歲,以飛字印印左髀髆。細馬、次馬以龍形印印項左。送尚乘者,印三花及飛字印,外又有風字印。官馬賜人者,以賜字印。配諸軍及充傳送驛者,以出字印。印凡八,此云六印,意賜、配者不在數耳。"

一一四

鴨綠鵝黄滿市中,霜刀供饌縷輕紅①。加餐便憶坤司馬②,不比無端主簿蟲③。鵝鴨之種,皆坤司馬所攜,致今滋生蕃衍矣。

① 霜刀:鋒利明亮的刀。杜甫《觀打魚歌》:"饔子左右揮霜刀,鱠飛金盤白雪高。"

輕紅:淡紅。杜甫《宴戎州楊使君東樓》詩:"重碧拈春酒,輕紅擘荔枝。"此句指家禽之肉。

② 坤司馬:坤豫(?),滿洲鑲紅旗人,曾任烏魯木齊同知。

③ 主簿蟲:蠍子的別稱。段成式《酉陽雜俎》:"江南舊無蠍,開元初,嘗有一主簿,竹筒盛過江,至今江南往往而有,俗呼爲主簿蟲。"

一一五

月黑風高迅似飛,秋田熟處野豬肥。諸軍火器年年給,不爲天山看打圍。野豬最爲屯田之害,歲給火藥防之。三臺一巨豬,其大如牛。

一一六

河橋①新柳綠濛濛,只欠春園杏子紅。珍重城南孤戍下,剛留一樹嫋東風。地不宜杏,惟紅山嘴卡倫一株。

① 河橋:紅山腳下烏魯木齊河上的跨河橋。《烏魯木齊事宜》:"紅山嘴下溪河二道,係自南山衆派匯歸於此。經歲長流,夏秋水勢尤湧激彌漫。河上各架虹橋一座,長十數丈,寬可行車,以資行旅。"

一一七

槐榆處處綠參天，行盡青山未到邊。只有垂楊太嬌稚，纖腰長似小嬋娟[①]。柳至難長，罕見高丈餘者。

① 嬋娟：體態曼妙的女子。薛能《柘枝詞三首》其三："樓臺新邸第，歌舞小嬋娟。急破催搖曳，羅衫半脫肩。"此喻迎風招展的柳枝。

一一八

依依紅柳滿灘沙，顔色何曾似絳霞。若與綠楊爲伴侶，蠟梅通譜[①]到梅花。向聞塞外有紅柳，以爲閩中朱竹之類。及見之，似柳而非，特皮膚微赤耳，其大者可作器。

① 通譜：同姓認成同族，或異姓相約結爲兄弟。

一一九

飛飛乾鵲[①]似多情，晚到深林曉入城。也解巡檐[②]頻送喜，聽來隻恨是秦聲[③]。喜鵲形同内地，惟音短而重濁。

① 乾鵲：喜鵲。《詩·召南·鵲巢》："維鵲有巢，維鳩居之。"馬瑞辰《毛詩傳箋通釋》："鵲即乾鵲，今之喜鵲也。……鵲性喜晴，故名乾鵲。"
② 巡檐：在屋檐前走來走去。杜甫《舍弟觀赴藍田取妻子到江陵喜寄三首》其二："巡檐索共梅花笑，冷蕊疏枝半不禁。"
③ 秦聲：烏魯木齊地區的方言。參前"卷卷兵書有姓名"詩注②。

一二〇

蛺蝶花邊又柳邊，晚春籬落[①]早秋天。只憐翎粉無多少，葉葉黄衣小似錢。花間時逢黄蝶，其小如錢。

① 籬落：籬笆。柳宗元《田家三首》其二："籬落隔煙火，農談四鄰夕。"

一二一

土屋茅檐幾樹斜，移來多自野人家。微風處處吹如雪，開遍深春皂莢花。

皂莢花白，生林中，可以移植。

一二二

翦翦①西風院落深，夜涼是處有蛩音。秦人不解金籠戲②，一任籬根徹曉吟。地多促織，從無畜鬭之戲。

① 翦翦：一作剪剪。帶着寒意的微風。韓偓《夜深》詩："惻惻輕寒剪剪風，杏花飄雪小桃紅。"

② 秦人：烏魯木齊當地居民。參前"卷卷兵書有姓名"詩注②。

金籠戲：鬭蟋蟀。王仁裕《開元天寶遺事》："每至秋時，宮中妃妾輩皆以小金籠捉蟋蟀，閉於籠中，置之枕函畔，夜聽其聲，庶民之家皆效之。"

一二三

芳草叢叢各作窠，無名大抵藥苗多。山亭宴罷扶殘醉，記看官奴采薄荷。

藥草至多，或識或不識。去年六月宴射廳，提督巴公①有小奴言，欄旁是薄荷，試使采之，真薄荷也。

① 提督巴公：烏魯木齊提督巴彥弼，覺羅氏，鑲白旗人。和寧《三州輯略》："乾隆三十四年十月任事，三十八年十二月卸事。"

一二四

小煮何曾似鰒魚①，惱人幽夢夜深餘。貧家敢恨無眠處，孤寢清香尚不除。壁虱至多，雖大官之居不免。侍郎徐公②所居，以兩錢募捕一枚，冀絕其種，竟不能也。余建新居不半月，已蠕蠕滿壁，土人云地氣所生，不由傳種。

① 鰒（fù）魚：鮑魚。此句意爲以水燙壁虱。

② 侍郎徐公：徐績（1731—1811），漢軍正藍旗人，乾隆十二年（1747）舉人。乾隆三十四年以按察使銜赴哈密辦事，補授哈密辦事大臣。次年擢工部侍郎、烏魯木齊辦事大臣。嘉慶四年

(1799)任烏什辦事大臣。

一二五

新榨胡麻瀲灩光[1]，可憐北客不能嘗。初時錯認天台女[2]，曾對桃花飯阮郎[3]。胡麻即脂麻，東坡集言之甚析。[4]而西人以大麻爲胡麻，其油氣味甚惡，非土人不能食也。

① 瀲灩：水波蕩漾。蘇軾《飲湖上初晴後雨二首》其二：“水光瀲灩晴方好，山色空濛雨亦奇。”

② 天台女：仙女。參前宋弼《西行雜詠》“細葉茸茸花蔚藍”詩注③。

③ 阮郎：阮肇。參前宋弼《西行雜詠》“細葉茸茸花蔚藍”詩注③。

④ 蘇軾《服胡麻賦》：“始余嘗服茯苓，久之良有益也。夢道士謂余：‘茯苓燥，當雜胡麻食之。’夢中問道士：‘何者爲胡麻？’道士言：‘脂麻是也。’既而讀《本草》，云：‘胡麻，一名狗蝨，一名方莖。黑者爲巨勝。其油正可作食。’則胡麻之爲脂麻，信矣。”

一二六

依稀諫果[1]兩頭纖，松子來從雪嶺南。嶺上蒼官千萬樹，只能五鬣綠鬖鬖[2]。松子瑣屑，殆似空蓬，間有自南路販至者，形肖橄欖，味亦不佳。

① 諫果：橄欖。趙蕃《倪秀才惠橄欖二首》其二：“直道堪嗟故不容，更持諫果欲誰從？”

② 五鬣：五鬣松。段成式《酉陽雜俎》：“松，凡言兩粒、五粒，粒當言鬣。成式修行里私第，大堂前有五鬣松兩株，大才如碗。甲子年結實，味與新羅、南詔者不別。五鬣松，皮不鱗。”

鬖(sān)鬖：頭髮、植物枝葉下垂貌。趙冬曦《三門賦》：“松歷歷而生涯，草鬖鬖而覆水。”

一二七

雪壓空山老樹枯，一番新雨長春菇。天花[1]絕品何須説，持較興州[2]尚作奴。地産蘑菇，然不甚佳，不及熱河諸處營盤蘑菇也。

① 天花：蘑菇。周密《武林舊事》：“北内送天花蘑菇、蜜煎山藥棗兒、乳糖、巧炊、火燒、角兒等。”

② 興州：金朝改遼朝北安州爲興州，治所興化。地當今河北承德、灤平一帶。

一二八

撥刺銀刀似鱠殘，有人相戒莫登盤。魚苗多是秋蟲化，倚杖曾經子細看。劉都司洪[1]在烏魯木齊不食魚，云此間魚苗皆泥中稌蟲秋來入水所化，在呼圖壁屢親見之。

[1] 劉都司洪：《烏魯木齊政略》：“劉洪，原任都司。”又和寧《三州輯略》：“劉洪，原任福建將軍。”遣戍廢員，餘不詳。

一二九

漢唐舊史記青稞，西域從來此種多。輕注蹲鴟[1]成一笑，如今始悔著書訛。青稞蓋大麥之類，可以釀酒，可以秣馬，人亦作麵食之。向修熱河志書，於《烏桓傳》中得此名，而不能指其爲何物，頗疑爲莨稗[2]之屬，今乃識之。

[1] 蹲鴟(chī)：芋頭。《漢書·貨殖列傳》：“吾聞岷山之下沃野，下有蹲鴟，至死不饑。”孟康注：“蹲音蹲，水鄉多鴟。”顏師古注：“孟說非也。蹲鴟謂芋也。其根可食，以充糧，故無饑年。”此句意爲當初修《熱河志》將青稞當做雜草，如同孟康解釋蹲鴟一樣錯誤。

[2] 莨稗：兩種雜草，似禾，實小。《孟子·告子上》：“五穀者，種之美者也。苟爲不熟，不如莨稗。”

一三〇

臘雪深深坼地寒，經冬宿麥換苗難。農家都是春初種，一樣黃雲[1]被隴看。雪深地凍，宿麥至春皆不生，所種皆春麥也。

[1] 黃雲：喻成熟的稻麥。王安石《同陳叔和遊齊安院》詩：“繅成白雪桑重綠，割盡黃雲稻正青。”

一三一

配鹽幽菽[1]偶登廚，隔嶺攜來貴似珠。只有山家豌豆好，不勞苜蓿秣宛駒[2]。諸豆不產，惟產豌豆，民家種之以飼馬。官馬飼以青稞，並豌豆不種矣。

① 幽菽:一作幽尗,即豆豉。《説文》:"豉,配鹽幽尗也。"

② 宛駒:大宛所産千里駒,此處泛指馬。駱賓王《久戍邊城有懷京邑》詩:"忘情同塞馬,比德類宛駒。"

一三二

收麥初完收穀忙,三春①卻不入官倉。可憐粒粒珍珠滑,人道多輸餅餌香。土俗賤穀而貴麥,故納糧以麥不以穀。

① 三春:精細加工的稻米。陸游《老境》詩:"軟飯三春米,醇醪九醞醅。"

一三三

八寸葵花色似金,短垣老屋幾叢深。此間頗去長安遠,珍重時看向日心。①葵花向日,與内地同。

① "此間"二句,化用《世説新語·夙惠》中晉明帝故事:"晉明帝數歲,坐元帝膝上。有人從長安來,元帝問洛下消息,潸然流涕。明帝問何以致泣,具以東渡意告之。因問明帝:'汝意謂長安何如日遠?'答曰:'日遠。不聞人從日邊來,居然可知。'元帝異之。明日,集群臣宴會,告以此意,更重問之。乃答曰:'日近。'元帝失色,曰:'爾何故異昨日之言邪?'答曰:'舉目見日,不見長安。'"此處亦指邊城烏魯木齊距京城路途遙遠。

一三四

澄澈戎鹽①出水涯,分明青玉淨無瑕。猶嫌不及交河②産,一色輕紅似杏花。土産青鹽味微甘,勝於海鹽,每二斗五升才值制錢二十文。其紅鹽則由闢展③而來。

① 戎鹽:湖鹽或岩鹽。《周禮·天官·鹽人》:"王之膳羞,共飴鹽。"鄭玄注:"飴鹽,鹽之恬者,今戎鹽有焉。"

② 交河:今吐魯番交河故城。交河故城爲漢代車師前王庭,高昌國設交河郡,唐爲西州交河縣。一度曾作爲唐代安西都護府治所。此句泛指鄯善等地。

③ 闢展:今新疆鄯善縣。清雍正五年(1772)築闢展城,乾隆二十八年(1763)置闢展廳,光緒二十八年(1902)改鄯善縣,隸吐魯番。

一三五

鑿破雲根石竇開，朝朝煤户到城來。北山更比西山好，須辨寒爐一夜灰。
城門曉啓，則煤户聯車入城。北山之煤可以供熏爐之用，焚之無煙，嗅之無味，易熾而難爐。灰白如雪，
每車不過銀三星[1]餘。西山之煤但可供炊煮之用，灰色黄赤，每車不過銀三星。其曰二架梁者，石性稍
重，往往不燃，價則更減。亦有石炭，每車價止二星，極貧極儉之家乃用之。

[1] 三星：星，指秤桿上的秤星。三星意爲三錢。

一三六

亦有新蟬噪晚風，小橋流水綠陰中。人言多是遺蝗化，果覺依稀似草蟲。
夏亦有蟬，首似蟬而翼似阜螽[1]，或言蝗所化，未之詳也。

[1] 阜螽（zhōng）：蝗蟲的幼蟲。《詩·召南·草蟲》：“喓喓草蟲，趯趯阜螽。”鄭玄箋：“阜
音婦，螽音終。李巡云：‘蝗子也。’《草木疏》云：‘今人謂蝗子爲螽。’”

一三七

一聲骹矢[1]喉長風，早有饑鳶[2]到半空。驚破紅閨[3]春晝夢，齊呼兒女看
雞籠。鳶最猛鷙[4]，能就人手中奪肉，尤爲畜雞者之害。防守稍疏，或無遺種。

[1] 骹（xiāo）矢：鳴鏑，響箭。元稹《江邊四十韻》詩：“隱錐雷震蟄，破竹箭鳴骹。”此指
鷹鳴。

[2] 鳶（yuān）：老鷹。

[3] 紅閨：此指閨中女子。

[4] 鷙（zhì）：凶猛的鳥。

一三八

秀野亭[1]西綠樹窩，杖藜攜酒晚春多。譙樓鼓動棲鴉睡，尚有遊人踏月
歌。城西茂林無際，土人名曰樹窩。坤同知因建秀野亭，二、三月後，遊人載酒不絶。

[1] 秀野亭：乾隆時期烏魯木齊城中的人文景觀，位於今人民公園一帶。《閲微草堂筆

記·灤陽消夏録一》：“余至烏魯木齊，城西有深林，老木參雲，彌亘數十里，前將軍伍公彌泰建一亭於中，題曰‘秀野’。散步其間，宛然前畫之景。辛卯還京，因自題一絶句曰：‘霜葉微黃石骨青，孤吟自怪太零丁。誰知早作西行讖，老木寒雲秀野亭。’”伍彌泰（？—1786），伍彌氏，蒙古正黃旗人，乾隆十五年（1750），賜伯號曰誠毅。二十八年，命往烏魯木齊辦事。乾隆三十一年還京，署鑲黃蒙古、正白漢軍兩旗都統，授内大臣。

　　結合詩歌自注與筆記記載，秀野亭應爲伍彌泰倡修，同知坤豫所建。坤豫，見前“鴨緑鵝黃滿市中”詩注②。

一三九

　　斜臨流水對山青，疏野終憐舊射廳。頗喜風流豐別駕[①]，邇來擬葺醉翁亭[②]。舊射廳在新射廳西南，頗爲疏野，近以稍遠廢之。寧邊通判[③]豐君，署事迪化，擬爲重葺。余方東還，不及見其落成矣。

　　① 豐別駕：豐伸（？），滿洲正藍旗人。以通判借補昌吉知縣，乾隆三十九年（1774）六月，陞任雲南澄江府新興州知州。
　　② 醉翁亭：位於安徽省滁州市西南琅琊山，北宋慶曆七年（1047）建，歐陽修命名並作《醉翁亭記》。此指新射廳。
　　③ 寧邊通判：《西域圖志》：“乾隆二十五年，於昌吉駐通判一員，爲寧邊廳。三十八年，改駐州同，尋置縣，改設。”

一四〇

　　絳蠟熒熒夜未殘，遊人踏月繞欄杆。迷離不解春燈謎，一笑中朝舊講官[①]。元宵燈謎，亦同内地之風，而其詞怪俚荒唐，百不一解。

　　① 講官：爲皇帝經筵進講的官員。明清時期，翰林院侍讀、侍講學士可充任皇帝經筵講官。紀昀曾任翰林院侍讀學士，此處係自稱。

一四一

　　犢車轆轆[①]滿長街，火樹銀花[②]對對排。無數紅裙亂招手，遊人拾得鳳凰鞋。元夕張燈，諸屯婦女畢至。遺簪墮珥，終夜喧闐。

① 轆轆：車輪或轆轤轉動的聲音。梅堯臣《送辛都官知鄂州》詩："車動自轆轆，旗輕自舒舒。"

② 火樹銀花：張燈結彩，煙火燦爛。蘇味道《正月十五夜》詩："火樹銀花合，星橋鐵鎖開。"

一四二

摇曳蘭橈唱采蓮，春風明月放燈天①。秦人只識連錢馬②，誰教歌兒蕩畫船。燈船之戲，亦與内地仿佛。

① 放燈天：元宵節點花燈。歐陽修《赴集禧宮祈雪追憶從先皇駕幸泫然有感》詩："千騎清塵回輦路，萬家明月放燈天。"

② 連錢馬：《爾雅·釋畜》："青驪驎，駽。"郭璞注："色有深淺，班駁隱粼，今之連錢驄。"此句意爲邊地之人慣於騎馬，不解乘船爲戲。

一四三

地近山南估客多，偷來蕃曲演鴦哥①。土魯番呼歌妓爲鴦哥。誰將紅豆傳新拍②，記取摩訶兜勒歌③。春社扮番女唱番曲，侏儺④不解，然亦靡靡可聽。

① 鴦哥：維吾爾語 yəŋggə 音譯。一作央哥、秧哥。祁韻士《西陲要略》："呼婦人爲鴦哥。"

② 紅豆傳新拍：紅豆，一名相思子。王維《相思》詩："紅豆生南國，春來發幾枝。願君多采擷，此物最相思。"此指用維吾爾語演唱的情歌。

③ 摩訶兜勒歌：崔豹《古今注》："《横吹》，胡樂也。張博望入西域，傳其法於西京，唯得《摩訶》《兜勒》二曲。"此處泛指樂曲。參後曹麟開《塞上竹枝詞》"廿四新聲譜竹枝"詩自注。

④ 侏儺(lí)：一作朱離，古時邊地少數民族樂舞總稱。《詩·小雅·鼓鐘》："以雅以南，以籥不僭。"毛傳："爲雅爲南也，舞四夷之樂，大德廣所及也。東夷之樂曰昧，南夷之樂曰南，西夷之樂曰朱離，北夷之樂曰禁。"此處指音樂難以聽懂。

一四四

簫鼓分曹①社火齊，燈場相賽舞狻猊②。一聲唱道西屯勝，飛舞紅箋錦字題。孤木地屯與昌吉頭屯以舞獅相賽，不相下也。昌吉人舞酣之時，獅忽噴出紅箋五六尺，金書"天下太平”,字隨風飛舞,衆目喧觀,遂爲擅勝。

　　① 分曹:兩兩分組。《楚辭·招魂》:“分曹並進,遒相迫些。”王逸注:“曹,偶。……言分曹列偶,並進技巧。”李商隱《無題》詩:“隔座送鈎春酒暖,分曹射覆蠟燈紅。”

　　② 狻(suān)猊(ní):中國古代傳説中的神獸,形似獅子,食虎豹,後亦代指獅子。此處指舞獅。

一四五

　　竹馬如迎郭細侯[1],山童丫角[2]囀清謳。琵琶彈徹明妃曲[3],一片紅燈過彩樓。元夕各屯十歲内外小童扮竹馬燈,演昭君琵琶雜劇,亦頗可觀。

　　① 郭細侯:郭伋(前39—47),字細侯,扶風茂陵(今陝西興平)人,東漢官員,爲人誠信有政聲。《後漢書·郭伋傳》:“始至行部,到西河美稷,有童兒數百,各騎竹馬,道次迎拜。伋問:‘兒曹何自遠來?’對曰:‘聞使君到,喜,故來奉迎。’伋辭謝之。及事訖,諸兒復送至郭外,問:‘使君何日當還?’伋謂別駕從事,計日告之。行部既還,先期一日,伋爲違信於諸兒,遂止於野亭,須期乃入。”

　　② 山童:鄉間小童。李白《答從弟幼成過西園見贈》詩:“山童薦珍果,野老開芳樽。”

　　丫角:小孩子頭頂兩邊像犄角一般的短髮辮。參前“茸茸紅柳欲飛花”詩注①。

　　③ 明妃曲:明妃,即王昭君(前54?—前19),名嬙,字昭君,西漢南郡秭歸(今湖北宜昌)人。晉朝時爲避司馬昭諱,稱明妃。西漢竟寧元年(前33),被漢元帝賜嫁匈奴呼韓邪單于。後世文人常據其事跡進行文學創作,其中北宋王安石曾作《明妃曲二首》,有“含情欲語獨無處,傳與琵琶心自知”句。元代馬致遠有《漢宮秋》雜劇亦演繹其故事。此詩中《明妃曲》指自注中所説昭君琵琶雜劇,係當地百姓自編自演的民間藝術形式。

一四六

　　越曲吳歈[1]出塞多,紅牙[2]舊拍未全訛。詩情誰似龍標尉[3],好賦流人水調歌[4]。王昌齡集有《聽流人歌水調子》詩。梨園[5]數部,遺户中能昆曲者,又自集爲一部,以杭州程四爲冠。

　　① 越曲吳歈(yú):《楚辭·招魂》:“吳歈蔡謳,奏大吕些。”王逸注:“吳、蔡,國名也。歈、謳,皆歌也。”李白《贈薛校書》詩:“我有吳越曲,無人知此音。”

　　② 紅牙:檀木製成的拍板。

　　③ 龍標尉:王昌齡(698—757),字少伯,河東晉陽(今山西太原)人。天寶年間謫龍標尉,

世稱"王龍標"。王昌齡《聽流人水調子》詩:"孤舟微月對楓林,分付鳴箏與客心。嶺色千重萬重雨,斷弦收與淚痕深。"

④ 水調歌:古樂曲名。《樂府詩集》作"近代曲詞":"《樂苑》曰:'《水調》,商調曲也。'舊説,《水調河傳》,隋煬帝幸江都時所製。曲成奏之,聲韻怨切。……按唐曲凡十一疊,前五疊爲歌,後五疊爲入破。其歌,第五疊五言調,聲最爲怨切。……唐又有新《水調》,亦商調曲也。"《全唐詩》作"雜曲歌辭"。

⑤ 梨園:戲曲班子。《新唐書·禮樂志》:"玄宗既知音律,又酷愛法曲,選坐部伎子弟三百教於梨園,聲有誤者,帝必覺而正之,號'皇帝梨園弟子'。"

一四七

樊樓①月滿四弦高,小部交彈鳳尾槽②。白草黄沙行萬里,紅顔未損鄭櫻桃③。歌童數部,初以佩玉、佩金二部爲冠,近昌吉遣户子弟新教一部,亦與之相亞。

① 樊樓:宋代開封酒樓,一名白礬樓、豐樂樓。孟元老《東京夢華録》:"白礬樓,後改爲豐樂樓。宣和間更修三層相高,五樓相向,各有飛橋欄檻,明暗相通,珠簾繡額,燈燭晃耀。"《大宋宣和遺事》:"樊樓乃豐樂樓之異名,上有御座,徽宗時與師師宴飲於此。"後泛指酒樓。

② 小部:唐代宫廷中少年歌隊。袁郊《甘澤謡·許雲封》:"值梨園法部置小部音聲,凡三十餘人,皆十五以下。"

鳳尾槽:琵琶名。蘇軾《宋叔達家聽琵琶》詩:"數弦已品龍香撥,半面猶遮鳳尾槽。"

③ 鄭櫻桃:後趙武帝石季龍寵愛的優僮。《晉書·石季龍傳》:"季龍寵惑優僮鄭櫻桃而殺郭氏,更納清河崔氏女,櫻桃又譖而殺之。所爲酷虐。"此處借指歌童。

一四八

玉笛銀箏夜不休,城南城北酒家樓。春明門①外梨園部,風景依稀憶舊遊。酒樓數處,日日演劇,數錢買座,略似京師。

① 春明門:唐代長安城的東正門,此處代指京師。

一四九

烏巾墊角①短衫紅,度曲誰如鷩相公②。字出東坡《仇池筆記》。贈與桃花時頹面③,筵前何處不春風。伶人鱉羔子以生擅場,然不喜靧面。

① 墊角:一名墊巾。《後漢書·郭太傳》:郭太字林宗,出行遇雨,"巾一角墊,時人乃故折巾一角,以爲'林宗巾'"。

② 鱉相公:語出蘇軾《仇池筆記》"廣利王召":蘇軾被南海龍王廣利王召見,命作詩,詩成後衆人均稱贊,唯獨廣利王身邊的"鱉相公"挑毛病,致使蘇軾被廣利王趕出,歎曰:"到處被相公廝壞。"以之影射奸相王禹玉及其爪牙董必。此句中借指伶人鱉羔子。

③ 靧(huì)面:洗臉,同自注中"盥面"。《尚書·顧命》:"王乃洮靧水。"孔傳:"馬云:洮,洮髮也。……靧,靧面也。"

一五〇

半面真能各笑啼,四筵絶倒碎玻璃。消除多少鄉關思,合爲伶人賦《簡兮》①。簡大頭,以丑擅場,未登場時與之語,格格不能出口,貌亦樸僿如村翁。登場則隨口詼諧,出人意表,千變萬化,不相重復,雖京師名部,不能出其上也。

①《簡兮》:《詩·邶風·簡兮》,描寫壯觀的樂舞場面,塑造了舞師的形象。

一五一

老去何戡出玉門①,一聲楚調最銷魂。低徊唱煞《紅綾袴》,四座衣裳涴②酒痕。遺户何奇,能以楚聲爲豔曲,其《紅綾袴》一闋,尤妖曼動魄。

① 何戡:唐代長慶年間的著名歌者。劉禹錫《與歌者何戡》詩:"舊人唯有何戡在,更與殷勤唱《渭城》。"此代指注中所言何奇。

玉門:玉門關。西漢武帝時始置,爲西漢通往西域各地的重要門户,故址在今甘肅敦煌西北小方盤城。

② 涴(wò):污染,弄髒。此句翻用白居易《琵琶行》詩"血色羅裙翻酒污"句。

一五二

逢場作戲又何妨,紅粉青蛾鬧掃妝①。仿佛徐娘②風韻在,盧陵③莫笑老劉郎。劉木匠以旦擅場,年逾三旬,姿致尚在。

① 鬧掃妝:焦竑《焦氏類林》:"唐末宫中髻,號鬧掃妝,形如焱風散鬌,蓋盤鴉、墮馬

之類。"

② 徐娘：徐昭佩(？—549)，東海郯縣(山東郯城)人，梁元帝蕭繹的正妻，善妒無行。《南史·後妃傳下》："徐娘雖老，猶尚多情。"

③ 廬陵：歐陽修(1007—1072)，字永叔，號醉翁，吉州永豐(今江西永豐)人。北宋政治家、文學家。歐陽修《戲劉原甫》詩："洞里新花莫相笑，劉郎今是老劉郎。"

一五三

稗史①荒唐半不經，漁樵閑話野人聽。地爐松火②消長夜，且喚詼諧柳敬亭③。遺戶孫七，能演説諸稗官，掀髯抵掌，聲音笑貌，一一點綴如生。

① 稗史：記載野史、軼聞瑣事的書。

② 松火：以松柴燃火。戴叔倫《南野》詩："茶烹松火紅，酒吸荷杯綠。"

③ 柳敬亭(1587—1670)：號逢春，揚州府泰州人，祖籍南通州余西場。原姓曹，名永昌，字葵宇。明末清初評話藝術家。

一五四

桃花馬上舞驚鸞①，趙女②身輕萬目看。不惜黄金拋作埒③，風流且喜見邯鄲。塞外豐盈，遊民鬻技者麕至④。畿南馬解⑤，婦女亦萬里聞風而赴，蓋昔所未睹云。

① 桃花馬：白毛中雜有紅點的馬。杜審言《戲贈趙使君美人》詩："紅粉青娥映楚雲，桃花馬上石榴裙。"

驚鸞：原指草書筆勢飄逸。《晉書·索靖傳》："蓋草書之爲狀也，婉若銀鉤，漂若驚鸞。"此處形容體態輕盈。

② 趙女：指趙飛燕或趙地的美女。樂史《楊太真外傳》："漢成帝獲飛燕，身輕欲不勝風，恐其飄翥。帝爲造水晶盤，令宮人掌之而歌舞。又製七寶避風臺，間以諸香，安於上，恐其四肢不禁也。"

③ 埒(liè)：矮牆。《説文》："埒，卑垣也。"

④ 麕(jūn)至：麕集，紛紛到來。麕，獐子。

⑤ 馬解：跑馬賣解，亦簡稱跑解馬，指騎馬表演技藝。《紅樓夢》第五十一回："你就這麼'跑解馬'似的打扮得伶伶俐俐的出去了不成？"

一五五

靈光肹蠁^①到西陲，齊拜城南壯繆祠^②。神馬驍騰^③曾眼見，人間銜勒果難施。初民間有馬，不受鞚，施於廟中充神馬，乃馴順殊常，然非爲神立仗，仍不可銜勒也。散行街市，未曾妄齧寸草，或遊行各牧場中，皆以其來爲喜。每朔望輒自返廟中，尤爲可異云。

① 肹（xī）蠁（xiǎng）：氣體、聲音散佈彌漫。《文選》卷五左思《吳都賦》："光色炫晃，芬馥肹蠁。"吕向注："芬馥，香也。肹蠁，蚊類也。言香氣積來如肹蠁之群飛也。"

② 壯繆祠：關帝廟。關羽追謚壯繆侯。《烏魯木齊政略》："乾隆三十二年，辦事大臣温（福）等奏准迪化城、寧邊城各建關帝廟。"

③ 驍騰：駿馬勇健、飛奔貌。顏延之《赭馬白賦》："臨廣望，坐百層，料武藝，品驍騰。"

一五六

破寇紅山八月天，^①髑髏^②春草滿沙田。當時未死神先泣，半夜離魂欲化煙。昌吉未變之先，城上恒夜見人影，即之則無。亂後始悟爲兵死匪徒，神褫其魄，故生魂先去云。

① 乾隆三十二年（1767）中秋，昌吉屯官趁置酒集會之機調戲、污辱遣犯妻女，二百餘名遣犯殺死屯官，奪取武器。次日，上千名遣犯集合進攻烏魯木齊，在紅山下被清軍擊潰。

《閱微草堂筆記·灤陽續録二》："戊子昌吉之亂，先未有萌也。屯官以八月十五夜，犒諸流人，置酒山坡，男女雜坐。屯官醉後，逼諸流婦使唱歌，遂頃刻激變，戕殺屯官，劫軍裝庫，據其城。十六日曉，報至烏魯木齊，大學士温公促聚兵。時班兵散在諸屯，城中僅一百四十七人，然皆百戰勁卒，視賊蔑如也。温公率之即行，至紅山口，守備劉德叩馬曰：'此去昌吉九十里，我馳一日至城下，是彼逸而我勞，彼坐守而我仰攻，非百餘人所能辦也。且此去昌吉皆平原，瑪納斯河雖稍闊，然處處策馬可渡，無險可扼。所可扼者，此山口一線路耳。賊得城必不株守，其勢當即來。公莫如駐兵於此，借陡崖遮蔽。賊不知多寡，俟其至而扼險下擊，是反攻爲守，反勞爲逸，賊可破也。'温公從之。及賊將至，德左執紅旗，右執利刃，令於衆曰：'望其塵氣，雖不過千人，然皆亡命之徒，必以死鬬，亦不易當。幸所乘皆屯馬，未經戰陣，受創必反走。爾等各擎槍屈一膝跪，但伏而擊馬，馬逸則人亂矣。'又令曰：'望影鳴槍，則槍不及賊，火藥先盡，賊至反無可用。爾等視我旗動，乃許鳴槍。敢先鳴者，手刃之。'俄而賊衆槍爭發，砰訇動地，德曰：'此皆虛發，無能爲也。'迨鉛丸擊前隊一人傷，德曰：'彼槍及我，我槍必及彼矣。'舉旗一揮，衆槍齊發。賊馬果皆橫逸，自相衝擊。我兵噪而乘之，賊遂殲焉。温公歎曰：'劉德狀貌如村翁，而臨陣鎮定乃爾。參將都司，徒善應對趨蹌耳。'故是役以德爲首功。然捷報不能縷述曲折，今詳著之，庶不淹没焉。"

② 髑（dú）髏（lóu）：死人頭骨。《莊子·至樂》：“莊子之楚，見空髑髏。”

一五七

深深玉屑幾時藏，出土猶聞餅餌香。弱水①西流寧到此，荒灘那得禹餘糧②。昌吉築城之時，又掘得麨一罌。罌垂敝而麨尚可食，亦不可解。

① 弱水：古代水名。《尚書·禹貢》：“導弱水至於合黎。”又《山海經·大荒西經》：“西海之南，流沙之濱，赤水之後，黑水之前，有大山名曰昆侖之丘。……其下有弱水之淵環之。”即今黑河，下游爲額濟納河。

② 禹餘糧：《太平御覽》卷九八八引張華《博物志》：“今藥中有禹餘糧者，世傳昔禹治水，棄其所餘食於江中，而爲藥也。”

一五八

白草颼颼接冷雲，關山疆界是誰分。幽魂來往隨官牒，《原鬼》昌黎①竟未聞。己丑冬，城西林中時鬼嘯，或爲民祟②。父老云，客死之魂，不得官牒不能過火燒溝也。檢籍得八百二十四人，姑妄焚牒給之，是夜竟寂。又户掾葉吉興，官爲移眷，其母死於古浪③，一日其妻恍惚見母到，驚而仆。方入署，而驛送其母之文至，其魂蓋隨文而來云。

①《原鬼》昌黎：韓愈（768—824），字退之，河南河陽（今河南孟州）人，世稱昌黎先生。唐代文學家、思想家。著《原鬼》篇。

《閱微草堂筆記·灤陽消夏錄一》載此詩本事：“余在烏魯木齊，軍吏具文牒數十紙，捧墨筆請判，曰：‘凡客死於此者，其棺歸籍，例給牒，否則魂不得入關。’以行於冥司，故不用朱判，其印亦以墨。視其文，鄙誕殊甚。曰：‘爲給照事：照得某處某人，年若干歲，以某年某月某日在本籍病故。今親屬搬柩歸籍，合行給照。爲此牌仰沿路把守關隘鬼卒，即將該魂驗實放行，毋得勒索留滯，致干未便。’余曰：‘此胥役托詞取錢耳。’啓將軍除其例。旬日後，或告城西墟墓中鬼哭，無牒不能歸故也。余斥其妄。又旬日，或告鬼哭又近城，斥之如故。越旬日，余所居牆外顙顙有聲，余尚以爲胥役所僞。越數日，聲至窗外。時月明如晝，自起尋視，實無一人。同事觀御史成曰：‘公所持理正，雖將軍不能奪也。然鬼哭實共聞，不得照者，實亦怨公。盍試一給之，姑間執讒慝之口。倘鬼哭如故，則公亦有詞矣。’勉從其議，是夜寂然。又軍吏宋吉祿在印房，忽眩仆，久而蘇，云見其母至。俄臺軍以官牒呈，啓視，則哈密報吉祿之母來視子，卒於途也。天下事何所不有，儒生論其常耳。余嘗作《烏魯木齊雜詩》一百六十首，中一首云：‘白草颼颼接冷雲，關山疆界是誰分？幽魂來往隨官牒，《原鬼》昌黎竟未聞。’即此二事也。”

② 祟(suì)：鬼怪。

③ 古浪：明正統三年(1438)設古浪守禦千户所，屬涼州衛。清雍正二年(1724)設古浪縣，屬涼州府。今甘肅省武威市古浪縣。

一五九

築城掘土土深深，邪許①相呼萬杵音。怪事一聲齊注目，半鉤新月蘚花侵。

昌吉築城之時，掘土數尺，忽得弓鞋一彎，尚未全朽。額魯特地初入版圖，何緣有此，此真不可理解也。

① 邪許：亦作邪軒、邪謣，勞動時的號子聲。《淮南子·道應訓》："今夫舉大木者，前呼邪許，後亦應之，此舉重勸力之歌也。"

《閱微草堂筆記·灤陽消夏録三》載此詩本事："昌吉築城時，掘土至五尺餘，得紅紵絲繡花鞋一，製作精緻，尚未全朽。余《烏魯木齊雜詩》曰：'築城掘土土深深，邪許相呼萬杵音。怪事一聲齊注目，半鉤新月蘚花侵。'詠此事也。入土至五尺餘，至近亦須數十年，何以不壞？額魯特女子不纏足，何以得作弓彎樣，僅三寸許？此必有其故，今不得知矣。"

一六〇

一笑揮鞭馬似飛，夢中馳去夢中歸。人生事事無痕過，東坡詩："事如春夢了無痕。"蕉鹿①何須問是非。余從辦事大臣巴公②履視軍臺，巴公先歸，余留宿。半夜適有急遞，於睡中呼副將梁君③起，令其馳送，約遇臺兵則使接遞。梁去十餘里，相遇即還，仍復酣寢。次日告余曰："昨夢公遣齎廷寄，鞭馬狂奔，今髀肉尚作楚，大是奇事。"以真爲夢，衆皆粲然。

① 蕉鹿：《列子·周穆王》："鄭人有薪於野者，遇駭鹿，禦而擊之，斃之。恐人見之也，遽而藏諸隍中，覆之以蕉，不勝其喜。俄而遺其所藏之處，遂以爲夢焉。"

② 巴公：即巴彦弼，見前"芳草叢叢各作窠"詩注①。

③ 梁君：《烏魯木齊政略·廢員》章"年滿撤回者二十九員"内有梁秉賜者，"原任候補副將"，或即此人。

同年紀學士曉嵐自塞上還，予往候，握手敍契闊①外，即出其所作《烏魯木齊雜詩》見示，讀之聲調流美，出入三唐②。而敍次風土人物，歷歷可見，無鬱轖愁苦之音，而有春容渾脱③之趣。間又語予，嘗見哈拉火卓石壁有"古火州"字，甚壯偉，不題年月。火州之名始於唐，此刻必在唐以後，宋金及明，疆理不能到此，當是元人所刻。予以《元史·亦都護傳》及虞文靖④所撰《高昌王世勳碑》證之，則火州在元時實畏吾兒部之分地，益證君考古之精核。獨怪元之盛時，畏吾人仕於中朝者最多，若廉善甫父子、貫酸齋、偰玉立兄弟⑤，並以文學稱，而於本國風土未能見諸紀述，使後世有所考稽，何與？將徙居内地而忘其故俗與，抑登高能賦自古固難其人與？今天子神聖威武，自西域底平⑥以來，築城置吏，引渠屯田，十餘年間，生聚豐衍。而烏魯木齊又天山以北一都會也。讀是詩，仰見大朝威德所被，俾逖疏⑦沙礫之場，盡爲耕鑿弦誦之地，而又得之目擊，異乎傳聞、影響之談。它日采風謠、志輿地者，將於斯乎徵信，夫豈與尋常牽綴土風者同日而道哉！

嘉定錢大昕

① 契闊：久別。《後漢書·范冉傳》："（王）奐曰：'行路倉卒，非陳契闊之所，可共到前亭休息，以敍分隔。'"

② 三唐：唐詩發展的初、盛、晚三期。

③ 渾脱：渾然天成。葉適《答劉子至書》："若由此進而不已，渾脱圓成，繼兩大家，真爲盛矣。"

④ 虞文靖：虞集（1272—1348）字伯生，號道園，世稱邵庵先生，諡文靖。元代學者、詩人。著《道園學古録》《道園遺稿》。與揭傒斯、范梈、楊載並稱"元詩四大家"。

《高昌王世勳碑》：全稱《亦都護高昌王世勳碑》。漢文碑文由元虞集撰文。碑刻爲元元統三年（1334）十月惠宗下詔爲亦都護高昌王所立。1933年左右出土於甘肅省武威縣以北15公里的石碑溝，現僅存下半段，保存於武威博物館。碑刻正面爲漢文，由康里巎巎書寫，背面爲回鶻文。碑文正、背兩面内容大致相同，記述了回鶻人的起源、西遷，以及從巴而術阿而忒的斤到太平奴八代回鶻亦都護高昌王的歷史事迹。

⑤ 廉善甫：廉希憲（1231—1280）字善甫，畏兀兒人，布魯海牙之子，祖上爲高昌世臣。元代政治家，諡號文正。

貫酸齋：貫雲石（1286—1324）字浮岑，號成齋、疏仙、酸齋。元代散曲家、詩人。出身高昌回鶻貴胄，祖父阿里海涯爲元朝開國大將。

偰玉立：偰玉立（1290—1365）字世玉，畏兀兒人，元代政治家。兄弟一門五進士。

⑥ 底平：猶底定。平定，安定。劉得仁《馬上別單于劉評事》詩："天下底平須共喜，一時閑事莫驚心。"

⑦ 逖疏：一作疏逖，荒遠之地。《漢書·司馬相如傳下》："使疏逖不閉，曶爽暗闇得耀乎光明。"顏師古注："逖，遠也，言疏遠者不被閉絶也。"

補録五首：

爐煙嫋嫋衆香焚，春草青袍兩面分。行到幔亭①張樂地，虹橋錯認武夷君^②。部議兩廳建文武廟,因兵力未暇修舉,至今張幔以祀。

　　① 幔亭:帳幕圍做的亭子。
　　② 虹橋:參前"河橋新柳緑濛濛"詩注①。
　　武夷君:古代傳説中武夷山山神。《雲笈七籤》:"武夷君,地官也,相傳每於八月十五日大會村人於武夷山上,置幔亭,化虹橋通山下。"

　　初開兩郡版圖新,^①百禮^②都依故事陳。只有東郊青鳥^③到,無人簫鼓賽芒神^④。百禮略如内地,惟未舉迎春之典。

　　① "初開"句:指清朝先後平定準噶爾部和大小和卓叛亂,重新統一天山南北。
　　② 百禮:各種禮儀。《詩小雅·賓之初筵》:"籥舞笙鼓,樂既和奏。烝衎烈祖,以洽百禮。"
　　③ 青鳥:古代傳説中西王母的使者,見於《山海經·大荒西經》。此指報春之鳥。
　　④ 芒神:句芒,古代民間傳説中的春神。《禮記·月令》:"孟春之月。……其帝大皞,其神句芒。"

　　顛倒衣裳夜未闌,好花隨意借人看。西來若問風流地,黃土牆頭一丈竿。
凡立竿於户内,皆女閭^①也。或曰以祀神耳,非有他故,無從究詰,莫得而明。

　　① 女閭:《戰國策·東周策》:"齊桓公宮中七市,女閭七百,國人非之。"鮑彪注:"閭,裏中門也。爲門爲市於宮中,使女子居之。"後代指妓院。

　　以上輯自《借月山房彙鈔》本《烏魯木齊雜詩》。

　　鴛鴦畢竟不雙飛,天上人間舊願違。白草蕭蕭埋旅櫬^①,一生腸斷《華山畿》^②。

　　① 旅櫬(chèn):客死異鄉者的靈柩。劉禹錫《爲鄂州李大夫祭柳員外文》:"聞君旅櫬,既及岳陽。寢門一慟,貫裂衷腸。"
　　②《華山畿》:南朝民歌。《樂府詩集》引《古今樂録》,謂民歌寫一對青年男女的殉情悲劇。華山在今江蘇句容市北。
　　此詩載《閲微草堂筆記·灤陽消夏録五》:"余在烏魯木齊時,一日,報軍校王某差運伊犁軍械,其妻獨處。今日過午,門不啓,呼之不應,當有他故。因檄迪化同知木金泰往勘,破扉而入,則男女二人共枕臥,裸體相抱,皆剖裂其腹死。男子不知何自來,亦無識者。研問鄰里,茫無端緒,擬以疑獄結矣。是夕,女尸忽呻吟,守者驚視,已復生。越日能言,自供與是人幼相愛,既嫁猶私會。後隨夫駐防西域，是人念之不釋，復尋訪而來。甫至門，即引入室，故鄰里皆未覺。慮暫會終離，遂相約同死。受刃時痛極昏迷，倏如夢覺，則魂已離體。急覓是人，不知何往。惟獨立沙磧中，白草黃雲，四無邊際。正彷徨間，爲一鬼縛去。至一官府，甚見詰辱，云是雖無恥，命尚未終。叱杖一百，驅之返。杖乃鐵鑄，不勝楚毒，復暈絕。及漸蘇，則回生矣。視其股，果杖痕重疊。駐防大臣巴公曰：‘是已受冥罰，奸罪可勿重科矣。’余《烏魯木齊雜詩》有曰：‘鴛鴦畢竟不雙飛，天上人間舊願違。白草蕭蕭埋旅櫬，一生腸斷《華山畿》。’即詠此事也。”

石破天驚事有無，後來好色勝登徒[①]。何郎甘爲風情死，才信劉郎愛媚豬[②]。

　　① 登徒：登徒子，宋玉《登徒子好色賦》中塑造的楚國大夫的形象。後世好色者的代表。
　　② 媚豬：陶穀《清異錄》：“（南漢後主）劉鋹昏縱角出，得波斯女，年破瓜，黑腯而慧豔，善淫，曲盡其妙。鋹嬖之，賜號媚豬。”

此詩載《閱微草堂筆記·槐西雜志二》：“烏魯木齊多狹斜，小樓深巷，方響時聞。自譙鼓初鳴，至寺鐘欲動，燈火恒熒熒也。冶蕩者惟所欲爲，官弗禁，亦弗能禁。有寧夏布商何某，年少美風姿，資累千金，亦不甚吝，而不喜爲北里遊。惟畜牝豕十餘，飼極肥，濯極潔，日閉門而杳淫之。豕亦相摩相倚，如昵其雄。僕隸恒竊窺之，何弗覺也。忽其友乘醉戲詰，乃愧而投井死，迪化廳同知木金泰曰：‘非我親鞫是獄，雖司馬溫公以告我，我弗信也。’余作是地雜詩，有曰：‘石破天驚事有無，後來好色勝登徒。何郎甘爲風情死，才信劉郎愛媚豬。’即詠是事。人之性癖，有至於如此者！乃知以理斷天下事，不盡其變；即以情斷天下事，亦不盡其變也。”

附錄三首：
雄心老去漸頹唐，醉臥將軍古戰場。半夜醒來吹鐵笛，滿天明月滿林霜。
《閱微草堂筆記·姑妄聽之二》：“余從軍西域時，草奏草檄，日不暇給，遂不復吟詠。或得一聯一句，亦境過輒忘。《烏魯木齊雜詩》百六十首，皆歸途追憶而成，非當日作也。一日，功加毛副戎自述生平，悵懷今昔，偶爲賦一絕句曰：‘雄心老去漸頹唐，醉臥將軍古戰場。半夜醒來吹鐵笛，滿天明月滿林霜。’毛不解詩，余亦不復存稿。後同年楊君逢元過訪，偶話及之。不知何日楊君登城北關帝祠樓，戲書於壁，不署姓名。適有道士經過，遂傳爲仙筆。余畏人乞詩，楊君畏人乞書，皆不肯自言。人又微知余能詩不能書，楊君能書不能詩，亦遂不疑及，竟幾於流爲丹青。迨余辛卯還京祖餞，於是始對衆言之。乃爽然若失。”

歸路無煩汝寄書，風餐露宿且隨予。夜深奴子酣眠後，爲守東行數輛車。

空山日日忍饑行，冰雪崎嶇百廿程。我已無官何所戀，可憐汝亦太癡生。

　　《閲微草堂筆記·灤陽消夏録五》："余在烏魯木齊,畜數犬。辛卯賜環東歸,一黑犬曰四兒,戀戀隨行,揮之不去,竟同至京師。途中守行篋甚嚴,非余至前,雖僮僕不能取一物。稍近,輒人立怒齧。一日,過闢展七達坂,車四輛,半在嶺北,半在嶺南,日已曛黑,不能全度。犬乃獨臥嶺巔,左右望而護視之,見人影輒馳視。余爲賦詩二首,曰:'歸路無煩汝寄書,風餐露宿且隨予。夜深奴子酣眠後,爲守東行數輛車。''空山日日忍饑行,冰雪崎嶇百廿程。我已無官何所戀,可憐汝亦太癡生。'紀其實也。"

徐步雲

徐步雲(1734—1824)，字蒸遠，號禮華，江蘇興化人。乾隆二十七年
(1762)舉人，授內閣中書，軍機處行走。與兩淮鹽運史盧見曾有師生之誼，
乾隆三十三年因"兩淮鹽引案"遣戍伊犁。《清實錄·高宗實錄》載："徐步
雲與盧見曾認爲師生，遇此等緊要信息，敢於私通信息，以致盧見曾預行寄
頓，甚屬可惡，著發往伊犁效力贖罪。"乾隆三十七年釋回。在戍期間，爲伊
犁將軍舒赫德器重，留掌印房。賜還後被薦入四庫全書館分校，復緣事落
職，遂絕意仕進，移家泰州，閉門吟詠。著有《爨餘詩草》《爨餘文鈔》。

新 疆 紀 勝 詩

癸巳春，聖駕巡幸天津，獻册行在。

解題：

組詩選自《爨餘詩草》卷一，乾隆三十八年(1773)作，時徐步雲已由伊犁賜
還。徐步雲同紀昀一樣，是清朝平定西域之後較早遣戍新疆的清代文人，且流
放到比紀昀更遠的伊犁地區，也是目前可見親履伊犁者中最早有詩集流傳者。
《新疆紀勝詩》組詩36首，因爲是進獻皇帝御覽，其中不免有鼓吹之辭。不過
組詩也具有一些獨特之處：一是對伊犁地區自然人文景觀的描寫；一是他作
爲在場者，目睹過土爾扈特部東歸伊始，清政府的相關處理與安置措施，並以
詩作的形式對之進行記述，在清代西域詩中，徐步雲係首次涉及這一題材者。

一

唐西突厥漢烏孫，萬里新開戊己屯[1]。一自井疆崇廟略[2]，天山草木盡
銜恩。

[1] 戊己屯：戊己爲"戊己校尉"省稱，是漢代掌管車師屯田事務的官員。《漢書·百官公

卿表上》：“戊己校尉,元帝初元元年置。”顏師古注：“甲乙丙丁庚辛壬癸皆有正位,唯戊己寄治耳。今所置校尉亦無常居,故取戊己爲名也。有戊校尉,有己校尉。一説戊己居中,鎮覆四方,今所置校尉亦處西域之中撫諸國也。”

②井疆：城鎮、鄉村的疆界。《尚書·畢命》：“弗率訓典,殊厥井疆,俾克畏慕。”此處指邊疆。

廟略：安邦定國的謀略。陸機《晉平西將軍孝侯周處碑》：“式揚廟略,克清天步。”

二

輪臺烽火報平安,①楊柳青青近可攀。②見説玉門春似海,不教三疊唱陽關③。

①“輪臺”句：指國家一統,邊疆安定,無動蕩與戰亂。《資治通鑒·唐紀三十四》：“及暮,平安火不至,上始懼。”胡三省注：“《六典》：唐鎮戍烽候所至,大率相去三十里。每日初夜,放煙一炬,謂之平安火。時守兵已潰,無人復舉火。”

②“楊柳”句：反用王之渙《涼州詞二首》其一“羌笛何須怨楊柳,春風不度玉門關”詩意。

③“見説”二句：指皇帝的恩澤如同春天潤澤着塞外邊關,即使出關也没有“西出陽關無故人”的孤寂惆悵。清人出塞實際應經過嘉峪關,但嘉峪關常引起出塞者對漢代陽關、玉門關的聯想,故清代西域詩中常使用玉門關、陽關的意象與典故,或直接以玉門、陽關代指嘉峪關。

三

瑪納河邊積雪凝,行人瑟縮阻層冰。如今車馬紛紛渡,和氣噓爲瑞霧蒸。
瑪納斯河在烏魯木齊西北,舊時冰雪山積,冬春間人不能渡,近有淺處可涉,春霧冰融,車馬往來不絶。

四

靈山面面繞雲屏,絶頂遥堆佛髻①青。一上山腰四十里,龍湫無際小清泠。山在烏魯木齊之北,萬峰競秀,中三峰插天,上四十里才至山半。有龍湫,極廣,水漲時,人藉以灌田。

①佛髻：佛陀的螺形髮髻。李商隱《鏡檻》詩：“仙眉瓊作葉,佛髻鈿爲螺。”此喻層疊的山峰。

五

　　果溝東面亦龍淵①，水味甘甜似醴泉。中有小山人不到，恰如蓬島②引歸船。果子溝在伊犁城東北六十里，溝之東海子，水極甜，中有小山，土人云近山則水撲，人不能上。或落葉墮其中，必潮湧而出之。蓋龍所居也。

　　① 果溝：果子溝省稱，一名塔勒奇嶺，又作塔爾奇、他爾奇。因溝中長滿野生蘋果而得名。自古以來是新疆通往中亞的重要孔道，成吉思汗西征時鑿山開道。李志常《長春真人西遊記》：“沿池正南下，左右峰巒峭拔，松樺陰森，高逾百尺，自巔及麓，何啻萬株。衆流入峽，奔騰洶湧，曲折彎環，可六七十里。二太子扈從西征，始鑿石理道，刊木爲四十八橋，橋可並車。”清代自乾隆年間以來也多次修繕經營此道，並置有軍臺，成爲溝通東西的主幹道。

　　龍淵：此指賽里木湖，一作賽喇木湖、賽里木淖爾。隋唐時稱乳海。清代在附近置有鄂勒著依圖博木臺，俗稱三臺，故有三臺海子一名。是新疆境内最大的高山湖泊，乾隆二十八年（1763）列入祀典。清代至伊犁的文人幾乎都有記述。但徐詩謂賽里木湖水甘甜，乃歌頌祥瑞的恭維之詞。實際湖水礦化程度較高，不宜飲用。參後薛國琮《伊江雜詠》“賽里謨邊海不波”、蕭雄《聽園西疆雜述詩·巨浸》諸詩。

　　② 蓬島：即蓬萊山，古代傳說中的仙山。李白《古風》其四十八：“但求蓬島藥，豈思農扈春。”

六

　　伊犁江水向西流，濺雪噴雷①古渡頭。捉著馬鬃扳馬脊，等閑浮渡似輕鷗。伊犁江極洶湧，厄魯特輒捉馬鬃，以肘加脊，逆流橫斜而渡。

　　① 濺雪噴雷：波濤洶湧，浪花飛濺。

七

　　石炭疑從太古胎，巉巖未許五丁開。山靈珍秘無人識，留待天朝物色來。伊犁初不知産煤，及奉上命蒐采始出，人驚以爲神。①

　　① 格琫額《伊江匯覽》最早記載伊犁地區煤礦開采情況：“惠遠城北之空鄂羅俄博産燒煤焉。自我兵移駐以來，開窰采取。凡堅而無煙者，灰盡色白，易燃耐久，經夜不熄，見風而醉者

爲佳。其有銅星之種,燃灰色紅,而有琉璜煙氣者,次之。窯距城僅十餘里,往返最爲近便,邇年商民開之數十窯,日可出煤數千車。其窯之深,不過一二丈,即可得煤。……他如惠寧城之東北闢里沁、莫和圖、阿里木圖三處山溝,俱有煤炭,且距惠寧城亦只十餘里。"又《西陲總統事略》:"乾隆四十七年,將軍伊勒圖奏准,崆郭羅鄂博一帶有大山頭、石人子、甘溝三處設立煤窯二十四座,内長年挖取者十六座。有夏秋地氣薰蒸,不能入洞采挖,惟冬春堪以挖取者八座。"

八

傳聞打坂①四時更,南北經行路一程。應似俞兒②前導引,不教人馬墮冰坑。由伊犁往南路經冰打坂,六十里極難行,徑路時有更改,疑山靈爲之,以便行人也。

① 打坂:一作達坂、打班、達巴、打阪,蒙古語、維吾爾語"山嶺""埡口"之意。詩中冰打坂指穆素爾嶺,俗稱冰嶺,今稱木扎爾特達坂、木扎爾特冰川。地處伊犁昭蘇與拜城之間,是清代溝通天山南北路的捷徑和重要孔道。後曹麟開《塞上竹枝詞》、舒其紹《伊江雜詠・穆肅爾達坂》、薛國琮《伊江雜詠》、蕭雄《聽園西疆雜述詩》中詩歌及自注中都有詳細記載。《回疆志》:"乾隆乙亥歲(1755),本朝殄滅準夷,兼闢回疆,仍藉此路以通南北。参贊尚書舒公具奏,按年致祭,列入祀典,安設回民一百二十户專事修鑿。"

② 俞兒:《莊子・駢拇》:"屬其性於五味,雖通如俞兒,非吾所謂臧也。"陸德明釋:"古之善識味人也。"

九

屹屹崇疆四大城,往來書逐曉雲征。籌邊不數營平①策,破膽唯聞定遠②名。四大城,謂伊犁、烏魯木齊,及南路之烏什③、葉爾羌也。

① 營平:趙充國(前137—前52),字翁孫,隴西上邽(甘肅天水)人。漢昭帝元平元年(74)封營平侯,謚壯侯。漢宣帝時征討先零,進屯田之策,後以《條上屯田便宜十二事狀》之名傳世。

② 定遠:班超(31—102),字仲升,扶風平陵(陝西咸陽)人。永平十六年(73)隨竇固征匈奴。建初八年(83)爲西域長史,永元三年(91)任西域都護,七年封定遠侯。

③ 烏什:今新疆烏什縣。《西域同文志》:"回語。烏什,即烏赤,蓋山石突出之謂。城居山上,故名。"光緒九年(1883)設烏什直隸廳,1913年改縣。

一〇

將軍駕馭真雄武,總仗天威鎮八荒①。刁斗令巖②風卷斾,時聞櫪馬③夜嘶霜。

　① 八荒：遙遠的地方，泛指天下。《漢書·項籍傳贊》："并吞八荒之心。"顏師古注："八荒，八方荒忽極遠之地也。"

　② 令嚴：當爲令嚴，命令嚴格之意。《戰國策·趙策一》："令嚴政行，不可與戰。"陸游《聞虜政衰乱扫荡有期喜成口号》詩："刁斗令严青海夜，旌旗色照铁关秋。"

　③ 櫪馬：拴在槽上的馬。杜甫《杜位宅守歲》詩："盍簪喧櫪馬，列炬散林鴉。"

<h2 style="text-align:center">一一</h2>

　侍子①東來擁百騎，翩翩年少習朝儀。三年一度頻經此，何似將軍帳下兒。哈薩克遣侍子入覲，行經伊犁，以陪臣禮待之②。

　① 侍子：古代屬國或諸侯遣子入朝陪侍天子，稱爲侍子。《後漢書·光武帝紀下》："鄯善王、車師王等十六國皆遣子入侍奉獻，願請都護。帝以中國初定，未遑外事，乃還其侍子，厚加賞賜。"

　② 清朝平定西域後，逐步建立年班朝覲制度。西域少數民族王公、伯克等，每年分班入京朝覲。哈薩克、布魯特等外藩部落亦常遣使朝貢，清朝也給予賞賚。

　陪臣：古時諸侯對天子的自稱，或指卿大夫的家臣。《禮記·曲禮下》："列國之大夫，入天子之國曰某士，自稱曰陪臣某。"鄭玄注："陪，重也。"孔穎達疏："某君已爲王臣，己今又爲己君之臣，故自稱對王曰重臣。"此處指蕃國之臣。

<h2 style="text-align:center">一二</h2>

　當年夏月猶飛雪，此日春中漸有雷。一律殷闐催甲拆①，可知號令自天來。土人云，伊犁自屯田後始有雷，前此未有。

　① 殷闐：繁盛。歐陽詹《回鸞賦》："振振駪駪，殷殷闐闐。巷如流以湯湯，野若草而芊芊。"

　甲拆：一作甲坼，草木發芽時種子外皮裂開。《周易·解》："天地解而雷雨作，雷雨作而百果草木皆甲坼。"孔穎達疏："雷雨既作，百果草木皆孚甲開坼，莫不解散也。"

<h2 style="text-align:center">一三</h2>

　聖皇鴻福被遐邊，文教雍容化井廛①。薄采茆芹②考鐘鼓，黌宮③建在雪山前。烏魯木齊新建學宮，比內地。

① 井廛：市井、民居。《周禮·地官司徒第二》："廛人，中士二人，下士四人，府二人，史二人，胥二人，徒二十人。"鄭玄注："廛，民居區域之稱。"

② 茆（máo）芹：參前紀昀《烏魯木齊雜詩》"芹香新染子矜青"詩注①。茆，蓴菜。因泮水中植芹茆，故古時稱入學爲"采芹"或"入泮"。考：敚。

③ 黌（hóng）宮：學校。程允升《幼學瓊林》："黌宮膠序，乃鄉學之稱。"

一四

絕塞人皆知孔孟，花門也解誦唐虞①。莘莘孝秀②聯翩起，似此同文古有無。

① 唐虞：堯與舜的並稱。《論語·泰伯》："唐虞之際，於斯爲盛。"此處指儒家典籍。

② 莘莘：衆多。《國語·晉語四》："周詩曰：'莘莘征夫，每懷靡及。'"

孝秀：孝廉和秀才。李商隱《爲舉人上翰林蕭侍郎啓》："既乖受教，便以經時。今孝秀員來，風霜已積。"此指讀書人。

一五

山南山北①鎮相連，曉日雞鳴萬井②煙。珍重名王共用③意，玉光五色出和闐。

① 山南山北：指天山南北。

② 萬井：指千家萬户。陳子昂《謝賜冬衣表》："三軍叶慶，萬井相歡。"

③ 名王：《漢書·宣帝紀》："匈奴單于遣名王奉獻，賀正月，始和親。"顏師古注："名王者，謂有大名，以別諸小王也。"

共用：共通供。《國語·楚語下》："公貨足以賓獻，家足以供用。"

一六

歐史①曾傳三玉河，豈知西去玉山多。采來白璧逾尋尺，遠勝宏農得寶歌②。

① 歐史：指歐陽修《新五代史》。《新五代史·四夷附錄》部分保存了五代高居誨《使于闐記》的內容，其中記載于闐地區三玉河："其河源所出，至于闐分爲三：東曰白玉河，西曰綠玉

河，又西曰烏玉河。三河皆有玉而色異，每歲秋水涸，國王撈玉於河，然後國人得撈玉。”

　　② 得寶歌：唐代曲名。《舊唐書·韋堅傳》：“開元二十九年，田同秀上言：‘見玄元皇帝，云有寶符在陝州桃林縣古關尹令尹喜宅。’發中使求而得之，以爲殊祥，改桃林爲靈寶縣。及此潭成，陝縣尉崔成甫以堅爲陝郡太守鑿成新潭，又致揚州銅器，翻出此詞，廣集兩縣官，使婦人唱之，言：‘得寶弘農野，弘農得寶耶！潭裏船車鬧，揚州銅器多。三郎當殿坐，看唱《得寶歌》。’”

一七

　　大宛名馬特魁奇①，霧鬣風鬃虎脊②披。待獻春風閑十二③，虯髯④相戒勿輕騎。哈薩克歲貢名馬。馬高大，異於常馬。

　　① 魁奇：特異、出眾。裴松之《三國志·吳書·魯肅傳》注引《吳書》曰：“肅體貌魁奇，少有狀節，好爲奇計。”

　　② 霧鬣：濃密的鬣毛。晁沖之《洗馬次十一兄之道韻》詩：“風鬃霧鬣才一沐，玉花照影光滿身。”

　　虎脊：毛色斑駁如虎。《漢書·禮樂志》：“天馬徠，出泉水，虎脊兩，化若鬼。”

　　③ 閑十二：閑，馬廄。《周禮·夏官·校人》：“天子十有二閑，馬六種。邦國六閑，馬四種。家四閑，馬二種。”

　　④ 虯髯：濃密曲卷的鬍鬚，此處代指貢馬的外藩使者。

一八

　　名瓜異果度龍堆，筐篚年年日下①來。看取諸番爭入貢，笑他博望②卻空回。

　　① 筐篚：一作筐篚，盛物竹器，方曰筐，圓曰篚。此指帝王恩惠。杜甫《自京赴奉先縣詠懷五百字》詩：“聖人筐篚恩，實欲邦國活。”

　　日下：京都。古時以帝王比日，皇帝所居之處爲日下。

　　② 博望：張騫。見前宋弼《西行雜詠》“異種原隨博望侯”詩注①。

一九

　　羝羊①如麢尾如盤，翠毯香茵絡繹看。駝馬成群都入市，銀茶互易遠人歡。哈薩克歲以羊、馬及雜物等入卡互市，待以誠信，人皆歡悦。

① 羝(dī)羊：公羊。

二〇

　　五種①大都宜二種，麥花開後稻花香。更看蕎麥花如雪，半似燕鄉半越鄉。②

① 五種：五種穀物。《周禮·夏官·職方氏》：“（豫州）其穀宜五種。”鄭玄注：“五種，黍、稷、菽、麥、稻。”

② “半似”句：指北方與南方的景象都能夠看得到。

二一

　　桃花得雪最輕盈，鳩唤微陰鵲報晴。①一色官屯千萬耦②，穿田不用橐駝③耕。《五代史》：回人以橐駝代耕，今則雜用牛馬。

① “鳩唤”句：陸機《毛詩草木鳥獸蟲魚疏》：“鵓鳩，一名班鳩，似䳭鳩而大。……陰則屏逐其匹，晴則呼之。語曰‘天將雨，鳩逐婦’是也。”又俗稱斑鳩啼叫能唤雨，喜鵲啼叫預示晴天。蘇軾《和子由聞子瞻將如終南太平宮溪堂讀書》詩：“中間罹旱暵，欲學唤雨鳩。”元好問《寄趙宜之》詩：“莘川三月春事忙，布穀勸耕鳩唤雨。”陸游《瀼西》詩：“絶壁猿啼雨，深枝鵲報晴。”

② 耦：兩人一起耕地。

③ 橐(tuó)駝：駱駝。《山海經·北山經》：“其獸多橐駝，其鳥多寓。”

二二

　　宰桑也解充田畯①，伯克還來助藝②禾。種種風謠堪入畫，氈罽帳外起農歌。宰桑、伯克，並回部酋長官名。

① 宰桑：一作寨桑，漢語“宰相”的蒙古語音譯。蒙古官號，一般爲世襲。

田畯：《詩·小雅·甫田》：“饁彼南畝，田畯至喜。”鄭玄箋：“田畯，司嗇，今之嗇夫也。”孔穎達疏：“田畯，田官，在田司主稼穡，故謂司嗇。漢世亦有此官，謂之嗇夫。”

② 伯克：古突厥語詞彙 beg 的漢語音譯，原指貴族或行政長官，在 19 世紀末所發現的唐代《闕特勤碑》中就曾使用。爲清代維吾爾族地方官吏的稱號，清朝統一西域之後，在天山南路

仍然沿襲舊有的伯克制度，光緒十三年(1887)始裁撤。

藝(yì)：種植。

二三

甘瓜如蜜帶芳鮮，苜蓿葡萄不計錢。豈但京坻書大有①，連畦小圃亦豐年。

① 京坻：指谷米堆積如山，以喻豐收。《詩·小雅·甫田》：“曾孫之庾，如坻如京。”

大有：大豐收。《穀梁傳·宣公十六年》：“冬，大有年。五穀大熟，爲大有年。”

二四

黃色連眉①薦木瓜，石榴叢底長萱芽②。細吹暖律③嚴寒解，三月櫻桃也作花。

① 黃色連眉：蘇軾《送李公恕赴闕》詩：“忽然眉上有黃氣，吾君漸欲收英髦。”馮應榴注引《玉管神照書》：“黃氣，喜徵。”杭世駿《謝查十一餉木瓜》詩：“陡教黃色連眉見，最愛清芬落手初。”

② 萱芽：萱草的嫩芽。杜牧《朱坡》詩：“眉點萱芽嫩，風條柳幄迷。”

③ 暖律：溫暖的節候。劉向《別錄》：“《方士傳》言：鄒衍在燕，有谷，地美而寒，不生五穀。鄒子居之，吹律而溫氣至，而生黍穀。今名黍谷。”羅隱《歲除夜》詩：“厭寒思暖律，畏老惜殘更。”

二五

舞草①亭亭漾晚風，有草如虞美人者。烏蘭作態露華中。杜陵句裏差堪擬，可愛深紅愛淺紅。②草有名烏蘭者，花五出。色紅，或淺或深各別。

① 舞草：虞美人的別名，一年生草本植物，罌粟科。王灼《碧雞漫志》：“按《益州草木記》：‘雅州名山縣出虞美人草，如雞冠花，葉兩兩相對。爲唱《虞美人》曲，應拍而舞，他曲則否。’《賈氏談錄》：‘褒斜山谷中有虞美人草，狀如雞冠，大葉相對。或唱《虞美人》，則兩葉如人拊掌之狀，頗中節拍。’《酉陽雜俎》云：‘舞草出雅州，獨莖，三葉，葉如決明。一葉在莖端，兩葉居莖之半相對。人或近之歌，及抵掌謳曲，葉動如舞。’”

② “杜陵”二句：點化杜甫《江畔獨步尋花七絕句》其五：“桃花一簇開無主，可愛深紅愛

淺紅。”

二六

天生草實絲成繭，細織流黃①粲若銀。此是番中白氎②布，賽他文錦簇麒麟。

① 流黃：絹，此處指棉布。《樂府詩集·清調曲二·相逢行》：“大婦織綺羅，中婦織流黃。”

② 白氎(dié)：一作白疊，即棉花。《新唐書·西域傳上》：“(高昌)有草名白疊，擷花可織爲布。”

二七

沄沄水族錦鱗潛，鬱鬱園蔬翠色纖。亦有牙盤堆鼠女①，似兔，可以充庖。調和微著水晶鹽。

① 牙盤：精美的盤子，也代指珍饈。《唐會要》：“其已後享太廟，宜料外每室加常食一牙盤，仍令所司，務盡豐潔。”

鼠女：《重修肅州新志·西陲全册》：“鼠女如貁，鷙禽捕食之。”又《宋史·高昌國傳》：“北廷川長廣數千里，鷹鶻雕鶚之所生，多美草，不生花，砂鼠大如貁，鷙禽捕食之。”貁(nóu)，兔子。

二八

野味鮮腴入饌豐，葡萄酒暖地爐紅。深冬誰唱龜兹曲①，燈火連宵雪屋中。

① 龜兹曲：龜兹爲西域國名，又作屈支、鳩兹、苦先、曲先等，漢時王治延城，在今庫車一帶。神爵二年(前60)屬西域都護管轄。唐貞觀二十一年(647)，置龜兹都督府。顯慶三年(658)，置安西都護府。清朝設庫車辦事大臣。龜兹曲即龜兹樂，前秦吕光伐龜兹得此樂，流行於北朝與隋代，入“九部樂”，唐朝時極盛，爲“十大樂部”之一。此處泛指西域樂曲。

二九

鶻師赤①善放奇鷹，一片寥天②萬里晴。飛去著雲如墨點，韓盧③未若此身輕。土人謂善調鷹者爲"鶻師赤"。

① 鶻師赤：清高宗《八月十八日恭奉皇太后木蘭行圍啓蹕之作》"新攜回部鶻師赤"句自注："回部霍集斯等皆令隨圍，彼中放雕鶻者，謂之鶻師赤，如《元史》稱司鷹者謂之錫保赤之類。"

② 寥天：本意爲道家的虛無之境。《莊子・大宗師》："安排而去化，乃入於寥天一。"郭象注："安於推移，而與化俱去，故乃入於寂寥而與天爲一也。"此指遼闊的天空。白居易《西樓》詩："青蕪卑濕地，白露沆寥天。"

③ 韓盧：《戰國策・秦策三》："以秦卒之勇，車騎之多，以當諸侯，譬若放韓盧而逐蹇兔也。"鮑彪注："韓盧，俊犬名。"

三〇

馬射①棚收夕景寒，偶來蹋踘更跳丸②。兒曹潑水成冰戲，贏得行人攬轡看。

① 馬射：騎射。《晉書・禮志下》："九月九日，馬射。"
② 跳丸：以手拋接彈丸。裴松之《三國志・魏書・王粲傳》注引魚豢《魏略》："時天暑熱，（曹）植因呼常從取水自澡訖，傅粉。遂科頭拍袒，胡舞五椎鍛，跳丸擊劍，誦俳優小說數千言訖。"

三一

獵火連山雪打圍①，蒐苗②萬里暢皇威。軍中已辦黃羊炙③，馬上新馱白鹿歸。

① 雪打圍：在雪中圍獵。黃庭堅《夢李白誦竹枝詞三疊》其一："一聲望帝花片飛，萬里明妃雪打圍。"實際伊犁軍府在秋季圍獵。永保《伊犁事宜》："每年夏秋，將軍赴教場閱看兩城滿兵技藝。每年秋，將軍帶兵赴哈什演圍肄武。"
② 蒐苗：春獵爲蒐，夏獵爲苗。杜佑《通典》："周制，天子諸侯無事，則歲行蒐苗獮狩之禮。"
③ 黃羊炙：烤黃羊肉。謝榛《漠北詞三首》其三："石頭敲火炙黃羊，胡女低歌勸酪漿。"

三二

歲華兩度紀庚辛，南極遙瞻拱北辰。自拓新疆後，歷庚辰、辛巳、庚寅、辛卯，疊開壽域①,各部酋長,靡不望闕稱慶。聖母萬齡君萬壽,慈光②長蔭極邊人。

　　① 壽域:《漢書·王吉傳》:"吉上疏言得失,曰:'……臣願陛下承天心,發大業,與公卿大臣延及儒生,述舊禮,明王制,驅一世之民濟之仁壽之域,則俗何以不若成康,壽何以不若高宗?'"顏師古注:"以仁撫下,則群生安逸而壽考。"此指太平盛世。

　　② 慈光:諸佛、菩薩慈悲的光輝。此指皇恩。

三三

　　列刹①相望出玉門,營屯風俗似鄉村。欣逢佛誕②家家祝,第一如來是至尊。

　　① 列刹:衆多寺院。王中《頭陀寺碑文》:"遺文間出,列刹相望。"出嘉峪關至西域,天山北路衛拉特蒙古部落多信仰藏傳佛教,天山南路維吾爾族信仰伊斯蘭教。其他各族移民也存在不同民間宗教信仰。但此詩説西北地方"列刹相望",則並不符合實際。

　　② 佛誕:浴佛節,佛祖釋迦牟尼的誕辰日,每年農曆四月初八。西部蒙古信仰藏傳佛教,故慶祝佛誕。

三四

　　土爾扈特辭甌脱①,卻來款塞競朝天。雜居齊爾②諸屯落,十萬人如解倒懸。

　　① 土爾扈特:漠西衛拉特蒙古和碩特、綽羅斯、土爾扈特、杜爾伯特四部之一。遊牧於塔爾巴哈臺與額爾齊斯河中遊,17世紀初遷往伏爾加河流域定居。乾隆三十五年(1770)底,土爾扈特部衆近十七萬人在首領渥巴錫的率領下東歸,經過六個多月的艱難跋涉,於乾隆三十六年初回到伊犁境內,所剩僅七萬餘人。清朝置新、舊二部,舊土爾扈特設四盟,遊牧於烏蘇、精河、裕勒都斯;新土爾扈特置二旗,遊牧於阿勒泰地區。

　　甌脱:《史記·匈奴列傳》:"(東胡)與匈奴間,中有棄地,莫居,千餘里,各居其邊爲甌脱。"張守節正義:"境上斥堠之室爲甌脱也。"常代指邊地。

　　② 齊爾:應作齋爾。《西域圖志》:"(齋爾)東北距額敏三百里。地廣,饒水草。舊爲阿克巴、拉布里木、杜爾巴、推素隆、伊克呼拉爾五集賽遊牧之所。乾隆二十四年,大兵進剿準噶爾,五集賽宰桑達什策淩等,以其地內屬。"地當今新疆額敏縣西南,土爾扈特部回歸後,清廷以其地爲渥巴錫遊牧之地。

三五

八政^①首先重民食，廟堂謀略廣新屯。春耕秋獲頒時令，絲粒無非覆載^②恩。辛卯歲，土爾扈特汗渥巴錫^③率其部落自俄羅斯投出歸順。行萬餘里，凡八閱月，始抵伊犁。時衆饑甚，奉上恩旨，資給衣糧，安插各屯落，並給來年籽種牛具，教之耕種，衆賴以寧。

① 八政：古時國家施政的八個方面。《尚書·洪範》："八政：一曰食，二曰貨，三曰祀，四曰司空，五曰司徒，六曰司寇，七曰賓，八曰師。"

② 覆載：覆蓋承載，此指帝王恩德。《後漢書·鄭興傳》："幸蒙覆載之恩，復得全其性命。"

③ 渥巴錫（1742—1775）：一作烏巴錫，衛拉特蒙古土爾扈特部汗王，清乾隆二十五年（1760）繼汗位。東歸之後入覲承德，管轄舊土爾扈特烏訥恩素珠克圖盟南路四旗，任盟長。

三六

並包六合總皇仁，處處春臺^①作好春。玉塞^②外猶成樂土，況爲生長太平人。

① 春臺：春日登眺覽勝之處。《老子》："荒兮，其未央哉！衆人熙熙，如享太牢，如登春臺。"

② 玉塞：玉門關。《晉書·禿髮傉檀載記》："控弦玉塞，躍馬金山。"玉門關見前紀昀《烏魯木齊雜詩》"老去何裁出玉門"詩注①。

屠紹理

屠紹理(1751—?)，字訥夫，號夢亭山人，浙江仁和(今杭州)人。弱冠從錢塘徐夢元等人遊。著有《有泉堂詩文一覽編》。《自序》稱："年甫十二，先君飄然遠遊。……(乾隆)癸巳歲，予年二十三，束裝出門，省父西秦。遂幕遊托足，因出嘉峪關至伊吾盧地，戊戌旋里。"從塞外歸來之後，屠紹理又北至燕趙。後參加鄉試不中。嘉慶年間，遊幕於廣東、雲南。

丁酉元旦竹枝詞

解題：

組詩選自《有泉堂詩文一覽編》卷十。乾隆四十一年(1776)，屠紹理由酒泉至哈密，次年入關。組詩作於由哈密返回之前，僅兩首，但卻記録了哈密地區各民族一同歡度新年的熱鬧景象，筆致生動，從中可以感受到西域一統之後，哈密地區安定祥和的社會氛圍。

一

舜曆[①]新頒丁酉歲，春光早度玉門關。伊吾麗日陽和[②]候，瑞靄晴開見雪山。

① 舜曆：舜帝在位之時。此處喻乾隆皇帝盛德與太平盛世。
② 陽和：《史記·秦始皇本紀》："維二十九年，時在中春，陽和方起。"此指春季氣候和暖。

二

簫鼓聲連遠近喧，回民歌舞幾千村。月明更喜燈光盛，邊塞人家慶上元[①]。

① 上元：俗以農曆正月十五日爲上元節，即元宵節。

曹麟開

曹麟開（?），字黻我，號雲瀾，安徽貴池人。乾隆三十六年（1771）舉人，三十八年官湖北黃梅知縣。乾隆四十六年，因黃梅縣監生石卓槐《芥圃詩鈔》"嫁名鑒定詩集"案牽連，與漢陽知縣蔣業晉同時遣戍烏魯木齊，在戍四年。

塞 上 竹 枝 詞

解題：

　　組詩載和寧《三州輯略》卷八《藝文門中》，存詩 30 首。另首都師範大學圖書館館藏佚名《塞上竹枝詞》單行抄本，存詩 19 首，實即曹麟開此著，收入《中華竹枝詞全編》。兩種版本的組詩自注有所差異，《三州輯略》本文字更爲詳盡，本書據以爲底本。《塞上竹枝詞》泛詠西域風土人情，作者將自己的親身聞見，與前代史書和相關史料的記載一同融入組詩中，體現出乾嘉詩歌注重考據的特點。組詩視野比較開闊，内容涉及廣泛，如寫西域所存漢、唐時期的紀功碑，西域少數民族的生肖、歌曲、祈雨儀式，南北疆氣候的差異等，都別開生面，在清代西域詩前期作品中較爲少見。

塞上竹枝詞敍

　　蓋聞山歌《白紵》①，澤唱《青菱》②，調非《子夜》《芙蓉》③，曲異烏孫《黃鵠》④。張博望遠遊西域，語鑿空⑤而半失不經；王延德⑥遍歷北庭，記偶成而未題以句。使于闐於匡鄴⑦，惜晉以後之無徵；通赭支於杜環⑧，杜環《經行記》："石國，一名赭支，一名大宛。"覺漢以前之或略。宋膺⑨之《志異物》，得毋仍有缺文；韋郎⑩之紀諸蕃，未免尚多疑義。何則？文既殊而教弗類，夏蟲不可以語冰；⑪種各別而名復訛，周鼠或譏於誤璞。《秦策》："鄭人謂玉未理者璞，周人謂鼠未臘者樸。周人懷樸遇鄭曰：‘欲買樸乎？’鄭人曰：‘欲之。’出其樸，乃鼠也，因謝不取。”聲音互異，蓻且呼薂；蓻薂，蕪青也，陳楚之交謂之蓻，齊魯之交謂之薂，出《方言》。地土非宜，橘還化枳。[12]

夫豈閱歷所未周，而謂心思可獨造耶？新疆者，天方舊服[13]，月竊[14]名藩。襟鄯善[15]而帶莎車，控黃支而抵烏弋[16]。負嵎雄長，氀作帳而毲作衣；習獷蚩氓[17]，藜爲羹而乳爲酪。聚花門之兄弟，右賢犄角乎左賢[18]；通葱嶺之門庭，突利聲援乎頡利[19]。肆其蠶食，分據五城；並以鯨吞，浸成四部。和細君於昆莫[20]，元封中，遣江都王建女細君爲公主以妻焉。誰續婚姻；尚伯雅[21]以華容，隋大業中，伯雅尚宗女華容公主。徒傳甥舅。屯分戊己，捫漢碣而煙沉；尉隸東西，撫唐碑而燼滅。聆兜離[22]之語，虛屬羈縻[23]；聽《囉嗊》[24]之歌，從可摭拾。

今者天威遠被，正當風行雨化之時；聖澤宏敷，同在日照月臨之內。隸版章而綏部落，奸頑罔遁秋毫[25]；闢阡陌以定租庸，荒陋盡回春色。疆通重譯[26]，五單于[27]仍與分封；城啓受降[28]，三葉護[29]依然並建。銅山別鑄，銷條支、安西[30]之金錢；石廩增高，儲粟弋、渠犂[31]之玉粒。人多遊手，新知犢劍牛刀[32]；地昔不毛，近樂鵙筐蟋杼[33]。貢西來之騄駬[34]，會經萬二程餘；定分野之星躔[35]，似出三千界[36]外。温吹於黍[37]，頻聞擊壤[38]之聲；炙獻其芹[39]，宜有采風[40]之作。

僕也抱心葵藿[41]，矢口夠薂[42]；跡比梁鴻[43]，征從袁虎[44]，《世說》，袁虎從宣武北征，倚馬草檄。水程山驛，每懷苞栩[45]之吟；月店霜橋，擬答《采薇》[46]之什。白千層而雪積，縹渺天山；黃十丈以塵飛，蒼茫瀚海。狼胥烏壘[47]，爲耳目所未經；雁磧[48]龍沙，豁胸襟而遠到。顧賢勞莫非王事，而去留總屬君恩。訪未見之舊聞，聆無稽之方語。偶焉流覽，即無景處傳神；久作棲遲[49]，隨有賞時托興。狀山川之形勢，那能易地皆然；貌羌狄之音容，勿使他人可假。比美人於香草，含情在吞吐之間；問別種於谷蠡[50]，觸目切流連之致。晰疑存信，即所聞所見而兼以所傳；酌古準今，取其事其文而合之其義。尋橦走索[51]，間以描摹；橫笛吹鞭[52]，都成點綴。見譏遼豕[53]，借妙語以解頤；取笑蠻魚[54]，假詼諧而得趣。琪花瑤草，詠去生香；翠羽珍禽，寫來如畫。雜農歌與轅議[55]，鍾嶸《詩品》："諒非農歌轅議，敢致流別。"意寧淺而較真；綜瑣語與譎言[56]，《文心雕龍》："譎言兼存，瑣語必録。"事雖新而必切。體本東陽兩韻[57]，題三十首之竹枝；義宗《常武》[58]諸篇，譜廿四番之蘆管。心如可解，何妨老嫗傳將；腕果有靈，一任蕃童唱去。從此遐陬[59]僻壤，聲不壅聞；即兹攬勝臥遊[60]，景堪悦目。折衷繩墨[61]，尚希錦里才人[62]；下采風謡，徐俟輶軒[63]使者。

①《白紵》：《新唐書·禮樂志》："《白紵》，吳舞也。"

②《青菱》：《采菱歌》，一作《采菱曲》，樂府清商曲名。

③《子夜》：《樂府詩集·吳聲歌曲一·子夜歌四十二首》："《唐書·樂志》曰：'《子夜歌》者，晉曲也。晉有女子名子夜，造此聲，聲過哀苦。'"

《芙蓉》：一名《芙蓉花》，樂府雜曲歌辭。陸長源《樂府古辭》："芙蓉初出水，菡萏露中花。"

④《黃鵠》：此指《漢書·西域傳下》所載細君公主《悲愁歌》："吾家嫁我兮天一方，遠托異國兮烏孫王。穹廬爲室兮旃爲牆，以肉爲食兮酪爲漿。居常土思兮心内傷，願爲黃鵠兮歸故鄉。"

⑤ 鑿空：開通道路。《史記·大宛列傳》："然張騫鑿空，其後使往者皆稱博望侯。"裴駰集解引蘇林曰："鑿，開；空，通也。騫開通西域道。"

⑥ 王延德（939—1006）：河北大名人。北宋太平興國六年（981）奉命出使高昌，歷經兩年回到開封，著《西州使程記》，一作《王延德使高昌記》，敍述沿途見聞和風土人情，載《宋史·高昌傳》。

⑦ 匡鄴：張匡鄴，生卒年不詳，五代時後晉官員。天福三年（938）與高居誨出使于闐，後者著《使于闐記》。《新五代史·四夷附録》："晉遣供奉官張匡鄴假鴻臚卿，彰武軍節度判官高居誨爲判官，册聖天爲大寶于闐國王。是歲冬十二月，匡鄴等自靈州行二歲至于闐，至七年冬乃還。"《使于闐記》全書已佚，《新五代史》中保留部分内容。

⑧ 赭支：一作柘枝，石國，唐代昭武九姓國之一。建國藥殺水（今錫爾河）流域，都城爲瞰羯城。天寶九載（750），高仙芝攻伐石國，斬車鼻施特勤。石國乞大食相助，與高仙芝戰於怛邏斯，唐軍敗績，石國淪於大食。

杜環：京兆人。天寶十載（751）隨高仙芝在怛邏斯與大食軍作戰被俘，其後曾遊歷西亞、北非。寶應初年（762）乘商船回國，著《經行記》。原書已佚，其族叔杜佑在《通典》引述部分内容。

⑨ 宋膺：生活年代、事迹均不詳，撰《異物志》，已佚。《史記正義》《太平御覽》等書中保留數則佚文，記月氏、大宛、大秦等國風物。

⑩ 韋郎：韋皋（746—805），字城武。京兆萬年（今屬西安）人，謚忠武，唐代名臣。貞元元年（785）任劍南節度使，封南康郡王，世稱"韋南康"。著《西南夷事狀》二十卷，已佚。

⑪《莊子·秋水》："井蛙不可以語於海者，拘於虛也；夏蟲不可以語於冰者，篤於時也。"喻人見識短淺。

⑫《晏子春秋》："橘生淮南則爲橘，生於淮北則爲枳，葉徒相似，其實味不同。所以然者何？水土異也。"淮南的橘樹移植到淮河以北就變爲枳樹，喻同一事物因外部環境的不同而發生變異。

⑬ 天方：中國古代對麥加稱呼，也泛指阿拉伯。《明史·西域傳》："天方，古筠沖地，一名天堂，又曰默伽。"自敍此句所述誤。

舊服：舊有的屬地。《尚書·仲虺之誥》：“天乃錫王勇智，表正萬邦，纘禹舊服。”孔傳：“言天與王勇智，應爲民主，儀表天下，法正萬國，繼禹之功，統其故服。”

⑭ 月竅（cuì）：《文選》卷二七顏延之《宋郊祀歌二首》其一：“月竅來賓，日際奉土。”呂延濟注：“竅，窟也。月窟，西極。”

⑮ 鄯善：漢代西域三十六國之一，地當今新疆若羌縣附近。原爲樓蘭國，《漢書·西域傳上》：樓蘭王“復爲匈奴反間，數遮殺漢使。其弟尉屠耆降漢，具言狀。元鳳四年，大將軍霍光白遣平樂監傅介子往刺其王。……介子遂斬王嘗歸首，馳傳詣闕，縣首北闕下。封介子爲義陽侯。乃立尉屠耆爲王，更其國名爲鄯善。”與清代鄯善縣即闢展無涉。

⑯ 黃支：一作黃枝，南方古國名。《漢書·平帝紀》：“（元始）二年春，黃支國獻犀牛。”應劭注：“黃支在日南之南，去京師三萬里。”

烏弋：漢時西域國名。《漢書·傅常鄭甘陳段傳》：“南排月氏、山離烏弋，數年之間，城郭諸國危矣。”服虔注：“山離烏弋不在三十六國中，去中國二萬里。”顏師古注：“謂西域國爲城郭者，言不隨畜牧遷徙，以別於匈奴也。”此指極西之地。

⑰ 蚩氓：愚昧敦厚之人。《詩·衛風·氓》：“氓之蚩蚩，抱布貿絲。”毛傳：“氓，民也。蚩蚩，敦厚之貌。”

⑱ 左賢：左賢王，匈奴貴族封號。匈奴諸王侯中地位最高，常以太子爲之，轄匈奴東部。與右賢王、左谷蠡王、右谷蠡王合稱四角。

⑲ 突利：突利可汗（？—631），唐武德三年（620）建號，東突厥汗國的第三代君王，頡利可汗之侄。武德七年與頡利可汗聯兵犯唐，後降於唐。貞觀四年（630）授右衛大將軍，封北平郡王。

頡利：頡利可汗（579—634），姓阿史那氏，名咄苾。620 年與突利可汗同時建號秉政。後歸降唐朝，授予右衛將軍，贈歸義王。

⑳ 細君：細君公主，一稱烏孫公主。西漢江都王建之女，元封中，漢武帝以其爲公主，妻於烏孫昆莫獵驕靡。昆莫年老，復從烏孫國俗，嫁昆莫孫岑陬，生女少夫。

昆莫：一作昆彌，烏孫對其國君的稱呼。漢宣帝時有大小二昆彌，均受漢朝册封。

㉑ 伯雅：麴伯雅（？—619），隋朝時高昌王，大業四年（608）遣使向隋朝貢。五年朝京師，隋煬帝拜爲左光禄大夫、車師太守，册封爲弁國公。大業八年隨隋煬帝征高麗，娶隋朝華容公主。其子爲麴文泰。

㉒ 兜離：言語難懂。《後漢書·列女傳》：“人似禽兮食臭腥，言兜離兮狀窈停。”

㉓ 羈縻：籠絡、懷柔。《漢書·郊祀志下》：“天子猶羈縻不絶。”顏師古注：“羈縻，繫聯之意。馬絡頭曰羈也，牛靷曰縻。”

㉔ 囉唝（hǒng）：一作囉嗊。范攄《雲溪友議》：“《望夫歌》者，即《羅嗊》之曲也。采春所唱一百二十首，皆當代才子所作，其詞五、六、七言，皆可和矣。”

㉕ 秋毫：鳥獸在秋天新長的細毛，喻細微的事物。《吕氏春秋·先識覽·察微》：“治亂存

亡,其始若秋毫。察其秋毫則大物不過矣。”

㉖ 重譯:《漢書·平帝紀》:“元始元年春正月,越裳氏重譯獻白雉一、黑雉二。”顏師古注:“譯謂傳言也。道路絶遠,風俗殊隔,故累譯而後乃通。”

㉗ 五單于:《史記·匈奴列傳》:“匈奴單于曰頭曼。”裴駰集解引《漢書音義》曰:“單于者,廣大之貌,言其象天單于然。”西漢後期匈奴内亂,分立呼韓邪、屠耆、呼揭、車犁、烏藉五單于。後爲呼韓邪單于所并。參後蕭雄《聽園西疆雜述詩·塔爾巴哈臺》詩自注。

㉘ 受降城:漢唐時期在北方邊塞修築、以接受敵人投降的城堡。《史記·匈奴列傳》:“漢使貳師將軍廣利西伐大宛,而令因杆將軍敖築受降城。”《新唐書·張仁願傳》:“時默啜悉兵西擊突騎施,仁願請乘虚取漠南地,於河北築三受降城,絶虜南寇路。”

㉙ 三葉護:葉護,漢代作翕侯,爲烏孫、大月氏酋長稱號。後演變爲突厥、回紇部落官員的名稱,世襲,位僅次於可汗。《北史·突厥傳》:“大官有葉護,次設,次特勤,次俟利發,次吐屯發,及餘小官,凡二十八等,皆世爲之。”三葉護爲三姓葉護簡稱,一作三姓葛邏禄。《新唐書·回鶻傳》:“葛邏禄本突厥諸族,在北庭西北、金山之西,跨僕固振水,包多怛嶺,與車鼻部接。有三族:一謀落,或爲謀剌;二熾俟,或爲婆匐;三踏實力。……三族當東、西突厥間,常視其興,衰附叛不常也。後稍南徙,自號‘三姓葉護’。”

㉚ 條支:一作條枝。西域古國名,位於今伊拉克底格里斯河和幼發拉底河間。《史記·大宛列傳》:“條枝在安息西數千里,臨西海。暑濕。耕田,田稻。有大鳥,卵如甕。”

安西:安西大都護府。貞觀十四年(640)唐朝平定高昌,始創西州都護府,下轄前庭、柳中、交河、蒲昌、天山五縣。顯慶三年(658)升安西大都護府。初治西州,後曾移治龜茲。爲唐朝在磧西建立的高級軍政機構。從注語文意看,此處似應指安息。

安息:西亞古國,一作帕提亞,在伊朗高原東北部。初爲波斯帝國行省,又隸屬塞琉西王國。《漢書·西域傳上》:“安息國,王治番兜城,去長安萬一千六百里。不屬都護。北與康居、東與烏弋山離、西與條支接。”

㉛ 粟弋:杜佑《通典》:“粟弋,後魏通焉。在葱嶺西,大國。一名粟特,一名特拘夢。出好馬、牛、羊、蒲萄諸果。出美蒲萄酒,其土地水美故也。出大禾,高丈餘,子如胡豆。在安息北五千里。附庸小國四百餘城。至太武帝時,遣使來朝獻。”粟特人是古代絲綢之路上的重要民族,唐代作昭武九姓,建立過康、安、米、曹、何等國。

渠犁:漢代西域三十六國之一,地約在今庫爾勒和什里克鄉。《漢書·西域傳上》:“渠犁,城都尉一人,户百三十,口千四百八十,勝兵百五十人。東北與尉犁、東南與且末、南與精絶接。西有河,至龜茲五百八十里。”

㉜ 賣劍牛刀:賣掉刀劍,從事農業生産,指由遊牧改爲定居農耕。《漢書·龔遂傳》:“民有帶持刀劍者,使賣劍買牛,賣刀買犢,曰:‘何爲帶牛佩犢。’”黄庭堅《答永新宗令寄石耳》詩:“佩刀買犢劍買牛,作民父母今得職。”

㉝ 鶊(gēng)筐蟋杼:指定居的農業生活。徐陵《司空徐州刺史侯安都德政碑》:“室歌千

耦,家喜萬鍾,陌上成陰,桑中可詠。春鵬始囀,必具籠筐;秋蟀載吟,競鳴機杼。"

　　㉞ 騏駬(lǜ):指騏驎、騄耳,駿馬名。《商君書》:"騏驎、騄駬,每一日走千里。"

　　㉟ 星躔(chán):日月星辰運行的軌跡度次。梁武帝蕭衍《閶闔篇》:"長旗掃月窟,鳳跡輾星躔。"

　　㊱ 三千界:三千大千世界,佛教語。賈島《題童真上人》詩:"誓從五十身披衲,便向三千界坐禪。"

　　㊲ 溫吹於黍:黍,山谷名,又稱寒谷、燕谷。語出劉向《別錄》所載鄒衍之典,見前徐步雲《新疆紀勝詩》"黃色連眉薦木瓜"詩注③。

　　㊳ 擊壤:古代民間的投擲遊戲,後用以稱頌太平盛世。皇甫謐《帝王世紀》:"(堯帝時)天下大和,百姓無事,有五十老人擊壤於道。"

　　㊴ 炙獻其芹:參前紀昀《烏魯木齊雜詩》"金碧觚棱映翠嵐"詩注①。

　　㊵ 采風:對地方民歌蒐集和民俗風情的采集。《史記·樂書》:"以爲州異國殊,情習不同,故博采風俗,協比聲律。"《史記·禮書》:"或言古者太平,萬民和喜,瑞應辨至,乃采風俗,定制作。"

　　㊶ 葵藿:指葵。葵性向日,故多比擬對君王的忠心。《三國志·魏書·陳思王植傳》:"若葵藿之傾葉,太陽雖不爲之回光,然向之者誠也。竊自比於葵藿,若降天地之施,垂三光之明者,實在陛下。"杜甫《自京赴奉先縣詠懷五百字》詩:"葵藿傾太陽,物性固莫奪。"

　　㊷ 芻蕘(ráo):《詩·大雅·板》:"先民有言,詢於芻蕘。"毛傳:"芻蕘,薪采者。"

　　㊸ 梁鴻:梁鴻,生卒年不詳,字伯鸞,東漢扶風平陵(今陝西咸陽)人。爲人品行高潔,與妻子孟光相敬如賓。後以梁鴻喻賢夫。

　　㊹ 袁虎:袁宏(328?—376?)字彥伯,小字虎。陳郡陽夏(今河南太康)人。東晉玄學家、文學家、史學家。曾任桓溫記室。《世説新語·文學》:"桓宣武北征,袁虎時從,被責免官。會須露布文,喚袁倚馬前令作。手不輟筆,俄得七紙,殊可觀。"

　　㊺ 苞栩:叢生的櫟(lì)樹。《詩·唐風·鴇羽》:"肅肅鴇羽,集於苞栩。王事靡盬,不能蓺稷黍。"鄭玄箋:"喻君子當居安平之處,今下從征役,其爲危苦如鴇之樹止然。"此指詩人漂泊行役。

　　㊻《采薇》:《經·小雅·采薇》:"采薇采薇,薇亦作止。曰歸曰歸,歲亦莫止。"鄭玄箋:"西伯將遣戍役,先與之期以《采薇》之時。今薇生矣,先輩可以行也。重言《采薇》者,丁寧行期也。"又:"莫,晚也。曰女何時歸乎?亦歲晚之時乃得歸也,又丁寧歸期,定其心也。"

　　㊼ 狼胥:狼居胥山,西北邊地山名,具體位置不詳。《史記·匈奴列傳》:"漢驃騎將軍之出代二千餘里,與左賢王接戰,漢兵得胡首虜凡七萬餘級,左賢王皆遁走。驃騎封於狼居胥山,禪姑衍,臨翰海而還"。

　　烏壘:地當今新疆輪臺縣策大雅鄉。西漢宣帝神爵二年(前60),設爲西域都護府治所。唐置烏壘州,屬龜茲都督府。

㊽　雁磧：北方邊塞之地。梅堯臣《送馬仲途司諫使北》詩：“貂裘不見風霜勁,雁磧遥知道路艱。”

㊾　棲遲：淹留。杜甫《移居公安敬贈衛大郎》詩：“白頭供宴語,烏几伴棲遲。”

㊿　谷蠡：匈奴藩王封號。冒頓單于設置,管理軍事和行政。《史記·匈奴列傳》：“置左右賢王,左右谷蠡王。”

51　尋橦(chuáng)走索：橦,竿。尋橦,緣竿而上。走索亦稱高絙、履索、走繩。張衡《西京賦》：“烏獲扛鼎,都盧尋橦。衝狹燕濯,胸突銛鋒。跳丸劍之揮霍,走索上而相逢。”此泛指雜技。

52　橫笛吹鞭：樂器名,此指吹笛。馬端臨《文獻通考》：“漢有吹鞭之號,笳之類也,其狀大類鞭焉者。”

53　遼豕：遼東豕。《後漢書·朱浮傳》：“往時遼東有豕,生子白頭,異而獻之,行至河東,見群豕皆白,懷慚而還。”此指見識淺薄。

54　蠻魚：南蠻和魚復,喻邊遠蠻荒之地。《禮記·王制》：“中國戎夷,五方之民,皆有性也,不可推移。東方曰夷,被髮文身,有不火食者矣。南方曰蠻,雕題交趾,有不火食者矣。西方曰戎,被髮衣皮,有不粒食者矣。北方曰狄,衣羽毛穴居,有不粒食者矣。”祝穆《方輿勝覽·夔州路》：“周初爲魚復國,春秋庸國之魚邑。其後楚人、秦人、巴人滅庸,分其地,屬於巴。秦置巴郡,魚復隸焉。二漢因之,公孫述據蜀土,自稱白帝,更魚復曰白帝城。東漢獻帝分巴郡爲永寧郡,劉璋又改爲巴東郡。蜀先主改爲永安縣,又於此置固陵郡。……唐爲信州,改爲夔州,又爲雲安郡,復爲夔州。”

55　農歌輿議：田夫野老所唱之歌和車夫的議論,喻不雅馴之作。

56　瑣語讕(lán)言：瑣碎而虛妄不實的言談。

57　東陽兩韻：東陽指沈約(441—513),約字休文,吳興武康(今浙江湖州)人,南朝齊梁時期文壇領袖,永明體重要詩人。南齊隆昌元年(494)出爲東陽太守。著《四聲譜》,與周顒等創“四聲八病”之説,爲韻文創作開闢了新境界。此指組詩創作恪守韻律。

58　《常武》：指《詩·大雅·常武》篇,贊美周宣王率兵親征徐國,平定叛亂取得勝利。

59　遐陬：邊遠的角落。《宋書·謝靈運傳》：“内匡寰表,外清遐陬。”

60　臥遊：欣賞山水畫以代遊覽,亦指看生動的遊記、圖畫。《宋書·宗炳傳》：“有疾還江陵,歎曰：‘老疾俱至,名山恐難遍睹,唯當澄懷觀道,臥以遊之。’凡所遊履,皆圖之於室。”

61　折衷繩墨：繩墨,木工打直線的墨繩,喻立定規矩。《禮記·經解》：“故衡誠縣,不可欺以輕重;繩墨誠陳,不可欺以曲直;規矩誠設,不可欺以方圓。”此指作詩時的思考與推敲。

62　錦里才人：錦里即錦官城,成都。常璩《華陽國志·蜀志》：“郡更於夷里橋南岸道東邊起文學,有女牆,其道西城,故錦宮也。錦工織錦,濯其中則鮮明,他江則不好,故命曰錦里也。”此處泛指才學之士或詩人。

63　輶(yóu)軒：古代使臣乘坐的輕車,也代指使臣。揚雄《答劉歆書》：“嘗聞先代輶軒之使,奏籍之書皆藏於周秦之室。"

竹　枝　詞

一

星海①西頭月竄東,顏延年詩:"月竄來賓。"昆彌鹽食據筠沖。昆彌,烏孫國王號。見《西域傳》。自從即敍②西戎後,《尚書》:"西戎即敍。"《史記》:"天方國,古筠沖地,一名西域。"一變羈縻化外風。班固論曰:"自建武以來,西域咸樂附內地。莎車、于闐諸國,數請都護置質。聖人遠鑒古今,因時之宜,羈縻不絕,辭而未許。"③

　　① 星海:星宿海。見前宋弼《西行雜詠》"星宿河源九曲遥"詩注①。
　　② 即敍:一作即序,就序、歸順。《尚書‧禹貢》:"織皮昆侖、析支、渠蒐、西戎即敍。"孔傳:"織皮,毛布。有此四國,在荒服之外、流沙之內,羌髳之屬皆就次敍,美禹之功及戎狄也。"
　　③ 班固語出自《漢書‧西域傳下》,原文作:"故自建武以來,西域思漢威德,咸樂內屬。唯其小邑鄯善、車師,界迫匈奴,尚爲所拘。而其大國莎車、于闐之屬,數遣使置質於漢,願請屬都護。聖上遠覽古今,因時之宜,羈縻不絕,辭而未許。"

二

永和貞觀碣①重重,漢永和《裴岑碑》,唐貞觀《侯君集碑》。博望殘碑②碧蘚封。張騫碑在伊犁之南山,文字剥蝕,尚餘二十字:"進鴻鈞於七五,遠華西以八千。南接火藏,北抵大宛。"何似御銘平準績,風雲長護格登峰③。御製《平定準噶爾勒銘格登山之碑》:"格登之崔嵬,賊固其壘。我師堂堂,其固自摧。格登之巉崒,賊營其穴。我師恍恍,其營若綴。師行如流,度伊犁川。粵有前導,爲我具船。渡河八日,遂抵格登。面淖背岩,藉一昏冥。曰搗厥虛,曰殲厥旅。豈不易易,將韜我武。將韜我武,詎曰養寇。曰有後謀,大功近就。彼衆我臣,已有成辭。火炎崑岡,懼乖皇慈。三巴圖魯,二十二卒。夜斫賊營,萬衆股栗。人各一心,孰爲汝守。汝頑不靈,汝竄以走。汝竄以走,誰其納之?縛獻軍門,追悔其遲。於恒有言,曰寧教育。受俘赦之,光我擴度。漢置都護,唐拜將軍,費賂勞衆,弗服弗臣。既臣斯恩,既服斯義。勒銘格登,永詔萬世。"

　　① 永和、貞觀碣:即《敍》言中的"漢碣""唐碑",以及此詩自注中的《裴岑碑》《侯君集碑》。《裴岑碑》一稱《鎮海碑》。雍正七年(1729),清朝寧遠大將軍岳鍾琪征準噶爾部,於今新疆巴里坤縣石人子鄉發現。徐松《西域水道記》:"雍正七年,岳威信公於石人子獲漢碑,庋之幕府。十

三年撤兵,移置鎮西府城北二百餘步關壯繆祠西階下。余度以慮俍尺,碑高四尺三寸,寬一尺八寸,六行,行十字,隸書。"《裴岑碑》碑文記載東漢永和二年(137),敦煌太守裴岑擊敗匈奴呼衍王之事:"惟漢永和二年八月,敦煌太守雲中裴岑將郡兵三千人,誅呼衍王等,斬馘部衆,克敵全師。除西域之疢,蠲四郡之害,邊境艾安,振威到此,立海祠以表萬世。"可補史料之闕。

《侯君集碑》:侯君集(？—643),唐朝名將,官至兵部尚書,封陳國公。《舊唐書·侯君集傳》:"高昌王麴文泰時遏絕西域商賈,太宗徵文泰入朝,而稱疾不至,詔以君集爲交河道行軍大總管討之。……君集分兵略地,遂平其國,俘智盛及其將吏,刻石紀功而還。"《舊唐書·高昌傳》《新唐書·侯君集傳》《高昌傳》等文獻對此碑都有記載,但實物尚未發現。此處或指康熙年間在巴里坤發現之貞觀十四年《姜行本紀功碑》,係交河道行軍副總管姜行本征高昌時,在巴里坤製造攻城器械,而立碑紀功。清人不辨,往往指爲《侯君集碑》。姜行本事跡參後王苪孫《西陬牧唱詞六十首》"打阪山邊更有山"詩注②。

② 博望殘碑:即自注中的《張騫碑》。清代遣戍西域文人多有記載,實物尚未發現,真僞難辨。徐松《西域水道記》:"(特穆爾圖)淖爾南岸山中,有舊碑,松公筠之初帥伊犂,遣協領德ム訪之。其人摹其可辨者數字,曰'進鴻鈞於七五,遠華西以八千。南接火藏,北抵大宛'。土人名之曰《張騫碑》,而搨本不可得見。德ム今八十餘,多遺忘,不能舉其地。余三度尋覓,終莫能得。"

③ 格登峰:即格登山,位於伊犂昭蘇縣西南松拜河東岸。乾隆二十年(1755)四月,清軍進擊準噶爾部首領達瓦齊,達瓦齊據守格登山。五月十四日夜,清軍突襲敵營,達瓦齊潰敗逃竄。準噶爾部平定之後,乾隆帝命於格登山巓立碑紀功。紀功碑今仍立於原處,爲全國重點文物保護單位。

三

戊己分屯遍海邦,《文獻通考》:"自敦煌西出玉門、陽關,涉鄯善,北通伊吾千里。自伊吾北通車師前部高昌壁千二百里。自高昌北通車師後部金蒲城五百里,此西域之門戶。故漢戊己校尉更互屯焉。"注:"戊己,中央鎮覆四方,又開渠播種,以爲厭勝,故稱戊己。"諸番爭拜碧油幢①。車師②前後王庭地,新築高城是受降。唐貞觀十四年,命侯君集討高昌,既平,以交河城爲交河縣,始昌城爲天山縣③,田北城爲柳中縣④,東鎮城⑤爲蒲昌縣,高昌城爲高昌縣。初,西突厥遣其葉護屯兵可汗浮圖城⑥,與高昌爲影響,至是懼而來降,以其地置庭州。後改北庭都護府,治金蒲縣,又領輪臺、蒲類二縣,今烏魯木齊之迪化城,即庭州⑦舊跡也。

① 碧油幢:青緑色的營帳。張仲素《塞下曲五首》其二:"獵馬千行雁幾雙,燕然山下碧油幢。"

② 車師:一作姑師,漢代西域王國。漢宣帝時分爲前、後兩部。前部稱車師前王國,治交

河城。後部稱車師後王國，治務塗谷，在今吉木薩爾縣泉子街一帶。神爵二年（前60）歸屬西域都護。

③　始昌城：高昌國屬縣，隸屬交河郡，唐置天山縣。杜佑《通典》：“（貞觀）十四年八月，交河道行軍大總管侯君集平高昌國，下其郡三、縣五、城三（二）十二，戶八千四十六，口萬七千七百三十，馬四千三百匹。太宗以其地爲西州，以交河城爲交河縣，始昌城爲天山縣，田地城爲柳中縣，東鎮城爲蒲昌縣，高昌城爲高昌縣。”

天山縣：唐代西州五縣之一。李吉甫《元和郡縣圖志》：“（西州）管縣五。……天山縣，上。東至州一百五十里。貞觀十四年置。”地當今托克遜縣東部30公里阿薩爾薩里。

④　田北城：應爲田地城。地當今鄯善縣魯克沁鎮。

柳中縣：元代作魯古塵，明代作魯陳。地當今鄯善縣魯克沁鎮。

⑤　東鎮城：唐代蒲昌縣縣治。地當今鄯善縣城附近。

⑥　可汗浮圖城：西突厥可汗浮圖城，唐爲金滿縣，元稱別失八里，置北庭都元帥府。地當今新疆吉木薩爾縣北庭故城。

⑦　庭州：庭州貞觀十四年（640）置，長安二年（702）於此置北庭都護府，轄金滿、輪臺、蒲類三縣，地當今吉木薩爾縣。迪化城非庭州舊址，曹麟開此注不確。參前紀昀《烏魯木齊雜詩》“斷壁苔花十里長”詩注③。將烏魯木齊視爲庭州，也是清人的普遍誤解，如和寧《三州輯略》：北庭都護城，“今烏魯木齊舊城是也”。

四

廿四新聲譜竹枝，大橫吹合小橫吹。《古今注》：“橫吹，羌笛也。大橫吹、小橫吹以竹爲之，笛之類也。昔張博望入西域，傳其法於西京，得《摩訶》《兜勒》二曲。李延年更造新聲二十八解，以爲武樂。晉魏以二十八解不存，其所用者，惟《黃鶴》《隴頭水》《折楊柳》等十四曲。”唐樂大橫吹、小橫吹，大橫吹有節鼓二十四曲，小橫吹有六種，失傳矣。祇今葱嶺西傳曲，誰唱摩訶兜勒辭。《唐·禮樂志》：宣宗時，“《葱嶺西曲》，其士女踏歌爲隊，詞言葱嶺之民，傾心内向。”①

①　自注出自《新唐書·禮樂志》，原文作：“宣宗每宴群臣，備百戲。……又有《葱嶺西曲》，士女踏歌爲隊，其詞言葱嶺之民，樂河、湟故地歸唐也。’”

五

合羅川里冰鹽①浴，《一統志》：“合羅川在哈密西，乃唐公主所居，城基尚在，近有湯泉。”碎葉城②邊桑葉肥。唐史：碎葉城，西突厥地也。貞觀十四年，西突厥咥利失可汗分其國爲十部。左五咄陸居碎葉東，右五弩失畢居碎葉西。貞觀末，安西都護統碎葉鎮後，西突厥別部烏置勒徙居之，謂碎葉川爲大牙,弓月城、伊麗川爲小牙,其地東直西庭州。**織女自誇花蕊巧**,《高昌傳》:"地有野蠶,結繭苦參上,取之爲繡文花蕊布。"③**親從河上得支機**④。

① 合羅川:王延德《西州使程記》:"次歷拽利王子族,有合羅川,唐回鶻公主所居之地。"在今蒙古國中部鄂爾渾河上遊。注語中引《大明一統志》原文作:"在哈密衛東南境,乃唐回鶻公主所居地,城基尚在,近有湯泉池。"

冰蠶:王嘉《拾遺記》:"員嶠山。……有冰蠶長七寸,黑色,有角有鱗。以霜雪覆之,然後作繭,長一尺,其色五彩。織爲文錦,入水不濡,以之投火,經宿不燎。唐堯之世,海人獻之,堯以爲黼黻。"此處借用。

② 碎葉城:"碎葉"爲古突厥語音譯,指河流交匯處,西域以碎葉爲地名者不止一處。碎葉城故址即今吉爾吉斯斯坦境內托克馬克附近的阿克貝希姆城遺址。旁有楚河,古稱碎葉川。

③ 自注出自《宋史·高昌傳》所載王延德《西州使程記》。原文作:"(高昌)地有野蠶生苦參上,可爲綿帛。……出貂鼠、白氈、繡文花蕊布。"

④ 支機:支機石,傳說織女用以支撐織布機的石頭。《太平御覽》卷八引劉義慶《集林》:"昔有一人尋河源,見婦人浣紗,以問之,曰:'此天河也。'乃與一石而歸。問嚴君平,云:'此支機石也。'"

六

花鬘①**少婦親提甕,茜帽丁男力荷鋤。笑問兩家年孰長？汝年屬鼠我年豬。**②回鶻兒女皆不自知其年。但云似是豬年,似是鼠年耳。陳誠③《西域記》:俗不用甲子,以七日爲一周,擇吉用事,則以第一日名阿諦納,爲上吉云。

① 花鬘(mán):用花串成的飾物。

② "汝年"句:受到中原文化的影響,十二生肖紀年法很早就傳入西域地區,爲中亞、新疆古代民族所使用。維吾爾族的先民之一回鶻人在未西遷新疆之前,即已使用十二生肖紀年法。遷居新疆吐魯番地區之後,十二生肖法中又融入多民族文化的因素。十二屬相中無"龍"年而有"魚"年。

④ 陳誠:(1365—1457)字子魯,號竹山,江西吉水人。洪武二十七年(1394)進士,歷官任翰林檢討、吏部驗封清吏司員外郎等職。永樂十二年(1414)至十八年間三次出使西域,至撒馬爾罕、哈烈諸國。著有《西域行程記》等。

七

萬壑争從淖爾①**輸**,《西域圖考》:"羅卜淖爾在火州南五百餘里,淖爾者,華言潴水也。方廣數百里。塔里木河自西南來,厄爾勾河自正西來,梅杜河自西北來,咸歸入羅卜淖爾。水中有山,有回人居之,捕魚采蒲黃而食,人多壽,即古蒲昌海也。向屬吐魯番部,歲納添巴、麻枲、襠連之屬,策淩既破吐魯番,詐稱回人,誘至羅卜淖爾,勒取添巴,其後潛居島中不復出。"② 渭干河③ 水合開都。渭干河在庫車,開都河在喀喇沙爾④。細鱗巨口天生鱠,兩河俱出細鱗,巨口紅腮,俗多疑爲鱸也。那減吳淞玉尺鱸。《談苑》:"松江鱸魚,長橋南所出者,天生膾材也。"楊萬里詩:"買來玉尺如何短,鑄出銀梭直是圓。"

　　① 淖爾:蒙古語 nor 音譯,湖泊之意。即羅布淖爾,今羅布泊。古稱泑澤、鹽澤、蒲昌海、牢蘭海。位於塔里木盆地東緣,有塔里木河、車爾臣河等匯聚於此,現已乾涸。

　　② 自注當出自《重修肅州新志·西陲全册》:"羅卜腦儿回子在火州之南,由吐魯番往南約五百餘里,有大澤一區,方圓數百里。塔里木河自西南來,厄爾勾河自正西來。梅杜河自西北來,咸受於此澤。澤中有山,回民居之,捕魚采蒲黃而食。人多壽,活百歲以外。或即古蒲類海也。曩屬吐魯番部,歲納添巴、麻枲、襠褌之屬,策淩既破吐魯番,詐稱回人,誘至羅卜腦兒,勒取添巴,其後潛居海中不出,不復獻納矣。"梅杜河,疑爲海杜河之誤,即海都河,見前紀昀《烏魯木齊雜詩》"凱渡河魚八尺長"詩注①。《重修肅州新志》爲雍正年間分巡肅州道黃文煒,及沈青崖所修。其中的《西陲全册》部分,版心處又題作《西陲記略》,一作《西陲紀略》,是清代前期有關西域記載的文獻之一,也是清人認識、了解西域常倚爲憑據的史料。從曹麟開等人對此書的引用來看,它很有可能存在一個獨立的單行本,故引用者多將之名爲《西陲紀略》而不提《重修肅州新志》。

　　③ 渭干河:一作渭甘河、鄂根河。流經庫車、沙雅、新和三縣,於沙雅匯入塔里木河。

　　④ 喀喇沙爾:一作哈喇沙爾、哈喇沙拉、哈爾沙爾。《西域同文志》:"哈喇沙爾,回語。沙爾,城也。其城年久色黑,故名。"乾隆二十三年(1760)築城,光緒八年(1882)置喀喇沙爾直隸廳,二十四年(1898)升焉耆府,1913 年改縣,今巴音郭楞蒙古治州焉耆回族自治縣。漢代有焉耆國,《漢書·西域傳下》:"焉耆國,王治員渠城,去長安七千三百里。西南至都護治所四百里,南至尉犁百里,北與烏孫接。"範圍包括今焉耆縣、和静縣與博斯騰湖西北地域。

八

　　東侯尉接西侯尉,① 新疆南北兩路分駐將軍、參贊大臣,亦猶漢之東西都護也。② 大月氏連小月氏③ 。《文獻通考》:"大月氏本行國也,控弦十萬,隨畜移徙,始居敦煌、祁連間,後遠去大宛,西擊大夏而臣之,嬀水北爲王庭,其餘衆小不能去者,保南山羌,號小月氏。晉天福時,有仲雲徙居胡蘆磧。"今哈密即其遺種也。穆素爾山④ 中隔斷,往來長是踏冰梯。《新疆圖考》:"阿克蘇北山路通伊犁,有穆素爾達巴罕。蒙古語冰爲穆素爾,嶺爲達巴罕,山上皆冰,四時皆雪。設回户隨時鑿冰爲梯,以利行旅。"

① "東侯尉"句：首都師範大學圖書館館藏《塞上竹枝詞》抄本自注云："侯尉,邊疆之官也。"即指句下注語中的伊犁將軍與各處參贊大臣。

乾隆二十七年(1762),清朝任命總統伊犁等處將軍,首任將軍明瑞(?—1768)。同年十一月,設伊犁參贊大臣同辦事務。乾隆二十九年,清政府在塔爾巴哈臺設參贊大臣,首任塔爾巴哈臺參贊大臣綽克多。乾隆二十八年正月,置總理回疆事務參贊大臣,管理南疆地區,首任大臣納世通。

② 西漢宣帝神爵二年(前60)置西域都護府,東漢初年罷。東漢明帝永平十七年(74)以陳睦當都護,班超、任尚等繼之。安帝永初元年(107)復罷。至東漢延光二年(123)以班勇爲西域長史。注語漢之東西都護謂此。

③ 月氏：一作禺氏、禺知,中國古代西北遊牧民族之一。原居河西走廊、祁連山一帶,公元前178年爲匈奴擊敗西遷,曾在伊犁河流域、阿姆河兩岸建立大月氏王國,約於西漢末年建立貴霜王朝。餘者避入祁連山,與羌人雜居,稱小月氏。

④ 穆素爾山：即今木扎爾特冰川。見前徐步雲《新疆紀盛詩》"傳聞打坂四時更"注①。自注中所引《新疆圖考》不詳所出,清代中期西域文獻中未見有名爲《新疆圖考》者流傳。同期西域方志如《西域圖志》《回疆志》《西域聞見錄》(別名又有《新疆輿圖風土考》)中均記載過穆素爾達坂,但内容與此有差異。

九

鹿骨瑩圓戲具偕,承空上下鬪邨娃。乘鸞①暗卜誰先兆,信手攤來四色皆。蒙古、回人風俗,以鹿蹄腕骨名曰羅丹,隨手攤擲爲戲,視其偃仰橫側爲勝負。小者以麞,大者以鹿,瑩澤如玉。婦女圍坐,一手攤擲,承空上下各取之,以不動局上者爲工。腕骨一具,四面不同,持四枚擲之,各得一色,以此分勝負。又有以薄圓石擊之,名曰帕格。

① 乘鸞：傳説秦穆公之女弄玉,與其夫蕭史乘鳳凰飛升。《列仙傳》："蕭史者,秦穆公時人也,善吹簫,能致孔雀、白鶴於庭。穆公有女字弄玉,好之,公遂以女妻焉。日教弄玉作鳳鳴,居數年吹似鳳聲,鳳凰來止其屋,公爲作鳳臺,夫婦止其上,不下數年,一旦皆隨鳳凰飛去。"此喻求得佳偶。

一〇

古木多年臥水隈,水中生焰不然灰。番夷截取懸宵榻,笑指珠光孕蚌胎①。《高昌傳》：葡萄溝多山杏,其根入水千年,光如明月珠,夜懸帳中,毫髮畢見。

① 蚌胎：珍珠。《文選》卷八揚雄《羽獵賦》："方椎夜光之流離，剖明月之珠胎。"李善注："明月珠，蚌子珠，爲蚌所懷，故曰胎。"自注所引《高昌傳》出處不明。

一一

鄂博峰頭壘石磷，立竿懸帛致精禋①。經喧梵宇搖金鐸，晴雨争祈砟答②神。回俗不建祠廟，山川神示，著靈應者壘石象山，冢懸帛以致禱，若報賽③則植木爲表，謂之鄂博。過者無敢犯，凡祈雨晴皆在於此。又謂之砟答。按，砟答生牛、羊、馬腹中，形似卵，色如石。回夷以之祈雨，謂之"砟答齊蓋"，以砟答石祈雨於鄂博，非鄂博即砟答神。

① 精禋(yīn)：虔誠地祭祀。

② 砟(zhǎ)答：一作鮓答，牛、羊等牲畜的内臟結石。以砟答祈雨是古代阿勒泰語系諸民族中流傳的一種巫術。陶宗儀《南村輟耕録·禱雨》："往往見蒙古人之禱雨者。……惟取淨水一盆，浸石子數枚而已。其大者若雞卵，小者不等。然後默持密咒，將石子淘漉玩弄，如此良久，輒有雨。……石子名曰鮓答，乃走獸腹中所産，獨牛、馬者最妙。"參後舒其紹《伊江雜詠·下砟答》詩及自注。

③ 報賽：祭祀謝神。《周禮·春官·小祝》："小祝掌小祭祀，將事侯禳禱祠之祝號。"賈公彦疏："求福謂之禱，報賽謂之祠。"

一二

帽簷鸕鶿①插繽紛，荒服由來陋不文。《一統志》："陳誠《使西域記》：其王髡髪，戴罩刺帽，插鷺鶿翎，設彩繡氈帳，席地而坐。"恩賞花翎飄孔翠，榮尊大禄與騎君②。《西域志》："烏孫國，大昆彌治赤谷城。相，大禄，左右大將二人，騎君一人。"③

① 鸕鶿(lǎo)：鸕鶿，魚鷹。

② 大禄：《史記·大宛列傳》："（烏孫）昆莫有十餘子，其中子曰大禄，强，善將衆，將衆別居萬餘騎。"

騎君：漢代西域官名，烏孫、于闐、皮山等國均置此官。

③ 自注引文出自《漢書·西域傳下》："烏孫國，大昆彌治赤谷城，去長安八千九百里。……相，大禄，左右大將二人。……騎君一人。"

一三

準夷^①部落雜烏孫，遊牧南山與北村。土爾扈特全部來歸，分插其户於雅爾之濟爾霍博克薩里^②、伊犁附近之荒草湖^③、博羅塔拉^④、精河附近之古爾班晶庫色木什克^⑤、庫爾喀喇烏蘇之古爾班吉爾噶朗^⑥、烏里雅蘇臺之青濟爾^⑦、喀喇沙爾附近之庫客哈布齊海^⑧、珠勒都斯^⑨等處遊牧。一笑相逢斟七格，割鮮共啖燎毛燔^⑩。蒙古、回部以牛乳釀酒，名阿爾湛^⑪。以馬乳釀酒，名七格^⑫，即挏馬酒^⑬也。

① 準夷：清代對準噶爾部人的代稱，此處指土爾扈特人。

② 濟爾霍博克薩里：一作霍博克薩里、霍博克賽里。《新疆識略》："土爾扈特，乾隆三十六年（1771）由伊犁移住，在（塔爾巴哈臺）城東六百餘里霍博克賽里地方遊牧。"地當今和布克賽爾蒙古自治縣。

③ 荒草湖：通作黄草湖。

④ 博羅塔拉：一作博羅他拉。《西域同文志》："博羅塔拉，準語。塔拉，平甸。以博羅名，猶云青疇也。"地當今博爾塔拉蒙古自治州。

⑤ 古爾班晶庫色木什克：河名，一作庫色木蘇克、庫森木什克、庫色木蘇克。《西域同文志》："庫色木蘇克郭勒，準語。庫色木蘇克，願欲之謂。郭勒之旁水草豐饒，居人樂之，故名。"

⑥ 古爾班吉爾噶朗：山名，一作濟爾噶朗。《西域同文志》："濟爾噶朗，準語。安適之謂。地多水草，居之安也。"

⑦ 青濟爾：一作青吉爾、青吉勒。《西域同文志》："青吉勒，回語。青吉勒，水葱也。其地産之，故名。"《西域圖志》："青吉勒，在額爾齊斯西南，即青吉勒郭勒北岸。"今新疆青河縣西北。

⑧ 庫客哈布齊海：一作庫爾班哈布齊垓、哈布齊垓、哈布圖海。徐松《西域水道記》："準語哈布齊垓，亦山硤之險者。"在今博乐市東北。

⑨ 珠勒都斯：一作著勒土斯，裕勒都斯。《西域同文志》："裕勒都斯，回語。星也。其地泉眼如星。"《西域圖志》："裕勒都斯，舊對音爲朱爾都斯。在空格斯東南二百里，逾山而至。東西六百里，南北二百里。……伊犁東南屏嶂也。"在今新疆巴音布魯克。

⑩ 燔（fán）：燒、烤。

⑪ 阿爾湛：一作阿拉占，蒙古語酸馬奶（airag）音譯。另參後祁韻士《西陲竹枝詞·阿拉占》詩。

⑫ 七格：一作氣可，蒙古語馬奶酒（cege）音譯。

⑬ 挏（dòng）馬酒：馬奶酒。挏，推引、搖動。謂製酒之狀。《漢書·禮樂志》："給大官挏馬酒。"顔師古注："馬酪味如酒，而飲之亦可醉，故呼馬酒也。"

一四

迷離蜃市罩山巒，曉起呼郎拭眼看。天上瓊樓如可到，君騎白鳳妾騎鸞。
《西陲紀略》[①]：巴里坤海子即古蒲類海[②]。每於春秋晴爽之時，杲日初升，海中雲起，忽依山而成市，變幻莫可名狀，蓋滄溟與元氣呼吸神化不測，如佛經所云，龍王能興種種雷電雲雨於本宮，不動不搖，山海幽深，容有此理也。

　　①《西陲紀略》：即《西陲全册》，見前"萬壑争從淖爾輸"詩注②。此處自注引文不見於該書。

　　② 蒲類海：今新疆巴里坤縣巴里坤湖。唐時稱婆悉海，元明時期稱把思闊，清代稱巴爾庫爾淖爾。

一五

娘子泉頭花事[①]閑，崖兒城[②]外鳥聲關。春遊何處尋飛塔，壽窟無量丁谷山[③]。《一統志》："娘子泉在哈密畏兀兒河東，回人呼爲克敦布拉克。"《四夷考》："吐魯番一名土爾番，本交河縣之安樂城。其西二十里有崖兒城，相傳爲交河縣治。"《一統志》："丁谷山在吐魯番柳陳城北，中有唐時古寺及無量壽窟塔。"《宋史·高昌傳》云："佛寺五十餘處，皆唐時所賜額，中有《大藏經》《唐韻》《玉篇》《經音》等真跡。"

　　① 花事：遊春賞花。楊萬里《買菊》詩："如今小寓咸陽寺，有口何曾問花事。"

　　② 崖兒城：今吐魯番交河故城。漢代車師前王庭。高昌王國設交河郡，唐代爲交河縣，明代稱崖兒城，清代稱招哈和屯。陳誠《西域番國志》："崖兒城在土爾番之西二十里，二水交流，斷崖居中，因崖爲城，故曰崖兒。"

　　③ 丁谷山：敦煌文書 P.2009《西州圖經》："丁谷窟有寺一所，並有禪院一所。……在柳中縣界，至北山二十五里丁谷中，西去州二十里。"爲今新疆鄯善縣吐峪溝佛窟所在之山，曹詩引《大明一統志》文亦指此地。和寧《回疆通志》、祁韻士《西陲要略》和《西域釋地》、徐松《西域水道記》均將新疆庫車縣庫木土拉千佛洞附近的却勒塔格山作爲丁谷山，有誤。

一六

截肪美玉采于闐，《四裔考》："于闐，漢時通焉。居葱嶺之北二百餘里，國城東有白玉河。城西緑玉河、烏玉河，三河皆源出昆侖，每秋水落，采玉。"職貢[①]蒲梢走右賢。《張騫傳》："烏孫馬曰西極馬，大宛馬曰天馬。"蒲稍，馬名。漢武伐大宛所得。大宛，今哈薩克部。白答厄丹交易市，回部呼棉花爲白答。哈薩克織罽爲綢，名曰厄丹。賺將文馬罽賓錢[②]。

① 職貢：古代藩屬對朝廷按時的貢納。《左傳·襄公二十九年》："魯之於晉也，職貢不乏，玩好時至。"

② 文馬：毛有文采的馬。《左傳·宣公二年》："宋人以兵車百乘、文馬百駟以贖華元於鄭。"

罽（jì）賓：古西域國名，位於今克什米爾一帶。《漢書·西域傳上》："罽賓國，王治循鮮城，去長安萬二千二百里。不屬都護。戶口勝兵多，大國也。"

一七

緑眼番兒逞捷趫，驏騎[①]生馬箭橫腰。衝寒慣喜春遊獵，阿耨山[②]頭去射雕。《宋史·高昌傳》："居民春月遊者，馬上持弓矢射諸物，謂之禳災。"《通考》："于闐有阿耨達山，河源出焉。"按，阿耨達山不在于闐，去于闐南二千餘里，後藏之西北。其路不可通，山名岡底斯，乃阿耨達四大水之源，非河源也。

① 驏（chǎn）騎：騎馬時不著馬鞍。令狐楚《少年行四首》其一："少小邊州慣放狂，驏騎蕃馬射黃羊。"

② 阿耨（nòu）山：阿耨達山省稱。古時所載阿耨達山位置不一。酈道元《水經注》卷一引《釋氏西域志》："阿耨達大山，其上有大淵水，宮殿樓觀甚大焉。山即昆侖山也。"又同書卷一稱："阿耨達山西北有大水，北流注牢蘭海。"則此山地當今阿勒騰塔格。一說阿耨達山爲岡底斯山。黃沛翹《西藏圖考》："阿耨達山下有阿耨達池，以今考之，意即岡底斯，是唐古特言。岡底斯者，猶言衆山水之根，與釋典之言相合。"此説有誤，但在清代影響較大。曹麟開注語即從此説。

一八

絡索銜環等播鞀[①]，冬冬繭紙[②]手輕敲。巫歌踏臂迎神曲，《宋史·吐蕃傳》："尊釋信誣，疾病不知醫藥。巫覡視之，焚柴聲鼓。"假面還餘鐵頍頞[③]。《西陲紀略》：有人於土中拾得一鐵假面，目鼻口皆竅焉。

① 播鞀（táo）：一作播鼗，搖浪鼓。《周禮·春官·瞽矇》："瞽矇掌播鼗、柷、敔、塤、簫、管、弦、歌。"

② 繭紙：潔白縝密如蠶繭般的紙。《太平廣記》卷二〇七引《法書要録》："（王羲之）揮毫製序，興樂而書，用蠶繭紙、鼠鬚筆，遒媚勁健，絕代更無。"

③ 頞（è）顟（láo）：頞，鼻梁。顟，鼻高貌。此處指鐵面具。

一九

河源春漲漾飛濤，刳木爲舟妾學操。伊犁河即古伊麗水，刳巨木，虛其中而銳其首尾，大者可容五六人，小者可容兩三人，名曰威呼①。刳木爲槳，捷若飛行。泥馬賒枯郎鬭捷，自矜赤鯉跨琴高。②"泥馬賒枯"者，以樺皮爲之，止容一人，兩手持小槳划行，更爲迅速，見《西陲紀略》。③

① 威呼：一作韋瓠，滿語獨木船之意。清高宗《吉林土風雜詠十二首》其一《威呼》："取諸渙卦合羲經，舴艋評量此更輕。刳木爲舟刳木楫，林中攜往水中行。飽帆空待吹風力，柔櫓還嫌劃水聲。泥馬賒枯尤捷便，恰如騎鯉遇琴生。"題注云："刳巨木爲舟，平舷圓底，脣銳尾修，大者容五六人，小者二三人，刳木兩頭爲槳，一人持之，左右運棹，捷若飛行。"句中自注謂："窩集中山溪相間，凡采參捕貂者，攜威呼以往，遇水則乘之。""泥馬賒枯者，以樺皮爲之，只容一人，兩手持小槳劃行。"塔里木河流域居民亦有類似的水上交通工具，以整段胡楊樹幹挖空製成，名爲"卡盆"。

② "泥馬"二句：意爲在划船比賽中得勝。琴高：傳説中戰國時趙人。事見酈道元《水經注》卷二三，琴高入涿水取龍子，與弟子相約當於某日返，至期果乘赤鯉而出。後以琴高控鯉指得道成仙。

③ 該内容不見於《重修肅州新志·西陲全册》，或爲曹麟開誤記。

二〇

羌女妖嬈細馬①馱，鼕婆邏逤②曼聲歌。一年一度蘆笙會，別唱三春摩烏歌。楊維楨《鼕婆引》："梅卿上馬彈鼕婆。"即琵琶也。陸游詩："西蜀琵琶邏逤槽。"《文獻通考》："漢有吹鞭之號，笳之類也，今多卷蘆爲之。"回人謂匏笙爲"摩烏"。每三月中，婦女吹匏笙，唱季春歌，歌云"綽木挪三宏"，華言時值季春也；"紀鵲宏那繝"，華言日晴月又明也；"廈睢瑪左生"，華言使者遊山川也；"戲目紀從生"，華言熱氣升也；"堵卻鋪烏孟"，華言四野新也。侏儷頗有古節。

① 細馬：駿馬。《北史·白建傳》："三年，突厥入境，代、忻二牧，悉是細馬，合數萬匹，在五臺山北柏谷中避賊。"

② 邏逤（suò）：一作邏娑，即拉薩，此指用藏地檀木製作的琵琶。劉景復《夢爲吳泰伯作

勝兒歌》："繁弦已停雜吹歇，勝兒調弄邏娑撥。"

二一

與郎遊戲水之涯，交潑紅裙濕浪花。願得情長如海水，相從東去附仙槎①。《宋史·高昌傳》："俗以三月九日爲寒食，以銀及鍮石爲筒貯水，激以相射，或以水交潑爲戲，謂之壓陽氣云。"②

① 仙槎：傳説中能來往於海上和天河之間的木筏。張華《博物志》："舊説云天河與海通，近世有人居海渚者，年年八月有浮槎去來，不失期。"

② 自注出自《宋史·高昌傳》所引王延德《西州使程記》文，指由波斯傳入的"潑寒胡戲"。潑寒胡戲産生於公元 5 世紀前後，是波斯國王卑路斯創製的節日歌舞，以紀念甘雨解除乾旱。

二二

白羜烏犍用谷量①，孳生歲歲樂輸將。萬千豢養閑無用，給作貔貅②口食糧。《宋史》王延德《使高昌記》：王后太子，各牧馬及牛羊以五色，群滿山谷間。

① 白羜(zhù)烏犍(jiān)：此指牛羊。羜，小羊；犍，閹割過的公牛。

谷量：《史記·貨殖列傳》："烏氏倮畜牧，及衆，斥賣，求奇繒物，間獻遺戎王。戎王什倍其償，與之畜，畜至用谷量馬牛。"裴駰集解引韋昭曰："滿谷則具不復數。"

② 貔(pí)貅(xiū)：傳説中的猛獸，喻勇猛的戰士。《史記·五帝本紀》："(軒轅)教熊羆貔貅貙虎，以與炎帝戰於阪泉之野。"

二三

膏然流水石脂明，《博物志》："延壽山南有山石，出泉水，大如莒，注池爲溝，漾漾永永，如不凝膏。然之極明，不可食，縣人謂之石脂。"今赤金東南有水如油，取以然燈。鹽鑿空山白玉晶。《北史》："高昌有白鹽，其形如玉。"《金樓子》："番中有白鹽，洞澈如水晶，名玉華鹽。"今北庭之柴鄂博鴛鴦湖、晶河皆産白鹽①。不用熬波兼秉燭②，花門利用出天生。

① 柴鄂博：今作柴窩堡，有鹽湖。參前紀昀《烏魯木齊雜詩》"繡羽黄襟畫裏看"詩注①。
② 熬波：煮海水熬鹽。張融《海賦》："若乃漉沙搆白，熬波出素，積雪中春，飛霜暑路。"

二四

瑤草琪花眼未經，玉芝垂實菌生釘。天山有雪蓮^①，生冰壑。巴里坤松山産菌芝、釘頭蘑菇。山翁日把金鴉嘴^②，冰雪松根劚^③茯苓。茯苓，大者如斗甕。其老松千年，大可百圍，皮可尺許，色如琥珀。土人取以煎膏，名曰"松齡"，性熱活血。

① 雪蓮：菊科、風毛菊屬多年生草本，多生長於高寒地帶高山雪線附近的石壁、巖縫中，具有藥用價值。在新疆者又稱天山雪蓮，1996 年被列爲二級保護植物。另可參後舒其紹《伊江雜詠·雪蓮》、祁韻士《西陲竹枝詞·雪蓮》、許乃穀《西域詠物詩二十首·雪蓮》諸詩。

② 金鴉嘴：鴉嘴鋤的美稱。陸游《書懷絕句》："憑君爲買金鴉嘴，歸去秋山劚茯苓。"

③ 劚（zhú）：挖、砍。同斸。《説文》："劚，斫也。從斤，屬聲。"

二五

百尺竿頭步可登，分棚雲際絙長繩。捷兒逞技淩空舞，不數尋橦度索能。回人有繩技，即度索之遺意。歸誠後，曾載此技入貢。《西京賦》："都盧尋橦。"注："都盧國人體輕善緣。"^①

① 此詩描寫維吾爾族傳統雜技"達瓦孜"，高空走索。另參後王芑孫《西陬牧唱詞六十首》"度索尋橦絕伎兼"詩。

二六

蘇幕遮頭^①白氈裘，鴉鬟赭面^②撥箜篌。不辭婦女無顔色，願把燕脂貢帝州。《宋史·高昌傳》："婦人戴油帽，謂之蘇幕遮。"漢霍去病過焉支山，執渾邪王，乃歌曰："亡我焉支山^③，使我婦女無顔色。"

① 蘇幕遮頭：蘇幕遮，一説爲波斯語音譯，一説爲粟特語音譯。潑寒胡戲曾經龜兹、高昌等地傳入中國，被稱爲"潑胡戲""乞寒胡"，或以舞曲名之"蘇幕遮"，舞者以油囊盛水互相潑灑。此處指高昌地區的帽飾。

② 鴉鬟赭面：謂樂者妝容。李白《酬張司馬贈墨》詩："黃頭奴子雙鴉鬟，錦囊養之懷袖間。"王琦注："雙鴉鬟，謂頭上雙髻，色黑如鴉也。"《新唐書·吐蕃傳上》："衣率氈韋，以赭塗面爲好。"

③ 焉支山：一作胭脂山。《史記·匈奴列傳》：“漢使驃騎將軍去病將萬騎，出隴西過焉支山。”張守節正義：“《括地志》云：‘焉支山一名刪丹山，在甘州刪丹縣東南五十里。’《西河故事》云：‘匈奴失祁連焉支二山，乃歌曰：亡我祁連山，使我六畜不蕃息。失我焉支山，使我婦女無顏色。’”

二七

望氣狼𦞦①紫霧深，裹蹄麟趾②躍青岑。近來都護③清如水，不是金山亦產金。《西域志》：狼𦞦地產金，其民與漢人常夜市，以鼻嗅金，知其貴賤。

① 狼𦞦（huāng）：一作狼荒。《文選》卷五左思《吳都賦》：“烏滸狼𦞦，夫南西屠。儋耳黑齒之酋，金鄰象郡之渠。”李善注：“狼𦞦人，夜嗅金，知其良不。”此指邊遠之地。

② 裹蹄麟趾：《漢書·武帝紀》：“詔曰：‘有司議曰，往者朕郊見上帝，西登隴首，獲白麟以饋宗廟，渥洼水出天馬，泰山見黃金，宜改故名。今更黃金爲麟趾裹蹄以協瑞焉。’”應劭注：“獲白麟，有馬瑞，故改鑄黃金如麟趾裹蹄以協嘉祉也。”此代指駿馬。

③ 都護：此句以漢代職官代指烏魯木齊都統明亮。明亮（1736—1822）字寅齋，富察氏，滿洲鑲黃旗人，大學士傅恒之侄。乾隆四十六年（1781）授烏魯木齊都統，乾隆四十八年、五十九年兩度授伊犁將軍。

二八

幕北迢遙接幕南，龍荒甌脫被恩覃①。《史記·匈奴傳》：“中有棄地，莫居，千餘里。各居其邊，名曰甌脫。”邊氓老不聞刁斗，畊出渠犁折劍鐔②。

① 龍荒：《漢書·敍傳下》：“龍荒幕朔，莫不來庭。”孟康注：“謂白龍堆荒服沙幕也。”顏師古注：“龍，匈奴祭天龍城，非謂白龍堆也。朔，北方也。”此處指荒漠邊遠之地。幕通“漠”。

恩覃：一作覃恩，深廣的恩澤。白居易《渭村退居寄禮部崔侍郎翰林錢舍人詩一百韻》：“命偶風雲會，恩覃雨露霶。沾枯發枝葉，磨鈍起鋒鋩。”

② 劍鐔（tán）：劍柄末端的裝飾。《楚辭·九歌·東皇太一》：“撫長劍兮玉珥。”王逸注：“玉珥，謂劍鐔也。”此處代指劍。

二九

郎披狐貉妾披縑①，隔嶺相看兩不嫌。一樣地形天氣異，庭州多雪火州炎。《宋史》王延德《使高昌記》：地無雨雪而極熱，大暑，人皆穿地爲穴以處。過嶺即多雨雪。度嶺即是北庭。"

　　① 狐貉：以狐、貉毛皮製成的皮衣。《論語·子罕》："衣敝縕袍，與衣狐貉者立而不恥者，其由也與？"朱熹集注："以狐貉之皮爲裘，衣之貴者。"此處泛指皮衣。

　　縑：粗厚的織物。《釋名·釋采帛》："縑，兼也，其絲細緻，數兼於絹，染兼五色，細緻不漏水也。"

三〇

　　殊語方言采大凡，雄邊久歷鬢絲鬖。他年歸著《西征記》，誇説囊中有異函①。

　　① 異函：内容奇異、新穎的著作。晁補之《十月九日初謁衛真太清宫二首》其一："何必囊函窺至妙，始知塵垢負平生。"

莊肇奎

莊肇奎(1728—1798)字星堂,號胥園,祖籍江蘇武進(今屬常州),後遷居浙江秀水。乾隆十八年(1753)舉人。歷官瑞安教諭、貴陽知縣、雲南永北直隸廳同知、廣南知府等。乾隆四十六年因雲貴總督李侍堯貪縱受賄罪牽連,遣戍伊犁。乾隆四十九年,授伊犁撫民同知。居塞外凡八年,乾隆五十四年釋歸,起任惠州知府,嘉慶二年(1797)升廣東布政使。著有《胥園詩鈔》。

伊犁紀事二十首效竹枝體

解題:

組詩選自《胥園詩鈔》卷八,主要描寫在伊犁地區的聞見。莊肇奎在伊犁生活時間比較長,先後受到伊犁將軍伊勒圖、奎林的器重和任用,遣戍期間還被提拔任命爲伊犁撫民同知,協助管理伊犁地區政務,對當地民生相對熟悉。他的組詩中除了描寫伊犁地區風物,還關注到該地的水利建設、外藩貿易、屯田、錢法諸事,題材獨特,且具有一定的史料價值。

一

新闢龍沙版宇收,今皇威德古無儔。我曾窮極天南路,[①]又到西方最盡頭。伊犁在極西。

① "我曾"句:係追憶自己遣戍前的雲南經歷。乾隆三十八年(1773),莊肇奎爲雲貴總督李侍堯檄調至雲南,任永北直隸廳同知。乾隆四十年權知開化府事。四十二年任廣南府知府。莊兆鈐《胥園府君年譜略》:"(乾隆)四十一年丙申,五十歲。秋,自省赴永昌,又至極邊之張鳳街,檄緬甸通象貢。……四十四年己亥,五十三歲。公到滇六年,每歲均隨制軍巡行永昌以外各邊隘口,遷迤南道。"故有"窮極天南路"之説。

二

土膏肥沃雪泉香，盡有瓜蔬獨少薑。惟薑攜來率乾枯，不可種。最是早秋霜打後，菜根甘美勝吾鄉。

三

新疆形勢地居巔，量度曾經初辟年。高過京師八百里，得伊犁後量地，約有此數。去天尺五古碑傳。伊犁城西有漢《張騫碑》，有人摹得四句，云："去鴻鈞以尺五，遠華西以八千，南通火藏，北接大宛。"

四

戈壁灘頭已駐兵，戈壁，即瀚海。城中無水欲遷城。試傳軍令齊開井，掘處皆泉萬斛清。築城駐滿兵後，城中無水，惟所恃河水入城，計欲遷徙。將軍伊伯[1]傳令，晝夜掘井，遂得泉，城乃不遷。

　　[1] 伊伯：伊勒圖（？—1785），納喇氏，滿洲正白旗人。乾隆初以世管佐領授三等侍衛，累遷鑲紅旗蒙古副都統。自乾隆三十三年（1768）起，曾四次出任伊犁將軍，乾隆五十年七月卒於任上。

五

伊犁江上泮冰初[1]，雪圃[2]才消未有蔬。齊向鼓樓南市裏，一時争買大頭魚。伊犁大頭魚頗肥美，每歲二月中，河泮可得。

　　[1] 泮冰：一作冰泮，冰凍溶解。《詩·邶風·匏有苦葉》："士如歸妻，迨冰未泮。"
　　[2] 雪圃：積雪的園圃。韋莊《立春》詩："雪圃乍開紅菜甲，彩幡新翦綠楊絲。"

六

春水穿沙到麥田，野花初試草連阡。沿渠抽滿新蒲筍，帶得長鑱不用錢。

伊犁不產筍，惟蒲根頗鮮嫩，可食，名曰蒲筍。

七

家家院落有深溝，一道山泉到處流。罌粟大於紅芍藥，好花笑被舫亭收。

余於署之西偏，闢荒蕪以蒔花，甚茂，築屋如舫，暇時每小憩焉。

八

尋巢雙燕語呢喃，嫩柳夭桃三月三。如許風光殊不惡，夢魂長似在江南。

九

果子花開春雨涼，垂絲斜嚲①嫩條長。一枝折贈江南客，②錯認嫣紅是海棠。花嫩紅色，枝條甚柔，名曰果子花。

① 嚲（duǒ）：下垂貌。

② “一枝”句：本陸凱《贈范曄詩》：“折花逢驛使，寄與隴頭人。江南無所有，聊贈一枝春。”

一〇

午餘苦熱更斜陽，到晚尤熱，想夕陽西沉，爲更近耳。偏較中原晝景長。自寅至戌，日長八時有餘。芨芨草簾風細細，青蠅也怕北窗涼①。有綠草細長可作簾，名曰芨芨草。

① 北窗涼：陶潛《與子儼等疏》：“見樹木交蔭，時鳥變聲，亦復歡然有喜。常言五、六月中，北窗下臥，遇涼風暫至，自謂是羲皇上人。”陸游《暑中北窗晝臥有作》：“高臥北窗涼，超然寄疏豁。”又王洋《和謝齊解元見惠》詩：“北窗紋簟清如水，青蠅側翅如畏刑。”

一一

虞美人開遍小園，千層五色彩雲屯。佛茄①偏向黄昏放，别種幽香欲斷魂。虞美人花萼高三寸，色濃豔，中原所不及。佛茄花香獨幽烈。

①　佛茄：曼陀羅花，又名洋金花、狗核桃、醉仙桃等。爲茄科曼陀羅屬，一年生草本植物。曼陀羅爲梵語 Mandala 音譯，在佛教中被視爲祥瑞之花。

一二

六月争求節署①瓜，哈密瓜惟將軍署中後圃所産最佳，移之他處種即變。剖開如蜜味堪誇。白居第一青居次，下品爲黃論不差。瓜以白瓤者最佳。

①　節署：官署、官衙。此指伊犁將軍府。清代伊犁將軍府坐落在惠遠城内，有規模龐大的官府園林和建築群，道光年間張廣埏《郵程瑣録》載將軍府菜園“橫亘四五畝”。乾嘉時期伊犁幕僚文人常作詠軍府“連理瓜”詩。

一三

許令哈薩克通商，十萬驅來大尾羊。在昔空勞無遠略，我朝宛馬①歲輸將。②

①　宛馬：大宛馬。參前宋弼《西行雜詠》“漢家天馬徠西極”詩注①。此處泛指好馬。
②　末二句意爲：當年漢武帝派貳師將軍李廣利伐大宛奪汗血馬，興師動衆，勞民傷財。而自清朝與哈薩克部通商以來，每年都可以得到大量馬匹。

一四

家室頻移幾幕氈，屯耕遊牧兩生全。紛紛荒外諸蕃部，每歲輪班入覲天。哈薩克、布魯特、扈爾古特①、纏頭回子②等部，或汗，或比③，或台④吉，皆就其所稱封之，皆請入覲。上許之，令按歲輪班。

①　扈爾古特：土爾扈特之誤。土爾扈特見徐步雲《新疆紀盛詩》“土爾扈特辭甌脱”詩注①。
②　纏頭回子：維吾爾族宗教人士頭纏白布，因此又名纏頭或纏回。祁韻士《皇朝藩部要略》：“嘗以白布蒙頭，故稱曰纏頭回，又稱白帽子。”回子，參前《西行雜詠》“天西流水下昆侖”詩注④。
③　比：一作比依（biy）。柯爾克孜族對頭目的稱謂，與維吾爾族的伯克相當。
④　臺吉：源自漢語“太子”，蒙古、藏族地區對貴族的尊稱。清朝沿用這一稱號，作爲對蒙

古、哈薩克、維吾爾族的封爵。

一五

絲線紅纓不綴冠，但將品級頂加盤。一枝雀羽雙貂尾，聽鼓隨班[1]謁上官。協領以下皆不戴紅纓，但孔雀翎，夾以雙貂尾爲飾。

[1] 隨班：按照官位等級謁見伊犁將軍。

一六

一雙烏喇[1]跪階苔，以皮爲靴，名烏喇，底皆軟。庫庫攜將馬潼[2]來。以馬乳爲酒，置之皮筒，其筒爲庫庫。好飲更須燒一過，勝他戴酒[3]出新醅。伊犁人以戴酒爲最佳。

[1] 烏喇：滿語音譯，一作靰（wù）鞡（la）。内墊烏拉草的防寒鞋，東北地區常用，此處指皮靴。

[2] 馬潼：馬奶酒。元好問《過應州》詩："隨俗未甘嘗馬潼，敵寒直欲禦羊裘。"

[3] 戴酒：即代酒。代，代州。隋代置州，唐天寶年間改雁門郡。清雍正二年（1724）置直隸州，屬山西布政司。今山西忻州市代縣。產黄酒。另參後祁韻士《西陲竹枝詞·代酒》詩自注。

一七

麨白於霜米粒長，千錢一石價嫌昂。雞豚蔬果家家有，肉賤無如牛與羊。米麨皆論斤，每百斤市錢八百，值銀一兩，較之一石數差少，故以千錢約計也。

一八

車載糧多未易行，六千回户歲收成。造舟運入倉箱滿，大漠初聞欸乃[1]聲。每歲回户納糧，自古爾扎[2]至惠遠城[3]大倉，車費甚鉅，因造舟由伊犁江載運。

[1] 欸乃：象聲詞，指搖櫓聲或船歌。元結《系樂府十二首·欸乃曲》："誰能聽欸乃，欸乃感人情。"

格琭額《伊江匯覽》："乾隆三十一年三月内，經前任將軍阿（桂）以伊利大河直通古爾扎之水次,可以行船,派委佐領格(瑋額)率遣犯人等伐木修造糧船十六隻,告成於三十三年五月,分給八旗載運。"

　　② 古爾扎:一作固爾扎、固勒扎。《西域同文志》:"固勒扎,準語。謂盤羊也,地多産此,故名。"因準噶爾部曾在此地修築喇嘛廟,故又名金頂寺。乾隆二十六年(1761),清朝移駐六百户維吾爾族居民到此地居住屯田,設阿奇木伯克管轄,稱爲回屯。乾隆二十七年在此地建寧遠城。

　　③ 惠遠城:乾隆二十年(1755),清朝在伊犁地區先後建立了塔勒奇、綏定、寧遠、惠遠、惠寧、廣仁、拱宸、熙春、瞻德城,號稱伊犁九城。乾隆二十八年,伊犁將軍明瑞上奏,擬在伊犁河北岸建惠遠城。二十九年始建,三十年告竣。伊犁將軍最初駐扎於乾隆二十七年建成的綏定城,乾隆三十年移駐惠遠。地當今伊犁霍城縣。

一九

　　有饋鱸魚一尺長,四腮形狀似江鄉。① 秋風莫漫思張翰,且喜烹鮮② 佐客觴。

　　① "四鰓"句:描寫伊犁特産四鰓鱸。四鰓鱸學名爲伊犁鱸,鱸形目鱸科,鱸型似河鱸而窄。屬大肉食性淡水魚和半咸水魚,主要分佈於伊犁河與額敏河。

　　② 烹鮮:《老子》:"治大國若烹小鮮。"此指烹魚。李頎《夏宴張兵曹東堂》詩:"重林華屋堪避暑,況乃烹鮮會佳客。"

二〇

　　銅鐵金從山上産,① 屯耕需鐵采將來。② 寶伊錢局③ 需銅鑄,惟有金沙禁不開④。

　　① "銅鐵"句:描寫伊犁地區礦産情況,伊犁向産銅礦與鐵礦。格瑋額《伊江匯覽》:"自惠遠城由海努克一路至和諾海山内,地名哈爾哈爾哈圖。周圍二十餘里,山崖之間有銅礦。"又《西陲總統事略》載:"乾隆四十一年,將軍伊勒圖奏准於伊犁哈爾海圖地方開采銅斤,歲獲銅二三千斤至五六千斤不等。……乾隆五十六年,將軍保寧奏准哈爾海圖地方銅礦不能充旺,派熟諳員弁在哈什地方另開新礦。……乾隆五十七年,將軍保寧奏准,伊犁銅斤於哈什開采以來,每年收穫七千餘斤,請於歲鑄額外加鑄錢六百串,搭放兵餉。嘉慶六年,由哈什移銅廠於巴彦岱呼巴海地方,開礦采挖。"

　　格瑋額《伊江匯覽》:"索果爾山在伊犁大河迄南,距惠遠城一百五十里,山内産有鐵斤。癸未夏，將軍舒赫德以事入奏，調撥阿克蘇回子三十户，派同營兵試挖之。視其石之色赤者，即爲荒鐵，連石挖取，敲推去石，鍛煉成汁，入爐分之。亦三經手而成鐵，計荒鐵五斤，僅敲推淨鐵一斤，以淨鐵五斤入爐，僅得堅鐵一斤，凡五分之中而得之一。"

②"屯耕"句：《西陲總統事略》："乾隆三十八年(1773)，將軍舒赫德奏言，伊犁種地回子應用耕作器具於各處買舊鐵器製造，數年以來，采買殆盡。因派回子在伊犁河南山索果爾地方采挖生鐵，鍛煉應用。"

③寶伊錢局：即寶伊局，伊犁地區鑄錢局。永保《伊犁事宜》："寶伊局，自乾隆四十年(1775)奏准設爐二座鼓鑄。"又《西陲總統事略》："乾隆四十年(1775)，將軍伊勒圖奏准伊犁鼓鑄制錢。其清文用敕用'寶伊'二字，以撫民同知管理，設爐二座。"

④禁不開：清代伊犁未見開采金礦的記載。北疆烏魯木齊、瑪納斯等地産金，設金廠開采。和寧《三州輯略》載乾隆四十七年(1782)，烏魯木齊都統明亮具奏："迪化州所屬南山一帶，並奎屯河、呼圖壁、瑪納斯、庫爾喀喇烏蘇等處，依山傍水，間産金沙，設立司金局，發給民人路票入山，淘洗金沙，交納金課。"四十八年，都統海禄具奏："裁汰司金局，改歸鎮迪道總理，各州縣承辦。"

王曾翼

王曾翼(1733—1794)，字敬之，號芍坡。江蘇吳江(今屬蘇州)人。乾隆二十五年(1760)進士，授戶部主事。累擢至甘肅甘涼兵備道。四十六年，參與鎮壓甘肅循化(今屬青海)蘇四十三領導的撒拉族起義，署甘肅布政使、按察使。四十九年，甘肅回民田五率眾起義，圍伏羌，王曾翼率兵馳救，擢鞏昌府知府，遷蘭州兵備道。乾隆五十年四月，陝甘總督福康安奉詔前往巴里坤視察屯田，九月，受命往天山南路"撫諭訛言"，王曾翼均隨行。乾隆五十九年卒於任。著有《居易堂詩集》。

回 疆 雜 詠

解題：

組詩選自《居易堂詩集·吟鞭賸稿下》。另《昭代叢書·癸集》中也收錄了這組詩作，爲世楷堂藏版，後並附錄作者《辛丑蘭州紀事詩十二首》與《甲辰紀事詩十六首》，版心亦題"回疆雜詠"。

《回疆雜詠》爲王曾翼乾隆五十年(1785)由蘭州赴新疆南疆途所中作，共計30首。組詩描寫了南疆地區的自然與人文景觀，它們大多得之於王曾翼的耳聞目見。如吟詠葉爾羌城中平定回部紀功碑，尚未見其他詩人關注。不過詩中也有相當一部分內容，如對望夫石故事，及禮拜、婚嫁等民俗的描寫，明顯係化用乾隆年間永貴、固世衡原著，蘇爾德續纂的《回疆志》而來。

清代至西域的文人，大多集中在伊犁、烏魯木齊地區。親履南疆並留下文學作品者，基本都是任職當地的官員和臨時派遣公幹之人，故詩作總體數量略少。《回疆雜詠》組詩從整體上展現出乾隆年間的南疆社會風情，彌補了此期同類詩作匱乏的缺憾。

乙巳冬月，隨節侯①赴喀什噶爾②小住兩旬，經過各回城，或停驂數日，或信宿而行，所見所聞，拉雜成詠，共得斷句三十章，仿古竹枝之遺意，竊謂回疆③風土十有七八矣。

① 節侯：指陝甘總督福康安(1754—1796)，字瑤林，富察氏，滿洲鑲黄旗人，大學士傅恒之子。歷任雲貴、四川、閩浙等地總督，官至武英殿大學士兼軍機大臣。乾隆四十年(1775)因征金川因戰功封一等嘉勇侯，故此處稱節侯。

② 喀什噶爾：《西域同文志》："喀什噶爾，回語。喀什，謂各色；噶爾，謂磚房。其地富庶，多磚房，故名。"《元史》作合失合兒，《明史》作哈實哈爾。今喀什市。

③ 回疆：參前紀昀《烏魯木齊雜詩》"南北封疆畫界勻"詩注③。

一

開都河水漾晴波，波底銀鱗擲玉梭①。好待桃花春漲②暖，乘船直下葉羌河③。開都河在哈拉沙爾城外，洋洋巨川，與阿克蘇、喀什噶爾、葉爾羌諸水通流。

① 玉梭：此處指魚。《盛明雜劇·蕉鹿夢》："扁舟繫岸依林樾，釣得鱸魚是玉梭。"

② 桃花春漲：《漢書·溝洫志》："來春桃華水盛，必羡溢，有填淤反壤之害。"顔師古注："蓋桃方華時，既有雨水，川谷冰泮，衆流猥集，波瀾盛長，故謂之桃華水耳。"此指時至春季，河水氾濫。

③ 葉羌河：葉爾羌河省稱，與喀什噶爾河、阿克蘇河、和田河匯聚爲塔里木河。史稱葱嶺南河、葉水河、黑水河等。

二

荒城①古堞枕山椒②，殘碣摩挲認漢朝。③萬里籌邊功獨偉，花門猶解說班超。庫車附近山中有古城數處，相傳漢定遠侯所築也。

① 荒城：廢棄殘破的古城。《西域聞見録》："（庫車）城東南十里，有頹城一段，長五里許，堅實高厚，雉堞猶存，土人謂漢時屯兵之所，然亦無可稽矣。"

② 山椒：此指山中的灌木叢。

③ 殘碣：殘碑。此句承前漢代古城而言，故云"摩挲認漢朝"，但庫車並未發現漢碑，王曾翼所言無據。

三

依稀霧鬢與風鬟①，人影亭亭縹緲間。一種貞心傳異跡，天涯別有望夫山②。喀什噶爾通烏什山陰道北,石似人形,相傳昔有布魯特頭目之子入山逐獸,迷蹤不返,其妻追至此處,凝望號泣三日,化而成石云。

① 霧鬢風鬟:頭髮蓬鬆散亂。

② 望夫山:參前紀昀《烏魯木齊雜詩》"藁砧不擬賦刀環"詩注③。此詩中所寫烏什望夫石故事,最早見於《回疆志》:"烏什城之西三日路,至賽劈爾拜地方,乃通喀什噶爾山陰大道也。道之北有望夫石,色青白,高三四尺,形若回婦,向南而立於沙磧灘頭,回人名之曰姎柯他什。相傳昔年一布魯特頭目名賽劈爾拜者之子媳也,今化石約百餘年矣。當日其夫夜牧羊,見有金頭人,意欲獲之。歸語其妻,妻止之。其夫不聽,遂提鎗往追趕,至天晚未獲,遂至力徹夜窮追,至山南崖畔,進退無路。候至天曉,視之已抵山嶺極頂矣,不知從何而登。其婦見之,立視其夫,在嶺巒之上,左右無上下之路,惟見其形而不能交語,但聞夫之號泣而已,三日後形声不復見,婦遂化爲石云。至今此石上礪新刀割羊肉,人食之體健多壽,婦人食之多子。"另可參後蕭雄《聽園西疆雜述詩·央哥塔什》詩及自注。

四

　　萬樹胡桐似白楊,叢榆夾道接槐塘①。仙蹤更詫蟠根李,②湧出靈泉古道旁。洋薩爾③之東大道旁,臥柳一叢,共十餘株,狀極奇秀。中有靈泉湧出,味甘如醴,行人爭掬飲之。

① 槐塘:位於安徽歙县徽城鎮,塘边栽有槐树,故名。此處借指靈泉。

② "仙蹤"句:杜甫《冬日洛城北謁玄元皇帝廟》詩:"仙李蟠根大,猗蘭奕葉光。"仇兆鰲注:"此推言廟祀之由。唐奉老君爲聖祖,故言根大而葉盛。"此句借用,指柳樹盤根錯節之貌。

③ 洋薩爾:一作英噶薩爾、陽薩爾。《西域同文志》:"英噶薩爾,回語。英噶,謂新;薩爾,謂城。"地當今新疆輪臺縣陽霞鎮。《回疆志》:"庫車正東四日路洋薩爾地方,中途有柳樹一叢,約十餘株。其最大者周十餘圍,根枝俯仰,若臥若立,或如蒼龍升空,或如蛇蚓伏地,或如梁如柱,如棚如蓋。自(限)〔根〕起三尺許,樹孔間有清泉流出,飲之若酒醴,甘美清洌,行人就而暫憩,烹茶飲畜,洵可謂沙磧中清涼世界,新疆之第一奇景也。"

五

　　霍占①巢穴剩荒基,斷礎零磚拾爐遺。掃蕩凶氛歸化宇,卿雲②長護御書碑③。葉爾羌城隅有高屋如樓,即小和卓木舊巢也,今存廢址頹垣矣。迤西百步,碑亭屹然,御製平定回部文勒石於此。

① 霍占:霍集占省稱。霍集占(?—1759)爲維吾爾族伊斯蘭教白山派首領瑪罕木特之

子。與其兄波羅泥都(？—1759)，一作布拉呢敦，俗稱大小和卓。初，父子三人被準噶爾汗策妄阿拉布坦拘禁在伊犁。乾隆二十年(1755)準噶爾部平定後兄弟二人獲釋。乾隆二十二年兩人發動叛亂，二十四年被擊敗，二人逃竄入巴達克山境内，被巴達克山首領素勒坦沙擒殺。

② 卿雲：一作景雲、慶雲，祥瑞之氣。《史記·天官書》："若煙非煙，若雲非雲，鬱鬱紛紛，蕭索輪囷，是謂卿雲。卿雲，喜氣也。"

③ 御書碑：指《御製平定回部勒銘葉爾奇木之碑》。此碑今已不存，《西域圖志》《回疆志》載有碑文。

六

　　千年枯木竟能神，碧甃①琉璃映曉雲。争趁排沙畢日好，新衣來拜聖師墳。相傳始立回教之人名嗎哈木啻敏②，回人以聖稱之。其墓在喀什噶爾城東五里許，甃以碧瓦，墓旁枯木一株，千餘年矣，呼爲神樹。回俗稱每月第六日爲"排沙木畢"，是日無分男女，各着新衣，於五鼓上墳禮拜。

① 碧甃(zhòu)：甃，砌，壘；碧甃，青緑色的井壁。此處指陵墓外緑色的琉璃磚。

② 嗎哈木啻敏：伊斯蘭教創始人默罕默德。注語出自《回疆志》，詩人實將默罕默德與喀什白山派領袖默罕默德·玉素甫(？—1645)混淆。默罕默德·玉素甫一作瑪木特玉素普，喀什噶爾和卓家族伊薩尼雅系重要傳人，葬於喀什噶爾牙合都，墓地稱"哈兹拉特麻札"，意爲聖賢墓，是白山派和卓家族陵寢聖地。

七

　　圖書古洞①秘靈蹤，瀑布飛流萬疊峰。惆悵天梯不可即，遥看鳥道②白雲封。喀什噶爾城北八十里，有大雪山，四面奇峰，飛泉如瀑布。然中有土穴，土人名以圖書克。相傳嗎哈木啻敏之大弟子羅狄滿③入山修煉升仙，尚存木梯，可望不可登也。

① 圖書古洞：即自注圖書克，一作圖虛克，維吾爾語 tūšūk 音譯，"洞穴"之意。參後蕭雄《聽園西疆雜述詩·祭祀》詩自注。

② 鳥道：只有鳥能飛過的路，喻險路、隘路。李白《蜀道難》詩："西當太白有鳥道，可以横絶峨眉巔。"

③ 羅狄滿：當作羅伙滿、羅賀滿，阿拉伯早期傳説人物，默罕默德的弟子，地位相當於先知。《回疆志》："喀什噶爾正北八十餘里，山名圖書克塔克，在玉斯圖阿(斯)［爾］圖什山之西十里，係大雪山。……又有甘泉瀑布流至山窪，聚成深潭數處，且有虬松蒼柏、楊柳果木。樹西有

一大孔穴，遠遠望之，狀若缸口，土人名之曰圖書克洞。又有木梯，人可視而不能近。土人言此
洞乃嗎哈木帝敏之大門人羅伙滿登斯梯入斯洞，修心學法升天之處。"

八

　　喧喧笳鼓鬧城西，遠樹啼鴉隱落暉。豈是古人寅餞^①意，虞淵整轡^②送將
歸。回俗薄暮時向西鼓吹以送日，終歲如此。

　　① 寅餞：恭敬送行。《尚書·堯典》："分命和仲，宅西，曰昧谷。寅餞納日。"孔穎達疏："日
入在於西方，令此和仲恭敬從送既入之日。"

　　② 虞淵：古代神話中日落之處。《淮南子·天文訓》："日至於虞淵，是謂黃昏。"

　　整轡：駕車。禰衡《鸚鵡賦》："少昊司辰，蓐收整轡。"

　　《回疆志》："其行教者每清晨禮拜畢即登高處，喚醒眾人為工作役，晚則登高作樂，向西
送日。"

九

　　求凰求鳳^①各紛然，肅拜^②翻經只問天。憑仗阿渾^③為月老^④，霎時易帽結
良緣。回俗，鰥男寡女，每於齊集嗎哈木帝敏墳禮拜之日，以婚姻事叩問阿渾。阿渾翻閱經典，指眾人
隊內一人云："此天已配定，勿誤良緣。"即將男女頭上小帽互相換戴，雖非甚願，無敢違者，是名天定。^⑤

　　① 求凰求鳳：尋求配偶。《玉臺新詠》卷九司馬相如《琴歌二首》其一："鳳兮鳳兮歸故鄉，
遨遊四海求其凰。"

　　② 肅拜：《禮記·少儀》："婦人吉事，雖有君賜，肅拜。"鄭玄注："肅拜，拜不低頭也。"《朱子
語類》："問：'古者婦人以肅拜為正，何謂肅拜？'曰：'兩膝齊跪，手至地而頭不下為肅拜。'"

　　③ 阿渾：一作阿琿、阿訇，波斯語音譯。本意為學者、教師，今為伊斯蘭教宗教職業者的
通稱。

　　④ 月老：月下老人省稱，民間傳說中掌管婚姻的神仙。參前紀昀《烏魯木齊雜詩》"赤繩
隨意往來牽"詩注①。

　　⑤《回疆志》："回人婚姻嫁（聚）［娶］之俗有三，其一曰天定，二曰奉遺，三曰自配。……禮拜
必按月之牌山畢日，乃一七之前一日也，無分男女，皆於五鼓時聚集於彼，淨體誦經，拜畢而散。
是日凡鰥男寡女欲擇配者必穿新衣隨往，托以遊玩到彼，先往阿渾處禮畢，問以婚姻事。阿渾隨
祈神看經，望眾人隊內指一人曰：此天已配定之對，宜早決之，莫誤良辰。即將指定之男女頭帶
小帽互相換給，遂定矣。其男女見面雖不情願，亦無可如何，必遵而行之，此謂之天定。"

一〇

十五盈盈待嫁時，郎心愛妾妾心知。卻嫌邂逅非嘉耦[1]，詭向人前説奉遺。亦有男女互相慕悦，逕自成婚，托言父母遺屬者，是名奉遺。

[1] 嘉耦：一作嘉偶、佳偶，和睦的夫妻。《左傳·桓公二年》：“嘉耦曰妃，怨耦曰仇，古之命也。”妃，同配。

《回疆志》：“次則失母無父單男隻女偶於玩戲處相見，彼此情投者，互告以鄉貫名字，則自相苟合，而稱言父母臨危遺囑已定，宜遵行之，此謂之奉遺。”

一一

荆笆高坐絳羅[1]蒙，新婦登門拜姥公。鼓樂喧闐親串集，滿斟克遜慶新紅。貴族婚姻必憑媒定吉期，以荆笆襯花毯，坐女其上，紅錦蒙頭，舁至婿家，拜翁姑如禮。三日内親戚麇至[2]，曰待喜驗紅，有則設酒慶賀云。巴克遜，回釀名，如内地黄酒。

[1] 絳羅：紅色紗羅。羅隱《牡丹花》詩：“似共東風別有因，絳羅高卷不勝春。”
[2] 麇至：即麕至。參前紀昀《烏魯木齊雜詩》“桃花馬上舞驚鸞”詩注[4]。

《回疆志》：“男女兩家俱念經作樂設宴，諸親畢集，女家或用荆笆鋪襯花毯，或用阿渾之布包袱令女兒坐下，以紅錦蓋頭，抬往男家。入門亦拜天地家堂，始送入房内，阿渾念和好經於外。”

一二

花紅穗底裹經符，青鶴翎飄結束[1]殊。多事偏蒙他里吉，不容立馬看羅敷[2]。回婦平居戴小帽，頂有紅花數穗，錦裹經符，並有青鶴飄翎三四根。出門則以花彩帕或白布蒙頭，名他里吉[3]。

[1] 結束：打扮裝束。杜甫《陪王使君晦日泛江就黃家亭子二首》其二：“結束多紅粉，歡娛恨白頭。”
[2] 羅敷：《玉臺新詠》卷一《古樂府六首·日出東南隅行》：“秦氏有好女，自名爲羅敷。”崔豹《古今注》：“秦氏邯鄲人。有女名羅敷，爲邑人千乘王仁妻。仁後爲趙王家令，羅敷出采桑於陌上，趙王登臺，見而悦之，因飲酒，欲奪焉。羅敷乃彈箏作《陌上桑》之歌以自明焉。”古詩中常

作爲貌美、貞潔女子的代稱。

③ 他里吉：應作“批里吉”。《回疆志》：“婦女俱用白布或花彩綢做一小單衫，每逢出外及禮拜時則蓋頭上，名之曰批里吉。若遇宴會及玩戲時，卻俱不用。”

一三

衣冠異制望門①偕，索米求錢競入懷。云是聖人教布施，莫嫌流品②乞兒儕。有一種回人，以花紅織作毛邊衣帽，名海連搭爾③。三五成群，沿門求乞，無弗與者。相傳嗎哈木啻敏遺教布施此等人也，然此人亦不貧，所得或轉施困乏者。

① 望門：《後漢書·張儉傳》：“儉得亡命，困迫遁走，望門投止，莫不重其名行，破家相容。”

② 流品：品類、等級，此指社會地位。《宋書·王僧綽傳》：“究識流品，諳悉人物，拔才舉能。”

③ 海連搭爾(Kalandar)：一作海蘭達爾，波斯語音譯。對伊斯蘭教蘇菲派苦修者、遊方僧的稱謂。

《回疆志》：“又有念勸世文、説古人詞，求雨治病、禳災祈福之人，名曰海連達爾，以花紅毛繩織做毛邊高尖帽，狀如月斧，衣係實納，腰繫毛絲，頭留三五小辮，赤足，胸前扣掛玉石及紅緑花色石一塊。”

一四

澄流曲曲短垣遮，緑樹陰陰略彴①斜。指點此中消夏好，居然水木湛清華。②廣場數畝，累石爲牆，其中古木陰森，清流環繞，頗有内地小橋曲水之趣，名曰亮噶爾③，回人避暑處也，所在多有之。

① 略彴(zhuó)：木橋。《漢書·武帝紀》“初榷酒酤。”顏師古注：“榷者，步渡橋，《爾雅》謂之石杠，今之略彴是也。”

② “居然”句：本謝混《遊西池》詩：“景昃鳴禽集，水木湛清華。”此指流水清澈，樹木華美。

③ 亮噶爾：一作闌干(lənggər)。和寧《回疆通志》：“戈壁大站之水泉，最爲行人牲畜之累。回疆大頭目人等，多於適中之地起蓋屋宇，設立回子二三户或四五户，給以養贍之資，使之設法開渠，引水以利濟行人，謂之亮噶爾。”

一五

　　士女肩摩巴雜①場，哈斯察克互稱量。妾身自織金絲布，好換郎家紫色羊。每逢七日爲大巴雜，猶內地之集期，百貨充溢，男女成群。以哈斯量長短，華言尺也。以察拉克較斤重，華言秤也。②

　　① 巴雜（bazr）：一作巴扎、把雜爾、八柵等。維吾爾語中的波斯語借詞音譯，南疆地區城鄉集市，七日一集。

　　②《回疆志》："計量米糧並無升斗，以察拉克、噶爾布爾、巴特滿計之。每一察拉克乃十斤，每八察拉克爲一噶爾布爾，乃八十斤，每八噶爾布爾爲一巴特滿，乃六百四十斤。……若買零布，每見方謂之葉立木哈斯，即內地一尺。再加一倍謂之敝哈斯，即二尺也。"另可參後蕭雄《聽園西疆雜述詩·商賈》詩自注。察拉克爲衡器，也是清代維吾爾族使用的重量單位。

一六

　　玉碗輕織似赫蹏①，照人光彩徹琉璃。商從安集延②中至，物自痕都斯坦③攜。貿易人多系安集延部落。玉碗佳者白如脂，薄如紙，云是痕都斯坦製也。

　　① 赫蹏：《漢書·外戚傳下》："武發篋中有裹藥二枚，赫蹏書。"應劭注："赫蹏，薄小紙也"。
　　② 安集延（Andijon）：地當今烏茲別克斯坦安集延，《明史·西域傳》作"俺的干"。
　　③ 痕都斯坦（Hindustan）：一作溫都斯坦，古罽賓國地，在今克什米爾地區。乾隆二十四年（1759）成爲清朝藩屬。

一七

　　八寶①裝成襲錦幍②，匣中秋水瑩鶺膏③。千金匕首爭傳玩，自古嘗誇大食刀④。回刀長尺許，刃兩出，極犀利，俗呼爲"攘子"。

　　① 八寶：寶刀名。古時有七寶刀，李商隱《春遊》詩："徙倚三層閣，摩挲七寶刀。"張穆《蒙古遊牧記》："初，土爾扈特內附，渥巴錫獻七寶刀及金錯刀。"此指刀鞘上有妝飾的寶刀。
　　② 幍：套子，此指刀鞘。
　　③ 鶺膏：鶺鴒鳥的油脂。參前紀昀《烏魯木齊雜詩》"茜紅衫子鶺鴒刀"詩注①。

④ 大食刀：大食一作多食、大寔，波斯語音譯。唐宋時期對阿拉伯人、伊朗語族穆斯林的泛稱。《新唐書・西域傳下》："大食，本波斯地。男子鼻高，黑而髯。女子白皙，出輒鄣面。日五拜天神。"大食刀爲阿拉伯地區所造之刀，唐朝傳入中國。杜甫有《荆南兵馬使太常卿趙公大食刀歌》詩。此處泛指寶刀。

一八

粉塗椒壁①構平房，屋頂窗開逗②日光。也有燕巢留畫棟，生憎鴿糞汙去聲。雕梁。回人俱處平房，粉垣四周，上出天窗，以納日影。其貴家彩畫梁柱，亦有燕子營巢，並於房檐養鴿。

① 椒壁：《漢書・車千秋傳》："曩者，江充先治甘泉宫人，轉至未央椒房。"顔師古注："椒房，殿名，皇后所居也。以椒和泥塗壁，取其温而芳也。"此指富貴人家的室宇。

② 逗：引入。

一九

花罽裁成貼地氈，天吴①紫鳳色争鮮。何當畫閣②鋪深處，試踏生花步步蓮。③回製花毯最爲精細。

① 天吴：古代傳説中的水神，虎身人面，八頭八足八尾。紫鳳：古代傳説中的神鳥，人面鳥身。杜甫《北征》詩："天吴及紫鳳，顛倒在裋褐。"此指花毯上所繪繡的各種精美圖案。

② 畫閣：妝飾彩繪的華麗樓閣。庾肩吾《詠舞曲應令詩》："歌聲臨畫閣，舞袖出芳林。"

③ "試踏"句：化用《南史・齊廢帝東昏侯本紀》所載齊東昏侯寵潘妃事："鑿金爲蓮華以帖地，令潘妃行其上，曰：'此步步生蓮花也。'"

二〇

七歲兒童入市嬉，倒翻筋斗共矜奇。緣橦自昔誇繩伎，①嫻習多應自幼時。回童七八歲輒能翻身作數十筋斗戲，跳擲飛騰，觀者目眩。

① "緣橦"句：參前曹麟開《塞上竹枝詞敍》注(51)，及"百尺竿頭步可登"詩。

二一

對對回姬舞態濃，胡琴拍拍鼓冬冬。更闌^①曲罷還留客，手酌葡萄勸玉鍾。鼓徑一尺六寸，高三寸，鞔以羊皮，胡琴十弦，拍鼓拊琴，回婦二人歌舞，此宴客之樂也。^②

① 更闌：更深夜殘、深夜。劉克莊《軍中樂》詩：“更闌酒醒山月落，彩縑百段支女樂。”

②《回疆志》：“大鼓徑二尺餘，高尺餘。小鼓徑尺許，高三寸餘，鼓圈以生鐵鑄就，羊皮鞔之。……其晏會之樂器，有鼓徑尺六七寸，高三寸，以羊皮鞔之，或染綠或染紅，鼓圈裏面密釘小鐵環，不用鎚，以手拍之。胡琴用鋼絃十根，馬尾絃二股，用弓磨拉。絃子用桑木爲之，三尺餘。有二皮絃，五（綱）〔鋼〕絃。”

二二

河流分漲入渠來，麥豆胡麻萬頃栽。最説新秋風景好，木棉花落稻花開。回地少雨，惟藉渠水灌田，所植麥豆、高粱、芝麻、棉花、粳稻與内地同。

二三

霜餘菜甲^①嫩還肥，日日行廚飽啖宜。喀城菜極佳，不亞安肅。此味回人殊不解，堆盤偏愛丕讀如劈。牙斯。回人菜蔬，止食蔓菁、芫荽、丕牙斯三種。丕牙斯^②如内地之薤^③。

① 菜甲：蔬菜的嫩芽。杜甫《有客》詩：“自鋤稀菜甲，小摘爲情親。”

② 丕牙斯：又作丕雅斯，即洋葱，爲維吾爾語中的波斯語 piyaz 音譯。

③ 薤（xiè）：多年生草本植物，莖呈球狀，可食。別名爲藠（jiào），俗稱山蒜、野葱。

《回疆志》：“菜則惟知食蔓菁、芫荽、丕牙斯，謂係回地原有者。其餘各種菜蔬俱不知食。”

二四

一盤桃李放春風，月季玫瑰香韻同。獨有異花開絶域，倒垂芳穗結秋紅。回中異卉一種，葉似雞冠，花如瓣穗，倒垂三四尺，色紅紫，春種秋開，名察齊巴克，以其形似回婦首飾之察齊巴克^①也。

① 察齊巴克：一作恰齊巴克，維吾爾語 chach bagh 音譯，頭繩之意。《回疆志》："察齊巴克。莖高五六尺，葉如雞冠花葉而大。春初布種，至秋開紫花。花穗似回婦辮，穗倒垂有三四尺長者，一穗有六七縷，上結花實似剪，羢内包實如穀子。蓋以其形狀如回婦飾首之察齊巴克，故名之察齊巴克。"

二五

持竿女伴赴桑林，紫葚累累捋滿襟。可惜蠶繅都不會，牆頭濃緑漫成陰。回疆惟和闐知蠶繅，他處桑樹雖多，食葚而已。①

①《回疆志》："新疆各城，惟和闐回人知養蠶繅絲織絹，他處橾樹雖多，食葚而已，惟賴種棉花織布爲衣。"

二六

瓜梨蘋果共安榴①，曲跽擎筐泥客②收。更是冰盤③堆簇簇，塔兒糖列最高頭。白糖和麪，摶作杵形，高尺許而鋭其頂，呼爲"塔兒糖"，回俗最珍之，以餉貴客。

① 安榴：安石榴的省稱，參前宋弼《西行雜詠》"天外園林果樹稠"詩注②。梁簡文帝蕭綱《大同八年秋九月詩》："長樂含初紫，安榴拆晚紅。"

② 泥客：泥，糾纏、央求。元稹《遣悲懷三首》其一："顧我無衣蒐藎篋，泥他沽酒拔金釵。"杜甫《冬至》詩："年年至日常爲客，忽忽窮愁泥殺人。"此指央求客人品嘗或購買貨物。

③ 冰盤：瓷盤。王安石《書任村馬鋪》詩："冰盤鱠美客自知，起看白水還東馳。"

二七

五色珍禽似畫眉，居然巧舌吐靈奇。人言已自煩重譯，鳥語能通更阿誰。有鳥名哈拉和卓①，如内地畫眉，而尾雜五采，亦能學語。

① 哈拉和卓：《回疆志》："回疆有一種鳥，身如内地畫眉，嘴長而尖，腿高爪長，黑毛白點，有紅緑閃光，黑白分明。回人養久能學人言，土人名之曰哈拉和卓。"另參後舒其紹《伊江雜詠・珍珠鳥》詩。

二八

連朝霏雪快新晴，結隊前山校獵行。捕得大頭羊競獻，轅門①拜賞沸歡聲。獐、鹿、雉、兔所在多有，惟大頭羊爲怪獸，不易捕得也。

① 轅門：《周禮・天官・掌舍》："設車宫、轅門。"鄭玄注："謂王行止宿阻險之處，備非常。次車以爲藩，則仰車以其轅表門。"《六韜》："大將設營而陳，立表轅門。"此指官署大門。

《回疆志》："大頭羊。身高二尺餘，長三尺餘，耳目、口鼻、腿足與羊同。毛青而無尾，二角盤旋，粗徑三四寸，長五六尺，産於高山石罅間，山行便捷如平地。"

二九

異獸驚看餉客廚，鉤牙猶漬血模糊。從來諱説蒸豚①味，罟獲②何緣及野豬。野豬大者三百餘斤，鉤牙鋒利，回人捕以獻之。

① 蒸豚：做熟的小豬。此句意指伊斯蘭教禁食豬肉。
② 罟（gǔ）獲：一作罟擭。罟，捕獸的網；擭，捕獸的木籠。《禮記・中庸》："子曰：人皆曰予知，驅而納諸罟擭陷阱之中，而莫之知辟也。"鄭玄注："罟音古，网之總名。擭，胡化反。《尚書傳》云：'捕獸機檻。'"

《回疆志》："野豬。大者重三四百斤，豭者嘴兩邊露二牙，極鋒利，能傷人。多藏於葦甸密林中。回人雖不食其肉，因其傷害田禾，亦設法掘阱或用鳥鎗擊斃之。"

三〇

一雙野鶩供朝饌，數尾河魚佐夕飱。鄉味渾忘身出塞，歸心根觸到江村。亦有野鴨鮮魚，味遜於内地耳。

附録《昭代叢書・癸集》沈梣德《回疆雜詠跋》：

吾鄉王苟坡先生早負黄童之目，由御史擢監司，揚歷西陲，宦績頗著。兹《回疆雜詠》及《丑辰紀事詩》，則其於役喀什噶爾及蘭州石峰堡，兩次從軍之作也，自爲詮注，可以備風土，參國史。而先生之馳驅鞍掌、磨盾揮毫，即此亦得其風概矣。

辛丑孟冬同邑沈梣德識

唐道

唐道字秋渚，江蘇華亭（今屬上海）人。生卒年不详，約生活於乾嘉時期，嘉慶十八年（1813）尚在世。乾隆五十一年（1786），其師福喜納因事謫戍伊犁，唐道陪同出關。其所著《西陲紀遊》云："歲丙午，予師福喜納謫赴伊犁，鮮從往者。謂予曰：'子能從我遊乎？'予應曰：'可。'於三月十一日，自都中出平門，親朋送者至萬明寺而返，予則慷慨登途矣。"同年八月底，唐道至伊犁惠遠城，乾隆五十四年（1789）東還。

伊犁紀事詩三十八首

解題：

《伊犁紀事詩三十八首》附錄於《西陲紀遊》卷末。唐道現存的西域著述，實際上均非他本人獨創。記載西行聞見的《西陲紀遊》係沿襲同期遣戍文人王大樞《西征錄》紀行內容而來。《伊犁紀事詩三十八首》和他唯一一篇長篇古體詩《歸自伊犁喜述四十五韻》，均係點化莊肇奎之作，只是在字句上略加改動。莊肇奎與王大樞先於唐道至伊犁，且在彼時的伊犁都享有文名，作品在當時就曾在伊犁地區流傳。莊肇奎《胥園詩鈔》在最終編定時，曾對詩作刪汰十分之四，而唐道組詩比莊肇奎《伊犁紀事二十首效竹枝體》多出18首，或許就屬於《胥園詩鈔》中的已刪之作。其中部分作品，如"山煤土産不尋常"詩寫伊犁所産之煤，"出巡遊牧屆端陽"詩寫伊犁將軍秋季巡查邊界，對於暸解乾隆末期伊犁地區的社會生活、物産和政務都具有一定的價值。

一

遠辟龍沙版宇收，今皇威德古無儔。我曾窮極天南路，又到西方最盡頭。

二

無雷無雨亘黃沙，龍漠荒荒那有涯。今日春霆震原隰[①]，陰膏時亦沛田家。

① 原隰（xí）：平原與濕地。《詩·小雅·信南山》："信彼南山，維禹甸之。畇畇原隰，曾孫田之。"此指原野。

三

狂飆狔獵[①]昔曾聞，卷起牛羊入亂雲。今作催花春習習，時開北牖納南薰。

① 狔獵：《文選》卷二張衡《西京賦》："蒂倒茄於藻井，披紅葩之狔獵。"薛綜注："狔獵，重接貌。"

四

十丈深深雪不開，絕無人跡遍皚皚。只今滕六[①]皆仁愛，兆瑞豐年應候來。

① 滕六：中國古代傳說中的雪神。程允升《幼學瓊林》："雲師系是豐隆，雪神乃是滕六。"

五

土膏肥沃雪泉香，盡有瓜蔬只少薑。惟薑攜來率乾枯不可種。最是早秋霜打後，菜根甘美勝他鄉。

六

伊犁地勢踞高邊，晷測曾量初闢年。高過京師八百里，得伊後，曾以洋法晷影測地，其高約有此數。去天尺五古碑傳。《張騫碑》云："去鴻鈞以尺五，遠華西以八千，南通火藏，北接大宛。"

七

伊江縠縐①泮冰初,雪圃才消未有蔬。人集鼓樓南市裏,一時争買大頭魚。伊犁大頭魚頗肥美,每歲二月中可得。

① 伊江:伊犁河,清人常以之代指伊犁。

縠縐:縐紗似的波紋。宋祁《玉樓春》詞:"東城漸覺風光好。縠皺波紋迎遠棹。"

八

春水穿沙到麥田,野花初試草連阡。沿渠抽滿新蒲筍,帶得長欃不用錢。伊犁不産筍,惟蒲根頗鮮嫩,可食,名曰蒲筍。

九

先是纏頭闢草萊,邊儲又復廣屯開。深耕不用祈陰雨,萬斛春山雪水來。伊犁少雨,亦不需雨,北山積雪下消,以灌春耕。

一〇

家家院落有深溝,一道山泉到處流。罌粟大於紅芍藥,好花笑被舫亭收。撫民莊丞①,於署之西偏辟荒蕪以蒔花,甚茂,築屋如舫,暇時每小憩焉。

① 莊丞:莊肇奎,曾任伊犁撫民同知。格琫額《伊江匯覽》:"兼管伊犁撫民理事同知一員,係三十一年奏准添設,駐扎惠遠城,管理旗民交涉案件。"

一一

異草移來掛屋楹,淩風①放葉碎花明。憐渠②獨向虚空住,不肯拖泥帶水③生。有草生於石間者,淩風自生,著水即死,攜懸屋楹,苗芽放葩,土人名曰濕死乾活。

① 淩風:乘風。謝朓《直中書省》詩:"安得淩風翰,聊恣山泉賞。"

② 憐渠：憐，憐憫；渠，他。元稹《酬孝甫見贈十首》其二："憐渠直道當時語，不著心源傍古人。"
③ 拖泥帶水：喻説話、做事不乾脆利落。《碧岩録》："道個佛字，拖泥帶水；道個禪字，滿面慚惶。"此借指"濕死乾活"草不能著水。

一二

花袍錦帽看秧哥①，秧哥，回婦也。手捧金樽媚眼波。舞罷更憐歌婉轉，翻教喚起旅愁多。纏頭回長臺吉延予飲，有女回歌舞侑酒②，亦有音節，殊不解耳。

① 秧哥：即鴦哥。見前紀昀《烏魯木齊雜詩》"地近山南估客多"詩注①。
② 侑（yòu）酒：爲飲者助興。蘇軾《次韻曹子方運判雪中同遊西湖》詩："樽前侑酒只新詩，何異書魚餐蠹簡。"

一三

花亦能嬌草亦馨，最憐人盡是浮萍。雪山好比儂頭髮，一白從來不再青。
天山積雪盛夏不消。

一四

尋巢雙燕語呢喃，嫩柳夭桃三月三。對景幾忘家萬里，偏教人説似江南。

一五

果子花開春雨涼，垂絲斜嚲嫩條長。一枝折贈江南客，錯認嫣紅是海棠。
果子花嫩紅色，枝條甚柔，絕似海棠。

一六

山煤土産不尋常，無毒偏宜有毒傷。有爲煤毒所中，甚者死，輕者亦病。但得青消煙一縷，鴨爐正好爇都梁①。較炭更佳。

① 鴨爐：鴨狀的薰爐。晏殊《訴衷情》詞："榴花壽酒，金鴨爐香，歲歲長新。"

爇（ruò）：《説文》：“爇，燒也。”

都梁：都梁香，地瓜苗的莖葉，別作佩蘭、水香等，常用於佛教祭祀活動。《荆楚歲時記》：“按《高僧傳》，四月八日浴佛，以都梁香爲青色水。”

一七

炎威最逼是斜陽，到晚尤熱，以夕陽西沉爲更近耳。暑較中原影更長。自寅至戌，日長八時有餘。芨芨草簾風細細，清宵苦短且乘涼。

一八

直到春深始見春，惡風偏妬杏桃新。賴他異卉稱紅柳，一種丰姿亦媚人。每遇花時輒被風害，惟紅柳獨繁茂。

一九

豔色豐肌虞美人，西來姿態一番新。佛茄花向黄昏發，差許薰香列下陳。虞美人花幾高三寸，色穠豔，中原所不及，佛茄花香獨幽烈。

二〇

將軍署圃産甘瓜，哈密瓜惟將軍署中後圃所産最佳，移之他處種即變。火棗交梨[1]珍有加。第一白佳青便次，黄斯下矣論無差。

① 火棗交梨：傳説中的仙果。陶弘景《真誥·運象二》：“玉醴金漿，交梨火棗，此則騰飛之藥，不比於金丹也。”

二一

許令哈薩克通商，十萬驅來大尾羊。自是懷柔[1]恩德遠，成群宛馬歲輸將。

① 懷柔：以政治手段籠絡其他國家或民族，使之歸順。《禮記·中庸》：“送往迎來，嘉善而矜不能，所以柔遠人也。繼絕世，舉廢國，治亂持危，朝聘以時，厚往而薄來，所以懷諸侯也。”

二二

　　家室頻移幾幕氈，屯耕遊牧各歡然。紛紛蕃部遐荒外，每歲輸班入覲天。哈薩克、布魯特、厄爾古特、纏頭回子等部，或比或汗，或臺吉，皆就其所稱封之。以及額魯特、洗泊、索倫、察罕爾等①，又皆內蕃也。

　　① 厄爾古特：見前莊肇奎《伊犁紀事二十首效竹枝體》"家室頻移幾幕氈"詩注①。此處沿襲莊詩之誤。

　　洗泊：錫伯營，伊犁駐防旗營。乾隆二十九年（1764）由盛京調錫伯族官兵攜眷屯駐伊犁河南岸，三十一年建立錫伯營，設領隊大臣，分左右兩翼。

　　索倫：索倫營，伊犁駐防旗營。乾隆二十八年，調黑龍江索倫、達斡爾兩部官兵，攜眷移駐伊犁河北岸。設領隊大臣一員，下轄八旗，分左右兩翼。左翼爲鄂温克族索倫兵，右翼達斡爾族士兵。

　　察罕爾：察哈爾營，清代攜眷駐防旗營。乾隆二十九年，自張家口外調察哈爾蒙古官兵移駐伊犁。三十八年又補充入厄魯特營。設領隊大臣統領，分左右翼，駐防於塔爾奇嶺、博爾塔拉等地。

二三

　　出巡遊牧屆端陽，①部落恭迎進酪漿。到得打圍秋正半，獸肥草淺角弓②強。將軍每歲端陽前出巡閱馬，中秋後行圍。

　　① "出巡"句：永保《伊犁事宜》："每年四月間，領隊大臣巡查布魯特邊界一次。每年八月間，領隊大臣巡查哈薩克邊界一次。""每年秋季，分巡查哈薩克邊界之時，派兩滿營協領一員，惠遠城滿營官二員，兵七十名；巴燕岱城官一員，兵四十名；錫伯營官一員，兵三十名；索倫營官一員，兵三十名；察哈爾營官二員，兵六十名；厄魯特營官二員，兵七十名；共官十員，兵三百名。隔一年春季，查布魯特，本處開單呈閱。將軍、參贊大人傳飭各營，照數派官兵，預備定日起程，應領鹽菜、口糧、火藥、鉛丸，各該營出領，赴庫支領，回日，仍交軍器庫查收。"又《新疆識略》："每年八、九月間，將軍派領隊大臣帶同官兵巡查哈薩克邊界，酌收馬稅，逾一二年，派領隊大臣帶同官兵巡查布魯特邊界。"

　　端陽：農曆五月五日端午節。

　　② 角弓：以獸角爲飾的硬弓。《詩·小雅·角弓》："騂騂角弓，翩其反矣。"朱熹注："角弓，以角飾弓也"。

二四

天山野獸搏來新，手割薪燔味亦真。鹿尾[1]下將馬乳酒，老饕時復醉逡巡[2]。

[1] 鹿尾：鹿尾巴。段成式《酉陽雜俎》：“鄴中鹿尾，乃酒餚之最。”

[2] 逡（qūn）巡：徘徊不進。《莊子·讓王》：“子貢逡巡而有愧色。”此指喝醉後腳步蹣跚的樣子。

二五

三千罪屬聚成群，總喚鄉親類各分。盡有居心成猾賊，也多滿面是斯文。

伊將軍因伊犁發遣太多，囑予草奏稿乞止發。計累年積匪猾賊，多至三千人。上允所請，得少減。[1]

[1] 乾隆二十四年（1759）清朝統一天山南北後，開始向新疆發配各省人犯，身份有一般民人，也有效力贖罪的官犯，伊犁地區是主要流放地之一。乾嘉時期多次因新疆遣犯飽和調整流放政策，將部分人改發東北及內地煙瘴之地。

二六

絳緯思披協領難，但將品級頂加冠。一翎孔雀雙貂尾，聽鼓隨班謁上官。

協領以下俱不戴紅纓，但孔雀翎夾以雙貂尾爲飾。

二七

上公下令遍傳呼，榆柳新栽十萬株。他日將軍留樹在，甘棠蔽芾[1]蔭邊隅。

將軍保公[2]命各部落暨軍、商皆種樹。

[1] 甘棠蔽芾：《詩·召南·甘棠》：“蔽芾甘棠，勿翦勿伐，召伯所茇。”鄭玄箋：“茇，草舍也。召伯聽男女之訟，不重煩勞，百姓止舍小棠之下而聽斷焉。國人被其德，說其化，思其人，敬其樹。”朱熹注：“蔽芾，盛貌。”此處頌揚伊犁將軍及其政績。

[2] 保公：保寧（？—1808），圖伯特氏，蒙古正白旗人，靖逆將軍納穆札勒之子。乾隆二十四年（1759）襲公爵，授乾清門侍衛，乾隆四十九年授成都將軍。五十二年至嘉慶七年三度出任

伊犁將軍。

二八

一雙烏喇跪階苔，以皮爲靴，名烏喇，底皆軟。庫庫攜將馬潼來。以馬乳爲酒，置之皮筒，其筒名庫庫。好飲更須燒一過，勝他戴酒出新醅。伊犁人以戴酒爲最佳。

二九

戈壁灘頭已駐兵，戈壁即瀚海。城中無水欲遷城。忽傳軍令齊開井，處處源泉萬斛清。城中乏水，故另倚河築滿城，爲遷徙計，將軍伊伯傳令四處掘井，既得泉，遂不徙。

三〇

麥麪如霜米粒長，論斤不斛價微昂。雞豚蔬果家家有，肉賤無如牛與羊。米麪皆論斤，每百斤市錢八百，值銀一兩。

三一

載得生煤車滿街，燒材作炭亦非佳。黃沙四野無青草，出得盤根瑣瑣柴[1]。瑣瑣柴生戈壁，葉如柳而小，根枝虬實無穢氣，如燒作炭，則觸人甚於煤。

① 瑣瑣柴：見前宋弼《西行雜詠》"娑木根盤隱磧沙"詩注①。

三二

麞鹿豵豜[1]狐兔狼，大頭羚角與黃羊。看他不狩庭懸滿，只此堪誇宦味[2]強。各署中皆有諸部落所饋野獸。

① 豵(zōng)豜(jiān)：《文選》卷五左思《吳都賦》："巖穴無豜豵。"張銑注："豜、豵，並獸子。"

② 宦味：做官的感受。范椁《立春日和王翰林》詩："歲華今若此，宦味故依然。"

三三

古爾[1]車來惠遠城，納糧回户歲艱行。造舟今入伊江泛，大漠初聞款乃聲。每歲回户納糧，自古爾札至惠遠城大倉，車費甚鉅，因造舟由伊犁江載運。

[1] 古爾：古爾札城。見前莊肇奎《伊犁紀事二十首效竹枝體》"車載糧多未易行"詩注[2]。

三四

伊伯城南特創樓，伊將軍即世[1]，上憫之，錫伯爵，蔭其子。題名鑒遠俯江流。塞外無樓，此特創也，題額曰鑒遠[2]。輕舟斜艤垂楊下，買得魚來佐酒甌。

[1] 即世：去世。杜甫《哭王彭州掄》詩："夫人先即世，令子各清標。"

[2] 鑒遠樓：俗名望河樓。格琫額《伊江匯覽》："望河樓一間，洞廠以觀河道，（乾隆）乙未秋所建。其額曰'澤被伊江'，聯曰：'源溯流沙氣潤萬家煙井，澤通星宿波恬百里帆檣。'皆將軍伊所屬令協領格建者也。"莊肇奎《奉和伊顯亭將軍登鑒遠樓元韻》詩："公自題名鑒遠樓，樓邊紅日照晴洲。"鑒遠樓坐落在惠遠城南門宣闓門外伊犁河北岸，是清代伊犁地區最負盛名的人文景觀之一，多見於文人吟詠。由於伊犁河水經常改道，望河樓不止一次被沖毀又重建，約在同治、咸豐年間退出歷史舞臺。

三五

采鐵屯耕任作具，産銅錢局亦長開。西方自是金全旺，卻禁批沙揀得來。[1]

[1] "西方"二句：參前宋弼《西行雜詠》"疊嶺連岡隱澗阿"詩注[2]。又《白虎通義》："金在西方。西方者，陰始起，萬物禁止，金之爲言禁也。"《釋名·釋天》："金，禁也。"此處借用此意。

三六

遷客勞勞[1]不絕來，上公噓拂每憐才。將軍保公蒞伊一載，舉廢者不勝枚舉。春温兼濟秋霜肅，法不姑容迅若雷。

① 勞勞：辛苦,忙碌。元稹《送東川馬逢侍御使回十韻》詩："流年等閑過,人世各勞勞。"

三七

原隰褎然^①觸目傷,收將骸胔^②此埋藏,兼興神宇遊魂靖,澤骨仁懷司馬^③長。伊犁從無義塚,商民等遺骸暴露。莊司馬憫之,爲設義塚,悉收埋之,並於其旁置東嶽廟,以靖遊魂。

① 褎(yòu)然：出衆狀。《漢書·董仲舒傳》："今子大夫褎然爲舉首。"顏師古注："褎然,盛服貌也。"

② 骸胔(zì)：骸骨。《禮記·月令》："掩骼埋胔。"鄭玄注："骨枯曰骼,肉腐曰胔。"

③ 澤骨：澤及枯骨,喻給人極大的恩惠。《呂氏春秋·孟冬紀·異用》："文王賢矣,澤及髊骨,又況於人乎。"高誘注："骨有肉曰髊,無曰枯。"

司馬：指莊肇奎。

三八

饋我鱸魚一尺長,細鱗巨口似家鄉。憑他張翰秋風思,許事^①誰知且食將。

① 許事：這事。《晉書·蘇峻傳》："參軍任讓謂峻曰：'將軍求處荒郡而不見許,事勢如此,恐無生路,不如勒兵自守。'"

王芑孫

王芑孫(1755—1818)字念豐，一字漚波，號鐵夫、惕甫，別號楞伽山人，江蘇長洲(今屬蘇州)人。乾隆五十三年(1788)召試舉人，由國子監典簿出爲華亭教諭。肆力於古詩文，亦工書。嘗客京師，坐館於董誥家六年，常往來於梁詩正、劉墉、彭元瑞家，才名爲時人推重。著有《四書通故》《碑版文廣例》《淵雅堂編年詩稿》等。

西陬牧唱詞六十首有序

解題：

組詩選自《淵雅堂編年詩稿》卷七。王芑孫並未到過西域，據《西陬牧唱詞六十首序》稱，他曾陪同座主董誥至熱河，途中讀《西域圖志》，因作詩60首。《西域圖志》全稱《欽定皇輿西域圖志》，是清代第一部官修西域方志，於乾隆二十七年(1762)始纂，乾隆四十七年進呈御覽。此書的編纂代表了乾隆時期官方對於西域的認知，蘊含着國家一統的盛世情懷。這種情感也因王芑孫對此書的借鑒而貫穿在《西陬牧唱詞六十首》中，使組詩從創作動機到具體內容，都透露出強烈的時代氣息。

王芑孫作爲乾嘉時期的考據學者，獲睹《西域圖志》後有感於國家幅員廣闊，遂資書以爲組詩。內容包括西域歷史、自然、地理、民族、制度、風俗等諸多方面，構成對《西域圖志》的詩意表達。每首詩後都附有自注，注語大多也出自《西域圖志》，反映出乾嘉時期考據學向詩文創作滲透的特點。正是這種細緻入微的表達方式，使很多讀者都誤以爲王芑孫曾在新疆生活過。與其他沒有親歷西域的文人一樣，由於王芑孫缺乏對於西域生活感同身受的體驗，僅依靠他人著述的方式瞭解、感知西域，認識上難免有一些誤解和偏差，同時也帶有強烈的時代局限性。比如"青吉爲君派噶師"詩自注中說："回回祖國名墨克默德郎，在葉爾羌境極西。"又說："回部西萬餘里有墨克祖國，回人凡終身必親往禮拜一次。"將宗教信仰與民族歸屬等同，都屬於想當然的無稽之談，應當予以摒棄。

　　乾隆五十三年夏五月，上幸避暑山莊，芑孫從董尚書①出塞。既即次②多雨，無以自遣，撿架上書，得《西域圖志》讀之，仰見我國家畈章③之厚，綏來之廣，以及山川風氣之殊，服物語言之別，奇聞軼事亦往往錯見其中。凡漢唐以來所約略而不能晰，占畢之儒④所茫昧而莫能詳者，一旦入我版圖，登我掌故，於戲盛矣。輒占作絕句六十章，或附麗前聞，或質言今制，删取原文，少加融貫，件繫成詩，以二萬餘里之中，準、回兩部居其大，凡準部⑤世資遊牧，不事農工，回部雖務農工，利兼畜牧，且自耆定以來，耕屯日辟，兆協薪烝⑥，又國家綏萬、屢豐⑦之慶也，遂題之曰《西陬牧唱》，所謂不賢者識其小者，因以助牧人之扣角⑧云爾。是歲七月既望，長洲王芑孫自序。

　　① 董尚書：董誥（1740—1818），字雅倫，一字西京，號蔗林，浙江富陽人。乾隆二十九年（1764）進士，授翰林院庶吉士。累官至東閣大學士、太子太傅，充四庫館副總裁。謚文恭。

　　② 即次：《周易·旅》：“旅即次，懷其資，得童仆，貞。”王弼注：“次者，可以安行旅之地也。”

　　③ 畈（bǎn）章：《詩·大雅·卷阿》：“爾土宇畈章，亦孔之厚矣。”朱熹注：“畈章，大明也。或曰畈當作版，版章，猶版圖也。”

　　④ 占畢之儒：《禮記·學記》：“今之教者，呻其占畢，多其訊，言及於數，進而不顧其安。”鄭玄注：“呻，吟也。占，視也。簡謂之畢，訊猶問也。言今之師自不曉經之義，但吟誦其所視簡之文，多其難問也。”占畢之儒意爲章句小儒。

　　⑤ 準部：即準噶爾部。清代衛拉特蒙古四部之一。因首領姓綽羅斯，又稱綽羅斯部。首領噶爾丹即位後部落強盛，故清代常將衛拉特諸部統稱爲準噶爾。後與清政府爲敵，乾隆二十二年（1757）被平定。

　　⑥ 兆協薪烝：兆，吉兆。兆協指吉祥太平。蘇軾《葛延之贈龜冠》詩：“南海神龜三千歲，兆協朋從生慶喜。”薪烝，一作薪蒸。《周禮·天官·甸師》：“帥其徒以薪蒸役外內饔之事。”孫詒讓注：“薪蒸即薪柴也。”此句指西域開闢屯田後，百姓安居樂業，生活太平。

　　⑦ 綏萬：《詩·周頌·桓》：“綏萬邦，屢豐年。”鄭玄箋：“綏，安；屢，亟也。誅無道，安天下，則亟有豐熟之年，陰陽和也。”此指天下長久穩定。

　　屢豐：即屢豐。

　　⑧ 扣角：一作叩角，敲着牛角唱歌。蔡邕《琴操》：“寧戚飯牛車下，叩角而商歌。……齊桓公聞之，舉以爲相。”喻以言語和歌聲打動君主，自薦求官。

一

　　二萬輿圖指掌通，大荒直北是西濛①。冰天火地皆堯壤②，一髮③祁連界畫中。

中華當大地之東北,西域則中華之西北,爲大地直北境也。自準部、回部以迄藩部,圓廣二萬餘里,在古爲西戎。漢唐設都護府,置羈縻州,皆虛存統帥,初未服屬,今則悉隸版圖。其地在肅州嘉峪關外,東南接肅州,東北直喀爾喀④,西接葱嶺,北抵俄羅斯,南界番藏。天山以北準噶爾部居之,俗强悍,逐水草,無城郭。天山以南回部居之,風氣柔弱,有城郭,習耕種。天山即祁連山,綿亘三千餘里,宇宙間山無大於此者。《漢書》:"匈奴謂天爲祁連。"今準語猶然也。大抵今回部諸城爲《漢書》有城郭之三十六國,所謂與匈奴、烏孫異俗者。準部在天山北,並爲烏孫地,其東境猶屬匈奴耳。

① 西濛:指濛池都督府。《舊唐書·地理三》:"顯慶二年十一月,蘇定方平賀魯,分其地置濛池、昆陵二都護府。分其種落,列置州縣。於是,西盡波斯國,皆隸安西都護府。仍移安西都護府理所於高昌故地。"

② 堯壤:堯壤舜土,泛指王土。李商隱《爲同州任侍御上崔相國啓》:"若憲者雖不能行舞舜戈,坐耕堯壤。"

③ 一髮:一根髮絲。蘇軾《澄邁驛通潮閣二首》其二:"杳杳天低鶻没處,青山一髮是中原。"

④ 喀爾喀:喀爾喀蒙古,清代漠北蒙古總稱,共十二部。遊牧之地當今河套以北、俄羅斯貝加爾湖以南廣大區域。

二

群山莽莽走中原,岡底斯蹲氣脈尊。青海南趨葱嶺北,太行王屋總兒孫。①

右西域山勢。大地群山之脈自西而東,其在中土,唐一行嘗論河山兩戒②,謂"北戒自三危、積石,負終南地脈之陰。東及太華,逾河並雷首、底柱、王屋、太行。北抵常山之右,乃東循塞垣至濊貊、朝鮮。南戒自岷山、嶓塚,負地脈之陽。東及太華,連商山、熊耳、外方、桐柏,自上洛南逾江漢,攜武當、荊山,至於衡陽。乃東循嶺徼,達東甌、閩中"是也。其在西域,實自西南而東北,按其統宗起脈之處,在西藏極西之岡底斯山。其山直甘肅、西寧西南五千五百九十餘里,地勢由西南徼外③以漸而高,至此爲極。康熙五十六年遣使測量,以此處爲天下之脊,衆山之脈皆發於是。其分幹有四向,西北者爲僧喀巴布、岡里木遜④諸山,繞阿里而北,蜿蜒起伏,以趨西域,是謂葱嶺。葱嶺爲西域西南境,自葱嶺而東,分爲兩大幹,《漢書》謂之南北山。其南山由今葉爾羌西之杭阿喇特達巴⑤分支,經葉爾羌、和闐南境,屬回部舊疆。由是綿亘而東,岡嶺連屬,經安西州南又東至陝西、肅、甘、涼三州南,又東南達於苦水堡⑥。其東南一支,南包青海。又南爲庫爾坤⑦,隨河水曲折而東,入陝西岷州界。繞渭水之南,而東爲武功、太白、太乙諸山,又東北達於太華,是即一行所謂北戒。但當日不知從西域之南山一脈分承,故直以三危⑧爲北戒之首也。其北山由葱嶺分趨東北,循烏什、阿克蘇、庫車諸地之北,至於伊犂,乃折而東,經迪化州之南,闢展之北,直走鎮西府⑨、哈密,東至於塔勒納沁鄂拉⑩,總名爲天山。其間土名隨地而異者,蓋以百數,最著者曰木素爾鄂拉，曰汗騰格里鄂拉⑪，曰博克達鄂拉。在古則曰雪山、曰靈山，唐時又稱折羅漫山⑫，是在北戒之北，東西綿亘，西域境内一行所未及推論者，自塔勒納沁鄂拉折而西北，爲天山分幹，遠逾沙磧，是謂漠北之阿勒坦鄂拉⑬，即古金山。又爲漠北諸山之祖。當西域之東北境，山分四支，延袤二千餘里，北一支入俄羅斯國，東一支又東北一支又東南一支，并入喀爾喀境。其自阿勒坦鄂拉西麓分支者，爲阿拉坦鄂拉、博克達烏魯罕鄂拉⑭，又一支爲奇喇鄂拉、阿爾察克鄂拉⑮，西抵鄂爾齊斯郭勒東岸而止。其別自天山分支，西北行者，一支拉伊犁之北，爲博羅布爾噶蘇鄂拉、塔勒奇鄂拉、博羅和洛鄂拉⑯，又折而東北，行經千有餘里，至塔爾巴噶臺鄂拉、朱爾庫朱鄂拉⑰，東抵額爾齊斯郭勒西岸。又一支自伊犁郭勒西北分支，西行經圖斯庫勒⑱北，又一支經圖斯庫勒南，西北行至吹郭勒⑲南，又一支亦西北經塔拉斯郭勒⑳，南皆屬準部舊疆。爲天山北麓分支，尤一行所未及推論者也。故推究西域山脈，斷以西藏之岡底斯爲來龍，以中土北戒諸山，漠北之阿勒坦諸山爲南北兩大山之支幹。經絡方隅，此其大略也。漢武以南山爲昆侖，一行以三危爲經首，前代淆訛從此可以辨正。其毗連西域而不在西域版圖之内者，若西藏、青海，以及漠北諸蒙古，則久已納土獻圖，爲我臣僕，乃得綜覽天下名山之大全，而一岡一阜，數之掌上，豈不盛哉。蒙古謂山爲鄂拉，回語謂山爲塔克，嶺則同謂之達巴。

①　"太行"句：意爲相比於天山的高大雄偉，其他的山峰就像兒孫輩一般矮小。化用杜甫《望嶽》詩："西嶽崚嶒竦處尊，諸峰羅立似兒孫。"

②　一行（673—727）：本名張遂，唐代天文學家和佛學家。編制《大衍曆》，在觀測天象和主持天文測量方面有較多貢獻。

山河兩戒：由山河組成的劃分南北的自然界限。自注引一行語文出自《新唐書·天文志》。

③　徼（jiào）外：邊外、塞外。《史記·佞幸列傳》："人有告鄧通盜出徼外鑄錢。"

④　僧喀巴布：一作僧格喀巴布。今阿隆岡日山，岡底斯山支脈。《嘉慶重修一統志》："在古格札什魯木布則城東北三百六十里，近岡底斯山。北爲岡底斯相近四大山之一。"

岡里木遜：一作岡里木孫。《嘉慶重修一統志》："在魯多克城西北三百八十里，山甚高險，自遮達布里山綿亘而北，至此爲阿里之北界。"

⑤　杭阿喇特達巴：《西域同文志》："杭阿喇特達巴，回語。杭，人名；阿喇特，謂老人。嶺以人名也。"《西域圖志》："杭阿喇特達巴在特勒克達巴東一百里，當孔道北，又東南行，接葉爾羌南境諸山。"位於今新疆葉城、莎車交界處。

⑥　苦水堡：地當今甘肅蘭州市永登縣苦水鎮，因境内有苦水河得名。

⑦　庫爾坤：一作枯爾坤。《欽定河源紀略》："自巴彥哈喇山東行，其北支莫大於阿克塔齊沁山，東北支莫大於巴爾布哈山，土人以此三山崇峻，俱呼爲枯爾坤山，即昆侖之轉音也。"

⑧　三危：《尚書·禹貢》："三危既宅。"孔傳："西裔之山。"歷來對三危地望探究意見不一，主要有敦煌説、甘肅説、青海説、雲南説等。《西域圖志》："三危山，在敦煌縣城東南四十里，亦南山之支峰。三峰聳峙，勢極危峻，故名。"王芑孫組詩本《西域圖志》，此處三危應指敦煌三危山。

⑨ 鎮西府：今巴里坤哈薩克自治縣。雍正七年(1729)築巴里坤城，駐安西同知。乾隆三十八年(1773)升鎮西府，1913 年改鎮西廳，復改縣。

⑩ 塔勒納沁鄂拉：《西域同文志》："塔勒納沁鄂拉，回語。塔勒，謂柳；納沁，鴉鶻也。相傳柳樹旁崖石間，産鴉鶻最良。"《西域圖志》："塔勒納沁鄂拉，在塔勒納沁南，星星峽北二百五十里，西南距哈密城四百五十里。"在今哈密市沁城鄉附近。鄂拉，蒙古語 uul 音譯，山。

⑪ 汗騰格里鄂拉：《西域同文志》："汗騰格里鄂拉，準語。汗，稱其君之詞；騰格里，謂天。蓋天山之主峰也。"汗騰格里峰，在今新疆温宿縣北與吉爾吉斯斯坦交界處，天山山脈的第二高峰。

⑫ 折羅漫山：一作時羅漫、析羅漫。今哈密市以北東部天山統稱。

⑬ 阿勒坦鄂拉：《西域同文志》："阿勒坦鄂拉，準語。阿勒坦，金也。山舊産金，故名。"《西域圖志》："阿勒坦鄂拉，舊音阿勒泰，爲古金山，在庫爾圖達巴西北三百里。"今阿爾泰山。

⑭ 阿拉坦鄂拉：當爲"阿拉克鄂拉"。《西域同文志》："阿拉克鄂拉，準語。阿拉克，色不一也。山色青紅相錯，故名。"《西域圖志》："阿拉克鄂拉，在阿勒坦鄂拉西三百餘里。西南距烘和圖淖爾四十里，山脈與阿勒坦鄂拉東西相屬。乾隆二十年大兵討準噶爾，二十二年追討阿睦爾撒納至此，皆遣官祭告。"在今哈薩克斯坦齋桑湖東北。

博克達烏魯罕鄂拉：《西域同文志》："博克達烏魯罕鄂拉，準語。烏魯罕，高聳之謂。山形高聳，故土人以博克達尊之也。"在今哈薩克斯坦境内。

⑮ 奇喇鄂拉：一作古爾班奇喇鄂拉，《西域同文志》："古爾班奇喇鄂拉，準語。古爾班，三數；奇喇，謂山梁。山有三梁，故名。"在今新疆阿勒泰市東北。

阿爾察克鄂拉：《西域同文志》："阿爾察克鄂拉，準語。阿爾察克，地排松也。山多産此，故名。"在今新疆阿勒泰市東部與福海縣交界處。

⑯ 博羅布爾噶蘇鄂拉：《西域同文志》："博羅布爾噶蘇達巴，準語。博羅，青色；布爾噶蘇，謂柳。山中多柳，故名。"在今新疆尼勒克縣北部。

博羅和洛鄂拉：一作婆羅科努、博羅克努。《西域同文志》："博羅和洛鄂拉，準語。山峰蒼翠，回抱如牆，故名。"《西域圖志》："博羅和洛鄂拉，在塔勒奇鄂拉南谷口西北一百里，博羅塔拉西南二百里。鄂拓克賽里郭勒發源東麓。"在今新疆霍城縣與温泉縣之間。

⑰ 朱爾庫朱鄂拉：一作珠爾呼珠。《西域同文志》："朱爾庫朱鄂拉，準語。朱爾，母麅也；庫朱，脖也。山形如之，故名。"在今新疆額敏縣東北。

⑱ 圖斯庫勒：一作圖斯庫爾、特莫爾圖淖爾。《西域同文志》："圖斯庫勒。圖斯，布魯特語，謂鹽池也。濱河産鹽，故名。"古稱大清池、熱海。岑參《熱海行送崔侍御還京》詩："側聞陰山胡兒語，西頭熱海水如煮。"即伊塞克湖，在今吉爾吉斯斯坦。

⑲ 吹郭勒：吹河，一作楚河。參前曹麟開《塞上竹枝詞》"合羅川里冰鹽浴"詩注②。在吉爾吉斯斯坦、哈薩克斯坦境内，流入阿希利爾湖。又《西域同文志》："吹郭勒，準語。吹，渾色。河流近濁，故名。"

⑳ 塔拉斯郭勒：塔拉斯河，古稱都賴水、怛邏斯。《西域同文志》："塔拉斯郭勒，準語。塔拉斯，寬廣之意。河流廣大，故名。"《西域圖志》："塔拉斯郭勒，在吹郭勒西南三百餘里。源出天山北額得墨克達巴，初分四水，北行三十餘里，合流北注。東西岸匯入之河凡十餘道，……支河交會後，西行三百里之間，又名察拉哈雅郭勒。由是折而西行二百里，爲小海，周回三百里，總名塔拉斯郭勒。"在今哈薩克斯坦、吉爾吉斯斯坦境內。

三

淖爾探源星宿低，方流圓折總無蹊。書生只挾蹄涔①見，費煞箋疏弱水西。右西域水源。凡水發源，多從山出，因高就下，不擇四方。以中國言之，西北多山，東南地下江河大瀆②，順流循軌，理所固然。然黑水南、弱水西，因地成勢，已有異同，謂水以東流爲本性者，非確論也。西域南、北、西三面大山環繞，百泉競發，分流合流，各有歸宿。山內之水莫大於羅布淖爾，山北之水其大者，在東爲赫色勒巴什淖爾③，其北爲烘和圖淖爾④，次西爲額賓格遜淖爾⑤，又西爲布勒哈齊淖爾⑥，又西北爲巴爾噶淖爾⑦，又西南爲圖斯庫勒，又西北爲和什庫勒⑧，爲塔拉斯郭勒，是皆大澤，廣周數百里，小亦數十里。群水所歸，番中往往目之爲海。又極西有騰格斯鄂謨⑨，博大容蓄，無所不納。蓋古人所謂西海⑩者也，小流小澤，隨處多有，難以悉紀，紀其最大者如此。班固曰："于闐之西水皆西流，注西海。其東水東流，注鹽澤。"雖語焉不詳，而大勢頗合。固又稱"鹽澤潛行地下，南出於積石⑪，爲中國河。"《水經》因之推溯河源，論者疑爲荒渺。今萬里朝宗，極陬履勘⑫，河水伏流説非無據。淖爾謂海，郭勒謂河，鄂謨者，大海之稱。

① 蹄涔：《淮南子·泛論訓》："夫牛蹄之涔，不能生鱣鮪。"高誘注："涔，雨水也，滿牛蹄跡中，言其小也。"

② 瀆（dú）：河川。

③ 赫色勒巴什淖爾：一作赫薩爾巴什、噶勒札爾巴什淖爾。《西域同文志》："赫色勒巴什淖爾，回語。赫色勒，紅色；巴什，謂頭。水源色紅，故名。"《元史》稱乞則里八海，即布倫托海、烏倫古湖，在今新疆福海縣。兩湖連屬，小湖名巴噶淖爾，大湖名噶勒札爾巴什淖爾。

④ 烘和圖淖爾：《西域同文志》："烘和圖淖爾，準語。烘和，鈴也。其水激岸，聲如鈴，故名。"今名齋桑湖，在哈薩克斯坦東哈薩克州。

⑤ 額賓格遜淖爾：一作額彬格遜淖爾。《西域同文志》："額彬格遜淖爾，準語。額彬，謂老婦；格遜，謂腹。相沿舊名如此。"徐松《西域水道記》："額彬格遜淖爾，準語謂老婦爲額彬，謂腹爲格遜，沿其舊名也。今又曰阿雅爾淖爾。"即今瑪納斯湖，在新疆和布克賽爾蒙古自治縣境內。

⑥ 布勒哈齊淖爾：一作布爾哈齊淖爾、喀喇塔拉額西柯淖爾。《西域同文志》："布勒哈齊淖爾，準語。布勒哈齊，謂伏流之水旋出地上，匯成大澤也。"徐松《西域水道記》："喀喇塔拉額西柯淖爾亦曰布爾哈齊淖爾，在安阜城北一百三十里。……東西百五十里，南北八十里，周四

百餘里。"即今艾比湖,在新疆博爾塔拉蒙古自治州東北部。

⑦ 巴爾噶淖爾:一作巴勒喀什淖爾。《西域同文志》:"巴勒喀什淖爾,準語。巴勒喀什,寬廣之意。言其能納衆流,故名。"即巴爾喀什湖,在今哈薩克斯坦境内。

⑧ 和什庫勒:《西域同文志》:"和什庫勒,回語。和什,兩水對待之謂。與塔拉斯河下流南北相對,故名。"《西域圖志》:"和什庫勒,在吹郭勒西北。吹郭勒以南諸水咸會於是,周回三百里。"今哈薩克斯坦阿克扎依肯湖。

⑨ 騰格斯鄂謨:一作騰吉斯諤謨,即裏海。何秋濤《朔方備乘》:"鹹海之西有巨澤曰裏海,蒙古語謂之騰吉斯鄂模。"

⑩ 西海:中國古代史籍中西海所指不一,有鹹海、裏海、博斯騰湖、青海湖、地中海多種説法。此處指裏海。

⑪ 積石:山名。《漢書·地理志》:"積石山在西南羌中。"《嘉慶重修一統志》:"積石山,即今大雪山,蓋名阿木奈瑪勒占木遜山,在西寧邊外西南五百三十餘里,黄河北岸。"今作阿尼瑪卿山。

⑫ 履勘:實地考察勘測。

四

流沙騰海①一重重,路出安西繞白龍②。露挹三危釀化洽③,玉門關外絕傳烽。右安西南路。今之安西即漢酒泉、敦煌故壤,久爲西陲屏幛。近復設置州縣,出嘉峪關而西,延袤千里,昔人所稱"國當乾位,地列艮墟,水有懸泉之神,山有鳴沙之異,川無蛇虺,澤無兕虎"者也。④三危、流沙,其跡最古,玉門、陽關亦在於是。色爾騰海者,其水最大,近白龍堆。

① 騰海:色爾騰海。《西域圖志》:"色爾騰海,在敦煌縣西南境外三百餘里。水出南山之陰,西北流,瀦爲大澤。四周有山圍繞,水不長流。西八十里別有圓澤,名小色爾騰海。西南三百里有鹽池。"今甘肅省阿克塞哈薩克族自治縣蘇干湖。

② 白龍:白龍堆沙漠。見前紀昀《烏魯木齊雜詩自序》注⑥。

③ 露挹:露水滴下、浸潤。趙長卿《浣溪沙》詞:"露挹新荷撲鼻香。惱人更漏響浪浪。柳梢斜月上紗窗。"

化洽:教化普沾。蔡邕《司空文烈侯楊公碑》:"功成化洽,景命有傾。帝乃震慟,執書以泣。"

④ 劉昭《後漢書·郡國志》注引《耆舊記》:"(敦煌)國當乾位,地列艮墟,水有懸泉之神,山有鳴沙之異,川無蛇虺,澤無兕虎,華戎所交,一都會也。"《西域圖志》"安西南路圖説"亦引此語。乾位:西北方。《漢書·禮樂志》:"至武帝定郊祀之禮,祠太一於甘泉,就乾位也。"顏師古注:"言在京師之西北也。"艮墟:東北方。此處説明敦煌地當東西交通要衝的重要地理位置。

懸泉：即懸泉水、貳師泉。李吉甫《元和郡縣圖志》："懸泉水在（敦煌）縣東百三十里，出懸泉山。漢將李廣利伐大宛還，士衆渴乏，引佩刀刺山，飛泉湧出，即此也。"

五

鎮西哈密限嵸峚[①]，庫舍圖山[②]扼二邦。右地北庭歸我闥，漢唐寧不愧招降。右安西北路。安西州北之哈密，與鎮西府同在天山東陲，南北相隔，中爲庫舍圖嶺，扼形勢，控極徼。自哈密西出，通天山南路回部諸境。自鎮西府西出，通天山北路準部諸境。蓋西域之咽喉也。於古爲伊吾舊壤，永和之古碑，金滿之斷石，[③]至今猶在。西北接伊犁境，準部以伊犁爲庭，自鎮西至伊犁三千里之間，以烏魯木齊爲適中膏腴之地，今爲迪化州全境，於古爲匈奴右地，於唐爲北庭都護府。其左右諸境並宜耕牧，漢所謂單桓、蒲類、移支諸國[④]，唐所謂處月、處密、後庭、金滿諸國[⑤]，疑亦在此。庫舍圖達巴，譯言碑嶺，唐貞觀中《姜行本紀功碑》在此，嶺以碑名。

① 嵸（zǒng）峚（yáng）：山石高峻之貌。

② 庫舍圖山：《嘉慶重修一統志》："在哈密東北五十里。庫舍圖，譯言碑也，嶺以碑名。上有唐左屯衞將軍姜行本勒石文。"

③ 永和之古碑指《裴岑碑》，參前曹麟开《塞上竹枝詞》"永和貞觀碣重重"詩注①。金滿之斷石，參前紀昀《烏魯木齐杂詩》"斷壁苔花十里長"詩注釋③。《西域圖志》："古城，在奇臺縣治西北九十里。……乾隆四十年（1775），駐防大臣索諾穆策淩，於其地得唐時殘碑石二方，有金滿縣令等字，知古城爲唐金滿地也。"

④ 單桓：漢代西域三十六國之一。《漢書·西域傳下》："單桓國，王治單桓城，去長安八千八百七十里。"

蒲類：漢代西域古國。《漢書·西域傳下》："蒲類國，王治天山西疏榆谷，去長安八千三百六十里。"地當今巴里坤附近。

移支：漢代車師六國之一。《後漢書·西域傳》："移支國居蒲類地。户千餘，口三千餘，勝兵千餘人。其人勇猛敢戰，以寇鈔爲事，皆被髮，隨畜逐水草，不知田作。所出皆與蒲類同。"

⑤ 處月：一作熾俟，西突厥三姓葛邏祿之一。參前曹麟开《塞上竹枝詞敘》注㉙。

處密：西突厥十姓部落之一，與處月部相鄰或雜居。十姓又號十設、十箭。貞觀十年（636）前後，西突厥咥利失可汗將大小部落并爲兩廂十姓，左廂號五咄陸，右廂號五努失畢。每姓授一箭，以號令部落。

後庭、金滿，參前紀昀《烏魯木齊雜詩》"斷壁苔花十里長"詩注③。王芑孫以爲處月、處密、後庭、金滿爲國，不確。

六

　　屯開巴噶路交馳，太白山陰宅準夷。柳谷赤城^①雄保障，鷹莎伊列控綱維^②。右天山北路之塔爾巴噶臺、庫爾喀喇烏蘇諸屬。太白山陰，準夷是宅，而北境尤廣，東抵阿勒坦^③，北界俄羅斯，南臨沙磧。中間土地肥腴，厥名塔爾巴噶臺，爲古匈奴、烏孫交壤處。唐則西突厥在焉。金山以爲屏，邏水^④以爲池。此五單于角逐之場，三葛邏憑陵^⑤之地也。其西接伊犁，伊犁形勢甲西域，高山長河，表裏環抱，爲漢之烏孫大昆彌治、唐之突厥可汗庭。其在於古，則鷹莎、伊列之故流，柳谷、赤城之遺址。今分兩路，其東路則惠遠、惠寧諸城，及巴顔臺^⑥諸地。其西路則圖爾根、烏蘭烏蘇諸地^⑦，將軍所治在東路。其南境與迪化州接畛，斥鹵彌望，略同瀚海，蓋即唐之沙陀州^⑧云。

　　① 柳谷：《新唐書·地理志》：“自（交河）縣北八十里有龍泉館，又北入谷百三十里，經柳谷，渡金沙嶺，百六十里，經石漢會戍，至北庭都護府城。”位於今吐魯番市紅柳河以北，與伊犁無涉，王芑孫注語誤。

　　赤城：赤谷城。《漢書·西域傳下》：“烏孫國，大昆彌治赤谷城。”位於今吉爾吉斯斯坦東部。

　　② 鷹莎：即鷹娑川，今新疆和静縣裕勒都斯河谷。《新唐書·回鶻傳下》：“契苾亦曰契苾羽，在焉耆西北鷹娑川，多覽葛之南。”唐顯慶二年（657）置鷹娑都督府。

　　伊列：伊列水，一作伊麗水、帝帝河、亦刺河、益離河，即伊犁河。

　　綱維：一作維綱。綱領，法度。司馬遷《報任少卿書》：“不以此時引維綱，盡思慮。”

　　③ 阿勒坦：今阿勒泰地區。清代原屬科布多，1919 年改隸新疆省，設阿山道，1954 年改阿勒泰。

　　④ 邏水：獨邏水。一作獨洛水、獨樂河。今蒙古國土拉河。

　　⑤ 三葛邏：參前曹麟開《塞上竹枝詞敘》注㉙。

　　憑陵：《文選》卷五八王儉《褚淵碑文》：“嗣王荒怠於天位，強臣憑陵於荆楚。”張銑注：“憑陵，勇暴貌也。”

　　⑥ 巴顔臺：《西域圖志》：“巴顔臺，在伊犁郭勒北，惠寧城東南，有屯田。”即巴彦岱，乾隆三十一年（1766）在此修建惠寧城，爲伊犁九城之一。

　　⑦ 圖爾根：《西域同文志》：“圖爾根，準語。迅急之謂。地當伊犁河下流支河之間，湍溜洶湧，故名。”《西域圖志》：“圖爾根，在伊犁郭勒南岸，塔拉噶爾東二十里。逾一支河至其地，舊爲準噶爾多果魯特鄂拓克遊牧處。”地當今哈薩克斯坦土爾根。

　　烏蘭烏蘇：清代新疆地名烏蘭烏蘇者不止一處。《西域圖志》：“招哈，在圖斯庫勒南岸，野特庫斯西四十里。逾大小烏蘭烏蘇至其地。”此處烏蘭烏蘇當在今吉爾吉斯斯坦境内。

　　⑧ 沙陀州：《新唐書·沙陀傳》：“沙陀，西突厥別部處月種也。始，突厥東西部分治烏孫

故地，與處月、處蜜雜居。”趙榮織、王旭送《沙陀簡史》認爲：“沙陀的源出應以處月和射脾爲主，並整合處密等其他部落。”貞觀二十二年(648)西突厥葉護阿史那賀魯率處月、處密等投唐朝，唐朝在處月部遊牧地設沙陀州、金滿洲。

七

關展安恬夜關扉，花門帕首慶同歸。班超只取封侯樂，不解耕屯就土肥。右天山南路之關展、哈喇沙爾、庫車諸屬。西域城郭多在山南，而關展所屬爲尤盛。近依金嶺①，遠抱天山，南北流泉彎環如帶，周圍千餘里，爲高昌、交河舊地。昔回人見逼準夷，内附甘、沙，②自大功耆定，俾復故居。哈喇沙爾及庫車當關展西境，良田沃壤充牣其中，爲漢焉耆、龜茲，最饒樂地。班超所上書請兵者也。李唐四鎮並重③，而碎葉、龜茲居二於此，豈非以地勝歟。

① 金嶺：一作金沙嶺、金婆嶺。見前“屯開巴噶路交馳”詩注①所引《新唐書·地理志》文。今吐魯番至吉木薩爾之間車師古道上的山嶺，最高點名瓊達坂。

② 清朝與準噶爾部對峙期間，吐魯番部維吾爾人爲避免準噶爾部的侵擾，自雍正四年(1726)起曾在清政府的組織下内遷甘肅。規模較大者是雍正十年(1732)底，吐魯番民衆一萬多人，在額敏和卓的帶領下全部遷往瓜州居住。

③ 四鎮：唐貞觀十四年(640)平定高昌，置安西都護府，約於貞觀二十二年將安西都護府遷至龜茲，並置安西四鎮，分別爲龜茲、于闐、疏勒、焉耆，各置鎮守使。此後由於西域政局的變化，四鎮經歷五置五棄。調露元年(679)曾以碎葉代焉耆，爲四鎮之一。自注“碎葉、龜茲居二於此”，誤以碎葉在焉耆。碎葉，參前曹麟開《塞上竹枝詞》“合羅川里冰鹽浴”詩注②。

八

鼎峙三城姑默①墟，氈裘板屋得寧居。試從阿克蘇邊望，雪嶺嵯峨切太虛。右天山南路之賽喇木、拜、阿克蘇諸屬②。自庫車西出，爲賽喇木、拜、阿克蘇三城，古龜茲西境，姑默、温宿③兩國地也。赫色勒郭勒、哈布薩朗郭勒、木素爾郭勒、阿克蘇郭勒、托什干達里雅④，經流環抱於三城之間，而阿克蘇城爲尤大，實爲回部中扼要之地。北逾木素爾鄂拉，路通準部，高峰峻坂，人艱登陟，是曰雪山，亦曰白山，冬夏積雪不消，千里同縞。木素爾謂冰，蓋回語云。

① 姑默：一作姑墨，漢代西域國名。《漢書·西域傳下》：“姑墨國，王治南城，去長安八千一百五十里。”地當今新疆阿克蘇市附近。

② 賽喇木：一作賽里木。《西域同文志》：“賽喇木，回語。安適也。居者安之，故名。”《西域圖志》：“賽喇木，舊對音爲賽里木。在赫色勒郭勒西四十里，東北距庫車城二百十里。”地當今新疆拜城縣賽里木鄉。

拜：《西域同文志》：“拜，回語。富厚之意。居民富厚多牲畜，故名。”《西域圖志》：“拜，在賽喇木西九十里，距京師一萬三百八十里。地饒水草，城距山岡，周一里三分，高一丈，東西二門。”地當今新疆拜城縣。

③ 温宿：《漢書·西域傳下》：“温宿國，王治温宿城，去長安八千三百五十里。”唐代置温宿州，隸龜兹都督府。在今新疆烏什縣境内。

④ 赫色勒郭勒：《西域同文志》：“赫色勒，回語，紅色。河水色濁近紅，故名。”今作克孜爾河，爲渭干河東源。

哈布薩朗郭勒：《西域同文志》：“哈布薩朗，回人名。居於河濱，故名。”《西域圖志》：“哈布薩朗郭勒，在拜西十里。北山有二泉，異源同流，南入木素爾郭勒。”今拜城縣喀普斯浪河。

木素爾郭勒：《西域同文志》：“木素爾，回語，冰也。山間冰雪消融，匯而成河，故名。”《西域圖志》：“木素爾郭勒，發源天山正幹之木素爾鄂拉。有兩源，合而西南流，又折而東南流，北會哈布薩朗郭勒。”今渭干河上遊木扎爾特河。

托什干達里雅：《西域同文志》：“托什干達里雅，回語。托什干，兔也。濱河多兔，故名。”徐松《西域水道記》：“畢底爾河又東南流十餘里，至提吐薩拉堤莊北，出烏什境，入阿克蘇境，是爲托什干河。”今阿克蘇河上遊托什干河。

九

　　百十名城儼畫區，就中疏勒①有遺都。東趨烏什如瓴建②，松塔③崎嶇亦坦途。右天山南路之喀什噶爾、烏什諸屬。回部名城不一，而喀什噶爾爲之冠。西屏葱嶺，東引長河，蓋疏勒之遺都也。漢班超經營於此者數十年，其東爲烏什城，亦山南諸境適中扼要地，今則盤橐、楨中④之跡已消，而兜題、安國⑤之風胥化矣。松塔什塔克，由喀什噶爾至烏什中途也。

① 疏勒：《漢書·西域傳上》：“疏勒國，王治疏勒城，去長安九千三百五十里。”地當今新疆喀什市。

② 瓴建：即建瓴。見前紀昀《烏魯木齊雜詩》“百道飛流似建瓴”詩注①。

③ 松塔：松塔什塔克省稱。《西域同文志》：“松塔什塔克，回語。松，高矗之象。山有界石高矗，故名。”地當今新疆阿合奇縣蘇木塔什鄉。塔克，維吾爾語“山”（tagh）音譯。

④ 盤橐：《後漢書·西域傳》作磐橐城、盤橐城，疏勒國王城。地當今喀什市東南郊艾斯克薩古城。

楨中：一作損中、敦中，漢代疏勒國屬城。《後漢書·西域傳》：“司馬曹寬、西域長史張晏將焉耆、龜兹、車師前後部，合三萬餘人，討疏勒，攻楨中城，四十餘日不能下，引去。”

⑤ 兜題：東漢疏勒國王。《後漢書·班超傳》：“立龜兹人兜題爲疏勒王。明年春，超從間道至疏勒，去兜題所居盤橐城九十里。”此代指疏勒。

安國：唐代昭武九姓國之一。又作布豁，地當今烏茲別克斯坦布哈拉。

一〇

葉爾羌原枕極西，遙看葱嶺插天低。蒲梢曾此從東道，豈但苕華[1]入歲齎。右天山南路之葉爾羌屬。西域以葱嶺爲西屏，葱嶺之東南北名城相望，有若對待。而葉爾羌地近南山，左接和闐，右臨疏勒，境尤寬廣。漢代莎車王賢建國地也，襟帶之間，得古皮山、渠莎、西夜、子合諸地[2]。左右毗連，遺墟可指，要以葉爾羌爲極西門户，西通布魯特、拔達克山[3]諸藩部。葉爾羌以地近和闐，產玉，歲時入貢。

[1] 苕華：美玉。沈約《竹書紀年注》："癸命扁伐山民，山民女於桀二人，曰琬，曰琰，後愛二人，女無子焉，斲其名於苕華之玉，苕是琬，華是琰。"梁簡文帝蕭綱《詠舞詩二首》其二："腕動苕華玉，衫隨如意風。"

[2] 皮山：漢代西域三十六國之一。《漢書·西域傳上》："皮山國，王治皮山城，去長安萬五十里。"故址在今新疆皮山縣境。

渠莎：一作渠沙、佉沙，西域古國名。《三國志·魏書·烏丸鮮卑東夷傳》注引魚豢《魏略》："楨中國、莎車國、竭石國、渠沙國。……皆並屬疏勒。"《魏書·西域傳》："渠莎國，居故莎車城，在子合西北，去代一萬二千九百八十里。"故址約在今新疆阿克陶縣庫斯拉甫。

西夜：漢代西域三十六國之一。《後漢書·西域傳》："西夜國一名漂沙，去洛陽萬四千四百里。……《漢書》中誤云西夜、子合是一國。"故址在今新疆葉城縣西南山中。

子合：漢代西域國名。《漢書·西域傳上》："（蒲犁國）南與西夜、子合接，西至無雷五百四十里。"地當今葉城縣南庫克雅爾一帶。

[3] 拔達克山（Badakhshān）：《魏書·西域傳》"弗敵沙國"，元代稱巴達哈傷，明代稱八達黑商，清乾隆年間成爲清朝藩屬，今屬阿富汗。一作巴達克山。

一一

璇源玉隴[1]溯巓涯，和闐之玉或采於山，或撈於水，山之材大而瑕，水之材小而精。玉隴，和闐采玉處地名也。喀瑪還聞追琢佳。金勒天章記綏靖[2]，雲龍寶甕上瑶階[3]。右天山南路之和闐屬。漢自敦煌西南行爲南道，通于闐，晉魏以降，南道阻絕，唐時號爲磧尾[4]。設毗沙[5]鎮，其地即今和闐也。於回部中爲最南境，而南山之南，地通西藏，聯南北爲一家。由是溯昆侖之古源，尋樹枝[6]之舊脈，星軺[7]絡繹，玉石紛羅，非同博望西馳，粗傳厓略[8]矣。喀瑪[9]，回中巧匠名，元時人。

[1] 璇（xuán）源：產珠之水。《文選》卷二六顔延之《贈王太常》詩："玉水記方流，璇源載圓

折。"李善注引《尸子》:"凡水,其方折者有玉,其圓折者有珠也。"

玉隴:即今玉龍喀什河,與喀拉喀什河匯爲和田河,産玉。參後福慶《異域竹枝詞》"和闐人道古于闐"、蕭雄《聽園西疆雜述詩·和闐》詩自注。

② 金勒:金飾的馬絡頭。白居易《洛橋寒食日作十韻》詩:"連錢嚙金勒,鑿落寫銀罍。"此處指使者。

天章:帝王的詔令或文章。岑參《送顏平原》詩:"天章降三光,聖澤該九州。"

綏靖:平定、安撫。《三國志·吳書·陸遜傳》:"君其茂昭明德,修乃懿績,敬服王命,綏靖四方。"

③ 雲龍:《文選》卷三四曹植《七啓》:"僕將爲吾子駕雲龍之飛駟,飾玉輅之繁纓。"李善注:"馬有龍稱,而雲從龍,故曰雲龍也。"

寶甕:王嘉《拾遺記》:"有丹丘之國,獻瑪瑙甕,以盛甘露。……當黃帝時,瑪瑙甕至,堯時猶存,甘露在其中,盈而不竭,謂之寶露,以班賜群臣。至舜時,露已漸減。隨帝世之汙隆,時淳則露滿,時澆則露竭,及乎三代,減於陶唐之庭。舜遷寶甕於衡山之上,故衡山之嶽有寶露壇。"此處指貢物。

瑤階:玉砌的臺階。王嘉《拾遺記》:"築圓丘以祀朝日,飾瑤階以捐夜光。"此處代指皇宮。

④ 磧尾:《新唐書·吐蕃傳下》:"河源東北直莫賀延磧尾殆五百里,磧廣五十里,北自沙州,西南入吐谷渾浸狹,故號磧尾。"莫賀延磧古時指敦煌以西、羅布泊以東、哈密以南的戈壁沙漠地帶。

⑤ 毗莎:一作毗沙。唐代都督府,貞觀二十二年(648)設於闐。

⑥ 樹枝:樹枝水,即今玉龍喀什河。《魏書·西域傳》:"(于闐)城東二十里有大水北流,號樹枝水,即黃河也,一名計式水。城西五十五里亦有大水,名達利水,與樹枝水會,俱北流。"達利水爲今喀拉喀什河。

⑦ 星軺:使者所乘之車,代指使者。宋之問《奉和梁王宴龍泓應教》詩:"水府淪幽壑,星軺下紫微。"此處泛指過往者。

⑧ 厓略:崖略,大概、約略。《莊子·知北遊》:"夫道,窅然難言哉! 將爲汝言其崖略。"

⑨ 喀瑪:《西域圖志》:"元時回部有汗,曰眉哩特木爾,世居伊楞之地,在今布哈爾西。其旁沙賴子城,有良匠喀瑪爾居之。"另參後"餂金吉語繞夔螭"詩自注。

一二

玉玆①三部擾而馴,裨小諸王內面親。②凹凸圖中看獻馬,萬年壽穀頌皇人。③右左右哈薩克部。哈薩克處西域之西北境,無城郭宮室,以畜牧爲業,寇鈔爲資,倏忽往來,不常厥處。左部群山四抱,山泉潎發,回環合邏,頗占形勝。右部西逾沙磧,長河亘帶,視左部爲尤荒遠。以今證古，左部當屬康居④舊壤，右部已涉大宛之北境，聲教素隔，今皆俯首內面。哈薩克有三玉茲，曰鄂圖爾玉茲，屬左部；曰烏拉克玉茲、奇齊克玉茲，屬右部。有別部偏西，與奇齊克玉茲偕來者，曰烏爾根齊部。哈薩克未歸之前曾來獻馬，上命西洋人郎世寧⑤爲圖。

① 玉茲：哈薩克部落。參前宋弼《西行雜詠》"大宛久已入提封"詩注②。

② "裨小"句：《史記·匈奴列傳》："置左右賢王、左右谷蠡王、左右大將、左右大都尉、左右大當户、左右骨都侯。……左右賢王、左右谷蠡王最爲大，左右骨都侯輔政。諸二十四長亦各自置千長、百長、什長、裨小王、相封、都、尉當户、且渠之屬。"裨小王本爲漢代匈奴官名，此處借用。

③ "萬年"句：《穆天子傳》載周穆王遊黃澤，樂師爲作歌："黃之池，其馬噴沙，皇人威儀；黃之澤，其馬噴玉，皇人壽穀。"仇兆鼇《杜詩詳注》："踏岸則噴沙，激水則噴玉，皆言馬勢之雄猛。"皇人，本指帝王的親族，此聯爲贊譽盛世、稱美皇朝威儀之辭。

④ 康居：漢代西域古國名。《漢書·西域傳上》："康居國，王冬治樂越匿地。到卑闐城。去長安萬二千三百里。不屬都護。"地當今烏茲別克斯坦撒馬爾罕地區。

⑤ 郎世寧(1688—1766)：意大利人，康熙五十四年(1715)作爲天主教耶穌會修道士來中國傳教。受到康熙帝賞識留於中國，爲清代宮廷畫家。

一三

東西布魯似屯雲，錯壤①仍看部落分。王會②自來圖不到，卻從塞種③證遺聞。右東西布魯特部。東西布魯特部附天山葱嶺而居，言語、服飾與山南諸部異。逐水草，事遊牧，舊介準噶爾、哈薩克之間。視其興衰以爲叛服，不常所屬也。東西部境地鄰接，由喀什噶爾北行，經鄂什④逾山，則正其錯壤處，那林河⑤源出焉。北與安集延諸部接，在古則烏孫昆莫，西走月氏之地也。《漢書》稱："大月氏西君大夏，塞王南君罽賓，塞種則往往分散爲數國。"是在當時爲塞種，今則回部別種云。

① 錯壤：疆界交錯。陳亮《酌古論一·孫權》："臣願得如約居關中，與諸侯比肩錯壤。"

② 王會：古時諸侯、四夷或藩屬朝貢天子的聚會。摹寫朝會的圖畫稱王會圖。《舊唐書·西南蠻傳》："中書侍郎顏師古奏言：'昔周武王時，天下太平，遠國歸款，周史乃書其事爲《王會篇》。今萬國來朝，至於此輩章服，實可圖寫，今請撰爲《王會圖》。'從之。"

③ 塞種：塞人。希臘人稱塞克(Saka)，波斯人稱釋迦，印度人稱釋種，屬於印歐語系東伊朗語支，主要居住中亞、伊犁河流域、帕米爾高原。西漢以後逐漸融入到西域各古代民族中。

④ 鄂什：《西域同文志》："鄂什，回語。鄂，圍也；什，善於合圍之人。相傳舊於此圍取牲畜，故名。"《西域圖志》："鄂什，在阿斯騰阿喇圖什西北六十里，東南距喀什噶爾城一百二十里，又西北逾山通西布魯特界。"地當今吉爾吉斯斯坦奧什。

⑤　那林河：一作那林河、納林河，今譯納倫河，爲錫爾河上遊。《嘉慶重修一統志》："那林河在葱嶺西北，經流數千里。霍罕、安集延諸國瀕之以居，大小泉源支流不一，並會此河。"

一四

逾北參差列數城，大宛遺跡儼分明。當年漢使真空到，屬邑曾無一紀名。右霍罕、安集延、瑪爾噶朗、那木干、塔什罕諸部①。漢自北道西逾葱嶺，出大宛，今霍罕諸部。當葱嶺西北麓，與右部哈薩克接，應屬漢大宛地。《史記》稱大宛屬邑大小七十餘城。今自霍罕左右諸部，北抵右哈薩克，境內城堡星羅，與遊牧逐水草者殊異，固即大宛土著舊俗也。考諸部方位，安集延最東，其西爲瑪爾噶朗，爲霍罕，北爲那木干，又西爲塔什罕。貳師②遺跡宜在於是。

①　霍罕(Khokand)：一作浩罕、敖罕。烏茲別克人於 18 世紀在費爾干納盆地建立的汗國。《西域圖志》："霍罕，在鄂什西北七百八十里，喀什噶爾西北八百八十里，東與布魯特部落錯處。"地當今烏茲別克斯坦浩罕。

瑪爾噶朗(Margilon)：《西域圖志》："瑪爾噶朗，在安集延西百八十里。北濱那林河，東與安集延接，南拱葱嶺。"地當今烏茲別克斯坦費爾干納盆地的瑪爾吉蘭。

那木干(Namangan)：一作納木干、那木干。《西域圖志》："那木干，在瑪爾噶朗城西北八十里，霍罕城東北八十里，南濱那林河。"地當今烏茲別克斯坦之納曼干。

塔什罕(Toshkend)：一作塔什干。《西域圖志》："塔什罕，東北與右部哈薩克接，東與布魯特接，東南與那木干接。距喀什噶爾城一千三百里。"地當今烏茲別克斯坦首都塔什干。

②　貳師：貳師城，漢代大宛國地。《史記·大宛列傳》："天子既好宛馬，聞之甘心，使壯士車令等持千金及金馬以請宛王貳師城善馬。"一說地當今塔吉克斯坦烏拉秋別，一說地當今烏茲別克斯坦馬哈里默特。

一五

烏秅難兜①約略推，貉裘猿飲②石門開。象胥格磔③煩傳語，重譯中還重譯來。右拔達克、博洛爾、布哈爾諸部④。葱嶺之中岡巒回互，其間部落錯處，史傳所稱累石爲室，民接手猿飲者，往往而是。拔達克山部居葱嶺中，最東境博洛爾，近鄰東鄙，於漢當統爲烏秅國。布哈爾介其西，於漢當爲難兜國，唐於葱嶺置守捉，爲極邊戍，宜亦在此山。其地東北行近葉爾羌，顧其習俗語言又不能無異，蓋爲回部別種之近西者。山南回部習帕爾奇語⑤。拔達克山諸部別習帕爾西語，必重數譯而後能通。按拔達克山，《元史》訛爲巴達哈傷。《明史》訛爲八答黑商，今俱更正。

①　烏秅(ná)：漢代西域古國名。《漢書·西域傳上》："烏秅國，王治烏秅城，去長安九千九百五十里。……東北至都護治所四千八百九十二里。"約位於今新疆塔什庫爾干塔吉克自治

縣庫祖克山南。

難兜：漢代西域古國名，一作難完。《漢書·西域傳上》："難兜國，王治去長安萬一百五十里。……東北至都護治所二千八百五十里。"約位於今新疆與塔吉克斯坦邊界葉什勒地區。

② 猿飲：一作猨飲，像猿一樣掬水而飲。酈道元《水經注》卷一："郭義恭曰：'烏秅之西，有懸度之國，山溪不通，引繩而度，故國得其名也。其人山居，佃於石壁間，累石爲室，民接手而飲，所謂猨飲也。'"

③ 象胥：古時接待四方使者的官員，亦指翻譯。《周禮·秋官·象胥》："象胥掌蠻、夷、閩、貉、戎、狄之國使，掌傳王之言而諭說焉，以和親之。"

格磔(zhé)：擬聲詞，鷓鴣鳥鳴聲。李群玉《九子坡聞鷓鴣》詩："正穿詰曲崎嶇路，更聽鉤輈格磔聲。"此指文字詰屈難懂。

④ 博洛爾(Bolor)：一作博羅爾。《西域圖志》："博洛爾在拔達克山東，有城郭。……乾隆二十四年其酋沙瑚沙默特與拔達克山同時內附。"地當今巴基斯坦吉爾吉特地區。

布哈爾(Buxoro)：《西域圖志》："布哈爾，在拔達克山西。乾隆二十五年，回部底平，遣使頒敕賚。"在今烏兹別克斯坦布哈拉市附近。

⑤ 帕爾奇語：即帕爾西語，波斯語。

一六

早聞四駿廁飛黄①，琛賚②頻頻貢上方。偏是痕都工刻楮③，天球陳寶④共輝光。右愛烏罕、痕都斯坦、巴勒提諸部⑤。由拔達克山西南行，有部曰愛烏罕，東南爲痕都斯坦部。俱葱嶺外大國。又東爲巴勒提，或亦漢罽賓地也。境内崇山，四圍長河襟帶，濱河城堡相望。自拔達克山内附後，亦傾心向化。痕都斯坦東境直西藏之西，愛烏罕西境濱海爲西域極西徼云。御製有《愛烏罕四駿詩》。痕都斯坦所貢玉器，盤碗杯盂無所不有，質薄如紙，紋細如髮，疑於鬼工，詳見御製詩。

① 四駿：《漢書·西域傳下》："蒲稍、龍文、魚目、汗血之馬充於黄門。"孟康注："四駿馬名也。"

飛黄：一作乘黄，傳說中的神馬。《淮南子·覽冥訓》："青龍進駕，飛黄伏皁。"高誘注："飛黄，乘黄也，出西方，狀如狐，背上有角，壽千歲。"

② 琛賚：獻貢的財貨。《魏書·匈奴劉聰等傳序》："辮髮之渠，非逃則附；卉服之長，琛賚繼入。"

③ 刻楮：《列子·說符》："宋人有爲其君以玉爲楮葉者，三年而成。豐殺莖柯，毫芒繁澤，亂之楮葉中而不可別也。"此指技藝工巧。

④ 天球：一作天琛，天然的珍寶。《尚書·顧命》："大玉、夷玉、天球、河圖，在東序。"孔傳："球，雍州所貢。"《文選》卷十二木華《海賦》："其垠則有天琛、水怪、鮫人之室。"李善注："天琛，

自然之寶也,《尚書》曰:天球在東序。"

陳寶:傳說中的神雞。《史記·封禪書》:"文公獲若石雲,於陳倉北阪城祠之。其神或歲不至,或歲數來,來也常以夜,光輝若流星,從東南來,集於祠城,則若雄雞,其聲殷雲,野雞夜雊。以一牢祠,命曰陳寶。"裴駰集解引韋昭曰:"在陳倉縣。寶而祠之,故曰陳寶。"此處代指寶物。

⑤ 愛烏罕:阿富汗。《西域圖志》:"愛烏罕,在拔達克山、布哈爾西南,部落最大,爲古大月氏地。乾隆二十七年,其汗愛哈默特沙知西域底平,聞風慕義,遣使密爾漢等來朝,貢刀及四駿馬。"

巴勒提(Baltistan):一作巴爾替、哈拉替良。《西域圖志》:"巴勒提,在博洛爾南。東接土伯特,西接克什米爾,又西接痕都斯坦。……乾隆二十五年六月内附。"地當今克什米爾巴勒提斯坦。

一七

北庭都護各分符,戎索①開成益地圖。鏺汗已除留贊普②,判銓流外列簪裾③。新疆自設鎮開屯,分遣重臣瓜期迭代,曰伊犁將軍,曰烏魯木齊都統④,其尤重者也。其餘曰辦事大臣、參贊大臣、領隊大臣,皆專制一方,統理諸務。至準噶爾舊制,有四衛拉特、二十四鄂托克、九集賽、二十一昂吉之名⑤。四衛拉特分統準噶爾全部,皆有大臺吉主之,亦稱汗。餘小臺吉皆汗之宗屬爲之,鄂托克爲汗之屬,昂吉爲各臺吉之屬。鄂托克遊牧之地,環於伊犁,昂吉遊牧又環諸鄂托克之外。鄂托克視八旗都統,昂吉視外省督撫。昂吉,準語,部分也。集賽專理喇嘛事,亦各領以宰桑。當芟夷蘊崇⑥之後,制度一新,其事皆不復仿行矣。唯回部自二酋授首,諸城伯克望風内附,爰仍舊號,如阿奇木、噶納齊⑦以下,釐以中朝之品級,而授職如故。自三品至七品,量材簡授。其詔祿⑧之制,以授地爲差。三品伯克員,給二百派特瑪⑨籽種地,欽種地人百名,其餘以次遞殺⑩。官有大小,悉合慶爲王人,非復前世請封置吏,與戊己、骨都⑪僅存虛號者比也。

① 戎索:法令。《左傳·定公四年》:"啓以夏政,疆以戎索。"杜預注:"大原近戎而寒,不與中國同,故自以戎法。"

② 鏺(pō)汗:即大宛。見前宋弼《西行雜詠》"大宛久已入提封"詩注①。

贊普:《新唐書·吐蕃傳上》:"其俗謂強雄曰贊,丈夫曰普,故號君長曰贊普。"

③ 判銓:宋代判吏部流内銓事省稱。此指清代流内官,從正、從一品至正、從九品共十八階。

流外:流外官省稱。清代正九品以外的官員,附於從九品。

簪裾:顯貴者的服飾,代指顯貴。《南史·張裕傳》:"而茂陵之彦,望冠蓋而長懷,渭川之甿,佇簪裾而竦歎。"

④ 烏魯木齊都統：乾隆三十八年（1773）設，管理烏魯木齊、巴里坤等地駐防綠營軍，受伊犁將軍節制，光緒十年裁撤。

⑤ 鄂托克（otoγ）：鄂拓克。蒙古語音譯，意爲部落、民族，遊牧領地、地緣結合體。

集賽（jisiy-a）：蒙古語班組、輪值之意。準噶爾部掌管喇嘛事務的機構。

昂吉（anggi）：蒙古語分支、隊伍之意，與鄂拓克性質類似，爲臺吉所屬領地組織。

⑥ 芟（shān）夷蘊崇：《左傳·隱公六年》：“爲國家者，見惡如農夫之務去草焉，芟夷蘊崇之，絕其本根，勿使能殖。”杜預注：“芟，刈也。夷，殺也。蘊，積也。崇，聚也。”

⑦ 阿奇木：阿奇木伯克（Hakim beg）省稱，總理城村大小事務。光緒十三年（1887）裁撤。

噶納齊：噶雜納齊伯克省稱，專管庫藏錢糧。噶雜納，意爲國庫，波斯語音譯。參後蕭雄《聽園西疆雜述詩·職官》詩自注。

⑧ 詔禄：報請王者授給俸禄。《周禮·夏官·司士》：“周知邦國都家縣鄙之數，卿大夫士庶子之數，以詔王治。以德詔爵，以功詔禄，以能詔事。”

⑨ 派特瑪：一作巴特滿，維吾爾語音譯，衡器、量具及地積單位。參後蕭雄《聽園西疆雜述詩·商賈》詩自注。

⑩ 遞殺：遞降。謝肇淛《五雜俎》：“故宗藩之庶，遞殺至於庶人，極矣。”

⑪ 骨都：骨都侯，漢代匈奴官名。見前“玉兹三部擾而馴”诗注②所引《史記·匈奴列傳》文。裴駰集解：“骨都，異姓大臣。”

一八

左右賢分舊列疆，甘泉①遞覲拜天章。自從璽紱②皇朝授，不是當年犁汗王③。準噶爾四衛拉特者：都爾伯特、綽羅斯、輝特、和碩特也。乾隆癸酉冬，都爾伯特首先納土④，爲諸部倡，嗣是而綽羅斯、輝特、和碩特鱗集麕至。衛拉全疆統歸涵宥⑤。迨乾隆辛卯，土爾扈特部復自西北萬里外率屬偕來，由是準部民人無一不隸我版籍矣。諸臺吉等列爵分封，光榮帶礪⑥。其列爵之次曰和碩親王、多羅郡王、多羅貝勒、固山貝子、鎮國公、輔國公，凡六等。有賜留汗號者，視王爵爲倍優。

① 甘泉：甘泉宮，漢代宮殿名，爲漢武帝在秦國林光宮基址上改建，地位規模僅次長安未央宮，故址在今陝西淳化縣西北甘泉山。此處代指朝廷。

② 璽紱（fú）：《漢書·元后傳》：“謹以令月吉日，親率群公諸侯卿士，奉上皇太后璽紱，以當順天心，光於四海焉。”顏師古注：“此紱謂璽之組也。”此處代指印璽。

③ 犁汗王：又作犁汙王，漢代匈奴官名。《漢書·匈奴傳》：“右賢王、犁汙王四千騎分三隊，入日勒、屋蘭、番和。張掖太守、屬國都尉發兵擊，大破之，得脫者數百人。屬國千長義渠王騎士射殺犁汙王，賜黃金二百斤，馬二百匹，因封爲犁汙王。”

④ 納土：獻納土地，代指歸附。陳師道《後山談叢》：“國初，荆湖既平，谿洞皆納土請吏，

太祖不受。”

⑤ 涵宥：包容，包含。楊漣《乞歸田里疏》：“臣有病而放之去，則君臣始終之恩義，等天海涵宥之高深矣。”

⑥ 帶礪：一作帶厲。《史記·高祖功臣侯者年表》：“封爵之誓曰：‘使河如帶，泰山若厲。國以永寧，爰及苗裔。’”裴駰集解引應劭曰：“封爵之誓，國家欲使功臣傳祚無窮。帶，衣帶也；厲，砥厲石也。河當何時如衣帶，山當何時如厲石，言如帶厲，國乃絶耳。”

一九

瓦剌提封盡入邊，衛拉，《明史》稱爲瓦剌。新藩瞻謁到伊綿①。拘彌②紀載多荒略，世系翻邀御筆傳。舊稱四衛拉特者，蓋指都爾伯特、和碩特、綽羅斯、土爾扈特四姓以爲言。因土爾扈特當巴圖魯渾臺吉③時，北徙俄羅斯之額濟勒④，故附以輝特，而稱四衛拉特。其實土爾扈特乃故準部也。辛卯，土爾扈特汗渥巴錫等款附來朝，宴覲於木蘭圍⑤中之伊綿谷，其遷徙分合，以及世系源流，備詳御製文。

① 伊綿：伊綿峪。清高宗《御製土爾扈特汗渥巴錫等至伊綿峪朝謁詩以紀事》自注：“是地舊名布祐圖昂阿。乙亥秋，噶爾藏多爾濟來朝於此。丁丑、戊寅，哈薩克、布魯特歸化，其使臣並於此朝謁，因名斯峪曰伊綿。今土爾扈特全部歸順，又適瞻覲於此。伊綿者，漢語會歸之意也。”

② 拘彌：一作扜㝡、枸彌、扜彌、寧彌。《漢書·西域傳上》：“扜彌國，王治扜彌城，去長安九千二百八十里。……東北至都護治所三千五百五十三里，南與渠勒、東北與龜兹、西北與姑墨接，西通于闐三百九十里。今名寧彌。”故址在今新疆于田縣克里雅河以東。

③ 巴圖魯渾臺吉：一作巴圖爾琿（？—1653），名和多和沁，衛拉特蒙古準噶爾部首領，順治三年（1646）向清朝入貢。

④ 額濟勒：今伏爾加河。

⑤ 木蘭圍：木蘭圍場，清代皇家獵苑，清高宗《熱河啓蹕辛木蘭作》詩自注：“國語曰木蘭，今即爲圍場之通稱矣。”今河北省東北部承德市圍場滿族自治縣。

二〇

種出烏孫本四家，未應聲教限羅叉。俄羅斯一名羅叉①。歸降歸順皆奴隸，定遠何煩一矢加。考準部厄魯特四姓稱四衛拉特者，於漢屬匈奴右地及烏孫、車師，於唐爲突厥、沙陀。其時但虛賜封號，未嘗臣僕之。

① 羅叉：清初對俄羅斯稱謂和譯寫。又作羅剎、羅沙、羅車、老槍、老羌。

二一

　　率先歸附自員渠①，帶礪恩叨②世不虛。忠耿一心常捧日③，看他攜貳④入誅鋤。右都爾伯特部。都爾伯特汗策淩⑤於乾隆甲戌年首先内附，其嗣至之綽羅斯汗噶爾藏多爾濟⑥。和碩特汗沙克多爾漫濟、輝特汗巴雅爾⑦，雖亦同時封汗，旋因攜貳，自即誅夷，汗號並除，獨都爾伯特一部以忠謹自保，授爲扎薩克⑧。移其部於阿勒坦，承襲罔替云。

　　① 員渠：漢代焉耆國都城。見前曹麟開《塞上竹枝詞》"萬壑爭從淖爾輪"詩注④引《漢書・西域傳下》文。此處借用。

　　② 恩叨：叨，承受。張説《恩制賜食於麗正殿書院宴賦得林字》詩："位竊和羮重，恩叨醉酒深。"

　　③ 捧日：忠心輔佐帝王。《三國志・魏書・程昱傳》："表昱爲東平相，屯范。"裴松之注引《魏書》曰："昱少時常夢上泰山，兩手捧日。昱私異之，以語荀彧。及兗州反，賴昱得完三城，於是彧以昱夢白太祖。太祖曰：'卿當終爲吾腹心。'昱本名立，太祖乃加其上'日'，更名昱也。'"

　　④ 攜貳：《國語・周語上》："其刑矯誣，百姓攜貳，明神不蠲。"韋昭注："攜，離；貳，二心也。"

　　⑤ 策淩：一作車淩（？—1758）。衛拉特蒙古杜爾伯特部臺吉，乾隆十八年（1753）冬歸附清朝，後授散秩大臣，隸察哈爾正白旗。與杜爾伯特車淩烏巴什、車淩蒙克並稱"杜爾伯特三車淩"。

　　⑥ 噶爾藏多爾濟：一作噶勒藏多爾濟（？—1757）。衛拉特蒙古準噶爾部臺吉，乾隆二十年（1755）授綽羅斯汗。

　　⑦ 沙克多爾漫濟：一作沙克都爾漫濟（？—1756）。衛拉特蒙古和碩特部臺吉，乾隆二十年（1755）封和碩特汗。

　　巴雅爾（1723—1757）：衛拉特蒙古輝特部臺吉，乾隆二十年（1755）封輝特汗。

　　⑧ 扎薩克：蒙古語"執政官"之意，清朝對滿族、蒙古族等授予的軍事、政治官職爵位。

二二

　　依人窮鳥忽飛翻，重作降王得備藩。①麟閣②書勳來後俊，信圭承寵賜便蕃③。右綽羅斯部。綽羅斯臺吉噶爾藏多爾濟受封後，旋爲叛者所殺。其後達瓦齊④俘至，以其未抗顏行，仍令備藩京邸。維時有薩拉爾⑤者，以識時早歸，並以軍功自效，封爲超勇伯，在五十功臣列，圖形紫光,皆異數。外藩賜封,無伯爵。

① 《詩·大雅·板》:"價人維藩,大師維垣。"鄭玄箋:"價,善也。藩,屏也。垣,牆也。"此句藩指藩國。

② 麟閣:麒麟閣省稱,在未央宮中。《漢書·蘇武傳》:"武年八十餘,神爵二年病卒。甘露三年,單于始入朝。上思股肱之美,乃圖畫其人於麒麟閣,法其形貌,署其官爵、姓名。"張晏注:"武帝獲麒麟時作此閣,圖畫其象於閣,遂以爲名。"虞義《詠霍將軍北伐》詩:"當令麟閣上,千載有雄名。"此處代指清代紫光閣。《清會典事例》:"(乾隆)二十五年,因西苑内平臺故址,改建紫光閣五間,圖功臣像於閣上。"

③ 信圭:信通"身"。周制以玉作六瑞,表示爵位等次。信圭爲六瑞之一,侯爵所執。《周禮·春官·大宗伯》:"以玉作六瑞,以等邦國。……侯執信圭。"鄭玄注:"信當爲'身',聲之誤也。身圭、躬圭,蓋皆象以人形爲琢飾,文有粗縟耳,欲其慎行以保身。圭皆長七寸。"

便蕃:頻繁,一作便煩、便繁。《左傳·襄公十一年》:"樂只君子,福禄攸同。便蕃左右,亦是帥從。"杜預注:"便蕃,數也。言遠人相帥來服從,便蕃然在左右。"

④ 達瓦齊(? —1759):衛拉特蒙古準噶爾部臺吉,大策淩敦多布之孫。乾隆十七年(1752)奪取準噶爾汗位。乾隆二十年清朝平定準噶爾,夜襲格登山,達瓦齊逃入南疆,爲烏什阿奇木伯克霍集斯擒獻。獲釋後被封和碩親王,清廷妻以宗室女,留居北京。

⑤ 薩拉爾:一作薩賴爾、薩喇勒(? —1759)。原爲衛拉特蒙古準噶爾部宰桑,乾隆十五年(1750)内附。乾隆二十年征討準噶爾部,任定邊右副將軍。二十四年(1759)授散秩大臣、鑲白旗蒙古副都統,因功圖像紫光閣。

二三

不將仁義自漸摩①,驕蹇誰能避譴訶②。應悔夜郎空倨大,③妖腰亂領④入天戈。右和碩特部。自沙克都爾曼濟投誠封汗,命爲盟長,居全部於巴爾庫勒⑤。其子亦並邀封賚。乃不知感德效忠,旋萌異志,自取誅夷。平定後,公格納噶⑥等仍酌予貝勒公,列爵有差。

① 漸摩:一作漸磨。浸潤,感化。《漢書·董仲舒傳》:"漸民以仁,摩民以誼。"顏師古注:"漸謂浸潤之,摩謂砥礪之也。"

② 驕蹇(jiǎn):傲慢。《漢書·淮南厲王劉長傳》:"自以爲最親,驕蹇,數不奉法。上寬赦之。"顏師古注:"蹇謂不順也。"

譴訶:一作譴呵。譴責呵斥。《漢書·薛宣傳》:"至開私門,聽讒佞,以求吏民過失,譴呵及細微,責義不量力。"

③ "應悔"句:用"夜郎自大"典。《史記·西南夷列傳》:"滇王與漢使者言曰:'漢孰與我大?'及夜郎侯亦然。以道不通故,各自以爲一州主,不知漢廣大。……夜郎侯始倚南越,南越

已滅,會還誅反者,夜郎遂入朝,上以爲夜郎王。"

④ 妖腰亂領:喻亂臣賊子。杜甫《荆南兵馬使太常卿趙公大食刀歌》詩:"魑魅魍魎徒爲耳,妖腰亂領敢欣喜。"

⑤ 巴爾庫勒:即巴里坤,康熙三十六年(1697)改譯今名。《西域同文志》:"巴爾庫勒,回語。巴爾,有也;庫勒,池也。城北有池,故名。"

⑥ 格納噶:當爲納噶察之誤。納噶察一作納噶扎、納哈查,衛拉特蒙古和碩特部臺吉。乾隆十九年(1754)內附,封輔國公,二十一年晉固山貝子。

二四

雙親王爵沐殊榮,卻向潢池盜弄兵①。掃蕩不留餘孽在,栽培傾覆理分明。右輝特部。輝特部臺吉阿睦爾撒納②於乾隆十九年來歸,封爲雙親王。其後負恩背叛,旋伏冥誅③,平定後無復遺孽。

① 潢(huáng)池弄兵:《漢書‧龔遂傳》:"海瀕遐遠,不沾聖化,其民困於饑寒而吏不恤,故使陛下赤子盜弄陛下之兵於潢池中耳。"顏師古注:"積水曰潢,音黃。"指在池塘中舞弄兵器,對起義、造反的蔑稱。

② 阿睦爾撒納(1723—1757):衛拉特蒙古輝特部臺吉,準噶爾汗策妄阿拉布坦外孫,二十一昂吉之一。與達瓦齊爭奪準噶爾統治權失敗,投靠清朝,封爲親王。任定邊左副將軍進軍伊犁。準噶爾平定後封爲雙親王,食雙俸。因未如願得到四衛拉特汗位而叛清,失敗後逃往俄羅斯,患天花病故。

③ 冥誅:在陰間受到誅戮。陳康祺《郎潛紀聞》:"倘或爲利營私,徇情欺主,明正國法,幽服冥誅。"

二五

通貢曾來拜建章①,渥巴錫之父②先於乾隆丙子年假道俄羅斯遣使奉貢來朝。小昆彌學雁隨陽③。皈依壽佛知無量,不但思歸望故鄉。右土爾扈特部。土爾扈特爲舊四衛拉特之一,其汗和鄂爾勒克④當巴圖魯渾臺吉時,與三衛拉特不和,率屬徙去,居俄羅斯之額濟勒地。其地南限哈薩克,東阻俄羅斯,久慕國家聲教,不得通,且俄羅斯素不奉佛,土爾扈特在彼,俗尚不同,聞伊犁黃教⑤振興,思歸故土,又聞前此投誠諸部得膺封爵,樂業安居,尤生欣羨。乾隆三十六年,其汗渥巴錫等,遂決計棄其遊牧,率所部三萬餘户,行八閲月,經萬有餘里,款關⑥來附,命加優恤,封賚有差,列爵視都爾伯特諸部云。

① 建章：《三輔黃圖》："武帝太初元年，柏梁殿災。粤巫勇之曰：'粤俗，有火災即復大起屋，以厭勝之。'帝於是作建章宮，度爲千門萬户。宮在未央宮西，長安城外。"此處代指清政府。

② 渥巴錫之父：名敦魯布喇什。《西域圖志》："阿玉奇汗子敦魯布喇爲汗時，於乾隆十九年遣使假道俄羅斯，二十一年達中國，朝京師。賜宴，並令赴西藏熬茶。"清高宗《御製伊犁將軍奏土爾扈特汗渥巴錫率部歸順詩以志事》詩"今來渥巴錫"句自注："渥巴錫爲土爾扈特汗阿玉奇之孫，敦嚕布喇什汗子也。"

③ 雁隨陽：隨陽雁。大雁隨太陽的偏向北半球或南半球而北遷南徙，故稱。《尚書·禹貢》："彭蠡既豬，陽鳥攸居。"孔傳："隨陽之鳥，鴻雁之屬。"孔穎達疏："此鳥南北與日進退，隨陽之鳥，故稱陽鳥。"

④ 和鄂爾勒克（？—1644）：衛拉特蒙古土爾扈特部首領，明崇禎三年（1630）率衆徙往伏爾加河流域。

⑤ 黃教：藏傳佛教派別格魯派，因僧人戴黃色僧帽得名。16世紀後期傳遍蒙古地區。

⑥ 款關：《史記·商君列傳》："由余聞之，款關請見。"裴駰集解引韋昭曰："款，叩也。"此指叩動關門，歸附覲見。

二六

　　焉耆頡利幾單于，詔禄中朝古所無。置爵從新稽典屬，通名何必藉臚句①。回部向惟青吉斯②稱汗，餘則概稱和卓③，無王公諸爵。今以聖化遐敷，天方來格④。舊藩新部，並列冠裳⑤，其汗歲俸銀二千五百兩，幣四十。親王歲俸銀二千兩，幣二十五，皆得自置官屬、護衛、長史以及四五品典儀，均得用花翎、藍翎。其下貝勒、貝子公遞殺有差，凡給雙視王俸者，官屬亦倍增，其世子歲俸銀一千五百兩，幣二十餘。扎薩克頭等臺吉皆給歲俸銀一百兩，幣四，官屬不具，不在列爵之數。其準部汗王以下，俸亦視此。

① 臚句：即臚傳。《漢書·叔孫通傳》："大行設九賓，臚句傳。"蘇林注："上傳語告下爲臚，下告上爲句也。"

② 青吉斯：字兒只斤·鐵木真（1162—1227），號成吉思汗。成吉思汗次子察合臺封地包括今新疆地區。16世紀初，察合臺後裔又在察合臺汗國舊地建立葉爾羌汗國，故注語有"回部向惟青吉斯稱汗"之説。《清實録·聖祖實録》條："吐魯番阿布爾薩布拍爾馬哈馬特厄敏巴土爾哈西汗疏言。……臣系青吉斯汗後裔，故敢陳情。"《西域圖志》："青吉斯汗族屬。回部舊汗名青吉斯，爲第一世，以上無考。"

③ 和卓：波斯語 huajah 音譯，一作和者、霍加、火者。對學者或伊斯蘭教聖裔的尊稱。

④ 來格：到來。《三國志·魏書·劉馥傳》："闡弘大化，以綏末賓；六合承風，遠人來格。"

⑤ 冠裳：官服，此處指官職。陳傅良《悼蔣升仲承事》詩："剩栽梅竹皆緣客，晚得冠裳不語人。"

二七

哈密圖經鄯善通,時承累洽化厖鴻①。齸顊髽鐻膚毗寄②,一例馳驅世篤忠。右哈密屬。哈密回部伯克額貝多勒拉③於康熙三十五年內附,居哈密。其明年,以擒獻準噶爾逆酋論功,授一等扎薩克,編旗分視蒙古,世效忠款。其後,玉素富④於西師之役,從征有勞,遂命駐守烏什,繼復駐防新疆。不惟世爵叨榮,倚任亦綦重也。

① 累洽:《文選》卷一班固《兩都賦》:"至於永平之際,重熙而累洽。"張銑注:"熙,光明也;洽,合也。言光武既明,而明帝繼之,故曰重熙累洽也。"指太平相承。

厖(máng)鴻:《文選》卷四八司馬相如《封禪文》:"湛恩厖鴻,易豐也。"李善注:"厖、鴻,皆大也。言湛恩廣大,易可豐厚也。"

② 齸(āo)顊(láo):《文選》卷十一王延壽《魯靈光殿賦》:"仡欺跚以雕㸤,齸顊顊而睽睢。"李周翰注:"鼻高目深之狀。"

髽(zhuā)鐻(jù):以麻束髮,穿戴耳環。《文選》卷六左思《魏都賦》:"髽首之豪,鐻耳之傑,服其荒服,斂衽魏闕。"張銑注:"髽首、鐻耳,皆夷人也。"

毗寄:一作毗倚。親近倚重。《晉書·王祥傳》:"詔曰:'太保元老高行,朕所毗倚以隆政道者也。'"

③ 額貝多勒拉(? —1709):一作額貝都拉,清初哈密地區維吾爾族首領。康熙三十五年(1696)遣使表貢,歸附清朝。康熙三十七年授一等扎薩克。

④ 玉素富(? —1766):一作玉素布,哈密維吾爾族固山貝子額敏長子。乾隆五年(1740)襲父鎮國公、一等扎薩克。授領隊大臣,駐烏什、阿克蘇,晉封多羅貝勒。

二八

土魯番原舊款關,從征有客握刀環。凌煙①毛髮何生動,自致功名褒鄂②間。右土魯番。土魯番回酋額敏和卓③,於雍正初年避準噶爾侵擾,內移瓜州,在今安西府敦煌縣地。乾隆十九年以從征有勞,由公爵晉爲郡王,圖形紫光閣。

① 凌煙:凌煙閣省稱,別作凌雲閣。劉肅《大唐新語》:"貞觀十七年,太宗圖畫太原倡義及秦府功臣趙公長孫無忌、河間王孝恭、蔡公杜如晦、鄭公魏徵、梁公房玄齡、申公高士廉、鄂公尉遲敬德、郳公張亮、陳公侯君集、盧公程知節、永興公虞世南、渝公劉政會、莒公唐儉、英公李績、胡公秦叔寶等二十四人於凌煙閣。太宗親爲之贊,褚遂良題閣,閻立本畫。"

② 褒鄂:褒國公、鄂國公的並稱。唐初功臣段志玄封號褒國公,尉遲恭封號鄂國公。蒲

道源《贈傳神李肖岩》詩："遂爲當代顧陸手，足配向來褒鄂雄。"

③ 額敏和卓(？—1777)：一作伊敏和卓。清代吐魯番地區維吾爾族首領。康熙五十九年(1720)歸附清朝，雍正十年(1732)爲避準噶爾部侵擾，率衆徙居瓜州。乾隆二十年(1755)，封額敏和卓爲鎮國公，二十三年從征大小和卓，因功授多羅貝勒、賜郡王品級。

二九

烏什諸城近罽賓，輸誠①葉護未逡巡。狼心已逐鴞音革②，朱轂③長安度好春。右烏什屬。烏什阿奇木伯克霍集斯④，故爲回部中望族，於乾隆二十年王師抵伊犁時，與伯克鄂對⑤等同時歸順。其後爲小和卓木所懾，遷延觀望。及我師進討，復攜衆獻城，堅心降附，其後屢立戰功，因邀封爵，今但備藩京邸，弗假事權，保全終始云。

① 輸誠：歸順。《魏書·袁翻傳》："故能使淮海輸誠，華陽即序，連城請面，比屋歸仁。"

② 狼心：貪婪狠毒之心。《後漢書·南匈奴傳》："後王莽陵篡，擾動戎夷，續以更始之亂，方夏幅裂。自是匈奴得志，狼心復生。"

鴞音：《詩·魯頌·泮水》："翩彼飛鴞，集於泮林。食我桑黮，懷我好音。"毛傳："鴞，惡聲之鳥也。"

③ 朱轂：朱紅色的車輪，代指權貴。于鵠《長安遊》詩："繡簾朱轂逢花住，錦幰銀珂觸雨遊。"

④ 霍集斯(1710—1781)：烏什維吾爾族首領，乾隆二十年(1755)擒獻準噶爾首領達瓦齊，二十二年歸附清朝。後晉封多羅貝勒加郡王品級，留居京城。

⑤ 鄂對(？—1778)：庫車阿奇木伯克，乾隆二十一年(1756)歸順清朝，從征阿睦爾撒納、大小和卓。以功封輔國公、固山貝子，加貝勒品級。

三〇

講射敦書聚子襟①，干城樸樕化駸駸②。行看竹筆銅刀③侶，也欲題名到上林④。準部削竹爲筆，長四寸，上闊下銳，取墨於髮帚⑤以作字，謂之烏珠克。回部煉銅爲刀，其形彎，至頭而愈昂，謂之克凌齊。西域土風剛勁，詩書羽籥⑥之盛，渺乎未有聞焉。今巴爾庫勒、烏魯木齊諸境慕化向風，漸興文教。既立郡縣，遂有文武生員，或附進額於安西，或置義塾於寧邊，學校之政以次而備。

① 子襟：即子衿。參前紀昀《烏魯木齊雜詩》"芹香新染子矜青"詩注①。

② 干城：《詩·周南·兔罝》："赳赳武夫，公侯干城。"毛傳："干，扞也。"鄭玄箋："干也，城

也,皆以禦難也。”

樸械(yù):一作械樸,白桵(ruí)和枹(bāo)木。《詩·大雅·械樸》:“芃芃域樸,薪之檌之。”毛傳:“山木茂盛,萬民得而薪之;賢人衆多,國家得用蕃興。”此指賢才。

駸(qīn)駸:漸進之意。李翶《故處士侯君墓志》:“每激發,則爲文達意,其高處駸駸乎有漢魏之風。”

③ 竹筆銅刀:《漢書·蕭何曹參傳》:“蕭何、曹參皆起秦刀筆吏。”顏師古注:“刀所以削書也,古者用簡牒,故吏皆以刀筆自隨也。”此指讀書人。

④ 上林:上林苑,漢代宮苑。漢武帝劉徹於建元三年(前138)所建。此處代指朝廷。

⑤ 髮帚:《西域圖志》:“必爾,以髮爲之,長四寸許,縱束如帚狀。其末半寸餘不束,浸墨瀋令恒濕。欲書則以烏珠克蘸其墨焉。”

⑥ 羽籥:《周禮·春官·龠師》:“籥師掌教國子舞羽龡籥。……祭祀則鼓羽籥之舞。”鄭玄注:“文舞有持羽吹籥者,所謂籥舞也。”

三一

雷音①千佛起何時,山號鳴沙果亦奇。《集古錄》中參闕軼②,搨來蟬翼太賓碑③。鳴沙山在敦煌縣南十里,積沙所成,而峰巒峭削逾於石山,四面皆沙,隴背如刀刃,人登之即鳴,隨足墮落。經宿風吹輒復如故,天氣晴朗時,沙鳴聞於城內。其西即《禹貢》所謂餘波入於流沙者也。其東有千佛洞雷音寺,不詳何代所建,並有《唐朝散大夫鄭王府諮議隴西李太賓碑》。

① 雷音:雷音寺省稱。《西域圖志》:“(鳴沙山)山麓有泉名月牙,其東爲千佛洞,有雷音寺。”原址在莫高窟附近,1989年重建。

②《集古錄》:北宋歐陽修撰,熙寧五年(1072)成書,收錄自周武王至五代時期金石拓本數千篇,共一千卷。

闕軼:一作闕逸、闕佚,殘缺散軼。

③ 太賓碑:即《唐隴西李府君修功德碑》,大曆十一年(776)立,故又稱《大曆碑》,是關於李大賓修建莫高窟第148窟的功德記,刻於碑石北側。石碑南側爲《唐宗子隴西李氏再修功德碑記》。詩中“太賓”爲“大賓”之誤。

三二

打阪山邊更有山,唐碑穹嵿據孱顏①。開疆可笑姜行本②,妄欲銘勳寶馬③間。自哈密東北行五十里,即山南入嶺處,名庫舍圖達巴。俗名打阪,打阪即達巴之轉音也。其上有唐左屯衛將軍姜行本紀功碑。其文有“匈奴未滅,寶將軍勒燕然之功;閩越未清,馬伏波樹銅柱之績”語。

①　屏顔：險峻、高聳。李商隱《荊山》詩：“壓河連華勢屛顔，鳥没雲歸一望間。”此指庫舍圖嶺。

②　姜行本(？—643)：本名確，秦州上邽(今甘肅天水)人。太宗貞觀時任將作大匠，轉左屯衛將軍。貞觀十三年(640)從侯君集征高昌，封金城郡公。十七年從征高麗，中流矢卒，贈左衛大將軍、郕國公，謚曰襄，陪葬昭陵。

③　竇馬：竇憲與馬援的並稱。竇憲(？—92)，字伯度，扶風平陵(今陝西咸陽西北)人。東漢名將，永元二年(90)大破北匈奴，勒銘燕然山。馬援(前14—49)，字文淵，扶風茂陵(今陝西興平)人。西漢末、東漢初著名軍事家，東漢開國功臣之一。官至伏波將軍，封新息侯，世稱“馬伏波”。建武十八年(42)平定交趾叛亂後，馬援立銅柱於此地，作爲東漢最南邊疆界的標志。

三三

野合桑中世作汗，準噶爾字汗①背正妻與他婦野合，生子，婦棄之澤中。字汗收養之，其後長大，遂嗣統厥部，世不絶云。魯台訛譯史重刊。額魯特別出有元阿魯臺之部，其後聲訛，遂稱爲額魯特云。有元苗裔華風在，也解尊名諱脱歡②。衛拉特始祖爲脱歡太師，蒙古語舊稱釜爲脱歡，今準人避祖諱改稱釜爲海蘇。

①　字汗：《西域圖志》：“綽羅斯屬第一世爲字汗，元臣脱歡後。自脱歡至字汗，世次不可考。”

②　脱歡：一作托歡(？—1439)。明代瓦剌貴族首領，出身綽羅斯家族。永樂十六年(1418)襲父爵爲順寧王。

三四

嗎哈沁①已作編民，蒙古以貧無賴覓食者爲嗎哈沁。伊犁平後，多逃藏山谷間，擾害行旅。乾隆二十五年，於伊犁遍設額魯特旗，分招徠撫恤，許其悔罪自新。今教育有年，風移俗化，亦無復向時嗎哈沁跡矣。黍麥年來滿塞屯。準地於五穀之屬，有黍、大小麥，亦間有稻米，其性如粳而不黏。紅柳孩②藏山谷静，不教落日恐行人。烏魯木齊深山中，每當紅柳發生時，有名紅柳孩者，長僅一二尺許，好結柳葉爲冠，赤身跳躍山谷間，人捉獲之，則不食而死。蓋亦猩猿之屬也。

①　嗎哈沁(maxtʃin)：清朝平定準噶爾部過程中，將一批逃入山林、以搶劫爲生的準噶爾民衆稱爲瑪哈沁。紀昀《閱微草堂筆記·如是我聞三》：“瑪哈沁者，額魯特之流民，無君長，無部族，或數十人爲隊，或數人爲隊，出没深山中，遇禽食禽，遇獸食獸，遇人即食人。”

② 紅柳孩：參前紀昀《烏魯木齊雜詩》"茸茸紅柳欲飛花"詩及注②。

三五

人傳釋種①教稱黃，黃教以宗喀巴爲始祖，其流派或即漢時塞種。顏師古注以塞種爲釋種，則其奉佛之俗由來久矣。宗喀②薪傳又幾牀。蒙古語以喇嘛坐牀③者爲西勒圖。學佛不曾知五戒④，露臀列拜向都綱。額魯特尊尚黃教，凡決疑定計，必諮於喇嘛而後行。自臺吉、宰桑以下，頂禮膜拜，得其一撫摩、一接手以爲大福。禮拜之儀，衆喇嘛偏袒脱褌露肩及臀以爲敬。人生六七歲即令識喇嘛字，誦喇嘛經。病則先延喇嘛諷經，然後服藥。若大臺吉有事諷經，則其下爭輸貨物於喇嘛以爲禮。都綱者，衆喇嘛聚而諷經之室也。

① 釋種：佛教創始人釋迦摩尼爲古印度釋迦族人，故稱佛教徒爲釋種。又《漢書·張騫傳》："月氏已爲匈奴所破，西擊塞王。"顏師古注："塞音先得反。西域國名，即佛經所謂釋種者。塞、釋聲相近，本一姓耳。"王詩自注中將塞種人與佛教徒混爲一談。塞種，參前"東西布魯似屯雲"詩注③。

② 宗喀：宗喀巴（1357—1419），本名羅桑扎巴，藏傳佛教格魯派的創立者、佛教理論家。

③ 坐牀：藏傳佛教中活佛轉世繼位的儀式，此處指掌教者。

④ 五戒：佛教徒的五條戒律或行爲準則：不殺生、不偷盜、不邪淫、不妄語、不飲酒。

三六

何須耕種論肥磽①，千足牛羊盡富饒。卻怪貧人好生計，乳茶入腹不愁枵②。準部不乏泉甘土肥之地，而不尚耕作，以畜牧爲業。問富强者，數畜以對，饑食其肉，渴飲其酪，寒衣其皮，馳驅資其用，無一不取給於牲。欲粒食，則因糧於回部。回人苦其鈔掠，歲賦以粟，然所賦僅供酋豪饘粥③。其達官貴人夏食酪漿酸乳，冬食牛羊肉。貧人則但食乳茶，亦足度日。畜牧之外，歲以熬茶④西藏爲要務。

① 肥磽（qiāo）：田地的肥沃或貧瘠。《孟子·告子上》："今夫麰麥，播種而耰之，其地同，樹之時又同，浡然而生，至於日至之時，皆熟矣。雖有不同，則地有肥磽，雨露之養，人事之不齊也。"趙岐注："磽，薄也。"

② 枵（xiāo）：空。康駢《劇談錄》："士則具陳奔馳陟歷，資糧已絕，迫於枵腹，請以飲饌救之。"

③ 饘粥：煮稀飯。《史記·孔子世家》："饘於是，粥於是，以糊余口。"

④ 熬茶：藏傳佛教寺廟發放布施，由熬茶者向僧人發放酥油茶與金錢，僧衆爲之念經祈

福。主要流行於西藏、青海、内蒙古一帶。

三七

人從日出拜光天，《北史‧突厥傳》："其俗穹廬、牙帳皆東開，蓋敬日之所出也。"牙帳[1]東開準噶爾方位之名，以東爲南，以南爲西，西爲北，北爲東。彼處戶東向者，即内地之南向。《北史‧突厥傳》之所謂東開者，其實非東開也。布錦聯。準語都爾布錦者，以羊毛織成，制同内地之坐褥。木匕樺燈準俗知用碗而不知用箸，其飲食皆用匕。匕之制，大小不同，以木與皮爲之。其地有樹如樺，準人取其油，以爲燈火云。陳玉醴，準俗於四月馬潼新得時置筵酬神，詐馬[2]爲慶。謂之玉醴斯。皮囊取醉賀豐年。準人縫皮爲袋，中盛牲乳，束其口，久而成酒，味微酢，謂之挏酒[3]。

　　[1] 牙帳：古代西北邊地民族的汗庭或統治中心。趙嘏《送從翁中丞奉使黠戛斯六首》其六："若遇單于舊牙帳，卻應傷歎漢舊公卿。"

　　[2] 詐馬：周伯琦《詐馬行》詩《序》："國家之制，乘輿北幸上京，歲以六月吉日，命宿衛大臣及近侍服所賜只孫、珠翠金寶、衣冠腰帶、盛飾名馬，清晨自城外各持彩仗，列隊馳入禁中。於是上盛服御殿臨觀，乃大張宴爲樂。惟宗王戚里宿衛大臣前列行酒，餘各以所職敘坐合飲。諸坊奏大樂，陳百戲，如是凡三日而罷。……名之曰'只孫宴'。'只孫'，華言一色衣也。俗呼曰'詐馬筵'。"

　　[3] 挏酒：即挏馬酒，見前曹麟開《塞上竹枝詞》"準夷部落雜烏孫"詩注[13]。

三八

梵咒旗旛卷碧綃，準部臺吉、宰桑皆建旗纛，或以綠緞，或以雜色布幅爲之，書喇嘛經咒於其上，謂遇風展動，則種福與諷誦等。駕駝施礮舊天驕[1]。準語曰包者即礮也，以鐵爲腔，駕於駝背以施放。寶權大慶歸皇極[2]，者定後，準部寶器悉歸俘獲，獻入尚方[3]。有鐵章一，其文曰"厄爾德尼卓里克圖洪臺吉之章"，華語所謂寶權大慶王也。蓋自策妄阿拉布坦時，乞自達賴喇嘛，用梵書刻印賜予，以爲準噶爾世傳之器。今則嘉祥識在天朝。金印圓隨鋒鏑銷。臺吉之印其形圓，範金[4]爲之。宰桑以下之印其形方，或以銀，或以銅、鐵、錫五金備用，各視其職掌，以爲差等云。

　　[1] 天驕：漢時匈奴自稱。《漢書‧匈奴傳上》："單于遣使遺漢書云：'南有大漢，北有強胡。胡者，天之驕子也。'"

　　[2] 皇極：皇室。《晋書‧桓玄傳》："先臣蒙國家殊遇，姻婭皇極。"

　　[3] 尚方：《漢書‧百官公卿表》："又中書謁者、黃門、鉤盾、尚方、御府、永巷、内者、宦者八官令丞。"顏師古注："尚方主作禁器物。"

④ 範金：《禮記·禮運》：“後聖有作，然後修火之利，範金合土，以爲臺榭宮室牖户。”孔穎達疏：“範金者，謂爲形範以鑄金器。”

三九

舞分軟健隸旄人^①，《周官》：“旄人掌教夷樂。”唐開元樂有軟舞、健舞，皆西音也。門右西傖^②抱器陳。古者四夷之樂用陳門右。宋王延德《高昌行紀》云：“高昌俗好音，行者必抱樂器而出。”鏗格揚聲宣佛力，布圖編曲頌皇仁。準部系出元臣，樂音與蒙古相近，大抵以絲爲主而竹附之。其鼓曰鏗格爾格者，喇嘛誦經所用。有曲曰遜雅布圖達爾者，皆彼處頌禱之詞，歡會宴飲所用。

① 旄（máo）人：先秦時期掌教樂舞的官員。《周禮·春官宗伯第三》：“旄人，下士四人，舞者衆寡無數。”又《周禮·春官·旄人》：“旄人掌教舞散樂，舞夷樂，凡四方之以舞仕者屬焉。”鄭玄注：“旄，旄牛尾，舞者所持以指麾。”

② 西傖：指西北之人。陸游《老學庵筆記》：“南朝謂北人曰‘傖父’，或謂之‘虜父’。”

四〇

錦袍右衽燦金鑲，準部之拉布錫克，即袍也。臺吉用錦緞爲之，飾以繡。宰桑則絲繡氁氇爲之，賤者多用綠色。禦冬無棉，以駝毛爲絮，名庫繃。亦有止衣羊皮者，皆右衽，平袖，四圍連紉。男子衣不鑲邊。婦衣用錦繡兩肩，兩袖及交襟續衽處鑲以金花。其民婦則以染色皮鑲之。紫帽紅靴嫁宰桑。其冠無冬夏之別，但以毛質厚薄爲差，白氈爲裏，外飾以皮。貧者飾以氈，或染紫綠色，其頂高，其邊平。略如内地暖帽，而綴纓止及其帽之半。婦人冠與男子同，臺吉靴以紅香牛皮爲之，中嵌鹿皮，刺以文繡。宰桑用紅香牛皮，不嵌不繡，民人穿皮履，或黑或黃，無敢用紅色者。婦人靴制，貴賤視其夫。嬌曳流蘇長委地，其帶以絲爲之，端垂流蘇，其長委地。好珠瑟瑟^①綴新妝。婦人辮髮雙垂，約髮用紅帛。在辮之腰帛間，綴以好珠瑟瑟之屬，望若繁星。

① 瑟瑟：碧色寶石，一説即青金石。《周書·異域傳》：“（波斯國）又出白象、師子、大鳥卵、珍珠、離珠、頗黎、珊瑚、琥珀、瑠璃、馬瑙、水晶、瑟瑟。”

四一

書翻托忒^①準噶爾字書之名。應中聲，ᡅ音阿。ᡀ音額。ᠣ音衣。從子母生。十五字頭音百五，誤他師古注旁行。準噶爾字共十五字頭，每一字頭凡七音，共得一百五音。其法直下右行,用木筆書。顏師古注《漢書》謂"外裔書皆旁行"者,非也。

① 托忒:托忒文,即衛拉特文。衛拉特蒙古喇嘛僧咱雅班第達於順治五年(1648)創製。

四二

四節三哀①別紀年,《唐書》:"堅昆俗,謂歲首爲茂師哀,以三哀爲一時,以十二物紀年,如歲在寅則曰虎年。"星家珠露②撰新編。君王置閏當春月,蹹踘天長潑水天。準俗,每歲以元旦及四月八日、五月望日、十月廿五日爲四大節,禮佛諷經不殺生。其春月則女子有蹹鞠之戲,秋月則酋長有馬射之棚,長夏則親朋有馬湩之會,三冬則孩穉有潑水之樂。積年置閏,亦同中國,但不拘月分。屆當閏之年,則宰桑等請於大臺吉,隨意中所欲置閏於某年。遇小建③之月,亦不定無三十日,隨臺吉之意而中去一日焉。自寅至丑,每月皆可閏。自朔至晦,每日皆可虛也。其地亦無二十四氣,其星家之書,名曰《珠露海》。

① 四節:《後漢書·楊賜傳》:"今城外之苑已有五六,可以逞情意,順四節也。"李賢注:"四節,謂春蒐、夏苗、秋獮、冬狩也。"此指四季。

三哀:古時西域民族紀年之俗。

② 星家:星相者。《新唐書·李德裕傳》:"時天下已平,數上疏乞骸骨,而星家言熒惑犯上相,又懇丐去位,皆不許。"

珠露:《珠露海》,一作《朱爾海》。曆書及占卜書,也指古代衛拉特蒙古喪葬占卜風俗。

③ 小建:一作小盡,農曆有二十九天的月份。

四三

誦經結髮婦隨夫,細馬馱來不用扶。珍重證盟羊胛骨,定情昨夜在氈廬。準俗,以羊、馬爲聘,昏之日,婿至女門,女家諷喇嘛經。婿與女共持一羊胛骨,拜天地日月,夫婦交結其髮,女家爲開蒙古包以成婚。明日婿先歸,別擇日以娶婦。新婦乘馬至婿家,婿家亦諷喇嘛經。

四四

五行葬法豈天真,無奈番僧法力神。薄俗於今涵孝治①,草青時有祭先人。準俗,不立喪制,死之日,其子孫親屬,丐延喇嘛諷經。撿《珠露》書,有應五行葬法者,則以其法葬。如應金葬則置諸山,應木葬則懸諸樹,應火葬則焚諸火,應水葬則沉諸河,應土葬則埋諸地。如不應五行葬者,則撤蒙古包,棄尸道傍。自亡日起誦經,四十九日不殺生、不剃頭,有剪髮以爲孝者。每忌辰,設果食湩乳以祭。每遇草青時,思其祖父,亦酹奠於野。

① 薄俗:浮淺庸俗的風尚。《漢書·元帝紀》:"民漸薄俗,去禮義,觸刑法,豈不哀哉!"

孝治:以孝道治理國家、教化百姓。《孝經·孝治》:"昔者明王之以孝治天下也,不敢遺小國之臣,而況於公侯伯子男乎。"

四五

　　紙帽行遊事可羞,教奴短布累奴愁。兒郎愛馬偷騎去,妾貌如花當九牛。準法,從軍失伍者冠以紙冠,並令妻穿短布衣,遊行徇衆①。盜馬者,罰九牛或九羊、九馬給事主;無牲畜者,則給盜者之妻與事主以償之,無妻者鞭腰。此準部所行之刑法也。

① 徇(xùn)衆:示衆。

四六

　　青吉爲君派噶師,回部舊汗,以青吉斯爲第一世。爲婚同姓轉蕃滋。派噶木巴爾①爲秉持回教之祖,因所生四子俱夭,以女妻同祖兄子阿里爲妻,以傳回教。蓋同姓爲婚,回俗不禁。編年紀載陀犁克,回書中有陀犁克者,猶内地之史也。千有餘年見聖時。回回祖國名墨克默德郍,在葉爾羌境極西。相傳派噶木巴爾自祖國東遷至今山南等處,回教始盛,故回部紀年自派噶木巴爾始。至乾隆己亥歲,共一千一百九十三年矣。

① 派噶木巴爾:派噶木巴,波斯語音譯,一作別諳拔爾、派罕巴爾。意爲聖人、先知,亦指伊斯蘭教創始人默罕默德。清代新疆和卓家族自稱"派噶木巴爾"後人,故清人有如自注"派噶木巴爾自祖國東遷至今山南等處"的誤解。

四七

　　有天無佛是回疆,俗祀祆神①舊史詳。回部不信佛,《唐書·西域傳》:"疏勒俗事祆神。"按《廣韻》:"祆,呼煙切。音訏。"《説文》:"關中謂天爲祆。"即今回人之所奉天神也。七日阿渾同拜月,三年墨克②去燒香。回人拜天爲禮,每城設禮拜寺,其始生教主曰派噶木巴爾。每日對之誦經五次,拜五次。拜畢,宣讚其義,略曰:"至尊至大,起無初,了無盡,無極無象,無比無倫,無形無影,大造化,天地主兒。"每當月初生時,臣民咸向西號呼而拜。其掌教阿渾,每閲七日,則爲衆誦經祈福一次。回部西萬餘里有墨克祖國,回人凡終身必親往禮拜一次,辦裝裹糧,往返期以三年,其貧者資於富人以往。

① 袄神：袄教尊奉的神祇。袄教又名瑣羅亞斯德教，古代波斯國教，流行於波斯及中亞等地。北魏時傳入中國，史稱袄教、拜火教。

② 墨克：今譯麥加(Mecca)，伊斯蘭教聖地，在沙特阿拉伯。另參前曹麟開《塞上竹枝詞敍注》注⑬。

四八

建元①莫問幾星躔，自度人間大小年。正是把齋②時候到，葫蘆燈向樹頭燃。回部以教主始生之年爲元年，閏一歲則加一年。雖汗新立，亦不改元。刻年數於汗之印上以爲識，云可傳之無窮。每三百六十日爲一年，不增不減，故每四年而餘二十一日，四十年而餘七月，四百八十年而餘七年矣。滿三百六十日爲一年者，謂之大年。大年第一日如中國之元旦，伯克戎裝向教主纛前行禮。大小相慶賀，先期三十日必把齋，不茹葷，不殺生。把齋者俱日出而閉關，星見而後開齋。其大年之前十五日，相傳謂教主下降，察人間善惡。男婦舉家誦經不寢，達旦懸葫蘆燈於樹頭，油盡燈落則踏破之，以是爲破除一切災咎云。元旦後七十日爲小年，殺羔祭天，餘事如大年例。

① 建元：此指伊斯蘭教曆紀念的開端。

② 把齋：即封齋。每年於伊斯蘭教教曆九月進行，齋月期間自日升至日落，戒除一切飲食和房事，齋月爲期29天。以見新月出現爲期開齋，次日爲開齋節。《回疆志》："回人亦有年節，年前即把齋一月，據嗎哈木喕敏《經》云，此一月乃先年大聖人等避難之月，大衆應日則把齋，夜則念經。清晨日出之前早食，夜俟月出之後晚食，如此一月則聖人之難可脱。"另參後蕭雄《聽園西疆雜述詩·歲時》詩及自注。

四九

回書旁注宛蟲窠，˺音愛里普。˻音之木。音圓轉似螺。按回音，凡音二字、三字、四五字者，皆合讀成一音。單字連文由互化，諧聲會意孳生多。回部與準噶爾接壤，而其書特異，其字書名《阿里卜》，凡二十九字頭①。或兼數音而成一字，或聯數字而成一音。又有化單字法、化連字法，凡字上加˺則成重讀，正音於每單字上加˼，則數字相聯，隨時配合成音，大略總以˺字爲綱。

① 廿九字頭：此處指察合臺維吾爾文。該文字是13—20世紀初在新疆使用的書面語言，有二十九個字母。

五〇

墓石遙傳刻畫工，回地歷代教主墓前多樹碑石，大書深刻，與内地無異。惟不事墨搨流傳，故往往有碑無帖。**和通技本擅雕蟲**①。準噶爾呼回人爲和通。和通性巧,最善雕刻之技。**有碑無帖真堪惜,漢字回文山洞中**。庫車山中有漢字石刻,方徑尺許,用回文折旋,皆釋典中語,疑是唐時遺跡。不著書人姓氏,緣起無考。

① 雕蟲:小技藝。劉勰《文心雕龍·詮賦》:"雖讀千賦,愈惑體要。遂使繁華損枝,膏腴害骨,無貴風軌,莫益勸戒。此揚子所以追悔於雕蟲,貽誚於霧縠者也。"

五一

赤仄①**新頒九府泉**,漢武帝時,公卿請鑄官錢赤仄,一以當五,官用非赤仄不得行。如淳注謂以赤銅爲郭。今回部錢全用紅銅,不但爲郭郭,猶古赤仄意也。**佉盧**②**回字幕文鐫。乾隆通寶今無外,元祐**③**堪嗤議鐵錢**。舊以準部强而回部弱,回人服屬於準噶爾,歲輸錢於準人,準人賴以爲用。其錢制,小而厚,圓橢而首微銳,中無方孔。面鑄準部臺吉之名,背附回字。凡臺吉新立,即易名更鑄,舊錢皆銷。乾隆二十四年,西域耆定,更鑄錢文。初仍舊式,後改如內地,面鐫"乾隆通寶"漢字,而以設局地名附於背,更定每一普爾④重一錢二分,幕文兼用回字者,從其俗也。回地以一錢爲一普爾,每一普爾直銀一分。初以五十普爾爲一騰格⑤,直銀一兩。凡千錢直銀二十兩,銀甚賤而錢極貴。耆定二十餘年,價就平減。近以百普爾爲一騰格,直銀一兩。功令⑥:回人每歲所輸額銅,即於其地分撥各局,兼於其地開山采取,以供鼓鑄,無事內地運銅。⑦宋蘇軾議於邊地行使鐵錢,蓋維時中國銅少,而外域之銅不登天府故也。

① 赤仄:一作赤側。《史記·平準書》:"郡國多奸鑄錢,錢多輕,而公卿請令京師鑄鍾官赤側。"裴駰集解引如淳曰:"以赤銅爲其郭也。今錢見有赤側者,不知作法云何。"

② 佉(qū)盧:佉盧文,梵語佉盧虱吒的簡稱,是古代西域使用較早的民族古文字之一。釋僧祐《出三藏記集》:"昔造書之主凡有三人,長名曰梵,其書右行;次曰佉樓,其書左行;少者蒼頡,其書下行。"此指維吾爾文。

③ 元祐:宋哲宗趙煦年號。

④ 普爾:又作普兒、普爾錢,維吾爾語 pul 音譯。《回疆志》:回疆"舊亦用錢,名曰普兒,以紅銅爲之,以滕格計數,每五十文爲一滕格"。參後祁韻士《西陲竹枝詞·普兒錢》。

⑤ 騰格(tanga):維吾爾語銀幣的音譯。

⑥ 功令:法令、命令。

⑦ 此詩及自注記載清代南疆錢制。《西域地理圖説》:"自我國蕩平西域以來,經定邊將軍兆(惠)等奏請,於葉爾啟木設局開爐,銷其普兒,改鑄制錢,以十萬滕格爲度,每一百文爲一滕格,每文各重二錢,一面鑄乾隆通寶,一面鑄我朝清字,及回人字之葉爾啟木字號於左右。後經尚書舒(赫德)、永(貴)等陸續具奏,請令阿克素、烏什、庫車、哈爾沙爾、賽里木、拜城、沙雅爾等七城,淘銅交納,於阿克素設爐,鼓鑄制錢,以足敷通用爲度,滿百爲一滕格,每文各重二錢,一

面鑄乾隆通寶,一面鑄我朝清字,及回人字之阿克素字號於左右。現今闊展以西各部回城通用者,即我國之制錢也。"《西域圖志》:"葉爾羌,於乾隆二十五年設局,以軍營備帶餘銅,鑄錢五十餘萬,易回部舊錢銷毀,更鑄新錢。初議得新錢十萬騰格即停鑄。二十六年以舊錢查收未竣,酌增卯限,至三十二年奏停。俟後積有舊普爾,再爲銷鑄。三十三年續收舊錢二百六十餘騰格,加鑄一次。三十四年,於烏什、阿克蘇撥銅三千斤,交葉爾羌鼓鑄。尋議停。阿克蘇,於乾隆二十六年設局。以各城回民交納額銅,本城伯克交納貢銅,及官采銅斤開鑄。至三十年移設烏什,其阿克蘇爐局議停。烏什,於乾隆三十一年設局開鑄,如阿克蘇例。"《回疆通志》:"錢局原在烏什安設。嘉慶四年,參贊大臣覺羅長麟奏,請移在阿克蘇城内,安爐鼓鑄。所有銅廠官兵及錢局督造收發事宜,俱歸阿克蘇辦事大臣管理。嘉慶五年爲始,由部頒發乾隆通寶、嘉慶通寶祖錢二枚,按二八成鑄造,派糧員監造。"另參後蕭雄《聽園西疆雜述詩·錢制》詩自注。

五二

五旦五旦七調,與中華五均①七音之旨相合。蓋回部樂器九音皆備,以華譯之,旦即均也。雙弦其器有喀爾奈②者,狀類洋琴,凡十八弦。惟第一單弦,自第二至第八皆雙其弦。應和多,天方新唱陌摩訶③。鐵腔鼓裹行鼓以鐵爲腔,冒以革,上大下小,擊以二木枝。吹蘆哨,有器如銅角而木管,木管上安銅管,銅管上安蘆哨,而口吹之,此回樂鼓吹也。珠魯翻成朱鷺歌④。珠魯,彼處曲名。蓋亦馬前鼓吹之詞也。

① 五均:《文選》卷十五張衡《思玄賦》:"考治亂於律均分。"李善注引《樂汁圖征》曰:"聖人往承天助以立五均。均者,亦律調五聲之均也。"
② 喀爾奈:今作卡龍,維吾爾族傳統板箱型弦鳴樂器,主要流傳於喀什、和田、莎車等地。
③ 摩訶:漢代西域傳入的樂曲名。參前紀昀《烏魯木齊雜詩》"地近山南估客多"詩注③。
④ 朱鷺歌:朱鷺曲。《樂府詩集·漢鐃歌》引《古今樂録》曰:"漢鼓吹鐃歌十八曲,字多訛誤。一曰《朱鷺》。"楊慎《升庵詩話》:"古樂府有《朱鷺曲》。解云:因飾鼓以鷺而名曲焉。……蓋鷺色本白,漢初有朱鷺之瑞,故以鷺形飾鼓,又以朱鷺名《鼓吹曲》也。"

五三

度索尋橦絶伎兼,御製《回人繩伎詩序》:"繩伎,即古尋橦度索之遺。"部分雙引到重檐①。錦襴紅襪蹲蹲②舞,巧赴鋼絲《昔昔鹽》③。《文獻通考》:"答臘、雞婁鼓等十種爲一部,隋唐以備燕樂。其曲有《昔昔鹽》《一臺鹽》之類。"今回部樂音,自平定後,隸在樂官,每三大節筵宴,高麗國俳呈伎之後,回人奏伎。司舞二人,舞盤二人,皆服背褂錦腰襴綢接袖衣,冠錦面倭緞緣邊回回帽,著青緞靴,繫絲綢帶,於樂作後即上。司舞二人起舞,舞盤二人隨舞。舞畢,次呈雜伎。大回子四人,皆服背褡,上身雜色綢,下身接袖衣,冠五色綢回回小帽;小回子二人,服雜色綢絹衣,冠五色綢回回小帽,走索尋橦,百戲④具陳,樂止乃下。

① 雙引:分列導引。

重檐:《禮記·明堂位》:"復廟重檐。"鄭玄注:"重檐,重承壁材也。"孔穎達疏:"謂就外檐下壁復安板檐,以辟風雨之灑壁。"此處指宮廷。

② 蹲蹲:《詩·小雅·伐木》:"坎坎鼓我,蹲蹲舞我。"毛傳:"蹲蹲,舞貌。"

③《昔昔鹽》:樂府"近代曲辭"名。《樂府詩集》"近代曲辭":"近代曲者,亦雜曲也,以其出於隋唐之世,故曰近代曲也。"又同書薛道衡《昔昔鹽二首》題下注:"隋薛吏部有《昔昔鹽》,唐趙嘏廣之爲二十章。《樂苑》曰:'《昔昔鹽》,羽調曲,唐亦爲舞曲。''昔'一作'析'。"楊慎《詞品》:"梁樂府《夜夜曲》,或名《昔昔鹽》。昔即夜也,《列子》:'昔昔夢爲君。'鹽亦曲之別名。"

④ 百戲:古代乐舞杂技藝術的总称,起源於秦漢,包括吞刀、履火、尋橦、跳丸等。

五四

硝磺棉米産分區,不止葡萄入歲租。麟趾褭蹄詩志瑞,金三品①獨賤銀鏤。準、回兩部自入版圖,輸租請吏,賦役有經。其額賦葡萄之外,歲貢稻米、棉花、硝磺、紅花等物不一,皆爲定額。惟回地以銅爲貴,以銀爲賤,黃金則其地所出,亦入土貢。昔漢武帝幸回中②,下詔言:封岱時,見西域金氣之祥,因鑄麟趾褭蹄以示後世。乾隆庚辰歲,命以回部貢金仿鑄麟趾褭蹄,有御製紀事詩並序。

① 金三品:《尚書·禹貢》:"厥貢惟金三品。"孔傳:"金、銀、銅也。"孔穎達疏:"金既總名,而云三品,黃金以下,惟有白銀與銅耳。"

② 回中:漢代長安至蕭關的三條道路之一。《漢書·武帝紀》:"(元封)四年冬十月,行幸雍,祠五時。通回中道,遂北出蕭關。"盧照鄰《上之回》詩:"回中道路險,蕭關烽候多。"

五五

戧金吉語繞夔螭①,典故稽從眉哩時。師還,俘獲噠嚕篘,蓋貯漿器也。範銅而金銀錯,其文皆旁行回字,不可識。令阿渾譯之,具云:"元時有汗曰眉哩特木爾,世居伊楞,令其地良匠喀嗎爾所造。"銘文皆祝嘏②之詞。其事緣起,載在《陀犁克》云。跟肘③辨來迷噶愛,始知彼國有冰斯④。内府舊藏唐銅器一,似豆而短足,亦以金銀爲文。令土魯番、哈密回子辨之,惟識"噶愛"兩字,餘皆不識。蓋彼經文亦有今古之異,人不能盡識也。

① 戧(qiàng)金:在器物上作嵌金的花紋。

夔螭(chī)：夔，傳說中的龍形獸。螭，無角之龍。此指龍紋。

② 祝嘏：祭祀時祝禱之辭。《禮記·禮運》：“修其祝嘏，以降上神與其先祖。”鄭玄注：“祝，祝爲主人饗神辭也。嘏，祝爲尸致福於主人之辭也。”

③ 跟肘：腳跟與手肘，此處喻字跡筆劃不全。蘇軾《鳳翔八觀·石鼓歌》：“模糊半已隱瘢胈，詰曲猶能辨跟肘。”王文誥注引趙次公曰：“言字中之漫滅缺損者，如瘡瘠之瘢痕，手間之胼胈，與夫形體不全，但餘足跟臂肘者耳。”

④ 冰斯：唐代李陽冰與秦朝李斯的並稱，兩人均爲書法家。蘇軾《鳳翔八觀·石鼓歌》：“上追軒頡相唯諾，下揖冰斯同鷇鷇。”此處代指能辨識古文字的人。

五六

讞刑灌水似鞭蒲①，懸架懲奸法更殊。怪底兒童齊拍手，官人入市倒騎驢。回部鞫囚②之法，仰臥犯者於地，以水灌之。或縛置高處，令足不著地，而以繩勒其腹。不服則鞭其腰，又不服則刖其足，甚則囚之地牢。即吐實定案，設木架於市，懸以示衆，至三日，無不死者。職官有犯，則以墨塗其面，令倒騎驢入市示衆以辱之。

① 讞(yàn)刑：議罪判刑。《舊唐書·刑法志》：“臣(孫革)職當讞刑，合分善惡。”
鞭蒲：蒲草作的鞭子，代指刑罰。
② 鞫(jū)囚：審問犯人。

五七

也道居喪不着緋，墨衰①聊用布爲衣。不愁今歲寒無帽，新向墳頭送葬歸。回俗，居喪無服制，但去紅綠，着黑布而已。人死，殯之以無底棺。棺上所覆綢緞，以分致送葬者爲小帽。

① 墨衰(cuī)：黑色的喪服。《左傳·僖公三十三年》：“遂發命，遽興姜戎。子墨衰絰。”杜預注：“晉文公未葬，故襄公稱子，以凶服從戎，故墨之。”

五八

連襟①報諾便烹羊，教主前頭設誓長。綠毯昇來扶上馬，嬌羞未肯拜姑章②。回俗，婚家邀媒氏至女家，以連襟爲詞，未敢質言議昏。既報可，則烹一羊，藉之以綢，覆之以被，送女家爲定。前娶之三日，婿宿女家而不入內。至第三日，女家延阿渾誦經。婿設誓於教主前，女無大故,不敢凌虐。乃坐女於氈毯,四人舁以出門,抱以上馬。至家,先拜灶神,澆油於灶門,然後入房,不即拜舅姑也。或半歲,或經年,婿之卑幼入房,去新婦障,而始出拜舅姑焉。

① 連襟:襟,衣襟。古人以襟袂相連形容關係親密,後用連襟代指姊妹之夫。杜甫《贈李十五丈別》詩:"人生意氣合,相與襟袂連。"馬永卿《嬾真子》:"《爾雅》曰:'兩壻相謂爲亞。'注云:'今江東人呼同門爲僚壻。'《嚴助傳》呼友壻,江北人呼連袂,又呼連襟。"

② 姑章:即姑嫜,丈夫的父母。杜甫《新婚別》詩:"妾身未分明,何以拜姑嫜。"

五九

羊冠①五寸髮垂垂,無扣貂褕②稱意披。倭墮③鴛哥回語,婦人爲鴛哥。好妝束,絳幃雙枕燦金絲。回部暖帽頂高五寸,邊寬,前後獨銳,各五寸。貴者用貂帽,頂紅色,織花繡紋而不綴纓。婦人帽頂尖圓,中腰稍細,形若葫蘆之半。辮髮雙垂,束以紅帛,不用珠綴。其曰"托恩"者,袍也。領無扣,袖平不鑲,四圍連紉。貴者用錦繡,冬用貂。枕之制,略如內地,多用金絲緞,且以兩枕疊而用之。幃帳或青或紅,與內地同。

① 羊冠:高冠。韓愈《示兒》詩:"不知官高卑,玉帶懸金魚。問客之所爲,羊冠講唐虞。"

② 貂褕(yú):貂皮製成的衣服。方岳《用簡齋建除體韻》詩:"執杯手欲龜,風雪侵貂褕。"

③ 倭墮:倭墮髻,古代婦女的髮式,髮髻向額前俯偃,流行於漢魏時期。《樂府詩集·相和曲下·陌上桑三解》:"頭上倭墮髻,耳中明月珠。"

六〇

小雅詩傳考牧篇①,傽㑊②有唱譜新編。阿誰慣打雞婁鼓③,與我同摌馬尾弦。準、回諸部樂器,多以馬尾爲弦,無用絲者。其弦之大小,以棕之多少爲差,亦間有皮弦者。

① 考牧篇:毛詩序:"無羊,宣王考牧也。"鄭玄箋:"厲王之時,牧人之職廢,宣王始興而復之,至此而成,謂復先王牛羊之數。"孔穎達疏:"牧事有成,故言考牧也。"

② 傽(jìn)㑊:一作禁㑊,少數民族音樂。參前紀昀《烏魯木齊雜詩》"地近山南估客多"詩注④。

③ 雞婁鼓:一作雞樓鼓。馬端臨《文獻通考》:"雞婁鼓,其形正而圓,首尾所擊之處,平可數寸,龜兹、疏勒、高昌之器也。"又:"其形如甕,腰有環,以綏帶繫之腋下。"

附題詞:匵徐嵩朗齋

海內稱詩王鐵夫,鐵夫鐵體鐵厓①無。中華樂府無新句,翻遍朱離西域圖。

　　① 鐵厓：楊維楨(1296—1370)字廉夫,號鐵崖,又號鐵笛道人,山陰(浙江紹興)人。擅長樂府詩創作,詩歌風格號稱鐵崖體。

　　鳳皇雲陛奏環天①,七字聲諧馬尾弦。好補周書王會解,春官寫進狄鞮②篇。

　　① 雲陛：巍峨的宮殿。《文選》卷五九沈約《齊故安陸昭王碑文》:"哀感徒庶,慟興雲陛。"李善注引左思《七略》云:"閭甲第之廣袤,建雲陛之嵯峨。"

　　環天：即鈞天,天的中央,神話中天帝所居之處。《吕氏春秋·有始覽·有始》:"中央曰鈞天。"王嘉《拾遺記》:"奏環天之和樂,列以重霄之寶器。……環天者,鈞天也。"

　　② 狄鞮(dī)：《禮記·王制》:"五方之民,言語不通,嗜欲不同。達其志,通其欲,東方曰寄,南方曰象,西方曰狄鞮,北方曰譯。"孔穎達疏:"鞮,知也,謂通傳夷狄之語,與中國相知。"

朱腹松

朱腹松，生卒年不详，字鼎懷，號雪濤，江蘇泰興人。早負文譽，乾隆四十四年(1779)由選貢舉順天鄉試，任河北清苑縣知縣，權保定府同知。乾隆五十五年在任上辦案不利，偽造供詞，被抄没家產，遣戍伊犂。乾隆六十年賜還。著有《雪濤文集》《塞上草》等。

伊江雜詠十首

解題：

組詩選自《塞上草》卷一，主要描寫乾隆末年伊犂地區風物和自己的遣戍生活，兼抒所感。

一

旅邸光陰盡日閑，門無剝啄①任常關。北窗一枕②清風裏，臥看城南雪滿山。

① 剝啄：象聲詞，指敲門或下棋聲。蘇軾《次韻趙令鑠惠酒》詩："門前聽剝啄，烹魚得尺素。"

② 北窗一枕：參前莊肇奎《伊犂紀事二十首效竹枝體》"午餘苦熱更斜陽"詩注①。

二

空庭草滿碧無情，鐵馬頻嘶①入夢驚。明月樓頭吹玉笛，隔牆並作斷腸聲。

① 鐵馬：用銅、鐵製成的裝飾品，掛在屋檐下以占風。《西廂記·聽琴》："莫不是鐵馬兒檐前驟風?"

頻嘶：此指鐵馬臨風發出的撞擊聲。

三

欲把愁懷付酒卮[1]，畦蔬剪向白雲陂[2]。攜竿不羨鱸魚美，怕引秋風上釣絲。[3]伊江所産，以鱸魚爲最。

① 酒卮：酒杯。庾信《北園新齋成應趙王教詩》："玉節調笙管，金船代酒卮。"

② 白雲陂：白雲邊。此聯暗含出世之意。杜甫《秦州雜詩二十首》其十四："何時一茅屋，送老白雲邊。"

③ "攜竿"二句：反用張翰"蓴鱸之思"典，參前紀昀《烏魯木齊雜詩》"家家小史素參紅"詩注②。

四

老樹垂陰覆短檐，編蘿爲障草爲簾。晝長人靜爐煙冷，自起敲煤作炭添。[1]伊犁煤甲西北，焚香煮茗俱用之。

① 伊犁産煤事，參前徐步雲《新疆紀盛詩》"石炭疑從太古胎"詩注①。

五

沿街風景似山村，野水浮來綠到門。小彴[1]橫斜人過少，飛鴉掠破碧波痕。

① 小彴：小橋。參前王曾翼《回疆雜詠》"澄流曲曲短垣遮"詩注①。

六

秦越萍蹤結作鄰，青鞋布襪往來頻。[1]最憐拳大金鈴犬，迎向柴關學吠人。始得自哦囉斯[2]國，居人相沿，以哦囉斯呼之。

① "秦越"二句：意爲伊犁地區人口衆多，南北方人聚居一處。

青鞋布襪：喻隱士生活。杜甫《奉先劉少府新畫山水障歌》詩："吾獨何爲在泥滓？青鞋布襪從此始。"此處指一般居民。

②　哦囉斯：即俄羅斯。

七

霜花初結草猶肥，争逐荒原看打圍。獵馬帶禽門外過，百錢買得一雙歸。

八

聽曲東鄰月半沉，《陽春》①何處覓知音。江南子弟邊關老，唱斷昆山②淚滿襟。

①《陽春》：宋玉《對楚王問》："客有歌於郢中者，其始曰《下里》《巴人》，國中屬而和者數千人。……其爲《陽春》《白雪》，國中屬而和者不過數十人。"

②　昆山：此指昆曲，又稱昆腔、昆山腔。

九

山寺風搖殿角鈴，鈴聲遠隔數峰青。牛羊滿地無人牧，古樹斜陽貿易亭①。亭在城北，與哈斯哈克②通商處。

①　貿易亭：清政府平定西域後，在部分城市設置的與外藩部落互市的貿易點。《伊江集載》："伊犁向例止準哈薩克、布魯特、安集延三部落在本地通商，易換羊、布。在惠遠城西門外設立貿易亭，爲其賣貨之所，歷年已久，頗屬相安。"

②　哈斯哈克：即哈薩克。注語謂貿易亭在惠遠城北，有誤。

一〇

百尺凌雲鑒遠樓，水光山色望中收。緑楊市井孤城裏，短壁齊腰屋打頭。俗稱望河樓，南臨伊江，北距惠遠城里許。

薛傳源

薛傳源(1753—1821),字河明,號芝塘、資塘,晚號小黄山樵,江蘇江陰人。嘉慶十三年(1808)歲貢生,候選訓導。嗜讀書,工詩文,得劉墉、沈荃等人賞識。著有《芝塘詩文稿》《江干叢草》《防海備覽》。

李菽村觀察枝昌自新疆回備聆新疆風土因作竹枝詞十六首

解題:

組詩選自《芝塘詩文稿》卷十三。薛傳源没有到過新疆,據詩題所述,這組詩作是由李枝昌處瞭解到新疆聞見之後所作。李枝昌(1715—1803)字介繁,號菽村,浙江桐鄉人,乾隆九年(1744)舉人,十三年進士。曾任樂陵縣令、東平州知州、贛州知府等。乾隆三十七年,李枝昌在贛州知府任上因所屬會昌縣銀兩虧缺案牽連,發往阿爾泰軍臺,於張家口北長城外的頭臺效力。乾隆四十年期滿賜還,也並未至新疆。實際從組詩中所描寫庫車硇砂、冰嶺神鷹等内容來看,大多出自椿園七十一《西域聞見録》,加以詩人的潤飾而成詩。

一

八道溝①西疏勒河,月牙泉水清無波。蘋婆杏李占繁實,只看春來風信②多。

① 八道溝:《西域圖志》:"十道溝,在玉門縣、安西州交界。二道溝以東屬玉門縣,三道溝以西屬安西州。……八道溝,西距州城二百里。"

② 風信:應時節變化而起的風。司空圖《江行二首》其二:"初程風信好,回望失津樓。"

二

柳沙密築庫車城,山洞砂光萬火明。待得隆冬多大雪,取砂不憚赤身行。①

① 詩本《西域聞見録》："(庫車)出硇砂之山在城北，山多石洞，春、夏、秋洞中皆火。夜望如萬點燈光，人不可近。冬日極寒時，大雪火息，土人往取砂，赤身而入。砂産洞中，如鐘乳形，故爲難得也。"參後福慶《異域竹枝詞》"硇砂充洞火光飛"、朱紫貴《天山牧唱》"雪中才許一攀藤"、祁韻士《西陲竹枝詞·硇砂》詩。

三

紅廟兒前阿魏① 稀，紅山嘴下壓油② 肥。節過五月裘猶禦，總爲風寒雪霰飛。

① 阿魏：見參前紀昀《烏魯木齊雜詩》"長鑱木柄厥寒雲"詩自注及注②。

② 壓油：《西域聞見録》："伊犁、烏魯木齊之間有壓油鳥，大如雞雛，色正黑，肥則集人屋宇或院落中，唧唧哀鳴。招之輒集於肩袖，捉而急握之，油自其糞門出，油盡，仍縱之去。"另參後舒其紹《伊江雜詠·壓油鳥》、祁韻士《西陲竹枝詞·壓油鳥》詩。

四

怒馬鮮衣①伯克回部大頭目。來，海蘭達爾儼趨陪②。把齋已了喧街巷，男婦歡歌入則③開齋。回。

① 鮮衣：《史記·劉敬叔孫通列傳》："虞將軍欲與之鮮衣。"司馬貞《索隱》："鮮衣，美服也。"

② 趨陪：趨承陪侍。沈佺期《同韋舍人早朝》詩："千春奉休曆，分禁喜趨陪。"

③ 入則(roza)：伊斯蘭教主要節日之一的肉孜節，亦名開齋節。參前王芑孫《西陬牧唱詞六十首》"建元莫問幾星躔"詩注②。

詩本《西域聞見録》："開齋之日，竟夜鼓吹。至辰刻，其阿奇木伯克鮮衣怒馬，金絲黃阿渾帽，駝馬皆飾以錦鞍，各五七對，旗幟鼓樂，海蘭達爾歌舞紛紜前導，伯克、阿渾等皆白圓帽，圍隨左右。其阿奇木之心腹人等，控弦操槊，披甲護衛，一同入禮拜寺諷經。合城男女皆新衣，喧闐街巷，群瞻阿奇木威儀。禮拜畢，均隨入阿奇木家拜年。阿奇木勞以牛羊之肉、葡萄之酒。男女跳舞歌唱，闐飲盡歡而散，謂之入則愛伊諦。"

五

賓朋宴好也開筵，沙棗沙葱①並雪蓮。畜得神雕三五架，黃羊白兔不論錢。②

① 沙葱：又名蒙古韭，百合科葱屬植物。在中國主要生長於新疆、青海、內蒙古等地。耐乾旱，可食用，亦具有藥用價值。另參後祁韻士《西陲竹枝詞·沙葱》詩。

② “畜得”二句：《西域聞見録》：“回人喜畜雕，少有之家，即有雕一二架，或至二三十架。雕捷而鷙，狼、狐、黄羊之屬遇之無得脱者。”

六

卜居愛曼^①村名。土爲牆，棟桷平鋪盡白楊。第一先開通溜克^②，天窗。再營屋側伯斯塘^③。園也。

① 愛曼：一作愛馬克。指具有血緣關係的民族、部族、家族，或具有地緣關係的州郡、村落等團體。

② 通溜克：維吾爾語 tünglük 的音譯，意爲天窗。

③ 伯斯塘：一作百子塘，維吾爾語 bostan 音譯。參後成書《伊吾絶句》“玲瓏華蓋象天文”、朱紫貴《天山牧唱》“緑楊踠地晚風柔”、鐵保《倈寧雜詩》“茂林環曲水”諸作。

《西域聞見録》：“回屋聚土爲牆，壘厚三四尺，以白楊、胡桐之木横布其上，施葦敷泥，遂成室宇。或爲樓，厚七八尺有奇。穴牆爲竈，直達屋頂，寬尺餘，高二三尺，與地平，置木火其中，以禦冬寒，謂之務恰克。穴牆爲洞，寬長不一，以藏物件，謂之務油克。屋頂開天窗一二處，以納陽光，謂之通溜克。……屋傍例有園池，廣植花果，開伯斯塘以避夏暑。”

七

胡桐十里望成林，夏草冬蟲^①遍樹陰。不及温都帕拉聘，^②草根也。回城遠販得兼金^③。

① 夏草冬蟲：蟲草。真菌類植物，寄生於蝙蝠蛾屬昆蟲幼蟲體内。帶菌類子座的乾燥蟲體具有藥用價值。

② “不及”句：《西域聞見録》：“帕拉聘，草根也。全似三七，但色藍或黑，出温都斯坦。回人多往采取，重價貨於回城。陰冷痼疾，服之立愈。”

③ 兼金：《孟子·公孫醜下》：“前日於齊，王饋兼金一百而不受。”趙岐注：“兼金，好金也，其價兼倍於常者。”

八

醫藥堪輿^①書幾門，字頭通曉已推尊。回字頭二十九，通能曉者推爲阿渾。鄉愚忘卻生身日，撒手前來問阿渾。

① 堪輿：堪，天道；輿，地道。指風水。《西域聞見錄》：“回人文字有醫藥之書，有占卜之書，有堪輿之書，有前代紀載之書，有各國山川風土之書。”

九

八叉蟲類繭蠶形^①，風起飛來不暫停。毒噬若非茜草汁，回生惟仗阿渾經。

① 八叉蟲：見前紀昀《烏魯木齊雜詩》“照眼猩猩茜草紅”注②。

一〇

雪海灘頭雪作泥，冰山凍裂慘難躋。晨行覓得神蹤在，更聽鷹鳴路不迷。^①

① “更廳”句：《西域聞見錄》：“（穆素爾達坂）有神獸一，非狼非狐，每晨視其蹤之所，往踐而循之，必無差繆。有神鷹一，大如雕，色青白，或有迷失路徑者，輒聞鷹鳴，尋聲而往，即歸正路。”可與後福慶《異域竹枝詞》“山上白鷹不計年”、薛國琛《伊江雜詠》“冰山矗矗曙光寒”、蕭雄《聽園西疆雜述詩·雪海》諸詩互參。

一一

額魯當年擾不休，秋成頭目苦誅求^①。而今一統歸王化，土堡連村尚似樓。^②

① 誅求：需索、勒索。《左傳·襄公三十一年》：“以敝邑褊小，介於大國，誅求無時，是以不敢寧居，悉索敝賦，以來會時事。”杜預注：“誅，責也。”

② 詩本《西域聞見錄》：“回地空野中多土堡，似樓而牆壁堅厚，高三四尺。據云準噶爾時，額魯特常來騷擾，或三五爲群，或數十爲群，突至回地搶奪牲畜，姦淫婦女，少不如意即肆殘殺。故稍殷實之回子皆有土堡，有額魯特來則人避於上，牲畜匿於下，緊閉其竇而守之。”

一二

大麥充牲小麥糧，春融引水入池塘。田中惡草休芟盡，留與新苗好納涼。^①

① 詩本《西域聞見録》：回地"百穀皆可種植，而以小麥爲細糧，粳棉次之。大麥、穈子用以燒酒，及充牲畜棧豆而已。……荒草湖灘，每於春融冰鮮時，引水入池。微乾，則耕犁播種。苗生數寸，又放水灌溉之。嘉禾與惡草同生，不加芸鋤，且云草生茂盛，禾苗得以乘涼"。

一三

闢展春來饒怪風，翻飛車輛去無蹤。兩山清朗行人起，又恐花牛出道中。①

① 詩本《西域聞見録》："舒爾漢，風雪之謂也，邊外北路皆有之。伊犁哈布他海山西北徑過，馬行兩晝夜，中有花牛一隻，小於常牛。見則舒爾漢起，急風大雪，旋轉漫天，非尋常可比。人畜遭之，十存一二。額魯特呼之爲阿爾布圖呼爾，譯言花牛犢也。至其地則虔誠祭禱而後行，俗謂之風戈壁。"可與後祁韻士《西陲竹枝詞·風戈壁》、朱紫貴《天山牧唱》"一箭鴉翎插地深"詩互參。

一四

客到先供哈密瓜，甘芳清脆味堪誇。夏來桑葚添新釀，聚飲連宵不到家。①

① "夏來"句：《西域聞見録》："夏初，桑葚熟，回人取以釀酒，家各數石。男女於樹陰草地或果木園中，歡然聚飲，酣歌醉舞，徹夜通宵，從此所遇皆醉回子矣。"

一五

少年覓得朵斯少女。居，反目無端各棄予。草草婚期多意合，念經即是議婚書。①

① "草草"二句：《西域聞見録》："回人婚娶，兩家意合，男家饋送牛羊、布匹，邀請親戚，更求阿渾數人同赴女家議婚，念經爲定。至婚期，女家或父或兄一人，抱新婦同騎馬上，以帕蓋面，鼓吹導引，送至夫家。"

一六

葉爾羌邊葉爾河，如磐石璞隱深波。搭班①更有無瑕玉，覓得犛牛捷取多。②

① 搭班：又作打坂、達坂。參前徐步雲《新疆紀盛詩》"傳聞打坂四時更"詩注①。

② 詩本《西域聞見錄》："去葉爾羌二百三十里有山，曰米爾臺搭班。遍山皆玉，五色不同。……欲求純玉無瑕大至千萬斤者，則在絕高峻峰之上，人不能到。土産犛牛，慣於登陟。回子攜具乘牛，攀援錘鑿，任其自落而收取焉。"

沈峻

　　沈峻(1744—1818)，初名曰名揮，後更名峻。字丹崖，號筌浦，一號存圃，直隸天津人。乾隆三十九年(1774)副貢生，充八旗教諭。乾隆五十一年選授廣東吳川知縣，有惠政。乾隆五十六年八月，因失察私鹽案革職，去官之日，士民泣送數十里。乾隆五十七年遣戍烏魯木齊，次年四月抵迪化。嘉慶二年(1797)歸里後，居家課子授徒，以詩酒自娛。有詩名，善書法，著有《問石山房墨刻》《欣遇齋詩集》。

輪臺竹枝詞

解題：

　　組詩選自《欣遇齋詩集》卷十六《欣遇齋詩鈔補遺》，計詩 10 首。沈峻自訂《沈丹崖年谱》中亦載這組詩作，未錄自注。沈峻流放期間一直居住在烏魯木齊，與龍鐸、福慶等人過從甚密，常相唱和，是乾嘉年間烏魯木齊詩人群體中的活躍人物，曾自詡"詩稱塞外唯龍沈"(《漫成》)。組詩題目中的輪臺指烏魯木齊，詩歌主要描寫了烏魯木齊的地理位置、駐防情形、社會民風等。

一

　　一水中分兩座城，碧油幢擁殿前兵。滿城駐防兵，皆自京營來。鞏寧直接徠寧①路，只隔伊江十八程②。自巴里坤至塔爾巴哈臺爲北路，屬伊犁將軍統轄。

　　① 鞏寧：清代烏魯木齊滿城鞏寧城，乾隆三十七年(1772)始建。

　　徠寧：清代喀什噶爾滿城徠寧城。乾隆二十七年(1762)由喀什噶爾參贊大臣永貴修建，乾隆三十六年賜名徠寧。

　　② 十八程：《烏魯木齊政略》："(迪化城西至)伊犁十九站。……南路烏什、哈拉沙爾、喀什噶爾、庫車、阿克蘇、葉爾羌、和闐等城，東自闢展行走，西自伊犁行走，均不由烏魯木齊，程站無考。"此處十八程代指路途遙遠，非實數。謝肇淛《入鎮遠》詩："彩雲咫尺天南見，只隔黔巫十八程。"

二

擁髻仙人下玉京①，萬峰晴雪倚天明。祁連秀峙三千里，哈密遥連迪化城。雪山自關外袤延數千里，又自蘇拔山②抵博克達山爲最高。

① 擁髻仙人：借指層疊的雪山。玉京：仙都。《魏書·釋老志》：“道家之原，出於老子。其自言也，先天地生，以資萬類。上處玉京，爲神王之宗。”

② 蘇拔山：不詳，或爲蘇巴什。《西域同文志》：“蘇巴什，回語。蘇，水也；塔克，山也。山有泉源，故名。即《唐書》所謂磧石磧也。”《西域圖志》：“蘇巴什塔克，在闢展南，自博羅圖、納林奇喇諸塔克迤邐東屬，經闢展南境逾東界而止。……其北谷口在托克三西南五十里，谷内有兩大石，入谷行十里，微有水草，蓋古車師通焉耆道也。”新疆蘇巴什地名所處不一，《西域同文志》所載蘇巴什山位於今新疆托克遜縣西南，《西域圖志》所載爲鄯善縣境内者。

三

馬牛量谷地分工，沃壤清渠到處通。校尉不須誇戊己，金穰①歲歲兆年豐。邊外屯田以廢員掌其事，謂之糧員。屯每一卒交麥四十斛，地以工計。自打坂至精河、庫屯②，凡千里。

① 金穰：古時根據太歲星（木星）的運行方位預測年成的豐歉，運行至正西方稱歲在金，預示農業豐收。《史記·天官書》：“然必察太歲所在。在金，穰；水，毀；木，饑；火，旱。此其大經也。”

② 庫屯：一作奎墩，今新疆奎屯市。《西域同文志》：“奎屯，準語。地居大山之陰，氣候早寒，故名。”

四

斗印朱文照眼光，分明蟲繆①列三行。邊外印文皆滿、漢、回三色字。朝廷法物齊中外，也使蕃兒識典章。

① 蟲繆：《漢書·藝文志》載新莽時期所倡漢書六體：“六體者：古文、奇字、篆書、隸書、繆篆、蟲書。”顔師古注：“蟲書謂爲蟲鳥之形，所以書幡信也。”蟲繆爲蟲書、繆篆合稱，此處據以代指官印文字。

五

瓜期幾載入重關，不用鐃歌①唱凱還。好語寒衣②休寄遠，暫教少婦損紅顏。各城換班戍兵，以五年還役。

　　① 鐃歌：樂府鼓吹曲。《樂府詩集》"鼓吹曲辭"："短簫鐃歌，軍樂也。黃帝岐伯所作，以建威揚德、風敵勸士也。"

　　② 寒衣：冬天禦寒的衣服。陶潛《擬古》詩其九："春蠶既無食，寒衣欲誰待？"

六

一拳紅石小於螺，解報雙歧麥穗①多。料得西池②常獻壽，年年持伴玉山禾③。城東紅山嘴，有石似桃而紅，土人以石色深淺占麥收豐歉。

　　① 雙歧麥穗：一株麥子結兩個麥穗，祥瑞之兆。

　　② 西池：即瑤池，傳說中西王母所居。《穆天子傳》："天子觴西王母於瑤池之上，西王母爲天子謠。"

　　③ 玉山禾：傳說中昆侖山中所產之粟。鮑照《代空城雀》詩："誠不及青鳥，遠食玉山禾。"

七

懸薄①人家晝掩扉，隔牆軟語聽依稀。個中幻出桃源路，賺得漁郎不忍歸。②漢城有江南巷，狹邪③地。

　　① 懸薄：懸通縣。《莊子·達生》："高門縣薄，無不走也。"成玄英疏："縣薄，垂簾也。"

　　② "個中"二句：化用陶淵明《桃花源記》武陵漁人遇世外桃源事，以喻迪化城中煙花巷陌之地。

　　③ 狹邪：妓院。白行簡《李娃傳》："此狹邪女李氏宅也。"

八

柳條慣折他人手，①笑殺尋芳逐斧柯②。那及秦宮花底活③，送迎懶唱渡江歌④。邊民多淫，往往因妒殞身。其驗⑤如此。

①　"柳條"句：以柳喻女子。與《敦煌曲子詞·望江南》詞意略同："莫攀我，攀我太心偏。我是曲江临池柳，這人折了那人攀。恩愛一時間。"

②　斧柯：喻媒人。《詩·齊風·南山》："析薪如之何？匪斧不克。取妻如之何？匪媒不得。"

③　秦宫：東漢時大將軍梁冀的嬖奴。《後漢書·梁冀傳》："冀愛監奴秦宫，官至太倉令。"

花底活：喻荒淫。李賀《秦宫詩》："皇天厄運猶曾裂，秦宫一生花底活。"

④　渡江歌：指王獻之《桃葉歌》："桃葉復桃葉，桃樹連桃根。相憐兩樂事，獨使我殷勤。"《樂府詩集·吳聲歌曲二·桃葉歌三首》引《古今樂録》："《桃葉歌》者，晉王子敬之所作也。桃葉，子敬妾名，緣於篤愛，所以歌之。"

⑤　騃（ái）：愚蠢。

九

遥連草地雅蘇臺，北路至烏里雅蘇臺三千餘里。上谷漁陽插羽①回。西北地形天下脊，斗杓明處五雲②開。

①　上谷漁陽：戰國燕置上谷郡，爲燕國北長城起點，在今河北省張家口境；戰國燕置漁陽郡，在今北京密雲縣境。唐代改薊州爲漁陽郡，在今天津薊縣。《漢書·匈奴傳上》："燕亦築長城，自造陽至襄平，置上谷、漁陽、右北平、遼西、遼東郡以距胡。"《後漢書·吳漢傳》："漁陽、上谷突騎，天下所聞也。"此聯當指烏魯木齊與烏里雅蘇臺作爲西北邊塞重鎮，形勢相連，聲氣相通，具有重要的政治、軍事地位。

插羽：古時在軍書上插羽毛，以示迅疾。劉勰《文心雕龍·檄移》："插羽以示迅，不可使辭緩；露板以宣衆，不可使義隱。"

②　斗杓（biāo）：斗柄，北斗星第五至第七星。《淮南子·天文訓》："斗杓爲小歲。"高誘注："斗，第五至第七爲杓。"

五雲：五色祥雲。《南齊書·樂志》："聖祖降，五雲集。"

一〇

梨園小部按涼州，也有科諢①可散愁。莫問當年回鶻舞，饒他幾幅錦纏頭②。

①　科諢（hùn）：插科打諢，戲曲演出中穿插的滑稽動作和道白。王驥德《曲律》："過去古戲科諢，皆優人穿插。"

②　錦纏頭：古時歌舞表演後，客以錦爲贈，藝人置之頭上，謂之錦纏頭。杜甫《即事》詩："笑時花近眼，舞罷錦纏頭。"

福慶

福慶(1743—1819)，鈕祜祿氏，字仲餘，號蘭泉主人，滿州鑲黄旗人。乾隆二十八年(1763)考取筆帖式。後歷任河間府、天津府、永平府同知。乾隆五十六年擢甘肅安肅道。乾隆五十九年調鎮迪道，乾隆六十年至嘉慶三年(1798)在任。嘉慶三年調任甘涼道，四年擢安徽按察使。嘉庆七年任貴州巡撫。後曾歷任禮部尚書、兵部尚書，授内大臣。著有《異域竹枝詞》《蘭泉詩稿》等。

異域竹枝詞并序

解題：

《異域竹枝詞》一名《西域竹枝詞》，存詩 100 首。嘉慶元年(1796)作於烏魯木齊。收入福慶《志異新編》，有嘉庆四年、嘉庆十四年刻本，共計四卷。二者正文版式、内容相同，後者有周升桓、陸以莊、顧皋、法式善序言，及《自敍》《小引》各一篇。《異域竹枝詞》爲該書前三卷，卷一爲"新疆"64 首，卷二"外藩"21 首，卷三"絶域諸國"15 首。此外，該組詩還有吳省蘭所輯《藝海珠塵》本行世，《叢書集成初編》據之排印，其中有少量吳省蘭按語，對原詩中個別字詞進行校勘、解釋。今據嘉慶十四年《志異新編》本輯注。

福慶自稱在鎮迪道任上見椿園七十一所著《異域瑣談》，有感而發，因據之以作竹枝詞百首。内容主要涉及三個部分，第一部分主要寫西域史地、風情，第二、三部分由近及遠，描寫境外各部落和國家。據星漢《清代西域詩研究》考證，《異域竹枝詞》組詩每首詩歌下自注"均系録七十一原文"，但條目前後順序、字數多寡均不同，"對七十一原有條目，或一條一首，或一條多首，多是擇其'異'者而作"。組詩除直接徵引《異域瑣談》外，部分詩歌注語中還有"仲餘氏曰"的内容，系福慶對椿園七十一觀點的補充與駁正。具體而言，《異域竹枝詞》第一部分的寫作情況和第二、第三部分又有差別，第一部分中的詩作多少包含了福慶在西域爲官多年的個人感受與認識，而後兩部分則全部化用《異域瑣談》，其對域外各地傳聞的記載，也都因襲了《瑣談》之誤，甚至多無稽之談，反映了彼時清人对新疆境外各部族認識的局限。

部曹椿園①所撰《異域瑣談》，分新疆、外藩，及絕域諸國列傳，山川、風物、土俗、民情，歷歷在目，余讀而喜之，作竹枝詞百首以志異。

① 椿園：七十一，號椿園，尼瑪查氏，滿洲正藍旗人。乾隆十九年(1754)進士，二十六年任河南武陟知縣，後至庫車任職。其間著《西域聞見録》，同書異名有《西域記》《西域總志》《西域瑣談》《異域瑣談》等。此書流傳廣泛，成爲清人瞭解西域的重要途徑，在清代西域詩文、方志著作中屢見引用。

新　疆

一

嘉峪關爲出塞門，雪山起伏崒①雲根。群峰玉立九千里，山北山南界遠藩。

雪山起自嘉峪關而西，山南爲哈密、闢展、哈喇沙拉②、庫車、阿克蘇、烏什、葉爾羌、和闐、喀什噶爾，其餘小城無算，皆回民聚居，所謂南路也。山北爲巴里坤、烏魯木齊、伊犁、塔爾巴哈臺，其餘愛曼亦無算，爲準噶爾故地，所謂北路也。雪山之在中國者，嘉峪關外東西綿亘九千里有奇，爲南北兩路之分界。自葉爾羌，山愈高峻，西南折入温都斯坦，其高不可測量，復折而西，或曰直達西海矣。

仲餘氏曰：按《玉門縣志》，雪山即古祁連山，其勢婉蜒，高聳雲外，冬夏積雪不消，綿亘東西。又《安西州志》載，雪山東亘終南，西極昆侖，綿延不絕，莫見首尾云。本朝開拓新疆二萬餘里，幅員遼闊，從古所未有。雪山自嘉峪關起，界分南北，實出塞首善之區③也。

① 崒(zú)：山峰高聳。
② 哈喇沙拉：即哈喇沙爾。見前曹麟開《塞上竹枝詞》"萬窰争從淖爾輪"詩注④。
③ 首善之區：首先實施教化的地方。《史記·儒林列傳》："故教化之行也，建首善自京師始。"此指起始之地。

二

三峰孤聳插青天，冰雪瑩瑩照眼鮮。一片琉璃遮日月，水晶宮闕在山巓。

　　嘉峪關西最大而著者，烏魯木齊有博克達打坂，三峰孤聳，冰雪晶瑩，望之如琉璃插天，虧蔽①日月，靈跡最著，俗呼爲靈山。山頂有池，寬廣宏深，中有龍藏，雲氣起則雨雪隨之。

　　① 虧蔽：遮蔽。宋之問《自衡陽至韶州謁能禪師》詩：“回首望舊鄉，雲林浩虧蔽。”

三

　　草肥水暢足牛羊，千里周阹①好牧場。支派各分山一脈，康衢鼓腹樂豐穰②。

　　哈喇沙拉有著勒土斯，圍逾千里，水草暢肥，宜遊牧牲畜。

　　仲餘氏曰：著勒土斯能享升平之樂，乃仗天朝之威福，非其能自致也。若輩欣逢光天化日之時，應鼓腹而歌曰：“帝力何有於我哉！”

　　① 周阹（qū）：圍獵野獸的圍欄。《文選》卷九揚雄《長楊賦序》：“以網爲周阹，縱禽獸其中。”李善注引李奇曰：“阹，遮禽獸圍陣也。”

　　② 鼓腹：鼓起肚子，指飽食。形容太平安樂，衣食無憂。《莊子·馬蹄》：“夫赫胥氏之時，民居不知所爲，行不知所之，含哺而熙，鼓腹而遊。”

　　豐穰：肥沃。曾鞏《送程公闢使江西》詩：“袴襦優足遍里巷，禾黍豐穰罄郊野。”

四

　　層冰山上白如銀，斧鑿成窩足可循。西望忽驚峰鬱起，挐雲①萬丈黑龍鱗。

　　伊犁、烏什之交，有穆肅爾打坂②，其山皆冰，色白，望如銀，南北兩路之衝衢也。相傳須持斧鋤斫鑿成窩，容足，然後能過。其西出峰矗起，塑之深青，其冰色黑，其上不可往來。

　　① 挐雲：凌雲。李賀《致酒行》詩：“少年心事當挐雲，誰念幽寒坐嗚呃。”

　　② 穆肅爾打坂：即穆素爾達坂，見前徐步雲《新疆紀盛詩》“傳聞打坂四時更”注①。

五

　　冰雪溶流散各城，沙田彌望樂春耕。源源匯派歸星宿，葱嶺東西玉潤生。

　　葉爾羌有密爾岱打坂①，生玉。其西復有冰山一處，勢益險，爲葉爾羌、溫都斯坦往來必由之孔道，更有雪山在焉，其上冰雪自古積滿。其上冰雪之水自山陽上下，春夏湧流，散趨於南路各城，以資耕種。諸水皆聚於賀卜諾爾②，即星宿海也。泉水赤黃，湧地而出，遙望之，落落如列星散布，復經雪水會歸，流入中國，即黃河也。自後藏西南，各國雪水經番地流入中國川江，千里江陵入楚吳而朝宗於海也。

椿園氏曰：按《竹書》，周穆王十七年，王西征昆侖，北見西王母。神其説者謂穆王享王母於瑤池之上，賦詩往來，辭義可觀，尤多閎誕之文。《山海經》則以昆侖在西海大荒之外。而司馬遷云：自張騫使大夏③之後，窮河源，惡睹所謂崑崙者乎。或曰張騫僅至大宛，未能窮崑崙之跡。迄今去長安四萬里之地，多有經其山川風物而傳之者，又惡睹所謂崑崙者乎。喀什噶爾、葉爾羌、和闐北雪山，其古之所謂葱嶺者與。

仲餘氏曰：冰山既能生物，而春夏湧流又耕種，實天地之奇異，匪夷所思矣。

① 密爾岱打坂：《西域圖志》：“密爾岱塔克，舊音闟爾塔克。在葉爾羌南，産玉石。由是東行接和闐南境諸山，俱産玉。”在今葉城縣與塔什庫爾干縣交界處。

② 賀卜諾爾：即羅布淖爾。見前曹麟開《塞上竹枝詞》“萬壑爭從淖爾輸”注②。“賀卜諾爾”一名首見於椿園七十一之著，似是對“羅布淖爾”的誤寫，但在後世影響廣泛，常爲其他史料沿用。

③ 大夏：亦名巴克特里亞或吐火羅，中亞古國。位於今阿富汗北部。

六

蘇勒河邊故跡存，安西今設重兵屯。沙州①東去多沙磧，人指陽關古塞門。

嘉峪關外沙磧千里，乏水草，絕人煙，前漢有事於邊陲，置安西、敦煌之郡，歷代爲塞垣要區。我朝於關之西二百九十里設玉門縣，又西三百里設安西府，附郭之縣曰淵泉。乾隆三十九年，改爲安西直隸州②，裁淵泉縣，鎮將同城焉。州西即蘇勒故國，跡雖無可驗，呼其水曰蘇勒河。州南六百里即沙州，並新設之敦煌縣，其地沙磧尤甚，所產之瀚海石猶奇。沙州東四站即陽關，故址雖存，今非大路之所經。

仲餘氏曰：按《敦煌縣志》，沙州，古三危地，羌戎所居。春秋時謂之瓜州，秦漢初爲月支③、匈奴所據。武帝元鼎二年，分酒泉置敦煌郡，晉因之。元帝時，張駿④分敦煌、晉昌⑤、高昌三郡，及西域都護、戊己校尉、玉門大護軍⑥三營爲沙州。唐爲西沙州，宋時先後爲回鶻、元昊⑦所據，元復立爲沙州，明置沙州衛。至正德年間，吐魯番據之，沙州遂廢。本朝雍正元年置沙州所，三年，升衛。乾隆二十五年裁沙州衛，改設敦煌縣，隸安西州云。又陽關在敦煌西南一百五十餘里。《漢書》西域三十六國，東則扼以玉門、陽關。

① 沙州：古代行政區劃，前涼時置。唐武德五年（622）改瓜州爲西沙州，貞觀七年（633）改西沙州爲沙州，治所在敦煌縣，地當今敦煌市。自注“沙州東四站即陽關”不確，古陽關應在沙州之西。瓜州，位於今敦煌之西。

② 直隸州：直隸，直接隸屬。錢大昕《十駕齋養新録》：“《九域志》：‘利州路有三泉縣，唐隸興元府。皇朝乾德五年，以縣直隸京師。’……‘直隸’二字，始見於此。”直隸州，明清地方行政建制，地位次於府而直屬於省，有下屬之縣。

③ 月支：即月氏。見前曹麟開《塞上竹枝詞》"東侯尉接西侯尉"詩注③。

④ 張駿(307—346)，字公庭，安定烏氏人(今甘肅平涼西北)，東晉十六國時期前涼君主。

⑤ 晉昌：晉昌郡。西晉元康五年(295)分敦煌、酒泉兩郡置，治冥安縣。地當今安西縣東南。十六國前涼屬沙洲，北周武帝時改永興郡。

⑥ 玉門大護軍：十六國前涼置，主管玉門關軍務。

⑦ 元昊(1003—1048)：党項人，拓跋氏。唐時因功賜姓李，至宋朝賜姓趙，後改名曩霄。1038 年稱帝，國號大夏。

七

月泉清冽月牙形，沙井還依沙隴平。一例水深三二尺，阿誰甲乙記茶鐺①。

椿園氏曰：沙州有泉一區，深二三尺，偃月形，俗呼曰月牙泉，水甘清冽。四圍流沙，廣漠無垠，亦不知其深幾何尋丈，而此泉不没。古稱陽關西有不滿沙井，得毋即此。

仲餘氏曰：按《通志》，月牙泉在縣南十里，其水澄澈，環以流沙，雖遇烈風而泉不爲沙掩，蓋名跡也。舊傳水産鐵背魚②、七星草③，服之可長生，但不時見。土人亦呼爲麻泉。又《元和志》載：鳴沙山，一名神沙山，在沙州城南七里，其山積沙爲之，峰巒危峭逾於石。四面皆沙隴，背如刀刃。人登之即鳴，隨足頹落，經宿風吹，復還如舊。有一泉水，名曰沙井，綿歷古今，沙填不滿，水極甘美。則月牙泉、沙井自是二處，未可以月牙泉即爲沙井也。

① 茶鐺(chēng)：煎茶用的器皿。吳融《和睦州盧中丞題茅堂十韻》詩："煙冷茶鐺静，波香蘭舸飛。"

② 鐵背魚：鏡鯉，別名三道鱗，鯉科雜食性淡水魚類。

③ 七星草：敦煌七星草爲羅布麻，別稱紅麻，夾竹桃科羅布麻屬植物，主要生長於沙漠邊緣及戈壁荒灘，可作藥材。

八

烽臺故壘説前明，重鎮崇墉屹兩城。哈密儲胥①成内地，連車瓜果進神京。

安西之西九百餘里即哈密城，古之回國也。前明曾臣屬中夏②，立赤金、沙州衛、哈密衛，駐重鎮，旋不能守。然其地故壘、烽臺遺跡可尋。國朝歸入版圖，商賈雲集，百貨俱備，儼然一大都會。康熙時準噶爾犯之，逾哈密而東，犯黃蘆岡③，命將驅逐而逸。雍正時天兵西下，額魯特鼠竄，棄巴里坤而逃。軍需皆由哈密轉運。乾隆十九年，掃蕩伊犁，諸軍皆出嘉峪關，哈密爲糧餉總匯之地，以迄於軍務告蕆④。至今邊外各城歲需帑項,仍由哈密撥解運往。建城一處,四里有奇,其西里餘即哈密回子之城,其王曰伊薩克⑤,管下回子六城:曰哈密,曰素木哈爾灰⑥,曰阿思他納⑦,曰托哈奇⑧,曰拉珠楚克⑨,曰哈拉托巴⑩,皆伊薩克屬也,傳其子孫,無別色伯克管轄。其人寡弱,不滿二千户,多貧苦,語言與新疆回子不同,衣相似,但帽圓翅短耳。夏熱冬寒,產瓜、葡萄。北即巴里坤,南即闢展,爲嘉峪關外第一門户。

① 儲胥:《漢書·揚雄傳》:"木雍槍纍,以爲儲胥。"蘇林注:"木擁柵其外,又以竹槍纍爲外儲也。"此指藩籬。

② 中夏:指中原内地。《文選》卷一班固《兩都賦》:"目中夏而布德,睠四裔而抗棱。"吕向注:"中夏,中國。"

③ 黄蘆岡:地片名,位於哈密城東八十里。張寅《西征紀略》作黄龍崗。

④ 告蔵(chǎn):告成。

⑤ 伊薩克:一作伊斯阿克(? —1780),哈密維吾爾郡王玉素布次子,乾隆三十二年(1767)襲郡王品級扎薩克多羅貝勒,乾隆三十六年入覲,三十八年授領隊大臣,至伊犁管理維吾爾族屯田事務,乾隆四十五年染天花病故。其子額爾德錫爾襲爵。

⑥ 素木哈爾灰:一作蘇門哈爾灰、蘇木哈喇垓。《西域同文志》:"蘇木哈喇垓,準語。蘇木,箭也;哈喇垓,松也。地有喬松,其直如矢,故名。"地當今哈密頭堡村。

⑦ 阿思他納:一作阿斯打納、阿斯坦納。《西域同文志》:"阿斯塔納,回語。緩行之謂。"地當今哈密二堡鎮。

⑧ 托哈奇:一名托郭棲。《西域同文志》:"托郭棲,回語。餅屬細小者。地形如之,故名。"地當今哈密柳樹溝鄉,一作三堡。

⑨ 拉珠楚克:一作拉布楚喀。《西域同文志》:"拉布楚喀。拉布,準語,始疑而終信之詞。楚喀,回語,枯木之謂。地有枯木,故名。"地當今哈密四堡鄉。

⑩ 哈拉托巴:一作哈喇都伯。《西域同文志》:"哈喇都伯,回語。哈喇,黑色;都伯,謂土阜。地有阜,土色深黑,故名。"地當今哈密五堡鄉。

九

　　紅山岡下鞏寧城,紅廟前頭唱太平①。共道山川靈秀聚,北門鎖鑰伏波營②。

烏魯木齊,準噶爾故地也。額魯特强盛時,多在此遊牧,今俱剿滅。其地土宇曠平,多林木、煤鐵之利。水甘草肥,宜滋牧放。而沃野千里,堪資兵衆屯田。自設鞏寧城以來,商賈雲集,優伶、歌童、技藝之輩,趨利若鶩。嘉峪關外繁華昌盛者,此地爲最,且當孔道,扼伊犁門户咽喉之要路。紅山嘴上有廟一楹,紅土堊壁③,故俗呼曰紅廟兒。今設迪化直隸州,所屬阜康、昌吉兩縣。城西沙岡產煤,東南即博克達打坂,其下百里泥淖,不可登涉。諸峰蜿蜒,至紅山嘴止,中斷三里餘,忽起高峰,即福壽山④也。夏多雨而熱,多毒蟲、蛇。益西北皆平野膏田,曰胡圖壁⑤,曰土克里克⑥,曰瑪納斯,皆屯田之處。

　　① 太平：太平歌，此指清代烏魯木齊地區漢族移民演唱的地方戲。黃濬《紅山碎葉》：
"（烏魯木齊）有戲數班，有名大班者，有名江東班者，有名大鳳班者。口外諱言戲，以有厲禁，謂
之太平歌。然觀其曲目鄙俗，情節支離，裝男腳色則跳舞爲能，裝女腳色則面目可醜，直不可以
言戲。"

　　② 伏波營："伏波將軍"馬援的軍營。沈如筠《閨怨二首》其一："願隨孤月影，流照伏波
營。"馬援，參前王芑孫《西陬牧唱詞六十首》"打阪山邊更有山"詩注③。此處代指軍營。

　　③ 堊壁：用白土、石灰刷墻。

　　④ 福壽山：今烏魯木齊市區內雅瑪里克山。祁韻士《西域釋地》："本名靈應山，每山頭雲
霧迷漫，夏必雨，冬必雪。後定今名（福壽山），建塔其上。"

　　⑤ 胡圖壁：即呼圖壁。參前紀昀《烏魯木齊雜詩》"芹香新染子矜青"詩注②。徐松《西域
水道記》："準語胡圖克拜者，吉祥也。今彼中之諺，易曰呼圖壁，譯爲有鬼。"

　　⑥ 土克里克：一作圖古里克、土古里克。《西域圖志》："圖古里克，在陽巴勒噶遜東五十
里，西北距綏來縣治八十里。"地當今新疆呼圖壁縣大豐鄉屬大小土古里克。

一〇

　　嶺斷仍連福壽山，兩峰夾水勢潺湲。舊城人向新城①渡，盡道溫泉試
浴還。

　　烏魯木齊福壽山兩山斷處，即瑪納斯大河之水，洶湧奔流，經新城之東、舊城之西向東南流，赴齊克
打坂而去。新城距舊城八里，城東二十里有溫泉。

　　① 舊城、新城：參前紀昀《烏魯木齊雜詩》"芹香新染子矜青"詩注②。

一一

　　松山合抱老松蒼，野牲成群下上翔。別有壓油供夕照，茅檐燈火雪山傍。

　　福壽山南一百八十里爲松山，皆合抱老松，多野牲，牲肥如蠟，土產阿魏、壓油鳥。取松皮爲膏，能已
沉寒癆蠱之疾。

一二

　　巴里坤居北套陽，披裘六月雨生涼。年來二麥①霜前熟，進可前攻退
可防。

巴里坤在哈密西北三百餘里,亦準噶爾故地。南界哈密,北鄰北套歸化城,西通烏魯木齊,進可以攻,退可以防,爲南北適中緊要之區。設鎮西府宜禾縣,府西八站建城一處,曰古城②,駐防攜眷滿兵,以聯絡各城之勢。西即奇臺通判,四十年改設奇臺縣。地寒,五穀不熟,惟種青稞。近年以來,寒暄漸易,可種二麥①、穀、穈矣。土産野牲、白蘑菇,多松。在雪山之北,氣候極寒,多大雪,惟五、六月間無霜雪。

烏魯木齊巴里坤地方官制乃椿園所述也,今昔改設不同,附載於卷一之末。

① 二麥:大麥與小麥。范成大《夏日田園雜興》詩其三:"二麥俱秋斗百錢,田家喚作小豐年。"

② 古城:《西域圖志》:"古城,在奇臺縣治西北九十里,由奇臺塘至古城五十里。南北二城。"清代奇臺縣爲今老奇臺鎮,古城地當今新疆奇臺縣。

一三

傳說伊犁是舊巢,降王歸化戰場拋。而今惠遠方城固,闤闠①歡聲溢四郊。

伊犁,準噶爾故地也,爲其汗王巢穴。乾隆十九年,阿睦爾薩納與準噶爾汗達瓦齊不和,率其部落棄塔爾巴哈臺,款關內附。上受其降,命將征討,平定伊犁,達瓦齊就擒,準噶爾境土盡入版圖。築城一處,十八里有奇,曰惠遠城,特簡將軍駐劄,統轄南北兩路,滿、漢、索倫、西僰②、察哈爾、額魯特、回子兵眾分佈城外。

① 闤(huán)闠(huì):街市。《文選》卷六左思《魏都賦》:"班列肆以兼羅,設闤闠以襟帶。"呂向注:"闤闠,市中巷繞市,如衣之襟帶然。"

② 西僰(bó):即錫伯。見前唐道《伊犁紀事詩三十八首》"家室頻移幾幕氈"詩注①。

一四

巨澤青羊說有神,雹隨噓氣落沙垠。甘泉療疾渠消渴,驅鰐①何人使自馴。

伊犁南有巨澤,曰賽里木諾爾。其神青羊,大角多須,見則雨雹。其北爲哈布塔海山②,温泉出焉,浴之已寒濕之疾。又北他爾奇城、烏哈爾里克城③,屯田所也。阿拉瑪圖山④泉水南流,爲烏哈拉里克水,環城西北來,開渠引之入城,城無井,官兵賴之,南流入於伊犁河。又北爲他爾奇山,多果木。

① 驅鰐:消除災害。《新唐書·韓愈傳》:"愈至潮,問民疾苦,皆曰:'惡溪有鰐魚,食民畜産且盡,民以是窮。'數日,愈自往視之,令其屬秦濟以一羊一豚投溪水而祝之。……祝之夕,暴風震電起溪中,數日水盡涸,西徙六十里,自是潮無鰐魚患。"

② 哈布塔海山：一作哈布他海、哈布圖哈、哈布塔克，又稱闊依塔什山。《西域同文志》："哈布塔克，回語。哈布，囊也；塔克，山也。山形相似，故名。"位於新疆博乐市東北哈布圖海溝，清代在此地置卡倫。

③ 烏哈爾里克城：《西域同文志》："烏哈爾里克，回語。烏哈爾，謂鸜鵒。地多產此，故名。"《西域圖志》："烏哈爾里克，在伊犂郭勒北。乾隆二十七年，建綏定城。"地當今霍城縣。

④ 阿拉瑪圖山：一作阿里瑪圖。《西域圖志》："阿里瑪圖，在伊犂郭勒北，察罕烏蘇之西，南距伊犂一百里。"徐松《西域水道記》："（惠寧城）北爲阿里瑪圖山。"自注曰："準語阿里瑪，謂果樹，地有果樹。"地當今霍城縣伊車嘎善錫伯族鄉北部。

一五

虎豹熊羆麋鹿饒，將軍會獵趁秋飆。不須夜識金銀氣，塞草肥時塞馬驕。

伊犂之東一百八十里，曰哈什山①，峰嶺高峻，回環數百里。其上多銀，下多野獸，爲將軍圍場，有哈什回子之城。惠遠城東北四百餘里，曰博羅他拉川，駐防察哈爾兵。

① 哈什山：一作哈喇古顏鄂拉。《西域同文志》："準語。古顏，謂股也。山腰以下石色深黑，故名。"《新疆識略》："哈什山在惠遠城東北三百餘里，由山迤東爲官兵演圍之所，哈什河從此流出。"另參前徐步雲《新疆紀盛詩》"獵火連山雪打圍"詩及注釋。

一六

迤東煤鐵出荒丘，炊冶堪資不外求。城築惠寧爲犄角，熟田彌望歲多收。

伊犂東五十五里曰巴彥岱，今爲惠寧城，駐滿兵。惠遠城東十五里有培塿①，爲控俄爾鄂羅②山，其下多煤，其陰產鐵。惠寧城東十五里，曰固爾扎，回子城，回子耕種。

① 培塿(lǒu)：即部婁。《左傳·襄公二十四年》："部婁無松柏。"杜預注："部婁，小阜。"
② 控俄爾鄂羅：一作烘郭爾鄂博、控鄂爾鄂倫、空鄂爾峨博。徐松《西域水道記》："（伊犂河）又西，過烘郭爾鄂博山南。準語謂黃曰烘郭爾，言壘石處黃色也。山與阿里瑪圖山接，西至惠遠城北十五里而止。……山產煤，今存礦三十四所，恒充伊犂九城用。"在今霍城縣惠遠鄉北。

一七

土蛇多見穆懷圖①，筆立能傷汗血駒。王道於今皆坦蕩，么麽②何物阻當途。

伊犁東北爲穆懷圖，多土蛇，見馬則其頭入土筆立。馬腹膨然而不能行，馬倒，則入其鼻而盬其腦。

①穆懷圖：一作莫懷圖、莫霍圖、磨合圖。《新疆圖志》：“伊犁河又西，會莫霍圖河之水。莫霍圖河亦出果子溝之西。”在今伊寧縣之北。

②么（yāo）麽（mó）：《鶡冠子》：“無道之君，任用么麽。”此指微不足道的事物。

一八

　玄獺年年貢帝畿，地宜花藥豔披離。守株莫待平郊兔，^①射得熊來是健兒。

伊犁北庫車托木山^②産玄獺，歲入貢。東北濟喇噶朗山^③、庫色木什克山多熊，且有蘋、杏、山花、藥草。又惠遠城南多雊兔。

①“守株”句：化用《韓非子·五蠹》“守株待兔”事。株：露出地面的樹根。

②庫車托木山：一作庫克托木。《西域同文志》：“庫克托木達巴，蒙古語。庫克，青色；托木，支峰之小者。”《西域圖志》：“庫克托木達巴，在罕哈爾察海鄂拉東北，博羅塔拉北。”今新疆溫泉縣西北柯克他吳達坂。

③濟喇噶朗山：即濟爾噶朗山。見前曹麟開《塞上竹枝詞》“準夷部落雜烏孫”詩注⑥。

一九

　鯊魚水獺滿沖瀜，^①急溜沿洄一葉通。七百里環西北去，伏流星點白沙中。

伊犁河迅溜急湍，然可通舟楫，多白魚^②、鯊魚、水獺。自哈什丕爾沁^③山，河並山泉之水匯爲伊犁大河，西北流過七百里，入沙而伏。

①“鯊魚”句：《西域聞見録》：“（伊犁河）水自哈什丕爾沁山，河並山泉之水匯爲巨流，迅急湍激，渡資舟輯，中多白魚、鯊魚、水獺，西北流過伊犁七百里，入沙而伏。”此指裸腹鱘，又名鱘鰉魚、鱘魚，俗稱青黃魚，爲鱘科、鱘屬魚類。因體型較大，故被誤作鯊魚。

沖瀜（róng）：河水蕩漾、瀰漫貌。

②白魚：銀色臀鱗魚，又名銀色弓魚、銀色裂腹魚，俗稱白魚、小白魚。鯉科裂腹魚屬。

③哈什丕爾沁：即闓里沁山，一作闓里箐。徐松《西域水道記》：“寧遠城北百餘里，有闓里沁山，闓里沁水發焉，東距濟爾噶朗河五十餘里。水南流，經闓里沁卡倫北。”地當今伊寧縣西皮里其。

二〇

　　豐草深林葦作湖，封狼豶豕[1]羱羊俱。登高試望松峰外，八堡南頭雪浪鋪。

　　其地在伊犁河南，川平而闊。有八堡地，曰綽霍爾，曰巴圖蒙可，曰沙爾托海，曰可特曼，曰霍集格爾，曰巴克。[2]其東皆深林豐草，多狼、野羊，有葦湖，多黃羊、野豕。又南八十里爲察布察爾山[3]，高峰插雲，多松柏。又南二百里爲特可斯河[4]，寬迅多激浪，渡以舟，冬暖，西流入布魯特界。

　　① 封狼：大狼。

　　豶(fén)豕：閹割過的豬。此指野豬。

　　②《西域聞見録》："(伊犁)河之南川平廣，有八堡焉，駐防攜眷席伯兵一千，分八旗，總管、副總管領之，回人亦雜耕其間。"《西陲總統事略》："錫伯營在伊犁河南岸，八旗八堡，屯耕而食，其地寬十數里至三四十里，東西長二百餘里。"《錫伯族簡史》記載：錫伯營最初按八旗分築八個城堡駐防屯田。各牛录在伊犁河南岸定居時間不同，第一批三牛录在霍集格爾巴克地方定居，第二批四牛录在賽坎、喀拉二泉之地定居，第三批五牛录在巴特孟克地方定居，第四批六牛录在綽合爾大區南岸居住，第五批七牛录在坎下綽合爾渠對面定居，第六批八牛录在額勒森托洛海西邊定居，第七批二牛录在大渠口富勒建莊子附近定居。福慶此處自注中地名並不足"八堡"之數，所記地點似有誤。

　　綽霍爾：一作綽和羅、綽合爾、綽豁羅拜興，地當今新疆察布查爾縣綽霍爾鄉。

　　巴圖蒙可：一作巴圖蒙柯、巴圖孟克。《嘉慶重修一統志》："巴圖孟克臺，惠遠城南十五里，在伊犁河南。"在今察布查爾縣孫扎克牛录鄉西北。

　　沙爾托海：應作沙巴爾托海，清代在此設卡倫。《新疆識略》：沙巴爾托海卡倫，"西至托里卡倫七十里"。

　　可特曼：一作克特曼、克特滿，位於伊犁河南岸。乾隆二十八年(1763)十月二十二日軍機處滿文録副奏摺："伊犁河南特莫爾哩克嶺距伊犁城甚遠，仍於現設卡倫之吉林哲克德西邊與戈壁交界處、克特曼嶺二處，設卡二座。"乾隆三十六年八月十一日滿文月摺檔："暫住伊犁之綽羅斯、輝特多羅特臺吉之村俗、準噶爾二十一昂吉之衆，又喇嘛羅卜藏丹增屬衆。……遷移伊犁河南克特曼、雙廓爾等向陽之地，暫且越冬。"沙克都林扎布《南疆勘界日記圖説》："二十三日，晴。午住宵行，向西南四十里，至錫伯頭牛录營堡。兵戈之餘，景象荒寂。幸人煙漸集，勤事耕鑿。按轡徐行，過營堡外平原水草處駐焉。計程五十里。二十四日，晴，見萬山叢峙，前路未諳。因傳詢土著，並派偵探。蓋伊犁甫經收復，道路久阻故也。二十五日，晴，熱。向西南行，住南山下回部牧所，地名克特滿。計程百一十里。二十六日，晴。由克特滿向南行，入山口，至達坂腳下。"

霍集格爾、巴克：當爲一地，又作和濟格爾巴克、霍濟格爾巴克。《清實錄·高宗實錄》："因於霍濟格爾巴克、海努克兩處，各編設一屯。"《清通典》："霍濟格爾巴克等處，地均在伊犁河南。"

③ 察布察爾山：徐松《西域水道記》："察布察爾山口東距雅瑪圖嶺七十里，察布察爾水發焉。"地當今察布查爾錫伯自治縣東南，與特克斯縣、鞏留縣交界處。

④ 特可斯河：今作特克斯河。徐松《西域水道記》："準語謂野山羊爲特克，謂衆多爲斯，言濱河多此也。"發源自汗騰格里山西北，伊犁河西南源。

<h2 style="text-align:center">二一</h2>

千峰萬壑沍①冰凝，遺卵非關覆翼②成。寒極新雛翻破鷇③，天公生物最難明。

伊犁南四百里，地爲穆肅爾打坂，山千峰萬仞皆冰，厚八十里。有鳥遺卵冰上，極寒，則卵裂而鳥飛。

① 沍(hù)：《文選》卷十五張衡《思玄賦》："行積冰之磳磳兮，清泉沍而不流。"李善注："沍，凍也。"

② 覆翼：遮蔽、保護。《詩·大雅·生民》："誕寘之寒冰，鳥覆翼之。"

③ 破鷇：鷇(kòu)：雛鳥。歐陽修《祭資政范公文》："欲壞其棟，先摧梀榱；傾巢破鷇，披折旁枝。"此指破殼而出。

<h2 style="text-align:center">二二</h2>

山上白鷹不計年，山下蒼狐如洞仙。怪底野人多信怪，賽神笳鼓鬧繁絃。

穆肅爾打坂山神乃白鷹、蒼狐也。山之南、之東多松柏、油草，爲官畜牧放之地。惠遠城西皆平原，曰賀勒果斯①川，四百里曰齊七罕②川，駐防索倫眷兵、達呼里③兵。北爲圖里根山、博羅霍濟格爾山④，路通哈薩克之界。又西北六百里，爲阿拉坦鄂木爾山，其南爲控鄂爾鄂倫山，皆哈薩克之界。

① 賀勒果斯：一作和洛果斯、和爾郭斯。乾隆四十二年(1777)在此築拱宸城。《西域圖志》："和爾郭斯，在伊犁西一百三十里，有屯田。自和爾郭斯西北行六十里，爲奇齊克。又西行六十里，爲奎屯。又南行六十里，爲惠番。又自奎屯西北行六十里爲博羅呼濟爾。又自奎屯西行九十里，至烘和爾鄂籠。皆在伊犁郭勒北境，層山枕迭，地當險要。"徐松《西域水道記》："和爾郭斯，準語謂畜牧地也。"地當新疆霍城縣霍爾果斯。

② 齊七罕：一作奇齊克、齊吉罕、齊齊罕。位於伊犁河北岸，乾隆二十九年(1764)移駐索

倫營屯駐。在今哈薩克斯坦境内。

　　③ 達呼里：即達斡爾。參前唐道《伊犁紀事詩三十八首》“家室頻移幾幕氈”詩注 ①。

　　④ 圖里根：一作圖爾根，位於霍爾果斯之西。

　　博羅霍濟格爾：一作博羅霍濟爾、博羅呼濟爾。在今哈薩克斯坦境内，清代置卡倫。

二三

　　油草精金坰野①多，幅員寬廣足嘉禾。升平都會人知樂，估客年年作隊過。

　　伊犁境内多油草，最益於牧畜，而阿拉坦鄂木爾多金，處處禾稼暢茂，享升平之樂云。惠遠城東南五百里爲著勒土斯山，與哈喇沙拉連界，多油草。額魯特土兵二千，遊牧其地。城西南七百餘里，曰他木哈山②，其西皆布魯特地界。

　　① 坰（jiong）野：遠郊。

　　② 他木哈山：一作塔木哈，清代在此設卡倫。《西域圖志》：“春濟，在伊犁西南三百里，又西南六十里爲塔木哈。”在今哈薩克境内。

二四

　　地便漁畋近伊犁，兔雉鮮肥更樹雞①。北鄙巖疆皆舜日②，輕揮翠扇静霜鼙③。

　　塔爾巴哈臺，準噶爾故地也。有鳥，烏毛類雞，大者斤許，肥鮮適口，棲止皆於樹杪，俗呼爲樹雞。老鴉正綠，似鸚鵡之翼，多翡翠，俗取以飾扇。額米爾河洶湧浩瀚，中多鱘魚、鯊、鱣、水獺。各山皆產兔、鹿、麞、麕，野雞肥大群飛。多熊，其毛蒼黄。多四不像，數百爲群。其種人曰打什達瓦④，亦額魯特之屬。地曰雅爾，又曰楚呼楚⑤，即阿睦爾薩納當年遊牧之處。乾隆二十年後，準噶爾破滅，阿睦爾薩納伏誅，因而其地空虚，土宇寬廣。地居巖疆，南至伊犁八站，以沁達蘭⑥爲界。北至哈薩克七日，以玉兒諾爾⑦爲界，西至哈薩克三日，以賽得爾莫多⑧爲界，東至哈爾哈⑨六站，以庫爾哈達烏蘇⑩爲界，北去俄羅斯不滿五百里，兩地之卡倫相望，爲北鄙緊要之區，伊犁屏藩之地。

　　① 樹雞：花尾榛雞，雞形目，松雞科鳥類。另塔爾巴哈臺產黑琴雞，雞形目松雞科，亦有樹雞之稱。

　　② 舜日：喻天下太平。參前屠紹理《丁酉元旦竹枝詞》“舜曆新頒丁酉歲”詩注①。沈約《四時白紵歌五首·春白紵》：“佩服瑶草駐容色，舜日堯年歡無極。”

　　③ 霜鼙（pí）：霜天中的鼙鼓聲。孟郊《寄院中諸公》詩：“千山驚月曉，百里聞霜鼙。”

　　④ 打什達瓦：一作達什達瓦。衛拉特蒙古準噶爾部臺吉達什達瓦所屬部衆。

⑤ 楚呼楚：即塔爾巴哈臺，乾隆三十一年(1766)築綏靖城。光緒十六年(1890)置直隸廳，1913年改塔城縣，今塔城市。

⑥ 沁達蘭：清代卡倫。《新疆識略》："查伊犂北界卡倫地名沁達蘭，其塔爾巴哈臺南界卡倫地名阿魯沁達蘭，兩卡倫互相遞籌巡察之路，名曰開齊。"《塔爾巴哈臺事宜》："沁達蘭卡倫，在莫多巴爾魯克西南六十里，與伊犂交界，至城三百八十里，坐卡官一員，伊犂換防滿營四營兵各五十名。"地當今新疆博乐市北阿熱青得里。

⑦ 玉兒諾爾：地點不詳，或系玉爾、雅爾之誤。《清實錄·高宗實錄》："照明瑞所定玉爾、雅爾兩處築城，計周圍城垣二里四分，高一丈五尺，足敷兵一千五百名駐扎。"

⑧ 賽得爾莫多：一作色德爾摩多、色特爾莫多，清代軍臺名。《新疆識略》：色特爾莫多臺，"至塔爾巴哈臺底臺一百一十里，中有干濟罕莫多腰臺"。地當今新疆額敏縣附近。

⑨ 哈爾哈：地點不詳，或爲哈爾巴哈之誤，但方位與此詩中所述不合。哈爾巴哈爲清代卡倫。《塔爾巴哈臺事宜》："哈爾巴哈卡倫，在濟穆爾色克西北八十餘里，係由博爾奇爾展至該處，官兵仍舊。"徐松《西域水道記》："塔爾巴哈臺西北一帶，卡倫綿亘千數百里，夏展冬撤。其內第三、四、五卡倫，一曰哈爾巴哈，一曰布古什，一曰阿布達爾摩多。"

⑩ 庫爾哈達烏蘇：庫爾哈拉烏蘇、庫爾喀拉烏素。見前紀昀《烏魯木齊雜詩》"秋禾春麥隴相連"詩注⑤。

二五

雪深盈丈朔風狂，蛇伏蠅飛水飲妨。舊戍已空人跡罕，憑誰重與破天荒。

塔爾巴哈臺，舊在東南四站屯劄，因多大雪，深至丈餘。有毒蛇，人飲其泉，往往感拘攣瘛瘲①之疾。(瘛瘲，狂病也。)且多白蠅爲害，常觸人畜眼角，輒遺蛆而去，非膠粘之不出。以故移駐楚呼楚，即阿睦爾薩納當年遊牧之地，改名塔爾巴哈臺。然奇寒大雪，地處偏隅，非四達必由之路。哈薩克、額魯特之外，商賈不通，人跡罕到，究一荒涼地界而已。

① 瘛(chì)瘲(zòng)：抽風。

二六

洞里旋風起羊角①，黑黃兩氣雜塵氛。揚沙走石尋常事，往往人間失牧群。

闢展，回城也，溽暑非常，而東北山有風洞，故數百里內多怪風，或黑或黃，掀山飛石，驢、羊之類遇之輒吹去無蹤。地當孔道，東界哈密，西至哈喇沙拉，北通烏魯木齊之齊克打坂，爲南路衝途，有城垣，乃吐魯番所屬。雍正時額魯特騷擾其地，其大頭目伊敏和卓投誠歸化，移其人衆於安西、沙州以避之。乾隆二十年後平定伊犁，土爾番回子仍歸故土。

① 羊角：《莊子·逍遥遊》：“搏扶搖羊角而上者九萬里。”成玄英疏：“旋風曲戾，猶如羊角。”

二七

土俗人呼火焰山，童童①赫日照屠顔。流金爍石難逃暑，贏得三冬暖氣還。

吐魯番夏日酷暑非常，東南一帶沙山絶無草木，日光照射，尤不可耐，故俗呼之曰火焰山也。冬日和暖，無嚴寒大雪。土産麥、穀、芝麻，其甜瓜、西瓜、葡萄類甚繁，並皆佳妙，甲於回地各城。其人耕田，半鑿井爲灌溉之資，間有需山泉者。土田肥沃，亦多棉豆之利。吐魯番北里許，多怪風，驢、羊遇之輒吹去。本爲伊敏和卓之子、公蘇拉滿②所居地，統轄回子六城，曰吐魯番、曰魯古沁③、曰闢展、曰色更木④、曰托克遜、曰哈拉和卓⑤。六城人户皆蘇拉滿之阿爾巴圖世襲土官，非回疆各城升調、去留可比。人户惟吐魯番最多，然合而計之，不過三千餘家耳，亦多貧苦。語言與回疆回子可通，衣帽無異。伊敏和卓著有勞績，封郡王，駐闢展，距吐魯番東二百六十里。

① 童童：重疊、茂盛貌。陸游《雲童童行》詩：“雲童童，挾雨來。”
② 蘇拉滿（？—1780）：一作蘇來滿、蘇素賚璊（mén）。額敏和卓之子，乾隆十七年（1752）授三等伯克，二十七年授一等臺吉。乾隆四十二年額敏和卓病故後，襲任吐魯番郡王。
③ 魯古沁：一作魯克沁、魯克察克。《西域同文志》：“魯克察克，回語。攢簇之謂。其地居民稠密，故名。”《西域圖志》：“今魯克察克，本漢柳中地。戊己校尉城此，因名柳城，後訛爲柳陳，轉爲魯城，復轉爲魯古塵。《肅州新志》作魯谷慶，一名魯普秦，後名魯克沁。”地當新疆鄯善縣魯克沁鎮。
④ 色更木：一作色庚木。地當今吐魯番東北勝金口木頭溝。
⑤ 哈拉和卓：一作哈喇和卓。漢代高昌城故址所在，曾爲高昌回鶻都城，地當吐魯番市二堡鄉。見前紀昀《烏魯木齊雜詩》“古跡微茫半莫求”詩注②。

二八

野駝野馬各奔馳，瀚海茫茫風雪時。寄語行人腸莫斷，當年定遠駐雄師。

吐魯番南皆郭壁①，即瀚海也。野駝、野馬往往百十爲群。哈拉和卓回城，即漢都護、定遠侯班超屯劄之所也。

① 郭壁：即戈壁。見前宋弻《西行雜詠》“瀚海無波草不青”詩注④。

二九

萬里漩流湧列星，大珠盤走小珠停。忽飛瀑布忽懸鏡，天上源來作地靈。

吐魯番西南五百餘里爲賀卜諾爾，即世傳黃河之源星宿海也。自闢展西至和闐四五千里之南，自和闐南至後藏四五千里之東，周回萬里皆星宿海，渺無人煙，間有道途，非郭壁即泥淖，難以往來。直峰側嶺，曠野平川，無地非泉，或如鏡懸，或如瀑布，或萬點湧地而出，如珠之走盤，或錯落散布而來，如星之躔度①，水色赤黃，泉數難以萬千計，派流莫考，沮洳②無垠，無一非洶湧漩流之水。加以雪山之陽，回疆數千里各阜東南長趨，俱匯於賀卜諾爾，爲黃水極大之湖，濚洄渟滀③，旋轉而伏。其東其北，皆峻嶺高峰以彰蔽之，伏流千里，出山始見黃水一線自山下湧出，如溝如渠。寧夏之人，且灌且淤，以享其利。東北回環入中國，即黃河也。

椿園氏曰：古云葱嶺之水，東爲河源，西歸洋海，履其地而驗之，信然。其在賀卜諾爾爲宇内最大之湖，洞庭、彭蠡僅敵其半。伏流千里入中國，止一線黃流耳。至中州浸淫漸大，而爲害矣。④

① 躔度：日月星辰運行的度數。古人將周天分爲三百六十度，劃分出若干區域，以辨別日月星辰的方位。葛洪《西京雜記》："公孫乘爲《月賦》，其詞曰：'月出皦兮，君子之光。……躔度運行，陰陽以正。'"

② 沮洳（rù）：低濕之地。《詩·魏風·汾沮洳》："彼汾沮洳，言采其莫。"孔穎達疏："沮洳，潤澤之處。"

③ 濚洄：水流回旋之狀。朱熹《淳熙甲辰中春精舍閑居戲作武夷櫂歌十首呈諸同遊相與一笑》其九："八曲風煙勢欲開，鼓樓巖下水濚洄。""濚"同"滎"。

渟（tíng）滀（chù）：水流匯聚。陸游《風雨中望峽口諸山奇甚戲作短歌》："不令氣象少渟滀，常恨天地無全功。"

④ 注語把羅布泊等同於星宿海，並認爲是黃河之源，是清代人的普遍誤解。這一錯誤主要源自《史記》"于闐之西則水皆西流注西海。其東水東流注鹽澤，鹽澤潛行地下，其南則河源出焉"的黃河之水重源説。此觀點在古代流傳長達千年，雖然康熙年間已經探查過黃河源頭（參宋弼《西行雜詠》"星宿河源九曲遥"詩注①），但乾隆時期官修《欽定河源紀略》以及《大清一統志》諸書也記載了重源説，使得這一誤解在清代仍然被廣爲接受。

三〇

不耕不牧自全天，緝毳爲衣藉翼眠。多事諷經兼禮拜，食魚元已絶葷羶。

賀卜諾爾有二村，即名賀卜諾爾，人户各四五百家。其人不耕五穀，不知遊牧，以魚爲食，織野麻爲衣，取天鵝絨爲裘，臥藉水禽之翼，言語與回子通，曾不知諷經禮拜之事。時有人入庫爾勒①回城者，不能食牲畜之肉、穀麥之食，食之即大吐不止。以庫爾勒多魚，故來，他處則不敢往矣。爲闢展屬地，時赴叩謁，則裹魚爲糧。其地有伯克。

① 庫爾勒：一作庫隴勒。《西域同文志》："庫爾勒，回語。觀望也。地形軒敞，可供眺覽，故名。"地當今新疆庫爾勒市。

三一

秘密雙修衍法[①]奇，開都河上列氈幃。馬湩滿酌酬歡意，摻手留郎緩緩歸。

哈喇沙拉在吐魯番西八百七十里，原係回城，準噶爾吞并，回人逃亡死絶，其地竟無人煙，移霍碩特人來此遊牧。乾隆二十年間，大兵平定伊犁，霍碩特多遭誅戮，其餘逃散，地竟空虛。創建一城，東、西、南三門，圍僅三里，墙亦卑薄。乾隆三十五年後，土爾扈特來歸，始將其汗烏巴錫[②]部落、霍碩特貝勒恭格[③]部落安插於著勒土斯，令其資生，並將噶子滿[④]回子二百户移歸庫爾勒回城。所有哈喇沙拉城垣左近一帶地方，均給土爾扈特、和碩特人等遊牧，且教之耕種。開都河兩岸及著勒土斯牧場氈帳雲屯，皆伊等居住也。數年以來，漸知耕種之事。然其人貧苦懶惰，性刁野，好偷竊、搶奪。婦人尤無恥，到處可以宣淫，而針黹女工，遠勝於回婦也。極貧之男婦，子女多鬻於各城回子爲奴，往往盜馬、偷衣，不知所適。馬湩爲酒，謂之氣可；牛乳爲酒，謂之阿拉占。敬喇嘛與額魯特同。

① 衍法：此處指人口繁衍生息。
② 烏巴錫：渥巴錫。見前徐步雲《新疆紀盛詩》"八政首先重民食"詩注③。
③ 恭格：當爲和碩特部落人名，博爾濟吉特氏。隨渥巴錫東歸，封土謝圖貝勒。
④ 噶子滿：一作噶札瑪，地在喀喇沙爾附近。徐松《西域水道記》："乾隆三十一年，移庫爾勒人六百餘户於噶札瑪，其伯克仍駐庫爾勒領之。"

三二

訟罷歸家積雨晴，河中新漲縠文[①]生。菰蘆深處多魚雁，結網人來踏水行。

庫爾勒回城，在哈喇沙拉西南一百五十里，回子七百餘户，内多惰蘭[②]回人。地土遼闊，開都大河之水縈紆旋繞，多魚，多蘆雁、蒲鴨，鷗鷺成行。土産大米、二麥。集吉草可以爲饋，葡萄瓜果，無不茂盛。其人好訟，不知禮法，惰蘭回子之風也。又西五百九十里爲布古爾[③]回城。

① 縠(hú)文：縠紋。縐紗一般的皺紋，常喻水波。蘇軾《臨江仙·夜飲東坡醒復醉》詞："夜闌風静縠紋平。小舟從此逝，江海寄餘生。"

② 惰蘭(dolan)：一作朵蘭、多浪、多蘭。維吾爾人的一支，爲準噶爾貴族、和卓家族奴役。清代統一新疆後，多被遷往庫爾勒、輪臺、伊犁等地當差。今主要聚居於巴楚、莎車、麥蓋提等地。

③ 布古爾：一作玉古爾。《西域同文志》："玉古爾，回語。臨陣奮勇前進之謂。"地當今新疆輪臺縣。

三三

荒灘磧徑葦湖橋，西入回疆路正遥。共道羔裘生處好，酥油裹帶趁星軺。

布古爾，回城也，經兵燹①，逃亡無遺子。回疆平定，移惰蘭回子居之，蓋別種也。土産羊皮、酥油、猞猁猻②、銅。城之南皆瀚海，馬行三四日，山場豐美，多野牲；益南皆沮洳，近星宿海矣。葦蘆湖灘綿邈無際，爲西入回疆咽喉之路。自葉爾羌、和闐、喀什噶爾、阿克蘇、沙雅爾來者，雖由山經荒灘而行，亦必經布古爾葦湖土橋③過渡，舍此別無路徑也。

① 兵燹(xiǎn)：戰亂造成的焚燒、破壞。

② 猞(shē)猁(lì)猻：猞猁，俗名山貓、野狸子，貓科動物，生活於北温帶寒冷地區。在我國主要分佈在新疆、西藏、青海、内蒙古等地。

③ 葦湖土橋：語本《後漢書·班超傳》："(永元)六年秋，超遂發龜兹、鄯善等八國兵合七萬人，及吏士賈客千四百人討焉耆。……廣乃與大人迎超於尉犁，奉獻珍物。焉耆國有葦橋之險，廣乃絶橋，不欲令漢軍入國。"此處所指爲輪臺附近的土橋。

三四

柳條沙土築方城，高踞層巖百雉①成。舊日龜兹曾建國，銅山堪鑄也堪耕。

庫車回城在布古爾西三百里，爲龜兹故地。城矩方，四門，圍九里有奇，依山岡爲基，墙皆高丈許，柳條、沙土密築而成。地勢高，望之巍然，儼如金湯②之聳峙也。回子歲納糧爲官兵口糧，納銅送烏什鑄錢，納硝礦送伊犁備用。幅員寬廣，地處衝途，爲西入回疆之門户也。南數十里外皆郭壁，馬行三日，山場豐茂，多野牲，無人煙，益南近星宿海矣。

① 百雉：《禮記·坊記》："都城不過百雉。"鄭玄注："雉，度名也，高一丈、長三丈爲雉。"此處指城墻高大。

② 金湯：指城池險固。《漢書·蒯通傳》："邊地之城皆將相告曰'范陽令先降而身死'，必將嬰城固守，皆爲金城湯池，不可攻也。"顏師古注："金以喻堅，湯喻沸熱不可近。"

三五

紫草黃連[①]遍地生，冬蟲夏草本同莖。由來土沃思淫易，恒舞酣歌未解醒[②]。

庫車回人懦弱而偷安，畏强梁，不知恩義，喜酣飲狂歌，風俗質樸節儉。冬蟲夏草，藥也，其根爲蟲能動轉，其枝葉則草也。

① 紫草：新疆紫草，紫草科軟紫草屬植物，可入藥。

黃連：中藥名，別名味連、川連，毛茛科黃連屬多年生草本植物。

② 恒舞酣歌：長時間沉湎於樂舞。《尚書·伊訓》："敢有恒舞於官，酣歌於室，時謂巫風。"

解醒(chéng)：醒酒。《世説新語·任誕》："天生劉伶，以酒爲名，一飲一斛，五斗解醒。"

三六

雪中蓮放世應稀，桑葚葡萄釀酒池。戎索本無多賦役，硝銅端藉作軍資。
詳前注。

庫車北至扣克訥克[①]，即雪山，奇寒大雪，不可居處。山多野羊、獺、鹿，多側柏、黃連、紫草、麻黃、甘草、雪蓮、夏草冬蟲。草肥，回子皆來牧放牲畜。西北山勢拗折，石土夾立，嶙峋險峻，爲西入阿克蘇必由之路。東至布古爾止，多蘋子、桑葚之酒，葡萄間亦釀酒，土產搭連布、銅、硝磺。

① 扣克納克：一作庫克納克、庫克訥克。《西域同文志》："回語。庫克訥克，青燕也。嶺多此禽，故名。"《西域圖志》："庫克納克達巴，在愛呼木什塔克西五十里，額什克巴什郭勒發源南麓。"位於今庫車河源頭。

三七

硇砂[①]充洞火光飛，夜望華燈萬點輝。憑仗寒威銷烈焰，裸身爭取汗猶揮。

庫車出硇砂之山在城北，其山多石洞，春、夏、秋洞中皆火，夜望如燈光萬點，人不可近。冬日極寒，大雪火息。土人往取，赤身而後可入。硇砂皆產洞中，如鐘乳形。

① 硇(náo)砂：氯化物類鹵砂族礦物的晶體，可藥用。

三八

　　獨憐小雨偶霏微①，灌漑全資泉水肥。桃杏花開春晼晚②，渭干河上唱歌歸。

　　庫車少雨，歲不過微雨一陣，或竟無雨，耕種皆資開渠灌漑。城東托和奈③泉水最肥。近城皆北山之水，分河三道，西即渭干河。回民熟於開渠引水之事，穀、棉、瓜、菜皆可成熟，桃、杏、桑、梨、蘋婆、含桃④皆盛。

　　① 霏微：飄灑。李端《巫山高》詩：“回合雲藏日，霏微雨帶風。”
　　② 春晼（wǎn）晚：太陽即將落山。李商隱《無題四首》其三：“含情春晼晚，暫見夜闌干。”
　　③ 托和奈：一作托和鼐。《西域同文志》：“亦名雅哈托和鼐。雅哈，謂邊界；托和鼐，謂路彎也。”《西域圖志》：“托和鼐，在阿巴特西南一百四十里。……西距庫車城六十里。”地當今庫車縣牙哈鄉托克乃村。
　　④ 含桃：櫻桃的別稱。《禮記·月令》：“是月也，天子乃以雛嘗黍，羞以含桃，先薦寢廟。”鄭玄注：“含桃，櫻桃也。”

三九

　　佛洞深鑱①繪像多，高低處處盡祇陀②。白衣毫相③莊嚴好，漢楷輪回經不磨。

　　庫車城北二十里有小佛洞，山石鑿穴繪佛。城西六十里蘇巴什④復有大佛洞，其山前後上下鑿洞四五百處，内皆五彩金粉繪西番佛。其最高一洞三楹，壁鑿白衣大士之像，漢楷輪回經一轉，餘皆西番字跡，不知誰氏之爲。

　　仲餘氏曰：佛氏原自西方來，今回城在中國之西，其開洞而鑿佛像，無足怪也。

　　① 深鑱：深鑿。王安石《估玉》詩：“秦人挾斤上其巔，視氣所出深鑱鐫。”
　　② 祇陀：梵文音譯，舍衛國太子之名，後泛指佛像。
　　③ 白衣毫相：即白毫相，如來三十二相之一。《妙法蓮華經》：“爾時佛放眉間白毫相光，照東方萬八千世界，靡不周遍。”此指佛相。
　　④ 蘇巴什：參前沈峻《輪臺竹枝詞》“擁髻仙人下玉京”詩注②。此詩自注本《西域聞見錄》：“（庫車）城北二十里有小佛洞，城西六十里有大佛洞。山之上下前後鑿洞四五百處，内皆五彩金粉繪爲佛像。”《西域聞見錄》所謂城西六十里佛洞，指今庫車縣庫木吐拉石窟，而蘇巴什佛寺遺址位於今庫車縣東北二十公里處，福慶自注有誤。

四〇

　　一望頹垣五里餘，歸然堞雉^①少人居。劫塵^②指點徒能説，弔古無從考廢除。

　　庫車城東南十里，破墻一段，長五里餘，雖係土城，而修築高厚堅實，堞雉猶存，非回城也。土人傳爲漢時屯兵之所，然亦無可考據。

　　① 堞雉：一作雉堞。《文選》卷一一鮑照《蕪城賦》："板築雉堞之殷，井幹烽櫓之勤。"李善注："鄭玄《周禮注》曰：雉，長三丈，高一丈。杜預《左氏傳注》曰：堞，女牆也。"古代城墻上如齒狀的矮墻。

　　② 劫塵：劫灰，佛家所説劫火的餘灰。《高僧傳》："昔漢武穿昆明池底得黑灰，以問東方朔。朔云：'不委，可問西域人。'後法蘭既至，衆人追以問之。蘭云：'世界終盡，劫火洞燒，此灰是也。'"此指古跡。

四一

　　兵後荒餘久不堪，户千羊七剩牛三。一從聖澤涵濡^①久，封殖^②家家計自諳。

　　庫車原係回疆大城，回户三五萬家。經霍集占之亂，且連遭凶荒，死於饑饉、兵火之災，幾無遺子，所餘僅千户耳。大兵平定庫車之時，城内惟遺羊七隻、牛三頭。乾隆二十三年以來，休養生息，家給人足。迄今最貧苦之小回子亦有牛羊馬匹，出有衣，家有食，吉凶皆足以成禮。

　　① 涵濡：滋潤。韓偓《辛酉歲冬十一月隨駕幸岐下作》詩："雨露涵濡三百載，不知誰擬殺身酬。"

　　② 封殖：一作封埴，培植、培育。《三國志·魏書·劉放傳》："往者董卓作逆，英雄並起，阻兵擅命，人自封殖。"此處指聚斂財貨。

四二

　　土宜粳稻樹宜梨，水涘荒村擁豔妻。豈爲胭脂好顔色，晡時^①早向布幃棲。

　　沙雅爾，回子小城也，在庫車西南一百六十里。其城緊依渭干河岸，圍墻傾圮，一荒涼村堡耳。回户七百餘家，歲納糧、銅、硝磺。地土下濕炎熱，宜於粳稻，諸果皆佳，而梨尤甘鬆可食。西南山中，林木、蘆葦千里無際，産猞猁猻、狐狸，多虎。近城多葦湖，以故夏多蚊，如塵如霧，日夕尤甚。回子皆以布爲帳幃，晡時，男婦、子女皆入布帳中避之，滿城牲畜咆哮，身血津津然，二更後始漸寧帖。其人樸野誠實，然亦好訟。婦女好顔色。風俗與庫車相似。

仲餘氏曰：古稱燕趙多佳人，今回地婦女多美豔者，足見天地無私，惟視其靈氣之偶鍾耳。

① 晡時：申時，指傍晚。《淮南子·天文訓》："（日）至於悲谷，是謂晡時。"

四三

烏什曾稱土爾番，[①]青錢普爾許名存。猰貐[②]那許逃天戮，猶溯擒渠獻九閽[③]。

烏什本係回城，回人謂之土爾番，華言都會也。地在庫車西北千里，城依南山，諸峰環抱，大河瀠繞其北。人户本兩三萬家，準噶爾時最爲表著。其阿奇木伯克霍機斯乃準噶爾汗達瓦齊之所立也[④]，大兵入伊犁，達瓦齊父子逃至烏什，爲霍集斯擒獻，中國以功封王爵。乃屢經叛亂，回户戮誅盡淨。其錢名普爾，每文重一錢二分，每百謂之一騰格。回子私用每五十爲一騰格，抵銀一兩。官設爐鼓鑄乾隆通寶普爾，俱用紅銅，其規模與内地制錢同。哈喇沙拉普爾與制錢通用，以西大小回城，回子及兵民皆用普爾，内地制錢不行，哈喇沙爾以東則無普爾矣。幅員遼闊，北界冰山，南皆平川沃野，山場林木，草湖茂密，皆布魯特人户遊牧。東至庫車，西連葉爾羌。烏什之城名永寧，地方空闊，杳無人煙，惟綠營屯兵耕其荒廢之地。嗣於阿克蘇、葉爾羌、和闐、英吉沙爾、賽哩木、拜城等回城派撥回子七百餘户移駐烏什，種地納糧，數年以來，屋宇田園漸盛矣。

① "烏什"句：本《西域聞見録》："烏什本係回城，回人謂之土爾番。土爾番者，回言都會也。"但《西域聞見録》所載似不確。《西域圖志》："烏什回人舊從闢展西遷，不忘故宇，故烏什地名多仍闢展舊號。"又："回部役屬準噶爾時，舊曾遷闢展人户於烏什，因以闢展地名名烏什之地，如哈喇和卓、森尼木、魯克察克、托克三、洋赫、布干、連木齊木、雅木什之屬。至今彼此相同，示不忘本意也。"

② 猰（yà）貐（yǔ）：一作窫窳，傳説中的凶獸。《山海經·海内西經》："貳負之臣曰危，危與貳負殺窫窳。"此指作亂之人。

③ 擒渠：渠，渠魁。《尚書·胤征》："殲厥渠魁，脅從罔治。"孔傳："渠，大。魁，帥也。"此指擒拿賊首。

九閽：九天之門，喻朝廷。杜甫《塞蘆子》詩："誰能叫帝閽，胡行速如鬼。"

④ 霍機斯：即霍集斯。見前王芑孫《西陬牧唱詞六十首》"烏什諸城近闢賓"詩注④。

四四

巧思刻玉自玲瓏，鹿革裁韉[①]繡更工。衢術[②]雲連千肆賣，郊園春到百花風③。

阿克蘇，一大回地也，在烏什東二百里，有二萬餘户。其人誠樸無華，然亦好訟，易惑亂，回子之陋習也。人多技藝，善攻玉，制器精巧，繡鹿革爲韉。田土寬廣，芝麻、二麥、穀豆、棉花、果菜之品充園塞圃。酒肆茶坊鱗集街市，每八栅爾④期會，商販摩肩，喧填竟日。産梨最佳，歲充土貢。地居衝要，爲西至各回城、北往伊犁四達必由之孔道。

① 鹿革裁韉（jiān）：韉，襯托馬鞍的墊子。此指以鹿皮製作的馬鞍墊。

② 衢術：《文選》卷四六任昉《王文憲集序》：“況乃淵角殊祥，山庭異表。望衢罕窺其術，觀海莫際其瀾。”劉良注：“衢、術，皆道也。”

③ 百花風：姚合《寄安陸友人》詩：“鳥啼三月雨，蝶舞百花風。”

④ 八栅爾：即巴雜。見前王曾翼《回疆雜詠》“士女肩摩巴雜場”詩注①，及後蕭雄《聽園西疆雜述詩·商賈》詩自注。

四五

拜城蕞爾爨①煙稀，雪片霜花冷鐵衣。逐客原來無善地，寒烏②聊許一枝依。

拜城最小，回户四五百家，糧、果産者甚稀。路當孔道，其人多烏什回衆，爲霍集占所惡，逐之拜城。

① 蕞（zuì）爾：《左傳·昭公七年》：“鄭雖無腆，抑諺曰蕞爾國，而三世執其政柄。”杜預注：“蕞，小貌。”

② 寒烏：冬天的烏鴉。沈約《愍衰草賦》：“秋鴻兮疏引，寒烏兮聚飛。”

四六

寶沙璨璨滿衝衢，落木先秋葉早無。爲是雪山寒氣勁，春風不解爲噓枯①。

賽里木回城在拜城東八十里，距庫車西北二百一十里。乾隆二十三年，大兵至庫車，賽里木回子首先迎降。當大道之衝，出寶沙，可以攻玉。但在雪山之麓，氣候極寒，八、九月間木葉盡脱。間有桃杏，交冬須聚土埋藏，不然來春枯矣。霜早，惟二麥、豌豆、甜瓜、葡萄有收，餘皆不堪多種。産銅硝。風俗誠實敦厚，無回子惡劣之習。喜暢飲酣歌，與庫車回子同。

① 噓枯：《後漢書·鄭太傳》：“孔公緒清談高論，噓枯吹生，並無軍旅之才、執銳之幹。”此處意爲春風吹拂，使枯萎的植物繼續生長。

四七

舊巢瓦覆綠琉璃，樓櫓亭臺一望齊。漢已犁庭①今絶幕，尚憑軍府壯榱題②。

葉爾羌，回疆一大城也，回子呼爲葉爾啓木，乃霍集占祖孫、父子巢穴。居室壯麗，綠琉璃瓦覆之，今爲糧餉局。園亭亦敞闊華美，今修爲辦事大臣衙署矣。城池堅固，圍十餘里。幅員寬敞，田土壯平，東界烏什，西界巴達克山，南控和闐，北鄰喀什噶爾。西南一帶均與外藩連邊。所屬十城，曰葉爾羌，曰哈拉噶里克③，曰托古斯堪④，曰三珠⑤，曰契藩⑥，曰塔克⑦，曰克可牙爾玉拉里克⑧，曰火沙喇可⑨，曰巴爾楚克⑩。最遠一城在葉爾羌西，馬行十日，界乎巴達克山之間者，曰賽克羅⑪。十城俱有伯克，惟葉爾羌人戶獨多，不下七八萬家，九城各千戶上下耳。或曰葉爾羌古闖賓之國，或曰大食、月支之地，迄今皆回子聚居矣。

① 犁庭：庭，龍庭，古代匈奴祭天之所和軍政中心。犁庭指掃蕩巢穴。《漢書·匈奴傳下》："固已犁其庭，掃其閭，郡縣而置之。"

② 榱（cuī）題：一作榱提，屋椽的端頭。《孟子·盡心下》："堂高數仞，榱題數尺。"趙岐注："榱題，屋雷也。"

③ 哈拉噶里克：一作哈爾噶里克。《西域同文志》："哈爾噶里克，回語。地多林木，群鴉巢焉，即所有以名其地。"《西域圖志》："哈爾噶里克，在伯什阿里克東南。……北距葉爾羌城二百二十里。"地當今新疆葉城縣。

④ 托古斯堪：一作托古斯千、托古斯恰特。《西域同文志》："托古斯恰特，回語。托古斯，謂九數，猶云第九村也。"《西域圖志》："托古斯恰特，在伯什阿里克東一百里，北距葉爾羌城三百五十里。"在今新疆葉城縣東北。

⑤ 三珠：一作桑株、桑竺、薩納珠。《西域同文志》："薩納珠，回語。薩納，起數之謂；珠，指人而言。其地爲各藩通商之界。"《西域圖志》："薩納珠，在章固雅南二十里，西距葉爾羌城四百里，有城垣。"地當今皮山縣桑株鄉。

⑥ 契藩：一作英額齊盤。《西域同文志》："英額齊盤，原音英伊什齊盤。伊什，回語下坡之謂。齊盤，帕爾西語，謂牧羊者。其地依山爲莊，多遊牧，故名。"《西域圖志》："英額齊盤，舊對音爲英峨奇盤，在塔克布伊西南一百里，依山爲莊，東北距葉爾羌城四百里。"地當今新疆葉城縣棋盤鄉。

⑦ 塔克：一作他赫卜伊、塔克布伊。《西域同文志》："塔克布伊，回語。塔克，山也；布伊，指山下居民而言。"《西域圖志》："塔克，在齊爾拉東南一百八十里，西北距額里齊城四百十里。民物繁庶，無城垣，而居六城之一。"地當今策勒縣恰哈鄉。

⑧ 克可牙爾玉拉里克：一作玉拉里克、裕勒阿里克。《西域同文志》："裕勒阿里克，回語。

裕勒，淨也。地有清水渠，故名。"《西域圖志》："裕勒阿里克，在波斯恰木南七十里，有小城，東北距葉爾羌城三百里。"位於今葉城縣附近。

⑨ 火沙喇可：一作霍什拉布、和什拉普、和什阿喇布。《西域同文志》："和什阿喇布，回語。和什，雙岐之謂。阿喇布，帕爾西語，水也。地有河流岐出，故名。"《西域圖志》："和什阿喇布，在哈喇古哲什城西南二十里，有小城，東距葉爾羌城二百里。"地當今新疆莎車縣霍什拉甫鄉。

⑩ 巴爾楚克：《西域同文志》："巴爾楚克，回語。楚克，全有也。地饒水草，故名。"《西域圖志》："巴爾楚克，在察特西林西南一百里，喀葉噶爾達里雅流經其南，西南距葉爾羌城七百五十里。"地當今新疆巴楚縣。

⑪ 賽克羅：一作西克南、什克南，地當今阿富汗、塔吉克斯坦交界處賽格南（Shugnan）。清代隸屬巴達克山。

四八

比屋鱗鱗數萬家，海山珍異爛生華。南人上來好交易，北人欲上空咨嗟。

　　葉爾羌與外藩連界，邊外各國均來貿易。衣冠詭譎、形狀怪異之人，奇珍異寶之物，往往有之。中原、江浙之人不辭險遠，各攜貨貲購覓寶玉。

四九

裁絨作氈絢奇花，鏤玉攻金事事誇。大食孱王月氏勢，① 故應服教畏中華。

　　葉爾羌回民最巧，而性怯懦，惟大伯克之言是遵，不敢少有忤慢。

① 孱王：《史記·張耳陳餘列傳》："趙相貫高、趙午等年六十餘，故張耳客也。生平爲氣，乃怒曰：'吾王孱王也！'"裴駰集解引孟康曰："音如'潺湲'之'潺'，冀州人謂懦弱爲孱。"此句或指喀什噶爾伊斯蘭教白山派首領瑪罕木特被準噶爾囚禁伊犁，及大小和卓之亂被清朝平定之事。參前王曾翼《回疆雜詠》"霍占巢穴剩荒基"詩注①。

五〇

輕歌妙舞玉人妝，綺席初開出侑觴①。試問邊庭羈旅客，春風可憶杜韋娘②。

葉爾羌俗尚宴會，婦人多長於歌舞，尤重百戲。

① 侑觴：勸酒助興。參前唐道《伊犁紀事詩三十八首》"花袍錦帽看秧哥"詩注②。

② 杜韋娘：唐代歌女，用作唐代教坊曲名，亦常做歌女代稱。侯寘《風入松》詞："少年心醉杜韋娘。曾格外疏狂。錦箋預約西湖上，共幽深、竹院松窗。"

五一

　高架雙竿與屋平，銅繩盈丈兩頭橫。持裙莫漫留飛燕①，看取凌風躡影輕。

　　葉爾羌索銅爲繩，架高八九尺，長一丈有奇，回婦豔妝，應鼓之節，於繩上步履往來。②

① 飛燕：參前紀昀《烏魯木齊雜詩》"桃花馬上舞驚鸞"詩注②。

② 此詩描寫走鋼索技藝。參前曹麟開《塞上竹枝詞》"百尺竿頭步可登"，及王芑孫《西陬牧唱詞六十首》"度索尋橦絕伎兼"二詩。

五二

　瑣骨非關變現①來，彩衣花帽巧旋回。教猱升木②應非易，緩急全憑羯鼓催。

　　葉爾羌以回童數人，飾以鮮衣、花帽，使之斤斗，回旋盤舞，頗亦可觀。

① 鎖骨：瑣骨珊珊、瑣骨玲瓏的省稱。指身材消瘦，體態輕盈飄逸。

非關：不關，無關。宋之問《燕巢軍幕》詩："非關憐翠幕，不是厭朱樓。"

變現：變現之戲，佛教語彙，指神通。《法苑珠林》："菩薩復作種種變現，令其歡喜。"

② 教猱(náo)升木：《詩·小雅·角弓》："毋教猱升木，如塗塗附。"毛傳："猱，猿屬。塗，泥。附，著也。"鄭玄箋："猱之性善登木，若教使，其爲之必也。"此指雜技技藝高超。

五三

　子羊上樹幻能爲，熊狃猴馴①百戲隨。狡獪偏教愚俗慣，轉空盤子舞丸兒。

　　羊之爲物，最蠢而無識者。葉爾羌回人以木三段，圓頭細頸，各高徑尺，層層疊疊，弄羊羔，使之上於木頂，又以高三尺者易之，謂之羊上樹。地產熊、猴，回人皆弄之以爲戲，而舞丸、轉盤之戲，亦不一而足。

① 熊狎猴馴：狎，馴服。語本《後漢書·魯恭傳》：魯恭任中牟縣宰，以德化民。時各地螟蟲傷稼，獨不入中牟縣境。有母雉孵化小雞時，童子見而不捕。後以“狎雉馴童”喻善政。此處指注語中所説馴服熊與猴。

五四

綠鞲妖媚儼明妝，殊俗風如閩粵狂。漫説餘歡難敝席①，前魚②未解泣成行。

葉爾羌風俗淫佚，喜男色，有閩廣之風。回童少聰俊，輒不得免，然亦修飾妖媚，與人燕好③，往往情密，至長大而不能絶交。

① 敝席：牀上的席子破損。典出《戰國策·楚策一》，江乙謂安陵君：“以財交者，財盡而交絶；以色交者，華落而愛渝。是以嬖女不敝席，寵臣不避軒。今君擅楚國之勢，而無以深自結於王，竊爲君危之。”

② 前魚：喻失寵而被遺棄的人。《戰國策·魏策四》載龍陽君與魏王同船垂釣，釣得大魚後抛棄之前所釣的小魚，由此聯想到自己有朝一日也可能像小魚那樣爲魏王所遺棄，因而流淚。

③ 燕好：男女之間的歡愛。《太平廣記》卷四六九引《幽明録》：“宋永興縣吏鍾道得重病初差，情欲倍常。先樂白鶴墟中女子，至是猶存想焉，忽見此女子振衣而來，即與燕好。”

五五

并兼右姓①久成風，强食應教弱肉同。豈是五陵豪②並徙，古稱任俠以財雄。

葉爾羌風俗，豪强土霸日增其富，小回子少有積蓄，皆爲咀嚼而去，以故人户不能殷實，多缺衣食之人。

① 右姓：古代以右爲尊，因稱豪族大姓爲右姓。《後漢書·郭伋傳》：“强宗右姓，各擁衆保營，莫肯先附。”李賢注：“右姓猶高姓也。”

② 五陵豪：居於京郊的豪門子弟。西漢時期，在咸陽之北畢原有九個皇帝的陵墓。以高祖長陵、惠帝安陵、景帝陽陵、武帝茂陵、昭帝平陵最爲有名。漢制，每立帝陵，則遷徙四方豪族與外戚置陵縣，故以長陵、安陵、陽陵、茂陵、平陵合稱五陵。自漢代始，五陵多爲豪門貴族聚居之地。李白《白馬篇》詩：“龍馬花雪毛，金鞍五陵豪。秋霜切玉劍，落日明珠袍。”

五六

玉光五色産河中，如斗如盆各不同。第一明金和暈碧，羊脂①染透血斑紅。

葉爾羌河中産玉，大者如盆如斗，小者如拳如栗，有重三百六七十斤者。各色不同，白如雪，青如翠，黃如蠟，赤如丹，黑如墨，皆上品。一種羊脂硃斑，碧如波斯菜②而金片透灑者，尤難得。

① 羊脂：羊脂玉。參後蕭雄《聽園西疆雜述詩·土産》“玉擬羊脂温且腴”詩。

② 波斯菜：菠菜，原産於古波斯。

五七

羌肩跣①腳列成行，踏水能知美玉藏。一棒鑼鳴硃一點，岸波分處獻公堂。

葉爾羌河底大小石錯落平鋪，玉子雜生其間。采取之法，遠岸官一員守之，近河岸營官一員守之，派熟練之回子，或三十爲一行，或二十爲一行，截河並肩，赤腳踏石而步。遇有玉，回人即腳踏知之，鞠躬拾取。岸上營官擊鑼一棒，官則過硃一點。回子出水，按硃點索其石子。

① 跣（xiǎn）：赤腳。《説文》：“足親地也。”

五八

密爾岱峰高入雲，璠璵萬鎰落風斤①。氂牛笑跨登山肋，也似崑岡抵鵲②群。

去葉爾羌二百三十里，山曰密爾岱達坂，諸峰高峻，遍山皆玉，有青、黃、赤、白、黑之不同，然石夾玉、玉夾石甚多。至純玉無瑕、温潤而大至萬千斤者，則在絶高山峰之肋。其上人不能置足，土産氂牛慣能登陟，回子攜具乘牛而上，鎚鑿，任其自落而取之，謂之礦子石，亦曰山石。每歲春、秋二季，葉爾羌土貢玉自七千至萬斤不等。至葉爾羌河、和闐之玉籠哈什河③、哈琅圭塔克河④所産玉子，無一定之額，盡數交納，皆由臺運送京師，私玉之禁甚嚴。

① 璠（fán）璵（yú）：美玉。《初學記》卷二七引《逸論語》：“璠璵，魯之寶玉也。孔子曰：美哉璠璵，遠而望之，焕若也；近而視之，瑟若也。”風斤：即運斤成風，揮動斧頭發出風聲。《莊子·徐無鬼》：“郢人堊慢其鼻端，若蠅翼，使匠石斲之。匠石運斤成風，聽而斲之，盡堊而鼻不

傷。"此處指鑿落玉石。

② 崑岡：昆侖山。《尚書·胤征》："火炎昆岡，玉石俱焚。"

抵鵲：《鹽鐵論·崇禮》："南越以孔雀珥門户，昆山之旁以玉璞抵烏鵲。"代指玉璞。蕭統《錦帶書十二月啓·中吕四月》："蘊抵鵲於文山，儼然孤秀。"

③ 玉籠哈什河：即玉隴哈什河。《西域同文志》："玉隴哈什，回語。玉隴，往取之謂。於此取玉，故名。"與哈拉哈什河匯和爲和田河。

④ 哈琅圭塔克河：哈琅圭塔克，一作喀讓古塔格、哈朗歸塔克。《西域同文志》："哈朗歸塔克，回語。哈朗歸，黑暗之謂。地居山陰，故名。"《西域圖志》："哈朗歸塔克，舊音哈朗圭，在和闐西南境，卓窪勒南。"哈琅圭塔克河今作卡浪古河，在和田市西南部。

五九

　　和闐人道古于闐，都護遺民漢姓傳。桃李林邊春釀熟，鳴機纔罷饁耕①先。

和闐亦回疆一大城也，在葉爾羌南七百里。又南行二十日，即後藏西界。崇山峻嶺，與外藩道路不通，東皆瀚海沮洳，益東即星宿海矣，地處荒隅簡僻，不鄰大路。所屬回城六處，曰和闐，曰玉籠哈什，曰噶拉噶什②，曰齊喇③，曰噶爾雅④，曰他赫卜伊⑤，和闐其總名也。沃野千里，回户三四萬家。玉籠哈什河、哈琅圭塔克河皆有玉子，多於葉爾羌河所產。石榴、木瓜、蘋婆、桃、杏、烏梅、紅李、櫻桃、紅棗之屬，所在成林，而甜瓜、葡萄尤多。以葡萄釀酒，家有蓄藏。其人誠樸敦實，盡力根本，無遊惰浮華之習，男力稼穡，女勤蠶織。有和闐綢、絹、繭、雀塔爾布⑥，縝密光實，非別城所有也。或曰和闐即古于闐也。回子呼漢人爲"赫探"，漢任尚都護西域以後，亂遣其人衆於西，和闐回子皆其遺種，故回子呼之曰"赫探城"。和闐即"赫探"之訛音也，然皆無可考據矣。

① 饁耕：給耕作者送飯。《詩·豳風·七月》："七月流火，九月授衣。……同我婦子，饁彼南畝。"

② 噶拉噶什：一作哈喇哈什。《西域同文志》："哈喇哈什，回語。哈喇，黑色。河中多產黑玉，故名。"《西域圖志》："哈喇哈什，舊對音爲哈拉哈什。在額里齊城西北六十里，居六城之一。"地當今新疆墨玉縣。

③ 齊喇：一作車勒、車呼、齊爾拉。《西域同文志》："齊爾拉，回語。引水入境也。"《西域圖志》："車呼，舊對音爲齊喇。在玉隴哈什東二百里，西距額里齊城二百三十里。民物繁庶，無城垣而居六城之一。"地當在今新疆策勒縣。

④ 噶爾雅：即克里雅，一作克里底雅、克爾雅。《西域同文志》："克里底雅，回語。意其來而未定之詞。"《西域圖志》："克爾雅，舊對音爲克里雅。在車呼城東南二百里，西距額里齊城四百三十里。有城垣，居六城之一。"地當今新疆于田縣。

⑤ 他赫卜伊：見前"舊巢瓦覆綠琉璃"詩注⑦。

⑥ 雀塔爾布：一作巧塔爾，維吾爾語音譯。見後祁韻士《西陲竹枝詞·回布》詩自注。

六〇

金絲銀線巧機成，盦緞花綢貢玉京。千耦無猜千肆列，木瓜蘋果滿筐擎。

喀什噶爾，回疆一大城也。西域最爲表著，地在葉爾羌西北四百八十里，爲西陲極邊要害之區。回子、布魯特耦耕雜處。西北一帶雪山環抱，過山皆外藩之布魯特遊牧。正西布魯特之外即按集延①，土宇曠達，與邊外各國犬牙相錯，中外貿易人等日相逐於道路。歲貢盦綢緞、金銀絲綢緞、布、石榴、木瓜膏、蘋婆、葡萄乾之類。金貨流轉，水草甘肥，牲畜蕃息，人户殷實。九城種地納糧之回子三萬六千餘户，其餘貿易回子、伯克家屬、阿渾、毛喇②、海蘭達爾人等，又不下二萬餘户。

① 按集延：即安集延。見前王曾翼《回疆雜詠》"玉碗輕纖似赫蹏"詩注②。

② 毛喇(molla)：阿拉伯語音譯，一作滿拉、莫洛、曼拉、毛納、滿剌。今作毛拉，對伊斯蘭教學者或教職人員的稱謂。陳誠《西域番國志》："(哈烈)有通回回本教經義者，衆皆敬之，名曰滿剌，坐立列於衆人之右，雖國主亦皆尊之，凡有祠祭，惟滿剌誦經而已。"

六一

家嫻聲妓習奢華，寶玦珊瑚百藝誇。八栅里開香豔集，紅毹①匝地聽琵琶。

喀什噶爾回城紛華靡麗，多妓女，嫻歌舞，殷實之户亦頗畜之。織成金銀絲氈、五色絨氈，鏤金攻玉，鑿銅鑲嵌，無不精巧，回子靴帽、回婦束髮之恰齊巴克皆出其地。繡鹿革爲韉，噶拉明鏡②、玻璃鏡、珍珠、珊瑚、寶石、玉器、金花布、青白布，在西門攤。糧果、牲畜，不勝枚舉，商賈雲集。八栅爾街長數里，屋宇牆垣修整，富饒殷實之地也。俗尚宴會，人皆知禮法，循循然③敬中國之長官，不似阿克蘇以東之回子，悍然村野而已。

① 紅毹：紅色地毯。參前紀昀《烏魯木齊雜詩》"山圍芳草翠煙平"詩注②。

② 噶拉明鏡：蒙古語 qara minji 音譯詞，一作哈拉明鏡、哈拉明淨，即黑河狸，毛皮可用以製作毯子和衣服。格琫額《伊江匯覽》："其所換獲之牛、馬、駝、羊，概交駝馬處入官。其間或有攜來伊倭登綢、香牛皮、哈拉明淨等物，亦酌量易換之。"

③ 循循然：遵守規矩。韓愈《通解》："自桀之前千萬年，天下之人循循然不知忠易其死也。"

六二

外藩各國拱邊陲，東入回疆孔道馳。星布小城風物似，分茅①記取策勳時。謂阿齊穆②也。

英阿雜爾③回城在喀什噶爾南二百餘里，爲外藩各國東入回疆必由之孔道，最爲緊要之區。田土豐美，產穀、豆、瓜果、黑礬。又喀什噶爾西北二百里，爲塔什伯里克④回城。人户係回子，出其境即布魯特之地，故官設四品阿奇木伯克，以散秩大臣、布魯特比阿齊穆充之。其布魯特十九愛曼皆散佈於喀什噶爾、葉爾羌、烏什之間，分有地界，遊牧資生。塔什伯里克回子亦歸其管轄，即征討霍集占時，阿齊穆打仗有功，賞給之地也，土產二麥、糜子而已。喀什噶爾東北相距八十里爲阿拉圖什⑤回城，土田肥厚寬廣，果木繁茂。地下濕，產大麥、葡萄、桑、石榴、木瓜、桃、棗、瓜、麥之屬。喀什噶爾東十里爲別什克里木⑥回城，地既相近，風物、土產約略相同。喀什噶爾西北一百三十里爲玉素納爾土什⑦回城，臨近雪山，氣候冬寒，土產麥、糜、桃、杏、桑、瓜而已。喀什噶爾西北一百八十里爲握帕爾⑧回城，與布魯特地界相連，其山嶺皆布魯特遊牧。

① 分茅：裂土分茅。古代分封諸侯，用白茅裹着泥土授予被封者，喻授予土地和權力。《尚書·禹貢》：“厥貢惟土五色。”孔穎達疏：“王者封五色土以爲社，若封建諸侯則各割其方色土與之，使歸國立社。……四方各依其方色，皆以黃土覆之，其割土與之時，且以白茅，用白茅裹土與之。必用白茅者，取其潔清也。”

② 阿齊穆：一作阿其睦。布魯特希布察克部首領，乾隆二十四年(1759)隨清軍平定大小和卓叛亂，因功授散秩大臣。

③ 英阿雜爾：一作英噶薩爾。《西域同文志》：“英噶薩爾，回語。英噶，謂新；薩爾，謂城。其地有城，從其始建而言之也。”即英吉沙爾，乾隆四十年(1775)築城，光緒九年(1883)改英吉沙爾直隸廳，1921 年設縣。

④ 塔什伯里克：一作塔什密里克、塔什巴里克。《西域同文志》：“塔什巴里克，回語。塔什，石也；巴里克，魚也。地有漁磯，故名。”《西域圖志》：“塔什巴里克，在托克庫爾薩克南一百一十里。……西北距喀什噶爾城一百四十里。”地當今疏附縣塔什米里克鄉。

⑤ 阿拉圖什：一作阿斯圖阿爾圖什、阿斯騰阿喇圖什。《西域同文志》：“阿斯騰阿喇圖什，回語。阿斯騰，謂低處也；下山出口曰阿喇，相對村莊曰圖什。其地傍山而近村，視玉斯屯阿喇圖什較下，故名。”《西域圖志》：“阿斯騰阿喇圖什，在玉斯屯阿喇圖什西八十里。……東南距喀什噶爾城六十里。”地當今新疆阿圖什市。

⑥ 別什克里木：一作伯什克勒木、霍木什科布木什。《西域同文志》：“伯什克勒木，回語。克勒木，白菜也。此地舊有菜圃五處，故名。”《西域圖志》：“伯什克勒木，在霍爾干東南二十五里，西距喀什噶爾城三十五里。”地當今疏附縣伯什克然木鄉。

⑦ 玉素納爾土什：一作玉斯圖阿爾圖什、玉斯屯阿喇圖什。《西域同文志》：“玉斯屯阿喇圖什，回語。玉斯屯，謂高處也。地居高處，傍山近村，故名。”地當今阿圖什市上阿圖什鄉。

⑧ 握帕爾：一作鄂坡勒、烏帕勒。《西域同文志》：“鄂坡勒，回語。鄂，有所指而言；坡勒，清能鑒物也。其地有池，水清可鑒，故名。”地當今疏附縣烏帕爾鄉。

六三

雪中蓮放更多奇，不脛蟾蜍不卵雞。莫道寒門生意盡，試看阿爾古[①]城西。

喀什噶爾東北一百九十里爲阿爾古回城，緊依雪山，多雪雞、雪蓮、雪蟾、雪蛆[②]，回子不知取用，惟取雪雞以充食而已。東北而去四日可至伊犁，但春、秋、冬雪深盈丈，夏伏或可行走，然亦無人往來。地寒，土産大麥、糜、葡萄、桑、杏、桃、瓜。雪山內外，皆布魯特種人與回子雜處，益西北布魯特尤衆，人户數十萬家。

① 阿爾古：一作阿喇古、阿爾瑚。《西域同文志》："阿喇古，回語。兩山夾溝之謂。"地當今阿圖什市阿湖鄉。

② 雪雞：雞形目雉科雪雞屬鳥類，在我國主要分佈在新疆、西藏、青海等地。

雪蟾：不詳。

雪蛆：一名冰蛆、雪蠶。周密《癸辛雜識》："西域雪山有萬古不消之雪，冬夏皆然。中有蟲如蠶，其味甘如蜜，其冷如冰，名曰'冰蛆'，能治積熱。"

六四

官仍伯克似專城[①]，王化均沾樂土成。二萬里餘皆薄稅，筐筐秸總[②]本人情。

回子之官皆名伯克，有阿奇木伯克、伊什汗伯克、哈雜納齊伯克、商伯克、明伯克、哈資伯克、密拉普伯克等名不一，[③]各分品級，各有執掌，分駐回城，均歸辦事大臣統轄。國朝開闢新疆二萬餘里，從古所未有也。回民各納錢糧、緞布、金銅、硝磺、土産之物，載在各回城應納賦役。

仲餘氏曰：烏魯木齊設有鎮迪道，乃由安西道於乾隆三十七年改移巴里坤，更名巴里坤道，將烏魯木齊差缺道員裁撤，歸并巴里坤統轄。三十八年移駐烏魯木齊，更名鎮迪道，駐劄鞏寧城，歸烏魯木齊都統管轄，陝甘總督節制。鎮西府知府，乃由安西府於乾隆三十七年改移巴里坤，更名鎮西府，屬鎮迪道管轄，府所屬宜禾、奇臺二縣，古城巡檢[④]。宜禾縣，乃由巴里坤理事通判於乾隆三十七年改設，知縣駐巴里坤。奇臺縣，乃由奇臺舊制通判於乾隆四十年改爲縣治。古城巡檢，於乾隆四十一年將奇臺通判屬東吉爾瑪泰[⑤]糧巡檢移駐改設。迪化州，乃由舊制同知於乾隆三十七年改爲知州，三十八年改爲直隸州，屬鎮迪道管轄。所屬昌吉、阜康、綏來三縣，濟木薩縣丞、迪化城巡檢、呼圖壁巡檢三所千總。昌吉縣，乃由寧邊州同於乾隆三十八年改爲知縣。阜康縣，乃由甘肅平涼府莊浪縣於乾隆四十年改移阜康。綏來縣，乃由瑪納斯舊制縣丞於乾隆四十年改爲知縣。濟木薩縣丞，於乾隆四十一年將舊制特訥格爾州判裁汰改設，呼圖壁巡檢，乃乾隆二十九年將舊制昌吉洛克倫[⑥]管糧巡檢移駐改設。頭屯、蘆草溝、塔西河[⑦]三所千總，於乾隆四十二年將舊派管束遣犯營千總改設所千總，管理爲民遣犯種地納糧。其府經歷、州吏目、教職、典史[⑧]如例安設。吐魯番同知，乃由闢展同知於乾隆四十四年改駐吐魯番，所屬吐魯番、闢展二巡檢。闢展巡檢於乾隆三十六年將涼州府屬平番縣苦水巡檢裁移改設，吐魯番巡檢於乾隆四十四年添設。烏魯木齊理事通判乃由涼莊理事通判於乾隆三十七年隨同涼莊滿兵改移烏魯木齊，屬鎮迪道管轄。府屬五年俸滿，州屬三年俸滿，協辦半年。又設三糧員，庫爾喀喇烏蘇、精河二員，自乾隆二十八年設屯起，庫爾喀喇烏蘇在於陝、甘兩省派撥縣丞一員管理糧務，精河派撥典史一員管理糧務，向屬庫爾喀喇烏蘇大臣管轄，烏魯木齊辦事大臣統轄，三年期滿，仍由內地揀員更換。乾隆四十五年，庫爾喀喇烏蘇改設同知，管理地方糧務，尚未題準有人。四十八年復經裁汰，並將精河由內地揀派糧員停止，照依伊犁之例，均由效力廢員內揀選賞銜管理。四十九年查照原議，在於廢員內揀選，庫爾喀喇烏蘇賞給通判銜，精河賞給典史銜，改歸鎮迪道管轄。烏魯木齊都統統轄喀喇巴爾噶遜⑨，於乾隆五十六年照依精河之例添設糧員，在於效力廢員內揀選，賞給典史銜，管理糧務，歸鎮迪道管轄。五十九年奉上諭：嗣後烏魯木齊管糧人員缺出，由京揀選派往管理。欽此。此則烏魯木齊地方糧員官制也。余承乏鎮迪道，得知其詳。因與椿園所述不同，附記於此。時嘉慶丙辰秋日補録。

① 專城：主宰一城地方長官。王充《論衡·辨祟》："居位食禄，專城長邑以千萬數，其遷徙日未必逢吉時也。"

② 秸總：《尚書·禹貢》："五百里甸服，百里賦納總。"孔傳："禾槀曰總，入之供飼國馬。"以秸總充賦稅，喻賦稅之輕。顧炎武《天下郡國利病書·鳳寧徵備録》："民田糧麥既免，稍取總秸之意，賦其藁禾。"查慎行《玉田觀早稻》："總秸已供三壤賦，陂池新奉上林遊。"

③ 伊什汗伯克：一作伊什罕伯克。維吾爾語音譯，意爲城門之主。官職爲四至六品，光緒十三年裁。

商伯克：商爲漢語"餉"的音譯，四至六品。

明伯克：明，維吾爾語"千"音譯，爲千户長，六至七品。

哈資伯克：一作哈滋伯克。哈滋，波斯語意爲法官、仲裁人，五至六品。

密拉普伯克：一作密喇布伯克、密拉卜伯克，五至六品。

有關清代回部關伯克官職，文獻中多有記載。《回疆志》："各伯克等所司事務：阿奇木伯克總辦該處一切事務。伊什罕伯克係阿奇木伯克之副，協辦該處一切事務。噶雜那齊伯克專（總）[總]一切庫藏錢糧事務。尚伯克專司該處城村交納錢糧事務。哈滋伯克專理一切刑名事務。密拉卜伯克管理該處回務，兼通溝渠、導引水利、澆灌田地等事。莫帝色卜伯克調停規矩、教化風俗經文等事。密圖瓦里伯克管理買賣房屋地土諸事。訥克卜伯克專管修造，兼管各行匠役。巴吉格爾伯克專管抽收牲畜稅務。都觀伯克原管書札等文事，今管供應外夷來使所需口糧、衣用、馬匹，兼理諸凡接濟需用事務。喀拉都觀伯克管理圍場臺卡，整齊行營陣式，修造軍器。帕帝沙卜伯克巡查城市街衢，捕拿凶首盜賊，彈壓匪類、照管監牢。雜布帝嗎克塔卜伯克總管教習經文等事。阿爾巴卜伯克催交違限錢糧，帮辦攢湊雜費。石笋爾伯克爲都觀伯克之副，兼備署理帕帝沙卜、阿爾巴卜等伯克之職。色依德爾伯克整齊市纏、調停行販等事。都貝伯克算計攢湊分散數目，度量料估一切錢文事務。伊爾哈齊伯克專管修建城垣街市、開山修路等事。哲波伯克爲喀拉都觀之副，帮同喀拉都觀辦理事務。明伯克爲千人之首，專（埋）[理]該屬應納錢糧一切事務。羽滋伯克在明伯克之次辦事，爲百人之首。哈什伯克專管采玉。阿爾屯伯克專管淘金。巴克嗎塔爾伯克專管瓜果園。密斯伯克專管淘練銅斤。喀魯爾伯克專管坐卡回民。"另參後蕭雄《聽園西疆雜述詩・職官》詩自注。

④ 巡檢：職官名，巡檢使省稱，正九品。明清時凡市鎮、關隘處置巡檢司，設巡檢使，歸縣令管轄。

⑤ 吉爾瑪泰：一作吉爾瑪臺、濟爾瑪臺。《西域同文志》："濟爾瑪臺，準語。濟爾瑪，小魚也；臺，有也。泉出小魚，故名。"《西域圖志》："濟爾瑪臺，在縣治南九十里。濟爾瑪臺布拉克，出天山下北流。東西各建堡，一名西濟爾瑪臺堡，一名東濟爾瑪臺堡。"

⑥ 洛克倫：一作羅克倫。《西域同文志》："羅克倫，回語。突兀之貌。地形突然高出，故名。"清代臺站名，隸屬昌吉。乾隆二十年(1755)始在此屯田，設巡檢。

⑦ 塔西河：塔西，維吾爾語石頭(tax)音譯。發源瑪納斯縣東南部山區。清代置塔西河屯，爲迪化州三屯所之一。

⑧ 典史：知縣下掌管緝捕、監獄的屬官。元朝始置，明清沿置，無品階。

⑨ 喀喇巴爾噶遜：蒙古語音譯，意爲黑虎城。乾隆四十七年(1782)在此築嘉德城，駐糧員、守備，隸迪化直隸州。地當今烏魯木齊市達坂城區達阪城鎮。

外　　藩

一

　　萬帳雲屯大漠居，稱王曰比贅瘤① 如。龍媒大宛多良產，綠葉青芻② 本有餘。

哈薩克，西域一大國也，即古大宛。乾隆二十一年大兵進剿，入其巢穴，其王阿布賴③ 歸降受封，奉正朔④，地入版圖。無城郭屋宇，無農桑五穀，氈帳遊牧，分佈散處。平岡漫嶺，生草皆綠葉白根，出良馬，食之易於腓字⑤。稱其君長曰比，相呼皆以名。今其王名阿布賴，其人皆稱曰阿布賴比也。無刑法、紀律，不聽其王號令，有惡則衆議罰之，小則罰牲畜，大則殺之而分其畜，亦不關白其王。即禦外侮，亦其王與衆會議，不願者不能強。自歸降後，歲納中國之稅，馬、牛百取一，羊千取一焉。

① 贅瘤：附生在體外的肉瘤，喻無用之物。嵇康《答難養生論》："蓋將以名位爲贅瘤，資財爲塵垢也。"

② 青芻：新鮮草料。杜甫《入奏行贈西山檢察使竇侍御》詩："爲君酤酒滿眼酤，與奴白飯馬青芻。"

③ 阿布賴：一作阿布賚(1711—1781)、阿布勒，哈薩克部中玉茲汗瓦里之子，後被各部推舉爲哈薩克大汗，18 世紀中葉歸附清朝。

④ 正朔：《禮記·大傳》：“改正朔，易服色。”孔穎達疏：“改正朔者，正謂年始，朔，謂月初，言王者得政，示從我始，改故用新。”另參前宋弼《西行雜詠》“燉煌西去古伊州”詩注④。

⑤ 胕字：《詩·大雅·生民》：“誕寘之隘巷，牛羊胕字之。”庇護養育，此指牧養。

二

相矜①重襲好衣裳，家有餘糧户萬羊。列屋蛾眉②容易得，踏歌聲裏合歡場。

哈薩克幅員遼闊，人户殷繁，多牲畜。富者馬、牛、羊各以萬計，娶妻數人，分佈而居，其夫輪流晏處。即貧者亦有馬、牛數百，羊數千，無困苦乏食之人。生子十六歲輒爲之娶妻，與以牲畜，使之自爲經理。宴會以馬、牛、駝、羊爲饌，馬潼爲酒，器用木碗盤，富者以銅錫爲之。以衣多爲華美，雖暑月炎熱，亦被衣八九襲。喜中國瓷、茶、梭布、片金倭緞之屬，得之寶貴，綢緞、絲綾不甚愛重。風俗與回疆相似，但不知禮拜諷經，間有食豬肉者。貴男賤女，姻嫁男女，以歌互調者成偶，有似蠻人跳月③之風。哈薩克有兩種，其西北界之哈薩克未通中國，人户尤强盛云。

① 相矜：互相誇耀。王筠《俠客篇》：“俠客趨名利，劍氣坐相矜。”

② 列屋：置於屋中。韓愈《送李願歸盤谷序》：“飄輕裾，翳長袖，粉白黛緑者，列屋而閑居。”

蛾眉：美人的眉毛。《詩·衛風·碩人》：“蝤首蛾眉，巧笑倩兮。”此處代指美女。

③ 蠻人跳月：中國南方少數民族的風俗，每年仲春月明之夜，未婚青年男女通過歌舞方式進行求偶。田汝成《炎徼紀聞》：“仲春，刻木爲馬，祭以牛酒，老人並馬箕踞，未婚男女吹蘆笙以和歌，淫詞謔浪，謂之跳月。中意者，男負女去，論妍娸爲聘貲贏縮。”

三

愛曼於今衆建①良，控弦十萬懾鄰疆。遺風秃髮方平幘，蝤首雙飄雉尾長。

布魯特，回子一部落也。地距按集延、喀什噶爾之間，亦與伊犁連界，幅員寬廣，人户繁多，控弦數十萬。稱其君長曰比，有管領愛曼自一二十至二三十不等。比死，立其子弟，他人不能占立。男不蓄髮，女插雉尾於帽爲飾。風俗、語言與回人大同小異，居氈帳，遊牧爲業，間有耕種二麥者。牛馬乳爲酒，喜中國茶、綢布、煙、燒酒。人貧苦强悍，好劫奪，健於戰陣，以故哈薩克、博羅爾等畏之。乾隆二十三年大兵征討霍集占。附近喀什噶爾之布魯特比震驚天威，截戰霍集占，上嘉悦，加阿齊穆爲散秩大臣，授職喀什伯里克②回城之阿奇木伯克，布魯特比如故。是以遵葉爾羌、喀什噶爾駐劄大臣約束，歲納錢米賦稅。但在其本地各愛曼之比，各君其國，各子其民，勢均力敵，無統轄專制之人。禁忌豬肉，衣窄袖敞前襟。

帽頂平矩方,與按集延相似。

① 衆建:賈誼《治安策》:"欲天下之治安,莫若衆建諸侯而少其力。力少則易使以義,國小則亡邪心。"此指布魯特人的各個部落。

② 喀什伯里克:即塔什伯里克。見前"外藩各國拱邊陲"詩注④。

四

　百頃桃花入望偏,連城向化息烽煙。射雕身手原趫捷,遠向鄰封事貿遷①。

按集延,回子一部落也。其汗最爲表著,統領四城,最大者曰豪罕,三萬餘户,爲其汗巢穴。次曰瑪納噶朗,二萬餘户。又次曰奈曼②,一萬餘户。最小之城曰安集延,數千户耳。各有頭目,所轄之人皆汗之屬,呼之爲阿爾巴圖③。乾隆二十三年以後,與中國通,歸入王化。地在喀什噶爾西布魯特邊境之外,有五穀、瓜果、菜蔬,多桃,數十百頃,紅白成林。人無髮,不食豬肉,皆與喀什噶爾回子同,言語亦相同。但衣皆圓領窄袖,開敞前襟,帽無尖翅,矩方上平耳。善居積權子母④,遍遊鄂羅斯、克食米爾⑤、温都斯坦及回疆貿易。喜畜雕圍獵,而其性多儉嗇褊急。

① 貿遷:一作懋遷,買賣貿易。荀悦《申鑒》:"貿遷有無,周而通之。"《尚書·益稷》:"懋遷有無化居。"孔傳:"勉勸天下,徙有之無,魚鹽徙山,林木徙川澤,交易其所居積。"

② 奈曼:一作奈滿。清代西布魯特部落之一,乾隆二十四年(1759)臣屬清朝,於喀什噶爾西南部。

③ 阿爾巴圖:蒙古語音譯,庶民之意。

④ 權子母:古時國家鑄錢分輕重,重幣爲母,輕幣爲子。《國語·周語下》:"古者,天災降戾,於是乎量資幣,權輕重,以振救民。民患輕,則爲作重幣以行之,於是乎有母權子而行,民皆得焉。若不堪重,則多作輕而行之,亦不廢重,於是乎有子權母而行,小大利之。"韋昭注:"重曰母,輕曰子,以貨物,物輕則子獨行,物重則以母權而行之也。子母相通,民皆得其欲也。"此處指錢。

⑤ 克食米爾(Kashmir):今克什米爾地區,分屬於印度、巴基斯坦管轄。

五

　深目多髭種落新,弟兄共事蔑天倫。人奴生幸無笞辱,土屋沙村耐得貧。

博羅爾,西域別一種也,在葉爾羌西。以土築屋而居,有村落,不禮拜,不把齋,不知字記,不通回語。飲食無避忌,惟衣帽與按集延相仿,男女無别。無人倫,弟兄四五人共娶一妻,次第歇宿,以靴掛門爲記。生子女,以次第分認。無兄弟者,與戚里夥之,次以齒。地瘠人貧,以人爲賦,納於其王及頭目。生子女,若六七取三,生四五取二,生二三取一,所取者皆鬻於温都斯坦、哈薩克、按集延及内地回疆爲奴。性多怯懦,往往爲布魯特、沙關記①擄掠人口,鬻於各處,亦不能較。

① 沙關記:見後《異域竹枝詞》"浴鐵然槍劇賊爲"詩及自注。沙關記事見於《西域聞見録》,又《西域水道記》載:"乾隆中,有與葉爾羌阿奇木伯克鄂對爲仇,肆凶暴,名曰沙關機者,即什克南頭人也。"亦即《西域地理圖説》"外裔情形"滿文部分記載巴達克善喀拉番城頭目"沙萬子"。此人實爲什克南統治者阿布杜拉赫曼汗之子,一作沙赫瓦齊汗。《西域聞見録》所載傳聞不確。

六

晨牝①稱尊已七傳,雖無易姓枉千年。最憐膠鬢膏唇客,時向刀環隊裏宣。

鄂羅斯,邊外最大一國,東界朝鮮,南界中國,西北鄰控噶爾②,東西之境二萬餘里,南北窄狹,自千里至三千里而止。稱其王曰汗,自鄂羅斯之察罕汗③没,無子,國人立其女爲汗,以後皆傳女,今已七代矣,仍襲察罕汗之號。其女主有所幸,或期年或數月則殺之,生女留承統續,謂其汗之嫡傳;生男則謂他人之種。其人深目高鼻,睛正碧,鬚髮赤黄,男女皆畜髮。男頻以膠水刷髮,使曲卷,衣縛身多扣。女則高髻漢裝,長裙拖地。女主之裙尤長,行則使數人身後共舉之,無褻衣。以銀爲錢,肖其汗面,重七錢餘,謂之阿拉斯郎④,以洋算成歲。好樓居,有四五上者,皆以木,極華麗。接見無論男女,皆接吻爲禮,無跪拜之儀。嗜佳茗,必調糖飲之,以魚爲上饌,以大茴爲佳品,必需大黄,人人皆食之,無則病矣。官有文武,皆懸刀,柄有金、玉、銅、鐵、錫之飾,以分等差。民耕田納税,三丁抽一,五丁抽二爲兵,十六歲入營,不準娶,不準歸家,逾五旬而後放出。刑罰極嚴,男犯竊、女犯奸、殺人不問謀故,以及出邊入别國者,概以斧斫殺之。土産海龍⑤、銀灰鼠各皮張,及喀拉明鏡、玻璃等物,但金銀微缺乏耳。本爲控噶爾屬國,稱臣納幣,歲以爲常。乾隆二十年以後,鄂羅斯自恃其强,不肯稱臣,缺貢獻七年之久,控噶爾未經責問,而鄂羅斯之察罕汗轉發兵侵擾其境,以故兩國交争數年之久。鄂羅斯士卒累經大敗,傷折二十餘萬,力不能支,仍復稱臣求和,許以歲納童男五百人、童女五百人,而罷其軍事焉。

仲餘氏曰:聞鄂羅斯女主之立,非察罕汗無子也,初因察罕汗之妻逐其夫而自立,其夫效秦庭之哭⑥,借兵争鬥,欲思恢復,又爲其妻勒兵拒之,其夫戰敗,不知所終。然後女主定位,任意妄爲,頗有所幸,亦如選面首⑦三十人之事,生女則爲嫡嗣而承統。鄂羅斯雖云一姓相傳,不知其幾千年,然其女主各有所幸,所幸之女知有母而不知其父,以女嗣位,已歷七傳,亦所謂以牛易馬,以吕易嬴耳。⑧

① 晨牝(pìn):牝,雌性的鳥或獸。牝雞司晨,喻婦人專權。陸機《愍懷太子誄》:"如何晨牝,穢我朝聽。"

② 控噶爾:一作孔喀爾、空科爾。清人所説孔喀爾有二,一爲普魯士,一爲奥斯曼土耳其帝國。徐繼畬《瀛寰志略》:"控噶爾非普魯士,應爲土耳其。"姚瑩《東溟文集》:"如控噶爾者,西北近海大國,即普魯社也。其王名控噶爾者,嘗於俄羅斯國都鄰近,構兵敗之,入其都,議和而

退，事在乾隆中。"

③ 察罕汗(čaγan han)：察罕，蒙古語謂白。察罕漢是清人對沙皇的稱呼，康熙五十一年(1712)內閣侍讀圖里琛出使土爾扈特至俄羅斯，歸著《異域錄》，中以察罕漢指彼得大帝。另有女察罕漢，指葉卡捷琳娜二世。

④ 阿拉斯郎：一作阿爾斯蘭。突厥語音譯，意爲獅子。歷史上有名的阿爾斯蘭汗(？—998)爲喀喇汗王朝可汗，皈依伊斯蘭教後，與于闐佛教徒作戰陣亡，葬於喀什噶爾。福慶乃延續《異域瑣談》之誤。

⑤ 海龍：滿語 hailun 音譯，水獺或水獺皮。

⑥ 秦庭之哭：向別國請求救兵。典出《左傳·定公四年》，吳國攻打楚國，攻入楚國都城郢，楚大夫申包胥赴秦國乞師求救，"立依於庭牆而哭，日夜不絕聲，勺飲不入口，七日。秦哀公爲之賦《無衣》，九頓首而坐。秦師乃出"。

⑦ 面首：美男子、男寵。《宋書·前廢帝紀》："山陰公主淫恣過度，謂帝曰：'妾與陛下，雖男女有殊，俱托體先帝。陛下六宮數萬，而妾唯駙馬一人。事不平均，一何至此。'帝乃爲主置面首左右三十人。"

⑧ 程允升《幼學瓊林》："至若景泰以呂易嬴，是嬴亡於莊襄之手；弱晉以牛易馬，是馬滅於懷湣之時。"以牛易馬典出《晉書·元帝紀》，晉宣帝司馬懿迷信《玄石圖》中"牛繼馬後"之語，毒殺大將牛金。卻不知恭王妃夏侯氏私通牛姓小吏而生元帝，正應讖緯之言。以呂易嬴典出《史記·呂不韋列傳》，呂不韋將有身孕的姬妾贈與秦莊襄王子楚，此姬自匿身孕，生秦王嬴政。

七

九十春光度一城，二千四百敵高閎。大荒經外傳聞異，糞土黃金倘是眞。

控噶爾，回子最大一國也，地在鄂羅斯西北，幅員極寬，包鄂羅斯東西之界，益北不可考其邊境矣。稱其王曰汗，其大頭目亦謂之阿奇木伯克。各有城池，人户自萬户至十餘萬户不等，均其汗之屬人也。汗所轄阿奇木伯克一千四百餘人，建都之城謂之烏嚕木①。南北經過，馬行九十餘日，東西亦然。城門二千四百餘處，城內大江三道，山河藪澤，不可勝數，田園類古井田之法。其汗所居宮室，深遠壯麗，黃屋朱門，飾以金玉，窮極奢華。地產黃金、白銀多於石子，珠璣、象貝、寶玉、珊瑚習見不鮮，自鳴鐘表、綢緞氈絨尤多奇異。比户豐裕，不知人間有缺乏衣食之事。俗重寶石，以赤者爲上，如拳如鵝卵者，人人佩之。黃金爲錢，重二兩許，通行濟用。風俗醇美，坦白敦實，無詐訛詭譎之習，知禮讓，人倫與中國暗合，迥非西域各國禽行獸處之可比。好諷經，禮拜天地，男女皆然。不喜戰爭，以故國雖富強，從不無故侵凌弱國。而兵皆精銳，鎗及二百步，箭射石，多沒鏃寸許。人以死敵爲勇，敗歸則不齒於人。寓兵於農，如有他國相侵，臨時酌派應敵。鄂羅斯爲其屬國，缺貢弄兵，控噶爾汗始大怒，發兵大戰，鄂羅斯精兵八萬全軍覆没。鄂羅斯又大發兵，借土爾扈特精壯數萬人赴敵，又敗，所存僅十之三。以故土爾扈特恐懼，於乾隆三十四年棄鄂羅斯而投入中國，而控噶爾兵衆數十萬直壓鄂羅斯國都，察罕汗大懼，仍復稱臣求和，於常幣之外，復納童男女各五百人，而寢其兵。或曰控噶爾西界亦多其屬國，歲輸貢幣云。

　　仲餘氏曰：控噶爾都城，所云馬行九十餘日方能經過者，蓋如中國之邊牆耳，其云城門二千四百餘處者，亦猶中國之各關口門耳，其國奇其説，而竟信其都城之大如此，其然豈其然乎？

　　① 烏嚕木：地不詳。此處《異域瑣談》和福慶所記傳聞不確。

八

　　樓頭倒掛水晶簾，海嶠①春回氣不炎。香末返魂花泥睡，②倩誰敕勒③到香盦。

　　克食米爾，西域回子一大部落也，在葉爾羌西南，馬行六十餘日至其都會。中隔冰山一道，人畜至此，土人駝牽而過。其人深目高鼻，黃睛多須，衣類布魯特。性巧，精關捩之術，能引水上樓頂，自檐下垂，如水晶簾。其地沃野，其時和暖，無大暑嚴寒，以是多五穀、奇花異果，尤多名香、檳桃、柚棕、白檀、紫降④。重宴會，喜歌舞聚飲。花燭之夕，輒有物入洞房，新婦昏迷，聽其淫污而去，亦不知其爲何物也。本夫次日合巹⑤，萬千不爽。人多富饒，好興販營運，善權子母。其湖河多通海洋，地近温都斯坦。

　　① 海嶠：海邊的山嶺。張九齡《送使廣州》詩：“家在湘源住，君今海嶠行。”

　　② “香末”句：任昉《述異記》：“聚窟洲有返魂樹，伐其根心於玉釜中煮，取汁，又熬之，令可丸，名曰驚精香，或名震靈丸，或名反生香，或名卻死香。死尸在地，聞氣即活。”

　　③ 敕勒：敕命、命令。

　　④ 紫降：即降真香、絳香。陳敬《陳氏香譜》：“降真香。《南州記》云：‘生南海諸山，大秦亦有之。海藥。’《本草》云：‘味温平，無毒，主天行時氣。宅舍怪異，並燒之，有驗。’”

　　⑤ 合巹(jǐn)：新郎、新娘在結婚當天共飲交杯酒。《禮記·昏義》：“婦至，壻揖婦以入，共牢而食，合巹而酳，所以合體同尊卑，以親之也。”孔穎達疏：“酳，演也。謂食畢飲酒，演安其氣。巹，謂半瓢。以一瓠分爲兩瓢，謂之巹。壻之與婦各執一片以酳，故云合巹而酳。”此指結婚。

九

　　穴居夜市避驕陽，三百城如滌廣場。舌轉鸚喉人語別，玉如蟬翼鬼工①良。

　　温都斯坦，西域回子一大國也，在克食米爾西南，行四十餘日。其汗都城，圍六十餘里。所屬部落自萬户至十餘萬户者，三百七十餘城。其人率深目高鼻，繞喙多鬚，睛黑白如琉璃，面黑色而唇青。語言類鳥鳴。衣敞前襟，自領至腹鈕二十餘扣，帽纏花布帛錦爲飾。日出極炎，穴地爲居，亦有樓閣，但不出地平，室極精巧，富者飾以金玉，故入其城村，似曠邈無人煙耳，以夜爲市。能金漆雕鏤，善琢玉器，大而薄，如蟬翼，細可如髮，鏤金銀如絲織綢緞，毯布貨於西域各國。米穀花木、瓜果菜蔬，罔不繁植，且多異種，柑橘尤多。綠竹白杉，檳桃檀棕，在在成林。冬夏皆熱，木不凋零，但夏則熱風煙瘴耳。山水秀麗，花木芬葩。郭外巨澤一，攜眷乘舟遊者經旬累月，比比皆然。貴中國瓷器，以白玉碗交易。地多瘴厲爲害，有面生贅瘤，引之而長，放之則卷者。人有病，食大黃則愈。貴客來，及大筵宴，以大黃代茶茗。經年不見大黃則死，以故人佩大黃，常舌舐鼻嗅之。以象耕，亦以之載物致遠。有馬牛，無駝羊，不知遊牧之事。國中有玉山，而白金少，價與黃金等。江河通洋海，閩廣海航到焉。

① 鬼工：鬼斧神工，謂技藝高超，非人工所爲。李賀《羅浮山人與葛篇》詩："博羅老仙時出洞，千歲石牀啼鬼工。"

一〇

渺瀰靈湫萬仞峰，黑章黃質見獅雄。不教神物飛吞月，猶有遺雛怒吼風。

溫都斯坦域中西隅，有巨澤一，圍數千里，中有山，圍逾千里，萬峰聳秀，高入雲表，人間第一高山也。上多異草名香、彩馴之獸、人語之禽，靈跡最著，土人名之曰章各里麻膽達喇斯。出獅子，秋月皎潔，負雛遊山，頭大尾虬，黃質黑章，長六七丈有奇。登峰絕頂，望月垂涎，盤旋跳舞，往往猛飛吞月，飛去八九里，墜死山谷。國人以拏獅爲上戶，每於秋月，擇砲手之最精者，開地爲阱，人處其中，遇有獅負雛而來者，潛以砲斃之，而取其子。砲不中，則掀山裂石，人無噍類①矣。取至國中，以精鐵爲柱圈之，飼以牛，時而一吼，聲如雷，屋宇震動。

① 噍（jiào）類：活人。《漢書·高帝紀》："懷王諸老將皆曰：'項羽爲人慓悍禍賊，嘗攻襄城，襄城無噍類，所過無不殘滅。'"如淳注："噍，音祚笑反。無復有活而噍食者也，青州俗呼無子遺爲無噍類。"

一一

禮拜晨昏戶一牛，金鑲蹄角緞爲裯①。提刀莫奏庖丁②技，被繡爲犧百不憂③。

音底④，西域一國也，在葉爾羌西南，馬行六十餘日。其地富饒多寶貨，時與葉爾羌交通貿易，攜內地瓷、茶、大黃而去。其人深目高鼻多鬚，而非回子種類。飲食無所避忌，言語亦不與回子通，衣帽則與回子無異，而右衽，持物則以左手。其國敬牛，家一頭，築精舍⑤處之。男婦朝夕禮拜，祈禱默佑，金鑲角蹄，披以文繡，飼以膏粱，金銀絲緞爲褥，厚絮以供。滌器必牛糞拭之以爲潔，而後貯食。所居屋宇、田園，所耕米麥、瓜豆，皆與回地相似。但入回疆貿易，見回子殺牛則痛詈之，以爲非人類也。

① 裯（dāo）：短衣。

② 庖丁：廚工。典出《莊子·養生主》："庖丁爲文惠君解牛，手之所觸，肩之所倚，足之所履，膝之所踦，砉然響然，奏刀騞然，莫不中音。"

③ 被繡爲犧：犧，祭祀所用的純色牲畜。《莊子·列御寇》："或聘於莊子。莊子應其使

曰：‘子見夫犧牛乎？衣以文繡，食以芻菽，及其牽而入於大廟，雖欲爲孤犢，其可得乎？’”此句反用《莊子》意。

④ 音底：印度。

⑤ 精舍：精緻華麗的屋舍。

一二

溫禺疏屬馘①雙尸，助順天朝績可垂。縱使强鄰能屋社，孑遺生聚已蕃滋。

巴達克山，回子之一國也，文字規矩與内地漢回同，在葉爾羌西，馬行三十日至其地。群山環繞，田土膏腴，人知耕牧，衣帽與按集延同。風俗淫佚，無人倫，尤喜男色。霍集占兵敗逃入巴達克山，欲向溫都斯坦而逸，其汗蘇爾探沙②起兵截阻，與之大戰，霍集占及伊兄布拉敦③皆死，其眷屬皆獲，獻尸中國焉。後爲退木沙爾④所滅，今又漸集千户矣。

仲餘氏曰：巴達克山敬天朝而獻逆尸，其尊君敬上之風，實爲可取，惜乎淫佚成風，卒致亡國也。

① 溫禺：《文選》五六班固《封燕然山銘》：“斬溫禺以釁鼓，血尸逐以染鍔。”張銑注：“溫禺、尸逐，皆匈奴君長名號。”

疏屬：遠親。《史記·田單列傳》：“田單者，齊諸田疏屬也。”

馘：古代戰争中割取敵人左耳以計功。《説文》：“馘，軍戰斷耳也。”

② 蘇爾探沙：一作素爾坦沙、素勒坦沙。巴達克山首領，擒殺大小和卓，依附清朝。

③ 布拉敦：即布拉呢敦。見前王曾翼《回疆雜詠》“霍占巢穴剩荒基”詩注①。

④ 退木沙爾：一作退木爾沙。佐口透《18—19世紀新疆社會史研究》推測：“可能指的是阿富汗杜蘭尼朝的阿哈默特沙的兒子退木爾沙和他的領土。”

一三

膏腴深險足稱强，納叛佳兵①自取亡。與國已忘唇齒勢②，爲墟空使黍禾傷③。

退木沙爾，回子一國也，與巴達克山西界相連，人户七八萬家，地皆崇山峻嶺，草肥水甘，宜於牧放。無城池屋宇，以氈帳爲家，遊牧爲業，間亦耕種二麥，以牛馬乳爲酒，稱其君曰汗。衣圓領，敞前襟，袖束腕，帽方平，靴以牛羊革爲之，鐵釘密佈其底，與按集延裝束相似。牛、馬、駝、羊遍滿山谷，家各以千或萬計，無貧乏人。而强梁好鬥，時出劫奪，有十萬精强之衆。乾隆二十三年，布拉敦之子薩木薩克④逃至其地，其汗留之。後薩木薩克以其家屬人口之羈巴達克山也，求退木沙爾汗爲之乞還，蘇爾探沙不從，兩國交兵。二年，蘇爾探沙大敗，巴達克山回子爲其所滅。敖罕之汗聞之大怒，以退木沙爾自殘鄰好，因大起兵，與退木沙爾爲敵，一鼓而滅之。退木沙爾汗亦被族夷，人口皆遭屠殺，薩木薩克被擒去，不知其存亡，因而其地空虛。四五年來，逃亡人户漸集故地者不過千餘户耳。

椿園氏曰：退木沙爾以膏腴深險之邦、十萬精强之衆，使其保境養民，豈至一朝殄滅。顧釁端起於小忿，兵事動而無名，肆殘害於東鄰，固倖盲雞之啄，啓責言⑤於西界，因成再覆之車。卒之身死國亡，族類絶滅，不必哂乎其愚，正堪傳之爲戒者矣。

① 佳兵：《老子》："夫佳兵者，不祥之器，物或惡之，故有道者不處。"王念孫《讀書雜志餘編》："佳當作'佳'，字之誤也。佳，古'唯'字也。"此處指軍隊。

② 唇齒勢：關係密切，相互依存。《三國志‧魏書‧鮑勛傳》："王師屢征而未有所克者，蓋以吴、蜀唇齒相依，憑阻山水，有難拔之勢故也。"

③ 黍禾傷：黍，穀子；禾，粟。黍禾傷指國破家亡之悲。毛詩序："《黍離》，閔宗周也。周大夫行役，至於宗周，過故宗廟宮室，盡爲禾黍。閔周室之顛覆，彷徨不忍去，而作是詩也。"

④ 薩木薩克：大和卓布拉呢敦長子，張格爾之父。乾隆二十四年（1759）隨其父逃入巴達克山，後長期流亡中亞。

⑤ 責言：問罪。《左傳‧僖公十五年》："西鄰責言，不可償也。"杜預注："將嫁女於西，而遇不吉之卦，故知有責讓之言，不可報償。"

一四

紅頭子國少人倫，束腕纏頭戰鬥身。賣劍更無從買犢，①春疇②扶象一犁匀。

敖罕，西域一大國也，亦呼之謂愛屋汗③，回子謂之克則爾巴什，譯言紅頭子也。④在退木沙爾之西，温都斯坦之東南，幅員寬廣數千里。稱其王曰汗。都城壯麗富饒，多寶物。其人種類各異，在國都者衣敞前襟，兩袖緊束，自腕至胸皆密佈鈕扣，腕下另垂袖五七寸。帽以布帛花錦纏裹，高尺許，上尖，前指如螺。各帶刀劍，有與回子及按集延相似者，有耳墜金環與退擺特⑤相似者。又一種目益深，鼻益高，碧睛，茜鬚爲赤，多强力好殺。其名山大川之中有煙瘴，多猩猩、蟒蛇、虎豹、熊羆之屬。多象，耕田、負重皆用之。其汗出遊，所需象以千計。無人倫，不可以言語形容，尤重男色，人人各有俊童同臥起，其幸童之袴緊束，而以細鎖鎖之，慮有外遇也。無牛，見之以爲奇異，群聚而觀之。一種人圓領大袖，如漢唐之衣冠，豈其遺種與。

① "賣劍"句：參前曹麟開《塞上竹枝詞敍》注㉜。

② 春疇：疇，田地。歐陽修《幽谷泉》詩："溉稻滿春疇，鳴渠繞茅屋。"

③ 愛屋汗：即愛烏罕。見前王芑孫《西陬牧唱詞六十首》"早聞四駿廁飛黄"詩注⑤。

④《異域瑣談》與福慶均將敖罕與愛烏罕混淆。《新疆圖志》："其（《西域聞見録》）屬藩列傳，耳目較近，紀載亦詳。至述葱嶺以西各國，則妄聽傳聞，十訛七八，如控噶爾之荒唐、退木爾沙之謬妄，愛烏罕訛爲敖罕，波斯訛爲塞克。謂鄂羅斯一姓相傳不知閱幾千年，屢敗於控噶爾、稽首稱臣之類，烏有之事，孟浪之談，蓋糾不勝糾云。"敖罕即浩罕、霍罕。見前王芑孫《西陬牧唱詞六十首》"逾北參差列數城"詩注①。

⑤ 退擺特(Tibet)：一作圖伯特、條拜提。今克什米爾東南部拉達克(Ladaks)地區。

一五

人長三尺號魁梧，小小牛羊味總腴。尚氣睚眥①螳奮臂，東方那得笑侏儒。②

郭酺③，回子之一國也。居有室宇，食資耕牧，田園瓜果，在在種植。衣帽、飲食及馬納滋禮拜，皆與回子無異，但語言不通，經咒異耳。在葉爾羌西南，馬行四十餘日。稱其君長曰汗。其人短小，男婦皆長二尺餘，魁梧俊偉者不能過三尺，尚氣好鬥，人笑其矮，輒抽刀并命。其地萬山環繞，産羊，高八九寸，長尺餘，肥膩而甘，牛高二尺許，駝大如内地之驢。驅其羊千萬至葉爾羌貿易，攜茶布而去。其地白楊高於江葦，麥顆大於菊粒。夙聞異域有僬僥之國④，人皆三尺，東方曼倩⑤以西北大荒有小人之國，人皆七寸，朱衣玄冠，海鵠吞之，豈其類與？其人既小乃飛潛，動植之物俱從之而收縮，亦天地餘氣之所及也。

① 睚眥：怒目而視。《史記·范雎蔡澤列傳》："一飯之德必償，睚眥之怨必報。"

② "東方"句：典出《漢書·東方朔傳》：東方朔在長安做官，俸禄微薄，心中不平，便欺騙爲漢武帝駕車的侏儒，説皇上因爲他們對朝廷毫無用處，要將他們全部殺掉。侏儒們向漢武帝哭訴，武帝便質問東方朔，東方朔對曰："臣朔生亦言，死亦言。朱儒長三尺餘，奉一囊粟，錢二百四十。臣朔長九尺餘，亦奉一囊粟，錢二百四十。朱儒飽欲死，臣朔饑欲死。臣言可用，幸異其禮；不可用，罷之，無令但索長安米。"此處反用其意。

③ 郭酺：亦爲浩罕異名。參前王芑孫《西陬牧唱詞六十首》"早聞四駿廁飛黄"詩注⑤。《異域瑣談》所載外藩情形多係傳聞，福慶詩沿襲其説，故也多不實之語。

④ 僬(jiāo)僥(yáo)之國：古代傳説中的矮人國。《列子·湯問》："從中州以東四十萬里得僬僥國，人長一尺五寸。"

⑤ 曼倩：東方朔(前154—前93)字曼倩，平原厭次(今山東陵縣)人，西漢文學家。舊題東方朔所撰《神異經》載："西北荒中，有小人，長一分，其君朱衣玄冠，乘輅車馬，引爲威儀。"

一六

穴山爲屋好藏身，穿耳金環未救貧。向曉燔柴空肅拜，可能火耨闢畇畇①。

退擺特，西域別種也，在葉爾羌西南，和闐正南，馬行四五十日，土宇遼闊，與後藏連界，無城郭，鑿山石爲穴而居。其人耳墜金環，衣圓領尖，袖服氈毯。風俗敬火，每辰以柴引火，焰起則羅拜叩禱。地多墝②确，乏出産，少牲畜，外出謀生，葉爾羌、喀什噶爾有其人。勤儉刻苦，其汗亦不富饒，取其屬下子女鬻以自給。

① 火耨：火耕。燒掉地中草木，以種植作物。酈道元《水經注》卷三六："九真太守任延，

始教耕犂,俗化交土,風行象林。知耕以來,六百餘年,火耨耕藝,法與華同。”

畇(yún)畇:田地平整。《詩·小雅·信南山》:“畇畇原隰,曾孫田之。”毛傳:“畇畇,墾闢貌。”

② 墝:同磽。堅硬。

一七

重洋別自春如海,吹律何因谷變暄。[①]荒外有天天不老,金人[②]祭始一竿尊。

塞克[③],西域一大國,在敖罕之西,稱其王曰汗。幅員寬廣,部落數百,各有統轄,皆其汗之臣僕,奉其教令,事歸畫一,無跋扈之習。都城閎閴,户逾百萬,築室而居,喜寬敞潔淨。畜髮辮,帽圓檐,袍長袖尖,褂微短袖寬,及腕而止。人家院落中各立木杆一株,向之祭拜。氣温和,冬不嚴寒,夏無大暑。耕牧爲生,田土肥腴。産五穀、稻蔬、瓜果,牛馬駝羊遍滿山谷,五金珠寶,畜牝繁生,家俱富饒無缺乏。俗尚宴會,喜歌舞,而食以豬爲上饌,祭天祭神皆用之,家畜豬百十爲群。秋冬之際好打牲[④],挾弓矢入山,獸遇之無得脱者。且多力善射,各有標鎗五枝,長四五尺,百步内發必中。亦有自來火鎗,而不常用。臨敵決戰,遠則標鎗,近則弓矢,勇敢無倫,與敖罕連界,敖罕之人甚畏之。

椿園氏曰:塞克,西域最遠之大國,去葉爾羌西二萬餘里,或曰其西北之境與薩穆、控噶爾相連,亦或曰與阿喇克等國犬牙相錯,大抵皆世所傳之大西洋也。

① “吹律”句:參前徐步雲《新疆紀勝詩》“黃色連眉薦木瓜”詩注③。

② 金人:銅鑄人像。《史記·匈奴列傳》:“明年春,漢使驃騎將軍去病將萬騎出隴西,過焉支山千餘里,擊匈奴,得胡首虜萬八千餘級,破得休屠王祭天金人。”張守節正義:“金人即今佛像。”此處借用。

③ 塞克:《新疆圖志》認爲此“塞克”爲“波斯”之訛。魏源《海國圖志》:“阿喇克即哈薩克之音轉,塞克即薩克之音轉,蓋布哈爾即西哈薩克國,乃訛而爲阿喇克,又訛而爲塞克,遂分一國爲三國矣。哈薩克有四大部,左哈薩克其東部;右哈薩克、塔什干,其中部;布哈爾其西部也。此三部外尚有北哈薩克,近鄂羅斯,不通中國,疑即此所謂阿喇克者歟。”

④ 打牲:捕獵。

一八

浴鐵[①]燃鎗劇賊爲,忍戕父母與妻兒。遊魂假息應非久,何有區區劫奪貲。

沙關記,回子人名也,爲霍集占黨類。大兵平定回疆,霍集占兄弟伏誅,沙關記逃之温都斯坦無人之處,苟延性命。同時逃竄之回子及額魯特人等,漸集其地,群擁沙關記爲尊。有衆五千人,鐵甲三百副,鳥鎗五百,遂自立爲阿奇木伯克,占據空闊之地,造舍墾田,以營生計。凶暴好殺,時掠博羅爾人口販賣自肥,且中道劫奪漢人、回子貨物,西域之劇賊也。與葉爾羌阿奇木伯克鄂對本係仇敵,乾隆四十一年鄂對之買賣回子誤入其地,擒縛欲殺,與其黨熟議,畏天朝之威,乃不敢殺,置地牢中四十日。沙關記忽自將其父母妻子俱綁出,喚鄂對之買賣回子令看,而問鄂對在葉爾羌敢殺人否,答以不敢。沙關記大笑云:鄂對不敢殺人,如何算得健男子,我不但殺人,且敢殺我之父母妻子。遂將其父母妻子俱淩遲處死,放鄂對之回子使歸告鄂對。後其屬至葉爾羌,鄂對亦擒至地牢六十日放出。令其看視人户、城池、牲畜、器械、賣玉、瓷緞之類畢,遂令步回,使告知沙關記云鄂對之利害如此。其地在葉爾羌正西,馬行三十餘日。

① 浴鐵:披掛鐵甲,亦指鐵騎。徐陵《廣州刺史歐陽頠德政碑》:"浴鐵蔽於山原,摐金駭於樓堞。"《資治通鑒·梁紀十九》:"丙午,侯景請上幸西州。……景浴鐵數千,翼衛左右。"胡三省注:"浴鐵者,言鐵甲堅滑,若以水浴之也。"

一九

以術行淫幻阱機,一墩城內望崔巍。迷離撲朔渾難辨,傍地雄雌孰是非。[①]

轄里薩普斯[②]者,西域別一種類,在喀什噶爾西,按集延之外,馬行三十日。沙格普魯城、塔里扈魯斯城、色里卓衣城皆其部落。土産黄金、葡萄、梨杏,而棉花尤盛。人多巧思,精於工藝,且習邪僻妖魅之術,而風俗淫惡,不可以言語形容,惟男色是好,男女皆爲龍陽[③]。其塔里扈魯斯城内有一墩,高數丈,建於城之中央。他國人入其城,瞻視其墩,心神迷亂,即登其巔,逾時而醒,手握二銅錢,已被雞奸矣,雖老醜禿髯,皆不得免。葉爾羌、庫車回子有曾誤入其地者,醉後往往自道其詳,言之鑿鑿也。

椿園氏曰:回地有劈里之妖,好棲人屋隅爲祟,中之輒發狂疾,惑男則女,惑女則男。人形,長四五寸,病者見之,他人不能見也。回子手中有能敕勒而制之者,謂之劈里渾。其法取生人支解,其妖即滅,劈里渾復頻急誦其咒,則支解之人斷體自續而復生。自歸王化,不敢支解人,惟施之雞犬,無非荒遠邪僻之習。以術行淫,人亦妖也;以術行污穢之淫,妖所不爲者矣。

① "迷離"句:本《樂府詩集·梁鼓角横吹曲·木蘭詩二首》其一:"雄兔腳撲朔,雌兔眼迷離,雙兔傍地走,安能辨我是雄雌。"

② 轄里薩普斯:似爲今烏兹別克斯坦沙赫里薩布兹(Shahrisabz)。

③ 龍陽:戰國時期魏王與龍陽君有同性之好。事參前"綠韝妖媚儼明妝"詩注②。後以"龍陽"代指同性戀。

二〇

只知布種不知耘,架木編蘆也自勤。二十丈深埋屋雪,消時人放獨峰群。

哈拉替艮，西域一部落也，在按集延之南，皆崇山峻嶺，無膏腴平曠之田，人户寡弱，數千家耳。其君長曰比。無髮，不食豬肉，與布魯特無異。氈帳爲居，打牲爲業，間亦耕種，逢春布種，則遊牧而去，秋歸收穫而已。冬嚴寒大雪，則皆擇山坳温暖之處，架大木蘆葦而居，人畜同處其中。大雪之年，有深二十丈者，次年三月雪消始出。地産獨峰駝。

二一

十二辰爲十二門，一年三熟氣常温。魂飛醉客臨高塔，骨種羷羊①遍遠村。

布哈拉②，回子之一國也，在葉爾羌西，馬行二十五日。其城垣壯闊，圍十二門，以十二辰布之。稱其君長曰汗，土宇曠平，人户强盛，氣候炎熱，冬無霜雪。大米、穀豆，歲皆三收，瓜兩熟，葡萄、桑果皆盛，人富饒。工於製器，多技巧，以金、銀、銅爲錢。俗重禮拜，城内外禮拜寺二百餘處，如私飲酒、不馬納兹③者，即謂匪人，擒赴禮拜寺塔頂擲殺之。土産骨種羊，黑者多，灰色者十不得一。其河多各種魚。

① 骨種羊：本指棉花。元、明、清時期，中原人對棉花種植知之較少，誤認爲棉花是在地中種出的羊毛，遂有"壟種羊""骨種羊"之説。劉郁《西使記》："壟種羊，出西海。羊臍種土中，溉以水，聞雷而生。臍繫地中，及長，驚以木，臍斷，齧草，至秋食，臍内復有種。"郭則澐《十朝詩乘》："骨種羊産自西域，以羊骨種之土中而生，故名。"耶律楚材親至西域後，對此有所糾正，《贈高善長》詩："家家種木棉，是爲壟種羊。"徐松《新疆賦》也説："西域舊傳有骨種羊，言種骨而生。余詢之外藩回人，並無其事。"但從清人實際使用來看，還是將"骨種羊"作爲一種羊種的代指。如和寧《回疆通志》："骨種羊皮，青、黑二色，出外藩，安集延人販入回地。"

② 布哈拉（Bokhara）：即布哈爾。參前王芑孫《西陬牧唱詞六十首》"烏秅難兜約略推"詩注④。

③ 此處福慶誤記，應爲納馬兹（namaz），波斯語音譯，今作乃瑪孜。伊斯蘭教徒朝麥加祈禱的宗教儀式。

絶 域 諸 國

一

白帽紅衣三疊長，囊垂左右手深藏。卻緣試礮驅馴象，百里轟雷勝火鎗。

瑪轄提①，絶域一大國也，都城八門。稱其君長曰汗。其人帽圓，檐高五寸，以白布爲表，中實綿絮，檐亦如之，似回地阿渾之帽。衣對襟，長短三疊，左右製袋各一行，囊手其中。色尚赤，衣多紅，鬚亦茜草染之。幅員寬廣，土地沃肥，五穀、瓜果繁茂，棉花木本高丈許。大米、酥油爲饌，尚宴會，善烹飪。地多虎豹、犀象、牛羊、騾馬，土産自鳴鐘表、喀拉明鏡、衣斯麥幾爾洋瓷、白冰糖、金花白布、金銀絲綢緞。善製大銅砲，名按布拉克，一砲非十象、四五百人不能推，需火藥數萬斤，人負藥袋入炮塡之，炮子大者重三五百斤，群子無算，一發掀天裂地。又善製自來火槍，可及二百步，人户衆盛，率多巧思。

①　"瑪轄"二字原詩缺，據《西域聞見録》補，"地"不詳。福慶《異域竹枝詞》第三部分詩作注語多引自七十一《西域聞見録·絶域諸國》，該書此部分内容得之於傳聞，多有不實之處。後詩中所載格普魯城、塔里扈魯斯城、色里卓衣城、查爾卓衣城、賽拉斯城、噶拉特城、謨勒城、雅爾城、帕爾海城、阿薩爾城、哈拉多拜城、巴拉城、哈喇他克城、別什克里城、阿色巴拉城、噶爾洗、薩穆、阿拉克、阿諦國、哈塔木等地，均暫無考。

<h1 style="text-align:center">二</h1>

　　雪白蘑菇爛勝銀，胡桃松子裹糧盈。自來鎗火天生鐵，秋日山前好射生。

安他哈爾城①，看搭哈爾城，絶域一部落也。其地多山，産諸果皆異。種人以核桃、松子爲食，打牲爲業。善製自來火鎗，多白蘑、鉛、鐵。

①　安他哈爾城：即看搭哈爾城，地當今阿富汗坎大哈(Kandahar)。

<h1 style="text-align:center">三</h1>

　　赤白探丸①惱比鄰，砂壏犖确②不逢春。黄金騕褭③何須鑄，千里雕鞍逈軼塵④。

查爾卓衣城，賽拉斯城，絶域一部落也。無城郭屋宇，以氈帳爲家。地多山石沙壏，可耕者稀，牲畜少，亦不以遊牧爲業。其人貧苦乏食，以竊劫爲生。無鳥鎗弓矢，人佩一刀。有獸生其地之深山大壑中，形全似馬，頗調良⑤，可羈勒而控之，行如星電，日逾千里，名之曰"特克亞牡圖"。其人懸刀乘獸，四出竊劫，遠近苦之。語言與回子通。

①　探丸：《漢書·尹賞傳》："長安中奸猾浸多，閭里少年群輩殺吏，受賕報仇，相與探丸爲彈，得赤丸者斫武吏，得黑丸者斫文吏，白者主治喪。"此指殺掠、搶劫。

②　犖确：怪石嶙峋。韓愈《山石》詩："山石犖确行徑微，黄昏到寺蝙蝠飛。"

③　騕褭：駿馬名。《文選》卷十五張衡《思玄賦》："斥西施而弗禦兮，縶騕褭以服箱。"李善注引《漢書音義》："應劭曰：'騕褭，古之駿馬也，赤喙玄身，日行五千里。'"常建《春詞二首》其一："寧知傍淇水，騕褭黄金羈。"

④　軼塵：超塵脱俗。吕鑄《萬年縣試金馬式賦》："卓爾趣姿，想從革而乍見；駭兹殊相，疑

軼塵而載馳。"

⑤ 調良：馴服。《論語・憲問》："子曰：驥不稱其力，稱其德也。"何晏注引鄭玄曰："德者，調良之謂。"

四

千丈長魚十丈黿[①]，巨舟萬斛恣鯨吞。驚心阿曼河邊水，拋竹船頭白浪掀。

噶拉特城、查納阿拉巴特城[②]、謨勒城，同一部落也，語言與西域各國不通，其人皆茜草染鬚，居於大水之濱。耕者稀，專牧放馬、牛、羊，千萬爲群，以大米、魚蝦爲常饌。呼其水曰阿曼多龍，中有黿，經數十丈，魚有千丈者，皆能吸舟而吞人。其地多竹舟，行必裁竹數巨束，以鐵包裹，遇其吸水則擲之，黿魚自去。其水鹹苦不可飲，寬幾千萬里。

① 黿（yuán）：《説文》："黿，大鱉也。"

② 查納阿拉巴特城：似爲今阿富汗賈拉拉巴德（Jalal-Abad），一作賈拉勒阿巴德。

五

瓜長七尺磨盤圓，沙棗如梨碩更繁。不羨安期仙果大，[①]葚垂六寸滿高原。

烏爾古特城[②]、雅爾城，同一部落也，其人皆回子。甜瓜、西瓜有長七尺者，有圓如水磨者，沙棗之大如梨。盤佳堪特城[③]、帕爾海城，同一部落也。其地皆山，牲畜最少，人於山巔耕種小麥，色白如粉，大麥碧綠。多桑，結葚有赤、白、黑、綠四種，長五六寸許，人皆采以爲食。衣帽如回也。

① "不羨"句：用《史記・孝武本紀》所載安期生事："少君言上曰：'……臣嘗遊海上，見安期生，食巨棗，大如瓜。安期生仙者，通蓬萊中，合則見人，不合則隱。"李白《寄王屋山人孟大融》詩："我昔東海上，勞山餐紫霞。親見安期生，食棗大如瓜。"

② 烏爾古特城：地當今烏茲別克斯坦烏爾古特（Urgut）。

③ 盤佳堪特城：地當今塔吉克斯坦彭吉肯特（Panjakent）。

六

無術煙霄制毒龍，風炎仍不礙三農[①]。寶坊[②]山積騰宵氣，秔雪匙流出曉春。[③]

　　巴喇哈④,絕域一大國也,幅員遼闊,人户殷繁,多沃野良田,屋宇修整。土産青金寶石、金剛鑽石、玻璃。産鐵,色白如銀,五穀粳糯皆盛,山園多新異之果。四時常有赤蟒如龍,於空中飛舞,口噴熱風如火,人有觸之者,須臾病斃,惟多食葱蒜、大茴之人庶幾可免,故人喜食諸辛之物。産獨角野羊,大如驢,多水牛。風俗淫佚,惟男風是好。語言與西域不通。

　　① 三農:《周禮・天官・大宰》:"以九職任萬民:一曰三農。"鄭玄注:"鄭司農云:'三農,平地、山、澤也。'……玄謂三農,原、隰及平地。"此處泛指農耕。

　　② 寶坊:此指珍寶。

　　③ "秔雪"句:化用杜甫《孟冬》詩:"破甘霜落爪,嘗稻雪翻匙。"參前紀昀《烏魯木齊雜詩》"新稻翻匙香雪流"詩注①。

　　④ 巴喇哈:一作拜勒哈、拜爾哈。《新疆識略》:拜爾哈,"據葉爾羌三十七站"。《訊鮮録》記載由葉爾羌起邊外諸部路程分三道,北道"拜爾哈三十七程,在布哈爾東北三程"。地當今阿富汗北部巴爾赫(Balkh)。

七

　　帽長三尺海龍皮,衣繡金銀鏤作絲。比似猩猩能著屐,更傾琥珀倒深卮。①

　　科罕②,西域一部落也。築屋而居,耕田而食,豆、穀、二麥,其常饌也。善造旨酒③,色如琥珀,清洌甘芳。人富饒,以金銀絲緞,喀拉明鏡爲衣,倭緞爲領,緣繡以金銀絲。衣多黑、紅二色,以海龍皮爲帽,長三尺許,以紅、黑、綠股子皮④爲靴,木底,密布鐵釘。土産五穀、諸果、鋼鐵、冰鹽、海龍、黑貂、玄狐皮,牛、馬、羊甚多。不知騙馬,人乘牡馬。其人刁野凶頑,鬥毆即殺人,時與哈薩克交通貿易。

　　① "比似"二句:用李肇《唐國史補》事:"猩猩者好酒與屐,人有取之者,置二物以誘之。猩猩始見,必大罵曰:'誘我也。'乃絕走遠去,久而復來,稍稍相勸,俄頃俱醉,其足皆絆於屐,因遂獲之。"

　　② 科罕:浩罕異名。參前王芑孫《西陬牧唱詞六十首》"逾北參差列數城"詩注①。本詩所寫科罕亦或爲瓦罕(Vakhan),《新疆識略》:邊外諸部如瓦罕,"據葉爾羌十三站"。地當今帕米爾高原,爲中國、阿富汗、塔吉克斯坦交界處的瓦罕走廊一帶。

　　③ 旨酒:美酒。《詩・小雅・鹿鳴》:"我有旨酒,嘉賓式燕以敖。"

　　④ 股子皮:馬、驟臀部的皮。

八

　　蜂目豺聲滿頰毛,天生梟獍①性貪饕。豈緣鳴鏑成澆俗②,子壯先教父試刀。

　　阿薩爾城、哈拉多拜城、巴拉城、哈喇他克城,同一部落也。亦耕五穀,而以豆爲常饌。土産金銀、寶石、青金、玻璃、駱駝,其羊之肥大如驢。境内有河一道,水不可飲,飲之則癭。語言與西域不通。人各懸劍爲佩,足以牛馬皮烏拉爲靴。男女滿面皆毛,頭纏光明錦布。子壯則殺父。

　　① 梟獍:一作梟鏡。《漢書·郊祀志》:"祠黃帝用一梟、破鏡。"孟康注:"梟,鳥名,食母。破鏡,獸名,食父。"喻狠戾忘恩之人。

　　② 澆俗:淺薄庸俗的風尚。皇甫冉《雜言湖山歌送許鳴謙》詩《序》:"夫子隱者也,耕於湖山之田。孤雲無心,飛鳥無跡,伯仲邕邕,家人怡怡。貞白之風,旁行於澆俗矣。"

九

　　聚土山頭藝作田,桑林杏塢劇芳鮮。衵衣① 閑煞縫裳手,但裹羊皮不著絣。

　　扎納巴特城②、色里卓衣城、別什克里城、阿色巴拉城,同一部落也。地皆山石,其人於山下取土聚之山上,而後耕種豆、麥,雨多可以收穫,否則無望矣。杏大,色白而香,桑甚大而無核,遍滿山谷,人皆乾以爲糧。極貧者牲畜甚少。冬夏惟皮衣一領,牛皮烏拉爲靴,男女遍身皆毛,皆不穿褲。

　　① 衵(rì)衣:内衣。《左傳·宣公九年》:"陳靈公與孔寧、儀行父通於夏姬,皆衷其衵服以戲於朝。"杜預注:"衵服,近身衣。"

　　② 扎納巴特:《西域地理圖説》:"由巴爾希往正西八日路,至温都斯坦屬拉古兒地方。該部地界之大小難略,伊等以山勢爲界,論該屬有三省云。首省都城扎納布哈特,方圓百餘里,四面三十餘門,穿城大河一道,城内居民二十餘萬,大市街百餘條。"

一〇

　　日飲亡何①醉緑醽②,酒泉西去酒垂星③。乾陀④疏勒多獅象,笑指層巒萬疊青。

　　噶爾洗,絶域一國也,其地廣而人稀,皆峻嶺高峰,多大米、芝麻、緑豆,其人日飲黃酒取醉,男女皆然。土産獅子,多象。

　　① 亡何:《漢書·爰盎傳》:"南方卑濕,絲能日飲,亡何,説王毋反而已。如此幸得脱。"顏師古注:"無何,言更無餘事。"

　　② 緑醽(rú):緑,酒面上浮起的泡沫。醽,醇酒。

　　③ 酒垂星:指酒星,一作酒旗星,古代星宿名。孔融《與曹操論酒禁書》:"天垂酒星之耀,

地列酒泉之郡，人著旨酒之德。"

④ 乾陀：一作乾陀羅、犍陀羅，西域古國名。楊衒之《洛陽伽藍記》："至正光元年四月中旬入乾陀羅國。土地與烏場國相似。本名業波羅國。"地當今阿富汗東部與巴基斯坦西北部毗鄰地區。

一一

刻桷雕楹入望新，連甍①萬瓦接鱗鱗。鷸冠②翠被深山盡，谷飲③無人問水濱。

薩穆，絕域一大國也，在控噶爾西北一萬四五千里，幅員極大，與控噶爾相似。其人皆磚瓦爲屋，雕鑿奇巧詭異，極爲修整。布帛緞錦爲衣，衣製精新，多織以異鳥之翼。地富厚，饒貨寶。境內有大水縈繞，鹹苦，人不能飲，寬亦不知其涯岸也。

① 連甍（méng）：甍，屋脊。《文選》卷四左思《蜀都賦》："比屋連甍，千廡萬室。"劉良注："甍，棟也，大屋曰廡。皆言閭閻相次也。"形容房屋連延成片。
② 鷸冠：《左傳·僖公二十四年》："鄭子華之弟子臧出奔宋，好聚鷸冠。"杜預注："鷸，鳥名。聚鷸羽以爲冠，非法之服。"此處即指以鳥羽妝飾的帽子。
③ 谷飲：汲取飲用山谷之水。《淮南子·人間訓》："單豹倍世離俗，巖居谷飲。"

一二

冬能炎日夏飛霜，金木成形獲與臧①。莫訝殊方②邪術慣，全憑巧思變陰陽。

阿拉克③，亦控噶爾西北之大國也。地境寬廣，與薩穆相似。其工匠尤多巧思，冬能使之炎熱，夏能使之飛霜，以金木造爲人形，以供服役，皆人力爲之，非邪術也。

① 獲與臧：臧獲。《史記·魯仲連鄒陽列傳》："臧獲且羞與之同名矣，況世俗乎。"裴駰集解引《方言》曰："荆、淮、海、岱、燕、齊之間罵奴曰臧，罵婢曰獲。"
② 殊方：遠方、異域。《文選》卷一班固《兩都賦》："逾昆侖，越巨海，殊方異類，至於三萬里。"
③ 阿拉克：參前"重洋別自春如海"詩注③。

一三

國中成女不成男，種木胚胎化育含。解道空桑①傳異事，槃瓠②帝女只常談。

西海之中有女國焉，其人皆女，有神木一章，抱之則感而孕。有狗國焉，其婦端好，生男皆狗，生女皆人。

① 空桑：《吕氏春秋·孝行覽·本味》："有侁氏女子采桑，得嬰兒於空桑之中，獻之其君，其君令烰人養之。"

② 槃瓠：一作盤瓠。干寶《搜神記》載，帝高辛氏時有老婦得耳疾，耳中挑出之物化爲五色之犬，因名盤瓠。時戎吴侵邊，帝募天下能得戎吴將軍首級者，贈千金，封邑萬户並妻以少女。盤瓠銜戎吴將軍首級來，帝令少女從之。

一四

虚負昂藏① 三丈長，不成靈匹渡銀潢②。可憐纖小嬋娟子，鉦鼓聲來底處藏。

阿諦國在西海之濱，與控噶爾地界相連。其男子率長三四丈，然屋宇擇山坳林麓而居，無鎗砲而有弓矢刀槊，矢及一二里許，然性怯懦，畏鑼鼓之聲。其婦人豔麗狡好，長不過數尺，一如人形。夫婦亦如常人，但長短倍蓰③，不能生育。沐浴而孕，且生咦人畜，與禽獸無異。常與控噶爾戰鬥得人焉，則裂而咦之。控噶爾亦喜其婦人顔色，列巨鑼大鼓，千百成行，奮力簫擊，多施鎗砲，藥煙靄迷，聲震天地。其人皆戰慄恐怖，竄伏於深山窮谷，莫敢支吾。俟其竄而伏也，擄其婦人而去。

① 昂藏：器宇軒昂。李白《贈潘侍御論錢少陽》詩："繡衣柱史何昂藏，鐵冠白筆橫秋霜。"

② 靈匹：《文選》卷三十謝惠連《七月七日夜詠牛女》："雲漢有靈匹，彌年闕相從。"張銑注："雲漢，天河也。靈匹，謂牛女相匹耦也。"

銀潢：銀河。蘇軾《和文與可洋川園池三十首·天漢臺》詩："漾水東流舊見經，銀潢左界上通靈。"

③ 倍蓰(xǐ)：一作倍屣、倍徙。倍，一倍；蓰，五倍。《孟子·滕文公上》："夫物之不齊，物之情也。或相倍蓰，或相什百，或相千萬。"

一五

善射遐荒也有人，穿楊蹲甲① 未爲神。竹枝歌罷邊沙遠，百首傳來耳目新。

哈塔木，絕域回子之一國也。其人多力善射，矢不虚發，地界鄂羅斯、控噶爾之間，爲控噶爾之屬國。

椿園氏曰：吕東萊有云，事不常見則怪。日月星辰、寒暑晝夜，天地之至奇也，人以爲常，然則習而忘之耳。豈非大方之通論哉！京師去西鄙之葉爾羌、喀什噶爾一萬四五千里。西鄙之去西方大國若控噶爾、若温都斯坦、若塞克，或一萬數千里或二萬里不等。而諸國之西，山川猶是也，人物猶是也，各君其國，各子其民，亦猶是也。夫深山之麓，虎豹生焉；大澤之淵，蛟龍聚焉，塊然大地之中，以地生人，以人生情，豈盡五官端好、衣冠禮義之倫哉！其地其人，亦有身親而閱歷之者，臆其景象，或即西海之濱與。兹就其確然可據者，列之於傳焉。

仲餘氏曰：《異域竹枝詞》百首，皆詠其山川、風物、土俗、民情，以志其各異也。故於《異域瑣談》中所載新疆之官制、兵備、屯田、賦役，皆略而不詳。

① 穿楊：指射箭技藝高超。典出《戰國策·西周策》："楚有養由基者，善射。去柳葉者百步而射之，百發百中。"

蹲甲：將皮甲重疊在一起。《左傳·成公十六年》："潘尫之黨與養由基蹲甲而射之，徹七札焉。"杜預注："蹲，聚也。"

附錄《志異新編》序言五篇，小引一篇：

志 異 新 編 序

静塞西垂雪海平沙之什，《唐書·地理志》：北庭大都護府有輪臺縣，後置静塞軍。征人北望狼山獵火之篇。登高疏勒城頭，粘天碧草；弔古赫连臺畔，匝地黄塵。此雖王粲濡毫，莫賦從軍之樂；況以鮑照染翰，曾嗟行路之難，言愁易工，於斯爲甚。乃有金筩夜嗷，和以曼聲；檀板晨敲，歌非商調。攬正長之雅詠，豪宕爲多；綜康樂之高吟，恬愉不少。如我蘭泉廉使，門風清劭，族望通明，冠冕中臺，濟韋平之鴻業；丹青畫閣，衍褒鄂之英聲，豈惟公不愧卿，亦復儒能兼吏。鐵衣都護，籌邊在新闢金湯；繡服望郎，奉使遂光分旄節。歷校尉戊己之部，五紀星霜；駐車師前後之庭，諸番都會。烏嚕木齊，今迪化州，觀察云即漢車師王庭。時則威棱久暢，長城巢飲馬之謡；戎索返周，並塞無射雕之騎。耕屯春到，計上屢豐；羽檄晨稀，政閑多暇，於是碻磝古戍，役栩空壕，迢迢聚米之山川，歷歷種榆之甌脱。星軺問俗，猶挈奚囊；露冕觀風，都歸彩筆。加以盾邊磨墨，半屬酬懷；驛裏拈題，尤工贈遠。芍藥寄將離之草，執手河梁；蒲萄傾夜合之杯，論心官閣。唱徹陽關三叠，蒼涼朝雨輕塵；吹來羌笛一聲，惆悵春風綠柳，可謂流連光景，抒寫性靈者矣。在昔高常侍長歌之和，樂府曾標；亦聞岑補闕送別之吟，篇題適合。岑參有《輪臺歌》。若使天衣作紙，價重傳抄；集中有天生紙詩。政從月竁聞音，譜諳曲度。僕也十載詞臣，愧江花之早竭；中年遷客，慨潘鬢之先凋。空登馬市之臺，鮮卑塞冷；未續竹枝之調，杭靄山遥。廬都轉見曾《出塞集》有《杭靄竹枝詞》。杭𩇕,烏里雅蘇臺山名。者番感觸前塵,夢回雁磧;此地遭逢雅集,星聚龍山。猥邀敬禮爲定文,遂許桓譚爲知己。屬言弁冕,敢先粃糠。何須驃騎詩中聽來瀚海涼秋之句,誰向旗亭壁上賭取黃河遠上之詞。是爲序。

嘉慶四年,歲在屠維協洽且月吉朔,嘉禾愚弟周升桓拜撰。

志 異 新 編 序

蘭泉中丞秉節撫黔,賦政之暇,輒吟詠自適。余典學兹邦,數與過從,出其官輪臺時所著《志異新編》示余,讀之,竊意是編也,異非道常,志必徵實。國朝德威震叠甌脫,歸懷天山月朏,闢國二萬餘里,奇聞軼事,不可殫紀。公博觀逖聽,輯殊方掌故所未備,體與古史、地志爲近。及展卷而見其文雅馴,其音諧婉,蓋取《異域瑣談》中山川、風物、土俗、人情詠竹枝詞百章,各隸事以當箋釋,何標題之與起例殊也。余因考自來志異之書,若《山海》《神異》等經,《睽車》《夷堅》等志,亦既徵引奧博,侈張俶詭,極八荒之大,何所不有,以語乎縷心織辭,倚聲儷采,不事馳騁而意態具足,則固未之有。得至竹枝,爲里中曲,三唐以降代有作者,大抵湖山清淑之鄉,春秋佳冶之日,藉以留連光景,抒寫風情。間或摩抄陳蹟,參訂圖經,如《金陵》《嘉禾》《華亭》《彬江》,並傅百詠,要亦不出名都通邑,推古切今,而域外瑰瑋閎誕之觀,又復闕如,是編殆兼之矣。

公問序於余幾兩載,按部轥轆,未有以應。今及瓜將受代去,重讀一通,信乎其地異,其人與物異,而其書體例亦與之俱異也,旁及義舉、幻夢、術士、恠蟲,以類咸附,無乎不異也。彼井蟆之拘於墟,詹詹奚足哂哉!公毓粹勳門,躋榮膴仕,揚歷中外垂數十年,生平酷嗜樂天詩,每一官編一集,近者牂牁、夜郎之間歲豐人和,化孚俗美,行將濡毫官閣,點筆鈴齋,采白狼慕義之歌,獻天馬呈才之頌,俾蠻徼山川生色,而不僅述奇聞軼事,洞駭心目,此則重有望於公之挖揚其盛。他日筒詩惠貽,盦薇載誦,當與是編同爲枕秘云。

嘉慶歲在甲子陽月吉日,古越陸以莊拜序。

志 異 新 編 序

辛酉冬,蘭泉中丞以安徽方伯入覲,爰相識於京師,出所著《志異新編》,屬列言於簡首。皋受書未卒讀,遽爲友人攜去轉輾傳視,其書遂失。是時中丞方銜命刻日莅皖藩,旋即開府黔中,皋又假歸鄉邑,道遠時隔,執訊罕通,蓋宿諾之負久矣。前歲之秋,皋奉使典學,適來黔土,中丞握手道舊,乃以公餘清暇,責償前諾,出斯編,俾竟業焉。

其書有《山經》《水注》之精,有《搜神》《述異》之妙,有《歲時》《風俗》記載之備,而一出之以吟風弄月,曠覽遐眺之懷。中丞自言此書亦詩亦史,信不誣已。皋自愧谫陋,於地輿方域諸書未能殫究,然憶《漢書》載武帝分酒泉置燉煌郡,杜林以爲即左氏所稱允姓之戎,居於瓜州者,其地多出大瓜,後人疑之,而兹編有"哈密儲胥成内地,連車瓜果進神京"之句,此其徵也。又《西域傳》稱燉煌西至鹽澤往往起亭,而輪臺、渠犂皆有田,程大昌以爲即雪山春澌灌種之地,而斯編有"冰雪溶流散各城,沙田彌望樂春耕"之句,又其徵也。《西域傳》更稱出陽關自近始曰婼羌,西與且末接,山有鐵,可作兵,論者謂龜茲即庫車,又隣鄯善,去陽關將二千里,然則詩中所云"昔日龜茲曾建國,銅山堪煮也堪耕"者,又庶幾近之矣。

中丞身任監司,馳驅塞外,即經歷所到作爲詩歌,而其事其地多與古合,是亦可傳也已。京師友人多考古之士,其喜讀是編者,當更請於中丞以郵示之,用資博采云。

　　　　　　　　　　嘉慶十年歲在乙丑仲春之月,金匱顧皋拜撰。

志 異 新 編 序

吾嘗謂:居一官而有裨益人,且使人信服之也,其勢易;著一書而有裨益人,且使人信服之也,其勢難。中丞福蘭泉先生爲宏毅公後人,卓行醇誼,綽有家風,士論歸,民望乎,宜矣。著《志異新編》一書,世目之爲詩史、輿經、地志,蔑以加焉者,何哉? 夷考劉恂《領表録異》最稱該洽,若《神異經》《集異記》《博冥記》《異苑》諸書,絢爛矣,而不能使人徵信。《經濟類編》《圖書編》諸書,典實矣,而不能使人服習。兹書披閲而玩索之,其事甚異,其道甚經,其説甚新,其理甚粹,其大者可以備國家之掌故,小者可以擴書生之見聞,詩耶? 史耶? 吾不得而知之矣。吾讀顧寧人《郡國利病書》而病其太繁,洪稚存《乾隆府廳州縣圖》而病其稍簡,有學者稽古藝林,采風殊域,勒成一書,不取資乎是編也,烏乎取諸?

　　　　　　　　　　嘉慶十二年秋七月,法式善拜撰。

自　　敍

嘗觀志異諸書,皆仙狐靈鬼,怪怪奇奇,固足以駭人耳目,然求其實據,戞戞乎難之。此編之志異則不然,惟取夫天地、人物、日用尋常之事,炳乎有據,信乎有徵者。如雪深二十丈，或經年不雨，此天之異也。或爲雪山、冰山，或爲風洞、火洞，此地之異也。浴水而娠，抱樹成孕，其爲身也；或長至十丈，或短僅三尺，其爲形也；或狗頭毛面，或碧眼紅鬚，此人之異也。若乃蓮開花於雪中，禽翼卵於冰上，瓜長七尺，羊小九寸，赤蛇舞而火焰生，青羊起而冰雹降，此物之異也。椿園部曹曾爲《異域瑣談》以志之，惟其事則散見百出，其文則汗漫難稽，譬之滿屋散錢，未能一索貫之，余是以詠成竹枝詞百首以爲綱，分注其事以爲目，俾閱者悦心爽目焉。至若伊參軍不肯納簪組家之兒婦，康方伯代故人之女擇婿，乃吉人之義舉，亦二女之奇遭。然以縉紳家之女媳，淪落貧寒，欲鬻爲人妾，亦異事也，余譜爲歌行以志之，蓋欲膾炙人口，以傳千古耳。凡此皆炳乎可據，信乎可徵，非若仙狐靈鬼、怪怪奇奇之徒駭人之耳目者所可比也。又附録《英咭唎國貢品》《趙風子傳》《異夢述》於後，以廣見聞，式爲敍。

乾隆己酉孟冬，長白福慶題。

小　引

志異者，史之一體也；竹枝者，詩之一端也。既詠竹枝而曰志異，何也？蓋詩爲志異而作，非徒寄吟詠，寫風騷，弔古攄懷，慨當以慷也。且敍事之文皆如列傳，即史體也。況從來志異諸書，文中莫不有詩，此編則詩中莫不有文，史耶？詩耶？融會而貫通者也。事新、詩新、文新、體新，閱之者耳目一新，是當以新爲名，故名之曰《志異新編》也。或曰："是集也，而何名編？"余曰："此編非詩集、文集分類別名也，詩歌、傳記、雜録、撼言，凡所見異辭、所聞異辭皆可編而續入之，故名編也。"或曰："吾知之矣，此自我作古之意，不肯蹈襲前人舊體，亦猶古文之後有時藝之新體也。"余笑曰："然。"爰作小引以識之。

蘭泉主人識

舒其紹

舒其紹(1742—1821)，字衣堂，號春林，又號味禪。直隸任丘(今河北任丘)人。乾隆四十四年(1779)恩科舉人，官浙江長興知縣。嘉慶二年(1797)以秋審失出，遣戍伊犁，嘉慶十年赦還。著有《聽雪集》《歸鶴集》《東歸日程記》。

伊 江 雜 詠

解題：

組詩選自《聽雪集》卷四。《聽雪集》目前有兩種鈔本傳世：北京大學圖書館藏《舒其紹著書三種》本，及中山大學圖書館藏本。二者文字有差異，史國强《舒其紹西域著述研究》認爲後者是前者的删節本。本書以《舒其紹著書三種》本《聽雪集》進行輯注，原本中文意不通、字跡漫漶處，參以他本校補。

《伊江雜詠》組詩91首，内容異常豐富。個别詩作如《穆肅爾達坂》《岔口鳥》等，内容明顯源自於《西域聞見録》，可見此書在乾嘉之際的伊犁曾有流傳。《趙巧娘》詩所載故事，本於同時期遣戍文人王大樞的《西征録》，説明舒其紹作詩時也參考過此書。組詩其餘有關伊犁地區的内容基本都來自於作者的實際聞見，較爲全面地記載了嘉慶初年伊犁地區物産民俗、社會人文、流寓人物等方方面面的情況，具有一定的史料價值。《續修四庫全書總目提要(稿本)》評價舒其紹《聽雪集》云："山川之險、草木之異、風土之可記、軼事之可徵、遊覽所經、道途所歷，無不寓之於詩，即塞外風雲、關山冰雪譎詭千變、雄奇萬仞之概，亦若無不助之爲詩。"《伊江雜詠》亦足當之。

年　　班

回羌諸部，三年輪班入覲。

昆侖西上盡堯封[①]，走馬同聽紫禁[②]鐘。關吏不須頻問訊，年年長荷聖恩濃。

① 堯封：堯命舜巡視天下，劃十二州，封土爲壇，以作祭祀。《尚書·舜典》：“肇十有二州，封十有二山。”此處代指清朝疆域、領土。

② 紫禁：中國古代將星空劃分爲三垣二十八宿。紫微垣爲三垣之一，喻帝王居處。《文選》卷五六謝莊《宋孝武宣貴妃誄》：“掩彩瑤光，收華紫禁。”李善注：“王者之宮，以象紫微，故謂宮中爲紫禁。”此指清代北京的皇宮紫禁城。

祠　　堂

祀平定準夷諸將軍、參贊及歷任將軍之功德及人者。

欃槍掃盡繪凌雲[①]，萬里關河百戰勳。廟食[②]千秋紛灑淚，回羌猶識舊將軍[③]。

① 欃（chán）槍：本意爲彗星，喻叛逆者。《爾雅·釋天》：“彗星爲欃槍。”《文選》卷三張衡《東京賦》：“欃槍旬始，群凶靡餘。”薛綜注：“欃槍，星名也。謂王莽在位，如妖氣之在天。”

凌雲：凌雲閣即凌煙閣的別稱，參前王芑孫《西陬牧唱詞六十首》“土魯番原舊款關”詩注①。此指伊犁惠遠城中的祠堂。《西陲總統事略》：“乾隆三十一年，將軍明瑞奏明於（惠遠城）北門內建祠堂。……乾隆五十四年，將軍保寧奏准以前將軍太子少保領侍衛內大臣兵部尚書一等伯諡襄武伊勒圖入祠。嘉慶三年，將軍保寧奏准以前將軍御前大臣太保大學士領侍衛內大臣誠謀英勇公諡文成阿桂入祠。”

② 廟食：死後立廟受祀。《史記·滑稽列傳》：“廟食太牢，奉以萬戶之邑。”

③ 舊將軍：指伊勒圖與阿桂。阿桂（1717—1797），字廣廷，號雲崖，章佳氏，滿洲正藍旗人，大學士阿克敦之子曾參與平定大小和卓叛亂，西域平定後駐軍伊犁，在清代前期的新疆經營與建設中有重要功績。乾隆二十九年（1764）署伊犁將軍，三十二年授伊犁將軍。卒，諡文成。伊勒圖見前莊肇奎《伊犁紀事二十首效竹枝體》“戈壁灘頭已駐兵”詩注①。

萬　壽　亭

在北門內。

宮亭高聳碧雲遮，萬國嵩呼[①]仰翠華。班末番王同拜舞[②]，兩朝雨露被流沙。

　　① 嵩呼：一作山呼，高呼萬歲。《漢書·武帝紀》："翌日親登嵩高，御史乘屬、在廟旁吏卒咸聞呼萬歲者三。"

　　② 拜舞：跪拜與舞蹈，古代朝拜時的禮節，下跪叩首之後舞蹈而退。杜甫《韋諷録事宅觀曹將軍畫馬圖歌》詩："盤賜將軍拜舞歸，輕紈細綺相追飛。"

雪　　山

　　即天山，中産雪蓮、雪蠶、雪蟾、雪鷇①。

　　雪嶺高高天半分，雪蠶雪鷇冷斜矄。青山底事頭爭白，我欲攜壺問塞雲②。

　　① 雪鷇：或指雪雞。見前福慶《異域竹枝詞》"雪中蓮放更多奇"詩注②。或指"岔口鳥"，見後"岔口鳥"詩及注①。

　　② 攜壺：《後漢書·方術列傳下》載費長房見一老翁掛着壺賣藥，賣完藥後就跳入壺中。次日費長房與老翁一同跳入壺中，見壺中"玉堂嚴麗，旨酒甘餚"，兩人共飲而出，後長房從老翁學道。此處喻出世之思。

　　塞雲：塞外風雲。杜甫《喜聞盜賊總退口號五首》其一："蕭關隴水入官軍，青海黃河卷塞雲。"亦借指邊塞，如後《屯工》詩所用。

果　子　溝

　　即通衢，奇峰插天，怪厓傾日，萬松排翠，積雪連雲，奇葩碩果，點綴青紅，不可名狀。歐陽文忠①詩"可憐勝境當窮塞，翻使流人戀此邦"，殆爲是詠歟。

　　海上三山②信有無，卻從塞外見蓬壺。巖花結子殷紅色，知是蟠桃③第幾株。

　　① 歐陽文忠：即歐陽修。此處所引爲歐陽修《松門》詩。

　　② 三山：王嘉《拾遺記》："三壺，則海中三山也。一曰方壺，則方丈也；二曰蓬壺，則蓬萊也；三曰瀛壺，則瀛洲也。"

　　③ 蟠桃：典出張華《博物志》：漢武帝好仙道，與西王母相見。西王母索桃七枚，以五枚與帝。武帝因桃甘美，欲留桃核種之。西王母笑曰："此桃三千年一生實。"晏殊《破陣子》詞："海上蟠桃易熟，人間好月長圓。"

穆 肅 爾 達 坂

譯言冰山也,在伊犁、烏什之間,相距一百二十里。無土沙草木,玉岫銀峰,峻峋峭崿,有時崩裂,震若雷霆。下視窈黑,水聲澎湃,不見其底,陡絕處鑿有冰梯。官設回民一百二十户主之。其冰長落無常,時或突起,則高三五百丈;時或沉陷,則下數百丈,路更無準。有獸,非狼非狐,每晨視其跡,踐而循之,必無差繆。

冰山矗矗曙光寒,萬壑千巖著腳難。百二斧斤齊得手,獸蹄争做指南看。

伊　　江

在南門外,汪洋灝瀚,由東而西。固爾扎所征回糧,運抵大倉,歲計四萬餘石。[1]

雪漲春山第一流,伊江西去夕陽收。莫言兵食邊疆急,水利軍儲早並籌。

[1] 永保《伊犁事宜》:"查船隻駕馭,系由伊犁河輓運,古爾札倉存貯。回子交納糧石,運至惠遠城倉存貯,搭放滿營官兵口糧。每年於二月間開運起,九月止,約可運糧四萬餘石。"

賽 里 謨 淖 爾[1]

淖爾譯言海子。在三臺[2]界,森森泓波,涵天蕩地,荇藻不生,魚蝦絶影,間投一物,頃刻浮岸,土人稱爲淨海。

賽里謨邊海不波,片鱗纖芥淨於羅。西泠別後潺湲水,比似春愁何處多。

[1] 賽里謨淖爾:即賽里木湖。見前徐步雲《新疆紀盛詩》"果溝東面亦龍淵"詩注[1]。

[2] 三臺:徐松《西域水道記》:"(賽里木淖爾)東岸數百步,爲鄂勒著依圖博木軍臺,與于珠罕卡倫相去半里,出入伊犁境者,於此驗過所。"俗稱三臺。

雪　　海

在克噶察哈爾臺[1]南。

蕩雲沃日②不通潮，水是瓊漿海是瑤。戰罷玉龍三百萬，敗鱗殘甲未全銷。③

① 克噶察哈爾臺：應作噶克察哈爾臺，清代軍臺，在今新疆昭蘇縣。

② 沃日：衝蕩日頭，喻波浪滔天。《文選》卷十二木華《海賦》：“濈泋澩渭，蕩雲沃日。”呂延濟注：“水畔生雲，故蕩之。日光浮於中，故沃之。”

③ “戰罷”句：本蔡絛《西清詩話》所載張元《雪》詩：“戰退玉龍三百萬，敗鱗殘甲滿空飛。”

鄂　　博

山頭壘石插標，奉爲神明，額魯特、土爾扈特等過之，刑牲以祭。

鄂博高高石作堆，雲旗風馬集靈臺①。番兒較獵陰山下，日把金錢擲幾回。

① 雲旗風馬：雲旗，畫有熊虎圖案的旗幟。《文選》卷三張衡《東京賦》：“龍輅充庭，雲旗拂霓。”薛綜注：“旗謂熊虎爲旗，爲高至雲，故曰雲旗也。”風馬，疾馳如風的馬。《漢書·禮樂志》：“靈之下，若風馬，左倉龍，右白虎。”此處指掛在鄂博上的禄馬風旗。

靈臺：《文選》卷三張衡《東京賦》：“左制辟雍，右立靈臺。”薛綜注：“司曆紀候節氣者曰靈臺。”此指鄂博。

山　　市

兩山缺處，每於日出入時，非煙非霧，陡然而起，燦若城郭，倏若樓臺，宮觀罘罳①，舟車絡繹，應接不暇。

海上蜃樓入目頻，珠宮貝闕②記前因。而今山市朝朝見，幻境何從問假真③。

① 罘(fú)罳(sī)：一作浮罳。漢魏時期宮殿門闕外設置的一種類似照壁的網狀屏。《漢書·文帝紀》：“未央宮東闕罘罳災。”顏師古注：“罘罳，謂連闕曲閣也，以覆重刻垣墉之處，其形罘罳然，一曰屏也。”

② 珠宮貝闕：《楚辭·九歌·河伯》：“魚鱗屋兮龍堂，紫貝闕兮朱宮。”形容房屋華麗。

③ “何從問假真”原抄本缺，據中山大學圖書館藏《聽雪集》抄本補。

張　騫　碑

去城四百里，其文剥落，可讀者二十八字："去鴻鈞以七五，遠華西以八千，南達火藏，北接大宛。"

十三年跡竄逃間，[①]卻道乘槎[②]海上還。鑿空去聲。近來偏有據，尚留片石在南山。

①"十三年"句：張騫於漢武帝二年（前139）出使西域，元朔三年（前126）歸漢，歷時十三年。

② 乘槎：參前曹麟開《塞上竹枝詞》"與郎遊戲水之涯"詩注①。因張騫曾鑿空西域，後人逐漸將他與海上乘槎的傳説附會一處。陳元靚《歲時廣記》卷二七引《荆楚歲時記》："漢武帝令張騫使大夏，尋河源，乘槎經月而去。至一處，見城郭如官府，室内有一女織，又見一丈夫，牽牛飲河。騫問曰：'此是何處？'答曰：'可問嚴君平。'織女取支機石與騫而還。後至蜀問君平，君平曰：'某年某月，客星犯牛、女。'所得搘機石，爲東朔所識。"

江　南　巷[①]

在北門外，煙花薈萃之區。

杏花春雨酒酣初，人影衣香見兩三。欲把鞭絲深巷指[②]，斷腸依約到江南。

① 洪亮吉《天山客話》："遷客出城，必須報門，若出北郭門，則人更加屬目。蓋北關外狹邪之地極多，慮有虧行止也。然此亦言其車騎雍容者耳，若易服徒步出門，又無從稽察矣。"即指此煙花薈萃之地。

② 鞭絲：馬鞭。陸游《乍晴出遊》詩："本借微風欹帽影，卻乘新暖弄鞭絲。"

菩　薩　廟

流人公建，規模壯麗，二、六、九月大會，士女如雲，秉蘭贈藥之風，同於溱洧[①]。

慈雲[②]片片覆山隈，座上蓮華並蒂開。鎮日香風吹不散，兩行紅粉對歌臺。

① 溱（zhēn）洧（wěi）：溱河與洧河，古代鄭國的兩條河名。《詩·鄭風·溱洧》：“溱與洧，方渙渙兮。士與女，方秉蘭兮。……維士與女，伊其相謔，贈之以芍藥。”

② 慈雲：喻佛慈心廣大，如雲覆於一切。

鐘　鼓　樓

在城正中。

高樓突兀鎮當中，危堞重闉①四面通。我在黑甜②今已覺，漫勞鐘鼓下遥空。

① 闉（yīn）：《説文》：“城曲重門也。”

② 黑甜：蘇軾《發廣州》詩“三杯軟飽後，一枕黑甜餘”句自注：“浙人謂飲酒爲軟飽。俗謂睡爲黑甜。”

大　橋

即通濟橋，爲伊江送别之地。

分手河梁①萬里遥，不禁别緒幾魂銷。懵騰②記得來時路，零雨斜風過灞橋③。

① 河梁：參前紀昀《烏魯木齊雜詩》“銀瓶隨意汲寒漿”詩注②。此指送别之地。

② 懵騰：朦朧。韓偓《馬上見》詩：“去帶懵騰醉，歸成困頓眠。”

③ 灞橋：位於西安市城東灞河上。春秋時期秦穆公稱霸西戎，將滋水改爲灞水，始於河上建橋。程大昌《雍録》：“此地最爲長安衝要，凡自西東兩方而入出嶢、潼兩關者，路必由之。”唐代在灞橋上設立驛站，常作送别之地。

斗　母①　閣

施柳南太守光輅建。

半畝方塘水蔚藍，繞廊花木碧毿毿②。只今鈴鐸風能語，斗閣翻經憶柳南③。

① 斗母：一作斗姆。斗姆元君，道教崇拜的女神，爲北斗衆星之母。

② 毿（sān）毿：細長貌。孟浩然《高陽池送朱二》詩："紅波淡淡芙蓉發，緑岸毿毿楊柳垂。"

③ 翻經：翻譯佛經。皮日休《訪寂上人不遇》詩："桂寒自落翻經案，石冷空消洗鉢泉。"此指讀書。

柳南：施光輅（?），字静方，號柳南，原敍州知府。《國朝杭郡詩續集》："值北塞用兵，以遲誤軍餉，遣戍伊犁，因於塞外築醒園。"醒園於乾隆五十五年（1790）建成，施光輅作《醒園十二詠》組詩，斗母閣爲園中一景。施光輅謫戍伊犁六年，賜還後隱居鄉里，抑鬱而終。

貿　易　亭

在城西。

　　四塞冰消草色侵，牛羊包裹列亭陰。天家百寶如山積，柔遠①寧羌一片心。

① 柔遠：安撫遠人。《尚書·舜典》："柔遠能邇。"孔傳："柔，安。邇，近。……言當安遠，乃能安近。"

望　河　樓

即鑒遠樓，在大河北岸，碧樹周圍，雪峰環擁，亭臺上下，花木芬芳，爲伊疆①勝遊之所。

　　萬疊關山萬頃流，放懷天地一登樓。浮槎②本是人間客，我欲乘風問斗牛③。

① 伊疆：即指伊犁地區。

② 浮槎：參前《張騫碑》詩注②，及曹麟開《塞上竹枝詞》"與郎遊戲水之涯"詩注①。

③ 斗牛：二十八宿中的斗宿和牛宿。

雷

伊境舊無雷，自乾隆四十年後始發聲。夷人驚爲天吼，四處躲藏，今則動諧霖澍①，習以爲常矣。

陰森冰雪積山隈，甲拆勾萌②鬱不開。一自皇威揚萬里，戎羌三月始聞雷。

① 霖澍：一作澍霖，及時雨。

② 勾萌：一作句萌。草木的嫩芽。鮑照《園葵賦》：“句萌欲伸，叢牙將散。”此指草木發芽生長。

風　戈　壁

塞上風高，飛砂走石，時所常有，而闢展、吐魯番爲尤甚。初起聲如地震，俄頃間，萬山員贔①，卷地而來，人馬遇之，騰空四起，千斤車載，一經吹倒，貨物散如秋葉。

揭地掀天怒吼聲，居然列子禦風②行。憑君挾石移山力，填遍人間路不平。

① 員(xì)贔(bì)：一作贔員。似龜的神獸，喜負重，即石碑下的龜趺(fū)。代指堅固結實，或用力之狀。《文選》卷二張衡《西京賦》：“綴以二華，巨靈贔員，高掌遠蹠，以流河曲，厥跡猶存。”薛綜注：“贔員，作力之貌也。”

② 列子禦風：《莊子·逍遙遊》：“夫列子禦風而行，泠然善也。”陸德明釋文引李頤云：“鄭人，名禦寇。得風仙，乘風而行，與鄭穆公同時。’”此處指風勢迅疾。

炭　煤

南北諸山産煤極旺，色黝黑，非石非木非土，價廉而用普，余在滇南見所産煤與此相類，惟色黃耳。

木石深山没草萊，萬家煙火跻雲隈。竺蘭①去後東方少，誰向昆明辨劫灰②。

① 竺蘭：竺法蘭，漢代高僧。《高僧傳》：“竺法蘭亦中天竺人，自言誦經論數萬章，爲天竺學者之師。……卒於洛陽，春秋六十餘矣。”

② 劫灰：參前福慶《異域竹枝詞》“一望頹垣五里餘”詩注②。此處代指煤炭。

紅　鹽

産阿克蘇，其地有鹽山，自麓至頂，皆紅土夾石，内産明鹽，似冰而色紅，段公路《北户録》：“琴湖桃花鹽，色如桃花。"殆其類歟。

關門絡繹走鹽車，積雪飛霜盡變霞。煮海^①何須循舊法，山前片片簇桃花。

① 煮海：古時從海水中提煉海鹽。《史記・吳王劉濞列傳》："濞則招致天下亡命者盜鑄錢，煮海水爲鹽，以故無賦，國用富饒。"另參前曹麟開《塞上竹枝詞》"膏然流水石脂明"詩注②。

銅　鉛　廠

南山哈爾海圖^①産銅，沙拉博和齊^②産鉛，分廠開采，以供錢局鼓鑄之用。

鑿硇^③熬砂百煉工，黔山鉛汞蜀山銅^④。金戈鐵甲年來息，九府泉刀^⑤四塞通。

① 哈爾海圖：一作哈爾哈圖、哈爾罕圖。徐松《西域水道記》："（哈爾罕圖山）諺曰鳳皇山，在惠遠城南四百五十里。"今昭蘇縣洪納海鄉附近。

② 沙拉博和齊：沙拉特和齊、沙拉博霍齊、沙喇博霍齊。《新疆圖志》："（雅瑪圖）嶺之東南爲沙拉博霍齊山，亦産鉛。"今稱伊什格力克山，位於特克斯縣與鞏留縣之間。《伊江匯覽》："伊犁惠遠城之東南，有山曰沙拉博和齊，距城二百六十里，所産黑鉛向無知者。丙戌，始以廢員二人率遣發百人試采之。由哈什河行六十里，甫抵山口，再行六十里，即産鉛之處。於石罅中，視其苗線之盛者，挖洞深取，輒獲數十斤。……其煉鉛也，設有專廠，淘挖工作之人，悉以居之。"

③ 硇（hóng）：礦石。

④ 黔山鉛：貴州産鉛，俗稱黔鉛，爲清代製幣的主要原料。謝聖綸《滇黔志略》："黔中産鉛最富，歲運京局數百萬以資鼓鑄，與滇南銅廠均爲國計民生所利賴。"

蜀山銅：蜀地的銅山。《史記・佞幸列傳》："（文帝）賜鄧通蜀嚴道銅山，得自鑄錢，'鄧氏錢'佈天下，其富如此。"

⑤ 九府：《史記・貨殖列傳》："其後齊中衰，管子修之，設輕重九府。"張守節正義引《管子》云："周有大府、玉府、内府、外府、泉府、天府、職内、職金、職幣，皆掌財幣之官，故云九府也。"

泉刀：泉與刀皆古代錢幣。《周禮・天官・外府》："掌邦布之入出，以供百物。"鄭玄注："其藏曰泉，其行曰布，取名於水泉，其流行無不遍。"《管子・國蓄》："以珠玉爲上幣，以黄金爲中幣，以刀布爲下幣。"

桑 葚 酒

地無鹽，葚熟，回人惟取以釀酒。

春雨柔桑緑葉含，馬頭誰解祀先鹽[①]。垂垂葚子知多少，都付新槽酒半酣。

① 祀先鹽：先鹽爲傳説中教民育鹽之神。《後漢書·禮儀志上》："祠先鹽，禮以少牢。"劉昭注引《漢舊儀》："祭鹽神曰菀窳婦人、寓氏公主，凡二神。"

沙 棗

葉白枝紅，條下垂。夏初，作小黄花，香風十里，如丹桂成林，襲人襟袂。

空傳海上大如瓜，[①] 色似冬青肉似沙。好是花開當佛誕，旃檀世界梵王家[②]。

① "空傳"句：參前福慶《異域竹枝詞》"瓜長七尺磨盤圓"詩注①。
② 旃檀：即檀香、白檀，可制香料。"旃檀世界"出自《妙法蓮華經》，此處借用。
梵王家：佛寺。陳翥《曲江亭望慈恩寺杏園花發》詩："曲江晴望好，近接梵王家。"

哈 密 瓜

有數種，緑皮緑瓤而清脆如梨，甘芳似醴者爲上；圓扁如阿渾帽，白瓤者次之；皮淡白，多緑斑，瓤紅黄者爲下，然可致遠，新疆處處種之。

瓜期日日盼雲霓[①]，迢遞伊吾路欲迷。飽食三年饞不減，羨他生近玉門[②]西。

① 盼雲霓：《孟子·梁惠王下》："民望之，若大旱之望雲霓也。"趙岐注："霓，虹也，雨則虹見，故大旱而思見之。"
② 近玉門：典出《後漢書·班超傳》："臣不敢望到酒泉郡，但願生入玉門關。"哈密距玉門關近，故此詩既寫哈密産瓜，又暗喻渴望賜還之意。

木 簰

南山樹木叢生，自古未經伐，商人砍運江邊，縛簰①四出，棟梁之木，值僅百錢。

萬樹參天翠巘②排，斧斤無禁與民偕。朝來咿啞江邊水，知是南山放木簰。

① 簰(pái)：木筏。《新疆識略》載嘉慶十年(1805)，因民間伐木過多，官府始徵收木稅：“伊犁南北山場本係官地，所產木植，自未便任聽私行砍伐，漫無稽核。今松筠奏請設立商頭，官給驗票，並定抽分數目，即藉以管束民人，稽查逃犯，所議自屬可行。”

② 翠巘(yǎn)：蒼翠的山巒。杜甫《贈王二十四侍御契四十韻》詩：“名園當翠巘，野棹没青蘋。”

胡 桐 淚

胡桐樹遍生沙灘，綿延數十里，而橫斜曲側，不任器用。回人呼爲胡桐，譯言柴也，俗訛爲梧桐，夏日津液自樹杪流出，名胡桐淚。

平沙偃蹇伴蒿蓬，清淚涔涔滴石叢。羨爾不才生意足，休隨爨下①泣梧桐。

① 爨下：灶下。《後漢書·蔡邕傳》：“吳人有燒桐以爨者，邕聞火烈之聲，知其良木，因請而裁爲琴，果有美音，而其尾猶焦，故時人名曰‘焦尾琴’焉。”此句化用典面。

女 兒 木

色白質堅，紋理光潤，土人製爲煙杆。

攬翠題紅①往跡空，柔腸折盡綺羅叢。女兒多是温柔性②，香火姻緣一線通。③

① 攬翠題紅：遊覽題詩。攬翠，即拾翠，拾取翠鳥羽毛以爲首飾，代指女子遊春。曹植《洛神賦》：“或采明珠，或拾翠羽。”題紅：題紅葉省稱，在紅葉上題詩傳情。范攄《雲溪友議》：

"明皇代以楊妃、虢國寵盛,宮娥皆頗衰悴,不備掖庭,嘗書落葉,隨御水而流云:'舊寵悲秋扇,新恩寄早春。聊題一片葉,將寄接流人。'顧況著作聞而和之。既達宸聰,遣出禁內者不少,或有五使之號焉。和曰:'愁見鶯啼柳絮飛,上陽宮女斷腸時。君恩不禁東流水,葉上題詩寄與誰。'"

② "多是温柔性"原本缺,據中山大學圖書館藏《聽雪集》抄本補。

③ 此二句句意,可參後陳中驥《伊江百詠》"女兒搭馬客"詩自注:"口外出女兒木,中通一線,因以得名,爲煙袋杆最佳。"

檽　木

南北兩山多檽①木,松身杉葉,高十數丈,一望青葱,杳無涯際,皮厚一二尺,熬爲膏,可療血疾。

白雪連山一抹青,松身杉葉影亭亭。桐君未解熬煎法,誤向雲跟斫茯苓。

① 檽(mán):《漢書·西域傳下》:"(烏孫國)山多松檽。"顏師古注:"檽,木名,其心似松。"詩中所寫爲天山山脈中特有的雪嶺雲杉,松科雲杉屬喬木,主要分佈於我國新疆及哈薩克斯坦境內。

雪　蓮

生雪山中,紫梗七葉,一梗一花,如玉蘭,色黃蕊青。凡蓮生處,周圍尺餘無雪。又一種狀如洋菊,其生必雙,雄大雌小,相去丈餘,見其一,再覓其一,無不得者。性熱,治寒疾。

雌雄倚伏合歡蓮,雪里花開別有天。昨夜月明涼似水,幾番錯喚木蘭船①。

① 木蘭船:任昉《述異記》:"木蘭川在潯陽江中,多木蘭樹。昔吳王闔閭植木蘭於此,用構宮殿也。七里洲中有魯班刻木蘭爲舟,舟至今在洲中,詩家云木蘭舟出於此。"李商隱《木蘭花》詩:"洞庭波冷曉侵雲,日日征帆送遠人。幾度木蘭舟上望,不知元是此花身。"此處化用李義山詩意,以木蘭花代指雪蓮。

黃虞美人花

關外虞美人花最盛,而黃色尤奇,宿根可活,土人名爲旱金蓮。

楚帳歌殘[①]劍血侵，斷腸春色到而今。西來品重南金[②]色，不使幽魂寄恨深。

① 楚帳歌殘：楚帳，項羽軍中帳幕。歌殘，歌聲已盡。李商隱《淚》詩："人去紫臺秋入塞，兵殘楚帳夜聞歌。"

② 南金：《詩·魯頌·泮水》："元龜象齒，大賂南金。"鄭玄箋："荊揚之州，貢金三品。"金三品，見前王芑孫《西陬牧唱詞六十首》"硝磺棉米產分區"詩注①。此句以黃金喻虞美人花色。

墨　葵

梗、葉如常葵，惟花開墨色，乾可染皂。

滿園風雨亂塗鴉[①]，不改丹心向日華。應是班生投筆[②]後，墨痕輕染一籬花。

① 塗鴉：隨意塗畫。盧仝《示添丁》詩："忽來案上翻墨汁，塗抹詩書如老鴉。"

② 班生投筆：典出《後漢書·班超傳》："超家貧，常爲官傭書以供養。久勞苦，嘗輟業投筆歎曰：'大丈夫無他志略，猶當效傅介子、張騫立功西域，以取封侯，安能久事筆研間乎？'"

夏草冬蟲

生雪山中，夏日葉歧出類韭，根如朽木，凌冬葉乾則根蠕動，化爲蟲。

動植俄分冷熱中，果然奇巧屬天工。二南[①]風物西來別，莫聽喓喓誤草蟲。[②]

① 二南：《詩經》十五國風中的《周南》《召南》。此處泛指南方風物。

② "莫聽"句：本《詩·召南·草蟲》："喓喓草蟲，趯趯阜螽。"

濕萎乾活草

性類瓦松，根大如棗，以線繫室中，抽條吐葉，青葱可愛，五月開小白花。

不受陽和雨露恩，更無片土寄邱樊[①]。拖泥帶水[②]人多少，輸爾逍遙度玉門。

① 邱樊：一作丘樊。園圃，指隱者所居。白居易《中隱》詩：“大隱住朝市，小隱入丘樊。丘樊太冷落，朝市太囂喧。不如作中隱，隱在留司官。”

② 拖泥帶水：見前唐道《伊犁紀事詩三十八首》“異草移來掛屋楹”詩注③。此指個人的牽絆。

茇 茇 草

直幹叢生，高四五尺，勻圓光潔，性堅而綿，屈之不折，粗可爲箸，細以織簾最佳，夏日居人軒窗門户，無不湘簾①委地矣。

湖灘彌望草夷柔②，珠箔依稀掛玉鉤。記得水晶簾下好，朝朝欹枕看梳頭。

① 湘簾：用湘妃竹做的簾子。朱淑真《浣溪沙》詞：“小院湘簾閑不卷，曲房朱户悶長扃，惱人光景又清明。”

② 草夷柔：夷，通荑。《詩·衛風·碩人》：“手如柔荑，膚如凝脂。”毛傳：“如荑之新生。”此指柔軟的草地。

秋 鶯

内地黄鸝鳴於二月至，夏初即有鶯老花殘之恨。塞上鳴於初夏，至秋猶聞嚦嚦也。

斗酒雙柑聽栗留①，落花時節澀歌喉。可人楊柳關門樹，四月鶯聲直到秋。

① 斗酒雙柑：馮贄《雲仙雜記》引《高隱外書》：“戴顒春攜雙柑斗酒，人問何之，曰：‘往聽黄鸝聲。此俗耳針砭，詩腸鼓吹，汝知之乎？’”此指春天遊賞勝景。

栗留：黄栗留的省稱。陸機《毛詩草木鳥獸蟲魚疏》：“黄鳥，黄鸝留也，或謂之黄栗留。幽州人謂之黄鶯，或謂之黄鳥。一名倉庚，一名商庚，一名鵹黄，一名楚雀。齊人謂之摶黍，關西謂之黄鳥，一作鸝黄。當甚熟時，來在桑間，故里語曰：‘黄栗留看我麥黄甚熟。’不亦是應節趨時之鳥也，或謂之黄袍。”

寓 風 湍

小鳥也，棲必深林幽澗，擇大樹之柔條下垂者結窩，其上離水面五六尺，一絲懸掛，隨風搖曳，中有孔，可通出入，人物不能近。

天邊矰繳[1]避來難，倏忽林梢逐彈丸。托足不知何處穩，可憐飛鳥寓風湍。

① 矰（zēng）繳（jiǎo）：一作繒繳，拴着絲繩射飛鳥的短箭。陶潛《歸鳥》詩：“晨風清興，好音時交。矰繳奚施，已卷安勞。”

鳥 鼠 同 穴

《爾雅》：“鳥爲鵨，鼠爲鼵。”注：“在隴西首陽縣。”《涼州志》：“地有兀兒似鼠，木周兒似雀，常同穴而處。”即《禹貢》同穴之鳥鼠，今西塞多有之。

同穴爭傳鳥鼠奇，居然異類互雄雌。生兒胎卵知何似，牙角[1]應於訟獄宜。

① 牙角：參前紀昀《烏魯木齊雜詩》“赤繩隨意往來牽”詩注②。此處借用。

壓 油 鳥

大如雞雛，肥則集人肩袖，捉而握之，油自糞門出，油盡，縱之始去。

壓油油滿滑於酥，款款依人把握初。事到然臍[1]空一悔，何如小鳥識乘除[2]。

① 然臍：然通“燃”。《後漢書·董卓傳》：“天時始熱，卓素充肥，脂流於地。守尸吏然火置卓臍中，光明達曙。”

② 乘除：人事消長盛衰。韓愈《三星行》詩：“無善名已聞，無惡聲已歡。名聲相乘除，得少失有餘。”

夏　雁

在在有之，然惟夏月孳乳①湖灘，嗷嗷盈耳，至秋作賓於南，不復聞矣。

秋去春回去復回，關門無禁網羅開。與君結夏②緣非淺，爲愛天山積雪來。

① 孳乳：繁殖。焦延壽《易林》：“春生孳乳，萬物繁熾。”

② 結夏：佛教徒静居寺院自修自度。《雜阿含經》：“如是我聞，一時佛住舍衛國祇樹給孤獨園，前三月結夏安居。”《荆楚歲時記》：四月十五日“僧尼就禪刹掛塔，謂之結夏，又謂之結制”。此句用字面意，指在初夏看見大雁。

岔　口　鳥①

小鳥也，似鵪，嘴爪皆紅，生冰山中，千百爲群，卵遺冰上，寒極，卵自綻裂，鳥飛出矣。

卵裂雛飛凍殼空，一生長養冽寒中。趨炎附熱②終何益，恨不銜冰語夏蟲。③

① 岔口鳥：按注語描述，此鳥或爲紅腿石雞，俗稱嘎噠雞，雞形目雉科鳥類，紅嘴紅爪，喜群居。在我國主要分佈於新疆、甘肅、青海等地。前“雪鷇”或指此鳥。

② 趨炎附熱：奉承和依附權貴。王稱《東都事略》：“李垂字舜工，聊城人也。……或謂曰：‘舜工文學議論稱於天下，諸公欲用爲知制誥。但宰相以舜工未曾相識，盍一往見之。’垂曰：‘趨炎附熱，看人眉睫，以冀推挽乎？道之不行，命也。’”此處用字面意。

③ “恨不”句：參前曹麟開《塞上竹枝詞敘》注⑪。

鴕　鳥

劉郁①《西域志》：“富浪有駝蹄鳥，高丈餘，食火炭。”《北史》：“波斯有鳥如駝，日行七百里，亦能噉火。”今深山中有骨岔雕，高數尺，翎健多力。又巴達克山雕尤大而猛，飛則兩翼垂雲，宿山頭，高如駝象，所過之處，往往攫去牛馬。

排雲蕩日勢炎炎，鴕圜②聲高羽翼添。十二相中看不定，直教飛走一身兼。駝於十二屬相中,各有所似。

① 劉郁(1210? —1270?):字文季,應州(今山西應縣)人,元世祖中統元年(1260)爲左右司都事,後出任新河縣尹,拜監察御史。蒙古憲宗九年(1259),彰德府宣課使常德奉命至西亞覲見旭烈兀,中統四年(1263)返回。劉郁據常德口授整理《西使記》。

② 圝(yà):《爾雅翼·釋獸》:"駝鳴曰圝。"

珍　珠　鳥

周身漆黑而閃朱緑光,白點累累如珠,聲圓滑,探雛養之,戎人呼曰哈拉和卓,譯言品貴也。

蚌蛤胎生合浦①前,月華蕩漾蛋人②船。笑他剖腹藏珠③拙,竟體④文章顆顆圓。

① 合浦:古時南海産珠之地。葛洪《抱朴子》卷二十《祛惑》:"凡探明珠,不於合浦之淵,不得驪龍之夜光也;采美玉,不於荊山之岫,不得連城之尺璧也。"

② 蛋人:一作疍(dàn)民、蜑(dàn)民、蜑户。古代對東南沿海一帶水上生活居民的稱呼。蔡絛《鐵圍山叢談》:"凡采珠必蜑人,號曰蜑户,丁爲蜑丁,亦王民爾。特其狀怪醜,能辛苦,常業捕魚生,皆居海艇中,男女活計,世世未嘗舍也。"

③ 剖腹藏珠:破開肚子把珍珠藏進去,喻惜物傷生,輕重顛倒。《資治通鑒·唐紀八》:"吾聞西域賈胡得美珠,剖身以藏之,有諸?"

④ 竟體:遍體。

骨　重　羊①

産布哈拉,其羊短小,肉薄而骨獨重,初亦不甚牧養,自通中國後,大獲其利,今西南諸國填山塞谷,皆骨重群也。

三百群中別擅場②,華冠美服價高昂。胎生跪乳尋常事③,種骨空傳海上方。俗傳以骨種地而生,妄也。

① 骨重羊:當即骨種羊。見前福慶《異域竹枝詞》"十二辰爲十二門"詩注①。

② 三百群:《詩·小雅·鴻雁之什》:"誰謂爾無羊,三百維群。"鄭玄箋:"今乃三百頭爲一群。"此指羊群。

③ 跪乳:羔羊跪着吃母乳。蔡邕《爲陳留太守上孝子狀》:"烏以反哺,托體太陽;羔以跪

乳，爲贄國卿。”

人　面　羊

色青白，毛長被體，大如驢，面具人形，頷下須長六七寸，酷似落腮胡，回人神之，弗敢殺也。

　　長髯主簿①在官無，腦滿腸肥儼丈夫②。終以畜鳴③招物議，一生辜負好頭顱④。

　　① 長髯主簿：《初學記》卷二九引崔豹《古今注》：“羊，一名長髯主簿。”

　　② 腦滿腸肥：飽食終日，肥胖醜陋。《北齊書·琅邪王儼傳》：“琅邪王年少，腸肥腦滿，輕爲舉措。”

　　儼丈夫：高儼（558—571），字仁威，渤海郡蓨縣（今河北景縣）人，北齊武成帝高湛第三子，天統五年（569）封琅琊王。爲同母胞弟、北齊後主高緯誘殺，謚楚恭哀皇帝。

　　③ 畜鳴：《史記·秦始皇本紀》：胡亥“誅（李）斯、（馮）去疾，任用趙高。痛哉言乎，人頭畜鳴”。張守節正義：“言胡亥人身有頭面，口能言語，不辨好惡，若六畜之鳴。”此句用本意。

　　④ 好頭顱：《資治通鑒·唐紀一》載，隋煬帝夜間置酒席，暢飲大醉後，“又嘗引鏡自照，顧謂蕭后曰：‘好頭頸，誰當斫之？’后驚問故，帝笑曰：‘貴賤苦樂，更迭爲之，亦復何傷。’”此句借用典面。

大　宛　馬

　　大宛即今哈薩克，蓄馬以谷量，每年貢獻及貿易，千百爲群，率皆高大多力。然求所謂汗血則杳無聞見，漢史李廣利①出燉煌，取汗血馬三千匹，妄矣。貳師城在大城②東北三十里，即今塔爾奇③，遺址尚存。

　　葡萄天馬頌聲揚，漢代争傳汗血良。今日貳師城畔過，始知史筆太鋪張。

　　① 李廣利：（？ —前89），中山人，西漢名將。漢武帝寵姬李夫人和寵臣李延年的長兄。遠征大宛，封海西侯。征和三年（前90）與丞相劉屈氂謀立李夫人之子劉髆爲太子，事發後投降匈奴。

　　② 大城：指惠遠城。貳師城，參前王芑孫《西陬牧唱詞六十首》“逾北參差列數城”詩注①。

　　塔爾奇：即塔勒奇城，參前莊肇奎《伊犁紀事二十首效竹枝體》“車載糧多未易行”詩注③。

舒其紹以塔爾奇城當漢代貳師城，其説無據。

人 儇

高尺許，巢深山中，男女老幼，鬚眉毛髮與人無異。紅柳吐花時，折之盤爲小圈，著頂上，作隊躍舞，音咿嗄如度曲。或至行帳竊食，捉之則跪而泣，縱之行數尺必回顧，叱之仍跪，度離遠，不能追，始驀澗越山大笑而去，或曰此《神異經》所謂山獋[①]也。

品到人儇[②]最末流，一家老幼似獼猴。憐渠也解春光好，紅柳花時插滿頭。[③]

① 山獋（sào）：一作山臊、山魈，中國古代傳説中山中的精怪，實爲靈長類動物。

② 儇（xuān）：輕浮狡黠。

③ 此詩所載，可參前紀昀《烏魯木齊雜詩》"茸茸紅柳欲飛花"詩與自注。

八 蹠 蟲

形似蜘蛛，灰色，八爪紫口，四歧齧鐵有聲，生溝渠及多年土壁中，大者如雞卵，小者如核桃。每大風則出，逐風而行，入人屋宇，行急如飛。怒則八足聳立逐人，觸之痛澈心髓，須臾不救，潰爛而死。大城有八蜡廟，本以祈年，群曰此八蹠神也，報祀日盛。

乘垣排闥[①]急於風，齧鐵聲聲腹欲充。堪笑流人忘典故，只知八蜡祀昆蟲[②]。

① 排闥（tà）：推開門。《史記·樊酈滕灌列傳》："高祖嘗病甚，惡見人，臥禁中，詔户者無得入群臣。群臣絳、灌等莫敢入。十餘日，噲乃排闥直入，大臣隨之。"張守節正義："闥，宮中小門。"

② 八蜡及八蜡蟲，參前紀昀《烏魯木齊雜詩》"綠塍田鼠紫茸毛"詩注②、"照眼猩猩茜草紅"詩注②。由舒其紹此詩可知，嘉慶時期伊犁地區流人將傳統八蜡祭祀與八蜡蟲混淆一處。

兩 頭 蛇

巨如柱，角長尺許，性最毒。以氣吸禽獸，入口吞之。而角能解毒，鋸爲片，可貼癰疽。捕蛇者燒雄黃於上風,即委頓易制。按曹昭《格古論》云:"骨篤犀,碧犀也,色如淡碧玉,稍黃,扣之,聲清越如玉磬,嗅之有香,燒之不臭。"即此物也。

頭角崢嶸氣似霓,錦鱗片片日華迷。毒蛇蘊毒偏攻毒,格物爭傳骨篤犀[1]。

① 骨篤犀:一作骨咄犀,即蛇角,可製器物,供藥用。洪皓《松漠紀聞補遺》:"契丹重骨咄犀,犀不大,萬株犀無一不曾作帶。紋如象牙,帶黃色,止是作刀把,已爲無價。"又周密《雲煙過眼録》:"骨咄犀乃蛇角也,其性至毒而能解毒,蓋以毒攻毒也,故又曰蠱毒犀。"

四　鰓　鱸[1]

巨口細鱗,宛然江鄉風味。

雪開紅甲[2]長春蔬,冰泮流分燕尾渠[3]。漫道秋風蒓菜美[4],街頭二月賣鱸魚。

① 此詩詠四鰓鱸,參前莊肇奎《伊犁紀事二十首效竹枝體》"有饋鱸魚一尺長"詩注①。這一典型的伊犁物產常出現在清代西域詩人筆下。

② 紅甲:紅菜甲,新鮮菜芽。參前王曾翼《回疆雜詠》"霜餘菜甲嫩還肥"詩注①。

③ 燕尾渠:分流的水渠。劉永之《畦樂園》詩:"砌長龍鬚草,林開燕尾渠。"

④ 秋風蒓菜:參前紀昀《烏魯木齊雜詩》"家家小史素參紅"詩注②。

雙　鬟　塚

陳遊戎[1]王凱好邪斜遊,清明夜遇雙鬟挑燈而行,燈式如錢,上書"太平通寶",昵之,不就。詰朝[2]過之,雙塚巍然。

零風碎雨濕花鈿,麥飯[3]何人奠墓田。究竟泉刀拋不得,冥行猶藉太平錢。

① 陳遊戎:陳王凱(?),字晴峰,武進士出身。兩次從征金川,因功陞平番都司、宜昌中軍遊擊。後遭人非議,謫戍新疆,嘉慶四年(1799)赦還。

② 詰朝:平明、清晨。《左傳·僖公二十八年》:"戒爾車乘,敬爾君事,詰朝將見。"杜預注:"詰朝,平旦。"

③ 麥飯:祭祀用的米飯或麫食。趙鼎《寒食書事》詩:"漢寢唐陵無麥飯,山溪野徑有梨花。"

趙 巧 娘

流人薛筠歸綏定，日暮，望林中燈火，投之，有麗人自言趙姓巧娘，綢繆①永夕。雞鳴，脱臂上雙環爲贈，曰：“留爲後驗。”他日跡之，乃敗屋中奉一小木像，問之，土人云：“昔趙宦閨中供以乞巧者。”薛以酒醴奠之，未幾，而賜環之音至。

邂逅相逢夜未央②，錦衾角枕③玉生香。金環得協刀環約，我亦蘋蘩薦巧娘。④

① 綢繆：情感纏綿。元稹《鶯鶯傳》：“綢繆繾綣，暫若尋常。幽會未終，驚魂已斷。”

② 夜未央：《詩·小雅·庭燎》：“夜如何其？夜未央。”孔穎達疏：“言夜未央者，謂夜未至旦。”

③ 角枕：以獸骨妝飾的枕頭。《詩·唐風·葛生》：“角枕粲兮，錦衾爛兮。”

④ 此詩化用王大樞《西征録》中《巧娘記》故事情節。王文及舒詩都暗含着對賜還的隱喻。

蘋蘩(fán)：兩種水草名，此指祭品。《左傳·隱公三年》：“蘋蘩蘊藻之菜，筐筥錡釜之器，潢汙行潦之水，可薦於鬼神，可羞於王公。”

灰 陷 坑

伊、烏之交，有地圍九十餘里，望之如雪，人畜誤入者沉陷滅頂。

燼息煙消浩劫殘，人離水火易爲安。天涯別有然灰地，滅趾①才知立腳難。

① 滅趾：《周易·噬嗑》：“屨校滅趾。”孔穎達疏：“屨，謂著而屨踐也。校，謂所施之械也。”原意爲穿戴腳鐐，此指陷入坑中。

塔 爾 奇 古 城

在今城西三里，居人掘地，得銅、瓷、刀劍諸器，古色斑斕，不知其何代也。

塔爾奇邊舊戰場，頹垣猶是漢金湯。耕夫掘得昆吾劍①，拜賜當年出上方。

① 昆吾劍：《列子・湯問》："周穆王大征西戎，西戎獻昆吾之劍，火浣之布。其劍長尺有咫，用之切玉如切泥焉。"

古　方　銅

伊城掘地，得赤銅方塊千百枚，長五分，闊三分，厚一分，重一錢四分，夾二面破痕三纚，其橫頭有陽文作一圈一乙，未知何物。按《李孝美錢譜》及《宣和博古圖》：有藕心錢數種，皆上下通缺若藕挺中破狀。其殆是歟？伊屬掘古物者，遇閏年則多獲，餘則否。

古銅赤仄土花鮮，圈乙分明出閏年。圜法①近來邊塞遠，幾人識得藕心錢②。

① 圜法：貨幣制度。《漢書・食貨志下》："太公爲周立九府圜法。"顏師古注："圜謂均而通也。"

② 藕心錢：洪遵《泉志・刀布品》："《舊譜》曰：'世有此錢，其形四方，狀如博棋，長二寸，面闊三分，當四棱，皆上下通闕，若藕挺中破狀。其上有首，形如秤槌，鼻有孔，號爲藕心錢。'"

哈　什　圍　場

在伊東南三日程，每歲仲秋，將軍率八旗勁旅及漢番兵馬行圍，以講武事。①

秋麎初長雉初肥，控馬韝鷹②大合圍。邊靖不忘修武備，太平元老總戎機③。

① 哈什圍場事，參前徐步雲《新疆紀盛詩》"獵火連山雪打圍"、福慶《異域竹枝詞》"虎豹熊羆麋鹿饒"詩及注釋。

② 韝鷹：立在臂套上的老鷹。元稹《酬翰林白學士代書一百韻》詩："逸驥初翻步，韝鷹暫脫羈。遠途憂地窄，高視覺天卑。"另參前宋弼《西行雜詠》"杜甫曾誇黑白鷹"詩注①。

③ 戎機：軍事機宜。《樂府詩集・梁鼓角橫吹曲・木蘭詩二首》其一："萬里赴戎機，關山度若飛。"

駐　防　莫　因

莫因①，大隊也。平定準夷後，移涼州、莊浪、熱河滿兵四千駐大城，西安滿兵二千駐巴彥岱，由關東移洗伯兵一千駐伊江南岸，索倫兵一千駐霍爾果斯，惟察哈爾兵一千及額魯特兵三千則逐水草遊牧，無定居，星羅棋佈，永固金湯。

　　蛇鳥風雲逼絳霄[②]，漢家勳業起嫖姚。王師久已無征戰，雪壓平沙好射雕。

　　① 莫因：滿語 meyen 音譯，一作默音。

　　② 蛇鳥風雲：原意爲排兵布陣。《朱子語類》：“如八陣之法，每軍皆有用處。天衝、地軸、龍飛、虎翼、蛇、鳥、風、雲之類，各爲一陣。有專於戰鬥者，有專於衝突者，又有纏繞之者。”《西域聞見錄》：“滿、漢、索倫、棄伯、察哈爾、額魯特、回子兵衆，環繞分佈於城垣之外者，亦風雲蛇鳥之奇。”此指駐防布置周密。

　　絳霄：極高的天空。郭璞《遊仙詩十九首》其十：“尋仙萬餘日，今乃見子喬。振髮晞翠霞，解褐被絳霄。”彭大翼《山堂肆考》引《道書》：“天有九霄，曰赤霄、碧霄、青霄、玄霄、絳霄、黔霄、紫霄、練霄、縉霄也。”

屯　　工

　　大兵移駐後，於綏定五城移陝甘漢兵三千户分駐屯田，[①] 其收成以籽種爲度。伊疆泉甘土肥，可至二十七八分至三十分不等。

　　十萬貔貅駐塞雲，漢家戊己舊屯軍。挽輸[②] 不藉關中力，歲歲收成三十分。

　　① 此處指伊犁綠營兵屯。《新疆識略》：“(乾隆)二十六年至三十四年，陸續由内地增調屯田兵至二千五百名，五年更替，五百名差操，二千名屯種。四十三年，將軍伊勒圖奏准改爲攜眷，定額三千名，以五百名差操，二千五百名屯種，分爲二十五屯，仍視倉儲之多寡隨時增減屯種。”

　　② 挽輸：運輸。《漢書·韓安國傳》：“又遣子弟乘邊守塞，轉粟輓輸，以爲之備。”

商　户　地

　　雪水春融，溝渠四達，屯民歲易其田，不耨不糞，五穀豐登。

　　雪消春暖水潺潺，紅杏青蒲萬隴間。趙過代田[①] 傳妙法，一年種植一年閑。

① 代田：代田法，西漢趙過推行的一種適合北方乾旱地區的耕作方法。將一畝地分爲三份，每年輪流耕種，以保養地力，增加收成。《漢書·食貨志上》：“趙過爲搜粟都尉。過能爲代田，一畝三甽。歲代處，故曰代田。”

看　春　燈

元宵，關聖廟①燈火甚盛，婦女成群，遺鈿拾翠②，具見太平景象。

元宵結伴踏春燈，肩贔鼇山③十二層。金縷鞋④高香印窄，防他石磴滑於冰。

① 關聖廟：關帝廟，伊犁惠遠城關帝廟於乾隆二十八年(1763)修建。格琫額《伊江匯覽》：“北向正殿三間，左右廊房各三間，大門三間，外石獅二。殿中初設畫像，於丁亥仲夏，將軍内大臣阿桂始命滿營佐領格(琫額)率工塑聖像。”

② 遺鈿：鈿，金翠珠寶製成的首飾。《舊唐書·後妃傳上》：“玄宗每年十月幸華清宮，國忠姊妹五家扈從，每家爲一隊，著一色衣，五家合隊，照映如百花之焕發，而遺鈿墜舄，瑟瑟珠翠，燦爛芳馥於路。”

拾翠：參前《女兒木》詩注①。

③ 鼇山：原指由巨鼇馱負的海上仙山。宋元時期在元宵節用彩燈堆疊成山，狀似巨鼇，亦稱鼇山。周密《武林舊事》：“禁中自去歲九月賞菊燈之後，迤邐試燈，謂之預賞。一入新正，燈火日盛，皆修内司諸璫分主之，競出新意，年異而歲不同。往往於復古、膺福、清燕、明華等殿張掛，及宣德門、梅堂、三閑臺等處臨時取旨，起立鼇山，燈之品極多。”

④ 金縷鞋：以金線妝飾的鞋子。李煜《菩薩蠻》詞：“花明月暗籠輕霧，今宵好向郎邊去。剗襪步香階，手提金縷鞋。”

退　班

承值①公府，每旬休沐②一二日，謂之退班。同人雅集，詩酒而外，骨牌、葉子③，藉消長晝。

高卷牙旗值退班，晝長無計耐清閑。車聲馬跡誰家院，點點梅花話故山。

① 承值：一作承直。當值，聽差。《新唐書·百官志》：“凡府馬承直，以遠近分七番，月一易之。”

② 休沐：《文選》二五卷謝玄暉《休沐重還道中》，李善注：“休，假也。沐，洗也。《漢書》：

張安世休沐未嘗出。如淳曰：五日得下一沐。"

③ 骨牌：又稱宣和牌、牙牌。錢泳《履園叢話》："擲狀元牙牌之戲，曰打天九鬬獅虎，以及壓寶搖攤諸名色，皆賭也。"

葉子：又稱葉子戲、葉子格。俞樾《右臺仙館筆記》："紙牌之戲本於唐宋人葉子格，而葉子又本於骰子，説見歐陽公《歸田録》。今紙牌中有紅點、黑點，殆即葉子格中紅鶴、皂鶴之遺乎。近世紙牌盛行，閨閣亦有行之者。"此詩末句"點點梅花"應指此。

高　腳　車

車箱如常式，惟軸長八尺，輪高五尺，千斤重載，率以一馬曳之，力頗難任，禦者從而推挽之，人畜俱憊。古云高車部，殆謂是歟。

車蓋高高車軸長，任他推挽過山梁。可憐騏驥傳天馬，一例鹽車困太行。①

① "可憐"二句：《戰國策·楚策四》伯樂相馬事："夫驥之齒至矣，服鹽車而上太行，蹄申膝折，尾湛胕潰，漉汁灑地，白汗交流。中阪遷延，負轅不能上。伯樂遭之，下車，攀而哭之，解紵衣以冪之。驥於是俯而噴，仰而鳴，聲達於天，若出金石者，何也？彼見伯樂之知己也。"

扒　犁①

似車，無轅輪，冬日冰雪，以馬曳之如飛。

輕於劃舫小於槎，匝地冰霜騎影斜。何似故園買春犢，長楊風②里短轅車。

① 扒犁：即爬犁，亦作爬棱、琶犁、爬籬、把犁、琶離等。北方冬季常用的運輸工具。

② 長楊風：長楊，柳樹。長楊風指春風。黃庭堅《踏莎行》詞："臨水夭桃，倚牆繁李，長楊風掉青驄尾。尊中有酒且酬春，更尋何處無愁地。"

跳　布　扎①

普化寺②喇嘛裝扮神鬼，寺前跳舞堪卜③，張蓋高坐，誦佛經袚除不祥，即古儺禮也。

茜衫黄帽語啾嘈，法鼓冬冬駕六犛。匝地戎羌齊下拜，這回堪卜誦聲高。

① 跳布扎：布扎，一作步扎、布札，藏語 bro 音譯，意爲惡鬼。藏傳佛教驅邪逐祟的儀式。在正月最後一日和二月初一，喇嘛裝扮成鬼神等誦經跳舞，驅除邪氣，俗稱打鬼。陳康祺《郎潛紀聞》：“（喇嘛教）其演法則有跳布扎、放烏卜藏諸技。”永保《伊犁事宜》“喇嘛處應辦事宜”：“每年十二月二十八日，普化寺喇嘛演跳布扎。”

② 普化寺：格琫額《伊江匯覽》：“喇嘛寺乃辛巳（1761）底定之初，内大臣阿桂建於綏定城北五里，初名興教寺。……旋因將軍衙署移於惠遠城，將軍公明（瑞）將寺移於惠遠城之東十里河岸。嗣於丙戌（1766），内大臣阿（桂）念河岸地勢卑濕，奏明移上土坎重葺，寺宇爲之一新，且奉旨賜普化寺之佳名。”

③ 堪卜：藏語音譯，一作堪布，指藏傳佛教寺院的主持人，或主持受戒者。

噶 布 拉①

截人頂骨爲之，形如仰盂，貯水以充佛供。

無生無滅萬緣空，刀鋸何勞滅頂凶。博得佛天大歡喜，髑髏千載泣秋風。

① 噶布拉：梵文音譯，意爲顱器。詩中所寫噶布拉碗是藏傳佛教密宗修行儀軌中最爲常用的法器，也作爲供器。

韓 張 氏

榆林人，以夫弒繼母緣坐徙伊。性貞潔，主人欲納之，氏斷一掌自誓。初，氏夫之肆逆也，氏潛以其謀告夫弟，使避之。鄰證原供亦有氏孝其姑之語，將軍聞其貞操，爲之諮部請釋。

氏工詩，塞上題詠甚多，余曾見其七律二首：“檻車轞轆謝鉛華，嘉峪關前撲面沙。半臂尚存猶有命，側身回望已無家。愁堆華嶽三峰峻，腸折黄河九曲斜。何日承恩歸故國，餘生願寄一袈裟。”“自幼憐兒怯怯身，芳心生怕落風塵。九原未伴孤魂客，萬里何辭薄命人。塞柳迎春眉黛淺，野花經雨淚痕新。文姬十八悲笳拍，一拍歌殘一愴神。”

檻車①轞轆謝鉛華，哀怨如聽五夜笳②。多少氍廬金粉伴，只知馬上撥琵琶。

① 檻車：《文選》卷九揚雄《長楊賦》：“張羅罔罝罦，捕熊羆豪豬、虎豹狄獲、狐兔麋鹿，載以檻車，輸長楊射熊館。”李善注：“劉熙《釋名》曰：檻車，上施欄檻以格猛獸，亦囚禁罪人之車

也。《漢書音義》曰：或曰檻車，有封檻也。”

② 五夜笳：五夜即五更，此指深夜凄涼的笳聲。屈大均《長歌爲玉龍子壽》詩：“千山殺氣
漁陽慘，五夜笳聲大帳孤。”

徐　鐵　樵

江西武寧人，廣德參軍。恃才負氣，緣事謫山西，贖歸。又緣事發伊犁。初與余不相識，見余送謝理
園① 回川詩，因過訪。時年逾七旬，步履康强，雙眸炯炯，議論風生。自言在晉五年，向友人借杜詩手抄
一過，於詩始有所得。在伊十四年，詩學益進，蓋經顛沛而後遜志② 讀書者。“患難文章感慨多”，其己未
留別句也。

　　窮極工詩氣未磨，獨彈古調老婆娑。鐵樵得力何人會，患難文章感慨多。

① 謝理園：不詳。舒其紹《送謝理園秀才奉親歸蜀四首》詩中自注有“余攜理園出關”“尊
人由東陽令戍伊”之語。

② 遜志：虛心。《尚書·説命下》：“惟學遜志，務時敏，厥修乃來。”蔡沈注：“遜，謙抑也。
務，專力也。時敏者，無時而不敏也。遜其志如有所不能，敏於學如有所不及，虛以受人，勤以
勵己。”

王　白　沙①

安徽太和人，乾隆辛卯孝廉，緣事戍伊。學問淵深，研究經史，諸達官爭延致爲子弟師。著《西征
録》，於新疆山川形勢、風土人情，以及昆蟲草木，考證精詳。

　　博雅群推王白沙，一生書裏度年華。嫏嬛秘笈西來富②，天遣才人泛
斗槎。

① 王白沙：王大樞(1731—1816)字澹明，安徽太湖人。因家鄉有白沙河而自號白沙，又號
空谷子、天山漁者、天山老人。乾隆五十三年(1788)遣戍伊犁，嘉慶四年(1799)釋還。是乾嘉
之際伊犁流人群體中文名較著者，著有《西征録》八卷。

② 嫏(láng)嬛(huán)：一作琅嬛、嫏環，傳説中天帝藏書處。伊士珍《琅嬛記》：“張茂先博
學强記，嘗爲建安從事。遊於洞宫，遇一人於塗，問華曰：‘君讀書幾何？’華曰：‘華之未讀者，則
二十年內書蓋有之也。若二十年外，則華固已盡讀之矣。’其人論議超然，華頗内服，相與歡甚。
因共至一處，大石中忽然有門，引華入數步，則別是天地，宫室嵯峨。……華歷觀諸室書，皆漢
以前事，多所未聞者，如《三墳》《九丘》《檮杌》《春秋》亦皆在焉。華心樂之，欲賃住數十日，其人

笑曰：'君癡矣。此豈可賃地耶？'即命小童送出，華問地名，對曰：'琅嬛福地也。'"

命　王

宛平王愛蓮①秀才，文靖公②孫也。隨其叔荔園觀察③來伊，喜談星數，不必中，而詩句清新，勝於荔園。"雪壓紅山獵馬驕"，在烏魯木齊寄友句也。同時有面劉，殊鄙惡，不堪爲伍。

　舊業青箱④半寂寥，王郎東去路迢迢。星評⑤那及詩評好，雪壓紅山獵馬驕。

① 王愛蓮：生平不詳，他的題壁詩在乾嘉時期的西域有所流傳。舒其紹友人覺羅舒敏有《夜至赤金峽旅邸壁上有詩字多模糊惟雪壓紅山獵馬驕七字可辨愛其俊逸爲續此詩》："雪壓紅山獵馬驕，猿啼鶴唳旅魂消。多情終是家山月，早向離人伴寂寥。"即和王愛蓮之作。

② 文靖公：王熙（1628—1703），字子雍，直隸宛平（今北京大興）人，順治四年（1647）進士，選庶吉士，擢弘文院學士。康熙年間歷任弘文館學士、左都御史、工部尚書，武英殿大學士，加太子太傅，謚文靖，入祀賢良祠。

③ 荔園觀察：王荔園，名奉曾，直隸宛平人，乾隆末年曾任刑部主事、禮部員外郎。於安襄鄖道任上剿辦白蓮教不力，遣戍伊犁。

④ 青箱：青箱學，指家傳的學問。《南史·土準之傳》："彪之博聞多識，練悉朝儀，自是家世相傳，並諳江左舊事，緘之青箱，世人謂之'王氏青箱學'。"陸龜蒙《藥名離合夏日即事》其三："青箱有意終須續，斷簡遺編一半通。"

⑤ 星評：一作星數、運數，即算命。羅大經《鶴林玉露》："有日者謁黄直卿，云善算星數，知人禍福。"

古　紫　山

浙江鄞人，任台州遊戎，善說南詞，挾瑟侯門，雅制軍①亟賞之。雅歸，改派銅山②，不無知希之感。

　古調新彈獨擅場，曾登大雅譜宫商。疲驢破帽空山去，一曲文書淚萬行。

① 雅制軍：不詳何人。明清稱總督爲制軍，此人當爲遣戍廢員。

② 改派銅山：管理伊犁銅廠。永保《伊犁事宜》："銅廠一處並無額設，現在官員，向係委派效力人員管理。於五十六年，經將軍公奏明，派委撫民同知總理所有應辦事件，俱由總理處呈請辦理。現在派效力參將一員、遊擊一員、都司一員管理，派原任千總一員，外委一名差委。"

狀　元

辛文煥妻蘇氏，雲南人，隨夫配伊，性聰慧，善談笑，文雅風流，一時有狀元之目。

　　喧傳徼外破天荒，花案①評來姓字香。斜背銀釭②鳴佩解，有人低喚狀元郎。

　　① 花案：評定妓女名次的名單。余懷《板橋雜記》："品藻花案，設立層臺，以坐狀元。"

　　② 銀釭：銀製的燈盞、燭臺。白居易《臥聽法曲霓裳》詩："起嘗殘酌聽餘曲，斜背銀釭半下帷。"

榜　眼

羅阿昭，四川人。配熊名隆，明眸皓齒，喜豔妝，有榜眼之稱，惟愛與優伶爲伍，聲價頓減。

　　調脂傅粉翠眉①新，蕊榜②居然第二人。歌扇舞裙③宗法在，遍從樂部覓青春。

　　① 翠眉：以青黛所畫之眉，也代指美女。江淹《麗色賦》："夫絕代獨立者，信東鄰之佳人。既翠眉而瑤質，亦盧瞳而䪼唇。"

　　② 蕊榜：揭曉科舉考試名第的榜示。葛立方《韻語陽秋》："名字巍峨先蕊榜，詞章斐亹動文奎。"此指歌女排名。

　　③ 歌扇舞裙：此指歌舞。劉克莊《夢方孚若二首》其一："歌扇舞裙風雨散，野田荒草古今悲。"

小　狀　元

鍾二妹，廣東人，適梁阿定。友人稱其態度溫柔，語言敏捷，壓倒群芳，惟性厭煩囂，不易與人交接耳。

　　衣鉢流傳自北門，西渠風月至今存。南滇東粵江山接，又聽人呼小狀元。

西 渠 張

流人張阿向娶妻黃氏，長安人也，妖冶善淫，客遇之，傾囊倒篋，無能免者。初交於李，金盡，轉交於徐。徐窘，移於浦。浦，貴公子也，多金而年少，惑之。忽爲其友王所據，金益多而惑愈甚。今又告匱，別有他屬矣。

結綺臨春[1]擁麗華，六朝金粉[2]夕陽斜。阿摩自入雞臺[3]夢，休怨江東玉樹花[4]。

[1] 結綺臨春：南朝陳至德二年(584)，陳後主陳叔寶修臨春、結綺、望仙三座閣樓，窮極奢華。後主自居臨春閣，妃子張麗華居結綺閣。

[2] 六朝金粉：六朝：孫吳、東晉、宋、齊、梁、陳。金粉：古代婦女妝飾用的鉛粉。此喻六朝時期國都建康城的靡麗繁華景象。陳繼儒《送何師南遊》詩："杯底泉流吟蟋蟀，六朝金粉不見人。"

[3] 阿摩：一作阿麼。《隋書·煬帝上》："煬皇帝諱廣，一名英，小字阿麼，高祖第二子也。"
雞臺：揚州臺閣名。杜牧《揚州三首》其二："秋風放螢苑，春草鬬雞臺。"馮集梧注引《大業拾遺記》："煬帝嘗遊吳公宅雞臺，恍惚間與陳後主相遇，尚喚帝爲殿下。"

[4] 玉樹花：陳後主所製《玉樹後庭花》，代指亡國之音。

潘 九 兒

江南人，本王姓，父母東歸，童養於流人潘文漢家，即冒其姓。亭亭玉立，風韻嫣然，遇人多深情。余送客北郊，友人指一板扉歎曰："此九兒居也，已作婦，計不可再得矣。"以上五詩皆據友人王某所述。王固深於情者，品題必當。

斷粉零香又一時，重門深鎖柳千絲。桃花人面[1]歸何處，悔煞尋春杜牧之[2]。

[1] 桃花人面：句本崔護《題都城南莊》詩："去年今日此門中，人面桃花相映紅。人面不知何處去，桃花依舊笑春風。"

[2] 杜牧《歎花》詩："自恨尋芳到已遲，往年曾見未開時。如今風擺花狼藉，綠葉成蔭子滿枝。"《唐詩紀事》："牧佐宣城幕，遊湖州。刺史崔君張水戲，使州人畢觀，令牧閑行閱奇麗。得垂髫者十餘歲。後十四年，牧刺湖州，其人已嫁，生子矣。乃悵而爲詩。"

入　則

回人無正朔，以望見新月爲月初，三十日爲一月。無小建，十二月爲一年。無閏，每七日八柵爾一次。八柵爾，日中市①也。每八柵爾五十二次爲一年，計日三百六十有四。年前一月即把齋，黎明後不得飮食，日落星全，方恣飮啖。至見新月，即開齋。過年謂之入則。

　一年十二月痕新，入則持齋又夾旬。正朔自從頒帝闕②，不將八柵記元春。

① 日中市：指白天的集市。注語本《西域聞見録》：“日中之市，謂之八柵爾。每七日一集，五方之貨，服食所需，均於八柵爾交易。”

② 帝闕：此指京城。梅堯臣《上馬和公儀》詩：“帝闕重看多氣象，天街新霽少塵埃。”

下　矺　答

矺答生牛、馬、驢、駝腹中，肉囊裏之。非骨非石，破之層層作片，色青、黃、赤、白、綠、黑不一。凡畜孕此即病，久則死。生剖得者靈，喇嘛、阿渾用之祈雨，則以柳條繫之，浸淨水中淘漉玩弄。祈風則以囊懸馬尾，祈晴則納置腰橐，各有所祈之咒，無不立應。

　馬牛腹笥①本空空，矺答爭傳造化工。番咒誦來人不解，祈晴祈雨更祈風。

① 腹笥(sì)：笥，盛物的方形竹器。《後漢書·邊韶傳》：“邊爲姓，孝爲字。腹便便，五經笥。”此處借用，指讀書多，有學問。

阿　渾

回經三十篇，名曰《闊爾》①，通文義而爲衆所敬服者曰阿渾。凡一切大小動作，惟阿渾是聽，書字用竹簽染墨，橫排若鳥跡蟲篆，連卷可愛。

　嗎哈遺經貝葉②翻，橫排鳥跡印沙痕。一生休咎③憑誰定，白布纏頭老阿渾。

①《闊爾》：《古蘭經》，一作《可蘭經》，伊斯蘭教經書。

② 瑪哈：默罕默德。

貝葉：貝葉經，寫在多羅樹葉上的經文，一般指佛教典籍。此指《古蘭經》。

③ 休咎：吉凶善惡。《漢書·劉向傳》："箕子爲武王陳五行陰陽休咎之應。"

烏　蘇　爾

回人年節後，於素所敬信之人禮墓諷經，用小刀穿喉下皮，貫以布縷，血流遍體，曰烏蘇爾①。

　　隻雞斗酒②誓平生，物薄何由表至誠。刺血滿喉君莫詫，古來刎頸見交情。

① 烏蘇爾：《西域聞見錄》："入則愛伊諦後數十日，其阿奇木又復儀仗入寺，通城喧樂，謂之因魯班愛伊諦。又數十日，回子赴素所信奉之人墳墓禮拜諷經，多於頸項咽喉間用刀透穿其皮，以布縷穿之，血流遍體，云以其身祭神靈也，謂之烏蘇爾。"伊斯蘭教什葉派宗教活動，伊斯蘭教曆一月十日，爲紀念默罕默德之孫侯賽因殉難而舉行。清代新疆地區這一活動中還加入對喀喇汗王朝首領阿里·阿爾斯蘭汗的紀念。今已不存。

② 隻雞斗酒：一隻雞，一壺酒，代指微薄的祭品。曹操《祀故太尉橋玄文》："又承從容約誓之言：'殂逝之後，路有經由，不以斗酒隻雞過相沃酹，車過三步，腹痛勿怪。'"

央　哥

回婦通稱。髮下垂絡，以紅絲綴以珠玉，名曰察齊巴克。衣小袖，衫大領，尖帽，著紅皮靴。金頂寺回屯六千户，臺吉轄之。

　　察齊巴克影傞傞①，白帽紅靴綠領拖。金頂寺②前遊客慣，也知招手轉秋波③。

① 傞（suō）傞：飄舞之狀。羅隱《京口見李侍郎》詩："傞傞江柳欲矜春，鐵甕城邊見故人。"

② 金頂寺：固勒扎寺，伊犁惠遠附近的喇嘛廟，始建於明末清初，雍正時爲阿睦爾撒納所毀。乾隆二十七年（1762）建堡於此。參前莊肇奎《伊犁紀事二十首效竹枝體》"車載糧多未易行"詩注②。

③ 秋波：秋水，指女子眼神流轉。李賀《唐兒歌》詩："骨重神寒天廟器，一雙瞳人剪秋水。"又蘇軾《百步洪二首》其二："佳人未肯回秋波，幼輿欲語防飛梭。"

朵　斯

言交好也。回人男女無別，除生我、我生外，姊妹姑侄皆可公然婚配，男子幼知人道，即使與牝驢交，再長始近婦人，爲朵斯抬，猶配也。

凸鼻凹睛繞吻須，高高帽子綴流蘇。自求近族成婚配，抬得央哥勝跨驢。

蘇　王　呼　里

哈薩克臺吉子也，己未、庚申貿易來伊。年甫十六七，容止秀麗，衣冠與回回同，而帽高無翅，四瓣籠頭，著花衣、紅皮靴，頭尖，跟底襯木如棋子，内地婦人高底式也，行走如飛。每與人談笑，香氣馥鬱，松脂滿口。

蘇王呼里戎王子，玉樹臨風亦可兒[①]。怪底齒牙明似雪，朱唇香脆嚼松脂。

① 玉樹臨風：玉樹，古代傳説中的仙樹，借指人風度瀟灑，秀美多姿。《世説新語·容止》：“魏明帝使后弟毛曾與夏侯玄共坐，時人謂‘蒹葭倚玉樹’。”杜甫《飲中八仙歌》：“宗之蕭灑美少年，舉觴白眼望青天，皎如玉樹臨風前。”

可兒：可愛、稱心之人。劉義慶《世説新語·賞譽》：“桓温行經王敦墓邊過，望之云：‘可兒！可兒！’”

哈　薩　克

在伊西北界，即古大宛，極恭順，産馬，歲入貢。

車書文軌萬方同，[①]西北屏藩甌脱雄。宛馬近來充歲貢，更無人數貳師功。甌脱，見《漢書》。

① “車書”句：指國家一統。《禮記·中庸》：“今天下車同軌，書同文。”指國家一統。

土　爾　扈　特

本鄂羅斯屬國，鄂羅斯與控噶爾搆怨，徵兵於土爾扈特，屢敗，議添兵，衆懼，遂謀内徙。共四十六萬户,途中爲哈薩克、布魯特殺掠,及病疫死者過半。乾隆辛卯春抵伊犁境,獻其先世所得明永樂八年頒封玉印,上悦,封其酋長烏巴錫爲卓里克圖汗,餘授親王、貝勒、貝子有差,賞給土地,令各遊牧,至今蕃衍。①

　　打包駝馱雪痕斑,慕化東來款玉關。四十萬人爭内徙,何勞三箭定天山②。

　　① 土爾扈特東歸事,參前徐步雲《新疆紀盛詩》"土爾扈特辭甌脱"詩注①。《西陲總統事略》:土爾扈特部"以乾隆三十五年冬自額濟勒啓行,歷哈薩克,繞巴勒喀什淖爾戈壁,於次年六月始至伊犁之沙拉伯勒界,凡八閲月,歷萬餘里。本有户三萬三千有奇,口十六萬九千有奇,及抵伊犁,僅存其半"。此處謂四十六萬户,不確。

　　② 三箭定天山:《新唐書·薛仁貴傳》:"時九姓衆十餘萬,令驍騎數十來挑戰,仁貴發三矢,輒殺三人,於是虜氣慴,皆降。……軍中歌曰:'將軍三箭定天山,壯士長歌入漢關。'"薛仁貴(614—683),名禮,字仁貴,河東道降州龍門縣(今山西河津)人,唐初名將。

準　噶　爾

　　康熙、雍正年間,準噶爾數爲邊患,迨策淩①立,利前後藏之富也。誘拉藏王②之子北來,以女妻之。旋索藏地,弗許。襲之弗利,縛其婿蒸之。時女已有孕,共議生男則殺之,及生女也,養適人。生阿睦爾撒納,遍體皆血,性陰賊。策淩死,庶子喇嗎達拉扎弑嫡子阿扎③而自立。其屬達瓦齊攻之,師敗。阿睦爾撒納簡精鋭潛襲之,遂迎達瓦齊爲汗。恃功恣縱,達瓦齊弗能堪,亟圖之。阿睦爾撒納懼,潛率其屬款關投誠。上命將出征,各愛曼望風崩角④,擒達瓦齊,送京師。阿睦爾撒納以未得爲汗,旋叛。大兵進討,棄巢逃竄,鄂羅斯執而戮之,獻其尸,伊疆盡入版圖。

　　大抵戎羌性犬羊,倫常滅視利心腸。相殘只爲叢驅雀⑤,版籍千秋拓遠疆。

　　① 策淩:噶爾丹策淩(1727—1745),一作噶爾丹策零。清代衛拉特蒙古準噶爾部首領,策妄阿拉布坦長子。在位期間,與清朝之間進行過幾次戰争,互有勝負。雍正十一年(1733)向清朝請和,雙方維持和平並進行貿易往來。在抗擊沙俄入侵方面也有重要功績。他死後,準噶爾發生長達十年的内訌,清朝再次出兵平定準噶爾。

　　② 拉藏王:拉藏汗(1656?—1717),衛拉特蒙古和碩特部首領,西藏達賴汗次子,康熙四十年(1701)襲汗位。四十四年被清政府封爲翊法恭順汗。康熙五十六年,與準噶爾部大策淩敦多卜戰,兵敗被殺。

　　③ 喇嗎達拉扎:一作喇嘛達爾扎(1726—1753),清代衛拉特蒙古準噶爾部首領,噶爾丹策淩庶長子,號額爾德尼喇嘛巴圖爾琿臺吉。乾隆十七年(1752),爲阿睦爾撒納和達瓦齊遣人

刺殺。

　　阿扎：即策妄多爾濟·那木扎勒(？—1750)，噶爾丹策淩次子，乾隆十年(1745)繼臺吉位。被喇嗎達拉扎攻殺。

　　④ 崩角：叩頭。《孟子·盡心下》：“王曰：‘無畏，寧爾也，非敵百姓也。’若崩厥角稽首。”趙岐注：“百姓歸周若崩厥角。額角犀厥地，稽首拜命，亦以首至地也。”

　　⑤ 爲叢驅雀：把雀鳥趕入叢林，指將百姓或可以團結的力量逼到對立面。《孟子·離婁上》：“爲淵驅魚者，獺也；爲叢驅爵者，鸇也；爲湯武驅民者，桀與紂也。”

額　魯　特

　　阿逆之叛也，大帥以其人反復，盡誅之。男女少長，數逾百萬。其逃竄山谷者倖免無幾，後稍來歸，特編八旗，置官授甲，設領隊大臣一員統轄之。

　　鯨鯢①戮後幾人存，又見沙場長子孫。旗籍新編同禁旅②，雷霆雨露總天恩。

　　① 鯨鯢：鯨，雄曰鯨，雌曰鯢。《左傳·宣公十二年》：“古者明王伐不敬，取其鯨鯢而封之，以爲大戮。”杜預注：“鯨鯢，大魚名，以喻不義之人吞食小國。”

　　② 禁旅：禁軍。《魏書·道五七王傳》：“又總握禁旅，兵皆屬之。”

鄂　羅　斯

　　在伊北界，即古丁零塞。稱王曰汗，自察罕汗殁，無子，國人立其女，遞傳至今，猶襲號爲察罕汗。凡有所幸，期年或數月則殺之，生女立嗣系統。高髻漢妝，惟不纏足耳。鑄銀爲錢，像其汗之面，重七錢三分，即内地行用之人頭番餅也。近北海①有銅人二，一秉龜，一握蛇，前有銅柱，蟲篆不可辨，彼人云唐堯所立，柱上乃“寒門”二字。

　　巍巍銅柱記堯年，舊是丁零古塞邊②。莫笑盲詞女兒國③，人頭高髻認番錢。

　　① 北海：中國古代對北海的指稱不一，或指裏海，《史記·大宛列傳》：“(奄蔡)臨大澤，無崖，蓋乃北海云。”或指貝加爾湖，《漢書·蘇武傳》：“乃徒武北海無人處。”此詩謂後者。

　　② 丁零：一作丁令、丁靈、釘靈。中國北方古代民族名號，活動於貝加爾湖之巴爾喀什湖一帶。

③ 盲詞：民間的説唱藝術，演唱者多爲盲人，故稱盲詞。

安　集　彦①

在南路，距伊本遠，俗重貿遷，往來諸部。哈薩克苦寒，來伊交易之貨，除羊、馬、牛外，餘出安集彦，藉分餘潤耳。其地婦不巷走，老不步行，市無乞丐，野無竊盜，耕戰之具優於別部，傳爲漢唐之遺。

漢唐遺跡久模糊，禮教猶能守賈胡②。應是家山在三晉③，一生活計效陶朱④。

① 安集彦：安集延。見前王曾翼《回疆雜詠》“玉碗輕纖似赫蹏”詩注②。

② 賈胡：《後漢書·李恂傳》：“西域殷富，多珍寶，諸國侍子及督使賈胡數遺恂奴婢、宛馬、金銀、香罽之屬，一無所受。”李賢注：“賈胡，胡之商賈也。”

③ 家山：故鄉。白居易《除夜寄微之》詩：“家山泉石尋常憶，世路風波子細諳。”

三晉：山西。春秋末年，魏、趙、韓三家分晉，其地包括今山西省。明清時期晉商名聞天下，安集彦人善賈，故有此喻。

④ 陶朱：《漢書·貨殖列傳》：“（范蠡）乃乘扁舟，浮江湖，變姓名，適齊爲鴟夷子皮，之陶爲朱公。以爲陶天下之中，諸侯四通，貨物所交易也。乃治産積居，與時逐而不責於人。……遂至鉅萬。故言富者稱陶朱公。”

仕　宦　須　知

伊犁至京一萬三千里，計程六月。楊雙梧①廉訪次其道路遠近，編爲一册，名曰《仕宦須知》。

萬三千里逐郵亭，半載輪蹄②水上萍。仕宦此中須記取，長安道上度人經。

① 楊雙梧：楊廷理（1747—1813），字晴和，號雙梧，一號半緣、蘇齋，廣西柳州府馬平縣（今柳州）人。乾隆四十二年（1777）拔貢，歷任臺灣知府、臺澎兵備道。嘉慶元年（1796），因在侯官知縣任內有一千餘兩虧空銀兩交待未清，且編造年譜刊送衆人以辯冤屈等罪行，發往伊犁效力贖罪。《仕宦須知》今未見存。

② 輪蹄：車馬。韓愈《南內朝賀歸呈同官》詩：“緑槐十二街，渙散馳輪蹄。”此處指長途跋涉。

薛國琮

薛國琮,字魯直,盧龍人(今河北秦皇島盧龍縣),乾隆二十四年(1759)舉人。《永平詩存》載其生平:"官山西樂平縣知縣,因事謫戍伊犁,放歸,卒於家。"據嘉慶元年(1769)山西巡撫蔣兆奎《奏爲審理樂平縣知縣薛國琮濫刑差押以致被誣民賈士德自縊命案事》,知薛國琮因在任上濫用刑罰致人自殺而遭遣戍。

伊 江 雜 詠

解題:

《伊江雜詠》組詩收錄在史夢蘭所輯《永平詩存》卷六,原有120首,史夢蘭輯錄時刪去20首,加上《永平詩存》詩話中引用的一首,今存101首。據史國强《〈永平詩存〉所輯〈伊江雜詠〉著者考辨》考證,這組詩作系以舒其紹《伊江雜詠》爲基礎,融合王大樞《西征錄》相關内容修改、增補而來。單就詩作本身而論,與舒其紹《伊江雜詠》内容完全相同者44首,大致相同者37首,總數也比舒其紹組詩多出10首,在現存有關伊犁地區的清代竹枝詞中,規模最爲龐大。

在因襲舒其紹《伊江雜詠》之外,薛國琮也依據自己在伊犁的聞見自製新詩,收入組詩中,是爲與舒其紹組詩不同的部分。相同詩作的注語,薛國琮的描寫有時也比舒其紹更加詳細。如舒其紹《四鰓鱸》詩自注稱此魚:"巨口細鱗,宛然江鄉風味。"薛國琮之作自注則更具體:"清水河産魚,長不盈尺,而四鰓如松江,巨口細鱗,宛然江鄉風味。土人名爲鞍鞴魚。伊江産魚更夥,每冰消凍解之時,街市堆積,盈尺之魚不過二三文,人人饜飫。"這些内容與舒其紹《伊江雜詠》互爲補充,也使得薛國琮組詩具有不同於他著的文獻價值。

一

崑崙西上盡堯封，拜舞同聽紫禁鐘。關吏不須頻問訊，年年長荷聖恩濃。

回羌各部臺吉、宰桑三年輪流入覲，名曰年班。

二

欃槍掃盡繪淩雲，萬里關河百戰勳。廟食千秋紛灑淚，回羌猶識舊將軍。

平定準夷，將軍、參贊及歷任將軍之功德及人者，建祠北門内，春秋致祭，載在祀典。

三

宮亭高聳入雲根，萬國嵩呼仰至尊。班末番王齊叩首，兩朝雨露滿西昆[1]。萬壽亭在北門内，每逢令節，將軍率滿漢文武官員及外藩酋長於此朝賀。

① 西昆：昆侖山，此代指西域。

四

揭地掀天怒吼聲，居然列子禦風行。憑君挾石移山力，填遍人間路不平。

塞上風高，飛沙走石，時所常有，而闢展、吐魯番爲尤甚。風初起，聲如地震，俄頃間，高山隕崩，卷地而來，人馬遇之，騰空四起，即千斤車載，一經吹倒，貨物散如秋葉，不可尋覓。其地有風穴，理固然與？

五

驚風裹雪雪颶颴，戈壁無人天盡頭。舒爾漢[1]隨花犢出，請君談虎莫談牛。舒爾漢，譯言風戈壁。哈布他海中有花犢一，小於常牛，見則風雷大作，人畜傷損。厄魯特呼爲阿爾布圖呼爾。至其地，祭禱而後行，甚敬畏之。

① 舒爾漢：見前薛傳源《李莪村觀察枝昌自新疆回備聆新疆風土因作竹枝詞十六首》"闢展春來饒怪風"詩注①。

六

陰森冰雪積山隈，甲拆勾萌鬱不開。一自皇威揚萬里，戎羌三月盡聞雷。
伊犁舊無雷，自乾隆四十年後始發聲。夷人驚爲天吼，雞睍魚愕①，四處躲藏，今則動諧霖澍，習以爲常
矣。此可見聖朝號令行於遐荒，天人感應之機，捷於桴鼓。

　　① 雞睍（nì）魚愕：像雞一樣斜着眼睛，像魚一樣瞪着眼睛，形容驚恐之貌。《文選》卷十七
王褒《洞簫賦》："遷延徙迤，魚瞰雞睨。"李善注："魚目不瞑，雞好邪視，故取喻焉。"

七

涓涓露滴五更霜，雁信①聲傳曉角涼。不道午晴邊日好，滿城玉樹屑飛
揚。冬霜如雪，掛樹封條，銀堆玉砌。至煙消日出，猶舞絮癲狂，盈人衣袂，白日飛霙②，内地所未見也。
土人呼爲明霜。

　　① 雁信：雁書，書信或送信者的代稱。温庭筠《寄湘陰閻少府乞釣輪子》詩："若向三湘逢
雁信，莫辭千里寄漁翁。"此處指南飛的大雁。
　　② 霙（yīng）：雪花。

八

雪嶺高高天半分，雪蠶雪蝨冷斜曛。青山底事頭爭白，我欲攜壺問塞雲。
天山即雪山，亘古未消，四望白雲彌漫無際，中産雪蓮、雪蟾、雪蠶、雪蝨。而喀什噶爾雪雞群飛，尤極
肥美。

九

海上三山信有無，卻從塞外見蓬壺。岩花結子殷紅色，知是蟠桃第幾株。
果子溝在他爾奇，爲往來大路。奇峰插天，怪崖傾日，萬松排翠，積雪連雲，奇葩碩果，點綴青黄，不可名
狀，不解邊隅荒陬①何以得此佳境。杜工部詩"始知五嶽外，別有他山尊"，歐陽文忠詩"可憐勝境當窮
塞，翻使流人戀此邦"，殆爲是詠與？

　　① 荒陬：《文選》卷五左思《吳都賦》："其荒陬譎詭，則有龍穴内蒸。"李善注："陬，四隅，謂

邊遠也。”

一〇

　　冰山矗矗曙光寒，萬壑千岩著腳難。百二斧斤齊得手，曉來神獸踏層巒。

穆肅爾達坂，譯言冰山也。在伊犁、烏什之間，爲南北孔道，相距一百二十里。無土沙，無草木，玉岫銀峰，崚嶒峭崿，有時崩裂，震若雷霆。下視黑水，聲澎湃，不見其底。陡絕處鑿有冰梯。官設回民一百二十户主之。蝟縮蝸緣，少縱即墜，冰上有石，小者如掌，大者如樓屋，徑尺冰柱支撐而立，行旅必經其下。設日暮難行，須擇穩厚大石伏於其上。夜静，聞有鉦鐃鐘鼓之聲、絲竹管弦之奏，則遠近冰裂之音也。其冰長落無常，時或突起，則高三五百丈；時或沉陷，則下三五百丈，路更無準，轉眼即非。有神獸一，非狼非狐，每晨視其跡之所往，踐而循之，必無差謬。又有神鷹一，大如雕，色青白，有迷路者輒聞鷹鳴，尋聲而往，即歸正路。益西則峰巒矗矗，林立如筍，望之深青，不可登陟矣。至他木哈他什臺①，河流浩瀚，皆自冰山湧出，再東南五千里支分派别，盡歸星宿海。

　　① 他木哈他什臺：一作塔木哈塔什、塔木塔什、泰咪哈塔什，清代臺站，位於穆素爾達坂南側，温宿縣境内。

一一

　　賽里謨邊海不波，片鱗纖芥淨於羅。西泠别後潺湲水，比似春愁何處多。

賽里謨淖爾，譯言海子，在三臺界。森森洪波，涵天蕩地，琉璃萬頃，中一島煙浮。荇藻不生，魚蝦絶影，間投一物，頃刻浮岸上，人稱爲淨海。然陰森之聲氣竦人毛髮，味復乖刺，不堪飲注，徒然澈底澄清，終成廢棄耳。

一二

　　蕩雲沃日匯靈源，迎岸真成雪浪翻。瑶海①羨他天上水，人間枉自溯昆侖。雪海在克噶察哈爾臺②南，一望無際，冬雪極深，夏亦冰雪泥淖，人畜皆於山坡側嶺羊腸曲徑而過，失足落海中，不可復見矣。過此二十里即冰山。

　　① 瑶海：此指瑶池。《史記·大宛列傳》：“昆侖其高二千五百餘里，日月所相避隱爲光明也。其上有醴泉、瑶池。”古代傳説中西王母所居之地。
　　② 克噶察哈爾臺：當作噶克察哈爾。參前舒其紹《伊江雜詠·雪海》詩注①。

一三

鄂博高高石作堆，雲旗風馬集靈臺。蕃兒較獵陰山下，日把金錢擲幾回。

山頭壘石插標，謂爲神所依憑，名曰鄂博。厄魯特、土爾扈特等過之，必投財物於其中，雖至窮乏，不敢探取一文，且時時宰牲祭之。

一四

海上重樓入目頻，珠宮貝闕記前因。而今山市朝朝見，幻境由來莫認真。

南北兩山缺處，每於日出入時，非煙非霧，陡然而起，燦若城郭，倏若樓臺，宮觀罘罳，舟車絡繹，應接不暇，是爲山中幻市。

一五

十三年跡竄逃間，卻道乘槎海上還。見說張騫碑有據，尚留片石在南山。

張騫碑相傳在南山，去城四百里，其文剥落，可讀者"去鴻鈞以七五，遠華西以八千，南達火藏，北接大宛"，才二十字。張騫偕堂邑父使大宛，被留匈奴，再逃而歸，何暇立碑？文既剥落，何四句獨全？其爲後人附會無疑。① 但漢唐皆通西域，此碑非漢則唐，亦古跡之可貴者也。

　　①《張騫碑》事，又見前曹麟開《塞上竹枝詞》"永和貞觀碣重重"詩及注②。薛國琮此詩首次對《張騫碑》真偽提出質疑。

一六

慈雲片片覆山隈，座上蓮花並蒂開。鎮日香風吹不散，兩行紅粉對歌臺。

菩薩廟，各省流人所建，費萬金，規模壯麗，二、六、九月俱有社會，士女如雲，秉蘭贈芍之風，同於溱洧。

一七

半畝方塘水蔚藍，繞廊花木碧毿毿。雞豚滿院人蹤少，斗閣翻經憶柳南。

斗母閣在東門内，杭州施太守光輅建，爲禮斗誦經之所，其中池塘花木、曲檻回廊頗稱佳構。施歸，光禄署正豐公①居之，蕪穢不治，牛溲馬勃②，種種具備。柳南，施太守別號也。

　　① 光禄署正：光禄寺署正。光禄寺爲官制機構，職掌朝廷慶典祭祀時的宴會、供給官員、貢使食物等事務。署正，隸屬朝廷神樂署，正六品官員，職掌朝廷祭天大典樂舞事宜。

　　豐公：人不詳，當係遣戍廢員。

　　② 牛溲馬勃：牛溲，車前草。馬勃，灰菌，俗稱牛屎菇。韓愈《進學解》：“玉札丹砂，赤箭青芝，牛溲馬勃，敗鼓之皮，俱收並蓄，待用無遺者，醫師之良也。”

一八

　　十里春風散嫩寒，滿林桃杏錦團圞。德園芍藥開來遍，又倚成欄看牡丹。繞郭七十二園，無不蒔花種菜，德協領興①性嗜花木，足跡所到，極力蒐羅。伊江嘉卉皆其由内地捆載而來，牡丹芍藥遍滿園中，頗自寶護。近爲鄰園竊取，或以子分種，爭芳鬪麗，不僅成園一牡丹矣。

　　① 德興：生平不詳。《西陲總統事略》：乾隆三十年，伊犁“設營務處，派協領佐領等官總理其事”。

一九

　　杏花春雨酒醺初，人影衣香見兩三。強把鞭絲深巷指，斷腸依約到江南。江南巷在北門外，本江南流人僑寓之所，今爲煙花萃集之區矣。

二〇

　　分手河梁萬里遥，不禁別緒幾魂銷。甯騰記得來時路，秋雨秋風過灞橋。通濟橋在城北五里，爲伊江送別之地，天涯折柳，倍覺神傷。

二一

　　四塞冰消草色侵，牛羊包裹列亭陰。天家百寶如山積，柔遠寧羌一片心。貿易亭在城西，每當雪消草長之時，哈薩克驅其牛羊、駝馬入關貿易，草枯而止。所需惟南路回布，綺羅綢緞，非其王公不能用也。地極寒苦，無奇貨，上下亦無統屬。交易畢即星散而去，無任恤①扶持之誼。

　　① 任恤：《周禮·地官·大司徒》：“二曰六行：孝、友、睦、姻、任、恤。”鄭玄注：“任，信於友道。恤，振憂貧者。”

二二

萬疊關山萬頃流，放懷天地一登樓。浮槎本是人間客，我欲乘風問斗牛。望河樓即鑒遠樓，在南郭外，伊河北岸，碧樹周圍，雪峰環擁，亭臺上下花木芬芳，爲伊疆勝遊之所。河水西流，驚濤直瀉，爲塞外第一。

二三

元宵結伴踏春燈，贔屭鼇山十二層。金縷鞋高香印窄，防他石磴滑於冰。元宵關聖廟燈火甚盛，婦女成群，遺鈿拾翠，具見太平景象。

二四

四弦切切韻紛哤①，新舊梨園玉筍②雙。聽到銀臺明燭曲，吟詩究勝唱昆腔。伊伶分新、舊二部，俱秦腔，以五福班爲勝，五福姓張。丹徒殷寶山③來伊，能詩善歌，教五福昆曲數出，遂稱獨步。殷後回籍，五福遠送綏定，厚賺之。殷贈詩云："送我行程張五福，吟詩不及唱昆腔。"蓋悼交遊之薄也。然余觀五福《刺虎》一折，字半秦音，矜持過度，反不如諸戲之嫵媚瀏亮，則餘可知矣。

① 紛哤(máng)：一作紛尨。紛亂繁雜。柳宗元《唐故萬年令裴府君墓碣》："離紛尨，導滯塞，關百執事，條直顯遂，司空拱手以成。"

② 玉筍：《新唐書·李宗閔傳》："俄復爲中書舍人，典貢舉，所取多知名士，若唐沖、薛庠、袁都等，世謂之玉筍。"此指才人。

③ 殷寶山：生卒年不详，江蘇丹徒人，秀才。乾隆四十三年因指摘時弊，並所著《岫亭詩草》文字獄案遣戍伊犁。

二五

高卷牙旗值退班，晝長無計耐清閑。車聲馬跡誰家院，點點梅花話故山。點子湖①承值公府，每旬休沐一二日，謂之退班。同人雅集，詩酒而外，半以牙牌、葉子消磨長晝。

① 點子湖：不詳。

二六

輕於劃舫小於艖，匝地冰霜騎影斜。何似故園買新犢，百花時節碧油車①。扒犁似車，無轅輪，冬日積雪成冰，以馬曳之如飛，此塞上製也，車無輗軏②，亦有可行之區。

① 碧油車：用青藍色油布作車帷的車子，一般爲女子所乘。王沂《楊花宛轉曲》詩："妾乘碧油車，郎乘青絲騎。相逢狹斜道，楊柳著花未。"

② 輗（ní）軏（yuè）：輗，大車車轅前端與車衡相銜接的部分。軏，車上置於轅前端與車橫木銜接處的銷釘。劉向《新序》："信之於人重矣，猶輿之輗軏也。故孔子曰：大輿無輗，小輿無軏，其何以行之哉！此之謂也。"

二七

車蓋高高車軸長，任他推挽過山梁。可憐騏驥傳宛馬，一例鹽車困太行。高腳車式如內地，而軸長八尺，輪高五尺有奇，拙笨異常。且輪高則轅低，千斤重載，率以一馬曳之，力頗難任，禦者從而推挽之，人畜俱憊。新疆到處皆然，莫知何意。古云高車部，殆謂是與。

二八

茜衫黃帽語啾嘈，法鼓冬冬駕六鼇。匝地戎羌齊下拜，這回堪布誦聲高。跳布扎，普化寺爲喇嘛聚集之所，每臘二十八日，裝扮天神惡鬼，寺前跳舞。堪布大喇嘛擎蓋高坐，誦佛經，袚除不詳，即古儺禮，京師謂之打鬼。是日，各部落貴賤男女觀者甚衆。

二九

無生無滅萬緣空，刀鋸何來滅頂凶。博得佛天大歡喜，髑髏千載泣秋風。噶布拉，截人頂骨爲之，形如仰盂，貯水以充佛供。余於普化寺堪布喇嘛處見之，云得自西番，番人舍身奉佛，以木夾額，用鋸解之，死可獲福。

三〇

檻車轐轆謝鉛華，哀怨如聽五夜笳。多少氈廬金粉伴，只知馬上撥琵琶。

韓張氏，陝西榆林人，以夫殺繼母緣坐來伊。性貞潔，主人欲納之，氏舉刀斷指自誓。初，氏夫之肆逆也，氏潛以其謀告知夫弟，使避之。鄰證原供亦有氏孝其姑之語，將軍聞其貞操，爲之諮部請釋。氏素工詩，塞上題詠甚多，余曾見其七律二首：“檻車輾轆謝鉛華，嘉峪關前撲面沙。半臂尚存猶有命，側身四望已無家。愁堆華嶽三峰峻，腸折黃河九曲斜。何日承恩歸故國，餘生願寄一袈裟。”“自幼憐兒怯怯身，芳心生怕落風塵。九原未伴孤魂客，萬里難辭薄命人。塞柳迎春眉黛淺，野花經雨淚痕新。文姬十八悲笳拍，一拍歌殘一愴神。”

三一

窮極工詩氣未磨，獨彈古調老婆娑。鐵樵得力何人會，患難文章感慨多。徐鐵樵，江西武寧人，廣德參軍。恃才負氣，緣事謫山西，贖歸。又緣事發伊犁，遣其子叩閽[1]，並戍烏魯木齊。初與余不相識，見余送謝理園回川詩，因造訪。時年逾七旬，步履康強，雙眸炯炯，議論風生。自言在晉五年，向友人借杜詩手抄一過，於詩始有所得。在伊十四年，詩學益進，蓋經顛沛而後遜志讀書者。“患難文章感慨多”，其己未留別句也。

[1] 叩閽：叩擊宮門，指向朝廷訴冤。

三二

博雅群推王白沙，一生書裏度年華。江南文物知多少，天遣才人泛斗查。王白沙，安徽太和人，辛卯孝廉，緣事戍伊。學問淵深，研究經史，諸達官爭延致爲子弟師。在伊十年，未嘗一日賦閑居也，著《西征錄》，於新疆山川形勢、風土人情，以及昆蟲草木，考證精詳，識者珍之。戊午遇赦歸。

三三

舊業青箱半寂寥，王郎東去路迢迢。星評那及詩評好，雪壓紅山獵馬驕。宛平王愛蓮秀才，文靖公孫也，隨伊叔荔園觀察來伊，喜談星數，人目爲命王，而詩句清新。“雪壓紅山獵馬驕”，在烏魯木齊寄友人句也。

三四

古調新彈獨擅場，曾登大雅譜宮商。疲驢破帽空山客，一曲文書淚萬行。古芝山，浙江鄞人，任遊戎，善説南詞，挾瑟侯門，雅制軍亟賞之。雅歸，改派銅山，不無知希之感。

三五

烘傳^①徼外破天荒，花案評來姓字香。斜背銀釭鳴佩解，有人低喚狀元郎。辛文焕，雲南人，妻蘇氏，同夫配伊。性聰慧，美談笑，文雅風流，一時有狀元之目。友人述其春聯云："柳繫軍門馬，花迎太守車。"想當年之盛。

① 烘傳：即哄傳，紛紛傳說。

三六

鴟張豕突^①久憑陵，掃蕩妖氛斥堠^②增。信是北門嚴鎖鑰，白蠅無路附青蠅。塔爾巴哈臺爲伊北界，與哈薩克、阿羅斯鄰，屏藩重地也，舊爲阿睦爾撒納巢穴。設參贊，統滿漢兵守之。初駐雅爾，地寒，冬雪盈丈，夏多白蠅，飛觸人畜眼角，輒遺蛆而去，非以膠粘之不出。後移楚呼楚，始免害。

① 鴟張豕突：鴟張：鴟鳥張翅，喻倡狂。李介《天香閣隨筆》："時闖逆縱橫陝豫，獻忠鴟張楚地。"豕突：像野豬一樣奔突竄擾。《後漢書·劉陶傳》："今果已攻河東，恐遂轉更豕突上京。"

② 斥堠：一作斥候，偵察、候望的人。《左傳·襄公十一年》："納斥候，禁侵掠。"

三七

蛇鳥風雲逼絳霄，漢家勳業起嫖姚。王師久已無征戰，雪壓平沙好射雕。平定準夷後，移涼州、莊浪、熱河滿洲兵四千駐大城，西安滿洲兵二千駐巴彥岱，由關東移洗伯兵一千駐伊犁河南，索倫兵一千駐霍爾果斯之西，惟察哈爾蒙古兵一千及厄魯特兵三千則逐水草遊牧，無定居，星羅棋佈，永鞏金湯。

三八

秋麀初長雉初肥，控馬韝鷹大合圍。邊靖不忘修武備，太平元老總戎機。哈什圍場在伊東南三日程，每歲仲秋，將軍率八旗勁旅及漢番兵馬行圍，以講武事，來往二十日，此年例也。

三九

十萬貔貅駐塞雲，漢家戊己舊屯軍。挽輪不藉關中力，歲歲收成三十分。

大兵移駐後，於綏定城、蘆草溝、清水河、塔爾奇、城盤子①、霍爾果斯移陝甘漢兵三千户分駐屯田，其收成以籽糧爲度。伊疆泉甘土肥，可至二十七八分至三十分不等。如種一斗，得穀三石即爲及格，非如内地收成以十分爲率也。

① 蘆草溝：此蘆草溝系清代伊犂九城之一廣仁城所在地。《新疆識略》：“廣仁城。乾隆四十五年將軍伊勒圖奏建，在惠遠城西北九十里。”地當今新疆霍城縣清水河蘆草溝鄉。

清水河：清代新疆地名清水河者不止一處，此清水河爲伊犂九城之一瞻德城所在地，乾隆四十二年(1777)建。地當今伊犂霍城縣清水河鎮，鎮因河水得名。《新疆圖志》：二道河，“一名清水河”，流入伊犂河。

城盤子：即伊犂九城之一的熙春城，位於今伊寧市北。

四〇

雪消春暖水潺潺，紅杏青蒲萬畝間。趙過代田傳妙法，一年種植一年閑。

伊疆沃壤平疇，雪水春融，溝渠四達，屯民仿趙過代田之法，歲易其處，不薅不糞，五穀豐登。是以食賤而工貴。

四一

木石深山没草萊，萬家煙火斷雲隈。竺蘭去後東方少，誰向昆明辨劫灰。

南北各山產煤極旺，色黑，非石非土非木，價廉而用普。余在滇南時，見所產之煤與此相類，惟色帶土黄耳。

四二

瀹茗①清泉色味嘉，松風花乳②潑新芽。白頭那及紅封號，琥珀融融試府茶。

府茶出湖廣，即安化之粗者，販至蒲郡四坡底，蒸而爲塊，用官印者爲紅封，不用印者爲白頭封。白遜於紅，統名之曰府茶。以湯作琥珀色者爲佳，關外水濁，與府茶爲宜，以之瀹雨前諸茗，色味全非。

① 瀹(yuè)茗：煮茶。黄庭堅《丁巳宿寶石寺》詩：“瀹茗赤銅碗，筧泉蒼煙竿。”

② 松風花乳：松風，指茶。花乳，煎茶時水面浮起的泡沫。黄庭堅《西江月》詞："兔褐金絲寶碗，松風蟹眼新湯。"劉禹錫《西山蘭若試茶歌》："欲知花乳清泠味，須是眠雲跂石人。"

四三

值得劉郎荷鍤①隨，半千沽較湧金宜。醉來忽憶山陰道②，細雨斜風颺酒旗。伊江越酒俱來自烏魯木齊，湧金號每斗千錢。近流人劉蓋諾仿其法釀之，價減半，惟色味稍遜耳。

① 荷鍤(chā)：背着鐵鍬。《晉書・劉伶傳》："(伶)初不以家産有無介意。常乘鹿車，攜一壺酒，使人荷鍤而隨之，謂曰：'死便埋我。'"

② 山陰道：《世説新語・言語》："王子敬云：'從山陰道上，山川自相映發，使人應接不暇。若秋冬之際，尤難爲懷。'"後以山陰道指風景優美的會稽西南郊，或喻江南美景。

四四

關門絡繹走鹽車，積雪飛霜盡變霞。煮海何須循舊法，山前片片簇桃花。紅鹽産阿克蘇，地有鹽山，自麓至頂皆紅土夾石，内産明鹽，似冰而色紅。《北户録》："琴湖桃花鹽，色如桃花。"殆其類歟？山頂産者白色如雪，食之並香美，每曉暮日光映射，紅白交暉，如玉屑飛空，丹葩糝地①。

① 丹葩：紅花。左思《招隱二首》其一："白雲停陰岡，丹葩曜陽林。"

糝(shēn)地：飄落在地面。洪適《漁家傲引》詞："二月垂楊花糝地。荻芽进绿春無際。"

四五

鑿硴熬砂百煉工，黔山鉛汞蜀山銅。金戈鐵甲年來息，九府泉刀四塞通。南山哈爾海圖産銅，沙拉博和齊産鉛，遴委廢弁，率遣犯數百，分廠開采，以供寶伊錢局鼓鑄之用。

四六

萬點燈光石穴殷，火州西去火雲山。焦頭爛額成何用，采得硇砂著屐還。硇砂産土魯番火焰山，山多石洞，春、夏、秋有火，夜望如燈光萬點，光焰熏灼，人不敢進。冬夜火息，赤身而入，著木屐可采，若著常履，皮肉皆焦矣。土魯番即古火州。①

① 此詩所述吐魯番産硇砂事全誤。參前薛傳源《李莪村觀察枝昌自新疆回備聆新疆風土因作竹枝詞十六首》"柳沙密築庫車城"、福慶《異域竹枝詞》"硇砂充洞火光飛",及後祁韻士《西陲竹枝詞·硇砂》諸詩。

四七

零風碎雨濕花鈿,麥飯何人奠墓田。究竟泉刀抛不得,冥行猶藉太平錢。

陳遊戎王凱好狹邪遊,清明夜遇雙鬟挑燈而行,燈式如錢,上書"太平通寶",昵之,不就。詰朝過之,雙塚巍然。見《病鶴山人雜録》①。

①《病鶴山人雜録》一書不詳,或爲當時流人所著。

四八

邂逅相逢夜未央,錦衾角枕玉生香。金環得協刀環約,我亦蘋蘩薦巧娘。

流人薛筠歸綏定,日暮,望林中燈火,投之,晤一麗人,年二十許。問其郡,曰義渠①;姓,曰天水②;問生庚,"豕渡河、鵲填橋③時也"。戲叩其名,顏赬,摘鬢上金花以示。薛意動,誦"子兮",笑曰:"何不誦'尨也'?"賦"茹藘",不答。繼而賦"山樞",則低眉若有所思。久之歎曰:"天涯淪落,兩當誰屬,吾不能如江妃之謝交甫也。且君非《采葛》,我異《褰裳》,今夕之遇,毋亦有夙緣乎?"④於是委身相就,脱臂上雙玉環,出鈿盒,朱絲繫其一以贈,曰:"後當有驗。"未幾,荒雞唱曉,麗人急起入内。薛從之,闃⑤其無人,惟見角枕雙橫,瓶蓮半墮而已。薛愕歸,異日跡之,乃荒垣古屋,中塑一妙相。問之土人,云有趙姓宦此,閨中奉以乞巧者,名曰巧娘。趙去後,祠無主矣。薛徘徊傷悼,攜酒醴奠之,不數月而賜環之音至。見王白沙《西征録》。

① 義渠:中國北方古代民族,建國於今甘肅慶陽西南。秦昭襄王三十五年(前272),義渠爲秦所滅,秦以其地置隴西、北地郡。

② 天水:代指趙姓。《宋史·五行志》:"天水,國之姓望也。"

③ 豕渡河:指己亥年。《吕氏春秋·慎行論·察傳》:"子夏之晉,過衛,有讀史記者曰:'晉師三豕涉河。'子夏曰:'非也,是己亥也。夫己與三相近,豕與亥相似。'至於晉而問之,則曰晉師己亥涉河也。"

鵲填橋:農曆七月七日。韓鄂《歲華紀麗》:"《風俗通》云:'織女七夕當渡河,使鵲爲橋。'"

④ 以下係薛筠與趙姓女子引詩互表愛慕之意。子兮:《詩·唐風·綢繆》:"今夕何夕?見此良人!子兮子兮,如此良人何!"尨也:《詩·召南·野有死麕》:"野有死麕,白茅包之。有女懷春,吉士誘之。……舒而脱脱兮,無感我帨兮,無使尨也吠。"茹藘:《詩·鄭風·東門之墠》:"東門之墠,茹藘在阪。其室則邇,其人甚遠。"山樞:《詩·唐風·山有樞》:"山有樞,隰有

榆。子有衣裳,弗曳弗婁。子有車馬,弗馳弗驅。宛其死矣,他人是愉。"《采葛》:《詩·王風·采葛》:"彼采葛兮,一日不見,如三月兮!"《褰裳》:《詩·鄭風·褰裳》:"子惠思我,褰裳涉溱。子不我思,豈無他人?狂童之狂也且。"江妃、交甫:《列仙傳》:"江妃二女者,不知何所人也,出遊於江漢之湄,逢鄭交甫,見而悦之,不知其神人也。"

⑤ 闃(qù):寂静。

四九

塔爾奇邊舊戰場,頹垣猶是漢金湯。耕夫掘得干邪劍[①],拜賜當年出上方。塔爾奇古城在今城西三里,居人掘地,得銅瓷、刀劍諸器,古色斑斕,皆非近制,不知其何代也。或曰即漢貳師城。

① 干邪劍:干將、莫邪,寶劍名。《戰國策·齊策五》:"今雖干將、莫邪,非得人力,則不能割劌矣。"

五〇

方銅赤仄土花鮮,圈乙分明出閏年。圜法近來邊塞遠,幾人識得藕心錢。伊城掘地,得赤銅方塊千百枚,長五分,闊三分,厚一分,重一錢四分,夾二面破痕三縷,其橫頭有陽文作一圈一乙相連,似哈薩克及西蕃之字,未知何物。按李孝美《錢譜》及《宣和博古圖》,有藕心錢數種,皆上下通缺,若藕挺中破狀,其殆是與。據其形模,與漢之辟邪錢雖大小不同,但方而不圓,皆古刀布之變也,伊屬掘古物者,遇閏年則多獲,餘則否。莫明其理。

五一

爐熄煙銷浩劫殘,人離水火易為安。天涯別有然灰地,滅趾才知立腳難。伊、烏之交,有地圍九十餘里,望之如雪地,皆鹹鹵。雨後堅實,擲大石於中,如以木擊鐵。人畜誤入者,數武之外即沉陷滅頂,俗謂之灰陷坑。

五二

蔡侯[①]佳製本無倫,都護城[②]邊製更新。借問如椽誰健筆,天書一紙降秋旻。[③]己未六月,風起紙落,五色俱備。聞南路一紙大盈畝。見王白沙《西征録》。

① 蔡侯：蔡倫(？—121)字敬仲，東漢桂陽郡(今湖北耒陽)人。蔡倫總結並革新造紙工藝，製造出"蔡侯紙"，爲漢和帝下令推廣。

③ 都護城：指伊犂惠遠城。

③ 王大樞《西征録》："乾隆五十九年，伊犂西北境或傳天雨紙，或曰地生紙，蒙被於水隈山塢間，幅方圓、大小不一。"

秋旻：秋季的天空。李白《古風》其一："文質相炳煥，衆星羅秋旻。"

五三

春雨柔桑綠葉含，馬頭誰解祀先蠶。垂垂葚子知多少，盡付新槽酒半酣。

地多桑而無蠶，流人自內地攜子育之，終不成繭，地寒故也。夏初葚子熟，回人取以釀酒，家各數石。男女於樹陰草地歡然聚飲，酣歌醉舞，徹夜通宵。路途所遇，無不醉之回子矣。葚子多者，曝乾亦可爲糧。

五四

花氣氤氳露氣濃，不隨桃李媚春風。焉支山下多顏色，萬顆珊瑚別樣紅。

伊里哈穆克①生山谷中，結實如相思子，色赤，味甘，以之浸酒絕佳。

① 伊里哈穆克：徐松《西域水道記》："齊齊爾哈納者，彼土之樹，細葉如柳，結子小於櫻桃，而色淡黃，味酸微澀，野雉食之，叢生水灣中，高皆丈餘。博明《鳳城瑣録》云：'灌莽中生小果如葚，下有葉承之，仲夏色正紅，微酸，季夏則深紅，味甚甘，名依爾哈木克，國語也。'按，齊齊爾哈納爲蒙古語，又曰普盤果，即斯樹矣。"

五五

空傳海上大如瓜，葉白枝垂肉似沙。好是花開當佛誕，旃檀世界梵王家。

沙棗葉白色，枝下垂，肉薄無味，回人嗜之，殊不可解。惟夏初作花，香風十里，如丹桂成林，襲人襟袂。

五六

瓜期日日盼雲霓，迢遞伊吾路欲迷。飽食三年饞不減，羨他生近玉門西。

哈密瓜有數種，綠皮綠瓤而清肥脆如梨，甘芳似醴者爲上。圓扁如阿渾帽形，白瓤者次之。皮淡白，多綠斑，瓤紅黃者爲下。然可致遠久藏，回人謂之冬瓜，新疆處處種之。

五七

橘奴[①]荔子簇丹黄，西域葡萄碧玉涼。大小珍珠齊錯落，分甘羅列到孫行。葡萄産自西域，較北地粒小而味厚，一種大小相間，如棗栗、茨實駢生合體，尤爲可愛，予名之曰公孫葡萄。

① 橘奴：指橘樹或橘子。《三國志·吳志·孫休傳》："又詔曰：'丹陽太守李衡，以往事之嫌，自拘有司。夫射鈎斬祛，在君爲君，遣衡還郡，勿令自疑。'"裴松之注引《襄陽記》："衡每欲治家，妻輒不聽，後密遣客十人於武陵龍陽汜洲上作宅，種甘橘千株。臨死，敕兒曰：'汝母惡我治家，故窮如是。然吾州里有千頭木奴，不責汝衣食，歲上一匹絹，亦可足用耳。'"

五八

萬樹參天翠巘排，斧斤無禁與民偕。朝來咿啞江邊水，知是南山放木簰。南山樹木叢生，干霄蔽日，自古未經薊伐，青柯碧幹，與蒼雪、白雲日相掩映。商民募匠裹糧砍運江邊，縛木簰四出，棟梁之木僅值百錢。

五九

平沙偃蹇伴蒿蓬，清淚涔涔滴石叢。羨爾不才生意足，休隨爨下泣梧桐。胡桐樹遍生沙灘，綿延數十里，而横斜曲側，不任器用，回人呼爲胡桐，譯言柴也，俗訛爲梧桐，夏日炎蒸，津液自樹杪流出，凝如琥珀，名胡桐淚，入藥。見《本草》。

六〇

緑楊門巷燕爭巢，渠水瀠洄翠浪交。怪底鶯梭[①]織不得，滿林鉤結盡蚊包。土宜樹柳，城内外溝渠夾道遍植，梢頭結包，大如盎，小如拳，累累下垂，拆之，盡屬蚊蝱。

① 鶯梭：鶯鳥往復飛翔如同穿梭，織成迷人風景。劉克莊《鶯梭》詩："擲柳遷喬太有情，交交時作弄機聲。洛陽三月花如錦，多少工夫織得成。"

六一

香火因緣往事空，柔腸折盡綺羅叢。女兒木是相思子，縷縷心情一線通。

女兒木色白質堅，紋理光潤，居人製爲煙袋杆，長短咸宜。

六二

白雪連山一抹青，松身杉葉影亭亭。桐君未録煎膏法，只解根前斫茯苓。
南北兩山多楠木，松身杉葉，高數十丈，一望菁葱，杳無涯際，皮厚一二尺，熬爲膏，可療血疾。又名萬年
松。烏孫、突厥古稱行國①，無需棟梁，斧斤不至，誠千百年物也。

① 行國：《資治通鑒·漢紀十一》：“烏孫、康居、奄蔡、大月氏，皆行國，隨畜牧，與匈奴同
俗。”胡三省注：“隨畜牧逐水草而居，無城郭常處，故曰行國。”

六三

秋塍次第吐寒葩，雪萼驚隨八月槎①。怪底家家多種菊，此花開後果無
花。伊江四時寒暖與都門略同，惟寒氣早，中秋後即可飛雪，百卉俱萎，移菊入室，可至冬初，過此不見
一花，非至清明不知春信也。

① 雪萼：雪花。孫光憲《望梅花》詞：“數枝開與短牆平，見雪萼、紅跗相映。”此句即岑參
《白雪歌送武判官歸京》詩“胡天八月即飛雪”意。

八月槎：參前曹麟開《上竹枝詞》“與郎遊戲水之涯 ”詩注①及舒其紹《伊江雜詠·張騫
碑》詩注②。

六四

雌雄倚伏合歡蓮，雪裏花開別有天。昨夜月明涼似水，幾番錯喚木蘭船。
雪蓮生雪山中，紫梗七葉，一梗一花，似玉蘭，色黃蕊青。凡蓮生處，周圍尺餘無雪。又一種狀如洋菊，其
生必雙，雄大雌小，相去丈餘，見其一，則覓其一，無不得者。凡見此花，默往采之即得，若指以相告，則縮
入雪中，即劚雪求之，不可得矣。性熱，治寒疾。

六五

楚帳歌殘劍血深，斷腸春色到而今。西來品比雙南①重，愧煞長門買賦
金。②新疆虞美人花最盛，初夏與罌粟同植，爭妍獻媚，豔溢園林，而黃色尤奇，惟空谷含芳，無人灌溉，

爲可惜耳。

① 雙南：雙南金。品級高的銅，亦指黃金。張載《擬四愁詩四首》其四：“佳人遺我綠綺琴，何以贈之雙南金。”范仲淹《金在鎔賦》：“英華既發，雙南之價彌高。”

② “愧煞”句：司馬相如《長門賦序》：“孝武皇帝陳皇后時得幸，頗妒，別在長門宮，愁悶悲思。聞蜀郡成都司馬相如天下工爲文，奉黃金百斤爲相如文君取酒，因於解悲愁之辭。而相如爲文以悟主上，陳皇后復得親幸。”結合前“西來”句，知此處乃借用司馬相如爲陳皇后作《長門賦》典，表示即使百金買賦，也難比虞美人花較雙南金還貴重。

六六

滿園風雨亂塗鴉，不改丹心向日華。應是班生投筆後，墨痕輕染一籬花。
墨葵梗高葉圓如常葵，惟花開墨色，曝乾可以染皂。書窗環植，亦如松使者①供人幾席。

① 松使者：墨的別稱。馮贄《雲仙雜記》：“玄宗御案墨，曰‘龍香劑’。一日見墨上有小道士，如蠅而行。上叱之，即呼萬歲曰：‘臣即墨之精，黑松使者也。凡世人有文者，其墨上皆有龍賓十二。’上神之，乃以墨分賜掌文官。”

六七

動植俄分冷熱中，果然大化啓鴻蒙①。西來風物中原別，莫向嘤嘤誤草蟲。
夏草冬蟲生雪山中，夏則葉歧出類韭，根如朽木；淩冬葉乾則根蠕動，化爲蟲。

① 鴻蒙：混沌世界。《莊子·在宥》：“雲將東遊，過扶搖之枝，而適遭鴻蒙。”成玄英疏：“鴻蒙，元氣也。”

六八

不受陽和雨露恩，更無片土寄邱樊。拖泥帶水人多少，輸爾淩空度玉門。
濕蔞乾活草，性類瓦松，根大如棗，以線繫室中，抽條吐葉，菁蔥可愛，五月開小白花，隨其線色，經冬不萎。

六九

天邊繒繳避來難，倏忽林梢逐彈丸。托足不知何處穩，請看飛鳥寓風湍。

寓風湍，小鳥也，棲必深林幽澗，擇大樹之柔條下垂者結窩其上，離水面五六尺，一絲懸掛，隨風搖曳。窩長尺許，極精緻，如甌如蘭，周遭渾圓，中穿一孔以通出入，冰霜風雪均不能侵，上下四旁臨深阻險，人物不能近，故從無毀室之虞。殆飛族之武陵源①也。

① 武陵源：即桃花源、桃源，理想中的仙境。任昉《述異記》："武陵源在吳中，山無他木，盡生桃李，俗呼爲桃李源。源上有石洞，洞中有乳水。世傳秦末喪亂，吳中人於此避難，食桃李實者皆得仙。"

七〇

秋去春回去復回，關門無禁網羅開。與君結夏緣非淺，爲愛天山積雪來。
夏雁在在有之，人家院落畜同鵝鴨，然惟夏月爲居停，嗷嗷盈耳，餘三時則作賓於南，不復聞矣。

七一

斗酒雙柑聽栗留，落花時節澀歌喉。可人楊柳關門樹，四月鶯聲直到秋。
內地黃鸝鳴於二月，至夏初即有鶯老花殘之恨，塞上則鳴於初夏，至秋猶聞嚦嚦也。

七二

壓油油滿滑於酥，款款依人把握初。太息蘭膏焚自急①，何如小鳥識乘除。壓油鳥大如雞雛，肥則集人肩袖，捉而握之，油自糞門出，油盡，乃縱之去。古云：壓油之鳥，以石壓之取油，仍飛去。即此鳥也。

① 蘭膏：《楚辭·招魂》："蘭膏明燭，華容備些。"王逸注："蘭膏，以蘭香煉膏也。"用以點燈。《漢書·龔勝傳》："薰以香自燒，膏以明自銷。"

七三

蚌蛤胎生合浦前，月華蕩漾蛋人船。笑他剖腹藏珠拙，爭似微禽被體圓。
珍珠鳥，回人名哈拉和卓，以其色黑品貴也。遍身抹漆，有紅綠光，白點如珠。探雛養之，聲圓滑，土人言其久亦能言，惟不習內地，入關即斃，未知然否。

七四

雞竿①計日下天衢，大地春回草木蘇。馬角②不須重問卜，家家屋上白頭烏。雪鴉半身灰白，集人牆宇，飲啄不驚，三五爲群，白頭者時時有之，未爲異也。

　　① 雞竿：一端附有金雞的長竿，多於大赦日樹立。《新唐書·百官志三》："赦日，樹金雞於仗南，竿長七丈，有雞高四尺，黃金飾首，銜絳幡長七尺，承以彩盤，維以絳繩，將作監供焉。"

　　② 馬角：馬生角，喻無法實現的事情。王充《論衡·校釋》："燕太子丹朝於秦，不得去，從秦王求歸。秦王執留之，與之誓曰：'使日再中，天雨粟，令烏白頭，馬生角，廚門木象生肉足，乃得歸。'當此之時，天地佑之，日爲再中，天雨粟，烏白頭，馬生角，廚門木象生肉足。秦王以爲聖，乃歸之。"

七五

卵裂雛飛凍殼空，一生長養洌寒中。趨炎附熱情何急，恨不銜冰語夏蟲。岔口鳥，小鳥也，似鶉而嘴爪皆紅，生冰山中，千百爲群，卵遺冰上，極寒之時，卵自綻裂，鳥飛出矣。

七六

排雲蕩日勢炎炎，駝圐聲高羽翼添。十二相中看不定，直教飛走一身兼。劉郁《西域記》："富浪有駝蹄鳥，高丈餘，食火炭。"《北史》："波斯有鳥如駝，能飛不高，日行七百里，亦能噉火。"今深山中有骨岔雕，高數尺，翎健多力。又巴達克山黑雕尤大而猛，飛則兩翼垂雲，宿山頭，高如駝象。所過之處，人皆避屋中，往往攫去牛馬。駝於十二屬相中，各有所似，古人載之極詳。圐，駝聲，音碣。

七七

葡萄天馬頌聲揚，漢代爭傳汗血良。今日貳師城畔過，始知史筆太鋪張。大宛即今哈薩克，產馬以谷量，每年貢獻及貿易，千百爲群，率皆高大多力。然求所謂汗血，則杳無聞見，漢史：李廣利將數萬之衆，出燉煌萬里，殺大宛王，取汗血馬三千匹，身膺侯封，是以有天馬之歌。虛誕甚矣，盡信書不如無書，非親履目睹，烏能知之。貳師城在大城東北三十里，即今他爾奇，遺址尚存。

七八

三百群中別擅場，冠裘美飾價高昂。胎生跪乳尋常事，骨種空傳海上方。骨種羊産布哈拉，其羊短小，肉薄而骨重，初亦不甚牧養。自通中國以後，大獲其利。今安集彦西南諸國，填山塞谷，皆骨種群也。俗傳以羊骨種地而生，妄矣。

七九

居然人面好頭顱，劍戟森森頷下鬚。終以畜鳴招物議，看來伎倆只黔驢[1]。人面羊生深林叢葦中，色青白，毛長被體，大如驢，面似人形，頷下鬚長六七寸，亦類落腮胡，回人謂其神異，不敢殺也。

① 黔驢：黔地之驢，喻虛有其表、水準有限的人。典出柳宗元《三戒·黔之驢》。此處借用。

八〇

看到人儇實可羞，一家老幼似獼猴。憐渠也解春光好，紅柳花時插滿頭。人儇高尺許，巢深山中，男女老幼，鬚眉毛髮與人無異。紅柳吐花時，折之盤爲小圈，著頂上，作隊躍舞。音咿嚘如度曲，或至行帳竊食，捉之則跪而泣，至不食而死。縱之去，行數尺必回頭。叱之，仍跪泣，度人離遠不能返，始蓦澗越山而去。以其似小兒而喜戴紅柳，呼爲紅柳娃。或曰此《山海經》所謂竫人[1]也，或曰此《神異經》所謂山㺐也。

① 竫（jìng）人：一作靖人，古代傳説中的矮人。《山海經·大荒東經》："有小人國，名靖人。"郭璞注："《詩含神霧》曰：'東北極有人長九寸。'殆謂此小人也。或作竫，音同。"

八一

衣錦斑斕品第高，銀灰不數舊皮毛。紛紛鼠輩哮如虎，金穴[1]原來屬爾曹。金鼠色黃而小，山谷間有之。《埤雅》所不詳也。

① 金穴：《後漢書·光武郭皇后紀》："（郭）況遷大鴻臚，帝數幸其第，會公卿諸侯親家飲燕，賞賜金錢縑帛，豐盛莫比。京師號況家爲金穴。"此處借用。

八二

如蛛沿壁走乘風，齧鐵聲聲腹欲充。堪笑流人忘典故，只知八蜡祀昆蟲。

八蹠蟲形似土蜘蛛，灰色，八爪微短，紫口四歧，齧鐵有聲，生濕地溝渠及多年土壁中，大者如雞子，小者如核桃。每大風則出，逐風而行，入人屋宇，行急如飛。怒則八足聳立逐人，尋常於人身上往來，不可動，亦竟無恙。少觸之輒噬人，痛徹心髓，須臾不救，潰爛而死。或曰茜草搗汁，服之並敷瘡口可活。究之中其毒而生者，百無一二，居人畏之。城中有八蜡廟，本以祈年，群曰此八蹠神也，報祀日盛。

八三

頭角崢嶸氣似霓，錦鱗片片日華迷。毒蛇蘊毒偏攻毒，格物爭傳骨篤犀。

兩角蛇，深山中有之，巨如柱，向日曬鱗，斑斕若錦，頭角長尺許，性最毒。能以氣吸禽獸，入口吞之。而其角反能解毒，鋸爲片，可貼癰疽。捕蛇者多燒雄黃於上風，即委頓易制。按曹昭《格古論》云："骨篤犀，碧犀也，色如淡碧玉稍黃，文理如角，扣之聲清越如玉磬，嗅之有香，燒之不臭。"即此物也。往年霍爾果斯駐防索倫兵槍斃一蛇，與此相同，以駝載之，蟠曲駝背凡三折，而兩旁皆垂地，角蒼碧。據云傷牲甚多，今始除之耳。

八四

卓立騰蛇首倒埋，追風掣電志全灰。欲從赤帝①求長劍，斬斷妖氛市駿②回。伊城東北山名莫懷圖，生土蛇，見馬則以頭入土，其身筆立，馬腹即膨脹不能行。倒則蛇鑽馬鼻而盬其腦。

① 赤帝：劉邦。典出《史記·高祖本紀》：劉邦夜行澤中，前行探路者報有大蛇擋路，劉邦乘着醉意拔劍斬蛇。後至者遇一老嫗夜哭，因問其由，嫗曰："吾子，白帝子也，化爲蛇，當道，今爲赤帝子斬之，故哭。"

② 市駿：典出《戰國策·燕策一》：燕昭王任用郭隗，用千金購千里馬之骨，以招納求賢。孔融《論盛孝章書》："燕君市駿馬之骨，非欲以騁道里，乃當以招絕足也。"

八五

雪開紅甲長春蔬，冰泮流分燕尾渠。漫道秋風蓴菜美，街頭二月賣鱸魚①。清水河産魚，長不盈尺，而四鰓如松江，巨口細鱗，宛然江鄉風味，土人名爲鞣鞨魚②。伊江産魚更夥，每冰消凍解之時，街市堆積，盈尺之魚不過二三文，人人饜飫③。

①　鱸魚：即四鰓鱸。參前莊肇奎《伊犁紀事二十首效竹枝體》"有饋鱸魚一尺長"詩注①。

②　鞣鞨魚：又作墨花魚、磨河魚、毛合魚。據薛國琮詩，知即四鰓鱸之俗名。洪亮吉《天山客話》："綏定河出墨花魚，較伊犁河魚稍美。"徐松《西域水道記》："《天山客話》云：'綏定河出墨花魚。'余訪土人，蓋磨河所産，是曰磨河魚，音訛墨花也。"

③　饜（yàn）飫：飽食。參前宋弼《西行雜詠》"番部名瓜似蜜甜"詩注①。

八六

一年十二月痕新，入則持齋又浹旬。正朔自從頒帝闕，不將八柵記元春。

回人無正朔，以望見新月爲月初，三十日爲一月。無小建，十二月爲一年。無閏，每七日八柵爾一次。八柵爾日中市也，百貨俱陳。每八柵爾五十二次爲一年，計日三百六十有四。過年前一月即把齋，黎明後不得飲食，日落星全，方恣飲啖。男女悉以淨水遍身洗濯，日夜禮拜。至見新月，即開齋過年，謂之入則。今漸革舊俗矣。

八七

馬牛腹笥本空空，鮓答爭傳造化工。蕃咒誦來人不解，祈晴祈雨更祈風。

鮓答生牛、馬、驢、駝腹中，肉囊裹之。非骨非石，破之層層作片，色青、黃、赤、白、綠、黑不一。凡畜孕此即病，久則死。生剖得者靈，喇嘛、阿渾用之祈雨，則以柳條繫之，浸淨水中淘漉玩弄。祈風則以囊懸馬尾上，祈陰則納置腰橐間，各有所祈之咒，無不立應。夏日回鬼用之辟暑，尤便行旅，統謂之下鮓答。或云生野豬頭、蜥蜴尾者尤佳。

八八

嗎哈遺經貝葉翻，橫排鳥跡印沙痕。一生休咎憑誰定，白布纏頭老阿渾。

回經三十篇，名曰《闊爾罕》，爲先賢嗎哈木菩敏所傳，能通文義而爲衆所敬服者曰阿渾。凡一切大小動作，惟阿渾是聽，即男婚女嫁無不唯命。回字有二十九頭二十九音，配合連絡以成語句，書字用木簽染墨，橫排若鳥跡蟲篆，連蜷可愛。

八九

隻雞斗酒誓生平，物薄何由將至誠。刺血滿喉君莫詫，古來刎頸見交情。

回人於過年後赴所信奉之人墳墓禮拜諷經，以刀穿咽喉浮皮，貫以布縷，血流遍體，謂之烏蘇爾，言以身祭也。

九〇

拊胸低首手頻叉，臺吉銜連伯克銜。見説輸糧官斛準，不須更較帕他嘛[①]。回人無衡量，穀米以布袋計，小者爲他噶爾，大者爲帕他嘛。伊疆設臺吉一，督衆回户種地納糧，輸將恐後，其大頭目曰阿奇木伯克，次曰伊什罕伯奇克。伯克，回官也，各有等差。回人見官起立，以兩手當胸而頓其首，與卑幼見，無論男女，皆以接唇爲禮。

① 帕他嘛：即巴特滿、派特瑪，一作帕他嗎。見前王芑孫《西陬牧唱詞六十首》"北庭都護各分符"詩注⑨。

九一

温都斯坦馭雲幢[①]，碧眼虯髯駿馬雙。信否十年曾面壁，達摩[②]一葦渡伊江。買斯達呢，温都斯坦部落之海蘭達爾也，嘉慶己未，由吐魯番諮送來伊，坳面昂鼻，濃眉卷鬢，雙眸碧色，光芒射人，黃髮齊肩，黑顏似漆。赤雙足，披氈衲，拄鐵杖。言語不通，見人作笑色反覺嫵媚，宛然世俗所繪達摩象也。其國在大海中，舟楫通閩粤，殆即黑白鬼[③]之屬與？所執乾隆五十年喀喇沙爾路照一紙，騎坐馬二。

① 雲幢：此指妝飾華美的車子。嚴如熤《三省邊防備覽·藝文下·老林説》："然通南密邇棧道，雲幢往來，談及老林，尚怵然於心。"
② 達摩：即菩提達摩，一作達磨，南北朝時至中國傳教，爲中國禪宗初祖。其事跡最早見楊衒之《洛陽伽藍記》："西域沙門菩提達摩者，波斯國胡人也，起自荒裔，來遊中土。"釋道宣《續高僧傳》載："菩提達摩，南天竺婆羅門種，神慧疏朗，聞皆曉悟。"《景德傳燈録》謂其至華傳法，梁武帝與之言談不契，達摩於是北上北魏嵩山少林寺，面壁而坐九年。至宋代時，始附會出達摩見梁武帝后一葦渡江入北魏的故事，釋志磐《佛祖統計》已有此説，未詳所出。
③ 黑白鬼：中國古時對南部土著居民的稱呼。王士禛《池北偶談》："墺門在香山縣大海中。……其人昂鼻蜷髮，目深碧而晌。貴女而賤男，晝臥而夜起。男有白黑二種，白者貴，黑者爲奴。……四、五月多南風。既出，則墺中黑白鬼一空，計期當返，則婦孺繞屋號呼，以祈南風。"

九二

蘇王呼里戎王子，玉樹臨風亦可兒。怪底齒牙明似雪，朱唇香脆嚼松脂。

蘇王呼里,哈薩克臺吉之子也,己未、庚申貿易來伊。時年甫十六七,容止秀麗,衣冠與回回同,而帽高無翅,分四瓣籠頭,著花衣、紅皮靴,頭尖,跟下襯木如棋子,內地婦人高底式也。行走如飛,每與人談,香氣馥鬱,松脂滿口,不解何以下嚥。

九三

車書文軌萬方同,西北屏藩甌脫雄。宛馬近來充歲貢,更無人數貳師功。

哈薩克在伊西北界,即古大宛,極恭順。產馬,歲時入貢。《漢書·匈奴傳》:隙地置守處曰甌脫。

九四

打包駝馱雪痕斑,慕化東來款玉關。四十萬人爭內徙,何勞三箭定天山。

土爾扈特本鄂羅斯屬國,鄂羅斯與控噶爾構怨,徵兵於土爾扈特,屢敗,議添兵,衆懼,遂謀內徙。自伊犁蕩平,其零星逃竄之額魯特俱投俄羅斯,俾屬於土爾扈特。至是,率其愛曼共四十六萬戶起行,途中爲哈薩克、布魯特殺掠,及病疫死者過半。乾隆辛卯春,抵伊犁境,獻其先世所得明永樂八年頒封玉印,上悦,封其酋長烏巴錫爲卓里克圖汗,餘授親王、貝勒、貝子有差,賞給土地,令各遊牧,均爲扎薩克,不相統屬,至今蕃衍。

九五

剽悍由來性未馴,縱然同類不相親。自從向化輸誠後,那敢奸蘭[1]近卡倫。布魯特在伊西界,其人不蓄髪,不食豬肉,略與回同。惟性剽悍,以劫掠爲事,不置田廬,千百爲群,隨其遊牧,各爲部落,不相統屬。《漢書》:“無符傳而私出市曰奸蘭。”卡倫,隘口也。

[1] 奸蘭:《史記·匈奴列傳》:“漢使馬邑下人聶翁壹奸蘭出物與匈奴交,詳爲賣馬邑城以誘單于。”裴駰集解:“奸音幹,幹蘭,犯禁私出物也。”

九六

果報相因往復回,策凌詭計托良媒。誰知殺婿寒盟[1]日,羿族傾巢結禍胎。康熙、雍正間,準噶爾數爲邊患,迨策凌立,利前後藏之富也。誘拉藏王之子北來,以女妻之。旋索藏地,弗許。襲之弗利,遂殺其婿。時女已有孕,共議生男則殺之,及生女也,養之,適於人。生阿睦爾撒納,遍體皆血,性陰賊。策凌死,庶子喇嗎達拉扎弒嫡子阿札而自立。其屬達瓦齊攻之,敗走。阿睦爾撒納簡精銳潛襲之,遂迎達瓦齊爲汗。恃功恣縱,達瓦齊弗能堪,欲圖之。阿睦爾撒納懼,潛率其屬款關投誠。上命將出征,各愛曼望風崩角,擒達瓦齊送京師。阿睦爾撒納以未得爲汗,旋叛。大兵進討,棄巢北竄,鄂羅斯執而戮之,獻其尸,伊疆盡入版圖。

　①　寒盟:背棄盟約。《左傳·哀公十二年》:"公會吳於橐皋,吳子使大宰嚭請尋盟。公不欲,使子貢對曰:'盟所以周信也,故心以制之,玉帛以奉之,言以結之,明神以要之。寡君以爲苟有盟焉,弗可改也已。若猶可改,日盟何益?今吾子曰,必尋盟。若可尋也,亦可寒也。'乃不尋盟。"蔡絛《鐵圍山叢談》:"宣和歲乙巳冬十二月,報北方寒盟。二十有三日,上皇有旨内禪。"

九七

　鯨鯢戮後幾人存,又見沙場長子孫。旗籍新編同禁旅,雷霆雨露總天恩。
厄魯特阿逆之叛也,將帥以其人反復,盡誅之。男女少長,數逾百萬。其逃竄山谷者倖免無幾,後稍稍來歸,特編八旗,置官授甲,設領隊大臣一員統轄之。今長養三十年,眾可盈萬。

九八

　巍巍銅柱記堯年,舊是丁零古塞邊。莫笑盲詞女兒國,人頭高髻認番錢。
鄂羅斯在伊北界,與塔爾巴哈臺鄰,即古丁零塞。稱王曰汗,白察罕汗没,無子,國人立其女,相傳至今,猶襲號爲察罕汗。凡有所幸,期年或數月則殺之,生女立嗣承統。高髻漢妝,惟不纏足。鑄銀爲錢,像其汗之面,重七錢三分,即内地行用之人頭番餅也。彼地呼爲阿拉斯朗,國極富饒,尊君親上,自古無篡奪之患。有銅人二,一乘黿,一握蛇,前有銅柱,蟲篆不可辨,彼人云唐堯所立,柱上乃"寒門"二字。再北則寒氣中人即死,不可近矣。

九九

　漢唐遺跡久模糊,禮教猶能守賈胡。應是家山在三晉,一生活計效陶朱。
安集彦在南路,距伊本遠,俗重戀遷,往來諸部落以營什一。哈薩克來伊交易之貨,除羊、馬外,俱出安集彦回商,而哈薩克分其餘潤,以故年年踵至其地。人户約五萬餘,婦不巷走,老不步行,市無乞丐,野無竊盜,耕戰之具優於別部。言語、衣服與回相仿,惟帽係方頂,傳爲漢唐之遺。

一○○

　萬三千里逐郵亭,半載輪蹄水上萍。仕宦須知誰會得,長安道上度人經。

伊犁至京一萬三千里，計程六月。楊雙梧廉訪次其道路遠近，編爲一册，名曰《仕宦須知》。

補録一首：

異類俄成大體雙，懷春心事播伊江。何勞起士[①]頻相誘，感帨[②]由來在吠厖。蘆草溝兵丁某女，年十五，與犬交，家人見之，急不得脱，以水沃之，始解。婿家離婚，見公牘。

①　起士：男子。《詩·召南·野有死麕》："有女懷春，起士誘之。"

②　感帨（shuì）：男子對女子非禮。《詩·召南·野有死麕》："舒而脱脱兮，無感我帨兮，無使尨也吠。"毛傳："感，動也；帨，佩巾也。""尨，狗也。非禮相陵則狗吠。"鄭玄箋："奔走失節，動其佩飾。"

此詩載史夢蘭《永平詩存》所附薛國琮詩事：

《止園詩話》，薛魯直明府有《伊江雜詠》百廿首，余删存百首，刻入《永平詩存》。其中有一絶云："異類俄成大體雙，懷春心事播伊江。何勞起士頻相誘，感帨由來在吠厖。"自注云："蘆草溝兵丁某女，年十五，與犬交，家人見之，急不得脱，以水沃之，始解。婿家離婚，見公牘。"案此是人妖，可入《五行志》，其事正與紀文達公所詠烏魯木齊人與豕交事作對。《槐西雜志》云："烏魯木齊多狹邪冶蕩者，惟所欲爲。官弗禁，亦弗能禁。有寧夏布商何某，年少美風姿，貲累千金，亦不甚吝，而不喜爲北里遊，惟畜牝豕十餘，飼極肥，濯極潔，日閉門而媟淫之，豕亦相摩相倚，如昵其雄。僕隸恒竊窺之，何弗覺也。忽其友乘醉戲詰，乃愧而投井死。余作是地雜詩，有云：'石破天驚事有無，後來好色勝登徒。何郎甘爲風情死，才信劉王愛媚豬。'即詠是事。"案，文達遺集《烏魯木齊雜詩》百六十首，此詩不在其數，亦以事涉猥褻，不便收入詩集，故附載於《槐西雜志》中。余於《伊江雜詠》不列是詩，猶此志也。薛詩云"感帨由來在吠厖"，紀詩云"始信劉王愛媚豬"，其事既相類，而其運思之巧，亦工力悉敵。

洪亮吉

洪亮吉(1746—1809)，初名蓮，又名禮吉，字君直，一字稚存，號北江，晚號更生居士。陽湖(今江蘇常州)人，祖籍安徽歙縣。清代經學家、文學家。乾隆五十五年(1790)科舉榜眼，授編修，歷任文穎館纂修、順天鄉試同考官。洪亮吉係"陽湖文派"大家，袁枚稱其駢文"每一篇出，世争傳之"，與黄景仁並稱"洪黄""常州二俊"。《清史稿》本傳稱洪亮吉"性豪邁，喜論當世事"。嘉慶四年(1799)八月，洪亮吉上書成親王永瑆、吏部尚書朱珪、左都御史劉權之，向嘉慶帝轉呈對時弊的看法，以越職言事獲罪，"著從寬免死，發往伊犁交保寧嚴行管束"。他於該年八月二十七日，即定罪的次日就被遣戍，嘉庆五年二月抵伊犁惠遠城，五月一日遇赦回鄉，號"百日賜還"。著有《洪北江全集》，包括西域著述《伊犁日記》《天山客話》《萬里荷戈集》《百日賜環集》四種。

伊犁紀事詩四十二首

解題：

　　組詩選自《更生齋詩》卷一《萬里荷戈集》。詩歌全部根據自己在伊犁的實際見聞創作，尤其是涉及軍府内部制度的内容，如"廢員見將軍，例佩刀長跽""謫吏一邊三十六，盡排長戟壯軍容""將軍一月内以二、五、八爲堂期，諸廢員咸入辦事"等，均未見其他史料記載，具有一定的價值。洪亮吉頗有文名，所到之處，交遊衆多，組詩還有不少作品涉及嘉慶初年遺戍伊犁廢員群體的境遇與生活，也是其重要特點之一。但組詩中也有一些道聽途説的異聞，如寫古廟中罔兩迷惑人，及生羌彌留之際變爲驢之事，則荒誕不經。

一

城西乞得暫勾留①，到日，將軍派居城西别墅中。何止逃喧亦避讎。只覺醫方有奇效,閉門先學陸忠州②。

　① 勾留:逗留。白居易《春題湖上》詩:"未能抛得杭州去,一半勾留是此湖。"

　② 陸忠州:陸贄(754—805)字敬輿,大曆六年(771)年進士,官至中書侍郎,後貶爲忠州別駕,號陸忠州。《舊唐書·陸贄傳》:"贄在忠州十年,常閉關静處,人不識其面,復避謗不著書。家居瘴鄉,人多癘疫,乃抄撮方書,爲《陸氏集驗方》五十卷行於代。"

二

　　橐筆頻年上玉墀①,虎賁三百笑舒遲②。書生亦有伸眉③日,獨跨長刀萬里馳。廢員見將軍,例佩刀長跽④。

　① 橐筆:手持橐橐,簪筆於頭的書史小吏。《漢書·趙充國傳》:"持橐簪筆,事孝武皇帝數十年。"張晏注:"橐,契囊也。近臣負橐簪筆,從備顧問,或有所紀也。"此處自指。

　玉墀:宮殿前的臺階。《文選》卷五八顏延之《宋文皇帝元皇后哀策文》:"灑零玉墀,雨泗丹掖。"呂向注:"灑零、雨泗,皆淚落也。玉墀、丹掖,皆宮殿之間也,而以玉丹飾也。"此指朝廷。

　② 虎賁:宮庭衛士。《尚書·牧誓》:"武王戎車三百兩,虎賁三百人,與受戰於牧野。"孔傳:"勇士稱也。若虎賁獸,言其猛也。皆百夫長。"

　舒遲:《禮記·玉藻》:"君子之容舒遲。"孔穎達疏:"舒遲,閑雅也。"

　③ 伸眉:揚眉。《文選》卷四一司馬遷《報任少卿書》:"乃欲仰首伸眉,論列是非,不亦輕朝廷羞當世之士邪?"李周翰注:"伸,舉也。"

　④ 跽(jì):長跪。洪亮吉《天山客話》:"初次進見,皆帶刀長跪,命之起,乃敢起。"

三

　　環碧軒①中祟不迷,僅餘風柝②雨淒淒。固知此老迂難近,絶勝宵分咒準提③。余寓齋相傳有魅,全太守士潮④居之,每爲所魘⑤,夜分輒誦準提咒,然不能禁也。余未至前數日,鄰童夢魅已移去。

　① 環碧軒:洪亮吉《天山客話》:"余抵惠遠城日,將軍給西城官墅一所,置頓行李。其正室名環碧軒,前後左右,高柳百株,亭午幾不見日色。前吳全太守士潮居之,時爲鬼所魘,竟以此卒。然余從人不及太守三分之一,居及十旬,曾未一睹其異也。"

　② 風柝:柝,打更用的木棒。此指隨風傳來巡夜的棒子聲。范欽《望居庸》詩:"風柝淩秋急,霜笳伴月孤。"

　③ 宵分:夜半。《魏書·崔楷傳》:"亮由君之勤恤,臣用劬勞,日昃忘餐,宵分廢寢。"

準提：準提菩薩，一作準胝觀音、準提佛母等，禪宗稱之爲天人丈夫觀音。準提咒爲《佛教念誦集》中“十小咒”，此處泛指念佛。

④ 全士潮（？—1798？）：字秋濤，生卒年不詳。乾隆五十九年（1794）在漳州知府任上，因向福建按察使錢受椿行賄革職，永不敍用。後遣戍伊犁，其弟全士溥隨行。

⑤ 嬲（niǎo）：戲弄，攪擾。

四

到日先傳領督催，無端堂帖復追回。余到日，初派督催處行走，後又改派册房①。閑心檢點流人册，根觸西川御史臺②。余檢點舊事，見御史李玉鳴年貌册，故及之。

① 册房：洪亮吉《天山客話》：“總統將軍公署，以印房爲機速之所，册房爲圖書之府，此外則糧餉處、營務處、駝馬處、功過處，統爲五六處。大抵吏、禮之事，司於印房、册房，户則糧餉處，兵則營務處，工則駝馬處。若功過處，則又如督查院之稽查六部。而滿漢刑名，則又歸於東西二廳，廳並設同知一員，滿事隸東廳，漢事隸西廳，此將軍衙門之大略也。又有摺房及督催處，皆印房所分。摺房專管國書、摺奏。督催處則又總催五六處稽遲事件。余未到伊犁以前，册房爲任邱舒大令其紹、閩縣黃別駕聘三，皆南北詩人也。余與同年韋大令又繼之，於是人以派册房辦事爲榮。”

永保《伊犁事宜》：“册房，專司發來效力當差，充當苦差官犯。於配到之日，查明原文，摘敍簡明案由，並原定罪名，原任職銜，現在年歲、籍貫及派往何處當差，詳記檔册。”

② 西川御史臺：李玉鳴（1710—1767），字延璜，號靖亭。《國朝御史題名》：“李玉鳴，福建安溪人。乾隆丙辰進士，由禮部郎中考選湖廣道御史。”因那拉皇后舉喪上疏事觸怒乾隆帝，於乾隆三十一年（1766）遣戍伊犁，後歿於戍所。洪亮吉《天山客話》：“長白少司寇阿用阿、李侍御玉鳴，俱到伊犁未一年而卒。”另洪亮吉似將其籍貫誤作四川，故稱西川御史臺。

五

熟客先驚問姓名，記曾躍馬入咸京①。當時書記疏狂甚，親屈元戎作騎兵。②謂張總兵廷彥。余辛丑歲客西安節署，張時尚在撫標③學習，親導至曲江鎮看花。

① 咸京：原指咸陽，此指西安。乾隆四十六年（1781）五月，洪亮吉入陝西巡撫畢沅幕至西安節署。

② 書記爲自指，元戎指張廷彥。此聯即自注中所説張廷彥導引赴曲江看花事。張廷彥：陝西人，生卒年不詳，曾任協守鄖陽、竹山、竹溪等處地方副將，寧國營參將。後曾參與乾隆六

十年(1795)平定貴州苗民起義。餘經歷不詳。

③ 撫標：清代各省巡撫直轄的綠營軍隊，受總督節制。

六

誰跨明駝天半回，傳呼布魯特人來。牛羊十萬鞭驅至，三日城西路不開。^①布魯特每年驅牛羊，及哈拉明鏡等物至惠遠城互市。

① 惠遠城西有貿易亭。參前朱腹松《伊江雜詠十首》"山寺風搖殿角鈴"詩注①。

七

已分從公老牧羊^①，門生家世本敦煌。^②金丹五百題容緩，臨行，屬篆《金丹五百字》。先獻麻姑禁酒方^③。房師王荔園先生^④，官湖北安襄郧道，以軍興法^⑤先遣戍伊犁，在將軍署課讀，飲酒時或過量，故末語規及之。

① 已分：分，料想。已經料到。《漢書·蘇武傳》："自分從死久矣。"朱熹《鷓鴣天》詞："已分江湖寄此生，長蓑短笠任陰晴。"

老牧羊：老於邊庭。借用蘇武牧羊典。

② "門生"句：洪亮吉《天山客話》："余家郡望爲敦煌，不知始於何代，今自玉門縣安西州以迄巴里坤，皆漢敦煌郡地也。故余紀行詩云：'萬餘里外尋鄉郡，三十年前夢玉關。'皆紀實耳。"

③ 麻姑：道教神仙。葛洪《神仙傳》："麻姑自説接待以來，已見東海三爲桑田。"李肇《唐國史補》："李相泌以虛誕自任。嘗對客曰：'令家人速灑埽，今夜洪崖先生來宿。'有人遺美酒一榼，會有客至，乃曰：'麻姑送酒來，與君同傾。'"此處反用麻姑獻酒意。

④ 王荔園：見前舒其紹《伊江雜詠·命王》詩注③。洪亮吉《遣戍伊犁日記》："(嘉慶五年二月)初七日，晴。`……是日，綏定城同鄉遣人來迓，並云已在頭臺備飯，因遣先行，並便致書王荔園先生處。"洪亮吉《天山客話》："瀕行以戒飲箴荔園先生。"

⑤ 軍興法：戰時的法令、制度。《漢書·司馬相如傳下》："相如爲郎數歲，會唐蒙使略通夜郎、僰中，發巴蜀吏卒千人，郡又多爲發轉漕萬餘人，用軍興法誅其渠率。"

八

畢竟誰驅澗底龍^①，高低行雨忽無蹤。危厓飛起千年石，壓倒南山合抱松。伊犁大風每至,飛石拔木。

① 澗底龍:指雲氣。《周易·乾》:"雲從龍,風從虎,聖人作而萬物睹。"孔穎達疏:"龍是水畜,雲是水氣,故龍吟則景雲出,是雲從龍也。"厲鶚《同竹田大恒讓山二上人由九里松入西山坐冷泉亭作》詩:"徘徊拍欄干,喚起澗底龍。"

九

日日衝泥①掃落苔,一條春巷八門開。鼓樓北有八家巷,屋宇街道極修整。外臺②自有蕭閑法,謂廉使德泰③,乞余書堂額云"蕭閑外舍"。攜具方家④説餅來。方兵備受疇,製餅極佳,與廉使對門,每邀余飯,則兩人合治具。

① 衝泥:踏泥而行。杜甫《崔評事弟許相迎不到應慮老夫見泥雨怯出必愆佳期走筆戲簡》詩:"虛疑皓首衝泥怯,實少銀鞍傍險行。"

② 外臺:一作枭臺,清代對按察使的別稱。

③ 廉使:即廉訪,明清時期按察使有巡查之責,故有是稱。德泰在伊犁曾任撫民同知,《西陲總統事略》載:"德泰,嘉慶五年十一月到任,七年五月卸事。"

④ 方家:大方之家,指飽學之士或精通某種技藝的人。《莊子·秋水》:"吾長見笑於大方之家。"此處一語雙關,亦指注語中方受疇。方受疇(?—1822)字次耘,號來青,安徽桐城人。乾隆年間任兩淮鹽課大使,直隸大名府知府,調保定府知府,因事罷官。嘉慶四年(1799)賞道銜赴伊犁差遣,五年召還。

一〇

坐來①八尺馬如龍,演武堂高夾路松。謫吏一邊三十六,盡排長戟壯軍容。四月一日,隨將軍演武場角射,時廢員共七十二人。

① 坐來:一時,頃刻。李白《單父東樓秋夜送族弟沈之秦》詩:"坐來黃葉落四五,北斗已掛西城樓。"

一一

鑿得冰梯向北開,陰厓白晝鬼徘徊。萬叢磷火思偷渡,盡附牛羊角上來。①冰山為伊犁適葉爾羌要道,常撥回户二十人,日鑿冰梯,以通行人。

① 此詩寫穆素爾達坂。參前徐步雲《新疆紀勝詩》"傳聞打坂四時更"詩注①。及薛國琮《伊江雜詠》"冰山矗矗曙光寒"詩及自注。

<h2 style="text-align:center">一二</h2>

古廟東西闢廣場，雪消齊露粉紅牆。風光穀雨尤奇麗，蘋果花開雀舌香。①

① "風光"二句：指穀雨時節，蘋果花開，鳥在花間穿梭、覓食，也沾染了花香。洪亮吉《天山客話》："四月中，花事極盛，土人統名爲果子花，顏色頗似海棠。"

<h2 style="text-align:center">一三</h2>

城隅兩日霽寒威，韋曲①詞人尚下幃。謂韋大令佩金。趁得南山風日好，望河樓下踏春歸。惠遠城南有望河樓，面伊江，爲一方之勝。

① 韋曲：唐韋曲鎮，因諸韋聚居得名，在今西安市南。杜甫《奉陪鄭駙馬韋曲二首》其一："韋曲花無賴，家家惱殺人。"韋曲詞人指韋佩金（1752—1808），字書城，號酉山，江蘇江都人。歷官廣西蒼梧、淩雲等地知縣。嘉慶四年（1799）以軍需案罷官謫戍伊犁，八年釋歸。

<h2 style="text-align:center">一四</h2>

幽絕城西半畝宮，古垣迤北盡長松。危樓不用枯僧上，罔兩①時時代打鐘。西城外有古廟，常白晝見罔兩迷人，人無敢入廟者。

① 罔兩：一作魍（wǎng）魎（liǎng）。《左傳·宣公三年》："螭魅罔兩，莫能逢之。"杜預注："《説文》云，罔兩，山川之精物也。"

<h2 style="text-align:center">一五</h2>

百輩①都推食品工，剪蔬②饒復有鄉風。銅盤炙得花豬好，端正仍如路侍中③。同里趙上舍炳④，先以事戍伊犁，今館於綏定城。食品最工，燒花豬肉尤美。

① 百輩：上百位，指人多。方岳《書樓考甫梅花有百詠因徐直孺寄考甫》詩："以詩鳴者累

百輩,誰與梅花可相配。"

　　② 剪蔬:采摘蔬菜以招待客人。方回《春前一日還家》詩:"酊果待斟分歲酒,剪蔬先賦立春詩。"

　　③ 路侍中:路岩(827—874),字魯瞻,魏州冠氏(今山東冠縣)人。唐大中間進士,封魏國公,後流放儋州賜死。

　　④ 趙炳:字自怡,陽湖人,生卒年不詳,候選州同知,因事遣戍伊犁。《清代毗陵名人小傳》:"乾隆五十八年,未抵戍所,伊犁將軍聞其名,虛席以待。炳戍伊犁,以豪宕多才藝,爲將軍所厚。嘉慶初,洪亮吉忤仁宗旨,戍伊犁。將軍希上意謂將假手,願效黃祖殺禰衡以自爲功。炳語'將軍天威未可測,盍密請以後行之',從之。不獲允。洪抵戍,將軍轉善遇之。"

一六

　　甌脫宵寒忽異常,行轅門外橐它^①僵。堂期縱過天中節^②,明日仍冠骨種羊^③。將軍一月內以二、五、八爲堂期,諸廢員咸入辦事。又伊犁夏日即換季,後每天寒,則仍帶暖帽。

　　① 行轅:高級官吏的行館,或暫駐辦事之所。蔣士銓《臺灣賞番圖爲李西華友裳黃門作》詩:"畫旗金戟開行轅,繡衣使者來賞番。"此處指伊犁將軍府。

　　橐它:一作橐駝,即駱駝。《史記‧大宛列傳》:"牛十萬,馬三萬餘匹,驢、騾、橐它以萬數。"

　　② 堂期:衙門辦理公務的日子。

　　天中節:端午節。陳元靚《歲時廣記》卷二一:"《提要錄》:'五月五日,乃符天數也。'午時爲天中節。王沂公《端五帖子》云:'明朝知是天中節。'"

　　③ 骨種羊:此指羊皮製成的帽子。

一七

　　遊蜂蛺蝶競尋芳,花事初紅菜甲黃。只有塞垣春燕苦,一生不及見雕梁。^①春燕皆巢土室中。

　　① 洪亮吉《天山客話》:"塞外春燕皆巢於土室中,或棲止廚屋,故余《紀事詩》云:'只有塞垣春燕苦,一生不及見雕梁。'"

一八

　　一卷《平臺紀事》功,十年循吏說宏農^①。楊廉使廷理,曾官臺灣知府。預平林爽文等②，著《平臺紀事》二卷，時屬余點定。廉使在閩中最有政聲。**便同海外奇書讀，腹痛還思邴曼容**③。內有紀吾友湯大令大奎死節事。④

① 宏農：即弘農，漢武帝元鼎四年（前 113）所置郡。此處避乾隆諱改，以弘農楊氏郡望代指楊廷理。

② 林爽文（1756—1788）：福建省漳州府人，遷居臺灣彰化。後爲臺灣天地會領袖，乾隆五十一年（1786）參加並領導民變，失敗後被淩遲處死。

③ 腹痛：車過腹痛，謂悼念亡友。《後漢書·橋玄傳》："初，曹操微時，人莫知者。嘗往候玄，玄見而異焉。……又承從容約誓之言：'徂沒之後，路有經由，不以斗酒隻雞過相沃酹，車過三步，腹痛勿怨。'"

邴曼容：漢哀帝時有名望之人。《漢書·兩龔傳》："曼容亦養志自修，爲官不肯過六百石，輒自免去。"

④ 湯大奎（1728—1786），字曾輅，江蘇武進人，乾隆二十八年（1763）進士，歷任河南柘城、浙江德清、臺灣鳳山知縣。臺灣林爽文起事時死難。洪亮吉有《福建鳳山縣知縣贈雲騎都尉世襲死節湯君墓表》。

一九

城西連日雨昏黃，急溜先傾羊馬牆①。夜半老兵驚起叫，皁雕如虎撲人忙。②

① 羊馬牆：一作羊馬垣、羊馬城，城外修築的類似城圈的防禦工事。杜佑《通典》："城外四面壕內，去城十步，更立小隔城，厚六尺，高五尺，仍立女牆。謂之羊馬城。"

② "皁雕"句：洪亮吉《天山客話》："皁雕兩翼皆大如輪，慣欺獨客，手中物亦能攫之。"

二〇

萬死方來西海頭，別司鎖鑰領兜牟①。謂張太守鳳枝②，時派管軍器庫。南中老守疏狂甚，尚憶東風燕子樓③。太守有一妾，留河南親串署內，時憶及之。

① 兜牟：即兜鍪、頭盔，此處代指兵器。

② 張鳳枝：字械齋，一字夢廬，江蘇金匱（今無錫）人，生卒年不詳，禮部侍郎文恪公張泰開之孫，乾隆六十年（1795）恩科進士。嘉慶元年（1796）奏南籠府知府，適逢南籠仲苗叛亂，因規避軍差，於嘉慶二年革職發往伊犁充當苦差。

③ 燕子樓：唐朝貞元年間，武寧節度使張愔爲愛妾關盼盼所建。白居易《燕子樓三首序》："徐州故張尚書有愛妓曰盼盼，善歌舞，雅多風態。予爲校書郎時，遊徐、泗間。張尚書宴予，酒酣，出盼盼以佐歡，歡甚。予因贈詩云：'醉嬌勝不得，風嫋牡丹花。'一歡而去，邇後絕不相聞，迨兹僅一紀矣。昨日，司勳員外郎張仲素繢之訪予，因吟新詩，有《燕子樓》三首，詞甚婉麗。詰其由，爲盼盼作也。繢之從事武寧軍累年，頗知盼盼始末，云：'尚書既殁，歸葬東洛。而彭城有張氏舊第，第中有小樓，名燕子。盼盼念舊愛而不嫁，居是樓十餘年，幽獨塊然，於今尚在。'"

二一

　　將軍昨日射黃羊，親爲番王進一湯。<small>時哈薩克王子以承襲王爵來謝，因照例設宴。</small>百手盡從空裏舉，① 更憑通事② 貢真香。<small>外番以藏香爲貴，有所敬則獻之。</small>

　　① "百手"句：意爲人們高舉起酒杯慶賀，形容宴會場面的宏大和氣氛的熱烈。
　　② 通事：通事舍人，東晉始設，掌呈遞奏章、傳達皇帝旨意。此指翻譯。

二二

　　芒種才過雪不霏，伊犁河外草初肥。生駒① 步步行難穩，恐有蛇從鼻觀飛。<small>伊犁南山下有異蛇一種，遇騍馬即直立如梃，或入馬鼻中啖腦髓，馬遇之無不立死。</small>

　　① 生駒：駿馬。袁桷《鞭馬圖》詩："生駒萬里意，所向知無前。"

二三

　　黃泥牆北打門頻，白髮來辭喜氣新。<small>謂开鎮臺九敍①，以前四月奉恩旨釋回，至四川軍營效力。</small>卻買鮮魚飼花鴨，<small>伊犁鵝、鴨必以鮮魚飼之乃肥。</small>商量明日餞歸人。

　　① 开鎮臺：亓鎮臺之誤。亓九敍字丹弼，平陰東阿鎮人，生卒年不詳。乾隆己丑年(1769)進士，恩賞蘭翎侍衛，乾隆清門行走。授貴州新添營都司署威寧遊擊，以捕盜被誣，發往伊犁。

二四

　　伏流百尺水潺湲，地勢斜沖北斗垣①。高出長安一千里，故應雷雨在平原。伊犁地形高出西安八百餘里。②

　　① 北斗垣：北斗城。長安城上直北斗，號北斗城。杜甫《歷歷》詩："巫峽西江外，秦城北
斗邊。"

　　② "伊犁"句：參洪亮吉《天山客話》："伊犁地形高出陝西西安府八百一十里。"

二五

　　生羌①一月病彌留，夜半魂歸户不收。忽變驢鳴出門去，郭橋何似板橋
頭。②二月中，有生羌居北關外，將死，忽變爲驢，惟一足未化，人皆見之。

　　① 生羌：指當地的少數民族。
　　② 郭橋：城外之橋。《説文》："郭，外城也。"
　　板橋事，見唐代薛漁思《河東記・板橋三娘子》傳奇，述汴州西有板橋店，店主三娘子常讓
住店旅客吃施過法術的燒餅，將他們變爲驢，以吞没其財物。

二六

　　偶選龍媒貢上方，萬蹄如鐵剖①河梁。驊騮盡解如人立，環拱將軍下
角場②。

　　① 剖：分列。
　　② 角場：演武場。參前"坐來八尺馬如龍"詩自注。

二七

　　鶻鵃①啼處卻東風，宛與江南氣候同。杏子乍青桑葚紫，家家樹上有黄
童②。伊犁桑葚極美，白者尤佳。

　　① 鶻鵃：一作鶻姑，即斑鳩。參前徐步雲《新疆紀盛詩》"桃花得雪最輕盈"注①。梅堯臣
《送江陰僉判晁太祝》詩："江田插秧鶻姑雨，絲網得魚雲母鱗。"

　　② 黄童：幼童。韓愈《元和聖德詩》："黄童白叟，踴躍歡呀。"此句指幼童爬樹摘桑葚。

二八

　　纍臣①百計遣秋光，學圃年來浸②有方。蒔得菊花三百本，歸家亭子宴重

陽。歸方伯景照③善蒔菊，每年以重陽前後宴客。

① 纍臣：又作縲臣。《左傳·僖公三十二年》："孟明稽首曰：'君之惠，不以纍臣釁鼓。'"杜預注："纍，囚繫也。"此指廢員。

② 學圃：《論語·子路》："（樊遲）請學爲圃，子曰：'吾不如老圃。'"朱熹集注："種蔬菜曰圃。"此指種花。

浸：逐漸。

③ 歸方伯景照：歸景照（？），字映藜，江蘇常熟人，曾官浙江布政使。乾隆五十七年（1792），因江蘇巡撫福崧、兩淮鹽運使柴楨貪腐案內未據實參奏，遣戍伊犁。

二九

窮荒連月有恩綸①，邊雨初晴塞草春。昨午北郊迎詔使②，分明捧日兩黃人③。純皇帝升祔④，詔使到日，雨適霽，余隨將軍出北郭恭迓。

① 恩綸：指恩詔。《禮記·緇衣》："王言如絲，其出如綸。"孔穎達疏："王言如絲，其出如綸者，王言初出微細如絲，及其出行於外，言更漸大，如似綸也。"

② 詔使：皇帝派出的特使。《新唐書·崔戎傳》："時詔使尚在，民泣詣使，請白天子丐戎還，使許諾。"

③ 捧日黃人：《太平御覽》卷八七二引《符瑞圖》："日，二黃人守者，外國人方自來降也。"此處指穿黃色馬褂的特使。

④ 純皇帝：即乾隆皇帝愛新覺羅弘曆。乾隆帝廟號高宗，謚號"法天隆運至誠先覺體元立極敷文奮武欽明孝慈神聖純皇帝"，故稱"純皇帝"。

升祔（fù）：升入祖廟，附祭於先祖。此指乾隆皇帝去世。

三〇

怪風時起撲燈蛾，舊燕巢欹鼠作窠。蒸得春蚊大如斗，①南山濕霧入簾多。

① "蒸得"句：意爲蚊蟲在霧氣中飛舞。

三一

老饕到此已無緣，且減常餐汲井泉。十日齋廚冷於寺①，故應蔬味勝腥羶。②

① 冷於寺：指不吃葷菜。

② "故應"句：洪亮吉《天山客話》："伊犁白菜極脆美，自三月至冬十月，皆可以爲常饌。"
又："塞外百菜皆極甘美，甘凉等州縣所不如也。"

三二

達板偷從宵半過，箏琶絲竹響偏多。不知百丈冰山底，誰製齊梁子夜歌。
夜過冰山者，每聞下有絲竹之聲，又聞有唱子夜歌者，莫測其奇也。①

① 此詩亦寫穆素爾達坂。洪亮吉《冰山贊》："陰陽顯晦，倏爾萬變。飛仙失足，亦墜無間。
冰梢爍日，波末閃電。清商夜聆，奇鬼晝見。危茲達坂，高乃百盤。南馳于闐，北走大宛。洶洶
隆隆，地軸半拆。熇熇爍爍，天宇五色。"

三三

籬豆花紅蘚葉班，時時約客話更闌。齋廚百品多嘗遍，惜少山雌①入食
單。陳巡撫淮②食品絕精，聞秋冬間燒雉尤美，惜不及食之。

① 山雌：雉。《論語·鄉黨》："山梁雌雉，時哉時哉。"

② 陳淮（1731—1810）：字望之，號藥洲，商丘人。乾隆十八年（1753）拔貢，乾隆三十七年
任廣州知府，累官江西巡撫，因事謫戍伊犁。

三四

山溝六月曉霞蒸，百果皆從筵上升。買得塔園瓜五色，温都斯坦玉盤承。
果子溝至六月百果方熟。伊犁北郭外滿洲駐防塔章京①園内有五色瓜。温都坦制玉盤盂等極精，伊犁
亦時有之。

① 章京：滿語 jang gin 音譯，多指軍職或衙門中辦理文書的官員，位階差別較大。塔章
京：人不詳。

三五

偶向尊前學楚歌①，天涯誰識故人多。郎官湖②水清如鏡，絕憶三更放棹

過。癸卯秋，余自西安歸，過漢陽，族侄聖也邀余夜遊郎官湖，時廉使德泰爲漢陽守，亦在座。余已不記憶矣，及至此，廉使話及之。

① 楚歌：楚地的土風歌謠，此處泛指歌謠。

② 郎官湖：在湖北漢陽。李白《泛沔州城南郎官湖》詩：“四坐醉清光，爲歡古來無。郎官愛此水，因號郎官湖。”本名南湖，李白應故人張謂所請，爲改今名。

三六

五月天山雪水來，城門橋下響如雷。南衢北巷零星甚，卻倩河流界畫開。

四月以後，即引水入城，街巷皆滿，人家間作曲池以蓄之，至八、九月始涸。①

① 洪亮吉此詩中所描寫的伊犁惠遠引水入城、居民蓄水事，爲清代文獻所僅見。格瑑額《伊江匯覽》：“惠遠城築於空郭爾俄博山前，高阜亢旱，艱於水澤。南臨大河約一里許，坡坎往返，汲取爲難。丁亥，將軍阿（桂）在於城內八旗寬巷及大街地方，共開挖井二十七眼，汲水食用。旋因渠水入城，便於挑取，不復汲取井水，歷年久遠，並無淘濬，微有琉璜臭氣，遂爲棄井。冬春冰凍渠涸，兵民仍汲大河水之爲。午春，皇上軫念水澤，籌議移城。而將軍伊（勒圖）復以井水爲請，旋於仲夏之杪，先於署東開挖舊井一眼，甫深六丈，便得沙泉，水既湧旺，味亦甘平。隨於各旗每佐領下，挖井一眼，共得井四十眼。又於大街地方挖井十眼，以爲商民食用。四十年春間，復於每旗添挖井一，是爲餘井，以供淘挖不時之需。城中自將軍、參贊、領隊大臣各衙署及八旗，凡井六十五眼。其水深至三四尺及三二尺不等，一井日可得水二百餘擔及一百餘擔，數日淘濬一次，鑲作如式，不致壅淤傾塌。”《新疆識略》：“嘉慶十二年，將軍松筠奏言：伊犁惠遠城在大河北岸，當年城至河岸相距二三里，歷年河水沖刷其堤岸，率以柳囤絡石，水長輒壞，辦理迄無成效。今河岸距城僅半里許，臣於本年春間派委原任河道總督李亨特相度形勢，創築挑水土壩，長六十餘丈，底寬七丈，頂寬四丈，迎溜築掃鑲護水，至掛淤泥。本年夏，秋水發，竟免沖刷。”

三七

戟門①東去水潺湲，山色周遭柳作垣。日昃②馬行三十里，納涼須駐會芳園③。會芳園在綏定城總兵署後，極幽爽。

① 戟門：一作棘門。古代帝王外出，止宿處立戟爲門。亦指軍營之門。《周禮·天官·掌舍》：“爲壇壝宮棘門。”鄭玄注：“鄭司農云：‘棘門，以戟爲門。’”

② 日昃：太陽開始偏西。曹植《雜詩七首》其三：“西北有織婦，綺縞何繽紛。明晨秉機

杼,日昃不成文。”

③ 會芳園:俗名綏園,在綏定城中,爲伊犁總兵居處,乾隆年間由德光所建,是清代伊犁地區最負盛名的官邸園林之一。王大樞《西征録》:“創始於鎮臺德公,至佑齋皂公接鎮而擴之,益以巴蜡廟、關廟,及射圃、亭台、池島、水閣諸勝,每八月十五,遊人入玩,管弦燈火,徹夜歡騰。”洪亮吉《天山客話》:“自嘉峪關至伊犁大城,萬一千里,所見園亭之勝,以綏定城總兵官廨爲第一。荷池至五六處,皆飛樓傑閣,繞之老樹數百株,皆百年以外物。”

三八

待得城樓月欲升,竟攜茶具就書燈。九朝舊事無人聽,只有西廳老郡丞①。同知哈豐阿性嚴冷,與滿漢同官無一合者,惟最重余。又留心國朝舊事,以余歷直内廷諸館,頗諳掌故,每夜輒攜果餌等物就訪,乞余爲説九朝事蹟,恒傾聽不倦。

① 郡丞:郡守的佐官。此指自注中的哈豐阿。哈豐阿(?),時任伊犁撫民同知。《西陲總統事略》:“乾隆五十九年九月到任,嘉慶五年十一月卸事。”

三九

結客城南緩步回,水雲寬處浪如雷。昨宵一雨渾河長,十萬魚皆擁甲來。①伊犁河魚極多,皆無鱗,而皮厚如甲。

① “十萬”句:極寫伊犁河中魚類之多。格琫額《伊江匯覽》:“鱗中有鯉魚、鯽魚,產於大河,皮厚而肉鬆。每當春漸初融,自三月至五月上旬,則喁喁若貫,綱罟之利,窮黎有賴之。於五月下旬河水漲發,則皆深潛,未易(綱)[網]獲也。”洪亮吉《天山客話》:“伊犁河魚極多,類皆無鱗而皮厚數寸,雖欲烹鮮,殊難下箸矣。”

四〇

一旬蝴蝶已成團,便擬開筵宴謫官。攜得百花洲①畔法,種來鶯粟大如盤。陳巡撫寓齋鶯粟獨盛,有五色如盤者,蓋江西所攜來之種。擬分日宴客。

① 百花洲:在江西南昌。陳淮曾任江西巡撫,故此處以之代指江西。洪亮吉《天山客話》:“陳巡撫寓廬本參贊公廨,射亭在西偏,罌粟數畝,大者如盤,或有一花具五色者,皆内地所無有也。”

四一

積雨冥蒙路不開，巑岏^①歷盡始三臺。萬松怪底都相識，曾向童年入夢來。^②

① 巑（cuán）岏（wán）：《文選》卷一九宋玉《高唐賦》："盤岸巑岏。"李善注："王逸《楚辭注》曰：巑岏，山銳貌。"

② "萬松"二句：洪亮吉《天山客話》："余年二十外，在天井巷汪氏宅課甥。時三月中，科試期迫，三鼓後，就樓西觀我齋讀書，倦極隱几。忽夢身輕如翼，從窗隙中飛出，隨風直上，視月輪及斗勺，手皆可握。倏旋風東來，吹入西北。約炊黍頃，見一大山，高出天半，萬松棱棱，直與天接，下瞰沙海無際，覺一翼之身，吹貼松頂，乃醒。今歲臘月二十六日，從哈密往巴里坤，道出天山北道，所見山及松，皆前夢中景也，益信事皆前定。此行已兆在三十年前矣。"

四二

雪深才出玉門關，三月君恩已賜環。贏得番回道旁看，爭傳李白夜郎^①還。

① 夜郎：唐貞觀十六年置縣，地在今貴州遵義、桐梓一帶。天寶十四載（755），在宣城一帶隱居的李白加入永王李璘幕府。李璘反叛被肅宗消滅後，李白也因之獲罪，被投入潯陽監獄，隨後流放夜郎，中途遇赦而還。此處爲洪亮吉自喻。

汪廷楷

　　汪廷楷(1745—1830?),字仰亭,號式庵,祖籍安徽歙縣,遷江蘇丹徒。乾隆四十二年(1777)舉人,以大挑一等往山東做官,歷任費縣令、黃縣令、濱州知府、金鄉縣令。嘉慶七年(1802)因金鄉縣冒考案充軍伊犁,八年抵戍,十一年獲釋東歸。在伊犁期間,協助伊犁將軍松筠編纂《西陲總統事略》,書未成而戍滿釋歸,後由祁韻士在此基礎上繼續編纂完成。所著有《西行草》。

回城竹枝詞

解題:

　　組詩選自《西行草》,共計 20 首。作者集中描寫了南疆地區的節氣、官制、宗教、服飾及民俗景觀。汪廷楷在新疆生活期間,似並未親歷南疆,他或者只是根據耳聞,以及編纂《西陲總統事略》時收集到的相關資料寫下這些詩作。不過組詩中還有數首作品描寫伊犁地區少數民族事務,如"訟詞管理是東廳""臺吉衙開寧遠城"等詩作,則應來自於詩人自己的親身聞見。

一

　　天西風俗著花門,事事全憑問阿渾。回子中設掌教一人,管理回事,回語謂之阿渾。族譜不傳無姓氏,只呼哥弟辨卑尊。回人無姓氏宗譜,諸父兄舅皆謂之哥弟,侄甥婿皆謂之弟,同輩謂之親戚。

二

　　一彎新月正初弦,紀歲從教屈指編。回俗無正朔,以望見新月爲月初,三十日爲一月,十二月爲一年。無小建,亦無閏。五十二回巴雜爾,回人趁墟謂之巴雜爾①。每七日一次,計五十二次爲一年,合之得三百六十四日。**家家人則過新年**。每過年之前一月把齋起,至次月初望見新月則開齋,過年謂之入則。

① 趁墟:一作趁虛,趕集。柳宗元《柳州峒氓》詩:"青箬裹鹽歸峒客,綠荷包飯趁虛人。"

三

每週年前盡把齋,朝朝禮拜淨形骸。把齋之日,男女皆以淨水遍身澆洗,而後禮拜。**愛伊諦**①**後恣酣飲**,回人開齋過年,男女唱舞哄飲爲樂。回語謂之入則愛伊諦。**笑舞喧闐暢酒懷**。回人喜飲,每過年之日,恣飲爲樂。

① 愛伊諦:維吾爾語 hejt 語音譯,意爲節日。

四

高冠尖翅布纏頭,回子有職守者,皆戴尖翅高帽。常人則以白布裹頭,謂之纏頭。**冬夏常披老毳裘**①。**兩兩並騎駝背上,紅皮靴子是香牛**。

① 毳(cuì)裘:毛皮衣服。梅堯臣《次韻和王景彝十四日冒雪晚歸》詩:"記取明朝朝謁去,毳裘重戴冷寥寥。"

五

恰齊巴克帽兒尖,紅絡雙垂髮過肩。回女皆結髮爲辮,嫁後則梳髮後垂,紅絲爲絡,回語謂之恰齊巴克。**衣敞前襟衫袖窄,滿頭高插紙花鮮**。

六

相逢對語意相和,便結朱陳①**索聘多**。回俗嫁娶,兩家意合即與聯姻。男家饋送牛羊、布匹等物無算。**到得佳期齊鼓吹,家家馬上看央哥**。回婦謂之央哥。

① 朱陳:古村名。白居易《朱陳村》詩:"徐州古豐縣,有村曰朱陳。……一村唯兩姓,世世爲婚姻。"後代指兩姓聯姻。

七

殊方亦自解同文，體畫渾如蝌蚪紋。滿幅蟲書①橫讀去，回字橫寫。若非毛喇不能分。回童能書記者，謂之毛喇。②

① 蟲書：參前沈峻《輪臺竹枝詞》"斗印朱文照眼光"詩注①，及後蕭雄《聽園西疆雜述詩·文字》詩與自注。此指少數民族文字不易辨認。

② 此處自注有誤，參前福慶《異域竹枝詞》"金絲銀線巧機成"詩注②。

八

相見何須跪拜頻，阿斯喇木即爲親。回人相見無跪拜之禮，凡遇尊長，交手當胸而頓其首，回語謂之阿斯喇木。笑他父老多情甚，不管人前只接唇。①年長者與卑幼遇，以接唇爲親。

① "不管"句：《西域聞見錄》："回子見人無跪拜之禮，凡遇尊長及其頭目，交手當胸而頓其首，謂之阿斯拉木。……而長上與幼輩相見，不論男女，皆以接唇爲禮。"

九

滿街皮鼓響冬冬，回樂以鼓爲主。笳管胡琴曲興濃。亦自宮商成節奏，鮮衣跳舞態從容。

一〇

本無權度與衡量，出納居然較短長。計數只憑塔哈爾①，回人以帽量穀，以塔哈爾計數。塔哈者，布口袋也。兩端稱物最精詳。回人無秤，置物於兩端，以適均爲主，回語謂之徹克勒。

① 塔哈爾：一作他噶爾。《西域聞見錄》："糧穀少者以回帽量，多者以他噶爾計算。他噶爾者，小布袋也，大者爲帕他嗎。回子枰兩端置物，均勻則兌換，謂之輒勒克。"

一一

　　爲諧伉儷兩情投，嫡庶無分盡等儔。一人可娶數妻，不分嫡庶。最是不堪揚土爾^①，夫婦不和，隨時可以離異，回語謂之揚土爾。各攜兒女莫容留。所生子女亦各分認，夫得男，婦得女。

　　① 揚土爾：維吾爾語離婚之意。《西域聞見録》：“夫婦不和，隨時皆可離異，回語謂之揚土爾。妻棄其夫者，不許動室中一芥。夫棄其妻者，家中所有，任妻取攜。子女亦各分認，夫得男，妻得女。離異一年之中，其妻或生子女，夫可承認，逾年則謂不相干涉矣。往往有離異數年，更數夫，而仍歸前夫者。又有歷數年，更數夫，而猶與往來者。”

一二

　　蒲萄釀酒最爲佳，桑葚山桃美並誇。更有甕頭巴克遜，朝朝飲到夕陽斜。糜子爲酒，渾如米泔，無酒味，亦不能醉人。回語謂之巴克遜，回人酷喜飲之，朝夕不離。

一三

　　來往春街載橐^①過，道旁沙棗共蘋婆。回人善種果樹，每年春日官道兩旁攤賣。打牲最是尋常事，野鶩山雞值不多。雞鴨每隻不過數分。

　　① 載橐：背着口袋。《詩·周頌·時邁》：“載戢干戈，載橐弓矢。”

一四

　　抱布貿貿^①集市廛，五絲織就錦紋鮮。回布、回錦最佳。穹廬妙手偏多巧，還有雕絨細罽氈。

　　① 抱布貿貿：此指商品交易。典出《詩·衛風·氓》，參前曹麟開《塞上竹枝詞敘》注。

一五

　　頭銜伯克等階差，伯克，回子官名。噶雜納叶平。齊到玉孜。皆伯克名。獨有阿

奇木最重，_{阿奇木伯克係三品，回子中之總領。}總持部曲是專司。^①

① 此詩述回疆官職，參前福慶《異域竹枝詞》"官仍伯克似專城"詩注③。

一六

當年臺吉著豐功，襲職酬庸^①爵上公。_{伊犁平定後，由哈密分來開屯駐守，加封公爵，}世襲罔替。每遇班聯^②隨慶賀，雙花翎子頂珠紅。

① 酬庸：酬功。江淹《封江冠軍等詔》："開曆闡祚，酬庸爲先。"
② 班聯：朝見天子的行列。曹勳《江神子》詞："玉筍班聯，宜冠紫微郎。"

一七

雲屯千頃早年開，十萬軍糧駝載來。最是澆冬惟雪水，_{回俗農事畢則放水入地，}謂之澆冬。三秋麥子積成堆。

一八

爲奉清真禁宰屠，往生咒罷始充廚。_{一切宰殺，必先念咒語。}每逢酬願陳瓜果，最好油香^①到口酥。

① 油香：中國穆斯林的傳統食品，是一種油炸的麪餅。每逢重要節日，均要炸油香。

一九

訟詞管理是東廳，_{伊犁設同知二員，一爲撫民，專理民事；一爲理事，專管旗人。回子詞訟衙}署在將軍署東，故謂之東廳。三兩輪班值戶庭。_{署前有回子數名，承值一切差使。}遇事但憑通事解，華言譯出始能聽。

二〇

臺吉衙開寧遠城，六千戶口樂生成。_{乾隆二十六年平定伊犁後，辦事大臣阿^①由南路}

帶回子六千户前來種地，每年每户納糧十六石。建寧遠城一座，臺吉駐守。欲酬帝德真高厚，賚予②頻加爲勸耕。每歲秋成後，將軍具奏，臺吉以下，賞賚有差。

① 辦事大臣阿：謂阿桂。見前舒其紹《伊江雜詠·祠堂》詩注③。

② 賚予：賞賜。毛詩序："《賚》，大封於廟也。賚，予也。言所以錫予善人也。"

祁韻士

祁韻士(1751—1815),原名庶魁,字偕庭,號鶴皋,又號筠淥,晚年號訪山,山西壽陽人。乾隆四十三年(1778)進士,選翰林院庶吉士,散館授編修。累官河南司員外郎、户部郎中、寶泉局監督。嘉慶九年(1804),寶泉局局庫虧銅案發,祁韻士受牽連,於嘉慶十年遣戍伊犁。嘉慶十三年赦還原籍。後著述授經,主講於甘肅蘭山書院、保定蓮池書院。卒於保定。一生著述頗豐,主持編纂《欽定外藩蒙古回部王公表傳》《皇朝藩部要略》等。在遣戍期間,受時任伊犁將軍松筠委托,纂修《伊犁總統事略》(後改名《西陲總統事略》),還著有《西陲要略》《西域釋地》《萬里行程記》《濛池行稿》。清代西北歷史地理學的開創者之一。

西 陲 竹 枝 詞

解題:

《西陲竹枝詞》作爲祁韻士編纂《西陲總統事略》的"副産品"之一,被作爲《西陲總統事略》的一個有機組成部分編入該書卷末。祁韻士在《濛池行稿自序》中説:"余少喜讀史,討論古今,未嘗稍倦,顧獨不好爲詩。通籍後始稍稍爲之,然酬倡嫌其近詖,賦物又苦難肖,操觚率爾,急就爲章,已輒削棄之,不復置意。……歲乙丑,以事謫赴伊江,長途萬里,一車轆轆,無可與話,乃不得不以詩自遣。客遊日久,詩料滋多,雖不能如古人得江山之助,然無日不作詩,目覽神移,若弗能已。"遣戍經歷促發了祁韻士詩歌創作的靈感,他現存的大部分詩作均作於此一時期。《西陲竹枝詞》組詩共 100 首,如詩人在自序中所稱"詞之工拙有所不計,惟紀實云",全面描寫了新疆天山南北兩路的城市、山川、物産、民族、風俗,規模龐大,是蕭雄《聽園西疆雜述詩》之前,唯一從宏觀視角描寫全疆情形的組詩,獨具價值。作者本人並未到過南疆地區,詩歌中對於南疆情況的描寫,多取自編纂《西陲總統事略》時收集的史料,其中也包括椿園七十一《西域聞見録》一書。祁韻士本人對此亦毫無諱言,如《雪雞》詩中,作者即謂

"《聞見録》言之，惜余未見"。他如《庫車》《柳樹泉》《風戈壁》《壓油鳥》等詩作，也采摭了《西域聞見録》中的相關記載。但難能可貴的是，作者能夠對這些内容的正誤進行判斷與辨析，而非一味化用，這也凸顯出相關詩作的特點與價值。

西陲竹枝詞序

程振甲

　　自玉門以西，秋氣盈抱，商聲①滿耳。天似穹廬，聞《敕勒》之歌；地當甌脱，按鮮卑②之語。在昔《黃麞》③行酒之什，赤驥呈材之辭，騷客善懷，懷何能已。則有祁君鶴皋者，以石渠④著作之彦，適輪臺廣莫之鄉，耳目所治，發爲文章，典册所遺，值於俄頃。疇昔寱言⑤，虛傳渤澤⑥之水；今也出遊，屢達昆侖之墟。此《西陲竹枝》之作所由來也。夫其大去鄉國，遠適異徼⑦，依倚宛馬，追隨皂雕。經闔展之穴，則天風落衣；過祁連之山，則古雪照面。新蟾耿子朔朒⑧，列象燦乎宵明⑨。引領南望，蔽於瓜沙⑩，窮日西逐，亘以葱嶺。於是導言泉⑪之富，振意蕊⑫之繁。紀其疆索⑬，首十又六城；條諸沿革，歷五十餘國。與夫境俗之優薄⑭，産載之區品，川塞之基源⑮，氣節之通隔，莫不宛轉附物，怊悵切情。嗚呼，祁君之詩，可以觀矣。且士大夫局於跬步⑯，侈言臥遊，目未睹冰谷火井⑰之奇，手未披樹槐刻箭⑱之奧，是以話金河⑲之重源，則駴聞列星⑳，考窮石㉑之餘波，則誤指半月㉒。其他屬國所隷，都護所屯，安能證其綿褫㉓，增成故實哉？亦有握尺一之符，統萬衆之師，勞心於屯田詰戎㉔，息意㉕於模山範水，則亦未遑奮清鏘之管㉖，爲混沌書眉㉗，蒐宛委㉘之編，爲鑿空補注。彼神怡而務閑，慮周而藻密者，我儀其人，蓋祁君也。至於皇威之普，土宇之恢，誦此詩者，北戊之北共戴撐犁㉙之高，西瀛以西群占幹吕㉚之氣，將見價重黃龍㉛，户藏白璧矣。飛行有日㉜，跂予望之㉝。

　　① 商聲：五音中的商音，亦指秋聲或悲涼的音樂。《文選》卷二三阮籍《詠懷詩十七首》其十："素質遊商聲，悽愴傷我心。"李善注："《禮記》曰：孟秋之月，其音商。"

　　② 鮮卑：中國古代北方民族，曾建立北魏、北燕、西涼政權。

　　③《黃麞(zhāng)》：樂府新歌謠辭和舞曲名。《樂府詩集·歌辭·黃麞歌》："《唐書·五行志》曰：'如意初，里中歌黃麞。後契丹李盡忠、孫萬榮叛，陷營州。則天令總管曹仁師、王孝

傑等將兵百萬討之，大敗於硤石黃麢谷而死。'朝廷嘉其忠，爲造此曲，後亦爲舞曲。"

④ 石渠：《三輔黃圖》："石渠閣，蕭何造。其下礱石爲渠以導水，若今御溝，因爲閣名。所藏入關所得秦之圖籍。至於成帝，又於此藏秘書焉。"

⑤ 寱言：醒後獨自說話。《文選》卷二九張華《雜詩》："伏枕終遙昔，寱言莫予應。"李周翰注："寱言，謂臥而語，無人應我也。"

⑥ 泑澤：古時對羅布泊的別稱。《山海經·北山經》："敦薨之山，其上多椶、枏，其下多茈草。敦薨之水出焉，而西流注於泑澤，出於昆侖之東北隅，實惟河源。"

⑦ 異徼：塞外。參前王芑孫《西陬牧唱詞六十首》"群山莽莽走中原"詩注③。

⑧ 新蟾：新月。傳說月中有三足蟾蜍，因以蟾代稱月。溫庭筠《夜宴謠》詩："高樓客散杏花多，脈脈新蟾如瞪目。"

朔朒（nǜ）：朔，農曆每月初一。朒，農曆月初月亮出現在東方。《文選》卷十三謝莊《月賦》："朒朓警闕，朏魄示沖。"呂向注："月朔見東方曰朒。"此處指明月在天。

⑨ 列象：《周易·繫辭下》："八卦成列，象在其中矣。"《文選》卷五五陸機《演連珠五十首》其四七："臨淵揆水，而淺深難察。"劉孝標注："天佈列象物，所以知其度，此即遠猶疏；淵之積水，人所不能測，此即藏於器也。"此指星星。

宵明：夜間明亮發光。《南齊書·樂志》："四靈晨炳，五緯宵明。"

⑩ 瓜沙：瓜州與沙州。瓜州，位於今敦煌之西。沙州，地當今敦煌市。見前福慶《異域竹枝詞》"蘇勒河邊故跡存"詩及注①。

⑪ 言泉：話如泉湧。《文選》卷十七陸機《文賦》："思風發於胸臆，言泉流於脣齒。"呂向注："思之發也，如風起激於胸臆。言之出也，如泉之湧動於脣齒矣。"

⑫ 意蕊：指心情糾結如花蕊。梁簡文帝蕭綱《與廣信侯書》："豈止心燈夜炳，亦乃意蕊晨飛。"

⑬ 疆索：《左傳·定公四年》："聃季授土，陶叔授民，命以《康誥》，而封於殷虛。皆啓以商政，而疆以周索。"杜預注："疆理土地以周法。索，法也。"此指疆域。

⑭ 優薄：寬厚澆薄。《後漢書·西域傳》："若其境俗性智之優薄，產載物類之區品，川河領障之基源，氣節涼暑之通隔，梯山棧谷繩行沙度之道，身熱首痛風災鬼難之域，莫不備寫情形，審求根實。"

⑮ 基源：本源、源頭。出處見上注⑭所引《後漢書·西域傳》文。

⑯ 跬步：半步。形容距離極近，數量極少。《荀子·勸學》："故不積跬步，無以至千里；不積小流，無以成江海。"

⑰ 冰谷火井：郭憲《洞冥記》："有龍肝瓜，長一尺，花紅葉素，生於冰谷，所謂冰谷素葉之瓜。"張華《博物志》："臨邛有火井一所，從廣五尺，深二三丈。"此指奇險之地。

⑱ 樹槐刻箭：樹槐，典出劉向《列女傳》：齊女之父醉後誤傷齊景公槐樹當死，此女子造晏子之門，爲父求情，最終其父得到赦免："今吾君樹槐，令犯者死。欲以槐之故殺婧之父，孤妾之

身,妾恐傷執政之法而害明君之義也。鄰國聞之,皆謂君愛樹而賊人,其可乎?"刻箭:《三朝北盟會編》:"其法律吏治,則無文字,刻木爲契,謂之刻字。賦斂調度,皆刻箭爲號,事急者三刻之。"此指没有聽説過的奇聞。

⑲ 金河:《太平寰宇記》引《郡國志》云:"雲中郡有紫河鎮,界内有金河水,其泥色紫,故曰金河。"今内蒙古呼和浩特市南大黑河。此處指黄河,故與"重源"連用。

⑳ 列星:指星宿海。見前宋弼《西行雜詠》"星宿河源九曲遥"詩注①。

㉑ 窮石:《淮南子·墜形訓》:"赤水之東,弱水出自窮石,至於合黎,餘波入於流沙。"許慎注:"窮石,山名也,在張掖北。"

㉒ 半月:指月牙泉。

㉓ 綿褫(chǐ):年久脱失。酈道元《水經注》卷一:"《外國圖》又云:從大晉國正西七萬里,得昆侖之墟,諸仙居之。數説不同,道阻且長,經記綿褫,水陸路殊,徑復不同,淺見末聞,非所詳究。"

㉔ 詰戎:詰戎治兵,整治軍事。《尚書·立政》:"其克詰爾戎兵。"孔傳:"其當能治汝戎服兵器,威懷並設。"此處指停止戰爭。

㉕ 息意:絶意。葛洪《抱朴子·内篇》卷四《金丹》:"遂不遇之者,直當息意於無窮之冀耳。"

㉖ 清鏘之管:指詩歌風格清越。白居易《繼之尚書自余病來寄遺非一又蒙覽醉吟先生傳題詩以美之今以此篇用伸酬謝》詩:"交情鄭重金相似,詩韻清鏘玉不如。"

㉗ 混沌書眉:混沌一作渾淪,宇宙形成前氣、形、質三者渾然一體的迷蒙狀態。《列子·天瑞篇》:"氣形質具而未相離,故曰渾淪。渾淪者,言萬物相渾淪而未相離也。"書眉,此指在書内天頭上的批注。

㉘ 宛委:宛委山。《史記·太史公自序》:"上會稽,探禹穴。"張守節正義引《括地志》:"石箐山一名玉笥山,又名宛委山,即會稽山一峰也,在會稽縣東南十八里。"趙曄《吴越春秋》:"禹退又齋,三月庚子,登宛委山,發金簡之書。案金簡玉字,得通水之理。"此指蒐集稀見材料,以著述立説。

㉙ 撑犁:一作撑里。《漢書·匈奴傳》:"匈奴謂天爲'撑犁'。"

㉚ 幹吕:律爲陽,吕爲陰,幹吕意爲陰氣調和。《十洲記》:"臣國去此三十萬里,國有常占東風入律,百旬不休,青雲干吕,連月不散者。當知中國時有好道之君。"

㉛ 黄龍:上等的黄金。《初學記》:"上金爲紫磨金,又曰揚邁金。《孟子》曰'兼金',好金也。《淮南子》曰:'玦五百歲生黄澒,五百歲生黄金,黄金千歲爲黄龍。'"

㉜ 飛行有日:《楚辭·離騷》:"吾令鳳鳥飛騰兮,繼之以日夜。"王逸注:"言我使鳳鳥明智之士飛行天下,以求同志。"此句指在外漫遊日久。

㉝ 跂予望之:《荀子·勸學》:"吾嘗跂而望矣。"楊倞注:"跂,舉足也。"

西陲竹枝詞小引

　　歌詠之作，曰情，曰景。西陲遠在塞外，果有何景可摹，何情可寄？然而天地之大，萬物之變，書册所載，猶欲裒集①參稽，以廣異聞。若既有所見而顧無一言以紀之，可乎？況龍沙萬里，久入版圖，遊斯土者，見夫城郭人民之富庶，則思德化罩敷②，怙冒③罔極；見夫陵谷藪澤之廣大，則思《山經》《水注》，掛漏殊多；見夫物産品匯之繁滋，則思雪海昆虛④，瑰奇不少。每有所觸，情至而景即在，是豈必模山範水始足言景，弄月吟風始足言情哉！塞廬⑤讀書之暇，涉筆爲韻語，得一百首，聊自附於巴渝之歌⑥。首列十六城，次鳥獸蟲魚，次草木果蔬，次服食器用，而終之以邊防夷落，以志西陲風土之大略。詞之工拙有所不計，惟紀實云。

　　　　　　　　　　　　　　　歲在戊辰如月⑦，前史官壽陽祁韻士鶴皋甫謹題。

　　① 裒集：彙集成書。《新唐書·王維傳》："寶應中，代宗語縉曰：'朕嘗於諸王座聞維樂章，今傳幾何？'遣中人王承華往取，縉裒集數十百篇上之。"

　　② 罩敷：廣佈。李嶠《爲杭州崔使君賀加尊號表》："滂流之澤，出九被而浸群方。"

　　③ 怙冒：《尚書·康誥》："越我一二邦，以修我西土。惟時怙冒，聞於上帝。"王引之注："怙，大也。……冒，懋也。惟時怙冒，言其功大懋勉也。"

　　④ 昆虛：一作昆墟，昆侖山。亞洲中部山系，西起帕米爾高原，橫貫新疆，東至青海西部。陶潛《讀山海經十三首》其三："迢遞槐江嶺，是謂玄圃丘。西南望昆墟，光氣難與儔。亭亭明玕照，落落清瑶流。恨不及周穆，托乘一來遊。"

　　⑤ 塞廬：塞外的屋舍。

　　⑥ 巴渝之歌：指竹枝詞。

　　⑦ 如月：農曆二月。此指嘉慶十三年(1808)農曆二月。

西陲竹枝詞一百首

　　宫保將軍松湘浦①先生鑒定，前史官祁韻士鶴皋稿。

　　① 松湘浦：松筠(1754—1835)，字湘浦，一作湘圃，瑪拉特氏，蒙古正藍旗人。乾隆五十九

年(1794)署吉林將軍,繼任駐藏大臣。嘉慶四年(1799)授陝甘總督。嘉慶七年、十八年兩次調任伊犁將軍。久歷邊陲,曾組織汪廷楷、祁韻士、徐松等編纂《西陲總統事略》。

哈　　密

玉門磧遠度伊州,<small>唐伊州地。</small>無數瓜畦望裏收。天作雪山隔南北,<small>天山俗呼雪山。新疆南北兩路,以此山分界。</small>西陲鎖鑰鎮咽喉。

土　魯　番

黑風川^①盡柳中過,<small>所屬闢展爲漢柳中。</small>酷熱如燒喚奈何。<small>其地極熱。</small>獨喜人稱安樂國,<small>土魯番爲安樂城。</small>此間物產本來多。

① 黑風川:哈密至鄯善之間的"百里風區"。《明史·西域傳》:"西去火州七十里,東去哈密千里。經一大川,道旁多骸骨,相傳有鬼魅,行旅早暮失侶多迷死。"參後《風穴》詩,及蕭雄《聽園西疆雜述詩·闢展》詩。

喀　喇　沙　爾

行國王庭繞幕氈,<small>乾隆辛卯,土爾扈特全部歸順,封汗爵,令在珠勒都斯遊牧。</small>開都河畔慣遊畋。可汗卻恨歸降晚,日月恬熙^①四十年。

① 恬熙:安樂。劉克莊《將至海豐》詩:"漁鹽舊俗慣恬熙,兵火新民脫亂離。"土爾扈特部於乾隆三十六年(1771)東歸後,被安置於珠勒都斯、精河、庫爾喀喇烏蘇等地,下距祁韻士作此詩,已將近四十年。

庫　　車

古堞猶傳定遠遺,<small>相傳城爲班定遠故址。</small>安西四鎮首龜茲。<small>唐滅龜茲,置安西都護於</small>

此，爲四鎮之首。輪回經①寫唐人筆，佛洞穹窿②石壁奇。

① 輪回經：佛經。《西域聞見録》：庫車城西佛洞"最高一洞三楹，壁鑿白衣大士像，漢楷輪回經一部鑴壁上，相傳唐人所爲"。參前福慶《異域竹枝詞》"佛洞深鑴繪像多"詩及注④。

② 穹窿：中央隆起，四圍下垂狀。

阿　克　蘇

邊城歲歲樂豐年，秋日黃雲被田野。各城回民皆習樹藝之事。土著頭人衣帽整，紫騮①腰跨鹿皮韉。

① 紫騮：指駿馬。李益《紫騮馬》詩："争場看鬥雞，白鼻紫騮嘶。"

烏　什

閶闔①風宣萬里疆，專城②撫馭鎮天方。藩王入侍長安邸，乾隆乙亥，回目霍集斯投誠，封王爵，留居京師。禾黍曾無故國傷③。

① 閶闔：西風。《史記·律書》："閶闔風居西方。"因洛陽西門爲閶闔門，故閶闔亦指宮門。此處代指朝廷的恩澤。

② 專城：見前福慶《異域竹枝詞》"官仍伯克似專城"詩注①。祁韻士此詩專城特指喀什噶爾參贊大臣。《嘉慶重修一統志》："喀什噶爾參贊大臣一員，乾隆二十四年設，總理各回城事務。"

③ 故國傷：指黍離之悲。參前福慶《異域竹枝詞》"膏腴深險足稱强"詩注③。

葉　爾　羌

昔年西海戮鯨鯢，乾隆己卯，平定回部。自奉車書静鼓鼙。都會争趨葱嶺畔，葱嶺在葉爾羌境内。遠方珍異集雕題①。

① 雕題：《禮記·王制》："南方曰蠻，雕題交趾，有不火食者矣。"鄭玄注："雕文，謂刻其肌

以丹青涅之。"孔穎達疏:"雕謂刻也,題謂額也,謂以丹青雕刻其額。"此處泛指邊地少數民族。

和　　闐

黑探[1]仍是漢于闐,回人稱漢人爲黑探,即和闐之訛。靈秀山川得地偏。河水濫觴經過處,天生美玉勝藍田[2]。和闐水中産玉子,即古撈玉河也。

[1] 黑探:一作赫探、黑臺、黑歎,維吾爾語音譯。《西域聞見録》:"或曰和闐即古于闐,而回人稱漢人爲赫探。漢任尚都護西域,遺其人衆於此,和闐回子皆其遺種,故回子呼之爲赫探城。和闐,赫探之訛音也。"祁韻士《西域釋地》:"回人謂漢人爲'黑探',和闐即'黑臺'之訛。相傳漢任尚棄其衆於此。"另參前福慶《異域竹枝詞》"和闐人道古于闐"詩及自注。

[2] 藍田:李商隱《錦瑟》詩:"滄海月明珠有淚,藍田日暖玉生煙。"朱鶴齡注:"《長安志》:'藍田山在長安縣東南三十里,其山産玉,亦名玉山。'"

英 吉 沙 爾

重重遠戍見煙霏,雪霽春融百草肥。大食遺民歌鼓腹[1],瓜饢雜飽倚斜輝。各城並産甜瓜,回人呼面餅爲饢,二物每相和食之。

[1] 大食:見前王曾翼《回疆雜詠》"八寶裝成襲錦幃"詩注[3]。
歌鼓腹:參前福慶《異域竹枝詞》"草肥水暢足牛羊"詩注[2]。

喀 什 噶 爾

雲開秦海[1]望西池,城保[2]遙連接塞陲。莫數漢家三十六[3],懷柔早已極條枝。此地爲南路極邊,接布魯特及安集延、巴達克山諸部落。

[1] 秦海:《後漢書·西域傳》:"延光二年,敦煌太守張璫上書陳三策,以爲北虜呼衍王常輾轉蒲類、秦海之間。"李賢注:"大秦國在西海西,故曰秦海也。"

[2] 城保:城堡。《禮記·月令》:"四鄙入保。"鄭玄注:"小城曰保。"

[3] 漢家三十六:柳宗元《古東門行》詩:"漢家三十六將軍,東方雷動橫陣雲。"《史記·吳

王濞列傳》：“七國反書聞天子，天子乃遣太尉條侯周亞夫將三十六將軍，往擊吳楚。”

巴　里　坤

西北由來古戰場，即今式廓^①靖巖疆。陰山剩有穹碑在，<small>松樹塘達巴罕有唐貞</small>

<small>觀十四年討高昌碑。</small>猶帶松風臥夕陽。

① 式廓：《詩·大雅·皇矣》：“上帝耆之，憎其式廓。”朱熹注：“式廓，猶言規模也。”

古　　城

但知直北接金山，<small>北界科布多^①城，與阿爾臺山^②相近。</small>漢址唐基合就删^③。<small>城爲何</small>

<small>代所遺，無確據。</small>殘雪幾峰吹不落，迎風飛上白雲間。

① 科布多：雍正八年（1730）建城於科布多河畔，乾隆二十六年（1761）設參贊大臣，駐扎科

布多城，乾隆二十八年遷至布延圖河畔。地當今蒙古國科布多省。

② 阿爾臺山：即阿爾泰山，參前王芑孫《西陬牧唱詞六十首》“群山莽莽走中原”詩注⑬。

③ 合就删：《説文》：“删，剟也，從刀、册。册，書也。”《漢書·律曆志上》：“删其僞辭，取正

義著於篇。”此指考訂、研究。

烏　魯　木　齊

瑩沙嶺^①北間王庭，<small>漢車師後王庭地。</small>絶巘^②排空擁翠屏。<small>博克達山在城東南，三峰</small>

<small>插天，聳秀若屏。</small>郡縣久經成腹裏，輪臺舊跡草青青。

① 瑩沙嶺：即金嶺、金沙嶺。見前王芑孫《西陬牧唱詞六十首》“闔展安恬夜闔扉”詩

注①。

② 絶巘：極高的山峰。酈道元《水經注》卷三四：“（巫峽）絶巘多生怪柏，懸泉瀑布，飛漱

其間。”

庫爾喀喇烏蘇

東南牖戶啓穹廬，向日回思叩角①初。土爾扈特王在此遊牧。挏馬名王依黑水②，牛羊遍野樂安居。

① 叩角：見王芑孫《西陬牧唱詞序》注⑧。此指土爾扈特部東歸後，部衆受到封賞與安置。

② 黑水：此指庫爾喀喇烏蘇河，蒙古語音譯。參前紀昀《烏魯木齊雜詩》"秋禾春麥隴相連"詩注⑤。

塔爾巴哈臺

戎索烏孫盡故墟，附近伊犁一帶，皆漢烏孫故地。拓將土宇到康居。西北接哈薩克部落，即漢康居。北方漫説無雷①國，哈薩克北界俄羅斯國。案角還歸隴種餘②。

① 無雷：漢代西域國名。《漢書·西域傳上》："無雷國，王治盧城，去長安九千九百五十里。户千，口七千，勝兵三千人。"此指俄羅斯。

② 案角、隴種：《荀子·議兵》："故仁人之兵。……則若磐石然，觸之者角摧。案角鹿埵隴種東籠而退耳。"楊倞注："其義未詳，蓋皆摧敗披靡之貌。"此指跌撞搖晃。

伊　　犁

伊麗曾聞屬定方①，濛池②碎葉路茫茫。投鞭直斷西流水，伊犁河水西流，即唐伊麗水。永徽中，蘇定方討突厥至此。始信當年我武揚。乾隆乙亥，平定準噶爾。

① 定方：蘇定方（592—667），名烈，字定方，以字行世，冀州武邑人，唐初名將。曾任伊犁道行軍大總管，擊敗西突厥沙缽羅可汗阿史那賀魯，封邢國公。

② 濛池：見前王芑孫《西陬牧唱詞六十首》"二萬輿圖指掌通"詩注①。

陽　關

千古傷心送客亭，[①] 今來驛路不曾經。沙洲東望陽關道，_{玉門關及陽關，皆在今}敦煌縣境，非驛路所經玉門縣也。自有春風塞草青。

[①]"千古"句：本李白《勞勞亭》詩："天下傷心處，勞勞送客亭。春風知別苦，不遣柳條青。"

戈　壁

目斷龍堆寸草枯，尋常鴉鵲鳥還無。橫空隔絕幾千里，_{安西州至哈密，哈密至土}魯番，沙磧極遠，所謂瀚海也。不信迤西有奧區[①]。

[①] 奧區：腹地，借指繁華之區。劉炎《邇言》："淮壩千里，濱接魯鄧，昔爲奧區，今爲極邊。"

天　山

三箭爭傳大將勳，[①]祁連耳食[②]説紛紛。_{祁連山即天山。自張掖以西際於葱嶺，綿亘}數千里，橫跨南北兩路，《漢書》所謂南山、北山皆是，未可以一地名之。中原多少青山脈，鼻祖還看就此分。

[①]"三箭"句：典出《新唐書·薛仁貴傳》及《資治通鑒·唐紀十六》所載薛仁貴事。參前舒其紹《伊江雜詠》"打包駝馱雪痕斑"詩注②。

[②] 耳食：《史記·六國年表》："學者牽於所聞，見秦在帝位日淺，不察其終始，因舉而笑之，不敢道，此與以耳食無異。"司馬貞《索隱》："案：言俗學淺識，舉而笑秦，此猶耳食不能知味也。"指聽信傳聞，不明就裏。

黑　水

莫作雞山[①]故跡求，大通支派在瓜州。_{黑水出哈密境東南，流至河州，入黃河。即今瓜}

州大通河。舊謂出甘州，非是。誰言積石能飛越，暗渡黃河向海流。此《禹貢》雍州黑水，與入南海之黑水，非出一地。

　　① 雞山：《漢書・地理志》："道黑水，至於三危，入於南海。"顏師古注："黑水出張掖雞山，南流至敦煌，過三危山，又南流而入於南海。"

河　　源

　　張騫昔只到烏孫，都實重來認火敦①。星宿海在青海境內。未識蒲昌猶赴壑，哪知地脈起昆侖。《漢書》言河有重源，一出蔥嶺，一出于闐，其説最古。

　　① 都實：一作篤實、篤什，女真人，蒲察氏。元初歷史地理學家，曾主持探查黃河河源。

　　火敦：火敦淖爾，星宿海的蒙古語音譯。《欽定河源紀略》："河源在土蕃朵甘思西鄙，有泉百餘泓，沮洳散渙，弗可逼視，方可七八十里。履高下瞰，燦若列星，以故名火敦惱兒。火敦，譯言星宿也。"參前宋弼《西行雜詠》"星宿河源九曲遙"詩注①。

蒲　昌　海

　　滔滔匯合水西來，鹽澤亭居①暗溯洄。蒲昌一名鹽澤，今名羅卜諾爾，在土魯番。九曲昆墟何處是，莫將星宿漫相猜。有謂星宿海即羅卜諾爾者，不知兩路相去尚遠。②

　　① 亭居：水靜止貌。《漢書・西域傳上》："蒲昌海，一名鹽澤者也，去玉門、陽關三百餘里，廣袤三百里。其水亭居，冬夏不增減。"

　　② 清人多認爲羅布淖爾與星宿海相通，甚至將其混爲一談，視羅布淖爾爲黃河河源。參前福慶《異域竹枝詞》"萬里漩流湧列星"詩及注④。祁韻士已明確認識此誤。

冰　　嶺

　　巨嶺摩天盡是冰，蒙古語呼爲穆蘇爾達巴罕。在伊犁、阿克蘇之間。日光山色映千層。玲瓏雪窖深無底，繭足①盤旋履戰兢。

① 繭足：腳上磨出繭。

葦　橋

葭葦叢生野水邊，土橋古徑尚依然。_{葦橋見《漢書》，在今喀喇沙爾。}①雁群急自蘆中起，西向飛飛入遠天。

①《後漢書·班超傳》載"焉耆國有葦橋之險"。見前福慶《異域竹枝詞》"荒灘碻徑葦湖橋"詩注③所引《後漢書·班超傳》文。《西域聞見録》："（布古爾）其地蘆蕩蒲灘，綿渺無際，爲西入回疆之咽喉。其自葉爾羌、和闐、阿克蘇、喀什噶爾、沙雅爾等處來者，雖山徑荒灘，亦必終歸於布古爾葦湖之土橋過渡，舍此别無路徑也。"祁韻士此處所記，是將《後漢書》與《西域聞見録》中的葦橋、土橋混爲一談。

火　山

冰山雪海界將交，赤地洪爐鼓異颲①。_{土魯番東有呼爲火焰山者，即明火州之地。}難執陰陽殊氣解，熱來無晝亦無宵。

① 颲（náo）：熱風。

苦　水

渴際誰甘飲盜泉①，生憎滴水苦茶煎。葫蘆車上朝朝掛，_{戈壁之水，有亦極苦，行人每貯水葫蘆中，掛於車上，渴則飲之。}昏暮②求人便值錢。

① 盜泉：《尸子》："（孔子）過於盜泉，渴矣而不飲，惡其名也。"在今山東泗水縣。此指戈壁中味道苦澀的泉水。

② 昏暮：傍晚。《孟子·盡心上》："民非水火不生活，昏暮叩人之門户，求水火，無弗與者，至足矣。"

鹽　　澤

廣斥^①何須問海濱，不毛土半白如銀。<small>烏魯木齊之南，鹽池凡二，他城亦多有之。</small>鹹鹾自足供民用，關塞稀聞淡食人。

① 廣斥：鹽鹼地。《尚書·禹貢》：“厥土白墳，海濱廣斥。”孔穎達疏：“海畔迥闊，地皆斥鹵，故云廣斥。”

雪　　水

良田十斛祝豐饒，天賜三冬雪水澆。<small>塞外雨少雪大，每至盛夏，雪化爲水，田中資其灌溉。</small>粗作溝塍誰盡力，功成事半樂逍遥。

柴　　墩

墩柵層堆老樹柴，壁間熊虎雜弓靫^①。平安烽火今無用，<small>相傳爲岳將軍鍾琪^②遺制。</small>野戍^③猶看歷歷排。

① 壁間熊虎：牆壁上所掛的熊皮、虎皮。

靫(chá)：盛箭的袋子。

② 岳鍾琪(1686—1754)：字東美，號容齋，四川成都人，原籍涼州莊浪（今蘭州永登），岳飛二十一世孫。雍正七年(1729)受寧遠大將軍征準噶爾部，率師出西路，駐扎巴里坤。

③ 野戍：野外的戍堡。庾信《至老子廟應詔》詩：“野戍孤煙起，春山百鳥啼。”

風　　穴

履穴方知猛則苛，<small>土魯番之東三間房至十三間房^①，有怪風難行。《明史》稱爲黑風川者是。</small>

到來人有戒心過。封姨②不是無情侶，誰遣妖氛作路魔。

　　① 三間房：地片名，清代設卡倫。《新疆識略》：三間房卡倫，"距城四百六十里"。地當今哈密市西北梧桐窩附近。

　　十三間房：地片名，地當今鄯善縣東，號百里風區。《西域聞見録》："闢展東之三間房、十三間房、布幹臺，皆大風之處。凡風起皆自西北來，先有聲，如地震，瞬息風至，屋頂多被掀去。卵大石子，飛舞滿空；千斤之重載車輛，一經吹倒，則所載之物皆零星吹散，車亦飛去。獨行之人畜，有吹去數十百里之外者，有竟無蹤影者。其風春夏最多，秋冬絶少。"另參後成書《伊吾絶句》"沙磧無邊數百程"詩。

　　② 封姨：又稱封夷、封十八姨，傳説中的風神，見《博異志》。范成大《嘲風》詩："紛紅駭緑驟飄零，癡駁封姨没性靈。"

柳　樹　泉

　　皮存僅剩劫餘灰，噴玉跳珠混混①來。歲歉歲豐皆可卜，天然一孔好傳杯。泉有二，一在陽薩爾軍臺，一在烏什城南。回人皆呼爲哈喇察奇，言靈泉也，水多歲豐，少則歉云。

　　① 混混：水流不絶貌。《孟子·離婁下》："源泉混混，不舍晝夜。"

風　戈　壁

　　漫空雪陣欲埋人，不死蚩尤①作轉輪。蜎縮魂消舒爾漢，風雪之謂。花牛犢子漫言神。或言舒爾漢起，必有小花牛見。其説詢之無據。

　　① 蚩尤：古代傳説中九黎族首領，與炎、黄兩族戰於涿鹿之野，兵敗被殺。《山海經·大荒北經》："蚩尤作兵伐黄帝，黄帝乃令應龍攻之冀州之野。應龍畜水，蚩尤請風伯雨師縱大風雨。"

賽里木海子①

　　澄波不解産魚蝦，飲馬何曾問水涯。塞外海子不一，此則在伊犁三臺者，尤清泓可愛，但水鹹，不堪飲馬耳。碧草青松看倒影，蔚藍天遠有人家。

　　① 賽里木海子：即賽里木湖。見前徐步雲《新疆紀盛詩》"果溝東面亦龍淵"詩注①。

果　子　溝

　　陰濃萬樹欲參天，伊犁塔爾奇山谷中，林木極盛。疊嶂層峰起馬前。買夏論園①
何足道，谷量百果露初鮮。

　　① 買夏論園：參前紀昀《烏魯木齊雜詩》"檿椏翻翻數寸零"詩注②。

圍　　場

　　肄武①疆場重合圍，將軍每秋例得演圍於哈什山中。角弓風勁令旗揮。三千組
練②如雲錦，遠向狼山③射獵歸。

　　① 肄武：練武。《宋書·文帝紀》："今宜武場始成，便可剋日大習衆軍。當因校獵，肄武
講事。"
　　永保《伊犁事宜》："每年八月間，由哈什演圍之時，派惠遠城協領二員，官十六員，兵三百六
十名；巴燕岱城協領一員，官五員，兵一百名；錫伯、索倫兩營副總管一員，官五員，兵七十名；索
倫官五員，兵七十名；察哈爾營副總管一員，官八員，兵一百三十名；厄魯特營副總管一員，官十
二員，兵二百七十名，共官五十七員，兵一千名。本處開單呈閱，將軍、參贊大人傳飭該營，照敷
派官兵，預備定日起程。"
　　② 組練：《左傳·襄公三年》："（楚子重）使鄧廖帥組甲三百，被練三千以侵吳。"杜預注：
"組甲、被練，皆戰備也。組甲，漆甲成組文。被練，練袍。"此處代指士兵。
　　③ 狼山：狼居胥山簡稱。見曹麟開《塞上竹枝詞敍》注。高適《燕歌行》："校尉羽書飛瀚
海，單于獵火照狼山。"此處指哈什山。

水　　田

　　灌溉新開鄭白渠①，伊犁舊無旗屯②，嘉慶甲子，松湘浦先生創爲疏墾，歲收稻麥甚多。沃

雲萬頃望中舒。便宜誰上安邊策，充國^③屯田十二疏。

① 鄭白渠：秦始皇元年（前246），韓國水工鄭國主持興建鄭國渠。西漢太始二年（前95）趙中大夫白公建議增建新渠，名白渠。《漢書·溝洫志》：“田於何所？池陽、谷口。鄭國在前，白渠起後。舉臿爲雲，決渠爲雨。涇水一石，其泥數斗。且溉且糞，長我禾黍。衣食京師，億萬之口。”此指伊犁地區大興屯田後廣泛修築水利。

② 旗屯：清代在新疆廣泛開展屯田，有兵屯、回屯、犯屯、旗屯等。旗屯指錫伯、索倫、察哈爾、厄魯特等駐防旗營攜眷兵屯種地畝。

③ 充國：趙充國，見前徐步雲《新疆紀勝詩》“屹屹崇疆四大城”詩注①。

霧 淞

豈是梅花開滿樹，<small>俗呼樹掛。</small>居然柳絮欲漫天。多情慣解迎人去，不在衣邊在帽邊。

鄂 博

告虔祝庇^①雪和風，壘石施金廟祀同。<small>過者必祭，或插箭，或擲財物而去。</small>塞遠天空望不極，行人膜拜過殘叢^②。

① 告虔：恭敬地請求。

祝庇：祝告神靈，以求庇佑。

② 殘叢：一作叢殘，瑣碎零亂的事物。此指鄂博周圍淩亂的祭物。

雁

嘹唳^①聲從海上還，高秋夜月度蕭關。相呼南返江干去，不戀清涼雪外山。

① 嘹唳：響亮淒清之聲。謝朓《鼓吹曲·從戎曲》：“嘹唳清笳轉，蕭條邊馬煩。”此指雁鳴。

雉

草淺風嘶雪霰飛，離披五色^①雉初肥。<small>伊犁冬，雉多脂，若牛肉之肥厚。</small>火槍舉處紛紛落，且趁平明獵一圍。

① 離披五色：離披，參差錯雜；五色，鳥羽色彩繽紛。《爾雅·釋鳥》：“雉絕有力，奮。伊洛而南，素質、五采皆備成章曰翬。”韓愈《雉帶箭》詩：“將軍仰笑軍吏賀，五色離披馬前墮。”

孔　雀

圓眼金翎映日高，屏開璀璨翠舒毫。<small>雄者生三年翎始齊，其開屏極可玩。</small>吉光片彩^①因人顯，聲價當時重異遭。

① 吉光片彩：即吉光片羽。吉光：古代神話中的神馬名。片羽：一片毛。此喻孔雀羽毛色彩絢麗。

鴛　鴦

翩翩新浴翼何鮮，列隊參差向海壖^①。鷗父^②底須作解事，無端驚起作蹁躚。

① 海壖：一作海堧。《文選》卷二二謝靈運《遊赤石進帆海》詩：“周覽倦瀛壖，況乃陵窮髮。”劉良注：“瀛，海。壖，岸也。”
② 鷗父：指有機心的人。《列子·黃帝篇》：“海上之人有好漚鳥者，每旦之海上，從漚鳥遊，漚鳥之至者百住而不止。其父曰：‘吾聞漚鳥皆從汝遊，汝取來，吾玩之。’明日之海上，漚鳥舞而不下也。”此處用字面意。漚，通“鷗”。

雪　雞

啄雪雞肥肉可烹，劇憐雙肋擅冰清。<small>《聞見錄》言之，</small>^①<small>惜余未見。</small>西方佛地多靈物，憫彼蠢愚好殺生。

①《西域聞見録》：“雪雞，群飛，極肥美，而性燥。”

壓　油　烏

非關覓食往來頻，體累多脂解向人。大如雞，色黑，肥則向人哀鳴爲壓。取其油，輒復飛去。卻憶侏儒飽欲死，①蘭膏徒自速焚身。

①“卻憶”句：參前福慶《異域竹枝詞》“人長三尺號魁梧”詩注②。

黑　雀

螽蝗①害稼捕良難，有鳥群飛競啄殘。雀如燕而大，色黑，有斑點。啄蝗立斃，然不食也。土人目爲神雀。斑點赤睛鸑鷟②爾，此雀疑即鸑鷟爾，阿文成公③鎮伊犁時所獻者。橫空來去倏無端。

① 螽蝗：蝗蟲。參前紀昀《烏魯木齊雜詩》“亦有新蟬噪晚風”詩注①。
② 鸑（zhuó）鷟（yuè）：一作鷟鸑。《國語·周語上》：“周之興也，鸑鷟鳴於岐山。”韋昭注：“三君云：‘鸑鷟，鳳之別名也。’詩云：‘鳳皇鳴矣，於彼高岡。’其在岐山之脊乎？”
③ 阿文成公：即阿桂，見前舒其紹《伊江雜詠·祠堂》詩注③。

鴉

聒耳慈禽①孰與嗔，伊江樹色接城闉。春來秋去期無爽，伊犁多鴉，黑、灰二種。黑者驚蟄至，霜降去，灰者反是，若換班然。②又有冬鴉作替身。

① 慈禽：一作慈烏、慈鴉，即烏鴉。古人認爲烏鴉能反哺其母。酈道元《水經注》十三：“純黑反哺，謂之慈烏。小而腹下白，不反哺者謂之雅烏。”
② 方士淦《東歸日記》：“伊犁白頸鴉十月從南路飛來，烏鴉飛去。二月白頸南去，謂之換班。”

雕

朔飆①陡轉白雲端，一鶚盤空振遠翰。争説遺翎八九尺，大雕翎有長八九尺者。垂天翼若大鵬搏。

① 朔飆(biāo)：朔風，北風。此指雕起飛時迅疾之貌。

鹿

性秉純陽卻也癡，臥從麀鹿①采靈芝。仙膠益氣爲人餌，鹿角熬膠，可醫氣虛之症。角解空山在夏時。

① 麀(yōu)鹿：母鹿。《詩·大雅·靈臺》：“王在靈囿，麀鹿攸伏。”毛傳：“麀，牝也。”

馬

渥窪異種漫相推，宛馬何須獨擅才。今安集延爲漢大宛，西域皆産良馬，不必專屬一地。一顧空群①逢伯樂，莫將汗血認龍媒。土魯番一帶，夏日蚊蠓吮馬輒見血，意汗血之説因此傳訛，非真有汗血馬也。

① 一顧：典出《戰國策·燕策二》：“人有賣駿馬者，比三旦立市，人莫知之。往見伯樂曰：‘臣有駿馬，欲賣之，比三旦立於市，人莫與言。願子還而視之，去而顧之，臣請獻一朝之賈。’伯樂乃還而視之，去而顧之，一旦而馬價十倍。”

空群：韓愈《送温造處士赴河陽軍序》：“伯樂一過冀北之野，而馬群遂空。夫冀北馬多天下，伯樂雖善知馬，安能空其群邪？解之者曰：‘吾所謂空，非無馬也，無良馬也。伯樂知馬，遇其良，輒取之群，無留良焉。’”

虎

壯士鷹揚①氣若虹，殷殷虎嘯碧山空。三軍只聽將軍令，除害功歸片刻中。

① 鷹揚：威武貌。《詩·大雅·大明》：“維師尚父，時維鷹揚。”毛傳：“鷹揚，如鷹之飛揚也。”

白　駝

碧眼人騎白橐駝，川原平曠往來多。單峰一日行千里，_{蒙古馳驛}①_{用駝，白者足健，行戈壁中，馬不及駝。}快馬應輸轉瞬過。

① 馳驛：古時按驛途供給官員或差使使用的馬匹。

黃　羊

獵較邱陵笑觸羝，天高漠遠草萋萋。歸鞍拉雜馱將去，肥羜①還應速客齊。

① 肥羜（zhù）：《詩·小雅·伐木》：“既有肥羜，以速諸父。”毛傳：“羜，未成羊也。”鄭玄箋：“速，召也。有酒有羜，今以召族人飲酒。”

野　豕

野畜爭看騾與牛，_{野豕之外，又有野騾、野牛。}豵豜種類更云稠。不豶①牙勢徒剛狠，那識葭蓬有射菆②。

① 豶（fén）：閹割過的豬。

② 射菆（zōu）：菆，好箭。《周禮·夏官·環人》：“環人掌致師。”鄭玄注：“樂伯曰：吾聞致師者，左射以菆，代御執轡。’”此指善射之士。

麔

本從麛屬亦名麔①，_{與麃同。}肥比羔羊味更饒。_{肥甚於羊。}麕至那期一獲十②，人人下馬覓柴燒。

① 麠（jīng）：《説文》：“麠，大鹿也。”

麃（páo）：《説文》：“麃，麠屬。”

② 一獲十：指打獵收穫容易。《孟子·滕文公下》：“吾爲之範我馳驅，終日不獲一，爲之詭遇，一朝而獲十。”

豺

山中狠獸莫如豺，投彼凶殘檮①杌儕。若遇周官服不氏②，抗皮③定與虎狼皆。

① 檮（táo）杌（wù）：傳説中四凶之一。代指頑固不化、態度凶惡之人，或指凶獸。《左傳·文公十八年》：“顓頊有不才子，不可教訓，不知話言，告之則頑，舍之則嚚，傲很明德，以亂天常，天下之民謂之‘檮杌’。”

② 服不氏：周代官名，主馴養猛獸。《周禮·夏官·服不氏》：“服不氏掌養猛獸而教擾之。”鄭玄注：“猛獸，虎豹熊羆之屬。擾，馴也。”

③ 抗皮：舉着獸皮進貢。《周禮·夏官·服不氏》：“賓客之事則抗皮。”鄭玄注：“鄭司農云：謂賓客來朝聘，布皮帛者，服不氏主舉藏之。”

魚

北海鱘鰉美在鱸，長安佳品托冰廚①。關西也有銀絲膾，南路魚極有大而肥者，名大頭魚。未免鄉心只憶鱸。②

① 冰廚：夏日供設飲食之處。趙曄《吳越春秋》：“勾踐之出遊也，休息食室於冰廚。”

② “未免”句：參前紀昀《烏魯木齊雜詩》“家家小史素參紅”詩注②。

八叉蟲

神蟲競説類虺蛇，毒螫人人避八叉。形如蜘蛛，八爪，口具雙歧，嚼鐵有聲，被傷者茜草汁塗之。見怪何如能不怪，任他來去莫紛拏[①]。遇此蟲勿加戕害，若戕其一，則紛紛踵至。厄魯特人最敬之。

① 紛拏：一作紛挐。《史記·衛將軍驃騎列傳》："時已昏，漢、匈奴相紛拏，殺傷大當。"此處意爲捉拿。

蚊

殷雷直似到南方，手不停揮道路長。奚必[①]露筋祠下過，南北兩路，蚊蠓極盛之區，所在有之。怒人拔劍作彷徨。

① 奚必：何必。

胡 桐 淚

憐渠拳曲養天年，胡桐見《通考》，蓋木之不堪用者。樗散[①]甘推梁棟賢。獨訝無端頻下淚，夏日曬津液結爲淚，白者佳。以燒酒沖三厘許，服之，治胃痛極效。又治瘰癧[②]、喉痛。療人疾病結良緣。

① 樗散：如樗木一般被棄置不用。《莊子·逍遙遊》："吾有大樹，人謂之樗。其大本擁腫而不中繩墨，其小枝卷曲而不中規矩。立之途，匠人不顧。今子之言，大而無用，衆所同去也。"此指胡桐材質不堪使用。
② 瘰（luǒ）癧（lì）：結核杆菌侵入頸部所引起的感染性外科疾病，俗稱老鼠瘡、癧子頸。

紅 柳 花

自生自長野灘中，吐穗鮮如百日紅[①]。花作紅穗，路旁極多。最喜迎人開口笑，卻羞買俏倚東風。

① 百日紅：即紫薇，千屈菜科紫薇屬落葉喬木。夏秋兩季開花，花期較長，故名百日紅。

集　吉　草^①

霜莖堅韌鬱成叢，獨立亭亭竹性同。編作帽絲_{松湘浦先生創，令製帽，極精緻}。裁作箸，龍鬚^②也共上簾櫳。_{作簾、作箸，爲用不一。}

① 集吉草：芨芨草。見前宋弼《西行雜詠》"席萁草長馬牛肥"詩注①。
② 龍鬚：龍鬚草，此處指芨芨草。

梭　梭　木

化工生物亦奇哉，有用還從無用來。竟日瓦盆留活火^①，_{燃火終日不滅。}更宜閨閣慣催胎。_{婦人難産，取梭梭木握於手中，胎即下。故一名催生木，又名札克木^②。}

① 活火：明火。李公麟《四時樂·冬》："地爐活火酒頻煨，瓦杯不設羊羔肥，醉來曲肱歌聲微。"
② 札克木：札克爲蒙古語 jag 音譯，即梭梭木。梭梭木見前宋弼《西行雜詠》"地爐撥火夜通紅"詩注①。

雪　蓮

崱屴^①冰涯路萬千，奇葩忽睹雪中蓮。_{花瓣淡白色，多筋而微刺，中叢綠蕊。然余所見，乃其乾者。}一枝應折仙人手，豈向污泥較色鮮。^②

① 崱(zè)屴(lì)：《文選》卷十一王延壽《魯靈光殿賦》："崱屴嶒嶷，岑崟崰嵼，駢龍㠓兮。"李善注："皆高大峻嶒之貌。"
② "豈向"句：意指雪蓮與普通蓮花不同，更加神聖高潔。周敦頤《愛蓮説》："予獨愛蓮之出淤泥而不染，濯清漣而不妖。"

乾　活　草

微生若寄性宜乾，小草無根碎葉攢。一點水星沾不得，遇水即死，俗呼爲濕死乾活。時從壁上把來看。

棉　花

白棉衣被利無窮，裘褐[1]稀勤紡績功。販豎業非洴澼絖[2]，牽車包匭[3]日朝束。土魯番産棉化甚多，但宜作布，不宜作線，販入關内絡繹不絶。

[1] 裘褐：《莊子·天下》：“使後世之墨者，多以裘褐爲衣。”成玄英疏：“裘褐，粗衣也。”

[2] 洴（píng）澼（pì）絖（kuàng）：漂洗棉絮。《莊子·逍遥遊》：“宋人有善爲不龜手之藥者，世世以洴澼絖爲事。”陸德明釋文引李頤云：“洴澼絖者，漂絮於水上。絖，絮也。”

[3] 包匭（guǐ）：包裹、捆扎。《尚書·禹貢》：“包匭青茅。”孔穎達疏：“鄭玄以菁茅爲一物。匭，猶纏結也。菁茅之有毛刺者重之，故既包裹而又纏結也。”

苜　蓿

欲隨青草闘芳菲，求牧偏宜野齕[1]肥。幾處嘶風聲不斷，沙原日暮馬群歸。

[1] 野齕：牧放的馬。王安石《兩馬齒俱壯》詩：“奔豈欲野齕，久羈羨駑駘。兩馬不同調，各爲世所猜。”

沙　竹[1]

竹箭如藤向野叢，叢生似藤，名依爾該。無心何必解虛中。那堪皮相[2]同蘆葦，適用良材在直躬③。

①　沙竹：又名沙鞭，禾本科沙鞭屬多年生草本植物。耐乾旱，主要分佈於内蒙古、甘肅、新疆等地。

②　皮相：外表，表面現象。《史記·酈生陸賈列傳》：“夫足下欲興天下之大事而成天下之大功，而以目皮相，恐失天下之能士。”《西域聞見録》：“沙竹似葦而無節，實心，爲用甚多。”

③　直躬：《論語·子路》：“吾黨有直躬者，其父攘羊，而子證之。”何晏注引孔安國曰：“直躬，直身而行也。”此指沙竹挺直。

沙　　棗

金棗嘗新貯滿籃，離離亦有赤心含。葡萄美酒雖難匹，風味還憐小釀甘。回人取以釀酒。

石　　榴

移植當年説使轄①，葳蕤②照眼玉階稠。物歸中土能宜子，不似西方安石榴。

①　使轄：使者。參前曹麟開《塞上竹枝詞敍》注㊿。

②　葳蕤：《文選》卷四左思《蜀都賦》：“敷蕊葳蕤，落英飄飄。”張銑注：“葳蕤，花鮮好貌。”

梨

壘砢①堆盤手自擎，色香與味過柑橙。齒牙脆嚼無渣滓，錯認波梨是永平②。出沙雅爾回城者甚佳。

①　壘砢（luǒ）：一作磊砢。《文選》卷八司馬相如《上林賦》：“蜀石黄碝，水玉磊砢。”吕向注：“磊砢，相委積貌。”

②　永平：明朝洪武年間置永平府，府治在今河北盧龍縣。地産波梨，一作水波梨、卜梨。

哈 密 瓜

分甘曾憶校書年①，乾隆癸卯嘉平②，曾蒙頒賜。絲籠珍攜只半邊。今日飽餐忘內熱，莫嫌納履③向瓜田。

① 分甘：分享甘美之味，喻慈愛、關切。此指皇帝的恩賜。《後漢書·楊震傳》：“雖有推燥居濕之勤。”李賢注引《孝經援神契》：“母之於子也，鞠養殷勤，推燥居濕，絕少分甘也。”

校書年：指作者於乾隆四十七年（1782）充任國史館纂修官。

② 嘉平：臘月。《史記·秦始皇本紀》：“三十一年十二月，更名臘曰‘嘉平’。”司馬貞《索隱》引《廣雅》曰：“殷曰‘嘉平’，周曰‘大臘’，亦曰‘臘’。”

③ 納履：穿鞋。《樂府詩集·平調曲三·君子行》：“瓜田不納履，李下不正冠。”

葡 萄

紫漿凝處似瓊膏，玉露垂涎馬乳①高。出土魯番，瑣瑣②不及馬乳之甘。風味宜人留齒頰，那隨桑落③釀仙醪。

① 馬乳：馬乳葡萄。《唐會要》：“葉護獻馬乳葡萄一房，長二尺，子亦稍大，其色紫。”另參後蕭雄《聽園西疆雜述詩·瓜果》“蒼藤蔓架覆檐前”詩自注。

② 瑣（suǒ）瑣：瑣瑣葡萄。沈德符《萬曆野獲編》：“葡萄最多，小而甘，無核者名瑣瑣葡萄。”

③ 桑落：桑落酒。酈道元《水經注》卷四：“民有姓劉名墮者，宿擅工釀，采挹河流，醞成芳酎，懸食同枯枝之年，排於桑落之辰，故酒得其名矣。”

香 菌

大青山外白營盤①，珍味由來重食單。豈識松根精液厚，肥甘莫漫佐常餐。

① 白營盤：銀盤蘑菇。《重修肅州新志·西陲全冊》：“《通志》云：白蘑菇，一名銀盤，色

潔,肉厚,味美,出河西境外者佳。"

沙 葱

針細何殊草一叢,摘來盈把向沙中。<small>中不空而極細,回人呼爲丕雅斯①。</small>不隨薑桂老同辣,羊角多須②是若翁。

① 丕雅斯:見前王曾翼《回疆雜詠》"霜餘菜甲嫩還肥"詩注②。祁韻士此處將洋葱與沙葱混爲一談,其訛誤源自於《西域聞見録》:"丕雅斯,類野蒜。頭大如雞子,葉似葱而不中空,味辛,甘肅人呼爲沙葱。回人嗜之。"

② 羊角多須:指羊角草和多須公兩種植物。

圈 車

遠行最穩是圈車,<small>車制極寬大,輪尤高。</small>薄笨①垂帷體態舒。日臥高軒向廣漠,居然天地一蘧廬②。

① 薄笨:製作簡單而速度較慢的車子。《宋書·劉凝之傳》:"妻亦能不慕榮華,與凝之共安儉苦。夫妻共乘薄笨車,出市買易,周用之外,輒以施人。"此指塞外長途旅行時可供坐臥的長車。洪亮吉《天山客話》:"(嘉慶四年)十二月四日,催薄笨車二輛赴伊犁。車廂高廣竟過於屋。"

② 蘧(qú)廬:旅店。《莊子·天運》:"仁義,先王之蘧廬也,止可以一宿而不可久處。"郭象注:"蘧廬,猶傳舍。"

琵 離

轔轔①未解聽車聲,<small>無輪之車,雪後乘之。</small>尺雪從教踏處平。誰道陸舟行不得,到門恰似一船輕。

① 轔轔:車輪轉動的聲音。杜甫《兵車行》詩:"車轔轔,馬蕭蕭。"

鮓答

畜腹藏形或守宮，非金非石亦非蟲。羌髳①祈禳誇神術，回人及厄魯特祈陰晴，輒下鮓答，喇嘛爲之，尤驗。風雨能歸掌握中。

① 羌髳（máo）：《尚書·牧誓》："及庸、蜀、羌、髳、微、盧、彭、濮人。"孔傳："八國皆蠻夷戎狄屬文王者國名。羌在西蜀叟，髳、微在巴蜀。"此指邊地民族。

繩伎

尋橦度索巧無雙，傳自花門遠部降。回人善爲踏繩之伎。孑孑于于①多少態，孰能趫捷力能扛。

① 孑孑：《詩·鄘風·干旄》："孑孑干旄，在浚之郊。"朱熹注："孑孑，特出之貌。"
于于：《莊子·應帝王》："泰氏，其臥徐徐，其覺于于。"成玄英疏："于于，自得之貌。"

瀚海石

袖石攜將旱海回，瀚海，一名旱海。蒙古語爲戈壁。嵌奇①影落碧雲堆。綠者爲上，豬肝色者多。耳邊彈指聞清越，泗水何勞覓磬材。②

① 嵌（qīn）奇：一作嵌崎。險峻貌。王延壽《王孫賦》："生深山之茂林，處巉岩之嵌崎。"
②《尚書·禹貢》："泗濱浮磬。"孔穎達疏："泗水之涯，石在水旁，水中見石，似若水中浮然。此石可以爲磬，故謂之浮磬也。"

硇砂

勾漏丹砂①本異胎，嚴冬那得焰初灰。向聞生火洞中，冬月焰熄采之。今詢知並無此事。傳聞失實多難信，莫詫龜兹火洞來。即今庫車。

① 勾漏：勾漏山，在今廣西北流縣東北，道家所傳三十六小洞天的第二十二洞天。亦作勾扇、句扇。《晉書·葛洪傳》：“以年老，欲鍊丹以祈遐壽，聞交阯出丹，求爲句扇令。”

丹砂：即硇砂，參前福慶《異域竹枝詞》“硇砂充洞火光飛”詩注①。祁韻士此詩本《西域聞見錄》，但首次對此書中硇砂的記載提出質疑。

松 皮 膏

茯苓幾見化松脂，換骨仙膏重在皮。痼疾沉疴求艾切，出巴里坤，治婦人血虛、子宮寒冷之症。良方特贈折肱醫①。

① 折肱醫：手臂多次折斷，就懂得如何醫治折臂。《左傳·定公十三年》：“三折肱知爲良醫。”

骨 重 羊 皮

策馬常爲短後裝①，細珠抖擻暗成章。試看一片烏雲外，珍貴還皮草上霜②。

① 短後裝：參前紀昀《烏魯木齊雜詩》“氈毺新裁短後衣”詩注①。
② 草上霜：史善長《輪臺雜記》：“骨種羊，出烏什等回地，以骨種。止取皮青、黑二種，間有白者。青名草上霜，最貴，黑次之，張盈尺，值兩四五錢。”骨種羊，參前福慶《異域竹枝詞》“十二辰爲十二門”詩注①。史善長仍誤以爲骨種羊乃種於土中。

泥 屋

邊隅雨少四時乾，白屋①稀逢片瓦看。大雪壓廬深數尺，呼兒卻掃若磐安。

① 白屋：普通百姓的住房。《漢書·蕭望之傳》：“恐非周公相成王躬吐握之禮，致白屋之意。”顏師古注：“白屋，謂白蓋之屋以茅覆之，賤人所居。”

煤　火

人氣薰蒸地氣和，冬來亦作等閑過。惟求灰木添爐少，車運連山石炭多。①

① “車運”句：新疆産煤之地較多。參前徐步雲《新疆紀盛詩》“石炭疑從太古胎”詩注①，及後蕭雄《聽園西疆雜述詩·土産》“沿崖洞穴長青煤”詩與自注。

府　茶①

水寒端合飲熬茶，大葉粗枝亦足誇。茶甚粗，名爲府茶。隨意濃煎同普洱，龍團不重雨前芽②。

① 府茶：即附茶，見前紀昀《烏魯木齊雜詩》“閩海迢迢道路難”詩注④。

② 龍圖：見前紀昀《烏魯木齊雜詩》“閩海迢迢道路難”詩注①。

雨前芽：穀雨前采的茶。梅堯臣《依韻和杜相公謝蔡君謨寄茶》詩：“天子歲嘗龍焙茶，茶官催摘雨前芽。”

代　酒

梨花①淡白入杯香，十字簾前下馬嘗。轟飲②不妨爭拇戰，豈知清絶紹興③良。味薄，代人所造，故有此名。

① 梨花：陳景沂《全芳備祖·前集》卷九：“杭州其俗釀酒趁梨花開時熟，則號‘梨花春’。故白公《杭州》詩云：‘紅袖織綾誇柿蒂，青旗沽酒趁梨花。’”此指代酒。

② 轟飲：狂飲。賀鑄《六州歌頭》詞：“轟飲酒壚，春色浮寒甕。”

拇戰：劃拳。江藩《漢學師承記·朱笥河先生》：“拇戰分曹，雜以諧笑。”

③ 紹興：指紹興酒。

酥

濃酥到口滑如油，挏飲家家養牸牛①。一飯誰知終日飽，茶香微沁黑瓷甌。

① 挏飲：參前曹麟開《異域竹枝詞》"準夷部落雜烏孫"詩注⑬。此處指奶茶。

牸（zì）牛：母牛。

阿　拉　占

香醪甘液泛瑤觴，美釀憑誰起杜康①，馬乳爲酒，謂之阿拉占。淡裏藏濃風趣別，非逢嘉客莫輕嘗。

① 杜康：傳説最早造酒之人，後代指名酒。曹操《短歌行》："何以解憂，唯有杜康。"

皮　裘

千羊皮集腋何肥，挾纊①人披無縫衣。可愛黃綿冬日暖，寒侵黍谷覺春歸。

① 挾纊：本意爲披着棉衣，喻受到撫慰而令人感到温暖。《左傳·宣公十二年》："申公巫臣曰：'師人多寒。'王巡三軍，拊而勉之，三軍之士，皆如挾纊。"杜預注："纊，綿也。言説以忘寒。"

毛　褐

被褐名由寬博①傳，氄毛織就效洋氈。價廉買得當風雪，一幅深衣②耐幾年。

① 寬博：《孟子·公孫醜上》：“不受於褐寬博，亦不受於萬乘之君。”朱熹注：“寬博，寬大之衣。”

② 深衣：《禮記·深衣》篇鄭玄注：“深衣，連衣裳而純之以采者。”孔穎達疏：“所以此稱深衣者，以餘服則上衣下裳不相連，此深衣衣裳相連，被體深邃，故謂之深衣。”此處泛指衣服。

皮　笥①

學得裘工妙手柔，剪裁新笥作香牛。以熟牛皮爲笥最佳。夜寒窗静爐煙嫋，簾卷微聞麝氣浮。

① 皮笥：皮製的筐子。笥，見前舒其紹《伊江雜詠·下砟答》詩注①。

普　兒　錢

番餅曾看個個圓，西來又説普兒錢①。不分肉好②無輪郭，騰格流通滿市塵。每五十爲一騰格。

① 普兒錢：即普爾錢，見前王芑孫《西陬牧唱詞六十首》“赤仄新頒九府泉”注④。

② 肉好：《漢書·食貨志下》：“卒鑄大錢，文曰‘寶貨’，肉好皆有周郭。”韋昭注：“肉，錢形也。好，孔也。”

回　節

天干不解地支傳，①習俗何妨任自然。五十二回八雜爾②，市集交易之期爲八雜爾。每七日一次，歲凡五十二回。把齋入則過新年。年前一月把齋，望見新月開齋過年，謂之入則。

① “天干”句：天干地支簡稱干支，中國古代紀年法。甲、乙、丙、丁、戊、己、庚、辛、壬、癸稱爲十天干，子、丑、寅、卯、辰、巳、午、未、申、酉、戌、亥稱爲十二地支。天干地支依次相配，組成六十個基本單位，按固定的順序相互配合以紀年。

② 八雜爾：即巴雜。見前王曾翼《回疆雜詠》“士女肩摩巴雜場”詩注①，及後蕭雄《聽園

西疆雜述詩·商賈》詩自注。

回　　字

識字先須讓阿渾，_{熟於經典者稱爲阿渾。}清真禮拜教何尊。纏頭自有侏㑰語，_{白帽回子，俗以纏頭呼之。}可當蟲書一討論。

回　　布

長短裁量百用宜，就中巧塔爾稱奇。_{回布極細者名巧塔爾。}看他細密成非易，想見辛勤手織時。

回　　樂

琴笳迭和鼓冬冬，索享^①迎神祭賽恭。更有韋囊^②長袖女，_{回女歌舞謂之韋囊。}解將渾脱^③逞姿容。

① 索享：即索饗，求索諸神以祭祀。《禮記·郊特牲》：“伊耆氏始爲蜡。蜡也者，索也。歲十二月，合聚萬物而索饗之也。”鄭玄注：“謂求索也。”

② 韋囊：一作圍郎、圍囊、圍浪，維吾爾語 oynang 音譯，跳舞之意。

③ 渾脱：用整張皮革製成的囊形帽子，此處指戴渾脱帽的人所表演的一種舞蹈，或由其組成的舞隊。杜甫《觀公孫大娘弟子舞劍器行》詩《序》：“觀公孫氏舞《劍器渾脱》，瀏漓頓挫，獨出冠時。”

市　　易

深目虬髯壯貌殊，叩關通市集睢盱^①。萬方玉帛通西極，欲繪成周^②王會圖。

① 睢（huī）盱（xū）：《文選》卷二張衡《西京賦》：“迵卒清候，武士赫怒，緹衣韎韐，睢盱拔扈。”李善注：“《字林》曰：睢，仰目也。盱，張目也。”本意爲睜眼仰視貌，此處承上句“深目”“狀貌殊”，借指外藩之人。

② 成周：周公輔佐成王的興盛時代。蘇軾《擬進士御試策》：“生民以來，所謂至治，必曰唐虞成周之時。”

兵　　屯

細柳①雲屯劍氣寒，貔貅百萬勢桓桓②。列城棋布星羅日，閫外③群尊大將壇。南北兩路以伊犁爲總統。

① 細柳：細柳營。西漢將軍周亞夫駐扎於細柳的軍營，以軍紀嚴明著稱。典出《史記·絳侯周勃世家》。

② 桓桓：《詩·魯頌·泮水》：“桓桓于征，狄彼東南。”毛傳：“桓桓，威武貌。”

③ 閫外：京城以外，亦指外任將吏駐守管轄的地域。《史記·張釋之馮唐列傳》：“唐對曰：‘臣聞上古王者之遣將也，跪而推轂，曰閫以內者，寡人制之；閫以外者，將軍制之。’”

卡　　倫

刁斗聲殘夜寂寥，龍沙極目雪花飄。守邊一一皆飛將①，生手②何人敢射雕。

① 飛將：《史記·李將軍列傳》：“於是天子乃召拜廣爲右北平太守。……廣居右北平，匈奴聞之，號曰漢之飛將軍，避之數歲，不敢入右北平。”此指驍勇善戰之將。

② 生手：射生手，精於騎射的武士。《資治通鑒·唐紀三十三》：“祿山先遣將軍何千年、高邈將奚騎二十，聲言獻射生手，乘驛詣太原。”

外　　夷

率土綏寧壯遠猷①，天光照耀海西頭。織皮②久敍昆侖外，哈薩克、布魯特而外，如霍罕、安集延、巴達克山諸部落皆内屬。**服貢要荒遍小侯**③。

① 率土：《詩·小雅·北山》：“率土之濱，莫非王臣。”毛傳：“率，循。濱，涯也。”鄭玄箋：“此言王之土地廣矣，王之臣又衆矣，何求而不得，何使而不行。”指王土、國土。

遠猷：遠大的謀略。《尚書·康誥》：“顧乃德，遠乃猷。”孔傳：“遠汝謀，思爲長久。”

② 織皮：參前曹麟開《塞上竹枝詞》“星海西頭月竁東”詩注②。又《漢書·地理志》：“厥貢璆、鐵、銀、鏤、砮、磬，熊、羆、狐、貍織皮。”顏師古注：“織皮，謂罽也。言貢四獸之皮，又貢雜罽。”此指外藩部落。

③ 服貢：《周禮·天官·大宰》：“以九貢致邦國之用。……七曰服貢。”鄭玄注：“服貢，絺紵也。”此泛指納貢。

要荒：要服和荒服，古稱王畿外極遠之地。劉向《新序》：“昔者唐虞崇舉九賢，布之於位，而海内大康，要荒來賓，麟鳳在郊。”

小侯：《荀子·正論》：“小侯元士次之。”楊倞注：“小侯，僻遠小國及附庸也。”

成書

　　成書（1760—1821），莫爾察氏，字倬雲，號誤庵，滿州鑲白旗人。乾隆四十九年（1784）進士，授户部主事，歷任翰林院侍講、侍讀學士、詹事府詹事、工部左侍郎等。嘉慶十年（1805）充任哈密辦事大臣，六月抵任。十九年授直隸泰寧鎮總兵。二十一年失察泰陵紅椿内樹株竊伐案，降爲古城領隊大臣，尋調烏什辦事大臣。嘉慶二十四年正月調葉爾羌辦事大臣。道光元年（1821）六月，以兵部左侍郎兼正藍旗副都統赴山東、河南審案，卒於途次。著有《多歲堂詩集》。

伊 吾 絶 句

解題：

　　組詩選自《多歲堂詩集》卷三，嘉慶十年（1805）作於哈密，共 30 首。是繼屠紹理之後，又一專門描寫哈密地區風情的組詩，其内容遠比屠紹理《丁酉元旦竹枝詞》豐富。組詩中對哈密蔡巴什、塔爾納沁等地屯田景象的詳細記述尤爲獨到。同時詩人還使用了不少維吾爾語音譯的語彙入詩，也新人耳目。

一

　　玉關遺址已模糊，漢玉關在燉煌境，今縣治非古玉門也。誰識瓜沙舊版圖。唐伊州屬瓜沙節度使。欲傍天山尋地志，不聞疏勒近伊吾。嘉峪關外有疏勒河，相傳即疏勒故地，《西域見聞録》①載之。考《通鑒注》：疏勒去長安萬里。今嘉峪關至西安僅三千餘里耳，定知非是。

　　① 應爲《西域聞見録》。《西域聞見録》："（安西直隸州）西，疑即疏勒故國，跡雖莫考，而其水猶呼爲疏勒河也。"疏勒國故地地當今新疆喀什市，椿園所載有誤。

二

漢有裴岑威絕城，唐惟陳國^①紀殊勳。巴里坤尖山子^②有漢燉煌太守裴岑勒石，哈密
南山口有唐姜興本^③紀功碑，碑文首載吏部尚書陳國公侯君集。殘碑傳刻無真本，棗木翻雕
火藥熏。二碑字畫剥落不可辨，土人以木板翻刻，烘以火藥，其色斑駁，冀以亂真。

① 陳國：侯君集。見前曹麟開《塞上竹枝詞》"永和貞觀碣重重"詩注①。
② 尖山子：《新疆圖志》："庚濟，治西九十里。北有小山，東曰尖山子，西曰獨山子。""（巴
里坤）城西五里大墩，五十里尖山子。"清代設卡倫。
③ 姜興本：姜行本之誤。姜行本事參前王芑孫《西陬牧唱詞六十首》"打阪山邊更有山"
詩注②。

三

滿眼風煙大漠沉，戰場舊鬼哭天陰。髑髏如斗沙邊臥，旁有兜牟一翅金。
哈密馬場在北山下，古戰場也，漢唐壁壘猶依稀可識。近牧馬卒掘地得髑髏甚巨，又得兜牟翅一，鍍金作
龍鳳形，稱之重六兩，古色黝然，數千年物也。

四

早耕晚獲看農忙，屯田於二月開犂，九月中收穫。一熟須教歇兩荒。屯田地畝有餘，
今歲豐收則置而不用，隔一兩歲復種，謂之歇荒。蔡巴什湖^①四千畝，三秋麥豆始登場。麥、
豆、穀一時俱熟，統於重陽後收割。

① 蔡巴什湖：賽巴什達里雅簡稱，一作蔡湖。《西域同文志》："賽巴什達里雅，回語。賽，
有砂有石之地；巴什，頭也；達里雅，大河也。湖源發於山下砂石之地，故名。"雍正十二年
（1734）清朝與準噶爾對峙期間，在此地設置綠營兵軍屯。乾隆七年（1742）裁撤軍屯，改由當地
維吾爾居民屯種納糧。乾隆二十八年設蔡巴什湖把總管理屯政。地當今哈密市石城子附近。

五

荷鍤開畦四月天，不須好雨潤芳田。哈密經年無雨。真陽融盡陰山雪，頃刻

飛來百道泉。屯田全資雪水。三、四月間，天氣驟暖，山嶺雪消，萬壑奔流，用以灌溉，數百里内無不
周遍。

六

煙墩堖上柳千竿，堖即屯田蓄水處。水繞茅亭白石瀾。密葉深叢無限好，秋風
錯認碧琅玕①。亭畔野柳叢生，枝幹皆緑，望之若竹林然。

① 琅玕：形容竹之青翠，亦指竹。杜甫《鄭駙馬宅宴洞中》詩：“主家陰洞細煙霧，留客夏
簟青琅玕。”

七

東屯風景亦全諧，塔爾納沁①屯田，在哈密之東。怪石驚沙百不堪。楊柳數株泉
一道，沁城已是小江南。漠外寸草不生，唯沁城有林木水泉之勝，土人謂之小江南。

① 塔爾納沁：一作塔勒納沁。《西域圖志》：“塔勒納沁，在哈密城東北二百二十里。”地當
今哈密市沁城鄉。另參前王芑孫《西陬牧唱詞六十首》“群山莽莽走中原”詩注⑩。

八

鐙槽古驛亂山巓，鐙草溝①在哈密極西，過嶺即巴里坤界。咫尺炎涼各一天。哈密與
巴里坤只隔一嶺，哈密極熱，巴里坤極寒。正是中元②明月夜，雪花如掌落檐前。余巡邊至
此，是日大雪。

① 鐙草溝：清代哈密至巴里坤驛站。成書《即事四首》其四“寒甚鐙槽驛”句自注：“地名
鐙槽溝，殊不可解，余以爲槽或當作草，未知是否，其地大寒。”《新疆圖志》作“橙槽溝”：“（鎮西）
南一百九十里至橙槽溝，接哈密及鄯善。”
② 中元：農曆七月十五中元節，中國傳統的鬼節之一。

九

沙磧無邊數百程，十三間房戈壁，徑過一百三十里，其寬廣不可計極。怪風終日斷征
行。無日不風，故謂之風戈壁。天涯孤客須緘口，山鬼迷人唤姓名。人行戈壁中，聞有呼姓

名者,誤應之,則被攝去,同伴相覓,或於沙石中得其衣履,人則不知所往矣。

一〇

行李無多只一肩,葫蘆盛水掛胸前。行人無不攜水。不須遠作梅林①望,天賜沙邊一碗泉②。地名,在沙棗泉③之西。

① 梅林:《世說新語・假譎》:"魏武行役,失汲道,軍皆渴,乃令曰:'前有大梅林,饒子,甘酸可以解渴。'士卒聞之,口皆出水,乘此得及前源。"此處反用其意。

② 一碗泉:驛站名。清代新疆一碗泉不止一地。此一碗泉地當今哈密市七角井東部。

③ 沙棗泉:在哈密市西,今稱柳樹泉。林則徐《壬寅日記》:"二十六日,辛未。……飯後又行,五十里沙泉宿,亦名沙棗泉。"

一一

豔陽剛得見新紅,到眼韶華①一瞬空。自是天公慳雨露,卻教桃杏盼春風。郭外桃杏成林,開時得風,則花色鮮豔成陰。結實,若遇微雨,不過數日,花葉蕩然矣。

① 韶華:美好的年華、時光。李賀《嘲少年》詩:"莫道韶華鎮長在,髮白面皺專相待。"

一二

不比家園春事忙,無名花木亦成行。特開一樹繁華錦,留與詩人賦海棠。①地出紅白果子,結實酸澀無味,花則秀豔無比,似帖梗海棠②。

① "留與"句:宋代詩人推崇杜甫詩,但謂杜甫詩中從不用海棠意象。王禹偁《送馮學士入蜀》詩:"莫學當初杜工部,因循不賦海棠詩。"王安石《與微之同賦梅花得香字三首》其二:"少陵爲爾牽詩興,可是無心賦海棠。"李頎《古今詩話》:"杜子美母名海棠,子美諱之,故杜集中絕無海棠詩。"此句反用其意。

② 帖梗海棠:薔薇科木瓜屬落葉灌木。梗短,花朵緊貼枝幹,故名,可做觀賞、盆景花卉。其果實爲皺皮木瓜,可食用,有藥用價值。

一三

長日無營早放衙,綠陰小院靜窗紗。香風忽送無雲雨,開遍空庭沙棗花。

似棗花而色微黄,香尤酷烈。

一四

行帳旗旌擁傳車,木杯爭進瑣陽茶。_{地産瑣陽,土人煎以代茶。}使臣不似相如渴①,上品新嘗駝店瓜。_{瓜以青色爲上,駱駝店②産者最佳。}

① 相如渴:《史記·司馬相如列傳》:"(相如)常有消渴疾。"後以相如渴作爲患消渴病的典故。李商隱《漢宮詞》詩:"侍臣最有相如渴,不賜金莖露一杯。"此處用字面意。
② 駱駝店:地不詳。今哈密地區有駱駝圈子,或即其地。

一五

邊地風高夜氣嚴,鄉心無奈客愁添。酒酣不語挑燈坐,明月斜穿席芨①簾。_{席芨草,色白堅韌,土人織以爲簾。}

① 席芨:即席其草,見前宋弼《西行雜詠》"席其草長馬牛肥"詩注①。

一六

眨眼西風已報秋,餘糧芻束①及時收。纏頭夜半歌喉咽,檢點衣囊補敝裘。_{收穫將畢,回人夜作苦寒,每長歌以相應答,其聲凄斷,俗謂之叫皮襖。}

① 芻束:一作束芻,將草捆成束。《詩·唐風·綢繆》:"綢繆束芻,三星在隅。"

一七

不分宿釀與新醅,佳醞都從内地來。_{土俗不知釀法,味殊惡劣,肆商從内地運至,索價甚高。}怪底當筵知酒味,妾家生小①住高臺。_{哈密無土著,凡攜眷兵民,皆係内地遷往者。高臺酒最佳。}

① 生小:自小。《玉臺新詠》卷一《古詩爲焦仲卿妻作》詩:"昔作女兒時,生小出野里。"

一八

剜瓜打餅過中秋,_{土俗中秋削瓜成瓣,謂之剜瓜,以餅蘸而食之。}郎去屯田妾獨留。

請得蘭州白檀①速，拜香同上廟兒溝②。廟兒溝有大佛寺。

① 白檀：此指檀香。

② 廟爾溝：位於哈密市東北，清代曾設卡倫。陶保廉《辛卯侍行記》：“（哈密）城東八十里下廟爾溝，北十餘里上廟爾溝，有回王避暑宮。”

一九

又是新年年事催，回王宮殿在高臺。回城內有土臺，高十餘丈，回王宮室皆在其上。夜深金鼓冬冬下，阿渾持經教把齋。回俗過年前一月則把齋，盡日滴水顆粒不入口，見星後乃恣意飽啖而睡。至五鼓，阿渾在臺上以金鼓齊之，則又把齋矣。

二〇

不論秋去與春回，三百六旬屈指排。回俗不知節候，以三百六十日爲一年。但看如鉤新月上，錦衣花帽拜年來。把齋後再見新月，則開齋過年。

二一

走馬兒郎手足鮮，靚妝少婦豔神仙。回俗過年，男則鮮衣走馬，女則盛妝出，看兒童擊雞卵①爲戲。莫教塵涴新衣帽，轉眼風光過小年。過年後數十日，歌舞盛飾如前，謂之過小年。

① 擊雞卵：《回疆志》：“幼童有拋核桃、礐雞卵之戲。”

二二

積雪春融煙霧開，柳陰一帶水縈洄。凌波仙子①羅裙濕，知是巫山行雨②來。回性喜潔，男女室後必遍身洗浴，婦人亦有向溪邊浣濯者。

① 凌波仙子：水仙花、蓮花、荷花。語本曹植《洛神賦》：“體迅飛鳧，飄忽若神。凌波微步，羅襪生塵。”黃庭堅《王充道送水仙花五十枝欣然會心爲之作詠》詩：“凌波仙子生塵襪，水上輕盈步微月。”此處指女子。

② 巫山行雨：巫山神女行雲降雨。宋玉《高唐賦》：“妾在巫山之陽，高丘之阻。旦爲朝

雲,暮爲行雨,朝朝暮暮,陽臺之下。"此處指沐浴。

二三

清池水榭午風涼,孔雀名園草木香。回王有孔雀園及水亭諸勝。亦解林泉窮勝事,翻嫌減趣伯斯塘。回人於樹木多處擇方丈地,決渠引水,以供遊憩,謂之伯斯塘。

二四

玲瓏華蓋象天文,香土泥牆婆律芬[①]。騎馬達官須下馬,高原滾伯[②]聖人墳。回人土葬,墳上必置土一塊。富者則覆以屋,圓上方下,土壁光潔可愛。其先世傳教之人,墳屋益高大精巧,謂之滾伯兒。回王過之,亦必下馬禮拜,如中國之敬宣聖[③]也。

① 婆律芬:婆律:龍腦香。婆律芬指香味。蘇軾《子由生日以檀香觀音像及新合印香銀篆盤爲壽》詩:"旃檀婆律海外芬,西山老臍柏所薰。"

② 滾伯:一作拱拜。維吾爾語 gumbä 音譯,指墳墓,或建築的拱頂。

③ 宣聖:孔子。漢平帝元始元年(1),謚孔子爲褒成宣公。

二五

城堡沿山路易歧,回城自三堡至五堡,皆近西山,不當孔道。軍臺十二遠相離。哈密十二臺,相距各百里。爲憐中道行人渴,戈壁新添亮噶兒。回人於戈壁中途穿土爲室,或架茅棚,設法儲水以售過客,謂之亮噶兒。

二六

送日臺高鼓吹隨,拜天禮數敢差池。出賓納錢羲和[①]制,不是尋常納馬茲[②]。架木爲臺,高數丈,每於申酉刻日將入時,阿渾登臺禮拜,諷經送之,謂之納馬茲。

① 羲和:神話中的日母,或駕馭日車的神。《山海經·大荒南經》:"東南海之外,甘水之間,有羲和之國。有女子名曰羲和,方日浴於甘淵。羲和者,帝俊之妻,生十日。"《楚辭·天問》:"羲和之未揚,若華何光?"王逸注:"羲和,日馭也。"此指太陽。

② 納馬茲:參前福慶《異域竹枝詞》"十二辰爲十二門"詩注③。此處記載的是一種送日

儀式,王曾翼《回疆雜詠》"喧喧笳鼓鬧城西"、朱紫貴《天山牧唱》"聲聲屋角壓油啼"、蕭雄《聽園西疆雜述詩·祭祀》詩中均有描寫。應爲古代宗教習俗的遺留,今已不存。

二七

細氈貼地列賓筵,密室無窗別有天。室中無牀杌①,人皆席地坐。屋甚寬闊,四壁皆實,不設窗櫺,惟於屋上開天窗一二處,以通陽光,殊不苦黑暗也。務恰克通風火出,不教粉壁掛柴煙。牆根一穴直達屋頂,冬日爇薪其下,煙氣俱吸入穴內,其制甚巧,謂之務恰克②。

① 牀杌:杌,小凳。牀杌,上下馬的墊腳凳。此處指牀與凳。
② 務恰克:又譯"烏恰克",維吾爾語 oqak 音譯,爐子。

二八

瓜畦麥隴任斜橫,東作①初興並日營。播種不愁牛力盡,駱駝身負夕陽耕。回人不知阡陌,隨手布種,所謂鹵莽而耕之者也。或無牛馬,駱駝亦可使耕。

① 東作:春耕。亦泛指農事。《尚書·堯典》:"寅賓出日,平秩東作。"孔傳:"歲起於東,而始就耕,謂之東作。"

二九

盤碾揚場一向忙,秋成麥豆已輸倉。回衆亦納糧於其主。飽餐還對斜陽臥,慚愧家餘五斗糧。回姓最懶,家有半月之蓄,則飽食安眠,不復操作,故貧苦者最多。

三〇

清秋使者閱邊回,欲飲蒲桃①笳鼓催。花帽纏頭迎道左,齊看天上大人來。回性恭順,其敬欽使如神明,嘗云大人是天上下來者。

① 蒲桃:此指葡萄酒。

袁潔

　　袁潔,號玉堂,江蘇桃源(今泗陽)人,生卒年不详。嘉慶辛酉(1801)拔貢。雅好文墨,性喜交遊,與李兆洛、梅成棟均有交往,在嘉道之際的北方文壇具有一定知名度。嘉慶二十四年,沂州營已革千總何景釗與協領副將白鳳池人事糾紛案興,袁潔與何景釗友善,爲其代做訟詞,牽連入案,於道光三年(1823)遣戍烏魯木齊。道光六年,烏魯木齊都統英惠上疏奏請將其釋回,次年東歸。歸後曾入直隸總督那彥成幕府,晚年窮困,客死山東。所著有《蠡莊詩話》《出戍詩話》《習静軒偶記》。

竹　枝　詞

解題:

　　組詩選自袁潔《出戍詩話》卷二。據《出戍詩話》記載,袁潔曾自編《出塞吟草》一卷,又自述賜還後在蘭州,與戍友、原湖南江華知縣金德榮合梓出塞舊作,今均未見存。袁潔的這組詩作原無正式題目,只自稱《竹枝詞》。4首詩作描寫由安西至哈密戈壁旅途的惡劣環境。格調詼諧清新,近於口語,也没有長篇累牘的自注,在眾多西域竹枝詞中別具風味。

　　過安西至哈密,相去千餘里,並無城郭村市,惟住宿處所,荒店數家而已。行客須帶米菜等物,藉以果腹,且有須帶水者。其沙磧荒灘,水草不生,呼爲戈壁,所謂苦八站①是也。余戲成《竹枝詞》云。

　　① 苦八站:俗稱窮八站。清代自嘉峪關以西所謂窮八站有兩說。楊炳堃《西行記程》:"自安西州起,計程七百里至格子煙墩止,共八站,路皆戈壁灘。尖宿旅店,俱屬仄陋。菜蔬食物無可購買,僅有蔥韭麪磨及柴草可供炊爨而已。俗名窮八站。"從安西州算起,此窮八站具體爲:白墩子、紅柳園、大泉、馬蓮井子、星星峽、沙泉子、苦水、格子煙墩,即袁潔所云。一爲從巴里坤至木壘之間的窮八站。《西行記程》又載:"自巴里坤起至一碗水止,共五百六十里,俗名窮八站。沿途皆戈壁灘,有水,有住宿處。不過市井蕭條,房屋仄陋,較勝於安西州之窮八站。"從

巴里坤計，此窮八站爲：廒濟、肋巴泉、烏爾圖、噶順、色必、烏蘭烏蘇、阿克他斯、一碗泉。

一

戈壁荒涼寸草無，從來八站苦征夫。油鹽米菜須籌備，莫漫匆匆便戒途①。

① 戒途：啓程、出發。李商隱《爲安平公兖州謝上表》：“臣自承明詔，移鎮東藩，望闕而雪涕以辭，戒途而星奔不息。”

二

腰站①無多住站遥，到來店舍太寥寥。可憐漆黑煙熏屋，苦雨淒風度此宵。

① 腰站：一作腰頓。驛站的中間站，以便休息打尖或換馬。

三

又無棹椅又無牀，入户尖風①透骨涼。枵腹更兼愁内冷，熬茶先要煮生薑。

① 尖風：刺骨的寒風。李商隱《蝶》詩：“只知防浩露，不覺逆尖風。”

四

塵沙填塞客腸枯，到處源泉問有無。格子煙墩①真没水，囑君早早製葫蘆。

① 格子煙墩：《西域圖志》：“格子煙墩，在哈密城東南二百十五里。”位於今哈密沁城鄉南。

邊士圻

邊士圻（1771—?），字芸坪，號爽軒，河北任邱人。乾隆五十九年（1794）舉人，官山西神池縣知縣。遣戍原因不詳。著有《爽軒集》四卷，另參與編纂《任邱縣志續編》。

紅山竹枝詞

解題：

邊士圻詩集今未見存，這首竹枝詞收錄在袁潔《出戍詩話》卷二，謂："任邱邊芸坪有竹枝詞五十首。"今僅存一首。此外，邊士圻同期遣戍者原雲南麗江府丞張愨田，有《題邊芸坪紅山竹枝詞後》一詩："幾度徵歌列綺筵，風流名擅劈鸞箋。塵緣已醒夢中夢，詩境重開天外天。底事窮愁同杜老，有時放曠學坡仙。竹枝傳唱劉郎遍，聊把閑愁托管絃。"可見組詩在當時烏魯木齊文人群體間流傳較廣。

淺水盈盈漾綺紋，中間十里兩城分。參天大樹千章①合，一抹遙空拖綠雲。

① 千章：大樹千株。杜甫《陪鄭廣文遊何將軍山林十首》其二："百頃風潭上，千章夏木清。"

朱紫貴

朱紫貴(1795—?),字立齋,號漫翁,浙江長興人,僑居蘇州。道光長興廩貢生,官嘉興府學教授、里安縣學訓導,工吟詠,有詩名。曾校刻《洛陽伽藍記》,所著《洛陽伽藍記考異》爲世推重。另有《楓江草堂詩集》《楓江草堂文集》《楓江漁唱》《清湘瑤瑟譜》《清湘瑤瑟續譜》。

天 山 牧 唱

解題:

組詩選自《楓江草堂詩集》卷四,共計 30 首。據詩歌題下自注,可知這組詩作也是因閱讀椿園七十一《西域瑣談》之後,依據其內容敷衍成篇,與薛傳源《李莪村觀察枝昌自新疆回備聆新疆風土因作竹枝詞十六首》、福慶《異域竹枝詞》等詩作有相似之處。和薛傳源一樣,朱紫貴也並沒有來過西域,因此組詩中也沒有個人的塞外生活體驗。他的這組詩作從側面反映出椿園著作在清代傳播之廣,以及對一些普通讀者的影響。而組詩作爲對《西域瑣談》的詩性表達,對了解清代西域風土民俗也不無裨益。

讀《西域瑣譚》,率成上下平韻絕句三十首,名之曰《天山牧唱》。

一

路出敦煌更幾千,北辰北望轉西偏。柳梢未是初三夜,月子彎彎已上弦。
西域望北辰,少北而西,一日則見月,一鉤如線。

二

何處靈泉說火敦,金天①作鎮是昆侖。冰澌②雪浪分流去,誰信江河本一源。雪山冰水匯聚於賀卜淖爾，伏流入中國，爲黃河，自後藏西南，會各國雪水，經蕃地入四川爲江。賀卜淖爾即星宿海也。

① 金天：西方之天。《文選》卷十五張衡《思玄賦》："顧金天而歎息兮，吾欲往乎西嬉。"呂向注："金天，西方少昊所主也。"

② 冰澌：解凍後在水面漂浮流動的冰凌。蘇轍《遊城西集慶園》詩："冰澌片斷水光浮，柳線和柔風力軟。"

三

芳訊①春來驗好風，蘋婆桃李一叢叢。只銷幾點零星雨，斷送花枝百日紅。春夏花事，率驗以風，風則開花鮮豔，結實茂盛。最忌雨，微陣則花類油烹，一歲碩果無復存矣。②

① 芳訊：一作芳信，花開的信息。尤袤《入春半月未有梅花》詩："幾度杖藜貪看早，一年芳信恨開遲。"

②《西域聞見錄》："楊、柳、桃、杏、梨、李、蘋婆諸樹，率驗之以風，風則開花鮮豔，結實茂密。每風一次，枝葉繁盛一次，漸次濃陰鋪地矣。風後綠霧淨澂，如久雨初霽。切不可雨。雨固不多有，倘花葉正放時，點雨著瓣，花輒枯萎。雨微成陣，則滿樹花似油烹，一年之碩果無存矣。"

四

前朝曾設沙州衛①，戰壘烽臺沙磧間。偃月泉②中嗚咽水，行人飲馬古陽關。安西州有泉一區，形如偃月。州西爲前明沙州衛，尚有營壘遺跡，東南即古陽關故址也。

① 沙洲衛：沙洲衛永樂三年（1405）設。明代軍隊編制實行衛所制，各地均設衛所。兵士有軍籍，平時屯田駐防，戰時奉調出征。

② 偃月泉：即月牙泉。

五

鳴禽不度獸還驚，觸暑衝寒第幾程。世路崎嶇真一笑，火山雪海有人行。吐魯番東南一帶沙山，絕無草木，俗呼火焰山。由克噶察哈爾海臺①南行，即雪海，一望無際。

① 克噶察哈爾海臺：當爲噶克察哈爾海臺，參前舒其紹《伊江雜詠·雪海》詩注①。

六

日鑿冰梯馬不停，人行石隙太伶仃。嬌絲脆竹知何處，隔著琉璃萬疊屏。

冰山爲南北孔道，陡處或鑿有冰磴，人畜魚貫而行。或有數丈大石，徑尺冰支撑而立，人必經行其下，往來絲竹之聲通宵聒耳，則遠近冰裂也。

七

一箭鴉翎^①插地深，風戈壁下最陰森。山西才見青花犢，六出花飛便滿林。額魯特、土爾扈特人過大山，則插箭於地，以爲敬。哈布它海山西有一小花牛，見則風雪頃刻而至，土人虔禱而行，所謂風戈壁即此也。

① 鴉翎：烏鴉羽毛，此指箭。李賀《野歌》："鴉翎羽箭山桑弓，仰天射落銜蘆鴻。"

八

雪要消融泉要活，風宜澹蕩雨宜疏。稻田麥隴多青草，別譜田家月令書^①。回民種獲皆資山泉，雨少減收，雨多則地起鹽鹵。春寒雪水來遲，則播穀失時。以小麥爲細糧，粳稻次之。禾草並生，不知耘耨，且以爲草茂則禾苗得以乘涼。

① 月令書：古代以農業時序爲經緯、農事活動爲中心，分月記載曆象、物候、社會、經濟、文化活動的文獻。

九

胡蘆屋角高燒後，一月清齋斷酒肴。休道東方饑欲死，^①漸看星影在花梢。過年前一月，男女把齋，日晚始得飲啖，但不飲酒耳。半月前懸油胡蘆於高竿上燒之，闔家禮拜。

① "休道"句：參前福慶《異域竹枝詞》"人長三尺號魁梧"詩注②。

一〇

鮮衣怒馬去如飛，畫鼓聲中簇彩旗。今日開齋剛賀歲，六街燈火醉人歸。

開齋賀年。阿奇木伯克列旗幟、設鼓樂，入禮拜寺諷經，禮畢回衆隨往其家賀歲，勞以酒肉，哄飲而散。

<h2 style="text-align:center">一一</h2>

替修冥福瓣香焚，洞穴琉璃映夕曛。一領春衫杜鵑血[1]，東風人拜阿渾墳。賀年後數日，赴信奉人墳墓禮拜諷經，多以刀穿頸項間皮，血流遍體。衆所信服者，謂之阿渾。

[1] 杜鵑血：典出《史記·蜀王本紀》，蜀王杜宇，號望帝。死後化爲杜鵑，春天晝夜悲啼，直到嘴中流血。

<h2 style="text-align:center">一二</h2>

相逢盡是五陵豪，馬射何人奪錦袍。一朵紙花紅插帽，朝來城角去登高。又數日，老少鮮衣，帽上各簪紙花，於城垣高處登眺。回則馳馬較射，酣飲竟日。

<h2 style="text-align:center">一三</h2>

金碧新修梵字牆[1]，朝曦晃眼曝餱糧。春來多少含泥燕，難覓雙棲玳瑁梁[2]。聚土爲坯，壘牆厚三四尺，以白楊、胡桐橫布其上，施葦敷泥，遂成屋宇。屋頂開天窗一二處，以透陽光。屋頂皆平，居人於其上來往，爲曝糧米之用。亦有似蒙古包形者，可以無梁棟，自成屋宇也。

[1] 梵字牆：妝飾華麗的圍牆。《西域聞見錄》：“富者多於屋內雕泥爲花草、字畫，飾以灰粉，細而堅，頗見工巧。亦有施金碧者，涉俗矣。”

[2] 玳瑁梁：畫梁的美稱。沈約《八詠詩·登臺望秋月》：“九華玳瑁梁，華榱與璧璫。”

<h2 style="text-align:center">一四</h2>

綠楊踠地[1]晚風柔，一水新開碧玉流。夜飲循環桑葚酒，伯斯塘畔小紅樓。城村左近，輒修理平地一區，鑿渠引水，密植花柳，以爲暑月飲憩之所，名伯斯塘。夏初釀桑葚酒，家各數石。

[1] 踠(wǎn)地：垂地。庾信《楊柳歌》：“河邊楊柳百丈枝，別有長條踠地垂。”

一五

八柵爾今第幾回，門攤都向午前開。樹雞糜酒①金花布，破費乾隆普爾來。日中之市謂之八柵爾，每七日一次。雅爾有鳥如雞，味肥美，棲止樹上，謂之樹雞。糜酒渾如米汁，人喜飲之。金花布，喀什噶爾所出。錢謂之普爾，今所行，用烏什鼓鑄之乾隆通寶也②。

① 糜酒：《西域聞見録》："磨糜爲酒，渾似米泔，微酸，無酒之氣，亦不能醉人，謂之巴克遜。"糜，朱詩原文作"糜"（méi），誤。

② 清代南疆錢制事，參前王芑孫《西陬牧唱詞六十首》"赤仄新頒九府泉"注⑦。

一六

馱來細馬是明姝，錦帕蒙頭賦秣駒①。禮拜寺前相見日，紅絲窣地縮珍珠。回人嫁娶，新婦騎馬以帕蒙頭，鼓吹導引，父兄送往夫家。凡女皆垂髮辮十餘，已嫁則髮後垂紅絲爲絡，下垂珠寶爲飾。

① 秣駒：飼馬。《詩·周南·漢廣》："之子於歸，言秣其馬。……之子於歸，言秣其駒。"鄭玄箋："之子，是子也。謙不敢斥其適已，於是子之嫁，我願秣其馬，致禮餼，示有意焉。"

一七

聲聲屋角壓油啼，又聽城東梵唄齊。鼓吹五番人禮拜，夕陽紅上小樓西。伊犁、烏魯木齊之間多壓油鳥，集人肩袖，捉而出其油即飛去。各城均於東偏架木爲樓，鼓吹送日西入，毛喇、阿渾諷經禮拜，日凡五次，謂之納馬兹。

一八

霜飛玉帳夜聞歌，勸客蒲桃金叵羅①。琥珀②七弦笳八孔，銀燈影裏舞青娥。秋深蒲桃酒熟宴客，酒酣，回女逐對起舞。琥珀七弦、葦笳八孔，皆其樂器。

① 金叵羅：金製酒器。《北齊書·祖珽傳》："神武宴寮屬，於坐失金叵羅，竇泰令飲酒者皆脱帽，於珽髻上得之。"

② 琥珀：一作渾不似、胡撥四、火不思，胡琴的一種。盛行於元代。參後蕭雄《聽園西疆雜述

詩·樂器》詩自注。

一九

小宴明駝百戲陳，珠歌翠舞夜留賓。更撾十棒元宵鼓，別有驚鴻^①掌上身。葉爾羌俗尚宴會，婦人善歌舞。索銅爲繩，立木爲架，回婦於繩上步骤往來，應鼓之節，舞九轉盤之戲，不一而足。

① 驚鴻：鴻，大雁。《文選》卷十九曹植《洛神賦》：“翩若驚鴻，婉若遊龍。”吕向注：“神女之體，翩輕如驚鴻。”

二〇

已從西海求名馬，更向南山放皂雕。一片圍場秋草緑，雪蓮花共大旗飄。哈薩克多馬，或曰即古大宛。回户喜蓄雕，鷙而捷。喀什山，將軍圍場在焉。雪蓮生雪山深雪中。

二一

虯松十里客停驂，石碣張騫何處探。一帶伊犁河畔水，魚魚鴨鴨小江南。距惠寧城一里爲伊犁河，中有魚獺。又南八十里爲察布爾察之山^①，上多松柏。伊犁相傳有張騫石碣。

① 察布爾察之山：當爲察布察爾山。參前福慶《異域竹枝詞》“豐草深林葦作湖”詩注③。

二二

方流兩岸水溶溶，采玉年年貢九重。一騎犛牛入絶壁，天風吹下碧芙蓉。葉爾羌河産玉，每歲春秋兩貢。去葉爾羌二百三十里，山名密勒臺^①打坂，遍山皆玉。土人攜具錘鑿，乘犛牛而上，任其自落而取之，名擦子石。

① 密勒臺：一作密爾岱。見前福慶《異域竹枝詞》“冰雪溶流散各城”詩注①。

二三

雪中才許一攀藤，石洞依稀鐘乳凝。自是三時人跡斷，錯疑萬點橐駝燈①。硇沙産庫車城北山洞中。形如鐘乳，春、夏、秋，洞中皆火，夜如萬點燈光；冬寒雪盛，火熄，土人赤身入洞取之。

① 橐駝燈：製作成駱駝型的油燈。

二四

千秋梵教來西域，震旦①皈依海棠偕。今日白衣厓石上，斷無香火但煙霾。庫車有小佛洞，蘇巴什有大佛洞，其山前後上下，鑿洞四五百處，皆西蕃佛象，最高一洞有白衣大士象。漢楷《輪回經》一轉，餘皆西蕃字跡，不知何代所爲。

① 震旦：古代印度對中國的稱呼。

二五

牂書連屋各分簽，毛喇能將不律拈。葉葉旁行科斗篆，分明字母仿華嚴①。回人文字，有醫藥、占卜、堪輿之書，有前代記載各國山川、風土之書。字形如科斗，橫讀，而連斷處尤不易辨，惟通曉字頭十九，遂無疑字。童子能書記者謂之毛喇。②

① 華嚴：指《華嚴經》中所述的四十二個華嚴字母，是修學菩薩行的"字智法門"。此處借指維吾爾文。
② 此處自注有誤，參前福慶《異域竹枝詞》"金絲銀線巧機成"詩注②。

二六

鏡展玻璃花掩映，扇攜翡翠月團欒。焉支兒女誇顔色，試向娉婷市①裏看。鄂羅伊②明鏡玻璃，回人有載販者。雅爾多翡翠，土俗取以飾扇。沙雅爾婦女多好顔色。《十三州志》："龜兹、于闐置女市。"

① 娉婷市：即女市，設有妓院的市肆。《魏書·西域傳》："(龜兹)俗性多淫，置女市，收男子錢入官。"
② 鄂羅伊：爲鄂羅斯之誤。

二七

屋頂新開梵字窗①，金黄棗釀酒盈缸。兒家門巷春風裏，岔口飛來也是雙。沙棗色金黃，取以釀酒。岔口，小鳥也，毛尾似鶉而紅，生冰山中。

　　① 梵字窗：有裝飾的天窗，參上“金碧新修梵字牆”詩注①。

二八

　　路入沙村一道斜，聲聲不斷是蝦蟆。赫探苦憶三杯茗，愛曼分收五色瓜。
戶皆種瓜，五色不一。夏秋之交，行人入村落者，以瓜爲敬。蝦蟆聲長而不斷。呼漢人爲赫探，名村落爲
愛曼。

二九

　　暖風雪水下層岩，綠滿沙灘草未芟。收得胡桐枝上淚，爲郎著意浣春衫。
胡桐，譯言柴也，遍滿沙灘，夏日炎蒸，其津自樹杪滴垂者，曰胡桐淚。回人取以浣衣。

三〇

　　聲教西馳紀織皮，拓疆遠過漢唐時。書生何事輕投筆，試聽天山牧唱詞。

張廣埏

張廣埏(1795—1880)，字錫均，號雪君，慈溪人。道光五年(1825)拔貢，八年中順天鄉試舉人。道光九年(1829)六月，兵部尚書玉麟調任伊犁將軍。張廣埏隨玉麟出關，參伊犁將軍幕。道光十一年五月二十日，張廣埏自伊犁啓程東歸。"未敍功，以知縣揀發福建"(光緒《慈溪縣志》)，歷任將樂、古田、光澤、建寧等地縣令，多有政績。著有《萬里遊草》《資清真室吟稿》《荔鄉吟稿》等。

伊江竹枝詞

解題：

組詩選自《萬里遊草》卷下，共計 14 首。《萬里遊草》卷上爲張廣埏西行詩集，卷下《郵程瑣錄》是張廣埏出關至伊犁的行記。張廣埏以幕僚身份隨伊犁將軍玉麟至伊犁，居住在將軍府中。到伊犁後不久，又逢玉素普之亂爆發。張廣埏在伊犁生活時間雖然短暫，但閱歷卻非常豐富。這組竹枝詞規模並不大，但都源於詩人的親身見聞與感受，真切而活潑，對於瞭解道光年間伊犁的自然與人文風貌有所助益。

一

瑤街①冰骨峙嵯峨，燈夕聲鏗紅繡靴。好趁一輪明月色，鼓樓西畔聽農歌。屯地兵民於元宵扮演諸戲，唱秧歌，與内地相似。

① 瑤街：宮殿中通道的美稱。薩都剌《四時宮詞》其三："宮溝水淺不通潮，涼露瑤街濕翠翹。"此指下過雪的街道。

二

　　天光黯淡淨無塵，凝睇^①荒郊草不春。上巳^②清明都過了，雪花猶撲倚樓人。

　　① 凝睇：注視。白居易《長恨歌》："含情凝睇謝君王，一別音容兩眇茫。"

　　② 上巳：農曆三月三日上巳節，有水邊飲宴、遊春之俗。

三

　　晴天四月氣融和，果子溝中水不波。聞道行人歸策馬，推山雪下奈愁何。
山上積雪成冰，夏初始泮，如牆而下，謂之推山雪，行人往往被壓。

四

　　戎裝半卸聚閑庭，快飲葡萄酒未停。直把端陽作寒食^①，門前都插柳條青。

　　① 寒食：見前紀昀《烏魯木齊雜詩》"花信闌珊欲禁煙"詩注①。

五

　　沙河水漲雪消初，枯木灣頭集曉漁。不解風波江上惡，願郎網得大頭魚。
伊犁河魚，巨首皺皮，類鱘鰉，俗呼大頭魚。

六

　　三庚^①曉起總如秋，亭午^②何曾薄汗流。翻是炎威斜日裏，涼風不到望河樓。伏日午後，酷熱不減內地，二更以後可襲綿衣。

　　① 三庚：夏至後第三個庚日，爲初伏之始。

　　② 亭午：正午。李白《古風》其二十四："大車揚飛塵，亭午暗阡陌。"

七

五六月中促織鳴，淒淒切切和泉聲。寒衣好製與郎著，要向天山頂上行。

促織於初夏即已試響，立秋之後，寂無聲矣。

八

北關門外駐香車，舊曲伊涼①譜琵琶。不是窺從紈扇②底，誰知塞女貌如花。

① 舊曲伊涼：均爲樂府“近代曲”名。《新唐書·禮樂志》：“天寶樂曲，皆以邊地名，若《涼州》《伊州》《甘州》之類。”《新唐書·禮樂志》：“《涼州曲》，本西涼所獻也，其聲本宮調，有大遍、小遍。貞元初，樂工康昆侖寓其聲於琵琶，奏於玉宸殿，因號《玉宸宮調》。”

② 紈扇：細絹製成的團扇。此句本晏幾道《鷓鴣天》詞“舞低楊柳樓心月，歌盡桃花扇底風”句意。

九

西風昨夜送秋來，畫角①淒清入耳哀。驚醒天涯遊客夢，一時都上望鄉臺。

① 畫角：古代管樂器，以竹、木或皮革製成，飾以彩繪，聲高亢淒厲。常用於軍中以報昏曉，或報警戒嚴。梁簡文帝蕭綱《和湘東王橫吹曲三首·折楊柳》：“城高短簫發，林空畫角悲。”

一〇

幾樹垂楊宿暮鴉，中庭無露灑秋花。一彎畫出蛾眉早，不待初三見月芽。

伊江無露，每月初二即睹新月。

一一

樹頭黃葉晚蕭蕭，未到中秋雪已飄。待得高樓玩圓月，禦寒爲上貂邊貂[1]。

① 鬢邊貂：貂皮製成的帽子。

一二

明駝絡繹負氍毹，貿易庭前草亂鋪。郎愛餞金壺煮茗，妾憐鵝毳布爲襦[1]。貿易亭在西門外，與俄羅斯、哈薩克、安集延諸夷交易之所。

① 襦（rú）：《說文》：“襦，短衣也。”

一三

格登山下馬如飛，報導將軍殺幾圍。不怕鐵衣寒徹骨，看郎斫得虎頭歸。[1]

① 此詩描寫伊犂軍府圍獵事。參前徐步雲《新疆紀盛詩》“獵火連山雪打圍”、福慶《異域竹枝詞》“虎豹熊羆麋鹿饒”、舒其紹《伊江雜詠·哈什圍場》，及祁韻士《西陲竹枝詞·圍場》等詩及注釋。

一四

街頭轆轆走爬棱[1]，已報封山雪幾層。郎要閑時還賭射，冰天腰箭各分堋[2]。小車抽去兩輪，駕馬平行冰上，謂之爬棱。積雪埋徑，謂之封山。

① 爬棱：即爬犂。見前舒其紹《伊江雜詠·扒犁》詩及注①。
② 堋（péng）：箭垛。

許乃穀

許乃穀（1785—1835），字玉年，自號玉子，又號南澗山人，浙江仁和（今杭州）人。道光元年（1821）舉人。許氏爲杭州望族。玉年之父許學范爲乾隆三十七年（1772）進士。兄許乃濟是嘉慶十四年（1809）年進士，爲翰林院編修。弟許乃普是嘉慶二十五年一甲二名進士，曾任江西學政、吏部尚書等職。弟許乃釗系道光十五年年進士，授編修，曾任廣東學政、江蘇巡撫。兄長許乃來、許乃大均係舉人出身。楊文傑《東城記餘》譽爲“七子登科，海內所未有”。

許乃穀道光八年官甘肅環縣知縣。九年，先後任皋蘭、山丹知縣。道光十年，權撫彝（今甘肅臨澤）通判。適逢浩罕國挾持張格爾之兄玉素普入寇南疆。許乃穀於是年秋隨提督楊芳赴喀什噶爾軍營，參謀軍事。道光十一年冬，調任敦煌知縣。十四年，署安西直隸州。十五年卒於安西任所。工詩善畫，著有《瑞芍軒詩鈔》。

西域詠物詩二十首並引

解題：

組詩選自《瑞芍軒詩鈔》卷四，道光十一年（1831）作於南疆。所詠西域風物，如明霜、白楊、雪蓮等都極有代表性。許乃穀出身書香世家，交遊廣泛，《瑞芍軒詩鈔》卷首題詠者多達八十餘家，其中不乏陳文述、張雲璈、戚人鏡等名流。徐珂《聞見日抄》記載：“今人皆知東三省多森林，而不知新疆亦有之，謂之樹窩。……見許乃穀《瑞芍軒詩鈔》。”即指《西域詠物詩二十首·樹窩》一詩，可見其西域詩作流傳之廣。

庚寅秋，回疆再擾。[①]余奉檄從戎，西歷萬里。偶有所見，輒紀以短句，聊志物産，非敢言詩也。

① 嘉慶二十五年(1820)，大和卓布拉呢敦之孫張格爾受浩罕國的唆使，侵擾南疆。道光六年(1826)，又在英國的支持下率浩罕軍隊入侵南疆，史稱張格爾之亂。道光七年，叛亂被平定。道光十年，張格爾兄玉素普被浩罕國挾持，再次入寇南疆，攻陷英吉沙爾回城，圍困喀什噶爾與葉爾羌，史稱“玉素普之亂”。道光十一年冬被平定。

土　雨

西域無大雨，或竟終年不雨。草木萌動，率驗之以風。風有時挾土，淨澄如霧，物更暢茂，謂之土雨。

非霧非煙一望中，欣欣草木蕩春風。封姨善學媧皇① 戲，撒手能回造化功。

① 封姨：見前祁韻士《西陲竹枝詞·風穴》詩注②。

媧皇：女媧氏。傳説曾摶土造人，許詩借用此意。

明　霜

霜如密霰，日中閃爍有光，過午乃止。寒氣凝結而成也。

青女① 晨妝向碧霄，劇憐邊塞太蕭條。欲將大地爲明鏡，亂灑霜華冷不消。

① 青女：《淮南子·天文訓》：“至秋三月，地氣不藏，乃收其殺，百蟲蟄伏，静居閉户。青女乃出，以降霜雪。”高誘注：“青女，天神，青霄玉女，主霜雪也。”

樹　窩

紅水河① 西，喀什噶爾千餘里，有地皆樹，曠與天連，翳不見日。

杈枒萬木影婆娑，碧翳② 青天綠結窩。遮莫豺狼作幃幕，誰言安樂此中多。

① 紅水河：即克孜爾河，一作克孜河。克孜爾，維吾爾語紅色的音譯。喀什噶爾河幹流。与庫車克孜爾河同名異地。庫車克孜爾河見前王芑孫《西陬牧唱詞六十首》“鼎峙三城姑默墟”

詩注④。

②　碧翳：翳，羽毛製成的華蓋。此指天空被樹木遮蔽。

鹽　池

迪化州南，池長八十里，風擁鹽出，堆累涯畔如山。商賈運載不絕，無分官私。

吹沙成雪任熬波，鹽井朐腮①較若何。失笑曼卿②酸子味，爭傳學士賣來多。

①　朐（qú）腮：漢巴東縣名，地有鹽井。焦周《焦氏説楛》：“朐腮縣鹽井有鹽方寸，中央隆起如張傘，名傘子鹽。”

②　曼卿：北宋人石延年（994—1041），字曼卿，政治家、文學家。性嗜酒。沈括《夢溪筆談》：“石曼卿喜豪飲，與布衣劉潛爲友，嘗通判海州。劉潛來訪之，曼卿迎之於石闥堰，與潛劇飲。中夜酒欲竭，顧缸中有醋斗餘，乃傾入酒中並飲之。至明日，酒、醋俱盡。”

紅　柳

《漢書·西域傳》顔師古注曰：“檉柳，河柳也，今謂之赤檉。”枝幹皆紅。

桃花同發不知春，落落斜陽古渡濱。眼看明駝人出塞，征袍歸染血痕新。

白　楊

中幹直上如立竹，旁枝無橫出者。

大漠荒灘特立時，更無曲幹與橫枝。蕭蕭自有淩雲志，縱不虛心亦偉奇。

夏　草

夏草冬蟲生雪山，夏日葉歧出，類韭，根如朽木。凌冬葉乾蝡動，化爲蟲，入藥極熱。

動物先教成植物，炎天境地自清涼。禪心示寂①非真寂，變化功成在退藏②。

　① 示寂：指佛、菩薩或高僧圓寂。《大唐西域記》：“形識雖盡，應生而不生。起謝雖絶，示寂滅而無滅。”

　② 退藏：隱匿。杜甫《七月三日亭午已後校熱退晚加小涼穩睡有詩因論壯年樂事戲呈元二十一曹長》詩：“退藏恨雨師，健步聞旱魃。”

雪　　蓮

　生雪中，潛往采之則得，一聞人聲，倏不見矣。

　　如來世界清如許，六出花①中更有花。笑殺亭亭緑波裏，胚胎畢竟出泥沙。②

　① 六出花：指雪花。杜甫《對雪》詩：“北雪犯長沙，胡雲冷萬家。隨風且間葉，帶雨不成花。”蔡夢弼注：“謂爲雨所混融，而六出花之狀。”

　② “笑殺”二句：指生長於冰山雪海中的雪蓮，比生長在淤泥中的蓮花更加不凡。與前祁韻士《西陲竹枝詞·雪蓮》詩“一枝應折仙人手，豈向污泥較色鮮”詩同意。

沙　　棗

　類棗而小，味甘微澀，肉似細沙。

　　爾雅篇稽邊要棗①，北方七尺杳難尋。②形纖味澀輸崖蜜③，一樣生來是赤心。

　① 邊要棗：要通“腰”。見《爾雅·釋木》所載，郭璞注：“子細腰，今謂之鹿盧棗。”

　② “北方”句：任昉《述異記》：“北方有七尺之棗，南方有三尺之梨，凡人不得見，或見而食之，即爲地仙。”

　③ 崖蜜：蜂蜜。杜甫《發秦州》詩：“充腸多薯蕷，崖蜜亦易求。”蔡夢弼注：“崖蜜，乃高山巖穴中蜂房之蜜也。張華《博物志》：‘遠方山郡幽僻處出蜜，所著巉巖石壁，非攀援所及。’”

胡　　桐

　《漢書·西域傳》孟康注：“胡桐，似桑而多曲。”師古曰：“亦似桐，不類桑。”要以孟康爲確。其樹遍生沙灘，或數千百里成林，但可作薪。回語胡桐，譯言柴也。夏日液自根流出，如琥珀，爲胡桐淚。師古謂"可汗金銀者"是也。

龍門百尺[1]肯移栽，擁腫惟應作爨材。莫便臨風揮熱淚，要荒也有鳳皇來。

[1] 龍門百尺：《文選》卷三四枚乘《七發》："客曰：龍門之桐，高百尺而無枝。"呂向注："龍門，山名，出桐木，堪爲琴瑟。"

孔　雀

《漢志》：罽賓國產孔爵。罽賓近于闐，故回疆往往有之。

翠角金花[1]舞我前，屏風欲畫思茫然。漫將文采驚夷目，況復殊鄉無管弦。

[1] 翠角金花：孔雀冠及羽毛。韓愈：《奉和武相公鎮蜀時詠使宅韋太尉所養孔雀》詩："翠角高獨聳，金華焕相差。"

天　鵝

絕似鶴，惟嘴與掌似鵝耳。晝夜在水中，鳴聲清越以長。

高於鶴子肥於鶩，裂竹聲[1]聞紅蓼汀。倘令山陰道中見，換伊何止寫《黃庭》[2]。

[1] 裂竹聲：形容天鵝鳴叫之聲。
[2]《黃庭》：《晉書·王羲之傳》："山陰有一道士養好鵝，羲之往觀焉，意甚悦，固求市之。道士云：'爲寫《道德經》，當舉群相贈耳。'羲之欣然寫畢，籠鵝而歸，甚以爲樂。"一説王羲之寫《黃庭經》換鵝。李白《送賀賓客歸越》詩："山陰道士如相見，應寫黃庭換白鵝。"

紫　柳　菊

柳樹生花，色紫，累累成穗。小者如拳如杯，大者如升如斗，若伊犁柳花，則色綠而小如蕊矣。

忽驚紫燕碧梢開，①草木居然不異苔②。五柳先生③菊爲命，合移栗里④手親栽。

① "忽驚"句：指燕子在柳叢中穿行。史達祖《雙雙燕》詞："飄然快拂花梢，翠尾分開紅影。"

② 異苔：異苔同岑，不同的青苔長在同一座山上。郭璞《贈溫嶠詩》："人亦有言，松竹有林，及爾臭味，異苔同岑。"

③ 五柳先生：陶淵明(365？—427)曾撰《五柳先生傳》，後人以爲有自傳特點，因以五柳先生相稱。性喜菊花。

④ 栗里：在今江西省九江市西南，陶淵明曾隱居於此。白居易《訪陶公舊宅》詩："柴桑古村落，栗里舊山川。"

白　桑　葚

色白，微有黑點，絕似鹽腹，味甚甘。八城①處處有之，回夷多取爲糧，或釀爲酒。

茫茫大漠遍柔桑，似繭如鹽白勝霜。不待興平②秋再葚，年年回紇仰爲糧。

① 八城：清代回疆的八座大城：喀什噶爾、英吉沙爾、葉爾羌、和闐、烏什、阿克蘇、庫車、喀喇沙爾。一般即代指回疆。

② 興平：太平，此句意指玉素普之亂尚未平定。

芨　芨　草

《漢志》曰息雞，《太平廣記》曰席箕，其草冬枯而不萎，高四五尺，性至堅韌。以之織物，其用如竹。惟喀拉沙爾城東特伯勒古①產者實心，可爲箸。

戈壁朝行梢馬盛餐具也，俗語褡連②。持，盎箸③宵飲息雞④宜。愛他體直心遍實，風不爲斜雪不欹。

① 特伯勒古：一作特伯爾古。《西域圖志》："特伯勒古，在塔噶爾齊西十五里，逾奇爾歸圖郭勒至其地。有小城，西(逾)［距］哈喇沙爾城八十里。"地當今和碩縣。

② 褡連：一作搭連，兩頭縫合，中間開口的長布袋，外出盛物用。掛於馬背者俗稱馬褡子。

③ 盍簪：《周易·豫》："勿疑，朋盍簪。"王弼注："盍，合也；簪，疾也。"孔穎達疏："群朋合聚而疾來也。"杜甫《杜位宅守歲》詩："盍簪喧櫪馬，列炬散林鴉。"指朋友或友人聚會。

④ 息雞：即芨芨草，見前宋弼《西行雜詠》"席其草長馬牛肥"注①、紀昀《烏魯木齊雜詩》"息雞草長綠離離"詩注①。

莎　莎　柴①

有木盤生土中，回夷取作薪。

盤曲團團似蟄蛇，土中墳起礙征車。天心②欲殺天山洌，特地生渠煖萬家。

① 莎莎柴：即瑣瑣柴，見前參前宋弼《西行雜詠》"地爐撥火夜通紅"詩注①。

② 天心：天意。

沙　雅　梨

西域梨甲於天下，今庫車屬之沙雅爾，所産尤佳。

張谷哀家①莫與儔，垂垂萬顆熟清秋。含消②願取供天府，親雪金盤賜鄒侯③。

① 張谷：《文選》卷十六潘岳《閑居賦》："靈果參差，張公大谷之梨，梁侯烏椑之柿。"劉良注："洛陽有張公居大谷，有夏梨，海内唯此一樹。"此處指梨。

哀家：《世説新語·輕詆》："桓南郡每見人不快，輒嗔云：'君得哀家梨，當復不烝食不？'"劉孝標注："舊語：秣陵有哀仲家梨甚美，大如升，入口消釋。"

② 含消：含消梨。楊衒之《洛陽伽藍記》："有大谷含消梨，重六斤，從樹著地，盡化爲水。"

③ 鄒侯：唐朝李泌（722—789）封鄒縣侯，時人號鄒侯。唐肅宗《賜梨李泌與諸王聯句》詩題下注："《鄒侯外傳》云：肅宗嘗夜坐，召潁、信、益三王，同就地鑪食。以泌多絶粒，帝自燒二梨賜之。'"

哈　密　瓜

種極多，以表裏俱緑、子少者爲最，瓤紅黄者次之。而可遺遠久蓄，要尚不逮南八城①所産爲尤佳也。

伊吾瓜奪邵平瓜[2]，碧玉爲瓤沁齒牙。鼻選舌交[3]紛五色，八城風味更堪誇。

① 南八城：參前《白桑葚》詩注①。

② 邵平瓜：即東陵瓜，參前紀昀《烏魯木齊雜詩》"種出東陵子母瓜"詩注①。

③ 鼻選舌交：鼻嗅口嘗。陶穀《清異録》："瓜最盛者，無逾齊趙，車擔列市，道路濃香，故彼人云未至舌交，先以鼻選。"

葡　萄　酒

《大宛傳》："宛左右以葡萄爲酒，漢使取其實來種。"回人謂葡萄爲奇石蜜食，乾隆時移根禁苑，有聖製詩，注云："魏文帝詔：'寧北西國，葡萄石蜜。'"石蜜之音，頗近回語，豈當時亦曾見此耶？

大宛傳來石蜜種，小瓶傾出玉浮梁[1]。酒泉郡與涼州牧，[2]何似花門醉百觴。

① 玉浮梁：陶穀《清異録》："舊聞李太白好飲玉浮梁，不知其果何物。余得吳婢使釀酒，因促其功。答曰：'尚未熟，但浮梁耳。'試取一盞至，則浮蛆酒脂也。乃悟太白所飲蓋此耳。"此處泛指好酒。

② "酒泉郡"句：《後漢書·肅宗孝章帝紀》："征西將軍耿秉屯酒泉。"李賢注："酒泉，今肅州縣也。《前書音義》曰：'城下有泉，其味若酒，因名酒泉焉。'"兩地均因酒聞名，故云。另參前宋弼《西行雜詠》"異種原隨博望侯"詩注②，及"青燈綠酒舊周旋"詩注②。

普　爾　錢

回疆以赤銅鑄錢，曰普爾。一當五，每五十爲一騰格。回性善藏，盈千即窖之。雖貧甚，不取用。丙戌、庚寅賊連擾，[1]鈔暴幾盡。

騰格人分赤仄錢，瘞來阿堵[2]不知年。如蜂釀蜜爲誰苦，肯任螳螂去食蟬。[3]

① 分別指道光六年(1826)、道光十年的張格爾、玉素普之亂。參前《引言》注①。

② 阿堵：錢的別稱。《世説新語·規箴》："王夷甫雅尚玄遠，常嫉其婦貪濁，口未嘗言'錢'字。婦欲試之，令婢以錢繞牀，不得行。夷甫晨起，見錢閡行，呼婢曰：'舉卻阿堵物。'"

③ "肯任"句：典出《莊子·山木》："睹一蟬，方得美蔭而忘其身；螳螂執翳而搏之，見得而忘其形；異鵲從而利之，見利而忘其真。"

成瑞

　　成瑞(1792一?)字輯軒,滿洲鑲白旗人,生於南京。道光二年(1822)官四川興文知縣。道光十一年任職肅州,五月補授宜禾縣知縣。道光十七年十一月陞補迪化直隸州知州,二十五年(1845)卸篆。後再次出任鎮西府知府,咸豐二年(1852)還京。雅好藝文,任迪化直隸州知州期間,與浙江太平人黃濬、黃治關係密切,常相唱和,同人倡立"定舫詩社"。著有《薛荔山莊詩文稿》。

輪 臺 雜 詠

解題:

　　組詩選自《薛荔山莊詩稿》,道光十八年(1838)作於烏魯木齊,詩歌題目中的"輪臺"即代指烏魯木齊。成瑞兩度爲宦烏魯木齊,在任上亦能恪盡職守,對於當地政治、民情瞭若指掌。組詩中所描寫的道光年間烏魯木齊社會風情、屯田景象,如紅山腳下遊人踏青、水磨河畔賽神唱戲,均生動而獨特。

一

　　群山迢遞障南陬,萬壑源泉向北流。郡邑星羅村墅接,輪臺形勝冠三州[①]。

① 三州:唐代庭州、西州、伊州。此代指烏魯木齊、吐魯番、哈密。

二

　　歇地從來所未聞,只緣地廣任耕耘。戶地寬廣,每歲不能遍耕,可以更替緩歇。年年豐稔[①]無荒歉,報導收成十二分。

① 豐稔:《後漢書·法雄傳》:"在郡數歲,歲常豐稔。"李賢注:"稔,熟也。"

三

柳隱紅山水滿津，往來多是踏青人。衣香鬢影臨流處，不減秦淮①兩岸春。

① 秦淮：秦淮河，此處特指南京城内的秦淮風光。孔尚任《桃花扇》：“梨花似雪草如煙，春在秦淮兩岸邊。”

四

六月涼生水磨河①，賽神争唱太平歌。新疆禁止優戲，民間報賽，皆唱太平秧歌②。畫橋東去塵囂絶，漫試温泉一掬多。

① 水磨河：今水磨溝。乾隆年間爲駐軍籌辦軍糧，置水磨，地有温泉。黄濬《紅山碎葉》：“水磨溝離滿城十餘里，頭磨至六磨皆官磨，七、八、九則民磨矣。兩山佳木，一道清渠，每磨各有亭軒，夏月宴客最妙。四磨尤幽雅，有鏡池，有汹突，有柏樹一株，如懸蓋。有箭亭，可飲射，令人忘歸。”

② 太平秧歌：見前福慶《異域竹枝詞》“紅山岡下鞏寧城”詩注①。

五

來青傑閣①聳雲煙，勝日登臨物候妍。紅葉黄花助秋興，攜壺人醉夕陽天。

① 來青傑閣：來青閣，爲道光時期烏魯木齊勝遊之地。楊炳堃《西行記程》：“（智珠山）上有文昌廟、八蜡祠，面山臨水，雲樹綿延，極目空闊，一洗塵囂之習。成果亭任都護時題爲‘來青閣’。旁有聯云：‘一水護田將緑繞，四山排闥送青來。’殊爲切當。廳壁四面粘有徐斗垣山水畫一大幅。”成格（1769—1838）字果亭，滿洲正黄旗人，道光九年（1829）任烏魯木齊都統，十四年離任。徐午字斗垣，安徽歙縣人，生卒年不詳，乾隆三十九年（1774）舉人，曾任南昌知縣。

六

福壽山前大幕開，雪晴風勁馬頻催。將軍示武①乘冬令，不是閑情縱獵來。

① 示武：即肄武。見前祁韻士《西陲竹枝詞·圍場》詩注①。

瑞元

瑞元(1794—1853),棟鄂氏,字容堂,號少梅,滿洲正黃旗人。兩江總督鐵保之子。道光元年(1821)舉人,以蔭官刑部員外郎,擢福建督糧道,官至湖北按察使,署布政使。道光二十一年,授烏什辦事大臣,二十三年回京。同年又署哈密辦事大臣,旋出任駐藏大臣。太平軍攻克武昌時自到,謐端節。著有《少梅詩鈔》。

回 部 竹 枝 詞

解題:

組詩選自《少梅詩鈔》卷四,作於道光二十二年(1842)由烏什回京途中。詩歌篇幅不大,但所寫及的南疆乾燥氣候、獨特飲食,都極具地域與民族特點。

一

滿灘亂石雜荒沙,空闊無邊路幾叉。認定西南東北向,白楊高處是人家。

二

雨少風多景物殊,亦知耕鑿附皇圖①。八城花木依然盛,惟看山山無不枯。

① 皇圖:王朝的版圖。李賀《出城別張又新酬李漢》詩:“皇圖跨四海,百姓拖長紳。”

三

紫葚甘瓜分外肥,家家大嚼不知饑。每逢慶賀惟抓飯,羊胛①烹來密密圍。回俗以抓飯②爲盛饌。

① 羊胛：羊肩胛。《新唐書·回鶻傳下》：“骨利幹處瀚海北。……其地北距海，去京師最遠，又北度海則晝長夜短，日入亨羊胛，熟，東方已明，蓋近日出處也。”彭龜年《和壽岡楊先生上丁四首》其一：“書窗兀兀到斜曛，羊胛烹來我亦欣。”

② 抓飯：新疆傳統美食，以羊肉、大米、胡蘿卜製成，以手抓食。參後蕭雄《聽園西疆雜述詩·飲食》詩自注。現代的抓飯做法比清代又有所改進，一般也不再用手抓食。

林則徐

　　林則徐(1785—1811)字少穆，一字元撫、石麟，晚號竢村老人、竢村退叟等，室名雲左山房。福建侯官(今屬福州)人。嘉慶十六年(1811)進士，選翰林院庶吉士、散館授編修。歷任江蘇按察使、江寧布政使、河東河道總督、江蘇巡撫、湖廣總督等。道光十八年(1838)奉召進京，力陳禁煙方略，受到道光帝賞識。同年十一月底，以欽差大臣赴廣東禁煙。道光十九年四月二十二日，發起虎門銷煙，銷毀鴉片二百三十七萬餘斤，授兩廣總督。道光二十年，鴉片戰爭爆發，英艦北上施壓。次年，虎門被英軍攻陷，林則徐與閩浙總督鄧廷楨先後謫戍新疆。

　　林則徐於道光二十二年十一月九日到達伊犁惠遠城。在伊犁期間，曾協助伊犁將軍布彥泰墾荒屯田，興修水利，還曾至南疆地區勘察地畝。道光二十五年召還。二十七年授雲貴總督。咸豐帝即位後，授欽差大臣，赴廣西鎮壓太平軍，卒於途，謚文忠。著有《林文忠公政書》《雲左山房詩鈔》《雲左山房文鈔》等。

回疆竹枝詞二十四首

解題：

　　《回疆竹枝詞》作於道光二十五年(1845)林則徐在南疆勘察地畝期間。《雲左山房詩鈔》卷七所收組詩爲 24 首，《林則徐全集》根據邱遠猷藏抄本增加 6 首。據今人周軒《林則徐〈回疆竹枝詞三十首〉新解》考察，《全集》本"原來的二十四首中有十首的字句有所改動"。本書據《雲左山房詩鈔》本進行輯注，並補入《林則徐全集》多出的作品。

　　《回疆竹枝詞》記載了道光時期新疆南疆地區的歷史、宗教、文化、自然、風俗情況，并且運用了大量維吾爾語音譯語彙入詩，筆調新鮮別致，內容真實生動，歷來廣爲傳頌。

一

別諳拔爾①回部第一世祖。教初開，曾向中華款塞來。和卓運終三十世，至瑪哈墨特②止。天朝闢地置輪臺。③

① 別諳拔爾：即默罕默德，參前王芑孫《西陬牧唱詞六十首》"青吉爲君派噶師"詩注①。

② 瑪哈墨特：一作瑪罕木特，波羅泥都、霍集占之父，喀什噶爾伊斯蘭教白山派首領。《西域图志》載瑪罕木特爲默罕默德第二十九世孫，大小和卓爲三十世孫。

③ "天朝"句：意指清朝平定大小和卓叛亂，重定新疆。參前王曾翼《回疆雜詠》"霍占巢穴剩荒基"詩注①。

二

欲祝阿林①歲事豐，終年不雨卻宜風。亂吹戈壁龍沙起，桃杏花開分外紅。

① 阿林：今作阿里木，維吾爾語 Alim 音譯，知識淵博的人。

三

不解芸鋤不糞田，一經撒種便由天。幸多曠土憑人擇，歇兩年來種一年。

四

字名哈特①勢橫斜，點畫雖成尚可加。廿九字頭都解識，便矜文雅號毛喇。官文作莫洛，讀平聲。

① 哈特：維吾爾語 hət 音譯，意爲字、字母。參前王芑孫《西陬牧唱詞六十首》"回書旁注宛蟲窠"詩注①。

五

歸化於今九十秋，①憐他人紀②未全修。如何貴到阿奇木，猶有同宗阿葛抽③。阿奇木之妻也。

① “歸化”句：乾隆二十四年(1759)平定大小和卓叛亂,至林則徐作此詩的道光二十五年(1845),略爲九十年。

② 人紀：《尚書·伊訓》：“先王肇修人紀。”孔傳：“言湯始修爲人綱紀。”

③ 阿葛抽：維吾爾語 aghicha 音譯。《西域聞見録》：“伯克之妻,回子稱之爲阿葛插,無大小嫡庶之别。”

六

金穀①都從地窖埋,空囊枵腹不輕開。阿南普作巴郎普②,積久難尋避債臺。借債者母錢謂之阿南普,子錢謂巴郎普。

① 金穀：錢財與糧食。揚雄《大司農箴》：“時惟大農,爰司金穀。”

② 阿南(ana)：維吾爾語“母親”的音譯。

巴郎(bala)：維吾爾語“兒子”“男孩兒”的音譯。

普：普爾錢。此句指本錢和利錢。

七

把齋須待見星餐,經卷同翻普魯干①。新月如鉤才入則,愛伊諦會萬人歡。

① 普魯干：維吾爾語 quram 音譯,即《古蘭經》。

八

不從土偶①折腰肢,長跽空中納禡兹②。何獨叩頭麻乍爾③,長竿高掛馬牛犛。④

① 土偶：泥塑的神像。

② 納禡兹：即乃瑪孜。見前福慶《異域竹枝詞》“十二辰爲十二門”詩注③。

③ 麻乍爾(mazar)：一作瑪咱爾,今作麻扎,伊斯蘭教聖徒之墓。《西域圖志》：“派噶木巴爾來世,先立祠堂,奉香火,名曰瑪咱爾。每年兩次,衆人赴瑪咱爾禮拜誦經,張燈於樹,通宵不

寐。瑪咱爾有香火田畝，以供祭祀之需。”

④“長竿”句：指墳墓上懸掛的用馬、牛尾製成的靈幡。

九

亢牛婁鬼①四星期，城市喧闐八柵時。五十二番成一歲，②是何月日不曾知。

① 亢牛婁鬼：二十八星宿中的四個星名。二十八宿又稱二十八星、二十八舍，是中國古時對恒星的劃分，分爲四組。古人以它們爲參照觀測日月五星的運行，並確定四時。此處指斗轉星移。

②“五十二番”句：參前舒其紹《伊江雜詠·入則》、薛國琮《伊江雜詠》“一年十二月痕新”、汪廷楷《回城竹枝詞》“一彎新月正初弦”、祁韻士《西陲竹枝詞·回節》詩及自注。回曆不置閏月，年節月份在一年中不固定。

一〇

城角高臺廣樂張，律諧夷則少宮商①。葦笳八孔胡琴四，節拍都隨擊鼓鐺。

① 夷則：十二律之一。陰律六爲呂，陽律六爲律，夷則爲陽律的第五律。《國語·周語下》：“五曰夷則，所以詠歌九則，平民無貳也。”

宮商：古代音律中的宮音與商音，泛指音樂。毛詩序：“聲成文。”鄭玄箋：“聲成文者，宮商上下相應。”

一一

廈屋雖成片瓦無，兩頭檁桷①總平鋪。天窗開處名通溜②，穴洞偏工作壁廚。

① 檁桷：屋椽。

② 通溜：即通溜克，見前薛傳源《李莪村觀察枝昌自新疆回備聆新疆風土因作竹枝詞十六首》“卜居愛曼土爲牆”詩及注②。

一二

亦有高樓百尺誇，四圍多被白楊遮。圓形愛學穹廬樣，石粉團成滿壁花。①

① 此詩系對新疆伊斯蘭教禮拜寺的描述。

一三

準夷當日恣侵漁①，騎馬人來直造廬。窮戶僅開三尺竇，至今依舊小門閭。②

① 侵漁：侵奪。《韓非子·孤憤》：“大臣挾愚汙之人，上與之欺主，下與之收利侵漁，朋黨比周，相與一口。”

② 詩意本《西域聞見錄》。參前薛傳源《李莪村觀察枝昌自新疆回備聆新疆風土因作竹枝詞十六首》“額魯當年擾不休”詩及注②。

一四

村落齊開百子塘①，泉清樹密好尋涼。奈他頭上仍氈毦②，一任淋漓汗似漿。

① 百子塘：見前薛傳源《李莪村觀察枝昌自新疆回備聆新疆風土因作竹枝詞十六首》“卜居愛曼土爲牆”詩注②。

② 氈毦：鳥獸皮毛製成的帽子。

一五

豚彘①由來不入筵，割牲須見血毛鮮。稻粱蔬果成抓飯，和入羊脂味總羶。

① 豚彘(zhì)：彘，豬。此指豬肉。

一六

桑葚才肥杏又黄，甜瓜沙棗亦餱糧。村村絕少炊煙起，冷餅盈懷唤作饢。

一七

宗親多半結絲蘿①，數尺紅絲散髮拖。新帕蓋頭扶上馬，巴郎今夕捉秧哥②。

　　① 絲蘿：兔絲、女蘿兩種蔓生植物，纏繞於草木不易分開，喻結爲婚姻。《文選》卷二九《古詩十九首·冉冉孤生竹》："與君爲新婚，兔絲附女蘿。"

　　② 秧哥：見前紀昀《烏魯木齊雜詩》"地近山南估客多"注①。此處代指新娘。

一八

河魚有疾①問誰醫，掘地通泉作小池。坦腹兒童教偃臥，臍中汩汩納流漸②。

　　① 河魚有疾：一作河魚之疾、河魚腹疾。魚腐爛時先自腹内始，代指腹痛、腹瀉。《左傳·宣公十二年》："河魚腹疾奈何？"

　　② 流漸：流水。元稹《江陵三夢》詩其一："寂默深想像，淚下如流漸。"此指以水澆腹。

一九

赤腳經冬本耐寒，四時偏不脱皮冠。更饒數丈纏頭①布，留待纏尸不蓋棺。

　　① 纏頭：見前莊兆奎《伊犁紀事二十首效竹枝體》"家室頻移幾幕氈"詩注①。《西域聞見録》："人死，則海蘭達爾數人在屋上同聲喊叫念經，其家皆白布爲冠，謂之掛孝。死之日或次日，即昇之郊外瘞之，無棺槨衣衾，唯白布纏尸而已。"

二〇

樹窩隨處産胡桐①，天與嚴寒作火烘。務恰克中燒不盡，燎原野火入宵紅。

① 胡桐：此指柴禾，維吾爾語 otun 音譯。

<h2 style="text-align:center">二一</h2>

　　小樣葫蘆鑿竅勻，燒煙通水號麒麟①。嬌童合喚麒麟契，吹吸能供客數人。

① 麒麟：今作契里木契，維吾爾語 qilimqi 音譯，意爲水煙筒。

<h2 style="text-align:center">二二</h2>

　　柳樹流泉似建瓴，求泉排日①諷番經。便如劄答②祈風雨，奇術惟推兩事靈。

① 排日：每日。陸游《小飲梅花下作》詩：“排日醉過梅落後，通宵吟到雪殘時。”
② 劄答：即砟答。見前曹麟開《塞上竹枝詞》“鄂博峰頭壘石磷”詩及注②，及舒其紹《伊江雜詠·下砟答》詩。

<h2 style="text-align:center">二三</h2>

　　荒程迢遞阻沙灘，暑月征途欲息難。卻賴回官安亮噶，華人錯喚作闌干①。

① 闌干：見前王曾翼《回疆雜詠》“澄流曲曲短垣遮”詩自注及注③。

<h2 style="text-align:center">二四</h2>

　　關內惟聞説教門①，如今回部歷軺軒②。八城外有回城處，哈密伊犁吐魯番。

① 教門：伊斯蘭教。
② 軺軒：見前曹麟開《塞上竹枝詞敍》注㊿。此處爲林則徐自稱。

增補6首：

百家玉子十家温^①，巴什^②何能比阿渾。爲問千家明伯克，滋生可有畢圖門。畢圖門，回語一萬也。近聞伯克派差，每一明定以萬口。

① 玉子：今作玉孜、吁子，維吾爾語 jyz 音譯，意爲百。

温（on）：維吾爾語“十”。

② 巴什：維吾爾語 baši 音譯，意爲“頭、頭領”。

太陽年與太陰年，算術齋期自古傳。今盡昏昏忘歲月，弟兄生日問誰先。^①

① 伊斯蘭教曆有太陽曆和太陰曆之分。太陽曆供農事方面使用，太陰曆供日常生活與歷史紀年使用。回曆不置閏月，月份一年四季不固定，以至人們對年月比較模糊，有時兄弟間生日先後也説不清。

衆回摩頂似緇流^①，四品頭銜髮許留。^②怪底向人誇櫛沐^③，燕齊^④回子替梳頭。

① 緇流：僧徒。僧尼多穿黑衣，故有此稱。楊衒之《洛陽伽藍記》：“其寺諸尼，帝城名德，善於開導，工談義理，常入宮與太后説法。其資養緇流，從無比也。”

② “四品”句：道光八年（1828）八月，清朝准許四品以上伯克蓄留髮辮。《清實録·宣宗實録》：“（那彦成）又奏，各城現充伯克之回子等，均因伊薩克得蒙恩獎，紛紛請留髮辮以表愛戴之忱，但漫無區別，轉不足以示優獎。應請嗣後凡阿奇木伯克以下至四品伯克，及盡忠有功伯克之子孫，方准蓄留髮辮，以昭寵榮。其餘均不准妄自蓄留，以示限制。從之。”

③ 櫛沐：沐浴與梳髮。

④ 燕齊：一作顔齊、燕起，維吾爾語音譯，意爲種地人、農奴。清朝撥給伯克的役使，光緒十年（1884）新疆建省後取消。

才經花燭洞房宵，偏汲寒泉遍體澆。料是破瓜^①添内熱，冷浸肌腑轉魂消。

① 破瓜：女子十六歲。范攄《雲溪友議》：“獨東川盧八座送一歌姬，未當破瓜之年，亦以‘玉簫’爲號。”此處指男女同房。

海蘭達爾髮雙垂，歌舞争趨努魯斯^①。漫説靈魂解超度，亡人屋上恣遊嬉。②

　① 努魯斯(noruz)：今作諾魯孜,波斯語音譯,意爲新年、春節,是一個廣泛流行於中亞、西亞、巴爾干等地區的古老節日。新疆維吾爾族、哈薩克族、柯爾克孜族、塔吉克族等都有過諾魯孜節的習俗。

　② "漫説"二句：參前"赤腳經冬本耐寒"詩注①。

　　作善人稱倭布端①,誦經邀福戒鴉瞞②。若爲黑瑪娃兒③事,不及供差有朵蘭④。

　① 倭布端：維吾爾語 obdan 音譯,意爲好。

　② 鴉瞞：維吾爾語 jaman 音譯,意爲惡行。

　③ 黑瑪娃兒：維吾爾語 qimawaz 音譯,意爲賭徒。

　④ 朵蘭：見前福慶《異域竹枝詞》"訟罷歸家積雨晴"詩注②。

　　以上輯自《林則徐全集》(海峽文藝出版社,2002 年)。

景廉

景廉(1823—1885)，顏札氏，字儉卿，一字秋坪，號季泉，滿洲正黃旗人。咸豐二年(1852)進士，改翰林院庶吉士，由編修遷至內閣學士，典福建鄉試，擢工部侍郎。咸豐八年授伊犁參贊大臣，同治元年(1862)調葉爾羌參贊大臣。同治十年(1871)授烏魯木齊都統，十三年七月以欽差大臣督辦新疆軍務，抗擊阿古柏入侵。光緒元年(1875)還京授正白旗漢軍都統，命入軍機，兼總理各國事務衙門大臣。授工部尚書，調戶部，補內閣學士，再遷兵部尚書。光緒十一年卒於任。著有《冰嶺紀程》《度嶺吟》。

中 途 雜 詠

解題：

組詩選自《度嶺吟》，計 12 首。景廉於咸豐十一年(1861)在伊犁參贊大臣任內，前往阿克蘇查辦事件。此行他翻越了木素爾達坂抵達阿克蘇，《度嶺吟》即作於此時。他在同治二年(1863)追述這段經歷時說："冰嶺在阿克蘇東北四百餘里，伊江戍卒換防恢武及南路各城運送官物者，皆取徑於此，路甚捷，景亦甚奇。予既熟聞而神往矣，常以不得一見爲恨。遇度嶺者，詢其狀，則覼述艱險，往往爲之咋舌，不啻談虎色變。予初未之信也，歲辛酉秋，適有讞獄普安之命，擬取道冰嶺，愛予者皆爲予危，予笑謝之。遂於九月二日束裝就道。十二日度冰嶺，又八日抵普安。其道路之崎嶇，山川之詭異，誠有非意料之所及者。乘危履險，生死呼吸，壯志豪情，一時俱盡，百聞不逮一見，今而後知人言之不誣也。而予生平之大觀，亦以此行爲最。爰逐日筆記，俾後之往來冰嶺者，持此爲老馬之導，或者不無裨益云。"《度嶺吟》即作於同時。

木素爾嶺是清代溝通南北疆的交通要道，也是由伊犁赴天山南路諸城的捷徑。清代西域詩中有不少詩作寫到穆素爾嶺，但是親歷此途並留下詩作的詩人，僅見景廉一人。他在《度嶺吟》序言中說此集"自鳴天籟，不擇好音，手錄以存，用志鴻爪"。蔣凝學跋語亦贊其"篇中摹狀山谷，廣異聞也；蒐討地志，探奧境也；稽考國事，示同軌也；沐浴歌詠，發天籟也"。《中途雜詠》作爲其中的一部分，主要記載了度越冰嶺時沿途所見的民俗與自然景觀，頗爲別致。

穹　　廬①

顏師古曰："穹廬，旃帳也。其形穹隆，故曰穹廬。"即今之蒙古包。

旃帷環繞木高撐，行館②真能著手成。短榻孤檠眠未穩，終宵臥聽馬蹄聲。

① 景廉《冰嶺紀程》："初三日辰正起程，繞固爾札城行十里，至伊犁河渡口，乘船渡至南岸。……四十里錫伯渠大橋茶尖，未正三刻宿察布查爾。以後皆住蒙古包，毳幕重裀，羔羊酪酒，居然塞上風光矣。"

② 行館：古時官員出行在外的臨時居所。此句指搭建蒙古包。

威　　呼①

居然刳木可爲舟，小艇渾如一葉浮。行到中流回首望，四圍波浪拍輕鷗。

① 景廉《冰嶺紀程》："初七日辰初二刻起程，過小河數十次。茶尖後，乘威呼渡特克斯河，從人乘馬，由上遊淺處亂流而渡。威呼，國語小艇也。以徑二尺、長一丈木二，鑿空略似船形，相去尺餘，兩端貫以橫木，中鋪薄板數片，僅容五六人。水手二，一搖艣，一撐篙，名曰烏蘇奇。船小水深，時復敧側，幸河面尚仄，瞬息可達南岸耳。"另參前曹麟開《塞上竹枝詞》"河源春漲漾飛濤"詩注①。

蒙　古　婦　人

羔裘皮弁試新妝，髮辮雙垂七寶裝①。不作尋常閨閣態，山邊閑坐牧牛羊。

① 七寶裝：《無量壽經》："其佛國土自然七寶：金、銀、琉璃、珊瑚、琥珀、車磲、瑪瑙合成爲地。"此指髮辮妝飾華麗。

茶　尖[①]

行來中路日將斜，小憩荒郊興轉賖[②]。木碗銅瓶攜取便，自燒野草煮湖茶。

① 茶尖：中途休息飲茶。

② 賖：遠、長。此指興味悠長。

軍　臺

冰嶺北，臺兵皆住蒙古包，冬夏無定處。

居停未卜費疑猜，地僻難逢客往來。流水一灣峰四面，炊煙起處是軍臺。

搭坂奇回子[①]

茫茫冰雪皓無垠，厓轉峰回路不真。莫向歧途重惆悵，纏頭回子曰纏頭。隨處指迷津。

①《回疆志》："（穆素爾達坂）列入祀典。安設回民一百二十戶專事修鑿，今已爲驛路衝途，商旅通行矣。"另參前舒其紹《伊江雜詠·穆肅爾達坂》、洪亮吉《伊犁紀事詩四十二首》"鑿得冰梯向北開"詩及自注。

搭　坂　馬

回子應差之馬，率皆駑鈍，然往來冰嶺路甚熟，步甚健，過嶺者多資其力。

冰梯雪窖一鞭開，健步馳驅數往回。錯節盤根知利器，漫將駿骨傲駑駘[①]。

① 駑駘：《文選》卷二九《古詩十九首·青青陵上柏》："驅車策駑馬，遊戲宛與洛。"李善

注：“《廣雅》曰：駑，駘也，謂馬遲鈍者也。”

瑪　札　爾①

亂石成堆馬鬣懸，征人稽首意尤虔。效顰②我亦衣冠拜，好把高風學米顛③。

① 景廉《冰嶺紀程》：“冰嶺巔有瑪札爾，累石爲之，以杆繫馬鬣、馬尾，遍植左右。回俗謂神棲其上，故來往者皆拜禱焉。”徐松《西域水道記》載乾隆二十五年四月上諭：“舒赫德奏稱過‘木素爾嶺，下至山麓，有澗名塞塞克愛噶爾雅勒，其險處約四十餘里，一值風雪，即難行走，必須往候晴霽。從前準噶爾於其地樹幡，誦經致祭，今四月初旬，遞送事件兵丁，有凍斃者，酌於附近之克斯地方，造屋以資避禦’等語。木素爾嶺爲往來要路，今山澗險阻，猝遇風雪，人力難施。蒙古風俗，俱誦經致祭，著傳諭舒赫德，如回人內有善於禳禬者，令其虔誠將事，或無其人，即遣厄魯特人致祭。”瑪札爾意爲墳墓。見前林則徐《回疆竹枝詞二十四首》“不從土偶折腰肢”詩注③。此處景廉及徐松均將敖包當作瑪札爾。
② 效顰：顰，皺眉。典出《莊子·天運》：春秋時美女西施有心痛病，經常皺着眉捂住胸口，鄰居醜女覺得這個姿態很美，也跟着仿效，反而顯得更醜，遭人嫌棄。後以東施效顰喻不善模仿，適得其反。此處指仿效。
③ 米顛：米芾（1051—1107），字元章，湖北襄陽人，自號鹿門居士。北宋書畫家。《宋史》本傳稱其“不能與世俯仰，故從仕數困”，行爲不合世俗，有“米顛”之稱。

老　龍　背①

百尺堅冰削不成，危厓伏見大河橫。如何欲避波濤險，翻向驪龍②背上行。

① 景廉《冰嶺紀程》：“冰嶺下洪濤噴薄，色若米汁，俗呼白龍口。其上冰梁橫亙，塞滿山谷，高數十尋，曰老龍背。”
② 驪龍：黑色的龍。《尸子》：“玉淵之中，驪龍蟠焉，頷下有珠也。”

冰　鹽

赤沙山半石崚嶒，蘊出精鹽似鏡澄。不獨和羹推此品，頭銜又署一條冰①。

　　① 一條冰：晁載之《續談助》引《聖宋掇遺》：“陳彭年在翰林，所兼十餘職，皆文翰清秘之目，時人謂其署銜爲一條冰。”此處借喻冰鹽。

回　　房

　　近阿克蘇，回莊漸多。

　　新泥堊壁柳編蓬，門小梁低曲室通。最好燔柴烏恰克，一時人盡坐春風。
穴牆爲灶，上通煙突，置紅柳木或梭梭柴於中然之，頃刻一室皆暖，回語曰烏恰克①。

　　① 烏恰克：爐子。見前成書《伊吾絶句》“細氍貼地列賓筵”注②。

把　雜　爾

　　珍奇羅列耀雙眸，把雜喧闐夕未收。西域賈胡多嗜利，輕抛鄉國覓蠅頭①。遇把雜爾日，商賈雲集，百貨畢具，大約纏頭十居八九。外國如浩罕、巴達克山、克什米爾、布噶爾②、印度、安集延等處貿易者尤多。殊形怪狀，指不勝屈，南路各城皆然。

　　① 蠅頭：喻非常微小的利潤。蘇軾《滿庭芳》詞：“蝸角虛名，蠅頭微利。”景廉《冰嶺紀程》：“二十日辰初起程。……午正二刻至阿克蘇。……經回城，人煙稠密，百貨坌集，把雜爾喧闐尤甚。”
　　② 布噶爾：即布哈爾，見前王芑孫《西陬牧唱詞六十首》“烏秅難兜約略推”詩注④。

張福田

張福田,陝西大荔人,生卒年不详。《南亭四話》載張福田年少從軍,入將軍金順幕,參加了同治、光緒年間平定新疆的戰爭,以功授知府,年未三十即告歸養。

巴里坤竹枝詞

解題:

組詩收録於李伯元《南亭四話·莊諧詩話》。同光年間清軍平定新疆,軍中主將、官員、幕僚多有愛好文藝者或能文之士。在恩澤《守來山房彙鞬餘吟》中,有《張福田以春夜聞笛詩索和,聊以答意》《(張)[長]福田以菊花帳檐索題》兩詩,作於光緒二年(1876)左右,當即此人。張福田這組詩作篇幅很小,卻展示出巴里坤地區寒冷的氣候特徵,及溝通南北的交通樞紐位置。清代描寫巴里坤的組詩,金德榮《巴里坤雜詠》和此篇均較有代表性。

大荔張福田,年少從軍,入金和圃將軍順[①]幕,以功授知府,未三十,即告歸養。其《巴里坤竹枝詞》云:

① 金和圃將軍順:金順(？—1886)字和甫,伊爾根覺羅氏,滿洲鑲藍旗人。同治十三年(1874)奉命爲新疆幫辦軍務大臣。光緒元年(1875)任烏魯木齊都統,次年十月受伊犁將軍。光緒十一年八月於甘肅病卒,謚忠介。

一

雪封澾板[①]天無光,番人呼天山爲澾板。白草秋枯松樹塘。伯克彎弧山下獵,伯克,回部官名。射得猞猁作衣裳。

① 澾(tà)板:即達坂。見前徐步雲《新疆紀勝詩》"傳聞打坂四時更"詩注①。

二

　　青稞作炊灶有煙，菜虀六月煮榆錢。烈日消盡屯莊雪，起廠①明駝正種田。

　　① 起廠：廠，駝廠。

三

　　遮莫①長風入夏多，迢迢瀚海不生波。商人貿易玉關去，水草先馱數駱駝。

　　① 遮莫：儘管、任憑。孟浩然《寒夜》詩："錦衾重自暖，遮莫曉霜飛。"

施補華

施補華(1835—1890)，字均甫，一作均父，原名施份。浙江烏程（今湖州）人。一生經歷道光、咸豐、同治、光緒四朝。曾遊學許承宗、俞樾門下，與戴望、陸心源、凌霞等人並稱"茗社七子"。有《澤雅堂詩集》《澤雅堂詩二集》《澤雅堂文集》《峴傭説詩》傳世。施補華兩次科舉不第，逢左宗棠督辦西北軍務，因於同治十三年(1874)五月赴蘭州左宗棠幕府。在幕中凡六年，後因事被誣，爲左疏遠。復於光緒五年(1879)二月出嘉峪關，入西征軍將領張曜幕府，隨張曜在阿克蘇駐扎生活數年。光緒十六年，由張曜引覲入京，以道員改發山東，治理黄河，殁於任上。

馬 上 閑 吟

解題：

組詩選自《澤雅堂詩二集》卷十一，計 22 首。施補華入張曜幕時，新疆已經平定，南北疆的戰事也基本結束，清政府的主要經歷都聚焦於戰後的善後事宜。光緒九年(1883)，張曜命施補華巡視中俄邊境，安撫延邊的布魯特部落。施補華作《紀行十四首》，以五言古詩的形式記途中聞見，詩前自序稱："由喀什噶爾城西北行，出克齊克、明約路兩卡，至廓克蘇、銕力克達坂、屯木倫，凡千數百里與俄國交界，余奉幫辦軍務張公檄，行視其地，安撫各布魯特種人，雜有所作，録之以代日記。"《馬上閑吟》亦作於同時，詩中對於布魯特部風土人情的描寫新穎獨特。

作《紀行十四首》，意有未盡，於馬上閑吟之。行役之苦與山川風俗略見焉，拉雜成章，不蘄工拙。

一

山光樹色尚冥冥，睡眼朦朧看曉星。馬上坐如船上臥，一回簸蕩一回醒。

二

葱嶺連天西復西，紅襟^①雙燕逐風低。如何拋卻雕梁好，來傍陰崖啄雪泥。途中所見。

① 紅襟：指燕子項下的紅褐色。丁仙芝《餘杭醉歌贈吳山人》詩：“曉幕紅襟燕，春城白項烏。”

三

重岡復嶺路盤盤，斗覺^①山風拂馬寒。晴雪亂飛斜照裏，沾衣猶作柳花看。

① 斗覺：斗，同陡。突然感覺。

四

凍雨初歇寒雲晴，山石犖確無人行。陰林絕澗夕風峭，空外雪雞啼一聲。^①

① “空外”句：本梅堯臣《魯山山行》詩：“人家在何許，雲外一聲雞。”

五

筍輿^①聊欲就安便，峭壁連雲細路懸。百丈牽空唱邪許^②，上山疑坐上灘船。

① 筍輿：竹轎。王安石《臺城寺側獨行》詩：“獨往獨來山下路，筍輿看得綠陰成。”
② 邪許：擬聲詞，勞動時的口號聲。《淮南子·道應訓》：“今夫舉大木者，前呼‘邪許’，後

亦應之,此舉重勸力之歌。"

六

　　下山山路傍溪斜,鹵氣^①浮如雪映沙。蕭蕭迎馬白楊樹,的的^②嬌人紅柳花。

　　① 鹵氣:海水蒸發産生的白色氣體,此指山間的霧氣。
　　② 的的:鮮明貌。陳子昂《宿空舲峽青樹村浦》詩:"的的明月水,啾啾寒夜猿。"

七

　　峭壁禿樹千年物,半死半生勢盤屈。孤根入石石抱根,時有孫枝^①穿罅出。

　　① 孫枝:新枝、嫩枝。《文選》卷十八嵇康《琴賦》:"乃斲孫枝,準量所任。至人攄思,製爲雅琴。"李善注:"鄭玄《周禮注》曰:孫竹,枝根之未生者也。"

八

　　穹廬七八傍河干,夢魂搖搖墮激湍。山上雪花山下雨,九春^①天氣十分寒。

　　① 九春:春天。阮籍《詠懷》十二:"悦懌若九春,磬折似秋霜。"

九

　　帳前山柳_{叢生而高}。緑成圍,火急文書手一揮。官馬莫欺胡馬^①瘦,冰崖雪澗夜如飛。

　　① 胡馬:西北少數民族地區出産的馬。《文選》卷二九《蘇子卿詩四首》其二:"胡馬失其群,思心常依依。"

一〇

　　鐵蓋山^①頭月色死,雪片橫飛三十里。老人猶説胡將軍^②,躍馬生擒張格爾。

　　① 鐵蓋山：喀爾鐵蓋山。位於今新疆烏恰縣托雲鄉東部，可通吉爾吉斯斯坦。

　　② 胡將軍：胡超（？—1849），四川長壽人。道光六年（1826）張格爾陷喀什噶爾、葉爾羌，超隨固原提督楊芳平亂，次年與都司段永福等於喀爾鐵蓋山生擒張格爾，因功授騎都尉世職。

一一

　　荒林瘦石兩槎枒①，疲馬西行夕日斜。一笑年來低著眼，尋春看到馬蘭花②。

　　① 槎枒：樹枝參差錯雜貌。元稹《寺院新竹》詩："槎枒矛戟合，屹屹龍蛇動。"

　　② 馬蘭花：馬藺，一名馬蓮。鳶尾科鳶尾屬，多年生密叢草本植物。抗旱，耐鹽鹼。

一二

　　山溪波浪響如雷，兩兩穿廬著岸隈①。深處浮駝淺浮馬，白頭②誰見掉船來。

　　① 岸隈：岸邊。隈，水涯。張耒《將至壽州初見淮山二首》其一："晚繫孤舟古岸隈，蒹葭風定渚鷗回。"

　　② 白頭：指布魯特人頭戴白色氈帽。

一三

　　牧羊移住重巖下，春草初生水如瀉。四山縱狗爲防狼，百里騎駝堪代馬。

一四

　　白布纏頭兩辮斜，布回①風俗婦持家。密藏馬乳旋成酒，細醮②牛酥待點茶。

　　① 布回：布魯特人。見前宋弼《西行雜詠》"大宛久已入提封"詩注④。布魯特信仰伊斯蘭教，故稱。

② 細釃：仔細地、慢慢地傾倒。此指做奶茶。參前祁韻士《西陲竹枝詞·酥》詩。

一五

父老傳聞事事新，連城瓦屋似魚鱗。山居只覺穹廬大，半住牛羊半住人。

一六

部落零星繞澗岡，朝朝羶肉與酸漿。浮生不及隨陽雁，猶傍江湖食稻粱。①

① “浮生”二句：本杜甫《同諸公登慈恩寺塔》詩：“君看隨陽雁，各有稻粱謀。”楊倫《杜詩鏡銓》：“朱注：末以黃鵠哀鳴自比，而歎謀生之不若陽雁，蓋憂亂之詞。又《文章正宗》引師尹注：黃鵠哀鳴，以比高飛遠引之徒；陽雁稻粱，以比附勢貪祿之輩。”此處指布魯特人飲食以肉類、乳製品爲主，少食米麪、蔬菜。隨陽雁，見前王芑孫《西陬牧唱詞六十首》“通貢曾來拜建章”詩注③。

一七

雪鬢霜眉九十年，猶能騎馬猛加鞭。兒童記得城中事，初鑄乾隆普爾錢。①

① 清代南疆錢制事，參前王芑孫《西陬牧唱詞六十首》“赤仄新頒九府泉”詩注⑦。

一八

家俱無多歲幾遷，暖衣深谷冷平川。山風吹黑嬌兒女，始信城中出少年。

一九

椎冰鑿雪謁官人，聖代重逢日月新。萬里一心依北極①，乾隆皇帝子孫民。阿拉依庫②頭人來謁，仍求内附。

① 北極：北斗。參前洪亮吉《伊犁紀事詩四十二首》"伏流百尺水潺湲"詩注①。此指心向朝廷。

② 阿拉依庫：一作阿賴、阿賚，帕米爾北界，清代爲布魯特喀爾提錦部遊牧地，地當今新疆烏恰縣與吉爾吉斯斯坦、塔吉克斯坦西部邊境。

二〇

執策①重臨千仞岡，岡頭亂石似群羊。馬蹄未緩客心急，覺比來時山路長。

① 執策：手執馬鞭。《儀禮·聘禮》："司馬執策立於其後。"

二一

萬山回首與雲齊，一日東行一日低。早悟置身千仞表，也應攜得上天梯①。

① 天梯：《楚辭·九思·傷時》："躡飛杭兮越海，從安期兮蓬萊。緣天梯兮北上，登太一兮玉臺。"

二二

朝卸輕裘午卸棉，清和①仍是夏初天。從知上界高寒甚，且住人間五百年。②

① 清和：袁枚《隨園詩話》卷十五："張平子《歸田賦》：'仲春令月，時和氣清。'蓋指二月也。小謝詩因之，故曰：'首夏猶清和，芳草亦未歇。'今人刪去'猶'字，而竟以四月爲'清和'。"

② "從知"二句：化用劉辰翁《鷓鴣天》詞："看來天上多辛苦，且住人間五百年。"

蕭雄

蕭雄(? —1895?),字皋謨,號聽園居士、聽園山人,湖南益陽人。同治年間西北民變,屢試不中的蕭雄於同治三年(1864)離家北上從戎,先後遊幕於哈密辦事大臣文麟、明春及西征軍將領金順、張曜幕府中。《晚晴簃詩匯》中説蕭雄因在西征軍幕府文采出衆,與施補華並稱"施蕭"。西域戰事結束後,蕭雄敍功勞,保補直隸州知州,不得志而還鄉。其後迫於生計,又先後離家謀生,最終數奇不遇。晚境凄凉,客居長沙專事《聽園西疆雜述詩》著述,書成而亡。其弟以遺稿進呈湖南學政江標,江標據原本寫樣將之刻入《靈鶼閣叢書》,廣爲傳頌,蕭雄之名遂大振。蕭雄生平概況主要保存在《聽園西疆雜述詩自序》,及江標弟子黃運藩所作敍言中,但後者對蕭雄經歷的記載舛誤較多。

聽園西疆雜述詩

解題:

《聽園西疆雜述詩》是蕭雄晚年客居長沙時所著,共四卷,存詩110題150首,連同自注共八萬餘字,是清代規模最大的西域組詩。《益陽縣志》稱此編"每首每句自加以注明,雖以詩爲主,而實爲一部方域志"。詩集每卷都有一個統攝全卷的主題,條理清晰:卷一概述西域總貌;卷二描寫西域城市,分詠全疆26座重鎮;卷三敍寫西域風情;卷四記錄自然景觀、名勝古跡等。

蕭雄於同治十二年(1873)冬出關,光緒十一年(1885)春東還,在新疆生活十餘年,對晚清新疆狀況瞭解頗深。組詩及注語不僅詳細記載了新疆的歷史文化、風俗民情、物産名勝,也保存了詩人親歷的同治民變和新疆建省之前的重要史料。如《哈密》一詩對回王府興衰過程,以及戰亂前後清朝政府經營哈密城的記載;《戈壁》詩中寫自己隨軍追擊叛軍出塞,在安西戈壁中"失水兩日一夜"的艱辛;《風雪》詩中所記同治十二年冬,黎獻領兵出關時於鄯善胡桐窩附近遭遇大風,部隊被"吹失多人"的遭遇,均僅見於《聽園西疆雜述詩》。宋聯奎《聽園西疆雜述詩跋》曾稱贊該詩：“於新疆全省疆域山川、風俗民情、氣候物產、古跡名勝與夫道里廣袤、蒙回方言，無不備載，洵西北籌邊必需之書，非獨可備詩史也。昔人此類著作，如唐玄奘《西域記》、元耶律楚材《西遊錄》，又如近世洪北江《伊犁日記》、林文忠公《荷戈紀程》，所以志回疆風土者，已自不少。然今昔不同，詳略亦異，欲求其包括無遺，補前人所未及，且適合於當代情勢，則此編較唐、元兩作尤爲有裨實用，洪、林無論矣。”可謂的論。

《聽園西疆雜述詩》的自注長則上千字，短則百餘字。組詩《例言》説：“所述各項，皆當有所考據，以爲應證，現奈無書翻閱，間有爲曩年閲過者，又苦善忘，凡未悉未確之處，尚希原諒淺陋。”即便如此，他在自注中直接或間接引用的著作也達到數十種之多。其中既有以正史爲代表的前代著述，也不乏對本朝西北史地著作的參考，這些引文支撐了詩人的觀點，也增加了注語的可信度和文獻價值。

《聽園西疆雜述詩》現存最早版本爲光緒二十一年《靈鶼閣叢書》本。此外主要版本還有 1934 年宋聯奎等人以《靈鶼閣叢書》爲底本重新校印的《關中叢書》本、上海商務印書館 1935 年《叢書集成初編》排印本，及《時用齋叢刻》石印本。本書以《靈鶼閣叢書》本爲底本進行輯注。

光緒乙未七月，據益陽蕭氏遺稿原本寫樣，傳刻於湖南提學署。

敍

益陽蕭直刺①皋謨雄，有關外聖人之目。《西疆雜述》四卷，此其橐筆回疆，往還三次之所爲作也。皋謨平生倜儻多大志，承累世詩書孝友之餘，困場屋②二十餘年，娖娖③覬一衿而不可得，徒手發憤走回疆兩萬里。而遥當同治季年，回部多故，皋謨參軍於金、張兩帥④，文、明二欽使⑤之間，見見聞聞，不作紅柳毿毿之語。而數奇不偶⑥，裁以花翎直隸州了虎頷⑦封侯之願。光緒初，軍報肅清，皋謨歸稱其尊甫孝恕先生七十之觴⑧，念親老不復出。三年，尊甫促之去，三年又歸。歸，復出又十年，無所遇，遂伏不復出，壹意於所爲《西疆雜述》者。夫以騷人之韻事，補史氏之地理。例不嫌創，注不厭詳。作者謂聖⑨，斯皋謨之所爲聖與。然自班史⑩以下，有涉西域之書，計取情求，修補軵瘁⑪，則仍以述稱焉。里巷狹隘，無所證佐，故始而旅食長沙，或典衣代爨，既遂，客死縣治，僬然尸歸。以今揣之，兩皆不恤，亦可悲已。乃距其亡不三數年，我師元和江公⑫刻其遺稿《靈鶼閣叢書》中，且咄嗟於其抱志蚤殀，爲可歎憤，又何快與江師之功！肉骨而身死之矣，子雲當日又烏料書之見賞於桓譚正速也⑬。

丁酉十月，安化黃運藩⑭敘。

① 直刺：直隸州知州的別稱，因清代將知州別稱刺史，故名。

② 場屋：科場，代指科舉考試。王禹偁《贈別鮑秀才序》：“或門閥淪墜者，繼其絕以第之；或場屋衰晚者，哀其窮以與之。”

③ 娖（chuò）娖：矜持拘謹貌。

④ 金、張兩帥：金順，見前張福田《巴里坤竹枝詞序》注①。張曜（1832—1891）字亮臣，號朗齋，浙江上虞人。同治十三年（1874）率嵩武軍出關，駐哈密屯田。光緒三年（1877）配合劉錦棠督軍西進收復南疆。後任山東巡撫，卒於濟南。

⑤ 文、明二欽使：文麟（？—1876），字瑞圃，兀扎拉氏，滿洲正藍旗人。咸豐八年（1858）出爲甘肅蘭州道，同治十二年（1873）以藍翎侍衛充哈密辦事大臣。光緒二年（1876）五月因病解任，旋卒。明春（？—1887），字鏡泉，巴禹特氏，蒙古正紅旗人。同治十二年充任哈密幫辦大臣，光緒二年授辦事大臣。十一年新疆建省後更定官制召回京，後授塔爾巴哈臺參贊大臣。

⑥ 數奇不偶：指命運多舛。《史記·李將軍列傳》：“大將軍（衛）青亦陰受上誡，以爲李廣老，數奇，毋令當單于，恐不得所欲。”裴駰集解引如淳曰：“數爲匈奴所敗，奇爲不偶也。”司馬貞《索隱》：“服虔云：‘作事數不偶也。’”

⑦ 虎頷：燕頷虎頭。《後漢書·班超傳》：“其後行詣相者，曰：‘祭酒，布衣諸生耳，而當封侯萬里之外。’超問其狀，相者指曰：‘生燕頷虎頸，飛而食肉，此萬里侯相也。’”

⑧ 七十之觴：觴，歡飲。此指七十壽辰。

⑨ 作者謂聖：《禮記·樂論》：“故知禮樂之情者能作，識禮樂之文者能述。作者之謂聖，述者之謂明。明聖者，述作之謂也。”孔穎達疏：“聖者，通達物理，故作者之謂聖，則堯、舜、禹、湯是也。”

⑩ 班史：班固《漢書》。

⑪ 軥（qú）瘁：軥，車軛兩邊下伸反曲夾駕車牲頭之處；瘁，勞累。此處指羈旅奔波。

⑫ 元和江公：江標（1860—1899），字建霞，號師鄦，又號笘（shān）誃（yí），江蘇元和（今蘇州）人，光緒十五年（1889）進士。二十年任湖南學政，爲清末維新派。著有《紅蕉詞》《黃蕘圃先生年譜》等。所刻《江刻叢書三種》《靈鶼閣叢書》具有較大影響。

⑬ 子雲：揚雄（前53—18），字子雲，蜀郡成都人，漢代官吏、學者，著名辭賦家。漢成帝時任給事黃門郎，王莽時期任大夫，校書天祿閣。

桓譚（前23—56）：字君山，沛國相（今安徽淮北）人，漢代哲學家、經學家、天文學家。著

《新論》。

《漢書·揚雄傳》："今揚子之書文義至深,而論不詭於聖人,若使遭遇時君,更閱賢知,爲所稱善,則必度越諸子矣。"

⑭ 黃運藩(1853—1943):字性田,長沙府安化縣人。光緒丁酉(1897)舉人,清末時曾授候補內閣中書。

序

　　從古騷人墨客,往往寄托吟詠,陶寫性情,余於是篇,豈其然耶? 慨自壯歲困於毛錐①,會塞上多事,奮袖而起,請纓於賀蘭山下,即從戰而西焉。關內蕩平,將出淨塞氛,遂乃前驅是效。其時磧路久閉,初印一蹤,人絕水乏,望風信指,兼旬而至伊吾。天山南北,賊焰沸騰②,干戈異域,不堪回首。然一感知遇,皆所弗顧。自此旁午③於十餘年之中,馳驟於兩萬里之內,足跡所至,窮於烏孫,亦備矣哉! 而其成功,卒無所表著。噫! 可謂半老數奇矣。曩者入關,抵蘭州,友人競問邊陲,曾略以詩告。寥寥短楮④,敍述不詳,屢被催續,而車塵鮮暇。及還鄉,緣無力入都,山居數載,究因蝟累⑤,敗興久之。頃以道出長沙,旅館蓬窗,兀坐無聊,回思往跡,神遊目想,蒐索而成篇,共得百四十餘首。句雖粗疏,頗及全圖,聊覆催詩舊雨⑥,而鴻爪雪泥⑦,藉自志矣。嗟乎! 班超投筆,定遠封侯;竇憲出關,燕然勒石,經歷之處,千載流傳。僕雖不才,其草檄矢石之中,枕戈冰雪之窟,自憐艱辛,數倍於人。殊歎足之所經,當時鮮有知者,安望千百世後,尚有傳説其人其地者哉? 矧⑧南中之人,擊缽⑨聲同,以爲殊方遠域,臥遊可歷。故是篇爲未虛此行可,即謂替人遊覽亦可,倘論推敲,應爲之一笑焉。

　　　　光緒十有八年壬辰歲花朝⑩後一日,聽園山人自序於星沙⑪客舍。

① 困於毛錐:毛錐,毛筆。《新五代史·史弘肇傳》:"弘肇曰:'安朝廷,定禍亂,直須長槍大劍,若毛錐子安足用哉?'"劉過《盱眙行》:"滄海可填山可移,男兒志氣當如斯。安能生死困毛錐,八韻作賦五字詩。"此指久困科場,潦倒不遇。

② 賊焰沸騰:同治三年(1864),新疆民變。四年,浩罕國軍官阿古柏入侵新疆。十二年,陝西回民領袖白彥虎被清軍擊敗後出關,與阿古柏勾結。全疆陷入戰亂。

③ 旁午:《漢書·霍光傳》:"受璽以來二十七日,使者旁午。"顏師古注:"一縱一橫爲旁午,猶言交橫也。"旁,通傍。此指縱橫馳騁。

④ 短楮:楮,構樹,落葉喬木,樹皮可製楮紙。短楮代指短小的文字。

⑤ 蝟累：即蝟集，指事情繁多，如蝟毛叢聚。

⑥ 舊雨：代指老友。杜甫《雜述》：“秋，杜子臥病長安旅次，多雨生魚，青苔及榻。常時車馬之客，舊雨來，今雨不來。”又《陪諸貴公子丈八溝攜妓納涼晚際遇雨二首》其一：“片雲頭上黑，應是雨催詩。”

⑦ 鴻爪雪泥：蘇軾《和子由澠池懷舊》詩：“人生到處知何似？應似飛鴻踏雪泥。泥上偶然留指爪，鴻飛那復計東西。”指往日經歷。

⑧ 矤（shěn）：《詩·小雅·伐木》：“矤伊人矣，不求友生？”毛傳：“矤，況也。”

⑨ 擊缽：擊缽催詩。缽，一作鉢。《南史·虞羲等傳》：“竟陵王子良嘗夜集學士，刻燭爲詩，四韻者則刻一寸，以此爲率。文琰曰：‘頓燒一寸燭，而成四韻詩，何難之有。’乃與令楷、江洪等共打銅鉢立韻，響滅則詩成，皆可觀覽。”

⑩ 花朝：舊俗以農曆二月十五爲百花生日，號花朝節。吳自牧《夢粱録》：“仲春十五日爲花朝節，浙間風俗以爲春序正中，百花爭放之時，最堪遊賞。”

⑪ 星沙：長沙的別稱。張孝祥《念奴嬌》詞：“星沙初下，望重湖遠水，長雲漠漠。”

例言：

一、作詩自注，前人譏之。但彼論注釋，非謂注明，兹因敍述瑣屑，詩難盡達，特注以補未及。

一、雜述不論編次，惟因二萬餘里之事，泛難悉敍，故循序及之。

一、詩以雜述爲題，本無須另外標目，因篇幅稍長，自嫌混雜難閲，故復爲區別。

一、自來敍事體詩，易於俚俗，況學識粗疏，言殊方瑣細乎。詩中强以事物駢嵌，多不成句，須諒意在記述，非敢眩詩也。

一、凡平起出韻者，應從通轉，兹多爲敍事所牽，就便押去，以致起韻並出通轉者有之。

一、詩因未悉，特加以注。注有未悉者，未便於注下再注，凡此多詳於後，但前所見者，後皆從省，須次第查閱始晰。

一、新疆境内，部落甚繁，纏頭回部外，除滿漢兵民不計，尚有蒙古、碩倫、錫伯、漢回、哈薩克、老撾裔、紇扢斯，以及蒲昌海之黑人、俄羅斯之商民，各自不同，似不應專説纏頭一部，惟因南路概屬回疆，北路纏民亦多已成風氣，故以大勢爲主，餘僅於各城及之。

一、所述各項，皆當有所考據以爲應證，現奈無書翻閱，間有爲曩年閱過者，又苦善忘，凡未悉未確之處，尚希原諒淺陋。

一、方輿遼闊，其未親歷處，多得之於詢問。且入關在乙酉春，其時設省事宜，尚未辦竣，所述或有差謬缺漏，幸加指正焉。

一、廉俸、兵額、戶口、徵收諸數目，不特聞見未周，且典冊之事，爲草野閑吟分不得議，則概從簡略。

西疆雜述詩目錄：

聽園西疆雜述詩卷一

出　塞

一

乍過酒郡出雄關。甘肅肅州直隸州，漢之酒泉郡也。東距省城一千四百二十里，城西七十里
即嘉峪關，爲西塞長城門户。凡過此者，多以城爲秦跡。按《史記·蒙恬傳》：秦使蒙恬將三十萬衆築長
城，西起臨洮，東至遼東，袤延萬餘里。臨洮，今蘭州府屬之狄道①也。其長城形勢，自遼東山海關起，圍
繞直隸、山西、陝西等省，暨甘肅之寧夏各邊界，八千餘里。綿亘東西，再自寧夏西行，直抵涼州府城東郊
一百二十里土門地方，遂左折而南。經古浪、平番②、西寧各府縣，跨過黄河，繞至狄道，是爲秦始皇長
城。若嘉峪關一帶邊牆，系明世宗嘉靖間所添築，東接土門，順直而西圍於甘、涼、肅三州府之北邊。復

自肅城西北經嘉峪關橫至西南,與南山連接,計長一千二百餘里,此前明所劃邊界也。我朝中外一統,不恃長城爲限,惟就關門稽出入焉。嘉峪正據橫坡,側拱南山,地雄勢壯,崇墉鞏固,樓閣參差,門洞重障深邃。附築小城一區,設遊擊、巡檢等官駐守,啓閉甚嚴,額題"天下第一雄關"。**路入平沙馬便煩。**關門以外即是荒沙,舉目一觀,無水草柴薪、人民廬舍,判然有内外之别。關常閉,除大差經過,守者迎候,重門洞開。其餘大小員弁暨軍民人等出入,皆俟驗明文票,然後啓扄。人將跨門,隨踵復闔。征人至此,動生去國之思,土語云:"出了嘉峪關,眼淚不能乾。前看戈壁灘,後似鬼門關。"戈壁,夷言沙灘也。沙灘之地,凡車馬駝運往來,多乘暮夜行走,一則日間四望無邊,牲畜急欲奔站,易于疲困;一則途中無水,夜涼不至大渴。若當夏月,日中尤不敢行,且白日停歇,牲畜尚可散動,夜則恐其走失。故出關行旅,每以向晚起程,天明到站爲便。至若路遇流沙,馬行輒退,沙擁輪膠,其俯而噴、仰而鳴者,更難目睹也。**萬里城高橫紫塞③**,《一統志》:紫塞,在今肅州北一百八十里,屹立沙漠中,一名黑山。自關外回望長城,離山數十里,蜿蜒東下,淒涼之中亦雄壯矣哉。**三危山峻阻黄番。**安西城南數十里有大山,附于東西綿亘之南天山,人多指爲三危。據元時張立道④使交趾,指雲龍州⑤東江上一山爲《禹貢》之三危,論者多從其説。以苗疆在彼,三危當不在此。但《志》載三苗在安西之西,三危在土魯番之東南,今按地形,當在其處,故欲以土人所指爲然。山後直達青海星宿海等處,與西藏接壤,沿山皆番部。土人有黄番、黑番⑥之稱,又分生熟番⑦。近三危者黄番也,黄番狀貌與漢民相近。黑番則面目鬈鬈,性情悍黠。安西一帶,恃有此山隔阻。惟燉煌城南四十里有千佛洞,古勝跡也,近洞有峽可通。往年燒香遊覽者,時被出山掠于途,後皆結伴始去。至于附内地,隸籍連城土司⑧者,多錯處于肅州、高臺一帶之南山邊,迥與諸番有别。記余同治間從征肅州,途次高臺之清水境,有鄉紳妥得璘⑨,番部也,舉止言談居然儒士,且甚樸實,是皆聖朝聲教遐敷,默化于無形也,因附述焉。

① 狄道:漢置,以地居狄人而名,屬隴西郡。晉改爲武始縣,隋復爲狄道,唐置狄道郡。今甘肅臨洮縣。

② 平番:今甘肅省永登縣。

③ 紫塞:崔豹《古今注》:"秦所築長城土色皆紫,漢亦然,故云紫塞也。"指玉門、陽關一帶長城關塞。

④ 張立道(? —1298):字顯卿,陳留人,徙居大名。曾使安南,定歲貢之禮,官拜雲南行省參政。著有《效古集》《平蜀總論》《安南録》等。

⑤ 雲龍州:今雲南大理雲龍縣。元末設雲龍甸軍民總管府,隸金齒宣慰司。明改雲龍州,屬大理府。明洪武十七年(1384)改爲雲龍州。

⑥ 黄番、黑番:黄番指西部裕固族,黑番爲東部裕固族。

⑦ 生熟番:生番指從事牧業生産的藏族,熟番指從事農業生産的藏族。

⑧ 土司:西北、西南地區少數民族部族頭目所授的官職,元朝始置。土司擁有世襲權和對部族的統治權,對朝廷則承擔一定的賦役,並受朝廷節制。

⑨ 妥得璘:此妥得璘生平不詳。其時另有陝西阿訇名妥得璘(? —1872),一作妥德璘、妥明,經名達吾提。同治元年(1862)至烏魯木齊,與提標參將索焕章密謀反清,自稱清真王,占據

烏魯木齊、瑪納斯、吐魯番等地。後爲阿古柏逼迫退走瑪納斯，城陷自盡。據蕭雄所描述，二者似非一人。

二

蘇賴河流一線清，《一統志》：蘇賴河亦名布隆吉河，發源靖逆衛南山，曰昌馬河，北流轉而西，經柳溝衛，北會十道溝水，爲蘇賴河。按靖逆衛[1]，即今玉門縣之靖逆營。蘇賴河發源於玉門東南之南山中，其始北流，由玉門城東二十里經過，復東北繞至玉門北境五十里之三道溝，歷會各溝支水，直迤而西流，至燉煌西北入於巨浸，共長千餘里。其水平時清淺，三道溝以上，廣數十丈不等，過此則廣狹無常。西行大路必由安西城北濟渡，夏月水漲時，氾濫沙灘，泓深數丈，行人車馬多阻於此。向無舟，因水小無須，水大奔流難渡耳。《志》載溝水有十道，余記玉門東北迤至布隆吉爾東北十五里之九道溝，沿河百五十里之間，稱爲九溝十八坡，未知孰是。柳溝衛[2]今名四家灘，在三道溝西二十五里，一帶皆長林，堡傍河，都司守之。布隆吉爾適當廣野，中多草湖鹵地，有荒廢土城一座，甚廓大，聞舊爲提督駐處，今僅補葺一隅，駐有都司。城中多古木，大者圍丈餘。**迢遥南岸有三城**。蘇賴河自三道溝以下，沿河北岸，即哈密東境之大戈壁，一片荒沙，縱橫千里；南岸東西長九百餘里，橫抵南山，廣皆數十里不等，安、燉、玉三城列峙焉。節節有產糧腴地間於鹵地沙灘，每段方圓百數十里，之中皆土潤人稠，樹木陰翳。玉門佳處甚多，而燉煌倍之，沃野一隅，關南不通道，望之蔚然深秀，物產蕃茂。境內大堡七十二所，皆陝甘各州縣遷出之民分邑聚居，各以原籍邑名呼其堡，守望聯絡。南山產金，盛稱七十二金溝。內有名曰出斗金者，言每日能得金盈斗。金穴深遠，橫直下不定，皆循其礦苗所往而隧陷之，常穿至數十丈及一里半者。往年招商開采，每廠二三百人，動需巨貲，後因兵燹，停止久矣。惟安西州城適當沙磧，地多怪風，三五日一發，晝夜不能止，城垣輒爲流沙所掩，馳馬可逾，歲經數掘，城郭人民淒涼寒苦，莫此爲甚，實爲西陲最瘠之區。四郊一望皆沙，產糧全賴東境之小宛、雙塔堡、布隆吉爾等處[3]，近亦七十里外，則又不及玉門遠矣。自嘉峪關至玉門縣二百九十里，玉門至安西州三百里，安西至燉煌縣二百八十里。自燉以往截然無路。古之玉門關在今燉煌西北，陽關在其西南，兩關久廢，不通道矣。**井疆仍屬河西郡**，漢於秦之長城外開設武威、張掖、酒泉、燉煌，爲河西四郡，西以玉門、陽關爲塞陜。武威、張掖、酒泉，今之涼州、甘州、肅州三州府。惟燉煌極西，自明劃嘉峪截爲關外，我朝以燉煌、玉門爲兩縣，設安西直隸州領之，與肅州同道。今雖開新疆爲行省，而安西各屬仍歸甘肅，不隸新疆，三屬文武考試原例調入肅州就棚，以資節省。**天馬當年此地生**。《漢書》：元鼎四年，西域貢天馬，產於渥洼水中。按，渥洼泉[4]在今燉煌城南二十里南山下之沙磧中，其地四圍團沙爲山，高約十數丈，勢若仰盂。中有泉一池，池如太極半圖。南岸稍寬，沙中有土壤一方，形與池同，與水相連，顚倒環抱，合成太極，水陰而土陽，望之分明呈象。土人因似月牙，又呼月牙泉。北岸山腳離池不過二丈，而流沙壁立竟不下壅，且反上騰。凡遊覽者强至山腰，坐而推之，沙墜有聲，恍聽笙簧，余曾親聆矣。推下之沙，少頃復上，平地不遺顆粒。遇朔望節氣，則不推自鳴，因名鳴沙山。池長約六七十丈，頭廣如其半，尾不盈尺，頭西尾東，水無來源、無去路，勢將齊岸，晴雨無消漲。味甘美，潔無纖塵。或鵝、鴨、水鳥墮毛與草屑飛落，夜皆掀置池上。有溺斃於中者，骸無可撈，但次日於池上收之。池水深不可底，向有好事者曾雇泅人下視，縋繩百四十餘丈,了無止處,且漸下漸寬。其它靈異甚多。敦煌喬嶽嶙茂才⑤爲余詳言之,兹難備述。池南土壤間,建有龍王、藥王等祠,並遊觀臺樹。喬云:"咸豐間與友人宴集亭中,繫馬於樹。至夜深,忽一牝馬攝入池底,卒未浮出。"又云:"池中囊曾置一小舟,供遊賞。一日縣署女眷遊此,將及登舟,突然波翻水立,有物轟擊閃灼,露出數尺,隱隱神龍見尾,舟幾覆,速下始定。以後婦女不敢作蘭橈之遊。"想見異境澄潭下必有龍也。天馬之産,理亦宜焉。按《隋書》:吐谷渾有青海,周千餘里,海中有山,其俗:至冬輒放牝馬於其上,言得龍種。嘗得波斯草馬,放入海嶠,因生驄駒,時稱爲瀚海驄駒。然則渥洼天馬,或亦池上所産,不必定出於池中也。池有異草,狀若藤蔓,莖甚細,空脆似木賊⑥,深長不計丈。色碧綠而少葉。尺餘一節,每節有小盤,周環紅點七痕,色鮮明如朱砂,土人呼爲七星草。生深坑陡岸間,必接長竿數丈,始能掇取。向有異人傳爲藥物,陰乾煎服,能愈百病,屢神效,治氣分尤宜,咸以仙草目之。

① 靖逆衛:康熙五十七年(1718)置衛所,乾隆二十四年(1759)裁,在今玉門縣。

② 柳溝衛:康熙五十七年(1718)置柳溝所,雍正四年(1726)升衛,在今淵泉鎮。

③ 小宛:應爲小灣。《西域圖志》:"小灣堡在得勝墩東南七十五里,逾河而至西,距(安西)州治七十里。"

雙塔堡:《西域圖志》:"雙塔堡,在小灣堡東五十里,西距州治一百三十里,有城周一里有奇,雍正六年築,西南境有雙塔。"地當布隆吉鄉雙塔村北側。

布隆吉爾:一作布朗吉爾,雍正元年(1723)置安西鎮。《西域圖志》:"布朗吉,在雙塔堡東四十里,西距安西州治一百六十里,地多檉柳,有泉水,東爲十道溝,西爲布朗吉河。"今甘肅安西縣布隆吉鄉。

④ 渥洼泉:參前宋弼《西行雜詠》"漢家天馬徠西極"詩注③。蕭雄以渥洼水作月牙泉,係清人對渥洼池故址的誤解。

⑤ 喬嶽嶙茂才:不詳。

⑥ 木賊:多年生草本植物,又稱千峰草、筆頭草、筆筒草,可作藥用。

新 疆 四 界

一

北走荒涼大漠沙,猩猩峽①裏緩行車。邊陲自此從東入,瀚海連天路尚賒。出關皆向西行,至安西則轉而向北,漸轉西北。自安西出城五里,過蘇賴河,登戈壁,或經廣野,或經亂山,計行三百五十里,至馬蓮井子,爲安西所管之西四站。再五十里,因路旁立有石椿三枚,雕爲人形者,相隔各五里,遂名地爲石人子,安西、哈密在此分界。繼入咬牙溝②,再三十里,抵猩猩峽站所矣。峽中設站處,舊有大廟祀關帝,毀於燹。光緒元年移修於前途峽脊,距舊址十里。沿路多險,咬牙溝數里之間,兩旁雖係平坡,而溝皆石底,凹凸相接,車行簸揚,坐者目昏心震。峽脊雖不甚高,而左右皆石路,屢鑿難平，僕夫稍不戒嚴，動至折輪覆轍。若越嶺下坡，宜用繩牽車尾挽住，以防迅駛。且人必下車，因常有拋墮壓傷，可畏可鑒。過此則路復平矣。新疆東界至此已入。前往哈密尚有沙磧五百五十里，所謂千里瀚海也。考瀚海不一，《異域錄》以蒙古大沙漠爲瀚海，是指蒙古內六盟之北、外四盟之南中間之一道大漠，即霍去病所臨之瀚海也。《通志》云：經前庭縣，有大沙海，在柳中縣東南，亦名旱海，即白龍堆。又《水道記》：和闐東二千餘里之遙，漢渠勒、精絕、戎盧、小宛諸國，湮没無蹤，竟淪入瀚海。是皆指和闐之東、燉煌之西、土魯番之南彌漫數千里之大沙漠，即玄奘等所言之瀚海也。若此處瀚海，係《志》載天山行至巴里坤之東，哈密之東北，名鹽池山。山之南沙磧漫野，爲千里瀚海。則又以蘇賴河之北、哈密之東周圍二千餘里之大戈壁爲瀚海矣。大抵瀚海不拘一地，瀚海即旱海，凡遇大漠，皆得名之。至《隋書》吐谷渾③之瀚海驄駒，未必即指青海爲瀚海，或亦當時舉大地以盛稱良驥耳，此述東界。

① 猩猩峽：一作星星峽。《西域圖志》：“星星峽，在哈密東南四百九十五里，南距安西州屬之馬蓮井七十里，迤邐東北行四百十五里，爲西黃蘆岡。峽在沙磧中，接安西州界。”位於哈密市區東南，新疆與甘肅分界處，峽長約 15 公里。

② 咬牙溝：位於星星峽東四十里，甘肅、新疆交界處。因道路崎嶇難行，行路者均咬牙忍受顛簸，故名。

③ 吐谷渾：古代鮮卑人的一支，西晉末，首領吐谷渾率部由遼東遷至青海，並以之爲民族、政權稱號。鼎盛時占有甘肅、四川部分地區。

二

南疆直極古于闐，一嶺分開印度天。于闐，今和闐，居葱嶺東南境，新疆南鄙，自喀什噶爾順南至英吉沙爾、葉爾羌，皆抵極邊。再東南折而入和闐，地雖繞回，仍爲絕塞。葱嶺以外，西南大國莫如印度。印度即天竺，一曰捐毒①，一曰身毒②。有東、西、南、北、中五都會，古之西天佛國，即魏唐諸僧取經處也。**威懾恒河三萬里**，葱嶺橫亘南北，上有阿耨達池③，即大龍池也。東西三百餘里，南北五十餘里，爲中外河源。水東流者，會於巴爾楚克，經行四千餘里注蒲昌海。自海中入地，伏流二千里，出星宿海，爲中國黃河。水西流者分二道：其一繞北爲媯水④，流至布哈爾國入裏海；其一繞南復分爲東西二道，環貫印度諸國流入南海，則爲恒河。《唐書·西域傳》：“五天竺幅員共周三萬餘里，皆城邑數百，甚富庶。南天竺瀕海，出師子、豹、狸、橐它、犀、象、火齊、琅玕、石蜜、黑鹽。北天竺距雪山，圓抱如璧，南有谷通，爲國門。東天竺際海，與扶南、林邑接。西天竺與罽賓、波斯接。中天竺在四天竺之會，都城曰茶鎛和羅，城濱迦毗黎河，有別城數百，皆置長。別國數十，置王。”又按：中印度即溫都斯坦，一作痕都斯坦。城周六十餘里，轄大小城池三百七十餘。工治玉，成器極精，內地弗及。出珍物，尚文墨，稱大國焉。自古印度諸國皆崇佛教，近因英吉利、俄羅斯以耶穌教據地分傳，而佛教浸衰，存者不及半，亦二千年來之變局也。初本貿遷於葉爾羌，乾隆二十五年頒敕書賜物，通市如故。先是二十四年，準夷博羅尼都、霍集占等竄入巴達克山，大兵蒐至伊西洱淖爾⑤地方，恐師行擾境，按扎未追，但遣使諭令交出。隨經巴克達山汗效力擒獻二酋，回疆以定，朝廷嘉之。迨後恒河北岸之愛烏罕國，其王約與巴達克山汗遣使偕來，輸誠入貢，畏威懷德，何其遼哉。**九夷多少附窮邊**。南邊界外小而部落，大而邦國，内附者甚衆。從喀什噶爾西北順南横至葉爾羌之西一帶，沿邊皆布魯特各部落環附，散處於葱嶺東西山谷間，分爲東西布魯特，種類非回非蒙，隨畜逐水草而居，部落不相聯屬。惟不留髮，不食犬豕，以及語言、衣服屋與回同。性强悍，好劫殺，其初回人苦其擾害。乾隆二十四年，大兵戡定回疆，彼即投誠歸化。後因服役恭勤，不復肆行劫掠，經喀什噶爾大臣奏請賜頭目等職銜、翎頂，其後又經奏請由喀什噶爾，每年賞給該部之阿克爾、額森⑥各普兒錢十五騰格，以示加惠。又布魯特各部適中之處，葱嶺大山中有哈拉庫勒⑦部，一名色勒庫爾⑧，無城郭，環居阿耨達池，播種五穀，植果木，風俗、言語與回部同。河水産黃金，内附後，每年貢金二十七兩七錢，送葉爾羌轉解。《西域水道記》謂其地在葉城西八百里。又葉爾羌西南過冰山二十餘日程，有博羅爾。其地四山環護，一水西流，城村屋舍，僻安耕鑿。俗重牛，日敬而拜之，以金玉飾其角。男女皆不剃髮，語言、文字概異回部。地瘠多窮民，視人至賤，外來商販常以布帛易人攜去。東行四日爲乾竺特⑨，其屬部也，乾隆二十四年入貢内附。乾竺特歲納黃金一兩五錢，送交葉城。又葉爾羌直西少南逾葱嶺爲巴達克山，一名拔達克山，即漢烏秅國也。居葱嶺南境，國中山圍川闊，土沃人稠，城郭而事牧養者，屋用石壁，人壯健善戰。地多雨澤，物産蕃盛，出金、銀、銅、鐵、寶石、絲綢等項，果木甚多，杏子尤佳，即《本草》巴達杏仁之所出也。風俗、語言、服飾，大概類回部。乾隆二十四年因功内附，即遣使入貢。東北至葉爾羌一千三百餘里，東至和闐較遠二三日程。又從巴達克山西南過中印度，再往北，經北印度境，接之者爲愛烏罕國。在恒河之北，裏海之東，即古大夏、大月氏地。其國西南瀕水，東北沿山，物産、民風與中印度温都斯坦相似。乾隆二十七年，遣其和卓密爾牟入覲，貢方物。東至葉爾羌五十餘日程。又喀什噶爾正西之葱嶺外，接連西布魯特者，爲安集延，系敖罕屬國。敖罕又爲浩罕，漢之大宛國也。所屬八城，内有三大城，極東爲安集延，次而西者爲瑪爾噶朗，又次而西南爲納木干。地接敖罕東境矣，皆在納林河南岸。河北一帶，即塔什干，爲哈薩克中部，在喀什噶爾之北一千三百餘里。今爲俄國新藩，稱費爾干省⑩。敖罕地方平衍處有二千餘里，人煙稠密，無乞丐、盜賊，間有美俗。其國務農講武，久號富强，衣服、語言與新疆回部相仿佛，惟帽式皆作方頂，稍有分別。乾隆二十四年遣使貢方物，投誠内附。東至喀什噶爾約一月程。以上皆就南邊界外略述大概，餘難備舉。至自南而東，地連後藏、青海，沿邊或隔雪山，或阻沙磧，人跡所不到焉。再南邊山口甚多，皆有卡倫防守，自西南隅起，於烏什邊境舊設有大卡倫四、小卡倫四。順南接喀什噶爾邊境，有大卡倫五、小卡倫十四。再南接以英吉沙爾邊境，大卡倫五、小卡倫十一。以上各小卡倫處，皆有山口，可分往哈薩克、諸布魯特、色勒庫爾及安集延等處，接通西域各國。惟喀什噶爾回城西北三十里地名霍爾罕⑪，今爲總卡倫，與俄羅斯通商大路，再接英吉沙爾，南至葉爾羌邊境，接葉爾羌東南，至和闐邊境，共有大卡倫八、小卡倫四，皆有山口，分往布魯特、色勒庫爾、巴達克山、博羅爾等處，並可轉通後藏及印度諸國。其各口地名方道遠近不悉述，此南界也。

　　① 捐毒：故西域地名。酈道元《水經注》卷二：“（河水）一源西出捐毒之國，葱嶺之上，西去休循二百餘里。”地當今新疆塔什庫爾干與阿富汗交界阿賴谷。另《漢書·西域傳上》：無雷國“北與捐毒、西與大月氏接”。顏師古注：“捐毒即身毒、天篤也，本皆一名，語有輕重耳。”將身毒、捐毒混爲一談，蕭雄因循此誤。

　　② 身毒：一作賢豆、忻都、天竺。中國古代對印度河流域地區的通稱。

③ 阿耨達池：葱嶺附近的高山湖泊群。此指大哈拉庫勒湖，即《大唐西域記》所載大龍池，今塔吉克斯坦佐庫里湖。參前曹麟開《塞上竹枝詞》"綠眼番兒逞捷趫"詩注②。

④ 媯（guī）水：即中亞阿姆河。

⑤ 伊西洱淖爾：即伊西洱庫爾淖爾，一作雅什庫爾。《西域圖志》："葉什勒庫勒淖爾，舊音伊西洱庫爾淖爾，在布隆庫勒西四十里。水勢深廣，萬山環繞。北通安集延，西限葱嶺，南抵拔達克山。"位於帕米爾貢特河上遊，今塔吉克斯坦境內。

⑥ 阿克爾、額森：當做阿瓦爾、額森，清代布魯特部頭目人名。此句引用《回疆志》："奏明賞給喀什噶爾阿爾奇木三百滕格，布嚕特阿瓦爾、額森每人各五十滕格。"《回疆志》不同鈔本中，有時將阿瓦爾誤寫作"阿克爾"，故蕭雄注語誤引。阿瓦爾，清代史籍中常作"阿瓦勒"。《新疆識略》："阿瓦勒，乾隆二十四年入覲，賞戴五品頂花翎，於二十八、三十等年因照料官馬廠，並烏什出兵，奏賞三品頂戴。"徐松《西域水道記》："阿瓦勒者，乾隆三十年，從討烏什，阿公桂賜之斗酒，阿瓦勒飲立盡，出被鎖子甲，橫矛入賊陣。中陣忽躍馬歸曰：'賊矛長於我，請易矛去。'所向皆披。累官三品，戴孔雀翎。子曰博什輝，孫曰蘇蘭齊，皆嗣職。"額森又作"阿森"，《清實錄·高宗實錄》"乾隆三十七年十二月丁亥"："富森布等奏稱，希布察克部落布魯特阿森、沖噶巴什部落布魯特阿瓦勒比，奮勉當差，並無養贍之資，懇請賞給等語。"《新疆識略》："額森於乾隆二十四年兩次出征拔達克山，奏賞五品頂花翎，補放三等侍衛。後二十七年入覲，賞四品頂戴。三十年出征烏什奮勉，奏賞二品頂戴。五十二年額森病故。"

⑦ 哈拉庫勒：一作哈拉淖爾、哈拉庫勒，意爲黑湖。有大小兩處，一爲大哈拉庫勒，見上注釋③；一爲小哈拉庫勒，在今新疆阿克陶縣布倫口鄉蘇巴什村旁。

⑧ 色勒庫爾：一作沙爾笏爾、色呼庫勒、色埒庫勒。乾隆二十四年（1759）隸葉爾羌辦事大臣管轄，民國時置蒲犁縣，地當今塔什庫爾干塔吉克自治縣。

⑨ 乾竺特：又作坎巨提、喀楚特，乾隆二十六年（1761）附於清朝。位於今克什米爾吉爾吉特地區，巴基斯坦實控區。

⑩ 費爾干省：1876年沙俄吞并浩罕國，置費爾干省，即今烏孜別克斯坦。

⑪ 霍爾罕：一作霍爾干。《西域圖志》："霍爾干，在喀什噶爾城東北十里，木什、特們兩河之間。"今屬喀什市。

三

西塞山前萬馬嘶，西邊從烏什起，向北逾大山，經特莫爾圖淖爾之東，以至伊犁、塔爾巴哈臺一帶邊地皆爲草場。沿邊滿、綠各營，及衛拉特四大部各旗，並內附之哈薩克等，皆就地分段牧放。又伊犁設有孳生廠，養馬極多，能供撥用，歲選空群者儲爲貢馬，每匹派夫另牧。若界外皆哈薩克部，哈薩雖系回教，究不耕種，而專事遊牧者。《外國史略》云："哈薩克各分種類，共三十二宗派。身矮而壯，面紅，以布包首，亦穿靴，非若他夷赤足，女則遍身絲緞，頗聰明，奉回教，反復無常，日騎馬恣虜掠，四方畏之。

在西北之種類，或事俄人，或服中國，野性難馴，專以搶掠爲事。"余在伊犁所見，大約如此。男女出必騎馬，皆持槍矛。内附者猶稍安静。其歸俄國之哈薩常出没邊境，爲害果子溝、三臺等處道中，過者患之。惟烏士百①之種類則勤耕安分，造綿布、綢緞、回帽、紙張等項以獲利。今運入新疆之哈薩緞、哈薩布暨銅鐵器具，皆精緻堅牢，與外洋所製之物徒工悦目者迥異。**海邦地接鄂羅斯**。鄂羅斯，今俄羅斯也。謹按高宗純皇帝御製文集有曰："昆侖以東莫大於中國，以西南莫大於五天竺國，以北莫大於俄羅斯。"考俄國疆域，從歐羅巴洲之黑海西北起，廣延而東，直抵烏拉嶺。接連亞細亞洲，再從亞細亞洲烏拉嶺起，綿繞中國新疆。自西而北而東經黑龍江外，直極東海，並渡海而東，再於墨利加洲②内管屬一隅。除墨利加不計外，自北極出地四十度起至七十度。經線偏東，自三十度起至一百三十度。南北七千五百餘里，東西二萬五千餘里，國都在歐羅巴洲，距中國京師二萬里外。中國與彼交界者，在北如雅爾、科布多、阿爾泰山，以及外四盟蒙古地方，並黑龍江、索倫等處，係與其東藩悉畢爾斯科③所屬之四大部順直南北相連。中以興安嶺爲界，在西則新疆西境横輿之接壤矣。以新疆界限而論，於北科布多一帶之俄界，猶隔外藩部落。惟西邊自喀什噶爾、烏什，以至伊犁、塔爾巴哈臺，皆與俄國所屬之哈薩克中左兩部毗連。哈薩中部即塔什干，今爲條約中所定中俄會議之處，稱爲費爾干省，仿中國名色也。彼之省會原稱斯科。**厘然一劃分中外**，西邊界限係光緒七年欽派大臣會同俄國再行勘定者。④其分界處，自烏什西北邊外十餘日程有別珍島山⑤，由此山起，順霍爾果斯河，至該河入伊犁河匯流處，再過伊犁河，往南至烏宗島山⑥廓里扎特村東邊，自此處往南，接連塔爾巴哈臺及齋桑湖舊界，所定各處皆立界牌，畫若鴻溝⑦，夷人無敢擅入。**更繞旌旗到邾支**⑧。科布多，漢邾支單于地。西邊臨口較南邊尤要，故自烏什緊接南卡起，首爲錫伯各卡倫，横布於北幹大山中；接之者爲索倫各卡倫地；繞伊犁之南，又接之者爲滿洲營各卡倫地；轉伊犁西北，又接之者爲察哈爾各卡倫地；分塔爾巴哈臺邊境，又接之者則爲新土爾扈特各旗，抵科布多矣。沿邊三千餘里，皆有分防各營旗駐守，旌旗密布，真干城也。此爲西界。

① 烏士百：又作月即别、月祖伯等，即今烏兹别克。蕭雄注語將之與哈薩克混淆。

② 墨利加洲：即美利堅。

③ 悉畢爾斯科：一作西畢爾斯科。圖理琛《異域録》："俄羅斯國地方分爲八道，具設立噶噶林馬提飛費多爾魚赤等總管八員，分轄每道，所管城堡十餘處或二十餘處。其八道，一曰莫斯科洼斯科，國主所都也，一曰西畢爾斯科，與中國分界處也。"今西伯利亞。

④ 光緒四年(1878)六月，清朝派崇厚與俄國交涉伊犁事宜，崇厚"未候朝旨"，擅自簽訂《交收伊犁條約》，同意將霍爾果斯河以西及伊犁河上遊的特克斯河流域割讓給俄國。光緒六年，清政府又派欽差大臣曾紀澤出使俄國，與俄方在聖彼德堡重訂《中俄伊犁條約》。中俄雙方根據條約訂立《中俄伊犁界約》等五個勘界議定，將特克斯河谷收回，保住了中國的主權和領土。

⑤ 別珍島山：許景澄《西北邊界地名譯漢考證》："別珍套山。光緒改訂約作別珍島山，套即山也。"在今新疆温泉縣哈日布呼鎮西南，博爾塔拉河發源地。

⑥ 烏宗島山：《新疆圖志》引《新疆圖説》："烏宗島在綏定城南一百八十里，沖布莊水、大博羅莊水、小博羅莊水、霍洛海莊水，均出其麓。"在今新疆昭蘇縣烏尊布拉克鄉。

⑦ 鴻溝：《史記・項羽本紀》：“項王乃與漢約，中分天下，割鴻溝以西者爲漢，鴻溝而東者爲楚。”張守節正義引張華云：“大梁城在浚儀縣北，縣西北渠水東經此城南，又北屈分爲二渠。其一渠東南流，始皇鑿引河水以灌大梁，謂之鴻溝，楚漢會此處也。”此指分界。

⑧ 郅支：郅支骨都侯單于(？—前 36)，西漢五鳳二年(前 56)自立，建昭三年(前 36)，爲西域都護甘延壽、副校尉陳湯所滅。

四

北連圖爾泊①西東，恭順汗王是比鄰。五色旗開分部落，圖爾庫爾泊在巴里坤境外蒙古地方。此處東西一帶即是新疆北界。北邊從塔爾巴哈臺起，東南行十二站至庫爾喀喇烏蘇，再東行八站至烏魯木齊，再東行十五站至巴里坤，再東行八九日至哈密東山之北，上下四千餘里。界外皆系蒙部，如塔爾巴哈臺迤東及布倫托海，則爲新土爾扈特各旗所居。土爾扈特旗之東北即科布多城。當烏魯木齊東北界外，則爲杜爾伯特②、扎哈沁③、厄魯特等三十一旗所居。城之西南爲阿爾泰山，古金山也。其東南接壤者，即外蒙古喀爾喀之扎薩克圖汗部落④。其部繞經巴里坤界外，及哈密東北境纏頭回部所居之東山、土呼魯⑤一帶，以抵瀚海。以上各部，地皆南接新疆。除扎薩克圖一部外，皆北至卡倫，與俄羅斯爲界，此附近之鄰境也。至於接連橫布並綿衍東下者，部數尚繁。雖與新疆界限相去漸遥，不妨聯類述之，以志皇圖之廓。即如外蒙古喀爾喀，共有四部。前之扎薩克圖汗部稱西路，凡十八旗，附輝特部⑥一旗。扎薩克圖之東南爲三音諾顏部，稱中路，凡二十二旗，附額魯特二旗。三音諾顏之東北爲土謝圖汗部，稱北路，凡二十旗。土謝圖之東爲車臣汗部，稱東路，凡二十三旗。共計八十六旗，西接科布多，東至黑龍江，其北邊所抵，如扎薩克圖汗部，西北抵科布多，東北抵烏梁海⑦。三音諾顏部西北抵扎薩克圖，東北亦抵烏梁海，此二部系斜亘也。至土謝圖、車臣汗二部相接，沿邊直下，皆北至卡倫，與俄羅斯爲界。其南面則四部皆抵瀚海也，是爲外四盟。扎薩克圖與三音諾顏連界處之南再逾瀚海，爲額濟納、阿拉善二旗。額濟納在西，西接哈密以東大戈壁，南連甘肅肅州邊界。阿拉善在東，東抵寧夏賀蘭山後，南連甘、涼二府邊界。此二旗另隸二王，不歸内外各部。又三音諾顏部之南逾瀚海爲烏蘭察布盟，再南爲伊克昭盟，與阿拉善接。此二部稱西二盟。伊克昭盟之東爲卓索圖盟，卓索圖盟之北爲昭烏達盟，再北爲錫林郭勒盟。昭烏達、卓索圖二盟之東爲哲里木盟，此四部稱東四盟。以上六盟共計四十九旗。西起瀚海頭，東抵吉林黑龍江，其南則當甘肅寧夏府及陝西、山西、直隸各邊外，其北則逾瀚海與三音諾顏、土謝圖、車臣汗三部相接，是爲内蒙古六盟。凡此内外諸部，歸各藩王統轄。又有烏里雅蘇臺將軍、察哈爾都統⑧分駐内外地方。察哈爾城在京師西北四百三十里，其駐防八旗所分之地，東起張家口，西至歸化城，南連直隸山西邊界，北與内蒙古接。烏里雅蘇臺城在外蒙古扎薩克圖汗部之東、三音諾顏部之西，距巴里坤一千九百四十里。其所屬之唐努烏梁海在烏城以北，地長千餘里，共有四十六佐領分轄焉。西接科布多，東接土謝圖汗部，南與扎薩克圖及三音諾顏二部毗連，北至卡倫與俄羅斯爲界。以上自塔爾巴哈臺迤東，遍及蒙疆，地廣人繁，均以旗號區別，非但有左右翼之分，前後左右中末等旗之目，且其旗幟大小、尖方、長短、寬窄與夫顏色鑲配，各自不同，皆秩然不紊焉。春深萬里草如茵。蒙古專事牧養，無耕種，日食牛羊肉，並取其乳飲之。李陵⑨所謂膻肉酪漿也。間需麥麪，則往沿邊内地及新疆等處以牲畜易之。故自塔城、科布多直至黑龍江東西萬餘里皆呼爲草地，以草茂爲豐年。王府以外，居無廬舍，惟以氈棚蔽風雨。棚用細繩穿聯木條，編若鹿眼籬，圍一圓架，周圍及頂以氈蒙之。高丈餘，圍約三丈，其形如桶，頂圓而尖，一面開門，三面支牀，中爲爐以炊。家人聚居，人多則添置，取其便移設以就水草。漢人呼爲蒙古包，即穹幕也。蒙疆地方平坦，四望無極，《敕勒歌》云："天蒼蒼，野茫茫，風吹草低見牛羊。"真寫盡朔漠風景矣！新疆由草地入都有二道，均自巴里坤二百三十里至三塘湖⑩。一順南行，取道賀蘭山後，經包頭、歸化城等處，至察哈爾，入張家口，爲商賈往來之路。一順北行，經達庫倫⑪與烏里雅蘇臺等處，至察哈爾，入張家口，此爲軍臺大路。從前文報差使，概由此行。自三塘湖二百八十里至蘇海圖⑫，爲蒙古頭臺。從此臺起計行九十六臺，抵張家口，入都僅四百餘里矣。軍臺沿路無居人，惟每臺安設蒙古包數頂，烏拉齊⑬若干名，駝馬各若干匹，以候差事。烏拉齊者，蒙古兵也。凡員弁經過，必用滿漢合璧傳牌沿途知會。文職五品以上，武職二品以上，例得坐車，餘皆只準騎馬。車行至此，稍有更變，系將所坐轎車，卸盡騾馬，另縛橫木於轅，長丈餘，以烏拉齊四名騎馬夾車抱木而行，左右各二匹，雁行如飛，名曰夾杆車，取迅速而尊崇也。所需食物、米麪均必自帶，每臺僅於員弁一人供羊一隻，從丁以四名共一隻。如不宰食，則每隻折交銀一兩五錢，聽其自便。各臺費用歸將軍、都統彙報，非蒙部供支也。臺路至京較内地驛路實遠，惟每臺更換夫役、駝馬毫無耽延。且夾杆車其行至速，每一晝夜能過數臺。故計里雖多，而計日不過三分之一，是爲較便。但商旅難行，因供差之外别無旅店食物。目今臺路已撤，所有新疆文報差使，均改由内地驛路，則節費多矣。光緒七年改訂《中俄陸路通商章程》，内載俄商由恰克圖、呢布楚運貨前往天津，應由張家口、東壩、通州行走。其由俄國邊界運貨過科布多、歸化城前往天津者，亦由此路行走。按恰克圖地方在外蒙古土謝圖汗部邊界，當鄂爾坤河⑭、色楞格河⑮之間，爲通俄羅斯互市之道。俄商由此處卡倫入中國，或就庫倫大道，或南走歸化城，皆自備裹帶，故遄行⑯無滯也。此述新疆北界，遞及蒙古。

　　① 圖爾泊：圖爾庫爾泊，一作圖爾庫勒海，《西域圖志》："圖爾庫勒，在巴爾庫勒城東三百里。其澤周回五十里，源出天山北麓，西北流五十里，瀦爲大澤。"今新疆伊吾縣境内之土爾庫里湖。

　　② 杜爾伯特：漠西衛拉特蒙古四部之一，姓綽羅斯，爲也先長子博羅納哈勒後裔。

　　③ 扎哈沁：蒙古語音譯，意爲守邊人。爲準噶爾二十四鄂托克之一，由瑪木特任宰桑，負責守邊防汛。瑪木特乾隆十九年(1754)降清，賜爵信勇公。乾隆二十六年設扎哈沁旗。

　　④ 扎薩克圖汗部、土謝圖汗部、車臣汗部，爲喀爾喀蒙古原三部。雍正三年(1725)，三音諾顔部由土謝圖汗部西境分置，乾隆年間改稱三音諾顔汗部，與前三部並稱喀爾喀蒙古四部。今屬蒙古國。

　　⑤ 土呼魯：一作吐葫蘆。今新疆伊吾縣吐葫蘆鄉。

　　⑥ 輝特部：衛拉特蒙古部落。初依附於杜爾伯特，17世紀土爾扈特西遷後，代替土爾扈特成爲衛拉特四部之一。

　　⑦ 烏梁海：古代部族名，一作兀良哈、斡朗改。元代部分居於朵顔山地區，明代與福餘、泰寧合稱"朵顔三衛"或"兀良哈三衛"，清代分爲三部唐努烏梁海、阿勒泰淖爾烏梁海、阿勒泰烏梁海。前兩部同治三年(1864)劃屬俄國，阿勒泰烏梁海各旗遊牧於今阿勒泰、布爾津、清河、

富蘊，即今圖瓦族。

⑧烏里雅蘇臺將軍：雍正十一年（1733），清朝在喀爾喀設定邊左副將軍，駐烏里雅蘇臺，稱烏里雅蘇臺將軍，掌管唐努烏梁海和喀爾喀四部及所附額魯特、輝特二部軍政事務。烏里雅蘇臺一名扎布哈朗特，今蒙古國扎布罕省首府。

察哈爾都統：全稱遊牧察哈爾駐防都統，康熙十四年（1675）置察哈爾八旗總管，乾隆二十六年（1761）改置都統，駐張家口。

⑨李陵（前134—前74）：字少卿，隴西成紀（今甘肅天水市秦安縣）人，西漢名將，李廣之孫。漢武帝天漢二年（前99）征匈奴，兵敗投降。被漢朝夷族，後娶匈奴公主，封堅昆國王，老死匈奴。

⑩三塘湖：一作三塘，有上、中、下三湖，地當今巴里坤哈薩克自治縣三塘湖鄉。

⑪庫倫：蒙古國首都烏蘭巴托舊稱。清代在此地設庫倫辦事大臣，管理與俄羅斯通商事務，1924年改今名。

⑫蘇海圖：清代臺站名。《西域同文志》：“蘇海圖，準語。蘇海，山川柳也。此地多柳，故名。”陶保廉《辛卯侍行記》：“二十五里松樹塘，折西北八十里奎素，折西七十里鎮西廳。……廳北八十里沙溝峽，又八十里三塘湖。……二百餘里蘇海圖，又北入外蒙古界。”

⑬烏拉齊：蒙古語音譯，意爲站丁。清代對蒙古地區驛站服役者的稱謂。《清史稿·五岱傳》：“京旗目吉林、黑龍江諸部人爲烏拉齊，鄙之不與爲伍。”

⑭鄂爾坤河：一作鄂爾昆河，源於蒙古國杭愛山北麓，入貝加爾湖。

⑮色楞格河：一作薛良格、薛靈哥、薛連可。源自蒙古國，與鄂爾渾河匯合後才稱色楞格河，入貝加爾湖。

⑯遄行：速行。陳子龍《尚寶卿箴》：“徵發聘問，遄行無阻。”

總述全勢

葱嶺遙横塞外天，葱嶺之與昆侖，説者不一。按《史記》引《禹本記》言：“河出昆侖，其高二千五百里，上有瑶池。”即大黑龍池也。出葱嶺者其正源，出和闐者其旁源。以此觀之，葱嶺特昆侖一支也。但《志》載葱嶺南河出葉爾羌山中，葱嶺北河出喀什噶爾西千餘里之大龍池。①又郭璞《山海經注》言，葱嶺左幹爲天山，右幹爲南山，跡其水源山脈，皆指爲葱嶺所發，又似以葱嶺即昆侖矣。然則何以辨之，余考之衆説，徵之形勢，意以葉爾羌西南大山以外，隱隱插天，跨踞西藏、印度、敖罕諸國之間，四時冰雪瑩瑩、人跡不到者爲昆侖。其正脈所出，如青烏家②所言之辭樓下殿，自南而北横亘千里，可就低處逾越，以往西域各國者爲葱嶺。蓋昆侖，侖也；葱嶺，嶺也，侖高厚而嶺低薄，當各有義焉。《西陲記略》謂葱嶺南自葉爾羌，直北行千里趨伊犁。可見回疆自南山以北、天山以南一道，西邊皆接葱嶺。以故河之南北源，山之左右幹，一惟葱嶺是繫，而不必遠溯昆侖。緣各脈實發自葱嶺，而葱嶺乃發於昆侖耳，此葱嶺、昆侖分名之謂也。惟案所云瑶池，即系大黑龍池，並非昆侖頂上別有所謂瑶池者。則大黑龍池即唐之阿耨達池，即爲今之哈拉淖爾。其地在喀什噶爾西千餘里，距和闐在二千里外，安得旁源由彼出哉。即此以思，知禹之所記非就水出瑶池而言，實以河出崑崙而言。若曰崑崙之水由葱嶺大龍池出者爲正源，由和闐南山中出者爲旁源耳，然則葱嶺諸山當總名崑崙，故二水雖遥，皆其支派焉。因伏讀高宗純皇帝《御製河源考》，有曰"貴德之西，有三支河，名崑都崙"。蒙古語謂橫爲崑都崙，即回部之崑崙山，亦系橫嶺。謹按崑崙與崑都崙，語有詳略，無分別，若阿蘇、阿克蘇之類。回疆南北兩山並行直下，僅有葱嶺爲一道橫山，又可恍然於崑崙命名之義。其既名崑崙，又名葱嶺者，特一始於夷人，一始於漢人耳，此又葱嶺、崑崙混一之謂也。崑崙之高，別見於子集各書者，泛難枚舉。如言"山有九層，每層相去萬里，皆有城闕之象"者，王子年《拾遺記》也。言"縱橫萬一千里，神物所集，出五色雲氣"者，張華《博物志》也。言"崑崙之丘，或上倍之，是謂涼風之山，登之而不死。或上倍之，是謂縣圃，登之乃靈，能使風雨。或上倍之，乃爲上天，登之乃神，是謂太帝之居"者，《淮南子》也。言"有蔡誕者，自云被謫至崑崙，問曰：崑崙如何？答曰：不問其高幾里，要於仰視之，去天不過十數里"者，《抱朴子》也。俱如此類，概難徵信。余以《坤輿圖説》所云"高八十里"者近之。但當日南懷仁③從外洋入中國，必是途經西域，親見此山，用勾股法豎測其形勢如此，非謂登山之路只有此數。何以知之？凡度嶺處其勢甚低，尚且由平地四五日始登嶺首，魏唐諸僧均有記述，其於崑崙絶頂之遠，自可遞推。況冰雪一團，懸崖四絶，甚非人跡可到。若《禹記》云"其高二千五百里"者，實因探討河源，從平處溯到源頭之水路耳。非專以山勢而言。至於葱嶺得名，魏默深④先生斷以《西域記》山嶺葱翠之説爲正，以顔師古謂産野葱爲陋不足辯，余竊疑焉。蓋因天山積雪尚堅，葱嶺高於天山，焉有葱翠之色？況西域無文，地名概視所有。凡以回語名者，如産銀之山，直名庫木什，因呼銀爲庫木什也。産銅則名楚午哈，因銅爲楚午哈也。喀喇烏蘇，言地有黑水。喀喇玉爾滚⑤，謂其地垂柳深黑也。其以漢語名者，如胡桐窩、白楊河、榆樹溝、芨芨臺、黄蘆岡等稱，到處皆然。一名數見，皆足爲因葱得名之證。且天山沿麓時見葱薑屬，或者彼處更有嘉種。又《本草》："葱蒜種來自西域。"余意洪荒初辟，凡百穀園蔬諸類，概自始爲飲食者采取野苗嘗食，種植而變爲家珍。葱必得之於嶺，自當以顔説爲確。且按所言見《漢書》注，彼原引《西河舊事》所記，亦非臆説也。總之山勢太大，地氣太寒，近山數百里，皆人所難到，徒深擬像而已。崑崙當亞細亞洲適中，地處極高，爲中外萬山之祖。《地球圖説》："崑崙水入四海。"《青囊經》："崑崙三支幹，崙入中國。"《十洲記》："崑崙有四角大山，爲其支輔。"岡底斯山乃其南幹之大宗。南幹則包烏斯藏、滇、粵，盡於緬甸、暹羅，與五印度分界。北幹則循塞垣，趨朝鮮、濊貊，與鄂羅斯分界。諸説皆有可據，惟南幹盡於緬甸、暹羅者，特其一支。中國大江以南，自滇、粵、而湖、而閩，直至吳越，海岸諸山，皆南幹所發。大河以北，自甘、涼，由賀蘭而東，起伏於河之近岸者，尚屬中幹，非北幹。若江河之間，分佈而綿衍數省者，皆中幹也。又按崑崙不一，東海中婆羅國境有崑崙山，南海真臘⑥國亦有崑崙。或云崑崙之脈，中隔大河，不與華通，中國以崑崙爲山祖者，皆青烏家之訛。未知所云隔水是指崑崙東境之瀾滄江，抑别指崑崙也。瀾滄亦源於崑崙，崑崙南幹繞北轉入中國，瀾滄是在其南，並未隔斷。**分來宗幹下祁連。**葱嶺從葉爾羌西南橫至喀什噶爾之西北，忽開北幹。一折而東，徑趨哈密，綿綿直下，勢極雄峻。其重巒復嶂，氣象萬千。山體之廣厚，三四百里至六七百里不等。雖節節殊稱，皆統名之曰天山，又名白山，又名雪山，又名祁連，又名時羅漫，亦名陰山。如漢貳師將軍李廣利擊右賢王於天山，明帝時竇固、耿秉⑦擊白山之虜。《班超傳》注："西域有白山，通歲有雪，亦名雪山。"武帝元朔四年，霍去病破匈奴，至祁連。唐貞觀間左將軍姜行本破高昌，逾時羅漫。元初長春子⑧赴召西遊，過沙陀，抵陰山，後皆指此山也。其稱祁連者，系在哈密一帶。匈奴恃此山爲天，每過之必下馬羅拜，因呼天曰祁連，故名祁連山，今漢人仍皆呼爲天山。**一山南北開疆域，城郭如珠路八千**。新疆全境皆在天山左右，以山勢分爲南路、北路。自出關後，於安西大戈壁中猩猩峽之東入新疆東界起，五百八十里至哈密。從此處分路，南路則循天山之陽，西行九百五十里至闢展，闢展西南行九十里至魯克沁，西行二百五十里至吐魯番，吐魯番南行五百里至羅卜淖爾，西行八百五十里至哈喇沙爾，哈喇沙爾西行六百二十里至布古爾，布古爾三百里至庫車，庫車二百八十里至拜城，拜城四百里至阿克蘇，阿克蘇再西行二百四十里至烏什，已抵邊極。轉從阿克蘇西南行七百里至瑪拉巴什⑨，瑪拉巴什西北行六百里至喀什噶爾，喀什噶爾東南行二十里爲今之疏附縣，再南行一百四十七里至英吉沙爾，英吉沙爾東南行三百二十四里至葉爾羌，其東北一百七十五里爲今之葉城縣。葉爾羌東南行八百五十八里至和闐，和闐東行三百二十里至克里雅，今設于闐縣。于闐東南行一百八十里至塔哈努勒⑩村。此南路各城之大概也。北路從哈密起程，北行一百九十五里逾抵天山之陰，沿山西行一百七十里至巴里坤，巴里坤西行七百一十里至奇臺縣，奇臺九十里至古城，古城西北行九十里至濟木薩，濟木薩西行三百二十里至阜康縣，阜康一百三十里至烏魯木齊，即今之迪化府，爲新疆省會。烏魯木齊西北行九十里至昌吉縣，昌吉西行九十里至呼圖壁，呼圖壁一百六十里至綏來縣，綏來三百三十里至庫爾喀喇烏蘇，庫爾喀喇烏蘇三百七十里至晶河，晶河西南行五百四十里至伊犁之綏定城，即今伊犁府綏定城。東行一百二十里至固爾扎，即金頂寺，今設寧遠縣。與俄國交界，再前從庫爾喀喇烏蘇分路，西北行一千二百餘里至塔爾巴哈臺，爲北界極邊，此北路各城之大概也。統計全疆，東界安西州，東南界青海、蒙古，南界西藏，西南界布魯特，及克什米爾、圖伯特等部。西界布魯特及色勒庫爾，西北界哈薩克，北界科布多，東北界阿拉善及喀爾喀蒙古。東西七千八百餘里，南北三千餘里，周圍二萬餘里。

　　① 葱嶺南河：葱嶺南河、北河之名，首見酈道元《水經注》所引道安《西域志》，具體所指歷來説法不一。此處南河指葉爾羌河，北河指喀什噶爾河。徐松《漢書西域傳補注》：“其实河有三源也。河出葱嶺者二：一曰葱嶺南河，其河東源爲聽雜阿布河，西源爲澤普勒善河，合爲葉爾羌河；一曰葱嶺北河，其河西源爲雅璊雅爾河，東源爲烏蘭烏蘇河，合爲喀什噶爾河。”另參後《瑪拉巴什》《葉爾羌》《河道》諸詩。

　　② 青烏家：堪輿家。鄭樵《通志》：“漢青烏子善術數。《神仙傳》有青烏公。”

　　③ 南懷仁(1623—1688)：比利時傳教士，字敦伯，又字勳卿。康熙初入中國傳教，治曆法，官至工部侍郎，逝於北京，謚勤敏。撰有《坤輿圖説》。

　　④ 魏默深：魏源(1794—1856)，字漢士，號默深。湖南邵陽人。清代思想家、史學家、政治家。道光二十五年(1845)進士，官高郵知州。著有《古微堂集》《聖武記》《海國圖志》等。《海國圖志》：“葱嶺得名，以《西域記》山嶺葱翠之説爲正，顏師古謂産野葱，陋不足辯。”

　　⑤ 喀喇玉爾滾：一作哈拉玉兒滾、哈喇裕勒袞。《西域同文志》：“哈喇裕勒袞，回語。哈喇，黑色；裕勒袞，紅柳之在道旁者。柳陰深黑，故名。”《西域圖志》：“哈喇裕勒袞，在拜屬之雅哈阿里克西一百二十里，西距阿克蘇城一百八十里。”今新疆温宿縣屬。

　　⑥ 真臘：一作占臘、吉蔑。《新唐書·南蠻傳下》：“真臘，一曰吉蔑，本扶南屬國，去京師

二萬七百里。"今柬埔寨。

　　⑦ 竇固：(？—88)，字孟孫，扶風平陵(今陝西咸陽)人，東漢名將。東漢永平十六年(73)任奉車都尉，與耿秉出擊北匈奴，大破呼衍王。謚號文。

　　耿秉(？—91)：字伯初，挾風茂陵(今陝西興平)人，東漢將領。封美陽侯，謚號桓侯。

　　⑧ 長春子：丘處機(1148—1227)，字通密，號長春子，山東登州棲霞人。道教全真道掌教、思想家。南宋嘉慶十二年(1219)，應詔赴阿富汗境内興都庫什山八魯灣行宫謁見成吉思汗。弟子李常志據其經歷撰《長春真人西遊記》。

　　⑨ 瑪拉巴什：即巴爾楚克，道光十四年(1834)在其地築瑪拉巴什城，今新疆巴楚縣。見前福慶《異域竹枝詞》"舊巢瓦覆緑琉璃"詩注⑩。

　　⑩ 塔哈努勒：一作塔喀克。《西域同文志》："塔喀克，回語。水閘也。"《西域圖志》："塔喀克，在喀提里什北二十五里，東傍和闐達里雅，西南距額里齊城三百五十五里。"在今新疆墨玉縣境。

聽園西疆雜述詩卷二

分 述 各 城

哈 密

一

　　中原門户古伊吾，出關前赴新疆，首爲哈密。哈密，古伊吾廬地，漢置宜禾都尉①，爲屯田兵鎮之所。晉置宜禾縣，隋置伊吾郡。唐改名西伊州，後稱伊州。五代稱胡盧磧，元封族子忽納失里② 爲威武王。忽納失里卒，其弟安克帖木兒③ 立。明永樂二年，安克帖木兒遣使朝貢，改封忠順王，建哈密衛，後爲吐魯番所有。地當西域咽喉，全疆要隘，中原之門户也。舊有雄藩駐此都。國朝定鼎，四裔咸賓。回部伯克額貝多勒拉，自康熙五十三年早已投誠内附。居哈密，後因擒獲準噶爾逆酋，受一等扎薩克郡王，編旗分視蒙古。迨同治初，郡王伯錫爾④ 殉難，加封世襲親王，世效忠款，列藩孔道。萬仞天山横北郭，一泓清瀨下南湖⑤。天山在城北九十里，自西而東，横亘天際。山巔積雪暑月猶厚，在低處者三、四月間漸消。萬壑群山，雪水溶溶，流成河道。一水自南山口而來，南流百餘里，經哈密城北。其城東五里許有清泉自崖下湧出，聚成一湖，流出亦入於河。又一水發於南山口之東石人子地方，南流繞蔡湖，經哈密城南轉至城西，兩水會合，再西南流百餘里，注於南湖。

① 宜禾都尉：東漢明帝永平十六年(73)置於伊吾盧，領屯田事。

② 忽納失里(？—1402)：又作納忽里、兀納失里。元末哈密守將，初封武威王，後改肅王。

③ 安克帖木兒(？—1405)：明朝哈密王。忽納失里之弟，嗣王位。永樂二年(1404)改封忠順王。

④ 伯錫爾：一作博錫爾(？—1867)，哈密維吾爾族郡王扎薩克多羅貝勒額爾德錫爾子。道光十二年(1832)晉封多羅郡王。同治三年(1864)加親王銜，署哈密幫辦大臣。同治六年死於新疆民變，追封和碩親王，其子邁哈默特襲爵。

⑤ 南湖：《新疆圖志》："必柳嶺有二水。……又西南流，徑哈密城東，爲賽巴什湖。河又西南流，至沙山子西，有庫巴什嶺水南流來會。庫巴什嶺水有二源，西源曰庫巴什湖，東源曰龍王廟泉。兩源合流，徑哈密城西，與城東之水交會，即哈密河也。河南流，匯爲小南湖。又南流，匯爲大南湖。"

二

野闊山深十萬家，哈密東、西、南三面一望無邊，可種之地近城甚少。城以西則頭、二、三堡，及三道嶺、瞭墩①等處站口地方。每隔數十里有腴地一區，人煙聚處，產糧頗多。城之東北望山而行，過沙磧百餘里，由石人子入天山峽口。自此東行深入山谷五百餘里，節節居民耕種，統名之曰東山，爲哈密出糧之境。又城東近山之地九十里爲廟兒溝，再七十里爲芨芨臺②。兩處水旺土腴，皆成鄉井。廟兒溝有回王避暑行館，園林臺樹，小具規模，在崇山峻嶺之下。院外果林數里，堤連巷曲，深徑成幽，亦雅靜足適。自芨芨臺傍山行五十里，至塔爾納沁城，此爲官兵屯田之所，山泉響震，草木深茂，地廣潤，稱爲皇工，以頭、二等工名目區分之。有屯田都司駐沁城經理其事。東南即連大漠，傍山入峽爲土呼魯，仍系纏頭回部所居，與東山通道矣。約計哈密所轄，東西不下千里，一線遙連，舊稽纏民曾十萬有奇。**王宮臺樹舊繁華**。哈密扎薩克回子親王駐回城内。王府在城東隅，附牆築臺，高出城上。頭、二門内，正宅三層，皆在平地。宅之右即拾級登臺，臺上屋舍回環。懸窗下瞰，其内院也。宅左步長廊，更進一門，則園林在焉。亭臺數座，果樹叢雜，名花異草，列盆成行，儼然内地風景。皆其老王伯錫爾在京都供差六年，屢以重價蒐求遠道載歸者。舊日王宮實稱華麗，自同治三年大遭賊毀。其時老王殉節，其子邁哈默特③嗣位後，僅將臺上住宅草草經營，聊備棲止。迨十二年秋，陝回白彥虎④竄出關外，城復爲部民從匪之玉素普等内應襲破，擄王夫婦及其母同去，府中所有，又掠一空。幸得辦事大臣文麟公遣將督兵，追擊三百餘程，奪王夫婦歸。惟其母被擄先逃，追之莫及。後三年，回王遣使至南八城迎轉，兩番經難，故王府久未興復。**三城鼎峙⑤平沙岸，落日牛羊起暮笳**。哈密漢城在河之西南岸，回城在河之西北岸。同治五年，方伯文麟公授哈密辦事大臣，由甘、涼募勇首先出關。比因舊城已毀，瓦礫彌亂，即於河之東南岸另築一城。駐衙署，列市肆，從新草創，呼爲新城，三城均距三四里。時户部尚書景廉公爲副使，復於新城北門外里許築壘爲行轅。其後景公任烏魯木齊都統，率部前進，北路厄魯特以錫綸公⑥代之。及錫公調塔爾巴哈臺參贊大臣，則代之者明春公。於十二年冬率健銳一軍到哈，仍駐景公舊壘。迨十三年大中丞張公曜於時以廣東提督總統河南嵩武軍,奉命與左相國⑦會辦新疆軍務,先抵哈密,始將舊城闢荒修補,暫駐行軍。光緒元年,烏里雅蘇臺將軍金順公授幫辦新疆軍務大臣,率沿邊馬步諸軍出關,進駐巴里坤古城一帶。二年夏,爵大司馬劉公錦棠⑧統率湘軍會征關外,一鼓而進。又有楚軍、蜀軍、皖軍、豫軍繼之,絡繹於境。楚軍留駐哈密者數營,豫軍僅調四營,至哈停扎,旋轉北直。四年,左相國以督辦出臨哈密,在於河之東北岸高敞長坪中舊名孔雀園地方建立大營,壯如城郭,與新城相對峙。由是街道大興,商隨營集,自明公營外起,穿過新城,直達舊城西北隅,約長四里有奇,平磧構廬,店舍鱗比,市鎮喧填,百貨銜尾輻輳,實爲從來未有之盛。未幾全疆蕩平。六年冬,左相入關,奏請將欽差大臣關防交爵大司馬劉公代之。是時奏准開設行省,新疆各城大興工作。九年於哈密舊城高築厚垣,廣加三倍,就舊城爲西南隅,衙署皆移於內。十年,劉公奉命巡撫新疆,以烏魯木齊爲省會。其時張中丞率帶所部由喀什噶爾東歸入覲,金將軍簡授伊犁進駐防所,其餘各軍或遣散還鄉,或凱旋原省,大經裁減。哈密大營隨扎省城,所有商民鋪戶亦移至省城開設,而哈密街市幾荒廢矣。哈密一城舊駐辦事大臣一員、幫辦大臣一員,專摺奏事,彈壓回部。回王應奏之件均由辦事大臣轉奏。並設理事通判一員、蔡湖巡檢司一員,管理地方。又副將一員、中軍都司一員、塔爾納沁城屯田都司一員,以及千把之屬。後因設省,歸撫院⑨總辦,裁去辦事衙門,餘仍其舊。地產豆、麥、糜、穀、鹽、煤、瓜果,平定後食物價賤,民情較南八城醇樸,輸納孔殷⑩。回子親王按期朝覲,貢土物,甚恭順。道里自安西州四百里至石人子地方,入哈密界起,三十里至猩猩峽,九十里至沙泉子⑪,八十里至苦水,一百四十里至楄子煙墩,九十里至長流水⑫,八十里至黃蘆岡,二十里至一棵樹⑬,三十里至新莊子⑭,十里至蔡湖,十里至哈密,途中除黃蘆岡、一顆樹、新莊子、蔡湖四處有地可種,間有居民,餘皆戈壁。

① 瞭墩:清代驛站,地當今哈密三道嶺煤礦西北。

② 茇茇臺:清代驛站,地當今新疆巴里坤縣茇茇檯子村。

③ 邁哈默特(? —1882):伯錫爾之子,1867 年襲爵親王,爲第八世哈密王。光緒八年(1882)病歿,無子嗣,女婿沙木胡索特襲爵位。

④ 白彥虎(1830—1882):同治年間陝甘民變回民軍領導人之一。被清軍擊敗後,於同治十二年(1873)底率衆出關,與阿古柏勾結作亂。敗退後逃入俄境,其部衆後裔爲今中亞東干人。

⑤ 鼎峙:三方鼎立。《三國志·吳書·孫權傳》:"故能自擅江表,成鼎峙之業。"

⑥ 錫綸公:錫綸(? —1888)字子猷,博爾濟吉特氏,滿洲正藍旗人。同治十年(1871)以頭等侍衛任哈密幫辦大臣。十二年任烏魯木齊領隊大臣。光緒三年(1877)授塔爾巴哈臺參贊大臣。

⑦ 左相國:左宗棠(1812—1885)字季高,湖南湘陰人。道光十二年(1832)舉人,歷任浙江巡撫、閩浙總督等職。光緒元年(1875)以陝甘總督授欽差大臣,督辦新疆軍務,平定阿古柏之亂,因功授二等侯爵。諡文襄。

⑧ 劉公錦棠:劉錦棠(1844—1894)字毅齋,湖南湘鄉人。光緒二年(1876)隨左宗棠收復新疆,任總理行營營務,因功授太常寺卿,晉二等男爵。六年任欽差大臣督辦新疆軍務。光緒十年新疆建省,爲首任巡撫。十五年離任。

⑨ 撫院：明代設置。各省巡撫例兼都察院右副都御史，故稱撫院，清沿明制。此處指新疆巡撫。

⑩ 孔殷：繁多。白居易《除裴堪江西觀察使制》："江西七郡，列邑數十。土沃人庶，今之奧區。財賦孔殷，國用所繫。"

⑪ 沙泉子：一作沙泉，清代驛站名，位於星星峽與苦水之間。《新疆圖志》：沙泉驛回語稱爲庫木納克，"言有沙有水也，防兵什，旅店三，泉水苦"。

⑫ 長流水：清代驛站名。《新疆圖志》：長流水驛舊稱額鐵木兒，"蒙語高坡出泉也，防兵什，旅店四，居民二十餘家，樹木鬱然"。

⑬ 一棵樹：《新疆圖志》：一棵樹在城西四十里，"有小泉灌溉地畝"。

⑭ 新莊子：一作東新莊。《新疆圖志》："城東二十里。漢民居之。"

闢　展

闢展城臨小澗邊，西來剛過黑風川。井疆蕞爾人聲寂，沙草坡中數點煙。

闢展，《通鑑》作皮禪。皮禪者，回語謂草積也。其東南古屬樓蘭①，今皆戈壁，無人煙水草。唐名莫賀延磧，宋名大患鬼魅磧。自胡桐窩經十三間房以至七格騰木②，春夏多怪風，名風戈壁。《明史》稱爲黑風川。闢展土城一座，周約二里餘，負低小山坡。北臨澗水，南北皆大山。而北近祁連，尤接山麓。城只東西二門，設巡檢，屬吐魯番同知，今仍其舊。街市冷淡，近城居民稀少，產糧之境在西南大川中，徵收歸巡檢分理。自哈密起程傍天山西行，七十里至頭堡，二十里至二堡，四十里至三堡，七十里至三道嶺，五十里至沙棗泉腰站，五十里至瞭墩，八十里至一碗泉，七十里至車箍轆泉③，至此出哈密界矣。北路巴里坤適當山後，山中有峽，行三四日可達，此間稱爲小南路④。故此後兩站歸巴里坤管屬。七十里至七個泉⑤腰站，四十里至胡桐窩，兩處穿走叢林，柴薪極廣。再七十里至惠井子⑥腰站，五十里至鹽池⑦，入吐魯番地界。再一百八十里至七格騰木，此站頗遠，幸中途一處名土墩子⑧，間有水，可小息，離七格臺四十里。再行九十里至闢展矣。往年大路必由十三間房地方經過，其地常多怪風，人易迷失，且仍無水草，今改由北邊，穿走天山之麓，大勝彼處。

① 樓蘭：漢代西域古國。參前曹麟開《塞上竹枝詞敍》注⑮。

② 七格騰木：一作齊克騰木、齊克塔木、七個臺、七格臺，清代臺站，唐代爲赤亭守捉，今鄯善縣七克臺鎮。

③ 車箍轆泉：今作車軲轆泉，屬今哈密七角井鎮。

④ 小南路：清代由哈密至伊犁和南疆有北路、南路、小南路。小南路指由哈密至奇臺的捷徑，具體路線爲瞭墩、一碗泉、七角井、色必口、白山子。此路既避開北路天山險阻，又避開南路風區，且無官府稽查，商人或部分官員入疆多走此道，在清代因實際情況時有封禁。

⑤ 七個泉：一作七個井子，地當今哈密市七角井鎮。

⑥ 惠井子：清代驛站，地當今哈密市灰井子溝。

⑦ 鹽池：今鄯善縣東北西鹽池。

⑧ 土墩子：清代新疆地名土墩子者不止一處，此指鄯善縣三十里大墩烽火臺，清代設驛站。陶保廉《辛卯侍行記》："六十五里土墩子驛。大墩在驛後，回名克勒克。"

魯　克　沁

遥指南山識柳中，分封和卓建王宮。效忠安守桃源境，不許諸夷有路通。

闢展東通哈密，西至吐魯番，西南行九十里則爲魯克沁。按魯克沁當即古之柳中也，柳中或名柳谷①，據《漢書》狐胡國②王治車師柳谷後之注。考者引後漢班勇爲西域長史，屯柳中。《後漢書》所記諸國道里，俱以去長史所居爲率，是疑柳中即柳谷也。地在吐魯番東南一百五十里，廣安城③郡王居此。雍正初，回酋額敏和卓避準噶爾侵擾内徙瓜州。乾隆十九年以從征有功，封郡王，分土世居，今吐魯番回民皆其所部。其地土城一座，約二里餘，東西兩門，南倚沙山，接連大漠，以抵峻嶺，嶺外皆西番部落，無路可通。風景頗佳，僻處一隅，不當孔道。初設辦事大臣，駐闢展。後設領隊大臣，駐魯克沁城，均裁撤久矣。按和卓即和卓木，史云猶華言聖裔也。今審其音，當作霍家葰，凡呼官宦之子亦然。每見彼中人名，有此三字冠首者，非聖裔必宦嗣也。史作和卓木者，大抵當時由西北邊境漢人所記，譯以彼土音呼和卓木，原與霍家葰三字混合，蓋翻譯但取音諧，不拘字義。即如克寒之書可汗，亦誤於西北俗音，在當時記述者不自知其音屬一方，致令天下後世特爲二字添作一音耳。

① 柳谷：地方不一，注語中胡狐國柳谷地當今吐魯番市大小草湖附近。蕭雄此處將柳中與柳谷混淆。

② 胡狐國：漢代西域國名。《漢書·西域傳下》："胡狐國，王治車師柳谷，去長安八千二百里。户五十五，口二百六十四，勝兵四十五人。輔國侯、左右都尉各一人。西至都護治所千一百四十七里，至焉耆七百七十里。"

③ 廣安城：乾隆四十四年（1779）築，賜名廣安。舊爲額敏和卓所居，號安樂城。即今吐魯番市。

吐　魯　番

道出紆回火焰山，高昌城郭勢連環。疏泉穴地分澆灌，禾黍盈盈萬頃間。

吐魯番，漢車師前王庭。元帝時置戊己校尉，屯田於此，以地勢高敞，名高昌壁。拓跋魏①時，闞爽②始立國於高昌，自稱高昌王。唐太宗平高昌，披其地皆州縣之，號西昌州，魏徵諫不納。後改西昌州曰西州，更置安西都護府，歲調千兵守之。唐宋稱吐番，元明稱吐魯番，一名土爾番，後爲回紇所據。城約三里，南北二門，賜名廣安，有回城一座在西北，廣如之，相距二里許。城西二十里雅爾湖③，爲漢之交河城，唐之西州城。城東百里哈拉火卓，爲元之火州。今廣安城當即唐之田地城④，校尉所治處也。城外一望長坪，勢據高崖，崖之南低窪，長川河流其處，對峙南山，中隔數十里。其耕種之地皆在崖上，川中河水低，不能引。而崖北所傍之山系嶺下平岡，夏無雪水流潤，幸山腳地中多泉，穿地成渠，暗流於數尺之下，節節有孔汲灌，名爲卡兒水⑤。居人富户開此以獲利，視人所澆地畝多寡，秋後收糧償價。土宜豆、麥、糜、穀、苧麻、瓜果、葡萄，而棉花、芝麻尤爲大宗，能供各城販運。《唐書》謂麥禾皆再熟，亦未必然。此處向歸烏魯木齊都統統轄，不在南八城之內，設撫民同知一員、照磨⑥一員，今仍其舊，屬鎮迪道。自闢展而來，七十里至連木沁⑦，其地水旺土腴，小山環繞，清秀饒裕。再九十里繞出火焰山爲勝金口⑧，山不甚高，路左遍山紅土，並無異處，惟聞雨後山頭土熱，甚傷赤足。路右一小山，頂甚平，中立鐵柱，望之高可八九尺，圍約二尺餘，尚光澤，土人皆稱郭子儀⑨繫馬處。按郭令公未曾至此，當是傳訛，未知何人遺跡。再九十里至吐魯番城。

① 拓跋魏：鮮卑人拓跋部，曾建立北魏、西魏政權。

② 闞爽：本北涼人，生卒年不詳。北魏在太延五年（439）攻陷北涼都城姑臧，爽趁時據高昌，自署郡太守，後投柔然。其後人在柔然幫助下重新在高昌稱王，史稱"闞氏高昌"。

③ 雅爾湖：今新疆吐魯番市雅爾乃孜溝。地有交河故城，一作雅爾和圖、崖兒城，漢代車師前王國都城。《漢書·西域傳下》："車師前國，王治交河城。河水分流繞城下，故號交河。去長安八千一百五十里。"麴氏高昌時期置交河郡，唐代改交河縣，後設安西都護府於此。

④ 田地城：即唐代柳中縣，原爲高昌國屬城。

⑤ 卡兒水：坎兒井。是新疆乾旱少雨地區的一種地下水利工程，由地面渠、地下渠和澇壩三部分組成，長達幾公里甚至幾十公里。主要分佈在吐魯番。

⑥ 照磨：主管文書照對磨勘的官員。元代始置，明清時期沿設。

⑦ 連木沁：一作連木齊木。《西域同文志》："連木齊木，回語。連木，外燥内潯之地；齊木，有草之泥。其地土軟有草，故名。"《西域圖志》："連木齊木，在闢展城西八十里。"地當今鄯善縣連木沁鎮。

⑧ 勝金口：陶保廉《辛卯侍行記》："勝金口驛，回呼愛克斯。"自注謂："漢人以驛舍由勝金臺移此山口，遂呼勝金口。"今吐魯番市勝金鄉。

⑨ 郭子儀（697—781）：華州鄭縣（今屬渭南）人，唐代著名政治家、軍事家。安史之亂時率軍勤王，收復長安、洛陽，以功加司徒，封代國公、汾陽郡王。諡號忠武。

羅　卜　淖　爾

蒲昌海上黑婁①居，牧樹全無只食魚。一種窮黎隔人世，煙波刳木自相與。羅卜淖爾即蒲昌海。回語羅卜，匯水之區也；淖爾者，海也。一曰泑澤，一曰鹽澤，一曰牢蘭海，在吐魯番正南五百里，昆侖河源。經南八城成大河，會合衆流，聚歸於海。自海中入地伏流二千里，至星宿海之上遊湧出爲黄河。海邊平沙廣野，煙水彌漫，沿海多生胡桐，大者合抱。海之南荒洲之外復多水眼，大小方圓，不知其數。周或三四里，或七八里，勢如棋佈，散爲小海，大約因地虛潰陷使然。洲中聚處一種回人，與各城回部迴别，肌粗色黑，言語多有不同。無耕種，亦非遊牧，但用大木刳成小舟浮海捕魚，或煮或燒，以供日食。采取野麻子爲餌，捕哈什鳥②，剥皮衣之。或得水獺等皮，及哈什鳥翎，持往各城售賣，以易布匹。深處海隅，別成世界，外人亦無至者。初不知有中國，亦不與各回部相通，當即黑婁之苗裔也。乾隆二十二年，尚書果毅公追沙拉期逆黨③，蒐尋至此，招撫歸入版圖。當稽丁口二百零八户，大小男女一千二百六十餘。旋於其中擇派伯克數人，以成統屬。每年交納海龍皮九張，其哈什翎一百支，嗣奉旨停其進送。西北至哈喇沙爾亦五百餘里。近時間有出境至吐魯番與哈喇沙爾者，形狀極黑，衣不蔽體。見人似畏避，慣野處，遇各回人亦不與言，偶有疾病輒委之於野，生死聽之。親人不敢近前，慮其傳染，但不時遥望而已。

　　① 黑婁：一作哈烈、黑魯。《明史·西域傳》：“黑婁，近撒馬兒罕，世爲婚姻。其地山川、草木、禽獸皆黑，男女亦然。”位於今阿富汗西北。此指羅布泊附近居民，即羅布人。

　　② 哈什鳥：哈什爲維吾爾語 ghaz 音譯，意爲鵝或鳥類的總稱。此指天鵝。

　　③ 尚書果毅公：阿里袞（？—1777）字松崖，鈕鈷禄氏，滿洲鑲黄旗人。乾隆二十四年（1759），以軍功加一雲騎尉，並爲一等果毅公。授參贊大臣留葉爾羌辦事，二十五年回京後歷任禮部、户部尚書等職。

　　沙拉期：一作色拉斯、沙拉斯，準噶爾部衆。《西域圖志》：“沙拉斯有二宰桑，人三千户，爲一鄂拓克。”

哈　喇　沙　爾

一

　　局勢盤旋鎖一關，焉耆城近海西山。東流雪浪如奔馬，爲繞輪臺去復還。

　　哈喇沙爾，古焉耆、危須①二國地。漢焉耆王治員渠城，一説員渠在城之東南九十里特伯爾古地方，即今所名清水河②者。又據《漢書》危須國“王治危須城，西至焉耆百里”，危須既在焉耆之東，未知果在烏沙塔拉③一帶，抑系清水河爲危須？而焉耆即是哈喇沙爾也，然以山國④下所載道里計之，則焉耆轉在危須之東百里，是皆一書自相矛盾處。唐設焉耆都督，西境爲烏壘城，即漢之都護治所。回語哈喇者，黑也；沙爾，城也，以城久色黑故名。其地四面皆山，中開沃野，關隘最緊，城東南百里許，有海子。《水道記》所謂博斯騰淖爾⑤也，城西五里即開都河，俗呼通天河。廣約三里，水深且急，設船以供渡。再東北流入於博斯騰淖爾，復自淖爾之西南溢出，回流數十里。經開都河之南，又西南流百里，再折而南，入山。經哈爾哈阿漫⑥軍臺，危磯吞吐，駭浪潷湃，有聒耳眩目之勢。再西南入於葉爾羌大河，水勢之回繞，未有至於此極者。哈喇沙爾城周三里餘，北近大山，此處系土爾扈特部落所分。城鄉無回户，其回民聚處之地，在所屬之東西兩屯。東屯爲庫爾勒，在城西一百四十里，適當古所謂遮留谷之口。西屯爲布古爾，在城西六百里，即漢之輪臺地也。城中向有辦事大臣衙門，因開省未復，其撫民同知一員、照磨一員、布古爾巡檢司一員，今仍其舊。西上自吐魯番六十五里至布幹臺⑦，五十五里至托克遜，九十里至蘇巴什⑧，六十里至阿哈布拉⑨，六十里至桑樹園⑩，八十里至榆樹溝⑪。自蘇巴什東境至此二百餘里，一線深溝，兩山壁立，險隘非常。再一百四十里至庫木什⑫，中以新井子爲腰站，即唐時所謂銀山道⑬也。九十里至烏沙塔拉，一百二十里至清水河，即特伯爾古，九十里抵城。統計全疆，以此處爲適中之地。

　　① 危須：漢代西域國名。《漢書·西域傳下》：“危須國，王治危須城。去長安七千二百九十里。”位於今新疆和碩縣東部。

　　② 清水河：此處清水河地當今新疆和碩縣特吾里克鎮，清代設驛站。

　　③ 烏沙塔拉：一作烏什他拉、烏沙克塔勒。《西域同文志》：“烏沙克塔勒，回語。烏沙克，小也。其地有小柳林，故名。”《西域圖志》：“烏沙克塔勒，在哈喇沙爾城東二百十五里。”今和碩縣烏什塔拉鄉。

　　④ 山國：漢代西域國名。《漢書·西域傳下》：“山國，王去長安七千一百七十里。”顏師古注：“常在山下居，不爲城治也。”位於今和碩縣東北。

　　⑤ 博斯騰淖爾：《西域圖志》：“博斯騰淖爾，在哈喇沙爾城南四里。東西袤三百餘里，廣半之，周七百餘里。亦名待雅海子。”今稱博斯騰湖，爲中國境內最大的內陸淡水湖。

　　⑥ 哈爾哈阿漫：一作哈勒噶阿璊，即哈爾阿滿。《西域同文志》：“哈勒噶爾璊，準語。哈勒噶，謂道路；阿璊，謂口。地當山口，故名。”在今新疆庫爾勒北部孔雀河源頭哈滿溝，古稱遮留谷。

　　⑦ 布幹臺：清代臺站。《新疆識略》：“迤北至吐魯番底臺一百二十里，南至托克遜臺七十里。”

　　⑧ 蘇巴什：參前沈峻《輪臺竹枝詞》“擁髻仙人下玉京”詩注②。

　　⑨ 阿哈布拉：泉名，一作阿格爾布拉克，《大慈恩寺三藏法師傳》中作阿父師泉。在今新疆托克遜縣庫米什鎮。

　　⑩ 桑樹園：一作桑園，清代驛站，地當今托克遜縣西南馬鞍橋。

　　⑪ 榆樹溝：清代驛站。《新疆圖志》：“七十里喀喇和色爾驛，又名榆樹溝。”溝中多榆。在今新疆和碩縣境內。

　　⑫ 庫木什：一作庫穆什，山嶺名。《西域圖志》：“庫木什阿克瑪塔克，在蘇巴什塔克北谷口西南一百四十里。自蘇巴什北谷迤邐西南行十里，漸聞水聲，遍谷皆淺水，山勢漸狹，兩崖壁立，人行其間如一線天。又里許即沙灘，又二十里有大石崎嶇者二處，車不能行。……按回語庫木什，銀也；阿克瑪，積而不散之謂。庫木什阿克瑪塔克，即《唐書》所謂銀山磧也。”今附近有庫米什鎮。

　　⑬ 銀山道：唐代西州至焉耆的大道。《新唐書·地理志》：“自州西南有南平、安昌兩城，百二十里至天山西南入谷，經礌石磧，二百二十里至銀山磧，又四十里至焉耆界呂光館。”大體爲今314國道所經。

二

南部匈奴爵土分，山前牧養舊承恩。準噶爾有四衛拉特，猶言四大部。衛拉特即《明史》所稱瓦剌也。四部者，綽羅斯部、都爾伯特部、和碩特部、土爾扈特部，元脫歡太師乃其始祖。綽羅斯居首，是爲準噶爾。明崇禎時土爾扈特爲準噶爾所逼，投入鄂羅斯境。乾隆三十五年，其汗渥巴錫率其部落由鄂羅斯來投誠內附。朝廷賜爵有差，授地爲牧放之所。南部落共有四旗，系分哈喇沙爾地方。俗以牲畜爲業，不事耕種，故境內皆爲草場，氊幕穹廬，分段遊牧。郡王居城北大山之下，離城九十里，名其地爲王爺府。按準噶爾四姓於漢屬匈奴右地，及烏孫、車師。於唐爲突厥沙陀，凡伊犁一帶皆其部落。今科布多等處所居之厄魯特是其後裔也。本元之阿魯臺部，其聲訛爲厄魯特。可汗不敢揚軍令，點湊天家鐵騎屯。匈奴、突厥，自古爲强兵講武之地。自我朝統一寰宇，退荒效順，不敢稱王，而訓練久經廢弛矣。然其善騎射，精槍法，皆平時遊山獵獸所習慣而成自然者，仍不失爲健兒身手。故全疆肅清後，辦理善後事宜，曾於哈喇沙爾部落內招集馬隊一營，名爲土勇，即令駐防彼處一帶，亦甚安嫻。

庫　　車

葦橋西去壯圖開，城據危坡地阜財。當日龜茲震西域，卻教宛馬盡東來。

庫車，古龜茲國地。一名柳陳，又名魯陳。唐稱爲邱茲，一曰屈茲。《元史》作庫徹。庫，謂此地也；車，謂窅井①也，地有窅井，故名。唐貞觀間，置安西都護，並統于闐、碎葉、疏勒四鎮。儀鳳時吐蕃攻没四鎮，追後王孝傑②破吐蕃，仍復四鎮，置都護，以鐵騎三萬鎮守龜茲。考龜茲在漢雄長西域，最爲强盛。吕光③上疏言，龜茲三十六國之中，入其國城，天驥龍鱗，騾裹丹髦，④萬計盈廄。今庫車城南數十里，有古龜茲城舊址。庫車土城一座，憑立高墈⑤，約圍四里餘，周開四門，有險可據。東、南、北三面環山，平川三百餘里，東繞大河，土宜植種。其北面大山邊一帶，地中所産美利尤多，若善爲道之，民間之饒裕可立致也。向系辦事大臣駐守，今改設撫民同知一員、照磨一員，爲直隸廳。城南九十里系所屬之沙雅爾城，周約二里餘，平衍處百餘里。厄爾勾河⑥從庫車西南境內東流，在其城南經過西上，從哈喇沙爾九十里至哈爾哈阿漫軍臺，四十里出遮留谷之山口，十里至庫爾勒，回語謂能眺望，言地勢開敞也。四十里至上户地⑦，系新名。一百四十里至庫爾楚⑧，此又準部語，謂當忌諱，緣地多古墓，過者易病也。九十里至野人溝⑨一帶，深林多藏熊虎。五十里至策大雅爾⑩，七十里至洋薩爾，地近雪山。九十里至布古爾，此回人臨陣奮勇之謂，古曾於此禦敵，故有此名。東有葦湖，湖上一橋，爲西入回疆必由之路，《漢書》所謂土橋也，有巡檢分司其地。自此前往，過喇依素河⑪，登戈壁，一百里至阿爾巴特⑫，七十里至戈壁腰站，七十里至托和奈，六十里至庫車。

① 窅(yuān)井：《左傳·宣公十二年》："目於窅井而拯之。"杜預注："窅，烏丸切。《字林》云，井無水也。"

② 王孝傑(? —697)：京兆新豐(今陝西臨潼)人，唐朝名將。長壽元年(692)任武威道總

管征討吐蕃,收復安西四鎮。神功元年(697)討伐契丹可汗孫萬榮,兵敗墜谷而死。贈夏官尚書、耿國公。

③ 吕光(338—399):字世明,略陽臨渭(今甘肅秦安)人,初爲前秦將領,後建立後涼政權,謚號懿武皇帝。

④ 天驥、龍鱗、丹髦:與駬裏均爲駿馬名。

⑤ 墈(kàn):山崖,陡岸。

⑥ 厄爾勾河:一作額爾勾河。《西域圖志》:"額爾勾郭勒,在庫車東南。西承烏恰特達里雅、額什克巴什郭勒,合而東流,爲額爾勾郭勒。又東流六百餘里,北會海都郭勒。又東二百二十里,入羅布淖爾。"塔里木河的一段。

⑦ 上户地:地當今庫爾勒市上户鄉。

⑧ 庫爾楚:一作車爾楚。《西域同文志》:"車爾楚,準語。忌諱之詞。地多古墓,經者多病,故名。"今庫爾勒市庫爾楚鎮。

⑨ 野人溝:今輪臺縣野雲溝鄉。

⑩ 策大雅爾:一作策達雅、策特爾。《西域同文志》:"策特爾,回語。謂氈廬也。舊曾安營於此,故名。"今輪臺縣策大雅鄉。

⑪ 喇依素河:一作拉依蘇。庫車縣與輪臺縣交界處的界河。

⑫ 阿爾巴特:一作阿巴特。《西域同文志》:"阿巴特,回語。欣幸之詞。其地舊爲瘠土,後生水草,宜耕種,居人從而幸之也。"《西域圖志》:"阿巴特,爲庫車最東境,西距庫車城二百里。"地當今庫車縣二八臺。

拜　　城

姑墨河山何處尋,水分三派繞城闉。際今窮髮皆編户,付與鳴琴佐理人。

拜城,古姑墨國地,即《地理志》之阿悉言①城。漢時王治南城,王莽時姑墨王丞殺温宿王,並其國。後爲回紇所有,名其地曰拜,謂富厚也。城東八十里爲賽里木,古之俱毗羅②城。其地均近北山,有木扎特河,俗名通長河③。河分三支,東一支經賽里木之東,西二支經拜城之西,距拜城二十餘里,入於渭幹河地方。川原平坦,土腴潤,山亦產銅。舊日拜城爲阿克蘇所屬之屯堡城,周僅里餘。因開省設爲拜城縣,城池悉經新創,遐荒異域,胥郡縣之。唐太宗所云"使窮髮之地,盡爲編户",此真編户矣。往年南八城纏民,每城係派阿奇木伯克管轄,貪婪無厭,恣意索取,民多不堪,今視同内地,人民衽席④春臺,可知樂利。我朝綏邊以德,實爲超邁往古。南路置縣,自拜城始設知縣一員、典史一員,屬温宿直隸州。其賽里木城,則縣中屬地也。自庫車而來,四十里至鹽水溝⑤,山峽險要。一百二十里至赫色爾⑥,過河四十里至賽里木,八十里抵城。

① 阿悉言:《新唐書·地理志》:"安西西出柘厥關,渡白馬河,百八十里西入俱毗羅磧。經苦井,百二十里至俱毗羅城,又六十里至阿悉言城。"位於今拜城縣西南。

② 俱毗羅：唐代龜兹國城名。見上注①所引《新唐書·地理志》文。地當今拜城縣賽里木鄉。

③ 通長河：倭仁《莎車行紀》：“初十日，過木扎特河，俗名通長河。”今作銅廠河，木扎特河流經拜城縣至庫車縣間的一段。

④ 衽席：《周禮·天官·玉府》：“掌王之燕衣服、衽、席、牀、第，凡褻器。”鄭玄注：“鄭司農云：衽席，單席也。”賈公彥疏：“衽席者，亦燕寢中臥席。”

⑤ 鹽水溝：今庫車西北至拜城的山間通道，清代置驛站。《新疆圖志》：“庫車城西四十里鹽水溝，兩山相夾，險要可扼，唐時拓厥關當置於此。”又：“札和拉旦驛。驛傍山麓，官店一。俗名鹽水溝，以水味鹹苦，不堪取飲也。”

⑥ 赫色爾：一作赫色勒。《西域同文志》：“赫色勒，回語。謂紅色。土色近紅，故名。”《西域圖志》：“赫色勒，在赫色勒郭勒西五里，南距木素爾郭勒五里，西距賽喇木城二十五里。”今拜城縣克孜爾鄉，克孜爾千佛洞所在地。

阿　克　蘇

一

阿蘇城踞北崖連，四野蒼茫大地圓。穆素峰前憑檻望，萬家煙樹繞晴川。

阿克蘇，古溫宿國。溫宿，本阿蘇之混音。阿蘇，即阿克蘇之省文也。回語阿克，白也；蘇，水也，以地多白水，故名。城郭亦近北山，在穆素達阪大山前，蒙古謂冰爲穆素爾，謂嶺爲達阪。國朝褚廷璋①詩《阿克蘇》云：“天邊冰雪鬱嵯峨，穆素峰高朔氣多。”即指此山也。其地高崖壁立，上平坦，就勢挖掘成城，垣墉連貫，中有門通，南向各開一門。崖之下再築土牆，圍抱三城南面。城北系戈壁，低於城遠。從沙石中砌堤爲渠，引水穿過三城，以供汲用，清泉奔赴，西去流入於河。南望地勢漸低，形如釜底。有大河四道，環繞平川流去。平衍之地方圓五百餘里，所屬城堡十餘處，樹林稠密，炊煙相接，遠望蔚然。土性肥沃，各種皆宜，豆、麥、糜、穀之外，並多水田，種稻米，長大而潔白，熟之香軟且腴，似秫而爽，味加於洋米。沿山産物尤多。西土精華，此其一處，素稱富庶，故俗較奢侈，風景與南中略同。

① 褚廷璋（? —1797）：字左莪（é），號筠心，長洲（今江蘇蘇州）人，清代學者、詩人。乾隆二十八年（1763）進士，官至翰林院侍讀學士。參與《西域圖志》《西域同文志》的編纂，有《筠心書屋詩鈔》傳世。

二

新築南郊百雉城，蜆旌①漢使領分巡。一官守土人應笑，民牧牛羊我牧民。

阿克蘇地方原有辦事大臣統轄，駐在舊城，今改設爲温宿直隸州，管屬拜城一縣。另於西南三十里築新城一座，廣厚加倍，以爲漢城，駐衙署。而舊城概作回城，裁去辦事衙門，設分巡東四城兵備道於此。東四城者，哈喇沙爾廳、庫車廳、烏什廳暨温宿州也。直隸州知州一員，管理本州錢糧詞訟，兼轄屬縣，悉如各省定制。又吏目一員、巡檢一員、道庫大使②一員，其各城阿奇木以及大小伯克概行裁撤，改充鄉約農官，爲地方紳士。自拜城過木扎特河，四十里至鄂依斯塘③，八十里至察木齊克④，一百四十里經戈壁路至哈拉玉爾滾，回語謂柳陰叢黑也。再六十里至札木⑤，蒙古語謂地當要道也。八十里至阿克蘇，自哈密至此計程三千六百四十里，皆向西行。

① 蜺旌：《文選》卷八司馬相如《上林賦》：“拖蜺旌，靡雲旗。”張揖注：“析羽毛，染以五采，綴以縷爲旌，有似虹蜺之氣也。”此指彩飾的旗幟。

② 道庫大使：清代地方政府所置雜職官員，掌管庫藏，從九品。

③ 鄂依斯塘：一作鄂玉斯塘、鄂依斯塔克齊克，清代軍臺。《西域圖志》：“鄂依斯塔克齊克臺，自拜城臺西至此九十里。”位於今新疆拜城縣温巴什鄉。

④ 察木齊克：一作察爾齊克。《西域圖志》：“（哈喇裕勒袞）東行一百里名察爾齊克，爲阿克蘇東界。”位於今拜城察爾齊鄉。

⑤ 札木：一作扎木。《西域同文志》：“札木，蒙古語。道路之謂。地當孔道，故名。”《西域圖志》：“扎木，在哈喇裕勒袞西南八十里，西距阿克蘇城一百里，自此北行一百里爲阿爾巴特。”今新疆温宿縣佳木鄉札木臺。

烏　　什

山環路轉入深幽，石阜重城古尉頭①。河勢競趨温宿境，邊風先報海天秋。

烏什即烏赤，系山名，古之尉頭國也。其地有小石山突出，高十餘丈，即於山上築城。城之南相隔十數里，群山環之。北則遠峙大山，中開平野，方圓四百餘里。所屬村莊十有一處。城北二里許有托什罕河②，經流源於西南山中。東橫大河一道，自北面雪山流出二水，周資灌溉。直出阿克蘇南境會合東下，地爲回疆西北極邊，以視喀什噶爾猶在西南，阿克蘇猶是東南，故此爲最要。其西北大山中一帶，即與俄羅斯立牌分界之所，俄國境内互市之哈拉河③地方，由此十日可到。其初阿克蘇屬烏什，嘉慶二年始分出爲專城。今設烏什直隸廳撫民同知一員、照磨一員，歸阿克蘇道管屬。從阿克蘇西行八十里至察哈拉克④，八十里至阿查塔克⑤，八十里抵城。自此前往，再無驛路。其有峽口可通之處，皆安設卡倫，分派弁兵駐守，以防外夷窺伺。城南二十里巴什雅哈木⑥地方，河之南岸有間道通喀什噶爾城，路險而捷。乾隆間將軍兆惠⑦公由阿克蘇定喀什噶爾，蓋由此道出其不意。其山口可通諸布魯特，西南三十里察什啓林⑧地方之山口與正西七十里碧得爾⑨山口均有路通布魯特。正北五十里塔爾⑩地方入山口，有間道可達伊犁，計程一千三百餘里，其往俄國哈拉河即由此道分路。

① 尉頭：漢代西域國名。《漢書·西域傳上》："尉頭國，王治尉頭谷，去長安八千六百五十里。户三百，口二千三百，勝兵八百人，左右都尉各一人，左右騎君各一人。東至都護治所千四百一十一里，南與疏勒接，山道不通，西至捐毒千三百一十四里，徑道馬行二日。"故址在今新疆烏什縣。

② 托什罕河：即托什干達里雅。見前王芑孫《西陬牧唱詞六十首》"鼎峙三城姑默墟"詩注④。

③ 哈拉河：一作哈喇河。《新疆圖志》："喀什噶爾西南北三面山口甚多，近通布魯特、帕米爾、安集延，遠通西域各國。距回城三十里之霍爾罕卡倫，屬中俄通商大道，自此至西俄境哈拉河，距喀什十二日程。"

④ 察哈拉克：清代軍臺名。《西域圖志》："察哈拉克臺，自阿察塔克臺東至此八十里。"今温宿縣恰特拉克鄉。

⑤ 阿查塔克：一作阿察塔克，清代軍臺名。《西域圖志》："阿察塔克臺，自烏什底台，東至此八十里。"今烏什縣阿恰塔格鄉。

⑥ 巴什雅哈木：一作巴什雅克瑪。《西域同文志》："巴什雅克瑪，回語。雅克瑪，禱晴之謂。回人曾於此山頭禱晴，故名。"《西域圖志》："巴什雅克瑪，在烏什城西南九十里，逾托什干達里雅至其地。"位於新疆烏什縣奧特貝希鄉巴什阿克瑪村。

⑦ 兆惠（1708—1764）：烏雅氏，字和甫，滿洲正黄旗人。清代著名將領。雍正九年（1731）授軍機章京，歷任兵部郎中、内閣學士、正黄旗滿洲副都統等。乾隆二十一年（1756），授定邊右副將軍，籌辦伊犁善後事宜。二十三年由伊犁往赴平定大小和卓之亂，以功曾封一等武毅謀勇公。

⑧ 察什啓林：一作察特西林。《西域圖志》："察特西林，在葉爾羌東北境，喀什噶爾達里雅流經其南，西南距葉爾羌城八百里。"佐口透《新疆穆斯林研究》："現在已找不到察特西林這個地名，其應在聯結恰迪爾·庫勒與阿克蘇的道路沿線。"地當今新疆巴楚縣恰爾巴格鄉東北部。

⑧ 碧得爾：一作畢底爾、别疊里、必特克里克。《西域同文志》："必特克里克，回語。比特克，題識之謂。行人題識於山間木石之上者，其地有之，故名。"今新疆阿合奇縣東北與烏什縣交界處别迭里山口。

⑨ 塔爾：疑爲哈拉塔爾，一作喀拉塔爾、哈喇塔勒。《西域圖志》："哈拉塔勒，在巴勒喀什淖爾南。"地當今哈薩克斯坦塔爾迪庫爾干。

瑪 拉 巴 什

千里荒沙行路難，孤城突起葦花灘。尚多腴地供耕鑿，風景人民自貼安。

瑪拉巴什本名阿克薩克瑪拉勒，回語謂有瘸鹿也，舊爲葉爾羌所屬城村。其云巴什者，彼中頭目之稱，或又因頭目得人，即以之呼其地。又葉爾羌舊路由戈壁橫捷而來，前往阿克蘇東，下按站設臺，此名五臺，各臺所需之糧，因地處適中，設倉於此。乾隆間曾由葉河船運，以河淤尋罷，故又名倉臺。地當廣野之中，西、南、北三面大山，均隔千里以外。但有邱巒起伏，盤旋錯雜，勢似犬牙，土厚之處甚多。又得葉爾羌流出之葱嶺南河，喀什噶爾流出之葱嶺北河，鉅派雙環，會於境內，故土尤肥潤，耕獲最豐且易。城在兩河之間，與南河相近，設爲瑪拉巴什廳撫民通判一員、照磨一員，歸喀什道管屬。又因爲喀、葉兩城扼要之地，設參將一營駐守。城東多葦湖，再東爲巴爾楚克，有村莊近北河，聚居人民一區。北河南岸遍生胡桐，名樹窩子，足供采取。其東南境紅柳窩地方，兩河會合即成野湖，名其湖爲小羅卜淖爾。一帶胡桐雜樹蔓野成林，自生自滅，枯倒相積。小山亦重復其間，多藏猛獸，水草柴薪實稱至足，但不及近山城邑別有奇珍耳。西上從阿克蘇分路西南行，八十里渡河至渾巴什[1]，六十里至洋阿里克[2]，兩處均有居民耕種。一百里至都齊特[3]，皆戈壁。七十里至伊拉堵[4]，五十五里至烏土斯克滿[5]，舊爲葉城第十二臺。阿、葉在此分界，六十里至恒阿里[6]，七十五里至車底庫爾[7]，此處周圍有樹，中有池塘，數日皆沙路，再入山中並沙路。八十里過蘇巴什河至巴爾楚克，六十里至吉格搭[8]，六十里抵城。

　　[1] 渾巴什：一作庫木巴什，清代設臺站。《西域同文志》：“庫木巴什，回語。庫木，沙也。地有沙阜陡起，故名。”《西域圖志》：“庫木巴什，在科布魯克東五里，托什干達里雅北十五里，西北距阿克蘇城九十里。”今阿克蘇市庫木巴什鄉。

　　[2] 洋阿里克：一作英額阿里克，清代設臺站。《西域同文志》：“英額阿里克，回語。新水渠也。”《西域圖志》：“英額阿里克，在烏朱瑪西北三十里，托什干達里雅西南十里，西北距阿克蘇城一百五十里，又南百里爲都齊特。”地當今阿瓦提縣英艾日克鄉。

　　[3] 都齊特：一作都奇特，清代設臺站。《新疆識略》：都齊特臺，“九十里至葉爾羌所屬之伊勒都臺”。在今阿克蘇市英艾日克鄉沙井子區域。

　　[4] 伊拉堵：一作伊勒都，清代臺站。位於今新疆巴楚與柯坪交界處。

　　[5] 烏土斯克滿：一作烏圖斯克滿、烏圖斯克璊，清代軍臺名。位於今巴楚縣夏河胡楊林場境內。

　　[6] 恒阿里：一作汗阿里克、罕阿里克。《西域同文志》：“汗阿里克，回語。汗，稱其君之詞。地有水渠，因之以溉官田，故以汗名。”《西域圖志》：“汗阿里克，在密什雅爾北，逾河至其地，南距葉爾羌城四十里。”今莎車縣闊什艾日克鄉。

　　[7] 車底庫爾：一作車底庫勒、察的爾庫里，清代設臺站。位於今巴楚向東北部恰特里村。

　　[8] 吉格搭：一作吉格達沙馬力克，地當今巴楚縣夏馬勒牧場。

喀 什 噶 爾

一

迢遥疏勒峙邊雄，據水憑山物産豐。喀什噶爾，漢之疏勒國，唐時曰佉沙，王居迦師城，突厥以女妻之。儀鳳時吐蕃破其國。開元十六年始遣使册其君安定爲疏勒王。喀什者，初也；噶爾，創也，大約因葱嶺以東之回教創自此耳。地當西北極邊，以南北論之，雖較烏什稍南；以東西論之，較烏什而更西也。北之烏什，南之英吉沙爾，皆與其東境相連。西憑葱嶺，北望中幹，南則葱嶺一支群峰繞出，而東面亦山環其半矣，平衍處方圓六百餘里。二水分流其間，以發源西北山中之烏蘭烏蘇河爲大流，至霍木什科布木什地方，與英吉沙爾流出之河皆匯而爲一，即爲葱嶺北河。沃土豐盈，居民林總，往年喀、英額徵糧石，較阿克蘇數倍。額徵普兒，較阿克蘇竟數十倍。又每年交納棉花一萬三千六百餘斤，紅花三千五百數十斤，其富庶大可想見。**天使墓門千載在**，城東五里許有一塋園，據稱爲布拉尼墩等先人嗎哈木諦敏之墓。園無別物，只一空亭，頂圓而尖，中植枯樹一株，名曰公波斯[①]。回人男女老少敬奉甚篤，每逢禮拜前一日，爲此間禮拜之期。黎明男女擁集，盥浴誦經，拜畢始散，歷傳至今，無稍懈忽。各城阿渾等多有遠來朝拜者。但考《地球圖説》，麥加城爲摩哈麥所生之城，又一城名麥地拿，系教主葬處。按摩哈麥即瑪哈穆特，即所稱之瑪哈木諦敏也。麥加與麥地拿，皆在紅海之濱，紅海在西印度外。又《明史》載阿丹[②]默德那地有教祖穆罕默德之墓，墓前有玄石，各國回人皆歲往禮拜，地在西藏之西八千餘里。按默德那即麥地拿之訛音，穆罕默德亦即瑪哈穆特。兩徵所紀是教主之墓，原不在此也。《海録》載南印度之馬喇他[③]國爲回回種類，凡拜廟，廟中不設主像，惟於地上作三級，取各花瓣遍撒其上，群向而拜。或中間立一木椎，望之祝告稽首。此處亭中枯樹即是木椎之意，且皆呼爲瑪雜爾。瑪雜爾者，回語謂廟之詞，廟不必墳，或但設神位而已，惟布拉尼墩等奉爲先塋。《瀛寰志略》：“西域稱摩哈麦爲派罕巴爾，華言天使也。其苗裔稱和卓木，華言聖裔也。巴達克山、塔什干，皆其支派，而霍集占兄弟稱大宗。”按布拉尼墩系霍集占之兄，據稱是彼先塋，則所葬者固是教主一脈。又按教主在天方，其後至二十六世瑪木特玉素普[④]始東遷喀什噶爾城，據此則爲瑪木特玉素普之墓無疑。回人之爭趨頂禮，或爲敬六百年前始遷之教祖，或以敬教祖之聖裔者敬教祖，或因世遠無徵，不知遷於中葉，而誤會爲開基之教祖也，三説俱爲應有之義。**海邦商旅一途通**。喀什境内西、南、北三面山口甚多，近通布魯特、阿賴[⑤]、色勒庫爾、安集延各外夷，遠通俄羅斯並西域各國。各口皆有卡倫防守，惟回城西北三十里地名霍爾罕，爲西塞總卡倫，設官稽查，尤爲緊要。此與俄羅斯通商大路，凡俄商往來必由此路行走，不許繞越。自此前去連設三卡，防察甚嚴。俄國亦設領事官，寓在回城西北十餘里之處，經理通商各事。中國由此處運貨入俄境者，即在哈拉河地方售銷，距喀什十一二日程。其地設有官司，照料周密，凡過秤之物，有公秤作架高懸於場，以示無欺。例以十二兩爲一磅，若中國之斤數也。貨出代爲斂值，並護送出境。

①　公波斯：一作拱拜孜，參前成書《伊吾絶句》“玲瓏華蓋象天文”詩注②。此處沿《回疆志》之誤：“喀什噶爾城東約五里餘有一塋園，土人名之曰嗎雜爾，乃回酋布拉尼墪等先祖嗎哈木竒敏之墳墓。園内有空亭一座，高圓而尖，中（直）[植]梧木一株，名曰公波斯，回人敬奉之爲神。”

②　阿丹：今阿拉伯半島也門共和國亞丁（Aden）港。

③　馬喇他：印度馬拉塔王國，一作馬拉特。17 世紀末，馬拉塔人爲反抗莫臥兒帝國而建立，1818 年爲英國滅亡。

④　瑪木特玉素普：參前王曾翼《回疆雜詠》“千年枯木竟能神”詩注②。將瑪木特玉素普視作默罕默德第二十六世後代，爲附會之説。

⑤ 阿賴：見前施補華《馬上閑吟》"椎冰鑿雪謁官人"詩注②。

二

防邊新築將臺高，喀什噶爾舊駐都統爲總辦，所部八旗駐防員弁，較各城尤衆。新疆往例，每路程兩站設筆帖式①一員，每站設外委兵丁五名、回子十户、馬十五匹、牛數隻、車數輛、驢數頭。每卡倫一處，駐侍衛一員、滿兵五名、漢兵六名、回子十名，大卡尚有加額。三年換防一次，凡出關、入關員弁兵卒，皆給車支送。自光緒五年肅清後，奏准開省，均照内地章程，舊缺多未議復，奉旨將烏魯木齊提督改設喀什噶爾，遂於漢城建牙②開纛，督鎮雄邊。所有東西各城即將本標應設弁兵，相地分佈，興修衙署，各專防守，廟謨③周密，實節費而崇統威也。其大小員缺兵額，余入關時尚未設定，未能細述。**駐馬分巡獬豸④勞。疏附後先爭效順，添來小邑試牛刀。⑤**今以喀什噶爾爲疏勒直隸州，設知州一員、吏目一員，分舊日漢城爲州治。城東南二十里有回城，置爲疏附縣，屬於州，與州境中分界限，知縣、典史治之。又設兵備道，分巡西四城暨瑪拉巴什等處地方。衙署駐在縣城，庫大使附之。西四城者，喀、英、葉、和，即今之疏勒、莎車、和闐三州並英吉沙爾廳也。自瑪拉巴什西北行，沿北河南岸七十六里至屈爾蓋⑥，五十四里至哈拉克沁⑦，七十里至玉代里克⑧，一百一十四里至龍口橋⑨，七十二里至英阿瓦臺⑩，六十里至牌素巴特⑪，八十里至雅爾雅滿⑫，七十四里至疏勒州城，自瑪拉巴什起經由此處前赴和闐，所記里數皆經弓丈度准。

① 筆帖式：滿語 bithesi 音譯，辦理文字及文檔工作的書記官，均選自旗人，一般爲七、八、九品，是旗人子弟入仕的重要途徑。

② 建牙：古時邊塞民族建立王庭。李德裕《賜回鶻可汗書》："我國家統臨萬寓，列塞在陰山之南；先可汗總率本部，建牙於大漠之北。各安土宇二百餘年。"此處指建立提督府。

③ 廟謨：即廟謀、廟算。《後漢書·光武帝紀下》："明明廟謨，赳赳雄斷。"李賢注："《淮南子》曰：'運籌於廟堂之上，決勝千里之外。'"

④ 獬(xiè)豸(zhì)：傳說中的異獸，古代御史大夫等執法官戴的獬豸冠，代指御史。蔡邕《獨斷》："(法冠)今御史、廷尉、監平服之，謂之獬豸冠。獬豸，獸名，蓋一角。"

⑤ "添來"句：化用蘇軾《送歐陽主簿赴官韋城四首》其一："讀遍牙籤三萬軸，欲來小邑試牛刀。"指小試身手。

⑥ 屈爾蓋：地當今新疆巴楚縣阿納庫勒鄉曲許爾蓋村。清代設臺站。

⑦ 哈拉克沁：一作喀喇克沁、卡勒克沁，地當今新疆伽師縣喀拉黑其爾鄉。清代設臺站。

⑧ 玉代里克：一作玉帶里克、玉代克利克，地當今伽師縣玉代克力克鄉。清代設臺站。

⑨ 龍口橋：《新疆圖志》引《新疆圖説》："烏蘭烏蘇河至喀什噶爾木什回莊南，又東流一百餘里，徑回城南、漢城之北，迤邐東去，三百餘里，至龍口橋。"在今伽師縣境内。清代設驛站。

⑩ 英阿瓦臺：一作尹阿瓦提、英阿瓦提、洋阿爾巴特。新疆以英阿瓦提爲名之地又多處，此處地當今伽師縣英阿瓦提村。

⑪ 牌素巴特：一作牌租阿巴特。《西域同文志》："牌租阿巴特，回語。牌租，天賜之謂；阿巴特，欣幸之詞。回人於此誦經祈祝，以邀天賜，故名。"《西域圖志》："牌租阿巴特，在阿爾巴特東一百六十里。……西距喀什噶爾城二百里。"地當今伽師縣。

⑫ 雅爾雅滿：當爲雅滿雅爾，一作牙滿牙、雅瑪雅，地當今新疆疏勒縣亞曼牙鄉。

英 吉 沙 爾

依耐①當年是小邦，邊風雖勁尚敦厖②。引渠多種山前地，一曲夷歌士女雙。英吉沙爾，漢之依耐國。原與蒲犁、無雷等國皆西夜類。唐爲朱俱波③，亦名朱俱盤，並有西夜、蒲犁、依耐、得若④四種。回語謂城爲沙爾，英吉者，新也。城在喀什噶爾東南一百六十七里，正當葱嶺橫山之下，西連布魯特遊牧部落，南則與安集延、巴達克山相通。土田風景悉如喀什舊日，合而爲一，統爲十六城村，今置英吉沙爾廳，設撫民同知一員、照磨一員，隸於西四道，所屬城村五處，幅員户口約如喀什之半。引河爲渠，足資灌溉，家給户裕，耕鑿相安。南疆俗好圍浪⑤，一男一女對舞同歌，不分歲時，輒以此取樂，亦升平景象也。自喀什八十里至雅卜藏⑥臺，八十七里抵城。

① 依耐：漢代西域國名。《漢書·西域傳上》："依耐國，王治去長安萬一百五十里。……東北至都護治所二千七百三十里。"故址位於今英吉沙縣以南山中。

② 敦厖：即敦厖。《左傳·成公十六年》："是以神降之福，時無災害，民生敦厖，和同以聽。"杜預注："敦，厚也。厖，大也。"此指樸實敦厚。

③ 朱俱波：魏晉時期西域國名。杜佑《通典》："朱俱波，後魏時通焉。亦名朱居盤國，漢子合國也。今並有漢西夜、蒲犁、依耐、得若四國之地。在于闐國西千餘里。"在今葉城縣一帶。

④ 得若：《後漢書·西域傳》作德若："德若國領户百餘，口六百七十，勝兵三百五十人。東去長史居三千五百三十里，去洛陽萬二千一百五十里，與子合相接。"在今葉城縣一帶。

⑤ 圍浪：一作韋囊。見前祁韻士《塞外竹枝詞·回樂》詩注②。

⑥ 雅卜藏：一作雅布藏、岳普爾和。《西域圖志》："岳普爾和，在提斯袞南三十里，北傍赫色勒郭勒，北距喀什噶爾城八十里。"地當今新疆岳普湖鎮。

葉 爾 羌

征軺南指入莎車，煙火連村十萬家。河水交流千嶂雪，蜂房分鬧兩城衙。葉爾羌，漢莎車國，北魏渠莎國，或謂古罽賓地。罽賓，今之克什米爾也，又以爲大食、月支之地，其地唐以後并入于闐，明稱葉爾奇木。葉爾，謂土宇；奇木，大也，又稱葉爾羌。《異域錄》作伊爾欽。大山障其南，即葱嶺繞出之群峰也。西與布魯特毗連，往來城市者絡繹不絕。北則荒沙彌漫，除由瑪拉巴什有路可通，餘皆隔阻。轄境東西一千數百里，南北亦及千里。大河二道，一名澤普勒善河，一名聽雜布河①，源於西南數百里霍羅木、色勒克奇扳、玉拉里克、霍什霍魯克四處山口②，流至城之東北莫克里特③，合爲一河。西北行至愛吉特虎④臺之東北，折而東北行，前經巴爾楚克地方，入山東下，即葱嶺南河也。城中有潦堨七十六處，以滿洲潦堨爲最大。城周六里餘，所屬城村二十八處，户口多於喀什，而富裕有加。設爲莎車直隸州，又於莫克里特置葉城縣，爲莎車屬邑，州屬吏目一員，新城巡檢司一員，縣屬則典史而已。兩城犄角，談者稱熱鬧焉。大路自英吉沙爾東南行，五十三里至托和布拉⑤，五十四里至察木倫⑥，六十七里至河色爾⑦，五十三里至科科惹瓦⑧，九十七里抵州城。其往年臺路久經荒廢者，今仍開出成站，核計自城八十里至愛吉特虎，九十里戈壁路至賴里克⑨，地多胡桐，九十里至邁瑪特⑩，九十里草湖路至阿朗格爾⑪，六十里過河，至瑪拉巴什，共只四百一十里，較由喀什大路便捷多矣。

① 聽雜布河：一作聽雜阿布、提孜那甫。《西域同文志》："聽雜阿布謂斯騰，帕爾西語。聽雜，平緩之意；阿布，水也。河流平緩，故名。"《新疆圖志》："葉爾羌河二源，一爲澤普勒善河，一爲聽雜阿布河。……西北流，折而東北流，過葉城縣，入莎車府境。又東南流，入巴楚州境，爲資拉甫河。左與澤普勒善河會。"

② 霍羅木：一作伯克霍羅木、喀喇闊魯穆、哈拉合拉木。今作卡拉胡魯木，地當葉城縣南喀喇昆侖山口。

色勒克奇扳：一作色勒克奇攀、沙來克達阪，今作色日克達坂，在葉城縣哈拉斯坦河源處。

霍什霍魯克：一作和什庫珠克、霍斯庫魯克。《西域同文志》："和什庫珠克達巴，回語。庫珠克，機軸也。兩峰之間，路徑層折如之，故名。"《西域圖志》："和什庫珠克，舊對音爲霍斯庫魯克。在喀什噶爾城西五百里，哈喇庫勒西北。"在今塔吉克斯坦境内。

③ 莫克里特：徐松《西域水道記》："莫克里特亦曰邁格特也。"在今巴楚縣阿瓦提鎮與麥蓋提縣附近，清代置軍臺。

④ 愛吉特虎：一作愛吉特呼，清代軍臺。《西域圖志》："愛吉特呼臺。自葉爾羌底台東至此七十里。"地當今莎車縣艾里西湖鎮。

⑤ 托和布拉：一作托普拉克、托撲魯克、托布拉克。《西域同文志》："托撲魯克，回語。托撲，會和之謂。其地居人五方萃聚，故名。"地當今英吉沙爾縣托普魯克鄉。

⑥ 察木倫：清代軍臺。《西域圖志》："察木倫卡倫。在英噶薩爾城東北境。"地當今英吉沙爾縣克孜勒鄉喬木倫村。

⑦ 河色爾：一作黑子爾，清代軍臺，地當今英吉沙爾縣克孜勒鄉。

⑧ 科科惹瓦：一作科科熱依瓦特，清代軍臺，地當今新疆莎車縣庫熱瓦特鎮北部庫熱瓦特村。

⑨ 賴里克：一作賴力克、賴里特，清代軍臺。《西域圖志》："賴里特臺。自愛吉特呼臺東至此九十里。"地當今莎車縣墩巴格鄉。

⑩ 邁瑪特：一作邁里那特、邁納特、邁拉特。即邁格特，見本詩注③。

⑪ 阿朗格爾：清代軍臺。《西域圖志》："阿郎格爾臺。自邁納特臺東至此九十里。"地當今巴楚縣阿拉格爾鄉。

和　　闐

一

東走長途葱嶺邊，平開沃野是于闐。六城煙雨生金玉，雞犬桑麻別有天。

和闐，漢之于闐國。《唐書》：“于闐，或曰瞿薩旦那，亦曰渙那，曰屈丹。北狄曰于遁，諸胡曰豁旦。並有漢戎盧、扞彌、渠勒、皮山五國。”故地在葱嶺東南境。大山淩空，廣野無極。城距山腳，猶數日程不等。舊稱六城，和闐其總名也。本城名依里齊①城，當即漢之西城、唐之西山城，歷爲王所都者。城西北六十里爲哈拉哈什，東南十里爲玉隴哈什，正東一百八十里爲策勒村，再東一百四十里爲克里雅，再東南一百八十里爲塔哈努勒，是爲和闐六城。另有小地方一處名塔瓦克②，向出銀礦，近因人民寥落，不徵銀，只徵糧。今稱和闐七城者，兼此處而言也。境內大河二道，一玉隴哈什河，一哈拉哈什河③，又小河一道名玉斯庫爾④，皆源於西南山中，東流而合，《史記》所謂昆侖旁源也。地氣温和，土脈腴潤，種植之宜，甲於各城。居民於百穀、棉花、瓜果、園蔬外，並繞屋栽桑，以事蠶織。至於土中自產之利，則白玉、黃金，又中外所共實也。户口三倍於葉爾羌，各處自爲郙下，一隅僻處，而菁華聚焉，褚廷璋詩云：“今日六城歌舞地，唐家風雨漢家煙。”讀之可想見勝概。

① 依里齊：一作額里齊、依里其。《西域同文志》：“額里齊，回語。居民環城之謂。”《西域圖志》：“額里齊，舊對音爲伊立齊，距京師一萬二千一百五里。和闐境內村莊櫛比，最著者凡六城，曰額里齊、曰哈喇哈什、曰玉隴哈什、曰車呼、曰塔克、曰克爾雅。六城咸屬和闐，而額里齊當道衝，爲之首。”今和田市。

② 塔瓦克：地當今和田洛浦縣他馬克力鄉。

③ 哈拉哈什河：一作哈喇哈什河。《西域同文志》：“哈喇哈什，回語，黑玉也。河中多產黑玉，故名。”爲和田河西源。

④ 玉斯庫爾：《回疆志》：“和闐所屬地方，左右有大河二道，一名合泰，一名克里雅克素，小河一道名玉斯庫爾，其源俱來自西南大山。”

二

更從東鄙起城闉，分課農桑兩地春。此外四邊皆大漠，漫憐官吏在風塵。

以依里齊城置爲和闐直隸州。其東境之克里雅城，分置爲于闐縣以屬之。州設吏目巡檢，縣設典史，各爲勸助，自縣而往，地無鄰封。《西域記》“于闐東行，入流沙，沙礫流漫，人行無跡，四望茫茫，莫知所指。行四百餘里，至睹貨羅故國，國久空曠，城皆荒蕪。從此東行六百餘里，至折摩馱那故國，即沮末地，城郭巋然，人煙斷絕。又東行千餘里，至納縛波故國，皆已淪入瀚海”云云，固自于闐東望玉關，遙遙天際矣。南則彌漫沙野，接連後藏諸山，自古不通人跡。北與阿克蘇對峙。而荒沙大澤，二者隔之，以地勢論，雖自喀什噶爾折轉而東者，已一千三百餘程，究屬山南邊極。若比較缺分，則全疆之最佳處也。路程自葉爾羌東南行，七十八里至坡斯坎①，一百零八里至洛河②臺，一百三十四里至綽洛克③臺，八十九里至固瑪爾④臺，九十里至木吉⑤臺，一百一十二里至帕爾幔⑥，一百一十七里至雜瓦⑦，七十里至哈拉哈什，六十里至和闐州城，自州東行三百二十里至于闐縣。以上述南路。

　　① 坡斯坎：一作坡斯恰木。《西域同文志》："坡斯恰木，帕爾西語。坡斯，謂皮毛；恰木，謂少。猶去不毛地也。"《西域圖志》："坡斯恰木，在雅哈阿里克南三十里，逾河至其地，北距葉爾羌城七十里。"今新疆澤普縣之波斯喀木鄉。

　　② 洛河：一作洛火克、洛河克亮噶爾，清代臺站名。今葉城縣屬。

　　③ 綽洛克：一作喬拉克、居洛克、楚魯克。《西域同文志》："楚魯克，回語。枯樹椿也。"《西域圖志》："楚魯克，在哈爾噶里克東南七十里，西北距葉爾羌城二百九十里。"地當新疆皮山縣西部秋拉克。

　　④ 固瑪爾：一作胡瑪、固璊。《西域同文志》："固璊，回語。謂可疑也。初，其地人奉回教，後有逃去者，因以名之也。"《西域圖志》："固璊，在皮什南之東七十里，逾河至其地，西距葉爾羌城三百八十里。"今新疆皮山縣固瑪鎮。

　　⑤ 木吉：一作木濟。《西域同文志》："木濟，回語。謂地角也，偏隅之意。"《西域圖志》："木濟，在固璊東南八十里，東距葉什勒庫勒五里，西距葉爾羌城四百六十里。"今皮山縣木吉鄉。

　　⑥ 帕爾幔：一作披雅爾滿、帕爾滿。《西域同文志》："帕爾滿，回語。曉諭之意，相傳派噶木巴爾演教於此，故名。"清代臺站。在今新疆皮山縣皮亞勒瑪鄉。

　　⑦ 雜瓦：一作札瓦、皂窪勒。《西域同文志》："皂窪勒，回語。猶云消滅，蓋詛其人之詞。"《西域圖志》："皂窪勒，在哈喇哈什郭勒迤西二十里，東南距額里齊城一百二十里。"今新疆墨玉縣札瓦鄉。

巴　里　坤

伊州北度嶺崔巍，深谷穹窿四面圍。蒲類自爲耕牧地，滿城風景雪花飛。

　　北路首爲巴里坤，古移支、蒲類二國地。在天山之陰，天山自西而來，忽於木壘河以下蕩然中開，圍成大谷，直抵喀爾喀蒙古界之鹽池山。中空之處，東西四百餘里，南北百數十里，南即天山，幹崙障列雲表。北之山雖不甚高，而其廣厚亦在二百里之間，四面深圍，古之所謂榆谷①也。山北早入版圖，列爲郡縣，附於甘肅。巴里坤初設鎮西府，置有宜禾縣附郭，承漢晉宜禾之舊名。並與迪化一州，添鎮迪兵備道統之。後因費繁地小，改爲鎮西直隸廳，設撫民同知一員，以裁守令，而以照磨爲佐。武職有總兵官駐守，中軍以下，同城又有駐防旗兵，以領隊大臣統之，居滿城，與漢城聯絡。今爲行省，其鎮道、同知等官仍照舊章，惟領隊大員以無庸分地奏事，致經裁撤。古城亦然。所有滿營員兵皆遷至古城滿營合之，設城守尉管轄，歸伊犁將軍總統，以一事權。同治間，賊勢披猖，南北各城皆陷，僅有巴里坤城未經失守者。

地宜豆麥,民間頗有蓋藏,能供采運。草場甚廣,設有孳生馬廠,歸鎮標②弁兵經理。牧畜戶口,今皆漢民,無回部,餘惟附近蒙古人往來城中交易。城大而堅,逼近南山,多風雪,極寒冷,自哈密起程六十里至黑帳房③,在戈壁中,無人煙。六十里至南山口,入山峽四十五里,登至天山嶺首,上有關聖廟,並小鋪數家。三十里行下山路至松樹塘④,八十里至奎素⑤,四十五里至石人子⑥,在地畝中,四十五里至巴里坤。

① 榆谷:疏榆谷省稱。參前王芑孫《西陲牧唱詞六十首》"鎮西哈密限嵸峨"詩注④。

② 鎮標:清代綠營編制,指各省總兵直轄的綠營兵。

③ 黑帳房:清代營塘。《新疆識略》:黑帳房塘,"五十里至哈密底塘"。

④ 松樹塘:《西域圖志》:"松樹塘,蒙古語名招摩多,在奎蘇東南九十里。西距宜禾縣治一百六十里,是爲縣東南境。南逾庫舍圖達坂,至南山口,接哈密境。"位於今新疆哈密至巴里坤之間天山北麓。"至"字,句中原作"在"。

⑤ 奎素:一作奎蘇。《西域同文志》:"奎蘇,蒙古語。腹臍也。居中之謂。"《西域圖志》:"奎蘇,在石人子東四十里,西距宜禾縣治九十里。"今巴里坤縣奎蘇鄉。

⑥ 石人子:今巴里坤哈薩克自治縣石人子鄉。

奇　臺

　　西經谷壑出平蕪,城倚陰山俯壯圖。隔浦沙陀餘故壘,月明風冷夜吹蘆。

　　奇臺縣置自乾隆間,初屬鎮西府,後改歸迪化直隸州,今仍迪化府,領漢車師後國地。《漢書》:"後王治務塗谷。"按務塗,當是今之烏兔水①地方,在蒲類海西。烏兔,疑務塗之訛,或系勿突,即冒頓也。由巴里坤城西行,二百三十里抵此,深入亂山,別成谷壑。從此宛轉山行,二百里出大石頭峽口則豁然一開,天垂四野,眺望無極。再傍山行二百八十里至今奇臺縣城,南近天山,四郊平坦,北望遙天一抹,荒草芊綿者,沙陀故國也,舊稱富庶之區,山北州縣,推爲第一,俗有"金奇臺,銀綏來"之目。自經兵燹,百廢待興。縣令之外,學官、典史各一員。城東九十里木壘河,設有守備。城西九十里爲古城,唐之渠犁,有巡檢分司,設遊擊一營駐守,分汛於縣。古城領隊大臣所部駐防員兵另有滿城,相距二里,自失陷至荒廢,人亦寥落。曾移署於漢城內,今因設省,改領隊爲城守尉,遷烏魯木齊、巴里坤兩處駐防旗兵合之,築城以居,餘仍其舊。路程自巴里坤七十里至骨拐泉②,九十里至肋巴泉③,在海西南角,緊靠山隈,路旁有石牌坊,上鐫"鳴沙書院"四字,特立沙坡中。七十里至烏兔水,七十里至芨芨臺④,六十里至北山廟⑤,古廟尚存。二十里至色必口⑥一帶,皆山溪,有回民耕種川原。過此前往,崎嶇甚狹,三十里至大石頭,十二里出峽口,登戈壁,一百零八里至三個泉⑦,九十里至木壘河,九十里至奇臺縣。

① 烏兔水:一作務塗水,清代營塘。蕭雄將烏兔與冒頓混爲一談,純屬臆測。

② 骨拐泉:《新疆圖志》:"(巴里坤)城西五里大墩,五十里尖山子,二十里骨拐泉。"

③ 肋巴泉:清代驛站。地當今巴里坤縣下澇壩鄉下澇壩村。《新疆圖志》:"自此赴哈密分二道,東北由蘇吉經巴里坤城,西南由上肋巴泉經瞭墩,皆至哈密之路。"

④ 芨芨臺：清代驛站。地當今巴里坤縣芨芨臺子村。

⑤ 北山廟：在巴里坤噶順溝。《新疆圖志》：有界牌。"接奇臺東境官道"。

⑥ 色必口：一作色皮口、色壁口，清代軍臺名。地當今新疆木壘縣色必口村。

⑦ 三個泉：清代新疆地名三個泉者不止一處，此詩三個泉係驛站。《新疆圖志》："三泉驛即三個泉，舊阿克他斯臺移設於此。"地當今新疆木壘縣三個泉子。

濟　木　薩

　　渠犁西去見孤城，官吏還從一邑分。沃土居民安舊業，端州①遺跡認殘燻。

　　濟木薩，舊設阜康分縣，漢時山北六國地。唐之端州相近，元長春子《西遊記》言唐時北端州府，在濟木薩之北端，即都護合音，即爲北庭大都護府。一說北庭在烏魯木齊，此云濟木薩之北，當是今之後堡②地方，距濟木薩城三十里。彼處尤勝，出油、酒、粉條、紅綠煙等項，運往各城售賣。天山至此小折而南，濟城較奇古，離山稍遠，自古城西北，地低氣暖，水旺土腴，充足之户居多。設縣丞，理徵收詞訟。名雖分佐阜康，實則各成爲邑，並設參將一營駐守。西上，從奇臺九十里至古城，九十里至此。

　　① 端州：李志常《長春真人西遊記》所載爲"大唐時北庭端府。"蕭雄將之誤記作"北端州府"。端府即"都護府"合音。

　　② 後堡：俗稱護堡子、破城子。即今吉木薩爾縣北庭鄉境內的北庭故城。參前曹麟開《塞上竹枝詞》"戊己分屯遍海邦"詩注⑦。

阜　康

　　博克山前雉堞低，遺民煙火磧中微。一官還仗鄰封餉，署冷如冰吏亦稀。

　　阜康亦舊設，漢屬車師後王地，唐爲輪臺縣境。①在博克達山之下，城連低阜，南至山根數里，北望則遙空無際，土浮脈燥。本爲最瘠之區，縣官守此窮黎，每年全賴濟木薩分縣撥款供支，經久成例。自同治間大遭兵燹，更見蕭條。平定數年後，稽查丁口，僅得四百八十餘户，分地耕種，漢人、漢回各半。縣署僅有書吏二名、衙役四名，訓導則州學暫兼，其典史一官尤寂寞也。自濟木薩八十里至三臺，八十里至紫泥泉，七十里至柏楊驛②，九十里抵城。

　　① 唐代輪臺設置情況時間及地望，參前紀昀《烏魯木齊雜詩》"烽燧全銷大漠清"詩注②。蕭雄認爲唐輪臺地當今阜康縣，亦備一說。

　　② 柏楊驛：一作白楊驛，清代驛站名。《新疆圖志》："柏楊驛即今滋泥泉，俗名柳樹溝，又名時和堡，阜康縣屬。"地當今新疆阜康市滋泥泉子鄉附近。

烏 魯 木 齊

一

　　蕎從山麓繞層巒，城郭參差勢踞盤。烏魯木齊初爲額魯特公族噶爾丹所居。乾隆初平定準噶爾，闢其地爲郡縣，漢車師後部名金滿城，唐爲北庭，元初盡屬回紇畏吾兒，此名別失八里① 也。別失，一作鱉思，在天山之陰，天山至此亦名陰山。如長春子過沙陀，抵陰山。岑參《輪臺歌》"三軍大呼陰山動"，皆謂此處一帶，非《漢書·匈奴傳》遼東外之陰山也。天山一幹東來，忽於此橫出邱巒，勢低小短勁，環抱重復，城負山隈，若隱若現。東門俯臨山坡，西上大路行四五里，始出門口。西南城外則山開大壑，口甚狹而中闊數里。前抵達阪城，幹嶺直長二百里之遥，誠如堪輿家所言開天門、閉地户也。漢城峙其東，滿城峙其西，中隔百餘丈，復於兩旁空處築垣，聯絡而三，跨山臨溪，洵勝地焉。拜命疆臣② 新作省，安邊都護舊登壇。舊爲大都統駐扎處，設迪化直隸州，領昌、阜、綏、奇四縣，統以鎮迪道，附於甘省。都統總軍務兼吏治，州縣就近稟承六學③，文武生童例歸都統歲科考試，以省學政。其鄉試自光緒以前陝甘未分闈④時五千里直赴陝西，分闈後則往甘肅。綠營駐有提督大員，滿、綠標屬悉分衙署。光緒十年，欽差大臣劉公錦棠奉命巡撫新疆，擇爲省會，遂升迪化爲首府，即以州地爲迪化縣附郭，新設布政司衙門，惟按察事少，則以鎮迪道兼之。餘同各直省規模，屬吏咸備，仍歸陝甘制軍總督。而都統一缺致議裁減，所部旗兵遷古城，隸城守尉，省城另立撫標營，並將提督移駐南路喀什噶爾，以資分鎮邊要。

　　① 別失八里：一作別石八里、鱉思馬。突厥語音譯，意爲五城。《舊唐書·地理志》："胡故庭有五城，俗號'五城之地'。"在唐北庭都護府一帶。蕭雄注語中稱烏魯木齊爲唐北庭、別失八里有誤。參前紀昀《烏魯木齊雜詩》"雪地冰天水自流"詩注②，曹麟開《塞上竹枝詞》"戊己分屯遍海邦"詩注⑥、注⑦。

　　② 疆臣：鎮守一方的高級官吏。《續資治通鑒長編》卷三五六："西人復仇，以五月犯塞，疆臣戰没，士卒陷亡。"

　　③ 六學：周代所設小學、東學、南學、西學、北學、太學。《北史·劉芳傳》："案鄭注《學記》，周則六學，所以然者，注云：'内則設師保以教，使國子學焉；外則有太學庠序之官。'此其證也。"此泛指學堂。

　　④ 闈：科舉考試的考場。光緒元年（1875）陝甘總督左宗棠奏請甘肅、陝西鄉試分闈，甘肅鄉試在省城蘭州舉行。

二

　　遠控西南氣象雄，喧喧笳鼓肅邊風。馬嘶牧地晴郊綠，鐘打回崖古寺紅。

以回疆而論，自古以哈喇沙爾爲適中之地，且形勢亦屬甚佳。然合伊犁塔爾巴哈臺全勢論之，則適中當是今之省會。且南路在內，自宜坐鎮外庭，以制西南各處。可見奉旨準行之事，無非廟算周詳者也。此地向稱重鎮，景象繁華，西人曾有小南京之目。俗呼紅廟子，緣城北高崖上有紅牆古寺。按唐中宗景龍三年，楊公何[1]爲大都護，有龍興西寺[2]二石刻紀其功德，當即其處。城東四十里爲古牧地，有小城，分扎營弁，東自阜康九十里至此。由省前往伊、塔，出向西北。此處東西一帶，俗所稱關外富八站[3]。城西南大磧中一百七十里爲達阪城，即哈喇巴爾噶遜營，都司守之。舊設巡檢，今移於省，此爲山南北相通之路。自省城四十里至鹽池墩[4]，路旁有鹽池，五十里至柴俄堡，四十里至土墩子，四十里至達坂城，地處深谷，居民耕種。三十里過嶺至後溝，上嶺路平，下嶺路險，嶺下只小屋一家。三十里至白楊河，店二家，三十里至三個泉[5]，九十里至硴硴溝[6]。自後溝[7]至此，皆沙石地。六十里至吐魯番城，舊定驛傳。由白楊河分路，三十里至小草湖，九十里至托克遜，以達南八城。其遞吐魯番，亦必由托克遜轉遞東下。兩路均能行車，按達阪城之路，漢時往山北各國系由此行，我朝開邊以來，各爲一城，此道行旅尚稀，路荒僻，少店舍，今爲省會，南路官民往來絡繹，成通衢矣。

① 楊公何：楊何，生卒年不详，景龍三年(709)任北庭大都護，有政聲，四年調離。

② 龍興西寺：李志常《長春真人西遊記》："此大唐時北庭端府。景龍三年，楊公何爲大都護，有德政。諸夷心服，惠及後人，於今賴之。有龍興西寺二石刻在，功德焕然可觀。"唐庭州金滿縣境規模宏大的佛寺，有龍興寺、高臺寺、應運大寧寺。龍興寺因座落在故城西面，故名西寺。

③ 富八站：楊炳堃《西行記程》："自木壘河起至紅廟，又名富八站。"林則徐《荷戈紀程》："俗謂哈密至烏魯木齊有窮八站、富八站，戈壁頭以東八站爲窮，木壘河以西八站爲富也。"即木壘河、奇臺底臺、地窩堡臺、大泉塘臺、三台塘臺、滋泥泉臺、阜康底臺、輯懷城臺。

④ 鹽池墩：清代營塘名，地當今烏魯木齊縣柴窩堡鄉。《西域圖志》："鹽池墩，在州治南五十里，阿勒塔齊郭勒流其東。有鹽池墩塘。"鹽池即柴窩堡鹽湖，參前紀昀《烏魯木齊雜詩》"繡羽黃襟畫裏看"詩注①。

⑤ 三個泉：清代臺站名。見前紀昀《烏魯木齊雜詩》"驚飈相戒避三泉"詩注①。

⑥ 硴硴溝：陶保廉《辛卯侍行記》："蒙古語名根特克，漢人訛爲硴硴溝，舊設蘆溝驛，今廢。"參前紀昀《烏魯木齊雜詩》"峻坂連連疊七層"詩注③。

⑦ 後溝：烏魯木齊經達坂城至吐魯番所經的天山谷道。唐代稱白水澗道，敦煌文書P.2009《西州圖經》："白水澗道，右道出交河縣界。西北向處月以西諸番。足水草，通車馬。"

昌　　吉

孤城遙指鱉思[1]西，地回山違水漲堤。沿革想從昌八喇，一洲禾黍望高低。

昌吉當爲古之昌八喇城，屬回紇地。但據長春子日記言[2]，昌八喇即元之彰八里，在瑪納斯河之東。按其地勢，則彰八里當在今土古里破城子[3]一帶，未必即是一處，地小年湮，無從徵信。昌吉在省城西北九十里平川大野中，離山甚遥，四境田疇，一望如砥。河發天山，經呼圖壁而來，水洶湧，足澆灌，故亦爲產糧之所。縣署以外，學官、典史各一，設巡檢於呼圖壁城，分司地方，彼處並有都司駐守。

　　① 鼈思：即別失八里。參前《烏魯木齊》詩自注及注①。

　　② 李志常《長春真人西遊記》："九月二日西行，四日宿輪臺之東。……又歷二城，重九日至回紇昌八剌城，其王畏午兒與鎮海有舊，率衆部族及回紇僧，皆遠迎。"

　　③ 破城子：新疆地名破城子者不止一處，多因地有古城得名。此指今新疆瑪納斯縣破城子，一説城係唐代烏宰守捉。

綏　　來

　　渡水穿林驛路馳，炊煙到處柳絲絲。稻花香裏逢城郭，雄據猶懷畏午兒①。

　　綏來縣即瑪納斯，古之回紇城。唐開元中回紇强盛，突厥之地多爲所有。元初，其王畏午兒所據地方西接伊犁，東抵哈密。畏午兒即畏吾兒，又爲畏兀兒也。綏來連貫三城，甚廣厚，屹立平原中，南距天山十餘里，北有低小長坡一線，横亘於二十里外。大河前繞，深處多魚。其東境土脈尤佳，人煙四聚，自呼圖壁過河而來，節節長林密樹，雅秀可觀。近城百數十里之間，阡陌縱横，溝渠周遍，有水田，能種稻米。雖次於温宿，而長腰香軟，更勝長沙，北路稻田只此一處。城西大概相似。再四十里渡河而後，或值叢蘆大澤，或經茂木深林，又各成景象焉。縣中學官、典史各一員，同城者瑪納斯協副將，中軍以下附之。西上，從昌吉十里至三屯河②，二十里至蘆草溝，所過皆樹林。十五里至榆樹溝③，四十五里至呼圖壁，再經樹林，十里過河，河灘廣十里，西岸仍入樹林。再二十五里至亂山子④，二十五里至土古里，已入平原。三十里至樂土驛⑤，二十里至破城子，四十里至綏來。

　　① 畏午兒：維吾爾族在元代的名稱。蕭雄自注中所謂"其王畏吾兒"之説無據。

　　② 三屯河：羅克倫河中遊分支。徐松《西域水道記》："回語謂湧出爲羅克倫，言其地有瀑泉上湧也。其河二源，亦出孟克圖嶺之麓。……北流分爲二支，東支曰三屯河，西支曰御塘河，各北流，經羅克倫軍臺東、昌吉縣治西。"

　　③ 榆樹溝：地當今新疆昌吉市榆樹溝鄉。《新疆圖志》："有舊壘，民居十餘家，左右皆村莊。"

　　④ 亂山子：今新疆呼圖壁縣五工臺鎮亂山子村。《新疆圖志》："城西二十里五工臺，十里亂山子。"

　　⑤ 樂土驛：清代驛站名，地當今新疆瑪納斯縣樂土驛鎮。

庫爾喀喇烏蘇

　　地入匈奴風景殊，牛羊毳幕逐群居。西湖城外連天闊，白草黄沙水一渠。

庫爾喀喇烏蘇，今皆呼爲西湖①。唐屬突厥，後爲回紇所據，其後復爲瓦剌王之地。瓦剌，即衛拉特也，今之土爾扈特部，系四衛拉特之一。土爾扈特復分爲四部，自乾隆間投誠内附，朝廷賜爵分地。前所述南路哈喇沙爾者，南部落四旗也，此處分置一部，計二旗，稱爲東部落，皆匈奴苗裔。俗事牧養，以氈棚移爲屋，移逐水草。所畜牛、羊、馬匹各爲一圈，夜惟收聚於野。城傍天山之隈，設庫爾喀喇烏蘇糧廳同知一員，以資管屬。王府亦在城内，野皆草場，無耕種。城外小河一道，東北流。所謂西湖者，究在城北二十里，向無居人。因伊犁將軍金公曾駐行軍，暫興街市於一線橫坡之上，今糧廳亦移於彼。今復舊規，加修城垣、衙署。其北皆低窪，野湖荒草，一望無際，但見毳幕數叢，遠近如楸枰布局耳。自綏來四十里至石河子，過河，河廣數里，平時淺涸，不便於舟，但濟以車，水漲輒洶猛不能渡。四十里至烏蘭烏蘇②，皆草木深茂之區。四十里至三道河③，五十里至安集海④，兩處沿路大半深林。五十里至四十里店，四十里至奎屯，七十里沿河抵城。自安集海出樹林，一帶皆鹹灘蘆草。又一道自昌吉分路，繞北行，由黃草湖、馬橋、沙山、沙灣等處⑤至安集海，始歸大路，越過綏來。

① 西湖：一作稀泥湖，雅稱西湖。乾隆二十六年（1761）設官駐防，地當今新疆烏蘇西湖鄉。

② 烏蘭烏蘇：清代臺站名。《西域同文志》：“烏蘭烏蘇，準語。烏蘭，紅色；烏蘇，水也。其地水色近紅，故名。”《新疆識略》：烏蘭烏蘇臺，“西至安集海臺一百一十里”。地當今新疆沙灣縣烏蘭烏蘇鄉。

③ 三道河：《新疆圖志》：“十五里頭道河，二十里五顆樹，二十里三道河，十五里五道灣梁，二十里安集海驛。”有居民二十餘家，車店二。

④ 安集海：一作安濟哈雅，清代臺站名。《西域同文志》：“安濟哈雅，準語。安濟，藥草名；哈雅，采取之謂。地産此草，故名。”《新疆識略》：安集海臺，“西至庫爾喀喇烏蘇所管奎屯臺九十里”。地當今沙灣縣安集海鄉。

⑤ 黃草湖：新疆境内黃草湖不止一處，此黃草湖在呼圖壁境内。《新疆圖志》：“呼圖壁大泉莊黃草湖産無鱗小魚。”

馬橋：地當今新疆昌吉州呼圖壁縣西北部馬橋農場。

沙灣：今新疆沙灣縣，1915 年從綏來縣分置。

晶　　河

沿山幾日度沙場，又見旌旗簇隊揚。獨立西風城上望，聲聲觱篥動悲涼。

晶河地方漢屬烏孫，隋唐時爲突厥所據。其地土城一座，在天山瀕麓川澗之北原上，南距山僅數里，北有支崙對峙，相隔甚遥。中亦平川，有草而無河水。城西三四里澗中有河一道，分流數泓，水清淺，一澗長川，皆鹹灘荒草。東則沙磧數程，即白骨甸①大沙所分流，漫無定者也。此處安置土爾扈特爲西部落，部只一旗，遊牧境内草場。城中舊設巡檢一員、都司一員，今置爲晶河直隸廳，設同知，屬伊塔道②。東郊有腴地一區，向爲行營所墾，今亦漸有耕種之户。然屋舍寥寥，登城四望，邊景蕭條，惟聞牧地笳聲，遠近斷續而已。《通典》云：“觱篥出胡中，其聲悲，胡人吹之以警馬。”信然也。東自庫爾喀喇烏蘇起程，經沙地七十里至卜爾塔③，有大車店一家，院中可容百輛，室可住百餘人。二十里至四顆樹④，地皆蘆葦，路旁有大樹四株。七十里至固爾圖⑤，九十里至托多克⑥，兩處站口有河，雜樹成林，水深草茂。出林七十里至沙泉子，近於山腳流沙中開深井得水，可作腰站。五十里抵晶河城，沿站皆傍山行。

　　① 白骨甸：李志常《長春真人西遊記》：“前至白骨甸，地皆黑石。約行二百餘里，達沙陀。北邊頗有水草。更涉大沙陀百餘里，東西廣袤，不知其幾千里。”今新疆奇臺縣北部沙磧。

　　② 伊塔道：光緒十四年(1888)所設行政區劃，治寧遠城，轄伊犁府，領霍爾果斯分防廳、綏定縣、寧遠縣、精河直隸廳、塔城直隸廳。1915年分爲伊犁、塔城二道。

　　③ 卜爾塔：即博爾塔拉。見前曹麟開《塞上竹枝詞》“準夷部落雜烏孫”詩注③。

　　④ 四顆樹：地當今新疆烏蘇市四棵樹鄉。

　　⑤ 固爾圖：一作古爾圖，清代驛站名。《西域同文志》：“古爾圖，準語。古爾，橋也。其地有橋，故名。”位於今新疆烏蘇市附近。

　　⑥ 托多克：《西域同文志》：“準語。托多克，鸐也。地多此禽，故名。”《西域圖志》：“托多克，在古爾圖喀喇烏蘇西六十里，有泉三道。”今新疆精河縣托托鄉。

伊　　犁

一

　　依山南轉越危巔，匯水西流覽大川。赤縣已通葱嶺外①，烏孫猶記漢皇年。

　　伊犁，漢之烏孫，亦行國逐水草者。隋時西突厥據其地，而烏孫之號遂絕。突厥於後魏大統時至唐開元中滅，其地盡入回紇。元名阿力麻里②，屬瓦剌王，攘奪紛更，惟烏孫之名獨著。《漢書》：“元封中，遣江都王建女細君爲公主，妻烏孫。”其強盛可知。地在天山之西，天山南北各城，水猶東流，而伊犁則向西流，是在中國廣輿嶺外矣。溯自巴里坤數千里，沿山西來，直至大河沿③地方折入山口。順山南行，橫穿三百餘里，度嶺出峽以抵伊犁平野，即長春子所謂東西大川也。自此東上，九十里爲綏定城。再東上一百二十里爲固爾扎，即金頂寺。境内之水，伊犁河爲大，甚深闊，舊名答喇速河④，東自吹⑤東碎葉而來。北有天山各峽，小河入之，唐詩名伊麗河，亦曰伊犁水。始皆西流，後西北流，入巴爾喀什淖爾，即彼中海也。伊犁河之南爲霍爾果斯河，發源俄羅斯境内，其後與伊犁河會合西下。

　　① 赤縣：《史記·孟子荀卿列傳》：“中國名曰赤縣神州。赤縣神州内自有九州。”

　　② 阿力麻里(Almaligh)：一作阿里麻里、阿力馬力，系突厥語“蘋果樂園”之意，元代察合臺汗國都會，故城位於今伊犁霍城縣西。蒙元時期爲中亞政治、經濟、文化的中心。

　　③ 大河沿：清代新疆大河沿不止一處，此大河沿地當今新疆精河縣西部大河沿鎮。

　　④ 答喇速河：一作答剌速河、塔拉斯河，在今吉爾吉斯斯坦西北、哈薩克斯坦南部交界

處。蕭雄所記有誤，參前王芑孫《西陬牧唱詞六十首》"群山莽莽走中原"詩注⑳。

⑤ 吹：《西域圖志》："吹，在吹郭勒南岸。自圖斯庫勒西北二百里之薩勒奇圖，又西北行五百餘里，統曰吹。其地水草豐饒，最宜遊牧。"即碎葉，參前曹麟開《塞上竹枝詞》"合羅川里冰鹽浴"詩注②。

二

絶好河山土最腴，九城風雨課糧儲。干戈攘後遺民少，爲廣招徠走傳車。

伊犁土脈深酥肥潤，易耕而多稼，當推上上。共有九城，爲惠遠、綏定、廣仁、惠寧、熙春、寧遠、拱辰、瞻德、塔爾奇，而伊犁其總名也。各城相距或二三十里，或百餘里，舊皆設官，爲屯田兵鎮之所。户口土著原少，向賴開邊以來歷年發遣人犯，子孫成族者多，丁口業以萬計。自同治間慘遭回匪毒害，至於地曠城荒。大兵規復後，經伊犁將軍金公并兼七城而分住，仍無户口。旋經撫院劉公設法招徠開墾，復經奏明，將各省軍流人犯解至伊犁編户。嗣聞光緒十二、三年内，途中遞解之車絡繹不絶，而荒野將成林總矣。

三

甌脱窮邊雜處多，東西司馬費摩挲。將軍夜綴黄金甲，不許强鄰擅渡河。

伊犁地處極邊，與俄羅斯分界處以霍爾果斯河爲限，距綏定城僅二十里，實爲新疆最要，故有大將軍駐惠遠城，又加總兵大員統屬標營周分汛守。舊設同知二員，在綏定撫民者爲西廳，寧遠理事爲東廳。又巡檢三員，分司城地。今因設省，置爲伊犁府，以綏定爲府城。改西廳爲定遠縣附郭，即以東廳爲寧遠縣屬之，駐通判於霍爾果斯河，分守邊界。添設伊塔道，兼管塔爾巴哈臺地方。伊犁所駐向爲征西大將軍，專總統，便控制。今改爲駐防將軍，以符直省定規，旗兵仍舊。境内人色最雜，滿漢人外，有碩倫①、錫伯、蒙古三處外藩之人，又有南路纏頭回、内地漢回，分寄於農工商賈。又哈薩克部落有歸服内附者，在境内遊牧生理。其服俄國之哈薩克，亦貿易往來，並有出没爲患者。又一種皆呼爲紇里黑斯②，當即紇扢斯，古堅昆國也，《唐書》作黠戞斯，亦曰居勿，亦曰結骨稍，號紇骨，又爲紇扢斯舊國，在伊吾之西，日山③之旁，種雜丁令，乃匈奴西鄙也。人粗黑，狀貌與蒙古略同。又一種皆呼爲老尕一④，疑即老撾之苗裔也。按《方輿類纂》，老撾在交趾水尾州之西，古蠻夷地，俗呼白撾家，累代不通中國。明永樂三年來貢，置老撾軍民宣慰使司。《通考》：老撾土司無姓，襲宣慰者，招木弄也。地在八百媳婦西南二千餘里，再西千餘里，抵西洋海。此種人住伊犁東境，貌似漢人，語言稍異，音竟與南中仿佛，衣服悉如漢制，惟喜戴高邊氊帽，頂置大紅結，賴此易辨。又有俄羅斯通商洋人，或運貨往來，或列肆城市，與纏頭哈薩皆成街道鋪面，與漢人相類。光緒八年以前，並有俄國洋兵駐此，俄人營壘皆架木爲高臺以居，其技藝與英法等國洋操略同。聞彼國丁出徭役，非募集，按户三丁出一，五丁出二，例以十五六歲入營，二十五六準歸始娶，平時但給食糧，期滿還鄉則給帖子，或百個，或數十個，以爲犒贈，每個計銀五錢。軍法無殺戮杖責，有過犯，罰令再戍十年，故軍中相習誠謹，無違禁令。遇外人争攘，寧忍讓不相較。俗忌見血，深恐鬭毆傷皮,即罷重咎。冰淵各凜⑤,就木⑥懷憂,亦善制之法也。八年秋,全行撤回。其餘邊外諸夷尚有偶一來此者,皆商販,非寄寓也。驛路自晶河西行,四十里至玉基河⑦,無河道,有地可種。八十里至大河沿,有街市,河頗廣,車濟,路漸挨山。三十里轉南行,入山口至五臺,行長阪。九十里至四臺,又九十里至三臺,在高山,有大海,沿海南行,四十里至松樹頭,即下嶺,陡坡。三十里至二臺,再狹溝,四十里頭臺,十里出峽口,抵平野大川。⑧復左轉東上,三十里至蘆草溝,有城池。六十里抵綏定城,即今伊犁府。再一百二十里至金頂寺,今寧遠縣。又一道,自晶河出城南行至天山,由敦洛斯口⑨間道過嶺,捷至金頂寺,較大路近半。其由伊犁達南八城亦有間道,逾大山向東行甚捷,六十里至巴圖孟可,七十里至海努克⑩,九十里至索果爾⑪,七十里至缽爾⑫,九十里至河諾海⑬,一百里至特克斯,八十里至沙土阿滿⑭,八十里至噶克察哈海。此處分路西南行,一百八十里有小埠,設有洋官,再行兩站至俄國哈拉河地方。仍自噶克察哈海東行,一百二十里至他木哈他什,上高嶺,行七十里下嶺,至胡斯圖托海⑮,八十里至圖巴拉克⑯,八十里至和樂夥羅克⑰,再山行四十里至特克和樂⑱,八十里出鹽山口⑲,四十里至扎木,八十里抵阿克蘇城,此亦古路。乾隆間開為西南通道,便驛遞。所過冰山雪海,險峻寥野,均至其極,沿路無人煙,地方皆從舊名,今名未詳。

① 碩倫:即索倫,見前唐道《伊犁紀事詩三十八首》"家室頻移幾幕氈"詩注①。

② 紇里黑斯:即吉爾吉斯,清代稱布魯特。參前宋弼《西行雜詠》"大宛久已入提封"詩注④、"天西流水下昆侖"詩注②。

③ 日山:當為"白山"之誤。《新唐書·回鶻傳》:"黠戛斯,古堅昆國也。地當伊吾之西,焉耆北,白山之旁。"

④ 老尕一:一作腦蓋依(nogai)、諾蓋,係清末民國對塔塔爾族的稱謂。蕭雄注語謂即老撾之苗裔,不確。

⑤ 冰淵各凜:《詩·小雅·小旻》:"戰戰兢兢,如臨深淵,如履薄冰。"朱熹注:"如臨深淵,恐墜也;如履薄冰,恐陷也。"

⑥ 就木:《左傳·僖公二十三年》:"(重耳)將適齊,謂季隗曰:'待我二十五年,不來而後嫁。'對曰:'我二十五年矣,又如是而嫁,則就木焉。請待子。'"杜預注:"言將死入木,不復成嫁。"

⑦ 玉基河:位於今新疆精河縣托里鄉永集湖鎮。

⑧ 頭臺:《新疆圖志》:塔勒奇阿滿驛,"俗名頭臺,置省後改驛,今裁"。地當今新疆伊犁霍城縣果子溝口。

二臺:《新疆圖志》:鄂博勒奇爾驛,"俗名二臺,居民三家,駐防卡哨弁一,新設釐金分局一"。又:"二臺,兩山矗立,松樹參天,中有澗溪一道,迤邐盤曲,小橋六座,俗呼曰果子溝。夾道松柏而外,野果樹極繁盛,桃、杏、沙棗等樹次之,又有樺木、樽條、千層皮、兔爾條。河沿間有柳叢,野花燦發,香氣襲人。"

四臺:《新疆圖志》:瑚素圖布拉克驛,"俗名四臺,居民三,有防卡,駐哨弁"。又:"四臺,無樹,乏水,有清泉一眼,僅供人吸,不能飲馬。"地當今新疆博樂市呼蘇圖布拉格。

　　五臺：托霍穆圖臺，一作托合木圖。《新疆圖志》：“出大河沿一里許，渡河，兩岸柳多大株樹。過此即戈壁。三十五里，托和木圖驛，俗呼五臺，漸有柳株，不成林。南山環繞如翠屏，其北亦群峰聳秀。”

　　⑨　敦洛斯口：一作登努斯、登路斯。徐松《西域水道記》：“博羅布林噶蘇山西曰登努斯臺山。”地當今精河縣北境與尼勒克縣交界吐拉蘇地區。

　　⑩　海努克：一作海弩克，噶爾丹策淩曾在此地修建銀頂寺。《西域圖志》：“海努克，在伊犁郭勒南二十五里。舊有佛廟，噶勒丹策淩建，與固勒扎廟俱爲喇嘛坐牀之地。乾隆二十七年，建小堡一於其地。”地當今察布查爾錫伯自治縣海努克鄉。

　　⑪　索果爾：一作索郭爾，清代臺站。地當今新疆鞏留縣可克吐別克鄉。

　　⑫　鉢爾：一作博爾，清代臺站。地當今新疆昭蘇縣與察布查爾縣交界處洪海山附近。

　　⑬　河諾海：一作霍洛海、和納海，清代臺站。地當今昭蘇縣洪納海鄉。

　　⑭　沙土阿滿：一作沙圖阿滿，清代臺站。地當在今昭蘇縣夏特鄉。

　　⑮　胡斯圖托海：一作湖斯圖托海、胡素圖托海，清代臺站，位於今新疆溫宿縣與溫宿縣交界處木扎爾特河上遊。

　　⑯　圖巴拉克：亦作土巴拉克、圖巴拉特，清代臺站，在新疆昭蘇縣木扎爾特河谷。

　　⑰　和樂夥羅克：清代臺站，一作和洛夥羅克、和樂和羅克、和約夥羅克。《新疆識略》：和約夥羅克臺，“俗名亮噶爾，七十里至圖巴喇特臺”。《新疆圖志》：和約夥羅驛，“一名可力峽，有卡倫”。在今溫宿縣東部。

　　⑱　特克和樂：一作特克和羅，清代臺站。

　　⑲　鹽山口：即阿爾巴特，一作阿拉巴特，臺站名。《西域圖志》：“阿爾巴特臺，自扎木臺北至此八十里。乾隆三十四年，自特克和羅移此。”此處“阿爾巴特”與前《庫車》詩注中阿爾巴特非一地。

塔 爾 巴 哈 臺

一

　　極北胡天塞草齊，黃雲萬里覆城低。荒涼舊日單于地，印滿匈奴駿馬蹄。

　　塔爾巴哈臺，即雅爾，今皆呼北雅爾，在烏魯木齊西北一千六百餘里，古康居國地。漢單于建庭於此，其時呼韓邪單于、屠耆單于、呼揭單于、車犁單于、烏藉單于稱爲五單于。追後烏藉、呼揭皆去單于號，並共力尊輔車犁單于。旋因屠耆單于從弟休旬王將所主五六百騎擊殺左大且渠，并其兵至右地，自立爲閏振單于，在西邊。呼韓邪單于兄左賢王呼屠吾斯亦自立爲郅支骨都侯單于，在東邊。後二年，閏振單于率其衆東擊郅支單于，郅支單于與戰，殺之，并其兵。遂追呼韓邪單于，呼韓邪破其兵，走郅支，都單于庭。甘露元年，呼韓邪引衆南近塞，遣子右賢王銖婁渠堂入侍，郅支單于亦遣右大將駒于利受入侍。

自宣元後,單于稱藩臣,西域服從。單于好戰鬭,據地寥闊,其時西之堅昆、北之丁令皆爲所有。堅昆在其西七千里,丁令則北距五千里,多屬今之俄國地方,其强盛概見。元世祖起兵,在今雅爾之額泍勒河①,欲宅爲中土,以爲形勝之地,風雲開展,勢自壯雄。自我朝統一中外,宏圖廓大,此適爲邊境一區,分置土爾扈特,稱爲北部落,部共三旗,遊牧境内,皆匃奴苗裔也。

①額泍勒河:一作額密勒河,今塔城地區額敏河,入哈薩克斯坦阿拉湖。

二

人祈草茂作豐年,官爲綏民共戍邊。立馬金山縱遊覽,紅旗翻掣①朔風前。

塔城西南有阿爾泰山,即古金山。岑參《輪臺歌》"單于已在金山西",系指此處。後之注唐詩者,謂金山在陝西永昌衛北二里。俱見《一統志》,不知永昌在輪臺、渠犁之東四千里外,迥不相涉。永昌金山上有廟數十所,始自唐,勝跡今存,另一處也。阿爾泰山起脈,距歐羅巴洲連界之烏拉嶺不遠,自西而東,直極東海,最高之峰二千丈,有出火焰者。山北爲悉比厘阿②,系俄國藩部。山南即蒙古、伊犁、黑龍江等處,是即興安嶺,爲北幹,爲塞垣也。科布多河、額爾齊斯河皆發源阿爾泰山。額爾齊斯河最大,北流入俄國境,又西北流至托波兒③之地,轉東北流,與鄂布河④合流,入北海⑤。塔城爲北邊最要,與俄國所分界限即在城北,較伊犁距界尤近。舊駐參贊大臣,並通判一員守之。今開行省,滿城改駐副都統,管轄駐防旗兵,撤去參贊。漢城改爲直隸同知,屬伊塔道,以符省例。北邊地廣人稀,所賴守土者一番振作。目前亟務,宜多招農民以實其地,土地則墾之,草地則牧之,村堡連煙,與氊幕鄰比,彼此均有益處,人多糧便,氣象自雄。若僅區區二三旗遊牧於方圓二千餘里之中,殊寂寞也。西上從庫爾喀喇烏蘇分路,北行十二日。

①掣:拽,牽扯。句指旗幟在寒風中招展。岑參《白雪歌送武判官歸京》詩:"紛紛暮雪下轅門,風掣紅旗凍不翻。"

②悉比厘阿:即西伯利亞。參前《新疆四界》"西塞山前萬馬嘶"詩注③。

③托波兒:今俄羅斯西伯利亞秋明州托博爾斯克市。

④鄂布河:圖里琛《異域録》:"鄂布河自托穆斯科二百里外來,自東南向西北而流,俄羅斯呼爲鄂布河,其巴爾巴忒人呼爲牙巴里河。"今作鄂畢河,俄羅斯第三大河。

⑤北海:此指北冰洋。

聽園西疆雜述詩卷三

纏頭人物狀貌

高鼻胡兒腰十圍,虯髭大半是龐眉。不分弱齒衰年候,深目黄睛一樣奇。

回人身材大者甚多，鼻高眉重，目深而睛黄，鬚則蔓連腮鬢，面形蒼老，肌膚粗澀，年逾三十即見衰容。然壽躋耄耋①者亦常有之，惟老態更甚焉。②

① 耄(mào)耋(dié)：耄，八九十歲。耋，七八十歲。泛指年老。

②《回疆志》："回人面貌大概鼻高眉低，目深睛大，鬚多連鬢落腮，皮蒼面老，骨硬肌粗。女至二十則露衰容，男過三旬即顯老態。"

性　　情

兔狡狐疑鼠樣貪，慣多驕態自揚揚。相期大遂平生志，長住温柔醉睡鄉。

性情大半狡詐，遇事多疑，嗜酒耽色貪利之心，皆無厭足。稍得勢力則意氣揚揚，驕矜可鄙。無大志，無遠慮，以白日高眠爲享受，以長夜爛醉爲樂事。一夫娶三五婦不爲怪，有不合者輒棄之。①

①《回疆志》："回人賦性多疑無定，狡猾詐僞，嗜酒耽色，不知厭足。……嘉驕矜，好誇譽，耽逸畏勞，以有暇晝寢爲享福，以徹夜醉飲爲大樂。性懦弱而無遠慮，不知學習技藝，積貯穀粟，是故必待有所依而始能存活。"

才　　能

亦有飄然器宇①清，腥膻隊裏迥超群。聰明不亞青蓮士②，讀盡番書讀漢文。

稠人重濁中曾有面目鬚眉清秀者，而天資亦成特出。如哈密扎薩克回子親王府中臺吉霍家蔑牙斯，氣度自殊，能識漢文並中國演算法。曩爲軍中采糧，曾見在糧臺查數，於漢字簿中且對且算，亦智士也。又回城有名呢牙斯者，習剞劂③，能寫漢文宋字，並選《六書通》所集篆文鐫刻印章，均屬難得。聞南八城一帶聰慧子弟尚多，近因設義學招讀漢書，如尹阿瓦提④、阿克蘇等處學中，竟有一面改學漢語，能日誦詩書數百言者。

① 器宇：儀表。《晉書·安平獻王孚傳》："安平風度宏邈，器宇高雅。"

② 青蓮士：李白號青蓮居士，此代指才學之士。

③ 剞(jī)劂(jué)：《楚辭·哀時命》："握剞劂而不用兮，操規榘而無所施。"王逸注："剞劂，刻鏤刀也。"洪興祖補注："應劭曰：'剞，曲刀；劂，曲鑿。'"此指刻印。

④ 尹阿瓦提：見前《喀什噶爾》"防邊新築將臺高"詩注⑩。

名　　節

大節公然見異方，甘心鼎鑊①有賢王。墓門百尺埋忠骨，雪暗黄沙草木香。

天山雄壯之氣，鍾之則生豪俠。余久於哈密，備聞其老王伯錫爾爲人豪爽，才識氣度，俱有可稱。咸豐間以郡王入覲，留在乾清門供差六年，著聲勤慎。迨回藩後，特恩授哈密幫辦大臣，每與總辦言公事，操京都語音，慷慨談論，若説及彼部之事，則忽易回語。例用通事官，彼此傳達，藩王節使兼任分行，精明之處概可想見。同治三年逆回犯境，城破之日，賊逼令率衆同叛，王不從，拘留以待者數日，卒至裹布濡油，舉火焚之，罵賊而死，從容就義，不辭慘酷，洵足令人欽敬。雖生遠域，誰夷視之。然固肝膽毅然，亦我朝恩澤之周、淪浹②者深也。事聞，奉旨晉封親王，並賞銀十二萬修城暨墓。墓在城北里許，作方屋，高六七丈，方邊三丈餘，皆藍花瓷磚所累砌。上結圓頂，另高丈許，覆以綠瓷瓦。四邊平闊數尺，砌小牆爲欄，以護登眺。中空而頂如覆鍋，皆瓷磚砌成，作門如祠宇，棺橫置其中，土磚封之。門外左右牆角附砌圓柱，徑數尺，皆有門。入，拾級而登，螺旋至頂，遠望若塔，蓋所以表墓也。王夫人封爲福晉③，國制也。其福晉亦巾幗丈夫。老王殉節時，總辦大臣亦及於難，兵殘城破，賊焰方張，外絕聲援，內無謀士，其時屏當一切，具名馳奏者，老王之福晉也。福晉名邁哩巴紐，其子邁哈默特，以軟癱成廢，嗣位後，仍福晉主之。同治十二年秋，復被竄回白彦虎誘合部民，破城擄去。大兵晝夜窮追，比至瞭墩，奪轉嗣王夫婦，而福晉已遠，力追未見。時南路數千里概爲安集延賊匪所據，安集延亦回種，故令福晉深入賊巢，計在羈留以牽率其部耳。是年冬，回王遣人持檔往南路探尋，行至七格騰木即有賊兵，節節設卡，每卡馬隊二三百人。因見有回字檔子，詢明來意，將使者送至土魯番看守，一面專人遞檔至阿克蘇，交帕轄④閱看。帕轄者，安集延酋長也。旋得回書譯出。據稱老福晉現在庫車，供給無缺，俟路靖送回我們也，世受皇上天恩，不敢作叛逆之事云云。次年復遣人前往，仍至土魯番而還，但給使者並從丁等銀兩、衣物，而福晉不令相見。及譯回書，猶故轍也。哈密大臣文公於此幾費籌度，時以各軍大隊未齊，遽難進剿。且福晉陷在賊中，應設法先令送出，然後攻擊，不至殘害。曾用回漢合文曉諭該逆，言之愷切，事經具奏。余時在幕，記曾有句云："幾年戎馬效馳驅，路出輪臺萬里餘。耳熟漸能通譯語，才疏強學讀番書。夜籌奏草心彌切，生縛樓蘭憤始舒。只是刀鐶何日唱，不堪白髮倚門閭。"蓋一時事畢，夜闌餘暇所紀也。光緒元年，福晉回哈密，凶鋒百折，卒能自全，論者嘉之。同治十一、二年，哈密東山等處之役，回衆仗義勤王，隨同出力者不少。文公於十三年臘月中曾擇尤附案請獎，以昭激勸。如三品花翎牛録章京霍家蔑牙斯、三品花翎回目熱依木硤，請以王府頭等護衛用，並加二品頂戴。三品花翎回目塔什頂、四品花翎回目克蘇米牙斯，以二等護衛用，塔什頂加二品，克蘇米牙斯加三品。四品花翎回目那子邁合吉牙爾，均給二品。四品花翎回目玉素普哈哩提，四品藍翎回目胡達板爾底，四品頂戴回目胡達、胡里、胡吉、買邁鐵木米牙斯、蘇布林、蓋八海巴海等，均加三品。五品藍翎回目飛遂妥古米牙斯、勿斯邁、阿布都業兹爾底，五品頂戴回目協哩皮、散夷皮、巧蘆克、撬子都、闊邁五、樹巴海、邁買米牙斯、妥胡吐米牙斯、邁買鐵木爾、邁買米牙斯，均加四品。六品藍翎回目哎哩邁提、火家板爾底、吾蘇克，六品頂戴回目鐵木米牙斯、和家米牙斯、艾山、艾在米暇，均加五品。光緒元年三月初十日奉旨：報可。附述於此，以見我朝遐荒效順之誠，並夷部尚知慕義云。

　　① 鼎鑊(huò)：《漢書·酈陸朱劉叔孫傳》："酈生自匿監門，待主然後出，猶不免鼎鑊。"顏師古注："鼎大而無足曰鑊。"古代酷刑有以鼎鑊烹人，此指就義。

　　② 淪浹：滲透。羅大經《鶴林玉露》："秦檜之説，淪浹士大夫之骨髓，不可得而針砭。"

③ 福晉：滿語 fujin 音譯，意爲夫人、貴婦。順治十七年（1660）規定親王、親王世子及郡王妻封福晉，側室則稱側福晉。康熙時期，福晉專指親王、郡王及親王世子的正室，側室稱側福晉。

④ 帕轄：一作帕夏，波斯語音譯，意爲長官。此處帕轄此指阿古柏。穆罕默德·阿古柏（1820—1877），中亞浩罕國軍官。同治三年（1864）授浩罕國派遣入侵新疆，建立哲德沙爾僞政權。光緒三年（1877）斃命於庫爾勒。

衣　服

一

章身①多愛錦衣鮮，窄袖長裾領自圓。袍褲暑天齊尚白，腰間猶繫一條棉。

回部皆著長衣圓領，右衽而袖小，下幅兩旁無衩，名之曰通腰。以棉布束繞之，佩小刀於左。②皮、棉等衣多用灰、藍、紫、絳色，或回回錦綢與和闐醬色綢。暑月單衫則通用白色，而腰帶仍不稍離。傭工之人同一裝束，或下垂微短而已。阿渾暨富户人等，每於長袍外加圓領直襟衣一件，下與袍齊，袖如之，無旁衩，無鈕扣，皆披其襟，蓋崇禮而飾觀瞻者，色用錦綢及青紫布帛。哈密地方寒苦，風猶古樸。南八城漸及奢華，凡表裏各衣，多用中國線綢摹本緞，並印度國金絲彩緞。服之亦不甚惜，男女出外輒坐於地，不嫌塵土。而性獨好潔，勤於澡身，雖當冬季大寒，猶三兩日一浴，否則禮拜爲期，男女皆然。聞浴室以胡蘆倒懸，倩人傾水於上拂之，流下之水不復用洗上身，亦淨之至也。

① 章身：遮身，穿戴。

②《回疆志》：“衣則長袍整衿，齊袖直領，俱用碾光布爲之。只有皮、棉兩樣，不用鈕扣，俱以帶拴結，以綠色長綢束腰。近亦有各色者，亦用小刀，卻佩於左，今伯克等始有穿綢緞者。”

二

高冠似甕覆還空，小帽如舠繡並工。應是平生嫌髮短，不教露頂見王公。

回俗四季戴帽，且無換季之分，帽式不一，皆皮、棉二項。一若甕，口小上大，頂隆而平，高四五寸。頂邊圍二尺餘，以青緞、紫綢等項爲之。內襯鐵絲，鋪以棉，外以金銀花線盤繡各花，微綴小纓，裁如箸大，精者值銀七八兩，哈密一帶尚之。戴之中空，惟口箍附於首，滑脱易落。一類中國秋冬官帽者，檐矮頂高，用紅綠倭緞與氊片爲之，或亦繡花，垂小纓。檐坦而長，緣以海龍、狐獺等皮。南八城多戴之，每用夾小帽爲襯。一似中國瓜皮棉帽，分作數瓣，瓣有棱，銳其頂而無結。紫綠彩綢錦緞之屬，皆所不論。棉厚而軟，亦繡以花，且密紉若衲，用爲小帽，各城皆是。①又蒙古有臥兔帽，狐皮爲之，極厚而暖，回人亦購以禦寒,夏日特不戴此耳。其俗男子不留髮,帽不離首,雖汗不去。因憶《後漢·耿秉傳》:"秉與竇固擊車師後王安得,震怖出門,脫帽抱馬足而降。"是以脫帽爲敬也。今之回人,間有窮困無聊乞錢於市者,對人輒脫帽而舞其頭,是以脫帽爲戲也,見者皆羞之。考西域回部原用白布裹頭,因稱爲纏頭。今各城阿渾等猶存古制,帽或創之於後也。附按,蒙古臥兔帽,臥兔二字當即冒頓。冒頓,原讀作墨突、臥兔,與墨突音諧。

①《回疆志》:"回人無論冬夏俱戴皮帽,帽莊高而直,多用紅綠倭緞、氈片爲之,或以金銀花線盤繡各種花樣於上,不綴纓緯。帽沿匾而長,前後兩尖,以海龍、水獺、狐皮爲之。内皆襯戴如瓜皮之小帽,或用白布或用花紅絹緞爲之,以彩色花線實納花文。亦有戴臥兔皮帽者。"

三

　　舞靴飛舄①各停當,製就香鞣②淺色黃。底印正疑弓樣巧,蓮鉤那識一般裝。

　　回人喜赤腳,有時或鞋或靴,皆以香牛皮、香羊皮爲之。頭無脊梁,似中國朝靴。鞋微鋭而扁,底後乘以墩,高寸餘,前方後圓,與内地弓鞋相仿佛。男女皆著之。曾聞始製之由,相傳古有阿渾避難,恐人追及,特作疑蹤。西人素慣騎驢,以倒看底印,酷似驢蹄,庶步向東行,追者以爲騎驢西去矣,説亦近理。按所稱阿渾,疑誤,當即教主穆哈默德避難時所製,故後世遵之而不易。

　　① 飛舄(xì):《方言箋疏》引《玉篇》:"舄,履也。"崔豹《古今注》:"舄,以木置履下,干臘不畏泥濕也。"《後漢書·王喬傳》:"喬有神術,每月朔望,嘗自縣詣臺朝。帝怪其來數,而不見車騎,密令太史伺望之。言其臨至,輒有雙鳧從東南飛來。於是候鳧至,舉羅張之,但得一雙舄焉。"此處即指鞋。

　　② 香鞣(róu):指皮靴。

婦　　女

一

　　女兒一樣辨妍媸①,十二芳齡是嫁時。争奈玉肌容易老,不關山色失臙脂②。

　　婦女亦重顏色,非若夜叉國③以醜陋爲妍、雕題國以花紋爲妙也。平正清麗者尚多。惟西土生人,兩目深陷,最難秋水盈盈耳。光陰最早十二三歲即能生子,迨過二十,容顏漸衰,故女壽能逾六十者甚少。臙脂山,在今甘州山丹縣西四十五里,緊傍邊牆。

① 姸媸(chī)：一作姸蚩，美醜。蘇軾《和陶影答形》詩："姸媸本在君，我豈相媚悦。"

② 臙脂：即焉支山。見前曹麟開《塞上竹枝詞》"蘇幕遮頭白氎裘"詩注②。

③ 夜叉國：杜佑《通典》："流鬼在北海之北，北至夜叉國，餘三面皆抵大海，南去莫設靺鞨船行十五日。無城郭，依海島散居。"

二

翠襪淩波紅繡鞋，青絲編髮稱身材。迷離撲朔渾難辨，襟影雙飄拖地來。

婦人服飾略與男同，惟裹衣腰不束帶，下垂更長；外之圓領對襟長衣，顔色尤加豔麗。胸前兩襟，多用雜色布帛剪成二卦象，分嵌於邊以爲飾，或再通身刺繡，爲團花散花之類，此衣名曰霞袢[①]，俗所最重者。滿頭留髮，皆不梳髻而編辮。其初分作三兩條，尺餘後始總編爲一，交以青絲鎖線，多者重數兩。下留尺餘，散垂至地。性好光澤，施脂粉，飾耳環、手鐲之屬。珠玉尤所酷愛，惟不插花朵，但戴繡金平頂大圓帽，與男子同式。俗不裹腳，喜緑襪，著雙梁薄底鞋，紅紫鑲嵌，中繡花草。年老則以香皮所制靴鞋爲常服，甚或赤腳，皆從其便。[②]女子行路，嫻雅端正，飄飄然微步生塵也。閨無常教，多放蕩，夏日輒邀女伴浴於河渠，不爲恥。大約南八城沃土奢靡，淫風較甚，然顯然爲娼者卒少。處女亦重閨範，凡有失玷者，於迎娶後察之，動至退婚追聘，女家無詞置辯，與粤俗適同。哈密向化獨早，且近内地，漸知禮法，婦女相習沉謹。同治間，回城有名阿以三者，淫蕩無狀，其王知之，發往東山五百里，交伯克家爲奴，亦見教化尚嚴也。

① 霞袢：一作袷袢。新疆少數民族穿的無領、無扣對襟外衣。徐珂《清稗類鈔》："新疆纏回謂衣曰袷袢，圓袯而窄袪。"

②《回疆志》："婦人之服，袍衫外有對衿長衣一件，長領五鈕。女子之服與婦人大率相同，惟袍衫肩頭俱開横縫，以二三飄帶繫之，胸前不開長領。婦女俱用白布或花彩綢做一小單衫，每逢出外及禮拜時則蓋頭上，名之曰批里吉，若遇宴會及玩戲時却俱不用。俱戴大皮帽，平居則俱戴瓜皮小帽，頂上有花紅穗，頭錦裹經符及青鶴飄翎、孔雀翎二三根。女子之髮分作數(瓣)[辮]垂之，婦人之髮繫以紅緑色綢，扭爲兩股，垂於背後，稍墜花石，長與身等，名之曰查赤巴克。耳帶金銀珠石墜，亦有手鐲、腳鐲、戒指，足穿紅黑皮靴，後有高底，無襪。無分老少男女，性喜赤足，雖有靴鞋却不甚用。"

三

少婦輕籠彩色裳，老嫠翻學緑衣郎[①]。肩披錦帔垂腰短，正是胡姬[②]馬上妝。

平時便服不著霞袢，嫌累綴也。但穿右衽小袖長袍，即其裹衣，呼爲通者。年少時愛嬌豔，多用回回錦綢，或棗紅摹本緞暨全紅布帛。老則喜穿綠色，皆以領褂籠罩於外，如內地所稱琵琶襟者，尚短小，或滿繡，或鑲錦邊，老少豔淡有差。

① 嫠(lí)：寡婦。此指老年婦女。

綠衣郎：唐代新科進士賜綠袍，故稱綠衣郎。此處借指青年男子。王安石《臨津》詩：“卻憶金明池上路，紅裙爭看綠衣郎。”

② 胡姬：少數民族少女。辛延年《羽林郎詩》：“依倚將軍勢，調笑酒家胡。胡姬年十五，春日獨當壚。”

四

　　百囀歌喉驟馬驕，嬌娃夜帶雁翎刀。當年八百朱顏婦，想見^①分防抗漢朝。

婦女亦善馳馬，靈便者甚多。如塔爾納沁之芨芨臺地方，有供差回目名火家板兒的者，其妻名羅爾把力，年三十餘，能幹有膽識。余過其地，曾見其雪衣單騎，往鄰居沙勿體家會事。其時賊焰初解，野多豺狼，男子尚怯懼，彼竟提短刀，飛鞚^②長歌，往返於十餘里山限沙磧之間，氣亦壯哉！按古之八百媳婦城亦在西域，《方輿類纂》：“八百大甸軍民宣慰使司，東至老撾宣慰使司界，南至波勒蠻界，西至木邦宣慰使司界，北至孟艮府界，自司治北至雲南省，三十八程，古蠻夷地。世傳其土酋有妻八百，各領一寨，因名八百媳婦。元大德初遣兵擊之，道路不通而還。後遣使招附，元統初置八百等處宣慰使司。明洪武二十四年，其酋來貢，乃立八百大甸軍民宣慰使司，土司刁姓。”

① 想見：想象、推想。《史記·孔子世家論》：“余讀孔氏書，想見其爲人。”

② 飛鞚(kòng)：策馬飛馳。鮑照《擬古八首》其三：“獸肥春草短，飛鞚越平陸。”

幼　　稚

　　小兒空是説髫年^①，小女衣襟橫在肩。蹣等^②居然袍袴好，赤趺^③行傍額娘邊。

回語呼小兒爲巴浪，呼小女爲克齒，初生者通呼爲窩弗倫。自幼男即剃髮。女及歲，即留以作辮，按歲分束，問年則數辮可知。各以玉片等物墜之下，長成待嫁，始編大辮。喜用青紗幅包裹成條，視爲嬌麗。男女小時皆穿長袍，戴平頂大圓帽，如成人款式。惟女娃衣不裁襟，前後皆整幅，但於兩肩脊開破二三寸，分綴小帶。著則從頭上罩下，以帶繫之。富家兒女亦著霞祥、靴鞋等項，餘則小兒以帶束袍，小女或加領褂。而赤足者多，出門必傍母而行，不離左右，最畏生人。哈密一帶呼母爲押，南八城等處呼母爲阿霸，額娘本系蒙古語，因見之紀載者，特借用也，與後用郎罷同。

① 髫年：幼年。陶淵明《桃花源記》：“黃髮垂髫，並怡然自樂。”另參前紀昀《烏魯木齊雜

詩》"婚嫁無憑但論貲"詩注③。

　　② 躐(liè)等：越級，不按順序。《禮記·學記》："幼者聽而弗問，學不躐等也。"孔穎達疏：
"躐，逾越也。"

　　③ 赤跣：赤腳。

屋　　宇

　　黄土爲牆四面齊，數椽如砥覆新泥。卻教滿地鋪成錦，相率家人一室棲。

　　彼中屋舍除王府外，概不起脊。凡作室，先以磚塊砌成四面，或用版築，皆粉飾整齊，然後架木於牆
以承椽，用芨芨草編席鋪之，覆泥於上，積厚五六寸。精者再以磨磚蒙之，否則泥塗而已。室只一門，内
無間壁，門内左右傍牆作地爐，爐有龕，砌管高出屋頂，以避煙塵。其炊爨處也，稍進地，高尺餘，皆磚塊
鑲成，空其中以熱火，通洞於牆外煨之。室中高地遍鋪氈毯，坐臥皆於其上，無几案牀榻，僅設矮棹以供
食。四圍牆面鑿龕如櫃，便置箱包被褥什物之屬，家人婦子惟臥以衾枕別之。丁口繁者，亦復數間不等，
總用一門通貫。富户暨頭目諸人另有客廳，階留走廊，明窗淨几，鋪設悉具，房頂皆嵌花板，施以彩色。
髹①以漆，頗精潔。甚或園林臺榭，景物幽雅。南八城阿奇木伯克等，並尚奢侈焉。

　　① 髹(xiū)：髹漆，以漆塗物。

君　　長

　　一體君民誼最親，宮門能許往來頻。可知四境懷同樂，歌舞争呈一曲新。

　　哈密之扎薩克親王、魯克沁之郡王，皆爲我朝藩王，不稱屬國，而其部民視之則君長也。回民之待君
長，忘其尊嚴，重以親愛，而居上者亦頗能與民同樂，百姓以事入宮無禁。凡歲時宴會，王暨夫人好聽園
浪，居民男女皆進而演之。

職　　官

　　指臂分猷雲烏奇①，沾來雨露便相宜。髮膚亦屬天家賜，不是膻帷舊
羽儀②。

　　王之下有官，如王府護衛，系朝廷錫封王爵，體制分頭、二、三等。頭等護衛系三品，二等四品，三等
五品，外藩亦然。其辦理公事分轄地方，則有臺吉、伯克、海滋、米拉普、海惕普、包什虎、倚轄戈、達爾瓜、
毛提子③等官名色。哈密向化獨早，視同蒙古，前於同治間擊賊有功，所部多列薦章④，量加品級。又有
精通文字、專辦文報之人曰毛納，至温巴什⑤等稱，則又鄉中小頭目也。南路各城無王，皆系阿奇木伯克
統屬。在哈密以伯克另爲一官，而南路則伯克爲官之總稱。自阿奇木以下，伯克遞有差等。回官向無冠

服可辨尊卑，惟序坐次相統屬。貢賦養廉無額，均視民之多寡貧富恣意索取，故民命不堪，而逃避者衆。自我朝戡定回疆，經定邊將軍、武毅謀勇公兆惠等斟酌定議，其官名職司悉仍其舊，而以品級分之，奏請賞給頂翎，並按地方給養廉，以禁横徵，頒圖記以專職守，阿奇木伯克分三、四、五品，因地有大小也。每城阿奇木下各有官司，大約以阿奇木伯克爲總辦，伊什罕伯克副之。噶雜那齊伯克專司庫藏錢糧，商伯克管交納錢糧，海滋伯克理刑名，密拉布伯克司水利，莫諦色卜伯克專管法度風俗經文等事，密圖瓦里伯克管買賣房屋田土，訥克卜伯克管修造並各行匠役，巴吉格爾伯克管抽畜稅，都觀伯克管書札檔並辦供給外夷來使需用一切，哈拉都觀伯克管圍場臺卡營陣軍器，以哲坡伯克副之。帕諦沙卜伯克巡查城市，捕拿凶徒盜賊，彈壓匪類，照管監牢。雜布諦莫克塔布伯克總管教習經文等事。阿爾巴卜伯克催交違限錢糧，幫辦斂費。石笏爾伯克爲都觀伯克之副，兼備署理。帕諦沙卜、阿爾巴卜兩缺。色依德爾伯克整齊市廛，調停行販，並幫同都觀伯克等，斂費辦差。伊爾哈齊伯克管修城垣街道、開山修路等事。敏伯克爲千夫長，羽滋伯克即百夫長也。又有哈什伯克專管采玉，阿爾屯伯克管淘金，密斯伯克管采銅斤，巴克嗎塔爾伯克管瓜果園，密魯爾伯克則率帶回民駐守卡倫者也。回官名色雖多，因地制宜，未拘一律，大約每處城鄉數員而已。伊什罕系四品，噶雜那齊與商伯克均五品，海滋六品，餘皆七品也。阿奇木即分三等，僚屬亦酌其宜。其有伊什罕佐理者，系三品大阿奇木也。曩時阿奇木亦知用印，或鐵或石，各成符節，而僞造之弊易生。嗣經奏請部頒，上鎸滿洲、蒙古、回子三色字樣，共大阿奇木圖記十顆，小阿奇木圖記十七顆，而信守昭矣。哈密以及南路雖有回官管理户口，仍歸各城漢官總轄，故王府與各阿奇木皆有通事官，於衙門傳話，而頂戴不拘也。回人沾沐聖澤，冠裳服飾悉如漢儀，且五品而上準其留髮作辮，氣度居然一變，《唐書》：龜兹"斷髮齊頂，惟君不剪髮"。蓋自古以留髮爲貴也。

　　① 分猷：分謀，分管。《尚書·盤庚中》："汝分猷念以相從，各設中於乃心。"蔡沈注："分猷者，分君之所圖而共圖之；分念者，分君之所念而共念之。"

　　烏奇：維吾爾語 uch 音譯，意爲肩膀。

　　② 羽儀：衛隊。《新唐書·南蠻傳上》："以清平子弟爲羽儀。王左右有羽儀長八人，清平官見王不得佩劍，唯羽儀長佩之爲親信。"

　　③ 海滋：一作喀孜，即哈滋伯克。

　　米拉普：一作米拉布，即密拉布伯克。

　　海愓普：一作哈提甫、海提甫，管理民事婚姻、喪葬等事務的官員。

　　包什虎：一作撥什庫，滿語借詞，即領催。

　　倚轄戈：即伊沙噶伯克，四品，協理所屬地方事務。

　　達爾瓜：一作大耳瓜、大爾瓜，即都觀伯克。

　　毛提子：即莫諦色卜伯克，一作茂特色布。

　　④ 薦章：舉薦的奏章。曾鞏《送宣州杜都官》詩："薦章交論付丞相，士行如此宜名卿。"

　　⑤ 温巴什：維吾爾語音譯，意爲十户長。參前林則徐《回疆竹枝詞二十四首》附錄"百家玉子十家温"詩注①、注②。

風 俗 總 敍

　　唐時回紇漢單于，言語難通俗自殊。尚喜愚頑解忠信，家傳貝葉[①]當詩書。

　　天山以南皆回紇，以北原屬單于，統爲西域。山北六國、山南三十六國之地，自古聲教不通，而風俗殊矣。單于之後，今爲蒙古，信佛誦經不待言，而回教亦以經爲重。家弦户誦，津津不倦。七日禮拜一次，届期於天明時齊集清真寺，盥浴誦經，午後始散。約與西洋天主教禮拜相似，但日期不同。按天主教以每月房、虛、昴、星[②]四日爲期，而回回教則在牛、婁、鬼、亢四日也。

　　① 貝葉：伊斯蘭教經書。見前舒其紹《伊江雜詠·阿渾》詩注②。
　　② 房、虛、昴、星：二十八星宿中的四個星名。

宗　　教

　　道啓天方著一經，芸篇[①]三十獨傳心。降生自是人中傑，能使真詮[②]説到今。

　　回回國爲天方教。據云始立教者嗎哈木諦敏，皆稱之爲烏魯克牌罕帕爾。烏魯克者，大也；牌罕帕爾者，聖人也。所傳經一卷，名《潤爾罕》[③]，凡三十篇，内皆教人敬天行善，治家立身，具言果報昭彰，法戒兼備。回人信奉甚篤，婦孺皆然，經之爲用，於持身送死外，曾見驅邪療病，占吉問凶，往往有驗，亦屬甚奇。按嗎哈木諦敏，《明史》稱爲默狄納國王馬哈麻，又稱謨罕驀德，《景教續考》稱穆罕默德，《瀛環志略》稱瑪哈穆特，《四譯館考》稱二罕驀德，皆揣音傳寫之訛，均指回國教主也。其云烏魯克牌罕帕爾，諸書所記，一作別諸拔爾，一作派罕巴爾，一作派噶木巴爾，皆謂猶言天使也。生於陳宣帝大建元年，初以經商遊歷西域各國。心術至正，慣好勸人爲善，漸至創立教門，轉移風俗，並善療病症，是爲回國開基之祖。而回國紀年則以教主辭世之時爲始，在隋文帝開皇十四年甲寅歲七月十四日，距今光緒十七年辛卯歲，已一千二百九十七年矣。一説辭世在開皇己未，未知孰是。至於天方經卷，説尤歧異。《明史》謂："謨罕驀德國中，有經三十本，凡三千六百餘段。隋開皇中，其國撒哈入撒阿的幹葛思，始傳其教入中國。"《廣東通志》謂："默德那國教，以事天爲本，無像設，經有三十藏，凡三千六百餘卷。"《景教續考》言："天方有佛經三十藏，自阿丹至爾撒，凡得一百十四部。如討剌特則通爾引支納，皆經之最大者。自穆罕默德，按經六千六百六十六章，名曰甫爾加尼。此外爲今清真所誦習者，又有古爾阿尼等經。"其餘籍載，所傳經之名號尚多，皆未得其詳。余謂所稱嗎哈木諦敏，敏字是答詞語助，去之即穆罕默德四字之訛。一如《唐書》之稱天山爲時羅漫，彼原讀時字若習字，平聲，故又作祈羅漫，而漫字是彼問詞語助，去之即祁連二字之近音，並非另有一名也。敏、漫等字，皆俗語餘音，與楚些一類。些，離騷音朔。以余按之當讀作賽，今汩羅左右，土語尚然，皆對人切指之助詞也。

　　① 芸篇：一作芸編、芸帙，古人將芸香置入書中驅蠹，因代指書籍。陸游《夏日雜題》："天

隨手不去朱黃，闔囊芸編細細香。"

② 真詮：佛法，喻真理、真諦。杜甫《秋日夔府詠懷奉寄鄭監審李賓客之芳一百韻》詩："落帆追宿昔，衣褐向真詮。"

③《潤爾罕》：當作《闔爾罕》，見前舒其紹《伊江雜詠·阿渾》詩注①。

文　字

行行從右認橫題，鳥篆紆回不整齊。二十九形兼轉韻，音從喉舌辨高低。

回回文字皆寫作橫行，自右排列而左，蟲書鳥跡，長短參差，點撇鉤圈，欹斜回繞，形分二十九門，編爲二十九韻。音極輕滑，大約屬脣齒者十不過一二，屬喉舌者六七，餘音居少。余於問答言詞，或聽誦經，審其音韻，大半在喉與舌之間，微判高低而已。新疆雖連蒙番各部，而語言文字概不與同，即如自一至十數目，一曰畢而，二曰易克，三入屈，四跳而迪，五伯什，六阿迪，七葉迪，八賽克斯，九托各斯，十曰溫。其字跡則如𬇙𬇙等形也。《法苑珠林》載上古製字者三人："長曰梵，其書左行。次曰佉盧，其書右行。次曰倉頡，其書下行。"然則回文，梵之所製歟？據《玄奘記》，謂焉耆、龜茲、姑墨文字，取則印度，《唐書》亦謂其習天竺旁行書，或即梵之遺法。至於音韻，除中土得氣獨清，齒牙明辨，其餘海內海外大小各國，雖語言文字各不相同，而其輕滑模糊，大率類是，非特回部然也。按夷俗不奉君而奉師，凡制度文爲，以及日用尋常之細，皆自教主立國時所定，千餘年恪守不移，故往往古風猶見。非若中國，制度主之於君，歷代聖帝明王不相沿襲，且朝野才能又多，即如字跡，自倉聖創制後，經史籀①一變，李斯又一變，程邈②又一變，而王次仲③又一變，以致古法盡湮，而去古亦因之遠矣。

① 史籀：張懷瓘《書斷》："周史籀，宣王時爲史官，善書，師模蒼頡古文。……損益而廣之，或同或異，謂之爲篆，亦曰史書。"

② 程邈：張懷瓘《書斷》："隸書者，秦下邽人程邈所造也。邈字元岑，始爲衙縣獄吏，得罪始皇，幽繫雲陽獄中，覃思十年，益大小篆方圓而爲隸書三千字。"

③ 王次仲：東漢書法家，一說爲秦代人，創八分書。參前紀昀《烏魯木齊雜詩》"斷壁苔花十里長"注②。

風　化

自來風化亦崇文，齊趁髫年細討論。手捧一枝新削簡，樹陰深處拜阿渾。

俗亦重識字，以識字誦經爲出衆，皆童時肄習之。傳教者曰阿渾，師傅之謂也。其人不受官職，通經講禮，立品端方。不飲酒，不吸煙，恪守遺規，期爲表率。常勸人行善事，學好樣，老幼男婦，莫不親敬。伯克、臺吉等不敢以勢加之，分與王同坐，亦重道隆師之意也。講舍必傍樹陰，室中無椅案，師徒席地而坐，旁設矮棹一二張。夏日則環坐樹根，捧書誦讀。凡入學者各執木簡，或牛羊版骨一片，趨謁阿渾。阿渾爲之書字於上，即讀本也。小兒不率教者，則以紅柳木條笞其腳心。據云紅柳乃聖人遺留責人者，能使人開心思，善記憶，且腳心擊之無傷也。束脩[①]極薄，往年南八城一帶，生徒一人每至七日供送普兒一文，遇節饋麪饃、油饊而已。[②]

① 束脩：《論語・述而》："子曰：'自行束脩以上，吾未嘗無誨焉。'"邢昺疏："束脩，禮之薄者。"此指學費。

②《回疆志》："無像畫之設，奉教傳法者名曰阿渾，不受職，不陣戰，不飲酒，不吃煙，惟誦經講禮，勸人行善學好，回人咸尊敬之，雖伯克、頭目不敢以勢加之。"又："十五歲以前小兒若在學堂，如犯應責之過，教者以紅柳木打腳心，言紅柳乃聖人遺留責人之木，能令人有記性，腳心乃無妨碍處。學資每至一七日，東家給教者普兒一文，逢節送饢食九枚而已。"

刑　法

約法何曾六尺拘，全憑貝葉當刑書。縱殘肢體人無怨，判斷多從衆論餘。

回人有刑法而無律例，皆聽阿渾隨時看經定斷。即伯克等犯罪，所議無不服從，大約法有數條。一斬決，非軍陣不用。一殺人者死，論定後，即押赴巴雜爾衆人屬目之地杖斃；若犯者能出普兒數百滕格，給付尸親[①]，可免抵。一剁手折足，以處慣逃積賊。一枷號木鞋示衆，以懲竊盜匪徒。一鞭棍責斥，以警平民小過。其監禁系掘一深坑，置犯於中，上以木條堆壓，僅留小穴，即土牢也。[②]

① 尸親：一作尸屬，命案中死者的親屬。《元典章》："復檢過尸骸，責付尸親埋瘞。遇無尸親者，將尸責付停尸地主、鄰佑權行收埋。"

②《回疆志》："回人雖有刑法，然無律例，惟臨時聽阿渾看經論定，伯克及犯者無不從服。亦有殺人者死之説，若犯者能出普兒一千滕格或數百滕格給死者之家，亦可免抵。斬罪非軍(陳)[陣]不用，致死之刑，則押赴巴雜爾當衆掛死。有剁手折足之刑，施於(帽)[慣]逃積賊者也。有枷號木鞋之刑，施於竊盜匪徒以示衆者也。其囚禁罪人之處，則就地掘一深坑，上用柴木棚架，留一小口，置人於中，謂之地牢，其餘則鞭棍(樸)[撲]責而已。"

倫　理

本來天性即彝倫[①]，除卻君師尚愛親。一樣綱常分厚薄，連枝惟隔異苔人。

倫常之理，回俗不知，然天性所存，原有自然之愛，君師既所尊敬，而於父母暨祖父母亦復親之愛之，不與常人並視。夫婦之伉儷更不待言，甚至行坐相依，令人厭見。即於朋友往來酬應，亦常有之。惟兄弟一倫大有不同，前後母所生之子女皆爲同族，其母或曾嫁二三夫，而於前後所生之子女皆爲同胞。回人無姓氏，男女均取名號，名或二三字至五七字，各不相齊。蓋因名亦有義，而回語拖遝，字難限數耳。三世之内，於伯叔兄長亦知尊敬；三世外即無倫序，惟以年齒分坐次，以定尊卑。堂兄弟所生之子女，與異母兄弟所生之子女,相爲婚配,近因沐化,亦漸變焉。回部雖屬夷風,然其晉接周旋,亦復彬彬有禮,歸於誠樸,即如倫理,雖未盡合,較之烏孫舊俗相去遠矣。考《漢書》：元封中,遣江都王建女細君爲公主,妻烏孫昆莫。後昆莫年老,使其孫岑陬尚公主,公主不聽,上書言狀,天子報曰從其國俗。岑陬遂尚公主,生一女。公主死,漢復以楚王戊之孫解憂爲公主,妻岑陬。岑陬胡婦有子曰泥靡,尚小。岑陬且死,以國與季父大禄子翁歸靡,號肥王,復尚楚主解憂,生三男二女。翁歸靡死,貴人共從本約歸國。岑陬子泥靡,號狂王,復尚楚主解憂,生一男鴟靡,不與主和。按岑陬②與細君爲公孫,翁歸靡與解憂③爲叔嫂,若泥靡④,系岑陬左夫人胡女所生,時解憂爲右夫人,視之則母子也。滅倫無禮莫此爲甚,豈能與回部比哉!

　　① 彝倫：《尚書·洪範》："王乃言曰：'嗚呼,箕子。惟天陰騭下民,相協厥居,我不知其彝倫攸敍。'"蔡沈注："彝,常也;倫,理也。"

　　② 岑陬：烏孫官號。本名軍須靡,祖父烏孫王獵驕靡死後,立爲烏孫昆彌。先娶細君公主,復取解憂公主。

　　③ 翁歸靡：烏孫昆彌岑陬季父之子,岑陬死後立爲昆彌。妻解憂公主,生三男三女,西漢本始三年(前71)與漢軍聯合擊敗匈奴。

　　解憂：解憂公主(前121—49),西漢楚王劉戊之女,太初年間封爲公主嫁烏孫王岑陬。後從烏孫俗,復嫁岑陬弟翁歸靡、岑陬子泥靡。甘露三年(前51)回長安,受漢宣帝賞賜。

　　④ 泥靡：烏孫昆彌岑陬胡婦子,翁歸靡死後立爲昆彌。後因暴惡失衆,爲翁歸靡胡婦子烏就屠所殺。

婚　　嫁

　　婚嫁居然六禮①周,結褵②有四記從頭。由來悉聽阿渾命,梵語簫聲擾鳳樓③。婚娶有四等。伯克富户暨知禮人家子女,皆由父母尊長主之,擇定後,請阿渾看經,視其相合否,合則即行聘禮,預訂佳期。又有鰥男寡女欲求配偶者,於禮拜日更換新衣,隨同遊玩,或至本處禮拜寺,在喀什一帶者或至城東之嗎雜爾。是日爲男女(娶)[聚]集之期,至則先拜阿渾,以婚姻事具告,阿渾即爲禱告看經,隨於稠人中指一女子曰,此良配也。其人即將所戴之小帽與女子互相換戴,以爲永訂。縱男女見面情有不願,亦無如何,此所謂天定也。又有父母俱亡之青年男女,偶因遊玩邂逅遇之,彼此情投,各敍鄉貫名字,以苟合而托爲兩家先人遺囑,遵奉爲婚者。更有自配之婚,係幼年男女於遊玩處遇之,兩相憐愛,願結絲蘿,後雖極窮,而立志不改者,此尤鄉黨所敬重也。凡行聘禮,用皮邊帽一頂,海龍、紫貂、狐獺各從其力,香羊皮靴子一雙,花布汗衫、褲子一套,或紅花布二匹亦可,彩色霞衻一件,耳環、手釧一套,青鎖線一二斤,肥羊一對,大米五六秤,每秤計十斤,清油數斤,各等項送至女家,女家即邀戚友鄰居吃抓飯。一二日後,以車迎之,女家往送。是日酒看畢具,大吃抓飯,男女皆圍浪,新郎、新婦亦然。遠近鄉鄰皆賀之,各送油馓夠饃爲禮,盡一日之歡,客始散去。聞往年講禮者,成親之日,兩家皆念經作樂,宴集親鄰。女家或用花毯,或用阿渾布單墊褥,抬女送至男家,紅錦蓋頭,入門亦拜天地家堂。送入洞房後,阿渾念和好經於外,男女三日不出幃幔,候長輩呼之。數月後如不合,即棄之,謂之央吊④。男棄女則厚贈之，女棄男則一物不許帶去。但自成親以至央吊，均待阿渾吩示，女子央吊後，必滿百日始改嫁。

① 六禮：納采、問名、納吉、納徵、請期、親迎。中國古代傳統中從議婚至完婚過程中的六種禮節。

② 結褵（lí）：一作結縭。古時嫁女的儀式。女子臨嫁，母爲之繫結佩巾。《詩·豳風·東山》："之子於歸，皇駁其馬，親結其縭，九十其儀。"毛傳："縭，婦人之褘也，母戒女施衿結帨。"此指結婚。

③ 鳳樓：語出劉向《列仙傳》，參前曹麟開《異域竹枝詞》"鹿骨瑩圓戲具偕"詩注①，此句指男方至女方家求婚。

④ 央吊：即離婚。當係維吾爾語音譯詞，今已不用。

生　子

夢兆熊羆喜莫支，^①豔稱郎罷是童時。幾番祝禱熏香浴，湯餅^②筵開客不辭。

男年十三四即娶，女年十一二即嫁，男女於十五歲內得子者，稱爲一家祥瑞，善人根種，必設宴稱慶。凡小兒落地，即請阿渾念經，用淨水洗之，囑以吉祥語。三日再洗，十日又洗，十三日命以名，至四十日有親戚爲之送衣物，即將小兒洗畢，令穿新衣，請阿渾念經，授以諸邪不侵之咒。慶賀三日，戚族鄰居皆送禮，^③禮物或羊或雞，以及雞蛋、布匹、甕器、大米之屬。十七八歲鬚髭生，即留。至二十，剪齊上唇之鬚，名曰淨口，遵經訓也。《唐書》謂龜茲產子，以木壓首，令其褊。又謂疏勒"生子，亦夾頭取褊"。此俗今時未聞，說恐荒謬。無論頭骨生成，難於造作，就令夾之壓之使漸長而能褊，亦殊無謂也。

① "夢兆"句：《詩·小雅·斯干》："吉夢維何？維熊維羆，維虺維蛇。大人占之：維熊維羆，男子之祥；維虺維蛇，女子之祥。"鄭玄箋："大人占之，謂以聖人占夢之法占之也。熊羆在山，陽之祥也，故爲生男。"

② 湯餅：水煮的麪食。此指小兒出生第三天舉行的宴會。程允升《幼學瓊林》："三朝洗兒，曰湯餅之會；周歲試周，曰晬盤之期。"

③《回疆志》："小兒落草，先請阿渾用淨水洗畢，囑咐吉祥經咒。三日又洗，十日再洗，十三日名之，四十日有長親送小衣服，將小兒洗畢，令穿新衣，請阿渾受以諸邪不侵之經咒，連作三日賀樂。凡生毛皆存，惟剃頭髮。至十七八即留下頦鬚鬚，至二十則按經遺之禮剪齊上嘴唇鬚，謂之淨口。"

喪　葬

殮殯惟憑布卷牢，劇憐骸骨等輕拋。升天入地分悲喜，側望空令冷四郊。

人死用水洗淨，先以布條將手足大指各繫一處，再以花帕兜其腮，然後用白布通身纏裹，置木匣中，外飾錦罩，抬至禮拜寺內。阿渾爲念指路經，即出殯。其葬法：先掘方井，深丈餘，井底旁通一穴，磚石砌其門。臨井出尸擲下，視其向背。凡向下謂罪過至重，必往地獄或火山，宜急懺之。視其年歲多少，除去地支十二年之數，即按下餘歲數若干，請若干阿渾念經。向上爲有福之人，或登天堂，或投好人家轉世，必宴賀之。若側身旁向，是爲命不應盡，因罪損折，魂當飄流，則懺賀俱無矣。均塞入旁穴，以土掩之，上封以墳。喪家大小，男以白布包頭，女以白羅蓋面，爲戴孝。過三日念經除服，七日並四十日，均上墳供飯，念經添土。婦人喪夫，並將衣服反穿三日，周年改嫁。妻死者三月復娶。其有廳堂之家，亦停於中堂，誦經一二日始出殯，葬如之。葬畢三日，請族戚近鄰吃抓飯以謝之，亦有滿百日誦經除服者。夫故之婦，或即改嫁。①

　　①《回疆志》："回人身故後以水洗淨，用布繰將手大拇指、足大拇指各拴於一處，下頦用花帕兜住，周身以白布纏裹，置於木牀上，用紅花畫臉。花布單罩住抬赴禮拜寺內，阿渾念指路經畢。婦女守宅，男人扶牀送至塋園。其坑深丈餘，傍又挖一小穴，用磚石砌門，將亡人擲入穴中。視其面向下者，謂之有罪之人，必往後山寒冰下受罪，或往火山受焚，必當禳之。譬如死者若四十歲，則除去十二相之十二年，下餘二十八年，即請二十八位阿渾念經禳送。若面向上者，謂之有福之人，必往好人家投胎，則作宴賀之。面若傍向則謂之命未盡，乃作惡過甚，至有折損，其死者靈魂必作爲飄流之鬼，而禳賀等論俱無。將屍入於穴內，阿渾將指路好言寫一木牌上，置亡人面前，以土坏立墳。喪家大小男人頭纏白布，女人面遮白羅，謂之戴孝。過三日念經除服，至七日、四十日俱上墳供飯，添土念經。夫死，其妻將衣服反穿三日，過一年許改嫁。妻死，其夫過三個月即復娶。"

曆　　法

　　年光未必協天時，月令徒教紀地支。三百六旬拘一格，不如桐葉閏猶知。①

　　回國紀年，以三百六十日爲一歲，歲分十二月，配以地支，不知天干。地支亦論所屬，辰則屬魚，②餘與中國同。每以初見新月之次日爲朔，以單月大建③，雙月小建，每年因小建少六日，則於歲終補足之，至第七日爲新年，自此挨推，並無閏月。④余在西域有年，每見回人度歲，不定爲中國何月，則其挨推無閏可知。惟年終補建之說，理有難明。彼中既以新月爲朔，則初年補過七日之後，已在下月初七、八矣，而遞推遞遠，何能按定新月耶？考《明史·回回曆論》：回回曆法，西域默狄納國王瑪哈麻所作。其曆元用隋開皇己未，即其建國之年也。其法不用閏月，以三百六十五日爲一歲，歲分十二宮，宮有閏日，凡百二十八年而宮閏三十一日。以三百五十四日爲一周，周分十二月，月有閏日，凡三十年而月閏十一日。計曆一千九百四十一年，宮月日辰再會，此其立法之大概也。大抵近時回疆所行，以周爲紀，周分十二月，故每年大建六月、小建六月，共得三百五十四日，以爲一周之數，至補足六日之說。或系計年通補，即所謂閏日法，當是傳述者有所未悉耳。

　　①"不如"句：李時珍《本草綱目》："《遁甲書》云：'梧桐可知日月正閏。生十二葉，一邊有六葉，從下數一葉爲一月，至上十二月。有閏，十三葉小餘者。視之則知閏何月也。'"

　　②維吾爾族有以十二屬相配十二地支的習慣。在十二生肖中，辰的屬相爲魚。參前曹麟

開《塞上竹枝詞》"花鬢少婦親提甕"詩注②。

　　③ 大建：一作大盡，農曆有三十天的月份。

　　④《回疆志》："其論年之法，以三百六十日分十二個月爲一年，按年亦配地支十二相，不知天干甲乙等十字地支。十二相中配辰曰魚，不知有龍。每月以初見新月之次日爲朔，以單月爲大建，雙月爲小建，不知閏月。每至十二月完滿後，因内有六小建，少六日，不足三百六十日之數，故必於十二個月之末補足六日，至第七日方爲新年。"

歲　　時

一

　　一道眉痕月映階，曉來鼓樂奏前臺。先夜見月，次日即爲新年。王府前廳左側有臺，砌磚爲之，高丈餘，上設鐵框羊皮鼓六七面，高低大小不一，錯雜連搥，以成節奏。復以嗩吶喇叭相間吹之，晝夜齊鳴不止，數日後始撤去。各城阿齊木伯克等，所設亦同。所不解者，見月過年，非但按定哉生明①之期，且必真見月光而後可。曾記一年，回人適當歲除，而是夜天陰月黑，次日仍如平常，問何以未過年，曰：昨夜無月也。然則同奉一法之區，一方有月，一方無月，而度歲不齊耶？余揣其俗，大約次日仍作元旦，而慶賀新年必待見月耳，惜未詳問。持齋恰是三旬滿，齊換新衣作賀來。年前十二月一日起，君民男婦皆沐浴齋戒。其爲齋也，早餐在日出之前，晚餐在日入之後，晝則飲食俱禁，雖遇暑天大渴，水亦不敢沾唇，夜則飲食如常。如此者一月，謂因嗎哈木諦敏《經》内云此一月爲當年大聖人等避難之月，衆應朝則持齋，夜則誦經，大作解脫，且使各先人亡魂皆脱離苦海，即大衆亦能假聖人之力消除災難。齋期圓滿，恰是新年，此日名魯經阿裔②，男女皆淨身換新衣，念經，禱告上天，懺過祈福，作樂稱慶。又以難滿災除之日，彼此踵賀，並上墳祭掃。是日回王上墳，用草簣抬運麭饊油饊甚多。祭畢大賞侍從並部民男女觀者，各回官亦然。數日後，相約跑馬、趺跤、圍浪、打秋千，爲新年嬉樂。按嗎哈木諦敏即瑪哈穆特，即彼中所奉之大聖人也。兹據引稱經語，作爲前後兩人，然則此經當是瑪木特玉素普所傳，必非瑪哈木諦敏之經也，其傳不足征，往往如是。

　　① 哉生明：農曆每月初三日。《尚書·武成》："厥四月哉生明，王來自商，至於豐。"孔傳："哉，始也。始生明，月三日。"孔穎達疏："'哉生明'爲月初矣。以三日月光見，故傳言'始生明，月三日'也。"

　　② 魯經阿裔：即肉孜節。參前王芑孫《西陬牧唱詞六十首》"建元莫問幾星躔"詩注②，及薛傳源《李莪村觀察枝昌自新疆回備聆新疆風土因作竹枝詞十六首》"怒馬鮮衣伯克來"詩注③。

二

　　佳節無非晝掩門，聲聲清梵到黃昏。最憐上塚燃燈日，衫上歸來有淚痕。

凡遇年時節氣，總以誦經爲事。有一日名庫爾板阿裔①，經言當念經禮拜，迎喜送祟，故每年是日舉行，並換新衣，彼此饋遺相慶。又一日係嗎哈木諦敏之外孫伊嗎木哈散、伊嗎木烏散等被賊殘害之日，②嗎哈木諦敏曾念經超度，故每年是日，皆遵制念經作樂，各超度本身父母。又一日名都瓦③，係嗎哈木諦敏超度冤魂孽鬼歸塋享奉之期，故是日皆上墳痛哭，燃燈誦經，爲迎奉先人。南八城一帶，多用油葫蘆高懸於長竿之上，夜間燃燒照之，喊聲震遠。又一日名巴拉特④，《經》云爲上天鑒察人間善惡之日，故是日皆淨身禮拜，通夜誦經禱告，懺過祈福。所聞各節，頗與中國元夜、清明，暨中元超薦、歲終祀灶等日用意略同。惟曆按所引經言斷爲瑪木特玉素普所作之經，其當日所誦爲祈禱超度者，方爲嗎哈木諦敏之經也，若即以所引者爲教祖所傳，則教祖以前無經，焉有所謂持誦耶？流傳久遠，誤亦有由，蓋一爲立國天方創教之祖，一爲始遷回疆創教之祖，今回疆所奉之教，是始於東遷之瑪木特玉素普所傳，比由天方遷至喀什噶爾，地名亦自此起，喀什噶爾者，譯言初創也。當時必已作經垂訓，且言必動稱教祖，奉爲依歸，世世相傳，以致後人但知教始於嗎哈木諦敏，不知更有中興闡發之人。至今墳墓古跡之在回疆者，皆得而疑之，亦紀載無書之故也。然則今之回人所述嗎哈木諦敏之事，大半爲瑪木特玉素普遺跡，《唐書》謂焉耆"尚娛遨，二月朔出野祀，四月望日遊林，七月七日祀生祖，十月望日王始出遊，至歲盡止"，與今時回俗迥異。

　　① 庫爾板阿裔：即古爾邦節，一作宰牲節。伊斯蘭教重要節日，在伊斯蘭教曆十二月十日舉行。

　　②《回疆志》："又一日曰鄂舒爾，係嗎哈木喬敏之外孫衣嗎木哈散、衣嗎木烏散等被賊殺害之日，嗎哈木喬敏曾於是日作樂念經，超度亡魂，令往好處脫生，故回人每年於此日亦皆遵奉遺制念經作樂，以超度本身父母之靈魂早升天界。"鄂舒爾一作阿舒拉、烏蘇爾，見前舒其紹《伊江雜詠・烏蘇爾》詩注②。衣嗎木烏散一譯侯賽因。

　　③ 都瓦：都瓦節，維吾爾族宗教節日，主要流行於喀什、和田地區。每年農曆四月五日前後舉行祭祀、禱告活動，並燃燈誦經，悼念親人。《回疆志》："又一日曰都瓦，係嗎哈木喬敏超度冤魂孽鬼歸塋各享煙火之日。故回人每年於此日俱上墳痛哭，點燈念經，謂之迎奉先祖。"

　　④ 巴拉特：一作拜拉提、巴拉提。新疆少數民族傳統節日，時間爲伊斯蘭教曆每年八月十五日。過節之日，徹夜誦經禮拜、懺悔禱告，並祭奠親人。《回疆志》："又一日曰巴拉特，據嗎哈木喬敏《經》云，係上天鑒察人間過惡之日。"

祭　　祀

一

祀分三等報尊親，回人祭祀，遵《闊爾罕》經，云：天地日月，乃覆載循環者，當爲上祭。山川水土，乃資養萬物，利於人者，當爲中祭。家堂墳塋，乃人之根本，且有暗中庇佑之靈，當爲下祭。門外層臺拜舞同。立向西天宣梵唄，喃喃深見至誠衷。人家門外，皆築土臺，高二尺餘，方邊丈尺無定，作西向。上無所設，即爲家堂，名曰瑪扎爾①。凡祝告天地，祭禱山川，並歲時禮拜，皆在此處。其與阿渾聯居者，則阿渾領班，向西端立誦經，以兩手附於耳，高聲喃喃，叩拜良久，餘則各自爲禮。而其一片至誠，皆無以復加。又喀什噶爾正北圖虛克洞，據稱爲嗎哈木諦敏之大門人羅夥滿修升之處，每逢應拜之期，皆望拜之，且言此山冰雪皆嗎哈木諦敏作法積成，留滋長養者，亦酬山謝水之中祭也。回人食時，先於家堂望空叩拜，以奉先人，即爲下祭。按籍載各回國教，以事天爲本，無偶像，祭時無陳設，余歷覽果然。

①瑪扎爾：一作瑪雜爾、麻乍爾。見前林則徐《回疆竹枝詞》"不從土偶折腰肢"詩注③。此詩中瑪扎爾指家中供奉祖先神位，以及祈禱禮拜之處。《回疆志》："其祝祭之禮，每大家富户，門外俱築土基，坐西向東砌建家堂，名之曰嗎雜爾。係禱福禳災、祝天告地及節令禮拜，終日清晨迎日，晚夕送日，並把齋時禮拜叩誦經文之處。凡禮拜時，阿渾帶領衆善聚於彼處，按班立定，向西唪經，叩拜良久。"

二

義輪①尤感照無私，迎送家家有咒詞。鼓吹無腔聲斷續，臺高聽到晚風時。

回教之敬太陽，至誠不懈。自東方將白，先立土臺，誦經迎之，晚再誦經送之。此凡知誦經者，每日所必行之禮也。富室另有高臺，傍晚設鼓樂於上，長吹大擊，以爲送日之儀。此舉往昔盛行，近來稀少，亦時勢不齊也。《異域志》載："沙弼茶國，係日西沒之地，至晚日入，聲若雷霆，國王每於城上聚千人，吹角鳴鑼擊鼓，混雜日聲，不然小兒驚死。"余按地球凡生人之處，縱當西極，其橫望日之流行，一如中國之仰觀，遠近相同，遲速相等，何至墮而有聲？即或聲若雷霆，豈鑼鼓所能混住？就令千人聚擊，其聲更大，吾恐小兒轉爲鑼鼓驚死矣，其說太謬。大抵彼國亦重敬日，所云聚千人於城上者，或係千門萬户齊於高處鼓吹送之耳，當爲之進此一說。

①義輪：太陽。阮閱《詩話總龜》引《玉堂詩話》："楊黎州《自遣》云：'天上義輪都易識，人間堯曆自難逢。'"

禳　禱

術士高擎一尺冠，替人瑣語①祝平安。荒唐射影含沙②事，羯鼓聲催夜欲闌。

回部有專門行教者，名曰海連搭爾，如中國巫師之類。其帽用駝毛細繩，紅白相間，織成高尖月斧形，緣以皮邊。衣即彼中之通，惟袖大而密紉如衲，腰繫駝毛大帶，垂條於前，以玉石、紅綠線等項，懸於襟上。凡祈禱禳解之事，皆彼爲之，閑時則唱勸世文，以翼風化。每逢秋後，沿門募糧，具齋餅，往賽山神水源，並望祭圖虛克洞等處。回俗無醫藥，凡感冒風寒，則宰羊剝皮，趁熱將病人貼肉包裹，覆被於熱坑以發汗。其餘病症,請阿渾念經祝解。如有邪祟者,或用海連搭爾禳之,名爲捉鬼。無香燭牲酒之設,但有羊皮小鼓,面徑尺餘,高約三寸,框里周綴鐵環,摇之鏘然,左手托其框,以右手拍之。《唐書》龜兹揩鼓,大約類此。每用兩三人並立,且擊且唱,間亦走動,鬧至半夜始散,頗有驗,與甘省巫教治病名曰打羊皮鼓者相似。但彼以鐵釧鞔羊皮一層,形如葵扇,執柄而擊以槌,設壇唱之,稍有異耳。

① 瑣語：見前曹麟開《塞上竹枝詞自敍》注㊽。此處指祈禱時所念的禱告之語。

② 射影含沙：干寶《搜神記》中記載一種叫蜮的動物,能在水中含沙噴射人的影子,使人生病:"其名曰蜮,一曰短狐,能含沙射人。所中者則身體筋急,頭痛、發熱,劇者至死。"喻暗中陷害人,此句中用《搜神記》本意。

耕 種

四月東風已解冰,麥苗初長稻苗青。雙驅駿馬勤耕隴,不待天明早唤醒。

回部事耕種,凡小麥、大麥、糜子、穀子、蠶豆、小莞豆、高粱等項,各城土性皆宜,一律種植。南路之阿克蘇,北路之瑪納斯兩處,兼有水田,利於種稻。土魯番並多芝麻。西域最寒,余初出塞時,每年八月底結冰,至次年三月始解。冰凍之後土堅如鐵,鋤不能入,冬無生芽。自光緒初全疆蕩平,氣侯一變,常至隆冬河流未斷,惟土猶凝結。每當消融時,晴日尚難烘開,必得東風吹之,則天陰亦化,東風解凍之説,信然。故種麥亦待四月,與稻穀各項同時。彼處以麥爲正糧,午時開花,得陽氣。麥極黏濡柔軟,色白而味甘,食之養人。稻轉屬陰,開花於子時,其性寒凉,值在雜糧之列。故米雖嘉而人不多食,直與南方稻麥相爲顛倒,而麥秋同於獲稻矣。地易耕種,旱田於一犁下種之後,任自生長,水田犁耙,一次撒籽於泥,不另分秧栽插,但俟苗稍長時,删密以成蔸① 顆,皆疏於去草,坐以待獲而已。耕不拘牛,騾馬與驢皆用之。每犁一具,兩畜並曳,獲則鋪積於場,令牛馬踐踏,以收其籽;臨風簸揚,以去秕穀。治米之法,稻子、穀子皆用研,研以大圓石,長二尺餘,圍四五尺,兩頭施軸作盤,立柱於中以爲樞,用畜推轉之,除殼而及於熟。麥則磨之,曳以驢馬,家有其具。哈密及南八城並多水磨,做法與南省略同,磨重而工易。平人常食者,每磬其麩而細之,竟不過篩,利其麪多,以此作乾饃較香。阿克蘇一帶並有水碓,自舂於野以出米,各處誦經之人,每日於五更迎日後,即登高處大聲長呼,爲同井催工作焉。

① 蔸(dōu)：植物的根和靠近根的莖。

紡 織

木棉花下女郎多,摘得新花細馬馱。手轉軸轤絲乙乙①,不將粗布换輕羅。

中國之有棉花,其種始於張騫得之西域。固自古爲産棉之地,而種棉皆在南路。土魯番已屬不少,不但能供鄰境,並有運入關内者。婦女牽驢采綴,以勤紡織,故布價亦廉。南八城等處以喀什噶爾、葉爾羌、和闐三處爲多。曩昔額徵，每年喀什於錢糧外，交納棉花一萬三千六百餘斤。葉爾羌於雜稅項下，準以普兒錢折者，再以棉花布匹折爲普兒。以錢七文折交棉花一斤，每年共交棉花一萬斤。以錢二十六文，折交白布一匹，每年共交白布二萬六千七百餘匹。和闐每年折交棉花五千斤，每斤亦抵七文，白布二萬六千八百餘匹，每匹抵錢二十四文。比時②普兒扣銀每文通作一分，其棉花布匹之多，大可想見。平定以來，種植如常，紡織之法與內地略同，惟器具稍異。土魯番之盛行紡織，聞始於林文忠公教化，並有所傳紡車，皆呼爲林公車③。回疆所出之布，漢人名爲纏頭布，紗粗而松，片厚而疏，寬以中國一尺五寸爲額，製衣雖溫，不耐久，每尺價銀約近一分。漢人用者少，除自供衣服外，向皆運至哈薩克各外夷，以易牛羊騾馬。《唐書》但言于闐工紡績，大約南路各城皆仿之於後者。北路無棉，且漢民婦女懶惰者多，皆不習紡織。

①乙（yà）乙：一作軋軋。《文選》卷十七陸機《文賦》："理翳翳而愈伏，思乙乙其若抽。"李善注："乙，難出之貌，音軋。"此指紡車轉軸緩慢轉動抽絲。

②比時：《禮記·祭義》："孝子將祭，慮事不可以不豫，比時具物不可以不備。"鄭玄注："比時，猶先時也。"

③林公車：林則徐流放新疆後，曾在吐魯番、哈密等地勘察屯田，挖掘坎兒井，推廣使用內地紡車，人們爲紀念他的業績，民間將他修建的坎兒井稱爲"林公井"，將紡車稱爲"林公車"。

蠶　桑

彩帕蒙頭手挈筐，河源兩岸采柔桑。此中應有支機石，織出天孫①雲錦裳。

新疆到處多桑，而養蠶治絲，僅有和闐水土相宜，由來已久，能織絹素大綢、回回錦綢，運往各處售賣。男女習勤，與農並重，故和闐之民尤爲富足。左文襄公於肅清新疆後，大勸農桑，以培根本。各城設局，派員專辦蠶務，未幾蠶事大興，爭趨爲利。和闐益多而精，次之阿克蘇，已有可觀。現並織成花色，有綢綢之類。奈西域地高土燥，桑葉粗硬，蠶食之則出絲剛澀，服之易於脆損。曩日左文襄公曾派人於江浙采運桑苗，大費財力，惜移栽枯槁矣。且土性不同，縱能長成，必隨地變，自難如湖杭之葉柔軟且厚，然爲國爲民，亦至矣哉。各城桑葚甚嘉，大而甜，熬膠多汁。考和闐之蠶，唐以前已有之，《唐書》：于闐國初無蠶桑，丐鄰國不肯出，其王即求婚，許之。將迎，乃告曰：國無帛，可持蠶自爲衣。女聞，置蠶帽絮中，關守不敢驗，自是始有蠶。女刻石約無殺蠶，蛾飛盡得治繭。按所言鄰國，當是天竺。

①天孫：《史記·天官書》："婺女，其北織女。織女，天女孫也。"司馬貞《索隱》："織女，天孫也。"

牧　養

隊隊牛羊下夕暉，春風海上草初肥。貳師最有關心事，卻笑而今已不稀。①

回俗亦重牧，養牛以事耕種，並負大車。騾馬或騎乘，或駕車遠去，農時亦耕於野。驢則坐人運貨，耕田推磨，以及柴水之需，皆賴爲之。西人動必跨驢，取輕物於近處猶假負載，物畜之苦，莫如西土。關内亦然，其使用慘不忍見。質多馴良，熟習遠重耐勞。耕牛壯大者少，皆黄犢，無水牛。另有食牛，毛深肥笨，專備肉食，尾類馬，深長而細，割取染爲帽纓。騾馬率高大而善走，自古盛稱。《漢書》大宛"别邑七十餘城，多善馬，馬汗血，言其先天馬子也"。今各城所出駿馬甚多，騾之嘉者，能日行數百里。羊爲食肉計，兼成衣以禦寒，細而輕者作成羔裘運賣。關外之羊絨深温暖，出巴里坤寒地者更佳，惜多鹽硝，攜至東南，易潮腐而毛落。其粗老者，去毛揉染爲香皮，用製靴鞋等物，故皆以多畜爲利。駱駝獨少，不能成幫，因無大莊貨物長年遠運故耳。豢養之類，豬因禁食，皆不畜，見肉則趨避。狗數種，大者高二尺餘，凶猛若狼獒也；極小僅長數寸，腳短毛深，尾大如獅，好潔而性甚靈，能識話。《唐書》：高祖時高昌"獻狗高六寸，長尺許，能曳馬銜燭，云出拂菻"。即此類也。尚有更小者名袖狗，能出入袖中。又有犬毛淺而緊，身軀適中，輕捷善獵，多靈性。《説文》："犬，狗之有懸蹄者。"另有一爪，懸於脛後。

① "貳師"二句：與前莊肇奎《伊犁紀事二十首效竹枝體》"在昔空勞無遠略，我朝宛馬歲輸將"、舒其紹《伊江雜詠·哈薩克》"宛馬近來充歲貢，更無人數貳師功"同意。

商　　賈

居奇争向集場求，載貨還歌汗漫遊。競説波斯能識寶，①珊瑚多在網中收。②

街市名爲巴雜爾，又呼八雜，與中國街道相同。有鋪面，櫃檯高只尺許，攔其門，出入必逾其上。其城鄉通行，趨爲利藪者，則如内地之集場，七日一期，男女雜聚，遠近百貨俱湊，無經紀牙行，憑衆交易。舊例斗量之物皆以輕重計之，其權用一木條，懸盤於兩端，類天平，再按普兒分兩，較定十斤重一物爲法馬，鐵石磚土不論。彼中以十斤爲一察拉克，以八察拉克爲一噶爾布爾，以八噶爾布爾爲一巴特滿，計重六百四十斤，約如内地一石之説。而察拉克與噶爾布爾，則猶之升斗也。往年南八城徵糧均以此例計數爲額，斗雖略重，究較蘭州之斗重百二十斤者，猶只三分之二，推之千二百斤爲一石，此僅及半耳。油、酒、棉花暨各項粗細貨物應論輕重者，概以察拉克交兑。布帛無尺匹之長短，寬窄有定額，若零買，則以尺五寬者比成方幅，稱爲葉立木哈斯，與哈薩克之檔似同而異。哈薩有尺，分爲十六寸，約中國兩尺上下，謂之一檔。回疆於長短以手約之，於輕重憑土石以估計之，彼此無争，亦見渾厚。自肅清後，經督辦大臣飭局製造斗斛，發至各城分用，而權度亦漸行開，皆準以湘中規額。今爲行省，法度備矣。回人皆善理財，其出境遠行，往返運貨者，尤精通商賈，善識寶物，凡珊瑚珠玉之屬，最喜收攬。因彼中男女皆酷好，可獲重利，古稱識寶回回。《漢書》謂西域"善賈市，争分銖"，不謬也。外夷到處重商，動經遠涉。即如同治十三年三月，由安西州解越邊回子二名至哈密，有理藩院公文移諮辦事大臣衙門。緣十二年夏，黑龍江將軍德公③部下巡兵，在伊綿臺④地方拏獲。因言語不通，無從審問，遂於閏六月派佐領官解送進京，交理藩院查訊。據通事他里普⑤訊得二人係越邊回子，一名邁哈買特，年五十歲；一名阿布都拉，年三十五歲,均係布噶爾人,往克勒噶斯地方販牛馬貿易,遇賊逃奔,徑走沙漠十一晝夜,至黑龍江邊境,始遇有人。理藩院照例解送交哈密轉查,送回原國,是年九月二十五日具奏,即由直隸、河南、陝西、甘肅各省驛路遞送到哈。時哈密回王將遣人往南八城迎母,因轉交王府,令其帶同前去,節節西上。按布噶爾,係哈薩克右部,在敖罕、塔什干之西,其至俄疆之克勒噶斯⑥,必是由哈薩中左各部地方沿邊東下者,經商所歷里程,動以萬記,可謂不辭遠矣。爾時倉皇逃避,或又誤向東南,如毫釐千里之謬。幸我朝深仁柔遠,凡遇海舶遭風,異邦失路者,皆恤而送之,否則還鄉無日。然此兩人者,得睹中國神京,並歷覽西北各省風景,雖往返四五萬里,亦一人生大快事,余以爲逃難之苦,何足道也。

①“競説”句:中國古代有西域胡人識寶的故事傳統,故事中的主角多爲波斯人或大食人。《太平廣記》卷三四引裴鉶《傳奇》:書生崔煒偶得明珠,到波斯邸,欲以之換錢,有老胡人用十萬緡來換此珠。“崔子詰胡人曰:‘何以辨之?’曰:‘我大食國寶陽燧珠也。昔漢初,趙佗使異人梯山航海,盜歸番禺,今僅千戴矣。我國有能玄象者,言來歲國寶當歸。故我王召我,具大舶重資,抵番禺而蒐索。今日果有所獲矣。’遂出玉液而洗之,光鑒一室。胡人遽泛舶歸大食去”。

②“珊瑚”句:《新唐書·西域傳下》:“海中有珊瑚洲,海人乘大舶,墮鐵網水底。珊瑚初生磐石上,白如菌,一歲而黃,三歲赤,枝格交錯,高三四尺。鐵發其根,繫網舶上,絞而出之。”梅堯臣《送韓子文寺丞通判瀛州》:“選才才且殊,鐵網收珊瑚。”後以鐵網珊瑚喻蒐羅珍奇異寶或網羅人才。

③德英阿(? —1829):原名德寧阿,避道光帝名諱改。赫業氏,滿洲鑲藍旗人,歷任寧夏將軍、綏遠將軍等職。嘉慶二十五年(1820)授烏魯木齊都統,道光二年(1822)離任。道光六年調任伊犁參贊大臣,旋授伊犁將軍。道光九年卒於任上,謚號剛果。

④伊綿臺:參前王芑孫《西陬牧唱詞六十首》“瓦剌提封盡入邊”詩注①。

⑤他里普:波斯語音譯,原指清真寺中的學徒,後稱學生。

⑥克勒噶斯:地不詳。

錢　　制

錯雜泉刀記不清,相逢偏少孔方兄①。宋斤魯削②難遷地,卒讓朱提③到處行。

新疆境內錢式不一。其用制錢處,南路自哈密至托克遜止,北路自巴里坤至晶河止,南八城數千里皆用普兒錢。普兒,紅銅所鑄,乾隆以前形式,較制錢略小而厚,無輪郭眼孔,重一錢四五分至二錢之間,一面用帕爾西字鑄葉爾羌字樣,一面用托特字鑄策安拉布坦④及噶爾丹策凌字樣。自我朝平定回疆,經定邊將軍兆惠公奏請於葉爾羌設局,銷燬原錢,改成制錢形式,重二錢,仍名普兒,一面用漢字鑄乾隆通寶,一面用清字兼回子字鑄葉爾羌字樣。後經烏什參贊大臣舒公⑤等奏請於阿克蘇鼓鑄,亦重二錢,鑄阿克蘇字樣。嗣於三十五年,復奏明改鑄,通作一錢五分,即今各城所用者。初以五十文爲一滕格,旋加至百文，其後五十、一百疊更參差，均以二滕格抵銀一兩。目今每銀一兩作換普兒五百，是以五文抵銀一分，按銀價制錢二串計之，則以一當四，東用至哈喇沙爾之蘇巴什止，若過托克遜，與制錢一例矣。又有名天罡⑥者，以銀爲之，重五分，無孔，徑二三分不等，製極草率，圓整者少，大而薄者有郭，間亦見輪，一面用漢字，鑄光緒銀錢字樣；一面上下兩方，鑄漢文五分二字，右用清字，左用回字，記年月地名。其小而厚者，無輪郭，無清漢文字，僅有回字模糊，或割裂花紋而已。天罡開鑄於南八城，除本處通行外，凡南北兩路用制錢處，皆能兼用。惟弊生減少，收者仍秤輕重，不肯按五分計個數耳。伊犁用俄國洋錢銀板者，分輕重，或一錢，或五分，或二分五厘，或七分五厘，各歸一律，不差毫髮，皆圓勻精緻，花樣不同，無輪郭眼孔。其作零用，另有紅銅所鑄，質同銀板者，則不以輕重計，從抵銀五厘起，每加五數至抵二分五厘，與銀錢便分合，亦花紋精細。又有俄國銀票，用白紙裁成橫片，滿印洋字，略施間色，另無圖章，呼爲帖子。例以銀五錢稱一個帖子，而每張並不限五錢，如一張取銀五兩者，謂之十個帖子，十兩即爲二十個，以此類推，數目參差，紙相仿佛，全賴認洋字分辨。凡票與錢所標數目處，只有洋碼一二字，而碼子所記究非銀兩實數。俄人尚五，每五爲一碼，係五數之多少也，如銀錢重五分，銅錢抵五厘，及紙票取銀五錢者，皆以1字爲記。1者一也，其音爲汝二奈；再五則爲2，2二也，其音爲跌二汝。推之三爲3，音妥囉窪；四爲4，音尕妥囉；五爲5，音辛格；六爲6，音細矢；七爲7，音賽妥；八爲8，音喊妥；九爲9，音勒虎；十爲0，音諦斯，皆五數所加，遞推仿照者。錢上之碼，記銀分厘所積之五數，如銅錢鑄有2字者，即厘數，得五者二，是抵銀一分，票之碼則又專說帖子個數，非分厘積數，如一張注有8字者，即爲八個帖子，每個例銀五錢，是取銀四兩也，且銅錢尤須認明。緣有古錢，質較大，其1號者，與新錢之3號者等。若憑古錢而但計大小，則值多者混用矣。票與錢皆不能攜出境外，即在伊犁換銀，而銀錢與票均只能折算足銀八成，通行成例。若執票取銀，則茫茫無處也。便用莫如制錢，而哈密與巴里坤往年亦頗難用，制錢論兩數，不論串數，兩數非計輕重，而仍計數目也。舊章以三百二十文爲一兩，後減至二百五六，彼此交兌，皆估計而不數。哈密每銀一兩，換明錢十三兩，巴里坤則換票錢五十兩，票出於官，原無錢兌者。每張計銀一兩，僅抵銀二分，特散碎以便零用耳。凡貨物議價説銀，兌價以錢，初至茫然，不知多少，光緒二年始改成串數，定銀價爲二串。八年，由烏魯木齊運制錢九千餘串至哈密，以便民用。

①孔方兄：錢的代稱。魯褒《錢神論》："(錢)爲世神寶，親之如兄，字曰'孔方'。失之則貧弱，得之則富昌。"黃庭堅《戲呈孔毅父》詩："管城子無食肉相，孔方兄有絶交書。"中原通行的制錢中有方孔，而西域重新平定之前，所通行者均爲無孔的實心錢幣，故此處有"相逢偏少"之説。

②宋斤魯削：《周禮·冬官·考工記》："鄭之刀、宋之斤、魯之削、吳粤之劍，遷乎其地而弗能爲良，地氣然也。"指精良的工具。

③朱提：漢武帝時所置縣，後改郡，當今雲南省昭通縣。盛産白銀，號稱朱提銀。此處代指銀子。

④策安拉布坦：策妄阿拉布坦之誤。策妄阿拉布坦(1665—1727)，一作策旺阿喇布坦，衛拉特蒙古準噶爾部首領，僧格長子，噶爾丹策凌之父，號額爾德尼卓哩克圖琿臺吉。曾抗擊沙俄入侵，派兵襲取拉薩，殺拉藏汗。

⑤舒公：舒赫德(1710—1777)字伯容，一字明亭，舒穆圖氏，滿洲正白旗人，乾隆十三年(1748)任兵部、户部尚書，三十六年授伊犁將軍。謚文襄。

⑥　天罡：騰格。參前王芑孫《西陬牧唱詞六十首》"赤仄新頒九府泉"詩注⑤。阿古柏入侵新疆後，仿照浩罕國錢幣形制大量製作天罡銀幣。清朝收復新疆後，又仿阿古柏銀幣製作多種天罡銀元，製作年代和形制各有不同。

藝　術

風惟龐古①器惟粗，巧匠心思畢竟無。聽説山南多敏慧，近來依樣善描摹。

西土風氣質樸，器物皆粗率，且極省便。房屋磚土所爲，無所謂雕鏤結構之事。室中不用几案牀榻，而裝飾之類更不必問。木工一項，若非輪輿爲要，幾至無處相需。凡應用什物，大半節省，洗器以大木刳之，竹器則席其代之，盛水之具多用鐵鑄，因木質難受其風，瓦缶難經其凍。近有哈薩克所出之洋鐵盆桶，系機器所成，輕而頗堅，足適於用。其農具要需，犁耙而外，亦罕有所見。至於鍋釜瓷器之所屬，或内地運出，或外夷運來，皆非彼中自製者。故匠工名色無幾，僅有皮匠、毛匠、玉工、銅工、木工、土工、鐵匠、機匠，以及裁縫、剃髮等藝。其中惟刀、劍、罽毯擅長，玉器次之，餘無所取。平常工役，用者既不求精，作者又多魯鈍，宜乎粗率爾。近聞阿克蘇一帶銅木等工，每以精細之物令其仿製，頗能相似，可見非無能人，特俗尚不講爾。南八城出紙，以桑皮、棉絮、麻縷之類搗爛爲之，厚薄大小不一，質柔而牢，精者磨以石，尚光澤，即繭絲、魚網之遺制也。

①　龐古：質樸、古樸。全祖望《耕岩沈先生續志》："兆符曰：予年十八，以先公志石乞銘南雷，拜謁牀下，猶憶南雷深衣幅巾，須眉龐古，流涕哭於寢門之外。"

歌　舞

一片氍毹選舞場，娉婷兒女上雙雙。銅琶獨怪關西漢，能和嬌娃白玉腔。

回俗無戲而有曲。古稱西域喜歌舞而並善，今之盛行者曰圍浪，男女皆習之，視爲正業，女子未嫁，必先學成。合巹之日，新郎、新婦有圍浪之禮，殊以不知爲恥。板橋《揚州》句云"千家養女先教曲"，不意遐荒風景亦然。每曲，男女各一，舞於罽毯之上。歌聲節奏，身手相應，旁坐數人，調鼓板弦索以合之。粗莽碩大者流，手撥銅琶，亦能隨聲而和。王府暨伯克家皆喜爲之。部民男女擁集，爲應差事，一曲方終，一雙又上，有緩歌慢舞之致。調頗多，大都兒女之情，輜軿①格磔，顧曲匪易，其詞如"沙羅漢昆諦昆底圍郎②罷"等類是也。又有半回半漢之曲，如"一昔克訝普，門關上""契喇克央朵，燈點上""克克斯沙浪，氈鋪上""呀嬖尕嚁，鋪蓋上"等類，則上半句回語，下半句漢語，每事重言，一翻一譯，仿合璧文法也。哈密地近雄關，略識中原音韻，編有拉駱駝一曲，則全然漢語矣。對舞不限是夫婦，隨意可湊，究用婦人成對者多。到處弦歌，八城尤盛。此外有衆人圍坐彈唱者，有一人跳地而歌者，腔調不一。至於野外放歌，長聲獨唱，蒼涼塞上之音，聽之淒然。

① 轇(jiāo)輈(zhōu)格礫：即鉤輈格礫。參前王芑孫《西陬牧唱詞六十首》"烏秅難兜約略推"詩注③。

② 沙羅漢昆諦昆底圍郎：維吾爾語音譯，沙羅漢今作"薩日汗"，人名。圍郎，見前祁韻士《塞外竹枝詞·回樂》詩注②。此句意爲薩日汗天天跳舞。

樂　　器

龜兹樂部①起紛紛，調急弦粗響過雲。忽聽名呼胡撥四，不禁低首憶昭君。

迎年送日，均有鼓吹。鼓之大者徑二尺餘，高尺餘；小者徑尺許，高約三尺。鑄鐵爲框，鞔以羊皮，設數面於高臺。交錯擊之，聲有雌雄緩急，相連以成節奏。嗩吶、喇叭，本龜兹所出、流傳漢地者，至今形式相同，與鼓並奏於臺，彼中之大樂也。凡宴會暨平時歌舞，有絲弦小樂鼓，徑尺二三，高約三寸，羊皮鞔之，施以彩色，框裏周綴鐵環，手拍以爲節。有胡聚，用鋼弦十根，馬尾捌弓勒之。有弦子，桑木所製，長三尺餘，皮弦二根，鋼弦五根，手彈之。有似洋琴者，長三尺，寬二尺，鋼弦十二皆雙，兩邊附以單弦，名曰喀淪②。又有琴，皮弦四根，鋼弦三根，狀若琵琶，似是而異，因問之，曰胡撥。忽憶俞琰③《席上腐談》："王昭君琵琶壞，使人更造而形小，笑曰：渾不似。後訛爲胡撥四。"亦作琥珀思，又作虎拍思。今稱胡撥者，即胡撥四，始知爲昭君物也。所不解者，昭君出塞在今賀蘭山後包頭地方，距回疆甚遠，回疆地近烏孫，何以琵琶不傳自公主細君，而傳於遠地之昭君，亦顯晦有數與？各種琴弦粗宏，其爲音也，蒼涼而猛烈，殆亦塞上之風剛勁使然也。至《唐書》所載之羯鼓、揩鼓、腰鼓、雞婁鼓，與《文獻通考》之鞀牢鼓，皆謂系龜兹部樂，今無從質證而分名之。

① 龜兹樂部：參前徐步雲《新疆紀勝詩》"野味鮮腴入饌豐"詩注①。

② 喀淪：一作卡龍、喀爾奈。見前曹麟開《塞上竹枝詞》"五旦雙弦應和多"詩注②。

③ 俞琰（1258—1314）：字玉吾，號林屋山人、石澗先生，吳郡（今江蘇蘇州）人。宋亡後隱居，著有《周易集說》《林屋山人漫稿》等。

嬉　　樂

一

嬉樂無非較藝時，輸金相約馬爭馳。更看環抱交相跌，身手推誰好健兒。

回部過年不定爲中國何月。每逢歲首，亦尋樂事以鬧新年。西北好馳馬，故藉此賭勝，預爲黏帖訂期，釀金①作采。是日於長坪中，每排數騎齊發，角人兼以角馬，先到者勝之。又有比較手段之事，或同日，或不同日，每兩人互相持抱，彼此掀擲，能推倒者爲勝，謂之跌跤。勝則滿場喝采，凡與勝者相契之人，争捧其腳而高舉之，以助炫耀。亦以肉食等物爲注，兩般角勝，皆争名出衆之會也，或係王子與頭目諸人出物爲之。其餘鬭羊、舞刀盤等事，或專爲嬉戲，《唐書・西域傳》謂："歲朔鬭羊馬橐駝七日，觀勝負以卜歲豐歉。"或亦有之。

① 醵（jù）金：湊錢。洪邁《夷堅志》："村民苦毒蟒出没爲害，醵金十萬，命王作法以捕。"

二

一架秋千索影微，風前搖颭彩霞衣。由來此技傳西域，怪底佳人愛奮飛。

秋千與内地同。彼中婦女不分貧富，不論時節，皆喜爲之，到處豎有高架，宅邊有大樹者，或即橫木於枝以繫繩。

飲　食

一

餅餌深黄飯顆香，烹羹烙片具牛羊。只嫌一箸無從借，染指傳瓢繞席忙。

食以麥麪、黄米、小米爲主，稻米次之。尋常家麪食，又以乾饃爲主，皆用土磚砌甕，内光澤，燒熟貼餅烙之，黄而香，食此以爲常。間亦切麪成絲，或手搴作片，煮與炒不拘也。若烹稻米，喜將羊肉細切，或加雞蛋與飯交炒，佐以油鹽椒葱，盛於盤，以手掇食之，謂之抓飯，遇喜慶事，治此待客爲敬。小米、黄米亦作乾飯，或煮粥以下饃。富家麪食，或用油糖烙成薄餅，或包羊肉爲餛飩，爲餑餑暨一切精細辦法，與内地北省略同。而麪條更講調和，抓飯視爲常食矣。肉食皆牛羊，而羊尤常宰，燒烤者爲上，衮①與炒次之。王暨伯克等宴客，常辦全羊席。全羊者，肝肺分陳，烹煎雜具，能至百餘品之多，食者飫之。雞鴨與蛋，有則皆食。貧人度日，則惟食乾饃、飲涼水而已。概不用箸，凡有湯之物，盛盤於中，以小木杓輪食之。乾物皆用手取，濡染弗顧也。油以酥油爲最，系提牛羊乳之精液，凝凍於皮袋者，食之大補。次惟羊油，清油則種胡麻爲最。土魯番並多脂麻油，能用大車運濟境外。牛羊乳並作成乳餅、乳豆腐，以備零食。羊油可作油茶，以油煎滚，用灰麪炒黄攪入，佐以椒鹽葱桂之類，俟凝冷成團收貯。每摘少許，煎湯飲之，冬日最宜，體温而適口。清油常作油果、油饊之屬，如《楚辭》"粔籹蜜餌，有餦餭些"與杜工部詩"纖手搓成玉數尋，碧油熬出嫩黄深"是也。鹽則産處甚多，可自掘取。喜食醋，用調麪中，家自造之。所需花椒、薑、桂、草果、紅白蔗糖等類，有内地商人運出分賣。俗不食豬肉，見輒深惡。即牛、羊、雞、鴨，非同教所宰不食。凡自死者皆棄之，雖肥不食，因惡其不潔，且未曾誦經宰割也。

① 衮（ēn）：《説文》："炮炙也，以微火温肉也。"又《集韻》："於刀切，音鏖。本作爐煨也。"

二

新釀葡萄甕始開，全家高會滿擎杯。還看馬乳融成未，吩咐央歌①再取來。

　　男女皆好飲而多量。酒有數種，呼爲阿拉克。究竟阿拉克，系言沙棗所釀者，因以此爲常酒，故專其名。又有用稻米、大麥、穈子磨細釀成，不除糟粕，如關内黄酒者，味淡而甜，名曰巴克遜。最上之品，莫如葡萄所釀。初釀成時，色緑味醇，若再蒸再釀則色白而猛烈矣，性甚熱，飲之可除寒積之症。[2]《漢書》謂："俗嗜酒，大宛左右，以葡萄爲酒，富人藏酒至萬餘石，久者至數十歲不敗。"亦未必然，皆極言多且久也。又馬乳可作酒，名曰七噶，以乳盛皮帶中，手揉良久，伏於熱處，逾夜即成，其性温補，久飲不間，能返少顔。又聞桑甚亦可釀酒，回疆桑甚大者長寸餘，待其熟後自落，拾取曬乾爲之。張鳳翼[3]《談略》云有桑落酒，相傳熟於桑落之辰，因以爲名。又云："論者不知地有桑落河，出馬乳酒，羌人兼葡萄壓之。是桑落乃地名，非時也。"余謂桑落之名，或因俟桑子落下，取以釀酒亦可，至馬乳、葡萄，兩種不能兼壓者，恐説有未確。

　　① 央歌：即鴦哥，見前紀昀《烏魯木齊雜詩》"地近山南估客多"詩注①。

　　②《回疆志》："酒最上品者惟葡萄酒，係用葡萄入器内罨（之）［久］發過釀成，色微緑，味雖醇而淡，再以造燒酒法重蒸，則色白味辣而烈，有力，能醉人。謂性甚熱，能治腹中寒疾。又以沙棗燒者名曰阿拉克，澹淡。用穈子或稻米、大麥磨麨，連皮盛於器内入麴，用水攪拌釀成，連皮帶麨而飲者，乃回地之黄酒，曰巴克遜。"

　　③ 張鳳翼（1527—1613）：字伯起，號靈虚，冷然居士，南直隸蘇州府長洲（今江蘇蘇州）人。明嘉靖四十三年（1564）舉人。擅作曲，著《處實堂集》。蕭雄自注所引《談略》"桑落酒"得名與《水經注》不同，參前祁韻士《西陲竹枝詞·葡萄》詩注③。

瓜　果

一

　　鎮心齊剖緑沉瓜[1]，翡翠冰融月一牙。更有甘芳黄玉軟[2]，橐駝筐筐貢天家。

　　西域多瓜，大半生食之類。一西瓜，其形圓，色多青蒼，或碧緑暨花斑間色。其瓤不一，深黄者爲上，朱紅、桃紅者次之，白色者又次之，總皆以沙瓤爲最。味清爽而微甜，子實甚稀，亦分黑、白、紅、黄四色。剖之汁液如注，入口融洽，大止渴。暑天酷熱時，心燥震動，食之頓解。重者十餘斤，雖不及關中所産之大，而味有加焉。一爲甜瓜，圓而長，兩頭微鋭，皮多黄色，或間青花成條，隱若有瓣，按之甚軟，剖則去瓤食肉。多菊紅色，香柔如泥，甜在蔗蜜之間，爽而不膩，惟止渴較遜，列爲貢物。康熙間始入中國，稱爲哈密瓜，若葡萄之在漢也。又一種名香瓜，形小如拳，短而齊，皮色青花，内皆碧緑。去瓤與子，連皮食之，甚剛脆，亦甜而香。回人最喜種瓜，老幼男女皆酷好，每逢六、七月間瓜熟時，能食此度日，飽啖不厭。甜瓜、香瓜，趁未全熟摘回，削皮切片曬乾，編作圓餅，經久不壞，乾後愈甜，價頗貴，東南人皆帶回作饋遺，視爲珍品。若供菜食者，僅見一種，漢人名爲葫蘆，形象參差，大者如枕，愈老愈佳，色多榔桔紅，與南瓜同味，雅人每於庭前種之，作棚乘涼。其餘瓜菜，所見甚少。

① 緑沉瓜：西瓜。《南史·任昉傳》：昉卒於官，"武帝聞問，方食西苑緑沉瓜。投之於盤，悲不自勝"。

② 黄玉軟：喻瓜瓤。李綱《蒸栗》詩："式將瓦甑炊，剖殼黄玉軟。"

二

蒼藤蔓架覆檐前，滿綴明珠絡索①圓。賽過荔支三百顆，大宛風味漢家煙。

西域葡萄自古盛稱，《群芳譜》所推異品也。有數種，藤蔓、須葉相若，開黄白細花，結實累累，尺許之藤，墜重二三斤不等。一爲白葡萄，即漢時所進之緑葡萄也，大逾�豆，滴溜珠圓，色在碧白緑之間，寶光晶瑩，與玉無辨，其甜足倍於蜜，無核而多肉，因乾後色白，故名。又有俗呼牛奶，籍稱馬乳者，取其形似而名之，較白葡萄更大而長，分青、紫、黑三色，皮稍厚，有核，味甜而微酸，食之亦嘉，乾即爲葡棗也。又一種名瑣瑣葡萄，史稱鎖子葡萄者，輕圓最小，裁如椒粒，其色紫，甜中有酸，亦無核，此種甚稀。故熟時多不鮮食，陰乾以爲藥，凡小兒痘顆遲淹，煎服即壯大。乾後其細如粟，每斤需銀一兩數錢，市者常争之。葡萄産於山南，自土魯番起至南路各城，到處皆多，喀什、葉爾羌者，交納備貢。

① 絡索：成串的葡萄。唐彦謙《詠葡萄》詩："滿架高撑紫絡索，一枝斜嚲金琅璫。"

三

果樹成林萬顆垂，瑶池分種最相宜。焉耆城外梨千樹，不讓哀家獨擅奇。

回人好植果木，土宜而味佳。桃二種，枝葉花色皆與内地同，三月開花，六、七月果熟。一種大顆色紅，極圓淨，無尖無毛，甘美多液。一種如内地桃實者。梨有數種，一種皮粗老，酸澀多渣，食之無味，留至次年，俟其凍腐，用冷水浸少頃，冰即透出，包裹於外，敲冰食之，凡中煤煙毒，昏迷欲吐，可立解。小販煮熟拌糖，賣爲零食。又有大而圓者，皮厚而味亦淡。惟一種略小而長，皮薄肉豐，心細甜而多液，入口消融，哈喇沙爾所産者，較各處更嘉。阿克蘇克爾品①地方之梨，亦稱特出，以余生平所食者，當品爲第一。

① 克爾品：一作克勒品、柯爾坪，今新疆柯坪縣。

四

山北山南杏子多，更誇仙果好頻婆。棗花落後櫻桃熟，一段風光莫忽過。

江南多杏，不及西域。巴達克山所産固爲中外極品，而天山左右者亦佳，甜軟有沙，黏而復爽，熟較早，土人常飽啖。或與面粥交煮食之。以之去骨曬乾，每顆包仁於中，肉豐厚腴潤，食之如受蜜然，内地者遠弗及。仁有甜、苦二種,南八城一帶,販者以車運之。檳果亦特出,或青或紅,大者如碗,皮似李,光潤而薄,肉輕松,嚼之綿爽甘芳,味清且正。大約分兩種,一疏而脆,一泥而如腐者,即佛經舍衛國①之頻婆果也,花紅略與檳同,顆粒較小,肉尤甘脆,與檳果並茂,山南到處皆多。又有無花果樹,徑寸許,高五六尺,葉似艾而大,冬使臥地,覆以土,三月間扶植發生,不開花而結實。八月始熟,狀似茄而多楞,色黃紫,味甜而香,名曰俺吉爾。有石榴,與內地同,種之宜生,插枝即活,但須與無花果同一蓋植,否則受凍不結實矣。木瓜亦西域所有,顆、色、香味,內地者同。櫻桃圓小紅殼,一如中土所出,惟不可多得。野生者有沙棗、酸棗等類。沙棗樹大而多刺,葉圓而色藍,四、五月開淡黃花,香氣遠撲。棗大於鹽豆,粉紅色,皮薄且焦,肉乾枯而散,味甚濇,生食者少,皆采以釀酒,或研細包入蒸饃。酸棗樹小,亦刺手,葉尖而光,五月開細花,青白色,結小棗無多味,有棗仁,食之微甜。曾過伊犁果子溝,見大路兩旁峭壁果木叢生,多山楂、花紅②兩種,想見深谷中尚有佳品在也。又一種似梅花,色、實、味與梅悉同,樹甚少,余聞之而未見。其餘柑橘、李栗之屬,皆所未有。

①　舍衛國:一稱舍婆提國、室羅伐國等。舍衛爲古印度憍薩羅國都城名,後以城名代國名,城內有祇樹給孤獨園。故址在今印度西北部拉普地河南岸。

②　花紅:即沙果。見前宋弼《西行雜詠》"天外園林果樹稠"詩注②。

園　蔬

　　幾畦蔬菜不成行,白薤青葱著意嘗。蘿菔見憐秋色老,蔓菁甕貯來年香。

回人不多食菜,故圃事疏而菜類亦少。一蔓菁,彼名産木古爾①,芥屬也。揚子《方言》:"楚謂之蔶,齊魯謂之蕘,關西謂之蕪菁,趙魏之郊謂之大芥。"蔶也,蕧也,蕪菁也,蔓菁也,蔶蕠也,蕘也,芥也,七者一物也,彼處八、九月收回,或整苑藏窖,或曬乾盛於甕,吃至接新。一胡蘿蒲,呼爲栽爾達克,色紅而苗細。一鹽荽,莖柔葉細氣香,彼名引麻蘇,即《爾雅翼》所謂胡荽也。中國之種,始於張騫得之西域,韭、蒜、芸、胡荽、薤,道家稱爲五葷。一丕牙斯,內地所無,莫能名,葉類葱韭,苑似蒜而無瓣,皮或紅或白,似萬而不能剝,切片煮之,味如食萬而甜,《爾雅翼》,西方以大蒜、小蒜、興渠、慈蒜、茖葱爲五葷,不識此爲何項。《本草》:"薤,一名蕌子。"味既似萬,當薤屬也。回人喜食之,外或栽葱而已。漢民徙居者,種菜較多,及楚軍出關,帶各項菜子,隨地廣種,而園蔬將備矣。惟一種南中未有者,名撒蘭,又呼切蓮,形若南瓜,皮青厚而多筋,長於土中,與蘿蒲同類,根葉相似,削皮煮食,味稍別。大者重數斤,內地陝甘亦有之。又野地肥潤處多沙葱,狀若木賊,食之疏爽有香。

①　産木古爾(chamghur):一作恰瑪古,維吾爾語蔓菁的音譯。

花　卉

一

　　花從內地强移栽,半畏寒多不肯開。獨有玫瑰成土著,異香清遠襲人來。

地氣太寒，非生長性成不能耐。本地無花卉，即曩時回王園中所有，皆從京邸搬回，培養甚難，秋後必置温室中，否則根苗凍腐。本土出者，果木外僅見玫瑰，一紫花，一紅花，四、五月盛開，香氣沁人。紫花味甜，蜜浸可食，仍須用土壓覆方能過冬。草本者一種，幹與葉酷似紅莧，高五六尺，春種而秋花，花色深紅細縷，倒垂如稻秬，如纓緌，一莖數穗，長二三尺不等。彼中呼婦人髮辮爲察齊巴克，因相似而名之，皆好種。此間有端陽錦苗①，與内地者同，花甚繁大，朵如碗，有紅、白、黑三色，黑者爲紫花，亦摘取陰乾染布，餘無所見。山谷中五、六月間，亦復草花盛開，大半難名狀，多光怪，而秀韻者少，無人移植。

① 端陽錦苗：一名端午錦，即蜀葵。錦葵目錦葵科植物，原産四川。

二

看花還是果林邊，十里花光遠接天。桃杏自嬌梨愛素，斗他安石舊鮮妍。

果木園大者圍數里。凡人稠之境，長林相接，每當花開，望眼迷茫，燦若雲錦，足供賞玩。往年葉爾羌即如逆酋霍集占之果園查出入官者，亦有五六十所之多，花之繁盛概可想見，各處略同。①榴花本稱安石榴，因出自安石兩國。《一統志》："塔什干，隋唐時稱爲安國、石國地。"東界布魯特，爲南路近邊，故石榴種植尚宜。

①《回疆志》："（葉爾羌）逆酋和集占案内入官果園五十八處，所産果品散給官兵食用。"

聽園西疆雜述詩卷四

氣　候

一

西土高寒氣候殊，伊州猶是一東隅。地分咫尺時争刻，翻亂征衣件件俱。

新疆氣候不齊，哈密猶屬東陲，而冬之寒、夏之熱，皆倍於内地。即如夏日，晴則酷熱難禁，若天陰風起，忽如冬令。即值暑天晴日，晝中大熱，早晚仍需棉服。即當炎日卓午，城中揮汗不止，出城北行三十里，至黑帳房地方，又寒氣逼人。氣候大約如此，蓋因地高土燥，蒸之以炎日，故熱不可當，若值陰霾，與朝暾①力微，薄暮殘照，則雪山之氣得以勝之，故寒生頃刻。及與山近，雖日中亦改炎威矣。迨當冬季，冷徹心骨，途行頗難，口鼻之氣致鬚眉皆冰，垂珠累累，終日不化，拂之稍重，鬚竟落矣。受凍之後，膚焦色紫，切忌近火，小而耳鼻，大而手足，暴炙輒墮。余初出關時，值十一月中，戈壁大寒，有小僕貪向火，遇有茅草，慣避而燒之，屢誡不聽，未幾耳鼻流汗，肉化如冰消，無可救止。時因戈壁不識路，有玉門杜姓傭工者，年五十餘，曩曾經過，遂雇爲導，令乘駝。一日將晚，因凍極，下駝步行以取暖，尾而忽後，計至前途有水處，不過十餘里。比到站，久候不至，使人馳馬回探，見僵臥路中，按之氣絶，而軀已如鐵矣。是夜昇至站處，深埋於沙，封志之。歷年以來，各軍士卒於途中被凍，墮其四掌，致椎手而膝行者以百計。幸督師者矜憐，給以恤銀，並傳驛車，每載五六名，分起遞送，俾各回籍養廢。事經目擊，然後知李華②所謂“堅冰在鬚”“墮指裂膚”，非虚語也。按《職方外紀》云：“亞細亞西北之盡境，有大國曰莫哥斯未亞，其室宇多用火温，雪中行旅，爲嚴寒所侵，血脈皆凍，堅如冰石，如驀入温室之中，耳鼻輒墮於地。每自外來者，先以水浸其軀，俟僵體漸蘇，方可入温室中。”新疆地氣已然，且皆温室，惟凍極後，但用微温棉絮覆之，俟其漸知痛癢，用手輕揉，使血脈流動，便可無礙，無水浸一説。或者彼國之法所用者係温水，否則促之死矣。新疆自九月後水輒易淩，有時未覺甚寒，室中無縫入風，並添爐火，而茶盞煙瓶置之几案者，少頃即膠住不動。水之微温者，對風潑去，落地能有冰聲。

　　① 朝暾：初升的太陽、早晨的陽光。杜甫《貽華陽柳少府》詩：“火雲洗月露，絶壁上朝暾。”

　　② 李華(？ 715—774)：字遐叔，趙郡贊皇（今屬河北）人，唐代散文家。開元二十三年(735)進士，官至檢校吏部員外郎。李華《弔古戰場文》：“至若窮陰凝閉，凛冽海隅；積雪没脛，堅冰在鬚。鷙鳥休巢，征馬踟躕。繒纊無温，墮指裂膚。”

二

　　山北孤城寒更多，海城蒲類雪成窠。笑他五月披裘客，不識人間有葛羅。

　　巴里坤在大谷中，爲新疆極寒處，冬不待言，即夏日晴明，猶宜春服，若陰霾輒至飛雪，著裘者有之。

高　昌

一

　　高昌炎熱絶無儔，嬴得元時號火州。畢竟庚①藏陽氣伏，凄凄風雨又邊秋。

　　吐魯番之熱不但迥異各城，並倍於南省。凡人家庭院中，皆穴地深入作幽室，鑿磴而下，牀灶悉具。土性堅燥，無潰陷潮濕之慮，冬暖而夏最涼，賴此避暑。聞往年自四月底始，日光如火，風吹如炮烙，竟至不能出門。且屋舍炎蒸，酷熱難受，必棲伏地洞，俟日落方出，俾夜作晝，張燈照火，以勤操作。城中夜市通宵，日高仍息於洞。反是入伏後，炎威漸減，可以不避。待到秋時，涼風颯颯，又將雪矣。光緒癸未，余過其地，適當五月，見居民作息如常，並未洞處，據稱近年暑氣已解大半。然余尚覺熱甚，火風一過，毛髮欲焦。曾試以面餅貼之磚壁，少頃烙熟，烈日可畏。或云因近火焰山所致，《漢書》所謂“赤土身熱之阪”也。彼中議論者謂因南人紛至，地之寒熱漸及和平，即如巴里坤，亦消寒幾許。氣隨人轉，容或有之，然究因朝廷福大恩周，文教一敷，風雲生色，昔之窮邊，今爲郡縣，視同内地，故氣候變焉。

① 庚：庚伏，三伏天。

二

八城躔度漸臻①南，尚有温和一氣涵。物産不殊鄉國美，精華多在此中探。

新疆之精華，聚於南八城，氣候較爲温和，雖東之四城，北拱雪山，西之四城，左倚葱嶺，究其平衍處，寒與熱尚得其正，景象與南中相近。

① 臻：來到。

三

陰山北望五單于，地與南疆迥自殊。八月西風吹雪到，無端一夜失枌榆①。

山北胡天廣野，朔風摧勁，寒多而熱少。奇臺以上雖不似巴里坤，究與南八城迥別，較之哈密更冷。《漢書·匈奴傳》："本始二年冬，單于自將萬騎擊烏孫，頗得老弱，欲還，會天大雨雪，一日深丈餘，人民畜産凍死，還者不能什一。"又："高帝自將兵，往征匈奴，會冬雨雪，卒之墮指者十有二三。"皆北路一帶所見之事也。

① 枌榆：《史記·封禪書》："高祖初起，禱豐枌榆社。"裴駰集解引張晏曰："社在豐東北十五里。或曰枌榆，鄉名，高祖里社也。"此處以漢高祖劉邦帶兵征匈奴遇雨雪事，喻西征軍類似遭遇。

四

波翻麗水①已西傾，地勢旋低氣轉平。碧草煙深三月雨，黄花寒淺②一天晴。

伊犁雖在北路之西，而地當嶺外，形勢轉低，氣候較北路和平多矣。常下雨，每當三月，大有春景，至九月猶不甚寒，大約與南八城相左右。

① 麗水：即伊犁河。參前王苞孫《西陬牧唱詞六十首》"屯開巴噶路交馳"詩注②。

② 寒淺：初春的餘寒。陸游《西村》詩："旱餘蟲鏤園蔬葉，寒淺蜂爭野菊花。"

戈　　壁

大漠連天一片沙，蒼茫何處覓人家。地無寸草泉源竭，隔斷鄰封路太賒。

兩城相隔或數百里，或數十里，中皆沙灘，名曰戈壁。非沙即石，彌漫無水草，不能爲耕疇作牧野，故絶無人煙。戈壁大者，其開路之初，原尋有水處，可以供炊飲馬，爲一站，故每程遠近不齊，甚或百三四十至二百餘里始能一息，有窮八站、苦八站之稱。窮八站，在哈密往土魯番道中；苦八站者，即安西赴哈密之沙磧千里也。余初次出塞，賊行於前，抵玉門，探聞安西大路戈壁站中之水，賊皆填塞，不能前進，即由玉門九道溝過蘇賴河上戈壁，繞行小路，賴土人爲導。凡行漠地，必守轍循途，切戒欲左欲右，懼失路也。不意小路中風推沙壅，浩浩無垠，十餘日未經人跡，方行二三日，即迷所往，失水兩日一夜，幸值冬月，人與畜尚未渴斃。計行沙磧十七日，至距哈密二百一十里之塔爾納沁城始見人煙。途中站遠者，皆先夜起程，行至次夜方到。余曾道中有句云：“黃沙漠漠卷西風，四野無人一望空。到眼尚行旬日久，據鞍常使兩宵通。隔山前路疑天外，昨夜新詩似夢中。正藉蹄涔爲傳舍，呼排去馬又匆匆。”其景象大約如此。光緒元年，總統嵩武軍張公於戈壁安西大路按站興修館舍，浚井疏泉，派弁勇守候節相左公，復檄安、哈地方官沿站設局，運儲柴草，以備征進。漸至每站另有民店二三家，行旅自此稱便。其後南北兩路戈壁站口，通行照此安設。守站諸人所需食物，皆由上下有糧之處數百里運來。苦水至楄子煙墩一站百四十里，車駝每苦難到，哈密辦事大臣明公派人於半途鑿井爲腰站，奈掘深十數丈，得泉卒少。夏日經行戈壁，宜載水以防大渴。光緒八年，土魯番道中渴斃步行者兩人，倚塿箕坐[①]，張口出煙，緣臟中水盡，則火熾矣。過者下車灌以水，卒無救。惟駱駝性異，每隻日食鹽四兩，則不渴矣。

① 箕坐：兩腿張開而坐。

雪　　山

萬壑群峰遠障天，峰峰積雪斷仍連。近山六月寒侵骨，不解衝寒尚有蓮。

自葱嶺而來，萬餘里天山，上皆積雪，莫知其深。低處者夏月融消，爲河水所自出。其高處則終歲不改其白，夏日平原寒氣猶重。雪中有蛆，重數斤，潔白而多脂，其性大熱。有雪雞，大者重十餘斤，肉粗無味。又有雪蓮，結片如刀，長二尺餘，寬約二寸，微曲而薄，剖之有實如紙，如小白蝶，極薄且輕，近息欲飛，取實裹肉食之，治血分良。

巨　　浸

小海還能壯大觀，縱橫千里起波瀾。河源宿處渾無異，最是山頭更耐看。

新疆水少，亦有巨浸數處，漢人呼爲海子，夷語呼泊、呼淖爾者。最大爲蒲昌海，即羅卜淖爾，葱嶺南北河與雪山大小支流皆匯於此，爲黃河上源。星宿海之水由此中入地，伏流湧出，廣圍千里以外，旁多小海附之。稍上五百里至哈喇沙爾，有博斯騰淖爾，周二百餘里，開都河之水經流出入其中。蒲類海在巴里坤城西四十里，土語呼爲哈木哈嗎爾淖爾[①]，南北十餘里，東西七十餘里，當谷中低處，勢如釜底，北傍小山，四圍之水入焉。偶當日色西沉，遠望波間，樓臺隱約，良久始没，亦蜃樓海市也。博克達山峰頂有海子，山曲外所得見者，周不過數十里，溢流至山腰，瀦爲小海，圍三里許，自此流出成河。伊犂之三臺在萬山高頂，有海名賽喇木泊，長春子所謂天池也。余曾登松樹頭[②]嶺首，計量大概，南北約六十餘里，東西不下二百里，三臺營房在其東北角，西上大路，從大河沿地方轉南入山起，行上坡路，二百一十里抵此，高已概見。海之四面僅此處山開里許，中爲平坡，東則天山幹崙，勢猶低坦，依山海岸長坪，寬處數十里，即往伊犂大路，餘皆峻峰圍繞。雪光一片，矗起水中，三臺瀕水倚山，前望海中數里處，有大小兩石山屹立，高者出水十餘丈，低者數丈，相隔半里許，恍睹君山、香爐於洞庭波中。海深不可測，無魚蝦，惟夜間時聞搏激吟吼聲，非神物必怪物也。水清潔，但飲之腹脹，緣開闢以來，所融冰雪積久未經流動者，其寒涼可知。三臺、松樹頭兩處均有泉眼，瀕於海，過者須汲此爲炊，慎勿誤用海水。又特莫爾圖淖爾在伊犂惠遠城東南，喀什噶爾之西北，周千餘里。一曰圖斯庫爾，聞俄人曾查悉四圍有水七十餘道注之。

① 哈木哈嗎爾淖爾：即巴爾庫爾淖爾，巴里坤湖。《回疆志》：“哈木哈嗎爾淖爾在巴里坤城西四十里尖山子地方，南北寬十餘里，東西長六七十里。每逢天氣晴明，太陽西沉之際，遠望淖爾中城垣、房屋霞彩閃爍，逾時而息，如海市然。”徐松《西域水道記》：“（巴爾庫勒淖爾）其北亦有山，曰察罕哈瑪爾山。土人以山名海，又曰哈木哈瑪爾淖爾矣。淖爾正南隔山爲哈密界，漢之伊吾也。”

② 松樹頭：清代驛站。洪亮吉《遣戍伊犂日記》：“（初五日，）四十里至松樹頭店，重車已不能行。”位於今賽里木湖西南岸。

河　道

河水來從雪嶺頭，幾支西去幾東流。八千疆土憑分潤[①]，百萬生靈待有秋。

新疆經流，南路以昆侖河源爲大。喀什噶爾之烏蘭烏蘇河與英吉沙爾之河合流爲葱嶺北河，葉爾羌之澤普勒善河、聽雜布河合流爲葱嶺南河，均流至巴爾楚克南北，會合東下，此黄河正源也。南有和闐之玉隴哈什、哈拉哈什兩大河及玉斯庫爾河，三水北流，會合爲河之旁源，入於葉爾羌河。北則阿克蘇之渭干河，發源於穆素爾河，其西有烏什之托什罕河，東有賽里木、拜城分作三支之木扎特河，左右南流，入於渭干。木扎特之東有庫車之厄爾勾河，源於烏爾土布拉克[②]山，東流經沙雅爾城，與渭干河會。厄爾勾之東即哈喇沙爾之開都河巨流，與南北源等，東北流入博斯騰淖爾，復自淖爾西南溢出，回流二百餘里，與河源會合，東下匯於蒲昌海。此水之東流者，他如吐魯番之交河，闢展、哈密等處之河，或北或南，皆細流也。北路以伊犂河爲大，源於穆素達阪山後深谷中，自東而西，洪流瀰湃，小河數道入之。其南有霍爾果斯河，發源俄羅斯境，經伊犂後兩河會合西下，注於彼中海，此分嶺西傾者也。自伊而東，如大河沿、晶河兩水，則西流而轉北，如托多克、固爾圖、庫爾哈喇烏蘇、安集海、烏蘭烏蘇五處，其水勢相等而北流者也。陰山一帶，又以瑪納斯河爲大，次推呼圖壁、昌吉之河，若迪化、阜康、紫泥泉、濟木薩古城、木壘河等處，皆直趨東北之小水也。自大河沿以下，諸水各爲一支，發於天山，其源淺近，無會合，無歸宿，漲則洶猛，涸可立待，北流没於沙中。塔爾巴哈臺有額洣勒河，與北路諸河尤遠隔，不相屬，發源阿爾泰山，始東北流，其後北流入俄境。

① 分潤：滋潤。

② 烏爾土布拉克：一作烏爾圖布拉克，蒙古語"長泉"之意。蕭雄此處以之爲厄爾勾河河源，似不確。

雷　雨

一

阿香①底事徑途分，住近南山久不聞。豈是無雷真有國，一天風景隔蠻雲②。

曩時久在西域，未曾聞雷聲。至光緒二年夏日，忽有輕雷殷殷鳴於哈密，居民男婦皆驚異之。按《漢書》：無雷國"王治盧城，南與烏秅、北與捐毒接，與蒲犁、依耐等國皆西夜類也。西夜與胡異，其種類羌氏，行國，隨畜逐水草往來，子合至依耐五百四十里"。依耐，今英吉沙。

① 阿香：中國古代神話中推雷車的女神。《初學記》卷一引《續搜神記》："義興人姓周，永和中出都。日暮，道邊有一新草小屋，一女子出門望見周。周曰：'日暮求寄宿。'向一更中，聞外有小兒唤："阿香，官唤汝推雷車。'女乃辭去。"

② 蠻雲：瘴氣。代指邊緣荒凉之地。陸游《涪州》詩："使君不用勤留客，瘴雨蠻雲我欲愁。"

二

終年無雨濕荒郊，氣脈難騰地太高。偏是新苗經未慣，農夫原不望春膏。

雨因地氣而致，地氣温和則滋潤，即有熱氣蒸之上騰，降而爲雨，如甑中得火，氣水彌漫也。若寒冷，則乾澀而氣不升。又值沙磧復高敞，縱有水氣，亦凝結而成雪，如人身受凍，血脈停滯也。南八城捷至伊犁，猶近温線，故温和而有雨。哈密捷至烏魯木齊及塔爾巴哈臺，地與温線較遠，與冷線較近，故雨澤甚稀，常數年不一見。新疆種植皆引河水爲溝渠，澆潤其根苗，亦性定而相宜，若雨則滴鹹沾苗，並灌水於苞中，反致易萎，凡有雨之處，皆非農所願望。

風　雪

一

陣陣狂風不可當，漫空沙石亂飛揚。窮川大漠連朝暗，多少征人委異鄉。

邊地多風，常三五日一發，晝夜不止。塵沙入室，出户不能睜眼。戈壁廣野中，尤猛烈難行。石子小者能飛，大者能走，沙石怒號，擊肉欲破，行人車馬遇之，須即停止，苟且遮避。若稍移動，即迷失不復得路矣。同治十二年冬，瀏陽黎彤雲觀察獻[①]帶軍出關，行至胡桐窩之西遇大風，吹失多人。幕友陳君江西孝廉，亦及於難。車馬僕夫，相隨共杳，停扎數日，遍尋未見，蓋因流沙如浪，遇物擋塞，則一旋成堆，高低累累，從何處掘疑塚耶？余時在沁城，是日城中屋頂多揭去，都司署前照壁極厚且低，竟被吹倒。土人年老者云，此等大風，久不一見，莫非數也。哈密赴吐魯番之路，向由十三間房經過，在戈壁大川南面，明稱黑風川，宋名大患鬼魅磧，多怪風迷人，過之輒被吹物，俟人俯拾將近，則稍爲吹遠，屢拾屢吹，戲以引之，幾番旋繞，不知路矣，寒熱饑渴，虎狼妖魅之類皆可爲害。故過者戒嚴，吹落之物寧置不顧，《漢書》所謂風災鬼難之域也。亡友徐少松明府[②]常銓，長安人，軍興以前遊幕吐魯番，曾習聞，每言之甚詳。近來大路改由北邊山罅，可無慮矣。《唐書》，青海西北"流沙數百里，夏有熱風，傷行人。風將發，老駝引項鳴，埋鼻沙中，人候之，以氈蔽鼻口，乃無恙"。老駝見風長鳴，往往如此，若預知風信，亦未可必，惟知險則有之。駝固喜鳴，其聲爲圜，凡途行，必繫大鈴於項下，取其便照料，讓狹路。如夜遇境有盜賊，必解鈴偷過。駝即知之，竟悄無聲息，此經屢試者。又《博物志》云："燉煌西度流沙往外國，無水，時有伏流處，人不能知，橐駝知水脈，所過輒停不行，以足踏地，人於所踏處，掘之即得。"此説未知驗否。

① 黎彤雲觀察獻：黎獻字彤雲，湖南瀏陽人，官至平慶涇道。同治末年西北民變，爲首批帶軍出關的清軍將領，光緒元年(1875)歸里。

② 徐少松明府：不詳。

二

風翦鵝毛最易飛，胡天八月上征衣。瓊瑶滿地堅如石，直到春深始漸稀。

中秋以後，漸見雪多，因地冷而不消，踐如履沙，足不沾濕，積久愈凝結。候次年二、三月東風大吹，始與冰同化。曩曾於大冷時行戈壁，夜遇遍地皆雪，堅凍不能掃，遂於雪上鋪氈坐臥，竟未浸濕，蓋熱不勝寒也。

日　月

一

日繞寒光力不支，長空萬里度遲遲。淒涼最有難禁處，風慘雲愁欲落時。

日光爲瘴氣所蔽，非昏黄即白色，夏日雖燥暴，而慘澹仍如秋冬。

二

月到遐荒色減妍，十分圓處也淒然。那堪顛倒眉彎細，掛在冰山雪嶺邊。

曩於家居玩月時，常想及邊城月、關山月之淒涼，及置身領味，始知向所擬像者猶未及也，至今回首，宛存心目，卒莫能形容。

鳥　獸

一

寂寞枝頭百囀聲，朔風寒影下饑鷹。翩翩幾許名難識，一見雕盤衆鳥驚。

羽族僅數種，應候之鳴甚稀。鷹之毛色與内地同，大者有加，形聲蒼老。極大莫如雕，土人養以供獵。狀若鸜鵒，重者十餘斤，喙鋭而鈎爪堅利，善攫，本鷹屬，亦呼爲鷹。蕭至忠爲晉州刺史，[1] 將獵，九冥使者謂諸獸曰："汝輩若干合鷹死，若干合箭死。"鷹即此物也。凡出獵，人以牛皮裹臂，令蹲其上，馳馬而行。平時飾皮帽，蒙罩其眼以制之，放則盤空下瞰，鹿之大者亦能攫取。日啖以肉，雄偉善捕者，需值數十金。又小鳥似畫眉，名曰哈拉火卓，面尖喙長，足高，黑毛白點，光有紅緑，捕而畜之，經久能言。有小雀纖細無比，鐵喙甚短，不知名，時見逐隊飛集。又有雀身小而長，色多粉白，頭頂有毛，豎如扇形，喜孤飛，常踟躕於道旁，不甚畏人。又有類竹雞者，回人名爲克克里克，漢人呼爲聒搭雞[2]，因其鳴而名之，飲啄於山谷間暨黄蘆、紅柳叢中，飛不甚高，冬月尤肥，土人或網或捉，入市多爭之。活者畜於家，易馴熟，肉細而味鮮，當在家雞、野鶩之上。草湖多水處，有野鴨，背脊黑毛一線，餘皆白色。又有黄鴨，更肥大，重者三四斤。回人雖不食，常捕而畜之，與雞鴨共食息。

　　[1]《太平廣記》卷四四一引《玄怪録》："唐中書令蕭志忠，景雲元年爲晉州刺史，將以臘日畋遊，大事置羅。先一日，有薪者樵於霍山，暴瘧不能歸，因止岩穴之中，呻吟不寐。夜將艾，似聞悉窣有人聲，初以爲盜賊將至，則匍匐伏於林木中。時山月甚明，有一人身長丈餘，鼻有三角，體被豹韡，目閃閃如電，向谷長嘯。俄有虎兕鹿豕、狐兔雉雁，駢匝百許步，長人即宣言曰：

'余玄冥使者,奉北帝之命:明日臘日,薾使君當順時畋獵,爾等若干合箭死,若干合鎗死,若干合網死,若干合棒死,若干合狗死,若干合鷹死。'言訖,群獸皆俯伏戰懼,若請命者。"

② 聒撘雞:一作嘎嗻雞,參前舒其紹《伊江雜詠·岔口鳥》詩注①。

二

海燕還窺舊主簾,良禽反被俗人嫌。誰憐塞外征鴻苦,歷盡饑寒爪印纖。

每當春暮時,燕亦來巢將子,毛色形聲無異,八月初漸飛去。新疆最多之鳥莫如烏鴉,純黑者大,白項次之,灰色較小。八、九月間,常數百成群集於城垣,排列若陣,並飛入人家覓食,慢無所畏。每近黃昏,繞樹爭棲,雜訊聒耳。至次年三、四月,始合群飛入山中。鵲亦有之,不甚多,形色與內地者同,惟聲有微異。回人俗見,不厭烏啼,反嫌鵲噪,以爲不吉之禽,常逐之。野鴿甚多,比之家畜者喙長而眼紅,餘無所辨。春間雁自南來,多於叢蘆大澤間,就平蕪而乳,秋涼始去。回人間亦捕畜,以供玩。蒲昌海有天鵝,大於雁,滿身絨毛似鶴,潔白有光,可取其皮作小毛服之,輕如白袷,價頗貴,非邕州①蠻人鵝腹毳毛所比也。

① 邕州:廣西南寧古稱。

三

密林遮葦虎狼稠,幽徑尋芝麋鹿遊。爲怯野人狙道左,夜深偷度幾重溝。

邊塞多獸,巴里坤天山之松樹塘,野鹿成群,大者如馬,能騎人,角長二尺餘,蓋麋也。南八城水多,或胡桐遍野而成深林,或蘆葦叢生而隱大澤,動至數十里之廣,其中多虎狼熊豕等類。虎之身軀較南中所見者微小,而凶猛亦殺,不亂傷人。狼大如黃犢,出沒莫測,遇途人無伴,輒偷至背後,以前足跨肩,俟人反顧,噬其喉;若值騎驢,則隨其臀而齧之,故西人出必持棒,爲防狼也。豬熊,類豬而喜坐,毛深粗黑,狀凶惡,前腳有掌,能持木石。野豬大者三四百斤,嘴長力猛,最傷禾稼,回人雖不食,常力捕以除害。林藪之中,並藏鹿焉,安嫻無損於人。北路烏蘭烏蘇有葦湖,過之亦時聞鹿鳴。哈密三道嶺北爲野人溝,中多野人。余僅見手腳形狀,手掌連指,約長七八寸,肉厚且寬,掌中皮粗色烏,舌舐欲光,背皆豬毛,爪堅利如鐵戳,腳掌則寬厚而短,皮毛如其手,皆熊掌也。聞其身軀高八九尺,形體似人,惟通身黑毛粗硬,一如手足之背。三道嶺地方多果園,每當果熟夜候,結群偷食,一路言笑而來,聽之不能識。往年並出路旁,人見之佯爲不怯,彼亦走去。若奔跑必追,其行至速。大抵毛深覆目,走則垂毛低頭以視路,若立住,則以兩手揭毛,四望尋物,不動彼亦不知,故必俟其走動,方敢趨避。哈喇沙爾之西亦有野人溝,皆出沒地也。猩猩近時未見,聞高二三尺,皮肉頗與人近,能言,極馴善,不爲害,捕者取血爲猩紅,染氈毯最鮮。哈密大戈壁中,馬蓮井子多野馬,常百十成群覓水草於灘,狀與小黃騾無辨。遇之不傷人,但捉獲不能駕馭,腰脊無力,惟勇於直前。

四

　　紛紛搖尾可憐蟲，半飽豺狼餓腹中。野獵更愁鷹犬惡，一絲微命繫蒿蓬。

　　平原荒草中，狐兔居之。狐之皮，回人作帽檐，需此甚多，並集裘爲袍。兔因毛淺不用，捕者亦少。野羊之屬，有大頭羊，出高山岩罅間，狀與羊同，略高大，毛青無尾，角徑三四寸，長五六尺，盤旋累綴，上坡行極捷，下坡因頭重，輒翻倒，其角可用爲弓。又山羊類於家畜者，角小多節，長只數寸，取其血，治氣痛跌傷甚良。又有黃羊，與麎相仿佛，毛緊色黃，時走於平川，途行往往見之。羚羊爲西域所出，角圓細而節密，藥物也。羊屬之肉，獲之皆食。又曾見一小獸狀若蝟，通身絨毛，無箭，白有光焰，深寸餘，豐擁成堆，暖倍於狐，不常有，未知其名。豺，狗屬，較狼小而毛澀。狸，貓屬，等於狐，毛淺色烏。豺與狸皆非常見者。蒲昌海有海龍，狀似小黃犢，出沒水中，時登於岸，一撒而毛片盡乾，風吹成旋，類乎紫貂，其輕暖珍貴亞之，每歲土人捕獵，照例交納呈進。水獺、旱獺皆產之，別處亦有，均不多得。野地沙灘多黃鼠，身長三四寸，腳四爪，見人輒坐而望之，以前腳作拱手式，連揖不休，捕之，竄於洞。又黃鼠狸，大倍於鼠，身長嘴尖，常入屋爲害，野貓屬也。深山巨壑之中，大小獸類尚多，未目見，不能述。曾記在大戈壁中失路時，遠見兩大獸，色似水牛，大可加倍，以頭相抵觸，當有角，莫能名，或即《漢書》所謂犎牛[1]也。

　　[1]　犎(fēng)牛：一作封牛。《漢書·西域傳》載罽賓國出封牛。顏師古注：“封牛，項上隆起者也。”一説爲犛牛，一説爲單峰駝。

蟲　魚

一

　　赤蟻玄蜂憶九歌，欲箋《爾雅》費蒐羅。聽來應候清音少，惱煞傷人利喙多。

　　蜂之類間有蜜蜂，餘皆未見。蟻黃而極細，亦不常有，因地冷故耳。不識若象若壺[1]者，在西方何處也。夏秋之鳴，南路間有蟬聲，而蟋蟀無聞。秋多蒼蠅，到處擁集，凡書畫衣物色白者，頃刻爲糞所汙，點成純黑。喜鑽人面，憎之罵之驅之，[2]歐陽公、張詠[3]諸人，亦無可如何也。青蠅卻少，緣穢物非乾即凍，驟難變化。極多莫如臭蟲，空中能飛，無處可避，夜間蒐之牀壁，輒得數百。聞北路呼圖壁廟中，懸有臭蟲巨殼，徑盈尺，余兩過其地，惜未往觀。人身之虱卒然能生，朝更淨衣，夕費捫索，終歲如是。西人並以無虱爲不利，余證之果然。蚤虱尚如平常，不甚生厭。夏日有名匾子者，一曰草鱉，其形至匾，足藏腹下，吸血若飽，圓如小鱉，雞犬苦受其傷，入肉深没，觸人即腫痛，數日始能愈。蠍出於西北，生敗垣破壁間，豎尾疾行，軋軋有聲，談者謂見之宜用香楮送出，若擊死則次夜愈多，來無了期，毒甚於蜈蚣，甚患之。蚊惟南路間有，北路暨吐魯番以下不一見。余在北路時遊博克達山，見澗中有樹，結實如棗大，皮薄有棱，剖之滿顆皆蚊，按《異物志》：“嶺表有樹，如冬青，實如枇杷，熟即坼裂，蚊子群飛，惟存皮殼，土人謂之蚊子樹."即此類也。嶺南歐陽梅塢④《天山賦》云:"榆葉孕蚊蝱之族。"皋蘭邵乙園注:"蚊蟲多生榆楊葉上。"余所見葉大而薄,狀異榆楊,結實孕之,當另爲一種。榆,櫏屬,即冬青,《函史》云可放蠟,故蚊能寄生,見時已五月中旬,每樹所孕以萬計,察之出殼尚早,北路轉瞬寒生,且山中遠隔,卒未飛出,即凍滅。各城夏月臥榻不施帳幔,恃無蚊耳。間有蝱長七八分,色麻,齧牛馬,即《本草》牛蝱、草蝱之類。南八城有蛇,長大者少,不亂傷人。有土蛇甚短小,見馬輒以頭插地,而身豎若筆,馬即腹脹而倒,入鼻以吸其腦,馬遂斃,幸遇之極稀。石龍似守宮而有鱗,四足爪尖,頭有毛而須長,尾與身等,長八九寸,生山中石罅。蝙蝠間亦有之,與内地者無異。又八蠟,類蜘蛛而大,有八足,嘴方分四瓣,上下各二,生牆縫及鹵灘中,回人奉爲神蟲,見即臥地候之,以一過其身爲吉,大有毒,齧之甚危,非觸不爲害。山中有蟲類蛙,能作怪,銜冰吹之,立刻飛雹,傷行人禾稼,爲害尤烈。又雪山中有草,葉似韭,夏生冬枯,根蠕動,化爲蟲,名夏草冬蟲,此與蚊子樹一種,見草木昆蟲交互之奇也。

① 若象若壺:《楚辭·招魂》:"赤蟻若象,玄蜂若壺些。"王逸注:"壺,乾瓠也,言曠野之中有赤蟻其狀如象,又有飛蜂腹大如壺。皆有蚔毒能殺人也。"

② 歐陽修《憎蒼蠅賦》:"蒼蠅,蒼蠅,吾嗟爾之爲生!既無蜂蠆之毒尾,又無蚊虻之利嘴。幸不爲人之畏,胡不爲人之喜?爾形至眇,爾欲易盈,杯盂殘瀝,砧几餘腥,所希杪忽,過則難勝。苦何求而不足,乃終日而營營?逐氣尋香,無處不到,頃刻而集,誰相告報?其在物也雖微,其爲害也至要。"

③ 張詠(946—1015):字復之,號乖崖,濮州鄄城(今山東菏澤)人,太平興國年間進士。北宋政治家、文學家。官至禮部尚書,謚號忠定。有《張乖崖集》。張詠《罵青蠅文》:"忽陰薄陽,化生青蠅。觸類苒苒,朋飛薨薨。竊膻而蠹,芳筵預登。當是之際,無人不憎。"

④ 歐陽梅塢:歐陽鎰(?—1803)字梅塢,廣西馬平人,乾隆四十五年(1780)庚子科舉人,六十年任甘肅徽縣縣令。歐陽鎰爲王大樞戍友楊廷理内弟,他將王大樞《天山賦》署己之名刻印,遂造成後世有關《天山賦》著者的爭論。歐陽鎰《天山賦序》:"是編脱稿後,未敢示人。戊午秋憂局京師,適皋蘭邵孝廉乙園設帳姑藏,偶出相質,乙園謬謂可存,並爲音注,以付諸梓。"

二

日暖冰融水國春,一河莘尾①半無鱗。浪花猶帶腥膻氣,卻有漁郎去問津。

新疆有水之處大半有魚。魚之大小視水之大小也,最大而多,能有運供鄰境者,惟哈喇沙爾一處。哈喇沙爾,古焉耆國,《漢書》謂焉耆近海水多魚,《唐書》謂焉耆有魚鹽利,從古然也。魚二種,大者可逾十斤,一色黑,無鱗,頭大有鬚,身圓而尾長,狀似乎鮎,皮厚肉粗,其臭過腥,食之無味。一身匾頭尖,薄有細鱗,近乎白魚者,肉細而不腥,與河之魴、江之鱸不甚相遠,此爲各城爭市者也。南八城諸河皆有魚,而無鱗者多,短小而色雜,南人戍邊者喜捕之。蒲昌海水闊風腥,海邊一部人民皆以魚爲菽粟,遠闢一隅,無人往捕,而彼中人亦無有能爲商販運出分售者,但自足魚而已。哈密涓涓細流,向本無魚,僅有沙鰍，長不過二寸，自爵中丞劉公駐軍其間，於川中低處開引深渠，廣長而有壩，由内地收鯽魚爲苗以養之，不數年間，而魚不可勝食矣。北路如蒲類海、賽喇木泊、博克達山諸巨浸，皆冰天積水，中無寸鱗，惟瑪納斯城北十餘里之處，河有深潭，中多小鮮，鯽居其半，味亦甚嘉。若烏魯木齊城西小河及伊犁等處，大小諸河雖皆有魚可捕，亦鯽、鮎短小之屬，尺半者不可得也。至於蝦、蟹、鱓、鼈諸類，全境中皆所不生。

① 莘尾：《詩・小雅・魚藻》："魚在在藻，有其莘尾。"毛傳："莘，長貌。"此處指魚。

草　木

一

苜蓿黄蘆舊句哀，席其曾借馬班[①]才。須知寸草心堅實，堪並琅玕作貢材。

王昌齡詩："出塞復入塞，處處黄蘆草。"塞外多黄蘆，信然。其狀在蘆茅、淡竹之間，深二三尺，色黄，凡鹹灘遍地叢生，牲畜喜食之。其次惟席萁，一名塞蘆，俗呼芨芨草，即《漢書》所謂白草也，生沙土荒灘中，或與黄蘆錯雜，春末發蓀[②]於莵。每叢百數十莖，高五六尺，莖葉穗花，宛如芒草，惟莖堅光澤，尺許一節，以之編筐簀織席簀，雖粗甚牢。《漢書・五行志》："檿弧萁服。"注："服，盛箭者。"其草似荻而細，織之爲服，即謂此也。到處有之，南路清水河者最嘉，大者可截爲箸，飾以銀，頗新雅。數十里灘中，一望皆是，中有一兜，心尤堅實，能沉水，采之以入貢。托根詭異，如芙蓉之茶，歲易其處，披尋始得，謂爲瑶草可也。苜蓿，野生者少，各處渠邊暨田園中隙地間有之。餘皆專因芻牧，收子播種者，牲畜喜食，易肥壯。《史記・大宛傳》："馬嗜苜蓿，漢使取其實來，天子命種之。"内地之苗相同，嫩時可作菜食，味清爽，即薛令之[③]所吟先生盤中物也。

① 馬班：司馬遷與班固並稱。

② 蓀(sūn)：《楚辭・九歌・湘君》："薜荔柏兮蕙綢，蓀橈兮蘭旌。"王逸注："蓀，香草也。"沈括《夢溪筆談》："蓀，即今菖蒲是也。"

③ 薛令之：(683?—756)字珍君，福建長溪(今福安)人，神龍二年(706)進士。開元中遷右庶子，與賀知章並侍東宮，積歲不移，遂謝病歸。薛令之《自悼》詩："朝日上團團，照見先生盤。盤中何所有，苜蓿長闌干。"

二

自古龍堆草不生，牧童争趁水邊程。湖中蘆荻供多用，風度遥吹犢背聲[①]。

流沙枯土，概不生草，凡有萌芽處，必附近有水，地尚潮潤耳。水邊間有紅蓼或淺草纖苗數種，蕩漾清流，點綴原隰，自皆不可多得。惟茅一種甚細，低窪泥沙地遍段生之，深二三尺，黃白色，呼爲冰草，因常於秋後割之冰上者，可以供牧放，並儲備冬春餵養，其利畜不在苜蓿下。肥地有野麻，高四五尺，一莖數枝，開紅花，可取麻爲繩，並織布縫袋以盛物。又馬蓮似蕙而窄，質柔厚如菖蒲，深尺餘，密帬成菀，零星苗野，牲畜不食。《爾雅》"蕭蘢"，疏："狀似蒲而細，可爲屬，亦可絢以爲索。"與此適合，未知是否。蒿與內地者同，沙土中間有之。其餘草類不概見，蒼茫野望，所目睹而成色者，冰草與黃蘆、茇茇而已。《唐書》謂："高昌有草，名白疊，擷花可織爲布。"未詳。高昌，今吐魯番，花可織布者惟棉，別無所見，豈唐時尚不識棉耶？凡草叢之下，空處仍是赤地，非若南方土潤，更有貼地如茵者，望之千里一碧也。至於湖池與平川卑濕地，則蘆葦生之，南北兩路幾處成林，輒長數十里，大者徑寸，剖之可織席，凡鋪墊土炕及一切雜用皆賴之。其蓋屋多用蘆竹②，厚鋪於椽以承泥，較之茇茇編席，工省而用同，亦能耐久。《漢書》謂多葭葦、白草，信以此兩種爲特蕃盛。新疆境內除地畝分種各管外，凡山川物產概屬之公，取用不分畛域。

① 風度：風吹過。顧非熊《出塞即事二首》其一："河上月沉鴻雁起，磧中風度犬羊羶。"

犢背聲：牧童的笛聲。

② 蘆竹：禾本科蘆竹屬多年生植物，桿分節，粗大堅韌。多生長於河岸邊。蕭雄誤將其與蘆葦混淆。舊時新疆地區居民常用蘆葦和泥築造院墻與房屋。

三

紅柳花妍莫可儔，白楊風慘易悲秋。蕭蕭落木榆關①冷，最動鄉心倚戍樓。

紅柳高不過五六尺，大者圍四五寸，葉細類柏，色似藍而綠，開粉紅花，如粟如纓，有似紫薇，嫣然有香，木中之最豔者。皮色紅，光潤而貼，削之更現雲紋，每枝節處，花如人面，耳目悉具，性堅結，西人用作鞭杆。據云飲畜攪於水，能開毒氣。《倉山詩集》中有某公見示紅鞭，云出哈密者，即此。②枝條可編器，細縷若藤，捋之皮脫而白，能歷久用。沙土長窩中，往往生遍段焉。白楊蔥蘢無曲，枝椏稠密，附幹直上，無離披歧出者，狀甚樗③，高者十數丈，望若攢筆，圓勻挺秀，皮多白色，葉薄而稍圓，回人賴爲材用，惜欠堅實。自生者少，每於人家屋側，或塋園、城市間偶見數株，皆排列整齊，大都栽植使然也。多者莫如胡桐，南路如鹽池東之胡桐窩暨南八城之哈喇沙爾、瑪拉巴什一帶，北路如安集海、托多克一帶，皆一色成林，長百十里。其狀多彎曲，臃腫不能成材，葉頗似桑，三、四月開小白花，與內地之桐迥然不類。大者亦成合抱，而心多空腐，擇其堅實有花斑者，作馬鞍亦嘉。液流至地，爲胡桐鹼，可發麵，回人並合羊脂爲胰，浣衣較洋鹼尤潔。其枝間凝結之脂，即本草胡桐澉也，《漢書》注："胡桐似桑而多曲，蟲食其樹，沫出下流者，俗名爲胡桐淚，言似眼淚也，可以銲金銀，今工匠皆用之。流俗語訛呼淚爲律。"即謂此也。哈喇沙爾之孔雀河河口，泛流數十里，胡桐樹雜古幹成林，倒積於水，有陰沉數千年者，若取其深壓者用之，其材必良。槐與椿間有之，狀與內地相同。椿系大葉一種，非嫩芽可食者。槐於五、六月開花，回人亦摘取曬乾以染布帛。新疆東望榆關，北有榆谷，而榆究不多，各處偶見數株，狀同內地。惟審其性質較細，而結紅色類橇④，有莢錢，回人亦食之。沙灘之中，生瑣瑣柴，爲漠地獨有者，高四五尺，圍不過數寸，屈曲古峭如樹根，皮白葉圓，性若朽脆，折易斷而無聲，拔之根即隨出，宜燒爲炭，甚堅結，久爇不消，炙之有力。作柴則無焰，柴與炭爐後，灰中有鹹成塊，見慣皆棄之鹵灘中。有茅柴名駱駝刺⑤，高僅一二尺，每菀成堆，葉青厚，多刺，甚棘手，嫩時駱駝食之，因名焉。博克達山峰頂有小樹一種，隱於薈蔚中，小者若箭，大或盈把，皮色略黃，光淨勻膩，如紙而牢，如綢而薄，累數十層，揭之如翻書，聯而不黏。去皮則潔白堅潤，加以磨刮，酷似象牙，剛柔相兼，黃楊弗及。微有心，刺針可入，數寸一節，通之若竹。余得之山僧，枝葉未見其狀，采者惟無意間能遇之，土人不能名，呼爲千重皮，一曰即降龍木，舉宋時演義楊家將之事以實之，恐出附會也。

① 榆關：此處指玉門關。陳誠《西域行程記》："過嘉峪關，關上一平岡，云即古之玉門關，又云榆關。"

② 袁枚《水軒主人招飲月下作》："紅鞭攜出天山雪，紫菊排成錦帳霞。"句下自注："席間出哈密鞭相示。"

③ 檐（wō）：枝垂貌。

④ 櫢（sū）：丁度《集韻》："櫢，木名，可染。"即蘇木。

⑤ 駱駝刺：豆科駱駝刺屬半灌木，因駱駝喜食而得名。在我國主要分佈於西北地區，是防風固沙的重要植物。

四

千尺喬松萬里山，連雲攢簇亂峰間。應同笛裏邊亭①柳，齊唱春風度玉關。

天山以嶺脊分，南面寸木不生，北面山頂則遍生松樹。余從巴里坤沿山之陰，西抵伊犁三千餘里，所見皆是。大者圍二三丈，高數十丈不等，其葉如針，其皮如鱗，無殊南產，惟幹有不同，直上干霄，毫無微曲，與五溪②之杉無以辨。曾遊博克達山至峰頂，見稠密處單騎不能入，枯倒腐積甚多，不知幾朝代矣。巴里坤松樹塘山中並有二株，用大鐵鍊拘連其上，鍊久剝蝕無鏽，未詳其原。《抱朴子》曰："山中樹能人語者，其精曰雲陽。"歐陽梅塢《天山賦》及此，邵乙園注云"今巴里坤間亦有之"。然則所拘者，必此怪也。松皮可作玩物，曩於《兩般秋雨盦集》中見浙江某君以西域南山松皮徵詠，比以平易疑好事，及出塞見厚者尺餘，截之爲假山，置案頭，數片老龍鱗，幽峭天成，如群峰聳矗，始驚爲奇。某君所謂南山，即巴里坤呼天山也。若夫平地大小水邊暨屋舍左右，則宜於柳。柳數種，或葉大枝昂，或垂條搖曳，而飛花舞絮不概見。土人於枝條粗大者童之，以俟再發，備材用也。平地樹木原少，凡有人煙處，又爲賊所礮伐，根株幾絕。左文襄公橄飭湘楚諸軍，各於駐處擇低窪閑地，蒐折樹枝，排插爲林，方及數年，已駸駸乎蔚然深秀，民甚德之，皆榆柳也。北路固爾圖之西境無居民，河灘數十里皆柳，水深淺處，隨地自生，大者圍二三尺，枝柔葉細，與常種相若，五、六月開大瓣白花，宛如木槿。漢民附近者往摘之，陰乾售爲藥物，其性涼，暑天烹茶，飲之能解熱毒，每斤值銀數錢。此爲各處未有者，當另成一種。古之回人好種樹，令柳眠橫長起伏蟠旋。往日南路洋薩爾有古樹一叢，大者十圍，垂陰深暗，皆蟠柳一株發出之枝也，老幹離土二三尺處有眼,孔中出清泉湧噴,甘芳如醴,人皆頌爲靈泉,而於樹亦尊之若神,未悉何人手植。又烏什城之西南四五里,有蟠柳,繞幹發出百餘枝,高者十數丈,古峭縱橫之狀,無所不備,中抱澄潭,隆冬不淩。有索特胡瑪雜爾在焉,猶華言廟也。回人謂自千年前有和卓木從溫都斯坦來者,居此種樹誦經,潭中多蛇,旋即盡去。③余按所云和卓木則是,若年代、地名,恐皆相傳訛誤,當即瑪木特玉素普始遷時之遺跡也。

① 邊亭:邊地的亭障。《史記·蒙恬傳》:"太史公曰:吾適北邊,自直道歸,行觀蒙恬所爲秦築長城亭障,塹土堙谷,通直道,固輕百姓力矣。"泛指邊地。

② 五溪:今湖南懷化。

③《回疆志》:"烏什城之西南四五里有蟠柳一叢,連根梃發百餘株,高者三十餘丈,或曲或直,或臥或立,嫩綠垂蔭,枝根蔭翳。密柳叢中環抱清潭數湍,深處丈餘,淺亦數尺,雖隆冬不凍。土人云千歲之前其水多蛇,由溫斯探來以和卓木在此種柳念經,其蛇俱無。此處名索特胡瑪雜爾。"

土　産

一

土厚能令百寶生,金藏五種辨分明。夜來識得山中氣,裕國須從此內爭。

產金以于闐爲最。自于闐行三日程爲小金廠,行七日程爲大金廠,皆出大瓣金。次之葉爾羌所屬之伯得爾格①。乾竺特、色呼庫勒等處皆產黃金。哈喇沙爾出赤金,城西北二百餘里爲白扎,再四百餘里爲紅扎②,皆產金處也。又于闐縣西北百餘里,地名破城子,城無遺跡,皆沙灘。凡至其地,無心摸之,輒得金物。吐魯番西四百五十里,地名庫木什,回語謂銀也,其山產銀,唐人呼爲銀山。和闐所屬之塔瓦克出銀礦,向曾徵銀,近因人少未采。庫車北行三百數十里,大山中出金箔、銀箔,其地大寒,人不易去。阿克蘇北面大山沿邊多產紅銅。庫車東北六十里名銅廠莊,亦系采銅處。又北五十里地名齋木奇塔什③,又西北二百餘里鹽山之側,此兩處皆有銅礦,齋木奇塔什並出鐵礦。英吉沙爾東南三日程,其山產鐵,即《漢書》所言莎車鐵山。又特莫爾圖淖爾,地以產鐵得名。特莫爾者,鐵也。阿克蘇所屬之山,並有出鉛者,《漢書》謂龜茲有鉛,彼時屬在龜茲耳。往年賦額,葉爾羌歲徵黃金共一百十九兩零,和闐歲徵黃金八十兩,又額糧內有折成普兒者,以黃金再折每普兒一百七十八文,折交黃金一錢,歲共收金三十兩。各項金數隨玉進貢。阿克蘇地方每年交納紅銅四千五百餘斤,庫車交紅銅七百三十斤,賽里木、拜城共交七百五十斤,此備鼓鑄錢文之需。阿克蘇並交納黑鉛三百斤,因製造鉛丸也。以上皆出南八城,非北路所有,大抵土山之氣發於外,故草木生焉;石山之氣蘊於中,故金玉生焉。天山南面多石,上無樹木,氣鍾於金玉;北面多土,故山頂皆松,萬峰葱郁,無怪乎金玉稀少也。惟大河沿以上,西亘一山,低長而多石,余在五臺道中,於天未曉時從對岸遠見山邊無人之境,突然似火非火,光芒四射,焰長丈餘,精采奪目,疑之。僕夫告余曰:"此金光外放也。"逾時始收。據其外耀者測之,其中藏之富可見。又烏魯木齊山下有金穴,不甚深,大約北路亦有幾處可采而得者,特無人留意耳。

① 伯得爾格：一作伯得里克，即別迭里山。見前《烏什》詩注⑧。在今烏什縣境。

② 紅扎：一作紅札，金廠。《新疆圖志》："珠勒都斯山在焉耆城北四百五十里。山中金苗層露，曰紅札，曰老鴉溝，曰阿烏塔哈，皆昔日金廠。"又《焉耆府鄉土志》："紅札產金，在城東北，相距十站馬路，一名紅楂。"白扎地點不詳。

③ 齋木奇塔什：具體地點不詳，似爲察爾齊克之誤，參前《阿克蘇》詩注④。徐松《西域水道記》："銅產其（上銅廠）西南六十里楚午哈山，亦曰察爾齊克廠。"俗曰滴水崖。

二

　　玉擬羊脂溫且腴，昆岡氣脈本來殊。六城①人擁雙河畔，入水非求徑寸珠。

　　玉出昆岡，自來論玉者，統計中外，以和闐爲最，出雲南者次之。雲南之玉或翡或翠，或粉白，雖各極其妙，而其質猶粗，非若和闐之溫潤而細膩也。潔白無瑕者名脂玉，以其酷似羊脂，擬爲上品。其寶光蘊藉，色足十分者，則又無上上品也。棗紅皮者次之，青花者又次之，若玉拉里②、礓子石等稱，則碔砆欲混者也。玉雖昆侖所產，究不能登山采之，皆在離山數百里處，深入於河，暗中摸索，是玉是石，出水始知。《唐書》謂于闐"有玉河，國人夜視月光盛處，必得美玉"。未知驗否。其璞與雲南所出不同，雲南之璞外如火石，極粗澀，剖之方見精采；和闐之璞皮與内不相遠，一睹可辨，惜得之甚難。出玉之河二，一玉隴哈什，一哈拉哈什，玉隴哈什者最嘉，哈拉哈什者次之。每逢桃花水暖，雪浪未來，及秋色澄鮮，河冰未凍，定爲兩季采取。其後添采哈琅圭、塔克兩山内，亦按春秋爲期。又添桑谷樹雅③山内，秋采一次。五處所得難定，盡數交納，爲正供焉。民間采者亦多，近年各省有人，曾在彼雇工撈索，往往虛擲千金，未償片玉，難得愈見可貴，然復有一探便得，或重才數兩而價值千金者，運爲之也。河之有玉，不定爲山水沖下。和闐城東南六十里爲小騍馬地，再六十里爲大騍馬地，④兩處產棗紅皮脂玉，在沙灘中掘取，當是生長其間者。《漢書》謂于闐出玉，又謂莎車國出青玉。莎車青玉者，今之玉拉里各種是也，品類高下不一，色雜碎者有之，皆尚腴潤。若所云鄯善出玉，未聞其地，惟哈密大戈壁中馬蓮井子出白石，似玉而粗，堅過之，美者製器光澤，久用則色敗，但呼以地名，輕之也。考漢之鄯善國，東接陽關，馬蓮井子正當陽關西北三百里，大山環其外，當時必屬鄯善，出玉當是指此。北路瑪納斯河中，蒐尋亦可得玉，色白而有翠，類乎雲南所產，嘉者亦朗潤可觀，不常有。礓子石出南路，此種甚多，白而細者混玉，亦珍物也。昆侖多寶石，如金星石、藍寶石、碙砂、紫英各種之外，尚未曾見。至籍載金剛鑽，有大如雞卵者，此無價至寶，何可易得也。又聞有冰晶，係萬年不化之冰所凝結者，用作眼鏡妙不可議，惜難往取。按唐順宗初，枸彌國貢長堅冰，齎至京師，潔冷如故，炎暑赫日不消。昆岡之冰，其成晶也亦宜。若魏文帝時，燉煌獻徑寸大珠，未知從何處得者，特亦偶然事耳。

　　① 六城：指和闐六城。參前《和闐》"東走長途葱嶺邊"詩注①，及福慶《異域竹枝詞》"和闐人道古于闐"詩。

　　② 玉拉里：此指玉拉里克所產之玉。見前福慶《異域竹枝詞》"舊巢瓦覆綠琉璃"詩注⑧。

③ 桑谷樹雅：《新疆圖志》：“南山，《水經注》謂之仇摩置，有二谷，曰桑谷，曰樹雅，二谷出水分流，回人統呼爲桑谷樹雅，金玉皆産其中。”在今和田縣南呢蟒依山内。

④ 小騍馬地、大騍馬地：地不詳。

三

沿崖洞穴長青煤，石火能供萬户炊。更有泥沙成寶物，居民蒐采北山陲。

天山南北，皆有煤穴數處，大都整塊如石，其性極嘉。即如哈密三道溝所産，在老窯者猶有煙，中之悶人。新窯更勝數倍，隨置於地，燒之引火即燃，無煙氣而有長焰，經久不爐。北路迪化一帶有煤炭、藍炭、煙炭三項。煤炭遜哈密所出者不遠。煙炭多油，片紙可引，如燒松脂，力撲不能滅，濃煙著物即黑，室與廚皆不宜，另由土窯閉燒，除煙則成。藍炭望之類沙缶，而堅結過之，其色藍，燒以深爐，焰長力大，尤能耐久，皆一方生活之寶也。庫車城北五十里齋木奇塔什山内産物獨多，鐵礦、銅礦、煤炭外，並出白礬、硫黄、硇沙等項，硇沙有紅、白二種，可廣取之，但皆鹽硇，雖售而價賤，遠不若藏中所出。更有嘉品可以配眼藥，開厚翳，較黄金尤貴耳。硫黄入藥，西産者最良，道遠不適於運。阿克蘇境内亦有之，舊例與焰硝並徵，用備火藥。又塔什密里克之西南兩日程特列克①地方産玉沙，爲攻玉所必需，非此不能磨琢，中外玉工，取資於此，采運之利不少，但西土出者宜於西玉，以治雲南玉，其力略遜。

① 特列克：一作鐵列克、特勒克，詩中所指之地當爲今新疆阿克陶縣西南的鐵列克山。《西域圖志》：“特勒克達巴，在齊齊克里克達巴東一百里，當孔道北。”

四

參苓先去問虯松，五月風和鹿養茸。山峻自多奇異草，靈苗知在幾層峰。

回俗不用醫藥，故無人入山采取。然萬壑千峰，其中藥物之多，概可想見。天山數千里皆松，茯苓自當不少。且凡有鹿處，必有參、芪、靈芝等項，鹿交必食。芝不能名，芝無定狀，惟鹿能認，其平時所食者，皆參、芪補劑之苗。鹿茸之補非關夫血肉，關夫所食之物，元氣聚歸耳。故養之於家，同一解角，而茸不足貴也。余遊博克達山，適當盛夏，所見各草，多揣之當爲藥苗。著名者大黄，近年西洋購買，視爲珍物，采運屢獲重價。阿魏亦天山所出，因用少而不行。平地家植者，北路有枸杞，顆大肉豐，全然無子，紅色鮮明，甜潤若蜜，較中衛①四百户者尤嘉，當推極品，名烏垣②枸杞，出烏魯木齊滿城内。惜種樹之地僅廣數畝，每年收摘不過數百斤。南路種紅花，往年哈什并入額徵，歲以三千數百斤交納，性色俱良，其爲藥爲染，與西藏産者無異。野地所見，甘草、蒼耳爲多，水邊亦多大黄，若蓯蓉、鎖陽皆突起於沙灘，無根苗者。麻黄一項，喜生沙土長窩，常數十里無間。曩時大泉各局③儲備柴薪，堆積者僅此一色，粗賤之藥，誰從遠運，皆置之不顧。近來内地有人在彼采賣者，天山之雪蓮，其狀已述於雪山句中。次之有催生草，苗細似秧針，深四五寸，微有蒍，若麥冬，據稱以公母配對服之，催生神效，未知若何。按周文時康居國獻浮苡④草，食之宜男，當另是一種。又漢武帝時，月支獻活人草三莖，人死以草覆面即活，此等異草更無人知。其餘藥物，當漸有能識者入山采掘也。天山之鹿，夏至解角，與關東者不同，而性亦別焉，彼補陽，此補陰；彼補氣，此補血；彼急而燥，此緩而和平，老年與婦科食之最宜。取茸之期前後只一二日，略早則血力未滿，略遲則毛粗而角老矣。關茸宜小，西茸宜大，有每架十叉以上、重數十斤者，珍貴物也。

　　① 中衛：清代寧夏府中衛縣，今寧夏省中衛市。

　　② 烏垣：指烏魯木齊。垣，城。

　　③ 大泉各局：左宗棠進軍收復新疆之際，沿途在紅柳園、白墩子、大泉、馬蓮井各站運儲柴薪水草，以備西征軍及往來車騾取用。

　　④ 浮苢（yǐ）：一作桴苢、芣苢，即車前子。《逸周書·王會》：“康民以桴苢。桴苢者，其實如李，食之宜子。”

險　　隘

天　　山

　　天山六月度晴曦，鼓角聲驚雪雹隨。幸繞回欄三十六，裂膚猶免墮深危。

　　天山過嶺之路，正在幹崙過峽處，故嶺首猶山腰也。山中最寒，冬月過之，人所準備者，尚有墮指裂膚之患。若夏日忽然風雪，行人原未料及，以致凍斃者常有。往年山行多忌諱，宜悄静，若大聲長呼，或軍行吹角鳴炮，縱當炎日，雪雹立至，幾如隆冬。光緒初各軍出關，余時在哈，凡遇過嶺者，皆囑其預防暴冷，且告所禁，卒有不信忌諱致遭奇難者，響應殊不可解。自東而來，從哈密一百二十里入南山口起，峽中行上坡路四十五里，登至嶺首，尚無險，惟下嶺之十餘里係直壁，俞身無所擋塞，勢陡峻。曩時天山不通車，下嶺路窄，危懸於壁，秋後積雪不知其深，偶失足，即墮落直下。孤行之人固無所施，即有伴侶，非長繩縋引，亦不能上，手足凍僵，愈挣愈墜，遂埋雪中矣。光緒元年張中丞暫駐哈密，即飭所部嵩武軍興工開山，回繞三十六盤，以舒其險峻，寬一丈五六尺，並刊木為欄，宛轉遮護，自此若坦途焉。

松　樹　頭

　　登山瀕海復登山，越嶺南行路最難。三十里程懸峻阪，往來車馬足蹣跚。

　　松樹頭，係三臺海上諸峰過峽處一小嶺也，高不過二三里，登之非險。險在過峽而下，較天山加倍。緣自大河沿入山起，二百五十里漸上而來，高於不覺，乃以數日所上者一瀉直下，路便危矣。嶺首至峽底溪邊二十餘里，中多壁立。車行至此，卸盡前驂，僅留轅馬，並用繩挽住，緩緩放之，轅馬顛仆幾斃，幸每行一二里，小有平坡可憩足。其自下而上，車馬更見難行。

果　子　溝

　　漏出峰頂隙罅天，迴旋四十二橋連。此中素號神仙窟，岩壑陰叢果實鮮。

松樹頭下嶺爲果子溝,即塔勒奇山峽,兩山聳矗,中夾一溪,寬處不半里,狹數丈,清流急湍,響震山谷。元太祖之二太子[1]扈從西征,始鑿石開道,刊木爲四十八橋。橋可行車,沿溪而下,忽左忽右,蒼岩牙錯,以故十步之間,循環雁齒[2]者其常也。自嶺底至峽口六十里,其中曲折崎嶇,莫名其險,今並爲四十二橋,歸伊犁鎮標經理,日派弁兵數人馳馬梭巡,扶其欹塌焉。峽之上遊,深遠不可知,聞往昔有人探入,未窮其源。修煉之士棲止岩穴者,不知其歲矣。兩山果木叢陰,別有天地,咸以爲多仙躅[3]云。

① 二太子:察合台(1183—1241),成吉思汗次子,蒙古太祖十四年(1219)隨成吉思汗西征。察合台汗國的創建者,元朝建立後追謚爲元聖宗忠武皇帝。

② 雁齒:橋的臺階。庾信《溫湯碑》:"秦皇餘石,仍爲雁齒之階。"倪璠注:"雁齒,階級也。"白居易《新春江次》詩:"鴨頭新綠水,雁齒小紅橋。"

③ 仙躅(zhú):仙跡。王績《古意六首》其一:"幽人在何所,紫巖有仙躅。"

阿哈布拉

陀鎖銀山[1]一道開,長溝盡日夾崔嵬。征人別有奔馳苦,爲怕千峰瀉水來。

數千里回疆,於哈喇沙爾之東一關深閉,丸泥可封,形勝莫能殫述。路極險,自蘇巴什之東入山起,約行七十餘里,至阿哈布拉,再六十里至桑樹園,八十里至榆樹溝,上下二百餘里之間,兩山壁立,中以溝通,天光若虹,一線微露。溝之狹處才丈許,祁陽易仲瀶[2]觀察曾題"一梭天"三字於阿哈布拉路旁,鑴之石壁,嵌空如斗,溝中惟桑樹園地方尚有岔路兩處,左通海子,右即蘇巴什小路,餘無別徑。途行至此,須迅速經過,勿稍停憩,因其大山深壑中,天陰輒雨,水集傾瀉,會流於溝,行旅不能預知,陡漲奔騰,深或數丈,車馬一沖而去,無可趨避,洵畏途也。《唐書》稱爲銀山道,西距哈喇沙爾城三百餘里。

① 銀山:參前《哈喇沙爾》詩注⑬及《土產》"土厚能令百寶生"詩自注。

② 易仲瀶:易孔昭(1834—1895)字仲瀶,湖南黔陽(今屬懷化)人。咸豐十一年(1861)拔貢,鑲黃旗官學漢教習。光緒二年(1876)受左宗棠徵調,任西征軍幕僚,光緒四年新疆收復後,授阿克蘇善後委員,後署安肅兵備道。著有《平定關隴紀略》《石芝精舍詩集》等。

冰 達 阪

天邊穆素問星郵[1],十里攀援駐足愁。費盡五丁開鑿力,水晶簾上動蜉蝣[2]。

冰達阪即穆素達阪,係厄楞哈必爾罕[3]大山之嶺,天山之分名也,回語謂冰爲穆素爾,謂嶺爲達阪,在阿克蘇東北三日程,自此穿山開路,捷通伊犁,僅千餘里。山勢峻極,懸崖險巇,無路可登,嶺係斷峰低束處也。上因有水流出成冰,結成山體,深厚莫測,每日撥民夫二十餘名,於冰上鑿蹬爲路,長七八里,凡度嶺，人與馬皆用繩繫而牽之，緩步挨進，冰多震動，時拆裂，深或數丈，望之戰懼。此路余未身歷，聞異景奇險，有難名狀者。阿城至此，入山已深，南之山削立如垣，隔阻陽氣，故嶺皆純陰，下有谷壑，累巨石，有水從石下湧出，時或力猛，凝激沖石上翻，水隨氾濫，人行冰上，足顫眼花，而奔泉懸瀑之聲又上下吼鳴，驚駭耳目，甚至暴風狂雹，猝然交至，失墮可慮，是棧道、劍閣之險不足道矣。近山安設居民百二十戶，免其納糧，專修此路，《唐書》謂跋禄迦④，即漢姑墨國，西三百里度石磧至淩山，葱嶺北原也。水東流，春夏山谷積雪。即指此處。余意冰嶺之路漢時已爲要道，非開於近代者，據《漢書》：烏孫公主遣女至京師，學鼓琴，漢遣侍郎樂奉送主女歸，過龜兹，龜兹王因求婚，留不遣。然則自京師至烏孫，而必取道龜兹，其過冰嶺無疑，且果子溝之路開於元初，縱令當日勉强能行，烏孫由彼處過嶺，北達匈奴，循天山北面東下，再度嶺南行，橫至玉門、陽關，以轉入中國，未免繞道太多。故古之西域雖遥，當時能通道陽關，由鄯善、且末⑤前進，則中國自蘭州過黃河後，計至龜兹七千里長途。若溯一川直上，反是附右之匈奴，猶被天山隔斷，其自中國至烏孫，雖更當冰嶺以外，路增千餘里之遥，亦不過如山居景象，來往比鄰，從村口進至村頭，越過山坳便是耳。

　　① 星郵：信使。楊億《鄭工部陝西隨軍轉運》詩：“三軍粒食資心計，一月星郵待捷書。”

　　② 蜉蝣：昆蟲名，種類不一。幼蟲生活在水中，成蟲生命周期短暫。常以喻生命微小。《詩·曹風·蜉蝣》：“蜉蝣之羽，衣裳楚楚。”毛傳：“蜉蝣，渠略也，朝生夕死。”此處指穿行冰嶺之人。

　　③ 厄楞哈必爾罕：一作額林哈畢爾噶，今作依連哈比爾尕山。《西域同文志》：“額林哈畢爾噶鄂拉，準語。額林，謂間色；哈畢爾噶，謂旁肋。山爲博克達支峰，如人之有左右肋也。”《西域圖志》：“額林哈畢爾噶鄂拉，舊音額林哈畢爾罕。……乾隆二十二年，討阿睦爾撒納，遣官祭告。二十四年，西域平，秩於祀典，每歲春秋致祭。”

　　④ 跋禄迦：《新唐書·西域傳上》：“跋禄迦，小國也，一曰亟墨，即漢姑墨國。”參前王芑孫《西陬牧唱詞六十首》“鼎峙三城姑默墟”詩注①。

　　⑤ 且末：漢代西域國名。《漢書·西域傳上》：“且末國，王治且末城。去長安六千八百二十里。……西北至都護治所二千二百五十八里，北接尉犁，南至小宛可三日行。有蒲陶諸果。西通精絶二千里。”地當今新疆且末縣西南。

雪　　海

　　雪海深沉不可知，瑩光六百射天池。夢中記否山頭路，鴻爪須防失墜時。

　　冰達阪北行九十里有雪海，圍五六百里，適當雪山冰嶺之中，一片純陰，積雪終歲不消，其深莫測。路迷亂，易失足，人猶可上，若騾馬陷入，愈牽愈下，計無所施。地苦寒，草木不生，鳥獸絶跡，惟一種神獸居之，非狼非狐，行旅覓其蹤而循之，不至迷失。又有神鷹，凡失路者聞其聲往即之，得路矣。皆生長雪中，與百獸衆鳥有異，當即山靈所驅使者。乾隆間平定回疆，開修達阪，便通南北，經尚書舒公具奏，每年致祭山神，列入祀典。又自葉爾羌至和闐，路多流沙，無跡可辨，莫知嚮往，全賴鴿子引導。其地野鴿數百，每日散糧餵養成例，節節群飛其間，鴿雖因食往來，而其必循正路，不繞左右，並不飽颺他適，亦見百靈效命之奇也，此與甘藩署守庫鴿子相同。①

① 梁恭辰《北東園筆錄》載：甘肅布政使府衙署中存放着數百萬兩協濟新疆的餉銀，庫前有數千隻鴿子看守金庫，"聞有深夜無故近庫門者，鴿必叢集其身，碎其頭面"。譚嗣同《石菊影廬筆識》："甘肅布政使署多鴿，《池上草堂筆記》記其靈異，皆不誣。歲出帑百餘金，酬其守庫之勞。"

古　　跡

陽　關　道

從古陽關客恨多，樓蘭鄯善記先過。桑田今已淪成海，不問瓜沙路幾何。

陽關在沙州衛西南，今燉煌縣西一百二十里，地名紅山嘴①，即其處也。關無遺址，掘之土中，猶得古磚。漢霍去病破走月支，開玉門關，玉門亦在沙州之西，《一統志》謂在瓜州西北十八里。今瓜州城尚存，距沙州二十里，沙州駐有參將，皆燉煌縣境也。張騫始開西域之跡，自玉門、陽關出，原有二道，一從鄯善傍南山循河西行，至莎車，爲南道。一自車師前王庭隨北山至疏勒，爲北道。按車師前庭，今土魯番，是古之北道上遊，即今往南八城通衢，舍此無路可入，其南道係從鄯善傍南山。《隋書》："鄯善在羅卜泊之南。"羅卜泊即蒲昌海，即今之羅卜淖爾，其東北爲樓蘭國。《史記·大宛傳》："樓蘭姑師，邑有城郭，臨鹽澤。"鹽澤亦即蒲昌海，又名牢蘭海。牢蘭，即樓蘭也。又《漢書》："鄯善本名樓蘭，因漢使相望於道，歲十餘輩。樓蘭、姑師當道，苦之，致遮殺漢使。"後傅介子②斬樓蘭王，立其弟尉屠耆③，更名其國爲鄯善。樓蘭、鄯善，固一國而先後者。但又謂樓蘭最在東垂，近漢，當白龍堆，鄯善國王治扜泥城，扜泥，應在羅卜泊之南，則白龍堆適當其東北，雖是一國，究爲兩地。是古之南道，必從樓蘭至鄯善，由鄯善至且末。隋煬帝五年，平定吐谷渾，更置鄯善、且末、西海、河源四郡，且末在今車庫南，惠生作左末，辯機④作沮末。《伽藍記》云："自鄯善至且末，一千六百四十里，計去于闐，僅千餘里矣。"法顯、惠生⑤皆從此道西行，惟玄奘法師從北道行，均於所記見之。兩道分於樓蘭，一循海南，一繞海北，北道遠而南只過半。唐貞觀六年，焉耆王龍突騎支⑥始遣使來朝。自隋亂，磧路閉，故西域朝貢皆道高昌，突騎支請開大磧道，以便行人。按高昌指土魯番，即北道；大磧道者，南道也。是古時來往，焉耆以西皆以南道爲便，其至伊吾等處亦必由鄯善分路。《後漢書》云："自燉煌西出玉門、陽關，涉鄯善，北通伊吾千餘里，自伊吾北通車師前部高昌壁，千二百里，自高昌壁北通後部金滿城，五百里。"爲西域門戶。金滿城者，今之烏魯木齊，當時前往山北，是由達阪城過嶺，爲大路，所載里程尚合，惟伊吾系由鄯善東行，高昌則正接鄯善之西，概謂北道者，非也。漢時西域自玉門陽關外起，原有樓蘭、姑師、鄯善、婼羌、尉犁、且末、小宛、山國、精絶、戎盧、扜彌、渠勒各國⑦，以接于闐。迨後辨機云自于闐東行，以至樓蘭，漢之渠勒、精絶、戎盧、小宛諸國皆湮没無蹤，竟淪入瀚海。滄桑之變，一至於此。但爾時兩關近地本係沙磧，即爲龍堆，隋唐皆稱大磧，婼羌、渠勒諸國俗事遊牧，而仰穀別國者。大抵其時荒沙大野中尚有水草成區，可供牧放，因國焉，後因流沙日壅,漸廣且深,以至遊牧亦不能棲。況幾歷紅羊⑧,一變而爲城郭耕種之族,自此大漠全廢矣,今稽斥堠,不復能辨。

① 紅山嘴:《西域圖志》:"紅山,在敦煌縣西。東距縣城一百二十里,黨河之西,地名紅山口。東十里有石鄂博,其西爲古陽關。"非烏魯木齊、伊犁紅山。

② 傅介子(?—前65):北地(今甘肅慶陽西北)人。西漢昭帝元鳳三年(前78)出使大宛。元鳳四年(前77)斬殺樓蘭王,因功封義陽侯。

③ 尉屠耆:漢代西域鄯善國王,初在漢朝爲質子。樓蘭王安歸屢殺漢使,漢昭帝元鳳四年(前77),傅介子殺安歸,立尉屠耆爲王,更名樓蘭爲鄯善。

④ 辯機(619—649):唐代僧人,婺州(今浙江省金華市)人。貞觀十九年(645),玄奘在長安譯經,辯機參與其事。玄奘述《西域記》,由辯機撰成。貞觀末以罪被誅。

⑤ 法顯(337?—424?):東晉僧人,平陽郡(今山西臨汾)人。東晉安帝隆安三年(399)往天竺求法,歷時十四年,經三十餘國。著有《佛國記》。

惠生:一作慧生(?),北魏僧人,北魏孝明帝神龜元年(518。一説熙平元年,516)受魏太后派遣,往西域求經。著有《惠生行紀》,今佚。

⑥ 龍突騎支:唐代焉耆國國王,貞觀六年(632)遣使入貢,請開大磧路以通商旅。曾率軍配合侯君集伐高昌。貞觀十五年臣於西突厥,安西都護郭孝恪將其俘送京師,永徽元年(650)復爲焉耆王。

⑦ 婼羌:漢代西域國名。《漢書·西域傳上》:"出陽關,自近者始,曰婼羌。婼羌國王號去胡來王。去陽關千八百里,去長安六千三百里,辟在西南,不當孔道。……隨畜逐水草,不田作,仰鄯善、且末穀。"地當今新疆若羌縣。

尉犁:漢代西域國名。《漢書·西域傳下》:"尉犁國,王治尉犁城,去長安六千七百五十里。……西至都護治所三百里,南與鄯善、且末接。"地當今新疆庫爾勒市塔什店。

小宛:漢代西域國名。《漢書·西域傳上》:"小宛國,王治扜零城,去長安七千二百一十里。……西北至都護治所二千五百五十八里,東與婼羌接,辟南不當道。"地當今新疆且末縣西南喀拉米蘭河與烏魯格河附近。一説在今新疆民豐縣安迪爾鄉。

精絶:西域古國名。《漢書·西域傳上》:"精絶國,王治精絶城,去長安八千八百二十里。……北至都護治所二千七百二十三里,南至戎盧國四日行,地阸陿,西通扜彌四百六十里。"精絶城遺址在今新疆民豐縣。

戎盧:西域古國名。《漢書·西域傳上》:"戎盧國,王治卑品城,去長安八千三百里。……東北至都護治所二千八百五十八里。東與小宛、南與若羌、西與渠勒接,辟南不當道。"地當今新疆民豐縣、于田縣南部呂什塔格、烏孜塔格山區。

渠勒:漢代西域國名。《漢書·西域傳上》:"渠勒國,王治鞬都城,去長安九千四百五十里。"地當今和新疆于田縣克里雅河上遊普魯一帶。

⑧ 紅羊:紅羊劫。古時讖緯之説,認爲丙午、丁未年是國家容易發生災禍的年份。丁屬

火,未屬羊,因稱紅羊劫,每六十年出現一次。此指歲月變遷。

敦　煌　碑[①]

銘勒雲中太守功,昆山片玉擬青銅。至今蒲海[②]波澄静,一讀摩挲立晚風。

西漢河西四郡,極西爲燉煌,有太守紀功碑,在今巴里坤城西關聖廟中。青玉爲之,高八九尺,寬三尺許,厚尺餘,璞質未經磨琢者。相傳蒲類海之水,古常潮至城邊,自遷碑於此,海水始静,遂名鎮海碑。上鎸漢隸,蒼老遒勁。惜玉未琢平,跡欠清朗,談者皆謂搨本能辟水火風波,果文字有靈與! 其文曰:"惟漢永和二年八月,敦煌太守雲中裴岑,將郡兵三千人,誅呼衍王等,斬馘部衆,克敵全師,除西域之災,蠲四郡之害,邊竟艾安,振威到此,立德祠以表萬世。"

① 敦煌碑:即《裴岑碑》,參前曹麟開《塞上竹枝詞》"永和貞觀碣重重"詩注①。
② 蒲海:即蒲類海,巴里坤湖。

望　鄉　臺

關心詢問望鄉臺,去國離情最可哀。山色馬駿[①]何處是,西風惆悵女牆[②]限。

天山有望鄉臺,莫知所在。《宋史·外國高昌傳》:次曆阿敦族,經馬駿山望鄉臺上石龕,有李陵題字處。大約在哈密一帶,山頂群峰,孰號馬駿,屢詢之而未得焉。

① 馬駿:馬駿山即馬鬃山。王延德《西州使程記》:"次歷阿墩族,經馬鬃山望鄉嶺,嶺上石龕有李陵題字處。"爲河西北山之一,在今甘肅省酒泉市肅北蒙古族自治縣。
② 女牆:城牆上方呈凹凸形的短牆。《釋名·釋宮室》:"城上垣,曰睥睨。……亦曰女牆,言其卑小,比之於城。"劉禹錫《金陵五題·石頭城》詩:"淮水東邊舊時月,夜深還過女牆來。"參前福慶《異域竹枝詞》"一望頹垣五里餘"詩注①。

沙南侯獲碑劉平國碑

漢代邊臣歷著勳,幾行蝌蚪拂寒雲。舊傳焕彩沙南碣,新讀龜兹石壁文。

沙南侯獲碑[①],勒在天山焕彩溝路旁巨石。焕彩溝者,哈密南山口之峽中也。紀漢永和三年六月事蹟,計二十餘字,點畫模糊難辨,搨本已傳。劉平國碑[②]隱晦千七百餘年,至光緒己卯始出,在賽里木東北二百里荒崖石壁間,嵩武軍統帥張公聞之,遣人拓歸,得點畫完者九十餘字。烏程施筠甫孝廉考而跋之,文稱"龜茲左將軍劉平國"。《漢書》:龜茲國有左右將。左將軍即左將也,紀永壽四年八月,後漢桓帝永壽凡三年,四年六月,改元延熹,此稱四年,遠未奉詔也。作頌紀功者,京兆長安淳于某云。余復聞拜城一帶有二碑,一在山下,一在田野中,未知其詳。按《唐書》:貞觀間,交河道大總管侯君集降葉護於浮圖城,以其地爲庭州,焉耆請歸高昌所奪五城,留兵以守,君集曾勒石紀功。又貞觀二十一年討龜茲,以阿史那社爾③爲昆山道行軍大總管,旋破五大城,男女數萬,遣使者諭降小城七百餘,西域震懾,亦勒石紀功,二碑皆在南路。又景龍三年,楊公何爲大都護,有龍興西寺二石刻紀其功德,此在北路,皆未得見。又聞烏魯木齊南山谷中有勝境一區,相傳爲唐僧遺跡,中有二碑紀其事,未知若何。

① 沙南侯獲碑:今名《永和五年漢碑》。因此碑字跡模糊,先後有《沙南侯碑》《沙海侯碑》《伊吾司馬碑》等別稱,最早由清代哈密辦事大臣薩迎阿拓石。徐松《西域水道記》:"(哈密)東南行三十五里,爲焕彩溝。焕彩溝三字立石路側,理藩院筆帖式正書,填以朱,其石亦漢碑。石之陰隸書四行,首行曰'惟漢永和五年六月十五日',二行曰'臣雲中沙南侯',餘皆不可辨識。"碑石今在由哈密經天山北去的南山口道側。

② 劉平國碑:即劉平國刻石,東漢摩崖石刻,位於今拜城縣東北150公里的黑英山鄉哈拉塔山博孜克日格溝口石壁上。光緒五年(1879),張曜嵩武軍備戰收復伊犁,經行此地所發現,由施補華公布於世。石刻記載龜茲左將軍劉平國於永壽四年(158)八月率領孟伯山等六人,來到此山口修建亭障事,由長安人淳于伯作此誦。石刻作爲漢代隸書真跡,具有歷史、文學和書法的多重價值。

③ 阿史那社爾(604—655):東突厥處羅可汗之子,貞觀九年(635)歸降唐朝,拜驍衛大將軍。後隨侯君集平高昌,從征高麗,封畢國公。貞觀二十一年拜昆丘道行軍大總管征龜茲,遷右衛大將軍。卒後贈輔國大將軍。

《舊唐書》昆山道當爲"昆丘道"之誤。昆丘道行軍爲貞觀二十一年,唐朝討伐西突厥乙毗射匱可汗的軍事行動。

輪　臺

古戍輪臺動遠愁,城頭夜角漢唐秋。山河一統遺陳跡,雪暗郵亭冷黑溝①。

古輪臺,在北路阜康縣西六十里,今設黑溝驛處也,跨博克達山之麓,勢踞高坡,遠能眺望。《唐書·地理志》:北庭大都護府,有輪臺縣,大曆六年置,有靜塞軍。岑參《輪臺歌》:"羽書昨夜過渠犁,單于已在金山西。"渠犁,謂今之古城。蓋彼處沙磧有路,北達金山,以至單于地耳。然按漢時輪臺,原在南路布古爾,《漢書》謂據兩關後,"自燉煌至鹽澤,往往起亭。輪臺、渠犁,皆有田卒數百人,置使者校尉領護,以給使外國者"。又都護治烏壘城,與渠犁田官相近,土地肥饒,於西域爲中,自以哈喇沙爾城西六百里之布古爾爲輪臺,西距龜茲三百里。其都護所駐之烏壘城,在今庫爾勒之北,東南僅百餘里,至哈喇沙爾,渠犁即在其處,故都護與田官近。大約輪臺者,卡倫之謂,渠犁者,屯種所宜,漢用兵於山南,因以布古爾爲輪臺，葦橋之險，大有可據。而哈喇沙爾素稱西域適中，土宜耕種，故屯田於此。唐之患在山北，因以阜康之黑溝驛爲輪臺，地據高坡，五單于收於一望。而古城一帶土肥地廣，故於此屯種焉。後世皆言北路輪臺而忽於南路者，因岑參一歌而顯。且北之輪臺地實淒涼，與南路迥別，今尤城垣盡廢，絶無居民，僅有郵亭驛使，守候檄傳，寂寞山城而已。坡東而來二十餘里，亂山叢雜，穿走深溝。下坡西上始有平原沃土，廬舍相望，三十里至古牧地，再四十里至新疆省城。一説烏壘城在賽里木東北境。按與渠犁太遠，距龜茲不如此近，即如《漢書》所言，在龜茲東三百五十里者，猶誤也。

① 黑溝：清代驛站名。地當今新疆米泉市東北約十公里處。蕭雄認爲唐輪臺即在此地，亦爲一家之言。參前紀昀《烏魯木齊雜詩》"誰怯輪臺萬里行"詩注②。

耿　恭　井

疏勒城中古井深，飛泉千載表忠忱。一亭穩護冰淵鑒，大樹長留蔽芾①陰。

後漢耿恭②因匈奴圍攻疏勒，壅絶澗水，遂於城中穿井，十五丈不得水，乃整衣再拜，泉忽湧出，所拜之井在今喀什噶爾回城内，井不甚大，至今清泉長湧不竭，近日構亭覆之，上有古樹，垂陰滿地。

① 蔽芾：此指蔭庇。蘇軾《寶月大師塔銘》："錦城之東，松柏森然。子孫如林，蔽芾其陰。"
② 耿恭：字伯宗，扶風茂陵（今陝西興平）人，生卒年不詳。東漢永平十七年（74）隨奉車都尉竇固破降車師，任戊己校尉，屯兵金滿城。後固守疏勒城，鑿井取水抵禦匈奴。建初元年（76）與餘部十三人生還入玉門關，拜官騎都尉。建初二年作爲副將出征西羌，因事被劾下獄，免歸本郡。今喀什市境内有耿恭井景點。實際耿恭所守疏勒城在漢代車師國境内，位於天山北麓，即今新疆奇臺縣石城子遺址。與喀什噶爾非一地，蕭雄注語代表清人的普遍誤解。

天　山　碑①

豐功又見大唐年，贔屭高擎峻嶺巔。卻怪登臨剛剔蘚②，讀來風雪忽漫天。

唐貞觀十四年，左將軍姜行本破高昌，勒石紀功。碑在哈密天山嶺首，回人名其地曰庫舍圖達阪，譯言碑嶺也。初掩於榛莽，同治間哈密辦事大臣文麟公派弁勇開修嶺路，建關聖廟於上，與碑近，並構亭而護以欄。文七百餘字，楷書遒勁，已見於金石之録。曩時多忌諱，過者讀之，輒風雪驟至，未知山神呵護之靈，抑別有怪物憑依也。③

① 天山碑：即《姜行本碑》，參前王芑孫《西陬牧唱詞六十首》"鎮西哈密限嶕嶢"詩及自注。

② 剔蘚：剔除苔蘚。韓愈《石鼓歌》："剜苔剔蘚露節角，安置妥帖平不頗。"

③ 此詩所述之事始見於乾隆年間，在清代西域文人筆下多有記載。畢沅《訪唐侯君集紀功碑》詩題下自注："碑在松樹塘，頂用磐石封砌，禁遊人讀，讀之風雪立至。"王大樞《姜碑》詩序："土人云此碑封甃不可開看，開看則風雪大作。"方士淦《東歸日記》："二十六日，八十里至松樹塘。……二十里，由山腳十餘里折曲盤旋而至山頂，關帝廟三層，深嚴幽邃，靈顯最著。旁有小屋，係唐貞觀十九年姜行本征匈奴紀功碑，自來不許人看，看則風雪立至。余丙戌九月杪過此，曾進屋內一看碑文，約四五尺高，字字清楚，不甚奇異。因廟祝云'不可久留'，旋即出屋。頃刻間果起大風，雪花飄揚，旋即放晴，幸未誤事。乃今年二月望前，伊犁領隊大臣某過此，必欲看碑，廟祝跪求，不准，強進屋內。未及看完，大風忽起，揚沙走石。某趨馬下山，七十里至山下館店，大雪四日夜，深者丈餘，馬廠官馬壓死者無數，行路不通，文書隔絕數日。"

沙 壘

霧裏轅門似有痕，浪傳四十八營屯。可憐一夜風沙惡，埋沒英雄在覆盆。

天山嶺北與松樹塘對峙處，曠野皆沙，山沙壅成堆，大者如屋，望之若北邙，累累然不勝數也。每值天陰昏暗，或細雨薄暮，仿佛萬灶貔貅，旌幕轅門，若隱若現。相傳古有四十八營過此暫駐，忽一夜大風猛烈，全軍覆沒於沙。或云系唐時事，談者多出演義，未敢據信，但沙底埋冤，容或有之。曩昔巴里坤人，多述其異，並云某年有標兵送文報，赴蒙古頭臺交驛，行至沙山天晚，馬困人倦，因見有營幕，遂借宿，納之。兵固博徒，適遇其呼盧①，心熱，借資爲注，博屢勝，積得五十餘金，換大錠納之懷，穩睡待曉，天明驚醒，始知臥沙堆中，尋憶夜情，駭愕良久，及探懷，銀錠果在。鬼魅之事竟有實跡，聞者無不驚奇。

① 呼盧：賭博。李白《少年行》其三："呼盧百萬終不惜，報讎千里如咫尺。"

古 戰 場

萬古同哀野甸①涼，黃沙和骨接天長。不知多少忠魂哭，看盡干戈又幾場。

古城北境，唐之沙陀國地，其北爲白骨甸，即古戰場，曠野平沙，寬將二百里之遠，長則一線，沙流上下千里，李華所謂"复不見人，鳥飛不下，獸挺忘群"者也。古城爲古之回紇城，地與金山東麓南北相值。新疆由科布多往蒙古臺路，係由此處北行，出城所過之噶法臺、蘇吉臺、拉克臺、鄂倫布等站②，數百里沙磧，即白骨甸。自此再北，過鹵灘三十里，又小童山③七十里，渡河即抵金山。

① 野甸：曠野。吳均《雉子班》詩："可憐雉子班，群飛集野甸。"此處指白骨甸沙漠。

② 蘇吉：一作廋濟，清代軍臺。《西域圖志》："廋濟，在宜禾縣治西九十里，北有小山。"今巴里坤哈薩克自治縣蘇吉鄉。

噶法：似應爲噶順，一作喀順，清代軍臺。《西域圖志》：“噶順，在西里克拜姓西南一百里，東北距宜禾縣治二百七十里，有泉出山下，南流。”地當今巴里坤縣下澇壩鄉。

拉克臺、鄂倫布：或爲鄂倫布拉克，清代臺站。《嘉慶重修一統志》：“（蘇吉臺）又北至科布多所轄鄂倫布拉克臺九十里。”在今奇臺縣北部。

③ 小童山：《釋名·釋長幼》：“山無草木曰童。”

古　墓

一坏誰竟委莎車，翁仲凋殘倚墓斜。定是精英能不朽，幾番風雨衛泥沙。

葉爾羌城南三十里有古墓一塚，堆已陷塌，墓前石人攲斜偃臥，眉目剥蝕幾盡，左右石馬羊駝，亦多殘缺。土人每欲發掘，輒爲大雨烈風所阻。[①] 未詳葬此者爲誰也，考漢宣帝時，烏孫公主小子萬年[②]，莎車王愛之。莎車王無子死，死時萬年在漢，莎車國人計欲自托於漢，又欲得烏孫心，即上書請萬年爲莎車王，漢許之，遣使者奚充國[③]送萬年。萬年爲漢外孫，多遵漢家儀制，此處古墓，或即萬年以中國之禮厚葬其母公主，亦未可知。

① 《回疆志》：“古塚。葉爾羌城南三十里有敗落塋園一座，墳塚俱已坍塌，基址猶存。左右有松柏數十株，有石馬羊駝，又有石人兩對，日久皮剥，眉目皆不能辨。土人每欲掘廢，輒爲淋雨大風所阻，故至今尚存。”

② 萬年：解憂公主次子。萬年立爲莎車王後，爲政暴惡，爲莎車王弟呼屠徵所殺。

③ 奚充國：西漢使者，漢宣帝派遣護送萬年至莎車做國王。莎車國內亂時，與萬年同被殺。

央　哥　塔　什

傷心夫婿竟輕身，追望危巔痛隔塵。千古南豐同化石，寰中落落兩情人。

烏什城之西南三日程，地名賽闢爾拜[①]，緣古有布魯特頭目名此者居之，後即以人名地。在大山深谷中，係通喀什噶爾之間道也，路北沙磧邊有望夫石，色青白，高四尺許，形若回婦，向南而立，土人名爲央哥塔什。央哥，回語謂婦人；塔什，石也。相傳化石者，即賽闢爾拜之子婦，其夫日夜牧羊，屢見有金頭人，思捉之，歸以告婦，婦力止不聽。一日忽持槍猛追，婦奔隨之，追至日暮，蹴上懸崖，婦顧無路可躋，但立此以待其返。達旦覘之，反上危峰絶頂矣，愈四顧倉皇，能望而不能及，號哭三日，卒不復見，婦亦竟化爲石。此與南豐故事[②]同一至誠，中外古今應並傳焉。至今石尚有靈，彼都人往往攜刀就石磨礪，云割肉食之身健而壽，婦人並能多子。

① 賽闢爾拜：一作賽劈爾拜，色帕爾拜。《西域同文志》：“色帕爾拜，回語。色帕爾，人名；拜，富厚之意。曾有富人名色帕爾者居此，故名。”地當今新疆阿合奇縣色帕巴依鄉。

② 南豐故事：《光緒江西通志》：“望夫石在南豐縣西南三十里，相傳其婦因夫行役，日盼望於石旁，後墜死，里人立望夫祠。”

香娘娘廟①

廟貌巍峩水繞廊，紛紛女伴謁香娘。抒誠泣捧金蟾鎖②，密禱心中願未償。

香娘娘廟在喀什噶爾回城北四五里許，廟形四方，上覆綠瓷瓦，中空而頂圓，無像設，惟墓在焉。四圍喬木叢陰，引水爲池，環而繞之，清澈可鑒。近時彼都回婦，約於廟前新開八雜，以添熱鬧。八雜者，市鎮集場之謂也，以交易皆女流，漢人呼爲陰八雜。在八雜之第三日，居然七日爲期，與男子集場相若。香娘娘，乾隆間喀什噶爾人，降生不凡，體有香氣，性真篤，因戀母，歸没於母家。其後甚著靈異，凡婦人求子、女子擇婿，或夫婦不睦者，皆於八雜日虔誠祈禱。其俗不用香燭祭品之類，但手捧門鎖，盡情一哭，並取廟旁淨土少許攜歸，調水飲之，聞往往有驗。

① 香娘娘廟：即香妃墓，在今喀什市。維吾爾語稱阿帕克霍加麻扎，爲伊斯蘭教白山派首領阿帕克和卓家族墓地。
② 金蟾鎖：李商隱《無題四首》其二：“金蟾齧鎖燒香入，玉虎牽絲汲井回。”馮浩注：“道源曰：‘蟾善閉氣，古人用以飾鎖。’”

名　　勝

博　克　達　山

千盤松徑步凌虛①，海湧雲中畫不如。更有孤峰還隔嶺，重重圍住列仙②居。

博克達山，天山之一段也，自阜康南行十餘里入峽口，寬只數丈，行半里許則豁然平川，廣至七八里，兩山自幹侖橫出，西之脈勢低而略短，東則屹立如城。卒復逆行數里，大氣圍抱，抄至西山之尾，交錯以嚴門徑，使北流之水繞西而出。一入此間，已殊塵境。自此川行二十餘里，兩山忽近，中僅容溪。沿溪雜樹叢生，塞於澗底，岸無路，惟覓徑樹中。如此者十餘里，復稍開展，溪邊可步，再二十里許則截然崇巒，橫阻於前，不復能入矣。但有清流奔赴，從石隙中出。石千仞壁立，一隙端直若劈成，寬二尺餘，下平於溪，遠約百餘丈，望之如復牆小巷，水出勢寬，潺湲湍急，洞天異境，耐人流連者也。溪流大旱不竭，山外數百里，土田人民賴此滋養。山神多靈，乾隆間列入祀典，名福壽山。但歷來望祭而不能到，惟喇嘛諸人從隙涉入者間有之。光緒七、八年間，擬建祠山中，時楚軍一營駐阜康，始乘暇於石左刊木鑿山成路，紆回數折，約二三里達於層巒之半，復繞右轉入，下小坡至溪邊，即石隙之上遊也。過溪再上五六里，遠聞空中聲若殷雷,及上危坡俯瞰,其右則小海在焉。其南崖有瀑布,係山頂海中之水穿山流入小海處,傾瀉沸騰,聞於下界者也。路右新構一亭,瀕懸崖,下臨小海,望之戰懼。左轉逼上重巒,勢峻且遠,緩登至頂則平坦廣闊,再一二里抵海邊矣。今建祠於岸,面海南向,祀山神龍王,招僧持之。海窄而前望頗長,以余概計,東西僅數里,南北不及二十里。而山僧云周百餘里,大約左右兩山之後,海汊尚深耳。北以峰頂長坪爲岸,其餘三面大山環之,東之山略低,西嶹長岡,今亦構亭於頂,開路於萬松之碥,危斜直上,計十五里。其南面尤高,勢若列屏,正當神祠對岸。山中寒重,五月登至孤亭必需棉服,然此時海上之山雪消已盡,野草皆花,獨南山外秀出一峰,純乎雪色,尖勻若削,聳矗雲表,此方爲博克達山之正峰也。自古不通人跡,聞楊果勇侯③征西時曾遣人探之,輒爲猛獸所阻,今雖能至於海,再無從向前。近有僧人裹糧越險,繞至對岸山巔,望其形勢。據云此峰突起谷中,山之下周圍平廣若川,無所連屬,羅城四繞,萬岫摩天,皆危岩絕險,距彼約有二百里。然自海上瞻之,則宛如面前,隔山能見,已著其高,地復遠離,更不知較海岸前山高幾倍矣。相傳爲達摩祖師④修煉處,夜望峰頂,雪中時見有燈,議者以爲佛光,奇哉!考達摩祖師,南天竺國香至王第三子也,姓刹帝利,於般若多羅尊者得法,念東震旦國佛記,後五百歲,般若智燈,運光於彼,遂囑弟子般若密多羅住天竺傳法,而躬至震旦。所稱修煉及佛光之說均屬有因。但《神僧傳》謂:"初祖菩提達摩大師,自天竺泛海至金陵,與梁武帝語,師知機不契,遂去梁。折蘆渡江,潛回洛陽,止嵩山少林寺,面壁九年。"如果自天竺已遷博克達山,則至中國何須泛海。《指月錄》並云:"泛重溟,三周寒暑。"以佛法之大、南洋之近說之,轉覺難憑。至謂仍回洛陽,又似從西塞入關,先過洛陽者,究尚未詳孰是。又明永樂中,員外陳誠使西域,具言土魯番城西北百里,有靈山最大,土人言此十萬羅漢涅槃處也。近山有高臺,臺旁有僧寺,寺下皆石泉林木。從此入山,行二十里至一峽,峽南有小土屋,屋南登山坡,坡有石屋,屋中小佛像五,前有池,池東有山,石青黑,遠望紛如毛髮,土人言此十萬羅漢洗頭髮處也。循峽東南行六七里,登高崖,崖下小山累累,峰巒秀麗,羅列成行。峰下白石成堆似玉,輕脆不可握。堆中有若人骨狀者,甚堅如石,文縷明析,顏色光潤,土人言此十萬羅漢靈骨也。又東下石崖,崖上石筍如人手足。稍南至山坡,坡石瑩潔如玉,土人言此辟支佛涅槃處也。周行群山約二十餘里,悉五色砂石,光焰灼人,四面峻壑窮崖,天巧奇絕,草木不生,鳥獸鮮少云云。按土魯番正當博克達山⑤之後,近地名勝,莫如此山,靈山當是指此。但所稱在城西北百里,而博克達山是在東北三百里外,且彼屬後山,峰嶂重圍,未聞有路可入。余自達阪城經過後繞山已是一周,尚無所見,或者後山之後谷中別開一境,未及周知耶。後聞烏魯木齊南山中有勝境一區,談者盛稱幽雅,究莫能指其形勢,謂係唐僧遺跡,並有二碑,荒於榛莽。其地亦屬天山,東與博克達山相連,西即達阪城,諸山所環抱。按其所在又屬土魯番城北三四百里,非西北百里也,且羅漢十萬所住地必廣大幽深,斷不止一邱一壑,靈山之勝,未必即此。考靈山,據《傳燈錄》:"釋迦佛在靈山會上,手拈一花示衆,迦葉見之,破顏微笑,世尊遂付以正法眼藏。"即爲西天祖師之一祖。摩訶迦葉尊者歷傳至二十八祖。菩提達摩尊者爲東土之初祖,又靈鷲山爲佛說《般若》《法華》處。《法華經》:"文殊詣靈鷲山,至於佛前。"《水經注》:"釋氏《西域記》云:耆闍崛山,在阿耨達王舍城東北,兩峰雙立,相去二三里,鷲鳥常居其嶺。"故名。又竺法維⑥云是山青石,頭如鷲鳥,阿育王使人鑿石,假安兩翼兩腳,鑿治其身,今尚存。按阿耨達王舍城當在今葉爾羌西蔥嶺山中,與阿耨達池近,爲天竺邊境,陳誠所述靈山與此均屬不合。若以羅漢辟支所在,當是于闐,或誤作吐蕃,而又張惶其說耳。南八城近天竺,古皆佛教伽藍之盛,不惜布金於諸僧,所記見之法顯《佛國記》:鄯善國王奉法,"有四千餘僧,悉小乘學"。西行諸國言語不同,出家人皆習天竺書並天竺語,西南行一月至于闐,僧數萬人,多大乘學。城西伽藍高二十五丈,國王安置法顯等於僧伽藍。《洛陽伽藍記》:魏神龜元年,太后遣比邱惠生向西域取經,"從鄯善西行一千六百四十里,至左末城"。有中國佛菩薩像,無胡貌。又捍麼城,有大寺僧三百人,金像丈六,西行八百七十八里至于闐國,有辟支佛靴。于闐重佛法,寺塔僧尼甚衆,城南有贊摩寺,即昔羅漢比邱盧旃爲其王造覆盆浮圖之所。石上有辟支跣雙跡,寺中有石靴。又疏勒國,高宗遣使獻釋迦牟尼佛袈裟,長二丈餘,入猛火中,經日不然。《玄奘記》:"焉耆、龜玆、姑墨,文字取則印度,伽藍各百餘所,僧徒少者數千,多萬餘。于闐王重佛法,自云毗沙門,天之祚胤也。城南十餘里有大伽藍,西南牛角山有大石崖,中有阿羅漢入滅心定待慈氏佛,近已崖崩塞徑。"歷徵諸説,足見古時信佛之篤。其中於陳誠所述者,惟于闐之牛角山大石崖仿佛似之,且有羅漢辟支遺跡,備録以待詢考可也。又《水道記》:"葉爾羌城内東南隅有古佛圖一座,高三十餘丈,回人名曰圖持,謂是喀喇和台國人所造。"⑦注云:"回謂漢人曰和台,今尚然。大約此塔亦是古崇佛教時,其地國王所建,回人不識佛教,又無典册遺言得悉地方沿革,但知寺塔爲中國所有者,故歸諸漢人耳。"附按,"和台"二字亦西北人所譯,讀爲合太者,其實當作黑歡。今彼中諺語,有"黑歡好,口不好;通罳好,心不好;纏頭好,眼睛小"之説,纏頭系自稱,通罳呼内地漢回,黑歡是謂漢人。蓋學漢語爲品評者,而和台之稱可證。今之南八城久無佛教,概係回部,回所奉者天方教。彼中人並無出家爲僧尼者,各處伽藍絶無遺跡。北路雖連蒙古信佛之區,而喇麻以外,漢民爲僧者卒少,近惟外來數人而已。博克達山之廟,初爲領款者所修,甚湫隘。時捐工開路者,長沙徐漢臣⑧提軍,見短柱三楹勢將傾圮,不自安,因出資於祠右里許高岡下,擇地斬木平基,鳩工⑨另建一所。負棟之柱,圍期五尺,東向正殿九間,間皆九楹,兩廂亦七間而七楹,山門悉具,宏敞堅牢,土木之役雖多資所部勇夫,而費亦不少,可謂好善樂施者也。但深山絶頂,二三僧人守之,且無力補葺,又未免失之大焉。

① 淩虚:升上天空。《文選》卷三四曹植《七啓》:"華閣緣雲,飛陛淩虚,俯眺流星,仰觀八隅。"李周翰注:"緣雲、淩虚,言高也。"

② 列仙:諸仙。《漢書·司馬相如傳下》:"相如以爲列仙之儒居山澤間,形容甚臞,此非帝王之仙意也,乃遂奏《大人賦》。"

③ 楊果勇侯:楊芳(1770—1846)字誠村,貴州松桃人。歷乾隆、嘉慶、道光三朝,道光六年(1826)赴新疆參與平定張格爾之亂,因功封三等果勇侯。

④ 達摩祖師:見前薛國琮《伊江雜詠》"温都斯坦馭雲幢"詩注②。達摩在博格達山中面壁修行故事亦屬傳說。

⑤ 博克達山:又稱靈山,參前紀昀《烏魯木齊雜詩》"雲滿西山雨便來"詩注②,陳誠所記靈山位於博格達峰北坡,吐魯番市五十公里處的天山山脈山口,與蕭雄所説無涉。

⑥ 竺法維:東晉僧人,高昌國人。曾赴佛國(今印度)求法。著《佛國記》,已佚。

⑦ 蕭雄所引《西域水道記》内容最早見於《回疆志》:"葉爾羌城内有古塔,塔座周圍十二三丈,外無檐額窗欄,中有蟠陀曲磴,至頂高三十餘丈,頂平可容二十餘人。自座至頂絶無木石,盡用陶磚石灰砌就,自遠瞻之,形若天柱。土人名之曰圖特,天欲雨,塔内必潮。"蕭詩自注中圖持爲"圖特"之誤。

⑧ 徐漢臣:事跡不詳。

⑨ 鳩工:聚集工匠。

玉　山

　　脈出昆侖一朵山，晶瑩邱壑凜嚴寒。天教玉質團成片，朗朗遊行惜太難。

　　于闐東南六七日程有一玉山，全無土石，峰巒澗壑，皆玉質結成，囫圇無縫，當即所謂群玉山也。在昆侖之麓，由呢牙莊①四日可到，惟地氣太寒，去必暑天。而暑熱時又恐大山冰雪忽消，沖出之水陡深數丈，懸崖遠壑無可趨避，故卒難往取。道光間曾由昆侖山中取大玉三塊，將運入都，旋以笨重不能推挽過山，委於路。現在哈喇沙爾之烏沙塔拉東北半里許，青色者重萬斤，葱白色者重八千斤，小而白者亦重三千斤。②

　　① 呢牙莊：一作尼雅莊，今新疆民豐縣尼雅鎮。

　　② 蕭雄自注中所載運玉入都、半路丟棄事，發生在嘉慶四年(1799)。徐松《西域水道記》："其年有采進密爾岱山玉三，首者青，重萬斤；次者葱白，重八千斤；小者白，重三千斤。輦至哈喇沙爾，以其勞人，罷之。余經烏沙克塔勒軍臺，土人導余至驛舍東北觀之，半没塵壤，出地者高二尺許。"和寧《題路旁于闐大玉》詩亦記此事，詩序云："喀喇沙爾東一百八十里，烏沙克搭拉軍臺路旁有大玉三：大者重萬斤，青色；次者重八千斤，葱白色；小者重三千斤，白色。置於地，臺弁云此玉運自葉爾羌西，將以入貢。嘉慶四年二月，奉旨截留，毋庸呈進。今四輪車亦毀於此。"但因時過境遷，人們對此事的記憶均有誤差，林則徐《乙巳日記》：道光二十五年二月初三日"未刻至烏沙克塔爾臺。……此臺之東，有大玉三塊，聞係乾隆年間由和闐入貢，運至此地，忽抬不起，奏奉諭旨不必運送，遂留於此。今視之若小山然，蓋未琢之璞也。其旁露出一面，碧色晶瑩，可玩而不可鑿，亦神物也"。

鹽　山

　　晶鹽山色日光烘，燦爛爭妍白間紅。想見嘉言同味美，①夜深頒寵玉盤中。

　　阿克蘇東北行一百三十里有鹽山，遍山紅土交石産鹽，浮於土石之外，在山麓者色紅，山頂者色白，皆通明如晶。早晚斜日烘映，望之光采煥耀，顆粒方正，精如切成，極堅結，方寬一二分至數分不等，其味絶嘉，爲天下諸鹽所弗及。②《晉書》："天福二年，于闐國貢紅鹽。"即山麓所産者。《酉陽雜俎》："白鹽崖有鹽如水晶，名爲君王鹽，又名玉華鹽。"《北史》：魏武帝賜崔浩水晶戎鹽一兩。即山頂所産之鹽也，又瑪拉巴什之巴爾楚克地方亦有鹽山，略同。

　　① "想見"句，典出《北史·崔浩傳》：北魏明元帝拓跋嗣與崔浩探討政事，崔浩之謀爲帝所贊賞，"説至中夜。賜浩縹醪酒十斛，水精戎鹽一兩。曰：'朕味卿言，若此鹽酒，故與卿同其味也。'"崔浩(381—450)，字伯淵，清河郡東武城人(今河北故城縣)，北魏政治家。

②《回疆志》："鹽山在阿克蘇東行一日路。哈拉玉爾滾之北三十里有鹽山，自麓至頂俱紅土，攬石內產明鹽似冰，色紅。山頂所產者色白如雪，食之味香而美。每日升之際遠望之，其山上下紅白交映，變態萬狀。日沉之後，山頂如梨花佈地，瓊玉飛舞，亦異觀也。"

鹽　池

　　池上新添幾尺波，風吹日炙作鹹醝。彌漫望眼渾疑雪，誤唱陽春①一曲歌。

鹽池不一處，周皆數十里不等。哈密循南路西行六百八十里，地名鹽池，池深丈餘，在天山之隙，適當站口路旁，前往闢展二百七十里。又烏魯木齊西南四十里地名鹽池墩，在天山峽中，係由達阪城往土魯番大路，池在路右平野。又北路晶河之東五十里，沙灘廣野中有大鹽池，周百餘里，在沙泉子大路之北二十里許。以上幾處皆係白鹽，遍池堆深數尺，結成整塊，如枯礬，手撚即細。池中取之不竭，其味亦嘉，若泡水提熬，味與川鹽無異。因思鹽之為物，其產不一，阿克蘇、巴爾楚克兩處之鹽產於山，皆堆積於峰巒。各池之鹽產於水，隨其水之深淺，風吹日曬，遍池皆是。若哈密之鹽，則產於南湖土中，掘土一二尺即有，皆枯塊易碎者。他如涼州白墩子之鹽係平地築田，注水曬乾掃之。山西河東之鹽在黃河東岸一線，計長四十里，水邊所產。淮粵之鹽皆生於海潮。而川之鹽則又掘井數丈，汲水煎熬，而架鍋於地，穿穴得火者。天之生物養人若為按地均分，其奇異不可思議。

　　① 陽春：參前朱腹松《伊江雜詠十首》"聽曲東鄰月半沉"詩注①。此處借用。

山　洞

　　古澗幽深晝景昏，何年鑿破至今存。壺中可有仙居在，煙鎖東西峭壁門。

喀什噶爾城東門外皆高崖土壁，壁下有洞，名曰托米斯鄂占①。洞有二門，一東一西，相隔里餘，其中忽高忽低，忽廣忽狹，甚黑暗，土人不敢深入，時有煙霧自洞口騰出。又城北五十里名土山，峰巒甚峻，其懸崖半壁間有三洞，土人名為玉舒布爾杭②，曾懸梯視之，無異處。又圖虛克洞，已於祭祀句中述及，土人稱為教主大門人修升之所，在喀什噶爾正北八十餘里大雪山中，其山名圖虛克塔克，勢峻絕，攀援無路。亦有石隙，如博克達山奇境者，窄步可入，盤旋而上六七里許，至山頂則豁然開朗，一片平岡。周將三十里，水清草茂，蒼松綠柳，果木之屬自生其間。四圍峰峻崖懸，上有瀑布，注平岡為深潭，洞在西崖絕壁，口徑數尺，即圖虛克洞也，聞木梯猶有存者，可仰望而不能近。

　　① 托米斯鄂占：應作托果斯鄂占："喀什噶爾東門外皆土壁如峰巒，（岸）［崖］下有一土洞，日光不入，黑暗如夜。東西有兩口，時有陰霧如雲煙由洞口徐徐出。自西口至東口約長里餘，其中高下寬狹不等，時有坍塌之虞，土人不敢入，名之托果斯鄂占。"蕭雄注語之誤，係引用《回疆志》不同鈔本所致。

② 玉舒布爾杭：玉舒當作玉曲，維吾爾語音譯“三”；布爾杭譯言“佛像”。漢語名三仙洞。鐵保《題三仙洞》詩：“洞天七十二，是處標靈異。咄哉此仙人，乃棲回鶻地。不知何代人，鶴馭等遊戲。遺像遭摧殘，無從問詭秘。中繪狄武襄，威靈尚昌熾。”又《遊三仙洞》詩：“七十二洞天，無地容卓錫。乃竄疏勒西，鑿空依巖壁。疑古謫仙人，逃名遁空寂。山荒雲不棲，石碎沙如激。危梯高百仞，欲上心轉惕。”位於新疆喀什市北郊伯什克然木河岸邊，早期小乘佛教佛窟遺址。

風　　洞

深谷崖邊一竅開，洶洶橐籥①走奔雷。呼號亂卷長川石，算是乾坤鼓蕩②才。

庫車東北行百餘里，至齋木奇塔什大山，此山之後崖懸若壁，壁間有小洞，口徑三四寸，出風一發即舒，瞬息千里，其聲大吼，人莫能當。

① 橐籥（yuè）：風箱。《老子》：“天地之間，其猶橐籥乎，虛而不屈，動而愈出。”王弼注：“橐，排橐也。籥，樂籥也。橐籥之中空洞。”此指風洞。

② 鼓蕩：激蕩。沈佺期《被彈》詩：“有風自扶搖，鼓蕩無倫匹。”

地　　洞

地穴良難計尺尋，探將一石久無音。深沉幾困池中物①，欲起雲煙作雨霖。

英吉沙爾東北境牌素巴特之涼噶爾②地方，有一地洞，直下若井，口小而宏，其中深不可測。古時有以不利擬填塞者，曾繼繩數百丈墜石下探，了無所底。投以石，經久始微聞有聲，每遇天陰，若內有雲氣升騰，次日必雨。③

① 池中物：《三國志·吳書·周瑜傳》：“今猥割土地以資業之，聚此三人，俱在疆場，恐蛟龍得雲雨，終非池中物也。”

② 涼噶爾：一作亮噶爾，參前王曾翼《回疆雜詠》“澄流曲曲短垣遮”詩自注及注③。此處指驛站名，在今新疆沙雅縣北四十公里處。

③《回疆志》：“英吉沙爾之東北牌素巴特屬涼噶爾地方有一地洞，狀如涸井，口窄內寬，其深莫測，擲石塊於內，良久始聞有聲。土人言此洞經今二百餘年未曾崩塌，每遇陰晦，有煙雲自內升騰，則次日必雨。曾有人云此井不利，意欲填塞，使人以繩視其深淺，繩墜磚石徐徐放下，經日餘不能到底。”

温　泉

洞里清泉何足奇,温炎偏在雪山陲。幾時洗盡人間濁,四海瘡痍起殆危。

阿克蘇北行二百里,即往伊犁之捷路。第二臺名特克和樂,有石洞,洞中温泉數區,四時長熱,過者多浴之,皆謂可療寒疾、瘡癬。其城東北火灘之側亦有温泉。又烏魯木齊城西北五里許,在西上大路之南,山峽中有温泉甚巨,湧出流入溪河。

火　灘

地作洪爐火焰沖,縱橫沙礫盡焦烘。望中疑是單于獵,夜照狼山雪色紅。

自阿克蘇城東數里拜里克[1]地方,橫至北山邊,中有火灘數處,地皆紅土兼石,火由石縫沖出,焰高至丈餘,有硫黄色,時隱時現,人不能近。因其地產硫黄,方圓百餘里之中草木不生,並無勺水。惟鼠一種,嘴尖耳大,毛淺而色藍,生長其中,穴地居之,毫無所礙,捕捉輒逃於火,卒不易得。按此即火鼠也,取其毛紡織之爲火浣布,污垢不用洗濯,但燎以火,光潔如新。[2]又庫車東北齋木奇塔什大山中出硫黄之處,山腰有小洞,口徑尺餘,出煙,有火氣,能煮水炊飯,無臭氣,即風洞之前山也。《唐書》龜兹國"北倚阿羯田山,亦曰白山,常有火",即謂此處。

① 拜里克:一作伯什阿里克。《西域圖志》:"伯什阿里克,在庫木巴什東五里,托什干達里雅北二十里,西北距阿克蘇城一百十里。"今新疆阿瓦提縣拜什艾日克鄉。

②《回疆志》:"阿克素城東三日路至拜里克地方,北山之陽有火灘數處,其地紅土花石,石隙參差出火,高者尺餘,如硫磺色,忽隱忽現,其臭不可近。方圓百餘里寸草不生,柴水皆無,惟產一種地鼠,色藍毛短,嘴尖耳大,作洞以居,潛伏火内,毛膚不畏燻炙,土人名之曰稀莫欺,捕之不可得。夫火生於土,其氣復臭,蓋因其地產硫磺之故,更有温泉也。"

九　龍　樹

雄蟠古幹繞池圍,夭矯猶龍世所稀。九烈定成丹九轉[1],躍梭雷雨合騰飛。

九龍樹在哈密回城中,係古柳一株,圍可八九尺,枝葉甚疏,臥地而蟠,起伏之狀,極其夭矯,高或若門,低至入地,參差九疊,繞地周三千餘丈,首尾相聯。命名之義,紀數而象形也。中置亭,即爲瑪雜爾亭,後有池,清泉湧出。

① 九烈:即自注所云枝幹九疊。

丹九轉：九轉金丹，道教修行的最高程度。此句借用，喻九龍樹會化作真龍。

附録《關中叢書》本《聽園西疆雜述詩跋》：

跋

右《西疆雜述詩》四卷，清益陽蕭雄臯謨著，共詩一百五十首。詩各有注，於新疆全省疆域山川、風俗民情、氣候物産、古跡名勝與夫道里廣袤、蒙回方言，無不備載，洵西北籌邊必需之書，非獨可備詩史也。昔人此類著作，如唐玄奘《西域記》、元耶律楚材《西遊録》，又如近世洪北江《伊犁日記》、林文忠公《荷戈紀程》，所以志回疆風土者，已自不少。然今昔不同，詳略亦異，欲求其包括無遺，補前人所未及，且適合於當代情勢，則此編較唐元兩作尤爲有裨實用，洪林無論矣。惜坊間無單行刻本，兹就元和江氏《叢書》檢録付印以餉閲者。惟原目開邊、設省、歌功、鳴盛四首題存而詩不及載，今仍闕。民國二十三年三月校。

長安　宋聯奎
蒲城　王　健
南鄭　林朝元

志鋭

　　志鋭(1853—1912),字伯愚,又字公穎、廓軒,自號薑盦,又號窮塞主,晚號迂安。他塔拉氏,滿洲鑲紅旗人。光緒六年(1880)進士,選庶吉士,授編修。光緒二十年(1894)以詹事擢禮部右侍郎。甲午戰争爆發後,因支持光緒帝抗戰拒敵,被慈禧太后降授烏里雅蘇臺參贊大臣,二十五年降調索倫領隊大臣,二十六年秋冬之際抵伊犁。三十二年春,調寧夏副都統。宣統元年(1909),攝政王載灃攝政,召志鋭進京陛見。宣統三年調任伊犁將軍。同年十一月十九日革命党人馮特民、楊纘緒等發動起義,欲推舉志鋭爲都督,遭到拒絶。次日,志鋭被槍殺於惠遠城鐘鼓樓前。作爲有清代最後一任伊犁將軍,任職僅五十四天。謚文貞。著有《廓軒竹枝詞》等。

伊 犁 雜 詠

解題:

　　組詩當作於光緒三十一年(1901),志鋭任伊犁索倫領隊大臣之際。詩作在志鋭生前没有刊行,收録於原新疆佛教協會副會長王子鈍先生手抄本《天涯零韻》。《天涯零韻》中有題識云:"清志伯迂將軍,晚年投荒,卒殉國難,人惋惜之。余愛其書法雄秀,屏幅册頁,嘗於荒市古董叢中展閲,尤愛其詩詞婉麗悲壯,感人意深。"組詩6首,原無總名,只有分題,詩後有王子鈍評語:"數詩吟詠異俗,純以平常語琢成,别有深味。"《天涯零韻》抄本原件已不存,星漢將組詩輯入《清代西域詩輯注》名之爲《伊犁雜詠》,本書因之。這組詩作也是清代西域竹枝詞的絶唱。

搶　　羊①

新疆伊犁、塔城、阿山②、焉耆四區蒙、哈每逢年節,列騎搶羊爲戲。

一羊分裂誇餘勇，尚鬭流風漠北多。我到蒙旗扎哈沁，攧交③曾見拗明駝。

① 搶羊：即叼羊，哈薩克、柯爾克孜等民族傳統馬上競技活動。騎手們分爲單騎式或分組式兩種，從馬背上爭奪一隻宰殺的山羊，以一方持羊遠遁，另一方能追及與否較定勝負。

② 阿山：阿爾泰山。參前王芑孫《西陬牧唱詞六十首》"群山莽莽走中原"詩注。此指阿勒泰地區。

③ 攧交：摔跤。

詠　冰　牀①

伊犁曰爬籬。

方牀貼地小於箕，一馬拖轅任意馳。平底高鑲剛軌滑，由來遺制仿冰嬉。

① 冰牀：一名淩牀、拖牀、爬牀，即爬犁。參前舒其紹《伊江雜詠·扒犁》詩及注①。冰牀文獻記載始見於宋代。江休復《江鄰幾雜志》："雄、霸沿邊諸塘泊，冬月載蒲葦，悉用淩牀，官員亦乘之。"劉郁《西使記》載西域以冰牀馱物："至麻阿中，以馬牽拖牀，遞鋪，負重而行疾。或曰乞里乞四易馬以犬。"明清時京城風俗，冬十一月有冰牀之戲。

雞　卜①

古人蓍策②全龜問，纏俗居然卜到雞。羊胛繞紅類蒙俗，③誰言朽骨竟無知。

① 雞卜：古代以雞骨進行占卜之法。《史記·孝武本紀》："乃令越巫立越祝祠，安臺無壇，亦祠天神上帝百鬼，而以雞卜。"張守節《正義》："雞卜法，用雞一、狗一，生。祝願訖，即殺雞狗煮熟，又祭，獨取雞兩眼，骨上自有孔裂，似人物形則吉，不足則凶。"此詩所言雞卜方式不詳。

② 蓍策：以蓍草占卜吉凶。《淮南子·覽冥訓》："磬龜無腹，蓍策日施。"此僅指占卜。

③ "羊胛"句：指以灼燒羊胛骨的方式進行占卜。沈括《夢溪筆談》："西戎用羊卜，謂之跋焦，卜師謂之廝乩。以艾灼羊髀骨，視其兆，謂之死跋焦。"

金　銀　頂　寺

金銀裝頂①寺輝煌，準部當年亦號王。內訌成墟來外侮，②如今豔説好夷場③。

① 金銀裝頂：指金頂寺和銀頂寺。參前舒其紹《伊江雜詠》"察齊巴克影傞傞"詩注②、蕭雄《聽園西疆雜述詩·伊犁》"甌脱窮邊雜處多"詩注⑨。

② "内訌"句：指準噶爾部達瓦齊與阿睦爾撒納争奪汗位，後被清朝平定。參前舒其紹《伊江雜詠·準噶爾》、福慶《異域竹枝詞》"傳説伊犁是舊巢"詩自注。

③ 豔説：文辭綺麗的辯説。劉勰《文心雕龍·情采》："綺麗以豔説，藻飾以辯雕，文辭之變，於斯極矣。"此處指誇飾。

夷場：租界。此指各個民族、部落雜居之地。

貢　馬

年年選驗貢神京，跪進分牽道左迎。伊犁貢馬皆面進。待覆障泥①親御後，内官②宣撤某人名。貢馬項懸牌，書貢者名。俟乘馭後，始由内官宣旨撤去。

① 障泥：垂於馬腹兩側，以遮擋塵土的飾物。《世説新語·術解》："王武子善解馬性。嘗乘一馬，著連錢障泥，前有水，終日不肯渡。王云：'此必是惜障泥。'使人解去，便徑渡。"

② 内官：近臣。《左傳·宣公十二年》："内官序當其夜，以待不虞，不可謂無備。"杜預注："内官，近官。"

哈薩部落甚多今在中國伊犁者只克宰①
一種有千户長百户長五十長爲之管轄
分給三四五六品頂戴並花翎以羈縻之

哈薩歸誠曾襲汗，不分冬夏戴皮冠。今餘五等頭銜②在，翠羽飄摇只耀觀。

① 克宰：哈薩克族乃蠻部落的一支，19世紀中葉進入伊犁地區遊牧。

② 五等頭銜：《禮記·王制》："王者之制禄爵，公、侯、伯、子、男凡五等。諸侯之上大夫卿、下大夫、上士、中士、下士，凡五等。"此處泛指。

外　　編

蔣業晉

蔣業晉(1728—?),字紹初,號立厓,江蘇長洲(今屬蘇州)人。乾隆三十一年(1766)舉人,歷任湖北孝感、漢陽知縣。少從沈德潛遊,又從王鳴盛學詩。詩才受到時人的稱贊,所交多當世名士。乾隆四十六年,蔣業晉因黃梅縣監生石卓槐"嫁名鑒定詩集"案,與黃梅知縣曹麟開一同遣戍烏魯木齊,在戍四年。著有《立厓詩鈔》等。

北庭雜詠有序

解題:

組詩選自《立厓詩鈔》卷四《出塞草》,共8首。作者在題目中以北庭代指烏魯木齊,而詩作全部採用五言六句的形式泛寫西域風物,內容範圍並不限於烏魯木齊地區。

龍沙物類可紀者甚夥,曹雲瀾、周平山①比事屬辭,繪繢盡致,各賦五律二十餘首示余,因擇其題之近雅者,變體短述,聊以自成一隊云爾。

① 曹雲瀾:即曹麟開。

周平山:周恭先(?)字平山,號素芳,湖南新化人,乾隆三十一年(1766)進士,官雲南建水知縣,因事謫戍烏魯木齊。

青 金 石

金天騰紫氣①,石孕蒼龍靈。忽現千鱗甲,點點隱繁星。割取芙蓉片②,使伴汗簡青③。

① 紫氣:寶物的光氣。《晉書·張華傳》:"初,吳之未滅也,斗牛之間常有紫氣。……及

吳平之後,紫氣愈明。華聞豫章人雷焕妙達緯象,乃要焕宿,屏人曰:'可共尋天文,知將來吉凶。'因登樓仰觀,焕曰:'僕察之久矣,惟斗牛之間頗有異氣。'華曰:'是何祥也?'焕曰:'寶劍之精,上徹於天耳。'華曰:"君言得之。吾少時有相者言,吾年出六十,位登三事,當得寶劍佩之。斯言豈效與!"因問曰:'在何郡?'焕曰:'在豫章豐城。'……華大喜,即補焕爲豐城令。焕到縣,掘獄屋基,入地四丈餘,得一石函,光氣非常,中有雙劍,並刻題,一曰龍泉,一曰太阿。其夕,斗牛間氣不復見焉。"

② 芙蓉片:芙蓉石,此代指青金石。

③ 汗簡青:即汗青。古時用竹簡記事,先以火烤竹使水分滲出,便於書寫,並免蟲蛀,稱殺青,或汗青。借指著述完成,或喻史冊。此句意爲將青金石之名載入詩作以流傳。

重 骨 羊①

黑者染墨汁,灰者飄霰雪。月竈產羔羊,粲若三英②列。彼固留其皮,我自稱其骨。

① 重骨羊:即骨種羊。見前福慶《異域竹枝詞》"十二辰爲十二門"詩注①,及舒其紹《伊江雜詠·骨重羊》詩。

② 粲若三英:《詩·檜風·羔裘》:"羔裘晏兮,三英粲兮。"毛傳:"三英,三德也。"鄭玄箋云:"三德,剛克、柔克、正直也。粲,衆意。"此處指羔皮襖上的裝飾。

高 昌 布

高昌白氎草,織成賴女工。何年具機杼,冰綃出鮫宮①。因知衣毛俗,可以開華風。

① 冰綃:潔白而輕薄的絲織品。王勃《七夕賦》:"停翠梭兮卷霜縠,引鴛杼兮割冰綃。"

鮫宮:一作鮫室、泉室。傳說中南海鮫人所居之室。任昉《述異記》:"南海出鮫綃紗,泉室潛織,一名龍紗。其價百餘金,以爲服,入水不濡。"

雁 翎 刀

昆吾切玉刀①,雁翎②或其選。鸊鵜③以淬鋒,出匣秋水湛④。周防⑤君子身,亂者仗汝斬。

① 昆吾:古時掌管製陶與冶煉之官。《逸周書・大聚》:"乃召昆吾,冶而銘之金版,藏府而朔之。"盧文弨校引謝墉云:"昆吾乃掌冶世官。"《呂氏春秋・審分覽・君守》:"昆吾作陶。"高誘注:"昆吾,顓頊之後,吳回黎之孫,陸終之子,己姓也。爲夏伯製作陶冶,埏埴爲器。"

切玉刀:即昆吾刀,泛指寶刀。參前舒其紹《伊江雜詠・塔爾奇古城》注①。

② 雁翎:雁翎刀,因形似雁翎而得名。王應麟《玉海》:"乾道元年十一月二日,命軍器所造雁翎刀。"

③ 鶌鶊:指鶌鶊膏。參前紀昀《烏魯木齊雜詩》"茜紅衫子鶌鶊刀"詩注①。

④ 秋水湛:指寶劍的光芒如秋水一般明亮。白居易《漢高皇帝親斬白蛇賦》:"若夫龍泉黯黯,秋水湛湛。苟非斯劍,蛇不可斬。"

⑤ 周防:防範。杜甫《瘦馬行》詩:"當時歷塊誤一蹶,委棄非汝能周防。"

馬 蓮 紙

軍中作草檄,藤角①亦可書。窮荒不愛寶,鳳尾佳紙名。通狼胥。堪笑洛陽貴②,馬蓮多水菹③。

① 藤角:藤紙、藤角紙,用藤皮製造的紙。李肇《翰林志》:"凡賜與、徵召、宣索、處分曰詔,用白藤紙。……凡太清宮道觀薦告詞文,用青藤紙。"

② 洛陽貴:洛陽紙貴。典出《晉書・左思傳》,左思作《三都賦》,"豪貴之家競相傳寫,洛陽爲之紙貴"。此處指紙張貴重。

③ 菹(zū):水草繁茂的沼澤地。

雪 山 蓮

出水蓮品潔,出山蓮種別。亭立千仞岡,紅妝浴白雪。托跡固高寒,人言性偏熱。

芨 席 簾

芨草代湘竹,搖曳當窗幽。花月漏疏影,風光入清秋。能遮十丈塵,不隔萬里愁。

紅　柳　几

　　雲霞結成綺，良材合作幾。我乏古人風，元戎曾賜此。魏太祖賜毛玠①几，曰有古人風。有謀願操從，《禮》曰："謀於長者，必操几杖從之。"敢曰今老矣。

　　① 毛玠(？—216)：字孝先，東漢陳留平丘(今河南封丘)人，曾任幕府功曹、尚書僕射，爲人清廉公正。曹操曾賜其素色屏風、素色憑几。

陳中騏

　　陳中騏（?），字峻峰，一字逸群，號滇池，湖南醴陵人。曾署理江蘇丹陽尉，升任吳江縣令、江蘇按察司司獄。在江蘇司獄任上，因重犯越逸而參革，陳中騏怨恨蘇州府知府胡世銓等不憐恤幫助，遣家人赴京控告胡世銓及吳縣知縣李逢春等人，最終以捏造情詞罪，於乾隆五十四年（1789）發配伊犁。遣戍期間受到伊犁將軍保寧的賞識，被委以文職。嘉慶二年（1797）由保寧奏請釋歸還鄉。所著有《伊江百詠》，友人王大樞《西征錄》、張翰儀輯《湘雅摭殘》、陳昌廣等輯《淥江詩存》中也收錄其部分詩作。

伊 江 百 詠

解題：

　　組詩號稱"百詠"，實存詩54首。《醴陵縣志》載陳中騏遣戍期間"嘗著《竹枝詞》數百首，《塞外曲》數十卷"。但在釋還回鄉路經潼關時，所有文稿被人竊去。現存《伊江百詠》抄本，封面書名後署有"沁香題簽"。"沁香"爲覺羅舒敦之號。舒敦字仲山，一字厚山，閩浙總督伍拉納之子。乾隆六十年（1795），伍拉納因受賄貪腐，在京師正法。舒敦、舒敏兄弟四人於嘉慶元年（1796）流放伊犁。又此抄本卷末有舒敏之子崇恩識語云："此卷得自仲山伯父處亂紙堆中。詩不甚佳，寫手且多錯落，存之以爲故物而已。道光五年（1825）九月十二日，燈下，雨舲。"將抄本封面題簽的字跡與正文筆跡相對比，可知此本應爲舒敦所抄。從邏輯上講，舒敦完全有可能是在伊犁抄寫了《伊江百詠》，並在東歸時帶回。後又爲其侄崇恩所得，之後輾轉流散世間，無意中保留至今。但正如崇恩所謂"寫手且多錯落"，此抄本質量欠佳，存在不少訛誤。如其七自注中"唐時碑石林三"、其十七注語中"善馬岳卜"、其四十九注語中"漢時定名蔥縣"等，均不可解。

　　《伊江百詠》歷敘詩人出關途中的經歷，及在伊犁生活的聞見。最後一首詩寫到伊犁蘆草溝、清水河二地情形就戛然而止，表明此抄本並非全帙。但從篇幅來看,在現存吟詠伊犁風土的組詩當中,《伊江百詠》仍堪稱巨製。其部分內容可以和同時期舒其紹《伊江雜詠》相互參照,相關細節亦可補志書之缺。

一

　　長嘯天山上,黯然望故林。愁愁遲暮感,寂寂美人心。①石骨②寒才露,雲衣③冷欲沉。遙思瓊海客④,飄泊古猶今。

　　① "愁愁"二句:化用《楚辭·離騷》:"唯草木之零落兮,恐美人之遲暮。"
　　② 石骨:堅硬的岩石。黃庭堅《次韻子瞻子由題憩寂圖二首》其一:"松含風雨石骨瘦,法窟寂寥僧定時。"
　　③ 雲衣:雲氣。《楚辭·九歎·遠逝》:"遊清靈之颯戾兮,服雲衣之披披。"王逸注:"上遊清冥清涼之庭,被服雲氣而通神明也。"
　　④ 瓊海客:瓊海,海南島。蘇軾曾貶謫至海南,陳詩以之自喻流放的身份。

二

　　桃葉憐前度,①寧城②別野開。館內外皆種桃樹。萬峰排闥入,一水繞牆來。③地僻心原曠,詩豪骨豈頹。長歌思往昔,不效子山哀④。

　　① "桃葉"句:暗用王獻之《桃葉歌》與劉禹錫《元和十年自朗州承召至京戲贈看花諸君子》詩"玄都觀里桃千樹,盡是劉郎去後栽"句。《桃葉歌》事見前沈峻《輪臺竹枝詞》"柳條慣折他人手"詩注④。
　　② 寧城:似指伊犁九城之一的寧遠城。參前莊肇奎《伊犁紀事二十首效竹枝體》"車載糧多未易行"詩注③。
　　③ "萬峰"二句:化用王安石《書湖陰先生壁二首》其一:"一水護田將綠繞,兩山排闥送青來。"排闥,參前舒其紹《伊江雜詠·八蹟蟲》注①。
　　④ 子山哀:庾信(513—581)字子山,南陽新野人,南朝梁時奉命出使西魏。梁爲西魏所滅,庾信滯留北方無法南回,因作《哀江南賦》。

三

　　雄關通絕域,中外割鴻溝。嘉峪關東達中華,西抵西域。山帶邊牆走,雲隨磧地浮。出關數里，舉目茫茫，地浮白。羊頭[①]輸拜爵，燕頷[②]議封侯。萬里從兹始，驅車是壯遊。

　　① 羊頭：《後漢書·劉玄傳》："竈上養，中郎將。爛羊胃，騎都尉。爛羊頭，關內侯。"此指獲得爵位。

　　② 燕頷：頷，下巴。參前蕭雄《聽園西疆雜述詩敍》注⑦。

四

　　敦煌炎漢[①]郡，形勢冠諸州。安西，漢爲敦煌郡。伐鼓[②]光搖海，岑參詩：四邊伐鼓雪。飛旌影渡郵。漢武帝開邊塞外，馹郵相望。左賢驕已戢[③]，右臂斷何愁。武帝開河西四郡，斷匈奴右臂，四郡指武威、張掖、酒泉、敦煌。偃武逢今日，禳禳[④]麥黍秋。

　　① 炎漢：蕭統《文選序》："自炎漢中葉，厥塗漸異。"李周翰注："漢火德，故稱炎。"

　　② 伐鼓：擂鼓。岑參《輪臺歌奉送封大夫出師西征》詩："四邊伐鼓雪海湧，三軍大呼陰山動。"

　　③ 戢（jí）：收斂、停止。

　　④ 禳：祈禱消除災禍。《左傳·昭公二十六年》："齊有彗星，齊侯使禳之。"

五

　　伊吾青繞郭，哈密唐爲伊吾廬郡，今日城外種樹。鎖鑰鎮金方。甘省鎖鑰。喜際同文日，休言用武鄉。明時封元後裔，後爲四部宿據[①]，干戈不息。雲山連四郡，車馬走新疆。率土咸歸化，西征路渺茫。

　　① 宿據：宿居、舊居。酈道元《水經注》卷一五："西北流合羅水，謂之長羅川，亦曰羅中也。蓋肹子鄡羅之宿居，故川得其名耳。"

六

　　最要咽喉地，郡開迪化東。祁連盤雪棧，翠阜[①]掛晴空。巴里坤海子時見幻市。沃野千家産，孤城百戰功。準逆初叛時，巴里坤戰守兼備，正逢其沖。夜深寒透骨，我欲起癡龍[②]。海子內有寒龍，是以其地極冷。

① 翠阜：綠色的山丘。蘇軾《登州海市》詩：“重樓翠阜出霜曉，異事驚倒百歲翁。”

② 癡龍：《法苑珠林》引劉義慶《幽明録》：“洛中有大穴，有人誤墜穴中，見有大羊，取鬚下珠而食之。出而問張華，華謂：‘羊爲癡龍。其初一珠，食之與天地等壽。次者延年，後者充饑而已。’”此即指注語中的寒龍。

七

玉骨①崚嶒立，寒空雪作堆。天山一名雪山，在巴里坤界。未攀千尺磴，那識萬山嵬。老樹延蒼翠，松樹塘古樹極多，皮有厚一尺者。殘碑没蘚苔。唐時碑石林②三，姜行本碑文可搨。阿誰三箭取，想像衆軍豗③。借用仁貴事，大兵征準逆，首得巴里坤。

① 玉骨：馮贄《雲仙雜記》：“袁豐居宅後有六株梅，開時爲鄰屋煙氣所爍，屋乃貧人所寄。豐即團泥塞灶，張幕蔽風。久之，拆去其屋，歎曰：‘煙姿玉骨，世外佳人，但恨無傾城笑耳。’”此處指覆雪的天山。

② “林”字疑爲衍文。哈密、巴里坤地區發現漢唐紀功碑三種：“永和五年漢碑”、《姜行本紀功碑》、《裴岑碑》，參前曹麟開《塞上竹枝詞》“永和貞觀碣重重”詩注①，及蕭雄《聽園西疆雜述詩·沙南侯獲碑劉平國碑》詩注①。

③ 豗(huī)：撞擊，此指潰敗。《新唐書·許遠傳》：“贊曰：張巡、許遠，可謂烈丈夫矣。以疲卒數萬，嬰孤塢，抗方張不制之虜，鯁其喉牙，使不得搏食東南，牽掣首尾，豗潰梁、宋間。”

八

歷歷圍場地，烏魯木齊，譯言好圍場也。準格爾時避暑營盤。傳聞舊有營。中榷①尊重任，五路仰威聲。《宋史》：韓範鎮邊，用五路以制曩霄②。佛壁光猶滿，③達摩仙面壁處尚在。靈山道漸平。靈山近土魯番，相傳爲十萬羅漢涅槃處。駕言遊野秀，花鬱影分明。秀野亭係原任大學士伍公爲都統時所建。迪化第一名勝。④

① 中榷：即榷場，宋、金時期在邊境設立的同鄰國互市的市場。《金史·食貨志五》：“榷場，與敵國互市之所也。”

② 曩霄：見前福慶《異域竹枝詞》“蘇勒河邊故跡存”詩注⑦。

③ “佛壁”句：參前薛國琮《伊江雜詠》“温都斯坦馭雲幢”詩注②、蕭雄《聽園西疆雜述詩·博克達山》詩注④。

④ 秀野亭及其建造情況，參前紀昀《烏魯木齊雜詩》“秀野亭西綠樹窩”詩及注①。

九

兩界分南北，飛騰入玉關。<small>中原諸山皆南北二山①發脈。</small>水從天上落，人自斗邊還。<small>張騫泛槎事。</small>郡邑終蒲類，<small>唐時蒲類縣，應在今綏來、昌吉之間，駱賓王有《晚泊蒲類》詩。</small>羈縻抵達山②。<small>俟補注。</small>狼煙③今日盡，賭墅④且消閑。

① 南北二山：此指天山與昆侖山。語本《漢書·西域傳上》：“（西域）南北有大山，中央有河，東西六千餘里，南北千餘里。東則接漢，阨以玉門、陽關，西則限以葱嶺。其南山，東出金城，與漢南山屬焉。……自車師前王廷隨北山，波河西行至疏勒，爲北道；北道西逾葱嶺則出大宛、康居、奄蔡焉。”另參前王芑孫《西陬牧唱詞六十首》“群山莽莽走中原”詩。

② 達山：阿㙍達山的省稱。參前曹麟開《塞上竹枝詞》“綠眼番兒逞捷趫”詩注②。

③ 狼煙：古代邊塞士兵發現敵情後點燃的烽火。段成式《酉陽雜俎》：“狼糞煙直上，烽火用之。”

④ 賭墅：圍棋賭墅，喻臨危不懼。《晉書·謝安列傳》：苻堅征東晉，晉孝武帝以謝安爲征討大都督抵禦。“安遂命駕出山墅，親朋畢集，方與玄圍棋賭別墅”。

一〇

觱烈①吹烏素，<small>烏素，蒙古譯言水也。</small>淒淒入寒笳。天低河漢近，野曠伐煙斜。羈客仍雕面②，名王各建牙。山川供嘯詠，宛馬踏霜華。

① 觱烈：即觱篥，一作觱栗。古代簧管樂器。《太平廣記》卷五八四：“觱篥者，笳管也。卷蘆爲頭，截竹爲管。出於胡地，制法角音，九孔漏聲，五音咸備。……《通典》曰：‘篳篥本名悲栗，出於胡中，其聲悲。’”

② 雕面：面目狰獰。《新五代史·孟昶傳》：“（王昭遠）謂（李）昊曰：‘吾之是行，何止克敵，當領此二三萬雕面惡少兒，取中原如反掌爾。’”此指旅途勞頓，形容憔悴。

一一

西海荒原外，<small>《元史》：世祖伐西域，直抵西海。</small>大秦①落照中。<small>《漢書》：大秦國在西海。</small>深溝嗥虎豹，戰士泣沙蟲。簡册參款信②，傳聞有異同。招魂關塞黑，颯颯起寒風。

① 大秦：亦作犁軒、海西，中國古代對羅馬的稱呼。參前紀昀《烏魯木齊雜詩》"誰言天馬海西頭"詩注①。

② 款信：歸順的消息。《續資治通鑒長編》卷四四二："真宗朝，故相張齊賢、向敏中皆曾領延州。緣當時趙德明雖納款，信約未定，故命向敏中經略。"

一二

勝跡依然在，詩人馬上評。煙送都護府，漢及唐時，口外建都護府。花發可敦城①，《唐史》：公主下嫁回紇，册曰可汗公主。册曰可敦。可敦，后也。築城建府第以居之。大夏何年部，康居幾日程。《漢書》：大夏、康居、安息諸國皆逾葱嶺。而西域諸國鄯善②、于實、疏勒、烏孫、莎車、月支、龜兹、焉耆、危須、尉犁等皆内屬，大概在今南路境内者多，惟烏孫在北，故史稱招烏孫納侍。卻因班定遠，牽動故鄉情。班超平西域數十國，封定遠侯，老始入關，後其子班勇改鎮西域。

① 可敦城：可敦，古代回鶻語 Qatun 音譯，皇后之意。可敦城遺址有三，一在今内蒙古五原縣西北，另兩處在蒙古國境内。

② 鄯：原詩遺漏，據實際地名補。

一三

蟹行回紇字，回回字橫書。觖舌阿轟書①。阿轟，回回能念經者。牙帳今膏壤，王庭舊廢墟。烏什、喀什喀爾、和闐、葉爾羌諸處，俱入版圖。數公明大義，一死得終譽。烏什之變②，大臣死節者丕。和倬真堪笑③，河邊羖䍽④如。

① 觖（jué）舌：語言難懂。觖，伯勞鳥。《孟子·滕文公上》："今也南蠻觖舌之人，非先王之道，子倍子之師而學之，亦異於曾子矣。"

阿轟：即阿訇，見前王曾翼《回疆雜詠》"求凰求鳳各紛然"詩注③。

② 烏什之變：乾隆三十年(1765)二月，爲反抗烏什阿奇木伯克阿布都拉與烏什辦事大臣素誠的暴政，烏什小伯克賴合木圖拉以素誠等差派百姓至京解送沙棗樹爲由，糾合當地百姓起義。素誠兵敗被殺，阿布都拉被擒。阿克蘇辦事大臣卞塔海先赴庫車平亂，因處置不當，導致事態進一步惡化。庫車大臣鄂寶、喀什噶爾辦事副都統柏昆、喀什噶爾參贊大臣納世通、伊犁將軍明瑞分別率軍至烏什。清軍内部不協，屢誤戰機。五月，乾隆皇帝命將卞塔海、納世通在軍前正法。同年八月，起義被鎮壓。

③ 和倬：即和卓。見前王芑孫《西陬牧唱詞六十首》"焉者頡利幾單于"詩注④。

④ 羖（gǔ）䍽（lì）：丁度《集韻》："羖䍽，山羊。"

一四

皚皚群峰蠹，密爾岱及規期山^①産玉。望中白似銀。河流源蕩漾，玉隴哈什、哈拉哈什兩河産玉子。石子更清真。天璧懷無益，匹夫罪有因。^②近來珍璺碧^③，藉以活邊民。瑪納斯出綠玉，璺碧也，唐時最重璺碧。李賀有《采玉謠》。^④

① 規期山：傳說中昆侖山脈的山名，具體位置不詳。《太平御覽》卷六〇引《山海經》："昆侖山縱廣萬里，高萬一千里。……其白水出其東北陬，屈向東南流爲中國河。河百里一小曲，千里一大曲，發源及中國，大率常然。東流潛行地下至規期山，北流分爲兩源，一出葱嶺，一出于闐。"

② "天璧"二句：典出《左傳·桓公十年》：虞公想要得到虞叔所藏的美玉，虞叔不給，"既而悔之，曰：'周諺有之：匹夫無罪，懷璧其罪。'乃獻之"。杜預注："人利其璧，以璧爲罪。"

③ 璺碧：即碧璺，寶石名。

④ 此句指李賀《老夫采玉歌》。

一五

莫説犀珠^①貴，稀奇貨共珍。金絲光燦爛，金絲緞、金絲毯係金絲織成，光閃奪目。橋布色鮮新。布名橋搭，光潤細潔，有價值十斤一匹者。靈氣鍾於物，南路出産甚多，金玉、絲布、桃杏、棗果、骨重羊皮、香桂、青根等貂^②，種種出色。君恩惠在因。《豳風圖》^③可繪，耕織義回氓。

① 犀珠：一作犀株，犀牛角。李賀《惱公》詩："犀株防膽怯，銀液鎮心忪。"王琦注："《遊宦紀聞》：'犀中最大者曰墮羅犀，一株有重七八斤者。'"

② 青根等貂：青根貂。即麝鼠，俗稱麝香鼠、青根貂、水老鼠。

③《豳風圖》：宋代馬和之據《詩·豳風·七月》詩意所繪，後世畫家多有同名之作，代指有關農事的圖畫。薩都剌《織女圖》詩："排雲便欲叫閶闔，爲我獻上《豳風圖》。"

一六

香棗何妨種，香棗，沙棗也。硇砂不煉丹。硇砂，紅色者貴，出口外。角端^①回帝意，《元史》：世祖伐西域，遇獸角端，能人言，帝會其意，即令迎駕。桃拔^②逞神奸。漢史：條支國出桃拔、獅子。今嶺西亦產此獸。**手指昆崗易**，昆侖在山西南，伊犁之山皆昆侖發脈。**躬探宿海難。**星宿海皆天河水發源，其實蒲昌海，河源也。**遙瞻天竺界，佛國版圖寬。**西藏，古天竺也。今俱歸版圖矣。

① 角端：一名角（心）端，中國古代神話中類似麒麟的神獸。《文選》卷八司馬相如《上林賦》："其獸則麒麟角端。"李善注引郭璞曰："麒，似麟而無角。角端，似貊，角在鼻上，中作弓。"

② 桃拔：傳說中的辟邪神獸。《漢書·西域傳上》："烏弋地暑熱莽平。……而有桃拔、師子、犀牛。"孟康注："桃拔一名符拔，似鹿，長尾，一角者或爲天鹿，兩角者或爲辟邪。"

一七

　　土爾①投誠久，乾隆三十五年入覲。駝騎亦壯哉。渾邪②蒙上賞，封烏巴錫汗爲王。頡利豈庸才。聞說經傳昔，土爾古特營中有蒙古書《易經》，自云元時流傳至今者。誰云卜妄猜。營中喇嘛有善馬岳卜，汲燒羊骨以定吉凶，無不應驗。③手談④僧不見，有老喇嘛年七十歲，手談極精，一時無敵。難覓弈中魁。

① 土爾：即注語中土爾古特省稱，通作土爾扈特。見前徐步雲《新疆紀盛詩》"土爾扈特辭甌脫"注①。

② 渾邪：匈奴渾邪王（？—前116），西漢元狩二年（前121）歸降漢朝，封漯陰侯，邑萬户，謚號定侯。此指渥巴錫。

③ "善馬岳卜"句：疑抄本有誤，當作"善羊骨卜"。紀昀《閱微草堂筆記·姑妄聽之三》："蒙古以羊骨卜，燒而觀其坼兆，猶蠻峒雞卜也。"

④ 手談：《世說新語·巧藝》："王中郎以圍棋是坐隱，支公以圍棋爲手談。"

一八

　　禧春紅柳娃，口外有人猥形，似小兒，當春日紅柳發時，首插紅柳，嬉嬉自若，因名之曰紅柳娃。覓食白頸鴉。口外烏鴉，内中竟有頸白者，奇怪奇怪。涼月啼妖鳥，山溝中有妖鳥，月中啼嗔甚苦。陰風撼鬼車。離思紛欲結，大塊①静無嘩。欲續夷堅志，雕蟲②漫自誇。

① 大塊：大自然。《莊子·齊物論》："夫大塊噫氣，其名爲風。"成玄英疏："大塊者，造物之名，亦自然之稱也。"

② 雕蟲：詩文辭賦的寫作。見前王芑孫《西陬牧唱詞六十首》"墓石遥傳刻畫工"詩注①。

一九

　　的的師犁界，_{漢史車師、渠犁舊境，今應在烏魯木齊一帶。}新秋感慨多。夜磷青未了，煙瘴黑如何。_{口外山溝中有瘴氣，人觸之多成瘴疾。}且緩磨林步，_{毛犁，譯言馬也。}那愁達阪跎。_{達阪，譯言山也。}岑參曾有句，直欲奪逢婆①。

　　① 逢婆：一作蓬婆。此句實本杜甫《奉和軍城早秋》詩：“已收滴博雲間戍，更奪蓬婆雪外城。”錢謙益注：“《元和郡國志》：柘州城西面險阻，易於固守，有安戎江、蓬婆水，在州南三十里。大雪山一名蓬婆山，在柘縣西北一百里。《吐蕃傳》：開元二十六年，王昱率劍南兵攻安戎，頓兵於蒲婆嶺下，運劍南道資糧以守之。胡三省曰：新書作蓬婆嶺，其地在雪山外。”

二〇

　　殊方風景異，寒氣遞相催。秋夏更裘葛①，人家雜漢回。山高長積雪，地冷不聞雷。見說州名火，炎炎傲五臺。_{火州在土魯番地界，極熱。五臺在伊犁果子溝，極冷。}

　　① 裘葛：裘，冬衣；葛，夏衣。《公羊傳·桓公八年》：“士不及茲四者，則冬不裘，夏不葛。”何休注：“裘葛者，禦寒暑之美服。”

二一

　　草長河中笈，_{笈笈草，小可爲簾，大可爲箸。}蓮開窖里花①。_{雪蓮，雪中開花，形似蓮，性極熱。}無端嗥夜夜，_{口外狼嗥，怪音百出，寒夜聽之殊覺可憎。}何事泣呱呱。_{口外鳩喚，必先作兒啼數聲。}欹枕人方倦，巡城鼓又摣。相思生白髮，風雪滿天涯。

　　① 窖里花：張萱《疑耀》：“今京師入冬以地窖養花，其法自漢已有之。漢世大官園冬種葱韭菜茹，覆以屋廡，晝夜然溫火，得溫氣，諸菜皆生。……今內家十月即進牡丹，亦是此法。計其所費工耗，每一隻至數十金，但在漢止言覆以屋廡而已，今法皆掘坑塹以窖之。蓋入冬土中氣暖，其所養花木，借土氣火氣俱半也。”

二二

　　必世①仁風洽，邊庭此一時。花門能讀易，_{旗籍某粗知文義，與纏頭某談《四書》《易}

經》，纏頭終日聽之不倦，自謂遠過西域諸經。乩②鬼喜吟詩，紀曉嵐總憲《消夏課》③云：“都統劉公鑑鎮西時，喜扶乩仙，自稱能詩而不工。蓋客死，遊魂托以寄懷，未可知也。”綠水潭孔廟，青山柱史④祠。口外各處山頭，皆建老子廟。陽關高處望，紫氣⑤滿京師。陽關在沙州。

① 必世：三十年。《論語·子路》：“如有王者，必世而後仁。”邢昺疏：“三十年曰世。……必三十年仁政乃成也。”乾隆二十四年(1759)平定西域，至陳中驌乾隆五十四年遣戍伊犁後作此詩，約三十餘年。

② 乩(jī)：占卜。

③《消夏課》：指紀昀《閱微草堂筆記·灤陽消夏錄》。

④ 柱史：柱下史的省稱，指老子。《後漢書·張衡傳》：“庶前訓之可鑽，聊朝隱乎柱史。”李賢注：“應劭曰：‘老子爲周柱下史，朝隱終身無患。’”

⑤ 紫氣：此指祥瑞之氣。《史記·老子韓非列傳》：“於是老子乃著書上下篇，言道德之意五千餘言而去，莫知其所終。”司馬貞《索引》引《列仙傳》：“老子西遊，關令尹喜望見其有紫氣浮關，而老子果乘青牛而過也。”

二三

氈廬逐水草，察哈爾、厄魯特住蒙古堡①。土屋自風沙。口外房屋，上下左右無處不是土。部魯知尊母，外夷部魯特②等以母爲尊。集延解喚爺。安集延善賈，近通漢語，見人則以爺相稱。忠魂猶有墓。南北死節諸大臣，墓門如故。逐客竟無家。獨憶空牀守，中宵起歎嗟。

① 蒙古堡：蒙古包。

② 部魯特：即布魯特。見前宋弼《西行雜詠》“大宛久已入提封”詩注④。

二四

齊物胡爲者，南華論亦偏。糞中犀狗遠，犀糞極香。乾處草堪憐。口外有草名濕死乾活，懸之窗前，夏秋青蔥，宛然生機。煤暖陽回谷，口外煤炭，燃則終日不滅。山消雪潤田。口外莊農，全持雪水。西方生息好，莫不戴堯天①。

① 堯天：《論語·泰伯》：“巍巍乎，唯天爲大，唯堯則之。”何晏注引孔安國曰：“則，法也。美堯能法天而行化。”此指帝王盛德。

二五

甑墮何勞顧，^①囊空不計年。彎弧馳雪海，攜客赴湯泉。_{湯泉口外有數處。}奶子難成醉，普兒喜有錢。_{奶子酒用馬乳、牛乳釀成，味頗醇。普兒南路官板錢，一文抵一分。}古城金可掘，_{口外古城極多，大概皆唐時城也。唐龍朔元年，國外置八府七十六州縣，城址尚在。}^②往來行人，無意中往往拾得金玉。寶懷^③豈其然。

① "甑墮"句：甑（zèng），瓦製炊器；顧，回頭看。《後漢書·郭太傳》："（孟敏）客居太原，荷甑墮地，不顧而去。林宗見而問其意，對曰：'甑已破矣，視之何益？'"指事情既成事實，不再追悔。

②《新唐書·地理志》："龍朔元年，以隴州南由令王名遠爲吐火羅道置州縣使，自于闐以西，波斯以東，凡十六國，以其王都爲都督府，以其屬部爲州縣。凡州八十八，縣百一十，軍、府百二十六。"

③ 寶懷：懷寶，擁有寶物。

二六

出没群仙影，玲瓏百尺樓。帆檣横市腳，旌斾列城頭。人物驚消歇，風雲感散流。繁華都類此，一枕夢瀛州。_{口外海子及高山，時見幻市。綏定山亦曾見之。友人朱錦江}^①、_{王白沙輩作長歌紀異。}

① 朱錦江：朱梅芬（?），名夢旭，字端書，號錦江。浙江桐鄉諸生，所著有《錦江詩集》，今不傳。陳中騏戚友。

二七

華髮絲相似，白駒隙易過。^①回思行木壘，_{木壘在巴里坤之西。}翹首望晶河。_{晶河在烏魯木齊之西。}千里常聞馬，獨峰不見駝。_{獨峰駝一日夜，能行二千餘里。}酒泉何日到，一笑對金羅^②。

① "白駒"句：本《莊子·知北遊》："人生天地之間，若白駒之過隙，忽然而已，乃不足惜。"成玄英疏："白駒，駿馬也，亦言日也。隙，孔也。夫人處世，俄頃之間，其爲迫促，如駒之過孔隙，歘忽而已，何曾足云也。"

②　金羅：即金叵羅。見前朱紫貴《天山牧唱》"霜飛玉帳夜聞歌"詩注①。

二八

煙霞烘楮板①，霜雪逼吟壇②。快飲黃羊血，間熏白兔肝。白兔肝可爲藥丸。黑禽啼日落，灰鶴怯枝寒。黑禽音似畫眉，灰鶴似雀，其色淡灰。且喜宵眠穩，無勞抱玉鞍。李白《塞下曲》："宵眠抱玉鞍。"

①　楮板：指紙。參前蕭雄《聽園西疆雜述詩自序》注④。

②　吟壇：詩壇，詩人集會處。

二九

青女臨西極，昨宵素滿林。雞飛金齒①日，六十年乙卯，伊犁奉旨查辦被罪人員。雁度玉關心。蒼莽邊容肅，瀟疏野景沉。浮生渾似夢，彈指去來今。

①　金齒：《新唐書·南蠻傳下》："群蠻種類，多不可記。有黑齒、金齒、銀齒三種，見人以漆及鏤金銀飾齒，寢食則去之。"此處指邊塞之地。

三〇

長飆吹萬里，鬱鬱旅懷開。白草粘天起，黃雲匝地來。葡萄霜後摘，口外葡萄甚多，秋杪稔熟。松樹日邊栽。松樹，杉松也，排到高山絶頂。風土還當賦，我爲宋玉哀①。

①　宋玉哀：《楚辭·九辯》："悲哉，秋之爲氣也！蕭瑟兮草木搖落而變衰。"此指悲秋。宋玉（前298—前222），戰國時楚國士大夫，辭賦家，著《九辯》等。

三一

虎鬚剛一線，①奇絶壓群溝。伊犁果子溝進伊犁一口子，山勢高聳，中留一線，險阻難行，可謂雄關百步。拔地蒼巖起，參天怪樹浮。馬行驚磔格，鳥聽叫輈輈②。歷盡崎嶇險，我生豈浪遊。

① “虎鬚”二句：形容果子溝道路狹窄。

② 鞠鞠：一作鉤鞠。參前王芑孫《西陬牧唱詞六十首》“烏秅難兜約略推”詩注③。

三二

積水隨山勢，<small>三臺海子四面皆山。</small>流光澈底空。<small>一泓如鏡，底鋪卵石，潛植全無，水苦，不堪入口。</small>四時涓日月，百頃控西東。小丑①心原險，大王②拼自雄。風翻波浪湧，如聽鼓逢逢③。

① 小丑：指不成氣候之人。《國語·周語上》：“王猶不堪，況爾小丑乎？”

② 大王：大王風。宋玉《風賦》：“楚襄王遊於蘭臺之宮，宋玉、景差侍。有風颯然而至，王乃披襟而當之，曰：‘快哉此風，寡人所與庶人共者邪？’宋玉對曰：‘此獨大王之風耳，庶人安得而共之！’”劉孝儀《行過康王故第苑》詩：“芳流小山桂，塵起大王風。”此聯借“小丑”“大王”以形容西域風勢。

③ 逢逢：象聲詞，指鼓聲。《詩·大雅·靈台》：“鼉鼓逢逢，矇瞍奏公。”

三三

楊氏冰頹①矣，茲山竟疊堆。<small>冰達阪係堅冰積成大山，爲南北往來要道。凡冰，當春夏必融，僅此山獨萬古長存，造物之奇真不可解。</small>巨靈伸玉臂，客子上瑤階。鳥道何妨阻，鷹飛自免災。<small>山上有神鷹，迷道者聞鷹鳴，隨行即可無誤。</small>半空仙樂作，真個八音諧。<small>風起時冰石相激，如金石齊鳴，管弦並奏。冰山上有橫石塊，大如席面，不知何處飛來，更屬奇怪。</small>

① 楊氏冰頹：馮贄《雲仙雜記》：“進士張彖，力學有大名。楊國忠用事，爭詣門。彖獨不往，曰：‘爾輩謂楊公之勢可倚如太山耶，以吾所見，乃冰山也。皎日一照，則當誤人。’”本意爲楊氏勢力倒臺，此處指冰山倒塌。

三四

要會伊江鎮，朔方第一關。<small>伊犁北關，五方雜處，號稱繁盛。</small>南河餘孽在，<small>準格爾易名厄魯特①，營盤在河南。</small>北路戍兵還。<small>塔爾巴哈臺又名雅爾，爲北路。鎮守兵丁係由滿洲駐防，及各營輪年換班。</small>四野渠垂柳，<small>伊犁將軍義烈公保，諭令各城栽柳，沿渠成行，春夏之間，綠樹陰濃，宛如細柳圖畫。</small>八城陣列山。<small>伊犁滿漢城池大小九，除大城外，尚有綏定、蘆草溝、清水河、塔爾奇、</small>

霍爾果斯、巴彥岱、城盤子、古爾扎錫伯②。果溝③臨絕壁，車馬幾時閑，馬匹車塵，往過來續，行人不少。

① 準格爾：即準噶爾，系衛拉特四部之一，非易名厄魯特，陳説誤。準噶爾，參前王芑孫《西陬牧唱詞序》注④。

厄魯特：參前紀昀《烏魯木齊雜詩》"雙城夾峙萬山圍"詩注③。

② "錫伯"二字當衍。

③ 果溝：即果子溝。見前徐步雲《新疆紀盛詩》"果溝東面亦龍淵"詩注①。

三五

北至鄂羅①界，鄂羅與哈薩克接壤。東通哈密營。諳班②由特旨，口外南北二路，欽差及參贊大臣、領隊提鎮，特旨簡放。諳班，言大臣也。開府③有先聲，將軍總統南北二路，必用素有名望大臣。食肉何須相，④撫膺豈不平。戟門聞鼓角，嘖嘖議章京。辦事章京印房、糧餉、營務、駝馬、功過五大處，日上將軍衙門。

① 鄂羅：俄羅斯省稱。

② 諳班：一作按班、昂幫，滿語 amban 音譯，意爲大臣、大人。

③ 開府：府兵官職。西魏、北周府兵共二十四軍，每軍設一開府將軍，簡稱開府。此處代指伊犁將軍。

④ "食肉"句：語出《後漢書·班超傳》，參前蕭雄《聽園西疆雜述詩敍》注⑤。

三六

哈薩東西至，哈薩克，古大宛地，今分東西二部。亭成貿易街。貿易亭在大城西門外數里許，哈薩克每年赴伊，以馬、牛、羊等物換中華紬緞、布帛、茶、煙、油、糖，曰貿易亭。非徒柔遠使，於此萃珍材。哈薩名馬，日行千里。天馬何難賦，房星①不易猜。茂陵②如有識，漢武帝通西得名馬，作《天馬歌》，若見今日之驊騮歲歲入貢，未免恍然自失。汗血漫稱魁。

① 房星：房宿，星宿名，象徵天馬。《晉書·天文志上》："房四星。……亦曰天駟，爲天馬，主車駕。"

② 茂陵：漢武帝陵墓，此處代指漢武帝。參前福慶《異域竹枝詞》"並兼右姓久成風"詩注②。

三七

不信天難上，獨登郭外樓。鑒遠樓在南門外，遠對南山，近臨伊水，系前任將軍伊公創。遂因被水沖塌。後任將軍義烈公保再加修飾，回廊曲檻，柳明花秀，儼似江南園亭，亦甘棠①餘韻也，豈但遊玩而已哉！誰持雷氏劍②，欲貸月支頭。前任將軍奎公③詩云：“囊篋不勞葱嶺石，斧斤應貸月支頭。”脱帽迎清氣，抽刀斷濁流。④興來吹鐵笛，披豁⑤散煩憂。

① 甘棠：參前唐道《伊犁紀事詩三十八首》“上公下令遍傳呼”詩注①。

② 雷氏劍：寶劍名，具體指幹將、莫邪。句本《晉書·張華傳》：張華與雷煥觀天象，雷煥在斗牛星所對應的南昌豐城縣發掘到兩把寶劍，一把自佩，一把送與張華。“華得劍，寶愛之，常置坐側。……報煥書曰：‘詳觀劍文，乃幹將也，莫邪何復不至？雖然，天生神物，終當合耳。’”另參前薛國琮《伊江雜詠》“塔爾奇邊舊戰場”詩注①。

③ 奎公：奎林（？—1792），富察氏，字直方，滿洲鑲黄旗人，承恩公傅文之子。乾隆三十三年（1768）襲承恩公爵，授御前侍衛。乾隆五十年三月任烏魯木齊都統，旋授伊犁將軍。五十六年任成都將軍。

④ “抽刀”句：本李白《宣州謝朓樓餞別校書叔雲》詩：“抽刀斷水水更流，舉杯消愁愁更愁。”

⑤ 披豁：敞開胸懷。杜甫《奉簡高三十五使君》詩：“天涯喜相見，披豁對吾真。”仇兆鰲注：“披豁，即開心見誠之意。”

三八

極目非無岸，滄波接素秋。飛行尋地隱，伊水西流數百里，即滲入砂磧中。長逝帶冰流。春日冰泮時，滿河皆冰塊，隨水西流。擊楫①人方去，運糧官員，原係文武廢員也。乘槎我未休。大江何處是，東望水悠悠。凡水東流，而伊水獨西流。

① 擊楫：《晉書·祖逖傳》：“（逖）中流擊楫而誓曰：‘祖逖不能清中原而復濟者，有如大江。’”原指立誓收復失地，此處用本意。

三九

熙熙①古爾扎，古爾扎，地在離大城九十里，係回城。王子三臺去駐扎，彈壓纏頭回子種地，約計户口有數千餘家。漠漠水雲鄉。近伊水。回鶻無閑户，官租有義糧。春山迎伯克，伯克，回子官也，管束屯户。緑樹繞田莊。回回村旁柳樹環繞。雜處兼誇漢，農商個個忙。古爾扎市鎮極富，糧如山積。

　　① 熙熙：《逸周書·太子晉》：“萬物熙熙，非舜而誰能？”孔晁注：“熙熙，和盛。”

四〇

　　卅年消劍戟，一統共車書。①割據雄安在，金銀寺已墟。金銀二寺，係準格時創建，一在伊犁東，一在伊犁西。古爾扎地方爲金頂寺，瓦礫尚在，基地成墟矣。天心誅叛逆，巢窟搗空虛。大兵征阿木哈薩納②，伊犁遂定。唐漢頻開地，威名遠不如。

　　① “一統”句：語出《禮記·中庸》，參前舒其紹《伊江雜詠·哈薩克》詩注①。
　　② 阿木哈薩納：即阿睦爾撒納。見前王芑孫《西陬牧唱詞六十首》“雙親王爵沐殊榮”詩注②。

四一

　　兆公①誓師處，慘澹尚聞笳。大將軍兆公平定南北二路。屯户炊煙遠，漢無屯田，在綏定城等處，各城左右具有。卡倫山徑斜。與外夷接壤，如山，俱設卡倫，侍衛把守。絳雲烘燒野，白骨亂蓬麻。惆悵呼獨水，②頻添兩鬢華。

　　① 兆公：即兆惠。見前蕭雄《聽園西疆雜述詩·烏什》詩注⑦。
　　② “惆悵”句：謂對着伊犁河水歎息，意本《論語·子罕》：“子在川上曰：‘逝者如斯夫，不舍晝夜。’”

四二

　　望望①山頭路，黃金賤似銀。口外金多色淡，價值不貴。屯猶開戊己，漢爲戊己屯。寶自毓庚辛②。脱粟③難謀富，披沙豈救貧。可憐庸妄子，辜負少年身。口外各處産金，例禁極嚴，少年無賴徒黨④采挖，身罹法中，猶不知悔。

　　① 望望：《禮記·問喪》：“其往送也，望望然，汲汲然，如有追而弗及也。”鄭玄注：“望望，瞻望之貌也。”

② 寶月：明月。吳均《碎珠賦》："寶月生焉，越浦隋川。標魏之美，擅楚之賢。"

毓：育。班固《答賓戲》："譬猶草木之殖山林，鳥魚之毓山澤，得氣者蕃滋，失時者零落。"

庚辛：天干中的庚日和辛日，庚辛屬金。

③ 脫粟：糙米，粗糧。《晏子春秋》："晏子相景公，食脫粟之食。"

④ 徒黨：黨羽。

四三

沙場橫百里，四顧少行人。如此妖狐哺，那堪旅塚新。土花凝落魄，鬼淚濺殘春。萬古灰成劫，昆明歎有因。[①]郭外荒塚壘壘。

① "萬古"二句：參前福慶《異域竹枝詞》"一望頹垣五里餘"詩注②。

四四

漫天飛野馬[①]，掠地噪寒鴉。風力能驅石，口外遇起狂風，沙飛石走，令人撲地。河冰直走車。冬天寒凍，各處水道俱結冰橋。鐵衣傳夜箭，星夜巡邏不斷。鈴閣[②]散晨衙。微籌報緝無事。衛霍[③]登壇日，揮毫興更賒。

① 野馬：如奔馬般浮動的遊氣。《莊子·逍遙遊》："野馬也，塵埃也，生物之以息相吹也。"郭象注："野馬者，遊氣也。"成玄英疏："此言青春之時，陽氣發動，遥望藪澤之中，猶如奔馬，故謂之野馬也。"此處指大風。

② 鈴閣：一作鈴合。翰林院或將帥、州郡長官辦事之地。《晉書·羊祜傳》："(祜)在軍常輕裘緩帶，身不披甲，鈴閣之下，侍衛者不過十數人。"

③ 衛霍：衛青與霍去病並稱。衛青(？—前106)，字仲卿，河東平陽(今山西臨汾)人。漢武帝第二任皇后衛子夫的弟弟，西漢名將，官至大司馬大將軍，封長平侯。霍去病，見前宋弼《西行雜詠》"杳杳仙官一水環"詩注②。

四五

十萬橫磨劍[①]，籌邊靜自明。富之無曠土，庶美築斯城。伊犁生齒日繁，將軍義烈公保奏請添築東城一面，修蓋滿州兵房一千餘家，並建東西鐘鼓二樓。銅鐵通山徑，鉛、銅、鐵各設廠采挖，係又由廢員監督。糧儲報水程。解見前。祝君非佞佛[②]，寺額錫嘉名。將軍義烈公保在伊，蒞任數載，愛衆恤兵，憐難樂神，建立關帝大神、玄武、喇嘛各等廟宇，極其壯麗。

① 横磨劍：《舊五代史·景延廣傳》："延廣乃奏，令契丹回圖使喬榮告戎王曰：'先帝則北朝所立，今上則中國自册，爲鄰爲孫則可，無稱臣之理。'且言：'晉朝有十萬口横磨劍，翁若要戰則早來，他日不禁孫子，則取笑天下，當成後悔矣。'"此喻戍邊士卒。

② 佞佛：討好於佛，喻迷信佛教。《晉書·何充傳》："郗愔及弟曇奉天師道，而充與弟準崇信釋氏，謝萬譏之云：'二郗諂於道，二何佞於佛。'"

四六

蒂苦人方棄，瓜甘汁不窮。<small>古詩"瓜甘抱苦蒂"①，哈密瓜味最甘。</small>園官誇味好，詞客愛詩工。<small>杜工部有《園人送瓜》詩。</small>若個登天府，<small>哈密瓜歲歲入貢。</small>何曾入漢宮。<small>漢通西域，葡萄各物見之書史，而清甘如哈密瓜者獨之未見。</small>離離清絶種，凉透齒牙中。

① 瓜甘抱苦蒂：漢無名氏《古詩二首》其二："甘瓜抱苦蒂，美棗生荆棘。"

四七

女兒搭馬客，<small>口外出女兒木，中通一線，因以得名，爲煙袋杆最佳。塔馬客，蒙古語譯言煙也。</small>呼吸影蹁躚。塞煙濃如許，索倫味最妍。<small>伊犁煙葉，索倫種爲上品。</small>閑吟雲滿座，卻病①草名仙。試問熊魚嗜，②躊躇舍一兼。<small>《池北偶談》云：長洲韓宗伯性嗜酒煙，客有難之者，曰："先生之於煙酒，猶熊魚之嗜也，必不得已而去乎，斯二者何先？"先生沉思良久曰："去酒。"</small>

① 卻病：除病。

② "試問"句：本《孟子·告子上》："魚，我所欲也，熊掌亦我所欲也。二者不可得兼。"

四八

毒人知有蚱，<small>蟲名八蚱①，比蠍更毒，蜇人立死。</small>吞鳥又聞蛇。<small>《消夏録》云：口外有大怪蛇，於飛鳥過時，張口一吸，無論高數十餘丈，都吸入腹中。</small>人髮纖纖菜，雀兒點點花。<small>人髮菜形如頭髮。雀兒花極小，形似雀兒。</small>侏儒飽欲死，②優孟服偏華。③羨爾無求者，盤河繫釣叉。<small>盤河④係緑營水磨處，出毛合魚⑤，味最鮮。</small>

① 八蚱：八蜡蟲。參前紀昀《烏魯木齊雜詩》"照眼猩猩茜草紅"注②。

② "侏儒"句：參前福慶《異域竹枝詞》"人長三尺號魁梧"詩注② 。

③ "優孟"句：典出《史記·滑稽列傳》。優孟，春秋時期楚國宫廷藝人，常以談笑諷諫。楚相孫叔敖死後，優孟穿戴着孫叔敖的衣冠，摹仿其音容笑貌，楚莊王不能分辨，觸景生情。

④ 盤河：當爲磨河，在今新疆霍城縣。

⑤ 毛合魚：又作墨花魚、磨河魚。參前薛國琮《伊江雜詠》"雪開紅甲長春蔬"詩注②。又雷以諴《墨花魚》詩："黃花京兆美，此地磨河傳。"題下自注云："出磨河，味似黃花魚，又名磨河魚。"

四九

葱峰飛白雪，葱峰，山名，即葱嶺也。山頭滋蔓野葱，故謂之葱嶺。漢時定名葱縣，伊犁南山也。離大城百十餘里。戈壁走黃沙。口外荒磧，水草全無，一二百里不等。名曰戈壁，一望皆黃沙赤土。仙鹿原無種，山魈①竟有命。山魈形如小兒，天山處有之。何時歌出塞，到處暫爲家。樂府刀環②在，長吟莫怨嗟。

① 山魈：參前舒其紹《伊江雜詠·人儇》詩及注①。

② 樂府刀環：參前紀昀《烏魯木齊雜詩》"藥砧不擬賦刀環"詩注①。

五〇

飽繫①成何事，暗中節序催。江南巷裏去，西域祠邊回。江南巷②在東街，西域祠③在西街。鮓答挣祈雨，鮓答出於馬首，或在牛羊腹中，非石非骨，蒙古與回部持以求雨，無不應驗。央哥慣聽雷。口外昔年無雷，至四十一、二年，雷聲始震。初鳴時，夷婦等抱頭走避，曰天叫唤。今日習聞不畏。央歌，回部婦。茫茫沙磧闊，極目古輪臺④。輪臺應在烏魯木齊界内，漢武輪臺下詔，唐人岑參輪臺等處詩歌最富。

① 飽繫：當作匏繫。《論語·陽貨》："吾豈匏瓜也哉？焉能繫而不食？"喻懷才不遇。

② 江南巷：風月之地。參前舒其紹《伊江雜詠·江南巷》詩及注②。此詩中所載江南巷位置與舒其紹、洪亮吉所記不同。

③ 西域祠：《新疆識略》："祠堂在惠遠城北門内。乾隆三十一年，將軍明瑞奏建。祠前定北將軍領侍衛内大臣兵部尚書誠勇公班第、前參贊大臣内大臣兩江總督襄勤伯鄂容安，欽賜額曰'漢陲競烈'。"後伊犁將軍明瑞、舒赫德、伊勒圖、阿桂、保寧等亦分別入祠。

④ 輪臺：陳詩自注將漢輪臺與唐輪臺混淆，二者異同參前紀昀《烏魯木齊雜詩》"烽燧全銷大漠清"詩注②。

五一

揮翰圖荒漠，丹青野色全。言尋香仮溝，香仮溝在綏定城東。先飲喇嘛泉。喇嘛寺[1]，舊日寺基也，亦在綏定城東。此泉水極甘冽。山果堆盈市，伊犁果品甚多，野生幽谷外，家園所種。河魚不費錢。伊江卵育繁盛，一二文一大尾。四鰓偏愛汝，下箸一欣然。四鰓似松江鱸，味最佳。

　　[1] 喇嘛寺：乾隆二十六年（1761）建於綏定城，三十一年於惠遠城重建。參前舒其紹《伊江雜詠·跳布扎》詩及注[2]。

五二

紛紛瑪哈沁，譯言盜也。黑夜行如梭。竊屨[1]寧非也，披裘喚奈何。館中被盜。預防泥路滑，春雪消，市上泥濘難去。屢怯步行跎。風起人隨往，《消夏録》云：口外大風起時，行人往往被風卷去，或數千里、數百里不等。見之報文。倩誰問夢婆[2]。

　　[1] 屨：麻鞋。《孟子·盡心下》："孟子之滕，館於上宮。有業屨於牖上，館人求之弗得。或問之曰：'若是乎從者之廋也？'曰：'子以是爲竊屨來與？'曰：'殆非也。夫子之設科也，往者不追，來者不拒。苟以是心至，斯受之而已矣。'"
　　[2] 夢婆：春夢婆。趙令時《侯鯖録》："東坡老人在昌化，嘗負大瓢行歌於田間，有老婦年七十，謂坡云：'內翰昔日富貴，一場春夢。'坡然之，里人呼此媼爲春夢婆。"蘇軾《被酒獨行遍至子雲威徽先覺四黎之舍三首》其三："投梭每困東鄰女，換扇惟逢春夢婆。"

五三

風俗他鄉異，妍嬙[1]仔細思。步兵[2]新有句，伊犁旗籍石三林，吟詩刻入處，不減漢士，因年邁不遇，自稱步兵。敕勒舊能詩。古《敕勒歌》天然蒼莽。何處來天女，戍客於北關外建立觀音寺，極其壯麗。居然建聖祠。西人建三神廟[3]，意以至聖列於老子、魯班之右。先生堪捧腹，未必是吾師。先生原是長者等稱，口外無論肩挑販員、娼優下賤，俱以先生呼之。

　　[1] 妍嬙：疑當作"妍媸"，一作妍蚩，美醜、好壞。陸機《文賦》："混妍蚩而成體，累良質而爲瑕。"
　　[2] 步兵：阮籍（210—263），字嗣宗，陳留尉氏（今河南開封）人。三國時魏國詩人，竹林七

賢之一。曾任步兵校尉，世稱"阮步兵"。此處指自注中的石三林。

③ 三神廟：格瑋額《伊江匯覽》："老君廟在火神廟之東，相距數武。前殿三間，供設公輸子神位，是爲魯班殿。後殿三間，塑儒、釋、道三教像，是爲三清殿。"

五四

魚鱗雲褪淨，萬里鏡新磨①。溝闊蘆翻浪，河清水不波。_{蘆草溝、清水河，皆屯兵城市。}寒郊騰俊鶻，牧場散明駝。得得騎牛者，移營向暖坡。_{察哈爾、厄魯特二營秋冬搬移，冬就暖處。}

① 鏡新磨：皓月當空。辛棄疾《水調歌頭》(萬事一杯酒)詞："今夕且歡笑，明月鏡新磨。"

舒其紹

作者簡介見前。

消 夏 吟

解題：

組詩選自舒其紹《聽雪集》卷二，分詠伊犁地區二十處具有代表性的建築和自然景觀。同期遣戌文人陳寅有《次舒春林伊江雜詠韻二十首》，所和即爲舒其紹《消夏吟》，故知組詩題目最初應當也作《伊江雜詠》，《消夏吟》之名或係作者後來所改，以與其七言《伊江雜詠》組詩相區別。

塞上山川原無足紀，就素所知者，拈題分詠，藉消長夏，他日歸來，閑與父老共話升平耳。

望 河 樓

長夏消無計，高樓幾度過。萬山屇虎豹，疊浪走鼉鼉①。久客方言熟，窮邊戰骨多。戎衣猶未脫，不敢慕漁蓑。

① 鼉(tuó)：揚子鰐。

通 濟 橋

萬國梯航①路，西陲第一橋。雁排沙没齒，②鯨掃雪通潮。星渚③邊雲隔，河梁漢月遥。年年鳴咽水④，惜別幾魂銷。

① 梯航：登山航海，指長途跋涉。《宋書·明帝紀》：“日月所照，梯山航海；風雨所均，削衽襲帶。”

② “雁排”句：寫通濟橋的臺階。參前蕭雄《聽園西疆雜述詩·果子溝》詩注②。

③ 星渚：銀河。劉禹錫《同樂天和微之深春二十首》其二：“橋峻通星渚，樓暄近日車。”

④ 嗚咽水：語出《樂府詩集·梁鼓角橫吹曲·隴頭歌辭》：“隴頭流水，鳴聲幽咽。遙望秦川，心肝斷絶。”

塔 爾 奇 城

天馬來西極，驍騰漢將名。人傳驃騎壘①，草没貳師城。戰士秋風骨，飛鴉夜月聲。平戎②資廟略，曠野試春耕。

① 驃騎壘：驃騎，漢代名將霍去病。見前宋弼《西行雜詠》“杳杳仙官一水環”詩注②。驃騎壘，地不詳。

② 平戎：《左傳·僖公十二年》：“齊侯使管夷吾平戎於王，使隰朋平戎於晉。”杜預注：“平，和也。”亦指平定外族。

霍 爾 果 斯 城①

地險諸戎逼，提封重北門。風聲連朔漠，曉色辨中原。駝馱雙峰直，氈裘萬灶屯。至今悲漢武，枉自嫁烏孫。②地界哈薩克，即古烏孫國也。年年貿易經由此地，恭順爲諸藩最。

① 霍爾果斯城：即伊犁九城之一的拱宸城，參前福慶《異域竹枝詞》“山上白鷹不計年”詩注①。

② “至今”句：指漢代細君公主、解憂公主事。參前曹麟開《塞上竹枝詞敍》注⑳、蕭雄《聽園西疆雜述詩·倫理》詩注③。

巴 燕 岱 城①

列柵西陲遍，重闉獨向東。雪沉山氣白，日擁海雲紅。分閫諸侯寄，時阿公、明公②相繼鎮守。朝天九譯③通。玉關飛度處,楊柳早春風。

① 巴燕岱城:一作巴顔臺,即惠寧城,參前王芑孫《西陬牧唱詞六十首》"屯開巴噶路交馳"詩注⑥。

② 阿公:阿迪斯。《新疆識略》:"嘉慶六年二月由厄魯特營調任,七年十月卸事。"

明公:明安。《新疆識略》:"嘉慶七年十月由效力補授,八年五月病故。"兩人相繼任惠寧城領隊大臣。

③ 九譯:輾轉翻譯。《史記·大宛列傳》:"重九譯,致殊俗。"張守節正義:"言重重九遍譯語而致。"另參前曹麟開《塞上竹枝詞敘》注㉖。

蘆 草 溝 城

即廣仁城。

大野雪漫漫,孤城草際看。黃雲癡不落,白日瘦生寒。雞犬通秦語①,戍卒、商賈俱陝甘人。貔狖列漢官。太平無一事,堠火②報長安。

① 秦語:此指陝甘方言。永保《總統伊犁事宜》:"(伊犁)綠營,乾隆四十四年由陝甘各營移駐,眷兵三千九十八員名,建綏定、廣仁、瞻德、拱宸、熙春、塔勒奇六城分駐。"

② 堠火:烽火。項斯《邊遊》詩:"天寒明堠火,日晚裂旗風。"

紅 山 嘴①

山色胭脂舊,來遊趁夕陽。殘灰銷劫火,山產煤。老樹掛明霜。曉霜著樹,至午飄揚,土人謂之明霜。襏襫②流人計,兜鍪戰士場。欲尋唐漢壘,隴畔臥牛羊。

① 紅山嘴:在惠遠城北,烘郭爾鄂博西麓。非烏魯木齊紅山,參前紀昀《烏魯木齊雜詩》"煙嵐遥對翠芙蓉"注③;亦非甘肅紅山,參前蕭雄《聽園西疆雜述詩·陽關道》注①。

② 襏(bó)襫(shì):古時農夫穿的蓑衣。《國語·齊語》:"首戴茅蒲,身衣襏襫,沾體塗足,暴其髮膚,盡其四支之敏,以從事於田野。"韋昭注:"襏襫,蓑襞衣也。"

闢 里 箐①

夜識金銀氣,箐產金。朝遊虎豹區。盤空飛鳥退,縋險斷雲扶。淫雨啼鳩婦②，寒更守雁奴③。怪來人跡少，山鬼日揶揄④。

① 闒里箐：即闒里沁。見前福慶《異域竹枝詞》"鯊魚水獺滿沖融"詩注③。

② 鳩婦：雌鳩。歐陽修《鳴鳩》詩："天將陰，鳴鳩逐婦鳴中林，鳩婦怒啼無好音。"

③ 雁奴：胡仔《苕溪漁隱叢話》引《蔡寬夫詩話》："雁有小而善鳴者，謂之雁奴。雁每群宿，雁奴輒往來巡視不瞑。微聞人聲，則長鳴以警，蓋亦物之能愛其類者。以故江湖間捕雁，必先以計殺雁奴，然後群雁可得。"

④ 揶揄：戲弄。

白 羊 溝

爲訪初平①跡，羊憑叱石成。擁旄蘇武節，執穗趙佗②城。溝多商屯。綠雨菰蒲影，黃雲稗稐③聲。獻羔④豳頌好，日逐早休兵。

① 初平：皇初平，傳説中的神仙。十五歲時在山中牧羊，被道士引進金華山石室，後得道登仙，能起白石爲羊。事見葛洪《神仙傳》。

② 執穗：《太平寰宇記》引《續南越志》："舊説有五仙人騎五色羊，執六穗秬而至，至今呼五羊城是也。按其城周十里，初尉佗築之。"

趙佗（前240？—前137）：恒山郡真定縣（今河北正定）人，原秦朝將領，與任囂南下攻打百越。秦末割據嶺南，建立南越國。《史記·南越尉佗列傳》："秦已破滅，佗即擊并桂林、象郡，自立爲南越武王。高帝已定天下，爲中國勞苦，故釋佗弗誅。漢十一年，遣陸賈因立佗爲南越王，與剖符通使。"

③ 稗稐：稻子。參前紀昀《烏魯木齊雜詩》"罷稐翻翻數寸零"詩注①。

④ 獻羔：《詩·豳風·七月》："四之日其蚤，獻羔祭韭。"孔穎達疏："四之日其早，朝獻黑羔於神，祭用韭菜。"

野 馬 渡

牝牡驪黃①外，神駒産渥窪。浪翻雲氣白，足蹴電光斜。齧草拳毛②動，聞鉦顧影嗟。孫陽③今在否，騏驥困泥沙。

① 驪黃：駿馬名。參前紀昀《烏魯木齊雜詩》"牧場芳草綠萋萋"詩注①。

② 拳毛：曲卷的毛髮，亦指良馬。杜甫《韋諷録事宅觀曹將軍畫馬圖歌》：“昔日太宗拳毛騧，近時郭家獅子花。”楊倫《杜詩鏡銓》：“《長安志》：太宗六駿刻石於昭陵北闕之下。五曰拳毛騧，平劉黑闥時所乘。”

③ 孫陽：即伯樂，春秋時人，善相馬，被秦穆公封爲“伯樂將軍”，著《伯樂相馬經》。《韓詩外傳》：“使驥不得伯樂，安得千里之足。”

紅　柳　灣

　　都是離人淚，青青血染紅。[①]玉關悲折柳，沙岸儼生楓。夢繞朱簾月，魂銷紫陌[②]風。張騫殊覒軟[③]，不獻未央宮[④]。

① 此聯化用王實甫《西廂記·長亭送別》：“碧雲天，黄花地，西風緊，北雁南飛。曉來誰染霜林醉？ 總是離人淚。”

② 紫陌：大路。劉禹錫《元和十年自郎州召至京師戲贈》詩：“紫陌紅塵拂面來，無人不道看花回。”

③ 覒（mào）軟（sào）：鬱悶。韋莊《買酒不得》詩：“停尊待爾怪來遲，手挈空瓶覒軟歸。”

④ 未央宮：漢代宮殿名，大朝正宮，漢高祖七年（前200）建。《漢書·高帝紀下》：“蕭何治未央宮，立東闕、北闕、前殿、武庫、大倉。”

果　子　溝

　　天憫群仙謫，蓬萊墮大荒。雲穿千嶂活，風曳百花香。鷲嶺[①]飛吴越，鼇山限雍去聲。梁[②]。今宵塵夢遠，高枕聽滄浪[③]。

① 鷲嶺：杭州靈隱寺前飛來峰。宋之問《題杭州天竺寺》詩：“鷲嶺鬱岧嶢，龍宮瑣寂寥。”

② 雍梁：雍州、梁州，包括今甘肅省大部，古稱雍梁之地。

③ 滄浪：此指青色的水。《文選》卷二八陸機《塘上行》：“發藻玉臺下，垂影滄浪泉。”李善注：“孟子曰：滄浪之水清。滄浪，水色也。”

空　鄂　羅　俄　博

　　伊犁主山，臚於祀典。

王者原無外,名山插漢標。干戈千載戢[1],俎豆[2]百靈朝。下馬金錢布,俄博,積石爲之,戎人過此下馬投錢,或刑牲以祭。刏[3]羊石火燒。懷柔征帝德,天半奏簫韶[4]。

① 載戢:《詩·周頌·時邁》:"載戢干戈,載櫜弓矢。"鄭玄箋:"載之言則也。王巡守而天下咸服,兵不復用,此又著震疊之效也。"此指將武器收藏起來,不再使用武力。

② 俎豆:祭祀用的器具。《史記·孔子世家》:"常陳俎豆,設禮容。"張守節《正義》:"俎豆以木爲之,受四升,高尺二寸。大夫以上赤雲氣,諸侯加象飾足,天子玉飾也。"此指祭祀。

③ 刏(kuī):殺。

石火:按句意,此處指將羊肉架於石上炙烤。

④ 簫韶:傳說中舜帝製作的音樂。《尚書·益稷》:"簫韶九成,鳳皇來儀。"孔傳:"韶,舜樂名。言簫,見細器之備。"孔穎達疏:"簫是樂器之小者。'言簫見細器之備',謂作樂之時,小大之器皆備也。"

賽 里 木 海 子

斷梗飄蓬客,驚心到海陬。亂山圍地起,一水貼天流。風掃藏蛟窟,雲迷落雁洲[1]。海中纖鱗片翼俱無,土人傳爲淨海。燃犀不敢照,[2]恐惹鬼神愁。

① 雁洲:一作雁渚,大雁棲息的水中陸地。梅堯臣《依韻和歐陽永叔黃河八韻》詩:"齧岸侵民壞,飄槎閣雁洲。"

②"燃犀"句:《晉書·溫嶠傳》:"(溫嶠)至牛渚磯,水深不可測,世云其下多怪物,嶠遂燬犀角而照之。須臾,見水族覆火,奇形異狀,或乘馬車著赤衣者。嶠其夜夢人謂己曰:'與君幽明道別,何意相照也?'意甚惡之。"此處用借用典面。

古 爾 札 渡 口[1]

大野望茫茫,奔流下夕陽。鴻聲兩岸雪,駝背一天霜。韋瓠[2]蜻蜓並,回人刳雙木爲渡,名曰韋瓠。奸蘭虎豹藏。凡無信符而出入關津者,曰奸蘭,專員稽之。挽輸軍府重,瀚海見帆檣。

① 古爾札渡口:參前莊肇奎《伊犁紀事二十首效竹枝體》"車載糧多未易行"注②。

② 韋瓠：即威呼，見前曹麟開《塞上竹枝詞》"河源春漲漾飛濤"詩注①。

清　水　河

即瞻德城。

信是滄浪①好，臨流夢亦清。塵沙緣後起，冰雪悟前生。塞水半源冰雪，非關泉脈也。黑水兼天湧，黃河劃地行。樓蘭猶未繫，且莫濯長纓②。

① 滄浪：古水名，一説爲漢水。《尚書·禹貢》："嶓塚導漾，東流爲漢。又東爲滄浪之水。"孔傳："別流在荆州。"此指清水河。

② 長纓：捆縛敵人的長繩。《漢書·終軍傳》："軍自請：'願受長纓，必羈南越王而致之闕下。'"《孟子·離婁上》："有孺子歌曰：'滄浪之水清兮，可以濯我纓；滄浪之水濁兮，可以濯我足。'"

齊吉罕河①

索倫屯戍之所。

險隘葫蘆口，土名紅葫蘆。當關水怒號。蛟鼉淫霧濕，蛇鳥陣雲②高。騎足③迫風影，骹④聲落血毛。邊防資勁旅，兒女跨弓刀。

① 齊吉罕河：一作齊七罕，在今哈薩克斯坦境内。流經齊吉罕，參前福慶《異域竹枝詞》"山上白鷹不計年"詩注②。

② 蛇鳥陣雲：參前舒其紹《伊江雜詠·駐防莫因》詩注②。

③ 騎足：即驥足，此指馬。

④ 骹：響箭。參前紀昀《烏魯木齊雜詩》"一聲骹矢唳長風"詩注①。

博羅他喇河①

察哈爾遊牧處。

代北名藩種，提戈戍月支。一川新士馬，六月舊王師。草短春移帳，弓彎月滿旗。壯心惟報國,不肯問瓜期。

　　① 博羅他喇河:一作博羅塔拉河。《西域水道記》:"博羅塔拉河自達爾達木圖小卡倫以西、鄂拓克賽里卡倫以東,長二百餘里,夾河蔥翠,短草長林,襟帶衍沃,牛羊散布。"

洗　伯　營

環列伊江南岸。

　　天塹環城郭,熊羆大合圍。拔山開壁壘,背水簇旌旗。雪冷長蛟蟄,秋高萬馬肥。論功誰第一,定遠老戎衣。

額魯特遊牧場

即準噶爾舊部,編列旗籍。

　　天討①橫戈日,鴟張豕突初。鯨鯢遺孽盡,犬馬幸生餘。夜獵霜飛血,晨炊雪壓廬。兒童今長大,冠佩曳華裾。

　　① 天討:王師征伐。《漢書·刑法志》:"《書》云'天秩有禮','天討有罪'。"

土爾扈特遊牧場

舊屬鄂羅斯,向化來歸。分隸南北兩路,四十萬户。

　　漢代唐菆①國,周官鞮譯②通。空巢辭北貉③,稽顙④列西戎。石火燔牛胾⑤,壺漿醉馬酮⑥。《白狼》⑦新樂府,歌舞萬方同。

　　① 唐菆:《後漢書·南蠻西南夷列傳》:"自汶山以西,前世所不至,正朔所未加。白狼、盤木、唐菆等百餘國,户百三十餘萬口六百萬以上舉種奉貢,稱爲臣僕。"一說爲白狼王國首領,見下注釋⑦。
　　② 鞮譯:參前王芑孫《西陬牧唱詞六十首》"鳳皇雲陛奏環天"詩注②。
　　③ 北貉:古代對東北地區少數民族的稱謂。劉知幾《史通·斷限第十二》:"夷狄本係種落所興,北貉起自淳維,南蠻出於槃瓠。"

④ 稽顙：古時跪拜禮，以額觸地，以示虔誠。《儀禮·士喪禮》："吊者致命。主人哭拜，稽顙成踊。"鄭玄注："稽顙，頭觸地。"

⑤ 牛胾：牛肉。

⑥ 馬酮(tóng)：馬奶酒。參前曹麟開《異域竹枝詞》"準夷部落雜烏孫"詩注⑬。

⑦ 《白狼》：《白狼王歌》，唐菆進呈漢朝的詩歌，今存用藏緬語族語言寫作的最古老的詩歌。《後漢書·南蠻西南夷列傳》："今白狼王唐菆慕化歸義，作詩三章。……遠夷之語，辭意難正。草木異種，鳥獸殊類，有犍爲郡掾田恭與之習狎，頗曉其言，臣輒令訊其風俗，譯其辭語。今遣從事史李陵與恭護送詣闕，並上其樂詩。"

金　頂　寺

即寧遠城，回子臺吉駐扎之所。

百雉環金頂，回人近萬家。秧哥回婦通稱。春試馬，臺吉曉排衙。有水皆宜稻，無田不種瓜。輸將惟恐後，帝德被流沙。回人向爲準噶爾魚肉，底定後屯田樂業，永享升平。

普　化　寺

西域蓮華界①，名藍②一再過。僧衫翻赤豹③，喇嘛焚修④之所。佛髻擁青螺。塵劫⑤隨緣度，柔情入夢多。皈依苦不早，身世老頭陀。

① 蓮華界：蓮花世界，佛教中的西方極樂世界，亦指佛地。沈佺期《奉和聖制同皇太子遊慈恩寺應制》詩："肅肅蓮花界，熒熒貝葉宮。"

② 名藍：藍，伽藍。此指名寺。

③ 赤豹：指僧衣上的條紋，或指寺前豎立的裝飾有豹尾或豹紋的赤色旗幟。

④ 焚修：焚香修行。齊己《寄西山鄭穀神》："西望鄭先生，焚修在杳冥。"

⑤ 塵劫：即劫塵。參前福慶《異域竹枝詞》"一望頹垣五里餘"詩注②。

無　量　寺

石火①空門跡，鶯花②故國春。一龕無量佛③，萬里有情人。西竺④千年雪，東華十丈塵。欲從摩詰⑤室，小住⑥問前因。

① 石火：敲擊石頭撞擊産生的火花，喻生命短暫易逝。劉晝《劉子·惜時》：“人之短生，猶如石火。”白居易《自題》詩：“馬頭覓角生何日，石火敲光住幾時。前事是身俱若此，空門不去欲何之。”

② 鶯花：鶯啼花開，指春日。杜甫《陪李梓州王閬州蘇遂州李果州四使君登惠義寺》詩：“鶯花隨世界，樓閣倚山巔。”

③ 無量佛：無量壽佛，佛教淨土宗的信仰對象。

④ 西竺：即天竺。蘇軾《書麈公詩後》詩：“皆云似達摩，隻履還西竺。”

⑤ 摩詰：梵語音譯，維摩詰菩薩的省稱。一作毗摩羅詰，意爲淨名、無垢稱。

⑥ 小住：短暫停留。

觀　音　寺①

弱草輕塵質，橫戈血戰場。百年饒幻境，一葉見慈航②。檐鐸③風能語，經幢日引長④。迷途今已覺，不必問黄粱⑤。

① 觀音寺：即菩薩廟。參前舒其紹《伊江雜詠·菩薩廟》詩、陳中驥《伊江百詠》“風俗他鄉異”詩自注。

② 慈航：佛教語彙，指佛或菩薩普渡衆生，使衆生從苦海中解脱。蕭統《開善寺法會詩》：“法輪明暗室，慧海度慈航。”

③ 檐鐸：即檐馬、鐵馬。見前朱腹松《伊江雜詠十首》“空庭草滿碧無情”詩注①。陸游《夏日晝寢夢遊一院闃然無人簾影滿堂惟燕蹋箏弦有聲覺而聞鐵鐸風響瓔然殆所夢也邪因得絶句》：“桐陰清潤雨餘天，檐鐸搖風破晝眠。”

④ 經幢：豎立在寺院前、刻有經文的多角形石柱。

日引長：日引月長，事物隨時光流逝日漸增長。《國語·齊語》：“是以國家不日引，不月長。”韋昭注：“引，申也；長，益也。”此指倒影拉長。

⑤ 黄粱：黄粱夢。典出沈既濟《枕中記》：盧生在邯鄲旅店遇見道士吕翁，自歎窮困。吕翁借給他一個枕頭睡覺，盧生在夢中享盡了榮華富貴，一覺醒來，店家煮的小米飯尚未熟。指虛幻的夢想。

陳寅

陳寅(1740—1814)，字心田，浙江海寧人。乾隆三十六年(1771)舉人，後任廣東英德知縣。嘉慶四年(1799)，因在任上辦案不力遣戍伊犁，六年到戍。嘉慶十九年卒於戍地。道光二年(1822)，其子陳崇禮將其《向日堂詩集》付梓，集前有錢陳群、蔣攸銛、松筠、盧蔭溥序。松筠序稱："嘉慶間余帥伊江，得識陳心田大令，見其惆恛無華，性情純樸，意必淹貫之士。既而以詩相投贈，果雍容儒雅，有淳古之風。尤訝其作於塞上，而寬和博大如此，自非品詣之高，學術之篤，烏能臻斯境耶。"於陳寅其人其詩的特點，概括較爲確切。

次舒春林伊江雜詠韻二十首

解題：

組詩選自《向日堂詩集》卷十二，從詩歌用韻和體裁來看，所和當爲舒其紹《消夏吟》，故知舒其紹的《消夏吟》成詩伊始原題應爲《伊江雜詠》。舒其紹應在嘉慶十年(1805)東歸之後重新改定詩題，而滯留伊犁的陳寅，其《向日堂詩集》中仍然保留着組詩最初的題目。與舒其紹之作相比，陳寅這組詩作在語言與藝術上刻意雕琢的匠人之氣更爲濃重。

望　河　樓

兵氣消邊塞，瓊臺[①]載酒過。百年光日月，萬里静蛟黿。山雪泉源盛，秋風禾黍多。漁翁餐飽飯，柳外宕煙蓑[②]。

① 瓊臺：華麗的樓臺。杜甫《冬到金華山觀因得故拾遺陳公學堂遺跡》詩："涪右衆山内，金華紫崔嵬。上有蔚藍天，垂光抱瓊臺。"

② 煙蓑：蓑衣。鄭谷《郊園》詩："煙蓑春釣静，雪屋夜棋深。"

廣　濟　橋

　　數里瞻城郭，行經飲馬橋。玉關春度柳，星海遠來潮。玩月人難遇，升仙路孔遥。百花開放處，離恨暫時銷。

塔　爾　奇

　　武功平絶域，塔爾著芳名。昔日群酋帳，今時大國城。葡萄薰酒氣，駃騠壯班聲①。將略②嗤西漢，夷人買犢③耕。

　　① 班聲：馬嘶聲。《左傳·襄公十八年》："邢伯告中行伯曰：'有班馬之聲，齊師其遁？'"杜預注："夜遁，馬不相見，故鳴。班，別也。"駱賓王《代李敬業討武氏檄》："班聲動而北風起，劍氣衝而南斗平。"

　　② 將略：用兵謀略。《三國志·蜀書·諸葛亮傳》："然亮才，於治戎爲長，奇謀爲短，理民之幹，優於將略。"

　　③ 買犢：賣劍買犢。參前曹麟開《塞上竹枝詞敍》注㉜。此二句以漢朝經營西域，時常發動戰争作比，突出本朝邊塞之安定。

巴　彦　岱

　　崇城高巀嶭①，遥望五雲東。關月無邊白，車塵不斷紅。色西②文錦集，岱北③馬牛通。借問張騫使，何如盡向④風。

　　① 巀(jié)嶭(niè)：《文選》卷八司馬相如《上林賦》："九嵕巀嶭，南山峩峩。"李善注引郭璞曰："巀嶭，高峻貌也。"

　　② 色西：疑爲"邑西"之誤。邑西，城西。文錦：有彩色花紋的織錦。

　　③ 岱北：巴彦岱城省稱，即惠寧城。意指巴彦岱以北，伊犁境外各部落至此貿易。清代在惠遠城西邊設置貿易亭，參前朱腹松《伊江雜詠十首》"山寺風搖殿角鈴"詩注①。與哈薩克、

布魯特部進行絹馬貿易。惠寧城並非貿易之地,陳寅此詩只概言伊犁地區貿易情況。

　　④ 向風:仰慕。《南史·梁紀中·武帝蕭衍下》:"於是四方郡國,莫不向風。"兩句亦誇耀之語,意不待通使,外藩自來歸依。

霍　爾　果　斯

　　戎王雖桀驁,守法拜軍門。設卡連新壘,開關眺古原。明駝排霧帳[①],蕃馬列雲屯。寄語歸降國,藩封[②]及子孫。

　　① 霧帳:此處指雲屯霧集,形容數量衆多。
　　② 藩封:分封諸侯。

蘆　草　溝

　　薄暮沙洲望,蕭蕭景足看。西風蘆管咽,明月荻花寒。館憶秋聲圃,侯稱假節[①]官。隨陽[②]同雁羽,棲托一枝安。

　　① 假節:假,通"借"。古時皇帝將使節借給使臣,持節爲信。
　　② 隨陽:大雁,參前王芑孫《西陬牧唱詞六十首》"通貢曾來拜建章"詩注③。

紅　山　嘴

　　高山紅絢爛,曉色映朝陽。赤土層層玉,丹楓葉葉霜。恩波[①]消劫火,戰骨醉沙場。安得雲霞侶,相驅白石羊[②]。

　　① 恩波:帝王的恩惠。丘遲《侍宴樂遊苑送張徐州應詔詩》:"參差別念舉,蕭穆恩波被。"
　　② 白石羊:參前舒其紹《消夏吟·白羊溝》詩注①。

闐　里　箐

　　乾坤日開闢,疑未盡藏區。[①]密箐誠難入,巉岩不可扶。幻思遍魍魎,奇句付奚奴②。縱有黃金窟,何勞長袂揄③。

① "疑未"句：意爲没有不被發現的地方和事物。

② 奚奴：《周禮·秋官·禁暴氏》："凡奚隸聚而出入者,則司牧之。"孫詒讓注："奚爲女奴,隸爲男奴也。"此處指采礦者。

③ 袂揄：一作揄袂,揮動衣袖。《莊子·雜編》："有漁父者下船而來,鬚眉交白,被髪揄袂行原以上,距陸而止。"

黃 草 湖

細草明湖畔,秋風古岸前。黃蘆分斷雁,紅柳送殘蟬。絶塞疑無地,穹廬別有天。漁舟歸夢穩,如臥武林①田。

① 武林：杭州别稱,因武林山而得名。

果 子 溝

曲折盤空徑,仙源出八荒。深林濃作蔭,野果熟含香。古柏參雲路①,青山臥石梁。飛橋逾廿四②,溪水響淋浪③。

① 雲路：雲間。江總《遊攝山棲霞寺詩》："煙崖憩古石,雲路排征鳥。"

② 廿四：二十四橋,在揚州。杜牧《寄揚州韓綽判官》詩："二十四橋明月夜,玉人何處教吹簫。"沈括《夢溪筆談》謂爲二十四座橋,李斗《揚州畫舫録》謂係橋名："二十四橋即吳家磚橋,一名紅藥橋,在熙春臺後。"此句概指橋多。果子溝修橋記載始自元代,參前徐步雲《新疆紀盛詩》"果溝東面亦龍淵"詩注①。乾嘉時期果子溝中有橋四十二座,徐松《西域水道記》："谷中跨水架橋四十有二,峭壁夾路,蒼松據崖,山鳥飛鳴,林木陰翳。入伊犁者,驛程經此,塞沙眯目,頓覺清涼。"

③ 淋浪：水聲連續不絶。嵇康《琴賦》："紛淋浪以流離,奂淫衍而優渥。"

賽 里 木 海 子

橫源何處起,氾濫據遐陬。迤邐山如抱,瀠洄水不流。波中無一物,天外有三洲^①。過此堪憑眺，能消萬斛愁。

① 三洲：三座仙山。參前舒其紹《伊江雜詠·果子溝》詩注②。此處泛指遠山。

古爾札渡口

龍沙橫古渡，雁塞^①下斜陽。野岸三更月，秋山萬樹霜。羌夷稽出入，羈旅察行藏^②。卻笑無桃葉^③，西風望去檣^④。

① 雁塞：北方邊塞。楊炯《原州百泉縣令李君神道碑》："山連雁塞，野接龍坰。"

② 行藏：出處行止。《論語·述而》："用之則行，捨之則藏。"

③ 桃葉：參前沈峻《輪臺竹枝詞》"柳條慣折他人手"詩注④。

④ 去檣：檣，桅杆。杜甫《冬晚送長孫漸舍人歸州》詩："會面思來札，銷魂逐去檣。"指遠去的船。

空鄂羅俄博

青山連古道，紫塞數名標。勝跡傳千紀，明禋^①歷幾朝。回人枝箭插，^②夷女井香燒。^③番樂葫蘆唱，何曾夢雅韶^④。

① 明禋：《尚書·洛誥》："伻來毖殷，乃命寧予以秬鬯二卣，曰明禋。拜手稽首休享。"蔡沈注："明，潔；禋，敬也，以事神之禮事公也。"

② "回人"句：當指厄魯特人的祭祀習俗。參前朱紫貴《天山牧唱》"一箭鴉翎插地深"詩及自注。

③ "夷女"句：《後漢書·東夷列傳》："又說海中有女國，無男人。或傳其國有神井，闚之輒生子云。"劉迄《浴溫湯泉詩》："神井堪消疹，溫泉足蕩邪。"此句意指燒香祈禱。

④ 雅韶：雅正的樂曲。范仲淹《明堂賦》："雅韶以奏，文鐸以徇，皆望雲而就日，必歌堯而頌舜。"

察哈爾遊牧場

巖疆新戍役，伯府舊宗支。^①備御盈千乘，邊防隸貳師。層冰寒墮指，積雪舞搴旗②。跨馬爭先發，軍中不後期。

① "伯府"句：即指察哈爾蒙古。康熙十四年（1675），清朝組建察哈爾八旗。乾隆二十七年，開始派遣察哈爾八旗兵丁攜眷至新疆永久駐防。

② 搴旗：拔掉旗幟。杜甫《前出塞九首》其二："捷下萬仞岡，俯身試搴旗。"

索倫遊牧場

絕塞巉巖徑，邊風日夜號。地連秦甸①遠，河放禹門②高。鞭影隨鷹眼，弓聲落雁毛。干城羅盛世，罝兔③亦操刀。

① 秦甸：秦國都城郊外之地，指長安。李商隱《念遠》詩："日月淹秦甸，江湖動越吟。"

② 禹門：龍門。酈道元《水經注》卷四："梁山北有龍門山，大禹所鑿，通孟津河口，廣八十步，巖際鐫跡，遺功尚存。"在山西河津縣西北。韋莊《柳谷道中作卻寄》詩："心如嶽色留秦地，夢逐河聲出禹門。"

③ 罝（jū）兔：張网捕兔。罝，羅網。《詩·周南·兔罝》："肅肅兔罝，椓之丁丁。"毛傳："肅肅，敬也。兔罝，兔罟也。"

洗伯營

聖世恩垂物，當秋獵一圍。雲開森虎帳①，風急卷星旗②。葱嶺山林茂，伊江水草肥。營中勞帝念，遠塞賜寒衣。

① 虎帳：將軍的營帳。王建《寄汴州令狐相公》詩："三軍江口擁雙旌，虎帳長開自教兵。"

② 星旗：參旗九星，因狀似旗幟，故名，又作星旗、天旗。此處代指旗幟。徐陵《關山月二首》其一："星旗映疏勒，雲陣上祁連。戰氣今如此，從軍復幾年。"

額魯特遊牧場

準夷稔惡①久，厄運一殲初。醜類無生盡，天恩不食餘②。遊魂安故宅，殘燼創穹廬。休養皇仁大，林林漸曳裾③。

① 稔惡：醜惡。

② 食餘：吃剩的東西。此喻不趕盡殺絕。

③ 林林：衆多、密集。

曳裾：拖着衣襟。陶潛《勸農》詩："矧伊衆庶，曳裾拱手。"此處有歸順朝廷、漸慕禮節之意。

土爾扈特遊牧場

百代羈棲[①]部，投誠一旦通。懷柔逢聖主，安撫仗元戎。苦境經戈壁，歡聲飲駱酮[②]。宸章[③]爲紀事，盛德與天同。

① 羈棲：漂泊淹留異鄉。杜甫《熟食日示宗文宗武》詩："消渴遊江漢，羈棲尚甲兵。"

② 駱酮：駱駝奶。

③ 宸章：皇帝做的詩文。王維《奉和聖製暮春送朝集使歸郡應制》詩："宸章類河漢，垂象滿中州。"

金　頂　寺

稽首菩提[①]寺，群稱活佛家。紺宮[②]臨馬市，黃帽聚蜂衙。祇樹傳金粟[③]，昆侖獻玉瓜[④]。西方多寶筏[⑤]，何處渡恒沙[⑥]。

① 菩提：梵文 Bodhi 音譯，意爲覺悟、智慧。

② 紺宮：一作紺園，佛寺。沈佺期《遊少林寺》詩："紺園澄夕霽，碧殿下秋陰。"

③ 祇樹：即祇園、祇樹給孤獨園。舍衛國祇陀太子的園林，給孤獨長者建立精舍，因以兩人名號合稱。後借指佛寺。沈約《瑞石像銘》："莫若圖妙像於檀香，寫遺影於祇樹。"

金粟：指錢糧。《商君書》："國好生金於境內，則金粟兩死，倉府兩虛，國弱。國好生粟於境內，則金粟兩生，倉府兩實，國強。"

④ 玉瓜：傳說中的仙果。葛洪《抱朴子·內篇》卷二十《袪惑》："（昆侖）有珠玉樹，沙棠琅玕碧瑰之樹，玉李、玉瓜、玉桃，其實形如世間桃李，但爲光明洞徹而堅，須以玉井水洗之，便軟而可食。"

⑤ 寶筏：佛教語彙，喻引導眾生渡過苦海到達彼岸的佛法。李白《春日歸山寄孟六浩然》詩："朱紱遺塵境，青山謁梵筵。金繩開覺路，寶筏度迷川。"

⑥ 恒沙：恒河沙數。《金剛經》："以七寶滿爾所恒河沙數三千大世界，以用布施。"

普　化　寺

妙法空王①布，傳經幾度過。青蓮生玉缽②，鸚鵡③化香螺。梵語慈燈④少，文人慧業⑤多。不須愁墮落，花雨散曼陀⑥。

① 空王：對佛的尊稱。《法苑珠林》引《觀佛三昧經》："昔過去久遠，有佛出世，號曰空王。"

② 玉缽：佛前的供養器具。《晉書·佛圖澄傳》："(石)勒召澄，試以道術。澄即取缽盛水，燒香呪之，須臾缽中生青蓮花，光色曜日，勒由此信之。"

③ 鸚鵡：鸚鵡螺。此處指用作法器的法螺。馬端臨《文獻通考》："貝之爲物，其大可容數升，蠡之大者也。……今之梵樂用之，以和銅鈸，釋氏所謂法螺，赤土國吹螺以迎隋使是也。"

④ 慈燈：指佛法。梁簡文帝蕭綱《玄圃園講頌序》："皇上托應金輪，均符玉鏡。俯矜苦習，續照慈燈。"

⑤ 慧業：佛教語彙，指智慧的業緣。《維摩詰經》："知一切法，不取不捨，入一相門，起於慧業。"

⑥ 曼陀：曼陀羅花。參前莊肇奎《伊犁紀事二十首效竹枝體》"虞美人開遍小園"詩注①。《妙法蓮華經》：佛說法時，"身心不動，是時亂墜天花，有四花，分別爲天雨曼陀羅華、摩訶曼陀羅華、曼珠沙華、摩訶曼珠沙華，而散佛上及諸大衆"。

汪廷楷

作者簡介見前。

伊 江 雜 詠

解題：

　　組詩選自《西行草》，共8首。與汪氏所著《回城竹枝詞》可稱姊妹篇，作者在組詩末首中寫"新詞自覺無倫次，好向伊江補竹枝"，可見他寫作《伊江雜詠》的目的是有意對《回城竹枝詞》進行補充，同時也將組詩與竹枝詞等量齊觀。汪廷楷在伊犁生活三年，並未去過南疆，故《伊江雜詠》組詩篇幅雖然比《回城竹枝詞》要短，其中所包含的作者對於伊犁地區自然人文特點的體認，要更加深刻與生動。如"雲屯稽事媲江鄉"詩中對伊犁屯田的描寫，"西風城外起輕埃"詩中對外藩貿易的記載，都較爲詳細，可與莊肇奎、舒其紹的相關詩作互參。

一

　　年少曾輕萬里遊，何期老去歷荒陬。水當星海才分派，人到天山是盡頭。八陣[1]旌旗嚴步伐，四圍臺卡控襟喉。巖疆共睹皇輿[2]壯，漢使空勞泛斗牛。

　　① 八陣：古代陣法。《文選》五六班固《封燕然山銘》："勒以八陣。"李善注引雜兵書："八陣者：一曰方陣，二曰圓陣，三曰牝陣，四曰牡陣，五曰沖陣，六曰輪陣，七曰浮沮陣，八曰雁行陣。"此泛指伊犁地區布防嚴密。

　　② 皇輿：大地。《樂府詩集·唐祭神州樂章·迎神》："黃輿厚載，赤寰歸德。"此指清朝的版圖、王土。

二

　　帥府籌邊智力殫，撫綏[1]不計一身安。九城花柳隨春放，伊犁共九城，惠遠城居中，將軍駐守。其餘八城分駐滿州、綠營官兵。四部雲山壓陣看。錫伯、索倫、厄魯特、察哈爾四營分駐城外，設領隊大臣各一員專管。燕寢[2]幽香霏玉屑，冰壺清影照珠玕[3]。棠陰[4]處處邀餘庇，自是龍門[5]度量寬。

　　① 撫綏：安撫。《尚書·太甲上》：“天監厥德，用集大命，撫綏萬方。”孔傳：“監，視也。天視湯德，集王命於其身，撫安天下。”
　　② 燕寢：本意爲古代帝王樓居的宮室，泛指閑居之處或臥室。白居易《吳郡詩石記》：“有《郡宴》詩云：‘兵衛森畫戟，燕寢凝清香。’最爲警策。”
　　③ 珠玕：珠玉。《列子·湯問》：“珠玕之樹皆叢生，華實皆有滋味，食之皆不老不死。”
　　④ 棠陰：參前唐道《伊犁紀事詩三十八首》“上公下令遍傳呼”詩注①。
　　⑤ 龍門：參前陳寅《次舒春林伊江雜詠韻二十首·索倫遊牧場》詩注②。

三

　　雲屯穡事媲江鄉，兵亦能農築圃場。將軍念八旗兵丁生齒日繁，錢糧限於定額，奏請開墾屯田，兵食藉以充裕。疏雨一犁春浪暖，晚風千頃稻花香。閑鋤野菜抽紅甲，新種秋瓜剖綠瓢。一樣錦鱗河上好，四腮鱸美賣魚莊。伊犁城外大河一道，産魚甚多。又另有支河一處，專出四腮魚。

四

　　雪蓮沙棗盡殊珍[1]，紅柳青桐襯軟塵[2]。野草亦教名集吉，草可編簾作箸。山花也解號迎春。入簾紫燕閑依我，隔葉黃鸝鳴向人。最是風光行處好，一般桃李醉芳辰。

　　① 殊珍：珍貴的物品。劉琨《答盧諶詩》：“音以賞奏，味以殊珍。”
　　② 軟塵：飛揚的塵土。陸游《仗錫平老自都城回見訪索怡雲堂》詩：“東華軟塵飛撲帽，黃金絡馬人看好。”

五

　　淺草場開百獸肥，雙旌秋獼[1]正行圍。月明氈帳乘駝去，風響珮弓[2]射虎歸。霜角曉傳營幕靜，箭翎低帶血花飛。由來講武當農隙，不是看山戀夕暉。

① 雙旌：泛指官員出行的儀仗。《新唐書・百官志》：“節度使掌總軍旅，顓誅殺。初授，具帑抹兵仗詣兵部辭見，觀察使亦如之。辭日，賜雙旌雙節。”賈島《送李騎曹》詩：“歸騎雙旌遠，歡生此別中。”

秋獮：秋季狩獵。《左傳・隱公五年》：“春蒐、夏苗、秋獮、冬狩，皆於農隙以講事也。”杜預注：“獮，殺也。以殺爲名，順秋氣也。”

② 琱弓：即雕弓。《荀子・大略》：“天子雕弓，諸侯彤弓，大夫黑弓，禮也。”楊倞注：“雕，謂雕畫爲文飾。”

六

西風城外起輕埃，貿易亭高雲市開。西門城外有貿易亭，與哈薩克交易之處。十萬羝羊從北至，哈薩克歲販羊十萬有差，每羊一隻，換布一匹。除各官兵口食羊外，其餘變價歸還布價。三千健馬向西來。哈薩克即古大宛，向産名馬。擔囊自載花門寶，哈薩克與俄羅斯連界，帶來洋貨甚多。抱布還儲天府財。柔遠可知皆厚往，總教藩部帶恩回。

七

中外車書文軌同，韋韝①毳幕亦醇風。羌人供饌惟膻肉，黑子②娛賓尚馬酮。夷人取馬乳釀酒，名爲馬酮，夷語謂之阿拉戰。月窟是河皆産玉，和闐一帶玉石皆産於河內，謂之玉河。龍堆有嶺恰名葱。③纏頭久識歸聲教，回子以白布纏頭，謂之纏頭。解習華言譯可通。

① 韋韝（bèi）：皮製的臂衣。《文選》卷四一李陵《答蘇武書》：“終日無睹，但見異類。韋韝毳幕，以禦風雨。”李善注：“《說文》曰：韝，臂衣也。”《漢書・東方朔傳》：“董君綠幘傅韝。”韋昭注：“韝形如射韝，以縛左右手，於事便也。”

② 黑子：一作黑黑子，晚清民國時對柯爾克孜族的稱謂。此處泛指邊地少數民族。

③ “龍堆有嶺”句：指白龍堆沙漠與葱嶺。見前紀昀《烏魯木齊雜詩自序》注⑥。

八

軟腳①經年何所之，予素有足疾。晚涼庭際立花時。人煙到處群黎樂，烽燧當年老將知。磨煉奇才誰似此，消除業障②在於斯。新詞自覺無倫次，好向伊江補竹枝。

① 軟腳：即足疾。《太平御覽》卷七二四引孫思邈《千金要方序》："因晉朝南移,衣纓士族不襲水土,皆患軟腳之疾。"

② 業障：佛教語彙,指妨礙修行的罪業。《高僧傳》："進更思惟:'但是我業障未消耳。'"

鐵保

鐵保(1752—1824)，字冶亭，一字梅庵，棟鄂氏，滿洲正黃旗人。乾隆三十七年(1772)進士，授吏部文選司主司，後任翰林院學士、吏部主事等。嘉慶十年(1805)擢兩江總督。十四年，因失察山陽知縣王伸漢冒賑及鴆殺委員李毓昌案，免職流放新疆。嘉慶十五年六月充葉爾羌辦事大臣，七月調喀什噶爾參贊大臣。嘉慶十九年被伊犂將軍松筠參奏喀什噶爾任內冤案，發往吉林當差，道光四年(1824)卒。鐵保曾主持編纂《八旗通志》《白山詩介》，著有《惟清齋全集》。兼善書法，與成親王永瑆、劉墉、翁方綱並稱清"四大書家"。

徠 寧 雜 詩

解題：

組詩選自鐵保《惟清齋全集》卷一《玉門詩鈔》，共計 10 首，作於喀什噶爾參贊大臣任內。徠寧是清代喀什噶爾滿城城名，詩人以之爲題，但所詠範圍包括了整個喀什噶爾地區。詩歌中不僅描寫了喀什噶爾民俗、風物，也展示了他爲宦邊陲的心境。

一

疏勒①古雄國，今爲没齒②臣。衣冠仍異俗，耕鑿等編民。寒暑陰晴變，山河壁壘新。覃敷文教遠，天地愛斯人。

① 疏勒：漢代疏勒國，見前王芑孫《西陬牧唱詞六十首》"百十名城儼畫區"詩注①。
② 没齒：終生。《論語·憲問》："奪伯氏駢邑三百，飯疏食，没齒無怨言。"

二

清秘堂①前客，翻然萬里行。行年入花甲，恩命應先庚②。久病疏鉛槧③，孤身治甲兵。嚴疆容坐鎮，投筆笑書生。

① 清秘堂：清代翰林院内撰擬詔旨之處，乾隆帝題額"集賢清秘"，故名清秘堂。鐵保曾任翰林院學士，因有此説。

② 先庚：在頒布命令前先行申述。《周易·巽》："先庚三日，後庚三日，吉。"孔穎達疏："申命令謂之庚。民迷固久，申不可卒，故先申之三日。"此處指爲朝廷效力。

③ 鉛槧：鉛，筆；槧，木板。葛洪《西京雜記》："揚子雲好事，常懷鉛提槧，從諸計吏，訪殊方絶域四方之語。"此指寫作。

三

半壁西南地，山川入大荒。分茅盡回鶻，通估① 到西洋。久喜邊塵靖，都忘驛路長。建牙星宿海，投老壯心償。

① 通估：估，通"賈"。通賈，通商。

四

阿渾談經處，回人經師謂之阿渾。黃童白叟環。道標三教① 外，風動② 八城間。士可操刑政，民多類草菅③ 。朝廷從欲治，化外順愚頑。

① 三教：儒教、佛教、道教。

② 風動：影響，教化。《文選》卷五九沈約《齊故安陸昭王碑文》："公下車敷化，風動神行。"吕延濟注："風動神行，言化無所不至也。"

③ 草菅：茅草，喻微賤。

五

十月盤雕① 熟，陰山好合圍。風沙隨馬起，毛血帶霜飛。酒釀蒲萄滑，鮮烹雉兔肥。醉餘齊罷獵，山月照人歸。

① 盤雕：盤旋飛翔的雕。韋莊《清河縣樓作》詩："盤雕迥印天心没，遠水斜牽日腳流。"

六

絶域夷風陋，漸摩衆易從。笙歌齊送日，每日申酉時擊鼓誦經，謂之送日。版鍤①

競澆冬。收穫後，放水入田，謂之澆冬。禽處忘頹俗[②]，蝸居儼素封[③]。古來沙漠地，無事講兵農。

　　① 版錘：古代築牆和挖土的工具，此指水閘。

　　② 禽處：此指遊牧生活。

　　頹俗：頹敗、落後的習俗。《後漢書·胡廣傳》："廣才略深茂，堪能撥煩，願以參選，紀綱頹俗，使束脩守善，有所勸仰。"

　　③ 素封：無官爵封邑卻富比封君之人。《史記·貨殖列傳》："今有無秩祿之奉，爵邑之入，而樂與之比者，命曰'素封'。"張守節正義："言不仕之人自有田園收養之給，其利比於封君，故曰'素封'也。"

七

　　半鉤新月上，又見一年春。回俗於九月把齋，至十月初望見新月過年。此日踏歌者，都成送歲人。金珠爭耀首，絨褐半章身。鼓吹升平福，遐荒民氣淳。

八

　　七日日中市，欣從把雜來。七日一市，謂之把雜爾。中原貨爭積，重譯客無猜。貿易聯西藏，舟車洞八垓[①]。回疆真富庶，煙户萃荒萊[②]。

　　① 八垓：八方。王安石《和王微之登高齋三首》其一："書成不得斷國論，但此空語傳八垓。"

　　② 煙户：人户，人家。

　　荒萊：荒地。《三國志·魏書·王昶傳》："時都畿樹木成林，昶斫開荒萊，勤勸百姓，墾田特多。"此指邊地。

九

　　女伎當筵出，聊翩曳綺羅。歌應翻俚曲，舞欲效天魔。髮細垂香縷，眉長補翠螺[①]。不堪通一語，默坐笑婆娑。

　　① 翠螺：婦女的髮髻。楊無咎《兩同心》詞："秋水明眸，翠螺堆髮。"

一〇

　　茂林環曲水，身到伯斯塘。築土正方，四面環水，密植榆柳，以爲憩息之所，謂之伯斯塘。天外雲陰合，樽前塞草香。低枝爭繫馬，少婦笑窺牆。①到處宜行旅，應忘客路長。

　　① “低枝”二句：喻男女相互爰慕、追求。典出宋玉《登徒子好色賦》：“天下之佳人，莫若楚國；楚國之麗者，莫若臣里；臣里之美者，莫若臣東家之子。……然此女登牆窺臣三年，至今未許也。”又白居易《井底引銀瓶》詩：“妾弄青梅憑短牆，君騎白馬傍垂楊。牆頭馬上遥相顧，一見知君即斷腸。”

方士淦

方士淦(1787—1849)字蓮舫,取蘇軾詩"老景清閑如啖蔗"之意名其軒,並號啖蔗居士,晚號知遲子,安徽定遠人。嘉慶十三年(1808)舉人,二十五年(1820)補授浙江湖州知府。道光五年(1825)審理民案失察,獲罪遣戍伊犁,次年抵戍。在伊犁期間適逢張格爾之亂,因辦理軍需出力,於道光八年賜還。著有《啖蔗軒自訂年譜》《啖蔗軒詩存》《東歸日記》《蔗餘偶筆》。

伊江雜詩十六首

解題:

組詩選自《啖蔗軒詩存》卷上《生還小草》。描寫了道光年間伊犁地區的自然與人文概況。其中許多記載,如伊犁將軍保寧在望河樓畔建龍王廟、嘉慶年間晉昌任伊犁將軍時與幕府文人群體詩酒文會,保留了清代伊犁地域文化的絕佳史料,能夠與其他相關伊犁組詩相互補充。方士淦的著作有同治十一年(1872)兩淮運署刻《方蓮舫四種》本,其中《啖蔗軒詩存》三卷又有單行本,刊刻時間、版式與"四種"本相同。本書以"四種本"爲底本輯注。

一

浩浩伊江水,春來浪拍天。南山插雲裏,北岸近城邊。沃土原宜穀,疏流可溉田。豈煩權子母,多費水衡錢①。伊犁水土肥美,雪山春融,泉流甚旺,若築壩分渠,開墾無數,何必河工歲修款算生息也。

① 水衡錢:漢代水衡都尉、水衡丞掌管鑄造的皇室私錢,稱水衡錢。《漢書·宣帝紀》:"(本始)二年春,以水衡錢爲平陵,徙民起第宅。"應劭注:"水衡與少府皆天子私藏耳。"此處指國帑。

二

城外綠陰稠，金堤百尺樓。群峰環雪嶺，一水帶沙流。不有神明相，誰令祀典修。宗臣①遺像在，忠義凜千秋。南門外望河樓在龍王廟前，宏軒壯麗。乾隆年間保文端公②帥建立。相傳龍王神像即文端公之父札義烈公也。札公前在葉爾羌殉難。③

① 宗臣：《漢書·蕭何曹參傳贊》："淮陰、黥布等已滅，唯何、參擅功名，位冠群臣，聲施後世，爲一代之宗臣，慶流苗裔，盛矣哉！"顔師古注："言爲後世之所尊仰，故曰宗臣也。"

② 保文端公：伊犁將軍保寧。見前唐道《伊犁紀事詩三十八首》"上公下令遍傳呼"注①。

③ 納穆札爾（？—1758）：一作納穆札勒，圖伯特氏，蒙古正白旗人，伊犁將軍保寧之父。乾隆十九年（1754）任副都統，管理厄魯特部遊牧。二十二年署定邊左副將軍，駐科布多。平定大小和卓叛亂期間，授靖逆將軍，赴援兆惠途中陣亡。

方士淦《蔗餘偶筆》："札義烈公，伊犁將軍保文端公之父，乾隆間葉爾羌殉烈，至今城門上時見公像。伊犁南門外龍王廟，相傳龍神像確似義烈公。"

三

義烈媲睢陽①，英風鎮異方。三朝膺鐵券②，兩代瀝忠腸。碧血山河壯，丹霄日月光。輝煌天語③渥，讀罷淚沾裳。札義烈公乾隆年間在葉爾羌殉難，襃封世襲罔替。公子保寧謚文端公，孫慶祥④字雲嶠，兩世鎮守伊犁，有政績。慶公帥於道光丙戌在喀什噶爾殉難。天語褒嘉⑤，恤典尤重。

① 睢陽：張巡（708—757），字巡，蒲州河東人。至德二載（757），張巡與許遠死守睢陽，抵禦安史叛軍進攻，遏制了叛軍南犯之勢，最終城陷被俘遇害。獲贈揚州大都督、鄧國公。

② 鐵券：丹書鐵券。古時皇帝賜給功臣或重臣，允其世代享有優厚待遇及免死罪的一種特別憑證。《漢書·高帝紀下》："叔孫通制禮儀，陸賈造《新語》，又與功臣剖符作誓，丹書鐵契，金匱石室。"

③ 天語：皇帝的詔諭。岑參《送裴侍御赴歲入京》詩："羨他驄馬郎，元日謁明光。立處聞天語，朝回惹御香。"

④ 慶祥（？—1826）：蒙古正白旗人。嘉慶二十二年（1817）調任烏魯木齊都統，二十四年署伊犁參贊大臣，次年授伊犁將軍。道光五年（1825）任喀什噶爾參贊大臣，張格爾之亂中城陷陣亡。

⑤ 褒嘉：褒獎。梅堯臣《劉運使因按曆歸西京拜省》詩："朔北遏亂萌，褒嘉賜璽書。"

四

巨寇才離穴，將軍竟捨生。無緣窺地險，只覺此身輕。石咽溪難轉，風悲鶴自鳴。帝京崇廟祀，雙烈荷褒旌^①。乾隆年間初開闢伊犁，班將軍第、鄂參贊容安殉難於南山圍場内^②，京師有雙烈祠。

① 褒旌：一作旌褒，褒揚表彰。柳宗元《壽州安豐縣孝門銘》：“伏惟陛下有唐堯如天如神之德，宜加旌褒，合於上下。”

② 班第（？—1755）：博爾濟吉特氏，蒙古鑲黃旗人。乾隆十九年（1754）署定邊左副將軍出北路征討準噶爾，旋授定北將軍。次年平達瓦齊，封一等誠勇公，駐伊犁。阿睦爾撒納叛，因寡不敵衆，自刎而死。

鄂容安（1714—1755）：西林覺羅氏，字休如，號虛亭，滿洲鑲藍旗人，大學士鄂爾泰之子，雍正十一年（1733）進士。乾隆十九年授參贊大臣，征準噶爾部，與班第同時殉難，謚“剛烈”。《西域圖志》：“乾隆二十年五月，將軍班第、尚書鄂容安駐防伊犁。阿睦爾撒納叛，從賊桑克什木巴桑等應之。八月，以五千兵進犯，班第等督兵迎剿，至哈什力戰陷堅，賊兵圍之數重。班第、鄂容安度不免，以將軍印授其屬富錫爾間道齎還，乃手殺數賊而死。”

南山圍場：即哈什山圍場。參前徐步雲《新疆紀盛詩》“獵火連山雪打圍”、福慶《異域竹枝詞》“虎豹熊羆麋鹿饒”、舒其紹《伊江雜詠·哈什圍場》，及祁韻士《西陲竹枝詞·圍場》等詩及注釋。

五

雪海冰山路，開疆賴伏波。鷹聲偏善引，見《西域聞見録》。馬骨卻憐多。唯有天垂險，能教地不頗。南方資保障，改道究如何。冰嶺，神山也，從不傷人，但馬匹倒斃太甚耳。近年屢有改道之議，究未知於險易果如何耳。^①

① 此詩寫冰嶺。參前薛傳源《李莪村觀察枝昌自新疆回備聆新疆風土因作竹枝詞十六首》“雪海灘頭雪作泥”詩注①，及福慶《異域竹枝詞》“山上白鷹不計年”、薛國琮《伊江雜詠》“冰山矗矗曙光寒”、蕭雄《聽園西疆雜述詩·雪海》諸詩。

六

承平五十載，耕鑿六千家。回紇常棲寺，汾陽^①此建牙。獨將苛政去，尤沐聖恩加。繩武^②推英嗣，勳名詎^③有涯。阿文成公移回民六千户於伊犁，另築回城，立廟曰金頂寺以樓之。每歲交糧十萬石，以供軍食。服教畏神，至今不輟。丁亥，公之曾孫容靜止④參帥到任，革除弊政，撫恤無微不至。

① 汾陽：即郭子儀。見前蕭雄《聽園西疆雜述詩·吐魯番》詩注⑨。此處代指阿桂。

② 繩武：繼承祖先業績。《詩·大雅·下武》："昭茲來許，繩其祖武。"朱熹注："繩，繼；武，跡。言武王之道，昭明如此，來世能繼其跡。"

③ 詎：豈。

④ 容靜止：容安，字靜止，滿洲正白旗人，生卒年不詳。阿桂曾孫，那彥成之子。道光七年(1827)隨揚威將軍長齡出關平定張格爾叛亂，授伊犁參贊大臣。道光十年玉素普之亂中，以貽誤軍機罪被革職。

七

草澤浩無邊，山環大海圓。駐師李廣利，留碣漢張騫。①路可移瓜戍②，川敷引馬泉。巡防兩無礙，經畫仰前賢。伊犁西南卡倫外曰那林河草地，有大海，萬山圍繞，距喀什噶爾千餘里。向例伊犁派赴喀城換防兵三百名，因冰嶺行走甚難，奏改由此路緣海沿行至喀城，經行外夷哈薩克、布魯特地面，寓巡邊於換防之中，立法最善。近因軍務，停止兩年矣。③相傳海沿有張騫碑一座。又案：哈薩克即漢之大宛也。

① "留碣"句：參前曹麟開《塞上竹枝詞》"永和貞觀碣重重"詩及注②。方士淦《蔗餘偶筆》亦載："伊犁西南卡倫外那林河草地，群山圍繞中有大海，海沿有碑，相傳漢張騫所立，松湘浦相國筠遣人摩揭，字在有無間，不可辨識。"

② 瓜戍：參前紀昀《烏魯木齊雜詩》"烽燧全銷大漠清"詩注①。

③ 注語述伊犁至喀什噶爾換防路線事。自伊犁惠遠城西南行，經特穆爾圖淖爾，過納林橋，可至烏什、喀什噶爾，是爲納林草地路。乾隆年間重定新疆期間，清軍進軍南疆多使用這條道路，路途雖遠，但平坦易行。全疆平定後，伊犁至南疆換防士兵均由冰嶺道行走。道光七年(1827)張格爾之亂平定，爲加強南疆善後事宜，又啓用此路換防。道光十年起，因形勢動蕩，此路再未使用。方士淦所述納林草地路的使用時間似有不確。

納林河：見前王芑孫《西陬牧唱詞六十首》"東西布魯似屯雲"詩注⑤。

大海：指伊塞克湖，見前王芑孫《西陬牧唱詞六十首》"群山莽莽走中原"詩注⑱。

八

上相殫忠藎①，籌邊十五年。內安兼外攘，②肆武復治田。盛事真難繼，高風斯與肩？ 如何遺澤斬③，搔首問蒼天。謂保文端公。

① 忠藎（jìn）：忠誠。《三國志·蜀書·董和傳》："後從事於偉度。"裴松之注："（偉度）爲亮主簿，有忠藎之效，故見襃述。"

② "内安"句：張仲景《傷寒論》："甘草甘平，有安内攘外之能。"攘，摒棄，意爲安定内政，排除外患。

③ 遺澤斬：恩澤斷絶。《孟子·離婁下》："君子之澤五世而斬，小人之澤亦五世而斬。"保寧前後三度任伊犁將軍，凡十五年。此句慨歎自保寧去世之後，邊地陷入戰亂，其子慶祥亦捐軀，安定局面難以爲繼。

九

海色浮青島，松濤滿碧溝。兩山排闥入，一水帶雲流。峻阪曾停馬，歸心不繫舟。羊公碑①尚在，遺愛總長留。塔爾奇溝俗名果子溝，詳見《東歸日記》。②

① 羊公碑：一名墮淚碑。《晉書·羊祜列傳》："祜樂山水，每風景，必造峴山，置酒言詠，終日不倦。嘗慨然歎息，顧謂從事中郎鄒湛等曰：'自有宇宙，便有此山。由來賢達勝士，登此遠望，如我與卿者多矣！皆湮滅無聞，使人悲傷。如百歲後有知，魂魄猶應登此也。'湛曰：'公德冠四海，道嗣前哲，令聞令望，必與此山俱傳。至若湛輩，乃當如公言耳。'……襄陽百姓於峴山祜平生遊憩之所建碑立廟，歲時饗祭焉。望其碑者莫不流涕，杜預因名爲墮淚碑。"此指嘉慶年間果子溝中所立伊犁將軍保寧功德碑。

② 方士淦《東歸日記》："十八日，晴。四十里至頭臺，進果子溝。又四十里住二臺。果子溝兩山矗立，松樹參天，中有潤溪一道，迤邐盤曲，小橋七十二道。石壁巉巖，青緑相間，人在畫中行，山景之佳，甲於關外。保文端公相修平山路，利賴至今。余丙戌子月過此，大雪彌漫，半夜始到二臺，翟兄徑停車達坂上度夜。但見松林茂密，野獸奔馳，冰塞長河，雪滿群山，爲平生所僅見。十九日，二十里出果子溝，上達坂，有伊犁前巡檢顧謨立碑一坐，紀保公功德，嘉慶三年（1798）立。往來行人過達坂者，無不下馬而拜，散擲錢文，口外之俗如此。"

一〇

附郭名園①勝，春風倒酒瓶。②濃陰三十里，緑水短長亭。野有農歌樂，山餘獵火熒。主人偏愛客，時索換鵝經③。綏定城去大城三十里，長鎮總兵駐扎之所。園林絶勝，如蒼巖④總戎柏常招飲索書。

① 名園：指綏定城中綏園，參前洪亮吉《伊犁紀事詩四十二首》"戟門東去水潺湲"詩

注③。

　　② "春風"句：用張籍《寄和州劉使君》詩"別離已久猶爲郡，閑向春風倒酒瓶"成句。

　　③ 換鵝經：用王羲之寫經換鵝事。參前許乃穀《西域詠物詩二十首·天鵝》詩注②。

　　④ 如蒼巖：如柏，字蒼巖，道光年間任伊犁總兵，餘不詳。

一一

　　地迥宜華月①，霜滿肅大旗。將軍偏好客，幕府總能詩。黃菊香何晚，紅梨墨尚滋。兩番持虎節②，風雅繫人思。節署園林頗壯，晉公帥昌嘉慶年間兩至此地，風清令肅。公暇題詠甚多，自號紅梨主人。當時周春田太守、徐星伯太史③皆在幕中，至今傳爲美談。

　　① 華月：明亮皎潔的月亮。江淹《雜體三十首·劉文學感遇》詩："華月照方池，列坐金殿側。"

　　② 虎節：符節。參前宋弼《西行雜詠》"設險巖疆壓峻岡"詩注②。此句指晉昌兩度任伊犁將軍。王安石《送鄞州知府宋諫議》詩："首路龍旗盛，提封虎節嚴。"

　　③ 周春田：周鍔字蓮若，號春田，長沙人，生卒年不詳。乾隆五十二年(1787)進士，授户部主事，歷任四川學政、揚州知府、蘇州知府，因事謫戍伊犁，著有《聽雲山館詩鈔》。

　　徐星伯：徐松(1781—1848)字星伯，順天大興(今屬北京)人，原籍浙江上虞，清代學者、歷史地理學家。嘉慶十年(1805)進士。十七年，在湖南學政任上因事遣戍伊犁，二十五年赦還，後官至禮部郎中、陝西榆林知府。著《西域水道記》，輯有《宋會要輯稿》。

一二

　　有鳥能知氣，飛從兩地分。冬來同白雪，春至似烏雲。星月還棲樹，風霜自樂群。防邊依聖世，真不愧鴉軍①。十月白鴉自南路飛來，烏鴉換去，春二月亦然，名曰換班。

　　① 鴉軍：鴉兒軍省稱，由驍勇善戰的少年組成的軍隊。《新五代史·唐莊宗本紀上》："克用少驍勇，軍中號曰'李鴉兒'。"此處借指鴉群。

一三

　　惡濕偏宜燥，孤高性獨成。托根從石骨，結縷掛雕楹。野燒不須畏，春風應有情。愛居下流①者，污辱②總偷生。草名濕死乾活，人家從石上采來，繫於窗户間，開花頗好。

① 下流：微賤。蔡邕《太尉楊賜碑》：“惟我下流二三小臣，穢損清風，愧於前人。”

② 污辱：此指低下卑污之地。《淮南子·説山訓》：“美之所在，雖污辱，世不能賤；惡之所在，雖高隆，世不能貴。”

一四

沙土偏宜藥，深紅復淺紅。殿春①滋雪水，初夏麗熏風。憶昔搖清佩②，當階賞碧叢。那堪零落後，雙鬢已秋蓬。芍藥。

① 殿春：晚春時節，指農曆三月。曹勳《晚春書事》詩：“惟有小欄藏秀色，數枝芍藥殿春遲。”

② 清佩：衣服上的玉飾。王維《待儲光羲不至》詩：“重門朝已啓，起坐聽車聲。要欲聞清佩，方將出户迎。”

一五

爾豈通黃教，偏將禍福興。圓身工宛轉，捷足任騫騰①。愛極稱如父，清修②或偶僧。關門未許入，沙磧竟何能。八叉蟲如土蜘蛛，長較善走，齧人便死，見之者用黃紙裹送入廟中。亦有呼爲八爺者，外夷人見之臥於地上，任其行走，以爲祈福，如見喇嘛一樣。關門外到處有之，一入關門絕不見矣。紀文達公《灤陽消夏録》言：乾隆中，京師相驚，以蟲圖形相示，然久未見蟲也。逮至烏魯木齊見所謂八蜡蟲，乃即昔所圖者，每逐人，噢之以水，則伏而不動，呕嚼茜草根敷傷口即愈，遲則不救。南路每移文北路，取茜草以備秋獲者救急。蓋即此蟲也。

① 騫騰：飛騰。杜甫《贈特進汝陽王二十二韻》詩：“筆飛鸞聳立，章罷鳳騫騰。”

② 清修：佛教謂在家修行。

一六

安得趙充國，邊屯盡力籌。稼通秋塞迥，水引雪山流。烽燧雖云息，倉箱①尚可憂。荒垣多曠土，使者亟須謀。

① 倉箱：《詩·小雅·甫田》：“乃求千斯倉，乃求萬斯箱。”鄭玄箋：“成王見禾穀之税，委積之多，於是求千倉以處之，萬車以載之。是言年豐，收入逾前也。”代指豐收。

金德榮

金德榮(?),字桐軒,江蘇上元(今南京)人,嘉慶三年(1798)舉人,爲宦安徽、湖南等地。道光元年(1821)於醴陵縣令任上因事革職,發往新疆贖罪。道光四年八月到烏魯木齊戍所。所著有《桐軒詩鈔》,阮文藻《宛上同人集》收録,詩作爲袁枚所賞識。金德榮與袁潔有交往。袁潔《出戍詩話》中稱在蘭州曾與金德榮"合梓出塞舊作",今未見傳。

巴里坤雜詠

解題:

組詩選自阮文藻《宛上同人集·甲集》卷一。金德榮遣戍烏魯木齊不久後,被鎮西府知府圖勒炳聘爲私塾,詩歌當作於此時。陳作霖《可園詩話》稱:"西域風土,自洪稚存太史《天山荷戈集》後,鮮有詠及者。吾鄉金桐軒大令德榮坐事謫戍,有《巴里坤雜詠》,録其三首云云,窮邊荒寂,略見一斑矣。"這組詩作中不乏邊塞荒寒之辭,並隱隱透露着一種落寞之情,但也刻繪出巴里坤的民俗風物。

一

雪山起嘉峪,蜿蜒到伊犂。海氣通星宿,嵐光接月氏。只疑雲霧幻,但覺斗杓低。中道苔痕滑,蒼茫不可躋。

二

瀚海沿西北,遙看霧幾重。長風喧鼓角,巨浪隱蛟龍。泱漭[①]承初旭,回環障遠峰。茫茫三十里,誰與辨橫縱。

① 泱瀁：《文選》卷二七謝朓《京路夜發》詩："曉星正寥落,晨光復泱瀁。"李善注："字書曰：'泱瀁,不明之貌。'"

三

西郊誇勝地,北有岳公臺①。山頂泉疏未,松陰雪化纔。草深巢雉兔,石滑繡莓苔。星斗宵堪摘,何嘗躡屐來。

① 岳公臺：巴里坤縣近山處的高地,相傳爲雍正年間岳鍾琪駐軍點將處。《鎮西廳鄉土志》載"坤郡八景"：天山松雪、瀚海鼉城、龍宮煙柳、鏡泉宿月、岳臺留勝、黑溝藏春、尖山曉日、屯稼堆雲。

四

沙地不生竹,蕭蕭只白楊。短籬圍枳棘,斜日下牛羊。長篴茅檐厭①,疏鐘梵宇荒。田園少雞犬,風俗近羲皇②。

① 篴(zhú)：竹子,此指房檐上下垂的茅草。
厭(yè)：按壓。
② 羲皇：伏羲氏。傳説中上古時期的帝王,三皇之一。此句指巴里坤風俗古樸。

五

賽神紛演劇,廟宇①傍山阿。羌笛邊聲促,秦箏②逸響多。魚龍争角牴③,衫袖任婆娑。觀者如雲女,祁祁④擁髻螺。

① 廟宇：指巴里坤仙姑廟,嘉慶五年(1800)由甘肅張掖客商捐資修建。
② 秦箏：秦地的弦樂器。曹植《贈丁翼詩》："秦箏發西氣,齊瑟揚東謳。"
③ 魚龍：《漢書·西域傳下》："設酒池肉林以饗四夷之客,作《巴俞》都盧、海中《碭極》、漫衍魚龍、角抵之戲以觀視之。"顏師古注："魚龍者,爲舍利之獸,先戲於庭極,畢乃入殿前激水,化成比目魚,跳躍漱水,作霧障日,畢,化成黃龍八丈,出水敖戲於庭,炫耀日光。"楊炯《奉和上元酺宴應詔》詩："百戲驂魚龍,千門壯宮殿。"
角牴：一作角抵,即角抵之戲。古時兩人相抵,較量氣力的一種運動。《漢書·武帝紀》："(元封)三年春,作角抵戲。"應劭注："角者,角技也。抵者,相抵觸也。"此句中魚龍、角抵極言

廟會之熱鬧，並非實指。

④ 祁祁：衆多貌。《詩·豳風·七月》："春日遲遲，采蘩祁祁。"毛傳："祁祁，衆多也。"

六

遷客忘愁寂，拈毫紀土風。身羈蒲海角，家住大江東。舊夢迷蕉鹿，新書付塞鴻①。閑將明鏡照，霜鬢漸成翁。

① 塞鴻：塞外的大雁，代指信使。

七

仙佛修難到，長思素位①行。離憂疇②共訴，木石豈無情。野卉含春色，時禽變夏聲。③壯懷銷已盡，詩較昔年清。

① 素位：安於現在所處的地位。《禮記·中庸》："君子素其位而行，不願乎其外。"孔穎達疏："素，鄉也。鄉其所居之位而行其所行之事，不願行在位外之事。"

② 疇：疇昔。

③ "時禽"句：時節變換，鳥鳴聲也有所不同。用謝靈運《登池上樓》詩"池塘生春草，園柳變鳴禽"句意。

黄濬

黄濬(1779—1866),字睿人,號壺舟、壺道人、古樵道人、四素老人等,浙江太平(今浙江温嶺)人。道光二年(1822)進士,歷任雩都、贛縣、東鄉、臨川、彭澤知縣,署南安府同知。在彭澤任上,因客舟遭風失銀,黄濬以"不速行審詳,亦未起獲全贓,辦理已屬玩延"之罪遭革職,下南昌獄。道光十八年謫戍烏魯木齊,十九年夏抵戍所。弟黄治陪同往戍。他在塞外與迪化直隸州知州成瑞等人成立"定舫詩社",是道光時期烏魯木齊遣戍文人的代表。

黄濬於道光二十五年賜還,晚年主講黄巖萃華書院、太平宗文書院和鶴鳴書院。有《壺舟詩存》《壺舟文存》等行世。清人王詠霓評價黄濬兄弟二人之詩稱:"壺舟之詩,才氣橫溢,全學子瞻,尤多和韻之作。今樵則出入於蘇、陸之間,填篋迭奏,工力悉敵,擬諸子由者,當不稍讓。"王棻《壺舟文存序》中也贊譽:"新城王阮亭尚書以詩名天下,實爲本朝第一,而其文亦倜儻不群。太平黄壺舟先生終生好吟詠,其詩當爲吾臺本朝第一。"

庭州雜詩二十首次杜少陵秦州雜詩韻

解題:

組詩選自黄濬《壺舟詩存》卷八,作於道光二十年(1840)。黄濬對杜甫、蘇軾均較推崇,詩集中多有隔代唱和之作。這組詩作使用杜甫《秦州雜詩》韻,而實際内容與杜甫詩作即景詠懷的内涵有本質不同,主要描寫道光年間烏魯木齊及周邊地區的社會民風,以及遣戍期間的聞見與經歷,對於遣戍廢員的心態、生活也有所反映。其中部分内容,如描寫道光時期西域廣種鴉片、烏魯木齊智珠書院改爲烏垣義學等事,都較有代表性。

一

三百戰友客,何人萬里遊。紅山吳笠①到,白水阮囊②愁。草木千年雪,衣裳六月秋。瓜期方未艾，誰遣汝遲留。

① 吳笠：吳地製作的斗笠，爲作者自喻。

② 白水：傳說中發源於昆侖山的河流。《楚辭·離騷》：“朝吾將濟於白水兮，登閬風而緤馬。”王逸注引《淮南子》：“白水，出昆侖之山，飲之不死。”此處與“紅山”對舉，代指邊城。

阮囊：阮，阮孚，字遙集，陳留尉氏（今河南尉氏）人，晉朝大臣。阮囊指阮孚裝錢的袋子，泛指錢袋。宋代無名氏注杜甫《空囊》詩：“囊空恐羞澀，留得一錢看。”附會阮孚之事：“晉阮孚山野自放，嗜酒，日持一皂囊，遊會稽。客問囊中何物，‘但一錢看囊，庶免其羞澀。’”後人遂以“阮囊羞澀”代指經濟拮據。

<h2 style="text-align:center">二</h2>

已過蒲類海，還住準夷宮①。甲隊雙城接，灘沙十里空。溝通連巷水，濤吼遠天風。列肆輝璣織②，都來自粵東。漢城漢營提督司之，滿城滿營領隊大臣司之。聽都統節制。風欲發時，聞半天濤響甚厲，炊許乃至。

① 準夷宮：烏魯木齊舊爲準噶爾部遊牧地，故有此說。

② 璣織：珠寶與布匹。

<h2 style="text-align:center">三</h2>

瑪那斯河玉，磨礲出賓沙①。綠殊蓮井產，黃勝臘梨②家。伊拉里克乃回部名，玉產其地者皆黃赤雜色，故以伊拉里呼之，然土人以爲玉工易姓而首禿，始製此工，因稱玉爲易臘梨云。鄯善山盤互，于闐路繞斜。自來尤物貴，異域至今誇。瑪那斯出綠玉，馬蓮井出玉白而脆，在哈密東。易臘梨，雜色玉也，在南路。鄯善國出玉，予考之當即今之馬蓮井。于闐今和闐。

① 磨礲：一作磨礱、磨壟，磨礪。

賓沙：濱沙，河岸邊和沙石中。釋道潛《孔平子書閣所藏石菖蒲》詩：“寒溪之濱，沙石之寶，產此靈苗，蔚然而秀。”

② 臘梨：與“瘌痢”諧音，即注語中之“首禿”。康進之《李逵負荆》雜劇：“那一個是稀頭髮臘梨，如今這個是剃頭髮的和尚。”

<h2 style="text-align:center">四</h2>

鴉片來南海，中華重一時。價逾三品貴，業爲四民悲。西域根株遍，東風

薙艾①遲。百千罹一二,憐爾獨何之。鴉片煙自粵東入中國,遍地盛行,西域獨無,今則民回並種,山藪俱盈,幸屬禁綦嚴,春時官爲查刈犯者重論,食鬻②並治罪,而亦未能絶也。

① 薙(tì)艾:除草。

② 食鬻:食用和售賣。

五

萬匹年年進,何來天驥强。分營惟入隊,備貢敢争長。官職閑駝馬,功名待驌驦①。不知誰伏櫪,但看鬣毛蒼。每年例馬②至駝馬處,主事分派口内外各營。

① 驌(sù)驦(shuāng):一作驌霜、驌爽、驌驦。《左傳·定公三年》:"唐成公如楚,有兩驌爽馬,子常欲之。"杜預注:"驌爽,駿馬名。"

② 例馬:《清通典》:"順治三年,定緑旗兵馬一匹每月給料豆六斗,草六十束。六年,定官員騎坐馬皆自備,名曰例馬,每月照數領草料。"

六

疆開新籍後,厄特①久依歸。驟覺兵屯減,將無戰力微。時平烽堠少,民魯諜②音稀。安得高秋後,將軍獵幾圍。上秋改屯爲民,南路屯兵盡撤,不復更換。

① 厄特:厄魯特省稱,參前紀昀《烏魯木齊雜詩》"雙城夾峙萬山圍"詩注③。

② 諜:通牒,訴訟。

七

皚皚博克山,積雪白雲閑。懇闢虛王土,靈祇閉水關①。遐方無事日,戍客幾年還。南路開荒處,虛糜②亦厚顔。博克達山在阜康,每歲致祭,山有天池,水不得下,無從開荒,廢員亦無可效力。聞南路開墾亦未成功。

① 水關:水上關隘。杜甫《峽口二首》其一:"開闢當天險,防隅一水關。"仇兆鼇注引王洙曰:"峽口有關,斷以鐵鎖。"

② 虛糜:損耗,浪費。《續資治通鑒長編》卷一五八:"邊城一馬之給,當步卒三人,既多贏駑,不任馳敵,平時虛糜芻粟,動輒兼人齎送。"

八

西郊千嶂合，北極一山迴。聖殿東南起，將軍朔望來。六營①隨仗入，萬戶望塵開。究是兵防地，軍門鼓角哀。學宮在東關南。

① 六營：李庚《兩都賦》："將軍之號，三番六營。"此詩將軍指烏魯木齊都統，六營謂隨從武士衆多。

九

建塾東郊麗，門前矗畫亭。南冠①師鬢白，西旅子衿青。文物儲廊廟，詩書炳日星。莫循椎魯②俗，長此住林垌③。前建智珠書院，不允所請，改爲烏垣義學，以廢員能文者掌教。

① 南冠：《左傳·成公九年》："楚子重侵陳以救鄭。晉侯觀於軍府，見鍾儀，問之曰：'南冠而縶者，誰也？'有司對曰：'鄭人所獻楚囚也。'"杜預注："南冠，楚冠。"後以南冠代指囚徒，此處指廢員。駱賓王《在獄詠蟬》詩："西陸蟬聲唱，南冠客思侵。"
② 椎魯：愚鈍。蘇軾《論養士》："其力耕以奉上，皆椎魯無能爲者。"
③ 林垌：郊外。杜甫《橋陵詩三十韻因呈縣內諸官》詩："朝儀限霄漢，客思回林垌。"

一〇

侖頭①首卡侖，風雨塞廬繁。鴻堵②三工堡，龍湫六磨源。哈沙③長鬻貨，回部自成村。金棒甘瓜熟，炎天未到門。頭、二、三工④，民戶豐繁。水磨溝有官磨六，景物甚佳。金棒瓜出南路王子家，味爲中土所無。

① 侖頭：漢代輪臺國，一名輪臺。此詩誤以烏魯木齊當漢代侖頭。參前紀昀《烏魯木齊雜詩》"烽燧全銷大漠清"詩注②。
② 鴻堵：高牆。
③ 哈沙：即哈薩克。
④ 頭工：《烏魯木齊政略》："宣仁堡。俗名頭工，在迪化城西北十里，乾隆二十七年建。周一里七分，高一丈一尺。四門，東元善門，南依光門，西利和門，北奉朔門。城內兵房三百間。"地當今烏魯木齊市頭工。

二工：《烏魯木齊政略》：“懷義堡。俗名二工，在迪化城西北二十五里，乾隆二十七年建。周一里七分，高一丈一尺。四門，東登春門，南薰溥門，西稔秋門，北階平門。城內兵房三百間。”地當今烏魯木齊市二工鄉。

三工：《烏魯木齊政略》：“樂全堡。俗名三工，在迪化城西北三十二里，乾隆二十七年建。周一里七分，高一丈一尺。四門，東引恬門，南大亨門，西遂城門，北永正門。城內兵房三百間。”地當今烏魯木齊三工片區。

一一

地高嫌雨少，樓迴覺山低。故跡鄰紅廟，遺都遠紫泥。火州還過北，宿海更偏西。但撫諸回順，無爲畏戰鼙[①]。紫泥泉爲前代回部都會，吐魯番爲古火州。

① 戰鼙（pí）：一作戰鼙。古代戰時馬上所擊之鼓，代指戰爭。韋莊《江上逢史館李學士》詩：“關河自此爲征壘，城闕於今陷戰鼙。”

一二

雅爾通刀布，俄斯[①]易貨泉。旅商嚴券帖[②]，星使盛郵傳。祭嶽[③]惟遙望，圍秋不到邊。自來刑網[④]闊，市井亦安然。博克達山，每歲於紅山嘴遙祭。

① 俄斯：俄羅斯省稱。
② 券帖：簿據。《南史·范述曾傳》：“後有吳興丘師施亦廉潔稱，罷臨安縣還，唯有二十籠簿書，並是倉庫券帖。”
③ 祭嶽：在紅山望祭博格達山。參前紀昀《烏魯木齊雜詩》“煙嵐遙對翠芙蓉”注①。
④ 刑網：法網，嚴密的法規。

一三

漢城城外屋，多半曲兒[①]家。舞態雞登木[②]，弦聲蟹落沙。[③]幾多栽處柳，爭得破時瓜。豔說桐花鳳[④]，高桐漸落花。漢城曲娃無數，惟小凰名最盛，今亦衰矣。

① 曲兒：曲娃，歌女。
② 雞登木：一作雉登木。《管子·雜篇》：“凡聽徵，如負豬豕覺而駭。凡聽羽，如鳴馬在野。凡聽宮，如牛鳴窌中。凡聽商，如離群羊。凡聽角，如雉登木以鳴，音疾以清。”此用本意，

指上樹。

③ "弦聲"句：指弦聲窸窣，如蟹扒沙。唐寅《雪》詩："嘈雜錯疑鼉上葉，寒潮落盡蟹扒沙。"

④ 桐花鳳：鳥名，此代指歌女小鳳。李商隱《韓冬郎即席爲詩相送一座盡驚他日余方追吟連宵侍坐裴回久之句有老成之風因成二絕寄酬兼呈畏之員外》詩其一："桐花萬里丹山路，雛鳳清於老鳳聲。"黄濬《紅山碎葉》："此間有戲數班。有名大班者，有名江東班者，有名大鳳班者。……有名小鳳班者，則一曲娃名鳳者之親屬借以爲名。"又："小鳳、馬家春、金鐘、春桂皆曲娃名。《九連環》曲時轉喉作多羅聲，《刮地風》曲頻掩口作霹靂響。"

一四

勝會花幡颭，先籌未雪天。酒惟上代①重，歌以太平傳。市果能充飯，熬茶不問泉。南人盛遊宴，逐隊此窮邊。每歲神會最多，俱在八月以前，恐下雪也。正月燈市最盛，例禁演戲，避其名謂之太平歌，酒佳者名上代。

① 上代：上好的代酒。代酒見前莊兆奎《伊犁紀事二十首效竹枝體》"一雙烏喇跪階苔"詩注③、祁韻士《西陲竹枝詞·代酒》詩自注。

一五

古來詞賦客，多在戍途間。余豈能吟者，如何亦過山。哥舒①青海渡，定遠白頭還。生入真吾望，須髯亦已斑。

① 哥舒：哥舒翰（？—757），唐朝名將，西突厥突騎施屬哥舒部人。天寶八載（749）攻占吐蕃石堡城，以功拜特進、鴻臚員外卿。天寶十一載封西平郡王。號武潛。

一六

朔望衙參地，吾儕自一群。閑鷗多失水，驕馬或如雲。已絕康莊①想，誰能驥駑②分。賦騷空有句，何日九閽③聞。都院堂期惟總辦及行走遞稿，其餘廢員進謁無期。

① 康莊：平坦寬闊的大道。《史記·孟子荀卿列傳》："自如淳于髡以下，皆命曰列大夫，爲開第康莊之衢。"此指仕宦之路。

② 驥駑：良馬與劣馬。陳與義《曾緝言運判出張生所畫馬》詩："良樂世難有，驥駑誰

與分。"

③ 九閽：九天之門，代指朝廷或官府。方回《登屋東山作》詩："亦嘗排九閽，稍納小臣諫。"

一七

風塵方潦倒，毫素豈榮光。剝啄臨門戶，分鐫疥壁牆。[①] 雁群離北隴，池草憶西堂。[②] 今歲三弟今樵就濟木薩之聘。爲借龍香瀋[③]，消渠白日長。

① "分鐫"句：指在牆壁上題字作畫。段成式《酉陽雜俎》："大曆末，禪師玄覽住荊州陟屺寺，道高有風韻，人不可得而親。張璪嘗畫古松於齋壁，符載贊之，衛象詩之，亦一時三絕。覽悉加堊焉。人問其故，曰：'無事疥吾壁也。'"

② "池草"句：鍾嶸《詩品》引《謝氏家錄》："康樂每對惠連，輒得佳語。後在永嘉西堂，思詩竟日不就。寤寐間，忽見惠連，即成'池塘生春草'。故嘗云：'此語有神助，非我語也。'"此句以"西堂"代指黃治。

③ 龍香瀋：此處指墨汁。參前薛國琮《伊江雜詠》"滿園風雨亂塗鴉"詩注①。陶宗儀《南村輟耕錄》："磨墨貯瀋。"

一八

未是鸞臺[①]女，爲家且當歸。蹄金[②]慳藻飾，臂玉少清輝。[③]只冀蛾能術[④]，何期蝶效飛[⑤]。蓬門如可返，攬袂逐丁威[⑥]。春間納妾蓮心。

① 鸞臺：宮殿的美稱。《文選》卷二十曹植《應詔》詩："朝發鸞臺，夕宿蘭渚。"李善注："鸞臺、蘭渚，以美言之。"鸞臺女指仙女，或富貴人家的女子。

② 蹄金：馬蹄金。參前曹麟開《異域竹枝詞》"望氣狼胧紫霧深"詩注②。此處指金飾。

③ "臂玉"句：化用杜甫《月夜》詩"香霧雲鬟濕，清輝玉臂寒"句。

④ 蛾術：蛾，即蟻。蟻雖小，不斷銜土，也能堆土丘，後指學問不斷積累。語出《禮記·學記》："蛾子時術之。"鄭玄注："蛾，蚍蜉也。蚍蜉之子，微蟲耳，時術蚍蜉之所爲，其功乃復成大垤。"

⑤ 蝶飛：《莊子·齊物論》："昔者莊周夢爲蝴蝶，栩栩然蝴蝶也。自喻適志與，不知周也。俄然覺，則蘧蘧然周也。不知周之夢爲蝴蝶與？蝴蝶之夢爲周與？"此句借用莊周夢蝶事，指不切實際的想法。

⑥ 丁威：丁令威，古代傳說中的仙人。《搜神後記》："丁令威，本遼東人，學道於靈虛山，後化鶴歸遼，集城門華表柱。時有少年舉弓欲射之，鶴乃飛，徘徊空中而言曰：'有鳥有鳥丁令

威,去家千年今始歸。城郭如故人民非,何不學仙塚累累。'遂高上沖天。"此指返家安居,不再遠遊。

一九

　地僻稀名跡,無題覓句難。養翎籠雀瘁,種卉水流乾。門巷愁秋雨,衣裘怯歲寒。幸逢故人至,旗鼓樹吟壇。久不作詩,惟以養雀、種花爲事,苦不得水,買諸城外。

二〇

　造化真吾侶,何論宇内知。羞爲望火馬①,甘作倒繃兒②。戎夏③連雞栅,乾坤濁酒池。寄言蓬島客,海外有鷦枝④。

　① 望火馬:對熱衷鑽營者的代稱。吳處厚《青箱雜記》:"皇祐、嘉祐中,未有謁禁,士人多馳騖請托,而法官尤甚。有一人號'望火馬',又一人號'日遊神'。蓋以其日有奔趨,聞風即至,未嘗暫息故也。"

　② 倒繃兒:繃,一作棚。魏泰《東軒筆録》:"苗振以第四人及第,既而召試館職。一日,謁晏丞相,晏語之曰:'君久從吏事,必疏筆硯。今將就試,宜稍温習也。'振率然答曰:'豈有三十年爲老娘而倒棚孩兒者乎?'晏公俯而哂之。既而試《澤宮選士賦》,韻押有王字,振押之曰:'率土之濱莫非王。'由是不中選。晏公聞而笑曰:'苗君竟倒棚孩兒矣。'"原意爲接生婆把初生嬰兒裹倒,喻將一向做慣的事弄錯。此處暗喻自己因客舟失銀案遣戍。

　③ 戎夏:戎,西戎;夏,華夏。此句指不同民族雜居。

　④ 鷦枝:《莊子·逍遥遊》:"鷦鷯巢於深林,不過一枝。"此指棲身之所。

黄治

黄治（1800—1850），字台人，號琴曹，後改今樵。台州太平（今浙江温嶺）人，黄濬之弟。黄治自小受兄長撫養教育，兄弟感情深厚。道光十八年（1838）黄濬遣戍烏魯木齊之際，黄治自京師返回，隨同往戍。在西域生活期間，先後入昌吉、濟木薩爾縣幕府。由烏魯木齊歸還後，一度赴福建璧昌幕府。有《今樵詩存》傳世。黄治同時還是一位劇作家，著有雜劇《雁書記》《玉簪記》及傳奇《蝶歸樓》等。

庭州雜詩追次杜少陵秦州雜詩二十首韻

解題：

組詩選自《今樵詩存》卷六《和陶詩室吟稿下》，作於道光二十一年（1841），稍晚於黄濬詩作，内容也主要描寫在烏魯木齊的聞見與感受，與黄濬之詩有異曲同工之處。詩中所寫水磨溝消夏之所，道光年間烏魯木齊的“定舫詩社”，都較爲獨特。

一

士有桑弧①志，輪臺亦壯遊。乾坤恢客路，鼓角動邊愁。古雪重城暮，寒星遠塞秋。相依西戍者，無計不遲留。

① 桑弧：即桑弧矢志，一作桑弧蓬矢。語出《禮記·内則》：“射人以桑弧蓬矢六，射天地四方。”指遠大志向。

二

王道通夷夏，詩書在學宫。虞庠胄子①聚，漢代幕庭空。牧令成淳俗，耕桑得古風。懿與同軌治，畎畝久南東。

① 虞庠：周代學校之名。《禮記·王制》：“周人養國老於東膠，養庶老於虞庠。虞庠在國之西郊。”鄭玄注：“虞庠亦小學也。……周之小學爲有虞氏之庠制，是以名庠云。其立鄉學亦如之。”

胄子：《尚書·舜典》：“夔，命汝典樂，教胄子。”孔傳：“胄，長也，謂元子以下至卿大夫子弟。”孔穎達疏：“繼父世者，惟長子耳，故以胄爲長也。”此處指駐防官員的子弟入義學讀書。

三

日化氈毳俗，風清瀚海沙。三農多陝户，<small>著籍皆陝甘之民，而陝爲尤多。</small>一甲占兵家。<small>鞏寧城内皆攜眷滿兵，當時計甲授地，故今之計宅者曰一甲地、二甲地。</small>樹老雲回護，溝分水迤斜。<small>城東水磨溝雲木翳密，水聲淙然，爲都人士消夏之所。</small>江南知己遠，煙柳足相誇。

四

憶昔戎王走，連營百戰時。殘槍思舊劫，枯骨寄餘悲。鄰部歸誠早，遺黎①入籍遲。而今成一統，顒②向更奚之。

① 遺黎：遺民，殘留的百姓。《晉書·地理志下》：“自中原亂離，遺黎南渡，並僑置牧司在廣陵，丹徒南城，非舊土也。”

② 顒（yóng）：仰望。

五

郊外鳴骹響，防秋正挽强。雲深雕鶻健，草勁席萁長。<small>席萁草堅細員淨，土人以爲簾、爲笠。《灤陽消夏録》《西域聞見録》皆指爲集吉草，音近是而非。</small>地產饒砆玉①，天閑②貢驌驦。長吟塞下曲，極目暮煙蒼。

① 砆玉：砆砆。參前宋弼《西行雜詠》“亂流激澗沖山骨”詩注③。
② 天閑：天子的馬廄。參前徐步雲《新疆紀勝詩》“大宛名馬特魁奇”詩注③。

六

亦有纏頭種，輸誠盡内歸。天威消反側①，兵力振單微。國賦應官急，軍

書下驛稀。但聞行肅政，副帥合秋圍。<small>政事，每年領隊大臣一出獵。</small>

①　反側：《荀子・王制》：“故奸言、奸説、奸事、奸能、遁逃反側之民，職而教之，須而待之。”王先謙集解：“反側之民，不安之民也。”

七

福壽著名山，三峰縹緲間。<small>博克達班爲塞外群山之冠，三峰積雪，高入雲天。乾隆間賜名爲福壽之山，設鄂博於紅山嘴上，歲望祀焉。</small>高臨阜康縣，遠障玉門關。霜雪封千劫①，神仙養九還②。<small>山上、中、下三海子，有通其下海子以灌阜康之田者，俄而水暴落，不復可灌。昔有大僚欲窮其勝，至山半，一人出曰：“慎毋前，冰雹至矣。”應聲而大雷電，失其人所在，風霾交作，雹下大於盋，乃還。土人爲余言之，蓋神靈之窟宅也，</small>得毋幽絶處，茅屋駐商顏③。

①　千劫：佛教語彙，無數次的磨難。唐太宗李世民《大唐三藏聖教序》：“無滅無生，歷千劫而不古；若隱若顯，運百福而長今。”

②　九還：道教語彙，即七返九還，指在煉丹的過程中水銀、丹砂多次反復變化。《雲笈七簽》：“行此道者，謂常思靈寶。靈者神也，寶者精也。但常愛氣惜精，握固閉口，吞氣吞液，液化爲精，精化爲氣，氣化爲神，神復化爲液，液復化爲精，精復化爲氣，氣復化爲神，如是七返七還，九轉九易，既益精矣，即易形焉。”此指長久的修煉。

③　商顏：商山四皓，秦末隱居在商山的四位隱士東園公、角里先生、綺里季、夏黄公。王逢《奉題執禮和臺平章丹山隱玉峰石時寓江陰》詩：“殷曾求傅説，漢亦聘商顏。”此處指隱士。

八

綏來更西去，南北路迂回。達坂玄冰裂，精河碧水來。屯糧方草創，罌粟莫花開。<small>烏魯木齊所屬亦有種罌粟花以漁利者，而綏來爲甚，近奉厲禁此風，殆革矣。</small>豐歲饒軍食，東人不告哀①。

①　“東人”句：語出《詩・小雅・大東》：“東人之子，職勞不來。”毛詩序：“《大東》，刺亂也。東國困於役而傷於財，譚大夫作是詩以告病焉。”此處反用其典，指邊庭安寧，以頌揚國家政績。

九

控制關形勝，隨宜置堠亭。雲拖煙穗①黑，旗拂柳芽青。符節臨卿月②，韶

車過客星③。時防哈沁④出，準噶爾遺種在窮山中，時出竊盜。回民謂之哈沁。鳴鏑警
林坰。

① 煙穗：指煙縷。陸游《慈雲院東閣小憩》詩："香濃煙穗直，茶嫩乳花圓。"

② 卿月：月亮的美稱，借指百官。《尚書·洪範》："王省惟歲，卿士惟月，師尹惟日。"孔傳：
"卿士各有所掌，如月之有別。"孔穎達疏："卿士分居位列，惟如月也。"

③ 客星：天空中新出現的星。《後漢書·嚴光傳》："（光武帝）復引光入，論道舊故。……
因共偃臥，光以足加帝腹上。明日，太史奏客星犯御座甚急。帝笑曰：'朕故人嚴子陵共臥
耳。'"此指隱士或一般平民。

④ 哈沁：當做瑪哈沁。參前王芑孫《西陬牧唱詞六十首》"嗎哈沁已作編民"詩注①。道
光年間烏魯木齊地區已無瑪哈沁，此處爲黃治道聽途說的附會之語。

一〇

地勢向昆侖，田疇日以繁。誅茅①成沃壤，消雪得新源。牧廠私千畝，牧廠
悉膏腴之地，橫亘數千里，與户民毗連者，時以爭界聚訟，累年不休。其廠弁或私□民墾種，收租値焉。
官庸合一村。村置一老成者爲鄉約，官之租庸，悉以責之。漸蘇椎魯俗，弦誦出衡門②。

① 誅茅：芟除茅草。沈約《郊居賦》："或誅茅而剪棘，或既西而復東。"

② 衡門：簡陋的屋舍。《詩·陳風·衡門》："衡門之下，可以棲遲。"此指烏垣義學，見前
黃濬《庭州雜詩二十首次杜少陵秦州雜詩韻》"建塾東郊麗"詩自注。

一一

霜封豹尾①重，星壓旄頭低。螭紐銀胡盝②，龍駒錦障泥。將軍今右北，③
都護古安西。較射轅門罷，何曾聽鼓鼙。

① 豹尾：將帥旌旗上作爲裝飾的豹尾，或旗上所畫豹文，代指旗幟。《三國志·魏書·陳
思王植傳》："又聞豹尾已建，戎軒鸞駕，陛下將復勞玉躬，擾掛神思。"

② 胡盝（lù）：一作胡禄、胡鹿，箭筒。《新唐書·兵志》："人具弓一，矢三十，胡禄、橫刀、礪
石、大觿、氈帽、氈裝、行縢皆一。"

③ "將軍"句：參前祁韻士《西陲竹枝詞·卡倫》詩注①。右北：漢代右北平郡，郡治平剛
城，地當今内蒙古寧城縣西南。右北將軍及後安西都護，均代指清朝邊吏。

一二

已過務塗谷①，務塗水②在巴里坤西。按《文獻通考》車師後王治務塗谷，即此。猶思疏勒泉③。車師舊部渺，定遠古碑傳。名將多書帛④，諸公慎守邊。東南風鶴警⑤，感此爲諄然⑥。

① 務塗谷：參前曹麟開《塞上竹枝詞》"戊己分屯遍海邦"詩注②。

② 務塗水：一作烏兔水，參前蕭雄《聽園西疆雜述詩·奇臺》詩及注①。此詩將務塗谷與務塗水所在地混淆，與蕭雄同誤。

③ 疏勒泉：用東漢耿恭守疏勒城典。參前蕭雄《聽園西疆雜述詩·耿恭井》詩及注②。

④ 書帛：姓名書於竹帛，喻名聲永遠流傳。吳兢《貞觀政要》卷二："太宗謂曰：'昔李陵提步卒五千，不免身降匈奴，尚得名書竹帛。'"

⑤ 風鶴警：典出《晉書·謝玄傳》，前秦苻堅伐東晉，被謝玄擊敗於淝水。苻堅殘兵棄甲宵遁，聞風聲鶴唳，也疑心是追兵，自相驚憂。錢謙益《金陵秋興八首次草堂韻》其六："淝水共傳風鶴警，臺城無那紙鳶愁。"此處指警報。黄治《歲暮書懷》詩自注屢稱"英咭唎由海道入寇定海""英咭唎又窺天津"。"風鶴警"當指此。

⑥ 諄然：懇切之狀。

一三

雄城羅萬灶，遠堡散千家。玉氣時騰夜，金苗①或出沙。市登哈薩布，軍載吐番②瓜。亦有春消息，吹衣落柳花。

① 金苗：金礦礦脈露出地面的部分。

② 吐番：吐魯番省稱。

一四

逐客連鑣至，相安絕塞天。風雲憑放浪，書籍少流傳。地百貨屯集，獨書肆缺然。攘臂爭蠻國，傾心向酒泉。此地酒味甲塞外，蓋紹人爲之。可悲蘇屬國①，投老尚窮邊。謂家兄。

① 蘇屬國：蘇武（前140—前60）。蘇武從匈奴歸漢後，封爲典屬國。典屬國，古時掌管與

少數民族往來事務之官，秦始置，漢代沿之。

一五

伊古金方地，將毋縣圃^①間。有霜飛白晝，<small>土人謂之明溜子</small>。無樹上紅山。<small>鞏寧城外有山，一帶赭土如霞，童無草木，上有廟，壁皆赤堊，問諸土人，曰："此古之紅廟也。"烏魯木齊譯言紅廟兒，以此。《西域聞見録》謂在紅山嘴上，恐誤。</small>北斗斜相倚，南鴻去未還。蒼涼來異域，襟淚已成斑。

　　① 縣圃：縣，通懸。一作玄圃。昆侖之巔，亦指仙境。《楚辭·哀時命》："願至昆侖之懸圃兮，采鍾山之玉英。"

一六

夾道青樓迥，新妝最出群。鳥聲迷蜀魄^①，花夢膩巫雲^②。白下^③柳三變，揚州月二分。^④旅人心似水，鶯燕遣相聞。

　　① 蜀魄：指杜鵑，即蜀王望帝。參前朱紫貴《天山牧唱》"替修冥福瓣香焚"詩注①。

　　② 巫雲：典出宋玉《高唐賦》："昔者先王嘗遊高唐，怠而晝寝，夢見一婦人曰：'妾，巫山之女也。爲高唐之客。聞君遊高唐，願薦枕席。'王因幸之。去而辭曰：'妾在巫山之陽，高丘之阻，旦爲朝雲，暮爲行雨。朝朝暮暮，陽臺之下。'旦朝視之，如言。故爲立廟，號曰朝雲。"

　　③ 白下：南京。王士禛《秋柳四首》其一："秋來何處最銷魂，殘照西風白下門。他日差池春燕影，只今憔悴晚煙痕。"

　　④ "揚州"句：化用徐凝《憶揚州》詩"天下三分明月夜，二分無賴是揚州"。此二聯指時間流逝變幻。

一七

棲遲濟木薩，晼晚愛春光。芳草綠三徑^①，高槐青一牆。冰開鳧浴水，風峭燕歸堂。此有南方趣，花磚日漸長。^②

　　① 三徑：一作三逕，指院中的小路。陶潛《歸去來辭》："三徑就荒，松竹猶存。"

　　② "花磚"句：典出《新唐書·李程傳》："學士入署，常視日影爲候，程性懶，日過八磚乃至，時號'八磚學士'。"又李肇《翰林志》："（翰林院）北廳前階花磚道，冬中日及五磚爲入直之

候。李程性懶，好晚入，恒過八磚乃至，衆呼爲‘八磚學士’。”後以花磚喻任職職翰林院或晚起。錢若水《禁林宴會之什》詩：“日上花磚簾卷後，柳遮鈴索雨晴初。”陸游《晚起》詩：“欠伸看起東窗日，也似金鑾過八磚。”

一八

孔道皇華①館，巡邊鐵騎歸。冠裳成勝會，旌節見餘輝。行陣弓刀肅，孤城旌斾飛。騫騰千甲士，亦足耀軍威。都護過濟，較閱營伍，余獲寓目焉。

① 皇華：使臣。皇華館，使者所居之地。《詩·小雅·皇皇者華》：“皇皇者華，於彼原隰。”毛詩序：“皇皇者華，君遣使臣也。送之以禮樂，言遠而有光華也。”此指個人之居處。

一九

萬里西征路，明知歸去難。無舟渡蒲海，有夢過桑乾①。苜蓿登盤碧，葡萄沁齒寒。幸逢天下士，樽酒聚騷壇。時紅山有定舫詩社②。

① 桑乾：桑乾河。永定河上遊，相傳每年桑葚熟時河水乾涸，故得此名。劉皁《旅次朔方》詩：“無端更渡桑乾水，卻望并州似故鄉。”

② 定舫詩社：道光年間在烏魯木齊由黄濬所倡導，以黄濬、黄治等人爲主要成員的詩社，以成瑞之子玉符齋名“定舫”命名。成員身份多爲官員、幕僚和遣戍廢員，大約興起於道光十七年(1837)成瑞始任迪化直隸州知州後，於道光二十五年結束。

二〇

皇馭紘埏①廓，端非亥步②知。軒鼚③多野老，拜舞有胡兒。頌德慚班史，聯詩遠謝池④。征夫懷靡及⑤，息羽在卑枝。

① 紘埏：紘通宏，指廣大的疆域。唐高宗李治《改元宏道大赦詔》：“更申沛澤，廣被紘埏。”

② 亥步：禹臣豎亥善走，後稱健行爲亥步。《山海經·海外東經》：“帝命豎亥步，自東極至於西極，五億十選九千八百步。”

③ 軒鼚(chāng)：應着鼓節跳舞。佚名《卿雲歌》：“鼚乎鼓之，軒乎舞之。”

④ 謝池：一作謝家池。參前黄濬《庭州雜詩二十首次杜少陵秦州雜詩韻》“風塵方潦倒”

詩注②。張又新《謝池》詩："郡郭東南積穀山，謝公曾是此躋攀。今來惟有靈池月，猶是嬋娟一水間。"後泛指詩人家的池塘。

⑤ 靡及：《詩·小雅·皇皇者華》："駪駪征夫，每懷靡及。"鄭玄箋："衆行夫既受君命當速行，每人懷其私相稽留，則於事將無所及。"

.

主要參考文獻

一

《周易正義》,(魏)王弼注,(唐)孔穎達正義,中華書局《十三經注疏》本,
　　1980 年

《尚書正義》,(唐)孔穎達正義,中華書局《十三經注疏》本,1980 年

《毛詩正義》,(唐)孔穎達正義,中華書局《十三經注疏》本,1980 年

《周禮注疏》,(漢)鄭玄注,(唐)賈公彥疏,(唐)陸德明釋文,《十三經注疏》
　　本,1980 年

《儀禮注疏》,(漢)鄭玄注,(唐)賈公彥疏,《十三經注疏》本,1980 年

《禮記正義》,(漢)鄭玄注,孔穎達疏,(唐)陸德明釋文,《十三經注疏》本,
　　1980 年

《春秋左傳正義》,杜預注,(唐)孔穎達疏,(唐)陸德明釋文,《十三經注疏》本,
　　1980 年

《春秋公羊傳注疏》,公羊壽傳,(漢)何休注,(唐)徐彥疏,《十三經注疏》本,
　　1980 年

《爾雅注疏》,(宋)刑昺注疏,中華書局《十三經注疏》本,1980 年

《孝經正義》,(唐)李隆基注,(宋)刑昺疏,中華書局《十三經注疏》本,1980 年

《孟子正義》,(漢)趙岐注,(宋)孫奭疏,中華書局《十三經注疏》本,1980 年

《論語注疏》,(魏)何晏注,(宋)刑昺疏,中華書局《十三經注疏》本,1980 年

二

《老子》,(春秋)老聃撰,馮達甫譯注,上海古籍出版社,1991 年

《莊子集解》,(清) 王先謙撰,沈嘯寰點校,中華書局,1987 年

《墨子校注》,(戰國) 墨翟撰,吳毓江校注,中華書局,1993 年

《列子》,(晉) 張湛注,上海書店,1986 年

《荀子》,(戰國) 荀況撰,(唐) 楊倞注,王鵬整理,上海古籍出版社,1989 年

《管子》,(春秋) 管仲撰,(唐) 房玄齡注,(明) 徐繼增注,上海古籍出版社,
　　1989 年

《商君書注譯》,(戰國) 商鞅撰,高亨注,中華書局,1974 年

《吕氏春秋》,(戰國) 吕不韋撰,(晉) 張湛注,上海書店,1986 年

《淮南子》,(漢) 劉安編,(漢) 高誘注,上海古籍出版社,1989 年

《山海經校注》,(晉) 郭璞原注,袁珂校注,巴蜀書社,1993 年

《抱朴子》,(晉) 葛洪撰,上海書店,1986 年

《毛詩草木鳥獸蟲魚疏廣要》,(三國) 陸機撰,(明) 毛晉廣要,中華書局,
　　1985 年

《説文解字》,(漢) 許慎撰,(宋) 徐鉉校定,中華書局,1963 年

《集韻》,(宋) 丁度等編,上海古籍出版社,1985 年

《爾雅翼》,(宋) 羅願撰,石雲孫點校,黃山書社,1991 年

《釋名疏證》,(清) 畢沅疏證,中華書局,1985 年

《幼學瓊林》,(明) 程登吉編,(清) 鄒聖脈增補,岳麓書社,1986 年

《真誥》,(南朝梁) 陶弘景撰,趙益點校,中華書局,2011 年

《高僧傳》,(南朝梁) 釋慧皎撰,湯用彤校注,中華書局,1992 年

《法苑珠林》,(唐) 釋道世撰,周叔迦、蘇晉仁校注,中華書局,2003 年

《續高僧傳》,(唐) 釋道宣撰,郭紹林點校,中華書局,2014 年

三

《史記》,(漢) 司馬遷撰,(南朝宋) 裴駰集解,(唐) 司馬貞索隱,張守節正義,
　　中華書局,1982 年

《漢書》,(東漢) 班固撰,(唐) 顏師古注,中華書局,1997 年

《後漢書》,(南朝宋) 范曄撰,(唐) 李賢等注,中華書局,1997 年

《三國志》,(晉) 陳壽撰,(南朝宋) 裴松之注,中華書局,1982 年

《晉書》,(唐) 房玄齡撰,中華書局,1974 年

《宋書》，（南朝梁）沈約撰，中華書局，1974 年

《南史》，（唐）李延壽撰，中華書局，1975 年

《北史》，（唐）李延壽撰，中華書局，1974 年

《魏書》，（北齊）魏收撰，中華書局，1974 年

《南齊書》，（南朝梁）蕭子顯撰，中華書局，1972 年

《北齊書》，（唐）李百藥撰，中華書局，1972 年

《隋書》，（唐）魏徵、令狐德棻撰，中華書局，1973 年

《新唐書》，（宋）歐陽修、宋祁撰，中華書局，1975 年

《舊唐書》，（後晉）劉昫等撰，中華書局，1975 年

《新五代史》，（宋）歐陽修撰，中華書局，1976 年

《宋史》，（元）脫脫等撰，中華書局，1977 年

《金史》，（元）脫脫撰，中華書局，1975 年

《元史》，（明）宋濂撰，中華書局，1976 年

《明史》，（清）張廷玉等撰，中華書局，1974 年

《清史稿》，趙爾巽等撰，中華書局，1998 年

《南唐書（兩種）》，（宋）馬令、陸游著，胡阿祥點校，南京出版社，2010 年

《晏子春秋集釋》，吳則虞編著，中華書局，1962 年

《國語》，（春秋）左丘明撰，鮑思陶點校，齊魯書社，2005 年

《戰國策》，（漢）劉向集錄，上海古籍出版社，1985 年

《鹽鐵論校注》，（漢）桓寬撰，王利器校注，中華書局，1992 年

《列女傳》，（漢）劉向撰，遼寧教育出版社，1998 年

《十洲記》，（漢）東方朔集，上海古籍出版社，1990 年

《列仙傳》，（漢）劉向撰，王叔岷校箋，中華書局，2007 年

《說苑校證》，（漢）劉向撰，向宗魯校證，中華書局，1987 年

《論衡》，（漢）王充撰，中華書局，1985 年

《吳越春秋輯校匯考》，（漢）趙曄著，周生春輯校，上海古籍出版社，1997 年

《穆天子傳》，（晉）郭璞注，上海古籍出版社，1990 年

《逸周書彙校集注》，（晉）孔晁注，黃懷信等校注，上海古籍出版社，2007 年

《博物志》，（晉）張華撰，中華書局，1985 年

《帝王世紀輯存》，（晉）皇甫謐，徐宗元輯，中華書局，1964 年

《神仙傳校釋》，（晉）葛洪撰，胡守爲校釋，中華書局，2010 年

《西京雜記》,(晉）葛洪撰,中華書局,1985 年

《搜神記》,(晉）干寶撰,上海古籍出版社,1998 年

《拾遺記》,(晉）王嘉撰,齊治平校注,中華書局,1981 年

《古今注》,(晉）崔豹撰,中華書局,1985 年

《述異記》,(晉）任昉撰,中華書局,1991 年

《水經注》,(北魏）酈道元撰,陳橋驛點校,上海古籍出版社,1990 年

《洛陽伽藍記校注》,(北魏）楊衒之撰,范祥雍校注,上海古籍出版社,1978 年

《齊民要術譯注》,(北魏）賈思勰撰,上海古籍出版社,2009 年

《荊楚歲時記》,(南朝梁）宗懍撰,宋金龍校注,山西人民出版社,1987 年

《三輔黃圖校釋》,何清穀校釋,中華書局,2012 年

《妙法蓮華經義疏》,(隋）智顗述,(唐）湛然記,(宋）道威義疏,上海古籍出版
　　社,1990 年

《雲仙雜記》,(唐）馮贄撰,中華書局,1985 年

《通典》,(唐）杜佑撰,王文錦等點校,中華書局,1988 年

《酉陽雜俎》,(唐）段成式撰,中華書局,1985 年

《元和郡縣圖志》,(唐）李吉甫撰,賀次君點校,中華書局,2005 年

《唐國史補》,(唐）李肇撰,上海古籍出版社,1979 年

《雲溪友議校箋》,(唐）范攄撰,唐雯校箋,中華書局,2017 年

《大唐西域記校注》,(唐）玄奘述,(唐）辯機撰,季羨林等校注,中華書局,
　　2008 年

《唐六典》,(唐）李林甫撰,陳仲夫點校,中華書局,1992 年

《劇談錄》,(唐）康駢撰,《文淵閣四庫全書·子部》,第 1043—1046 冊

《史通》,(唐）劉知幾撰,遼寧教育出版社,1997 年

《大慈恩寺三藏法師傳》,(唐）釋慧立、彥悰撰,孫毓棠點校,中華書局,2000 年

《書斷》,(唐）張懷瓘著,浙江人民美術出版社,2012 年

《初學記》,(唐）徐堅編,中華書局,2004 年

《大唐新語》,(唐）劉肅撰,中華書局,1984 年

《開元天寶遺事》,(五代）王仁裕撰,曾貽芬點校,中華書局,2006 年

《唐會要》,(宋）王溥撰,上海古籍出版社,2006 年

《資治通鑒》,(宋）司馬光撰,(元）胡三省音注,中華書局,1956 年

《太平御覽》,(宋）李昉等編,中華書局,1960 年

《雲笈七籤》,(宋)張君房撰,李永晟點校,中華書局,2003 年

《歲時廣記》,(宋)陳元靚編,中華書局,1985 年

《事林廣記》,(宋)陳元靚編,中華書局,1999 年

《東坡志林》,(宋)蘇軾撰,萬松齡點校,中華書局,1981 年

《玉海》,(宋)王應麟撰,廣陵書社,2007 年

《太平廣記》,(宋)李昉等編,中華書局,1961 年

《夢溪筆談》,(宋)沈括撰,上海書店,2009 年

《南部新書》,(宋)錢易撰,中華書局,1985 年

《太平寰宇記》,(宋)樂史撰,中華書局,1985 年

《方輿勝覽》,(宋)祝穆撰,祝洙增訂,施和金點校,中華書局,2003 年

《老學庵筆記》,(宋)陸游撰,李劍雄、劉德權點校,中華書局,1979 年

《續資治通鑑長編》,(宋)李燾撰,中華書局,2004 年

《侯鯖錄》,(宋)趙令畤撰,孔凡禮點校,中華書局,2002 年

《苕溪漁隱叢話》,(宋)胡仔著,王利器校點,人民文學出版社,1962 年

《武林舊事》,(宋)周密輯,中華書局,1991 年

《清異錄》,(宋)陶穀撰,中華書局,1991 年

《通志》,(宋)鄭樵編撰,中華書局,1987 年

《東都事略》,(宋)王稱撰,國立中央圖書館,1991 年

《鶴林玉露》,(宋)羅大經,王瑞來點校,中華書局,1983 年

《朱子語類》,(宋)黎靖德撰,王星賢點校,中華書局 1986 年

《青箱雜記》,(宋)吳處厚撰,李裕民點校,中華書局,1985 年

《東軒筆錄》,(宋)魏泰撰,李裕民點校,中華書局,1997 年

《能改齋漫錄》,(宋)吳曾撰,上海古籍出版社,1979 年

《雍錄》,(宋)程大昌著,黃永年點校,中華書局,2002 年

《鐵圍山叢談》,(宋)蔡絛撰,馮惠民點校,中華書局,1983 年

《全芳備祖》,(宋)陳景沂輯,程傑、王三毛點校,浙江古籍出版社,2014 年

《東京夢華錄(外四種)》,(宋)孟元老等撰,中華書局,1962 年

《夷堅志》,(宋)洪邁撰,中華書局,2006 年

《雲煙過眼錄》,(宋)周密撰,鄧子勉點校,中華書局,2018 年

《長春真人西遊記》,(元)李常志撰,《叢書集成初編》本,史地類第 3252 册,中
　　華書局,1985 年

《南村輟耕録》,(元) 陶宗儀撰,中華書局,2004 年

《文獻通考》,(元) 馬端臨撰,中華書局,1986 年

《大明一統志》,(明) 李賢等撰,三秦出版社,1990 年

《五雜爼》,(明) 謝肇淛撰,章衣萍校訂,中央書店,1935 年

《西域行程記·西域番國志》,(明) 陳誠撰,周連寬校注,中華書局,1991 年

《焦氏説楛》,(明) 焦周撰,《續修四庫全書》影印明萬曆刻本,子部第 1174 册,
　　上海古籍出版社,2002 年

《萬曆野獲編》,(明) 沈德符撰,中華書局,1989 年

《本草綱目》,(明) 李時珍編,中國書店,1988 年

《清實録》,中華書局,1986 年

《清稗類鈔》,(清) 徐珂編撰,中華書局,2010 年

《西域水道記(外二種)》,(清) 徐松撰,朱玉麒整理,中華書局,2005 年

《郎潛紀聞初筆·二筆·三筆》,(清) 陳康祺撰,晉石點校,中華書局,1997 年

《紅山碎葉》,(清) 黄濬撰,上海圖書館藏清抄本

《西域地理圖説注》,阮明道箋注,延邊大學出版社,1992 年

《欽定西域同文志》,《文淵閣四庫全書·經部》,第 235 册

《輪臺雜記》,(清) 史善長著,《中國稀見地方史料集成》第一輯影印道光史澄
　　校刻本,第 61、62 册,學苑出版社,2010 年

《回疆志》,(清) 永貴、固世衡初纂,蘇爾德增纂,上海圖書館藏李盛鐸"李氏木
　　犀軒"鈔本

《回疆志》,(清) 永貴、固世衡初纂,蘇爾德增纂,達福補訂,南京大學圖書館藏
　　博覽堂鈔本

《辛卯侍行記》,(清) 陶保廉撰,《續修四庫全書》影印光緒二十三年養樹山房
　　刻本,史部第 737 册

《西域釋地》,(清) 祁韻士撰,《叢書集成新編》本,史地類第 97 册,新文丰出版
　　公司,1985 年

《乾隆欽定皇輿西域圖志》,(清) 傅恒等修,(清) 褚廷璋等纂,(清) 英廉等曾
　　纂,《中國地方志集成·省志輯·新疆》影印光緒間鉛印大字本,第 1 册,
　　鳳凰出版社,2012 年

《皇朝藩部要略》,(清) 祁韻士撰,《續修四庫全書》影印道光筠渌山房刻本,史
　　部第 740 册

《新疆圖志》(整理本),(清)王樹枏等纂修,朱玉麒等整理,上海古籍出版社,
　　2017 年

《西域聞見録》,(清)椿園七十一撰,《中國西北文獻叢書》第一輯《西北民俗文
　　獻》影印本,第 1 卷,蘭州古籍書店,1990 年

《西陲要略》,(清)祁韻士纂,《中國地方志集成·新疆府縣志輯》影印道光十
　　七年筠渌山房刻本,第 4 册,鳳凰出版社,2012 年

《三州輯略》,(清)和寧撰,中國國家圖書館藏清道光刻本

《陔餘叢考》,(清)趙翼撰,曹光甫注解,上海古籍出版社,2012 年

《日知録校注》,(清)顧炎武撰,陳垣校注,安徽大學出版社,2007 年

《滇黔志略點校》,(清)謝聖綸輯,古永繼點校,楊庭碩審定,貴州人民出版社,
　　2008 年

《清朝通典》,浙江古籍出版社,2000 年

《清文獻通考》,(清)劉錦藻編纂,浙江古籍出版社,1988 年

《清會典事例》,中華書局,2012 年

《萬山綱目》,(清)李誠撰,《四庫未收書輯刊》9 輯影印清光緒二十六年長沙刻
　　本,第 6 册,北京出版社,2000 年

《西招圖略·西藏圖考》,(清)松筠、黃沛翹撰,西藏人民出版社,1982 年

《涼州府志備考》,(清)張澍輯,武威市市志編纂委員會,1986 年

《乾隆甘肅通志》,(清)許容修,(清)李迪等纂,蘭州大學出版社,2018 年

《東歸日記》,(清)方士淦撰,《北京圖書館藏珍本年譜叢刊》影印同治十一年
　　兩淮運署刻本,第 139 册,北京圖書館出版社,1999 年

《西行記程》,(清)楊炳堃撰,《絲綢之路資料匯鈔》,全國圖書館文獻縮微複製
　　中心,1996 年

《重修肅州新志》,(清)黃文煒、沈青崖纂修,《中國地方志集成·甘肅府縣志
　　輯》影印乾隆二年刻本,第 48 册,鳳凰出版社,2008 年

《伊江匯覽》,(清)格琫額纂,《清代新疆稀見史料匯輯》,全國圖書館文獻縮微
　　複製中心,1990 年

《伊犁事宜》,(清)永保纂,《清代新疆稀見史料匯輯》

《伊江集載》,(清)佚名纂,《清代新疆稀見史料匯輯》

《西陲總統事略》,(清)汪廷楷原撰,(清)祁韻士增撰,(清)松筠纂定,《中國
　　地方志集成·新疆府縣志輯》影印嘉慶十四年程振甲刻本,第 2、3 册

《朔方備乘》，（清）何秋濤撰，《續修四庫全書》影印光緒七年刻本，史部第 741、
　　742 冊

《萬里行程記（外五種）》，（清）祁韻士撰，李廣潔整理，山西人民出版社，
　　1992 年

《道光欽定新疆識略》，（清）松筠修，（清）徐松纂，《續修四庫全書》影印道光元
　　年武英殿刻本，史部第 732 冊

《康輶紀行》，（清）姚瑩撰，中華書局，2014 年

《回疆通志》，（清）和寧撰，《中國西北文獻叢書》第一輯《西北稀見方志文獻》
　　影印本，第 59 卷，蘭州古籍書店，1990 年

《蒙古遊牧記》，（清）張穆撰，張正明、宋舉成點校，山西人民出版社，1991 年

《大清一統志》，（清）穆彰阿、潘錫恩等纂修，上海古籍出版社，2008 年

《欽定河源紀略》，（清）紀昀等編纂，中華書局，2016 年

《滿漢異域錄校注》，（清）圖理琛撰，莊吉發校注，文史哲出版社，1983 年

《國朝漢學師承記》，（清）江藩著，鍾哲整理，中華書局，1983 年

《讀書雜志》，（清）王念孫撰，徐煒君、樊波成等點校，上海古籍出版社，2015 年

《海國圖志》，（清）魏源撰，岳麓書社，2011 年

《訊鮮錄》，（清）佚名撰，《清代邊疆史料抄稿本彙編》影印本，第 21 冊，線裝書
　　局，2003 年

《履園叢話》，（清）錢泳撰，中華書局，1997 年

《光緒江西通志》，《續修四庫全書》影印光緒七年刻本，史部第 656—660 冊

《西征錄》，清王大樞撰，《古籍珍本遊記叢刊》影印民國抄本，第 13、14 冊，線裝
　　書局，2003 年

《清代毗陵名人小傳稿》，（清）張惟驤撰，蔣維喬增補，朱雋點校，鳳凰出版社，
　　2017 年

《池北偶談》，（清）王士禛撰，中華書局，1997 年

《西北邊界地名譯漢考證》，（清）許景澄編譯，沈雲龍《近代中國史料叢刊續
　　編》影印光緒二十二年刊本，第 514 冊，文海出版社，1976 年

《新疆鄉土志稿》，馬大正等編，新疆人民出版社，2010 年

《新疆文獻四種輯注考述》，王希隆著，甘肅文化出版社，1995 年

《古西行記選注》，楊建新編，寧夏人民出版社，1987 年

四

《六臣注文選》,(南朝梁) 蕭統編,(唐) 李善、呂延濟、劉良、張銑、呂向、李周翰注,中華書局,2012 年

《文選》,(南朝梁) 蕭統編,(唐) 李善注,中華書局,1977 年

《全上古三代秦漢三國六朝文》,(清) 嚴可均輯,中華書局,1958 年

《全漢賦校注》,費振剛、仇仲謙校注,廣東教育出版社,2005 年

《先秦漢魏晉南北朝詩》,逯欽立輯校,中華書局,1983 年

《玉臺新詠箋注》,(清) 吳兆宜注,(清) 程琰删補,穆克宏點校,中華書局,1985 年

《樂府詩集》,(宋) 郭茂倩編,中華書局,1979 年

《全唐文》,(清) 董誥等編,中華書局,1966 年

《全唐詩》,(清) 彭定求等編,中華書局,1960 年

《唐音癸簽》,(明) 胡震亨撰,古典文學出版社,1957 年

《唐五代傳奇集》,李劍國輯校,中華書局,2015 年

《唐詩紀事》,(宋) 計有功撰,上海古籍出版社,1987 年

《全宋詩》,傅璇琮等主編,北京大學出版社,1998 年

《全宋詞》,唐圭璋編,中華書局,1965 年

《元詩選·初集》《二集》,(清) 顧嗣立編,中華書局,1987 年

《國朝杭郡詩續集》,(清) 吳振棫編,南京圖書館藏道光十四年刻本

《楚辭章句》,(漢) 王逸撰,《文淵閣四庫全書·集部》,第 1062 册

《陶淵明集》,(晉) 陶潛撰,龔斌校箋,上海古籍出版社,1996 年

《庾子山集注》,(北周) 庾信撰,(清) 倪璠注,許逸民校點,中華書局,1980 年

《謝宣城集校注》,(南朝齊) 謝朓撰,曹融南校注,上海古籍出版社,1991 年

《徐陵集校箋》,(南朝陳) 徐陵撰,許逸民校箋,中華書局,2008 年

《建安七子集》,俞紹初輯校,中華書局,2005 年

《鮑參軍集注》,(南朝宋) 鮑照撰,錢仲聯注,上海古籍出版社,2005 年

《江文通集校注》,(南朝梁) 江淹著,丁福林校注,上海古籍出版社,2017 年

《阮籍集校注》,(三國魏) 阮籍撰,陳伯君校注,中華書局,1987 年

《南唐二主詞箋注》,(南唐) 李璟、李煜,陳書良、劉娟箋注,中華書局,2013 年

《賈島集校注》,(唐)賈島撰,齊文榜校注,人民文學出版社,2001 年

《皮子文藪》,(唐)皮日休撰,蕭滌非、鄭慶篤整理,上海古籍出版社,1981 年

《王維集校注》,(唐)王維撰,陳鐵民校注,中華書局,1997 年

《張説集校注》,(唐)張説撰,熊飛校注,中華書局,2013 年

《李太白全集》,(唐)李白撰,(清)王琦輯注,中華書局,1957 年

《韓昌黎文集校注》,(唐)韓愈撰,馬其昶校注,馬茂元整理,上海古籍出版社,
    1998 年

《鄭谷詩集箋注》,(唐)鄭谷撰,嚴壽澄、趙昌平、黃明箋注,上海古籍出版社,
    2009 年

《韓昌黎詩繫年集釋》,(唐)韓愈撰,上海古籍出版社,2007 年

《李商隱詩歌集解》,(唐)李商隱撰,劉學鍇、余恕誠,中華書局,2004 年

《白居易集箋校》,(唐)白居易撰,朱金城箋注,上海古籍出版社,1988 年

《沈佺期宋之問集校注》,(唐)沈佺期、宋之問撰,陶敏、易淑瓊校注,中華書
    局,2001 年

《柳宗元集》,(唐)柳宗元撰,中華書局,1979 年

《韓偓集繫年校注》,(唐)韓偓撰,吳在慶校注,中華書局,2015 年

《孟浩然詩集箋注》,(唐)孟浩然著,佟培基箋注,上海古籍出版社,2000 年

《楊炯集箋注》,(唐)楊炯撰,祝尚書箋注,中華書局,2016 年

《李長吉歌詩》,(唐)李賀撰,(清)王琦等評注,上海古籍出版社,1985 年

《杜甫全集校注》,(唐)杜甫撰,蕭滌非主編,人民文學出版社,2014 年

《劉長卿集編年校注》,(唐)劉長卿撰,楊世明校注,人民文學出版社,1999 年

《劉禹錫集》,(唐)劉禹錫撰,《劉禹錫集》整理組點校,卞孝萱校訂,中華書局,
    1990 年

《孟東野詩集》,(唐)孟郊撰,華忱之校訂,人民文學出版社,1959 年

《丁卯集箋證》,(唐)許渾撰,羅時進箋證,中華書局,2012 年

《樊川詩集注》,(唐)杜牧撰,(清)馮集梧注,上海古籍出版社,1962 年

《高適詩集編年箋注》,(唐)高適撰,劉開揚箋注,中華書局,1981 年

《李德裕文集校箋》,(唐)李德裕撰,傅璇琮、周建國校箋,中華書局,2018 年

《陸龜蒙全集校注》,(唐)陸龜蒙撰,何錫光校注,鳳凰出版社,2015 年

《張籍集繫年校注》,(唐)張籍撰,徐禮節、餘恕誠校注,中華書局,2011 年

《陳子昂集》(修訂本),(唐)陳子昂撰,徐鵬校點,上海古籍出版社,2013 年

《岑嘉州詩箋注》,(唐)岑參撰,廖立箋注,中華書局,2004 年

《駱臨海集箋注》,(唐)駱賓王撰,(清)陳熙晉箋注,上海古籍出版社,1985 年

《元稹集校注》,(唐)元稹撰,周相錄校注,上海古籍出版社,2011 年

《羅隱集系年校箋》,(唐)羅隱撰,李定廣校注,人民文學出版社,2013 年

《韋莊集箋注》,(五代)韋莊撰,聶安福箋注,上海古籍出版社,2002 年

《溫庭筠全集校注》,劉學鍇撰,中華書局,2007 年

《小畜集》,王禹偁撰,商務印書館,1937 年

《歐陽修全集》,(宋)歐陽修撰,李逸安點校,中華書局,2001 年

《二晏詞箋注》,(宋)晏殊、晏幾道撰,張草紉箋注,上海古籍出版社,2008 年

《嘉佑集箋注》,(宋)蘇洵著,曾棗莊、金成禮箋注,上海古籍出版社,1993 年

《王荆文公詩箋注》,(宋)王安石撰,(宋)李壁注,高克勤點校,上海古籍出版
　　社,2010 年

《梅堯臣集編年校注》,(宋)梅堯臣撰,朱東潤編年校注,上海古籍出版社,
　　2006 年

《蘇軾詩集》,(宋)蘇軾撰,(清)王文誥輯注,孔凡禮點校,中華書局,1982 年

《蘇軾詞編年校注》,(宋)蘇軾撰,鄒同慶、王宗堂校注,中華書局,2007 年

《蘇軾文集》,(宋)蘇軾撰,孔凡禮點校,中華書局,2004 年

《蘇轍集》,(宋)蘇轍撰,陳宏天、高秀芳點校,中華書局,1990 年

《曾鞏集》,(宋)曾鞏撰,陳杏珍、晁繼周點校,中華書局,1984 年

《黃庭堅全集》,(宋)黃庭堅撰,鄭永曉纂輯,江西人民出版社,2011 年。

《劍南詩稿校注》,(宋)陸游撰,錢仲聯校注,上海古籍出版社,2005 年

《范石湖集》,(宋)范成大著,富壽蓀標校,上海古籍出版社,2006 年

《姜白石詞編年箋校》,(宋)姜夔著,夏承燾箋校,上海古籍出版社,1998 年

《劉克莊集箋校》,(宋)劉克莊撰,辛更儒箋校,中華書局,2011 年

《稼軒詞編年箋注》,(宋)辛棄疾撰,鄧廣銘箋注,上海古籍出版社,1978 年

《元好問全集》,(金)元好問撰,山西古籍出版社,2004 年

《湛然居士文集》,(元)耶律楚材著,謝方點校,中華書局,1986 年

《雁門集》,(元)薩都剌撰,上海古籍出版社,1982 年

《袁桷集校注》,(元)袁桷撰,楊亮注解,中華書局,2012 年

《西廂記》,(元)王實甫著,張燕瑾校注,人民文學出版社,1998 年

《陳子龍全集》,(明)陳子龍著,王英志輯校,人民文學出版社,2011 年

《陳眉公集》，（明）陳繼儒撰，《續修四庫全書》影印明萬曆四十三年史兆斗刻
　　本，集部第 1380 册

《唐伯虎全集》，（明）唐寅撰，中國書店，1985 年

《烏魯木齊雜詩》，（清）紀昀撰，中國國家圖書館藏民國九年上海博古齋影印
　　張海鵬《借月山房匯鈔》本

《閱微草堂筆記》，（清）紀昀撰，上海古籍出版社，1980 年

《適齋居士集》，（清）覺羅舒敏撰，《清代詩文集彙編》影印道光二十二年刻本，
　　第 520 册，上海古籍出版社，2010 年

《壺舟文存》，（清）黃濬撰，上海圖書館藏宣統三年太平陳氏枕經閣刻本

《聯璧詩鈔》，（清）舒亮衮、舒亮裹著，日本東方文化學院京都研究所藏乾隆四
　　十四年刻本

《漁洋精華録集釋》，（清）王士禎撰，李毓芙等整理，上海古籍出版社，1999 年

《全祖望集彙校集注》，（清）全祖望撰，朱鑄禹彙校集注，上海古籍出版社，
　　2000 年

《林則徐全集》，林則徐全集編輯委員會編，海峽文藝出版社，2002 年

《聽園西疆雜述詩》，（清）蕭雄撰，新疆大學圖書館藏《關中叢書》本，1934 年

《澄悦堂詩集》，（清）國梁撰，《清代詩文集彙編》影印嘉慶十五年刻本，第
　　342 册

《聽雪集》，（清）舒其紹撰，《清代稿鈔本》第一輯影印清抄本，第 26 册，廣東人
　　民出版社，2007 年

《樂府雜録校注》，（唐）段安節撰，亓娟莉校注，上海古籍出版社，2015 年

《世說新語校箋》，（南朝宋）劉義慶撰，（南朝梁）劉孝標注，徐震堮校箋，中華
　　書局，1984 年

《隨園詩話》，（清）袁枚著，顧學頡校點，人民文學出版社，1982 年

《詩話總龜》，（清）阮閱撰，人民文學出版社，1987 年

《韻語陽秋》，（宋）葛立方撰，上海古籍出版社，1984 年

《詩品箋注》，（南朝梁）鍾嶸撰，人民文學出版社，2009 年

《文心雕龍注》，（南朝梁）劉勰撰，范文瀾注，人民文學出版社，2006 年

《宋詩話輯佚》，郭紹虞輯，中華書局，1980 年

《清代西域詩輯注》，星漢輯注，新疆人民出版社，1996 年

《清代西域詩研究》，星漢著，上海古籍出版社，2009 年

《唐聲詩》,任半塘著,上海古籍出版社,1982 年

《中華竹枝詞》,雷夢水、潘超等主編,北京古籍出版社,1997 年

《歷代竹枝詞》,王利器、王慎之、王子今主編,陝西人民出版社,2003 年

《中華竹枝詞全編》,丘良任、潘超、孫忠銓主編,北京出版社,2007 年